· 语文阅读推荐丛书 ·

战争与和平 ^上

[俄] 列夫·托尔斯泰／著   刘辽逸／译

人民文学出版社

图书在版编目(CIP)数据

战争与和平:全2册/(俄罗斯)列夫·托尔斯泰著;刘辽逸译.—北京:人民文学出版社,2018 (2024.12重印)

(语文阅读推荐丛书)

ISBN 978-7-02-014301-6

Ⅰ.①战… Ⅱ.①列…②刘… Ⅲ.①长篇小说—俄罗斯—近代 Ⅳ.①I512.44

中国版本图书馆 CIP 数据核字(2020)第 137289 号

责任编辑 李丹丹
装帧设计 李思安 崔欣晔
责任印制 王重艺

出版发行 人民文学出版社
社 址 北京市朝内大街 166 号
邮政编码 100705

印 刷 三河市鑫金马印装有限公司
经 销 全国新华书店等

字 数 1185 千字
开 本 650 毫米×920 毫米 1/16
印 张 99.75 插页 2
印 数 123001—126000
版 次 1989 年 7 月北京第 1 版
印 次 2024 年 12 月第 31 次印刷

书 号 978-7-02-014301-6
定 价 88.00 元

如有印装质量问题,请与本社图书销售中心调换。电话:010-65233595

出版说明

从 2017 年 9 月开始，在国家统一部署下，全国中小学陆续启用了教育部统编语文教科书。统编语文教科书加强了中国优秀传统文化教育、革命传统教育以及社会主义先进文化教育的内容，更加注重立德树人，鼓励学生通过大量阅读提升语文素养、涵养人文精神。人民文学出版社是新中国成立最早的大型文学专业出版机构，长期坚持以传播优秀文化为己任，立足经典，注重创新，在中外文学出版方面积累了丰厚的资源。为配合国家部署，充分发挥自身优势，为广大学生课外阅读提供服务，我社在总结以往经验的基础上，邀请专家名师，经过认真讨论、深入调研，推出了这套"语文阅读推荐丛书"。丛书收入图书百余种，绝大部分都是中小学语文课程标准和统编语文教科书推荐阅读书目，并根据阅读需要有所拓展，基本涵盖了古今中外主要的文学经典，完全能满足学生成长过程中的阅读需要，对增强孩子的语文能力，提升写作水平，都有帮助。本丛书依据的都是我社多年积累的优秀版本，品种齐全，编校精良。每书的卷首配导读文字，介绍作者生平、写作背景、作品成就与特点；卷末附知识链接，提示知识要点。

在丛书编辑出版过程中，统编语文教科书总主编温儒敏教授,给予了"去课程化"和帮助学生建立"阅读契约"的指导性意见,即尊重孩子的个性化阅读感受,引导他们把阅读变成一种兴趣。所以本丛书严格保证作品内容的完整性和结构的连续性,既不随意删改作品内容,也不破坏作品结构,随文安插干扰阅读的多余元素。相信这套丛书会成为广大中小学生的良师益友和家庭必备藏书。

人民文学出版社编辑部

2018 年 3 月

目　次

第 四 册

尾 声

导　读

　　列夫·托尔斯泰(1828—1910)是俄国伟大作家,出生于图拉省的亚斯纳亚·波利亚纳。一八四四至一八四七年在喀山大学学习,一八五一年赴高加索从军,后来参加克里米亚战争中的塞瓦斯托波尔保卫战,一八五六年退伍。此后他大部分时间在家乡度过,主要从事创作。

　　托尔斯泰的经历并不复杂,但一生著作极为丰富,为纪念他诞生一百周年而出版的《托尔斯泰全集》就多达九十卷。当我们历数他的优秀名篇时,不能不首先提到《战争与和平》。这部小说究竟有些什么特点呢?

　　第一,它的体裁样式在俄国文学中是一种创新,也突破了欧洲长篇小说的传统规范。屠格涅夫当时就称它是"一部集叙事诗、历史小说和风习志之大成的、独树一帜的、多方面的作品"。在创作方法上,它综合了现实主义、浪漫主义,甚至古典主义诸传统的优点。它以一八一二年俄国的卫国战争为中心,反映了一八○五至一八二○年的重大事件,包括俄奥联军同法军在奥斯特利茨的会战、法军入侵俄国、波罗底诺会战、莫斯科大火、拿破仑军队溃退等,全书的线索既以对拿破仑的战事始,亦以对拿破仑的战事终。作者描写了历史上的真实人物拿破仑、库图佐夫以及沙皇亚历山大一世,也写出了人们的理想和鼓舞人心的目标,歌颂了俄国人同仇敌忾的抗敌精神和震惊世界的伟大胜利。但作品不是以帝王将相为主人公,而是以一批虚构的人物作主角,着重写了博尔孔斯基、别祖霍夫、罗斯托夫和库拉金四家大贵族在战争与和平环境中的思想和行动;小说以四个家族的主要成员安德烈、皮埃尔、娜塔莎、爱仑的命运为贯穿始终的情节线索,描绘了当时的社会风尚,展示了广阔的生活画面;从首都到外地,从城市到乡村,从贵族的客厅到血染的战场,作者都做了生动的描写。所以,它是一部现实主义的、英雄史诗式的长篇小说。

第二,它成功地描写了人民并歌颂了他们的爱国主义和英雄主义精神,这是作品的灵魂。一八六一年俄国农奴制改革以后,面对动荡不安的局势,托尔斯泰在思想上紧张地探索社会的出路。他既不赞成革命民主主义者,也不苟同于自由主义的西欧派,而是寄希望于曾有过"黄金时代"的贵族,尤其是其中的革命者——"十二月党人"。小说起初的构思就是写"十二月党人"。然而"十二月党人"都是当年参加一八一二年俄国卫国战争的爱国的贵族志士,这样作者自然就把眼光转向了造就贵族阶级的一代先进人物的那场战争。后来他谈到创作意图时更明确表示要"努力写人民的历史",因为那场战争是人民群众打赢的。于是,他笔下出现了许多来自人民的英雄:英勇的普通士兵、行伍出身的下级军官、农民游击队。他笔下的贵族分为两类。一类在国难当头时能够和人民同呼吸共命运,这就是罗斯托夫家族、别祖霍夫家族、博尔孔斯基家族;另一类是腐败的醉生梦死的库拉金家族和其他宫廷显贵。总之,凡爱国、关心民族命运的,他就给予褒扬,对卖国、置民族命运于不顾的,他就加以贬斥。这种处理方法,使作品的主题思想得到高度的统一。

第三,在人物塑造上有许多独到之处。作品共写了五百五十九个人物，主要形象塑造得很成功。作者把人物放到广阔的历史背景上和各种生活领域里加以描写，通过战争与和平这两种强烈对比的生活加以刻画，这种写法在过去是不多见的。托尔斯泰笔下的战争，既有非常激烈的战斗场面，又有战斗间歇的情景，既有前沿阵地的军事行动，又有司令部里的运筹决断。他让主人公直接接触双方的将帅、司令，也接触战壕里的战士。这样既反映了战争的全貌，也使人物的性格更为完整。

作者在刻画人物时极为重视人物的多面性和复杂性。托尔斯泰有一段名言："人同河一样。天下的水都是一样的，可是每条河有时窄，流得急；有时宽，流得平稳；有时混浊，有时澄清；有时凉，有时暖。人也是一样，人人身上都有人类品性的根苗。不过，有时这种品性流露出来，有时那种品性流露出来。人往往变得不像他自己了，其实，他仍然是原来的那个他。"以主人公之一安德烈·博尔孔斯基为例，他的性格既复杂又不断发展。开头他显得矜持高傲，不同凡俗。他参军出征的隐秘动机是追求功名，在战斗中他确实英勇，敢于献身。奥斯特利茨一役，使他觉察到自己有虚荣心，他受了重伤，躺在战场上仰望宏伟的天空，省悟到个人功名的渺小；然而在他抛弃了虚荣心之后却产生了厌世思想。回到家时，妻子已在分娩中死去，望着新出生的婴儿，他万念俱灰。但他自己的刚强性格，皮埃尔的友谊和规劝，加上娜塔莎的爱情，使他的心情出现了转机。一八一二年战争爆发时，他为爱国热情所驱使，再度奋起去建立功勋。不过，这次不是为了个人的荣耀，而是为祖国献身，特别是在波罗底诺战场上亲眼看到英勇的士兵，受他们崇高精神的感染，终于接近了人民。他虽然受重伤死了，却领悟了人生的真谛。这个人物尽管有着贵族出身和上流社会影响所形成的弱点，仍然是十九世纪初叶俄国贵族青年的一个先进典型。

另一位主人公皮埃尔也鄙弃上流社会。他一方面聪明热情，善良老实,有时甚至带点傻气,另一方面又懒散、软弱,甚至放荡,但追求理想生活的努力却始终不懈。

第四,作品具有浓郁的民族风格。这部作品可以说是俄罗斯民族的绚丽的历史画卷,它不仅写出了俄罗斯民族的性格和气质,也展现了当时俄国社会的风貌。他的笔下有彼得堡贵族优雅的客厅、莫斯科嘈杂的市井、博古恰罗沃宁静的庄园,还有春天泥泞的童山村,粗大的老橡树,穿着漂亮印花布衫的俄国少女。农民出身的俄国士兵纯朴、憨厚、诙谐乐天,游击队员有如古俄罗斯歌谣里的勇士。至于农村里围猎、跳舞的场面,更洋溢着古老民族风俗的浓厚气息。

托尔斯泰的世界观是矛盾的,这种矛盾不可能不反映在作品里。他理解战争的胜利是靠人民群众的力量,却认为群众是盲目的、“蜂群式”的力量,库图佐夫指挥战争的本领也是在于顺乎自然,合乎天意。作者让安德烈在临终前接受了《福音书》的教导,寄希望于宗教救世的威力;又让皮埃尔接受俄国士兵普拉东·卡拉达耶夫的宿命论思想的影响,相信顺从天命、净化道德、爱一切人和积极行善是改革社会的良策。作者甚至把普拉东的听天由命、逆来顺受、“勿抗恶”作为美德来欣赏。这些无疑都是作品中的消极因素。

《战争与和平》是托尔斯泰中年时期的作品,这部长达一百二十万言的皇皇巨制写于一八六三至一八六九年。它一发表就受到普遍的赞誉。屠格涅夫肯定地说:“托尔斯泰伯爵的近作《战争与和平》……发表以后,他在公众的心目中便断然占据了首屈一指的地位。”法国作家福楼拜折服于作者的神笔,惊呼:“这是莎士比亚,是莎士比亚!”小说的出现正值俄国批判现实主义文学空前繁荣时期,它像一颗璀璨的明星,为俄国文学增添了光彩,也为托尔斯泰赢得了世界文豪的声誉。

李 明 滨

第 一 册

第 一 部

一

　　好啊,公爵,热那亚和卢加成为波拿巴家的领地了。不过我要预先告诉您,如果您还对我说我们没有战争,如果您还袒护这个敌基督(是的,我认为他是敌基督)的一切卑劣行为和他造成的一切惨祸,那么我就不再理您了,您就不再是我的朋友,不再是,像您所说的,我的忠实奴仆了。①哦,您好,您好。我看得出,我把您吓坏了,坐下来谈谈吧。

　　一八〇五年七月,大名鼎鼎的安娜·帕夫洛夫娜·舍列尔——玛丽亚·费奥多罗夫娜皇后的女官和亲信,在迎接第一个来赴晚会的达官要人瓦西里公爵时这样说。安娜·帕夫洛夫娜咳嗽了好几天,如她所说,她患的是流行性感冒(流行性感冒在当时是新名词,还很少有人使用)。请帖是当天早晨由穿红制服的听差送出的,内容全都一样:

---

　　① 楷体表示原著中为法语,下文一律不再加注。

伯爵(或公爵),如果您心目中尚无更好的消遣,如果与我这个可怜的病人共度一个晚间尚不致使您太害怕,请于今晚七至十时惠临舍下,将无任欢迎。安娜·舍列尔。

"我的天,好厉害的进攻!"进来的公爵答道,并不为这样的接待露出丝毫的窘态。他穿着绣花朝服、长统袜和半高统鞋,胸前佩着几枚明星勋章,扁平的脸上带着喜悦的表情。

他操着一口优雅的法语,这是我们先辈不仅用来说话而且用来思考的那种优雅的法语,而语调又是那么文静,那么具有长者之风,那是只有长期混迹于上流社会和宫廷的重要人物才会有的腔调。他走到安娜·帕夫洛夫娜面前,俯下他那洒了香水的光亮的秃头,吻了吻她的手,就怡然自得地坐到沙发上。

"您先告诉我,您好吗,亲爱的朋友?好让我宽宽心。"他没有改变腔调,说,从他彬彬有礼、体贴关怀的腔调中,透露出淡漠甚至嘲笑的意味。

"精神受折磨,身体怎么会好呢?……我们这年头,稍有感情的人,又怎能心安理得?"安娜·帕夫洛夫娜说,"您整个晚上都待在我这里,好吗?"

"那英国公使馆的招待会呢?今天是星期三。我得到那里去一下,"公爵说,"我女儿就要来接我,陪我一同去。"

"我还以为今天的招待会取消了呢。说真的,所有这些招待会啦,焰火啦,都叫人腻烦死了。"

"如果他们知道了您的心意,招待会就会取消的。"公爵说,他像一挂上足了弦的钟,习惯地说出连他自己也不希望别人相信的话。

"不要折磨我了。告诉我,对于诺沃西利采夫的紧急报告做了什么决定?您全都知道。"

"怎么对您说呢?"公爵说,他的语调冰冷而且乏味,"做了什么决定？他们决定:波拿巴既然破釜沉舟,看来我们也只得背水一战了。"

瓦西里老公爵说起话来总是懒洋洋的,像演员背旧台词似的。而安娜·帕夫洛夫娜·舍列尔则相反,别看她已经是四十岁的人,却生气勃勃,容易激动。

她为人热情,使她赢得了社会地位。她有时甚至不愿这样做,但为了不负熟人们的期望,她还是做了热心人。安娜·帕夫洛夫娜脸上经常含着微笑,这虽然和她那姿色已衰的面容不相称,但就像娇惯的孩子一样,表示她经常意识到自己小小的缺点,可是她不愿,也不能,而且认为没有必要去改正。

在谈论政治事件中间,安娜·帕夫洛夫娜激昂起来。

"哎呀,再别对我提奥地利了!也许我什么都不懂,但是奥地利从来不愿意,现在也不愿意打仗。它把我们出卖了。只有俄罗斯才应当是欧洲的救星。我们的恩主知道他的崇高使命,并且忠于他的使命。这就是我唯一相信的。我们至善至美的皇帝将担负起世界上最伟大的任务,他是那么德高望重,那么善良,上帝是不会见弃这样的人的,他一定能完成他的使命——镇压革命这个怪物,现在有这个凶手和恶棍做革命的代表,革命就变得更加可怕了。只有我们才应当讨还殉难者的血债。我们还能指靠谁呢,我问您?……浑身商人气味的英国不理解、也不能理解亚历山大皇帝的精神是多么伟大。英国拒绝退出马耳他。它想看出、想寻找我们行动的用意何在。他们对诺沃西利采夫说了些什么呢?……什么也没说。他们不理解、也不能理解我们皇上的自我牺牲精神,我们皇上一点不为自己着想,他只想为全世界谋福利。可是他们答应了什么呢?什么都没有答应。就是答应了什么,也不会兑现的!普鲁士已经公开说,波拿巴是不可战胜的,全欧洲都没办法对付他……不论是哈登贝格①的话,还是豪格维茨②的话,我连一个字也不相信。这个普鲁士的臭名昭著的中立,只不过是个陷阱。我只相信上帝和我们的仁慈君主的至上命运。他一定能拯救欧洲!……"她突然停住了,对自己的急躁露出讥讽的微笑。

"我想,"公爵微笑着说,"如果不是派我们亲爱的温岑格罗德去,而是派您去,您一定会强迫普鲁士国王同意的。您的口才太好了。您给我一杯茶,好吗?"

"马上就来。顺便提一句,"她又平静下来说,"今天我这里要来两位非常有趣的人物,一位是莫特马尔子爵,通过罗昂家的关系,他与蒙莫朗西是亲戚,法国最显赫的名门望族之一。他是一个很好的流亡者,真正名副其实的流亡者,另一位是莫里约神甫;您认识这位聪明绝顶的人物吗?皇帝已经接见过他了。您听说了吗?"

"啊!能见到他们,我非常高兴。"公爵说。"请您告诉我,"他接着说,仿佛他偶然想起一件事,并且特别漫不经心地提起它,而实际上,他所要问的问题,正是他这次来访的主要目的,"听说居孀的太后想委任丰克男爵担任驻维也纳使馆的一等秘书,是真的吗?这个男爵似乎是个毫无可取的人。"瓦西里公爵想给他的儿子谋到这个差事,可是别人却想通过玛丽亚·费奥多罗夫娜替男爵弄到这个位置。

安娜·帕夫洛夫娜几乎闭起眼睛,表示不论是她或者任何人,都不能评论太后愿意做的或者喜欢做的事。

---

① 卡尔·奥古斯特·哈登贝格(1750—1822),普鲁士政治活动家。一八一〇至一八二二年任总理大臣。他为巩固普鲁士君主制度,于一八一〇至一八一三年实行不彻底的资产阶级改革,允许农民在极苛刻的条件下赎买封建徭役,取消行会限制等。他曾代表普鲁士出席一八一四至一八一五年维也纳会议,以后几年中执行神圣同盟的反动政策。

② 豪格维茨当时任普鲁士外交大臣。

"丰克男爵是太后的妹妹举荐给太后的。"她只是用哀愁而淡漠的声调说了这么一句。安娜·帕夫洛夫娜一提起太后,脸上就忽然现出无限的忠诚和由衷的敬意,同时还融和着每次谈起她这位至高的保护者就流露出的哀愁。她说,太后陛下对丰克男爵很器重,于是她的目光又蒙上了一层淡淡的哀愁。

公爵冷淡地沉默了。安娜·帕夫洛夫娜凭她特有的宫廷的和女人的圆滑和灵通,想一面指摘公爵,因为他竟敢批评那个被举荐给太后的人,一面又安慰他。

"顺便谈谈您的家事吧,"她说,"您可知道,自从您的女儿露面以来,整个社交界都为她倾倒。大家都认为她是个绝色的美人。"

公爵鞠了一躬,表示敬意和感激。

"我常常想,"安娜·帕夫洛夫娜沉默片刻又接着说,并且向他移近些,对他亲切地微笑,似乎表示政治和社交的谈话已经结束,现在可以谈谈心了,"我常常想,生活中有时幸福分配得不公平。凭什么您命中就该有这么两个好孩子(除去您的小儿子阿纳托利,我不喜欢他),"她把眉毛一挑,不容置辩地插了一句,"为什么赐给您这么可爱的两个孩子呢?可是您,说真的,就是不赏识他们,所以您不配有这样的子女。"

于是她兴致勃勃地微微一笑。

"有什么办法呢?拉法特①准会说我没有父爱的骨相。"公爵说。

"别开玩笑。我想和您说正经的。您知道,我不满意您的小儿子。这话只可在您我之间谈谈(她脸上又露出哀愁的表情),有人在太后面前提到他,并且为您惋惜……"

---

① 疑指瑞士作家拉法特(Johann Caspar Lavater,1741—1801)。

公爵没有回答，但是她沉默着，意味深长地望着他，等待回答。瓦西里公爵皱了皱眉头。

"我有什么办法呢？"他终于说，"您是知道的，为了他们的教育，一个当父亲的所能做的，我都做到了，可是结果却造就出一对傻瓜。伊波利特这个傻瓜至少还安分，而阿纳托利可就是个不知天高地厚的混小子了。这就是他们俩唯一不同的地方。"他比平时更不自然，更兴奋地微笑说，笑的时候嘴边打成皱纹，特别显出出人意料的粗俗和讨厌。

"为什么这些孩子偏偏赐给您这样的人家？如果您不做父亲，我就没有什么可责备您的了。"安娜·帕夫洛夫娜说，她沉思地抬起眼睛。

"我是您的忠实奴仆，我只能向您一个人承认。我的孩子是我的负担。该我背这副十字架。我是这样给自己解释的。有什么办法呢？……"他不言语了，摆出对残酷命运无可奈何的架势。

安娜·帕夫洛夫娜沉思着。

"您从来没有想过给您那放荡的儿子阿纳托利娶亲吗？据说，"她说，"老姑娘都有说媒的癖好。我还没有觉得自己有这个毛病，但是我心目中有一个姑娘，她陪伴着老父亲，生活很不幸，就是博尔孔斯卡娅，我们的亲戚，一位公爵小姐。"瓦西里公爵虽然具有上流社会人士特有的敏捷的悟性和记性，对她的话他只是晃晃脑袋表示可以考虑，但没有答复。

"您可知道，这个阿纳托利每年要花费我四万卢布。"他说，看样子他无力克制他那忧愁的思绪。他沉默了一会儿。

"照这样下去，五年后会怎么样啊？这就是做父亲的好处。您那位公爵小姐，她有钱吗？"

"她父亲很有钱，也很吝啬。他住在乡下。您知道，这位有名的博尔孔斯基公爵还在先帝在世时就退伍了，绰号叫'普鲁士王'。他人聪明极了，就是乖僻，而且难处。可怜的小姐非常不幸。她有个哥哥，是库图佐夫的副官，不久前才娶了丽莎·梅南，他今天要到我这里来。"

"听我说，亲爱的安内特，"公爵说，他突然抓住对方的手，并且不知为什么向下拉了拉，"替我安排这件事，我永远是您的最忠实的奴仆（像我的管家在报告中所写的）。她门第好，又有钱。这就是我所需要的。"

于是，他用他那特有的亲昵而优雅的潇洒动作拿起女官的手吻了吻，然后，他靠到圈椅上握着女官的手摇了摇，而眼睛却望着别的地方。

"等一等，"安娜·帕夫洛夫娜沉吟着说，"我今天和丽莎（小博尔孔斯基的妻子）谈谈。也许事情会成功的。我要在您府上开始学习老姑娘的行业。"

二

安娜·帕夫洛夫娜的客厅渐渐挤满了客人。前来赴会的都是彼得堡的达官要人，这些人虽然在年龄和性格上各自不同，但他们所生活的社会却是一样的；瓦西里的女儿——美丽的海伦来了，她是来接父亲一齐去赴领事馆的招待会的。她佩戴着花字奖章①，穿着赴舞会的服装。年轻、有名、小巧玲珑的公爵夫人博尔孔斯卡娅，彼得堡最迷人的女人，也来了，她是去年冬天出嫁的，因为怀孕，已经不在盛大的交际场所露面，但小型的招待会还是参加的。瓦西里公爵的儿子伊波利特带来由他引见的莫特马尔；来赴会的还有莫里约神甫和其他许多人。

---

① 沙俄时期，俄国皇后颁发给毕业成绩优秀的中学女生花字奖章。

"您还没见过(或者:您还不认识)我的姑母吧?"安娜·帕夫洛夫娜对每一位来客说,然后郑重其事地领着客人去见一位头上扎着高高的花结、当客人快要到来时从另一个房间蹒跚地走出来的小老太太;安娜·帕夫洛夫娜一面介绍客人的姓名,一面把视线缓缓地从客人移向我的姑母,然后就走开了。

每个客人都向这位谁也不认识、谁也不感兴趣、谁也不需要的姑母行礼问候一番。安娜·帕夫洛夫娜对他们的问候露出哀愁的、庄重的神情,默默地赞许。我的姑母对每位客人都说同样的话,谈到他们的健康,谈到自己的和太后的健康,"谢天谢地,太后今天好些了"。每位前来请安的人,为了顾全礼貌,都不露出匆忙的样子,但却怀着履行了沉重的义务之后的轻松之感离开老太婆,整个晚上再也不到她跟前去了。

年轻的博尔孔斯卡娅公爵夫人带着一个丝绒绣金的手提包,里面放着她的针线活儿。她那略带黑色绒毛的好看的上唇,翘得遮不住牙齿,正因为上唇微翘,显得更加可爱,有时上唇向前伸或者跟下唇抿起来,就越发可爱了。正像特别惹人喜爱的女人常有的那样,她那缺点——翘嘴唇和半张开的嘴——仿佛成为她的独特的美。不论谁看到这个精神饱满、活泼可爱、虽然怀孕然而轻松愉快的未来的母亲,都感到快乐。老年人和抑郁苦闷的年轻人,只要和她在一起待一会儿,谈几句话,就仿佛觉得他们也变得和她一样了。凡是和她说过话、看见她一说话就露出妩媚的微笑、看见她经常露出雪白闪亮的牙齿的人,就会觉得他那一天受到特别的宠幸。每个人都有这样的想法。

娇小的公爵夫人提着针线包,迈着细碎的快步,一摇一摆地绕过桌子,快活地整了整衣裳,就在银茶炊旁的沙发上坐下来,仿佛她不论做什么,对她自己和周围的人,都是一种娱乐。

"我把针线活儿带来了。"她一面打开手提包,一面对大家说。

"您瞧,安内特,别跟我开这么大的玩笑,"她转身对女主人说,"您信上说是一个小小的晚会。您瞧我这一身穿的。"

她伸开两臂,让大家看她那件镶花边的雅致的灰色衣裳,胸口以下系着一条宽宽的缎带。

"您放心吧,丽莎,您总归比谁都好看。"安娜·帕夫洛夫娜回答说。

"您可知道,我丈夫就要离开我了,"她继续用同样的腔调对一位将军说,"他要去送死。请您告诉我,这场可恶的战争是为了什么啊?"她对瓦西里公爵说,不等回答,又转身和公爵的女儿——美丽的海伦说话。

"这个娇小玲珑的公爵夫人,是一个多么可爱的人儿!"瓦西里公爵低声对安娜·帕夫洛夫娜说。

小公爵夫人刚到不久,进来一个肥肥胖胖的魁伟青年,他戴着眼镜,头发剪得很短,穿着时髦的浅色裤子,又高又硬的折角领子,咖啡色的礼服。这个肥胖的年轻人是叶卡捷琳娜女皇时代赫赫有名的大官、而此刻在莫斯科是命在垂危的别祖霍夫伯爵的私生子。他还没有在任何地方供过职,刚从国外留学回来,这是他初次涉足社交界。安娜·帕夫洛夫娜像对待客厅里最低一级的客人那样,对他点点头。尽管这是最低一级的礼节,但是当皮埃尔刚一进门,安娜·帕夫洛夫娜就露出惊慌不安的神色,仿佛看见一个不该在那个地方出现的庞然大物似的。皮埃尔的确比客厅里其他男人都高大些,但这种惊慌不安只可能由于他那既聪明而又羞怯、既敏锐而又自若、不同于客厅中其他人的眼神而引起的。

"皮埃尔先生,多承您厚爱,来看望一个可怜的病人。"安娜·帕夫洛夫娜领他去见姑母时,一面对他说,一面惶恐不安地向姑母递了个眼色。皮埃尔含混不清地嘟囔了一句,老是用眼睛搜寻什么。他兴致勃勃,满面春风,微微含笑,像对一个熟朋友似的向矮小的公爵夫人鞠了一躬,然后走到姑母跟前。安娜·帕夫洛夫娜的不安并不是平白无故的,因为皮埃尔没有听姑母讲完太后的健康情况,就离开了她。安娜·帕夫洛夫娜连忙用话拦住他。

"您认识莫里约神甫吗?他是一个很有趣的人……"她说。

"是的,我听说过他那个谋求永久和平的计划,非常有趣,但未必有可能……"

"您是这样想吗?……"安娜·帕夫洛夫娜说,她本想应酬几句,就去尽她做女主人的职责,但是皮埃尔又做出一个与前相反的没有礼貌的举动。刚才他没有听完姑母的话就走开了,现在他又用话缠住需要离开他的对谈者。他低着头,又开两条长腿,开始向安娜·帕夫洛夫娜证明,为什么他认为神甫的计划是空中楼阁。

"咱们以后再谈吧。"安娜·帕夫洛夫娜微笑着说。

她摆脱了这个不懂事的年轻人,又去履行她女主人的职责,继续东听听西望望,准备哪里谈得不大起劲就鼓动一下。像一个纺纱作坊的主人,把工人安排就位以后,就在作坊里来回巡视,发现纺锤运转失灵或者不顺耳、轧轧作响、声音太大时,就赶忙过去刹住,或者使它恢复正常运转——安娜·帕夫洛夫娜正是这样做的,她在客厅里走来走去,时常走到发生冷场或者谈得太多的人堆跟前,插进三言两语或者把客人调动一下,于是谈话机器又节奏均匀、彬彬有礼地开动起来。但在她这样照料的时候,仍然可以看出她特别担心皮埃尔。皮埃尔不论是在听莫特马尔周围的人们谈话,或者走到有神甫在场的那一堆人里,她都关切地注视着他。安娜·帕夫洛夫娜的这次晚会,对于一向在国外留学的皮埃尔说来,是他在俄罗斯见到的第一个晚会。他知道全彼得堡知识界的人才都聚集在这里,他像孩子走进玩具店一样,左顾右盼,目不暇给。他唯恐漏掉他可能听到的精辟谈话。他一面望着聚在这里的人们脸上信心十足而又温文尔雅的表情,一面总盼望听到特别高明的言论。最后,他走到莫里约跟前。他觉得这里谈得有趣,就停下来,像一般年轻人喜欢做的那样,等待机会发表自己的意见。

三

安娜·帕夫洛夫娜的晚会开足了马力。纺锤从四面八方发出连续不断的均匀响声。在这辉煌绚丽的交际场中,只有我的姑母和坐在她身旁的一位瘦削的、哭丧着脸子、上了年纪的妇人显得不大谐调。除了这两个人外,客人们分成三组。在男人占多数的一组里,神甫是中心人物。年轻人那一组的中心人物是瓦西里公爵的女儿——美人海伦公爵小姐和小博尔孔斯卡娅公爵夫人,她俊俏秀丽,肤色红润,但以她的年龄来说,显得太胖了些。第三组是以莫特马尔子爵和安娜·帕夫洛夫娜为中心。

子爵眉清目秀,文质彬彬,是个可爱的年轻人。他显然以名流自居,但为了表示有教养,不论什么场合他都十分谦让,俯首听命。安娜·帕夫洛夫娜显然是要利用他来款待客人。办事漂亮的领班都会献上一盘倘若有人在肮脏的厨房里见过就不想吃的牛肉,当作一道特别的好菜,安娜·帕夫洛夫娜今天晚上正是这样,她先献出子爵,然后献出神甫,作为两道特别的珍馐美味招待客人。莫特马尔那一组立刻谈起昂吉安公爵[①]被害的经过。子爵说,昂吉安公爵死于自己的宽宏大量,而波拿巴的怨恨是别有原因的。

"真的吗!子爵,讲给我们听听吧。"安娜·帕夫洛夫娜说,觉得这句话有点像路易十五的腔调,因此感到很高兴。

子爵鞠躬表示服从,并且谦恭有礼地微微一笑。安娜·帕夫

---

① 昂吉安公爵(1772—1804),波旁王朝的代表人物,十九世纪末法国大革命期间曾参加孔德领导的流亡国外的反革命军队,一八〇四年被拿破仑逮捕并判死刑。

洛夫娜让客人把子爵围在中间，并且请大家都来听他讲故事。

"子爵本人就认识那位公爵。"安娜·帕夫洛夫娜对一位客人低声说。"子爵是个了不起的讲故事的能手。"她对另一个人说。"一眼就看得出是上流社会出身的人。"她对第三个人说。于是，子爵像一盘点缀着生菜的热腾腾的煎牛里脊，以最优雅和对他最有利的方式被端出来奉献给在场的人。

子爵嘴角含着机智的微笑，就要开始讲故事了。

"到这里来，亲爱的海伦。"安娜·帕夫洛夫娜对坐在稍远的另一组的中心人物美丽的公爵小姐海伦说。

海伦公爵小姐微微含笑;她站起来，脸上始终带着进入客厅以来就带有的那种绝代佳人的微笑。当她从闪开让路的男人们中间穿过时，她那缀有常春藤和青苔花边的素白礼服发出窸窸窣窣的声音，白净的肩膀、光泽的头发和璀璨的钻石都光彩夺目，她径自朝安娜·帕夫洛夫娜走去，眼睛不看任何人，但对所有的人都笑容可掬，仿佛她把欣赏她的身材、丰腴的双肩和装束入时的十分裸露的胸脯和背脊的美的权利慷慨大方地赐予每个人，仿佛给舞会带来全部光彩的也是她。海伦真是太漂亮了，她身上不仅毫无卖弄风情的意味，而且相反，仿佛她为自己无可置疑的、其魅力之大足以征服一切的美貌，感到不好意思。仿佛她宁愿减少自己的美的魅力，可就是办不到。

"好一个美人!"看见她的人都这么说。当她在子爵对面坐下，仍然带着始终不变的微笑注视着他的时候，子爵仿佛被一件不平凡的东西所惊倒，他耸了耸肩，垂下眼睛。

"夫人，面对这样的听众，我担心讲不好呢。"他低下头来，微笑着说。

公爵小姐把裸露的丰满的手臂倚在小桌上，她认为没有必要说话。她含笑等待着。在讲故事的全部时间，她直挺挺地坐着，时而看看轻轻地倚在桌边的丰满的美丽的手臂,时而整整钻石项链,看看更加美丽的胸脯;她整理了几次衣服的皱褶,当故事讲到动听的时候,她回头望望安娜·帕夫洛夫娜,立刻露出和女官一致的表情,然后又安闲自在地浮出容光焕发的微笑。娇小的公爵夫人也跟着海伦从茶桌旁过来了。

"等一下,我要拿我的手工。"她说。"您怎么啦? 您在想什么?"她转身对伊波利特公爵说,"请把我的手提包拿来。"

公爵夫人微笑着和大家说话的时候,已经给她腾出位子,她坐下来,愉快地整了整衣裳。

"现在我坐好了。"她说了一句,就请求开始讲故事,一面又做起她的针线活来。

伊波利特公爵把手提包递给她,跟着她走过去,把圈椅移得离她更近一些,在她身旁坐下。

令人惊奇的是,这位可爱的伊波利特和他美丽的妹妹长得非常相像,而尤其令人惊奇的是,虽然相像,但他却丑得出奇。他的脸型和妹妹的一样,但妹妹那种乐天的、自满自足、洋溢着青春活力、永驻不变的微笑和体态非凡的古典美,使她光艳逼人;相反,哥哥那副面容却呆滞阴沉,老是有一种自以为是和不满的表情,身子又瘦又弱。眼睛、鼻子、嘴巴挤在一起,变成一副莫名其妙、枯燥无味的鬼脸,而手脚总是摆出不自然的姿势。

"是不是讲鬼的故事?"他说。他在公爵夫人身旁坐下,连忙把长柄眼镜举到眼上,仿佛没有这副眼镜的帮助他就不能说话似的。

"完全不是,亲爱的。"讲故事的人吃了一惊,耸耸肩,说。

"因为我就讨厌鬼的故事。"伊波利特公爵说,从他说话的语调可以看出,他说了这话之后才明白他说的是什么意思。

因为他说话时那么自以为是,叫人弄不清他的话是非常聪明呢,还是非常愚蠢。他穿一件深绿色的礼服,他自称为受惊的山林水泽女神的大腿颜色的裤子,穿长统袜和半高统皮鞋。

子爵娓娓动听地讲起当时流传的一段趣闻:昂吉安公爵秘密到巴黎去会乔治小姐①,当场碰上也受到这位女演员垂青的波拿巴;拿破仑在遇见公爵的时候,突然犯昏厥症晕倒了,于是他就落入公爵手中,公爵并没有利用这个机会,但后来波拿巴却将公爵处死来报答公爵的宽宏大量。

故事非常动听而有趣,特别是讲到两个情敌忽然彼此认出对方的时候,看来,女士们都很激动。

"妙极了。"安娜·帕夫洛夫娜说,一面回头用探问的目光望了望娇小的公爵夫人。

"妙极了。"娇小的公爵夫人低声说,把针插在手工上,好像是表示故事太有趣,太美妙,听得她连活都做不下去了。

子爵很欣赏这无言的赞许,感激地微微一笑,又接着讲下去;但是,安娜·帕夫洛夫娜总在留意使她担心的那个年轻人,这时她忽然发现他不知为什么和神甫谈得太热烈,声音太高了,于是她连忙前去援救那个危险的地方。果然不错,皮埃尔居然和神甫谈起政治均势问题,神甫显然对这个年轻人的天真热情感兴趣,就对他大谈起他那套得意的理论。两个人都听得和谈得过于兴奋,旁若无人,这使安娜·帕夫洛夫娜不大高兴。

"办法是欧洲的均势和民权,"神甫说,"只要有俄国这样以野蛮落后闻名于世的强国,大公无私地出来领导以谋求欧洲均势为宗旨的联盟,全世界就有救了!"

"那么您怎样得到这种均势呢?"皮埃尔刚要说话,安娜·帕

① 乔治小姐是当时法国著名的悲剧演员,做过拿破仑的情妇。一八〇八年,她去彼得堡,获得很大成功,就在那时,娜塔莎在海伦的客厅中听到她的朗诵。

夫洛夫娜正好走过来，严厉地瞅了皮埃尔一眼，问那位意大利人可受得了本地的气候。意大利人突然改变了脸色，露出一副显然是跟女人说话时惯用的虚假得令人难受的殷勤相。

"我有幸参加你们的社交活动，我完全为你们，尤其是女士们的那种美妙的智慧和教养所倾倒，因此还没有工夫想到气候呢。"他说。

安娜·帕夫洛夫娜再也不放过神甫和皮埃尔，为了便于监视，让他们加入人多的那一组。

这时客厅里又来了一位客人。这位新来的客人就是年轻的安德烈·博尔孔斯基公爵，也就是小公爵夫人的丈夫。博尔孔斯基公爵中等身材，是一个十分英俊的青年，面目清秀而严峻。他浑身上下，从倦怠烦闷的眼神到从容不迫的步履，和他娇小活泼的妻子恰恰形成尖锐的对比。看来，客厅里所有的人他不仅全都认识，而且使他感到厌烦，甚至连看一看他们或听他们说话，他都觉得非常无聊。在所有这些使他感到乏味的人们中间，他的漂亮的妻子似乎最使他感到厌倦。他做了一个有损他的漂亮面孔的怪相，向她背过身去。他吻了吻安娜·帕夫洛夫娜的手，然后眯起眼睛朝在场的人扫视了一下。

"您要去打仗吗，公爵?"安娜·帕夫洛夫娜说。

"库图佐夫将军，"博尔孔斯基说，像法国人那样，说库图佐夫时把重音放在最后一个音节上，"希望我做他的侍从官……"

"那么您的太太丽莎呢?"

"她到乡下去。"

"您怎么好把您那可爱的夫人从我们身边带走呢?"

"安德烈，"他的妻子说，她对丈夫说话和对别的男人说话同样都用那种娇滴滴的腔调，"子爵给我们讲了一段乔治小姐和波拿巴的故事，好极了!"

安德烈公爵眯起眼睛,转过身去。安德烈公爵一进客厅,皮埃尔就一直把他那喜悦的、友爱的目光投到他身上,这时他走上前去拉住他的手。安德烈公爵头也不回,皱起眉头,露出一副怪相,表示对碰到他的手的人不耐烦,可是当他一回头看见皮埃尔的笑脸,就出人意外地露出和蔼而愉快的笑容。

"嗬,想不到! ……连你也到上流社会的交际场里来了!"他对皮埃尔说。

"我知道您会来。"皮埃尔答道。"我到您府上吃晚饭,"为了不致打扰子爵讲故事,他低声补充说,"可以吗?"

"不,不行。"安德烈公爵笑着说,同时紧握对方的手,表示无须多问。他还想说些什么,但这时瓦西里公爵和他的女儿起身告辞,男客们都起身给他们让路。

"请您原谅我,亲爱的子爵,"瓦西里公爵对那个法国人说,亲热地拉住他的袖口往椅子上按了按,让他不要起来,"叫人头痛的领事馆的招待会夺走了我在这里的快乐,并且打断了您的故事。离开您这美妙的晚会,真感到遗憾。"他对安娜·帕夫洛夫娜说。

他的女儿海伦公爵小姐,轻轻提起衣裙褶,从椅子中间走过,她美丽的面庞上微笑更加妩媚了。当她从皮埃尔身旁经过时,皮埃尔几乎是用惊奇的、狂喜的目光注视着这位美人。

"好漂亮。"安德烈公爵说。

"真漂亮。"皮埃尔说。

瓦西里公爵走过时,抓起皮埃尔的手,转身对安娜·帕夫洛夫娜说。

"请您开导开导这只熊吧,"他说,"他在舍下住了一个月,我这是第一次在交际场中看见他。对于一个年轻人,再没有比聪明的女士们的社交界更为需要的了。"

四

安娜·帕夫洛夫娜微微一笑,答应照应皮埃尔,她知道皮埃尔的父亲和瓦西里公爵是亲戚。那个原先坐在我的姑母身旁的老妇人,连忙站起来,在前厅赶上瓦西里公爵。方才装出来的兴致从她脸上消失了。她那和善的、哭肿了眼睛的面孔只露出不安和恐惧。

"公爵,关于小儿鲍里斯的事,您办得怎么样了?"她在前厅一面追赶他,一面说。她说鲍里斯时,把"鲍"字说得特别重。"我在彼得堡不能再住下去了。请您告诉我,我能带给我可怜的孩子什么消息?"

虽然瓦西里公爵很不乐意,几乎是不大客气地听这位老妇人说话,甚至露出不耐烦的神色,可是她亲切动人地朝他微笑,抓住他的手,唯恐他走掉。

"您只要给皇上提一句,他就可以调到近卫军去了,这在您算不了什么。"她请求道。

"请您相信,凡我能做到的,我一定做到,公爵夫人,"瓦西里公爵答道,"但是求皇上我有困难。我劝您最好通过戈利岑公爵去找鲁缅采夫,这么办比较明智。"

老妇人名叫德鲁别茨卡娅公爵夫人,出身于俄国最显贵的家族之一,但是她已经落魄,早已退出交际场,失去旧日的联系。她这次来是为她的独生子在近卫军中谋个差事。仅仅为了要见瓦西里公爵,她才设法来参加安娜·帕夫洛夫娜的晚会,也是仅仅为了这,她才听子爵讲故事。瓦西里公爵的话使她吃了一惊,她那当年曾经秀丽的面孔露出怨恨的神情,但这只延续了一刹那。她又露出微笑,把瓦西里公爵的手抓得更紧。

"听我说,公爵,"她说,"我从来没求过您,以后也不会求您,我也从来没有向您提过家父待您的情谊。可是现在,我恳求您看在上帝分上,为小儿办妥这件事吧,我永远把您当作恩人。"她连忙补上一句,"不,您不要生气,您答应我吧。我求过戈利岑,他拒绝了。像您从前那样,发发善心吧!"她说,极力赔着笑脸,但是她的眼睛却含着泪。

"爸爸,我们要迟到了。"等在门口的海伦公爵小姐转过她那古典型肩膀上美丽的头,说。

权势在社会上是一笔资本,为了不让这笔资本消耗掉,就得爱惜它。瓦西里公爵知道这一点,他考虑到,如果他有求必应,那么他很快就不能为自己向别人求情了,所以他很少使用自己的权势。然而在德鲁别茨卡娅公爵夫人这件事上,经她再次提出请求后,他觉得仿佛受到良心的责备。她提醒他一个事实:当初走上仕途的时候,他曾受过她父亲的提携。此外,从她的态度上他看得出,有些女人,特别是做母亲的,一旦拿定一个主意,不达到目的,决不肯罢休,如不能如愿以偿,她们准备每时每刻纠缠不休,甚至大吵大闹,而她就是这样的女人。后面这点考虑使他动摇了。

"亲爱的安娜·米哈伊洛夫娜,"他用通常亲昵而枯燥的腔调说,"您所希望的,我几乎不可能办到;但是为了向您证明我对您的爱戴和对已故令尊的感念,我要办到这件不可能办到的事情:您的儿子会调到近卫军里去的,我向您保证。您满意了吧?"

"我亲爱的,您是一个善人!我就料到您会这样的,我知道您是多么仁慈。"

他准备走了。

"等一等,还有两句话。等他调到近卫军里以后……"她犹豫起来,"您和米哈伊尔·伊拉里奥诺维奇·库图佐夫很要好,请您把鲍里斯举荐给他当副官。那时我也就安心了,那时就会……"

瓦西里公爵微微一笑。

"这个我可不能答应。您可知道,自从库图佐夫被任命为总司令①以后,人们是怎样纠缠他吗?他亲自对我说过,全莫斯科的太太们都串通一气要把自己的儿子送给他当副官。"

"不,答应吧,不然我不让您走,我的好恩人。"

"爸爸,"那位美人又用同样的声调说,"我们要迟到了。"

"好,再见,再见啦。您听见她说什么了吧?"

"那么您明天就奏明皇上?"

"一定的,可是向库图佐夫求情,我不能答应。"

"不行,一定答应,一定答应,瓦西里。"安娜·米哈伊洛夫娜紧接着说,露出卖弄风情的年轻少妇的媚笑,这种媚笑从前大概是她习惯了的,而现在却与她那憔悴的面孔不相称。

看来,她忘记了自己的年龄,习惯成自然地把自古以来妇女就使用的全副本领都施展了出来。但是当他刚走出门,她的脸又换成原先那种冷冰冰的虚假表情。她回到子爵仍在讲故事的那组人里,一面装作在听,一面等待时机离开,因为她的事已经办完了。

"最近,《米兰的加冕礼》那幕喜剧,您觉得怎么样?"安娜·帕夫洛夫娜说,"还有新的喜剧呢:热那亚和卢加各族人民向波拿巴先生请愿。波拿巴先生高踞宝座,竟满足了各族人民的要求。嗬!妙极了! 这简直叫人发狂。真了不起,全世界都弄得晕头转向了。"

安德烈公爵直瞅着安娜·帕夫洛夫娜的脸,冷冷一笑。

"'上帝赐我以王冠,谁要碰它,谁就倒霉',"他引了一句波拿巴在加冕时说的话,"据说他说这话时,挺神气的呢。"他补充一

①　库图佐夫(1745—1813),一八〇五年,俄奥英同盟对拿破仑作战时,任驻奥地利俄军总司令。一八一二年,拿破仑发动对俄战争时,任俄军总司令,指挥著名的波罗金诺战役和塔鲁丁诺战役。一八一三年率领俄军参加欧洲国家反对拿破仑战争。不久病死。

句,接着用意大利语把刚才那句话又说一遍。

"他已恶贯满盈,"安娜·帕夫洛夫娜接着说,"我希望这是他的最后一桩罪恶。各国元首再也不能容忍这个混世魔王了。"

"各国元首?我不是说俄国,"子爵谦恭有礼然而失望地说,"各国元首!他们为路易十六做了什么?为皇后、为伊丽莎白公主做了什么?什么都没做。"他兴致勃勃地继续说,"你们可以相信我的话,他们为背叛波旁王朝的事业将要受到惩罚。各国元首?他们还派大使去庆贺篡位的奸贼呢。"

他轻蔑地叹了口气,又换了换姿势。伊波利特手持长柄眼镜对子爵瞅了半天,在听到这些话时,他突然朝娇小的公爵夫人转过全身,向她要了一根针,用它在桌上画孔德的徽章给她看。他一本正经地向她解释这种徽章,仿佛娇小的公爵夫人请求他这样做似的。

"孔德家的房子,用徽章图案中的天蓝色兽嘴缠成的兽嘴仪仗队。①"他说。

公爵夫人面带笑容听着。

"如果波拿巴再在法国的王位待上一年,"子爵接着刚才的话说,他那神情,就像一个人谈起比谁都清楚的问题时不理会别人的话,只顺着自己的思路讲下去,"事情就越发不可收拾了。阴谋、暴力、放逐、死刑将要永远把法国社会,我指的是法国上流社会,断送掉,那时……"

他耸耸肩,摊开两手。皮埃尔想说什么:子爵的话使他感到兴趣,但是监视他的安娜·帕夫洛夫娜把话接了过去。

"亚历山大皇帝宣布,"她带着一提起皇家就露出的哀愁,说,"他要让法国人自己选择自己的政体。我相信,毫无疑问,一旦摆

----

①　原文为法语,是一句无法翻译的毫无意义的蠢话。

脱掉篡位的奸贼,全国上下都要争先恐后归顺合法的国王。"安娜·帕夫洛夫娜说,极力向这个亡命的保皇党讨好。

"那不一定,"安德烈公爵说,"子爵先生说得完全正确,事情已经弄到不可收拾的地步。但是我相信,走回头路是困难的。"

"据我所听到的,"皮埃尔红着脸又加入了谈话,"几乎所有贵族都已经投向波拿巴了。"

"这是波拿巴派说的话,"子爵眼睛不看着皮埃尔,说,"现在很难知道法国的社会舆论。"

"这是波拿巴说的。"安德烈公爵冷笑说。(他显然不喜欢子爵,眼睛没有望着子爵,然而话却是针对子爵说的。)

"'我向他们指出光荣的道路,'"他沉吟了一下,又复述拿破仑的话,说,"'他们不愿意走。我向他们敞开前厅,他们成群地涌进来……'我不知道他有什么权利说这话。"

"没有任何权利,"子爵反驳说,"在杀害了公爵之后,甚至最偏激的人也不再把他看作英雄了。即使他在某些人心目中曾经是英雄,"子爵转身对安娜·帕夫洛夫娜说,"自从公爵被杀害以后,天上就多了个殉难者,地上也就少了个英雄了。"

还没等安娜·帕夫洛夫娜和别的人用微笑表示赞许子爵的话,皮埃尔又插嘴了,虽然安娜·帕夫洛夫娜预感到他会说出什么不得体的话,却已经无法加以阻拦了。

"处死昂吉安公爵,"皮埃尔说,"对国家有其必要性。拿破仑不怕由他一个人负全责,我认为这正是他精神伟大之处。"

"天哪!我的天哪!"安娜·帕夫洛夫娜害怕地低声说。

"皮埃尔先生,您认为谋杀就是精神的伟大吗?"小公爵夫人一面说,一面微笑着凑近她的手工。

"啊!噢!"几个人同时惊叹起来。

"妙极了!"伊波利特公爵用英语说,并且用手掌拍打自己的膝盖。子爵只是耸了耸肩。

皮埃尔洋洋得意地从眼镜上方端详着听众。

"我所以这样说,"他不顾一切地说下去,"是因为波旁王朝逃避革命,使人民陷于无政府状态。只有拿破仑善于理解革命,战胜革命,因此,为了全体的利益,他不能因可惜一个人的生命而趑趄不前。"

"您到那边一桌去,好不好?"安娜·帕夫洛夫娜说。但是皮埃尔不答理,继续讲他的话。

"不,"他越讲越兴奋,"拿破仑伟大,因为他站在革命之上,他扬弃了革命的弊端,保留了一切好的东西——公民的平等权利啦,言论出版自由啦,等等,因此他才取得了政权。"

"是的,如果他取得政权以后,不是利用政权来屠杀,而是把政权交给合法的国王,"子爵说,"那么,我就会称他作伟人了。"

"他不能这样做。人民把政权交给他,正是因为他使人民摆脱了波旁王朝,而且是因为这个缘故,人民才把他看作伟人。革命是伟大的事业。"皮埃尔先生继续说。他不顾一切插进这么一句挑战的话,显出他非常年轻,急于一吐为快。

"革命和弑君都是伟大的事业吗?……既然这样……您好不好到那边一桌去?"安娜·帕夫洛夫娜又说一遍。

"《民约论》①。"子爵露出温和的微笑,说。

"我不是说弑君,我是说理想。"

"是啊,抢劫、杀人和弑君的理想。"又有一个讽刺的声音打断了他的话。

"这当然是过激的行为,但全部的意义并不在于此,意义在于人权,消除偏见,公民一律平等。所有这些理想,拿破仑都充分予

————————

① 指卢梭著《民约论》。

以保留。"

"自由平等，"子爵轻蔑地说，仿佛他终于下决心向这个青年证明他的话是多么愚蠢，"这全是高调，早就名誉扫地了。谁不爱自由平等？我们的救主早就宣讲过自由平等。难道革命以后人们过得更幸福吗？正好相反。我们希望自由，而波拿巴却消灭自由。"

安德烈公爵含笑时而看看皮埃尔，时而看看子爵，时而看看女主人。起初，安娜·帕夫洛夫娜虽然有应付上流社会的经验，却被皮埃尔的狂妄无礼吓坏了。但是后来她看到，皮埃尔虽然说了些亵渎神圣的话，并没有惹恼子爵，当她确信阻止这些话已经不可能，她就和子爵联合起来，集中力量攻击这位演说家。

"可是，我亲爱的皮埃尔先生，"安娜·帕夫洛夫娜说，"一个伟大人物可以处死公爵，他也可以不经审判无辜地处死随便什么人，您对这怎么解释呢？"

"我请问，"子爵说，"先生怎样解释雾月十八日①呢？难道这不是欺骗吗？这是骗局，丝毫不像伟大人物的行为。"

"还有他把非洲的俘虏全杀死了呢？"娇小的公爵夫人说，"这真可怕！"她耸了耸肩。

"不管怎么说，是个暴发户。"伊波利特公爵说。

皮埃尔先生不知应当回答谁好，他环顾一下所有的人，微笑了。他的微笑不像别人似笑非笑的样子。相反，他微笑时，那副严肃、甚至有点阴沉的面孔，转瞬之间就消失了，忽然换上一副稚气、善良、甚至有点拙笨的表情，仿佛在请求饶恕。

子爵虽然和他初次见面，可是已经看出，这个雅各宾党人完全

---

① 雾月十八日（公元 1799 年 11 月 9 日）拿破仑在大资产阶级支持下发动军事政变，政变后拿破仑自任第一执政，掌握军政大权。

不像他的话那样可怕。大家都沉默了。

"你们要他一下子回答所有的人，那怎么行呢？"安德烈公爵说，"再说，对于一位政治家，我们应当分清，哪些是他的私人行为，哪些是统帅的或者皇帝的行为。我觉得应当这样。"

"是的，是的，自然应当这样。"皮埃尔接过去说，他很高兴有人帮助他。

"不能不承认，"安德烈公爵继续说，"在阿尔科拉①桥上的拿破仑是个伟人，在雅法②医院里向鼠疫患者伸出手来的拿破仑也是个伟人，但是……但是有些行为却令人很难为他辩解。"

安德烈公爵显然想和缓一下皮埃尔的失言；他欠起身来准备走，并且递给妻子一个暗示。

这时伊波利特公爵忽然站起来，用手势留住所有的人，请大家坐下，他开始说：

"嘿，今天我听到一段莫斯科的笑话，也应该讲给你们听听。请原谅，子爵，我要用俄语来讲，不然就没有味道了。"

伊波利特公爵开始用俄语讲，他那口音，就像一个刚到俄国才一年把的法国人说的俄语。大家都留下来，因为伊波利特公爵热情而坚决地要求大家注意听他的故事。

"莫斯科有位太太，一位太太。她非常吝啬。她需要两个跟车的仆役。要非常高大的。这是她的爱好。她有一个侍女，也是个大个子。她说……"

说到这里，伊波利特公爵思索起来，显然在搜索枯肠。

"她说……对了，她说：丫头穿上制服，站在马车后面，跟我们一道去串门。"

---

① 阿尔科拉是意大利北部维罗纳省的一个村庄，一七九六年十一月十五日至十七日，拿破仑军在阿尔科拉桥附近战胜了奥地利军，结束了所谓的维罗纳战役。
② 雅法是巴勒斯坦的城市和港口，濒地中海。

说到这里，没等听众笑，伊波利特公爵噗哧一声笑起来，这一笑对讲故事的人产生了不利的效果。不过也有一些人，包括那位老太太和安娜·帕夫洛夫娜，都露出了笑容。

"她坐上车走了。忽然起了一阵大风。侍女的帽子刮跑了，长长的头发披散下来……"

他说到这里再也忍不住了，笑得上气不接下气，一边断断续续地说：

"于是整个社交界都知道了……"

笑话就这样结束了。虽然不知道他为什么讲这个笑话，而且为什么一定要用俄语讲，但是安娜·帕夫洛夫娜和其他客人都称赞伊波利特公爵的社交手腕，称赞他竟这样愉快地结束了皮埃尔先生令人不快的、无礼的谈话。讲过笑话之后，谈话就转入琐碎的、无关紧要的闲谈，比如谈下一次和上一次的舞会，谈演剧，以及某时某地谁将会见某人等等。

五

客人们谢过安娜·帕夫洛夫娜的引人入胜的晚会，开始告辞了。

皮埃尔笨头笨脑。他长得肥肥胖胖，个子比一般人高，肩膀宽阔，两只手又红又大。正像一般人所说的，他不懂进入客厅的礼节，更不懂离开客厅的礼节，也就是说，他不会在临走之前说几句特别好听的话。除此以外，他还心不在焉。他站起来，不去拿自己的帽子，却抓起一顶带将官羽饰的三角帽，一面拿在手里，一面揪着帽缨，直到那位将军把帽子要回去。不过他心不在焉、不懂进客厅的礼节，不善于在客厅里说话，所有这些都被他的温厚、纯朴、谦恭的表情补偿了。安娜·帕夫洛夫娜向他转过身来，怀着基督徒

的温和,对他不得体的谈吐表示原谅,点了点头对他说:

"希望再看见您,不过也希望您能改变您的意见,我亲爱的皮埃尔先生。"她说。

她对他说这话时,他一语不答,只是鞠躬,又一次向大家露出他的微笑,这微笑没有别的意思,只表示:"意见归意见,但是你们看我这个人多么善良,多么好。"所有的人,连同安娜·帕夫洛夫娜在内,都不由自主地感到这一点。

安德烈公爵走到前厅,把肩膀转向给他披斗篷的仆役,淡漠地听他妻子和也走到前厅的伊波利特公爵闲扯。伊波利特站在怀孕的漂亮的公爵夫人身旁,一个劲儿从长柄眼镜里直愣愣地看她。

"进去吧,安内特,您会着凉的。"娇小的公爵夫人向安娜·帕夫洛夫娜告别时说。"就这样决定吧。"她又低声说了一句。

安娜·帕夫洛夫娜已经对丽莎谈过她有意给阿纳托利和娇小的公爵夫人的小姑做媒。

"我指望您了,亲爱的朋友,"安娜·帕夫洛夫娜也低声说,"您给她去信,并且告诉我,令尊对这件事的意见。再见。"于是她离开了前厅。

伊波利特公爵走到娇小的公爵夫人跟前,俯下身来把脸凑近她,低声对她说什么。

两个仆役,一个是公爵夫人的,手里拿着披肩,一个是他的,手臂上搭着长襟礼服,站在那里等候他们把话说完。他们听着他们听不懂的法语,脸上的表情却仿佛他们懂得,但是不愿露出懂得的样子。公爵夫人像平时一样,说话时满脸笑容,听话时笑出声来。

"我很高兴我没有去领事馆,"伊波利特公爵说,"无聊……今天的晚会好极了,您说对吧,好极了?"

"据说,那里的舞会好得很呢,"公爵夫人翘起毛茸茸的小嘴唇答道,"交际场中的漂亮女人全要出席。"

“不是所有的，因为您就不去，不是所有的。”伊波利特公爵一面说，一面高兴地大笑，他从仆役手里抓过披肩，甚至推开他，把披肩往公爵夫人身上披。不知是因为笨手笨脚还是故意如此（谁也弄不清楚究竟为什么），披肩已经披好了，他还是好半天没有放下手来，好像在拥抱那个年轻的女人。

她始终含着微笑，娉娉婷婷地闪开他，转脸看了看丈夫。安德烈公爵闭着眼睛：他好像很疲倦，要睡的样子。

“您准备好了吗？”他问妻子，目光避开她。

伊波利特公爵匆忙穿上他那件按照流行的式样做的长过脚跟的礼服，跌跌绊绊地追着公爵夫人跑到门廊，这时仆役正扶她上马车。

“公爵夫人，再见。”他喊道，他的舌头也像两条腿一样，不听使唤。

公爵夫人提起衣服，在黑暗的车厢里坐下。她的丈夫正整好佩刀。借口帮忙的伊波利特公爵碍大家的事。

“对不起，阁下。”安德烈公爵用俄语对妨碍他走过去的伊波利特公爵冷淡不悦地说。

“我等着你呢，皮埃尔。”仍然是安德烈公爵的声音，听去却亲热而柔和。

前导御者催动了乘马，车轮隆隆地响起来。伊波利特公爵发出阵阵的笑声，站在台阶上等候子爵，他答应送他回家。

“喂，亲爱的，您的那位小公爵夫人非常可爱，”子爵和伊波利特在马车里坐下来，说，“非常可爱。”他吻了吻自己的手指，“一个地地道道的法国女人。”

伊波利特噗哧一声笑了。

“您可知道，您那天真无邪的样子真可怕，”子爵继续说，“我可怜那个可怜的丈夫，就是那个硬充有权势的小军官。"

伊波利特又噗哧一笑，说：

"可是您说俄国女人不如法国女人。要善于对付她们。"

皮埃尔先到，他像在自己家里一样，径直走进安德烈公爵的书房，立刻习惯地躺在沙发上，从书架上随手取下一本书（这是凯撒①的《高卢战纪》和《内战纪》），用臂肘支着头，从半中间读起来。

"你对舍列尔小姐怎么啦？她现在一定病得更厉害了。"安德烈公爵走进客厅，一面搓着白皙的小手，一面说。

皮埃尔翻过身来，把沙发弄得轧轧作响，他把兴奋的面孔转向安德烈公爵，微微一笑，把手一摆。

"不是的，那个神甫很有趣，只是不怎么懂得道理……我认为永久的和平是可能的，但是我说不清怎样才有可能……反正不是通过政治均势的途径……"

安德烈公爵显然对这些抽象的议论不感兴趣。

"你到处说你心里想的那一套是不行的，我亲爱的，怎么样，你最后决定了没有？你想做骑卫兵还是外交官？"安德烈公爵停了一下问道。

皮埃尔坐在沙发上，盘起两腿。

"实在说，我还不知道呢。两样没有一样是我喜欢的。"

"可是总得做个决定吧？令尊在等着呢。"

皮埃尔刚满十岁就和一个做家庭教师的神甫到国外去了，他在国外一直待到二十岁。回到莫斯科以后，他父亲辞退了那个神甫，对这个年轻人说："现在你去彼得堡吧，到处看看，选个职业。我什么都同意。这是给瓦西里公爵的信，这是给你的钱。把一切情形写

---

① 凯撒（公元前100—公元前44），古代罗马的政治家、战略家、著作家和演说家。

信告诉我,我要在一切方面帮助你。"皮埃尔选择职业选了三个月,毫无结果。安德烈公爵正是和他谈这件事。皮埃尔擦了擦前额。

"他一定是个共济会①会员。"他指的是他在晚会上遇见的那个神甫。

"这都是胡思乱想,"安德烈公爵又阻止他说,"我们最好还是谈谈正事。你到骑卫军去过吗?……"

"没有,没去过,可是我心里有个想法,正要跟您谈谈。这次是反拿破仑的战争。如果为了自由而战,那我是理解的,我首先就去服兵役。但是帮助英国和奥地利去反对一个世界上最伟大的人……这不好。"

对皮埃尔这番幼稚的谈话,安德烈公爵只是耸耸肩。他做出对这种蠢话无法作答的神情;的确,对这样天真的问题,除了像安德烈公爵这样答复,很难有别样的答复。

"如果大家都是为自己的信念而战,那么就不会有战争了。"他说。

"那就太好了。"皮埃尔说。

安德烈公爵冷冷一笑。

"也许真的是太好了,但永远不会有这么一天……"

"那么您为什么去打仗呢?"皮埃尔问。

"为什么?我不知道。必须去。此外,我必须去……"他沉吟了一下,"还因为我在这里过的生活——不合我的意!"

六

隔壁房里传来女人衣服的窸窣声。安德烈公爵好像忽然醒过

① 共济会是十八世纪在欧洲各国出现的一种神秘的宗教运动,以道德的自我修养为主旨,其成员多半是贵族和资产阶级上层人物。

来,全身抖动了一下,脸上又露出他在安娜·帕夫洛夫娜的客厅里的那副表情。皮埃尔把脚从沙发上放下来。公爵夫人进来了。她已经换上家常穿的、然而却同样雅致、鲜艳的便服。安德烈公爵站起来,彬彬有礼地把圈椅移到她跟前。

"为什么,我常常想,"她连忙坐到圈椅里,照例用法语说,"为什么安内特不结婚?先生们,你们都不娶她是多么愚蠢啊。请你们原谅我,你们一点也不会欣赏女人。您多爱抬杠,皮埃尔先生!"

"我正跟您的丈夫抬杠呢,不明白他为什么要去打仗。"皮埃尔丝毫没有年轻男人对年轻女人说话时常有的那种拘束态度,对公爵夫人说。

公爵夫人战栗了一下。皮埃尔的话显然触到她的痛处。

"是啊,我就是说嘛!"她说,"我不明白,实在不明白,为什么男人不打仗就不能活?为什么我们女人就什么都不想,什么都不要?请您来评评吧。我总是对他说:他在这里做叔父的副官,总算是一个最显赫的位置。谁不知道他,谁不器重他。前些日子我在阿普拉克辛家听见一位太太问:'这就是鼎鼎大名的安德烈公爵吗?'真的!"她笑了,"他到处受欢迎。他很容易就能当上侍从武官。您知道,皇上很亲切地和他谈话。我和安内特都说,促成这件事并不费力。您以为如何?"

皮埃尔瞧了安德烈公爵一眼,看出他的朋友不大喜欢谈论这些事情,他就没有回答。

"您什么时候走?"他问。

"唉,别对我提走的事吧,别提!我不要听这些。"她说话的腔调,跟在客厅里和伊波利特说话时同样任性、撒娇,这在家里显然不合适,因为皮埃尔在这里可以被看作家庭的一员。"今天,我想到就要断绝这一切宝贵的关系……以后会怎么样,安德烈,你知道吗?"她意味深长地向丈夫眨了眨眼,"我害怕,我害怕!"她背脊直打战,低声说。

丈夫带着那样的神情望着她,仿佛他觉察出室内除了他和皮埃尔之外,还有另外一个人,这使他感到惊讶似的。然而他还是冷冰冰地、礼貌地对妻子发出了疑问:

"你怕什么,丽莎? 我不明白。"他说。

"所有的男人都多么自私,所有的,所有的男人都自私! 为了满足自己异想天开的念头,天晓得为了什么,就抛弃了我,把我一个人囚禁在乡下。"

"还有我父亲和妹妹在那里呢,你别忘了。"安德烈公爵轻轻地说。

"如果没有我的朋友们,还照样是孤零零一个人……他还想叫我不害怕呢。"

她已经口出怨言了,她翘起嘴唇,面有不悦之色,露出兽性的、松鼠似的表情。她不作声了,仿佛她认为在皮埃尔面前提起她正怀孕是不相宜,而这正是问题的实质。

"我还是不明白,你怕什么。"安德烈公爵目光没有离开妻子,慢慢地说。

公爵夫人脸红了,绝望地挥了挥双手。

"不,安德烈,你完全变了,完全变了……"

"你的医生要你早点躺下,"安德烈公爵说,"你最好去睡吧。"

公爵夫人一声不响,她那毛茸茸的短嘴唇忽然颤抖起来。安德烈公爵站起来耸了耸肩,在房间里走了一趟。

皮埃尔惊讶而天真地透过眼镜时而看看他,时而看看公爵夫人,他动了一下,好像要站起来,但是又改变了主意。

"皮埃尔先生在这里也没关系,"小公爵夫人忽然说,她那俊秀的面孔顿时变成一副苦相,仿佛要哭的样子,"我早就想对你说,安德烈,你为什么变得对我这样？我对你怎么了？你要到军队里去,你不怜惜我。为什么?"

"丽莎!"安德烈公爵只说了这么一句,但是在这句里有恳求,有威胁,主要的,还有自信——自信她会后悔自己的话,可是她急急忙忙继续说下去:

"你待我像病人或者孩子。我什么都看得出。你半年前难道是这样的吗?"

"丽莎,我求你不要再说下去了。"安德烈公爵更加重语气说。

皮埃尔听着这场谈话,越来越激动,站起来走到公爵夫人面前。看来,他见不得别人流泪,连他自己也想哭了。

"冷静些,公爵夫人。这都是您的想象,因为,请您相信我,我自己就体验过……为什么……因为……请原谅,外人在这里是多余的……好,冷静点……再见……"

安德烈公爵拉住他的手,不让他走。

"不,等一等,皮埃尔。公爵夫人心肠非常好,她不会让我失去和你共度一个晚上的快乐的。"

"不,他只为自己着想。"公爵夫人说,忍不住流出气愤的眼泪。

"丽莎。"安德烈公爵冷淡地说,声音提得那么高,表示他的耐性已经达到极点了。

公爵夫人那俏丽面庞上像松鼠似的愤怒表情,忽然换上一副惹人怜爱的恐惧的样子,她皱起眉头,用美丽的眼睛看了看丈夫,像一只迅速而无力地摇着耷拉下来的尾巴的狗,脸上流露出怯懦、负疚的神情。

"我的天哪,我的天哪!"公爵夫人说,一只手提着裙褶,走到丈夫跟前,吻了吻他的前额。

"再见,丽莎。"安德烈公爵说,他站起来,像对待外人那样彬彬有礼地吻了吻她的手。

两个朋友都沉默着。谁也不想开口。皮埃尔看了看安德烈公爵，安德烈公爵用小手擦了一下前额。

"咱们吃晚饭去吧。"他叹了口气，一面说，一面站起来朝门口走去。

他们走进一间重新装修过的雅致而富丽的餐厅。这里的一切，从餐巾到银器、陶瓷和水晶玻璃器皿，都具有一派新婚家庭所特有的焕然一新的气象。吃饭中间，安德烈公爵用臂肘支在餐桌上，开始说话了。他说话时的神情，像早就在心中郁积很久，现在突然决定一吐为快，他那神经质的激动表情，是皮埃尔在他这位朋友身上还从来未曾见过的。

"永远，永远不要结婚，我的朋友。这是我对你的忠告。当你还不敢说你已经做到你能做的一切以前，当你还没有停止爱你所选择的女人，还没有把她看清楚以前，千万不要结婚，不然你就会大错特错，以致不可挽回了。到老得不中用的时候再结婚吧……不然你身上一切美好、高尚的东西都会毁灭掉的。一切都在琐碎小事上消磨掉了。真的，真的，真的！别这么吃惊地望着我。如果你对自己的前途有所期待，那你每走一步都感觉到，给你准备的只有客厅，在那里你将要成为与宫廷的奴仆和白痴同类的人，除此之外，一切都完了，处处行不通……就是这么回事！……"

他用力把手一挥。

皮埃尔摘下眼镜，摘去眼镜的面孔变了样，显得更善良了，他惊奇地望着朋友。

"我的妻子，"安德烈公爵继续说，"是一个非常好的女人。她是可以让丈夫不用担心自己的名誉的极少数女人当中的一个。可是，我的天哪，只要我现在能做一个没有结婚的人，我愿意付出一切！我这话只对你一个人讲，而且是第一次讲，因为我是爱你的。"

安德烈公爵说这些话的时候，与先前懒洋洋地仰坐在安娜·帕夫洛夫娜的圈椅里，半闭着眼睛，从牙缝里说法语的那个博尔孔斯基更不相像了。他那冷峻的脸上每根筋肉都兴奋得神经质地颤动，他那双本来似乎熄灭了生命之火的眼睛，现在却射出炯炯的光辉。看起来，他平时越是显得死气沉沉，在激动的时刻就越是精力充沛。

"你不理解我为什么说这话，"他继续说，"要知道，这是一个人的全部生活经历。你提起波拿巴和他的事业，"他说，虽然皮埃尔并没有谈起波拿巴，"你提到波拿巴，但是波拿巴，当他进行工作，一步步向他的目标走去的时候，他是自由的，他心目中除了自己的目标再没有别的，所以他达到了目标。可是把自己和女人拴在一起，像一个戴上脚镣的囚犯，你就失去一切自由。你所有的希望和力量只能使你感到沉重，使你悔恨交加。客厅、流言蜚语、舞会、虚荣、琐碎小事——这一切就是我无法逃出的迷阵。我现在要去打仗，去参加空前伟大的战争，而我却什么都不懂，什么都不会。我只不过能说会道，"安德烈公爵继续说，"在安娜·帕夫洛夫娜那里，大家都听我说话，还有那些女人……可惜你不知道，那些体面的女人和所有的女人是什么东西！我父亲说得对。自私自利、爱好虚荣、愚昧无知、毫无价值——当女人露出真面目的时候，就是这样。你仔细看看交际场的女人，似乎她们有点什么，其实什么都没有，什么都没有，什么都没有！千万不要结婚，亲爱的，不要结婚。"安德烈公爵结束说。

"我觉得可笑，"皮埃尔说，"您认为自己无能，认为自己的生活被毁掉了。其实您的前程还远大得很呢。而且您……"

他没有说出而且您怎么样，但从他的声调里可以听出，他对朋友的估价多么高,对他的前途抱有多大的希望。

"他怎么能说出这种话!"皮埃尔想。皮埃尔认为安德烈公爵是一切美德的典范,因为在他身上最完美地结合着的正是皮埃尔所缺少的、可以用"毅力"这个最恰当的概念加以概括的那些品质。皮埃尔一向叹服安德烈公爵在同各种各样的人交往时那种从容不迫的态度,他那种非凡的记忆力,博学多识(他什么都读,什么都知道,什么都懂),尤其使他叹服的是他的工作和学习的能力。如果说,皮埃尔常常为安德烈公爵缺乏哲学的幻想力(皮埃尔在这方面有特别的爱好)而感到吃惊,那么他认为连这也不是缺点,而是一种力量。

在最好、最友爱、最纯朴的人与人之间的关系中,赞扬或夸奖是必要的,就像车辆运转,需要润滑油一样。

"我这人算是完了,"安德烈公爵说,"关于我有什么可说的?还是谈谈你吧。"他停顿了一下说,对自己心安理得的想法微微一笑。那笑容霎时间也在皮埃尔的脸上反映出来。

"我有什么可说的?"皮埃尔说,他张开嘴,露出无忧无虑的快活的微笑,"我算什么? 我是一个私生子!"他突然脸红了。看来,他费了很大劲儿才说出口。"既无名位,也无财产……当然啰,实际上……"他没有说出实际上怎么样,"目前我是自由的,很快活。可就是怎么也不知道我应当做什么。我想认真跟您商量一下。"

安德烈公爵用和善的目光望着他。但是在他那友爱亲切的目光中,仍然流露出一种优越感。

"我很尊重你,特别因为你是我们圈子里唯一的活人。你很自在,要怎样就怎样,都不成问题。你做什么都会一帆风顺,但只是有一样:你别再上库拉金家去了,不要再过那种生活。所有那些酗酒、荒唐,那些……对你没有好处。"

"没有办法,老兄,"皮埃尔耸耸肩说,"女人,老兄,女人嘛!"

"我不懂,"安德烈回答说,"正派女人,自然另当别论;但是库拉金家的女人,女人和酒,我真不明白!"

皮埃尔住在瓦西里·库拉金公爵家,他和公爵的儿子阿纳托利厮混,过着放荡的生活,就是为了使阿纳托利改邪归正,他们希望他能和安德烈公爵的妹妹结婚。

"我告诉你!"皮埃尔说,他仿佛突然想起一个令人高兴的念头,"真的,我早就有这个想法了。过这种生活,什么事都不能决定,什么事都不能好好地考虑。整天头痛,钱也用光了。今天晚上他们又叫我,我决定不去了。"

"你能向我发誓你不去吗?"

"我发誓!"

皮埃尔从朋友家出来已经是后半夜一点多了。这时正是彼得堡六月的白夜。皮埃尔雇了一辆四轮马车,准备回家。但是离家越近,他就越是感觉到在这毋宁说更像黄昏和黎明的夜晚无法入睡。阒然无人的街道上可以望得很远。在路上皮埃尔忽然想起,在阿纳托利·库拉金家里今晚一定有一群熟人聚赌,赌后照例是一顿狂饮,最后以皮埃尔喜爱的娱乐结束。

"要是到库拉金家去一趟,那该有多好。"他想道。但是即刻又想起他曾向安德烈公爵保证不去库拉金家的誓言。

可是,正像所谓意志薄弱的人常有的那样,他渴望再享受一次对他是如此熟悉的放荡生活,他决定去那里。他心中忽然有个想法:许下诺言是无所谓的,因为在答应安德烈公爵之前,他也答应过阿纳托利公爵到他那里去。最后他想,所有这一切誓言都是可真可假的,没有什么确定的意义,特别是当他考虑到,也许明天他会死掉,也可能发生什么非常的变故,那就根本谈不上什么誓言不誓言了。像这样的论断常常跑进皮埃尔的脑子里,打消了他的一切决心和打算。于是他到库拉金家里去了。

马车驶到骑卫兵营房旁一所大住宅前面,阿纳托利就住在这里。他走上灯光照亮的台阶,上楼梯,进入一扇敞开的门。前厅不见人影,这里横七竖八地摆着空酒瓶、斗篷、套鞋,散发着酒气,隐约听见里屋的谈话声和喊叫声。

赌局和晚餐已经结束了,但是客人还没有散去。皮埃尔脱下斗篷,走进第一间屋里,这里只有吃剩的晚餐和一个仆人,他以为没有人看见,偷偷地喝完了几杯剩酒。从第三间屋里传来骚乱声、大笑声、熟悉的喊叫声和狗熊的低吼声。八九个年轻人神情紧张地聚在打开的窗口。有三个人在玩一只小熊,一个人牵着链子拖着它吓唬另外两个人。

"我压史蒂文斯一百卢布!"一个人喊道。

"注意别扶东西!"另一个人喊道。

"我压多洛霍夫!"第三个人喊道,"库拉金,你来把手掰开①。"

"喂,别玩狗熊了,这里在打赌呢。"

"要一口气喝完,不然就得算输。"第四个人喊道。

"雅科夫,拿瓶酒来,雅科夫!"主人喊道,他是一个身材修长的美男子,站在那群人中间,只穿一件敞到胸口的薄薄的衬衫。"等一等,诸位先生! 他来了,彼得鲁沙②,亲爱的朋友。"他转身对皮埃尔说。

另外一个个子不高,生着明亮的蓝眼睛的人在窗口喊道:"到这里来把我们的手掰开!"这喊声是所有醉酒的喊声中最清醒的。这人是多洛霍夫,谢苗诺夫团的军官,有名的赌徒和决斗家,同阿

---

① 俄国习惯,打赌时要握手,然后由证人把手分开。

② 彼得鲁沙是皮埃尔的俄语爱称。

纳托利住在一起。皮埃尔微笑着，愉快地环顾四周。

"我一点儿不懂。是怎么回事啊?"他问。

"等一等,他没有醉。拿瓶酒来。"阿纳托利说,他从桌上拿起一只杯子,走到皮埃尔面前。

"先喝了再说。"

皮埃尔开始喝酒,他喝了一杯又一杯,皱着眉头打量又聚在窗前的客人,倾听他们谈话。阿纳托利一面给他斟酒,一面说,多洛霍夫和在座的英国海军军官史蒂文斯打赌,条件是多洛霍夫坐在三楼的窗沿上,两脚垂到窗外,一气喝完一瓶罗姆酒。

"一定得喝完,"阿纳托利递给皮埃尔最后一杯,说,"不然我不饶你!"

"不,不想喝了。"皮埃尔说,他推开阿纳托利,走到窗前。

多洛霍夫握住英国人的手,清清楚楚地提出打赌的条件,他主要是对阿纳托利和皮埃尔说的。

多洛霍夫中等身材,鬈发,生着一对明亮的蓝眼睛,约摸二十五岁左右。像所有的陆军军官一样,他没有留胡子,所以他脸上最惹人注意的嘴全部露出来,嘴的曲线非常美。上唇中间像一个尖尖的楔子有力地垂到坚实的下唇上,两边嘴角,经常露出两个似笑非笑的酒窝。所有这些,特别再加上他那坚定、大胆、聪明的目光,就给人留下一个印象,使人不能不注意这张面孔。多洛霍夫家道不富,也没有什么裙带关系。虽然阿纳托利每年要花掉数万卢布,多洛霍夫和他住在一起,居然为自己取得这样的地位,使得那些熟人在他们两人之间都更加尊重多洛霍夫,连阿纳托利本人也尊重他。多洛霍夫什么赌博都来得,而且几乎是每赌必赢。不论他喝多少酒,他从来不会失去清醒的头脑。库拉金和多洛霍夫在当时彼得堡浪子酒徒之中都是鼎鼎大名的人物。

一瓶罗姆酒拿来了。窗框使人不能在临街的窗台斜坡上坐下,因此两个仆人正在拆除窗框,他俩显然被周围绅士们的指挥和呵叱弄得手忙脚乱,惊惶失措。

阿纳托利带着洋洋得意的神气走到窗前。他一心想毁坏点什么。他推开仆人,拽了拽窗框,可是拽不动,他就把玻璃打碎了。

"你来试一试,大力士。"他转身对皮埃尔说。

皮埃尔揪住横梁,用力一拽,橡木窗框咔嚓一声,有的地方弄断了,有的地方被拽出来。

"全都卸掉,不然还以为我扶东西呢。"多洛霍夫说。

"英国人吹牛吧……是不是?……好了吗?……"阿纳托利说。

"好了。"皮埃尔说,他望着拿起一瓶罗姆酒向窗前走去的多洛霍夫,从窗口看得见天空的亮光,在天空中,晚霞和晨曦交融在一起。

多洛霍夫拿着酒瓶跳上窗台。

"听着!"他站在窗台上对屋里的人喊道。大家都不作声了。

"我打赌(为了让那个英国人能够听懂,他用法语说,但是他的法语说得不很好)。我赌五十金卢布,您想不想赌一百?"他问那个英国人。

"算了,就五十吧。"英国人说。

"好,赌五十金卢布,条件是我一气喝完一瓶罗姆酒,坐在窗台外边喝完,坐在这儿(他弯身指了指窗外倾斜的突出墙壁),而且不扶任何东西……是不是这样?……"

"很好。"英国人说。

阿纳托利向英国人转过身来,揪住他的燕尾服的纽扣,俯视着他(因为英国人是个矮个子),用英语把打赌的条件复述了一遍。

"等一等,"多洛霍夫一面用酒瓶敲着窗户让大家注意,一面喊道,"等一等,库拉金。大家听着,如果有人也能这样做,我愿出

41

一百个金卢布。懂吗？”

英国人点了点头，但并没有表示他究竟愿不愿意接受这个新的条件。阿纳托利没有放开英国人，虽然英国人点头表示他都明白，阿纳托利还是把多洛霍夫的话向他译成英语。一个瘦削的、非常年轻的、那天晚上输了钱的近卫骠骑军官，爬到窗台上，探头朝下望了望。

“哎——哟！”他望着窗下人行道上的石板，低声说。

“别胡闹！”多洛霍夫喊道，把那个军官从窗台上揪下来，那人被马刺绊了一下，跌跌撞撞地跳到屋里。

为了拿时方便，多洛霍夫把酒瓶放在窗台上，然后小心翼翼地、慢慢爬上窗户。他把两脚垂下去，双手撑着窗沿，打量了一下，坐稳了，放开两手，左右移动了一下，把酒瓶拿到手里。阿纳托利拿来两支蜡烛放到窗台上，虽然这时天已经大亮了。蜡烛从两边照亮了多洛霍夫穿着白衬衫的后背和他那鬈发的头。大家都聚在窗口。英国人站在前面。皮埃尔微笑着，一句话没说。在场的一位年龄较大的人，面带惊恐和愤怒的神色，忽然挤到前面，想抓住多洛霍夫的衬衫。

“诸位先生，这是胡闹，他会摔死的。”那个比较理智的人说。

阿纳托利拦住他。

“别碰他，你会吓着他，他会摔死的。对吗？……那怎么办？……啊？……”

多洛霍夫转过身来，坐稳了，又用两手撑着窗沿。

“谁要是再靠近我，”他从抿紧的薄薄的嘴唇中间一字一板地说，“我马上把他扔到下面去。好了！……”

他说完“好了！”之后，又转过身来，松开两手，拿起酒瓶，移到嘴边，往后仰着头，抬起不拿酒瓶的那只手，保持平衡。一个拾碎玻璃的仆人弯着腰不动了，目不转睛地望着窗口和多洛霍夫的脊背。阿纳托利瞪大眼睛,直挺挺地站着。英国人努着嘴,在一旁瞅着。那个想阻拦的人跑到屋角里,面对墙壁躺到沙发上。皮埃尔捂住脸,虽然他此刻满脸惊恐的神色,却仍有一丝笑意忘记褪掉。大家都一声不响。皮埃尔把手从眼睛上拿开。多洛霍夫还是那样坐着,只是头更往后仰,仰得后脑勺上的鬈发都碰到衣领了,拿酒瓶的那只手一面抖动一面用力,越举越高。酒瓶眼看着慢慢空了,举得越来越高,头也仰得更厉害。"怎么这么久?"皮埃尔心里想。他觉得似乎过了大半个小时了。忽然,多洛霍夫用背脊往后移了一下,一只手神经质地抖动起来;这样抖动足以使他坐在斜坡上的全身往下滑。他整个人都滑动了,他的手和头因为用力,抖得更厉害了。一只手举起来想抓住窗台,但是又放下了。皮埃尔又蒙住眼睛,对自己说,再也不睁开了。忽然他觉得周围的人在骚动。他一看:多洛霍夫已经站在窗台上,他的脸苍白,然而很高兴。

"空了!"

他把酒瓶扔给英国人,英国人利落地接住。多洛霍夫从窗口跳下来,嘴里喷出强烈的罗姆酒气。

"太好了!好样的!这才叫打赌!你们这些不知死活的家伙!"四面八方喊起来。

英国人掏出钱袋来数钱。多洛霍夫皱着眉头一声不响。皮埃尔跳上窗台。

"诸位先生!谁愿意跟我打赌?我照样做,"他忽然喊道,"没人打赌,我也干。叫人拿瓶酒来。我做得到……叫人拿酒来。"

"让他干,让他干!"多洛霍夫微笑着说。

"你怎么了?发疯了?谁让你干?你连站在楼梯上都头晕。"四面八方嚷起来。

"我一定喝完,拿一瓶罗姆酒来!"皮埃尔喊道,一副醉醺醺的样子坚决地捶着椅子,接着就往窗口爬。

大家抓住他的双臂；但是他的气力很大，凡是挨近他的人，都被他推得远远的。

"不行，这样怎么也制服不了他，"阿纳托利说，"等等，我来哄他。喂，我来跟你打赌，不过要在明天，现在我们大家都要到×××家里去了。"

"走吧，"皮埃尔喊道，"走！……把小熊也带去……"

于是他抓住那只熊，抱住它，然后把它举起来，和它在房间里跳起舞来。

七

瓦西里公爵履行了他在安娜·帕夫洛夫娜晚会上答应德鲁别茨卡娅夫人给她的独子鲍里斯谋个官职的诺言。关于鲍里斯的事已经奏明皇上，他被破格委任在近卫军谢苗诺夫团当一名准尉。但谋取副官之职或在库图佐夫麾下服务，虽经安娜·米哈伊洛夫娜千方百计奔走钻营，都没有成功。在安娜·帕夫洛夫娜的晚会后不久，安娜·米哈伊洛夫娜就回莫斯科，直接到她的有钱的亲戚罗斯托夫家里去了，这是她在莫斯科寄身的地方，她那个刚入伍就升为近卫军准尉的爱子鲍里斯从小就在这个家庭里教养成人，在这里住了好多年。近卫军已经在八月十日从彼得堡开走，留在莫斯科置办军服的儿子要在去拉兹维洛夫①的路上才能赶上队伍。

罗斯托夫家里有两个娜塔莉娅——母亲和小女儿——过命名日。从早晨起，波瓦尔大街上那座莫斯科全城闻名的罗斯托娃伯爵夫人的大宅子门前，载着贺客的马车就来来往往，络绎不绝。伯爵夫人和美丽的长女在客厅里陪客，客人川流不息，走了一批又来

---

① 拉兹维洛夫是俄国边境城市，援奥俄军经此进入加利西亚。

一批。

伯爵夫人生着一副东方型的清瘦面孔,年纪约摸四十五岁,由于子女过多(她生过十二胎),面容显得憔悴。体弱无力使得她的举止言谈缓慢,但这却给她增添一种令人起敬的尊严的风度。相处如同家人的安娜·米哈伊洛夫娜·德鲁别茨卡娅公爵夫人,也坐在那里,帮助接待和应酬宾客。年轻人认为不用他们招待客人,都待在后面房间里。伯爵送往迎来,邀请所有的客人赴晚宴。

"非常、非常感谢您,我亲爱的(他对所有的人,不论地位比他高,或比他低,都毫无差别,一律称我亲爱的),我代表我个人和过命名日的亲人感谢您。别忘了来用晚餐。您不要让我失望,我亲爱的。我代表全家衷心地邀请您,我亲爱的。"他毫无例外地对所有的人都说这些话,他那胖乎乎的、快乐的、刮得光光的脸上带着同样的表情,他同样地紧握着对方的手,连连地点头鞠躬。送走一位客人后,伯爵回到客厅里应酬未走的男客或女客。他移过一把圈椅,带着爱享福和会享福的人的神气,潇洒地摊开两腿,把两手放在膝头上,意味深长地摇晃着身子,预言一下天气,谈谈养生之道,有时说俄语,有时说很蹩脚、但自以为不错的法语,然后再一次带着疲惫不堪、但忠于职守的人的神情去送客,一面抚摸着秃顶上稀疏的白发,又邀请客人来用晚餐。有时从前厅回来,顺便穿过花房和仆役室走进大理石大厅,大厅里已经摆好准备八十人就餐的餐桌,他一面看仆人搬来银器和瓷器,摆桌子,铺提花桌布,一面把贵族出身的总管德米特里·瓦西里耶维奇叫到跟前,说:

"喂,米坚卡①,可要注意,一切都安排好。对,对,"他说,满意地打量着摆开的大餐桌,"摆台是件大事。这样就好……"他得意地舒了口气,又回客厅去了。

---

① 米坚卡是德米特里的小名。

“玛丽亚·利沃夫娜·卡拉金娜和小姐到!”伯爵夫人的身材高大的侍从走进客厅,用低沉的声音禀报道。伯爵夫人沉吟了一下,嗅了嗅镶着丈夫肖像的金鼻烟壶。

“这些客人把我折磨死了,”她说,“好吧,再见她这最后一个吧。她是很讲究礼节的。请吧。”她用忧郁的声音对仆人说,那意思好像是说:“好吧,就让你们把我磨死吧!”

一位身材高大、丰满、神态傲慢的太太,带着圆脸的、满面笑容的女儿,衣裙窸窣作响,走进客厅。

“亲爱的伯爵夫人……已经这么久了……可怜的孩子,她病倒了……在拉祖莫夫斯基家的舞会上……阿普拉克辛娜伯爵夫人……我真高兴……”传来妇女们你一言我一语热烈的谈话声,还夹杂着衣裙的窸窣声和挪动椅子的声音。一场谈话开始了,这场谈话在第一次停顿时恰好就可以站起来,弄得衣裙窸窣作响,说:“非常,非常高兴……妈妈的健康……阿普拉克辛娜伯爵夫人。”接着又弄得衣裙窸窣作响,朝前厅走去,穿起皮大衣或披上斗篷,就告辞了。谈话涉及当时本城一件重要新闻——有名的富翁和叶卡捷琳娜女皇时代的美男子老别祖霍夫伯爵的病和他的私生子皮埃尔,也就是在安娜·帕夫洛夫娜·舍列尔的晚会上举止非常失礼的那个皮埃尔。

“我很怜惜可怜的伯爵,”一位女客说,“他的身体已经够差的了,现在又为儿子烦恼,这真要他的老命!”

“怎么回事?”伯爵夫人问,似乎她不知道那个女客说的什么,其实关于别祖霍夫伯爵苦恼的原因,她已经听过十几遍了。

“这就是如今的教育啊!”一位女客说,“早在国外的时候,这个年轻人就任性妄为,现在在彼得堡,据说,他干了些骇人听闻的事,已经被警察局驱逐出境了。”

“当真!”伯爵夫人说。

"他乱交朋友,"安娜·米哈伊洛夫娜插嘴说,"瓦西里公爵的儿子、他,还有一个多洛霍夫,听人说,天晓得他们干了些什么名堂。两人都尝到了苦头。多洛霍夫被降为士兵,别祖霍夫的儿子被送到莫斯科。阿纳托利·库拉金呢,他父亲设法把案子私了了,但也被赶出了彼得堡。"

"他们到底干了什么呢?"伯爵夫人问。

"简直是一伙强盗,特别是多洛霍夫,"那位女客说,"他是玛丽亚·伊万诺夫娜·多洛霍娃的儿子,这么一位受人尊敬的太太,结果怎么样呢?你们大家想想看:他们三个不知从哪里弄到一只狗熊,放在马车上,去看一帮女戏子。警察分局局长跑来干涉。他们逮住警察分局局长,把他跟狗熊背对背捆到一起,扔到莫伊卡河里。狗熊在水里游,那个警察分局局长躺在熊背上。"

"亲爱的,那个警察分局局长样子一定挺好看。"伯爵笑得要死,喊道。

"哎哟,太可怕了!伯爵,这有什么可笑的?"

可是,太太小姐们也禁不住笑起来。

"好不容易才把那个倒霉蛋救上来,"女客继续说,"基里尔·弗拉基米罗维奇·别祖霍夫伯爵的儿子就是这么刁钻古怪,寻开心!"她补充说,"据说他受过很好的教育,头脑也很聪明。这就是他在国外受教育的结果。我希望这里谁也不接待他,别看他有钱。有人要介绍他跟我认识。我坚决拒绝了:我是有女儿的人。"

"您怎么说这个年轻人非常有钱?"伯爵夫人说,俯身避开姑娘们,那些姑娘立刻装作没有听见的样子,"要知道,他的孩子都是私生子。好像……皮埃尔也是私生子。"

女客摆了摆手。

"我想,他有二十来个私生子呢。"

安娜·米哈伊洛夫娜公爵夫人也加入谈话,看来,她是想卖弄一下她的社会关系和她对交际场各方面情况的熟悉。

"是这么回事,"她意味深长地也压低声音说,"基里尔·弗拉基米罗维奇伯爵的名声无人不晓……他有多少孩子,连他自己也数不清,不过这个皮埃尔是他宠爱的一个。"

"去年这个老头子还怪好看的呢!"伯爵夫人说,"比他更漂亮的男人,我还没见过。"

"现在可变得厉害,"安娜·米哈伊洛夫娜说,"我刚才是要说,"她接着说,"由于妻子的关系,瓦西里公爵是他的全部财产承继人,但是伯爵很爱皮埃尔,让他受教育,还奏明了皇上……他一旦去世(他的身体很坏,随时都可能咽气,罗兰也从彼得堡来了),谁也不知道这笔巨额财产会落到何人手里,是皮埃尔呢,还是瓦西里公爵。四万农奴和数百万家产。我知道得很清楚,是瓦西里公爵亲口告诉我的。基里尔·弗拉基米罗维奇还是我的表舅呢。而且他是鲍里亚①的教父。"她用好像并不看重这些事的语气补上一句。

"瓦西里公爵昨天到莫斯科来了。我听说他是来视察的。"那位女客说。

"是的,但是,咱们私下说,"公爵夫人说,"这是借口,其实,他是来找基里尔·弗拉基米罗维奇伯爵的,他听说伯爵已经不行了。"

"不过,亲爱的,这真是个大玩笑,"伯爵说,他见那位年岁大的女客不听他说话,就向小姐们转过身来,"我想象,那个警察分局局长的样子一定挺好玩。"

他想象那个警察局长挥舞双臂的样子,又发出洪亮而低沉的笑声,只有吃得好,特别是喝得好的人才会发出这样的笑声,他整

---

① 鲍里亚是鲍里斯的小名。

个肥胖的身体都笑得晃动起来。"好吧,请务必来舍下用晚餐。"他说。

八

大家沉默了。伯爵夫人愉快地望着那位女客,同时也不掩饰:如果那位女客此刻起身告辞,她也丝毫不会感到不快。女客的女儿已经在整理衣服,用询问的目光望着母亲,这时隔壁房间里忽然传来几个男人和女人朝门口奔过来的脚步声和绊倒椅子的响声,一个十三岁的小姑娘跑进来,手里拿件什么东西藏在短短的纱裙下边,她在屋子当中站住了。显然,她是跑滑了脚,无意中冲得这么远。就在这一刹那,门口出现一个穿深红色领子衣服的大学生,一个近卫军军官,一个十五岁的姑娘和一个穿童装短上衣的、面孔绯红的胖胖的小男孩。

伯爵一跃而起,歪歪跩跩地走过去,伸开双臂,搂住跑进来的小姑娘。

"啊,她来了!"他笑着喊道,"过命名日的! 我亲爱的小寿星!"

"亲爱的,什么事都得有个时候,"伯爵夫人装出一副严厉的神情说,"你老是惯着她,埃利。"她对丈夫加上一句。

"您好,我亲爱的,祝贺您。"女客说。"多么好的孩子!"她转向母亲,又说。

这个小姑娘黑眼睛,大嘴,不漂亮,但很活泼,因为跑得太快,披肩滑脱了,露出孩子的小肩膀,乌黑的鬈发向后摆着,光着纤细的胳膊,穿一条镶花边的裤子,两只小脚穿着没有系带的浅口皮鞋,她正当说少女还不是少女、说孩子已经不是孩子的美好年华。她从父亲怀里挣脱出来,跑到母亲跟前,不理会母亲的严厉数落,

把脸藏到她的花边披肩里,笑起来。不知她在笑什么,一面断断续续地讲起从裙子下面拿出来的布娃娃。

"瞧见吗?⋯⋯布娃娃⋯⋯咪咪⋯⋯您瞧。"

娜塔莎再也说不下去了(她觉得一切都好笑)。她倒在母亲怀里,大笑起来,笑得那么响亮,所有的客人,甚至连那个古板的女客,都不由得笑起来。

"好了,去吧,把你这个丑八怪也拿走!"母亲说,装出生气的样子把女儿推开。"这是我的小女儿。"她对女客说。

娜塔莎把脸从母亲的花边披肩里抬起来,透过笑出的泪水,从下边看了她一眼,又把脸埋起来。

不得不欣赏家庭这个场面的那位女客,认为有参加一下的必要了。

"请问,我亲爱的,"她对娜塔莎说,"这个咪咪是您什么人?一定是女儿吧?"

娜塔莎不喜欢女客用对待孩子的那种宽厚的口气对她说话。她一句话也没有回答,严肃地看了女客一眼。

这时,这里年轻的一代:安娜·米哈伊洛夫娜的儿子鲍里斯——军官、伯爵的长子尼古拉——大学生、伯爵十五岁的外甥女索尼娅,还有伯爵的小儿子小彼得鲁沙,全在客厅里落了座,显然,他们极力把还浮在每人脸上的兴奋和快乐约制在礼貌的限度以内。可以看出,他们在匆忙跑出来的后面几个房间里,谈话比在这里谈论本城的流言蜚语、天气和阿普拉克辛娜伯爵夫人等话题要有趣得多。他们不时互相看看,几乎忍不住笑出声来。

两个年轻人——一个大学生、一个军官,从小就是朋友,他们同年,而且两人都很漂亮,但彼此并不相像。鲍里斯是一个浅黄头发、身材修长的青年,在他那沉静而漂亮的面孔上,五官生得清秀、端正。尼古拉是一个身材不高的年轻人,鬈发,面部表情开朗。他的上唇已经露出黑髭须，他那整个面孔洋溢着刚毅和热情。尼古拉刚走进客厅，脸就红了。看样子，他想说话，但不知说什么好；但是鲍里斯却相反，他立刻就找到了话题，沉着而风趣地谈起布娃娃咪咪，他说当它还是少女的时候，他就认识它了，那时它的鼻子还没有碰破，在他们相识的五年中，它老了，头盖骨也全裂了。他说完之后，看了娜塔莎一眼。娜塔莎避开他的目光，看了看眯起眼睛、抿着嘴笑得发抖的小弟弟，她再也忍不住了，跳起来，撒开灵活的小腿，飞快地从客厅里跑出去。鲍里斯没有笑。

"您也要走了吧，妈妈？您要马车吗？"他含笑对母亲说。

"好，走吧，走吧，你去吩咐准备马车。"她微笑着说。

鲍里斯悄悄出来，找娜塔莎去了，那个胖胖的男孩怒冲冲地跑去追他们，好像因为他的计划被打乱了，生气了似的。

九

年轻人中，除伯爵夫人的长女（她比妹妹大四岁，举止已经像个大人了）和那个作客的小姐不算以外，客厅里只剩下尼古拉和外甥女索尼娅了。索尼娅是个身材苗条、娇小玲珑的黑发姑娘，在长长的睫毛下流动着柔和的目光，又黑又粗的发辫在头上盘了两圈，脸上的肤色，特别是露在外面瘦削而健美的手臂和脖颈的肤色，有点儿发黄。她那举止的从容，纤细的四肢的柔软和灵活，她那有几分狡黠和矜持的仪容，使人想到她像一只美丽的、尚未成年、将来一定会成为一只迷人的牝猫的小猫仔。她显然认为出于礼貌应该用微笑对大家的谈话表示关心。但是，事与愿违，她那对流露着少女热情崇拜的眼睛，却从又长又浓的睫毛下望着去从军的表兄，她那微笑丝毫也骗不过任何人，可以看出，这只小猫蹲下来，只不过是为了更有力地跳起来，像鲍里斯和娜塔莎一样从客厅里冲出去,和她的表兄一同玩耍。

"是的,我亲爱的,"老伯爵指着他的尼古拉,转身对女客说,"他的朋友鲍里斯升为军官,为了友谊他不愿落在他后面,撇下大学和我这个老头子,也要服兵役去了。本来已经在档案处给他谋到一个缺,一切都弄妥了。这就是讲交情吧?"他用疑问的口吻说。

"是啊,听说已经宣战了。"女客说。

"早就这么说了,"伯爵说,"今天说,明天说,不过说说罢了。我亲爱的,这就是讲交情!"他又说一遍,"他去当骠骑兵了。"

女客不知说什么好,只是摇摇头。

"完全不是为了友谊,"尼古拉面红耳赤,好像要回避一种使他感到羞耻的诽谤似的,辩解道,"完全不是为了友谊,我只觉得服兵役是我的天职罢了。"

他看了看表妹又看看那位作客的小姐,她们两人都含着赞许的微笑望着他。

"保罗格勒骠骑兵团团长舒伯特今天来我们家吃饭。他是来休假的,他要把他带走。有什么办法呢?"伯爵耸耸肩,打趣地说出这件显然使他非常痛苦的事。

"我已经对您说过,爸爸,"儿子说,"如果您不愿意我走,我可以留下。但是我知道,我除了服兵役,什么也做不了;我不是外交家,不会做官,不会掩饰自己的感情。"他说着露出一副青春少年的轻佻相,不停地打量索尼娅和那位作客的小姐。

小猫凝神地盯着他,时刻准备玩耍,显露一下她那猫的天性。

"好了,好了!"老伯爵说,"一来就急躁……都是波拿巴冲昏了大家的头脑,人人都想着他是少尉出身当上皇帝的。好吧,但愿上帝保佑。"他又补上一句,没有注意那位女客讥讽的微笑。

年长的谈论起波拿巴来。卡拉金娜的女儿朱莉对小罗斯托夫说：

"真可惜，星期四您没有到阿尔哈罗夫家去。您不在那里使我怪无聊的。"她说，对他莞尔一笑。

年轻人受宠若惊，露出青春的媚笑，坐得离她更近些，和笑盈盈的朱莉单独交谈起来，丝毫没注意到他这无意的微笑却像一把妒忌的尖刀刺进了索尼娅的心，她红着脸，装出一副笑脸。谈话当中，他回过头来看了看她，索尼娅恶狠狠地瞪了他一眼，强忍住眼眶里的泪水，嘴上却装出微笑，站起来走出屋去。尼古拉的兴致顿时消失了。他等谈话刚一停顿，就怀着心慌意乱的神情，出去找索尼娅去了。

"这些年轻人都藏不住心事！"安娜·米哈伊洛夫娜指着离去的尼古拉说。"姑表亲很危险。"她又说。

"是的，"随着年轻人进入客厅带来的一片阳光消失后，伯爵夫人好像在回答并没有人问她、但却经常萦绕心头的问题似的，说，"为了现在从他们身上能得一点欢乐，经受了多少痛苦，操过多少心啊！可是现在，说实在的，恐惧却多于欢乐。整天价叫人担惊受怕，整天价叫人担惊受怕！少男少女到这个年龄，正是充满了危险的年龄。"

"这全要看教育如何了。"女客说。

"是啊，您说得对，"伯爵夫人接着说，"直到现在，谢天谢地，我都是我孩子们的朋友，得到他们充分的信任，"伯爵夫人说，她重犯了许多父母曾经犯过的错误，以为儿女对她们什么都不隐瞒，"我知道，我永远是我女儿们的知心人，尼古连卡①容易冲动，如果他胡闹（男孩子免不了要胡闹），也不致像彼得堡的少爷们那样。"

"是啊，这些孩子都很好，好极了，"伯爵附和说，他总是用"好

---

① 尼古连卡是尼古拉的爱称。

极了"这个字眼来解决他弄不清楚的问题，"您看多怪！居然想去当骠骑兵！叫您有什么办法，我亲爱的！"

"您的小女儿真可爱！"女客说，"火暴性子！"

"是啊，火暴性子，"伯爵说，"像我！她有一副多好的嗓子：虽然是我的女儿，我也要照实说，她一定会成为歌唱家，萨洛莫妮①第二。我们请了一位意大利人教她。"

"不太早吗？据说，这个年龄练唱对嗓子有害。"

"哪里，不算早！"伯爵说，"咱们母亲那一辈不是十二三岁就结婚了吗？"

"她现在就已经爱上鲍里斯了！"伯爵夫人淡淡地一笑，望着鲍里斯的母亲说，她好像是在回答一向梗在心头的问题似的，继续说："您知道，如果我把她管得太严，如果不许她……天晓得他们背地里会干出什么事（伯爵夫人是想说他们会接吻），而现在，她的一言一行我都知道。她每天晚上自动跑来，什么都讲给我听。也许我是在娇惯她，但是，实在说来，这样似乎更好些。我对大女儿就管得严。"

"是的，我受的教育完全不同。"长女——美丽的薇拉伯爵小姐微笑着说。

像常有的情形那样，微笑并没有使薇拉的面孔变得好看；相反，她的脸变得不自然，因而也就令人觉得不舒服。大姐薇拉长得很俊，人也不笨，学习优良，受过极好的教育，她的嗓音悦耳，说话也合乎情理，恰如其分。但是说来奇怪，所有的人，连那位女客和伯爵夫人在内，都转脸看她，好像是奇怪她为什么说这话，并且感到不安似的。

"人们对长男长女从来都是费尽心思的，总想把他们造就成

---

① 萨洛莫妮是一八〇五年莫斯科一个德国戏班中的主要歌唱演员。

不平凡的人物。"女客说。

"没有什么可隐瞒的,我亲爱的! 伯爵夫人在薇拉身上费尽了心思,"伯爵说,"那有什么关系! 她总算出落得很好。"他补充说,向薇拉赞赏地挤了挤眼。

客人们起身告辞了,答应来吃晚饭。

"成何体统! 坐个没完没了!"送走客人后,伯爵夫人说。

十

娜塔莎从客厅跑出来,跑到花房,停下来倾听客厅里的谈话声,等候鲍里斯出来。她已经等急了,因为他没有立刻出来,她急得直跺脚,马上就要哭了,这时忽然听见一个年轻人的脚步声,不紧不慢,文质彬彬。娜塔莎连忙跑到花桶中间躲藏起来。

鲍里斯在花房中间停住脚步,四外张望了一下,拂了拂制服袖子上的尘土,走到镜前,端详他那漂亮的面孔。娜塔莎屏着气,从躲藏的地方张望,看他要做什么。他在镜前站了一会儿,微笑了一下,就朝门口走去。娜塔莎想叫他,但随后又改变了主意。

"让他找吧。"她心里想。鲍里斯刚走出去,索尼娅就从另一道门进来了,她满脸通红,两眼含泪,愤愤地嘟哝什么。娜塔莎本想朝她跑过去,但是忍住了这最初一闪的念头,仍然留在躲藏的地方,好像戴了一顶隐身帽,观察世界上发生什么事。她感到一种特别新鲜的乐趣。索尼娅嘟哝着,不住地回头看客厅门。尼古拉从客厅里出来了。

"索尼娅! 你怎么了? 怎么能这样啊?"尼古拉说,一面向她跑来。

"没什么,没什么,别管我!"索尼娅大声哭起来。

"不,我知道为什么。"

"您知道,那好极了,您找她去吧。"

"索——尼娅!听我说一句话!只凭一点想象这样折磨我,折磨你自己行吗?"尼古拉握住她的手,说。

索尼娅没有从他的手里抽出自己的手,停住不哭了。

娜塔莎屏息不动,用发光的眼睛从躲藏的地方观望。"现在会发生什么事?"她想。

"索尼娅!整个世界我都不要!你就是我的一切,"尼古拉说,"我要向你证明这一点。"

"我不爱听你说这种话。"

"好,我以后不说了,原谅我,索尼娅!"他把她拉到怀里,吻了吻她。

"嗬,多好啊!"娜塔莎想道,当索尼娅和尼古拉从花房走出去,她也跟着出去了,把鲍里斯叫到跟前。

"鲍里斯,到这里来,"她带着意味深长的、狡黠的神情说,"我要告诉您一件事。来,来。"她说,把他领到花房里她原来躲藏过的花桶中间。鲍里斯微笑着跟着她走。

"一件什么事?"他问。

她蹲起来,环顾四周,看见她原先扔在花桶上的布娃娃,把它拿到手里。

"您亲亲这娃娃吧。"她说。

鲍里斯用专注、和蔼的目光望着她兴奋的面庞,没有说话。

"不愿意吗?那就到这里来吧。"她说着,就向花丛深处走去,把布娃娃扔掉。"走近点,走近点!"她低声说。她两手抓住军官的袖口,她那绯红的脸上露出严肃和恐惧的神情。

"那么您愿意亲亲我吗?"她说,声音低得几乎听不见,同时她低头望着他,含着笑,激动得几乎哭出来。

鲍里斯脸红了。

"您真可笑!"他对她俯下身来,说,脸也更红了,但是没有采取什么行动,只是等待着。

她忽然跳到一只花桶上,这样她就比他高了,她用两手搂着他,在他的脖颈上方弯起她那纤细的赤裸的手臂,她把头发甩到后面,正好吻在他的唇上。

然后,她穿过花盆溜到这桶花的另一边,低头站在那里。

"娜塔莎,"他说,"您知道,我爱您,但是……"

"您爱上我了吗?"娜塔莎打断他的话。

"是的,爱上您了,但是有个请求,咱们别像刚才那样……再过四年……那时我会向您求婚。"

娜塔莎沉吟了一下。

"十三,十四,十五,十六……"她扳着纤细的指头计算,"好!就这样说定了?"

喜悦和欣慰的微笑使她兴奋的面庞容光焕发。

"说定了!"鲍里斯说。

"永远吗?"小姑娘说,"一直到死吗?"

于是,她挽起他的手臂,肩并肩缓步向起居室走去。

十一

客人的来访把伯爵夫人累坏了,她吩咐不再接见任何人,命令门房,再有来贺喜①的,只邀请他们务必前来赴宴就是了。伯爵夫人想和童年时代的好友安娜·米哈伊洛夫娜公爵夫人单独谈谈,自从公爵夫人从彼得堡回来后,伯爵夫人还没有好好地看看她呢。安娜·米哈伊洛夫娜一脸哭丧相,做出讨人喜欢的样子,把圈椅向

_____

① 俄国风俗,出生、订婚、结婚、生日、命名日,甚至假日或宗教节日都要贺喜。

伯爵夫人移近一些。

"我对你无话不说,"安娜·米哈伊洛夫娜说,"咱们这辈的老朋友已经剩得不多了!所以你的友情对于我特别可贵。"

安娜·米哈伊洛夫娜看了薇拉一眼,停住了。伯爵夫人握住朋友的手。

"薇拉,"伯爵夫人转脸对显然不受宠爱的长女说,"您怎么一点都不懂事啊?难道你不觉得你在这里是多余的吗?找妹妹们去吧,要不……"

美丽的薇拉轻蔑地微微一笑,显然她丝毫没感到委屈。

"如果您早对我说,妈妈,我早就走了。"她说着,就回自己房里去了。但是,当她经过起居室的时候,看见两边窗口对称地坐着两对情侣,于是停下脚步,轻蔑地一笑。索尼娅靠近尼古拉坐着,他正把他初次写作的诗抄给她看。鲍里斯和娜塔莎坐在另一边窗下,看见薇拉进来,就不言语了。索尼娅和娜塔莎带着负疚和幸福的神情审视着薇拉。

看到这些钟情的少女们不能不使人高兴和感动,但她们的情景显然没有使薇拉感到愉快。

"我请求过你们多少次,"她说,"不要拿我的东西,你们都有自己的房间。"她把尼古拉身边的墨水瓶拿起来。

"等一下,等一下。"他蘸了蘸笔尖,说。

"你们尽做些不合时宜的事,"薇拉说,"刚才跑到客厅里,弄得大家都替你们难为情。"

虽然她说得都很对,也许正因为如此,谁也不答话,四个人只是你看看我,我看看你。她拿着墨水瓶迟迟不去。

"像你们这样的年龄,能有什么秘密,娜塔莎和鲍里斯,还有你们俩,全都是胡闹!"

"干你什么事,薇拉。"娜塔莎低声辩解说。

她今天对所有的人显然比平时更和气,更亲切。

"真是胡闹,"薇拉说,"我为你们害羞。这算什么秘密?……"

"各人有各人的秘密。我们并没有管你和贝格的事哪。"娜塔莎发火了。

"我想你们也不会管的,"薇拉说,"因为我一举一动从来没有什么越轨的地方。等着吧,我一定去告诉妈妈,说你是怎样对待鲍里斯的。"

"娜塔莉娅·伊利尼什娜①待我很好,"鲍里斯说,"我没有什么可抱怨的。"他说。

"您别管,鲍里斯,您是个大外交家(外交家一词在孩子们中间很流行,他们赋予它以特殊的含意),真没意思,"娜塔莎用颤抖的声音委屈地说,"她凭什么老跟我过不去?你永远不会理解,"她转身对薇拉说,"因为你从来没有爱过任何人,你没心没肝,你不过是让莉夫人②(这是尼古拉给薇拉起的非常难堪的绰号),你最大的乐趣就是惹得别人不愉快。你向贝格卖弄风情去吧,爱怎么卖弄就怎么卖弄。"她连珠炮似的把话说完。

"对了,我反正不会当着许多客人的面去追逐年轻的男人就是了……"

"得了,你总算达到目的了,"尼古拉插嘴说,"对所有的人都说了些难听的话,搅得大家都不愉快。咱们到儿童室去吧。"

四个人像一群受惊的小鸟,一齐站起来走出房去。

"是你们对我说了些难听的话,我对谁也没说什么。"薇拉说。

"让莉夫人! 让莉夫人!"从门外传来讥笑声。

美丽的薇拉惹得人人生气,大家都不愉快,可是她微微含笑,

---

① 娜塔莉娅·伊利尼什娜是娜塔莎的本名和父称,这样称呼表示对她的尊敬。

② 让莉夫人是当时法国女作家,她的小说都取材于上流社会,罗斯托夫家的年轻人认为其小说写得枯燥乏味。因此当薇拉批评他们的行为时,他们就叫她让莉夫人。

对人们对她说的那些话,显然无动于衷,她走到镜前理了理围巾和头发:端详着自己漂亮的脸,她显得更加冷淡,更加沉着了。

客厅里还在继续谈话。

"啊,亲爱的,"伯爵夫人说,"在我的生活中,并不是一帆风顺。难道我看不出吗,照我们这种生活方式,我们这点财产不会支撑很久的!这全怪那个俱乐部和他的好脾气。住在乡下难道就能安生吗?看戏呀,打猎呀,天晓得还有什么名堂。唉,我的事有什么可谈的!还是谈谈你都是怎么安排的?我常常感到惊奇,安内特,像你这么大的岁数,一个人坐着马车,一会儿到莫斯科,一会儿到彼得堡,找所有的部长,找所有的达官要人,不管什么人都应付得了,真使我惊奇!怎么处理得这样好?我在这方面简直一窍不通。"

"啊,我亲爱的!"安娜·米哈伊洛夫娜公爵夫人回答说,"上帝保佑,但愿你永远不知道一个寡妇人家手头没有积蓄,又有一个心肝宝贝儿子,是多么艰难。样样都得学会,"她颇为骄傲地说,"那场官司使我长了见识。如果我想见某个大人物,我就写信:'某公爵夫人求见某某',于是我就坐车亲自登门拜访,一次不成,两次,三次,四次,不达到目的,决不罢休。别人对我有什么看法,我一概不管。"

"那么鲍连卡①的事你是拜托谁的呢?"伯爵夫人问,"要知道,你的孩子已经当上近卫军的军官了,而我的尼古卢什卡②才是个士官生。没有人为他去奔走。你是拜托谁的?"

"拜托瓦西里公爵。他非常好心。满口答应,并且奏明了皇上。"安娜·米哈伊洛夫娜公爵夫人兴冲冲地说,全然忘了她为达到目的所遭受的屈辱。

---

① 鲍连卡也是鲍里斯的小名。
② 尼古卢什卡是尼古拉的爱称。

“瓦西里公爵见老了吧?”伯爵夫人问,“自从在鲁缅采夫家我们演了那出戏之后,我就没见过他。我想他把我给忘了。他追求过我。”伯爵夫人含笑回忆道。

“还是那样,”安娜·米哈伊洛夫娜回答,“他总是和蔼可亲,甜言蜜语的。荣耀的地位并没有使他改变。‘我很抱歉,我为您效劳太少了,亲爱的公爵夫人,’他对我说,‘有事您尽管吩咐吧。’不管怎样,他总算是一个好人,是个好亲戚。可是,娜塔莉,我对儿子的疼爱,你是知道的。为了他的幸福,我什么没有做到啊。可是我的景况坏到极点,”安娜·米哈伊洛夫娜神情忧郁,压低声音继续说,“坏到极点了,我现在的处境可怕极了。那场倒霉的官司使我倾家荡产,但是毫无结果。你想也想不到,有时我简直是名副其实地一文不名,我真不知道我指靠什么给鲍里斯置办军服。”她掏出手绢哭起来,“我需要五百卢布,可是我只有一张二十五卢布的票子。我的处境……我唯一的指望就是靠基里尔·弗拉基米罗维奇·别祖霍夫伯爵了。如果他不愿帮助他的教子——他是鲍里斯的教父——不拨给他一笔生活费,那么我这一阵子辛苦奔走就白搭了:我指靠什么给他置装啊。”

伯爵夫人满眼含泪,默默地沉思起来。

“我常常想,也许这样想是有罪的,”公爵夫人说,“我常常想:基里尔·弗拉基米罗维奇·别祖霍夫伯爵独自一人生活……有这么多的财产……他活着有什么意思呢?生命对于他成了负担,可是鲍里斯的生活才刚刚开始。”

“他一定会给鲍里斯留点什么的。”伯爵夫人说。

“天晓得,亲爱的朋友!这些阔佬、大官都自私得很。可是我还是要马上带鲍里斯去见他,直截了当把事情说明白。别人爱怎么说就怎么说吧,老实说,只要关系到我儿子的命运,我一切都不顾。”公爵夫人站起身来,“现在两点钟,你们四点钟才吃晚饭,我去一趟还来得及。"

安娜·米哈伊洛夫娜像彼得堡的贵妇人那样,精明强干,善于抓紧时间。她打发人把鲍里斯叫来,和他一起向前厅走去。

"再见,我亲爱的,"她对送她到门口的伯爵夫人说,"祝我马到成功吧。"她背着儿子低声补充了一句。

"您到基里尔·弗拉基米罗维奇伯爵那里去吗,亲爱的?"伯爵从餐厅里出来说,他也要到前厅去,"如果他好一些,就叫皮埃尔到这里吃晚饭。好在他是来过的,跟孩子们跳过舞。一定叫亲爱的。咱们瞧瞧塔拉斯今天怎样显一显他的手艺。他说连奥尔洛夫伯爵①家里都不会有像我们今天这样的晚餐呢。"

十二

"我亲爱的鲍里斯,"当他们乘坐罗斯托娃伯爵夫人的马车驶过铺着麦秸的街道,进入基里尔·弗拉基米罗维奇·别祖霍夫伯爵家的大院子时,安娜·米哈伊洛夫娜公爵夫人对儿子说,"我亲爱的鲍里斯,"母亲从肥大的旧式外套下面抽出手来,畏畏葸葸地、爱抚地把手放在儿子的手上说,"要和气些,热情些。基里尔·弗拉基米罗维奇伯爵总算是你的教父,你的前途全指靠他了。千万记住,我亲爱的,要亲切些,你能做到……"

"可是我知道,这样做,除了屈辱,什么结果都得不到……"儿子冷淡地回答说,"不过我既然答应您,为了您,我一定做到。"

门房虽然知道大门外停着谁的马车,但他还是把母子二人上下打量了一番(他俩没有吩咐通报,就径直走过两列壁龛塑像,进

---

① 阿列克谢·奥尔洛夫伯爵(1737—1807),俄国政治活动家,因参加一七六二年宫廷政变而显达。叶卡捷琳娜二世借这次政变登上王位。一七七○年在切什梅海湾击溃土耳其舰队时,他任俄国舰队总司令。一七七五年退伍后以奢华好客著称一时。

入玻璃门廊），意味深长地看了看公爵夫人的旧外套，问他们要见谁，见公爵小姐，还是见伯爵，听说要见伯爵，他说大人今天病势更重，不接见任何人。

"咱们走吧。"儿子用法语说。

"我的朋友！"母亲用恳求的声音说，又碰了碰儿子的手，仿佛这么一碰，就可以稳住儿子，或者给他打气似的。

鲍里斯不出声了，他没有脱大衣，用询问的目光望着母亲。

"我的好人，"安娜·米哈伊洛夫娜柔声细气地对门房说，"我知道基里尔·弗拉基米罗维奇伯爵病得很厉害……我正是为这个来的……我是他的亲戚……我不会打扰他的，我的好人……我只要见一见瓦西里·谢尔盖耶维奇公爵，他不是住在这里嘛。请通报一下。"

门房阴沉着脸子，拉了一下通到楼上的铃铛，就转过身去了。

"德鲁别茨卡娅公爵夫人要见瓦西里·谢尔盖耶维奇公爵。"他对从楼上跑下来、在楼梯上往下张望的一个穿长统袜、浅帮鞋和燕尾服的侍者喊道。

母亲整整染过的长绸衣的衣褶，对嵌在壁上的威尼斯大穿衣镜照了照，打起精神，迈开穿破皮鞋的双脚，踩着楼梯地毯，登上楼去。

"我的朋友，你答应我了。"她又转身对儿子说，用手碰了碰他，给他打气。

儿子垂下眼睛，顺从地跟着她。

他们走进大厅，这里有一扇门通到瓦西里公爵专用的房间。

母子二人走到大厅中间，正想向一个一见他们进来就立刻站起来的老仆人问路，一扇门的青铜把手转动了，瓦西里公爵走了出来，他穿一件丝绒面的皮上衣，按照居家的习惯，只戴一枚金星勋章，他正送一位黑发的美男子。此人就是闻名彼得堡的罗兰医生。

"这是真的吗？"公爵说。

"我的公爵，'人人都免不了犯错误①'，可是……"医生回答

---

① 原文为拉丁语。

说,发着喉音,用法国口音说拉丁语。

"好的,好的……"

瓦西里公爵看见安娜·米哈伊洛夫娜和她儿子,就鞠躬送走医生,然后默默地、带着询问的神情向他们走过去。儿子看见母亲的眼睛顿时露出极度的悲哀,于是淡淡地一笑。

"唉,真是的,我们是在多么可悲的情况下见面啊,公爵……我们亲爱的病人怎么样了?"她说,好像没有理会盯着她的冷冰冰的、令人难堪的目光。

瓦西里公爵带着狐疑不定的神情看看她,然后看看鲍里斯。鲍里斯毕恭毕敬鞠了一躬。瓦西里公爵没有答礼,转身对安娜·米哈伊洛夫娜摇摇头,动了动嘴唇表示病人的希望不大,作为对她的问话的回答。

"真的吗?"安娜·米哈伊洛夫娜惊叫了一声,"唉,这太可怕了!想起来就叫人害怕……这是小儿,"她指着鲍里斯又说,"他要亲自来向您道谢。"

鲍里斯又毕恭毕敬鞠了一躬。

"请您相信,公爵,做母亲的心里永远忘不了您为我们做的好事。"

"能为你们做点愉快的事,我很高兴,亲爱的安娜·米哈伊洛夫娜。"瓦西里公爵说,一边整了整胸前的皱褶花边。在莫斯科,较之在彼得堡安内特·舍列尔家的晚会上,他对受他恩惠的安娜·米哈伊洛夫娜不论在态度上,还是在语调中都傲慢得多了。

"要好好效劳,不负皇恩,"他板起面孔对鲍里斯说,"我很高兴……您是在这里休假吗?"他用冷淡的口气一字一顿地说。

"待命,大人,接到命令就出发。"鲍里斯回答说,他对公爵的生硬态度既不表示懊恼,也不表示愿意交谈,仍旧沉着、恭敬,公爵不由得盯了他一眼。

"您和母亲住在一起吗？"

"我住在罗斯托娃伯爵夫人家里，"鲍里斯说，随后又补了一声，"大人。"

"就是那个跟娜塔莉娅·申申娜结婚的伊利亚·罗斯托夫。"安娜·米哈伊洛夫娜说。

"知道，知道，"瓦西里公爵用单调的声音说，"我永远也不明白，娜塔莉为什么竟嫁给这个肮脏的狗熊。不折不扣的蠢货和小丑，据说还是个赌鬼呢。"

"不过他是个善良的人，公爵。"安娜·米哈伊洛夫娜说，一边露出动人的微笑，好像她也知道罗斯托夫伯爵应该得到这样的评语，但是她请求怜惜一下这个可怜的老头。

"医生们怎么说？"公爵夫人沉默了片刻问，哭丧的脸上又露出极大的悲痛。

"希望不大。"公爵说。

"我想再一次感谢叔叔对我和鲍里亚的恩惠。这是他的教子。"她用那样的声调补充了一句，好像瓦西里公爵听了这个消息应当十分高兴似的。

瓦西里公爵沉思起来，皱着眉头。安娜·米哈伊洛夫娜明白，他怕她成为争夺别祖霍夫伯爵遗产的对手。她连忙宽慰他。

"如果不是我真爱叔叔，对他忠心耿耿的话，"她说，在说"叔叔"时，她的声调特别坚定而又漫不经心，"我知道他的为人，他高尚，爽直，但是只有公爵小姐们在他跟前……她们还太年轻……"她向前探过头去，低声细语补充说："公爵，他履行了最后的义务①没有？这最后的时刻可太宝贵了！现在就是弥留之际了，不会更坏了。既然如此，就该给他准备后事。我们女人家，公爵，"

---

① 指东正教的终敷礼。

她莞尔一笑，"从来就知道这种事该怎么谈。我一定要见见他。不论这使我多么难过，好在我是苦惯了的。"

公爵看来已经明白，甚至在安内特·舍列尔家的晚会上已经明白，要想摆脱安娜·米哈伊洛夫娜是不容易的。

"这样见面会使他太难过了吧，亲爱的安娜·米哈伊洛夫娜，"他说，"咱们还是等到晚上，医生估计会出现危象。"

"可是，在这种时刻，公爵，不能再等了。可了不得，事关拯救他的灵魂啊！啊！真可怕，一个基督徒的义务……"

内室的门开了，走出一位公爵小姐——伯爵的侄女。她满面愁容，神情淡漠，她上身长，腿短，上下身很不相称。

瓦西里公爵向她转过身来。

"他怎么样了？"

"还是那样。您能希望怎么样，这么吵吵闹闹……"公爵小姐说，她看着安娜·米哈伊洛夫娜，像不认识她似的。

"啊，亲爱的，我没有认出是您，"安娜·米哈伊洛夫娜愉快地微笑说，一边迈着轻快的步子朝伯爵的侄女小跑过去，"我是来帮您照顾叔叔的。我想象得出，您多么辛苦。"她同情地翻着白眼，补充说。

公爵小姐一句话也没有回答，甚至连一丝笑容也没有露，就立刻出去了。安娜·米哈伊洛夫娜脱下手套，俨然一副胜利者的姿态，在圈椅里坐下来，并且请瓦西里公爵坐到她身旁来。

"鲍里斯！"她对儿子说，微微一笑，"我到伯爵叔叔那里去一下，你先去找皮埃尔，我的朋友，别忘了转告他，罗斯托夫家请他。他们请他去吃晚饭。我想他不会去的吧？"她转身对公爵说。

"恰恰相反，"公爵说，看样子他很不耐烦了，"如果您能让我摆脱这个年轻人，那我太高兴了……他在这里，伯爵一次也没有问起过他。"

他耸了耸肩。仆人领着年轻人下楼,从另一道楼梯上去找彼得·基里洛维奇①。

十三

皮埃尔在彼得堡终于没有选到一个职业,而且确实是由于闹事被遣送到莫斯科的。人们在罗斯托夫家讲的那段故事是真实的。皮埃尔参加了那次捆绑警察分局局长和狗熊的事件。他几天前才到,像往常一样,住在父亲家里。他虽然料到他的事已经闹得莫斯科满城风雨,他父亲周围那些对他从来不怀好意的女人,一定会利用这个机会惹伯爵生气,不过他到达的当天,仍然到他父亲的房间里去了。他走进公爵小姐们平时常待的客厅,向正在绣花和读书(其中一人正在朗读)的小姐们问好。她们一共三人。最大的是一个有洁癖、上身很长、板着面孔,也就是刚才出来看到安娜·米哈伊洛夫娜的那个姑娘,她正在朗读;两个小的面色红润,容貌俏丽,所不同的只是其中一个唇上生有一颗使她更加妩媚的黑痣,她们两人正在刺绣。皮埃尔被当作死人或是害鼠疫的人。大公爵小姐停止朗读,用惊恐的眼神默默地望着他;没有黑痣的那位小公爵小姐也露出同样的表情;生有黑痣的最小的一个,生性活泼爱笑,朝刺绣架俯下身去把笑脸藏起来,大概因为她预见到将有一场好戏可看,觉得好笑。她把线往下引,俯下身,仿佛在辨认图案,好不容易才忍住没笑出声来。

"您好,表妹,您不认得我了?"皮埃尔说。

"我太认识您了,太认识了。"

"伯爵身体怎么样?我能见见他吗?"皮埃尔像平常一样笨拙

---

① 彼得·基里洛维奇是皮埃尔的名字和父称。

地问,但并不觉得窘。

"伯爵肉体和精神都在受折磨,您似乎存心要他受更大的精神折磨。"

"我可以见见伯爵吗?"皮埃尔又问。

"哼!……如果您想杀死他,一下子把他杀死,那您就去见他。奥莉加,你去看看给表叔炖的鸡汤好了没有,快到时候了。"她补上一句,表明她们很忙,忙着抚慰他父亲,而他呢,显然只忙着来让父亲难过。

奥莉加出去了。皮埃尔站了一会儿,看了两个表妹一眼,鞠了个躬说:

"那么我就回房去了。什么时候能见,我听候你们的通知。"

他走了,背后传来生有黑痣的那个表妹银铃般的、但是很低的笑声。

第二天瓦西里公爵来了,并且在伯爵家里住下。他把皮埃尔叫来,对他说:

"亲爱的,如果您在这里也像在彼得堡那样胡闹,您是不会有好结果的,这是实话。伯爵病得非常、非常重:你千万不要见他。"

这以后再也没有人打扰皮埃尔,他独自一人整天都待在楼上自己房里。

当鲍里斯进来找皮埃尔时,他正在房间里踱步,有时走到墙角停下来,对着墙摆出威吓的姿势,仿佛要用长剑刺穿看不见的敌人,并且从眼镜上方射出严厉的目光,然后又走来走去,有时嘴里咕哝着听不清的话,耸耸肩,摊开两手。

"英国完了,"他一面说,一面皱着眉头,用手指着一个看不见的人,"皮特先生①出卖祖国,践踏人权,应处以……"他这时正想

---

① 威廉·皮特(1759—1806),一七八三至一八〇一年与一八〇四至一八〇六年任英国首相,是反对法国革命、反对拿破仑法国的欧洲国家联盟的主要组织者之一。

象自己是拿破仑本人，冒着危险跨过加来海峡，攻占了伦敦，但他还未来得及说完对皮特的判决，忽然看见一位身材匀称、面貌清秀的青年军官向他走来。他站住了。皮埃尔离开鲍里斯的时候，鲍里斯才十四岁，所以皮埃尔完全记不得他了；虽然这样，皮埃尔仍然以他特有的敏捷和亲热握住鲍里斯的手，露出友好的微笑。

"您还记得我吗？"鲍里斯露出愉快的微笑，平静地说，"我是和家母一同来看伯爵的，好像他老人家身体不大好。"

"是的，好像不大好。总有人打扰他。"皮埃尔一面回答，一面极力回忆这个年轻人是谁。

鲍里斯感觉出皮埃尔不认识他了，但是觉得没有必要通报姓名，他丝毫不感到窘迫，直盯着他的眼睛看。

"罗斯托夫伯爵请您今天晚上到他家里吃饭。"在一阵相当长的、使皮埃尔感到不自在的沉默之后，他说。

"啊！罗斯托夫伯爵！"皮埃尔高兴地说，"原来您是他的儿子，是伊利亚。您看看，乍一见面都认不出您了。您还记得咱们和雅科太太一块儿到麻雀山去吗……很久以前的事了。"

"您错了，"鲍里斯不慌不忙地说，甚至放肆地露出几分讥笑的意味，"我是鲍里斯，是安娜·米哈伊洛夫娜·德鲁别茨卡娅公爵夫人的儿子。老罗斯托夫名叫伊利亚，小罗斯托夫叫尼古拉。我并不认识什么雅科太太。"

皮埃尔挥挥手，摇摇头，仿佛有蚊子或蜜蜂向他进攻似的。

"哎呀，怎么搞的！我全弄错了。莫斯科的亲戚这么多！您是鲍里斯……对了。好，咱们总算弄清楚了。喂，您对布伦①出征有何感想？拿破仑一渡过海峡，英国人就要倒霉了？我看，出征很

---

① 布伦是法国北部城市，濒英吉利海峡，为贸易、航运中心及渔港。

有可能。只要维尔纳夫①不出差错！"

关于布伦出征的事，鲍里斯一无所闻，他不读报，维尔纳夫这个名字，他也是第一次听说。

"我们住在莫斯科的，对宴会和流言蜚语比对政治更感兴趣，"他用讥笑的口吻平静地说，"我对这毫无所知，也不去想它。莫斯科最关心的是流言蜚语，"他继续说，"目前人们正在谈论您和令尊呢。"

皮埃尔温和地一笑，仿佛怕对方失言，说出过后使他本人后悔的话。可是鲍里斯盯着皮埃尔的眼睛，把话说得清楚明白，冷淡无味。

"莫斯科除了传播流言蜚语就无事可干，"他接着说，"大家都想知道伯爵把财产留给谁，其实，说不定他比我们谁都活得长，我由衷地希望这样……"

"是的，这些事真叫人讨厌，"皮埃尔附和说，"真叫人讨厌。"皮埃尔老怕这个军官无意之间说出使他自己感到难堪的话。

"您一定会觉得，"鲍里斯脸上微微一红说，但声音和态度仍没有改变，"您一定会觉得，人人都想从富翁手里捞点什么。"

"就是这么回事。"皮埃尔心里想。

"为了避免误会，我正想告诉您，如果您把我和家母也看成这类人，那就大错特错了。我们很穷，但是，我至少要为自己声明一下：正因为令尊有钱，我才不把自己算作他的亲戚，不论是我，还是家母，永远不会向他索取，也不会从他手里接受任何东西。"

皮埃尔半天没有弄清，但是他一经明白过来，就从沙发上一跃而起，以他那特有的匆忙而拙笨的动作抓住鲍里斯的手腕，他的脸

---

① 维尔纳夫是拿破仑的海军大将，统率一八〇五年入侵英国的舰队。同年十月他本人与旗舰在特拉法尔加角被俘。

比鲍里斯的还红得多,他怀着又羞又恼的心情开口说:

"这从哪里说起!我难道……谁会往这上头想……我很清楚……"

但是鲍里斯又打断了他的话:

"我很高兴把要说的话全说出来了。您也许感到不愉快,那就请您原谅。"他说。他不但不接受皮埃尔的安慰,反而安慰皮埃尔,"我希望我没有得罪您。我这人就是心直口快……我应当怎样回话?您去罗斯托夫家吃晚饭吗?"

鲍里斯显然如释重负,从尴尬的地位摆脱出来,却把别人放在那个地位上,他又变得十分愉快了。

"不,您听我说,"皮埃尔平静下来,说,"您这个人真不寻常。您刚才说得很好,很好。自然,您不了解我。我们很久不见了……还是孩子的时候就分手了……您可以这样猜疑我……我明白您的意思,完全明白。要是我就做不到,我没有这份勇气,可是这好极了。我非常高兴和您认识。真奇怪,"他停了一下,微笑着补充说,"您把我看成什么了!"他笑起来,"这有什么?咱们将来会进一步了解的。就这样吧。"他握了握鲍里斯的手,"您可知道,我连一次也没有到伯爵那里去过呢。他没有叫我……我觉得他这个人怪可怜的……但是有什么办法呢?"

"您认为拿破仑的军队能渡过海峡吗?"鲍里斯微笑着问。

皮埃尔看出鲍里斯想改变话题,于是就依着他,开始阐述布伦出征的利弊。

仆役来请鲍里斯到公爵夫人那里去。公爵夫人要走了。为了能和鲍里斯更接近,皮埃尔答应去伯爵家吃晚饭。他紧紧握住鲍里斯的手,透过眼镜亲切地望着他……鲍里斯走后,皮埃尔又在屋里踱了很久,他已经不用剑刺那个看不见的敌人了,只是含笑回忆这个可爱的、聪明而坚强的年轻人。

正如在青春期,特别是过孤独生活的人常有的那样,他对这个年轻人怀着一种说不出的柔情,他许下心愿,一定和他交朋友。

瓦西里公爵送别公爵夫人。公爵夫人用手绢揩着眼睛,满脸泪痕。

"这太可怕了! 太可怕了!"她说,"不管付出多少代价,我都要尽到自己的责任。我一定来守夜。不能就这样撂下他不管。每分钟都是宝贵的。我不懂公爵小姐们还拖延什么。也许上帝能使我有办法给他做临终的仪式……公爵,愿上帝保佑您……"

"再见,亲爱的。"瓦西里公爵一面转身避开她,一面回答。

"哎呀,他病得真可怕,"母子二人又坐上马车时,母亲对儿子说,"他几乎什么人都不认识了。"

"我不明白,妈妈,他对皮埃尔的态度怎么样?"儿子问。

"遗嘱会说明一切的,我的孩子;遗嘱也关系着我们的命运呢……"

"可是您凭什么认为他也会给我们留点什么呢?"

"哎呀,我的孩子! 他那么有钱,而我们又这么穷!"

"可这不能算是充分的理由啊,妈妈。"

"哎呀,我的上帝! 我的上帝! 他病得多重啊!"母亲叹息道。

十四

当安娜·米哈伊洛夫娜和儿子去基里尔·弗拉基米罗维奇·别祖霍夫伯爵家时,罗斯托娃伯爵夫人用手绢揩着眼睛,独自一人坐了很久。然后她按了按铃。

"您怎么了,亲爱的,"伯爵夫人对那个让她等了几分钟的侍女生气地说,"您不想服侍我还是怎么的? 那我就另给您找个事做。"

伯爵夫人为女友的苦处和寒酸难过，所以情绪不好，每当这时，她总是用"亲爱的"和"您"称呼侍女。

"对不起，太太。"侍女说。

"请伯爵来一下。"

伯爵歪歪跐跐地向妻子走来，像往常一样，面带几分负疚的神情。

"好太太！调味汁加马德拉酒烧松鸡味道真好，我亲爱的！我尝过了。我花一千卢布买塔拉斯卡①不白花，值得！"

他在妻子身旁坐下，胳膊肘潇洒地支在膝盖上，两手搔乱了花白的头发。

"您有什么吩咐，好太太？"

"是这么回事，亲爱的——你这里怎么脏了一块？"她指着他的背心说，"这是溅的调味汁，准是的，"她微笑着加了一句，"是这么回事，伯爵，我要用钱。"

她顿时满脸愁容。

"哎呀，我的好太太！……"伯爵连忙掏皮夹子。

"我需要很多，伯爵，我要用五百卢布。"她掏出麻纱手绢，擦丈夫的背心。

"马上，马上。喂，来人哪！"他喊道，只有自信被他传唤的人能招之即来，才会用他这样的口气喊人，"叫米坚卡到我这里来！"

米坚卡贵族出身，在伯爵家教养成人，现在是伯爵家的总管。他轻手轻脚走进来。

"有件事，亲爱的，"伯爵对进来的毕恭毕敬的年轻人说，"你给我拿……"他寻思起来，"对，拿七百卢布，对。要当心，像那次又破又脏的不要拿来，要好的，是给伯爵夫人的。"

---

① 塔拉斯卡是塔拉斯的昵称。

"是的,米坚卡,拿干净的票子。"伯爵夫人忧愁地叹息道。

"大人,请吩咐什么时候送来?"米坚卡说,"您知道……不过请您放心,"他见伯爵开始急促地喘粗气,知道这照例是要发脾气的兆头,连忙补了一句,"我差一点忘了……是不是马上送来?"

"对,对,就是的,马上拿来。就交给伯爵夫人。"

"这个米坚卡真是个大好人,"年轻人走后,伯爵微笑说,"从来没说过'办不到'。我最讨厌人家说'办不到'。什么都办得到。"

"唉,钱哪,伯爵,钱哪,有了它,世上倒惹出多少不幸!"伯爵夫人说,"可是这笔钱,我非常需要。"

"好太太,您手面大方是出了名的。"伯爵说,吻了吻妻子的手,又回书房去了。

当安娜·米哈伊洛夫娜从别祖霍夫家回来时,伯爵夫人身旁小桌上已经放着那笔钱,一律是新票子,用手绢盖着。安娜·米哈伊洛夫娜注意到,不知什么事使伯爵夫人心神不定。

"怎么样,我的朋友?"伯爵夫人问。

"哎呀,他的情况可怕极了!简直认不得他了,他病得真厉害,真厉害。我待了一会儿,没说两句话……"

"安内特,看在上帝分上,别推辞。"伯爵夫人忽然说,她脸红了,这在她那苍老、瘦削、庄重的面孔上显得很奇怪。她一边说,一边从手绢下面拿出钱来。

安娜·米哈伊洛夫娜一下子就明白是怎么回事,立刻弯下身来,准备及时灵巧地拥抱伯爵夫人。

"这是我给鲍里斯的置装费……"

安娜·米哈伊洛夫娜已经搂着她哭了。伯爵夫人也哭了。她们哭她们的友情是那么深厚,哭她们的心肠是那么善良,哭她们这对从小的朋友不得不为金钱这个可鄙的东西操心,还哭她们的青春一去不复返……可是两人流下的都是愉快的泪水……

十五

罗斯托娃伯爵夫人和女儿们已经陪着一大群客人坐在客厅里。伯爵把男客领到书房,请他们欣赏他收藏的土耳其烟斗。他有时出来问一声:"她来了吗?"大家都在等候玛丽亚·德米特里耶夫娜·阿赫罗西莫娃,她在社交界绰号叫恐龙,这位妇女所以赫赫有名不是由于财富或地位,而是因为她为人耿介,胸襟坦荡。提起玛丽亚·德米特里耶夫娜,整个莫斯科和彼得堡无人不晓,连皇家贵族也知道她。这两个城市的人没有哪个不赞叹她的,而背后又常笑她的粗犷,谈论她的轶闻趣事。不过一无例外,人人都敬重她,而且惧怕她。

书房里烟雾腾腾,人们正在谈论诏书中已经宣布的战争,谈论征兵。还没有人看到敕令,但是大家都知道已经颁发了。伯爵坐在土耳其式沙发上,他两边的两位客人一面吸烟,一面谈话。伯爵本人既不吸烟,也不谈话,可是他把头时而转向这边,时而转向那边,显出津津有味地看这两个吸烟的人,倾听由他挑起的这两个人的争论。

谈话的,其中一个是文官,堆满皱纹的瘦削面孔刮得光光的,带着容易激怒的表情,他已经上了年纪,可是穿戴却像最时髦的年轻人。他盘腿坐在沙发上,像在自己家里一样随便,嘴角深深地噙着一支琥珀烟嘴,眯起眼睛,忽断忽续地吸烟。这位是老鳏夫申申,伯爵夫人的堂兄,莫斯科交际场中都叫他"毒舌"。跟对方谈话,露出一副屈尊俯就的样子。另外一位是面色红润、神采奕奕的近卫军军官,他梳洗得一尘不染,装束得一丝不苟,把琥珀烟嘴噙在嘴当中,用绯红的嘴唇轻轻地吸烟,从美丽的嘴里吐出一串串的烟圈。他是谢苗诺夫团的军官贝格中尉,和鲍里斯一起到团部入伍的就是他,娜塔莎在挑逗薇拉(伯爵夫人的大女儿)时戏称他为她的未婚夫。伯爵坐在他们二人中间,聚精会神地听着。他除了爱玩波士顿牌之外,最使他愉快的就是听人家争论了,尤其当争论是由他在两个爱说话的人中间挑起的时候。

"怎么,老弟,令人尊敬的阿尔方斯·卡尔雷奇,"申申嘲笑说,在最粗俗的俄国话中间夹杂着文雅的法语句子,这是他说话的特色,"您想从政府那里得到一笔收入,您想从连队里捞点油水吗?"

"不是的,彼得·尼古拉耶维奇,我只是想说,论起好处,当骑兵比当步兵要少得多。彼得·尼古拉耶维奇,请您想想我现在的境况吧。"

贝格说话总是非常精确、沉着,而且有礼貌。他的话从来只涉及他个人的事情,要是人家谈的与他没有直接关系,他就安安静静不声不响。他可以这样一连几个小时一言不发,自己不感到也不让别人感到丝毫的局促不安。可是谈话一涉及他个人,他就滔滔不绝,带着明显的得意神情讲起来。

"请想想我的境况吧,彼得·尼古拉耶维奇:如果我当骑兵,尽管是中尉级的军衔,四个月的收入也不会超过二百卢布;现在我可以收入二百三十卢布。"他露出高兴的、讨人喜欢的笑容,说,一面望望申申和伯爵,好像他的成功永远是其他一切人的主要愿望,这在他看来是毫无问题的。

"再说,彼得·尼古拉耶维奇,调到近卫军,我的地位就更显赫了,"贝格继续说,"而且近卫军步兵里空额特别多。请您想想看,凭这二百三十卢布,怎么够我开支的。我得存起一些,还要寄一些给家父。"他说着吐出一个烟圈。

"的确不错……俗话说,德国人从斧背上都能榨出油来。"申申说，一面把琥珀烟嘴噙到另一边嘴角，并且向伯爵挤挤眼。

伯爵哈哈大笑。别的客人看见申申在谈话，都走过来听。贝格既没有看出人们在嘲笑，也没看出人们很冷淡，继续讲他由于调到近卫军，官阶就高出武备中学的同学们，讲在战时当连长可能战死，而他在连队资格最老，会很容易升为连长，又讲他在团里最孚众望，他父亲对他如何满意。贝格谈这一切，显然自得其乐，他似乎丝毫没有想到，别人也会有别人感兴趣的事。不过他讲得那么好听，又那么一本正经，年轻人那一派天真的自私心暴露无遗，居然能把听众征服了。

"老弟，您不论当步兵，还是当骑兵，都是无往而不胜的，这一点我敢向您预言。"申申说着拍拍他的肩膀，然后把脚从沙发上放下来。

贝格高兴地微微一笑。伯爵和跟在他后面的客人们，向客厅走去。

晚宴就要开始了，这时，满堂的客人都等候用晚餐前的小吃，不再长篇大论地谈话，但同时又认为应当活动一下，不能不说点什么，表示他们丝毫不急于入席。男女主人不时望望门口，有时交换眼色。客人们从这些眼神里极力猜测主人还在等待什么人或者什么东西：是等姗姗来迟的重要亲友呢，还是等尚未准备好的菜肴。

皮埃尔在快开宴时才来，他碰到一把椅子就在客厅中间笨拙地坐下，挡住了大家的路。伯爵夫人想叫他说话，但是他透过眼镜天真地东张西望，好像在寻找什么人，三言两语地回答伯爵夫人所有的问题。他使大家都感到拘束，只有他一个人没有觉察出这一点。大部分客人都知道他那桩熊的故事，所以都好奇地端详这个身高体胖的老实人，奇怪这个颟顸、谦逊的汉子怎么会跟警察分局局长开那样的玩笑。

"您才回国不久吧?"伯爵夫人问他。

"是的,夫人。"他一面环顾,一面回答。

"您还没见我丈夫吧?"

"没有,夫人。"他很不合时宜地微笑了一下。

"您最近好像到过巴黎? 我想一定很有意思。"

"很有意思。"

伯爵夫人向安娜·米哈伊洛夫娜使了个眼色。安娜·米哈伊洛夫娜明白,这是要她来招待这个年轻人,于是就在他身旁坐下,谈起他的父亲;他像回答伯爵夫人一样,只用简短的话来回答她。客人们彼此都在交谈。

"拉祖莫夫斯基家的人……太好了……您太好了……阿普拉克辛娜伯爵夫人……"谈话声从四面八方传来。伯爵夫人起身朝大厅走去。

"是玛丽亚·德米特里耶夫娜吗?"从大厅传来她的声音。

"正是她。"一个女人粗声粗气回答说,话音刚落,玛丽亚·德米特里耶夫娜就进了客厅。

所有的小姐,甚至夫人们,除了上岁数的以外,都站了起来。玛丽亚·德米特里耶夫娜在门口停下来,这位五十岁的老太太身材肥胖,高大,她高高地昂起白发曲鬈的头,把客人们打量一番,不慌不忙地抻了抻宽大的袖口,好像要把它卷起来似的。玛丽亚·德米特里耶夫娜从来都说俄语。

"恭喜过命名日①的夫人和孩子们,"她说,声如洪钟,把其他声音都压下去了,"你怎么样,老荒唐鬼,"他对吻她的手的伯爵说,"你大概在莫斯科闷得发慌吧? 猎犬无用武之地了吧? 可有

---

① 俄罗斯人用教历上圣徒的名字作教名,将该圣徒的节日作为命名日,像过生日一样庆祝。

什么法子呢,老头子,你看这些小雏儿都长大了……"她指着姑娘们说,"不管你愿不愿意,总得给她们找女婿。"

"怎么样,我的哥萨克好吗?(玛丽亚·德米特里耶夫娜管娜塔莎叫哥萨克。)"她说,抚摸着毫不畏缩、高高兴兴走过来吻她的手的娜塔莎,"我知道这丫头厉害,可是我喜欢她。"

她从大手提包里掏出一对梨形的红宝石耳坠,送给因过命名日而容光焕发、面颊绯红的娜塔莎,随后立刻朝皮埃尔转过身去。

"喂,喂!亲爱的!到这儿来,"她假装低声细气地说,"来呀,亲爱的……"

她带着威胁的意味把袖子往上卷了卷。

皮埃尔走过来,透过眼镜天真地望着她。

"走近点,走近点,亲爱的!你父亲得意的时候,只有我一个人对他说老实话,现在对于你,上帝吩咐我也这样做。"

她停顿了一下。大家都一声不响,等待着将要发生的事,觉得刚才只不过是开场白。

"好样的,没说的!好样的孩子!……父亲卧床不起,他倒把警察分局局长绑在熊背上,寻起开心来了。不嫌害臊,贤侄,不嫌害臊!你去打仗多好。"

她转过身去,把手递给伯爵,伯爵差一点忍不住笑出声来。

"怎么样,我想该入席了吧?"玛丽亚·德米特里耶夫娜说。

伯爵和玛丽亚·德米特里耶夫娜走在最前面,后面是骠骑兵上校挽着伯爵夫人,这位上校是个贵客,将要和尼古拉一起去追赶团队的就是他。接着是安娜·米哈伊洛夫娜和申申。贝格把手臂伸给薇拉。面带微笑的朱莉·卡拉金娜和尼古拉一起入席。他们之后还有成对的其他男女,长长地排满了整个大厅,最后是单个走的孩子们和男女家庭教师。仆人们忙合起来,响起椅子的碰击声,乐队开始奏乐,客人们都落了座。伯爵家庭乐队的乐声被刀叉声、客人的谈话声、仆人轻轻的脚步声代替了。在餐桌一端的主人席上坐着伯爵夫人。右边是玛丽亚·德米特里耶夫娜,左边是安娜·米哈伊洛夫娜和其他客人。另一端坐着伯爵,左边是骠骑兵上校,右边是申申和其他男客。长餐桌的一边坐着年龄较大的青年:薇拉挨着贝格,皮埃尔挨着鲍里斯;另一边坐着孩子们和男女家庭教师。伯爵不时从水晶玻璃酒瓶和果盘后面看看妻子和她那打着蓝花结的高高耸起的帽子,殷勤地给邻座斟酒,同时也没有忘记给自己斟酒。伯爵夫人没有忘记尽主妇的职责,同时向丈夫投来意味深长的眼色,她觉得丈夫的秃头和面颊在白发衬托下,显得分外地红了。妇女们那边,传来均匀的细语声;在男人们那边谈话声越来越高,特别是那位骠骑兵上校的声音,他吃得多,也喝得多,他的脸越来越红,伯爵叫其他客人都学他的榜样。贝格含着温柔的微笑和薇拉谈论爱情,说这种情感不属于人间,而属于天上。鲍里斯向他新交的朋友皮埃尔介绍餐桌上客人的姓名,不时和坐在对面的娜塔莎交换一下眼色。皮埃尔很少说话,他左顾右盼,望着生疏的面孔,吃得很多。从两道汤中他所选定的甲鱼汤和馅饼,到松鸡,他没有放过任何一道菜。当仆人拿着裹着餐巾的酒瓶从邻座背后悄悄走过来给他斟酒,一面报着酒名:"纯马迪拉酒",或"匈牙利酒",或"莱茵酒"时,他没有放过任何一种酒。每份餐具旁摆着四只用花体字刻着伯爵名字的酒杯,他随手拿起一只,心满意足地喝着,一面怀着越来越愉快的神情端详着客人们。坐在对面的娜塔莎,像十三岁的少女在看刚刚初次接过吻的、她所倾慕的男孩子那样,正用眼睛盯着鲍里斯。她这同样的眼神有时也落在皮埃尔身上,可是不知为什么,他在这个可笑的、活泼的姑娘注视下直想放声大笑。

尼古拉坐在朱莉·卡拉金娜身旁,离索尼娅很远。他又含着不由自主的微笑和她谈话。索尼娅摆出笑脸,但可以看出,她正妒火中烧,脸上白一阵,红一阵,全神贯注地倾听尼古拉和朱莉彼此在谈什么。家庭女教师神色不安地东张西望,仿佛倘若有人竟敢欺负孩子,她随时准备给予回击似的。德国男家庭教师努力记住每样菜、甜食和葡萄酒,准备往德国写家信时,把这些详细描写一番,当仆人拿着用餐巾裹着的酒瓶忘记给他斟酒时,他简直气坏了。他皱起眉头,极力表示他并不想喝这种酒,他气恼的是谁也不了解,他喝酒不是为了解渴,也不是因为贪杯,而是出于一种真心诚意的求知欲。

十六

餐桌上男客们谈得越来越热闹了。上校说,宣战的诏书已经从彼得堡发出,他亲眼看到一份诏书今天由专差送给总司令去了。

"真见鬼,为什么我们要和波拿巴打仗?"申申说,"他已经把奥地利的傲气打垮了,恐怕要临到我们头上了。"

上校,这个魁梧结实、血气旺盛的德国人,显然是个忠君爱国的老军人。他被申申的话惹恼了。

"为什么?仁慈的阁下,"他带着满口的德国口音说,"皇上知道为什么。他在诏书里说,不能眼看着俄国受到威胁,帝国的安全、它的尊严和盟国的尊严受到威胁而无动于衷。"他说,不知为什么特别强调"盟国的"这个字眼,仿佛问题的关键就在这个字眼上边似的。

凭着他那毫无差错的记忆公文的特有本领,他把诏书的引言部分复述一遍:"……皇帝的希望,他唯一的最终目的,乃在于在欧洲奠定和平的巩固基础,现决定派一支军队出国,为达到此目的重作一番努力。"

"就是为了这个,仁慈的阁下。"他带着教训的口吻结束道,一面喝干一杯酒,看了看伯爵,征求他的同意。

"您可知道有句俗话说：'叶廖马，叶廖马，莫如家中坐，纺好你的纱'，"申申皱起眉，含笑说，"这话对我们太合适了。即使是苏沃洛夫①又该如何——连他也被打得一败涂地，我们苏沃洛夫式的英雄好汉们如今安在？我问问您。"他说，不断地从俄语又跳到法语。

"我们应当战斗到流尽最后一滴血，"上校捶着桌子说，"为皇帝陛下捐躯，那样一切就都好了。要尽可——能——地（他特别把'可能地'这个词拖得很长），要尽可——能——地少发议论，"他结束说，然后又转向伯爵，"这是我们老骠骑兵的看法，我的话完了。年轻人和年轻的骠骑兵，您的意见如何呢？"他又对尼古拉说。尼古拉一听是在谈战争，就丢开谈话的对手，睁大眼睛，竖起耳朵听上校说话。

"完全同意您的意见，"尼古拉回答说，他满脸通红，一面转动碟子，移动酒杯，露出坚决而不顾一切的神情，仿佛眼前他正面临着严重的危险似的，"我坚信，俄国人要么是死，要么是胜利。"他说。正像别人在这种场合说了显得太热烈的过头话感到局促不安一样，他也有这种感觉。

"好极了！您说得好极了。"坐在他身旁的朱莉叹口气说。尼古拉说话时，索尼娅浑身颤抖，脸顿时红到耳根，从耳根红到脖颈，然后红到肩膀。皮埃尔仔细听着上校的话，赞许地点点头。

"说得好。"他说。

"真正的骠骑兵，年轻人。"上校又捶了一下桌子，喊道。

"你们在那儿嚷嚷什么？"从桌子那边忽然传来玛丽亚·德米特里耶夫娜低沉的声音，"你干吗要捶桌子，"她对骠骑兵说，"你

---

① 亚历山大·瓦西里耶维奇·苏沃洛夫（1729—1800），俄国元帅。一七九九年任意大利境内对法作战的俄奥军总司令，击败法军后率部越阿尔卑斯山入瑞士，援救在瑞士作战的俄军。因反对采用普鲁士军事制度，一八〇〇年被解职。

对谁发火？是不是你以为现在法国人就在你面前？"

"我是说实话。"骠骑兵微笑说。

"都是说战争的事，"伯爵在餐桌的另一端喊道，"我的儿子就要去打仗了，玛丽亚·德米特里耶夫娜，儿子要去打仗了。"

"我有四个儿子都在军队里，我一点儿也不发愁。你是死在床上，还是死在战场上，全凭上帝的旨意。"玛丽亚·德米特里耶夫娜从餐桌的另一端用低沉的声音毫不费劲地说。

"这话对。"

谈话又集中起来——妇女在餐桌的一端，男人们在餐桌的另一端。

"你就不敢问，"小弟弟对娜塔莎说，"你就不敢问！"

"我就要问。"娜塔莎回答说。

她的脸忽然红起来，露出无所畏惧的、欢快的决心。她欠起身来，用眼神向坐在对面的皮埃尔示意，叫他听着，她朝母亲转过脸去。

"妈妈！"她的童音响彻了整个餐桌。

"你要干什么？"伯爵夫人吃惊地问，但从女儿脸上看出她在淘气，就朝她严厉地摆摆手，摇摇头，做出威吓和制止的样子。

谈话停止了。

"妈妈！我们吃什么甜食？"娜塔莎的声音显得更坚决，更果断了。

伯爵夫人想皱眉，可是皱不起来。玛丽亚·德米特里耶夫娜摆动着肥胖的食指，吓唬她。

"哥萨克！"她威吓说。

大多数客人都看着年长的人，不知道应当怎样应付这场儿戏。

"你要当心！"伯爵夫人说。

"妈妈！我们吃什么甜食？"娜塔莎已经勇敢、任性、快活地喊起来,她预先就相信,她的儿戏会受欢迎的。

索尼娅和小胖子彼佳①笑得不敢抬头。

"你看我不是问了。"娜塔莎对小弟弟和皮埃尔低声说,她又瞟了皮埃尔一眼。

"冰激凌,只是不给你。"玛丽亚·德米特里耶夫娜说。

娜塔莎看出没有什么可怕的,因此连玛丽亚·德米特里耶夫娜也不怕。

"玛丽亚·德米特里耶夫娜!哪一种冰激凌?我不喜欢奶油冰激凌。"

"胡萝卜冰激凌。"

"不对,是哪一种?玛丽亚·德米特里耶夫娜,是哪一种?"她几乎大声喊起来,"我要知道!"

玛丽亚·德米特里耶夫娜和伯爵夫人笑起来,跟着所有的客人也都笑起来。大家不是笑玛丽亚·德米特里耶夫娜的回答,而是笑这个小姑娘不可思议的勇敢和机灵,她竟然有本领和勇气对玛丽亚·德米特里耶夫娜这样说话。

娜塔莎直到听说是菠萝冰激凌,才肯罢休。上冰激凌之前先上香槟酒。又奏起乐来,伯爵吻了吻伯爵夫人,所有的客人都起身向伯爵夫人道喜,隔着餐桌跟伯爵和孩子们碰杯,并且彼此碰杯。仆人又奔忙起来,又传来椅子的碰击声,客人们又按照原来的顺序,不过全带着通红的脸,返回客厅和伯爵的书房。

十七

打波士顿的牌桌摆开了,牌局也凑好了,伯爵的客人们分作两

---

① 彼佳是罗斯托夫伯爵的小儿子彼得的小名。

处,一处在起居室,一处在图书室。

伯爵把手里的牌搓成扇面形,强撑着克服饭后小睡的习惯。年轻人在伯爵夫人的怂恿下,都聚在古钢琴和竖琴周围。朱莉应大家的请求第一个用竖琴弹了一支变奏短曲,她和别的姑娘们一起邀请以音乐天才闻名的娜塔莎和尼古拉唱支歌。娜塔莎因为人家像待大人似的待她,显得很得意,同时又有点羞怯。

"咱们唱什么?"她问。

"《小泉流水》。"尼古拉回答说。

"好,快点。鲍里斯,到这儿来,"娜塔莎说,"索尼娅到哪儿去了?"

她环顾四周,见她的朋友不在屋里,就跑出去找她。

娜塔莎跑到索尼娅房里,没有找到她的朋友,又跑到儿童室,那里也没有索尼娅。娜塔莎明白了,索尼娅一定在走廊的大箱子上。走廊的大箱子是罗斯托夫家少女们发泄悲哀的地方。索尼娅果然在大箱子上,脸朝下躺在保姆肮脏的条纹布羽毛褥子上,身上的粉红纱衫都揉皱了。她用手捂着脸,哽哽咽咽地啼哭着,裸露的肩头直发颤。娜塔莎一整天都因为过命名日而容光焕发,这时突然变了脸色:她的眼神愣住了,随后,宽宽的脖颈颤动了一下,嘴角耷拉下来。

"索尼娅!你怎么啦? …… 出了什么事?呜——呜——呜! ……"

娜塔莎于是咧开大嘴,样子变得怪难看的,像孩子似的大哭起来,她不知为什么,只是因为索尼娅在哭,她也哭开了。索尼娅想抬头,想回答她,但是办不到,于是把头埋得更深了。娜塔莎侧身坐在蓝色的羽毛褥子上,搂着女友哭着。索尼娅鼓足力气,欠起身来,擦擦眼泪,诉说起来。

"尼古连卡过一星期就要走了,他的……公文……已经下来了……他亲自告诉我的……我本来想不哭的……"她把手里的一张纸拿给娜塔莎看:那是尼古拉写的诗,"我本来不想哭的,可是你不会……任何人也不会了解……他有一颗多么好的心。"

于是,她又哭起来,哭他的心肠好。

"你当然好喽……我不嫉妒……我爱你,也爱鲍里斯,"她打起精神说,"他很可爱……你们没有障碍。可尼古拉是我的表兄……必须……总主教亲自许可①……就是那样也不行。再说,如果妈妈(索尼娅认伯爵夫人作母亲,可以这样称呼她)……她说我毁了尼古拉的前程,我没有心肝,说我忘恩负义,真的……说老实话……"她画了个十字,"我这么爱妈妈和你们大家,只有薇拉一个人……为什么啊?我有什么对不起她的?我非常感激你们,情愿为你们牺牲一切,可是我一无所有……"

索尼娅说不下去了,又捂着脸,把头埋到羽毛褥子里。娜塔莎平静下来,但从她脸上可以看出,她完全懂得她朋友的痛苦是多么深重。

"索尼娅!"她忽然说,似乎猜到表姐苦恼的真正原因,"一定是薇拉在饭后对你说什么了?是不是?"

"是的,这些诗是尼古拉自己写的,我还抄了一些别的诗。她在我桌上发现了这些诗,她说要拿给妈妈看,还说我忘恩负义,说妈妈绝对不会让他娶我,他要娶朱莉。你没有看见他整天跟她在一起吗?……娜塔莎!为什么啊?……"

她又哭起来,哭得比先前更伤心了。娜塔莎把她扶起来,搂着她,含着泪水微笑着,开始安慰她。

"索尼娅,你别相信她,亲爱的,别信。你还记得咱们和尼古

---

① 俄国正教会规定,近亲通婚,须经总主教许可。俄国正教会一共有三名总主教,其中一名在莫斯科大教区。

拉三人在起居室怎么说的吧，是晚饭后，记得吗？我们不是把将来的事全安排好了吗？我已经记不清是怎么安排的了，可是你总记得一切都是那么称心如意，一切都是可以办到的。比方申申叔叔有个兄弟，就是娶他的亲表妹，而咱们是远房的表亲。鲍里斯也说这是完全可以的。你知道，我什么都对他说了。他非常聪明，非常好，"娜塔莎说……"索尼娅，你别哭，亲爱的，我的心肝，索尼娅。"于是她笑着亲吻她，"薇拉最坏了，别去理她！一切都会很好的，她也不会告诉妈妈的。尼古拉会亲自对妈妈说，而且他对朱莉并没有什么情意。"

于是她吻她的头。索尼娅欠起身来，这只小猫又活跃起来，眼睛闪闪发光，它似乎准备马上就摇摇尾巴，蹬起四只柔软的爪子纵身一跳，又开始玩线球，这玩意儿对它最合适不过了。

"你是这样想吗？真的？是实话？"她一边说一边连忙整理衣衫和头发。

"真的！是实话！"娜塔莎回答说，一面替她的朋友整理辫子下面一绺露出来的硬刷刷的头发。

她们两人都笑起来。

"咱们去唱《小泉流水》吧。"

"走吧。"

"你知道，坐在我对面的那个大胖子皮埃尔真有意思！"娜塔莎忽然停下来说，"我好快活！"

说着，娜塔莎就在走廊里跑起来。

索尼娅抖掉身上的绒毛，把诗稿藏在怀里颈下贴近胸骨的地方，迈开轻松愉快的脚步，满脸通红，跟着娜塔莎顺着走廊向起居室跑去。在客人们的请求下，年轻人唱了四重唱《小泉流水》，这曲子人人都爱听。随后尼古拉唱了一支他刚学会的歌：

　　在愉快的夜晚，幽静的月光下，

想到世上还有一个人，

她是那样深情地怀念你！

想到这里，多么甜蜜。

她那纤纤玉手拨动金色的竖琴，

奏出热情的曲调，

呼唤你啊，呼唤你！

再过一两天，极乐世界就在眼前，

可是，唉，你的朋友活不到那个时候！

他还没有唱完最后一句，大厅里的年轻人就准备跳舞了，回廊上响起乐师们的脚步声和咳嗽声。

皮埃尔坐在客厅里，申申像对一个刚从国外回来的人那样，对皮埃尔谈起使他感到枯燥乏味的政治问题，还有一些客人也加入了他们的谈话。当音乐奏起来的时候，娜塔莎走进客厅，一直走到皮埃尔跟前，红着脸，笑着说：

"妈妈叫我请您去跳舞。"

"我怕我弄乱了舞步，"皮埃尔说，"要是您愿意做我的老师……"

于是他低低地垂下他的胖手，伸给纤细的小姑娘。

当舞伴们正在站好位置，乐师在调音的时候，皮埃尔和他的小舞伴坐下来。娜塔莎幸福极了：她已经和大人、和从国外回来的人跳舞了。她坐在大家都看得见的地方，像大人似的和他谈话。她手里拿一把扇子，这是一位小姐给她暂时拿着的。她摆出一副十足的交际家的姿态（天晓得她是什么时候，从什么地方学来的），她摇着扇子，隔着扇子露出笑容，和她的舞伴谈话。

"你们瞧，你们瞧，她像什么样子？像什么样子？"老伯爵夫人经过大厅时，指着娜塔莎说。

娜塔莎脸一红，笑起来。

"妈妈,您怎么啦？您何必这样？这有什么可大惊小怪的?"

当第三节苏格兰舞曲奏到一半的时候,客厅里传出移动椅子的声音,在这里玩牌的伯爵和玛丽亚·德米特里耶夫娜,以及大部分尊贵的客人和老年人,久坐之后伸了伸懒腰,把皮夹和钱袋都揣到衣兜里,走进大厅。走在前面的是玛丽亚·德米特里耶夫娜和伯爵——两人都喜形于色。伯爵开玩笑地摆出彬彬有礼的样子,做出一个芭蕾舞姿势,把圆滚滚的手臂递给玛丽亚·德米特里耶夫娜。他挺直腰板,容光焕发,露出特别潇洒、机敏的微笑,苏格兰舞刚一跳完,他就向乐师们拍手,对回廊上的第一提琴手喊道:

"谢苗！你会奏《丹尼拉·库波尔》吗?"

这是伯爵喜爱的一种舞蹈,他年轻时就跳过。(其实《丹尼拉·库波尔》是英格兰舞的一节。)

"看爸爸。"娜塔莎对着整个大厅喊道(完全忘了她正在跟大人跳舞),她那鬈发的头低到膝盖,银铃般的笑声响彻了大厅。

的确,大厅里所有的人都带着喜悦的微笑看那个快乐的老头,他身旁是身材比他高大的、威风凛凛的女人——玛丽亚·德米特里耶夫娜,他弯起手臂,跟着拍子摇摆着,端平了肩膀,扭转脚步,轻轻地踏着拍子,他那圆圆的脸越来越眉飞色舞,让观众准备看将要发生的场面。刚一响起快乐的、吸引人的、像欢乐的《特烈帕克》①舞曲的《丹尼拉·库波尔》舞曲,大厅门口忽然挤满了仆人的笑脸,一边是男仆,一边是女仆,他们都来看玩得高兴的主人。

"瞧咱们家老爷！简直是一只鹰!"站在一扇门口的保姆大

----

① 特烈帕克舞是俄罗斯的一种顿足跳的民间舞。

声说。

伯爵跳得好,并且知道自己跳得好,但是他的舞伴根本不会跳,也不想跳好。她那庞大的身躯站得笔直,垂下两只健壮的胳膊(她把手提包交给伯爵夫人了),只有她那严厉、然而却是美丽的脸在跳舞。表现在伯爵的整个滚圆的身体上的,在玛丽亚·德米特里耶夫娜只表现在越来越快活的脸上和翘起的鼻子上。如果说,跳得越来越起劲的伯爵以他那出人意料的灵活旋转和柔和脚步的轻巧跳跃使观众叹服的话,那么,玛丽亚·德米特里耶夫娜在转身或顿足时随便一动肩或一弯手臂,就毫不费力地产生了同样的效果,特别是考虑到她身躯肥胖和态度一向严肃,就更令人赞叹了。跳得越来越热闹。别的舞伴连片刻也引不起人们的注意,而且也不想引人注意。大家都看伯爵和玛丽亚·德米特里耶夫娜。娜塔莎扯扯这个人的袖子,拉拉那个人的衣裳,叫大家都看爸爸,其实人们本来就目不转睛地瞧着那对舞伴呢。跳舞间歇时,伯爵深深地喘气,向乐师们挥手喊话,叫他们奏快点。伯爵绕着玛丽亚·德米特里耶夫娜一阵风似的旋转,时而踮起脚尖,时而脚跟顿地,越来越快,越快,越快,越来越猛,越猛,越猛,终于把舞伴带到她的座位,他轻捷地向后抬起一只脚,满面笑容,低下冒汗的头,就这样跳完最后一个舞步,在掌声和笑声中,特别在娜塔莎的大笑声中,用右手挥了一个圆圈。一对舞伴停下来,深深地喘着气,用麻纱手绢擦汗。

"咱们当年就是这样跳舞的,亲爱的。"伯爵说。

"《丹尼拉·库波尔》就是这样跳!"玛丽亚·德米特里耶夫娜呼哧呼哧喘着气,卷起袖子,一面说。

十八

当罗斯托夫家大厅里,在乐师们因疲倦而胡乱演奏的音乐伴

奏下正跳第六节英格兰舞、劳累的仆人和厨师正准备晚餐的时候，别祖霍夫伯爵第六次发作了中风病。医生宣布复元无望，已经给病人做了默祷和圣餐礼，而且做了终敷礼的准备。像通常在这样的时刻一样，宅子里是一片忙乱和不安的期待，宅子外大门前聚集了一群棺材商人，一见有马车向门前驶来就躲开，他们等着做一笔殡葬伯爵的好买卖。不断打发人前来探问伯爵病情的莫斯科军区总司令，这天晚上亲自来和叶卡捷琳娜时代的达官要人别祖霍夫伯爵作最后的诀别。

富丽堂皇的接待室坐满了人。当总司令单独和病人待了约摸半小时后走出来的时候，人们都恭敬地站起来，他微微点头答礼，加快脚步从那些把目光集中在他身上的医生、教士和亲友身边走过。这些天来变得消瘦、苍白的瓦西里公爵陪伴着总司令，低声向他重复地说着什么。

送走总司令，瓦西里公爵独自坐在大厅的椅子上，把一只腿高高地跷在另一只腿上，胳膊肘支着膝盖，用手捂着眼睛。他这样坐了一会儿，站起来用吃惊的眼神环顾四周，迈开一向不习惯的匆匆的步子，穿过长廊，向后院公爵大小姐的住处走去。

在灯光昏暗的房间里，人们彼此正在絮语，声音时高时低，每当通到病人卧室的那扇门有人进出而发出轻微的响声时，大家就静下来，用充满疑问和期待的目光望着那扇门。

"人的寿数，"一位老教士对坐在他身旁天真地听他讲话的太太说，"是注定了的，不能超过。"

"我想，终敷礼会不会太晚了？"那位太太叫着老教士的尊号，问道，仿佛她毫无己见似的。

"这桩圣礼，太太，隆重得很。"老教士用手摸了摸秃顶上几绺往后梳的斑白头发，回答说。

"刚才是哪一位？是总司令吗？"坐在另一个角落的人问道，

"样子多么年轻！……"

"六十开外的人了！怎么，听说伯爵已经认不得人了，是吗？要行终敷礼了吧？"

"我认识一个人，曾经受过七次终敷礼。"

二公爵小姐从病人卧室走出来，眼睛哭红了，她在罗兰医生旁边坐下。罗兰医生用臂肘支在桌上，姿态优雅地坐在叶卡捷琳娜女皇画像下面。

"好极了，"医生在回答关于天气问题时说，"天气好极了，公爵小姐，再说，莫斯科很像乡下。"

"真的吗？"公爵小姐叹息着说，"可以给他喝水吗？"

罗兰沉吟起来。

"他吃药了吗？"

"吃过了。"

医生看了看卜列格怀表①。

"拿一杯开水，放上 一小撮（他用纤细的手指表示一小撮是多少）酒石……"

"从来没有犯了三次中风还能活过来的。"一个德国医生对副官说。

"他本来是个精力多么充沛的男子汉啊！"副官说，"这笔遗产将来留给谁呢？"他低声又说。

"愿意做继承人的有的是。"德国人微笑着回答说。

大家又向那扇门看去：门吱咂响了一声，二公爵小姐照罗兰的指示调好饮料，给病人送去。德国医生走到罗兰面前。

"也许还能撑到明天早晨吧？"德国人操着拙劣的法语问。

罗兰把嘴一撇，在鼻尖前严肃而否定地晃了晃手指。

---

① 卜列格怀表是旧时法国的一种怀表，能报时并指示日期。

"就在今天晚上,不会更晚。"他低声说,因为能确切了解并预言病人的情况而感到满足,彬彬有礼地微笑着走开了。

这时,瓦西里公爵推开了大公爵小姐的房门。

屋里半明半暗,圣像前只点着两盏小油灯。神香和鲜花散发着馨香。屋里摆满了小衣柜、小橱柜、小桌子等等小型的家具。屏风后可以看见垫着羽毛褥子的高床上铺着洁白的罩单。一只小狗叫起来。

"啊,是您吗,我的表兄?"

她站起来整了整头发,她的头发永远是、甚至现在也是油光可鉴的,就好像头发和脑壳是用同一种材料做成的,而头发又外加了一道油漆。

"怎么,出什么事了吗?"她问,"把我吓坏了。"

"没什么,还是那样;卡季什,我只是来跟你谈一件事,"公爵说,疲倦地坐在她刚才坐的圈椅上,"你把椅子都坐热了,"他说,"坐到这里来吧,咱们谈谈。"

"我还以为出什么事了呢。"大公爵小姐一面说,一面带着她那永远不变的、石像般的严肃表情在公爵对面坐下,准备听他说话。

"老想睡一会儿,我的表兄,就是睡不着。"

"怎么样,亲爱的?"瓦西里公爵说,他握起大公爵小姐的手,习惯地往下一按。

看来,"怎么样"这句话是指他们俩心照不宣的很多事情。

大公爵小姐挺着她那比起腿来显得太长的、又僵又直的腰板,睁着鼓出的灰眼睛,直勾勾、冷冰冰地望着公爵。她摇摇头,叹口气,看了看圣像。她的姿势可以解释为悲伤和虔诚的表示,也可以解释为疲倦和希望快点休息的表示,瓦西里公爵把它解释为疲倦的表示。

"至于我,"他说,"你以为我轻松吗?我累得像一匹驿马。可是我还得跟你谈谈,卡季什,而且非常认真地谈谈。"

瓦西里公爵沉默了,他的腮帮时而这边时而那边神经质地抽动起来,给他的脸增添了一种可厌的表情,而这种表情是他在客厅里出现的时候从来没有过的。他的眼神也跟平常不一样:时而玩世不恭地看人,时而惊慌不安地东张西望。

大公爵小姐用她那双干瘪的手把小狗抱在膝上,全神贯注地看着瓦西里公爵的眼睛。可是,看样子,她即使默不作声坐到天亮,也决不会提出问题来打破沉默。

"你要知道,亲爱的公爵小姐,我的表妹,卡捷琳娜·谢苗诺夫娜,"瓦西里公爵说,看样子,为了把要说的话说下去,他内心不是没有斗争的,"现在这种时刻,我们应当考虑到各种情况。要考虑到将来,考虑到你们……我像爱自己的孩子一样爱你们,这你是知道的。"

大公爵小姐还是那样毫无表情、一动不动地看着他。

"最后,还要考虑到我的家庭。"瓦西里公爵烦躁地推开小桌,眼睛不看她,继续说,"你知道,卡季什,你们马蒙托夫家三姊妹,还有我的妻子,咱们是伯爵唯一的直系继承人。我知道,我知道,谈这些问题,想这些问题,对你是多么难过。就是对我也并不轻松;可是,我的亲爱的,我已经是快六十的人了,对一切都得有个准备。我已经派人去找皮埃尔,伯爵直指着他的肖像,一定要他来见他,你知道吗?"

瓦西里公爵用疑问的目光看了看大公爵小姐,但他弄不清她是在考虑他对她说的话呢,还是只是这样看着他……

"我正为一件事不停地祈祷上帝,我的表兄,"她答道,"祈求他宽恕他,让他纯洁的灵魂安静地离开这……"

"当然，这是当然的，"瓦西里公爵不耐烦地继续说，一面摸着秃顶，恶狠狠地把推开的小桌又拉过来，"可是，归根结底，归根结底，问题是，你自己也知道，去年冬天伯爵已经立下遗嘱，把他的全部财产并没有留给咱们直系继承人，都留给皮埃尔了。"

"让他去立他的遗嘱好了，"大公爵小姐平静地说，"但是他的遗产不能留给皮埃尔！皮埃尔是私生子。"

"我亲爱的，"瓦西里公爵突然说，他紧靠着桌子，兴奋起来，开始说得更快了，"可是如果伯爵给皇上写信，请求立皮埃尔为嫡子，那怎么办呢？你要知道，论起伯爵的功绩，他的请求会受到重视的……"

大公爵小姐笑了，凡是自以为对所谈的问题比对方知道得多的人都是这样笑的。

"我还要告诉你，"瓦西里公爵抓住她的手接着说，"信已经写好了，虽然还没有发出去，皇上也知道了这件事。不过问题是，这封信有没有销毁。假如没有销毁，那么一旦一切都完了，"瓦西里公爵叹了一口气，这样来暗示"一切都完了"是什么意思，"伯爵的文件就要开封，那时遗嘱和信就要呈给皇上，他的申请八成会得到批准的。皮埃尔将作为合法的儿子继承一切。"

"我们那一份呢?"大公爵小姐问，露出讥讽的微笑，仿佛一切都可能发生，惟独这件事不会发生似的。

"可是，卡季什，这是明摆着的事啊。到那时候，他就成为全部遗产的唯一合法继承人了，你们连自己的一份也得不到。你应当知道，亲爱的，遗嘱和信是不是已经写好，或者写好了又销毁了。假如这些东西被人遗忘，那你就应当知道它们放在哪儿，并且要找到它们，因为……"

"竟有这样的事！"大公爵小姐打断他的话，冷笑着，眼睛的表情并没有改变，"我是个妇道人家，在您看来，我们都是愚蠢的。

但是,据我所知,私生子没有继承权……私生子。"她加了一句法语,以为一经这样翻译,就可以使公爵彻底明白他是没有继承根据的。

"说来说去,你怎么老不明白,卡季什!你这么聪明,怎么不明白:假如伯爵给皇上写了信,那就是说,皮埃尔已经不再是皮埃尔,而是别祖霍夫伯爵了,那时他就要根据遗嘱接受一切遗产。假如遗嘱和信没有销毁,那么,你除了落个贤慧的美名和由此而产生的一切而自慰外,什么也得不到。这是实话。"

"我知道已经立下遗嘱了,但是我也知道,它是无效的,您似乎认为我是个大傻瓜,我的表兄。"大公爵小姐说,她说这话的神情,就像那些认为说了挖苦人的俏皮话的女人的神情一样。

"我的亲爱的公爵小姐卡捷琳娜·谢苗诺夫娜!"瓦西里公爵不耐烦地说,"我不是来找你吵架的,而是跟一个至亲,一个聪明、善良、真诚的至亲谈谈你本身的利益。我第十次对你说,假如给皇上的信和对皮埃尔有利的遗嘱是在伯爵的文件中,那么,亲爱的小姐,你和你的妹妹就不是继承人了。如果你不相信我的话,那么,你总相信内行人的话吧:我刚才和德米特里·奥努夫里伊奇(这人是家庭法律顾问)谈过,他也是这样说。"

看来,大公爵小姐的思想突然发生了什么变化,她那两片薄嘴唇发白了(眼珠还是那样),她开始说话时,声音像打雷一样,这显然出乎她自己的意料。

"这样倒好,"她说,"我从来什么都不要,现在也不想要。"

她从膝盖上把小狗推下去,整了整衣裳的皱褶。

"这就是感德报恩,这就是对那些为他牺牲一切的人们的报答,"她说,"好极了!太好了!我什么都不需要,公爵。"

"是的,但不只你一个人,你还有妹妹。"瓦西里公爵回答说。

但是大公爵小姐没有听他的话。

"是的,这我早就知道,不过忘记了罢了,在这个家里,除了卑鄙、欺骗、嫉妒、阴谋,除了最卑劣的忘恩负义,我还能期待什么呢……"

"你到底知不知道遗嘱放在哪儿?"瓦西里公爵问,他的两腮抽搐得比刚才更厉害了。

"是的,我愚蠢,我还相信人,我热爱他们,牺牲自己。可是只有那些下流、龌龊的小人处处得手。我知道这是谁的阴谋。"

大公爵小姐想站起来,但是公爵拉住她的手,按住她。大公爵小姐那副神情像突然对全人类都感到失望似的,她恶狠狠地盯着谈话对方。

"还来得及,我的朋友。你记住,卡季什,这一切都出于偶然,是在愤怒和患病的时候做出的,过后就忘了。我们的责任,亲爱的,就是改正他这个错误,不让他做出这种不公平的事,减轻他弥留之际的痛苦,不让他在临终时还觉得自己做出了使得那些人不幸的事……"

"对那些为他牺牲一切的人,"大公爵小姐一面附和说,一面又猛然要站起来,但是公爵阻住了她,"他从来就不会赏识他们。不,我的表兄,"她叹了一口气,补充说,"我要记住,在这个世界上不能期待报酬,在这个世界上既没有信义,也没有公道。在这个世界上就得狡诈、狠毒。"

"好啦,好啦,镇静点,我知道你心肠好。"

"不,我的心肠狠。"

"我知道你的心,"公爵重复说,"我看重你的友谊,希望你对我也有同样的看法。镇静一下吧,咱们说正经的,趁现在还有时间——也许还有一昼夜,也许只有一小时,你把你知道的有关遗嘱的情形统统告诉我,主要的是,遗嘱放在什么地方,这你应当知道。我们马上就把它拿给伯爵看看。他准是早忘了,他一定想销毁它。

你明白,我唯一的愿望就是神圣地执行他的意志,我就是为这个才来的。我住在这里不过是为了帮助他和帮助你们。"

"现在我全明白了。我知道这是谁搞的鬼。我知道。"大公爵小姐说。

"问题不在这儿,亲爱的。"

"就是您的被保护人,您的亲爱的安娜·米哈伊洛夫娜,这种卑鄙、无耻的女人,给我当使唤丫头我都不要。"

"咱们别浪费时间吧。"

"哎呀,您听我说!去年冬天,她跑到这里来,在伯爵面前编派了我们所有的人,特别是编派了索菲种种坏话,种种不堪入耳的话,简直叫我无法重述一遍,弄得伯爵病了一场,有两个星期不愿见我们。我知道就是那个时候他写了这些卑鄙龌龊的文件,可是我以为这些文件不过是一纸空文。"

"问题就在这里。你为什么早先不告诉我呢?"

"在嵌花的公事包里放着,公事包压在他的枕头底下。现在我知道了,"大公爵小姐不回答他的问题,说道,"是的,如果说我有罪过,有天大的罪过,那就是我恨这个卑劣的女人,"大公爵小姐几乎在大喊大叫,样子完全变了,"她为什么要钻到这里来?我一定把要说的话对她全说出来,全说出来。总有那么一天!"

十九

这些谈话在客厅和在大公爵小姐卧室进行的时候,载着皮埃尔(他是被叫回去的)和安娜·米哈伊洛夫娜(她认为有陪他同去的必要)的马车驶进了别祖霍夫伯爵的院子。当车轮软绵绵地驶过铺在窗下的干草上的时候,安娜·米哈伊洛夫娜转身对皮埃尔说了几句宽慰的话,可是发现他靠着车厢角落睡着了,于是把他叫醒。皮埃尔醒来,跟着安娜·米哈伊洛夫娜下了马车,这才想了想他将要跟垂死的父亲见面的问题。他发现他们的马车不是停在前门,而是停在后门。他下车时,有两个小市民装束的人赶快从后门口跑到墙边阴影里。皮埃尔停了一下,发现住宅两旁阴影里还有几个同样装束的人。不论是安娜·米哈伊洛夫娜还是仆人,或是车夫,都不会不看见这些人的,但他们并不去注意他们。由此可见,事情应该是这样的,皮埃尔暗自断定,就跟着安娜·米哈伊洛夫娜走了。安娜·米哈伊洛夫娜一面沿着昏暗的狭窄石阶快步上楼,一面招呼落后的皮埃尔跟上来。皮埃尔虽然不明白他为什么非得见伯爵不可,更不明白他为什么必须从后门走,但从安娜·米哈伊洛夫娜的自信和匆忙的神态看来,他心中断定这是非如此不可的。在楼梯半中腰,几个提着水桶的人,皮靴踩得咚咚的响,迎面跑下来,差点儿把他们绊倒。这几个人贴着墙根让皮埃尔和安娜·米哈伊洛夫娜过去,当这几个人看见他们时,没露出丝毫惊奇的神色。

"这儿通公爵小姐们的住处吗?"安娜·米哈伊洛夫娜向其中一个人问道。

"是的,"一个仆人大胆高声回答,好像现在一切都是许可的似的,"靠左边的门,太太。"

"也许伯爵没有叫我,"皮埃尔走到楼梯转弯的平台时,说,"我还是回自己的房间去吧。"

安娜·米哈伊洛夫娜停下来,等着和皮埃尔并肩走。

"啊,我的朋友!"她摆出那天早晨对儿子说话的姿势,拽拽他的手,说,"您可以相信,我的痛苦并不亚于您,但是,您要做个男子汉大丈夫。"

"我非去不行吗?"皮埃尔和蔼可亲地从眼镜里看安娜·米哈伊洛夫娜,问道。

"啊，我的朋友，忘掉人家对您不公平的待遇吧，想想看，他是您的父亲……也许就要去世。"她叹了一口气，"一见面我就像爱儿子一样爱上了您。皮埃尔，相信我，我不会忘掉您的利益的。"

皮埃尔一点也不懂，只是越发感觉到，一切都应当如此，于是顺从地跟着已经在开门的安娜·米哈伊洛夫娜。

这扇门正对着后门的过厅。公爵小姐们的一个老仆人坐在角落里织补袜子。皮埃尔从未到过住宅的这一部分，甚至没有想到还有这些内室。一个手捧托盘托着水瓶的侍女从后面赶过他们，安娜·米哈伊洛夫娜连声称呼她好姑娘、亲爱的，向她问候公爵小姐们的健康。她带领皮埃尔顺着石廊继续往前走。走廊里左边第一道门就是公爵小姐们的住室。托着水瓶的侍女匆匆忙忙没把门关上（这时整个住宅上下一片忙乱），皮埃尔和安娜·米哈伊洛夫娜走过时，不由得往屋里扫了一眼，看见瓦西里公爵和大公爵小姐彼此坐得很近，正在谈话。瓦西里公爵看见有人走过，做了个不耐烦的动作，往椅背上一靠；大公爵小姐一跃而起，发疯似的，使足了劲砰的一声把门关上。

这个举动和大公爵小姐平时的娴静大不相同，瓦西里公爵脸上的恐惧表情和他那一向傲慢的神气也不相称，这使皮埃尔停住脚步，从眼镜里疑问地看了看给他领路的人。安娜·米哈伊洛夫娜没有露出惊奇的神色，只是淡淡地一笑，叹了一口气，仿佛表示，这一切都在她意料之中。

"拿出大丈夫的勇气来，我的朋友，我一定维护您的利益。"她在回答他的眼神时说，于是更加快脚步顺着走廊走去。

皮埃尔不明白究竟是怎么回事，更不明白维护您的利益是什么意思，但他觉得，这一切都是应该如此的。他们穿过走廊来到与伯爵的客厅相连的半明半暗的大厅。这是皮埃尔从正门的门廊里看见过那些寒气袭人的豪华房间之一。但是，这房间的正中间也放着一只空澡盆,地毯上都洒上了水。一个仆人和一个提着香炉的辅祭蹑手蹑脚迎面走来,不曾注意他们。他们走进皮埃尔熟悉的客厅,里面有两扇对着冬季花园的意大利式窗户,有一座叶卡捷琳娜女皇的半身大雕像和一幅全身画像。客厅里仍然是那些人,差不多仍然坐在原来的位置,交头接耳低声谈话。人们顿时静下来,都转脸看走进来的哭丧着苍白的脸的安娜·米哈伊洛夫娜和低着头恭顺地跟在她后面的肥胖高大的皮埃尔。

从安娜·米哈伊洛夫娜的表情可以看出,她已经知道到了最紧要的关头了。她叫皮埃尔寸步都别离开她,带着彼得堡女人那种精明强干的劲头,走进房间,那神气比早晨更加勇敢了。她觉得,她带来垂危的伯爵想要见到的人,所以她被伯爵接见是十分有把握的。她匆匆地扫视了一下屋里的人,看见伯爵的神父,她好像并没有怎么弯腰,却突然变矮了半截,踏着小碎步跑到神父跟前,恭恭敬敬接受了一个神父的、然后另一个神父的祝福。

“谢天谢地,您来得正好,”她对一个神父说,“不然多么叫我们做亲属的担心啊。这个年轻人是伯爵的儿子,”她把声音压得更低,补充说,“可怕的时刻!”

她说完这几句话,就走到医生跟前。

“亲爱的医生,”她对他说,“这个年轻人是伯爵的儿子……还有希望吗?”

医生默不作声,迅速地朝上翻了翻眼,耸耸肩。安娜·米哈伊洛夫娜也同样迅速地耸耸肩,翻了翻几乎是闭着的两眼,叹了口气,就离开医生回到皮埃尔跟前去了。她和皮埃尔说话时,态度特别恭敬,声音特别柔和而且忧郁。

“全凭上帝的慈悲!”她对他说,指了指小沙发,叫他坐在那里等她,她蹑手蹑脚一直往那扇大家望着的门走去,门轻轻响了一声,她就隐在门后不见了。

皮埃尔拿定主意完全听从指挥,于是就向她指给他的沙发走去。安娜·米哈伊洛夫娜刚进去,皮埃尔就发现屋里所有的目光都好奇而同情地集中在他身上。他看到,人们用目光指点他窃窃私语,那些目光似乎流露着惊恐、甚至低声下气的神情。人们都对他表示以前从未有过的尊敬:一位他不认识的太太,本来在和神父们谈话,这时站起来,把自己的座位让给他,副官把他掉下的一只手套拾起来递给他。当他从医生们身旁走过时,他们都停止说话,闪到一旁给他让路。皮埃尔原想坐别的座位,免得太靠近那位太太,原想自己拾起手套,绕过那些完全没有挡路的医生们;但是他忽然觉得这样做恐怕不合适,他觉得他今天晚上是一个必须完成一种可怕的众所期望的仪式的人,所以他应当接受所有的人为他效劳。他从副官手里默默地接过手套,在那位太太的座位上坐下,把两只大手放在摆得对称的膝盖上,姿势像埃及雕像一样天真。他已经暗自打好主意,认为非如此不可,他今天晚上要想不致丢丑和做出蠢事,就不应当按照自己的想法行事,必须完全服从指挥他的人的意志。

不过两分钟,瓦西里公爵穿着佩有三枚金星勋章的俄罗斯长衫,高高地昂着头,大模大样地走进来。他从早晨起似乎瘦了一些,当他向屋里瞥了一眼,看见皮埃尔的时候,他的眼睛比平时睁得更大了。他走到皮埃尔面前,握住他的手(他以前从未这样做过),并且往下按了按,仿佛想试试这只手长得结实不结实。

"鼓起勇气,鼓起勇气,我的朋友。他吩咐把您叫来。这很好……"他想走开了。

但是皮埃尔认为有必要问一问:

"身体怎么样……"他迟疑起来,不知称呼垂死的人为伯爵是否合适。他不好意思叫他父亲。

"半小时前发作一次。又发作一次。鼓起勇气,我的朋友……"

皮埃尔的头脑完全昏乱了,他把"发作"想象成受到什么东西的打击①。他茫然地看了看瓦西里公爵,后来才想起是指发病。瓦西里公爵边走边对罗兰说了几句话,就踮起脚尖向那扇门走去。他不会踮起脚尖走路,整个身子都笨拙地跳起来。他后面跟着大公爵小姐,再后面是神父们和教堂下级职员,仆人们也朝门口走去。从门里传出移动东西的声音,最后,安娜·米哈伊洛夫娜跑出来,她的脸仍然那么苍白,但是带着坚决执行职务的神情,她碰了碰皮埃尔的胳膊,说:

"上帝的仁慈是无限的。终敷礼马上就要开始了。咱们去吧。"

皮埃尔踏着软绵绵的地毯,朝门走去,他发现副官、那位不认识的太太、还有一个仆人都跟着他来了,好像现在已经不用得到许可就可以进入这个房间了。

二十

皮埃尔非常熟悉这个大房间,房间里间隔着圆柱和拱门,四壁满挂了波斯壁毯。圆柱后面,一边放着一张挂着绸帐子的红木高床,另一边是一个巨大的神龛,像做晚祷时的教堂似的,照得红光满屋。金碧辉煌的神龛下,摆着一张长沙发,上面放着雪白的、没有揉皱的、显然新换过的枕头,在这上面躺着皮埃尔熟悉的他父亲别祖霍夫伯爵的魁伟的身躯,齐腰盖着一床浅绿色的被子,他那宽阔的前额上仍然是像狮子鬃毛似的斑白长发,在他那英俊的橘红色的脸上,仍然是那些特有的气派高贵的深纹。他不偏不倚地躺在圣像下面,两只又肥又大的手伸在被子上。右手掌心朝下,拇指

① 俄语"中风病发作"和"打击"是一个词。

和食指之间放着一支蜡烛，一个老仆人从长沙发后面弯腰扶着那支蜡烛。沙发前面站着几位神父，穿着肥大的、金光闪闪的祭服，长长的头发披散在祭服外面，手里拿着点燃的蜡烛，缓慢而庄严地念着祷文。神父身后不远的地方，站着两个年幼的公爵小姐，她们都用手绢捂着眼睛，她们前面是大公爵小姐卡季什，她露出凶狠而坚决的神色，目不转睛地看着圣像，仿佛对大家说，如果她向周围一看，她就会发狂。安娜·米哈伊洛夫娜面带温和的悲哀和原谅一切的神情与那位不相识的太太站在门旁。在门的另一边，靠近长沙发，瓦西里公爵站在雕花的丝绒椅后面，他把椅背转过来挨近自己，拿着蜡烛的左手支在椅背上，每当他把手指触到前额，眼睛就往上一翻，用右手画个十字。他脸上表现出无限的虔诚和对上帝旨意的绝对服从。"如果你们不了解这种感情，那你们就要更加倒霉了。"他那神情似乎说。

副官、医生和男仆们站在瓦西里公爵后面，像在教堂里一样，男女分列两边。大家都默默地画十字，只听见一片祈祷声、持重的、低沉的唱诗声，以及在间歇时移动脚步的声音和叹息声。安娜·米哈伊洛夫娜煞有介事地露出自以为是的神情，穿过整个房间走到皮埃尔跟前，递给他一支蜡烛。他点燃蜡烛，因为只顾观察周围的人，竟用拿蜡烛的那只手画起十字来。

年纪最小的索菲，也就是那个面颊绯红、爱笑、有一颗黑痣的公爵小姐，看着皮埃尔。她不由得笑了，把脸藏到手绢里，好久不敢把脸露出来。可是，她一看皮埃尔，又笑起来。看来，她觉得自己一看他就不能不笑，可是又忍不住要看他。为了躲开这个诱惑，她悄悄地溜到圆柱后面。当祈祷做到一半的时候，神父们的声音忽然停住了，有几位神父低声交谈了几句，把着伯爵的手的老仆人直起腰来，向太太们转过脸去。安娜·米哈伊洛夫娜走上前去，向病人俯下身来，从背后向罗兰招手。这位法国医生手里没有拿点燃的蜡烛,带着一个外国人的恭敬神态倚着圆柱站在那里,他那神态表示,虽然信仰不同,他是理解正在举行的仪式的全部重要性的,他甚至赞许这种仪式。他迈起年富力壮的人的无声脚步走到病人跟前,用他那纤细、白净的手指从浅绿色的被子上拿起伯爵那只没有拿蜡烛的手,侧过身去,开始诊脉,并且沉思起来。人们给病人喝了点什么,在他周围忙了一阵,然后各自又回到自己的位置上,祈祷又开始了。在停顿的时候,皮埃尔发现,瓦西里公爵从椅背后走开,也带着那副自以为是、谁不了解他谁就会更加倒霉的神气,没有到病人跟前去,而是从他面前经过,朝大公爵小姐走去,然后和她一起走到卧室深处挂绸帐子的高床那里。公爵和大公爵小姐从床那边的一道后门走出去,但在祈祷结束之前,他们俩一前一后又回到自己的位置上。皮埃尔对这个情况也像对其他一切情况一样,并不怎么注意,因为他已经坚定不移地确信今晚他所见到的一切都是必然要发生的。

唱诗声停止了,只听见一位神父恭恭敬敬地祝贺病人领了圣礼。病人还是那么毫无知觉、一动不动地躺着。他周围的人行动起来,响起脚步声和低语声,其中要算安娜·米哈伊洛夫娜的声音最响了。

皮埃尔听见她说:

"一定要移到床上去,在这里无论如何是不行的……"

于是医生们、公爵小姐们和仆人们把病人围起来,这样皮埃尔就看不见橘红色的脸和花白的髭毛了,虽然在祈祷的时候他也看其他的人,但他的视线连一刻也不曾离开伯爵的脸。从长沙发周围的人们小心的动作,皮埃尔猜到,临终的人已经被抬起,并且正在搬移。

"把着我的手,不然会掉下去的,"他听见一个仆人惊慌的声音,"从下面……再来一个人。"几个声音同时说,于是人们粗重的喘气声和脚步的移动声来得更急促了,好像他们抬的重物是他们力所不及的。

包括安娜·米哈伊洛夫娜在内的抬伯爵的人们从皮埃尔身边走过时,在他们的脊背和脑后之间,从他眼前闪过病人又高又肥胖的赤裸的胸脯、因被人架着腋下而微微耸起的肥胖肩膀和那银发曲鬈的狮子般的头。他的头,前额和颧骨特别宽大,一张嘴秀美而肉感,眼神严峻而冰冷,这一切并不因将要死亡而变样,跟三个月前伯爵准许皮埃尔去彼得堡时,完全一样。但是现在这个头却由于抬伯爵的人步履不谐调而无能为力地摇晃着,那冰冷而淡漠的目光不知要落在什么上面。

抬病人的人们在高床旁忙了几分钟,就散开了。安娜·米哈伊洛夫娜拉了拉皮埃尔的手,对他说:"过来。"皮埃尔跟着她走到床前,病人被摆在床上,姿势悠闲自得,这显然是由于刚刚做完圣礼的缘故。他高高地枕着枕头,手心朝下,两手对称地放在绿色绸被上。皮埃尔走到跟前时,伯爵两眼直直地对他望过去,但使人无法了解他那目光表示的意思是什么,也许什么都没表示,只不过是因为既然有一对眼睛,就得朝什么地方看罢了,也许是表示着太多的意思。皮埃尔站在那里不知如何是好,用询问的目光望了望引导他的安娜·米哈伊洛夫娜。安娜·米哈伊洛夫娜连忙给他递了个眼色,指了指病人的手,用嘴唇向那只手送了个飞吻。皮埃尔怕碰到绸被,极力伸长脖子,把嘴唇贴到那宽大肥厚的手上,照她示意的做了。不论是伯爵的手还是脸上的筋肉,都一动不动。皮埃尔又用疑问的目光看了看安娜·米哈伊洛夫娜,问她现在应该做什么。安娜·米哈伊洛夫娜用眼睛指了指床旁的圈椅。皮埃尔顺从地坐到圈椅里,继续用眼睛询问他做得对不对。安娜·米哈伊洛夫娜赞许地点点头。皮埃尔又摆出埃及雕像那种端庄、天真的姿态,看来,他为自己笨拙肥胖的身躯占的空间太大而深感遗憾,才煞费心思尽量把自己缩得小一点。他望着伯爵。伯爵仍然望着皮埃尔站着时他的脸所在的地方。从安娜·米哈伊洛夫娜的表情可以看出,她意识到这次父子诀别的时刻是多么令人感动。这个时刻持续了两分钟,皮埃尔觉得好像过了一小时似的。伯爵脸上宽大的筋肉和皱纹忽然颤动起来,越来越厉害,漂亮的嘴歪斜了(皮埃尔这才明白他父亲已经多么临近死亡),从歪斜的嘴里发出听不清的嘶哑的声音。安娜·米哈伊洛夫娜竭力看病人的眼睛,想猜出他需要什么,她时而指指皮埃尔,时而指指饮料,时而用询问的口吻低声呼唤瓦西里公爵的名字,时而指指绸被。病人的眼睛和脸上露出不耐烦的样子。他竭力向始终站在床头的仆人瞥了一眼。

"他老人家想翻身。"仆人低声说,就走过来翻转伯爵沉重的身躯,让他脸对着墙。

皮埃尔站起来帮助仆人。

当人们给伯爵翻身的时候,他的一只胳膊软弱无力地垂到身后,他想拿过去,但是白费气力。不知伯爵可曾注意到,皮埃尔是带着多么恐惧的神色看着这只没有知觉的手,也许,这时另有什么思想在临死的头脑里闪过,但他看了看那只不听使唤的手,看了看皮埃尔脸上恐怖的表情,又看了看自己的手,于是在他脸上出现了和他那仪容不相称的一丝苦笑,好像在嘲弄自己的无能为力。皮埃尔一见这微笑,心中突然一阵战栗,鼻子发酸,泪水模糊了他的视线。病人被翻转过来,面对墙侧卧着。他叹了口气。

"他昏迷了,"安娜·米哈伊洛夫娜看见前来换班的公爵小姐,说,"咱们走吧。"

皮埃尔出去了。

二十一

客厅里没有别人,只有瓦西里公爵和大公爵小姐两人坐在叶卡捷琳娜肖像下面,正在兴奋地谈论什么。他们一见皮埃尔和引他的人进来,就不言语了。皮埃尔看见大公爵小姐藏起一件什么东西,并且低声说:

"我见不得这个女人。"

"卡季什已经叫人在小客厅里摆上茶了。"瓦西里公爵对安娜·米哈伊洛夫娜说,"走,可怜的安娜·米哈伊洛夫娜,您最好去提提神,不然您是支持不住的。"

他对皮埃尔没有说什么,只是充满感情地捏捏他的胳膊。皮埃尔和安娜·米哈伊洛夫娜到小客厅去了。

"熬了一夜之后,再没有比喝一杯这样好的俄国茶更能恢复精神的了。"罗兰站在圆形小客厅的桌前,桌上摆着茶具和冷晚餐,他端着不带把的中国细瓷茶杯慢吞吞地喝着茶,一面抑制着兴奋的心情说。那一夜在别祖霍夫伯爵家的人们,为了提提神,都聚到桌子周围。这个有几面镜子和几张小桌的圆形小客厅,皮埃尔是记得很清楚的。伯爵家举行舞会的时候,不会跳舞的皮埃尔喜欢坐在这间有镜子的小客厅里,观看身穿舞衣、袒露的肩上戴着钻石和珍珠的太太小姐们走过这间客厅时在几面重复地反映出她们的倩影的明晃晃的镜子前面照照自己。而现在这间客厅只点着两只光线微弱的蜡烛,在这午夜时分,一张桌上茶具和菜碟狼藉,毫无节日气氛的形形色色的人们坐在这里低声耳语,一言一行都表示他们谁也没有忘记在卧室里这时正在发生的和将要发生的事。皮埃尔没有去吃,虽然他很想吃。他用询问的目光望了一下引导他的人,看见她踮着脚尖又走进只剩下瓦西里公爵和大公爵小姐的大客厅去。皮埃尔认为这也是必要的,他略一迟疑,就跟着她去了。安娜·米哈伊洛夫娜站在大公爵小姐身旁,俩人同时激动地低语着。

"公爵夫人,请您告诉我,什么是必要的,什么是不必要的。"大公爵小姐说,看来,她的情绪仍然跟她用力关门时同样激动。

"但是,亲爱的公爵小姐,"安娜·米哈伊洛夫娜挡住通到卧室去的路,不让大公爵小姐过去,和蔼而恳切地说,"在可怜的叔父需要休息的时刻,这样不是使他太难过吗?在他的灵魂已经准备好的时刻,谈论俗世的事情……"

瓦西里公爵在圈椅里坐着,一只腿高高地跷在另一只腿上,摆出随随便便的样子。他的两腮下陷,下部显得肥厚,不住剧烈地跳动着,但是他装出对两个女人的谈话并不怎么感兴趣的样子。

"算了吧,我亲爱的安娜·米哈伊洛夫娜,让卡季什爱怎么做就怎么做吧。伯爵多么疼爱她,您是知道的。"

"这个文件里写的什么,我连知都不知道,"大公爵小姐指着她手里的镶花公事包,转脸对瓦西里公爵说,"我光知道他的真正的遗嘱放在他的写字台里,而这份文件是被他遗忘了的……"

她想绕过安娜·米哈伊洛夫娜,但安娜·米哈伊洛夫娜跳过去,又挡住她的去路。

"我知道,亲爱的、仁慈的公爵小姐,"安娜·米哈伊洛夫娜说,用一只手紧紧地抓住公事包,看样子她不会轻易放开的,"亲爱的公爵小姐,我求求您,我恳求您,可怜可怜他吧。我恳求您……"

大公爵小姐没有说话。只听见用力争夺公事包的声音。可以看出,要是她说出话来,她对安娜·米哈伊洛夫娜也不会说出什么中听的话的。安娜·米哈伊洛夫娜抓得紧紧的,但是她的声调仍然保持着那股甜蜜而柔和的韵味。

"皮埃尔,过来,我的亲爱的。我看,他在商谈家务事中也不是外人:公爵,您说对不对?"

"您干吗不说话,我的表兄?"大公爵小姐忽然大叫一声,声音大得连小客厅里都听得见,把大家吓了一跳,"您干吗一声不响,您不是看见一个莫名其妙的人竟跑到垂死的人家里干涉家务,大吵大闹吗? 阴险的女人!"她恶狠狠地低声说,用尽全力拽公事包,但安娜·米哈伊洛夫娜为了不放开那个公事包,往前跟了几步,换一只手抓住。

"哎呀!"瓦西里公爵带着责备和惊奇的神情说。他站了起来。"这简直是笑话。算了,放开吧。您听见了吗?"

大公爵小姐松开了手。

"您也放开!"

安娜·米哈伊洛夫娜没有听他的话。

"放开,您听我说。一切由我负责。我去问他。我……这样您总该满意了吧。"

"但是,我的公爵,"安娜·米哈伊洛夫娜说,"在做了这样隆重的圣礼之后,让他安静一会儿吧。皮埃尔,您来谈谈您的意见。"她转脸对年轻人说;皮埃尔走到他们紧跟前,惊讶地端详着大公爵小姐那副凶恶的、失去一切礼仪的脸和瓦西里公爵跳动的两腮。

"您要记住,您对一切后果要负责的,"瓦西里公爵厉声说,"您不知道您干的什么事。"

"可恶的女人!"大公爵小姐喊道,突然向安娜·米哈伊洛夫娜扑过去,抢那个公事包。

瓦西里公爵低下头,把两手一摊。

这时,那扇房门,皮埃尔久久地望着、每次都是轻轻打开的那扇可怕的门,突然砰的一声敞开了,而且碰到墙上,二公爵小姐从里面跑出来,把两手一拍。

"你们在干什么！"她不顾一切地说，"他就要死了，可是你们把我一个人撇在那儿。"

大公爵小姐丢下公事包。安娜·米哈伊洛夫娜立即弯下腰，捡起那件被大家争夺的东西，就往卧室里跑。大公爵小姐和瓦西里公爵清醒过来，也跟着她进去了。几分钟后，大公爵小姐第一个从卧室出来，她面色苍白，咬着下嘴唇。她一见皮埃尔，脸上就露出不可遏止的愤恨。

"好哇，您现在高兴了，"她说，"您正希望有这一天呢。"

于是她大哭起来。用手绢捂着脸，从房里跑出去。

在大公爵小姐之后，瓦西里公爵走出来。他摇摇晃晃地走到皮埃尔坐的沙发前，一只手捂着眼睛，倒在沙发上。皮埃尔看见他的脸发白，下巴颏抖动着，像发疟疾似的。

"唉，我的朋友！"他抓住皮埃尔的臂肘说，声音里含有一种真诚和软弱的调子，这是皮埃尔以前从未察觉到的，"我们到底犯了多少罪，我们到底骗了多少人，这都是为了什么？我已经是五六十岁的人了，我的朋友……你看，我……人一死，全完了，全完了。死是可怕的。"他哭起来。

安娜·米哈伊洛夫娜最后一个出来。她迈着轻盈的步子，缓缓地走到皮埃尔跟前。

"皮埃尔！……"她说。

皮埃尔用询问的目光看了看她。她吻了吻年轻人的脑门，泪水沾湿了他的脸。她沉默了一下。

"他故去了……"

皮埃尔透过眼镜端详她。

"咱们走吧，我陪您去。努力哭出来吧；没有什么比眼泪更能使人轻快的了。"

她把他领到幽暗的小客厅里，皮埃尔很高兴那里没有人看见他的脸。安娜·米哈伊洛夫娜从他身边走开了,她回来时,他已经枕着胳膊沉沉入睡了。

次日早晨,安娜·米哈伊洛夫娜对皮埃尔说:

"是的,我的朋友,这不仅对于您,对于我们所有的人都是莫大的损失。但是上帝帮助您,您年轻,我希望您现在是一笔巨大财产的所有者。遗嘱还没有拆封。我十分了解您,相信这不会冲昏您的头脑。但是这要您负起责任,要拿出大丈夫的勇气来。"

皮埃尔默不作声。

"亲爱的,我以后也许会告诉您的,如果不是我在那儿,天晓得会发生什么事。您知道,叔父前两天答应过我照顾鲍里斯,但是他已经来不及了。我的朋友,我希望您来完成父亲的心愿。"

皮埃尔一点也没有听懂,他一声不响,只是腼腆地红着脸端详着安娜·米哈伊洛夫娜公爵夫人。安娜·米哈伊洛夫娜和皮埃尔谈过话,就坐车回罗斯托夫家安歇去了。次日早晨醒来,她对罗斯托夫家里的人和所有认识的人详详细细讲述了别祖霍夫伯爵去世的经过。她说,伯爵正像她想象中应当的那样死去了,他的寿终正寝不仅令人感动,而且使人受到教益。父子的诀别是如此动人,她一想起就止不住流泪,她不能肯定在这可怕的时刻爷儿俩谁表现得更好:是在弥留之际对一切事情和所有的人都回忆一番、并且对儿子说了些令人感动的话的父亲呢,还是痛不欲生、然而为了使垂死的父亲不致难过而隐藏起自己的悲伤的、令人目不忍睹的皮埃尔。"这是令人难过的,但这是富有教益的:当你看见伯爵和他的可敬的儿子的时候,灵魂就升华了。"她说。关于她不以为然的大公爵小姐和瓦西里公爵,她也谈了,但是谈得极为秘密,而且声音很低。

二十二

在童山尼古拉·安德烈耶维奇·博尔孔斯基公爵的庄园里，天天都在盼望小安德烈公爵夫妇的到来，但期待并没有破坏老公爵家里井井有条的生活秩序。在社交界绰号普鲁士王的大将尼古拉·安德烈耶维奇公爵，在保罗皇帝时代就被放逐到乡下，他和女儿玛丽亚公爵小姐以及小姐的女伴布里安小姐，在童山闭门家居。改朝换代后，虽然已经准许他出入京城，但他仍然住在乡间，足不出户。他说，如果有人需要他，那就请他从莫斯科赶一百五十俄里①的路程到童山来好了，而他什么都不要，对任何人也无所求。他说，人有两个万恶之源：游手好闲和迷信，人的美德也有两个：活动和智慧。他亲自教育女儿，为了在她身上培养这两种美德，他教她代数和几何，把她的生活安排得没有一点空闲。他本人也是一天忙到晚，不是写回忆录就是算高级数学题，再不然就在车床上旋鼻烟壶，或者在花园里干活儿和监督在他庄园里从未间断过的建筑工程。因为活动的主要条件是秩序，所以在他的生活方式中秩序达到了高度的精确。他出来吃饭的时间始终不变，总是在同一时刻，分秒不差。公爵对待他周围的人，从女儿到仆人，态度严厉而且一贯要求严格，因此，他为人虽不冷酷，但却引起连最冷酷的人也难以得到的那种对他的敬畏。他虽然已经退休，在国家事务中已经没有什么权势，但公爵的庄园所在的那一省的省长认为拜见他是应尽的本分，而且也像建筑师、花匠或者玛丽亚公爵小姐一样，在宽敞的接待室等候公爵在规定的时间出来接见。每个在这间接待室等候的人，一见书房那扇高大的门打开，出现一个身材不

---

① 1俄里合1.06公里。

高的老头,戴着敷粉的假发,有一双干枯的小手和两道灰白的下垂的眉毛,当他蹙额时,眉毛就遮住那对聪明的、放射着青春光芒的眼睛,这时在等候的人身上一种尊敬甚至畏惧之感就油然而生。

年轻的公爵夫妇到来的那天早晨,像平时一样,玛丽亚公爵小姐在该上课的时候到接待室去请早安,她提心吊胆地画着十字,默念祷词。她每天来这里,每天都祷告当天的会见能顺利地过去。

在接待室坐着的假发敷粉的老仆人动作徐缓地站起来,低声禀道:"请。"

门里传来车床均匀的响声。公爵小姐胆怯地拉门,门轻轻地、平稳地敞开了。她在门口停住脚步。公爵在车床旁做工,回头看了看,仍然不停地做他的事。

大书房里摆满了东西,显然都是常用的。堆放着书和图纸的大桌子,高大的玻璃书橱——书橱门上插着钥匙,放着一本打开的练习簿的站着写字的高桌子,摆着工具和周围撒满了刨花的旋床——这一切都说明这里进行着经常的、各式各样的、有条不紊的活动。从他那双穿着鞑靼式的、绣着银丝的靴子的不大的脚看来,从青筋暴出、干瘦的两手的坚硬皮肉看来,公爵仍然具有矍铄老人顽强而又相当耐久的气力。他又旋了几圈,然后从车床踏板上把脚移开,把凿头擦净,扔进钉在车床上的皮口袋里,一面向桌子走去,一面叫女儿过来。他从来不为自己的孩子祝福,只是把他那当天还未刮过的、满是胡茬的腮帮伸给女儿,严厉地、同时又关切而温存地看看她,说:

"你好吗?……好,坐下吧!"

他拿起亲手写的几何学的练习本,用脚把圈椅移过来。

"这是明天的!"他很快找到那一页,在一节的头尾用硬指甲画了个记号。

公爵小姐低头看桌上的练习本。

"等一等,有你的信。"老头从桌子上方的信插里掏出一封女人笔迹的信扔到桌上。

公爵小姐一见信,脸上即刻泛起红晕。她连忙拿起信,低头去看。

"是爱洛绮丝的信吧?"公爵问道,他冷冷一笑,露出还很坚固、有点发黄的牙齿。

"是的,是朱莉来的。"公爵小姐怯生生地看着,怯生生地微笑着,说。

"再放过两封信,第三封我就要检查了,"公爵厉声说,"我怕你们在信里胡说八道。第三封我一定要检查。"

"这封信您也可以看,爸爸。"公爵小姐回答说,脸越发红了,把信递给他。

"第三封,我说过了,第三封。"公爵推开信,斩钉截铁地喊道。他用臂肘支着桌子,把绘有几何图形的本子移到面前。

"喂,小姐,"老头开始讲课,他凑近女儿,朝练习本俯下身,一只手放在公爵小姐坐椅的靠背上,公爵小姐感到自己被那种她早已熟悉的父亲的烟草味和老年人的刺鼻的气息包围着,"喂,小姐,这些三角形是相等的:请看,abc角……"

公爵小姐吃惊地注视着父亲那双离她很近的、目光炯炯的眼睛,脸上红一阵,白一阵。看得出,她什么都没听懂,可是又怕这种畏惧心理妨碍她听懂父亲进一步的讲解,尽管这些讲解是极其明了的。不知是老师的错还是学生的错,但是每天总是同样情况的重演:公爵小姐的眼睛模糊了,什么也看不见,什么也听不见,只感到严父干瘪的脸挨近身边,感到他的呼吸,闻到他的气味,并且一心想着怎样尽快离开书房,回到自己房里自由自在地解习题。老头火气特别大:轰隆隆把自己坐的圈椅推开,又拉回来,他竭力克制自己不冒火,但几乎每次都发脾气,骂人,有时把练习本扔得老远。

公爵小姐回答错了。

"怎么这么糊涂!"公爵吼起来,把练习本推开,猛然转过身去,但即刻站起来,来回走了一趟,用手抚摸了一下公爵小姐的头发,又坐下来。

他移近一些,继续讲解。

"不行,公爵小姐,不行,"当公爵小姐拿起并且合上作业本,准备走开的时候,他说,"数学是头等重要的大事,我的小姐。我不愿眼看你像我们那些愚蠢的小姐。俗语说,习惯产生爱好。"他拍拍女儿的腮帮,"糊涂想法就会从头脑里跑掉了。"

她要走了,他打了个手势拦住她,从高桌子上拿过一本还没有裁开的新书。

"你的爱洛绮丝还给你寄来一本《奥秘详解》①。宗教书。我不干预任何人的信仰……我翻了一下。拿去吧。好了,去吧,去吧!"

他拍了拍她的肩膀,等她一出门就亲手把门关上。

玛丽亚公爵小姐面带忧愁和惊慌的表情回到自己房里。她这种表情从未离开过她,使她那不漂亮的、带病容的面孔变得更不好看了。她在书桌旁坐下,桌上摆着一些小巧精致的肖像,堆放着练习本和书籍。公爵小姐的杂乱无章正好和她父亲的井井有条达到同样的程度。她放下几何练习本,急不可待地把信拆开。信是公爵小姐小时候最知己的朋友寄来的,这位朋友就是参加罗斯托夫家命名日宴会的朱莉·卡拉金娜。

朱莉用法语写道:

---

① 《奥秘详解》指艾加兹侯森(1752—1803)著《自然奥秘解答》。这是一部神秘著作,一八〇五年译成俄文,在共济会员中间广为流传。

亲爱的、最珍贵的朋友,别离是一件多么可怕、多么令人难过的事啊! 我心中反复念叨着,我的生存和幸福有一半系在您的身上,虽然您我身处两地,咱们俩的心却是用拉不断的环扣联结起来的,我的心是不甘听天由命的,尽管我在终日游乐和无所事事的环境中生活,但我无法克制自我们离别后隐藏在我内心深处的哀愁。为什么我们不能像去年夏天那样在您那宽敞的书室里聚会,坐在那蓝沙发上"倾吐衷肠"呢? 为什么我不能像三个月前那样从您那温柔、平静、聪慧的眼神中,从我所喜爱、当我给您写这封信时仍然在面前的眼神中,汲取新鲜的道德力量呢?

　　读到这里,玛丽亚公爵小姐叹了口气,向右边的壁镜看了看。镜子里映出一个不漂亮的、孱弱的身影和一副消瘦的面孔。一向脉脉含愁的眼睛这时特别失望地对着镜子端详自己。"她奉承我呢。"公爵小姐心里想道,她转过脸来继续看信。然而朱莉并不是奉承朋友:公爵小姐那双深邃、明亮的大眼睛(有时射出一束束温暖的光芒),的确非常美,虽然整个面孔不漂亮,但这双眼睛却常常使她比美还动人。公爵小姐从未见过自己眼睛的美妙表情。也就是在她不想到自己时眼睛的表情,像所有的人一样,她一照镜子,脸上就露出生硬、不自然的难看表情。她接着念下去:

　　整个莫斯科都在谈论战争。我的两个哥哥,一个已经出国,另一个随同近卫军向国境线出发。我们亲爱的皇上已经离开彼得堡,据推测,陛下有意御驾亲征。万能的上帝大发慈悲派来一名天使当我们的元首,但愿上帝保佑他能推翻这个扰乱欧洲安宁的科西加怪物。且不说我的两个哥哥,这次战争还使我失去了一个最知心的人。我是说年轻的尼古拉·罗斯托夫,他满腔热情,不愿袖手旁观,毅然离开大学,投入军队。亲爱的玛丽,我向您承认,虽然他还非常年轻,他这次投笔从戎却给予我莫大的痛苦。去年夏天我就对您说过,这个年轻人身上有那么多的高尚情操和真正的青春激情,在二十岁的人就变成小老头的当今时代,这是少见的!特别是他为人非常坦率,心地淳厚。他是那么纯洁和富有诗意,我们两人的交往虽然短暂,但使我这颗受过许多痛苦的可怜的心尝到最甜蜜的欢欣。我以后给您讲讲我们离别的情景。那一切至今仍然历历在目……哦!亲爱的朋友,您很幸福,因为您未曾体验这些炽热的欢欣和剧烈的痛苦。您很幸福,因为痛苦总比快乐更加强烈。我非常明白,尼古拉伯爵和我,除了作为朋友,不可能有别的什么关系,因为他太年轻了。但是这甜蜜的友谊,这诗意盎然、白璧无瑕的交情,是我的心所需要的。这个问题谈得够多了。轰动全莫斯科的重大新闻是老别祖霍夫伯爵的死和他的遗产继承问题,您想想看吧,三位公爵小姐所获无几,瓦西里公爵一无所得,而全部遗产的继承人却是皮埃尔,此外他还被承认为法定的嫡子,所以他现在是别祖霍夫伯爵和俄罗斯最大财产的所有者了。据说瓦西里公爵在这件事的全部过程中扮演了极可鄙的角色,狼狈不堪地溜回了彼得堡。我得向您承认,我对遗嘱问题是一窍不通的,不过我知道,自从这个大家都直呼为皮埃尔的年轻人成为别祖霍夫伯爵和全俄罗斯最大的富豪以后,我觉得有趣的是,那些有待嫁的女儿的母亲们,以至小姐们本人,对这位先生忽然改变了腔调。顺便在这里说说,我总认为此人最没出息。由于这两年大家都拿我的择配寻开心(所提的对方多半是我不认识的),所以莫斯科婚姻大事纪,竟认定我将成为别祖霍娃伯爵夫人。不过您是知道的,我对此事毫无兴趣。提起婚事,我倒想谈谈。您可知道,那位官称大婶的安娜·米哈伊洛夫娜不久前万分机密地告诉我，现在有人正在安排您的婚事呢。男方不是别人，恰恰是瓦西里公爵的儿子阿纳托利，他们打算给他娶一个富有的、门第显赫的小姐，他父母选中了您。我不知您对此事有什么看法，但我认为我有责任预先告诉您。听说他长得挺漂亮，然而却是一个天字第一号的浪荡公子。关于此人，我听说的只有这些。

扯得够多的了。第二页快写完了，妈妈派人来叫我到阿普拉克辛家去赴宴。

您读一读我给您寄去的那本神秘的书吧，这本书在我们这里大受欢迎。虽然其中有些地方很难为我们凡人的贫弱智力所理解，但这是一本卓越的书，读了它，能使人的灵魂得到慰藉和提高。再见。向令尊致敬并向布里安小姐问好。衷心拥抱您。

朱莉

再启：请将令兄和他可爱的夫人的消息告诉我。

公爵小姐沉吟了片刻，若有所思地微微一笑（这时她的脸在炯炯目光的照耀下完全变样了），她忽然站起来，迈着沉重的脚步，走到桌前。她拿出一张纸，她的手在纸上迅速地移动起来。她在复信中用法语写道：

亲爱的、最珍贵的朋友：十三日来信给了我莫大的喜悦。您依然爱我，我那富有诗意的朱莉。被您说得那么坏的别离，看来在您身上并没有发生它常有的那种影响。您抱怨离别，而我这个失去一切我珍爱的人的人，若是敢于抱怨的话，那我该说什么呢？哦，倘若没有宗教的慰藉，人生会变得多么悲惨。您为什么在提起您对一个年轻人有好感时，竟认为我对这种事态度是严肃的呢？在这方面，我只是严以律己。别人这种感情我是理解的，但由于我对这种感情没有体验，就不能表示赞许，同时也不加以非难。不过我觉得，基督对邻人的爱，对敌人的爱，比起年轻人的美丽眼睛在一个像您那样富有诗意的热情的年轻姑娘身上所引起的那种感情要可敬可喜得多，要好得多。

别祖霍夫伯爵的死讯在没有收到您的信之前就传到我们这里了，家父闻耗极为伤感。他说伯爵是这个伟大时代剩下的倒数第二个代表，现在该轮到他了，他要尽力做到他这一轮晚一些到来。上帝保佑我们不要遇到这样的不幸吧！

我不能同意您对皮埃尔的意见，他从小我就认识。我觉得他永远有一颗美好的心，而这正是我最珍视的人的品质。至于说到他的继承遗产问题和瓦西里公爵扮演的角色，这对他俩人都是非常可悲的。哦，亲爱的朋友，我们的救主说，富人进天堂比骆驼穿针眼还难，这话千真万确！我可怜瓦西里公爵，更可怜皮埃尔。他这么年轻就得担起这么巨大财产的担子，他未来的道路要经历多少诱惑啊！如果有人问我，世界上什么是我所最希望的，我会说，我希望比最穷的乞丐还穷。千谢万谢，亲爱的朋友，谢谢您给我寄来的那本在你们那里轰动一时的书。不过，您对我说，这本书里除了一些好的东西，还有一些为我们凡人的贫弱智力所不能理解的东西，那么我觉得，读不能理解的东西是多余的，不会给我们带来丝毫的益处。我永远无法了解有些人的癖好：他们热衷神秘的书籍，以致把自己的思想弄得混乱不堪，因为这些书只能使他们的头脑产生怀疑，激发他们幻想，养成他们夸张的性格，这与基督的质朴精神完全背道而驰。我们最好还是读读《使徒行传》和《福音书》吧。我们不必费神去钻研书本上那些神秘的东西,因为只要我们这些可怜的罪人还有肉体的躯壳存在,使我们与永生之间隔着一道穿不透的帷幕,我们怎能认识上帝可怕而神圣的奥秘呢?我们最好只研究救主遗留给我们的作为人间指导的那些伟大法规;我们要尽力信奉这些法规,并且要竭力相信,我们越少胡思乱想,就越能使上帝欢喜,上帝拒绝一切不是来自他的知识,我们越少去探索他不愿让我们知道的事情,他就会越快地用他那神灵的智慧启示我们。

家父没有对我提起求婚的人,他只说接到瓦西里公爵的信,并且等待他来拜访。至于我的婚姻,我最珍爱的朋友,我可以告诉您,我认为结婚是必须服从的神圣教规。不论对我说来是多么沉重,但倘若上帝要我负起贤妻良母的义务,我将竭力忠实地履行这一义务,不去考虑探究我对上帝赐给我的丈夫是否有感情。

我接到家兄来信,说他将偕同妻子来童山。这次欢聚是短暂的,因为他要离开我们去参加天知道怎样和为什么把我们卷进去的这场战争。不但在你们那里——一切事件和交际的中心,就连我们这里——在田间的劳动和城市的人们通常想象的乡村静谧中,也可以听到战争的反响,也同样令人感到沉重。家父总对我讲我一点也不懂的进军和转移。前天,我照常在村子里散步时,看见一个惊心动魄的场面……那是从我们领地上征去从军的一队新兵……真应当看看那些出征的人们的母亲、妻子和儿女的情景,听听他们双方的痛哭!仿佛人类已经忘记救主教导我们仁爱和宽恕的教规,而把互相残杀当作主要的美德。

再见,亲爱的、善良的朋友。愿您经常受到救主和圣母神圣而万能的庇护。

玛丽

"啊,您要寄信啊,我的信已经寄出了。是写给我可怜的母亲的。"笑盈盈的布里安小姐说。她说得很快,声音响亮悦耳,用上颚小舌发颤音。在玛丽亚公爵小姐那种心事重重、郁郁寡欢、愁眉不展的气氛中,她带来一种完全不同的活泼愉快而且洋洋得意的情调。

"公爵小姐,我应当预先告诉您,"她又压低声音说,"公爵把米哈伊尔·伊万内奇骂了一顿。他的心情很坏,面色阴沉。我提醒您,您知道。"她说,特别强调用上颚小舌发颤音,并且得意地欣赏自己的声音。

"啊,亲爱的朋友,"玛丽亚公爵小姐答道,"我请求您永远不要谈论父亲的心情吧。我不许自己评论他,我也不希望别人这样做。"

公爵小姐看了看钟,发现练习钢琴的时间已经过了五分钟,她神色惊慌地向起居室走去。按照作息表规定,十二时至下午二时之间,公爵休息,而公爵小姐弹钢琴。

二十三

须发斑白的老仆人坐在那里一面打盹,一面听着大书房里公爵的鼾声。住宅的深处,隔着一道道关着的门,传来杜塞克奏鸣曲,那些难奏的乐句重复了二十来遍。

就在这时,一辆轿式马车和一辆小型四轮马车驶到大门口,安德烈公爵从轿式马车上下来,把娇小的太太扶下车,让她走在前面。头戴假发、须鬓花白的吉洪从接待室门里探出身子,他低声禀报说老公爵正在休息,随后赶忙把大门掩上。吉洪知道,不论是少爷到来,还是发生什么非常事件,都不得打乱作息的秩序。安德烈公爵对这一点知道得显然像吉洪一样清楚。他看看表,似乎为了印证一下他离家以来父亲的习惯有没有改变。当他证实父亲还是守着他那套老习惯之后，就转身对妻子说：

"过二十分钟他老人家才起来。咱们先到玛丽亚公爵小姐那儿去吧。"他说。

这一向小公爵夫人有点发胖了，可是她一张口说话，仍然令人愉快和惹人怜爱地微微抬起眼睛，向上翘着带有茸毛、含着笑意的短嘴唇。

"这简直是皇宫。"她环顾四周对丈夫说，她那神气就像称赞跳舞会的主人似的，"快点，快点！……"她一边向四周打量，一边对吉洪、对丈夫、对跟随的仆人微笑。

"是玛丽在弹琴吧？咱们悄悄走过去，吓她一跳。"

安德烈公爵跟在她后面，表情谦恭而忧郁。

"你见老了，吉洪。"他一边走，一边对吻他的手的老头子说。

走到传出钢琴声的那个房间前面，从旁门跳出一个俊俏的、金发的法国女人。布里安小姐乐得发狂了。

"这真叫公爵小姐高兴极了！"她说，"可来了！应当先通知她一声。"

"不，不，千万不要……您是布里安小姐吧？因为我的小姑跟您要好，我早就熟识您了。"公爵夫人吻着她说，"她没料到我们来吧？"

他们走到传出反复弹奏那同一乐句的起居室门前。安德烈公爵停住脚步，皱了皱眉头，仿佛料到要发生一件不愉快的事情似的。

公爵夫人走进去。乐句奏到一半就中止了，传出惊呼声、玛丽亚公爵小姐的沉重脚步声和亲吻声。安德烈公爵走进去时，公爵夫人和公爵小姐（过去两人仅只在安德烈公爵结婚时匆匆地见过一面）正搂在一起，两人的嘴唇还紧紧贴在刚一见就吻的地方。布里安小姐站在她们身旁，双手按着胸口，虔诚地微笑着，显然，不论是哭还是笑,她都充分地准备好了。安德烈公爵耸耸肩,像音乐爱好者听到一个弹错的音符似的,把眉头一皱。两个女人松开手,然后,好像唯恐错过时机似的,她们又抓住彼此的手,亲吻起来,放开手又互相吻吻脸。最后,完全出乎安德烈公爵的意料,她们竟然哭了,哭着哭着又吻起来。布里安小姐也哭了。安德烈公爵显然觉得很不自在,但是在两个女人看来,她们的哭是十分自然的;看起来,她们甚至不曾设想,这次见面会是另外的样子。

"啊!亲爱的!啊!玛丽!……"两个女人突然又说又笑起来,"我昨天夜里梦见……——您没料到我们来吧?……啊!玛丽,您瘦多了。——您可胖啦!……"

"我立刻就认出了公爵夫人。"布里安小姐插嘴说。

"我简直没想到!……"玛丽亚公爵小姐惊叫道,"啊!安德烈,我还没看见你呢。"

安德烈公爵和妹妹手拉手互相吻了吻,他对她说,她还像先前一样爱哭。玛丽亚公爵小姐向哥哥转过脸来,她那双这时变得美丽的、亮晶晶的大眼睛满含泪水,透过泪水,把她那爱慕、温暖、柔顺的目光投到哥哥脸上。

小公爵夫人说起来没个完。她那带茸毛的短短的上唇不断飞快地一起一落,必要时,触一下鲜红的下唇,随后,脸上又露出明眸皓齿的笑容。小公爵夫人叙述他们在救主山上遭遇到对她怀孕的身体很危险的变故,可是她马上又谈起她把她所有的衣服都留在彼得堡了,真不知道在这里穿什么,又谈起安德烈完全变了,吉蒂·奥登佐娃嫁给一个老头子,玛丽亚公爵小姐将有一个真正的求婚人,不过这件事以后再谈。玛丽亚公爵小姐始终默默地望着哥哥,她那美丽的眼睛含着疼爱,也含着忧愁。可以看出,这时在她心头萦绕着的思绪与嫂嫂所谈的毫不相干。当嫂嫂正谈论彼得堡最近一次举行的盛会时,她向哥哥转过身去。

"你非要去打仗不行吗,安德烈?"她叹口气说。

丽莎也叹了一口气。

"而且明天就走。"哥哥回答说。

"他把我扔在这里不管了,天晓得为了什么,而他本来是有晋升的机会的……"

玛丽亚公爵小姐还在想自己的心事,她没有听完,就转向嫂嫂,用柔和的目光望着嫂嫂的肚子。

"真的有了吗?"她说。

小公爵夫人的脸色变了。她叹了一口气。

"是的,真的有了,"她说,"啊!这太可怕了……"

丽莎的上嘴唇挂了下来。她把脸贴在小姑脸上,突然又哭起来。

"她需要休息一下,"安德烈公爵皱着眉头说,"是不是,丽莎?把她领到你的房间去吧,我去见爸爸。他怎么样,还是那样吗?"

"还是那样,一点没变,不知道你看起来怎么样。"公爵小姐高兴地回答。

"还是照常在那个时刻在林荫路上散步、在车床上做工吗?"安德烈公爵嘴角含着一丝笑意问道,这表明他虽然十分敬爱父亲,但也知道父亲的弱点。

"还是那个时刻上车床干活,还做数学题,给我上几何课。"玛丽亚公爵小姐高兴地回答,好像上几何课是她生平一大乐事似的。

在老公爵二十分钟的起床时间过去后,吉洪来请小公爵去见父亲。老头子为了欢迎儿子的到来,破例改变了一下生活习惯:他吩咐,准许儿子在他午饭前穿戴的时间进入他的卧室。老公爵一向是旧式装束:穿长衫,戴敷粉假发。当安德烈公爵走进父亲的卧室时(不是带着他在交际场所故意做出的蔑视一切的表情和态度,而是带着他和皮埃尔谈话时那种兴致勃勃的表情),老头子正坐在更衣室里一张宽大的上等山羊皮面安乐椅里,披着敷粉披肩,把头伸给吉洪去扑粉。

"啊!战士!你要征服波拿巴吗?"老头子说,因为辫子正在吉洪手中编着,只好在许可范围内摇了摇扑过粉的头。"你至少应当好好收拾他一顿,不然长此以往,连我们也快要变成他的臣民了。你好!"他说着把腮帮伸了过去。

老头子在饭前小睡后心情极好。(他常说,饭后小睡是银,饭前小睡是金。)他从下垂的浓眉下快活地斜视着儿子。安德烈公爵走上前去,吻了吻父亲让他吻的地方。他没有回答父亲得意的话题——拿当时的军人,特别是拿波拿巴开个小玩笑。

"爸爸,我来了,把怀孕的媳妇也带来了。"安德烈公爵说,他活泼而恭敬地注视着父亲脸上每根线条的活动,"您身体好吗?"

"孩子,只有蠢货和荒唐鬼才生病呢,你是知道我的:我从早忙到晚,生活又有节制,当然健康了。"

"感谢上帝!"儿子微笑着说。

"这与上帝不相干!好,你来讲一讲,"他接着说下去,又回到他得意的话题上,"德意志人怎么样教会你们用新的科学,就是用所谓战略来跟波拿巴作战。"

安德烈公爵微微一笑。

"爸爸,让我想想,"他面带笑容说,这种笑容表明他对父亲的敬爱并不因父亲的弱点而有所妨碍,"我还没安置好呢。"

"瞎说,瞎说,"老头子大声说,他试试小辫编得结实不结实,摇了摇脑袋,一面抓住儿子的手,"你媳妇的房间已经准备好了。玛丽亚公爵小姐会带她去看的,而且她有满坑满谷的话要说。那是她们女人的事。她来我很高兴。坐下谈谈吧。我了解米切尔森的军队,也了解托尔斯泰的……同时登陆……南方的军队做什么呢?普鲁士中立,这我知道。奥地利怎么样?"他从安乐椅里站起身来，在屋里边说边走，吉洪跟着他跑，把一件件衣服递给他，"瑞典怎么样？他们怎样跨过波美拉尼亚呢？"

安德烈公爵见父亲一定要谈，就开始讲预想会战的作战计划，起先谈得有点勉强，但是后来越谈越起劲，谈到中间，不知不觉按照老习惯从讲俄语改为讲法语了。他说，一支九万人的军队一定能迫使普鲁士放弃中立，加入战争；这支军队的一部分将在施特拉尔松与瑞典军队会师；二十二万奥军连同十万俄军，将在意大利境内和莱茵河上作战；五万俄军和五万英军，将在那不勒斯登陆；总数五十万的军队将从四面八方围攻法军。老公爵对儿子的叙述没有表示丝毫的兴趣，他仿佛根本没有听，始终一面走一面穿衣服，有三次突如其来地打断了儿子的话。第一次他打断他的话，喊道：

"白的！白的！"

他是说吉洪没有把他所要的那件背心递给他。另一次，他停下来问道：

"她快要生产了吧？"他带着责备的神情摇摇头，说，"不好！说下去，说下去。"

第三次是在安德烈公爵快说完的时候，老头子用走腔的老嗓子唱起来："马尔布鲁去出征，天晓得何时才归来。"

儿子只微微一笑。

"我不是说我就赞成这个计划，"儿子说，"我只是告诉您有这么回事。拿破仑已经拟了一个并不比这个坏的计划。"

"你告诉我的并没有一点新东西。"老头子若有所思，像说绕口令似的嘟哝着"天晓得何时才归来"，突然说："到餐厅去吧。"

二十四

老公爵洒过发粉，刮过脸，在规定的时刻走进餐厅，在这里等候他的有儿媳、玛丽亚公爵小姐、布里安小姐,此外还有公爵的建筑师。这位建筑师被邀请入座是由于公爵的古怪脾气,这个小人物以他所处的地位,是万万不敢奢想这种荣幸的。公爵平时等级森严,就连省里的高官显要也很少请到家里吃饭。可是他忽然邀请那个常常跑到屋角用花格手绢擤鼻涕的建筑师米哈伊尔·伊万诺维奇,他这样做是要证明,人人都一律平等,他不止一次开导女儿说,米哈伊尔·伊万诺维奇一点也不比咱们坏。吃饭时,公爵最爱跟沉默寡言的米哈伊尔·伊万诺维奇攀谈几句。

餐厅像住宅里所有的房间一样,又高又大,眷属和仆人站在每把椅子后面,恭候公爵出来;手臂上搭着餐巾的管家察看着餐具的布置,向仆人递眼色,时时把不安的目光从挂钟移到公爵进入餐厅的那扇门上。安德烈公爵在观看一副他以前没见过的金色大镜框,镜框里装着博尔孔斯基公爵家的谱系图,对面挂着一副同样大的镜框,装着一幅画笔拙劣的(想必出自家奴画师之手)当权公爵的戴冕肖像,这一定是留里克的后裔,也就是博尔孔斯基家的祖先。安德烈公爵一面看谱系图一面摇头,而且面带笑意,就像看见一幅跟本人非常相像的肖像似的觉得好笑。

“一看就认出是他老人家!”他对走过来的玛丽亚公爵小姐说。

玛丽亚公爵小姐惊异地看了哥哥一眼。她不懂他笑什么。父亲所做的一切都使她崇敬,不容许有半点非议。

“各人有各人的弱点,”安德烈公爵继续说,“以他那样的雄才大略,竟陷入这些琐事!”

玛丽亚公爵小姐不理解哥哥为什么竟说出如此大胆的意见,她正要反驳,书房里忽然传来期待已久的脚步声:老公爵像平时一样迅速而快活地走进来,好像故意用他那匆忙的样子来跟家中的严格秩序作个对比似的。正在这一瞬间,大钟敲了两下,接着,客厅里另一只钟用清脆的声音响应着。老公爵站住了。他那灵活、闪光、严峻的眼睛从低垂的浓眉下把所有的人扫视了一番，然后停在小公爵夫人身上。小公爵夫人这时心中感到一种好似内侍官见皇上驾到时的感情，也就是在这位老人面前的人们见到老人时所产生的那种敬畏的感情。他摸了摸公爵夫人的头，然后又笨拙地拍了拍她的后脑。

"我很高兴，很高兴，"他说，又注视了一下她的眼睛，就迅速地走开，在自己的位子上落座，"坐下，坐下！米哈伊尔·伊万诺维奇，请坐。"

他叫儿媳妇坐在他身边。仆人给她拉开椅子。

"噢哟！"老头子打量着圆圆的肚子说，"太性急了，不好！"

他笑起来——像平时那样只用嘴笑，不用眼睛笑，他笑得枯燥，冰冷，而且令人不愉快。

"你应当散步，尽量，尽量多散步。"他说。

小公爵夫人没听见或者不愿意听他的话。她默不作声，有点局促不安。老公爵问起她的父亲，小公爵夫人这才说话，并且微微一笑。他又问起共同的熟人，小公爵夫人更加活跃了，开始谈起来，替许多人向公爵问好，并且转述城里的流言。

"可怜的阿普拉克辛娜伯爵夫人死了丈夫，眼泪都哭干了，可怜的人儿。"她说，越发活泼了。

她越来越活泼，公爵就越来越严厉地看她。突然间，公爵仿佛已经充分地研究了她，对她有了明确的概念，就转向米哈伊尔·伊万诺维奇去了。

"喂，米哈伊尔·伊万诺维奇，我们的波拿巴快要倒霉了。安德烈公爵（他总是用第三人称称呼儿子）对我说，为了对付他集合了大批军队！咱们还老以为他是个废物呢。"

米哈伊尔·伊万诺维奇一点也不记得"咱们"什么时候说过

波拿巴这类话,不过他懂得,公爵是利用他来引出得意的话题。他惊讶地看了看小公爵,不知这场谈话会闹出什么结果。

"他是位大战术家!"公爵指着建筑师对儿子说。

话题又转到战争,转到波拿巴和当时的将军和政治家。老公爵似乎相信所有当代的头面人物都是些对战争和政治一窍不通的毛孩子,就连波拿巴也是一个区区不足道的法国佬,他侥幸成功,只不过因为没有波将金①或苏沃洛夫一类人跟他对抗罢了。他甚至还相信:欧洲并没有什么大不了的政治纠纷,也没有什么真正的战争,不过是一些时人装模作样想做出一番事业,演演傀儡戏而已。安德烈公爵愉快地容忍着父亲对新人物的嘲笑,带着显然高兴的神情引父亲说下去,并且恭听着。

"人们总觉得过去一切都好,"他说,"其实,就是苏沃洛夫不是也陷入莫罗②的圈套脱不了身吗?"

"这是谁对你说的?谁说的?"老公爵喊道。"苏沃洛夫!"他抛出一只碟子,吉洪连忙接住。"苏沃洛夫!……好好想想吧,安德烈公爵。只有两个人:腓特烈③和苏沃洛夫……莫罗算得什么!假如让苏沃洛夫便宜行事的话,莫罗早当俘虏了,可是宫廷的腊肠烧酒军事参议院④掣他的肘。他算倒了霉了。等你到了那儿,你就会尝到腊肠烧酒的滋味了!苏沃洛夫既然对付不了他们,米哈伊尔·库图佐夫又怎么行呢!不行的,孩子,"他继续说,"你和你的将军们对付不了波拿巴。应当收买一些法国人,叫他们敌我不分,自相残杀。德意志人帕伦⑤奉命到美国纽约找法国人莫罗去

---

① 波将金(1739—1791),俄国政治家和外交家,陆军元帅,叶卡捷琳娜二世的宠臣。

② 莫罗(1763—1813),拿破仑手下的将军,后因政见不一被拿破仑放逐国外,一八一三年参加俄国反拿破仑的战争,同年受伤身死。

③ 可能指腓特烈二世,一七四〇至一七八六年的普鲁士国王,著名统帅。

④ 腊肠烧酒军事参议院是老公爵给奥地利军事参议院起的诨名。

⑤ 彼·帕伦(1745—1826),彼得堡总督,刺杀保罗一世的组织者和参与者之一。

了,"他是说那一年邀请莫罗加入俄国军队的事,"真是咄咄怪事!!怎么啦,难道那些波将金们、苏沃洛夫们、奥尔洛夫们都是德意志人吗?不是的,孩子,不是你们大家发了疯,就是我老糊涂了。愿上帝保佑你们,我们等着瞧吧。他们竟把波拿巴当成伟大的统帅了!哼!……"

"我绝对不是说,他所作所为都是好的,"安德烈公爵说,"不过,我不能理解,您怎么能那样评论波拿巴。您怎么嘲笑他都可以,而波拿巴毕竟是一个伟大的统帅!"

"米哈伊尔·伊万诺维奇!"老公爵对忙着吃烤肉、但愿人家把他忘掉的建筑师喊道,"我对您说过波拿巴是一位伟大的战术家吧?他也是这么说。"

"当然,大人。"建筑师回答说。

老公爵又发出他那冰冷的笑声。

"波拿巴是个幸运儿。他有优等的士兵。而且他先向德意志人开刀,只有懒汉才打不过德意志人。开天辟地以来,人人都打败过德意志人。他们打不过任何人。他们就知道内讧。他就是靠打他们成名的。"

于是老公爵开始分析他认为波拿巴在军事上以致在政治上所犯的错误。儿子不反驳,不过不论向他提出什么论据,他显然像老公爵一样难以改变自己的见解。安德烈公爵只是听着,克制着不作答辩,而且不由得感到惊奇,这个老人在乡间闭户独居这么多年,对近年来欧洲种种军政局势居然知悉得这么详细,评论得这么深刻。

"你以为我这个老头子不懂得目前的形势吗?"他结束说,"我无时无刻不在惦记着时局!我整夜睡不着。好,你说说看,你那伟大的统帅究竟在什么地方显过本领?"

"说起来话长。"儿子回答说。

"你到你的波拿巴那里去吧！布里安小姐，你那个奴才皇帝又有个崇拜者了！"他操着一口漂亮的法语喊道。

"您知道，公爵，我不是波拿巴党啊。"

"'天晓得何时才归来'……"公爵不合调地唱了一句，更加不合调地笑着离开了餐桌。

在争论或不争论的全部午餐时间里，小公爵夫人一声不响，惊慌地时而看看玛丽亚公爵小姐，时而看看老公公。离开餐桌的时候，她挽起小姑的手臂，把她叫进另一间屋里。

"您父亲是一个非常聪明的人，也许正因为这我才怕他。"她说。

"啊，他太仁慈了！"玛丽亚公爵小姐说。

二十五

安德烈公爵在第二天晚上动身。老公爵没有改变他的生活规律，午饭后就回到自己房里去了。小公爵夫人留在小姑的房间里。安德烈公爵穿着不带肩章的旅行常礼服，在他住的房间里跟他的随从收拾行李。他亲自检查了马车，把箱子装到车里，然后吩咐套马。只有一些随身带的东西还放在房里：一只小箱子、一只银制食品箱、两支土耳其手枪和一把佩刀——父亲的赠品，是从奥恰科夫①城下带回来的。安德烈公爵这些旅行用品都非常整齐，都是崭新的，很干净，用呢绒套子套着，再用带子仔细地扎起来。

在即将远行和改变生活方式的时刻，善于反省的人总怀着一种严肃的心情。每逢这样的时刻，人们通常是检查过去和计划未

---

① 奥恰科夫曾为土耳其要塞，一七八七至一七九一年俄土战争时，被苏沃洛夫率军攻下，战后归属俄国。

来。安德烈公爵脸上露出心事重重和非常温柔的表情。他倒背着手,在屋里从一角到另一角来回踱步,眼睛望着前方,若有所思地摇头。不知他是害怕上战场,还是因为离开妻子而感到悲伤——也许两者都有,不过他显然不愿让人看见他有这种心情,他一听见门廊里有脚步声,就赶快松开手,在桌旁停住,假装捆绑箱套,并且摆出平时那种镇静和莫测高深的表情。这是玛丽亚公爵小姐的沉重脚步声。

"我听说你已经吩咐套马了,"她气喘吁吁地说(看样子她是跑着来的),"我很想跟你单独地再谈一谈。谁知道咱们这一别要到何时才能再见。我来,你不生气吧?你变得多了,安德留沙。"仿佛为了解释那句问话,她才加了这么一句。

她叫了一声他的小名"安德留沙",不由得微笑了。显然,她想到这个严峻的美男子,竟是那个瘦巴巴的小淘气安德留沙,她童年的伙伴,觉得很奇怪。

"丽莎呢?"他问。对她的问题,他只微微一笑作为回答。

"她太疲倦了,已经在我卧室的沙发上睡着了。啊,安德烈!你的妻子太好了。"她说着就在哥哥对面的沙发上坐下来,"她完全是个孩子,一个可爱的快活的孩子。我真喜欢她。"

安德烈公爵一声不响,但是公爵小姐看见他脸上露出讥讽的、轻蔑的表情。

"对一些小缺点应当宽容,谁没有缺点啊,安德烈!你别忘了,她是在上流社会被教养成人的。何况她现在的处境并不美妙。应当为每个人设身处地想想。了解一切,就会原谅一切。你想想看,她离开过惯的生活,又和丈夫分别,孤单单地住在乡下,而且还有身孕,她这个可怜的孩子心里是什么滋味?真够她受的。"

安德烈公爵望着妹妹微笑,就像我们听到我们看透了的那些人说话时露出的那种微笑。

"你住在乡下,可是你并不觉得乡下的生活可怕。"他说。

"我就不同了。干吗要提我啊!我不希望过别的生活,而且也不抱这种希望,因为我不知道有别样的生活。不过,安德烈,你得替她想想,一个年轻轻的上流社会的女人,在最好的年华,埋没在乡下,孤身一人,因为爸爸一天忙到晚,我呢……你是知道的……在一个过惯上流社会的女人看来,我这个人干巴巴,不懂娱乐,只有布里安小姐……"

"我真不欢喜您那位布里安。"安德烈公爵说。

"啊,不!她非常可爱,又善良,主要的是,她是个可怜的姑娘。她没有一个亲人,一个也没有。说实在的,我不但不需要她,她甚至使我感到拘束。你知道我从来就是一个野人,现在更加如此了。我喜欢孤独……爸爸非常喜欢她。爸爸从来只对这两个人——她和米哈伊尔·伊万诺维奇,表示亲近,因为他们都受过他的恩典,正如斯特恩①所说,'我们爱那些给过我们好处的人,远不如爱那些受过我们好处的人。'她是个流落街头的孤儿,我爸爸收留了她。她非常善良,我爸爸也喜欢听她朗读。她每晚读书给他听。她读得好极了。"

"说实在的,玛丽,我想父亲的性格有时会使你难堪,是吗?"安德烈公爵突然问。

听了这句问话,玛丽亚公爵小姐先是一惊,然后就害怕起来。

"使我?……使我?!使我难堪?!"她说。

"他一向很严厉,我想,他现在一定变得很难相处了。"安德烈公爵说,显然有意使妹妹为难或者考验她,才这样随便批评父亲的。

---

① 斯特恩(1713—1768)是英国作家。

"你各方面都很好,安德烈,不过你有点自视过高,"公爵小姐说,与其说她是在注意谈话的进程,不如说她是在注意自己的思路,"这是一桩大罪过。难道父亲是可以评论的吗?就算可以,那么,像我爸爸这样的人,除了使人崇拜以外,还能引起别的感情吗?跟他在一起,我非常满足,非常幸福!但愿你们大家都像我一样幸福。"

哥哥不相信地摇了摇头。

"只有一件事使我难过——我对你实说了吧,安德烈——就是父亲对宗教的看法。我不明白,一个头脑那么聪明的人,怎能看不见明如白昼的事,怎能一味地执迷不悟?这是唯一使我不快的事。但是,即使这一点,我看近来也有所改进。近来,他的讥讽已经不那么刻薄了,他接见一个修道士,作了一次长谈。"

"啊,亲爱的,恐怕你和修道士都枉费心机。"安德烈公爵嘲笑地、但是亲切地说。

"啊,我的朋友。我只是祈祷上帝,希望上帝能听到我的祈祷。安德烈,"她沉默了一会儿,怯生生地说,"我对你有一个很大的请求。"

"什么请求,亲爱的?"

"你得先答应我你不会拒绝。这件事不会给你添什么麻烦,也不会使你觉得有失身份。只当你是为了安慰我。答应吧,安德留沙。"她说着就把手伸进手提包里,握住一件东西,但是不拿出来,仿佛她握的东西就是她所要请求的目的物,在对她的请求没有得到应许之前,她是不能从手提包里拿出那件东西的。

她用恳求的目光胆怯地端详哥哥。

"即使给我添很多麻烦……"安德烈公爵回答说,似乎已经猜出是怎么回事了。

"不管你怎么想都好!我知道你跟我爸爸性格一样。不管你怎么想,不过为了我的缘故,请你做这件事。请你一定做！这东西是父亲的父亲,也就是咱们的祖父,一上战场就戴在身上的……"她仍然没拿出她在手提包里握住的东西,"你肯答应我吗？"

"当然,是怎么回事啊？"

"安德烈,我用这圣像为你祝福,你答应我永远戴在身上……答应吗？"

"假如它没有两普特①重,不会抻疼我的脖子……为了使你高兴……"安德烈公爵说,但是,一见妹妹听了这句笑话脸上露出痛苦的表情,他马上后悔了。"非常乐意,我真的非常乐意,亲爱的。"他补充说。

"不管你的意愿如何,上帝一定会拯救你,宽恕你,使你信服他,因为只有在他身上才能找到真理和慰藉。"她说,声音激动得发颤,她郑重地把一个救主像双手捧到哥哥面前。这个椭圆形的、黑脸银袍的神像古色古香,用一条精制的银链系着。

她画过十字,吻过神像,然后把它递给安德烈。

"请你收下,安德烈,为了我……"

她的大眼睛放射着善良而羞怯的光芒。这双眼睛照亮了整个清瘦的、病态的面孔,使它变得更美丽了。哥哥伸手去接神像,但是她拦住了他。安德烈明白过来,于是他画过十字,吻吻那个神像。同时他脸上露出柔和(他被感动了)和讥笑的神情。

"谢谢你,我的朋友。"

她吻了吻他的前额,又坐到沙发上。他们默默无语。

"我已经对你说过,安德烈,你要像你一向那样和气而宽厚。对丽莎不要太苛求,"她开始说,"她非常可爱,非常善良,而且她现在的处境又是那么困难。"

---

① 1 普特合 16.38 公斤。

"玛莎①,责备我的妻子或者对她不满的话,我似乎并没对你说过一句。为什么你老对我说这话呢?"

玛丽亚公爵小姐脸上泛起红斑,她不作声了,好像自己犯了什么过错似的。

"我什么都没对你说过,可是有人对你说了什么了。这使我感到难过。"

玛丽亚公爵小姐的前额、脖子和两颊上的红斑更红了。她想说点什么,但是说不出来。哥哥已经猜到:小公爵夫人饭后哭过,谈起难产的预感,害怕生孩子,自叹命苦,埋怨公公和丈夫。她哭过以后就睡着了。想到这里,安德烈公爵怜惜起妹妹来。

"有一点你要知道,玛莎,我不能责备我的妻子,过去没责备过,将来也永远不会责备,在对她的态度上,我也没有什么可责备自己的。不管处在什么环境,我永远都是这样。不过,假如你想知道实情……想知道我是不是幸福,那么我可以告诉你:我不幸福。她幸福吗? 也不幸福。这是为什么? 我不知道……"

他一边说,一边站起来,走到妹妹跟前,俯下身,吻了吻她的前额。他那双秀美的眼睛闪耀着平时不常有的聪明而善良的光辉,不过,他并不看妹妹,而是越过她的头顶朝着门外的黑暗望去。

"咱们到她那儿去吧,应当同她告别! 要不,你一个人先去,把她叫醒,我随后就来。彼得鲁什卡!"他招呼他的听差,"来把东西拿走。这个放在座位下边,这个放在座位右边。"

玛丽亚公爵小姐站起来,朝门口走去。她忽然收住了脚步。

"安德烈,假如你有信仰,你一定会祈祷上帝,求他赐给你那种你所感觉不到的爱,而你的祈祷一定会被上帝听到的。"

"啊,真的吗!"安德烈公爵说,"去吧,玛莎,我马上就来。"

---

① 玛莎是玛丽亚的小名,昵称。

安德烈公爵在去妹妹房间的路上，走到联结两幢房屋的走廊的时候，遇见面带妩媚笑容的布里安小姐，这一天她已经是第三次带着兴奋和天真的微笑在僻静的走廊里跟他相遇了。

"啊！我以为您在自己房间里呢。"她说，不知为什么红了脸，垂下了眼帘。

安德烈公爵严厉地看了她一眼，脸上突然露出恼怒的表情。他对她一言不发，不看她的眼睛，只向她的前额和头发瞥了一眼，神情是那么轻蔑，使这位法国女人面红耳赤，她一句话不说就走开了。他走到妹妹门前的时候，公爵夫人已经醒了，从敞开的门里传出她快活的、一句紧接一句的谈话声，她谈得那么起劲，就好像克制了很久没有出声，现在要补偿失去的时间似的。

"不，你想想看，老伯爵夫人祖博娃一头假发，满嘴假牙，好像在跟自己的年龄挑战似的……哈，哈，哈，玛丽！"

他妻子在别人面前讲祖博娃伯爵夫人的那些话，以及那同样的笑声，安德烈公爵已经听过五六遍了。他轻轻地走进房间。体态肥胖、肤色鲜红的小公爵夫人坐在安乐椅里，手里拿着手工，滔滔不绝地回忆彼得堡的事情，甚至回忆当时的原话。安德烈公爵走过来，抚摸了一下她的头问她旅途的疲劳是不是已经恢复过来。她回答了一声，仍然继续谈她的。

六套马的轿式马车停在门口。外面是黑暗的秋夜。车夫连辕杆都看不清。仆人们提着灯笼在台阶上来回奔忙。一个个大窗户透出辉煌的灯光，照得整所大房子通亮。家仆们聚在前厅准备跟小公爵告别；家里人：米哈伊尔·伊万诺维奇、布里安小姐、玛丽亚公爵小姐和公爵夫人，都站在大厅里。安德烈公爵被父亲叫到书房里，老头子想单独跟他话别。大家正等着他们出来。

安德烈公爵走进书房的时候，老公爵戴着老花镜，穿着素白睡衣（他这样的衣着，除了接见儿子，是不接见任何人的），正坐在桌旁写字。他回头看了一眼。

"你要走了？"他又写起字来。

"我来向您辞行。"

"吻我这儿吧，"他伸出面颊，"谢谢，谢谢！"

"您干吗要谢我？"

"因为你不拖延时日，没有被女人的裙带绊住脚。报国至上。谢谢，谢谢！"他继续写下去，只听飞溅着墨水的笔尖飕飕地响。"你有什么要说，只管说吧。我可以同时做两件事。"他补充说。

"关于我的媳妇……把她留下来让您操心，我实在过意不去……"

"胡扯什么？说你要说的吧。"

"我媳妇临产的时候，请派人到莫斯科请一个产科医生来……让他在这儿准备着。"

老公爵停下笔，仿佛没有听懂似的，用严肃的目光盯着儿子。

"我知道，如果大自然不帮忙的话，什么人都帮不上忙的，"安德烈公爵说，他显然有点发窘，"当然，这种不幸百万里面只有一个，但是，她和我都有这种幻觉。不知别人对她瞎说了什么，她做梦都梦见，所以她很害怕。"

"嗯……嗯……"老公爵一边说，一边继续写完，"我照办。"

他把笔一挥，签了个花体字，猛然转身对儿子大笑。

"事情有点不妙，是不是？"

"什么事情不妙，爸爸？"

"老婆呀！"老公爵言简意赅地说。

"我不明白。"安德烈公爵说。

"孩子，这是没有办法的，"公爵说，"女人全都一样，离婚是不可能的。你别怕，我不对任何人说，你自己也知道。"

他用瘦骨嶙峋的小手抓住儿子的手，抖了抖，用那像是要把人看穿的敏锐目光逼视着儿子，接着又发出一阵冰冷的笑声。

儿子叹了一口气，表示承认父亲很了解他。老头子用他那惯常的迅速动作继续叠信和封信，时而抓起火漆、印戳、信纸，时而又放下。

"有什么办法？长得漂亮嘛！一切我都照办。你放心吧。"他一面封信，一面断断续续说。

安德烈默不作声：父亲了解他，这使他又高兴，又不高兴。老头子站起来，把信交给儿子。

"听着，"他说，"不要惦记老婆：凡是办得到的，都要办到。你听我说：把这封信交给米哈伊尔·伊拉里奥诺维奇①。我在信上说，希望他给你一个适当的位置，不要老叫你当副官：讨厌的职务！你对他说，我记得他，并且喜欢他。他待你如何，来信告诉我。如果他待你不错，就干下去。尼古拉·安德烈耶维奇·博尔孔斯基的儿子决不依靠别人的恩典在人家手下服务。现在到这儿来。"

他说得太快，每句话说不到一半就完了，不过，儿子已经惯于理解他的话。他把儿子领到办公桌前，掀开盖，拉开抽屉，拿出一个练习本，上面满是他写的又粗又长又密的字迹。

"我当然会比你先死。告诉你，这是我的回忆录，等我死后，把它呈交皇上。这儿有一张债券和一封信：这是奖给《苏沃洛夫战史》撰写人的奖金。把这些寄给科学院。这是我的笔记，等我死后，你自己可以看看，你会从中得到教益。"

安德烈没有对父亲说，他一定还能活很久。他知道用不着说这种话。

"一切都照办，爸爸。"他说。

"好了，那么就再见吧！"他把手递给儿子亲吻，然后拥抱儿子一下，"你要记住一点，安德烈公爵：假如你被打死，我这个老头子

---

① 米哈伊尔·伊拉里奥诺维奇是库图佐夫的本名和父称。参见第21页注①。

会很难过的……"他说到这里戛然而止，随后突然大喊大叫继续说："我要是听说你的行为不像尼古拉·博尔孔斯基的儿子，我就要……感到羞耻！"他尖叫了一声。

"您不必对我说这些，爸爸。"儿子微笑着说。

老头子不作声了。

"我还要恳求您，"安德烈公爵接着说下去，"如果我被打死，如果我得个儿子，不要让他离开您，就像我昨天向您提过的，让他在您身边长大……请您费神。"

"不让你媳妇教养吗？"老头子说着大笑起来。

他们默默地面对面站着。老头子的锋利目光直盯着儿子的眼睛。老公爵脸的下半部颤抖了一下。

"告别完了……走吧！"他突然说。"走吧！"他打开书房门，愤怒地高声喊道。

"怎么回事？怎么了？"公爵夫人和公爵小姐看见安德烈公爵走出来，又瞥了一眼穿着白睡衣、没有戴假发、戴着老花镜、怒声喊叫的老头子探出来的身影，齐声问道。

安德烈公爵叹了口气，什么也没回答。

"好了。"他对妻子说。这一声"好了"，带有冷嘲的意味，仿佛是说："您现在可以表演您那一套了。"

"安德烈，就要走了吗？"小公爵夫人说，她面色苍白，带着恐惧的神情望着丈夫。

他拥抱她。她大叫一声倒在他的肩膀上，失去了知觉。

他小心翼翼地把被她枕着的肩膀移开，看了看她的脸，轻轻地扶她坐在安乐椅中。

"再见，玛丽亚。"他小声对妹妹说，拉着她的手吻了吻，快步走出房去。

公爵夫人躺在安乐椅里，布里安小姐给她揉太阳穴。玛丽亚公爵小姐扶着嫂嫂,她那美丽的眼睛满含泪水,目不转睛地望着安德烈公爵走出去的那扇门,朝着公爵画十字。书房里时时传出老年人愤怒的、放枪似的擤鼻涕的声音。安德烈公爵刚走出去,书房的门忽然敞开了,露出穿白睡衣的老头子的严峻身影。

"走了吗?走了就好了!"他说,愤愤地端详一下失去知觉的小公爵夫人,带着责备的神情摇摇头,砰的一声把门关上。

第 二 部

一

一八〇五年十月,俄军占领了奥地利大公治下的几座村庄和城市,从俄国又开来一些新的团队,驻扎在布劳瑙附近民房里,给当地居民添了不少麻烦。库图佐夫总司令的大本营也设在布劳瑙。

一八〇五年十月十一日,一个刚开到布劳瑙的步兵团在离市区半英里①的地方驻下来,等候总司令检阅。虽然地形和环境(果园、石墙、瓦顶、远山)都不是俄罗斯式的,虽然那些用好奇的眼光观看士兵的居民都不是俄罗斯人,但这个团队的外表,却跟在俄国本土任何地方任何准备接受检阅的俄国团队毫无差别。

在行军最后一站的那天傍晚,接到总司令要检阅行军中的团队的命令。虽然团长对命令中的词句不大清楚,发生了应当怎样解释的问题:是不是穿着行军的服装接受检阅?但是,在营长会议上,根据礼多人不怪的原则,决定团队准备正规的检阅。于是士兵

① 1 英里合 1.6093 公里。

们在三十俄里的行军之后,通宵不眠,缝缝补补,洗刷干净,副官和连长清点人数,剔除一些人。第二天早晨,这个团队已经不像最后一段行军的头一天那样拖沓零乱,而变成了一支两千人的整齐队伍,他们每个人都知道自己的位置和职责,每个人的每个纽扣和每条皮带都在一定的地方,都干净得闪亮发光。而且不仅外表整齐,如果总司令要检查军装里面的话,他会看到每个人都穿着同样清洁的衬衣,他也会发现每只背囊里都有规定数量的物品,正如士兵们所说,"锥子、肥皂,一应俱全"。只有一件事使大家不得安心,就是脚上穿的。弟兄们的靴子半数以上已经破了。但是这个缺点不能怪罪团长,因为虽经一再要求,奥国军需部始终没有把东西发下来,而这个团队已经走了一千俄里了。

团长是个容易冲动的、鬓发和眉毛都已斑白的老将军,他体格敦实,胸背之间的厚度超过两肩之间的宽度。他穿一套崭新的带着明显折痕的军服,金光闪闪的肩章很厚,仿佛不是压低了他那肥大的肩膀,而是加高了几分。这位团长的神情,就好像他是一个幸运地执行一桩平生最庄严的任务的人。他在队伍前面走来走去,微微伛偻着身子,一走一哆嗦。看样子,这位团长对自己的团队很欣赏,为他的团队感到高兴,把全副精神都贯注在团队上了。虽然如此,他那抖动的步伐似乎说明,他除了对戎马生涯感兴趣,对社交和女人的兴趣在他内心也占有不小的地位。

"喂,老伙计,米哈伊洛·米特里奇,"他对一位营长说(营长微笑着向前跨了一步,看样子他们都很高兴),"昨天夜里可把咱们整苦了。不过,好像还不错,咱们的团队不坏……你说是不是?"

营长领悟了这句打趣的话,大笑起来。

"就是在察里津皇家草场接受检阅,也不会被赶出去的。"

"什么?"团长说。

这时,在布有信号手的通到城里的大路上,出现了两个骑马的人,是一个副官带着一名哥萨克兵。

副官是总司令部派来向团长说明昨天那道命令里含糊的词句的,也就是说明,总司令希望看见完全保持行军状态的团队——穿着大衣,背着背囊,不要有任何的准备。

昨天,奥地利军事参议院有一名参议由维也纳来见库图佐夫,建议并要求俄军赶快跟费迪南大公及马克的军队会师,但是库图佐夫认为这种会师没有好处,所以,他在列举了其他理由之外,还打算请那位奥地利将军亲眼看看从俄国新开来的部队的惨状,以证实自己的意见的正确。他要来检阅团队就是为了这个目的,因此,团队的情况越糟,总司令就越高兴。虽然那个副官不知道底细,但是他向团长传达了总司令的坚决要求,那就是士兵必须穿大衣,背背囊,否则总司令就不满意。

听了这番话,团长低下头,一声不响地耸了耸肩,面红耳赤地把两手一摊。

“真糟糕!”他说,“我跟你说过,米哈伊洛·米特里奇,所谓行军,就是要穿着大衣。”他责备营长。“唉,我的上帝!”他补上一句,就毅然决然向前走去。“各连连长!”他用惯于发号施令的声音喊道。“司务长!……他就要到了吗?”他面带毕恭毕敬的表情对刚来的副官说,显然是为了他问的那个人,才摆出这副表情的。

“我看还得一个钟头。”

“我们来得及换服装吗?”

“我不知道,将军……”

团长亲自走到队伍前面,命令重新穿上大衣。连长跑回各连,司务长忙起来了(因为大衣已经不够完整),转眼之间,那些原来又整齐又肃静的方队开始骚动、松散、人声嘈杂起来。四面八方都是士兵跑来跑去,他们把肩膀往前一耸,从头上卸下背囊,取出大衣,高举着胳膊伸进袖子。

半小时以后,又恢复了原来的秩序,只是方队由黑色变成灰色的了。团长又迈着哆哆嗦嗦的步子走到团队前头,从远处打量它。

"这又是怎么回事?这是怎么搞的?"他停下来喊道,"三连连长!……"

"将军传见三连连长!将军传见连长,团长传见三连!……"声音顺着队伍传下去,一个副官跑去寻找那个动作迟缓的军官。

这些用力喊叫的声音越传越走样,等传到目的地的时候,已经变成"三连传见将军"了。那个被传的军官从连队后面走出来,他虽然上了年纪,不惯跑步,但他还是跌跌绊绊地小跑着去见将军。这个上尉像没有背会书的小学生回答功课似的,脸上露出不安的神色。那显然由于纵酒而发红的脸上泛起一块块斑点,嘴巴也合不拢。他离团长越近,就越放慢了脚步,当他上气不接下气地跑到跟前的时候,团长从头到脚把他打量了一番。

"您快要给弟兄们换上无袖长裙了!那是怎么回事?"团长喊道,他用下巴指了指三连中一个穿着与别人的大衣颜色不同的浅蓝色大衣的士兵,"您刚才上哪儿去了?总司令就要到了,而您离开了自己的岗位,嗯?……我要叫您知道让弟兄们检阅的时候穿婆娘的衣裳有什么好处!……嗯?……"

连长目不转睛地望着长官,两个指头在帽檐上越按越紧,仿佛他认为只有这样才能得救。

"嗯,您为什么不吭声?您连里那个打扮成匈牙利人的是什么人?"团长绷着脸开玩笑说。

"大人……"

"什么'大人,大人'的?大人!大人!谁也不知道'大人'是什么。"

"大人,那是降级的军官多洛霍夫……"陆军上尉低声说。

"什么,他是降为元帅还是降为士兵?降为士兵,那就应当跟别的士兵穿一样的军服。"

"大人,是您亲自准许他行军的时候可以这样的啊。"

"是我准许的?是我准许的?你们这些年轻人总是这样,"团长稍微冷静些说,"我准许的?只要对你们说句什么,你们就……怎么啦?"他说着说着又冒起火来,"请把弟兄们穿得像样一点……"

团长回头看了看副官,就迈着他那哆哆嗦嗦的步子向队伍走去。看样子,他对自己发脾气很得意,从队伍前面走过时,他想再找一个发泄怒气的借口。他骂了一连连长几句,因为他戴的奖章没有擦亮,又骂了二连连长几句,因为他那一连的队伍站得不齐,他这样一路骂着走到第三连。

"你怎——么站的?腿摆在哪儿?腿摆到哪儿去了?"离那个穿浅蓝色大衣的多洛霍夫还有五人远的地方,团长就用带着痛苦的声调喊起来。

多洛霍夫慢慢伸直他那条弯着的腿,用明亮而傲慢的目光直对将军的脸望过去。

"为什么穿蓝大衣?脱掉!……司务长!给他换衣服……坏坯……"不等团长说完,多洛霍夫就赶忙说:

"将军,我一定执行命令,但是,我没有义务忍受……"

"站队时不准说话!……不准说话,不准说话!……"

"我没有义务忍受侮辱。"多洛霍夫把话说完,声音高亢而响亮。

将军和士兵的目光相遇。将军愤愤地向下拉那箍得紧紧的肩带,不作声了。

"请您把衣服换一换吧,我求求您。"他一边说着,走开了。

二

"来了!"一名信号手这时喊道。

团长脸一红,向马跑过去。他用发抖的手抓住马镫,纵身上马,坐好后,抽出佩刀。他带着幸福的、坚决的表情,咧着张开的嘴,准备喊口令。全团像梳理羽毛的小鸟一样,抖擞一下,就屏息不动了。

"立——正!"团长发出一声惊心动魄的口令,这声音对他是一种快乐,对团队是一种威严,对前来的长官是一种欢迎。

一辆驾着纵列马的高大的浅蓝色维也纳轿式马车,轻轻响着弹簧的颠簸声,沿着没有铺砌的、宽阔的林荫大道,疾驰而来。骑马的随员们和克罗地亚人卫队在车后飞奔着。库图佐夫身旁坐着一个奥地利将军,他穿一身在俄国人的黑军服中间显得很奇特的白军服。马车驰到团队前停下来。库图佐夫和那个奥地利将军低声谈着什么,库图佐夫露出一丝微笑,当他迈起沉重的脚步,把一只脚从踏板上跨下来的时候,仿佛他面前并不存在两千名屏息注视着他和团长的士兵似的。

发出口令声,团队又震动了一下,锵锵地一齐举枪致敬。在死一般的寂静中,可以听见总司令微弱的说话声。全团高呼:"祝大——人——健康!"接着又是一片寂静。起先,在团队行进的整段时间,库图佐夫站立不动。然后,他和那个穿白军服的将军,由随员伴随着,并肩从队伍前面走过。

从团长挺直腰板、服装穿得整整齐齐、两眼直视着总司令举手敬礼的样子看来,从他极力抑制住哆哆嗦嗦的动作、弓着身子、随着两位将军从队伍前面走过的样子看来,从总司令一张嘴、一抬手他就立即跑上前去的样子看来,他执行下属的职务,比起执行长官的职务,要胜任愉快得多。由于团长的严厉和勤恳,跟同时到达布劳瑙的其他团队比起来,这个团队的情况是极好的。掉队的和病号只有二百一十七名。除了靴子,样样都很齐整。

库图佐夫从队伍前面走过,有时停下来对他在土耳其战争中认识的军官们说几句亲热话,有时对士兵们也说几句。有好几次他看着靴子悲哀地摇摇头,并且指给奥地利将军看,脸上的表情似乎说,对这件事他并不责备任何人,但不能不看到这是多么糟。团长每当这时就跑上前去,惟恐放过总司令谈到本团的每句话。库图佐夫后边,在每句轻声说出的话都可以听见的距离,跟随着二十来名随员。离总司令最近的是一个英俊的副官。这就是博尔孔斯基公爵。在他旁边走着的是他的同僚校官涅斯维茨基,他身材高大,特别肥胖,生着一张俊秀、和善的笑脸和一对水汪汪的眼睛。涅斯维茨基被一个在他旁边走着的黑脸膛的骠骑军官逗得忍不住要笑。那个骠骑军官面无笑容,呆呆地瞪着两眼,一本正经地望着团长的脊背,模仿团长每一个动作。每当团长哆嗦着向前躬身的时候,那个骠骑军官也就跟着惟妙惟肖、分毫不爽地打哆嗦和哈腰。涅斯维茨基一面笑,一面捅捅别人,让别人也看那个逗笑的人。

库图佐夫无精打采地缓步从几千双瞪着眼珠注视着长官的眼睛前面走过。来到三连的时候,他突然停下来。随员们没有料到他会这样,都收不住脚步,拥了上来。

“啊,季莫欣!”总司令说,认出了那个因为蓝大衣而受申斥的红鼻子上尉。

本来,季莫欣在遭受团长申斥的时候腰杆就已经挺得无法再直了。可是,在总司令对他说话的这会儿,这个上尉把腰杆挺得更直了:看样子,如果总司令再多看他一下,他就会吃不住劲了。库图佐夫显然明白上尉这种情况,他但愿上尉诸事如意,于是赶快转过脸去。库图佐夫那张因伤疤而变形的虚胖的脸上，掠过一丝几乎觉察不出的笑意。

"又一个伊兹梅尔战役①的战友，"他说，"一个勇敢的军官！你对他满意吗？"库图佐夫向团长问道。

那个骠骑军官像一面镜子似的反映出团长的形象，不过团长本人看不见。团长哆嗦了一下，走上前去回答说：

"非常满意，大人。"

"人人都免不了有缺点，"库图佐夫面带笑容离开他，说道，"他是巴克斯②的信徒。"

团长害怕了，他不知这是不是他的过错，他没敢答话。那个骠骑军官这时注意到上尉的红鼻子面孔的表情和收进去的肚子，就惟妙惟肖地模仿他的表情和姿势，使得涅斯维茨基忍不住笑出声来。库图佐夫回头看了看。那个骠骑军官像是能够随心所欲地控制自己的表情，趁库图佐夫转脸的工夫，他竟来得及做了个鬼脸，随即摆出最正经、最恭敬、最无辜的样子。

第三连是最后一连，库图佐夫沉吟起来，他似乎想起了什么。安德烈公爵从一群随员中间走出来，用法语低声说：

"您吩咐我提醒您一下关于本团降职军官多洛霍夫的事。"

"多洛霍夫在哪儿？"库图佐夫问。

多洛霍夫已经穿上士兵的灰大衣，正焦急地等待传唤他。这时从队伍里走出一个身材挺拔、金黄色头发、眼睛又蓝又亮的士兵。他走到总司令面前举枪敬礼。

"有什么要求吗？"库图佐夫眉头微微一皱，问道。

"这就是多洛霍夫。"安德烈公爵说。

---

① 伊兹梅尔战役指一七八七至一七九一年俄土战争中的一次战役。
② 巴克斯是罗马神话中的酒神，相当于希腊神话中的狄俄尼索斯。

"啊!"库图佐夫说,"我希望这次教训能使你改过自新,好好地服务。皇上是仁慈的。只要你做得像样,我也不会忘记你的。"

那双明亮的蓝眼睛直视着总司令,像直视着团长时一样大胆,他仿佛要用自己的表情撕破那道把总司令和士兵远远隔开的无形的帷幕。

"我请求一件事,大人,"他说,声音响亮、坚定、从容不迫,"我请求给我一个立功赎罪的机会,表明我对皇帝陛下和俄国的忠诚。"

库图佐夫转过脸去。就像他跟季莫欣谈话时转过脸去一样,含在眼里的一丝笑意从他脸上闪过。他转过脸皱了皱眉,他这样似乎想表示,多洛霍夫对他所说的一切,以及多洛霍夫对他可能说的一切,他老早老早就知道了,这些话已经使他厌烦,都是些完全没有必要说的话。他转身向马车走去。

团队分为各个连队向布劳瑙附近指定的营盘走去,希望到那里能得到靴子和衣服,在艰苦的行军之后休息一下。

"您不会对我有意见吧,普罗霍尔·伊格纳季奇!"团长骑马绕过正向营盘行进的三连,跑到带队的季莫欣上尉跟前,对他说。因为顺利地通过了检阅,团长脸上流露出按捺不住的喜悦。"这是给皇上服务……没法子……有时免不了在队前发发脾气……我首先道歉,您了解我……我非常感激!"于是他把手伸给连长。

"别提啦,将军,我对您怎么会有意见!"上尉回答,他的鼻子发红了,微笑着,露出在伊兹梅尔城下被枪托敲掉两颗门牙的豁口。

"请告诉多洛霍夫先生,我不会忘记他,叫他放心。请告诉我,我一直想问你,他怎么样?品行好吗?在各方面……"

"他执行勤务很认真,大人……不过脾气……"季莫欣说。

"怎么?脾气怎么样?"团长问。

"大人，一天一个样，"上尉说，"今天看来很懂事，像有修养的样子，和和气气。可是明天一下子就变成了野兽。在波兰的时候，不瞒您说，他打死一个犹太人……"

"是的，是的，"团长说，"对这个不幸的年轻人，还是要怜惜。他的来头不小哇……所以您要……"

"是，大人。"季莫欣说，他用笑容来表示他对长官的意愿是领会的。

"是的，是的。"

团长在队伍里找到多洛霍夫，轻轻勒住了马。

"一打仗就有肩章了。"团长对他说。

多洛霍夫转脸看了看，没说一句话，也未改变他那含着嘲笑的嘴角的表情。

"好，这好极了，"团长继续说，"我请弟兄们每人喝一杯，"他补上一句，叫士兵们都听得见，"我谢谢大家！谢天谢地！"然后他超过这个连队，向另一个连队驰去。

"没说的，他真是个好人，在他手下当兵不错。"季莫欣对身旁的一个连级以下的军官说。

"总而言之，是个红桃！……（团长的外号叫'红桃老K'）"那个军官笑着说。

军官们在检阅后的愉快心情也传给了士兵。连队高高兴兴地行进着。四面八方都是士兵谈话的声音。

"怎么听说库图佐夫是个独眼龙，只有一只眼？"

"可不是嘛！道道地地的独眼龙。"

"不……老弟，他比你还眼亮呢。靴子和脚布，样样都看在眼里……"

"我的老弟，他朝我的脚看了一眼……嘿！我心想……"

"那个跟他一道来的奥地利人，好像用石灰刷过似的。白得像面粉！我想，一定像擦马具似的把他擦了一遍！"

"我说，费杰绍！……有没有听说什么时候开战？你不是站得近些吗？老听人说，波拿巴本人就驻在布鲁诺沃①。"

"波拿巴驻在这儿！真会胡说，傻瓜！他什么都知道似的！现在普鲁士人正闹乱子。这就是说，奥地利人正在平定他们。把普鲁士人平定下去，才同波拿巴开战。可是他偏说波拿巴驻在布鲁诺沃！可见是个傻瓜。你听得还不够多。"

"你瞧，这些军需官真可恨！瞧，第五连已经向村子转弯了，他们就要煮粥了，我们还没有走到地方。"

"给我一点面包干，鬼东西。"

"你昨天给了我一点烟叶，是吧？怪不得，老弟。好，拿去吧，上帝保佑你。"

"能让我们歇歇脚就好了，不然还得饿着肚子走五六俄里。"

"要是德意志人给咱们套好马车，那就美了。坐上去什么都不管：多神气！"

"老弟，这儿的老百姓野蛮极了。那边似乎都是波兰人，是在俄国统治下；可是这儿，老弟，全是德意志蛮子。"

"歌手到前面来！"只听上尉喊了一声。

有二十来个人从各列队里跑到连队前面。领唱的鼓手面对着歌手们转过身来，他把手一挥，唱起调子拖得老长的士兵的歌，歌子的开头是："朝霞起，太阳升……"结尾一句是："弟兄们，光荣一定属于卡缅斯基爷爷和我们……"这支歌是在土耳其作战中编的，这时在奥地利唱，只是把其中的歌词"卡缅斯基爷爷"改为"库图佐夫爷爷"。

鼓手是一个干瘦、俊秀、年约四十的士兵，他按照士兵的唱法

---

① 布鲁诺沃即布劳瑙，是俄国化了的名称。

猝然结束了最后一句,仿佛把一件东西掷到地上似的两手往下一挥,严厉地扫视了歌手们一下,就眯起眼来。然后,当他确信所有的眼睛都注视着他的时候,他两手捧过头顶,仿佛捧的是一件看不见的贵重东西,停留片刻后突然把它拼命一扔:

　　哎嗨,我的穿堂啊,我的穿堂!

　　"我的新穿堂……"二十个人接着唱起来,响板手虽然负荷着全副装备的重量,却敏捷地跑到前头去,面朝连队倒退着走,耸动着肩膀,吓唬人似的击打着响板。士兵们合着拍子,甩起胳膊,迈开阔步,不自觉地把脚步走齐了。连队后面传来车轮的辚辚声、弹簧坐垫的轧轧声和马蹄的得得声。库图佐夫带着随从回城。总司令打了个手势,叫弟兄们照旧便步走。听见歌声,看见一个跳舞的士兵和高高兴兴、精神抖擞地走着的全连士兵,总司令和他所有的随从脸上都露出愉快的神色。连队从右边数第二排(马车是从连队右边过去的),有一个蓝眼睛的士兵不由得引起人们的注意,这个士兵就是多洛霍夫,他踏着拍子行进着,姿势活泼而优美,当他望着坐车和骑马从旁走过的人们的面孔时,他的表情仿佛说,他很可怜那些没有和连队一起行走的人。那个模仿团长的动作的库图佐夫随从骠骑兵少尉落到马车后面,他驰到多洛霍夫跟前。

　　骠骑兵少尉热尔科夫有一个时期在彼得堡是属于多洛霍夫所领导的暴徒集团的。在国外热尔科夫看见多洛霍夫是一个士兵,认为没有必要去认他。现在,当库图佐夫跟这个降级的军官谈过话以后,他又怀着老友重逢的喜悦来跟他打招呼。

　　"亲爱的老友,你怎么样?"他在歌声中间说,一边使自己的坐骑合上连队的脚步。

　　"我怎么样?"多洛霍夫冷淡地回答说,"就像你看见的这样。"

　　活泼有力的歌声,给热尔科夫说话时那潇洒愉快的腔调和多洛霍夫回答时故意的冷淡,增添一种特别的意味。

"喂,和长官处得来吗?"热尔科夫问。

"没什么,都是些好人。你是怎么钻到司令部去的啊?"

"临时调来的,该我值班。"

他们沉默了一会儿。

"她从右手袖筒里放出一只鹰。"歌声唱道,一种刚健愉快的感觉油然而生。如果他们不是在歌声中交谈,也许他们会说些别的话。

"听说奥地利人吃了败仗,是真的吗?"多洛霍夫问。

"鬼知道,都这么说。"

"我很高兴。"多洛霍夫简短明快地回答,正符合歌词的要求。

"喂,找一天晚上到我们那里打打'法老'①吧。"热尔科夫说。

"是不是你们的钱太多了?"

"来吧。"

"不行,我已经发过誓了。在没有晋级以前,不喝酒,不赌钱。"

"那有什么,只要一打仗……"

"到时候再看吧。"

他们又沉默了。

"需要什么就来吧,司令部里总有办法……"热尔科夫说。

多洛霍夫冷冷地一笑。

"你尽管放心好了。我需要什么不会去求人,自己能办到。"

"我不过是说……"

"我也不过是说。"

"再见。"

_____

① 法老是古埃及皇帝的称号,此处指一种纸牌赌法。

"祝你健康……"

　……遥望故乡，
　山高路远……

热尔科夫一蹬马刺，马暴跳起来，原地踏了三四下，不知先迈哪条腿，摆好姿势后，驰骋起来，也合着歌曲的拍子越过连队去追赶马车。

<h1 style="text-align:center">三</h1>

检阅回来以后，库图佐夫陪同那位奥地利将军，走进自己的办公室。他把副官叫来，命令他把有关新到部队的情况的文件和先头部队总指挥费迪南大公的信件拿来。安德烈·博尔孔斯基公爵拿着需要的文件走进总司令的办公室。库图佐夫和奥地利军事参议院参议员坐在一幅摊在桌上的作战地图前。

"啊……"库图佐夫打量着博尔孔斯基说，他这声"啊"仿佛是叫副官等一等，随即用法语继续刚开始的谈话。

"我只说一点，将军。"库图佐夫说，他表情优雅，声调悦耳，使人不由得去倾听他从容不迫说出的每一个字。看来，连库图佐夫自己也喜欢听自己说话。"我只说一点，将军，如果问题是以我个人的愿望为转移，弗朗茨陛下的旨意早就执行了。我早就和大公会师了。请相信我的真诚，对于我个人，把军队的最高统率权移交给比我更内行、更能干的将领，而贵国是不乏这样的将领的，从我肩上卸下这副重担，那么对于我个人，倒是一桩可喜可庆的事。但是，客观情况比我们的愿望更强有力，将军。"

库图佐夫微微一笑，那神情仿佛是说："您有充分的理由不相信我，而且不管您对我是相信还是不相信，我是完全无所谓的，但是您没有理由对我说出这一点。这就是问题的所在。"

奥地利将军露出不满意的神色，但是他不得不用同样的腔调回答库图佐夫。

"相反，"他唠唠叨叨气愤地说，这腔调同他的奉承话相矛盾，"相反，陛下极为重视阁下参加我们的共同事业。但是我们认为，目前的迟缓会使俄国军队和他们的统帅失去他们一向在作战中所获得的荣誉。"他把预先准备好的话说完了。

库图佐夫不改笑容地鞠了一躬。

"可是根据费迪南大公殿下最近给我的信，我坚信而且预料，奥军在像马克将军这样能干的副司令指挥下，现在已经取得决定性的胜利，再也用不着我们的帮助了。"库图佐夫说。

奥地利将军紧皱着双眉。虽然还没有关于奥军失败的肯定消息，但是许许多多情况都证实了失利的普遍传闻，所以，关于奥军胜利的设想毋宁说是嘲笑。但是库图佐夫温和地微笑着，他始终带着那副表情，好像是表示他有理由这样设想。的确，马克军队最近来信向他报道了奥军的胜利和最有利的战略形势。

"把那封信拿来。"库图佐夫对安德烈公爵说。"请看看吧。"库图佐夫嘴角噙着讥讽的微笑，用德语向奥地利将军读了费迪南大公来信中的以下一段：

> 我们拥有完全集中的兵力，人数在七万名左右，如敌人渡莱希河，我军定能予以击溃。由于乌尔姆被我占领，多瑙河两岸有利形势已在我军控制之下，因此，如敌人不渡莱希河，我军则可随时强渡多瑙河，冲破敌人交通线，然后我再从多瑙河下游班师回防，不让敌人以全力对付我们的忠实盟友这一企图得逞。这样，我们就可以斗志昂扬地等待俄皇军队完全准备就绪，然后就不难协同一致伺机给敌人安排一个它应得的

命运。①

　　库图佐夫读完这一段，深深叹了一口气，用聚精会神的目光亲切地看了看军事参议院参议员。

　　"可是，大人，您知道有一句明智的格言：应当作最坏的设想。"奥地利将军说，显然想结束说笑，言归正传。

　　他不满意地转脸向副官看了一眼。

　　"对不住，将军，"库图佐夫打断他的话，也向安德烈公爵转过脸来，"我说，亲爱的，你到科兹洛夫斯基那里把我们侦察员的报告全部拿来。这里是诺斯蒂茨伯爵的两封信，这是费迪南大公殿下的信，还有这些，"他一面说，一面递给他几件公文，"根据这些文件用法语清清楚楚拟一个备忘录，把我们所得到的奥国军队行动的全部消息写成一个简单的报告。写好后，呈这位大人过目。"

　　安德烈公爵把头一低，表示从库图佐夫一开口他就不仅明了他已经说的，而且也明了他要对他说的。他收起文件，向他们二人鞠了一躬，就轻轻地在地毯上迈着步子向接待室走去。

　　虽然安德烈公爵离开俄国不久，他在这期间已经有了很多的变化。从他的表情、动作、步态上几乎看不出过去那种佯装、倦怠、懒散的痕迹了。他那样子，正像一个人没有时间去想他给别人什么印象，只忙于一件愉快而有趣的事情似的。他脸上流露出更多的自满和对周围的人满意的神情。他的微笑和眼神也更加光彩照人了。

　　安德烈公爵是在波兰赶上库图佐夫的，库图佐夫待他很亲切，答应不忘记他，对他的态度跟对别的副官不同，带他到维也纳，交给他比较重要的任务。库图佐夫在维也纳写了一封信给他的老同事——安德烈公爵的父亲。

_____

　　① 原文为德语。

"您的儿子，"他写道，"由于他勤奋、坚定、可靠，有希望成为一个出类拔萃的军官。我手下能有这样的下属使我感到幸运。"

在库图佐夫司令部的同事之间以及在军队里，也像在彼得堡上流社会里一样，安德烈公爵有两种完全相反的名声。有一些人，这种人占少数，承认安德烈公爵不论是跟自己还是跟其他所有的人都有所不同，预料他将有远大的前程，听从他，钦佩他，模仿他。和这些人相处，安德烈公爵平易近人，而且心情舒畅。另外一些人，这种人占多数，不喜欢安德烈公爵，认为他是个骄傲、冷酷、令人不快的人物。但是对付这些人时，安德烈公爵善于使他们敬重他，甚至惧怕他。

安德烈公爵从库图佐夫办公室来到接待室，拿着公文走到一位同事、值勤副官科兹洛夫斯基跟前，这位同事正坐在窗口看书。

"什么事，公爵？"科兹洛夫斯基问。

"奉命拟一份备忘录，说明我们为什么不前进。"

"为什么不前进呢？"

安德烈公爵耸了耸肩。

"没有马克将军的消息吗？"科兹洛夫斯基问。

"没有。"

"如果他被击溃的说法属实，消息也该来了。"

"也许是吧。"安德烈公爵说着，朝门口走去。就在这时，一位奥地利将军迎面快步走进接待室，砰的一声把门带上。这位将军显然刚从外地到达，他身材高大，穿常礼服，头上缠着黑布，脖子上挂着一枚玛丽亚·特雷西娅①勋章。安德烈公爵站住了。

"库图佐夫元帅呢？"新到的将军用生硬的德语很快地说，一面向两旁打量着，没有停步，径直朝办公室走去。

---

① 玛丽亚·特雷西娅(1717—1780)从一七四〇年起为奥地利女大公。

"元帅有事。"科兹洛夫斯基一面说,一面急忙向陌生的将军走去,挡住他的去路,"请问将军贵姓?"

那位陌生的将军轻蔑地从上到下看了看身材不高的科兹洛夫斯基,仿佛惊讶他竟不认得他。

"元帅有事。"科兹洛夫斯基平静地重复说。

将军的面色阴沉了,他的嘴唇抽搐一下,打起哆嗦来。他掏出一个笔记本,用铅笔在上面迅速写了几个字,撕下一页交给副官,然后就快步走到窗前,往椅子上一坐,扫视一下屋里的人,仿佛在问:他们为什么都看他?然后将军抬起头伸了伸脖子,好像想说话,但是即刻又像是不经意地哼起歌儿来,发出古怪的声调,随即又煞住。办公室的门开了,门口出现了库图佐夫。缠着头的将军好似回避危险似的,弯着腰,迈起瘦长的腿子,大步流星走到库图佐夫跟前。

"站在您面前的是不幸的马克。"他声音嘶哑地说。

库图佐夫站在办公室门口,脸上的表情有几秒钟凝然不动。然后,皱纹像波浪似的在他的脸上滚过,前额舒展开了;他恭恭敬敬地低下头,闭着眼,默默地让马克先走,随后把门带上。

先前传闻奥军溃败和全军在乌尔姆城下投敌的消息已经得到证实。半小时后,副官们被派往各方面传达命令,说明迄今按兵不动的俄国军队也快要迎战杀敌了。

司令部里只有极少数军官是非常关注战事的全部进程的,安德烈公爵就是其中的一个。看见马克和听见他的军队覆灭的详细经过,安德烈公爵明白,战局已经输掉了一半,俄国军队的处境十分困难。他并且生动地想象到军队将要遇到什么以及他个人在军队中应起的作用。一想到骄傲的奥地利遇到可耻的失败,想到也许再过一星期会看到而且参加在苏沃洛夫以后的第一次俄法战争,他就不由得感到一种激动的喜悦。但是他惧怕可能比俄国军队的勇敢还要高强的波拿巴的军事天才,再说,看着他心目中的英雄丢脸也是他所不能容忍的。

被这些思绪弄得心情激动和烦躁不安的安德烈公爵,回自己的房间去给父亲写信,他每天都给父亲写信。在走廊上遇见同屋的涅斯维茨基和滑稽家热尔科夫,他们像平时一样不知在笑什么。

"你怎么一脸的不高兴?"涅斯维茨基看见安德烈公爵面色苍白,眼睛发亮,便问道。

"没有什么可高兴的。"博尔孔斯基回答说。

正当安德烈公爵与涅斯维茨基和热尔科夫相遇的时候,走廊的另一边迎面走来一位奥地利将军施特劳赫和奥地利军事参议院议员,他们都是昨天刚到,那位奥地利将军是驻在库图佐夫司令部专管俄国军队的给养的。以走廊的宽阔,供两个将军和三个军官各走各的路是绰绰有余的;但是热尔科夫用手推开涅斯维茨基,上气不接下气地说:

"来了!……来了!……闪开,让路!请让路!"

两位将军走过来,看样子他们想避免麻烦的礼节。热尔科夫脸上忽然露出按捺不住的、兴高采烈的傻笑。

"大人,"他走上前去用德语对奥地利将军说,"我荣幸地向您贺喜。"

他低下头,像个学跳舞的孩子似的,笨拙地忽而并起左脚,忽而又并起右脚。

那个奥地利军事参议院议员将军严厉地打量了他一下,可是看见他煞有介事地傻笑着,不能不稍微注意一下。将军眯起眼睛,表示他准备听下去。

"我荣幸地庆贺马克将军驾到,庆贺他平安无事,只不过这儿碰伤了一点。"他指了指自己的脑袋,笑容可掬地补充了一句。

将军皱起眉头,转身走开了。

"天啊,多么天真!①"他走了几步以后,愤愤地说。

涅斯维茨基哈哈大笑,搂住安德烈公爵,但是博尔孔斯基脸色更苍白了,带着愤怒的表情推开他,向热尔科夫转过身去。看见马克的样子,听见他惨败的消息以及想到俄国军队未来可能的遭遇,使他的精神大受刺激,现在针对热尔科夫不合时宜的玩笑,他把心中的愤怒发泄了出来。

"仁慈的阁下,"他声音尖利地说,下巴颏微微颤抖着,"您愿意当一个小丑,我不能阻止,但是我向您声明,如果您再敢在我面前出洋相,我可要让您知道知道,应该怎样约束自己。"

涅斯维茨基和热尔科夫被这个异乎寻常的行动惊呆了,睁大两眼望着博尔孔斯基。

"怎么啦,我只不过祝贺祝贺。"热尔科夫说。

"我不跟您开玩笑,请您住口!"博尔孔斯基大喝一声,拉起涅斯维茨基的手就离开了不知如何回答的热尔科夫。

"你怎么啦,老弟?"涅斯维茨基抚慰地说。

"什么怎么啦?"安德烈公爵说,激动得停住了脚步,"你要知道,我们不是做一名效忠皇上和祖国的军官,为共同的胜利高兴,为共同的失败难过,就是做一个对老爷们的事情漠不关心的奴才。四万人牺牲了,我们的盟军被消灭了,可是你们竟然拿这个开玩笑,"他说,仿佛要用这句法语更加肯定自己的意见,"像您结交的那位先生那样的小人,还情有可原,而您这样就不应该了,不应该了。只有毛孩子才能这样闹着玩。"安德烈公爵看见热尔科夫少尉还能听见他的话,就用带法国口音的俄语补充了一句。

他等了等,看少尉是不是回答。但是少尉转身从走廊里出去了。

---

① 原文为德语。

四

保罗格勒骠骑兵团在离布劳瑙两英里的地方驻防。士官生尼古拉·罗斯托夫所在的骑兵连驻扎在一个名叫扎尔策涅克的德意志村庄里。村中最好的住宅分配给骑兵连长杰尼索夫大尉,他是以瓦西卡·杰尼索夫这个名字闻名整个骑兵师的。士官生罗斯托夫自从在波兰赶上了团队,就和连长住在一起。

十月八日,就是马克失败的消息惊动了整个大本营的那一天,骑兵连部照旧过着平静的行军生活。罗斯托夫一大早骑着马采办粮秣回来,这时,通宵不走牌运的杰尼索夫还没有回家。穿着士官生制服的罗斯托夫催马来到门前,用年轻人灵活的姿势收回一条腿,在鞍镫上站了一会儿,好像不愿离开马背似的,然后纵身跳下马来,喊了勤务兵一声。

"喂,邦达连科,亲爱的朋友,"他对三步并作一步奔到他的马前的骠骑兵说,"遛遛马,朋友。"他说话时仍然带着友善的、快乐的柔和腔调,这种柔和腔调是善良的年轻人在幸福的时刻不论对什么人说话都带有的。

"是,大人。"霍霍尔①快活地摆着脑袋回答说。

另一个骠骑兵也奔到马前,可是邦达连科已经把缰绳甩过来牵到手中了。看来士官生给酒钱很慷慨,伺候他会捞到好处。罗斯托夫摸了摸马脖子,又摸了摸马的臀部,然后在门廊前站住。

"好马! 要成为一匹好马!"他自言自语说,于是面带笑容,手扶马刀,锵锵地响着马刺跑上台阶。房东是德意志人,穿一件卫生

①　"霍霍尔"本指头上的一小撮蓬毛,旧时乌克兰人留这种发式,因此成为乌克兰人的绰号,带轻蔑意味。

衣,戴着睡帽,正在用叉子清除牛粪,他从牛棚里往外张望了一下。他一看见罗斯托夫,立时容光焕发。他高兴地微微一笑,挤了挤眼:"早晨好,早晨好!"①他重复说,看样子,很乐意跟这个年轻人问好。

"已经干起活来了!②"他说,他那兴奋的面孔仍然带着喜悦的、友善的微笑。"奥地利人万岁! 俄罗斯人万岁! 亚历山大皇上,乌拉!③"他把德意志房东常说的这几句话复述了一遍。

房东笑起来,索性走出牛棚,脱掉帽子,举在头顶上挥动着,同时高喊:

"全世界万岁!④"

罗斯托夫和房东一样,在头顶上挥了挥制帽,笑着喊道:"全世界万岁!⑤"虽然没有任何原因可以使这个清扫牛棚的德意志人和带着一排人去领干草的罗斯托夫特别高兴,但这两个人都怀着幸福的喜悦和兄弟般的情谊彼此端详着,摇头晃脑地表示彼此的友爱,他们俩微笑着分开了,德意志人回到牛棚,罗斯托夫走进和杰尼索夫同住的土屋。

"你们老爷怎么了?"他问杰尼索夫的仆人拉夫鲁什卡——他是全团有名的滑头鬼。

"昨晚出去就没回来。准是又输了,"拉夫鲁什卡回答说,"我算是摸透了。赢了钱,早就回来吹牛了。要是早晨还没回来,准是输得精光,窝着满肚子的火回来。您喝咖啡吗?"

"来一杯,来一杯吧。"

十分钟后,拉夫鲁什卡端来了咖啡。

"来了!"他说,"现在该倒霉了。"

罗斯托夫向窗外瞥了一眼,看见杰尼索夫正往回走。杰尼索

---

①②③④⑤　原文为德语。

夫个子很小,红脸膛,眼睛又黑又亮,乌黑的须发蓬蓬松松的。披在他身上的骠骑兵的短斗篷敞开着,肥大的马裤下垂得打着皱褶。揉皱的骠骑兵制帽歪到脑后。他低着头,神色阴沉地朝门廊走过来。

"拉夫鲁-什卡,"他愤愤地大声喊道,连弹舌音也咬不清了,"给我脱,混蛋!"

"我不是正脱着嘛。"拉夫鲁什卡回答说。

"啊!你已经起来了。"杰尼索夫走进屋来,说。

"早起来了,"罗斯托夫说,"我已经领了干草,并且见过玛蒂尔达小姐了。"

"真的吗?老弟,昨晚我像只落水狗,输了个精光!"杰尼索夫喊道,"真倒霉!真倒霉!你一走,我的手气就越来越不行了。喂,拿茶来!"

杰尼索夫皱着眉头,带着一丝苦笑,露出结实的短牙齿,开始用两手短粗的指头搔乱森林般竖着的浓密黑发。

"鬼使神差,叫我去找这个大耗子(一个军官的外号),"他用两手搓搓额头和脸,说,"你想想看,他连一张牌,连半张牌也没有给我。"

杰尼索夫接过递给他的点着了的烟袋,紧紧地攥在手里敲打地板,弄得火星乱迸,继续喊道:

"他见小注就让,见大注就吃。见小注就让,见大注就吃。"

他敲得火星四溅,把烟袋敲坏了,于是扔到一边。他沉默了一会儿,突然抬起一对又黑又亮的眼睛快活地看了看罗斯托夫。

"有女人就好了。不然在这儿除了喝酒就无事可做。快点打起来也好……"

"喂,谁在那儿?"他听见有人踏着沉重的皮靴,响着马刺,停住脚步的声音和小心谨慎的咳嗽声,就转脸对着门口问道。

"司务长！"拉夫鲁什卡说。

杰尼索夫眉头皱得更紧了。

"讨厌，"他一面说，一面把装着不多的金币的钱袋掷过去，"罗斯托夫，亲爱的，数数里面还剩多少，数过以后放到枕头底下。"说着出去见司务长去了。

罗斯托夫拿出钱来，机械地把新旧金币分别摆齐，开始数起来。

"啊！捷利亚宁！你好！昨晚把我剥得精光。"从另一间屋传来杰尼索夫的声音。

"在谁那儿？在大耗子贝科夫那儿吗？……我知道。"另外一个尖细的声音说，接着捷利亚宁中尉走进这边屋里来，他个子很小，也是那个骑兵连的军官。

罗斯托夫把钱袋扔到枕头底下，握了握向他伸过来的湿乎乎的小手。捷利亚宁是在出征前不知何故从近卫军调来的。他在团里表现很好，可是人们都不喜欢他，特别是罗斯托夫，既无法克服也无法掩饰他对这个军官无缘无故的厌恶。

"怎么样，年轻的骠骑兵，我的白嘴鸦好不好？"他问。（白嘴鸦是捷利亚宁卖给罗斯托夫的刚开始调练的小马。）

中尉跟人说话时，从来不看对方的眼睛；他那对眼睛老是东张西望。

"我看见您今天骑来着……"

"不错，是一匹好马。"罗斯托夫回答说，这匹马是七百卢布买的，而实际值不到这个价钱的一半。"左前腿有点瘸……"他又说了一句。

"蹄子裂了！这不要紧的。我教给您，指点您钉什么掌。"

"是啊，请您指点指点。"罗斯托夫说。

"我指点，我指点，这不是秘密。您买这匹马，将来会感激我的。"

"那么我叫人把马牵来。"罗斯托夫说,他想摆脱捷利亚宁,就出去叫人把马牵来。

杰尼索夫蹲在过道的门槛上,手里拿着烟袋,面对着正向他报告什么事的司务长。杰尼索夫看见罗斯托夫,挤了挤眼,用大拇指从肩头上向后指了指捷利亚宁坐着的那间屋,做了个鬼脸,厌恶地打了个寒颤。

"唉,我不喜欢这家伙。"他当着司务长的面,满不在乎地说。

罗斯托夫耸了耸肩,仿佛说:"我也是,可有什么法子呢!"他吩咐过后,就回捷利亚宁那里去了。

捷利亚宁坐在那里,跟罗斯托夫离开他的时候一样,仍然一副懒洋洋的样子,搓弄他那双白净的小手。

"竟有这样讨厌的家伙。"罗斯托夫一面进屋,一面想。

"怎么样,已经吩咐把马牵来了吗?"捷利亚宁一面说,一面站起来漫不经心地四下张望。

"吩咐过了。"

"咱们一块去吧。我不过是来向杰尼索夫问问昨天的命令。杰尼索夫,您接到命令了吗?"

"还没有。您到哪儿去?"

"我想去教年轻人怎样打马掌。"捷利亚宁说。

他们走出门廊,到马棚里去了。中尉讲了讲怎样打马掌,就回去了。

罗斯托夫回来看见桌上摆着酒瓶和灌肠。杰尼索夫坐在桌前刷刷地写字。他阴郁地看了看罗斯托夫的面孔。

"我给她写信。"他说。

他用臂肘倚着桌子,手里拿着笔,显然很高兴他能有机会马上把他想写的话全说出来,于是他对罗斯托夫讲起他写的信。

"你可知道,朋友,"他说,"我们不恋爱,就等于睡大觉。我们是凡夫俗子……可是我们一旦恋爱,就变成神人了,就纯洁得像创世的第一天……又是什么人来了? 滚他的蛋。我没工夫!"他冲着毫不畏惧地向他走来的拉夫鲁什卡喊道。

"还能是谁? 是您亲自吩咐的。司务长领款来了。"

杰尼索夫皱起眉头,想大声嚷嚷什么,但是憋住了。

"真糟糕。"他自言自语说。"钱包里还剩多少钱?"他问罗斯托夫。

"七枚新币,三枚旧币。"

"唉,糟糕! 你干吗像死人一样站着不动,去叫司务长!"杰尼索夫喝令拉夫鲁什卡。

"杰尼索夫,不必客气,把我的钱拿去吧,我有。"罗斯托夫红着脸说。

"我不喜欢向自己人借钱,不喜欢。"杰尼索夫嘟嘟嚷嚷说。

"你要是见外不肯用我的钱,那就是看不起朋友了。真的,我有。"罗斯托夫重复说。

"不,不。"

可是杰尼索夫走到床前,想从枕头底下拿钱包。

"你放在哪儿了,罗斯托夫?"

"在最下面的枕头底下。"

"可是,没有啊。"

杰尼索夫把两个枕头扔到地板上,没有找到钱包。

"真是怪事!"

"等一等,你没有弄掉吧?"罗斯托夫一面说,一面把枕头一个个拿起来抖搂。

他掀起被褥抖了抖。还是没有发现钱包。

"会不会是我忘了? 不会啊,我心里还想,你当宝贝似的枕在头底下。"罗斯托夫说。"我是把钱包放在这儿的。弄到哪儿去了?"他转脸对拉夫鲁什卡说。

"我没进来过。放在哪儿,还应该在哪儿。"

"可是,没有啊。"

"您总是这样,往哪儿一扔,就忘了。您看看您的口袋。"

"不会,如果我心里没有想它是宝贝,那也许会忘,"罗斯托夫说,"我明明记得是放好了的。"

拉夫鲁什卡把整个床都翻腾了一遍,看了看床底下,桌子底下,找遍了整个屋子,然后在屋子中间站住了。杰尼索夫一言不发注视着拉夫鲁什卡的一举一动,当拉夫鲁什卡吃惊地摊开两手,说是到处都没找到的时候,他回头看了看罗斯托夫。

"罗斯托夫,你是不是耍小孩子的把戏……"

罗斯托夫感到杰尼索夫的目光投到他身上,他抬起眼睛,随即垂了下来。本来禁闭在他喉咙底下的全部血液,这时忽然涌到脸上和眼睛里。他喘不过气来。

"屋子里除了中尉和您本人,什么人都没来过。一定在屋里什么地方。"拉夫鲁什卡说。

"住嘴,鬼东西,快给我找去,"杰尼索夫忽然涨红了脸,摆出一副吓人的样子,向仆人扑过去喊道,"非找到不可,不然我要揍人。一个个地揍一遍。"

罗斯托夫避开杰尼索夫的视线,扣起上衣,佩上马刀,戴上军帽。

"我对你说,非找到钱包不可。"杰尼索夫喊着,抓住勤务兵的肩膀摇晃着,把他往墙上撞。

"杰尼索夫,放开他;我知道是谁拿的。"罗斯托夫一面说,一面低头朝门口走去。

杰尼索夫停下来,沉吟了一下,看来他明白了罗斯托夫的意思,于是抓住他的手。

"胡说!"他喊道,他的脖子上和脑门上暴出绳子般粗的青筋,"我说,你发疯了,我不许这样。钱包在这儿,我剥掉这个混蛋的皮,就会在这儿找到了。"

"我知道是谁拿的。"罗斯托夫声音颤抖地又重复一句,朝门口走去。

"我告诉你,不能这么做。"杰尼索夫喊道,向士官生扑过去,想阻拦他。

但是罗斯托夫把手挣脱出来,他凶狠地直盯着杰尼索夫的眼睛,火冒三丈,好像杰尼索夫是他最大的敌人。

"你知道你说的是什么话吗?"他的声音发抖,"除了我,这屋里谁都没来过。如果不是他,那么就是说……"

他说不下去了,从屋里跑出去。

"嘿,随你的便吧,你们爱怎么就怎么吧。"这是罗斯托夫听见的最后几句话。

罗斯托夫来到捷利亚宁的住处。

"老爷不在家,到司令部去了。"捷利亚宁的勤务兵对他说。"出什么事了吗?"勤务兵又加了一句,士官生难看的面色使他吃惊。

"没什么。"

"您早来一步就碰上了。"勤务兵说。

司令部离扎尔策涅克村三俄里。罗斯托夫没有回家,要了一匹马,骑上就往司令部去了。司令部驻扎的那个村子有一家酒馆,军官们常常光顾。罗斯托夫来到这家酒馆,看见门廊旁拴着捷利亚宁的马。

中尉坐在酒馆的第二间屋里,面前摆着一盘小灌肠和一瓶酒。

"啊,您也来了,年轻人。"他说,微笑着,高高地扬起眉毛。

"嗯。"罗斯托夫说，他好像费了很大劲才说出这个字，在邻近的桌旁坐下。

两人都不出声，屋里坐着两个德意志人和一个俄国军官。大家都不说话，只听见餐刀碰击盘子的声音和中尉吃饭的声音。捷利亚宁吃完了早饭，从口袋里掏出一个对折的钱包，弯弯地翘起又白又小的手指拉开钱包的环儿，取出一枚金币，扬起眉毛，把钱交给侍者。

"劳驾，快点。"他说。

金币是新的。罗斯托夫站起来走到捷利亚宁面前。

"让我看看钱包。"他说，声音低得几乎听不见。

捷利亚宁眼珠子骨碌碌地乱转，老是扬着眉毛，把钱包交了出来。

"是的，是个好钱包……是的……是的……"他说，面色突然苍白了。"瞧瞧吧，年轻人。"他又说。

罗斯托夫接过钱包来瞧了瞧，又瞧了瞧里面的钱，还瞧了瞧捷利亚宁。中尉照他的老习惯东张西望，忽然间，他变得好像十分快活似的。

"要是到维也纳，我一定把钱花光，如今在这种糟糕的小城镇上，有钱也没处用，"他说，"好了，给我吧，年轻人，我要走了。"

罗斯托夫沉默着。

"您怎么样？也要吃早饭吗？饭菜挺不坏。"捷利亚宁继续说，"给我吧。"

他伸手抓住钱包。罗斯托夫把手松开了。捷利亚宁拿过钱包就揣进马裤兜里，不在意地挑起眉毛，微微张着嘴巴，仿佛在说："是的，是的，我把自己的钱包揣到兜里，这是最平常的事，跟谁都不相干。"

"怎么啦，年轻人？"他叹了口气，说道，从扬起的眉毛底下看了看罗斯托夫的眼睛。一道目光从捷利亚宁眼睛里闪电般地向罗斯托夫的眼睛投来,从罗斯托夫的眼里又折回去,再折回来,又折回去,这一切都发生在一瞬间。

"到这边来。"罗斯托夫一面抓住捷利亚宁的手,一面说。他几乎拖着他走到窗口。"这是杰尼索夫的钱,是您拿了……"他附在他的耳边低声说。

"什么?……什么?……您开玩笑?什么?……"捷利亚宁说。

可是他说话的声音,像是悲哀的、绝望的嚎叫,又像是乞求饶恕。罗斯托夫一听他这声音,心中的疑团就像一块大石头落了地。他感到一阵轻快,就在同一瞬间,他又觉得站在他面前的这个倒霉的家伙怪可怜的;但事情既然开了头,就得做到底。

"这儿有人,人家会有莫名其妙的想法,"捷利亚宁咕哝说,拿起军帽向另一间不大的空房走去,"需要解释一下……"

"这个我认得出,我能证明。"罗斯托夫说。

"我……"

在捷利亚宁那副受惊而苍白的脸上,全部肌肉都在打战。他的眼睛还是乱转,但已不敢抬起来看罗斯托夫的脸,只是往下看,他抽抽噎噎地哭起来。

"伯爵!……不要把一个年轻人给毁了……这些倒霉的钱,您拿去吧……"他把钱扔到桌上,"我有老父老母!……"

罗斯托夫避开捷利亚宁的目光,拿起钱,一言不发,就走出屋去。但是他在门口停住了,又转回来。

"我的天哪,"他眼里含着泪水,说道,"您怎么干出这等事?"

"伯爵。"捷利亚宁向士官生走拢来,说道。

"不要挨近我,"罗斯托夫向一旁闪开,说道,"您要用钱,就把这拿去吧。"他把钱包扔给他,就从酒馆里跑了出来。

五

就在当天晚上,骑兵连的军官们在杰尼索夫屋里进行了一场热烈的谈话。

"您听我说,罗斯托夫,您应当向团长道歉。"一个身材高大、头发斑白、大胡子、大脸盘上满是皱纹的骑兵上尉,对激动得面红耳赤的罗斯托夫说。

这个骑兵上尉基尔斯坚曾经两次因决斗而降为士兵,而两次都复了原职。

"不管谁说我撒谎,我都不答应!"罗斯托夫大声喊道,"他说我撒谎,我也说他撒谎。事情就是这样。可以天天派我值班,也可以逮捕我,可是谁也不能强迫我道歉,如果他认为自己是团长就不屑于赔偿我名誉①,那么……"

"您等一等,老弟。您听我说,"骑兵上尉一面用他那低沉的声音插嘴说,一面心平气和地将他那两撇长胡子,"您当着别的军官的面说有一个军官偷窃……"

"当着别的军官的面谈起这件事,我并没有错。也许不该当着外人谈这种事,可我不是外交家。我就是因为骑兵队里用不着这么多的讲究才来当骑兵的,可是他说我撒谎……那他就得赔偿我名誉……"

"您说的都对,谁也不会说您是胆小鬼,但是问题不在这儿。您问问杰尼索夫,士官生要求团长赔偿他名誉,这像话吗?"

杰尼索夫咬着胡子,神色阴郁地听着,看来他是不想参与这场谈话的。他对骑兵上尉提出的问题不赞成地摇了摇头。

---

① 要求赔偿名誉即要求对方接受决斗的挑战。

"您在军官们面前对团长说这种下流勾当，"骑兵上尉继续说，"波格丹内奇（团长的名字）制止了您。"

"不是制止，而是说我撒谎。"

"是的，您对他说了些蠢话，应当道歉。"

"绝对办不到！"罗斯托夫喊道。

"没想到您会这样，"骑兵上尉认真地板起面孔说，"您不想道歉，可是，老弟啊，您不仅对不起团长，而且也对不起全团，对不起我们大家。本来嘛，您事先应当好好想想，跟旁人商量一下，看看这件事该怎么办，可是您不管三七二十一当着军官们的面全给抖搂出来了。现在叫团长怎么办呢？把那个军官交出去受审，使全团蒙受耻辱吗？为了一个坏蛋而让全团丢脸吗？依您看，这是可以的？依我们看，不能这样。波格丹内奇做得漂亮：他说您说的不是实话。话虽然不中听，可有什么办法呢，老弟？是您自找的嘛。现在大家都想把事情暗中了结，而您为了顾全面子不愿道歉，反而要把一切都抖搂出来。让您多值几天班，您就觉得委屈，可是向一个可敬的老军官道歉，怎么就委屈了您呢！不管怎么说，波洛丹内奇是一个勇敢的、可敬的老团长，可是您觉得委屈；给团队脸上抹黑，您倒不在乎！"骑兵上尉的声音开始打颤，"老弟，您在团里呆不了几天；今天在团里，明天就被调去当副官。您不在乎人家说：'保罗格勒团的军官中有小偷！'我们可不是无所谓的。是不是这样，杰尼索夫？不是无所谓的吧？"

杰尼索夫始终一声不响，也不动弹，只是有时用他那又黑又亮的眼睛看看罗斯托夫。

"您为了顾全个人的面子，不肯道歉，"骑兵上尉继续说，"可是我们这帮老人，都是在团队里长大的，死也死在团队里（听上天之命），所以团队的荣誉对我们是宝贵的，波格丹内奇也是知道这一点的。唉，您不知是多么宝贵，老弟！这样不好，不好！不管您生不生气,我还是要把真情实话说出来。不好!"

骑兵上尉站起来,背过脸去不看罗斯托夫。

"说得对,对极了!"杰尼索夫跳起来说,"怎么样,罗斯托夫,说话啊!"

罗斯托夫脸红一阵,白一阵,他看看这个军官,又看看那个军官。

"不是,诸位,不是……您不要以为……我完全明白,您那样看我就错了……我……为我自己……为团队的荣誉……您不信?我在实际行动中做给你们看,团旗的荣誉对于我也同样……不管怎么说,反正是我的错!……"他眼里含着眼泪,"我错了,完全错了!……您还要怎么样呢?……"

"这就对了,伯爵。"骑兵上尉转过身来喊道,抬起他那巨大的手掌拍了拍他的肩膀。

"我跟你说了吧,"杰尼索夫大声说,"他是个好人。"

"这样才好,伯爵,"骑兵上尉重复说,好像为了嘉奖他认错,才尊称他的封号,"您去道一下歉,阁下。"

"诸位,一切我都办得到,我决不对任何人再讲一句,"罗斯托夫用恳求的声音说,"但是我不能道歉,随你们怎么办,我真的不能!我怎么能去道歉,像个孩子似的请求饶恕?"

杰尼索夫大笑起来。

"这对您更糟。波格丹内奇爱记仇,您这样固执会受到报复的。"基尔斯坚说。

"老实说,不是固执!我对您说不清是一种什么感情,说不清楚……"

"那就随您的便吧。"骑兵上尉说。"那个坏东西躲到哪儿去了?"他问杰尼索夫。

"他说他病了,明天就下令开除他。"杰尼索夫说。

"只能说因病,不能用别的解释。"骑兵上尉说。

"不管是病不是病,不要叫他碰见我——我会杀死他的!"杰尼索夫凶神恶煞似的大声说。

热尔科夫走进屋来。

"你怎么啦?"军官们立刻转脸对着进来的人。

"进军,诸位。马克被俘,全军投降了。"

"胡说!"

"我亲眼看见他的。"

"怎么? 你看见马克还活着? 有胳膊有腿儿的?"

"进军! 进军! 他带来这个消息,该请他喝一瓶酒。你怎么到这儿来了?"

"又被派到团里来了,就是因为马克那个老鬼。奥地利将军告了我一状。我向他庆贺马克驾到……你怎么啦,罗斯托夫,怎么好像刚从澡堂子里出来的?"

"我们这儿从昨天起就一团糟,老弟。"

团部的参谋来了,他证实了热尔科夫带来的消息。命令明天出发。

"要进军啦,诸位!"

"谢天谢地,可待腻了。"

六

库图佐夫向维也纳方向退却,一路破坏身后的桥梁(因河上布劳瑙城的桥和特劳恩河上林茨城的桥)。十月二十三日,俄军抢渡恩斯河。当天中午,俄军的辎重队、炮队和士兵纵队分两路从桥上通过恩斯城。

正当温暖多雨的秋天。掩护桥梁的俄军炮垒所在的高地前面一片开阔的远景,时而被斜风细雨的薄纱帷幕遮掩着,时而展现开来,阳光下的景物好像涂了一层漆,离得老远也看得清清楚楚。脚下小城里白屋红顶、教堂和桥——桥两边潮水般涌过的俄国军队,都历历在目。还能看见多瑙河湾的船只和小岛,为恩斯河和多瑙河的汇流所环绕的一座花园城堡,多瑙河左岸松林覆盖的陡崖峭壁和那神秘远方的翠绿的峰峦和蔚蓝的峡谷。还能看见高耸在似乎从未采伐过的野生松林后面的修道院塔楼,以及恩斯河对岸远山上敌人的侦察骑兵。

在高地的群炮中,一个指挥后卫部队的将军带着一名侍从军官站在前面用望远镜观察地形。稍后一点,由总司令派到后卫队来的涅斯维茨基坐在炮架尾部。跟随涅斯维茨基的哥萨克兵把行囊和水壶递过来,于是涅斯维茨基请军官们吃油炸包子和真正的茴香甜酒。军官们兴致勃勃地围着他,有的跪在潮湿的草地上,有的像土耳其人那样盘腿坐着。

"这位奥地利公爵真不赖,在这儿修一座城堡。好地方。你们为什么不吃,诸位?"涅斯维茨基说。

"多谢,公爵,"一位军官回答说,跟这么一位重要的参谋人员谈话,他觉得很荣幸,"美丽的地方。我们从花园旁边经过时,看见两只鹿,房子美极了!"

"您瞧,公爵,"另外一位军官说,他很想再吃一个包子,但是不好意思,于是装作观察地形,"您瞧,咱们的步兵已经到了那儿。就在那儿,在村后的草地上,三个人在拖什么东西。他们要去侦察这座城堡。"他带着明显的赞许神情说。

"对了,对了,"涅斯维茨基说,"不过,我倒很想,"他一面用他那好看的、湿润的嘴嚼包子,一面又说,"上那儿去一趟。"

他指了指那边山上带塔楼的修道院。他微微一笑,眼睛眯得细细的,放出光来。

"那才叫美气呢,诸位!"

军官们大笑起来。

"吓唬吓唬那些修女也好。据说有年轻的意大利姑娘呢。真的,我宁愿少活五年!"

"反正她们也够憋闷的。"一个胆子比较大的军官笑着说。

其间,站在前面的侍从军官指给将军看一件什么东西,将军拿起望远镜观察。

"真的,真的,"将军气愤地说,拿开望远镜,耸了耸肩,"一点不错,敌人要炮击渡口了。他们还在那儿磨蹭什么?"

河对岸,肉眼就可以看见敌人和他们的炮垒,炮垒冒出乳白色的烟雾,跟着传来远方的爆炸声,可以看见我军正忙着过河。

涅斯维茨基大声喘着气,站起来,满脸含笑走到将军面前。

"大人,请吃一点,好吗?"他说。

"事情不妙,"将军没有回答他的话,说道,"咱们的人动作太迟缓了。"

"我去一趟好不好,大人?"涅斯维茨基说。

"好,请您去一趟,"将军说,他又复述一遍已经发出的详细命令,"告诉骠骑兵,依照我的命令,最后过来的把桥烧掉,并且再检查一次桥上的引火物。"

"好极了。"涅斯维茨基答道。

他叫哥萨克兵牵过马来,吩咐收起行囊和水壶,轻轻地把他那沉重的身体翻到鞍镫上。

"我真的要找修女去了。"他对微微含笑望着他的军官们说,于是沿着羊肠小道向山下驰去。

"喂,上尉,打一炮,看看能射多远!"将军转身对一个炮手说,"给大家解解闷儿。"

"炮手们就位!"一个军官发出口令,顷刻之间,炮手们都高高兴兴地从篝火旁跑去装炮弹。

"一号,放!"发出一声命令。

一号炮手赶快跳开。大炮发出震耳的金属声,榴弹从山下我军的头上呼啸而过,落地后冒起一股白烟,爆炸了,炮弹离敌人还很远。

一听见这声炮响,士兵和军官都喜笑颜开了;大家一齐站起来观看了如指掌的山下我军的行动和前方渐渐逼近的敌军的行动。这时,太阳完全从乌云里露出来,这一声孤零零的悦耳的炮响,加上那灿烂的阳光,给人一种振奋的、愉快的印象。

七

桥的上空已经飞过两颗敌人的炮弹,桥上挤得水泄不通。涅斯维茨基走到桥中间下了马,他那肥胖的身躯紧贴着栏杆,站着不动了。他笑着回头看了看在他后面几步远牵着两匹马停住的哥萨克兵。涅斯维茨基刚想向前移动,士兵和大车又向他拥来,又把他挤到栏杆上,他毫无办法,只是苦笑。

"你这人真是,老弟!"哥萨克兵对一个赶车的辎重兵说,这个士兵从车马旁成群的步兵中硬挤过去,"你这家伙!你好不好等一等:你没看见将军要过桥吗?"

可是,那个辎重兵并不理会有人提起将军,照样大声吆喝那些挡住去路的士兵。

"喂!老乡!靠左走,等一下!"

可是,老乡们肩膀挤着肩膀,刺刀碰着刺刀,黑压压的一片从桥上川流不息地走过。涅斯维茨基凭栏往下望了望,只见恩斯河浪头不高,然而喧嚣而湍急,波涛流至桥桩附近,汇集起来,泛起粼粼的波纹,然后绕过去,你追我赶地奔腾前进。他望了望桥上,看见是同样清一色的士兵的波涛——士兵,带饰,带布罩的高筒军帽,背囊,刺刀,长枪,还有军帽下宽颧骨、凹腮帮、没精打采的面孔,以及踏着被带到桥板上的泥泞行走的脚。有时,有如恩斯河浪涛中溅起一点白沫,在士兵的波涛中夹带着一个披斗篷、面孔跟士兵不同的军官。有时,好像河中一块打旋的木片,桥上走过被士兵的波涛卷走的一个步行的骠骑兵、勤务兵或者居民。有时,宛如漂在河上的大木头,从桥上漂过一辆由众人簇拥着的连队的或者军官的大车,车上装得满满的,盖着皮子。

"你瞧,像堤坝决了口似的,"哥萨克兵毫无办法地站在那儿说,"人还多吗?"

"差一个一百万!"一个身穿破大衣、从近旁走过的快乐的士兵挤了挤眼说,即刻就不见了。

"要是他(他指的是敌人)这时候往桥上送煎饼,"一个老兵对他的同伴阴沉地说,"那你就想不起抓痒了。"

这个老兵也过去了。他后面过来一个坐在大车上的士兵。

"鬼东西,包脚布塞到哪儿去了?"一个勤务兵跟着车跑,一面摸索着大车的后部,一面说。

这个兵也随着大车过去了。

在这后面,过来几个兴高采烈的、看样子是喝了酒的士兵。

"只见他,我的好人儿,抢起枪托对准牙齿就是一下……"一个把大衣掖得高高的士兵大摇大摆着一只胳膊,高高兴兴地说。

"对了,对了,就是那好吃的火腿。"另一个士兵哈哈大笑回答说。

他们也过去了,涅斯维茨基没有听出究竟打了谁的牙齿,火腿又是指的什么。

"看他们慌张的!他才放一炮,就以为全要完蛋了。"一个军士带着气愤和责备的神情说。

"那家伙！大叔,我是说炮弹,一从我身旁飞过去,"一个大嘴巴的年轻士兵忍不住要笑出声来,说,"就把我吓昏了。说真的,吓死了,可了不得!"那个士兵说,仿佛是在吹嘘他害怕似的。

这个士兵也过去了。后面跟着一辆大车,这辆大车跟以前过去的大车都不一样。这是德式双套大车,车上载的似乎是全部的家私。一个德意志男人在前头引着牲口,车后拴着一头乳房肥大的美丽的大花牛。羽毛褥子上坐着一个怀抱婴儿的老妇和一个年轻壮实、面颊鲜红的德意志少女。看来,这辆难民车的通行是得到特别的许可的。士兵的眼睛都转到妇女们身上,当大车一步步走过时,士兵们谈论的都是与这两个女人有关的话。所有的面孔几乎一律流露出对妇女含有猥亵念头的笑容。

"瞧,德国灌肠①也逃难了!"

"把女人卖给我吧。"另一个士兵对德意志人说,把"卖"字说得特别重,那个德意志人又气又怕,垂着眼皮大踏步地走着。

"瞧打扮得多漂亮！鬼东西!"

"你在她家里扎营该多好,费多托夫!"

"我是见识过的,老弟!"

"你们到哪儿去?"一个吃着苹果的步兵军官问道,他也似笑非笑地望着那个好看的姑娘。

德意志人闭了闭眼,表示他听不懂。

"你要不要,要就给你一个。"军官一面说,一面递给姑娘一个苹果。

姑娘笑了笑,接过了苹果。涅斯维茨基像所有桥上的人一样,当两个妇女坐车走过时,也目不转睛地望着她们。她们过去后,走过来的又是同样的士兵,谈着同样的话,后来,大家都停住了。正

---

① 德国灌肠是德意志人的外号。

像常有的情形,桥头某连辎重车的马不肯走了,一大群人都得等着。

"干吗都停着不动?一点秩序也没有!"士兵们说,"你往哪儿挤?见鬼!不能等一等吗?他要是轰桥,就更糟了。瞧,把那个军官挤的。"站着的人你看看我,我看看你,七嘴八舌地谈起来,还是一个劲地往桥头上挤。

涅斯维茨基正往桥下看恩斯河的流水,忽然听见一种他觉得异样的声音,仿佛有个东西迅速地移近……这东西很大,噗通一声落入水里。

"好家伙,射到哪儿去了!"站在近旁的士兵回头望了望噗通落水的地方,厉声说道。

"他是来给咱们加油的,催咱们快点过桥。"另一个心神不安地说。

人群又移动了。涅斯维茨基明白这是炮弹。

"喂,哥萨克,把马牵来!"他说,"唉,弟兄们,闪开!闪开点!让路啊!"

他费了很大的劲才挤到马跟前。他一面不停地喊叫,一面向前移动。士兵们向一旁挤了挤,给他让出路来,可是重又向他挤过来,甚至踩着他的脚,这并不能怪离得最近的人,因为后面的人挤得更厉害。

"涅斯维茨基!涅斯维茨基!你这个鬼东西!"这时身后传来沙哑的声音。

涅斯维茨基回头望了望,离他十五步远,隔着一堆活的物体——移动着的步兵,他看见了面孔通红、头发又黑又乱、军帽歪到脑后、剽悍地斜披着披肩的瓦西卡·杰尼索夫。

"你给这些魔鬼下令,叫他们让路。"杰尼索夫喊道,看样子他那火暴性子又上来了。他那对黑炭般的眼珠在发红的眼白中闪光和乱转,他那跟脸一样红的未戴手套的小手握着未出鞘的军刀,挥舞着。

"唉！瓦夏！"涅斯维茨基高兴地回答,"你怎么啦？"

"骑兵连过不去。"瓦西卡·杰尼索夫凶狠地露出雪白的牙齿,用马刺刺着他那匹乌黑的贝杜英①骏马,大声喊叫着。那匹马撞到刺刀上,耳朵直哆嗦,嘶叫着,从马衔铁喷射着白沫,摇响铃铛,跺响桥板,看样子,只要骑者允许,它准备越过桥栏杆跳下去。

"这是怎么啦？ 像一群羊,活像一群羊！ 走开……让路！……站住！那辆大车,他妈的！我要砍了！"他一面喊,一面真的抽出马刀,挥舞起来。

士兵们带着恐惧的表情互相挤了挤,于是杰尼索夫向涅斯维茨基走过去。

"你今天怎么没有喝酒？"杰尼索夫走到跟前时,涅斯维茨基问他。

"连喝酒的工夫都没有！"瓦西卡·杰尼索夫回答说,"团队整天东拉西扯。要打就痛痛快快地打。鬼晓得这是怎么回事！"

"你今天打扮得好漂亮！"涅斯维茨基打量着他的新披肩和新鞍垫,说道。

杰尼索夫笑了笑,从图囊里掏出一块喷香的手绢,向涅斯维茨基的鼻子伸过去。

"那可不行,去打仗嘛！我刮了脸,刷了牙,洒了香水。"

身边带有哥萨克卫兵的涅斯维茨基那副威风凛凛的姿态,再加上挥舞着马刀、拼命叫喊的杰尼索夫那副坚决的神情,发生了效力,他们挤到那边桥头,把步兵挡住了。涅斯维茨基在桥头找到了那个应当接受命令的团长,完成了任务,就回去了。

---

① 贝杜英是游牧的阿拉伯人。

腾清了道路，杰尼索夫就在桥头停住。他一面漫不经心地勒住顿着蹄子想找自己同类的公马，一面望着迎面走来的连队。桥板发出清脆的马蹄声，仿佛有几匹马在驰骋似的。连队分成四人一排，由军官们带领着，络绎不绝地从桥上走过，排头已经开始走出对面的桥头。

停住的步兵麇集在踩得稀烂的泥泞的桥头，怀着不同的兵种碰到一起常有的那种含有疏远和讥笑的特别敌视的心理，观看从他们身旁整整齐齐走过的服装整洁而且讲究的骠骑兵。

"小伙子穿得倒漂亮！就等着逛波德诺文斯克庙会！"

"他们有什么用！只能拿来摆摆样子！"另一个人说。

"步兵，不要扬土！"一个骠骑兵打趣说，他骑的那匹马一翻蹄子，溅了那个步兵一身泥浆。

"叫你背着背囊行两次军，准得把你那细带子磨破，"那个步兵一面用袖子擦脸上的泥，一面说，"那你就没人样了，只像只鸟落在马背上！"

"济金，要是把你放在马背上，你就神气了。"上等兵对一个被背囊压得弯着腰的瘦小的士兵嘲笑道。

"在胯裆里夹根小棍，那就是你的马了。"一个骠骑兵接过来说。

八

其余的士兵聚在桥头，成漏斗形匆匆过桥。大车终于过完了，拥挤的情形减轻了些，最后一营人也已经走到桥上。只有杰尼索夫骑兵连留一部分人在桥那边阻击敌人。从这边山上可以遥遥望见敌人，可是从下面桥上还看不见，因为从河水流过的谷地往前不到半俄里有一处高地遮住了地平线。前面是一片荒原，那儿偶尔有小股侦察兵在移动。突然,对面山坡路上出现了穿青色外套的军队和炮兵。这是法国人。哥萨克侦察兵飞马下山。杰尼索夫骑兵连的每个军官和士兵,虽然极力谈些不相干的话,眼睛向一旁张望,而心里却不断地寻思那边山上的情况,不断地注视地平线那边出现的黑点,他们认出那就是敌人。午后又放晴了,灿烂的阳光照耀着多瑙河和周围黑色的群山。四外静悄悄的,从那边山上偶尔传来敌人的号角声和呐喊声。在骑兵连和敌人之间,除了零星的侦察兵之外,已经没有什么人了。双方的距离是三百来俄丈①的空地。敌人停止了射击,而这使人更清楚地感觉到那条把两军分开的严峻可怕、不可逾越、难以察觉的界线。

"只要向这条生与死的分界线迈出一步,就意味着不可知,意味着苦痛和死亡。那边是什么?谁在那边,在田野、树木、阳光照耀着的屋顶后面?谁也不知道,但是很想知道。越过这个界线是可怕的,但是很想越过它。你知道早晚总得越过它,弄清楚界线那边是什么,正像不可避免地要弄清楚死亡的后面是什么一样。而你本人是身强力壮的,快乐紧张的,你身边的人们也同样健康,紧张,活泼。"凡是看到敌人的人,即使不是这么想,也是这么感觉,而这种感觉给这时发生的一切增添一种特殊的光彩和使人高兴的强烈印象。

敌方山头上冒起一股硝烟,一颗炮弹呼啸着从骑兵连头上飞过。聚成一堆的军官各就各位散开了。骠骑兵尽力把马排齐。骑兵连鸦雀无声。大家望望正前方的敌人,望望连长,等待着命令。接着飞来第二颗、第三颗炮弹。显然是向骠骑兵射击的,但是炮弹有节奏地呼啸着从骠骑兵头上迅速飞过,落到后面什么地方去了。骠骑兵目不旁视,但是每次传来炮弹飞过的声音,全连队仿佛遵照

---

① 1俄丈合2.134米。

命令似的，都带着既单调而又复杂的表情屏住呼吸。当炮弹飞过时，都在鞍镫上欠欠身子，然后再坐下来。士兵们连头也不回，只斜起眼睛，彼此好奇地看看同伴的反应。从杰尼索夫到号兵，每个人的脸上，在嘴唇和下巴附近，都出现一种内心斗争、急躁和激动的表情。司务长面色阴沉地打量着士兵，仿佛要用惩罚来吓唬人似的。士官生米罗诺夫每次听见炮弹飞过都弯下身子。罗斯托夫站在左翼，骑着他那匹腿有点毛病的骏马"白嘴鸦"，露出幸福的神情，就像一个被叫到大庭广众面前应试的小学生，相信自己准有把握取得优等成绩似的。他目光炯炯地环顾众人，好像请大家注意他在炮火下是多么镇静。但是在他脸上嘴角附近，违反他的意志，也出现那种与平时不同的严厉的表情。

"谁在那儿哈腰鞠躬？士官生米罗诺夫！那样不好！您看我！"杰尼索夫喊道，他在一个地方待不住，骑着马在连队前转来转去。

翘鼻子、黑须发的瓦西卡·杰尼索夫那副面孔，以及他那短小结实的身量，握着出鞘的刀柄的青筋暴露的手指（短手指上长满了毛），完全跟平时的神情一样，特别是跟他傍晚喝了两瓶酒以后的神情一样。不过脸比平时更红，他像一只喝水的小鸟，高高地昂起他那头发蓬松的头，两条腿下死劲地把马刺对着那匹骏马贝杜英的两肋刺下去，身子好像要向后倾倒似的驰到连队的另一翼，嗓子嘶哑地喊着，叫大家察看一下手枪。他纵马到基尔斯坚跟前。这个上尉骑着一匹老实的宽背母马向前跨出一大步迎着杰尼索夫。长胡子上尉跟平时一样严肃，只是眼睛比平时更亮。

"怎么样？"他对杰尼索夫说，"这场仗打不起来。你看吧，咱们准得后撤。"

"鬼知道他们在干什么！"杰尼索夫抱怨道。"啊！罗斯托夫！"他看见士官生满脸的高兴，对他喊了一声，"这回你可等到了。"

他赞许地微微一笑，看样子对士官生很满意。罗斯托夫觉得他幸福极了。这时团长在桥上出现了。杰尼索夫向他驰去。

"大人！请下进攻令！我把他们打回去。"

"进什么攻，"团长用枯燥乏味的声调说，好像要赶走讨厌的苍蝇似的皱起眉头，"您为什么站在这儿不动？没有看见左右两翼都在后撤吗？把骑兵连带回去。"

骑兵连过了桥，退出了大炮射程，没有损失一个人。接着，本来展开散兵线的第二骑兵连也过了桥，最后几个哥萨克兵也从那边撤净了。

保罗格勒团的两个骑兵连过桥以后，一前一后向山上撤退。团长卡尔·波格丹内奇·舒伯特骑着马向杰尼索夫的骑兵连走去，他在离罗斯托夫不远的地方缓步徐行，但是并不注意他，虽然为捷利亚宁的事发生冲突以后，这是他们第一次见面。罗斯托夫感到他在前线的顶头上司正是他这时觉得对不住的这个人，他目不转睛地盯着团长大力士般的背脊、淡黄头发的后脑和通红的脖颈。罗斯托夫有时觉得波格丹内奇只不过装出不注意的样子，其实他这时全部的目的是在考验士官生的勇敢，于是他挺直腰杆，快快活活地东张西望。他有时觉得，波格丹内奇有意走得很近，向罗斯托夫表现他的勇敢。有时他想，他的仇人为了惩罚他罗斯托夫，这时有意要派骑兵连冒死去冲锋陷阵。有时他又想，在冲锋陷阵后，他走到他面前，他将会向受伤的他宽宏大量地伸出和解的手。

保罗格勒团的人所熟悉的、肩头高高耸起的热尔科夫的身影向团长驰来。热尔科夫不久前才离开团队。他被赶出司令部后，没有在团队待下去，他说他不是傻瓜，净在前线干些苦差事，在司令部不干事也能得到更多的报酬，于是他设法在巴格拉季翁手下谋得一个传令官的差事。他带着后卫司令官的命令来见他以前的长官。

"团长，"他带着阴郁而严肃的神色，一面张望着过去的伙伴，一面对罗斯托夫的仇人说，"命令停下来，把桥烧掉。"

"给谁的命令？"团长不高兴地问。

"我也不知道是给谁的命令，团长，"这个骑兵少尉严肃地回答，"不过公爵命令我：'去告诉团长，叫骠骑兵快点回来，并且把桥烧掉。'"

在热尔科夫之后，一个侍从武官带着同样的命令来见骠骑兵团长。在侍从武官之后，涅斯维茨基骑着一匹哥萨克马驰来，那匹马驮着肥胖的涅斯维茨基吃力地飞奔着。

"怎么回事，团长，"马还在跑着他就喊起话来，"我跟您说过要把桥烧掉，不知是谁给搞错了，他们在那边都急疯了，弄得莫名其妙。"

团长不慌不忙地止住了团队，向涅斯维茨基转过身来。

"您跟我说过引火物的事，"他说，"可是您并没有跟我说过放火烧桥的事。"

"怎么可能呢，我的老爷子，"涅斯维茨基勒马，脱下军帽，用胖胖的手抚弄汗湿的头发，说道，"既然放下了引火物，怎么可能没有说烧桥呢？"

"我不是您的'老爷子'，校官先生，您没说要我烧桥！我懂得公事，我习惯严格执行命令。您说过把桥烧掉，可是由谁来烧，我怎么能知道……"

"咳，总是这样。"涅斯维茨基把手一挥，说道，"你怎么在这儿？"他向热尔科夫转过脸来。

"也是为了这件事。你浑身湿透了，让我来给你拧干吧。"

"您说过，校官先生……"团长用气愤的腔调继续说。

"团长，"侍从武官插进来说，"快点动手吧，不然敌人就要推进大炮发射霰弹了。"

团长沉默地看看侍从武官,看看肥胖的校官,看看热尔科夫,脸子沉了下来。

"我一定烧桥。"他用庄重的声调说,他这样好像是表示,虽然发生一些使他不愉快的事,但他仍然尽到应尽的责任。

团长用他那筋肉发达的长腿把马一拍(仿佛都是马的过错似的),跑到前面,命令第二骑兵连——就是罗斯托夫在杰尼索夫手下服务的那一连,转回桥上去。

"果然如此,"罗斯托夫想道,"他想考验我!"他的心紧缩了,血涌到脸上。"让他看看我是不是胆小鬼。"他想道。

骑兵连全体官兵的快活的脸上,又露出刚才站在炮火下那种严肃的表情。罗斯托夫一直用眼睛盯着他的仇人团长,想从他的表情上证实他的猜测。但是团长连一眼也没有瞧他,他跟往常在前线上一样,目光严厉而庄重。命令发出了。

"快!快!"他附近同时发出几个声音。

骠骑兵急忙下马,弄得马刀绊住了缰绳,马刺叮当乱响,连他们自己也不知道要干什么。骠骑兵人人都画了十字。罗斯托夫不再观察团长——他没有这个工夫了。他怕落在骠骑兵后面,简直怕得心都停止跳动了。当他把马交给饲养员的时候,他的手发抖了,他觉得血液突突地往心里涌。杰尼索夫向后仰着身子,喊叫着从他身旁驰过。罗斯托夫什么也看不见,只见眼前奔跑的骠骑兵,他们的马刺跌跌绊绊,马刀锵锵作响。

"担架!"后面传来喊声。

罗斯托夫没有去想要担架是什么意思,他奔跑着,努力跑到所有人的前面。可是到了桥头,他没有留意脚下,踏进又烂又粘的泥里,绊了一下,两手着地跌倒了。别人赶过了他。

"靠两边走,上尉。"他听见团长的声音,团长本来是在前面走的,这时在离桥头不远的地方勒住了马,脸上露出洋洋得意和高兴的神情。

罗斯托夫擦了擦沾满泥污的两手,望望自己的仇人,想要再往前跑,以为向前跑得越远越好。可是波格丹内奇喝住了他,虽然他没有看见也没有认出罗斯托夫。

"谁在桥中间乱跑?靠右边!士官生,回来!"他怒冲冲地喊道,然后向杰尼索夫转过身来,这时杰尼索夫为了炫耀自己的勇敢,正骑着马在桥上跑。

"干吗要去冒险,上尉!你下来好不好。"团长说。

"不要紧!枪子儿长眼睛的。"瓦西卡·杰尼索夫在马背上转过身来回答说。

这时,涅斯维茨基、热尔科夫和侍从武官一起站在射程以外,时而望望那堆戴黄色高筒帽子、穿绦带贴边的深绿色上衣和青色马裤、聚在桥头的人们,时而望望远方渐渐移近的穿青色外套的人影和牵着马的人群——一看便认出那是炮队。

"他们能不能把桥烧掉?谁将抢先?是他们先跑到把桥烧掉,还是法国人先跑到射程以内把他们全部消灭?"这是面对大桥居高临下的大批部队每个人都情不自禁地揪紧了心向自己提出的问题。他们在夕阳辉映下遥望着大桥和骠骑兵,遥望着桥对岸,望着逐渐向前推进的带着刺刀和大炮的穿青色上衣的人影。

"哎呀!骠骑兵要吃苦头了!"涅斯维茨基说,"现在离霰弹射程不远了。"

"他何必带这么多的人去。"侍从武官说。

"可不是,"涅斯维茨基说,"只要派两个麻利的小伙子,照样办得了。"

"咳,大人,"热尔科夫目不转睛地盯着骠骑兵,插嘴说,他那一派天真烂漫的神情,使人无法猜到他是不是说正经话,"咳,大人!您是怎样看的!派两个人,那谁给咱们弗拉基米尔勋章?这样虽然挨揍,但是可以替骑兵连请赏,他本人也可以得到勋章。我们的波格丹内奇是懂得怎样办事的。"

"瞧,"侍从武官说,"那是霰弹炮!"

他指给大家看那卸了前车正在迅速移开的大炮。

在法国人那边,在拥有大炮的人群里,冒出一股硝烟,几乎是同时,又冒出第二股,第三股,就在传来第一声射击的时刻,又冒出第四股。接着两声炮响,然后是第三声。

"噢,噢哟!"涅斯维茨基抓住侍从武官的手,好像一阵剧痛使他大叫一声,"您瞧,倒了一个,倒了,倒了!"

"好像是两个吧?"

"我要是沙皇,永远不打仗。"涅斯维茨基转过身去说。

法国人的大炮又赶快装上炮弹。穿青色外套的步兵跑步向桥上移动。又在不同的间歇冒出几股硝烟,霰弹在桥上发出劈里啪啦的声音。但是这一次涅斯维茨基看不见桥上发生的事情。桥上腾起一团浓烟。骠骑兵已经烧着了桥,不过这次法国炮队对着桥射击已经不是为了阻止烧桥,而是因为大炮已经瞄准,必须对着人放出去。

在骠骑兵回到饲养员那儿之前,法国人已经发射三颗霰弹。有两发没有射中,霰弹全飞了过去,但是最后一发落到一堆骠骑兵中间,打倒三个人。

罗斯托夫一心只想他对波格丹内奇的态度,站在桥上不知应当做什么。没有人可供他砍杀(他所想象的战斗就是砍杀),他也不能帮助旁人烧桥,因为他不像别的士兵们都拿着稻草辫子。他站在那儿东张西望,忽然间,桥上发出一阵像撒核桃似的毕毕剥剥的声音,离他最近的一个骠骑兵哎哟一声倒在桥栏杆上。罗斯托夫和另外一些人一齐向他跑过去。又有人喊叫:"担架!"四个人搀起那个骠骑兵就要抬他。

"噢——噢——噢!……松开我,看在上帝分上。"受伤的人喊道;但是人们仍然把他抬起来放到担架上。

尼古拉·罗斯托夫转过身去,好像要寻找什么东西似的向远方眺望,向多瑙河的流水、天空、太阳眺望。多么好的天空,多么蔚蓝而深远的天空!那沉沉西坠的太阳多么明朗!那远方多瑙河的水光多么柔和可爱!而尤其美好的是那多瑙河对岸青翠的远山、修道院、神秘的峡谷、雾霭笼罩树梢的松林……那儿安静,幸福……"我什么都不要,我什么都不要,我只要能到那儿,"罗斯托夫想道,"在我一个人的心里,在那阳光里,有那么多的幸福,可是这儿……是一片呻吟、痛苦、恐怖,以及这混沌、忙乱……又有人喊叫什么,大家又往后跑,我也跟着他们跑,这就是它,就是它,就是那个死神,它在我上面,在我周围……转瞬之间——我就永远看不见这太阳,这河水,这峡谷了……"

这时太阳渐渐隐藏到乌云里,在罗斯托夫面前出现了别的担架。对死和担架的恐怖,以及对太阳和生活的爱——这一切汇成一个令人痛苦、惊恐的印象。

"上帝啊!天上的父啊,救救我,宽恕我,保护我吧!"罗斯托夫喃喃自语。

骠骑兵跑到饲养员跟前,说话的声音开始高些,平静些,担架从眼前消失了。

"怎么样,老弟,闻到火药味了吧?……"他耳边响起瓦西卡·杰尼索夫的喊叫声。

"一切都结束了,不过我是胆小鬼,是的,我是胆小鬼。"罗斯托夫想。他深沉地叹息着,从饲养员手里牵过他那匹蜷着一条腿的"白嘴鸦",骑了上去。

"刚才那是什么,是霰弹吗?"他问杰尼索夫。

"一点不错!"杰尼索夫喊道,"咱们的小伙子干得漂亮!可是这种活儿叫人窝囊得慌!冲锋才有意思,把狗杂种砍个痛快!可是现在,真莫名其妙,人家像打靶似地打我们。"

团长、涅斯维茨基、热尔科夫和侍从武官一群人在离罗斯托夫不远的地方站着,杰尼索夫向他们走去。

"还好,似乎没有人留意我。"罗斯托夫心中想道。的确没有人留意他,因为士官生第一次上火线体验到的那种感情是人人都熟悉的。

"您有呈报的材料了,"热尔科夫说,"等着瞧吧,我也能升为少尉。"

"请您向公爵报告,我把桥烧了。"团长洋洋得意地、快活地说。

"假使问到损失呢?"

"微不足道!"团长用粗重的声音说,"两名骠骑兵受伤,一名捐躯。"他显然满心欢喜,而且带着按捺不住的幸福的微笑,响亮地说出捐躯这个好听的字眼。

九

在波拿巴指挥的十万大军追击下,库图佐夫统率三万五千名官兵,急急忙忙向多瑙河下游退却,沿途遭到当地居民的敌视。他们对盟军不再抱有信心,忍受着给养的不足,被迫在一切意想不到的作战条件下行动,只有当敌人追上时才停下来,仅仅为了在退却中不使重装备受到损失才打打后卫战。在兰巴赫、阿姆施特滕、梅尔克等地有过战斗;虽然连敌人都承认俄国人打得勇敢坚定,而战斗的结果却是更加迅速的退却。在乌尔姆免于被俘而在布劳瑙与库图佐夫会合的奥军，现在也离开了俄军，库图佐夫手下只有自己这支力量单薄而且疲于奔命的军队了。保卫维也纳已经谈不上。库图佐夫在维也纳的时候，奥地利军事参议院曾经交给他一份根据新的战略科学审慎拟定的进攻作战计划，但是库图佐夫这时已经顾不得这个了，他现在唯一的、看来几乎难以达到的目的，是避免像马克那样在乌尔姆全军覆没，希望和从俄国调出的部队会师。

十月二十八日库图佐夫及其军队渡过多瑙河到达左岸以后，第一次停留下来，和法军的主力隔河对峙。三十日向左岸的莫蒂埃师团发动进攻，并且击溃了它。这次战役第一次缴获了战利品：旗帜、大炮和两名敌军将军。俄军在两个星期的退却之后第一次停下来，经过一场战斗，不仅守住了阵地，而且打退了法国人。虽然俄军衣衫褴褛，疲惫不堪，由于掉队、伤亡和生病，人员折损了三分之一；虽然有些病号和伤员带着库图佐夫的信（这信是把他们的命运寄托给敌军的仁慈照顾）留在多瑙河对岸；虽然克雷姆斯的大医院和大住宅都改为野战医院还容纳不下全部的病号和伤员，——虽然有着这一切情况，在克雷姆斯停留和对莫蒂埃的胜利仍然大大提高了士气。在全军和大本营里流传着最乐观然而不真实的传闻，说是从俄国调出的纵队快到了，奥地利人打了胜仗，波拿巴吓跑了。

在战斗进行的时候，安德烈公爵跟随着在这次战役中阵亡的奥地利将军施米特。安德烈公爵的马受了伤，他本人的手臂也被子弹擦伤。蒙总司令特别恩宠，他被派往奥地利宫廷报告这次胜利的消息，当时奥地利宫廷由于受到法军的威胁已经迁往布吕恩①，不在维也纳了。在战事正在进行的那天夜里，精神奋发而不知疲倦的安德烈公爵（表面看来他很文弱，其实他比最强壮的人

---

① 布吕恩即今捷克境内的布尔诺。

都更能耐劳)骑上马,带着多赫图罗夫的报告到克雷姆斯去见库图佐夫,当天夜里安德烈公爵就作为信使被派往布吕恩。被派作信使,不仅是一种鼓励,而且是升迁的重要的一步。

夜是黑沉沉的,繁星满天。开仗前夕落了一场雪,白茫茫的雪地中间伸展着一条黑魆魆的大道。安德烈公爵坐在驿车里,时而一幕幕回忆昨天战斗的情景,时而高兴地想象他的胜利的消息将要引起的印象,时而想起总司令和同事们的送行,他这时的心情,正像一个期待已久而终于开始得到幸福的人所体验的那种心情。他一闭上眼,耳朵里就响起枪炮声,它和车轮的辚辚声以及胜利的印象融成一片。有时他想象俄国人逃跑了,他本人也被打死;但是他赶快醒来,怀着幸福的心情,仿佛重新意识到并没有这回事,相反,是法国人逃跑了。他又回忆胜利过程中种种细节和他在战斗中的沉着和英勇,于是他心境平静了,打起盹来……在满天繁星的黑夜之后,明亮欢快的早晨来临了。雪在阳光下融化,马飞奔着,道路两旁又闪过各式各样的树林、田地、村庄。

在一个驿站上他赶上运送俄国伤员的车队。一个领队的俄国军官躺在前面的大车上,正对着一个士兵大声骂些粗野的话。长形的德式大车在石头路上颠簸着,每辆车载着六七个面色苍白、扎着绷带、满身脏污的伤员。其中有些人在谈话(他听见是俄国口音),有些人在吃面包,伤势最重的,带着孩子般可怜的温和神情,默默地望着从他们身边驰过的信使。

安德烈公爵命令停一下,他问一个士兵是在哪次战役受的伤。

“前天在多瑙河上。”一个士兵回答。安德烈公爵掏出钱包,给那个士兵三枚金币。

“给大家的,”他向走拢来的军官又说,“祝你们早日康复,弟兄们,”他对士兵说,“还有很多的仗要打呢。”

“军官大人,有什么消息吗?”那个军官显然想攀谈几句,问道。

"消息好得很！走吧。"他向车夫喊了一声，马车就向前驰去了。

安德烈公爵到达布吕恩的时候，天色已经完全黑了，他发现自己周围是高楼大厦、辉煌灿烂的商店、住宅的窗户、街灯、鳞鳞驰过的漂亮马车，使过了一阵军营生活的军人最为之心醉的一派繁华都市的气氛。安德烈公爵尽管一路急行，彻夜未眠，但他向宫廷走去的时候，却觉得比昨天更加精神焕发。只是眼睛闪烁着发热病似的光芒，思想非常迅速和明晰地转换着。战斗的一切细节又生动地呈现在他的眼前，这次已经不是模糊的，而是确切的，以他想象中的向弗朗茨皇帝简练的陈述形式呈现在他的眼前。他生动地想象可能向他提出的问题和对这些问题做出的回答。他以为立时就会引他朝见皇帝。但是在宫廷门口迎面跑出来一个文官，知道他是信使后，就带他到另外一道门口。

"顺着走廊向右走；大人①，那儿您可以找到值日的侍从武官，"文官对他说，"他会领您去见陆军大臣。"

接待安德烈公爵的值日侍从武官请他稍候，他去通报陆军大臣。五分钟后，侍从武官回来了，他分外客气地鞠着躬，请安德烈公爵先走，领着他穿过走廊，向陆军大臣的办公室走去。侍从武官似乎想用文雅的礼貌来防止这个俄国副官流露亲热的劲头。安德烈公爵向陆军大臣办公室门口走去的时候，他那快乐的心情大大减退了。他觉得他受了侮辱，而受辱的感觉转瞬之间又不知不觉变为毫无根据的藐视感觉。在这同一瞬间，机智却提示给他一个有权藐视侍从武官和陆军大臣的理由。"这些人没有闻到火药味，他们还以为胜利得来全不费工夫呢！"他心中想。他轻蔑地眯

---

① 原文为德语。

起眼睛,走进陆军大臣的办公室时特别放慢了脚步。当他看见陆军大臣面对一张大办公桌坐在那儿,有两分钟没有注意进来的人的时候,他这种感觉更加增强了。陆军大臣低垂着两鬓斑白、头顶光秃的脑袋,夹在两支蜡烛之间正阅读文件,一边用铅笔做记号。当门打开,响起脚步声的时候,他还是头也不抬地一气把文件看完。

"把这文件送出去。"陆军大臣把文件递给他的副官说,仍然没有注意信使。

安德烈公爵觉得,要么库图佐夫军队的行动在陆军大臣所处理的事情中是他最不感兴趣的,要么就是有意给俄国信使这么一个印象。"这对我完全无所谓。"他心中想道。陆军大臣把其余的文件推到一边,并且理得整齐了,这才抬起头来。他有一个聪明而富有特点的脑袋。但是在他转向安德烈公爵的那一瞬间,他脸上那副聪明而刚毅的表情似乎有意识地和习惯地顿时改变了,结果露出愚蠢、虚假,而且对这种虚假不加掩饰的笑容,这是一种接待川流不息的求见者的人的笑容。

"是库图佐夫大元帅派来的吗?"他问,"我想一定有好消息吧?同莫蒂埃打了一仗?打胜了?是时候了!"

他接过写给他的紧急通报,带着忧郁的神情开始读起来。

"唉,我的老天!我的老天!施米特!"他用德语说,"多么不幸,多么不幸!"

他浏览一遍以后,把紧急通报放在桌上,看了看安德烈公爵,像是在考虑什么。

"唉,多么不幸!您说这是一次有决定意义的战役吗?但是,并没有抓住莫蒂埃。"他沉吟了一下,"我很高兴您带来了好消息,虽然施米特的阵亡为胜利付出了高昂的代价。陛下一定愿意召见您,但不是在今天。谢谢您,您去休息一下。明天检阅后您来参加朝觐吧。到时候我会通知您。"

谈话时消失了的愚蠢笑容又在陆军大臣的脸上出现了。

"再见,非常感谢您。皇上一定愿意接见您。"他又说了一遍,低下头去。

当安德烈公爵走出宫廷的时候,他觉得,胜利给他的兴致和幸福,现在都被他留下,并且交给陆军大臣和彬彬有礼的侍从武官冰冷的手中了。他全部的思绪立刻改变了:那场战斗仿佛已经成为遥远的过去。

十

安德烈公爵在布吕恩住在一个熟人——俄国外交官比利宾那里。

"啊,亲爱的公爵,再没有比您更叫人愉快的客人了。"比利宾出来迎着安德烈公爵说。"弗朗茨,把公爵的东西放到我的卧室里去!"他对引博尔孔斯基进来的仆人说。"怎么,是来报捷的?好极了。我这样子,您一看就知道我是在家卧病呢。"

安德烈公爵梳洗穿戴完毕,走进外交官的豪华书房,在摆好的菜饭前坐下。比利宾悠闲自在地在壁炉旁边坐着。

在长途旅行之后,而且是在失掉一切洁净和优雅的生活条件的长期行军之后,安德烈公爵一到这自幼就习惯了的阔绰环境中,一种舒适、恬静的感觉便油然而生。除此以外,在受到奥地利人那番接待之后,能和一个俄国人谈谈心,而这个人他料想也怀有一般俄国人对奥地利人的共同的厌恶感(这是他现在特别强烈地体会到的),即使不说俄语(他们用法语谈话),也使他感到愉快。

比利宾三十五岁上下,独身,和安德烈公爵属于同一阶层。他们早在彼得堡就认识,但直到上次安德烈公爵跟随库图佐夫到维也纳时,他们才更接近起来。也和安德烈公爵在军界是一个有远大前程的青年一样,比利宾在外交界有更大的前程。他人还年轻,但已经是一个并不年轻的外交家了,因为他从十六岁就开始供职,曾在巴黎、哥本哈根等地待过,如今在维也纳担任相当重要的职务。奥地利首相和我们驻维也纳的大使都认识他,而且器重他。他不像有些外交官那样,认为要当一个很好的外交官,只需有一些消极的优点,知道什么事是不该做的,并且会说法语就行了。他是那种热爱工作而且善于工作的外交官,别看他懒,他有时能够通宵不眠地坐在办公桌前。不管工作的实质如何,他都做得很好。他关心的问题不是"为什么要做?",而是"怎样做?"外交的任务究竟是什么,对他是无所谓的。把通令、备忘录或者报告拟得巧妙、准确和优美,这才是他最大的乐趣。比利宾的功绩所以被重视,除了文字工作之外,还由于他具有上层社会待人接物和言谈应对的本领。

比利宾像爱工作一样爱谈话,不过所谈的话一定要精辟、俏皮。在社交场所,他总是等待机会说点什么巧妙的话,而且只有在这种情况下他才参加谈话。在比利宾的言谈中经常插进一些结构完美、立意新颖、能引起共同兴趣的俏皮话。比利宾在自己头脑中的实验室里似乎特意把这些俏皮话编制得轻巧简练,便于社交界一般小人物记忆并从一个客厅带到另一客厅。的确是这样,比利宾的言辞在维也纳的客厅中不胫而走,而且据说,甚至对于所谓国家大事也往往不无影响呢。

他那张瘦削、憔悴、焦黄的面孔,布满皱纹的深沟,这些深沟总是精心地洗得白白净净,像刚洗过澡的指甲尖一样。皱纹的运动是他的面部表情的主要手段。有时他的眉毛往上一挑,额头就蹙起一道道宽大的皱褶,有时眉毛垂下来,腮帮上就形成巨大的褶子。一对深陷的不大的眼睛,老是快活地、直勾勾地看人。

"好,现在给我们讲讲你们的丰功伟绩吧。"他说。

博尔孔斯基以最谦逊的态度把战役经过和陆军大臣的接见讲了一遍,一次也没有提到自己。

"他们像对待闯进九柱戏的狗似的接待我。"他结束自己的话,说。

比利宾咧嘴笑笑,脸皮的褶子舒展开来。

"可是,亲爱的,"他一边说,一边远远地审视自己的指甲,皱起左眼上方的皮肤,"虽然我很尊敬'正教的俄罗斯军队',但是我认为你们的胜利不是最辉煌的。"

他一直用法语谈话,只有当他想轻蔑地强调某个字眼时,才说俄语。

"不是吗?你们倾全军之力对付可怜的莫蒂埃一师人,而那个莫蒂埃竟从你们手里跑掉了,还谈得上什么胜利呢?"

"可是,认真说来,"安德烈公爵回答,"我们仍然毫不夸大地说,这总比乌尔姆的情况稍微好些……"

"你们为什么不给我们抓一个元帅呢?哪怕抓住一个也好。"

"因为事情并不都像预想的那样,也不可能像阅兵式那样正规。我跟您说过,我们原打算早晨七点钟迂回到敌人后方,可是到下午五点钟还没有到达。"

"那么你们为什么早晨七点钟还没有到达呢?你们应当早晨七点钟到达啊,"比利宾微笑着说,"应当早晨七点钟到达。"

"那么您为什么不用外交手段说服波拿巴放弃热那亚呢?"安德烈公爵用同样的腔调说。

"我知道,"比利宾打断他的话,"您是在想,靠近壁炉坐在沙发上谈谈捉拿元帅很容易。这是对的,但究竟为什么你们没有捉住他呢?你用不着大惊小怪,不仅是陆军大臣,就是至圣的皇帝兼国王弗朗茨陛下对你们的胜利也不会太高兴的。就连我这个可怜的俄国大使馆秘书也丝毫感觉不到有什么值得特别喜悦的……"

他目光笔直地打量了一下安德烈公爵,额头上皱起的皮肤突然松开了。

"亲爱的,现在该我来问您'为什么'了吧?"博尔孔斯基说,"我得向您承认,我不懂,也许这里面有什么外交上的奥妙是我这贫弱的头脑理解不了的,但是我实在不懂:马克全军覆没,而费迪南大公和卡尔大公却死气沉沉,毫无作为,而且接二连三地犯错误,只有库图佐夫终于打了一个真正的胜仗,粉碎了法国人所向无敌的神话,而陆军大臣甚至连详细的战况都不想知道!"

"正是因为这一点,亲爱的。您懂不懂,老兄,乌拉! 为了沙皇,为了俄罗斯,为了信仰! 这一切都是好的,但是你们的胜利于我们——我是说于奥地利宫廷——有什么相干? 你们最好还是给我们带来一点卡尔或者费迪南大公的好消息吧——您是知道的,这个大公或那个大公都一样——哪怕打败波拿巴的一支消防队呢,那就是另一回事了,那时我们就要鸣炮致敬了。可是现在这个样子,这只能说是存心要取笑我们。卡尔大公一事无成,费迪南大公丢了脸。你们放弃了维也纳,不再保卫它了,你们似乎是对我们说:上帝保佑我们,而你们和你们的首都也交给上帝吧。我们大家都爱戴的施米特将军:你们竟弄得他饮弹而亡,现在倒向我们庆贺胜利来了! ……您不能不承认,再也想不出比您带来的消息更可恼的了。这是存心,这是存心。再说,就算你们确实得到一次辉煌的胜利,甚至卡尔大公也打了胜仗,这于大局又有何补呢? 维也纳已经被占领,现以已经太晚了。"

"怎么说已经被占领? 维也纳被占领了?"

"不单被占领,而且波拿巴到了申布鲁恩宫,伯爵,就是我们亲爱的弗尔布纳伯爵,已经前往向波拿巴屈膝求和去了。"

经过旅途的劳顿和沿途的见闻,在受到那场接待之后,特别是在这顿午餐之后，博尔孔斯基感到，他不能理解他所听到的这些话的意义。

"今天早晨利希滕费尔斯来过这里，"比利宾接着说下去，"他给我看一封信，信里详细描写了法军在维也纳的检阅。缪拉亲王及其他等等……您瞧，你们的胜利并不怎么令人高兴，您也不会被人当作救命恩人……"

"是啊，一切对我都无所谓，完全无所谓！"安德烈公爵说，他开始懂得，他的克雷姆斯战役的消息，跟奥地利首都的陷落这样重大的事件比起来，的确没有多重要。"维也纳怎么被占领的？那座桥呢，还有那有名的桥头堡，还有奥尔斯珀格公爵呢？我们听说奥尔斯珀格公爵在保卫维也纳。"他说。

"奥尔斯珀格公爵在河这边，是在保卫我们呢。我认为他保卫得很不好，但总算是在保卫。维也纳在河那边。桥还没有被占领，我想不会被占领的，因为那儿已经布上了地雷，并且发出了炸桥的命令。不然的话，我们早就到波希米亚山区去了，你们和你们的军队也要尝尝两面夹攻的苦头了。"

"但是，总不能说，战事已经结束了。"安德烈公爵说。

"我看是结束了。这儿的大人物也都是这么看的，就是不敢说出来罢了。仗刚打起来的时候我说的话，现在就要应验了，决定问题的不是你们的迪伦斯坦①交锋，也根本不是火药，而是那些想出这个问题的人，"比利宾重述他的一句俏皮话，他把额头上的皱皮舒展开来，停顿了一下，"问题就要看亚历山大皇帝和普鲁士国王在柏林会谈的结果了。如果普鲁士加入联盟，奥地利就迫不得已了，仗就要打起来。如果不是，那么问题只是商谈在哪儿拟订新

---

① 原文为德语。

的坎波福米奥和约①初步条款了。"

"多么了不起的天才!"安德烈公爵忽然喊道,并且握住他那小小的拳头向桌子上一击,"这个人多么幸运!"

"您是说波拿巴吗?"比利宾疑惑地说,同时皱起前额,这是向人表示俏皮话就要来了。"是说波拿巴吗?"他说,特别加重 u 的发音,"可是我以为,现在他既然在申布鲁恩宫给奥地利制定了法律,就应当给他免去字母 u,我坚决实行新办法,只称他波拿巴。"

"算了吧,别开玩笑了,"安德烈公爵说,"您真的以为战事结束了吗?"

"我以为是这样。奥国上了当,这是它习惯不了的。它要报复。它所以觉得上当,首先因为各省遭到了破坏(听说正教的军队抢得很凶),军队被击溃,首都被占领,这一切都是为了撒丁陛下好看的眼睛,其次还因为——咱们私下说,亲爱的——我的嗅觉告诉我,咱们要受骗,嗅觉还告诉我,他们和法国正在拉拉扯扯,拟订和约草案,打算单独缔结秘密和约。"

"这不可能!"安德烈公爵说,"这太卑鄙了。"

"那就等着瞧吧。"比利宾说,脸上的皱纹舒展开来,表示话说完了。

安德烈公爵走进给他准备的房间,穿上清洁的内衣,躺在羽毛褥垫上,枕着又香又暖的枕头,这时他觉得,那场由他前来报捷的战斗,离他已经很远很远了。现在萦回在他脑际的是普鲁士联盟、奥地利的背叛、波拿巴的新胜利、明天的朝觐和检阅以及弗朗茨皇帝的召见。

他闭上眼睛,但耳边立刻响起排炮声、步枪声、车轮声,火枪手拉成一条线从山上又冲下来,法国人在射击,他觉得他的心在颤

---

① 坎波福米奥为意大利一村庄,一七九七年法奥曾在此签订和约。

抖,他和施米特并肩驰向前去,子弹在他周围欢快地呼啸着,他体验到一种自小从未体验过的增大十倍的生之欢乐。

他醒了……

"是的,这一切都发生过!……"他说,脸上露出孩子般的幸福微笑,接着就沉入青年人的酣睡中了。

十一

第二天,他醒得很晚。昨天的印象又浮上心头:他首先想起今天要朝见弗朗茨皇帝,还想起陆军大臣、彬彬有礼的奥地利侍从武官、比利宾和昨天晚上的谈话。为了去上朝,他穿起久已不穿的全副仪仗服装,焕然一新,英姿飒爽,一只手缠着绷带,进入比利宾的书房。书房里有四位外交使团的绅士。公使馆的秘书伊波利特·库拉金公爵是博尔孔斯基认识的,其余三位由比利宾向他做了介绍。

聚在比利宾这里的是一群年轻、富有、快乐的上流社会绅士,他们不论在维也纳还是在这里都组成一个特殊的小集团,这个小集团的首脑比利宾称它为自家人。这个几乎是由清一色的外交人员组成的集团,显然有他们自己的、跟战争和政治全然无关的兴趣,他们所关心的是上流社会,是对某些女人的态度和公务方面的事情。看来,这些人显然很乐意把安德烈公爵算作他们集团里的自家人(他们很少给人这种荣誉)。为了礼貌,同时也为了引起话头,人们向他提出几个有关军队和战斗的问题,接着就又东拉西扯说些笑话和谈论起别人的是非来了。

"但最妙的是,"其中一个人谈到外交界的一个同事的失败,说道,"最妙的是奥地利首相直截了当地告诉他,任命他到伦敦是一种升迁,希望他要这样看待这件事。你们能想得出他当时的神情吗？……"

"但最糟的是，诸位，让我来揭露库拉金：人家正倒霉，他这个唐璜却幸灾乐祸，这种人真可怕！"

伊波利特公爵歪在一张躺椅里，把腿跷到扶手上，放声大笑起来。

"您说吧。"他说。

"哦，唐璜！哦，毒蛇！"几个人齐声说。

"您不知道，博尔孔斯基，"比利宾对安德烈公爵说，"不论法国军队（我差一点说俄国军队）怎么可怕，也比不上我们这位老弟在女人中间的胡作非为来得可怕。"

"女人是男人的伴侣。"伊波利特公爵发言了，他开始用长柄眼镜观看自己跷起来的脚。

比利宾和这些自家人望着伊波利特的眼睛大笑起来。安德烈公爵看出，这个伊波利特（应当承认，他几乎为了太太的缘故吃他的醋）是这个小集团的小丑。

"真的，我应当请您欣赏一下库拉金，"比利宾对博尔孔斯基低声说，"他谈起政治来才令人倾倒呢，应当看看他那副自命不凡的神气。"

他在伊波利特身边坐下，皱起脑门上的皱纹，跟他谈起政治来。安德烈公爵和其余的人把他们俩围起来。

伊波利特煞有介事地环顾大家，开始说："关于联盟问题，柏林内阁不能表示自己的意见，正像最近的照会中……没有表示……你们懂吧……你们懂吧……而且，如果皇帝陛下不改变我们联盟的原则的话……"

"等一等，我还没说完……"他抓住安德烈公爵的手，说道，"我认为，干涉比不干涉妥当。而且……"他沉吟一下，"拒绝我们十一月二十八日的通牒不能认为就是终结……您看，结果就是这样的。"

他松开博尔孔斯基的手,表示他说完了。

"德摩西尼①,我从你放在金口里的石子就认出你来。"比利宾说,他高兴得满头的头发都散开了。

大家都笑了。伊波利特笑得比谁都响。他似乎极力想喘口气,但是他止不住狂笑,笑得他那一向呆板的面孔都拉长了。

"我说,诸位,"比利宾说,"博尔孔斯基不论在这所房子里还是在布吕恩,都是我的客人,我要尽我的可能用本地风光款待他。要是在维也纳,这是轻而易举的。可是在这儿,在这讨厌的摩拉维亚山洞里,就比较难了,所以我要请你们大家帮忙。应当用布吕恩的一切款待他。你们张罗看戏的事,我负责社交,伊波利特,您自然是和女人打交道了。"

"应当让他看看阿梅莉,美极了!"自家人中间的一个边说边吻自己的指尖。

"总之,应当让这个杀红了眼的大兵更接近人道的观点。"比利宾说。

"我恐怕不能享受你们的热情招待了,诸位,我现在就得走。"博尔孔斯基看了看表,说。

"到哪儿去?"

"去觐见皇帝。"

"哦,哦! 哦!"

"那好,再见,博尔孔斯基! 再见,公爵,早点来我们这儿吃午饭,"几个人齐声说,"我们已经把您抓在手心里了。"

"您跟皇帝谈话时,尽可能多夸奖夸奖他们的军需供应和行军路线的安排。"比利宾送博尔孔斯基来到前厅时说。

---

① 德摩西尼是公元前三八四至三二二年雅典著名的演说家和政治家。

"我本来想夸奖,可是既然知道了实情,那我就办不到了。"博尔孔斯基微笑着答道。

"总之,尽可能多说点。他喜欢接见人,可是他本人不爱说话,也不会说话,等会儿您就知道了。"

十二

朝觐的时候,安德烈公爵在指定的地点站在奥地利军官中间,弗朗茨皇帝只是目不转睛地注视着安德烈公爵的脸,并且向他点了点他的长脑袋。但是在朝觐以后,昨天那个侍从武官彬彬有礼地向博尔孔斯基传达,皇帝愿意召见他。弗朗茨皇帝站在屋子中央接见他。开始谈话之前,使安德烈公爵吃惊的是,皇帝不知道应该说什么,他似乎慌乱了,脸也红了。

"请您说一说,是什么时候开始战斗的?"他急忙问道。

安德烈公爵作了回答。问过这个之后,又提出几个同样普通的问题,诸如"库图佐夫身体好吗? 他什么时候离开克雷姆斯的?"等等。皇帝说话时那副表情,仿佛他全部的目的只不过是为了提出一定数量的问题。而对这些问题的回答,十分明显,并不能使他感到兴趣。

"战斗是几点钟开始的?"皇帝问。

"前线的战斗是几点钟开始的,我无法向陛下报告,但是在迪伦斯坦,我所在的那个地方,军队是傍晚六点钟开始进攻的。"博尔孔斯基说,他兴奋起来,打算趁这机会把他在头脑里已经整理好的见闻材料如实地陈述一番。

但是皇帝微微笑了笑,打断了他的话。

"有多少英里?"

"从哪儿到哪儿,陛下?"

“从迪伦斯坦到克雷姆斯。”

“三英里半,陛下。”

“法国人放弃了左岸吗?”

“据侦察兵报告,最后一批法国兵是夜间乘木筏子渡过河的。”

“克雷姆斯的粮秣够吗?”

“粮秣供应的数量没有达到……”

皇帝打断了他的话:

“施米特将军是几点钟阵亡的?”

“似乎是七点钟。”

“七点钟?真惨!真惨!”

皇帝表示感谢,并且鞠了一躬。安德烈公爵一走出来,立刻被侍臣们团团围住。从四面八方向他投来亲切的目光,送来温存的话语。昨天那个侍从武官责备他为什么不住在宫里,并且要把自己的住室让给他。陆军大臣过来向他祝贺,因为皇帝授给他三级玛丽亚·特雷西娅勋章。皇后的侍从请他去见皇后陛下。大公夫人也想见见他。他不知道回答谁好,他停了几秒钟,定一定神。俄国公使抓住他的肩头,把他领到窗口,跟他谈起来。

跟比利宾的话相反,他带来的消息很受欢迎。预订要举行一次感恩祈祷。库图佐夫被授予玛丽亚·特雷西娅大十字勋章,全军都受了奖。博尔孔斯基接到各方的邀请,他整个上午都得拜会奥地利的显要人物。下午四点多钟拜会完毕,安德烈公爵在回比利宾住所的路上,构思着向父亲报告战斗经过和布吕恩之行的信稿。在比利宾的住所门口,停着一辆装了半车东西的四轮马车,比利宾的仆人弗朗茨吃力地拖着一口箱子从门里出来。(在回比利宾家之前,安德烈公爵曾到书店里买了几本书预备行军途中阅读,他在书店里耽搁了一会儿。)

"这是怎么回事?"博尔孔斯基问道。

"咳,大人!"弗朗茨说,把箱子费劲地堆到马车上,"我们要去更远的地方。那个坏蛋又跟着我们追来了!①"

"怎么回事?你说什么?"安德烈公爵问道。

比利宾迎着博尔孔斯基走出来。在比利宾一向平静的脸上,露出不安的神情。

"不,不,您得承认,"他说,"这简直妙极了,我是说塔博尔桥(维也纳的桥)事件。他们没有遇到抵抗就过桥了。"

安德烈公爵完全茫然了。

"您到哪儿去来着,全城的车夫都知道的事,您怎么不知道?"

"我刚从大公夫人那儿来。我在那儿什么都没听到。"

"您没看见到处都在收拾行李吗?"

"没看见……到底是怎么回事?"安德烈公爵着急地问。

"怎么回事?是这么回事,法国人越过了奥尔斯珀格防守的那座桥,桥没有炸毁,缪拉现在正沿着通向布吕恩的大道前进,一两天内就要到这儿。"

"怎么,到这儿?为什么没有把桥炸掉,不是已经埋了地雷吗?"

"这个我正想问您呢。谁也不知道,连波拿巴本人也不知道。"

博尔孔斯基耸了耸肩。

"既然桥被占领,军队当然也就完了,因为军队会被切断的。"他说。

"可不是嘛,"比利宾答道,"您听我说,我对您讲过法国人进了维也纳。一切都很好。第二天,就是昨天,三位元帅老爷——缪

---

① 原文为德语。

拉、拉纳、贝利亚尔——骑着马到桥头去了。（请您注意，这三个人都是牛皮匠。）其中一个说，'诸位，你们知道，这座塔博尔桥埋了地雷和扫雷装置，桥前有一个威力强大的桥头堡，还有一支受命炸桥和阻击我们的一万五千人的军队。但是，如果我们拿下这座桥，我们的皇帝陛下一定很高兴。来，让我们把它拿下来。''我们就去。'另外两个说。于是他们就去攻那座桥，占领了它，现在他们率领全军正在多瑙河这一边向我们，也向你们，向你们的交通线进攻。"

"少开点玩笑吧。"安德烈公爵忧郁而严肃地说。

这个消息使安德烈公爵感到又伤心又愉快。他刚一听说俄军的处境是如此绝望，就立刻想到，注定给俄军解围的正是他，这是土伦①的再现，它将使他从无名的军官行列中崭露头角，将给他打开第一条通向光辉前程的道路！他在听比利宾谈话时，就已经想象他怎样回到军队，怎样在军事会议上提出唯一能够拯救军队的意见，怎样只委派他一个人去完成这个计划。

"少开点玩笑吧。"他说。

"我不是开玩笑，"比利宾继续说，"再没有比这更真实更可悲的了。三位元帅老爷这样单独地向桥上驰去，扬着白手绢，使人相信已经停战，他们这些元帅是来同奥尔斯珀格公爵谈判的。值班的军官们放他们进入桥头堡。他们对值班军官天花乱坠地胡扯一通：说什么战争结束了，弗朗茨皇帝要同波拿巴会面，他们想见见奥尔斯珀格公爵，诸如此类。军官派人去请奥尔斯珀格，这帮元帅老爷拥抱军官，开玩笑，骑在炮身上。这工夫，法军的一个营偷偷地来到桥头，把装着引火物的口袋丢到河里，然后就向桥头堡逼近。最后，我们亲爱的中将、奥尔斯珀格·冯·毛特恩出现了。

---

①　一七九三年二十三岁的拿破仑指挥土伦战役，第一次获得胜利，从此声名大震。

'亲爱的敌人！奥地利军队的精华，土耳其战争的英雄！敌对行为停止了，我们可以握手言欢了……拿破仑皇帝渴望认识认识奥尔斯珀格公爵。'总之，这帮元帅老爷不愧为牛皮匠，他们对奥尔斯珀格说了这么多的花言巧语，跟法国元帅们一见如故的动人情景是这么使他神魂颠倒，缪拉的外套和鸵鸟翎是这么使他眼花缭乱，以致他只看见他们的火热，却忘记了自己应当向敌人开火。（比利宾虽然说得很快，仍然没有忘记在这句俏皮话之后停顿一下，好让人有欣赏的时间。）那营法国军队冲进桥头堡，钉死大炮，就把桥占领了。还有更妙的，"他接着说下去，由于讲得太美妙了，他那不安的心情平静下来，"更妙的是那个掌管大炮的军士（那是一尊点着地雷炸毁桥梁的信号炮），那个军士一见法国军队向桥头冲来，就要开炮，可是拉纳拉开了他的手。那个比自己的将军聪明的军士走到奥尔斯珀格跟前报告说：'公爵，您受骗了，您瞧法国人冲过来了！'缪拉一看，如果让军士再说下去，诡计就要被戳穿了。他假装惊讶（地地道道的牛皮匠），对奥尔斯珀格说：'我真看不出举世闻名的奥地利军纪在哪儿，'他说，'您竟让下级对您这样说话！'这简直是天才。奥尔斯珀格公爵感到受了侮辱，下令逮捕那个军士。不，您得承认，关于这座桥的全部故事美妙极了。这不算愚蠢，也不算下流……"

"也许是叛变。"安德烈公爵说，他生动如画地想到灰色的军大衣、伤口、硝烟、枪炮声和等待着他的荣誉。

"也不是的。这未免把宫廷说得太坏了，"比利宾又说下去，"这既不是叛变，也不是下流，也不是愚蠢。这正像在乌尔姆一样，这……"他仿佛是在思索，想找一个适当的说法，"这是马克遗风。我们都步马克的后尘了。"他说完了，觉得自己说了俏皮话，一句新鲜的、将被传诵一时的俏皮话。

一直聚在前额上的皱纹迅速舒展开来，他现出高兴的神色，微微带着笑意仔细端详自己的指甲。

"您要到哪儿去？"他突然对站起身来回自己房间的安德烈公爵说。

"我要走了。"

"到哪儿去？"

"回部队。"

"您不是还想待两天吗？"

"可是现在我马上要走。"

安德烈公爵吩咐手下人做好出发的准备之后，就回自己的房间去了。

"我说，亲爱的，"比利宾走进他的房间，说道，"我为您考虑过。您为什么要走呢？"

为了证明这个论据无法驳倒，他那满脸的皱纹都消失了。

安德烈公爵露出疑问的神色看了看对方，什么也没回答。

"您为什么要走呢？我知道，您觉得这是您的责任——当军队处在危险之中的时候，应当赶回去。这我是理解的，亲爱的，这是英雄气概。"

"完全不对。"安德烈公爵说。

"可是，您既然是哲学家，那就做一个彻底的哲学家，看看问题的另一面，您会看到，相反，您的责任是要珍重自己。这种事，就让那些除此以外什么事都做不了的人去做好了……既没有调您回去的命令，这儿也没有让您走；所以说，您可以留下来，跟我们一道去倒霉的命运引导我们去的地方。据说是到奥尔米茨。奥尔米茨是个不错的城市。咱们俩坐着我的四轮马车平平安安地就走到了。"

"别开玩笑了，比利宾。"博尔孔斯基说。

"我是出自友情真心诚意对您说这话的。您考虑一下。您既然可以留下，那您何必走呢？又到哪儿去呢？等待着您的，二者必居其一（他把皱纹都聚集在左边太阳穴上）：不是您到不了部队和约就签订了，就是和库图佐夫一起蒙受失败和耻辱。"

比利宾觉得他的两端论法是驳不倒的，于是把脸上的皱皮舒展开来。

"这个我不能考虑。"安德烈公爵冷淡地说，而心里却在想："我所以要走，是为了拯救军队。"

"亲爱的，您是英雄。"比利宾说。

十三

当天夜里，博尔孔斯基向陆军大臣告辞以后，就动身回部队去了，连他自己也不知去哪儿才能找到部队，又担心在去克雷姆斯的路上被法军俘获。

在布吕恩的全体宫廷人员都在收拾行李，笨重的物件已经送到奥尔米茨。在埃采尔斯多夫附近，安德烈公爵的马车驶到大路上，沿着这条大路，俄国军队在极端匆忙和极端混乱中行进。路上挤满了车辆，马车简直无法通过。安德烈公爵又饿又累，他向哥萨克军官要了一匹马和一名士兵，穿越车队去找总司令和自己的行李车。一路上他都听到关于俄国军队处境险恶的消息，官兵仓皇逃走的景象证实了这些消息。

"这支俄国军队是英国的黄金从天涯海角送来的，我们叫它遭受同样的命运（乌尔姆军队的下场）。"他想起在战役开始之前波拿巴在给他的军队的命令中所说的话，这句话使他对这位天才的英雄感到惊异，同时也使他感到自尊心受到伤害，还有对荣誉的渴望。"如果只有死而别无他路呢？"他想，"既然需要这样，那好吧！我一定做得不比别人差。"

安德烈公爵轻蔑地望着这些无穷无尽的混乱的队伍、车辆、辎重队、炮队,随后又是车辆、车辆、一切类型的车辆,它们你追我赶地夺路而逃,排列成三行四行地挤满了泥泞的大路。四面八方,前前后后,凡是听觉能够达到的地方,到处可以听见车辆的吱呀声,马车、大车和炮架的隆隆声,马蹄的嘚嘚声,鞭子的呼啸声,赶车人的吆喝声,士兵、勤务兵和军官的叫骂声。道路两旁处处可以看见剥了皮的和未剥皮的死马,毁坏的大车,车旁坐着一些在等待什么的零散士兵。处处可以看见成群离开队伍的士兵,他们到附近的村庄去不是牵羊捉鸡或者抱干草,就是拿走装满东西的袋子。在上下坡的地方,人群更密,嘈杂的声音片刻不停。士兵们在没膝的泥泞中抬着大炮和篷车,鞭子在呼啸,马蹄在打滑,套绳撑断了,胸口喊痛了。指挥行军的军官在车队之间驰来驰去。他们的声音在一片喧哗吵闹中几乎听不见,从他们的表情可以看出,他们对整好混乱的秩序已经感到绝望了。

“瞧,这就是可爱的正教军队。”博尔孔斯基回忆比利宾的话,心中想道。

他想打听一下总司令的驻地,于是向车队走去。迎面驶来一辆一匹马拉的奇怪的马车,看样子,这辆马车是士兵们拼凑起来的,介乎大车、两轮轻便马车和四轮轿式马车之间的东西。一个士兵赶着车,在皮顶篷下面,帘子后面,坐着一个把脑袋完全裹在围巾里的女人。安德烈公爵走上前去,正要问那个士兵,他的注意力忽然被篷车里那个女人的绝望喊叫吸引住了。因为赶车的士兵想超越别的车辆,指挥车队的军官正用鞭子抽打他,鞭梢扫着了车帘。女人发出刺耳的尖叫。她看见安德烈公爵,就从车帘下探出身子,从毯子似的围巾下伸出干瘦的手来,一面摇晃,一面喊道:

“副官,副官先生!……看在上帝的分上……救救我吧……这怎么得了啊?……我是第七猎骑兵团军医的家眷……不让我们过去。我们落在后面了，跟自己的人失散了……"

"我敲碎你的脑壳，滚回去！"凶狠的军官向士兵嚷道，"跟你的臭娘们儿一起滚到后面去！"

"副官先生，救救我吧。这像什么话？"军医太太喊道。

"请您让这辆车过去吧。您没有看见这是一位妇女吗？"安德烈公爵走到军官跟前，说道。

军官看了一眼，没有答理，又转身对士兵说：

"我揍死你……滚回去！"

"放他们过去吧，我对您说。"安德烈公爵把嘴一撇又说了一遍。

"你是什么人？"军官突然像醉了酒似的对他发作起来，"你算老几？你(他特别加重你字)是首长吗？在这儿我是首长，不是你。往后站，"他重复说，"我敲碎你的脑壳。"

看来军官很爱说这句话。

"把小副官训得够戗。"从后面传来一个人的声音。

安德烈公爵看出，这个军官身上突然爆发出一股如醉如狂的无名怒火，处在这种状态的人，就不记得他是在说什么了。他也看出，他保护那个坐车的军医太太，可能成为所谓的笑柄，他觉得这比什么都可怕。但是他的本能告诉他的却是另一回事。没等军官说完，气歪了脸的安德烈公爵就冲到他面前，扬起了鞭子：

"请——您——放——他们——过去！"

军官把手一挥，连忙走开了。

"都是你们这帮人、司令部的人搞的，搞得一塌糊涂，"他嘟嘟嚷嚷说，"您看着办吧。"

安德烈公爵连眼皮都没有抬，就急急忙忙离开了那个称他为救命恩人的军医太太，向人们告诉他的总司令驻地驰去，他一面心中怀着厌恶的感觉回忆刚才那场有失尊严的冲突的细节。

他进了村子，下了马，向头一户人家走去，打算稍微休息一下，吃点东西，清理清理使他感到屈辱的、折磨人的思绪。"这是一群乌合之众，不是军队。"他一面想，一面向第一户人家的窗口走去，他忽然听到一个熟悉的声音叫他的名字。

他四处张望一下。从小窗口探出涅斯维茨基的漂亮面孔。涅斯维茨基的鲜红的嘴巴嚼着东西，招手叫他进去。

"博尔孔斯基，博尔孔斯基！你没听见还是怎么的？快来。"他喊道。

安德烈公爵进了屋，看见涅斯维茨基和另外一个副官正在吃东西。他们迫不及待地问博尔孔斯基可曾听到什么消息。安德烈公爵从这两副他非常熟悉的面孔上看出惊慌不安的表情。这种表情在涅斯维茨基那副一向嬉笑的面孔上特别明显。

"总司令在哪儿？"博尔孔斯基问。

"在这儿，就在那所房子里。"副官回答说。

"听说要讲和，而且投降，是真的吗？"涅斯维茨基问。

"我正要问您呢。我费了好大的劲儿才赶上你们，此外我什么都不知道。"

"老兄，赶上我们又怎么样！可怕极了！我不该嘲笑马克，现在咱们更倒霉了，"涅斯维茨基说，"坐下吃点东西吧。"

"公爵，眼下不光是行李车，什么都找不到了，您的勤务兵彼得也不知去向。"另一个副官说。

"总部在什么地方？"

"咱们要在茨奈姆过夜。"

"我把要用的东西重新打包，用两匹马驮着，"涅斯维茨基说，"驮包打得好极了。就是越过波希米亚山也不怕了。情况很糟，老兄。你怎么啦，病了吗，怎么老哆嗦？"涅斯维茨基看见安德烈公爵像触了电似的发抖，便这样问。

"没有什么。"安德烈公爵回答说。

这时他想起刚才跟军医太太和辎重队的军官那场冲突。"总司令在这儿做什么?"他问。

"我完全不了解。"涅斯维茨基说。

"我只了解一件事,那就是一切都叫人厌恶,厌恶,厌恶!"安德烈公爵说着就到总司令那儿去了。

安德烈公爵从库图佐夫的马车旁边、从累得要死的随从们骑的马旁边、从高声谈话的哥萨克兵旁边经过,进了门洞。正如人们告诉安德烈公爵的,库图佐夫跟巴格拉季翁和魏罗特尔一起在一家农舍里。魏罗特尔是接替阵亡的施米特的奥地利将军。在门洞里,身材矮小的科兹洛夫斯基在文书的对面蹲着。文书卷着袖口,趴在底朝上的木桶上,正忙着抄写东西。科兹洛夫斯基面色疲惫不堪,看样子他也是一夜没有睡觉。他瞅了安德烈公爵一眼,连头也没有向他点一下。

"另起一行……写好了吗?"他继续向文书口授,"基辅掷弹兵团队、波多尔斯克团队……"

"跟不上趟,大人。"文书转脸看了看科兹洛夫斯基,没好气地回答。

这时从门里传来库图佐夫激动的、不满意的声音,中间插进一个陌生的声音。从这些说话的声调、从科兹洛夫斯基看他时那种心不在焉的神情、从疲倦到极点的文书那种不逊的态度、从文书和科兹洛夫斯基围着木桶坐在地板上离总司令那么近、从牵着马的哥萨克兵在窗下大声说笑——从这一切看来,安德烈公爵感觉到一定发生了什么重大的不幸的事。

安德烈公爵急切地向科兹洛夫斯基提出了一些问题。

"等一下,公爵。"科兹洛夫斯基说,"给巴格拉季翁下书面命令呢。"

"投降吗?"

"投什么降,作战命令都发出了。"

安德烈公爵向那扇传出声音的门走去。他正要开门,屋里的说话声停了,有人把门打开,门口出现了鹰钩鼻、胖脸膛的库图佐夫。安德烈公爵在库图佐夫正对面站着,但是从总司令那只独眼的表情可以看出,重重的心事和如焚的忧虑完全占据了他,他的视线都仿佛给什么蒙住了。他直视着他的副官的脸,可是没有认出他来。

"怎么样,写好了吗?"他转身对科兹洛夫斯基说。

"马上就好,大人。"

跟在总司令后面出来的是巴格拉季翁,他个子不高,干瘦,生着一副东方人的脸型,神气坚强而呆滞,看去还不很老。

"向您报到。"安德烈公爵一面大声重说了一遍,一面把信递上去。

"哦,从维也纳来的? 好的。等一会儿,等一会儿!"

库图佐夫和巴格拉季翁走到门廊阶台上。

"公爵,再见,"他对巴格拉季翁说,"基督保佑你。祝你建立奇功。"

库图佐夫的脸突然变得柔和了,眼圈里涌出了泪水。他用左手把巴格拉季翁拉到跟前,用戴着戒指的右手以显然习惯的姿势给他画十字,并且把肥胖的腮帮伸给他,巴格拉季翁不吻他的腮帮,却向他的脖颈吻了一下。

"基督保佑你!"库图佐夫又说一遍,然后向马车走去。"跟我坐一辆车走吧。"他对博尔孔斯基说。

"大人,我希望我留在这儿能有点用处。请准许我留在巴格拉季翁公爵的部队里吧。"

"上车,"库图佐夫说,当他发现博尔孔斯基迟疑不决时,就又说,"好军官我自己也需要,我自己也需要。"

他们坐进马车,车走了好几分钟他们都沉默不语。

"以后要做的事多得很,什么样的机会都有。"他带着老年人洞察一切的神情说,仿佛博尔孔斯基心中所想的他都一清二楚。"他的部队明天能回来十分之一,我就谢天谢地了。"库图佐夫好像自言自语,又说。

安德烈公爵看了看库图佐夫,不由得注意到,离他半俄尺①远是库图佐夫额角上那道洗得干干净净的、在伊兹梅尔战役中被子弹打穿了头骨留下的疤痕和那只失去眼球的眼睛。"是的,他有权利这么平静地谈到这些人的死亡!"博尔孔斯基想。

"正是为此,我才请求派我到这个部队里的。"他说。

库图佐夫没有回答。他似乎已经忘了他方才说的话,他坐在那里陷入了沉思。五分钟后,库图佐夫在柔软的弹簧车垫上平稳地摇晃着,向安德烈公爵转过身来。他脸上已经没有丝毫焦虑的痕迹了。他带着几分讥笑的神情问起安德烈公爵会见奥地利皇帝的详情,关于克雷姆斯战役在宫廷听到什么反应,还问到几个他们都认识的女人。

十四

十一月一日,库图佐夫从侦察兵那儿得到的消息表明,他所统率的军队几乎陷入绝境。据侦察兵报告,法国人越过维也纳桥后,正以庞大的兵力向库图佐夫与俄国开来的援军之间的交通线推进。如果库图佐夫决定留在克雷姆斯,拿破仑的十五万大军就要切断他的所有的交通线,把他的四万疲惫不堪的军队包围起来,他

---

① 1俄尺合0.71米。

的处境就要同马克在乌尔姆的处境一样。如果库图佐夫决定放弃与俄国援军取得联络的道路，那他就要一面防御敌人的优势兵力，一面落荒退入情况不明的波希米亚山区，失掉与布克斯格夫登取得联系的任何希望。如果库图佐夫为了跟援军会师，决定沿着从克雷姆斯到奥尔米茨的大道撤退，那就要冒这样的危险：在这条路上他可能被已越过维也纳桥的法军抢在前头，这样一来，他就要被迫带着全副重装备和辎重，一面行军，一面同兵力两倍于他的，而且从两面向他夹攻的敌人进行战斗。

库图佐夫选择了后一条出路。

正像侦察兵报告的，法军过了维也纳桥，赶到库图佐夫前头一百多俄里，正日夜兼程向库图佐夫撤退的线路上的茨奈姆前进。抢在法军之前赶到茨奈姆，那就意味着俄军的得救的希望大一些；让法军抢先赶到茨奈姆，那就意味着肯定要遭到跟乌尔姆战役一样的耻辱，甚至是全军覆没。但是带领全军赶到法军前头是不可能的。法军从维也纳到茨奈姆的道路，比起俄军从克雷姆斯到茨奈姆的道路来，又短又好。

接到消息的当天夜里，库图佐夫派出巴格拉季翁部四千名前卫，从克雷姆斯-茨奈姆大道右边翻山越岭到达维也纳-茨奈姆大道。巴格拉季翁必须马不停蹄地赶完这段路程，然后面对维也纳，背朝茨奈姆安营扎寨。如果他在法军前头赶到，他必须尽可能阻止他们前进。而库图佐夫本人则带领全副重装备向茨奈姆进发。

在一个风雨之夜，巴格拉季翁带领饥饿、赤脚的士兵走了四十五俄里没有道路的山地，失去三分之一掉队人员，比法军早几个小时来到维也纳-茨奈姆大道上的霍拉布伦。而库图佐夫率辎重队还要走一昼夜才能到达茨奈姆，因此，要想拯救部队，巴格拉季翁就得在霍拉布伦跟相遇的全部法军周旋一昼夜，这显然是不可能的。但是奇怪的命运却使不可能变为可能。法国不战而骗取了维也纳桥,这一成功经验促使缪拉想照样去欺骗库图佐夫一次。缪拉在前往茨奈姆途中遇见巴格拉季翁带领的力量薄弱的部队,以为这就是库图佐夫的全部人马。为了确有把握地粉碎这支军队,他要等待从维也纳出发后沿途掉队的人员,因此他建议停战三天,条件是双方的军队不改变位置,原地不动。缪拉说,和平谈判正在进行,为了避免无谓的牺牲,所以建议停战。担任前哨的奥地利将军诺斯蒂茨伯爵听信了缪拉的军使的话,往后撤退,给巴格拉季翁的部队让出路来。另一个军使驰到俄军散兵线上,也宣布和平谈判的消息,建议俄军停战三天。巴格拉季翁回答说,是否接受停战的建议,他不能决定,于是派一名副官带着关于这个建议的报告前去请示库图佐夫。

对库图佐夫说来,停战是赢得时间的唯一手段,可以利用它休整一下疲劳的巴格拉季翁部队,让辎重和重装备(正瞒着法国人进行)哪怕向茨奈姆多推进一站路也好。停战的建议为拯救俄军提供了唯一的、意外的机会。库图佐夫接到这个消息,立即派他手下的侍从武官长温岑格罗德前往敌方营地。温岑格罗德不仅要接受停战建议,而且还要提出投降的条件;同时,库图佐夫派遣几名副官去催促克雷姆斯-茨奈姆大道上全军的辎重加速前进。只有又饿又累的巴格拉季翁部队屹然不动地与兵力七倍于它的敌人相对峙,掩护着辎重和全军的行动。

果然不出库图佐夫所料,一方面,这个不附带任何约束力的投降建议使得一部分辎重能够有通过的时间;另一方面,缪拉的错误很快会被发觉。离霍拉布伦二十五俄里,驻在申布鲁恩的波拿巴一接到缪拉的报告以及关于停战和投降的草案,他立即看出其中有诈,于是用法语给缪拉写了如下的一封信。

缪拉亲王鉴:

我找不到适当的字眼来表达我对您的不满。您不过是指挥我的前卫部队,没有我的命令,您没有权力做出停战的决定。您要使我丧失全部的战果。立即撕毁停战建议,并向敌人进攻。您要对他宣布,签订这个投降书的将军没有这样的权力,除了俄国皇帝,任何人都没有这样的权力。

然而,假使俄皇同意这个协议,我也可以同意;但这不过是玩弄诡计罢了。您要前进,消灭俄国军队……您是能够俘获它的辎重和大炮的。

俄皇的侍从武官长是个骗子……军官如未被授予全权代表资格,就不能起任何作用;他也是没有全权代表资格的……在越过维也纳桥的时候,奥地利人受了骗,而您现在却受了俄皇侍从武官的骗。

拿破仑

一八〇五年雾月二十五日八时于申布鲁恩

波拿巴的副官带着这封极其严厉的信,向缪拉飞驰而去。波拿巴不相信自己的将军,生怕放走已经落网的牺牲品,便亲自带领全部近卫军,向战场推进。而四千名巴格拉季翁部队,却快活地燃起篝火,烘衣裳,取暖,三天以来第一次煮粥,部队里没有一个人知道、也不去想他们面临着什么。

十五

安德烈公爵向库图佐夫提出的坚决要求,得到了批准。下午三点多钟,安德烈公爵来到格伦特,见过巴格拉季翁。波拿巴的副官还没有到达缪拉部队,所以战斗还没有开始。在巴格拉季翁部队里,人们对整个战局毫无所知,他们谈论和平,但不相信和平有可能实现;谈论打仗,又不相信战斗在即。

巴格拉季翁知道博尔孔斯基是个受宠的亲信副官,所以对他屈尊俯就,特别优待。他对他解释说,今明两天将有战斗,在战斗时,他给予他充分的自由:跟随他,或在后卫监视撤退秩序,"这也同等重要",都由他自己决定。

"不过,今天大概不会打起来。"巴格拉季翁安慰安德烈公爵似地说。

"如果他是一个普通的司令部的花花公子,是派来挣十字勋章的,那他在后卫照样可以挣到。如果他愿意留在我身旁,那也好……如果他是一个勇敢的军官,会有用场的。"巴格拉季翁想。安德烈公爵什么也没回答,只要求准许他巡视一遭阵地,熟悉一下部队的部署,在执行任务时好认识道路。部队值勤的校官自愿给安德烈公爵带路;这个军官是个美貌男子,衣着考究,食指上戴着钻石戒指,法语说得很坏,但又喜欢说。

到处可以看见面带愁容、好像在寻找东西的浑身湿透的军官,以及从村子里拖出门板、长板凳和围墙木板的士兵。

"瞧,公爵,拿这些人真没办法,"校官指着那些人,说,"指挥官们把他们惯坏了。再瞧瞧那儿,"他指着随军商贩搭起的帐篷,"都聚在那儿闲坐。今天早晨才把他们撵走,您看现在又满满的了。公爵,应当去吓唬他们一下。费不了多大工夫。"

"一块儿去,我也吃点干酪和面包。"安德烈公爵说,他还没来得及吃东西。

"您怎么不早说,公爵?您要早说,我可以招待您。"

他们下了马,走进商贩的帐篷。几个面红耳赤的军官面带倦容坐在桌旁又吃又喝。

"这又怎么啦,诸位!"校官像一个把话重复了好几遍的人,用责备的口吻说,"这样擅离职守是不许可的。公爵有令,谁都不许来。看您这样子,上尉先生。"他转身对一个又矮又瘦、浑身泥污的炮兵军官说,这位炮兵军官没有穿靴子(他把靴子交给商贩拿去烘干），只穿着袜子，站在进来的人面前，不大自然地微笑着。

"图申上尉，您怎么不嫌害臊？"校官继续说，"您是炮兵，好像应当做个模范，可是您不穿靴子。一旦有情况，您不穿靴子，那就好看了（校官露出笑意）。都给我回自己的岗位上去，诸位，全回去，全回去。"他用长官的口吻补充说。

安德烈公爵看了看图申上尉，不由得笑了。图申一声不响，面带笑容，不住地倒换着两只没有穿靴子的脚站在那儿，他那对聪明而和善的大眼睛带着疑问的神情时而望望安德烈公爵，时而望望校官。

"士兵们说：不穿靴子更灵便。"图申上尉说，他微微含笑，畏畏缩缩，看来，他想用诙谐的调子改变一下尴尬的处境。

但是没等把话说完，他就觉得他的诙谐没人理会，没有发生效果。他感到狼狈了。

"你们都回去吧。"校官极力保持着严肃的态度，说。

安德烈公爵又把这个炮兵军官上下打量了一下。在这个人身上，有一种特别的，完全不是军人的，有几分可笑、然而却非常吸引人的东西。

校官和安德烈公爵骑上马继续前进。

他们不断超过和碰见正在赶路的各队士兵和军官，出村以后，看见左前方正在构筑工事，刚掘出的泥土泛着红色。几个营的士兵在寒风中只穿一件衬衣，像一窝白蚁似的在工事里忙碌。土堤后面望不见的人不断甩出一铲一铲的红土。他们走到工事前面视察一番后，又往前走。在工事后面，他们碰见几十个不断轮换、跑步离开工事的士兵。他们不得不捏着鼻子策马快走，避开这里恶臭的空气。

"这就是军营的乐趣，公爵先生。"值勤的校官说。

他们驰到对面山上。从这里已经可以看见法国军队。安德烈公爵停下来仔细观察。

"那边是我们的炮垒，"校官指着最高的制高点，说，"就是那个不穿靴子的怪人指挥的炮垒。从那儿什么都望得见，咱们去吧，公爵。"

"多谢您啦，现在我一个人走走，"安德烈公爵想摆脱这个校官，说，"不必客气，您请便吧。"

校官落到后面了，安德烈公爵独自往前走去。

他越往前走，离敌人越近，我军的阵容就越整齐，气氛也越愉快。最混乱、最低沉的是赴茨奈姆的辎重队，也就是早晨安德烈公爵路过的、离法国军队十俄里的地方。在格伦特也可以看出慌乱和恐惧的迹象。安德烈公爵越走近法国军队的散兵线，我军就越显得有信心。穿着灰色军大衣的士兵列队站在那里，司务长和连长查点人数，伸出一个指头戳着每班最后一个士兵的胸脯，命令他举起手来。到处有士兵把柴禾和树枝拖来搭窝棚，欢快地谈笑着。围着篝火坐着的人，有的穿着衣服，有的光着膀子，他们在烘烤衬衣和包脚布，或者修补靴子和大衣。在饭锅和炊事员那里围着许多人。有一个连队已经做好饭了，士兵们用贪馋的目光望着冒蒸气的锅，等待管理员用木碗盛食物样品递给军官检验，那个军官在他的棚子对面一根木头上坐着。

在一个比较幸运的连队里（不是大家都有伏特加酒），一群士兵围着一个宽肩、麻脸的司务长站在那儿，司务长倾斜着小桶，朝顺序递过来的军用水壶盖子里倒酒。士兵们带着虔诚的表情把壶盖送到嘴边，兜底儿倒进嘴里，然后用大衣袖子擦擦嘴唇，高高兴兴地离开了司务长。每个人的脸上都是这么平静，就好像眼前的一切不是发生在大敌当前的时刻，不是发生在至少要倒下一半人的战役前夕，而好像是在祖国某地等待着平安的驻防。安德烈公爵驰过猎骑兵团，在基辅掷弹兵队伍中间——这些掷弹兵个个都是雄赳赳的好汉,他们也在干些日常和平的劳动,在离一间高大的、跟其他的棚子不同的团长的棚子不远的地方,迎面碰见一排列队的掷弹兵,队前躺着一个赤膊的人。两个士兵按住他,另外两个士兵挥起柔软的树枝,朝着赤裸裸的背脊有节奏地抽打着。挨打的人怪声嚎叫着。一个肥胖的少校在队列前来回走动,不理会那嚎叫声,不停地说:

"士兵偷窃是可耻的,士兵应当正直、高尚、勇敢。如果偷自己弟兄的东西,那他就人格扫地,他就是坏蛋。再打,再打!"

不断传来软鞭子的抽打声和假装的拼命的嚎叫声。

"再打,再打。"少校说。

那个年轻军官露出莫名其妙和痛苦的表情,用疑问的目光望着骑马走过的副官,离开了挨打的人。

安德烈公爵来到前沿,沿着阵地走下去。左右两翼,敌我双方的散兵线相距很远,可是中央,就是当天早晨军使走过的地方,双方的散兵线离得那么近,彼此可以看见对方的脸,甚至可以交谈。除了据守这一带散兵线的士兵,两边都聚着很多看热闹的人,他们一面嘲笑,一面观看他们觉得古怪而陌生的敌人。

从大清早起,虽然严禁走近散兵线,但是长官们赶不走看热闹的人。据守散兵线的士兵,像一些展示什么稀罕物件的人似的,已经不再去看法国人了,反而去观看前来看热闹的人,百无聊赖地等待着交班的时刻。安德烈公爵停下来仔细观察法国人。

"你瞧,你瞧。"有一个士兵指着一个俄国火枪手对同伴说。那个火枪手和一名军官来到散兵线,正跟一个法国掷弹兵流畅地、激动地谈话。"你瞧,他说得多流利!连法国人都赶他不上。你也来一句,西多罗夫!"

"别急,听一听。哦,好流利!"那个被认为擅长法语的西多罗夫答道。

两个谈笑的人所指的那个士兵，是多洛霍夫。安德烈公爵认出他来，细听他在说什么。多洛霍夫是随同他的连长从团队的防地左翼来到散兵线的。

"说下去，说下去！"连长激励他说，向前探着身子，极力不漏掉他听不懂的每一个字，"请再说快些。他在说什么？"

多洛霍夫没有回答连长，他正全神贯注地跟一个法国掷弹兵展开热烈的争论。他们谈的当然是那次战役。这个法国兵把奥地利人和俄国人弄混了，说那次战役是俄国人投降了，并且从乌尔姆逃跑了，而多洛霍夫说俄国人不但没有投降，而且把法国人揍了一顿。

"我们奉命到这里来赶你们，我们一定能把你们赶跑。"多洛霍夫说。

"当心你们自己和你们的哥萨克，别都被活捉了。"法国掷弹兵说。

在一旁观看和旁听的法国士兵都笑起来。

"我们要打得你们团团转，就像苏沃洛夫在世时那样叫你们团团转（叫你们团团转）。"多洛霍夫说。

"他瞎扯什么？"一个法国兵说。

"古代历史，"另一个猜到他说的是过去的战争，说，"我们皇上像对别人一样，也要给你们的苏瓦拉一点颜色看。（这里称苏沃洛夫为苏瓦拉，表示轻蔑。）"

"波拿巴……"多洛霍夫刚要开口，被一个法国人打断了。

"不是波拿巴，是皇上！见鬼……"他气愤地骂了一声。

"你们皇上真他妈的该死！"

多洛霍夫用俄语骂了一句，是大兵的粗话，然后他挎上枪，走开了。

"咱们走吧，伊万·卢基奇。"他对连长说。

"你瞧人家的法语，"散兵线上的士兵说，"你也来一句，西多罗夫！"

西多罗夫挤了挤眼，就转身对着法国人连珠炮似的说些谁也不懂的话。

"卡里，马拉，塔法，萨菲，木特尔，卡斯卡。"他咿里哇啦乱说一通，并且极力说得有腔有调的。

"嗬，嗬，嗬！哈，哈，哈！呵哈！呵哈！"士兵们哄然大笑，笑得那么爽朗、快活，笑声自然而然地越过散兵线传染给了法国人，在这场大笑之后，似乎应该把弹药从枪炮里卸下来，把它销毁，赶快各自回家。

但是枪炮仍然装着弹药，房屋和堑壕的枪眼仍然威严地瞪视着前方，卸掉前车的大炮仍然互相瞄准着对方。

十六

安德烈公爵从右翼到左翼走遍了整条战线，然后登上校官所说的那个可以俯瞰整个战场的炮垒。在这里他下了马，在四尊卸掉前车的大炮中靠外边的一尊旁边停下来。炮前有个哨兵走来走去，看见军官来了，他本要立正站着，但安德烈公爵向他做了个手势，他又踱起他那均匀单调的步子。大炮后面是前车，再后面是拴马桩和炮兵们生起的篝火。左边，离边缘的大炮不远的地方，有一座刚刚搭起的窝棚，从窝棚里传出军官们热闹的谈话声。

果然，从炮垒眺望，几乎整个俄军的部署和大部分敌人都在视野之内。炮垒正对面，在地平线的丘岗上，可以看见申格拉本村；稍左和稍右，在他们生起的篝火的青烟里，有三处地方可以辨认出大批的法国军队，显然，大部分法军都在村里和山后。村子左边烟雾弥漫处，似乎有炮垒形状的东西，但是用肉眼看不清楚。我们的右翼部署在俯临法军阵地的颇为陡峭的高地上。上面配置的是我们的步兵,右翼的边缘可以看见龙骑兵。中央就是图申的炮垒,也就是安德烈公爵正在这里观察阵地的地方,这里有一条徐缓笔直的下坡道和上坡道,一直通到把我们和申格拉本村隔开的小河。我们左边的军队跟森林相连接,我们采伐木柴的步兵在那里生起的篝火冒着浓烟。法军的阵线比我们的宽,很明显,法军容易从两翼包围我们。我们的阵地后面是一道又陡又深的冲沟,炮兵和骑兵很难从那里撤退。安德烈公爵掏出笔记本,用臂肘支在炮身上,在本子上画了个军队部署的草图。他用铅笔在两个地方做了记号,打算向巴格拉季翁报告。他设想:第一,把全部大炮集中到中央阵地;第二,把骑兵调到冲沟后面。安德烈公爵经常在总司令身边,经常留意兵团的行动和一般性的指示,经常阅读战争史料,对目前的战役,在他的头脑中不由得勾画出未来作战进程的大概轮廓。在他的想象中,以下几种情况最可能发生:"如果敌人向右翼进攻,"他自言自语道,"基辅掷弹兵和波多尔斯克猎骑兵就应当坚守阵地,直到中央阵地的援军赶到。在这种情形下,龙骑兵可以打击他们的侧翼,并把它打垮。如果中央阵地受到攻击,我们就把炮垒都安置到这个高地上,在炮垒掩护下,集结左翼军队,列成梯队撤到冲沟。"他自言自语地琢磨……

他在炮垒的大炮旁边的全部时间,像常有的情形那样,不断地听着窝棚里军官的谈话声。忽然,窝棚里传出一个声音,腔调是那么亲切诚恳,使他感到惊讶,他不由得仔细倾听起来。

"不,老兄,"那个悦耳的、安德烈公爵听来挺熟的声音说,"我说,如果能知道死后的情形,那就不会有人怕死了。就是这样,老兄。"

另外一个更年轻的声音打断了他的话。

"不管怕不怕,反正一样——在劫难逃。"

"说来说去还是怕！咳，你们这些人，门槛真精，"第三个刚毅的声音打断了前两个声音，"你们当炮兵的真精明：你们把什么都带来了，伏特加，下酒菜，要啥有啥。"

那个声音刚毅的人，听口气像是步兵军官，大笑起来。

"到底还是怕死，"第一个熟悉的声音继续说，"怕未知的东西，就是这么回事，不管怎么说灵魂要升天……可是，我们知道，并没有什么天，只有大气。"

那个刚毅的声音又打断炮兵军官的话。

"您请我们尝尝您的药草酒吧，图申。"他说。

"哦，原来就是那个在商贩的帐篷里没有穿靴子的上尉。"安德烈公爵想，高兴地听出悦耳的、富于哲理意味的声音。

"请喝药草酒是可以的，"图申说，"不过话又说回来，了解来世……"他没有说完。

这时空中传来呼啸声；越来越近，越快，越清楚，越清楚，越快，一颗炮弹仿佛还没有把要说的说完，就砰的一声落在离窝棚不远的地上，以非人的力量炸成碎片。大地受了这一记打击，似乎惨叫了一声。

就在这一瞬间，从窝棚里头一个跑出来的是把烟斗叼在嘴角的小个子图申。他那和蔼而聪明的面孔有点苍白。随后出来的是那个声音刚毅的人——一个英姿飒爽的步兵军官，他向自己的连部跑去，一面跑，一面扣纽扣。

十七

安德烈公爵骑上马，站在炮垒上眺望那尊发射的大炮冒出的硝烟。他用眼睛往广阔的空间扫视，只见原先不动的法军现在动荡起来，左边果然是炮垒。炮垒上的硝烟还没有散开。两个骑马的法国人，可能是副官，在山上奔驰。在山下，大概要加强散兵线，看得清清楚楚的一个不大的敌人纵队在移动。头一炮的硝烟还没有散开就出现第二团硝烟，又发射一炮。战斗开始了。安德烈公爵掉转马头，驰回格伦特去找巴格拉季翁公爵。他听见背后炮击声越来越密，越来越响。显然，我们开始回击了。在山下，就是在军使走过的地方，传来步枪的射击声。

勒马鲁瓦带着波拿巴的那封严厉的信刚刚驰到缪拉那里，羞惭的缪拉为了补救自己的错误，立刻调动军队向中央推进并向两翼迂回，打算趁皇上还没有到达，在天黑以前，就把他面前这支貌不足道的小部队吃掉。

"战斗开始了！"安德烈公爵想，他感觉全身的血液更快地涌上心头，"但是，我的土伦在哪儿？怎样把它表现出来呢？"他在心中念叨着。

从那些一刻钟之前还在吃粥、喝酒的连队中间走过时，他到处看见站队的和拿起各自的步枪的士兵们的同样迅速的动作，从每张脸上他都看出他所感到的兴奋情绪。"战斗开始了！又可怕，又快活！"每个士兵和军官的面孔都说明这一点。

还没有走到构筑工事的地方，在阴霾的秋天的落日余晖中，他看见迎面来了一队骑马的人。最前面的人骑着一匹白马，披着毡斗篷，戴着羔皮帽。这个人是巴格拉季翁公爵。安德烈公爵停下来等他。巴格拉季翁公爵勒住马，认出是安德烈公爵，向他点了点头。当安德烈公爵向他报告他所看到的情形的时候，他仍然往前看。

"战斗开始了！"甚至在巴格拉季翁公爵那张刚毅的、棕色的脸上，也有这样的表情。他那好像睡眠不足的昏沉的眼睛半睁半闭。安德烈公爵怀着不安的好奇心注视着这张凝然不动的脸，他很想知道，此刻这个人有没有思想和感觉，如果有，那么他在思索什么，又感到什么呢？"在这张凝然不动的面孔后面究竟有没有什么东西？"安德烈公爵一面望着他，一面问自己。巴格拉季翁公爵点了点头，表示同意安德烈公爵的话，他说"好"时的表情，就好像所发生的和向他报告的一切，正是他已经预见到的。安德烈公爵跑得气喘吁吁，说得很快。巴格拉季翁公爵带着东方口音，说话特别慢，好像是暗示没有着急的必要。然而，他还是策马向图申的炮垒驰去。安德烈公爵和侍从们在后面跟随着。在巴格拉季翁公爵后面跟随的有：侍从武官——公爵的私人副官热尔科夫、传令官、骑一匹英国式的秃尾骏马的值勤校官，此外还有一个文官——军法检察官，这个人出于好奇心，要求到战场上去。军法检察官是个胖子，圆圆的脸盘，带着天真、快活的微笑东张西望。他穿一件厚毛布大衣，坐在非军用的马鞍上颤颤巍巍，夹在骠骑兵、哥萨克兵和副官中间，显得怪模怪样。

"他想看看战斗，"热尔科夫指着军法检察官对博尔孔斯基说，"可是他的心口已经疼了。"

"得了吧。"军法检察官容光焕发，带着天真而又狡猾的微笑说道，仿佛他以成为热尔科夫的笑柄为荣，又仿佛他故意装得比他实际上更愚蠢。

"好玩极了，公爵先生。"值勤校官说。（他记得法语里公爵这个封号好像有个特别的说法，但他怎么也说不准确。）

说话之间，他们来到图申的炮垒，在他们面前已经落了一颗炮弹。

"落了个啥东西？"军法检察官天真地微笑着问。

"法国烙饼。"热尔科夫说。

"就用这个打？"军法检察官问，"好家伙！"

他似乎高兴得心花怒放了。他的话音刚落，又传来出人意料的可怕啸声，突然碰到什么稀软的东西上面，啸声停止了，只听得嗤——嗤——嗤——砰的一声——在军法检察官背后靠右的地方,一个哥萨克兵连人带马倒在地上。热尔科夫和值勤校官在马鞍上俯下身,勒转马闪到一旁。军法检察官停在哥萨克兵面前,聚精会神地、好奇地端详着他。哥萨克兵已经死了,马还在挣扎。

巴格拉季翁公爵眯着眼睛回头望了望,当他看出骚乱的原因时,冷淡地转过身来,仿佛说:"这也值得大惊小怪!"他做了个优秀骑兵的姿势勒住马,微微弯了弯腰,整好挂着斗篷的佩剑。这口剑跟当时军人所佩带的不一样,是口古老的长剑。安德烈公爵想起这口剑的故事:在意大利作战时,苏沃洛夫把自己的这口剑赠给了巴格拉季翁,这个回忆此刻使他感到特别愉快。他们来到刚才博尔孔斯基在那里观察战场的炮垒。

"是谁的连队?"巴格拉季翁公爵向一个站在炮弹箱旁的军士问道。

他问:"是谁的连队?"而其实是问:"你们在这儿怕不怕?"军士是明白这个意思的。

"是图申上尉的,大人。"这个满脸雀斑的红头发军士立正站着,用快活的声音喊道。

"好,好。"巴格拉季翁顺口说了一句,他在考虑什么问题,策马经过前车向边缘的大炮走去。

正当他走过去的时候,那门炮发射了一颗炮弹,震得他和侍从们耳朵发聋,硝烟顿时把大炮包围起来,从硝烟里可以看见炮手们把炮托起,急忙用力把它推回原来的位置。宽肩个大的一号炮手,拿着通条,两腿叉得宽宽的,跳到炮脚前面。二号炮手颤抖着手,把火药装到炮口里。一个微微驼背的小个子——军官图申,没有留意将军到来,他向前跑去,被炮架尾绊了一下,他用小手在额上搭个棚,细细地眺望。

"再加二分,这样就正合适了。"他用尖细的嗓子喊道,并且极力喊得具有同他的外表不相称的英勇气概。"二号，"他尖声喊道，"狠狠地揍，梅德韦杰夫！"

巴格拉季翁把那个军官叫过来。图申用又胆怯又笨拙的动作，完全不像军人那样敬礼，倒像老神父祝福似的把三个指头贴在帽檐上，走到将军面前。虽然图申炮队的任务是射击谷地，但他却用燃烧弹射击前面看得最清楚的申格拉本村，因为村前有大批的法军正在出动。

谁也没有给图申下过该向何处射击和用什么射击的命令，他只跟他最尊重的司务长扎哈尔琴科商量了一下，决定最好是把那个村子点着。"好！"巴格拉季翁对这个军官的报告答道。他似乎在考虑什么，开始观察在他面前展开的战场。右翼的法军逼得最近。基辅团队防守的高地下面河谷里传来惊心动魄的一阵噼噼啪啪的枪声，侍从武官指给公爵看，右方更远的地方，在龙骑兵背后，一个法国纵队正向我们的侧翼迂回。左方的地平线被近处的树林遮住了。巴格拉季翁公爵命令从中央阵地抽出两营兵力支援右翼。一个侍从武官大着胆子对公爵说，抽走这两个营，炮队就失去了掩护。巴格拉季翁公爵向那个侍从武官转过身来，用昏暗的眼睛默默地看了看他。安德烈公爵觉得，侍从武官的意见是对的，的确使人无话可说。但是这时从据守谷地的团长那里驰来一个副官，报告说，有大批法军从山下拥上来，我们的团队溃乱，正向基辅掷弹团退却。巴格拉季翁公爵低了一下头表示同意和赞许。他骑马缓步向右翼走去，并且派一个副官到龙骑兵那里传达向法军进攻的命令。但是被派去的副官半小时后回来报告，龙骑兵团长已经退到冲沟后面，因为他们遇到强大的火力，徒然损失一些人，所以他下令射手们下马徒步进入森林。

"好！"巴格拉季翁说。

正当他离开炮垒的时候，左边树林里也传来射击声，因为左翼离得太远,巴格拉季翁公爵来不及亲自及时赶到,他派热尔科夫去见那个在布劳瑙接受库图佐夫检阅的团队的老将军,告诉他尽快撤到冲沟后面,因为右翼大约支持不了太久。至于图申和掩护他的一个营,却被遗忘了。安德烈公爵细心倾听了巴格拉季翁公爵跟长官们的谈话和他下的命令,他惊奇地发现,巴格拉季翁公爵实际并没有下什么命令,他不过极力装出,好像所发生的一切,不论由于必然或偶然,或由于个别长官的意志所发生的一切,虽然不是出于他的命令,但是是符合他的意图的。由于巴格拉季翁公爵从容不迫,安德烈公爵看出,虽然事件的发展带有偶然性,并且与这位长官的意志无关,但是他的在场却起了极大的作用。那些面色惊慌的长官一到巴格拉季翁公爵跟前,就变得镇静了,士兵和军官们快活地向他问好,由于他的在场,都变得更加活跃,而且显然是在他面前炫耀自己的勇敢。

十八

巴格拉季翁公爵来到我们右翼最高点后,开始往下走,从下面传来砰砰的枪声,硝烟弥漫,遮得什么都看不见。他们越走近河谷,就越看不清楚,也越感觉接近真正的战场。他们开始遇见伤员。有两个士兵架着一个满头流血、没有戴帽子的伤员。他喉咙里呼呼噜噜直响,不住地吐血。看样子,子弹打中了他的嘴或者喉咙。他们还遇见一个硬朗地独自行走着的伤员,他没有带枪,大声地呻吟着,刚被打伤的胳膊疼得直摇晃,血像从瓶口向外倾注似的从胳膊流到大衣上。他脸上的神情,与其说是痛苦,不如说是恐惧。他是在一分钟之前受的伤。跨过大路,开始下一个陡坡,他们看见坡上躺着几个人。他们遇见一群士兵,其中也有没受伤的。士兵们往上爬坡,粗重地喘着气,虽然看见将军来了,仍然大声说话,大摇大摆地走路。在前面硝烟中,已经看得见一队队的灰大衣,一个军官看见巴格拉季翁,连喊带跑地去追一群士兵,叫他们回来。巴格拉季翁向队伍跟前走去,队伍里时而这里时而那里响起枪声,压住了谈话声和口令声。大气充满了硝烟。士兵们的脸都被火药熏黑了,并且露出兴奋的神情。有些人用捣药杆捣火药,有些人往药池里装火药,从袋子里取火药,还有些人在射击。但是他们向谁射击,在没有被风吹散的硝烟中却看不见。时时传来悦耳的嗡嗡声和咝咝声。"这算是什么?"安德烈公爵骑马走到一群士兵跟前,心中想道,"这不能算是散兵线,因为他们挤作一团!不能算是进攻,因为他们待在那儿不动。也不能算是方阵,因为他们站得不对。"

团长是一个又瘦又弱、面带愉快笑容的小老头,他那双老眼被眼皮遮着一大半,这给他增添了一副温和的神情,他骑着马走到巴格拉季翁公爵跟前,像主人接待客人似地接待了他。他向巴格拉季翁公爵报告,法国骑兵曾向他的团队进攻,虽然进攻被击退了,团队却损失了大半的人员。团长说进攻被击退了,这是他想出的一个军事术语,用来说明他的团队发生的情况。实际上他并不知道在这半小时内他们统率的军队究竟发生了什么,他不能确切地说出是进攻被击退,还是他的团队被进攻击溃。他只知道,战事刚起的时候,炮弹和榴弹朝着他的全团飞来,打着了人,后来有人喊:"骑兵。"于是我们的人就开始射击。射击一直持续到不是射已经逃走了的骑兵,而是射在谷地出现、并向我们射击的步兵。巴格拉季翁公爵点点头,表示一切做得正符合他的心愿和设想。他向一个副官转过身来,命令他把方才他们从旁走过的第六猎骑兵团的两个营从山上调来。就在这一刻,巴格拉季翁公爵脸上的变化使安德烈公爵吃惊。他脸上现出全神贯注、兴致勃勃的坚决神情,正像一个人在大热天准备跳进水里并且正跑最后几步的时候所表现的那副神情。既没有睡眠不足的昏沉的眼神,也没有假装深思熟虑的样子:他那刚毅的圆睁的鹰眼,兴高采烈地、带几分轻蔑地望着前方,显然并没有看任何东西,虽然他的动作这时仍然是那么缓慢和从容不迫。

团长向巴格拉季翁公爵转过身来,再三劝他回去,因为这里太危险了。"赏个脸吧,大人,看在上帝分上!"他一面说,一面给侍从武官使眼色,求他帮腔,可是侍从武官回避他,"您看看这种情形!"他是说子弹在他们周围不断地飕飕、嗖嗖乱叫。他说话时那种恳求和责备的腔调,就像一个木匠对拿起斧头的主人说:"这活儿我们做惯了,您手上会磨出血泡来的。"他那口气就好像他本人不会被子弹打死似的,他那半睁半闭的眼睛,给他的话增添了一种更有说服力的表情。校官也来劝解。但是巴格拉季翁公爵不答理他们,只是命令停止射击,重新站队,好给快要开来的两营人腾出地方。正当他说话的工夫,起了一阵风,就仿佛一只看不见的手,把遮掩河谷的硝烟帷幕从右边拉到左边,于是对面的山以及山上移动着的法军就暴露在他们的面前了。所有的眼睛都不由得朝着向他们推进的、沿着梯形山坡逶迤而下的法国纵队注视。已经看得见毛茸茸的士兵帽子,已经分辨得出军官和列兵,可以看见他们的旗帜飘打着旗杆。

"走得真像个样。"巴格拉季翁的侍从中有一个人说。

纵队的排头已经下到河谷。冲突应当在这边山坡上发生。

刚才作战的我们那个团的残部,急忙排着队向右让开。从他们后面,第六猎骑兵团的两营人冲散了掉队的人,整整齐齐地开来了。他们还没有走到巴格拉季翁跟前,就已经听得见很多人齐步走时发出的沉重脚步声。左翼有一个圆圆的脸、身材魁梧、面带傻呵呵的表情的连长走得离巴格拉季翁最近,这就是从窝棚里跑出来的那个人。看样子,此时此刻,他除了雄赳赳地从长官面前走过之外，什么都不想。

　　他怀着在前线得意的心情，挺直身子，用筋肉发达的两腿轻快地走着，像游泳一样毫不费力，他那轻巧的脚步，跟合着他的脚步走的士兵的沉重脚步，大不相同。他的大腿旁挎着一柄又细又窄的剑（一柄不像武器的弯曲的小剑），他时而看看长官，时而看看后面，不走乱脚步，灵活地转动着他那强健的身躯。看样子，他全神贯注，要以最好的姿态从长官面前走过去，而且他觉得他这个任务完成得很好，因此感到快活。"左……左……左……"似乎每隔一步，他心里就这样默念着。像一堵墙似的士兵行列带着各不相同的严厉表情，背负着背囊和枪支、合着节拍行进，仿佛这几百名士兵每隔一步心里也默念着："左……左……左……"一个肥胖的少校，气喘吁吁，走乱了步子，绕过路上一棵灌木；一个掉队的士兵，喘着气，因为自己破坏了秩序而露出惊恐的表情，奔跑着追上连队；一颗炮弹劈开空气，从巴格拉季翁公爵和侍从们头上飞过，也合着"左——左！"的节拍，击中了纵队。"靠拢！"传来连长有意卖弄的声音。士兵们呈弧形绕过落炮弹的地方，一个老骑兵——侧翼军士，在阵亡的人们旁边停留了一下，然后赶上自己的队伍，跳一跳变换一下脚步，合上了行进的节拍，愤愤地回头看了看。从威严的沉默中，从脚步同时落地发出的单调声响中，似乎可以听见"左……左……左……"

　　"干得好，弟兄们！"巴格拉季翁公爵说。

　　"愿为——大——人——效——劳！……"队伍中发出一片喊声。一个在左边走的面孔阴郁的士兵，一边喊一边转脸看了看巴格拉季翁，他那表情仿佛是说："我们知道。"另一个士兵没有回过头来看，他似乎怕分散精神，张开嘴喊叫着走过去。

　　发出了停止行进和解下背囊的命令。

　　巴格拉季翁绕着从他面前走过的队伍走了一周，然后下了马。

他把缰绳交给哥萨克兵,把斗篷脱下来也交给他,伸了伸腿,整了整头上的帽子。这时,由军官带头的法军纵队的排头已经在山下出现了。

"上帝保佑!"巴格拉季翁用大家听得见的坚决的声音说。他转脸向前线瞭望片刻,轻轻摆动着两只胳膊,迈着骑兵的笨拙的步子,在坎坷不平的田野里费劲地向前走去。安德烈公爵觉得,有一种不可抗拒的力量吸引着他勇往直前,并且体验到一种极大的快慰①。

法军已经离得很近了,跟巴格拉季翁公爵并肩走着的安德烈公爵已经清楚地辨得出法军的子弹带、红肩章,甚至他们的面孔。(他清清楚楚看见一个法国老军官攀着灌木,迈着穿鞋罩的往外撇开的两脚,吃力地在山坡上爬。)巴格拉季翁公爵还没有发布新的命令,只是默默地在队伍前面走。突然间在法军中响起枪声,一声、两声、三声……在乱糟糟的敌人队伍中间布满了硝烟,接着枪声响成一片。我们有几个人倒下了,其中也有那个方才曾是那么快活、那么努力行进的圆脸军官。可是就在第一声枪响的同时,巴格拉季翁回头看了看,喊起了:"乌拉!"

"乌拉——拉——拉!"我们队伍里响起一片拉得长长的喊叫声,于是我们的人越过巴格拉季翁公爵,汇成不整齐、然而快活的、生龙活虎的一群,争先恐后地跑下山坡,去追击混乱的法军。

十九

第六猎骑兵团的进攻,掩护了右翼的撤退。被遗忘的图申炮

---

① 梯也尔在提到这次进攻时说:"俄国人表现得很英勇,这在战争中是少见的,两队步兵互相顽强地厮杀,在决战之前,谁也不肯让步。"拿破仑在圣赫勒拿岛时曾说:"有几营俄国军队表现了大无畏的精神。"——作者注

队在中央炮击申格拉本村,使它起火,阻止了法军的前进。法军扑救被风势蔓延开来的大火,因此给了俄军以撤退的时间。中央部队往后撤退,匆忙而且嘈杂。然而在撤退中各队并没有混作一团。可是由亚速和波多尔斯克两个步兵团以及保罗格勒骠骑兵团组成的左翼,受到法军拉纳所统率的优势兵力的进攻和迂回而陷于混乱。巴格拉季翁派热尔科夫前往左翼将军那里传达立即撤退的命令。

热尔科夫没有把举到帽檐的手放下,就矫健地策马疾驰而去。可是刚刚离开巴格拉季翁,就失去了勇气。一种无法克制的恐惧情绪占有了他,他不能到那危险的地方去。

他驰近左翼的军队后,不再向那子弹飞舞的前线去,而是在不可能找到的地方寻找将军和长官,因此没有把命令送到。

左翼指挥权属于年长的、在布劳瑙接受库图佐夫检阅的团长,也就是多洛霍夫在那里当兵的那个团的团长。而左翼的最左边缘的指挥权却委任给罗斯托夫所在的保罗格勒团的团长,因此发生了误会。两个团长各不相让,互相斗气,正当右翼早已开火,法军开始进攻的时候,两位长官却忙着目的在于互相侮辱的谈判。不论是骑兵还是步兵,对当前的战事都很少准备。各团的人马,从士兵到将军,都没想到要战斗,都在安安静静地做些日常的工作:骑兵在喂马,步兵在拾柴。

"反正论官阶他比我大,"德国籍的骠骑兵团长红着脸对前来的副官说,"他爱怎么办就怎么办好啦。我可不能让我的骠骑兵去送死。号兵!吹退却号!"

但是形势很紧急。向右翼和中央轰击的排炮声和步枪声连成一片,拉纳率领的身披外套的法国射手越过磨房的堤坝,已经在离这边两射程远的地方列成队形。步兵团长迈着颤颤巍巍的步子走到马跟前,骑了上去,腰杆挺得直直的,显得又高又大,策马向保罗格勒团团长驰去。两个团长在马上相遇了,他们彬彬有礼地互相鞠躬,但内心却隐藏着嫉恨。

"无论如何,团长,"将军说,"我不能把一半人马留在森林里。我请求您,我请求您,"他反复地说,"占领阵地,准备进攻。"

"不是自己的事情我请您不要干预,"团长恼火地回答,"您既然是骑兵……"

"我不是骑兵,团长,我是俄国将军,您如果不知道的话……"

"我知道得很清楚,大人,"团长忽然策动坐骑,大声喊道,他的脸都变紫了,"请您劳驾到前沿去看看,您就知道那阵地毫无用处。我不愿葬送自己的团来让您开心。"

"您太放肆了,团长。我不是来寻开心的,我不允许说这种话。"

将军接受团长比试勇敢的邀请,他挺起胸膛,紧皱眉头,和他并马向前沿走去,仿佛他们俩的全部分歧只有在枪林弹雨的火线上才能得到解决。他们来到前沿,几颗子弹从他们头上飞过,他们闷声不响地停下来。其实前沿并没有什么可看的,因为在刚才他站着的地方就可以看得清清楚楚,在那些灌木林和条条冲沟之间骑兵是无法作战的,而法军正向左翼迂回。将军和团长,像两只准备斗架的公鸡,威严地、意味深长地互相怒视着,徒然等待着对方露出胆怯的迹象。两个人都经住了考验。因为无话可说,两个人谁也不愿给对方以借口——说他是第一个走出枪林弹雨的。要不是这时在树林里,差不多就在他们的背后,忽然传来劈里啪啦的枪声和一片低沉的呐喊声,他们会长久地站在那里互相比赛勇敢。在树林里拾柴的士兵受到法军的攻击。骠骑兵已经不能随同步兵一齐撤退了。他们被法军的散兵线切断了向左撤退的道路。现在不论地形多么不利,为了给自己打出一条退路,也不得不展开进攻了。

罗斯托夫所在的那个骑兵连队刚骑上马,就被敌人迎头堵住。又像在恩斯河桥上那样,在骑兵连和敌人之间空旷无人,在这中间横着一条不可知和恐怖的可怕的线,好像是一条生与死的线,把敌我双方分隔开来。所有的人都感觉到这条线,使他们感到不安的问题是,要不要越过这条线,又怎样越过。

团长骑马来到前沿,愤愤地回答了一些军官的问题,然后像一个死死地拿定了主意的人那样,下了一道命令。谁也没有明确地说什么,但是要冲锋的话却传遍了全连。发出列队的口令,传出军刀出鞘的锵锵声。但仍然没有人动弹。左翼的军队,不论是步兵还是骠骑兵,都感到连长官自己也不知道应当怎么办,长官的犹疑不决传染了士兵。

"快一点,最好快一点。"罗斯托夫想,他觉得享受一下冲锋的快乐的时机终于来到,这种快乐,他从骠骑兵同事们那里曾经多次听说过。

"上帝保佑,弟兄们,"传来杰尼索夫的声音,"跑步,前进!"

前面一排马的臀部摇动起来。"白嘴鸦"拉紧缰绳,自动地开步走了。

罗斯托夫看见右边有几排自家的骠骑兵,前面更远的地方是一带长长的黑线,虽然他看不清楚,但是认为那就是敌人。可以听见稀稀拉拉的枪声,但离得很远。

"加快!"传出口令,罗斯托夫感觉到他的"白嘴鸦"抬起臀部,飞奔起来了。

他预先猜得到他的马的动作,所以越来越快活。他曾注意到前面有一棵孤零零的树。这棵树本来在前面显得非常可怕的那条线中间。现在他们越过了这条线,不但没有什么可怕,而且越来越快活,兴奋。"咳,看我砍个痛快。"罗斯托夫紧握着刀柄,心中想。

"乌拉——拉——拉!!"响起一片呐喊声。

"不论是谁,现在要是落在我的手里,让他试试看。"罗斯托夫一面想,一面用马刺刺"白嘴鸦",使它全速前进,把别人都撇到后面。前面已经可以看见敌人。突然间,仿佛有一把大笤帚似的东西扫过整个骑兵连。罗斯托夫举起马刀准备砍杀,正在这时,在前面驰骋的士兵尼基琴科离开了他,罗斯托夫如在梦中似的,觉得他仍然风驰电掣地奔驰,同时又觉得停留原地不动。一个熟识的骠骑兵邦达尔丘克从后面追上来,气愤地看了看他。邦达尔丘克的马向旁边一闪,从他身旁绕了过去。

　　"这是怎么回事?我不能动弹了?——我倒了,被打死了……"罗斯托夫在一瞬间自问自答。他已经是独自一人躺在旷野里了。他看见的已经不是奔跑着的马和骠骑兵的背脊,而是周围不动的土地和带禾茬的农田。他身下是温暖的血。"不,我受了伤,马被打死了。""白嘴鸦"想撑起前腿,但是摔倒了,压住骑马人的脚。血从马头上流出来。马挣扎着,但站不起来。罗斯托夫想站起来,也摔倒了:图囊挂住了马鞍。我们的人在哪儿,法国人在哪儿——他不知道。周围没有一个人影。

　　他抽出脚,站起来。"那条明显地把两军分开的线现在在哪儿?在哪个方向?"他问自己,但回答不出。"是不是我发生了什么不幸?这种情形常有吗?遇到这种情形应该怎么办?"他一面问自己,一面站起来。这时他感觉他那麻木的左胳膊好像一件多余的东西。手好像不是自己的。他看了看手,没有发现血迹。"那不是人来了,"他看见有人向他跑来,高兴地想,"他们来救我了!"在这些人前面跑着的一个人,戴着奇怪的高筒帽,穿着蓝大衣,晒得黑黑的,长着鹰钩鼻。后面还跟着两个,再后面还有许多。其中有个人说了一句话,怪腔怪调的,不像俄语。在后面的戴高筒帽的人们中间,有一个俄国骠骑兵。人们捉住他的胳膊,后面有人牵着他的马。

"这一定是我们的人被俘了……是的。难道他们也来捉我？这是些什么人呢？"罗斯托夫不相信自己的眼睛，老是在想，"难道是法国人吗？"他望着那些渐渐跑近来的法国人，虽然一分钟之前他还奔驰着追赶这些法国人，要想砍杀他们，可是现在他们快到跟前的时候，他简直怕得不敢相信自己的眼睛。"他们是什么人？为什么跑？是不是找我来了？是向我这儿跑吗？想干什么？杀死我吗？杀死我这个为大家所钟爱的人吗？"他回忆起母亲、家里的人、朋友们对他的疼爱，敌人想杀死他——这似乎是一件不可能的事。"杀死——也许可能！"他不明了自己的处境，原地不动地站了十多秒钟。最前面那个长着鹰钩鼻的法国人跑得那么近，已经可以看见他脸上的表情了。那人端着刺刀，屏住呼吸，轻快地向他跑来，他那狂热的、陌生的面孔，使罗斯托夫大吃一惊。他抓起手枪，没有向那人射击，却用它向法国人掷去，然后拼着全力向灌木丛跑去。他狂奔着，他现在已经没有前些时候向恩斯河桥冲去所怀有的那种疑虑和矛盾的心情了，而是怀着兔子逃避猎犬的心情。一种为自己年轻、幸福的生命恐惧的心情占据了他的整个身心。他迅速地逃过田埂，使用他在玩老鹰捉小鸡时所使用的奔跑速度，在田野上狂奔，不时扭转着他那苍白、善良、年轻的脸，一股恐惧的冷气掠过他的背脊。"不，最好不要回头看。"他心中想，但是快跑到灌木丛的时候，他又回头看了一次。法国人落到后面了，甚至就在他回头看的那一刻，那个跑在最前面的人才刚刚把快步换成慢步，并且回头大声对后面的同伴喊话。罗斯托夫停下来。"有点不大对吧，"他想，"他们想杀死我，这是不可能的。"就在这时，他的左手感到这么沉重，好像手上坠着两普特重的大秤砣似的。他再也跑不动了。法国人也停了下来，开始瞄准。罗斯托夫闭着眼睛，弯下腰来。一颗、两颗子弹呼啸着从他身旁飞过。他集中最后的力量，用右手托着左手，跑进了灌木丛。在灌木丛里有俄国的射手。

二十

受到突然袭击的步兵团队从树林里跑出来,各连队混成一团,蜂拥而逃。一个士兵在惊慌中说出一句在战争中才是可怕的毫无意义的话:"给切断了!"这句话带着恐怖感传遍了这群人。

"给包围了!给切断了!完蛋了!"逃跑的人喊叫着。

团长一听见后面的枪声和喊叫声,就明白他的团队发生了可怕的事情。他立刻想到的是,他是一个服役多年、从未有过任何过失的模范军官,而这次可能在长官面前犯了玩忽职守和指挥失当的错误。想到这里,他大惊失色,就在这一刻忘记了不听指挥的骑兵团长,忘记了将军的尊严,主要的是,完全忘记了危险和自卫感,他抓住鞍鞯,用马刺拍马,冒着雨点似的向他撒下、幸而都没有击中的子弹,向团队飞驰。他只有一个愿望:弄清是怎么回事,无论如何得想办法补救和改正错误,如果这个错误是由他负责的话,他这个服役二十二年,从未受过任何申斥的模范军官,万万不能犯错误。

他幸运地从法军中穿过,驰到树林外边的田野上,这时我军正经过这里逃跑,连口令也不听,顺着山坡直往下跑。现在到了决定胜负的士气动摇的时刻:这些溃乱的士兵是听从指挥员的话呢,还是不理会他继续往前跑。不管先前在士兵看来是如此威严的团长怎样拼命喊叫,不管团长那副面孔是多么愤怒、发紫、变了原形,他又是怎样挥舞军刀,士兵仍然在狂奔,说话,向空中放枪,不听口令。决定胜负的士气动摇显然助长了恐怖气氛。

由于喊叫和硝烟,将军咳嗽起来,他绝望地站住了。看来一切都完了,然而就在这一刻,进攻我们的法军,不知何故,忽然往回跑去,从林边消失,树林里出现了俄国的射手。这是季莫欣的连队,惟有这个连队在树林里遵守秩序,在林边沟渠里埋伏着,突然向法军发动袭击。季莫欣拼命喊叫着向法国人扑过去,他带着如痴如醉的劲头挥舞着军刀向敌人迎头痛击,法国人还没清醒过来就丢下武器逃走了。跟季莫欣并肩奔跑的多洛霍夫,面对面杀死一个法国人,他是第一个抓住一个投降的法国军官的脖领的。逃跑的人回来了,各营重新集合,被切成两段的左翼法国军队转眼之间被打退了。后援部队已经赶到,逃兵都停住了脚步。团长和埃科诺莫夫少校站在桥边,从他们面前走过撤退的连队。这时一个士兵跑到团长跟前,抓住他的马镫,几乎是偎靠着他。这个士兵穿着淡蓝色的毛呢大衣,没有背背囊,没有戴高筒帽,头是包扎着的,肩上挎着法军子弹盒。他手中握着军官的军刀。这个士兵面色苍白,一对蓝眼睛大胆地望着团长的脸,而嘴角却含着微笑。尽管团长忙着向埃科诺莫夫少校发布命令,对这个士兵也不能不注意。

"大人,这是两件战利品,"多洛霍夫指着法国军刀和子弹盒,说,"我俘虏了一个军官。我拦住了逃跑的连队。"多洛霍夫累得上气不接下气,断断续续地说,"全连都可以作证。请您记住,大人!"

"好,好。"团长说着,又向埃科诺莫夫少校转过脸去。

但是多洛霍夫还不走开,他解开手帕,扯下来,露出头发上凝结的血迹。

"我受了刺刀伤不下火线。请您记住,大人。"

图申的炮兵连被遗忘了,直到战事将要结束,而中央阵地的炮声仍然轰轰隆隆,巴格拉季翁公爵才派值勤校官到那里,接着又把安德烈公爵派了去,命令炮兵连尽速撤退。图申炮垒近处的掩护部队,在战斗中不知奉了谁的命令撤走了。炮兵连仍在继续轰击,它所以没有被法军攻下,仅仅因为敌人不能设想四面没有掩护的炮队竟然这么大胆地射击。相反,从这个炮队的顽强的战斗看来,敌人认为在中央集中着俄军的主力,对这个据点发动两次进攻,但两次都被这个高地上的四门孤立无援的大炮用霰弹击退。

巴格拉季翁公爵走后不久,图申就把申格拉本村轰得起火了。

"瞧,乱成一团! 起火了! 瞧那黑烟! 打得好! 好极了! 好大的烟! 好大的烟!"炮兵们欢跃起来。

所有的大炮都向着起火的地方轰击。好像鼓励似的,每放一炮,士兵就跟着喊叫:"打得好! 就这样干! 真有你的……好极了!"火借风势,迅速蔓延开来。走出村外的法国纵队又返回来,似乎是为了报复这次的吃亏,敌人在村子右边架起十尊大炮,开始向图申轰击。

由于着火而引起的孩子似的欢喜,由于轰击法国人得到成功而引起的狂热,要不是有两颗炮弹和跟着又有四颗炮弹落到大炮中间,并且一颗打倒两匹马,另一颗打掉弹药车车夫的一条腿,我们的炮手还一直没有留意到敌人的炮垒呢。然而,热火朝天的场面既已形成,就不会减弱,只不过改变一下情绪罢了。用后备炮车的马替换了打死的马,把伤员移走,四门大炮转过来对付那十尊大炮。图申的军官同事在战事刚开始的时候就阵亡了,一小时之内,四十名炮手中十七人失去战斗力,但是炮兵们仍然兴高采烈。有两次他们看到下面离他们不远的地方出现了法国人,他们就用霰弹向他们扫射。

小个子图申,动作无力而且笨拙,他不断要求勤务兵为了这一炮再装一袋烟,他一边往前跑,一边从烟袋锅里撒着火星,把小手搭在脑门上观望法国人。

"打,弟兄们!"他说,亲自托起轮子移动大炮,旋转着螺旋。

不断震耳欲聋的射击声每次都使图申打颤,在硝烟弥漫中,他

叼着小烟斗从这尊炮跑到那尊炮,时而瞄准,时而计算弹药,时而下令换掉死伤的马匹,另套新马,他用他那尖细无力而且不够果断的声音不住地喊叫。他脸上的表情越来越兴奋了。只有当打死或者打伤人的时候,他才皱皱眉头,背过脸去不看阵亡的人,愤怒地呵斥那些总是迟迟不肯抬走伤员或者死尸的人。那些士兵,大半都是英俊的小伙子(正像炮兵连常有的情形,都比自己的长官高两头,身量也有他两倍宽),像遇到困难情况的孩子似的,全都望着自己的连长,连长脸上的表情,也原封不动地反映在他们脸上。

由于可怕的轰鸣、嘈杂和必须不断地操心和活动,图申没有体验到丝毫不愉快的恐惧感觉,在他的脑海里也没有那种他可能被打死或者受伤的想法。相反,他越来越快乐了。他觉得,从他看见敌人并且开第一炮那一刻起,似乎已经过了很久,几乎是昨天的事,而他站立的这块土地,也似乎是他久已熟悉的、骨肉情深的地方。尽管他一切都记得,一切都照顾到,凡是一个优秀的军官处在他的地位所能做到的他都做到了,但是他仍然处在一种类似热病谵妄或者醉酒的状态。

由于他周围的大炮发出震耳欲聋的声音,由于敌人炮弹的呼啸声和爆炸声,由于炮手们汗流浃背、满脸通红、围着大炮忙碌的情景,由于人和马流血的情景,由于敌人那边硝烟腾起的情景(每次冒烟之后,跟着就飞来一颗炮弹,打中土地、人、大炮,或者打中马匹)——由于这一切景象纷纷呈现,在他的脑海里就构成一个使他在这一刻感到乐趣无穷的虚幻世界。在他的想象中,敌人的大炮不是大炮,而是烟斗,有一个看不见的吸烟人喷着奇异的烟圈。

"瞧,又喷烟了。"图申低声自言自语。就在这时,从山上腾起一团硝烟,被风吹成一条长带向左飘动。"小球就要飞来了——我们给他送回去。"

"您有什么吩咐吗,大人?"站在近旁的军士听见他嘟囔,问道。

"没什么,拿榴弹来……"他回答。

"你来一个,亲爱的马特维夫娜。"他自言自语。在他心目中,马特维夫娜是指那尊靠边的旧式大炮。他把聚在大炮周围的法国人想象成一群蚂蚁。那个美男子,醉鬼,第二尊大炮的一号炮手,在他的幻想世界中是一位大叔。图申最爱看他,他的一举一动都使他高兴。山下步枪互射,时起时伏,他把它想象成某人在那里呼吸。他倾听着时起时伏的枪声。

"听,又喘气了,又喘气了。"他自言自语。

他把自己想象成一个体格魁梧、力大无比、双手抱着炮弹向法国人掷去的伟男子。

"马特维夫娜,亲爱的,露一手!"他一边说,一边离开大炮,这时在他的头顶上传来陌生的、不熟悉的声音:

"图申上尉!上尉!"

图申吃惊地回头看了看。这就是在格伦特商贩帐篷里把他撵出来的那个校官。他气喘吁吁地对他喊道:

"您怎么啦,发疯了?两次给您退却的命令,可是您……"

"他们干吗老跟我过不去?……"图申一面恐惧地望着长官,一面心中想道。

"我……没什么……"他把两个指头放在帽檐上,说,"我……"

但是上校没有说完要说的话。从近旁飞过的炮弹迫使他赶快弯下身来,趴在马背上。他停顿了一下,刚想再说,又飞来一颗炮弹阻止了他。他掉转马头就离开了。

"撤退!全体撤退!"他从远处喊道。

士兵们都笑了。一分钟后,一个副官驰来传达了同样的命令。

这是安德烈公爵。他来到图申炮连所在地时,首先看到马,它断了一条腿,躺在其他套在车上的马旁边嘶鸣。马腿血如泉涌。前车中间躺着几个被打死的人。当他走近时,炮弹一颗接一颗从头顶上飞过,他感到一阵神经质的寒颤溜过他的脊背。但是,一想到自己害怕,就又振作起来。"我不能害怕。"他想,在大炮中间不慌不忙地下了马。他传达了命令之后,没有离开炮兵阵地。他决定亲眼看着大炮从阵地上移下来并撤走。他和图申一道跨过死尸,在法军猛烈的炮火下,忙着撤走大炮。

"刚才来了一位长官,很快就溜走了,"一个军士对安德烈公爵说,"不像您,大人。"

安德烈公爵没有跟图申说一句话。他们两人忙得似乎谁也没有看见谁。他们把四尊炮中未受损伤的两尊套上前车,开始下山(抛下一尊被打坏的炮和一尊独角兽炮),安德烈公爵骑马来到图申跟前。

"再见了。"安德烈公爵向图申伸出一只手,说。

"再见,亲爱的朋友,"图申说,"亲爱的人! 再见,亲爱的朋友。"图申说,不知为什么突然热泪涌流。

二十一

风息了,乌云在战场上空低垂着,地平线上,乌云和硝烟融成一片。天渐渐黑下来,两处的火光显得更加明亮。炮声稀疏了,但是后面和右面的枪声却更加频繁,更加接近。图申和他的炮队从火线上撤下来,在路上时时绕过伤员,又遇到伤员,刚走到冲沟,就碰见一群长官和副官,其中有那个值勤校官和两次奉命而一次都没到达图申炮兵连的热尔科夫。他们七嘴八舌一齐给他发命令和传达命令,告诉他应当到哪里去和如何走,并且责备他,申斥他。图申什么也没向部下吩咐,骑着炮兵的一匹瘦马在后面走;他怕说话,连自己也不知为什么,一说话就想哭。虽然有命令把伤员抛下,仍然有许多伤员拖着步子跟着部队走,要求搭坐炮车。那个在战斗前从图申的窝棚里跑出来的雄赳赳的步兵军官,腹部中了枪弹,被安放在马特维夫娜炮车上。山脚下,一个面色苍白的骠骑兵士官生,用一只手托着另一只手走到图申面前,要求搭坐炮车。

"上尉,看在上帝分上,我的胳膊受了挫伤,"他胆怯地说,"看在上帝分上,我走不动了。看在上帝分上!"

看样子,这个士官生央求搭车已经不止一次了,然而到处都遭到拒绝。他用犹豫的、可怜的声音哀求:

"请您吩咐,叫我坐上去吧,看在上帝分上。"

"让他坐,让他坐,"图申说,"给他铺上大衣,我说,大叔,"他对他所喜爱的那个士兵说,"那个受伤的军官呢?"

"抬下去了,死了。"有人回答。

"让他坐上去。坐吧,亲爱的,坐吧。安东诺夫,铺上大衣。"

这个士官生是罗斯托夫。他用一只手托着另一只手,面色苍白,下巴颏像发疟疾似地哆嗦着。人们扶他上了马特维夫娜炮车,这就是安放过那位阵亡军官的炮车。铺在下面的大衣有血迹,染污了罗斯托夫的马裤和手。

"您受伤了吗,亲爱的?"图申走到罗斯托夫乘坐的那尊炮车跟前,说。

"不是挂彩,是挫伤。"

"裤子上怎么有血?"图申问。

"这是那个军官流的血,大人。"一个炮兵回答,他一面用大衣袖子擦血,似乎因为弄脏了大炮而感到歉意。

在步兵帮助下,炮车吃力地爬坡,到了贡台斯多尔夫村,停了下来。天已经黑尽,十步以外看不清士兵的服装,互射停止了。突然,从右边不远的地方,又传来呐喊声和枪炮声。在黑暗中,射击已经发出闪光。这是法军最后一次进攻,驻在这个村子的士兵首当其冲。所有的人又都冲出村子,但是图申的大炮无法移动,炮手们、图申和士官生无言地面面相觑,坐在那里听天由命。互射渐渐停了,从旁边的街上传来士兵们兴奋的谈话声。

"你还好好的吗,彼得罗夫?"一个士兵问。

"揍得他够呛,兄弟。现在不敢来了。"另一个士兵说。

"什么也看不见。他们揍起自家人来了!弟兄们,黑得对面不见人。有水喝吗?"

最后一次把法国人打退了。在漆黑的夜里,图申的大炮被发出嗡嗡声的步兵队伍四面围着,像镶在框子里似的,又向前行进了。

犹如一条看不见的黑河,永远朝着一个方向,在黑暗中流动着。低语声、谈话声、马蹄和车辆的响声,汇成一片嗡嗡声。在这片嗡嗡声中,听得最清楚的是伤员在黑夜里的呻吟声和谈话声。他们的呻吟声仿佛充满了包围着军队的全部黑暗。呻吟和夜的黑暗融成一体。过了一会儿,移动的人群起了一阵骚动。一个骑白马的人带着随从走过,一边走,一边说着什么。

"他说什么?现在到哪儿去?站住不走了吗?向我们表示感谢,还是怎么啦?"从四面传来急切的询问,所有移动的人群都人挨着人地站住了(显然是最前面的人停住了),传说有命令叫停下来。所有的人都在泥泞的道路中间原地站住不动。

篝火发出亮光,谈话声听得更清楚了。图申上尉把连队安排一下,派一名士兵替士官生去找救护站或者军医,然后就在士兵们生起的篝火旁坐下。罗斯托夫拖着步子也向篝火走来。由于疼痛、寒冷和潮湿,他全身像发疟疾似地打哆嗦。他困得要命,但是那只受伤的、无处安放的胳膊折磨人地疼痛,他怎么也睡不着。他时而闭闭眼,时而看看红得耀眼的火光,时而看看他身旁盘腿坐着的图申——看看他那有点驼背的瘦小身量。图申那对善良而聪明的眼睛充满了同情和痛苦注视着他。他看得出，图申满心想帮助他，但无能为力。

从四面传来步行和骑马走过的人们，以及在周围安顿下来的步兵的脚步声和谈话声。人声、脚步声、马蹄在泥泞中挪动的声音、远近柴火的毕剥声，汇成一片动荡不定的嗡嗡声。

这会儿已经不像刚才——一条看不见的河在黑暗中流动，而好似暴风雨之后，黑暗的大海平静下来，但海面还在荡漾。罗斯托夫茫然地望着，倾听着他面前和他周围发生的一切。一个步兵走到篝火旁，蹲下来伸手烤火；他转过脸来。

"可以烤烤火吗，大人？"他带着疑问的表情对图申说，"我跟连队失掉了联系，大人；连我自己也不知道我来到哪儿了。真倒霉！"

跟这个士兵一同走到篝火跟前的，是一个包扎着腮帮的步兵连长，他要图申下令把大炮移开一点，好让辎重车队过去。在连长之后，向篝火跑来两个士兵。他们互相争夺一只什么靴子，拼命地吵骂和厮打。

"什么，是你捡的！你真机灵！"一个士兵声音嘶哑地喊叫起来。

随后又来了一个消瘦、苍白的士兵，脖子上缠着渗透血污的包脚布，他气愤地向炮兵们要水。

"怎么，要叫我像条狗一样死掉，还是怎么的？"他说。

图申吩咐给他水。然后又跑来一个快活的士兵，替步兵讨一点火。

"给步兵们一点滚热烫手的火种吧！老乡，祝你们平安，回去后，我们要加倍奉还。"他一面说，一面拿着通红的炭火，黑暗中不知到何处去了。

在这个士兵之后,又有四个士兵用大衣兜着一件什么沉重的东西从篝火旁走过。其中一个绊了一下。

"他妈的,把劈柴放在路上。"他嘟囔了一句。

"人已经死了,还带着他干吗?"其中一个说。

"你得了吧!"

于是他们兜着东西在黑暗中消失了。

"怎么?痛吗?"图申低声问罗斯托夫。

"痛。"

"大人,请您去见将军。就在村里一家农舍里。"军士走到图申跟前说。

"这就去,老弟。"

图申站起来,扣上大衣,整理了一下,就离开了篝火……

离炮兵的篝火不远的地方,巴格拉季翁公爵坐在事先给他布置好的农舍里吃饭,跟聚在他那里的几个部队的长官谈话。这里有一个眼睛半睁半闭、贪婪地啃着羊骨头的小老头,一个酒足饭饱、因而红光满面、供职二十二年无差错的将军,一名手上戴着刻有名字的戒指的校官,还有心神不安地望着大家的热尔科夫和面色苍白、嘴唇紧闭、像发热病似的眼睛冒火的安德烈公爵。

一面缴获的法国旗帜倚在墙角,那个军法检察官带着天真的表情一面抚摸着旗帜的布面,一面困惑不解地直摇头,也许他对旗帜的式样真的发生了兴趣,也许是因为没有他的餐具,他只好饿着肚子看别人吃饭而感到难过。在隔壁一间小屋里,有一个俘虏——法国龙骑兵上校。一群我们的军官围在那里看他。巴格拉季翁公爵对长官们一一表示感谢,并问到战事和损失的详细情况。在布劳瑙接受检阅的团长向公爵报告说,战斗一开始他就从树林里撤退,把砍柴人召集起来,让他们从他身旁撤走后,他用两营兵力同敌人展开白刃战,并且把法国人击溃了。

"大人,我一见第一营乱了阵脚,我站在路上心里想:'把他们撤下来,用另一营的火力对付他。'我就这样做了。"

这位团长是那么希望做到这一点,又是那么惋惜没能做到这一点,以致他仿佛觉得,他说的一切都千真万确地发生过。是的,也许确有其事吧?在这一片混乱中,谁能分得出实际上发生过什么和没有发生过什么呢?

"还有一件事应当向您报告,大人,"他想起多洛霍夫与库图佐夫的谈话和他跟这个降职的人最后一次的见面,"我亲眼看见,降职当兵的多洛霍夫俘虏一名法国军官,他表现得特别好。"

"大人,我当场看见保罗格勒团的士兵们冲锋,"热尔科夫神色不定地东张西望,插嘴说;他在这一天根本没有看见骠骑兵,只是从一个步兵军官嘴里听到他们的情形,"打垮了两个方阵,大人。"

有些人听了热尔科夫的话,微微一笑,像平时一样,都等着听他的笑话。但是听见他所说的也是有关我们的军队和今天战役的光荣,表情就严肃起来,虽然很多人都十分明白,热尔科夫所说的话是一派谎言,一点根据也没有。巴格拉季翁公爵向那个小老头团长转过身去。

"谢谢诸位,所有的部队——步兵、骑兵和炮兵,作战都很英勇。中央阵地怎么放弃了两门大炮?"他一面用眼睛找人,一面问。(巴格拉季翁公爵没有问左翼的大炮,他已经知道,战斗一开始,那里所有的大炮都扔下了。)"我好像是请您去的。"他对值勤的校官说。

"有一门被击毁了,"值勤校官答道,"另外一门,我就不了解了。整个时间我都亲自在那里照管,刚刚离开那里……打得的确很激烈。"他谦逊地补充一句。

有人说图申上尉就在这个村子里,于是就派人去找他。

"您不是也在那儿吗?"巴格拉季翁公爵对安德烈公爵说。

"可不是嘛,我们差一点儿碰在一起了。"值勤副官对博尔孔斯基愉快地微笑说。

"我没有看见您的荣幸。"安德烈公爵冷淡而且生硬地说。

大家都闷声不响。图申在门口出现了,小心翼翼地从将军们背后挨进去。图申像平时一样,一见长官就窘得慌,他在狭窄的屋子里绕过将军们的时候,没有留意旗杆,绊了一下。有几个人笑起来。

"怎么有一尊大炮放弃了?"巴格拉季翁紧皱着眉头问,与其说他是对图申皱眉头,不如说他是对那几个笑的人(其中笑得最响的是热尔科夫)皱眉头。

直到这时,在威严的长官面前,图申才万分恐惧地想到他的失职和耻辱,因为他失掉两门大炮而自己还活着。因为他心情太激动,一直没能思索这个问题。军官们发笑更把他弄糊涂了。他站在巴格拉季翁面前,下巴颏直打哆嗦,勉强地说:

"我不知道……大人……没有人了,大人。"

"您可以从掩护部队调人!"

至于掩护部队已经撤走的事,图申没有提,尽管这是千真万确的事实。他怕说出来会连累别的长官,他一声不响,目不转睛地直视着巴格拉季翁的脸,像一个答不出考题的小学生望着老师的眼睛。

沉默持续了很久。巴格拉季翁公爵显然不愿做出严厉的样子,不知说什么好,其他的人也不敢插嘴。安德烈公爵低头翻起眼来看看图申,他的手指神经质地颤动着。

"大人,"安德烈公爵用生硬的声音打破了沉默,"您派我去图申上尉的炮兵连。我到了那儿,发现三分之二的人和马匹被打死,两门大炮被打坏,什么掩护部队也没有。"

巴格拉季翁公爵和图申这时都一齐执着地盯视着正在说话的、态度克制然而内心激动的博尔孔斯基。

"大人，如果允许我说出我个人的意见的话，"他接着说，"我就要说，我们今天的胜利，应当归功于这个炮兵连和图申上尉以及他的连队的不屈不挠的英勇精神。"安德烈公爵说，不等回答，就站起身来离开桌子。

巴格拉季翁公爵看了看图申，他显然不愿对博尔孔斯基尖锐的论断表示怀疑，但同时又觉得不能完全相信他的话，他低下头对图申说，他可以走了。安德烈公爵跟着他走出来。

"谢谢，亲爱的，您救了我。"图申对他说。

安德烈公爵把图申打量了一下，一言不发，就离开了他。安德烈公爵心里又愁闷，又沉重。一切都这么奇怪，不像他所希望的那样。

"他们是什么人？他们要干什么？他们想要怎么样？要到什么时候这一切才能了结？"罗斯托夫望着晃来晃去的人影，心里这样想。胳膊的疼痛越来越难以忍受了。困得要命，眼前直跳红圈，这些声音和面孔给他的印象，以及孤独的感觉和疼痛的感觉，融合在一起了。就是他们，就是这些士兵，受伤的和没受伤的——就是这些人在挤、在压、在扭他那只断胳膊和臂膀的筋，并且烧它们的肉。为了摆脱他们，他闭上了眼睛。

他迷糊了一会儿，就在这短暂的昏迷状态中，他梦见了无数的事物：梦见母亲和她那又白又大的手，梦见索尼娅瘦削的肩头，娜塔莎的眼睛和笑声，还梦见杰尼索夫和他说话的声音以及他的胡子，还梦见捷利亚宁，梦见他跟捷利亚宁和波格丹内奇的全部事件。这全部事件跟那个尖嗓子士兵是同一件事，而且这全部事件和那个士兵，都是那么折磨人地、纠缠不已地捉住他的胳膊，挤压他的胳膊，并且一股劲地向一边拉扯。他想躲开他们，可是他们连一丝一毫、一分一秒也不放松他的臂膀。要不是他们硬拽他的臂膀，它是不会痛的，它会是好生生的；但是摆脱不了这些人。

他睁眼望望天空。漆黑的夜幕在离炭火的光亮一俄尺的上方悬挂着，在这光亮中，细碎的雪花纷纷飞舞。图申没有回来，军医也没有来。他孤单单的独自一人，这会儿只有一个小兵赤裸着坐在篝火对面，烘烤他那又黄又瘦的身体。

"我是个没人要的人了！"罗斯托夫想，"没人帮助我，没人可怜我！从前我在家的时候，身强力壮，快快活活，人人都爱我。"他叹息一声，随着叹息，不由得呻吟起来。

"很痛吗？"那个小兵一面在火上抖搂他的衬衣，一面问，不等回答，就咳嗽一声，补充说："这一天毁掉多少人——真可怕！"

罗斯托夫没有听那个士兵说话。他望着在火上飞舞的雪花，回忆起俄罗斯的冬天，家里温暖的、窗明几净的房间，毛茸茸的皮衣，飞快的雪橇，健康的身体，以及家庭的抚爱和关心。"我干吗要到这儿来！"他想。

次日法军没有再发动进攻，巴格拉季翁的残部和库图佐夫的军队会师了。

第 三 部

一

　　瓦西里公爵从来不考虑自己的计划。他更没有想到要做损人利己的事。他不过是一个在交际场中得心应手而且对这种得心应手习以为常的上流人物。他在和人们交往中,经常看风使舵,产生各种计划和想法,这些连他自己也并非十分了然的计划和想法构成了他的全部生活情趣。不止一个、也不止两个这样的计划和想法已经付诸实行,此外还有几十个,其中的一些在他头脑中正在形成,另一些即将实现,还有一些正在消灭。他从未对自己说过这样的话,譬如:"某人现在有权有势,我应当取得他的信任和友谊,通过他,给自己弄一份临时津贴。"或者对自己说:"皮埃尔很有钱,我应当勾引他娶我的女儿,向他借我所需要的四万卢布。"但是当他遇见有权有势的人时,本能就立刻暗示他,这个人可能有用,于是瓦西里公爵就接近他,一有机会,不用事先准备,就本能地阿谀奉承起来,做出亲热的样子,说些需要说的话。

　　在莫斯科,瓦西里公爵把皮埃尔笼络住,给他张罗一个相当于五等文官的宫内侍从的职位,一定要这个年轻人和他一同去彼得堡,并且在他家里住下。为了使皮埃尔娶自己的女儿所必须做的一切,瓦西里公爵都做到了。他这样做似乎是出于无心,但同时又有非达到目的不可的十分的把握。如果瓦西里公爵事先周密地考虑过自己的计划,那么他的态度就不会这么自然,对待任何人,不管职位比他高的还是低的,就不会这么随便和亲热。有一种东西经常促使他趋炎附势,他在掌握何时应当和何时可以利用人的时机方面,具有罕见的才能。

不久以前还过着无忧无虑的独身生活的皮埃尔,在出乎意外地变成富翁和别祖霍夫伯爵之后,却感到烦事缠身,忙乱不堪,只有在床上睡觉的时候,才能自得其乐。他要签署文件,到那他不十分了解其作用的衙门视事,向总管家问这问那,还要到莫斯科近郊的田庄上走动走动,接见许多人,他们以前根本不承认他这个人的存在,而现在他如果不愿见他们,就会使他们感到委屈和失望。这些各式各样的人物——实业家、亲戚、熟人,对这个年轻的继承人都怀着同样的好感,对他都很亲切;他们每个人对皮埃尔的高尚品质显然都无可置疑地信服。他时常听到:"以您的大慈大悲",或者:"以您那伟大的胸襟",或者:"您本人是这么纯洁,伯爵……"或者:"如果他能像您这么聪明"这一类的话,于是他就真的相信自己具有无限的仁慈和非凡的智慧了,何况他时常在内心深处觉得他的确非常仁慈和非常聪明。甚至以前居心不良和怀有敌意的人,也对他温柔和喜爱起来。那个身腰修长、头发梳得像洋娃娃似的最凶的大公爵小姐,在葬礼完毕以后,走到皮埃尔的房间。她耷拉着眼皮,不住地喘气,对他说,她对过去他们之间的误会感到十分遗憾,现在她觉得她没有权利要求什么,只请求在她遭到这次打击之后,允许她在这所她喜爱的和付出很多牺牲的房子里停留几星期。她说着不禁哭起来。这位木雕泥塑般的公爵小姐竟有如此之改变,使皮埃尔大为感动,他抓起她的手,请求她原谅,连他自己也不知要她原谅什么。从那天起,公爵小姐亲自动手给皮埃尔编织带条纹的围巾,完全改变了对他的态度。

"为她做一件好事吧,亲爱的。不管怎么说,她总为死者吃了不少的苦头。"瓦西里公爵一面对他说,一面让他在一张对公爵小姐有好处的什么凭据上签字。

瓦西里公爵决定,这块骨头(三万卢布的期票)终究要扔给这个可怜的公爵小姐,免得她到处嚼舌头,说瓦西里公爵曾参与抢夺镶花皮包的事件。皮埃尔在期票上签了字,从此公爵小姐变得更和善了。两个妹妹对他也亲热起来,特别是那个俊俏的、生有黑痣的最年幼的公爵小姐,一见他就嫣然一笑,现出窘态,常常使皮埃尔感到手足失措。

皮埃尔觉得,人人都喜爱他是理所当然的,如果有人不喜爱他,他反倒觉得反常了,所以他不能不相信他周围的人们的真心诚意。而且他也没有工夫去考虑这些人是不是真心诚意。他总是忙个不休,时时刻刻都觉得他是陶醉在温柔和快乐之中。他觉得他是某种重要的共同活动的中心,他觉得人们经常对他有所期待,而如果他做不到某件事,他就会使许多人感到烦恼,辜负了他们的期望,如果他做到某件事,就一切都好——于是他就有求必应,但是这个"好"却总很渺茫。

在这最初的时期,瓦西里公爵比其他任何人更多地支配着皮埃尔的事情和皮埃尔本人。自从别祖霍夫伯爵死后,他就没有放松过皮埃尔。瓦西里公爵摆出那副神气,仿佛他被繁务琐事压得筋疲力尽,但出于同情心,不能眼看着这个无依无靠的青年人任凭命运和骗子们的摆布而置之不理,他总算是老朋友的儿子,而且,归根结底,他拥有如此巨大的财产。别祖霍夫伯爵死后,他在莫斯科逗留的日子里,经常把皮埃尔叫到跟前,或者亲自去找他,指点他应该做什么。听他那疲倦而又自信的腔调,令人觉得他每次都附加着这样的话似的：

"你知道，琐事把我拖垮了，可是，就这样扔下你不管，那未免太残酷了，我所告诉你的，是唯一可行的。"

"我说，贤侄，咱们明天终于要动身了。"有一天他说，边说边闭起眼睛，手指逐个地在他的胳膊肘上按下去，而他那口吻就仿佛他说的事是他们之间很久很久以前就决定了的，并且不可能有另外的决定。

"咱们明天就动身，我把我的马车让给你。我很高兴。咱们这儿重要的事都办完了。我早该走了。我刚接到一位大臣的信。我曾向他举荐过你，他在外交使团里给你补了个缺，你当上宫内侍从了。今后在你面前展开了外交的前程。"

尽管他那疲倦而自信的腔调多么有力，但是长久以来就考虑自己前程的皮埃尔，本想表示反对。可是瓦西里公爵打断了他的话，他这次使用了像鹁鸪咕咕低鸣的声调，使别人没有打断他的话的可能，而且是在非得说服别人不可时他才使用这种声调。

"要知道，亲爱的，我这样做是为了你好，也为了我自己的良心，用不着感谢我。从来还没有人抱怨人家太疼爱他。再说，一切都听你的便，即使明天就辞掉不干也行。你到了彼得堡就全明白了。而且你早就该远离这些可怕的回忆。"瓦西里公爵叹了口气，"就是这样啦，亲爱的。我的侍从就坐你的马车走吧。对了，我差点儿忘了，"瓦西里公爵又顺带说，"你知道，亲爱的，我和死者有一笔账没有清，从梁赞寄来一笔款子，我收到后就留下了：反正你不需要钱用。咱们以后会算清的。"

瓦西里公爵所说的"从梁赞寄来一笔款子"，是几千卢布的代役租金，被瓦西里公爵扣下了。

在彼得堡也跟在莫斯科一样，皮埃尔被温柔宠爱的气氛包围着。他不能拒绝瓦西里公爵给他安排的位置，或者更准确地说是称号（因为他用不着做什么事），而结交、邀请和公益事业是那么多，以致皮埃尔比在莫斯科更有那种昏昏沉沉、忙忙碌碌、越来越近而仍然没有实现的某种幸福的感觉。

他从前那帮光棍朋友，很多都不在彼得堡。近卫军出征去了，多洛霍夫降为士兵，阿纳托利在外省军队里，安德烈公爵在国外，所以皮埃尔既不能过从前他爱过的夜生活，也不能跟年长、可敬的朋友谈谈心以抒积愫。他在宴席间、在舞会上，而且多半是在瓦西里公爵家里——在公爵肥胖的妻子和美人儿海伦的圈子里，消磨掉全部的时间。

安娜·帕夫洛夫娜·舍列尔，也像其他一切人一样，对皮埃尔的态度也发生了社会上对他的看法所发生的那种变化。

从前，在有安娜·帕夫洛夫娜在场的时候，皮埃尔总觉得自己说话欠礼貌，没有分寸，说些不该说的。他要说的话，在他头脑中准备的时候，好像是聪明的，可是一等他大声说出口来，就变得愚蠢了，而伊波利特的最愚蠢的话，听来却令人觉得聪明而且可爱。现在，不论他说什么都是妙极了。即使安娜·帕夫洛夫娜不说出这一点，他也看得出，她想这么说，不过为了尊重他的谦虚，才忍住没有说出来。

从一八○五年初冬到一八○六年，皮埃尔经常接到安娜·帕夫洛夫娜常用的粉红色请柬，请柬上并且附言："永远看不厌的美丽的海伦也要来我这里。"

皮埃尔第一次看到这几句话的时候，觉得他和海伦之间正在形成别人公认的某种关系，这个想法使他吃惊，仿佛给他加上一种他无法履行的义务似的，可是同时，作为一个有趣的假设，又使他很高兴。

安娜·帕夫洛夫娜的晚会还跟第一次一样，只是安娜·帕夫洛夫娜拿来款待客人的一道新鲜的菜肴，这次已经不是莫特马尔，而是一位刚从柏林来的外交家,他带来了最新的消息——有关亚历山大皇上到达波茨坦以及两位最伟大的朋友为了维护正义誓结生死不渝的联盟以反对人类公敌的详细情况。安娜·帕夫洛夫娜在接待皮埃尔时,脸上带着一点淡淡的哀愁,这显然是对这个年轻人新近遭到的丧事——别祖霍夫伯爵之死的一点表示(每个人都认为,使皮埃尔相信他对于他几乎不认识的父亲的死感到十分悲痛,是自己应尽的义务),而她所表示的那点哀愁,恰似她一提起玛丽亚·费奥多罗夫娜皇太后陛下所表示的一样。皮埃尔为此感到荣幸。安娜·帕夫洛夫娜用她那常用的手法,把客人分成若干组。其中包括瓦西里公爵和各位将军的最大的一组,分到了那个外交家。另外一组围着茶桌。皮埃尔想参加第一组,可是安娜·帕夫洛夫娜俨如战场上的司令官,由于千百条妙计涌上心头而还未及实现,心里正在着急,她一看见皮埃尔,就用手指碰了碰他的衣袖。

"今晚我打算给您谈件事。"她望望海伦,对她微微一笑。

"亲爱的海伦,请您给我可怜的姑母做点好事,她是崇拜您的。和她作十来分钟的伴吧。为了不让您太寂寞,这里有一位可爱的伯爵,他一定不会拒绝陪着您的。"

美人儿到姑母那里去了,可是安娜·帕夫洛夫娜仍然把皮埃尔留下,看样子要给他做最后一次必要的指示。

"她美极了,是吧?"她指着飘然而去的庄重的美人儿对皮埃尔说,"多么好的风度!这么年轻的姑娘,可待人接物是那么有分寸,言谈举止是那么娴静优雅。她一举一动都出自内心!她嫁给谁,谁就会得到幸福!有了她,连最不善于交际的丈夫,也会不自觉地在社交界占有一席烜赫的地位。您说是不是?我只想知道您的意见。"说到这里,安娜·帕夫洛夫娜就让皮埃尔走了。

对于她的问话,皮埃尔真心诚意地作了肯定的回答,承认海伦一举一动恰到好处。如果说，他有时想到海伦，那么，他想到的正是她的美丽，以及她在交际场中那种泰然自若、沉默庄重的本领。

姑母在一个角落里接待这两个年轻人，看来，她想隐藏她对海伦的崇拜，想更多地显露她对安娜·帕夫洛夫娜的畏惧。她望着侄女，好像在问她应当怎样对待这两个人。安娜·帕夫洛夫娜离开他们的时候，又用手指碰了碰皮埃尔的衣袖，说：

"我希望您再也不会说我这儿无聊了。"她说着，又拿眼睛看了看海伦。

海伦粲然一笑，那神情是表示，她不容许任何人见了她而有不着迷的可能。姑母咳嗽了一阵，咽下唾沫，用法语说，她看见海伦感到非常高兴；然后转向皮埃尔，仍然带着同样的面色，用同样的话寒暄了几句。在枯燥乏味、磕磕绊绊的谈话中间，海伦向皮埃尔瞧了一眼，对他微微一笑，那是她用来对谁都露出的明媚的微笑。这种微笑是皮埃尔看惯了的，于他已经毫无含义，所以没有引起他丝毫的注意。姑母这时正讲皮埃尔的先父——别祖霍夫伯爵收集的鼻烟壶，并且把自己的鼻烟壶拿出来给大家看。海伦公爵小姐要看看这个鼻烟壶上的姑丈的画像。

"这一定是维涅斯的作品。"皮埃尔说出了一个著名微型彩画家的名字，一面从桌上探身去拿鼻烟壶，一面倾听另外一张桌上的谈话。

他欠起身来想走过去，可是姑母从海伦背后直接把鼻烟壶递了过来。海伦向前俯身让开地方，微笑着回头张望。她跟通常参加舞会时一样，穿着流行的袒胸露背的衣裳。她的上半身（皮埃尔一向觉得它像大理石雕刻的）离他的眼睛是那么近，他不由得用他那近视眼细看她那具有生动魅力的肩膀和脖颈，并且离他的嘴唇是那么近，他只消稍一弯身，就能碰到她了。他感觉到她的身体的温暖，闻到香水味，听到她呼吸时束腰轧轧作响。他看见的不是和她那衣裳构成一个整体的大理石雕像般的优美,他看到的和感觉到的是她那仅仅遮着一层衣服的身体的全部魅力,他既经看见了这个,就再也不能看到别的了,就像我们不能再相信既经揭穿的骗局一样。

"难道您到如今还没留意到我是多么美吗?"海伦似乎在说。"您没留意我是个女人吗?是的,我是可以属于任何人,也可以属于您的女人。"她的眼神这么说。也就在这一刻,皮埃尔感觉到,海伦不仅可以,而且应当做他的妻子,不会有别的可能。

关于这一点他此刻确信无疑,就像他现在正和她举行婚礼似的。这件事怎样实现?什么时候实现?他不知道。他甚至不知道这件事是好是坏(不知为什么,他甚至觉得这不是件好事),但是他知道这将要实现。

皮埃尔把眼睛垂下去,又抬起来,重新想把她看作一个离他遥远的、对他陌生的美人儿,就像他每天看见的她那样,但是他已经办不到了。正如一个人先前隔着雾把乱草丛中一根草当作一棵树,在已经看出是草以后,就再不能把它当作树了。她离他太近了。她已经对他产生了支配的力量。他和她之间,除了他本人的意志的障碍之外,已经没有任何别的障碍了。

"好,我把你们留在你们的小角落里。我看你们在那儿挺快活的。"传来安娜·帕夫洛夫娜的声音。

皮埃尔心惊胆战地回想自己是否有什么不体面的行为,他涨红了脸四外张望。他好像觉得,所有的人都跟他一样知道他发生了什么事。

过了一会儿,当他走近大组的客人的时候,安娜·帕夫洛夫娜对他说:

"听说您在装修您在彼得堡的房子。"

(这倒是真的:建筑师说,他必须这样做,连皮埃尔自己也不知为什么,就装修起他在彼得堡的一所大住宅来了。)

"这很好,可是不要从瓦西里公爵家里搬走。能有这么一个朋友是好的。我知道一点关于这方面的情况,您说是不是?"她对瓦西里公爵微笑着说,"您年纪还轻。您需要听听别人的忠告。您不要生我的气,说我倚老卖老。"她沉默了,正像通常女人们提到她们的年龄时,停一下等待着什么似的沉默着。"如果您要结婚,那就是另一回事了。"她用视线把他们二人连在一起。皮埃尔没有看海伦,海伦也没有看他。但是他仍然觉得她紧挨着他。他嘟囔了一句,脸红起来。

皮埃尔回到家里,久久不能入睡,老想着他遇到的事。他遇到了什么呢?什么也没遇到。他只知道,有人向他提起他从小就认识的女人海伦是个美人儿的时候,他曾漫不经心地说:"是啊,她长得很好看。"他知道,这个女人可能属于他。

"但她很愚蠢,连我也说她很愚蠢,"他想,"她在我心中引起的感情之中,有一种丑恶的、见不得人的东西。有人告诉我,她的哥哥阿纳托利爱上了她,她也爱上了他,弄得满城风雨,就是为了这才把阿纳托利打发走的。还有她的哥哥伊波利特……她的父亲瓦西里公爵……事情不妙。"他想。他正这样推论时(这些推论还没有完成),他发现自己在微笑,他意识到,另有一串推论从前面一串推论中间浮现出来,他在想到她毫无价值的同时,又幻想着她将成为他的妻子,她可能爱他,她可能变成一个完全不同的人,他所想到的和听到的有关她的一切,可能是不真实的。他又不把她看作瓦西里公爵的女儿,只看见遮着一层灰色衣裳的她那整个的身体。"不对,以前我为什么没起这个念头呢?"他又对自己说这是不可能的,这件婚事,他觉得,有一种丑恶的、不自然的、不正当的东西。他想起她以前说的话和眼神,以及当他们俩在一起的时候,那些看见他们的人说的话和眼神。他想起安娜·帕夫洛夫娜在提起房子的时候对他说的话和眼神,回忆起来自瓦西里公爵和别人的成千的这类暗示,他不寒而栗了,他害怕自己已经受到某种约束,不得不做显然不好的和他不应做的事。可是,在他这样想的时候,从他心灵的另一面,又浮现出她那具有各种女性美的形象。

二

一八〇五年十一月间,瓦西里公爵要到四个省份去视察。他为自己弄到这份差事,目的是想顺便看看他的业务混乱的田庄;他把驻在防地的儿子阿纳托利带在身边,跟他一起绕道去拜访尼古拉·安德烈耶维奇·博尔孔斯基公爵,他希望儿子能够娶这个老财主的女儿。但是在临走和办这些新事之前,瓦西里公爵必须把皮埃尔的问题解决一下。皮埃尔虽说近来整天在家,也就是在他住着的瓦西里公爵家里,虽说他很像一个正在恋爱的人的样子:他在海伦面前显得很可笑、激动、笨手笨脚,但是,他老不提求婚的事。

“这一切都好极了,但是,事情总得有个结果。”一天早上,瓦西里公爵忧郁地叹息着,自言自语说,他觉得皮埃尔承他这么大的情(上帝保佑他!),在这个问题上,他做得不够漂亮。“年轻……轻浮……好吧,不管他啦,”瓦西里公爵想道,为自己的好心肠感到高兴,“可是这件事必须有个结果。明天是海伦的命名日,我请几个人来,如果他不明白他应当做的事,那么我就要管了,是的,我要管。我是父亲!”

皮埃尔从安娜·帕夫洛夫娜的晚会回来后,度过了一个心情激动的不眠之夜,认定和海伦结婚是没有幸福的,他应当摆脱她,远远地走开。虽然皮埃尔这样决定了,但是又过了一个半月,他还没有从瓦西里公爵家里搬走,他怀着恐惧的心情感觉到,在众人的眼睛里,他和海伦的关系一天比一天更密切了,他无论如何也不能恢复他从前对她的看法,他无法摆脱她,这虽然可怕,但他不得不把自己的命运和她结合起来。也许他本来可以一走了之,可是,没有哪一天瓦西里公爵家里不举行晚会(早先他家里很少请客),如果皮埃尔不愿扫大家的兴,不使大家失望的话,那么,每次晚会他都得在场。瓦西里公爵很少在家,有时他从皮埃尔身旁走过时,就抓住他的手往下一拉,把他那剃光的有皱纹的腮帮伸给他亲吻,不是说"等明天搬吧",就是说"在这儿吃顿饭吧,不然我就看不见你了",或者说"我为了你才留在家里",诸如此类的话。尽管瓦西里公爵为皮埃尔留下来(就像他所说的),他跟他也说不了两句话。皮埃尔觉得他不能使他失望。他每天老是对自己说:"总得了解她,要弄清楚:她究竟是怎样一个人?是我先前错了,还是我现在错了?不,她不蠢;不,她是个好姑娘!"他有时自言自语说,"她从来没有做过错事,她从未说过一句蠢话。她很少说话,可是她的话总是简单明了。所以她不蠢。她从来没有露过窘态,现在也没有窘态。所以她不是坏女人!"他开始时常跟她谈点问题,自言自语地发表意见,可是她每次不是随便说几句表示她对这问题不感兴趣,就是用那最能使皮埃尔感到她的优越性的默默的微笑和目光,作为对他的回答。她认为,一切议论,比起她这一笑,都是扯淡,她在这点上是对的。

她对待他总是和颜悦色而且信赖,总是堆出专门对他才有的微笑,她这微笑,比起她平时为了美容而摆出的微笑,含着一种意味更深的东西。皮埃尔知道,人人都在等他最后一句话,等他迈过那一定的界线,他也知道,他早晚得迈过这个界线。但是一想到这可怕的一步,他就感到一种莫名其妙的恐惧。在这一个半月期间,皮埃尔觉得他朝着那个可怕的深渊越走越近了,他曾千百次地对自己说:"这是怎么回事?要下决心才行!难道我没有决心吗?"

他想下决心，但是他恐慌地感觉到，遇到这种场合他却失去了他认为自己曾经有过的，而且也确实有的那种决心。像皮埃尔这种人，只有当他感到自己完全清白无辜的时候才是强有力的。他那天在安娜·帕夫洛夫娜家里俯身去拿鼻烟壶时所体验到的那种欲望完全支配着他，从那时起，那种欲望就引起他不自觉的内疚，抑制住他的决心。

海伦的命名日那天，瓦西里公爵邀请几位最知近的人——正如公爵夫人所说，几位亲戚朋友，到家里吃晚饭。所有这些亲戚朋友都受到这样的暗示，就是：这一天是决定过命名日的姑娘的命运的一天。客人们入席了。那位身躯庞大、当年的美人而今仍然器宇轩昂的库拉金娜公爵夫人，在主人席上落座。她两旁坐的是最尊贵的客人——老将军和他的妻子，还有安娜·帕夫洛夫娜·舍列尔；坐在餐桌末端的是年纪较轻的贵宾，家里人也坐在那里，皮埃尔和海伦并排坐着。瓦西里公爵不用晚餐：他绕着餐桌走来走去，兴致勃勃地时而在这个客人身边坐坐，时而在那个客人身边坐坐。他对每个人都随便说几句愉快的话，只除了皮埃尔和海伦，他好像没有注意他们在场似的。瓦西里公爵使大家都活跃起来。灯烛辉煌，照得银器和水晶玻璃器皿、女人们的盛装和将军们的金肩章、银肩章闪闪发光。穿红制服的仆人在餐桌周围奔忙着。刀叉和杯盘叮当作响，餐桌四周有几处正谈得热闹。可以听见，在餐桌尽头，一位年老的宫中高级侍从硬要一位老男爵夫人相信他是热爱她的，她听了大笑。餐桌另一端，有人在讲某位玛丽亚·维克托罗夫娜失意的故事。在餐桌中间，瓦西里公爵把很多听众吸引到他的周围。他的嘴角露出戏谑的微笑，讲述最近一次（星期三）国务会议的情况，在会议上新任彼得堡总督谢尔盖·库兹米奇·维亚济米季诺夫宣读亚历山大·帕夫洛维奇皇帝从军中送给他的著称一时的圣谕，皇帝在圣谕中对谢尔盖·库兹米奇说，他从四方接到民众效忠的宣言,其中彼得堡的宣言使他特别愉快,他以荣任这样国家的元首而自豪,并要极力做到无愧于国家。圣谕的开头是:"谢尔盖·库兹米奇!据各方呈报……"等等。

"就读了谢尔盖·库兹米奇,没有读下去吗?"一位女士问道。

"是的,再多一个字都没读,"瓦西里笑着回答,"'谢尔盖·库兹米奇……据各方呈报。据各方呈报,谢尔盖·库兹米奇……'可怜的维亚济米季诺夫无论如何也读不下去了。有好几次他又从头读起,但是刚一读谢尔盖……就抽搭起来……库·兹米……奇,就流泪……据各方呈报,就泣不成声了,他再也读不下去了。又用手绢擦泪,再读'谢尔盖·库兹米奇,据各方呈报',又流眼泪……只好让别人替他读。"

"库兹米奇……据各方呈报……又流眼泪……"有一个人笑着重复说。

"别贫嘴恶舌的,"安娜·帕夫洛夫娜从餐桌的另一端伸出手指,威吓道,"人家维亚济米季诺夫可是个大好人,心肠好……"

大家痛痛快快笑了一阵。坐在上席的贵宾们看来都很快活,受到十分不同的兴奋心情的影响。只有皮埃尔和海伦默不作声地并排坐在差不多餐桌的最末端,两个人都含着与谢尔盖·库兹米奇无关的、容光焕发的微笑,一种为自己的感情感到羞愧的微笑。不管人们谈论什么,怎么发笑,也不管人们多么津津有味地喝莱茵酒,吃软炸肉,吃冰激凌,也不管人们怎么把视线避开这对情侣,似乎对他们漠不关心,不去注意,但不知为什么,从时时投向他们俩的目光看来,使人感觉到,谢尔盖·库兹米奇的笑话也好,发笑也好,大吃大喝也好——全是假装的,所有在场人们的注意力都集中在皮埃尔和海伦这对情侣身上。瓦西里公爵一边学谢尔盖·库兹米奇抽抽搭搭的样子,一边瞟了女儿一眼。在他笑的时候,他脸上的表情仿佛在说:"对了,对了,一切都很顺利,今天一切都要决定了。"安娜·帕夫洛夫娜为好心肠的维亚济米季诺夫打抱不平的那一刻,却拿眼睛瞟一瞟皮埃尔,瓦西里公爵认为这是向他未来的女婿和女儿的幸福祝贺。老公爵夫人愠怒地向女儿一瞥,忧郁地叹着气向邻座的女客让酒,这声叹息仿佛是说:"是啊,亲爱的,现如今咱们除了喝杯甜酒,再没有咱们干的事了;现如今是这帮年轻人目空一切地享福的时刻了。"那位外交家注视着那对情侣的面孔,心中想道:"我所讲的多么无聊,仿佛我对它们很感兴趣似的,看人家,那才叫幸福呢!"

联系着这群人的那些委琐虚伪的趣味中间,却夹进一对美丽健康的青年男女互相吸引的纯真感情。这种人类的感情压倒了一切,凌驾于他们那些装腔作势的闲言碎语之上。玩笑变得无味,新闻失去了兴趣,热闹显然是假装的。不单是他们,连在餐桌旁侍候的仆人似乎也有同样的感觉,他们呆望着容光焕发的海伦和皮埃尔那副红光满面的、幸福的、心神不安的胖脸,竟忘了服务。烛光似乎也只集中地照亮那两张幸福的面庞。

皮埃尔觉得自己是一切的中心,这个地位使他感到又高兴又拘束。他很像一个忘我地干某件事情的人。他什么也看不清楚,什么也不懂得,什么也听不见。他的头脑里只是有时突然闪过片断的思想和眼前事物的片断的印象。

"这么看来,一切都完了!"他想道,"这一切是怎么弄成这样的呢?而且是这么快!现在我知道,不只为了她个人,也不只为我自己,而是为了大家,这件事非弄成功不可。他们全都在等待着这件事,全都十分相信这一定会实现,我不能够,不能够辜负他们的期望。但是怎么实现呢?我不知道,但是要实现,一定要实现!"皮埃尔凝视着他眼睛下面那光彩照人的双肩,心中这样想。

不知为什么,有时他忽然害羞起来。他惭愧的是:他一个人受到大家的注意,他在别人的心目中是一个幸运儿,面孔长得不漂亮的他，却成为占有海伦的帕里斯①。"可是，这种事一向都是这样，并且应当这样，"他安慰自己说，"但是，话又说回来，我为了这件事做了什么呢？这是什么时候开始的呢？我是跟瓦西里公爵一块儿从莫斯科来的。那时什么都还没有发生。后来，我有什么理由不在他家里住呢？后来，我和她一起玩牌，替她捡起过手提包，和她一起坐车兜风。这是什么时候开始的，这一切是什么时候完成的？"现在他俨然以未婚夫的身份坐在她身旁，听见，看见，感觉到她的接近，她的呼吸，她的动作，她的美丽。有时他忽然觉得，不是她，而是他自己这么异常的美丽，所以人们才这样看他，于是，因为受到大家的赞赏而感到幸福的他，挺起胸，抬起头，为自己的幸福而感到高兴。忽然，传来一个声音，一个熟人的声音，这个声音又对他说了一遍。但是皮埃尔是这么聚精会神，以致不明白人家对他说的什么。

"我问你，你是什么时候接到博尔孔斯基的信的，"瓦西里公爵重复了第三遍，"你是多么心不在焉，我的亲爱的。"

瓦西里公爵含着微笑，皮埃尔看见，所有的人都对他和海伦微笑。"既然你们都知道，那就知道吧，"皮埃尔自言自语，"这有什么关系？这是真的。"他对自己微笑了，笑得温和而且孩子气，海伦也微笑了。

"你到底是什么时候收到的？从奥尔米茨寄来的吗？"瓦西里公爵重复说，仿佛他非要知道这个才能解决一场争论似的。

"怎么能谈或者想这类琐事呢？"皮埃尔想。

"是的，是从奥尔米茨寄来的。"他叹口气答道。

晚餐后，皮埃尔领着他的女伴跟着其他人走进客厅。客人们

---

① 希腊神话中，宙斯化作天鹅与斯巴达王廷达瑞斯的妻子勒达生下一女海伦，美艳无比。后嫁给斯巴达王墨涅拉俄斯。特洛伊王子帕里斯得到阿佛洛狄忒的帮助，将她诱走，从而引起了持续十年之久的特洛伊战争。

开始散了,有些人没有跟海伦告辞就走了。有些人过来待一下,就离开了,并且不让海伦送他们,仿佛不愿耽误她的正事。那位外交家忧郁地闷声不响,走出了客厅。他心中想道,比起皮埃尔的幸福来,他的全部的外交生涯,都不过是一场空。老将军在回答老伴问他的腿病的时候,气愤地向她嘟囔了几句。"嘻,你这个老傻瓜,"他想道,"看人家叶连娜·瓦西里耶夫娜①,就是活到五十岁也是个美人儿。"

"我似乎可以向您道喜了,"安娜·帕夫洛夫娜向公爵夫人一面低声说,一面使劲地吻了吻她,"要不是偏头痛,我就多留一会儿了。"

公爵夫人一言未答,对女儿的幸福的妒忌正在折磨着她。

送客人的时候,皮埃尔单独和海伦在小客厅里坐了很久。在这以前,在最近一个半月里,他也常常单独和海伦待在一起,但是从来没有向她谈情说爱。今天他觉得必须这样做,可是他怎么也下不了决心迈出这最后的一步。他心中有愧,他似乎觉得他在海伦身旁占的是别人的位置。"这个幸福不该我来享有,"内心的声音对他说,"这个幸福是给那些没有你所拥有的东西的人们预备的。"但是总得说点什么,于是他开口了。他问她对今天的晚会是否满意。她仍像平时一样,简单地回答说,今天的命名日是她所过的命名日中最愉快的一次。

还有几个近亲没有走。他们坐在大客厅里。瓦西里公爵拖着慵懒的步子,走到皮埃尔跟前。皮埃尔站起来说,天已经不早了。瓦西里公爵用严厉而询问的目光看了看他,仿佛认为他说的话太奇怪了,奇怪得叫人难以听进去。但严厉的表情接着就改变了,瓦西里公爵抓住皮埃尔的手往下一拉,叫他坐下,亲热地微微一笑。

---

① 叶连娜·瓦西里耶夫娜是海伦的本名和父称。

"怎么样，廖莉娅①?"他随即对女儿说，在他那随便的口吻中带有从小就疼爱子女的父母所习惯用的温柔声调，而瓦西里公爵的这种声调，不过是他从别的父母那里模仿来的。

他又向皮埃尔转过身去。

"谢尔盖·库兹米奇，据各方呈报。"他一边说，一边扣背心最上面的一个纽扣。

皮埃尔微笑了，但是从他的笑容可以看出，他了解这时使瓦西里公爵感到兴趣的不是谢尔盖·库兹米奇，瓦西里公爵也是了解这一点的。瓦西里公爵突然嘟囔了一句，走了出去。皮埃尔觉得，甚至瓦西里公爵也有窘迫的时候。这位上流社会的老人的窘态感动了皮埃尔，他望望海伦——她似乎也窘迫了，用眼神说："有什么办法，都是你的错。"

"非得跨过这一步不可了，但是我办不到，办不到。"皮埃尔想，他又闲扯起来，谈起谢尔盖·库兹米奇，问这个笑话是讲的什么，因为他没有听清楚。海伦含笑回答说她也不知道。

当瓦西里公爵走进客厅的时候，公爵夫人低声跟一位上年纪的太太谈起皮埃尔。

"当然啰，这是非常美满的一对，但是，幸福，亲爱的……"

"婚事都是天作之合。"上年纪的太太回答。

瓦西里公爵好像没有听见太太们谈话，走到远处的角落，在沙发上坐下。他闭上眼睛，像是在打盹。他低下头，可是忽然醒过来。

"阿琳娜，"他对妻子说，"去看看他们在干什么。"

公爵夫人向门口走去，她带着意味深长而又毫不在意的神情从门口走过，向客厅望了一眼。皮埃尔和海伦还坐在那里谈话。

_____

① 廖莉娅是海伦的爱称。

"还是那样。"她回答丈夫。

瓦西里公爵皱起眉头,把嘴一撇,撇到一边,他的腮帮跳动着,露出他那特有的令人讨厌的粗俗表情。他抖擞精神,站起来,步履坚定地经过太太们身旁向小客厅走去。他兴高采烈地快步走到皮埃尔跟前。公爵的面孔是那么异样地喜气洋洋,皮埃尔看见他,吓得连忙站起来。

"谢天谢地!"他说,"老伴全告诉我了!"他用一只胳膊搂着皮埃尔,另一只搂着女儿,"亲爱的廖莉娅! 我非常、非常高兴。"他的声音打颤了,"我敬爱你的父亲……她会做你贤惠的妻子……上帝祝福你们! ……"

他拥抱女儿,然后又拥抱皮埃尔,用他那老年人的嘴巴吻他。泪水确实沾湿了他的两腮。

"夫人,到这儿来。"他喊道。

公爵夫人进来,也哭了。那个上年纪的太太也用手绢擦眼泪。大家都吻了皮埃尔,他也吻了几次美丽的海伦的手。过了一会儿,他们俩又单独待在一起了。

"这一切都应该是这样的,不可能有另外的样子,"皮埃尔想道,"可以用不着问,这件事是好还是坏。是好事,因为是确定了的,也没有事先令人苦恼的怀疑。"皮埃尔默默地握住未婚妻的手,望着她那一起一伏的美丽的胸脯。

"海伦!"他提高声音说,接着就停住了。

"在这种场合应当说点特别的话。"他想道,可是他怎么也想不起究竟该说什么。他注视了一下她的脸。她更偎近他,脸上泛起了红晕。

"咳,摘掉这个……戴着这个怎么……"她指着眼镜说。

皮埃尔摘掉了眼镜,他的眼睛除了具有一般戴眼镜的人常有的那种怪相外,还带有惊疑的神情。他想弯身吻她的手,可是,她的头又快又粗鲁地一摆，截住他的嘴唇，让它凑到自己的嘴唇上。她那变得令人不快的惊慌神色，把皮埃尔吓了一跳。

"现在已经晚了，一切都完了。实在说来，我也是爱她的。"皮埃尔想。

"我爱您！"他想起在这种场合必须说的话，于是就这样说了，但这句话说得有气无力，连他自己都觉得可耻。

一个半月后，他举行了婚礼，并且迁进了新居——彼得堡一所重新修整的别祖霍夫伯爵的大公馆，人人都羡慕皮埃尔，说他是拥有美妻和百万家产的幸运儿。

三

一八〇五年十二月，老公爵尼古拉·安德烈伊奇·博尔孔斯基接到瓦西里公爵的信，信中说，他将要和儿子一同前来拜访。（"我正在各地视察，为了前来拜访您，拜访我最尊敬的恩人，多走一百俄里的路程，对于我当然算不了什么，"他写道，"小儿阿纳托利与我同行，他要到军队中去；他也跟父亲一样，对您怀着深厚的敬意。希望您能允许他亲自向您表示他的敬意。"）

"用不着把玛丽①带到交际场去：求婚的亲自找上门来了。"小公爵夫人听到这个消息，无意中说了一句。

尼古拉·安德烈伊奇公爵皱了皱眉头，什么也没说。

接到信又过了两个星期，一天晚上，瓦西里公爵的仆人先来了，第二天，他本人和儿子也来了。

博尔孔斯基老头一向看不起瓦西里公爵的人品，特别是近来，当瓦西里公爵在保罗和亚历山大两个新朝中飞黄腾达之后，更加

---

① 玛丽是玛丽亚的法语称谓。

看不起他了。而现在,他从这封信和小公爵夫人的暗示了解到是怎么回事以后,他就由心中对瓦西里公爵看不起转变为恶意鄙视了。他提起他来总是嗤之以鼻。在瓦西里公爵应当到达的那天,尼古拉·安德烈伊奇公爵感到特别不满,情绪恶劣。不知是由于瓦西里公爵要来,他才情绪恶劣呢,还是由于他情绪恶劣,因而对瓦西里公爵的到来才特别感到不满,总之,他心情很坏,吉洪一早就告诫建筑师不要带着报告去见公爵。

"您听他是怎么走路的,"吉洪说,他叫建筑师注意公爵的脚步声,"他用整个脚后跟走路——我们就知道……"

虽然如此,公爵仍然按照平时的习惯,一到八点多钟,就身穿黑貂皮领短皮衣,头戴黑貂皮帽出来散步。头一天下了一场雪。尼古拉·安德烈伊奇散步的那条通到花房的小道已经打扫过,在扫过的雪地上还可以看见笤帚的痕迹,小道两旁松软的雪堤上插着一把铁锹。老公爵到花房走走,然后又到下房和其他房舍走走,他一直紧皱眉头,默默不语。

"雪橇过得来吗?"他向送他回家的那个相貌和风度都像主人的、受人尊敬的管家问道。

"雪很深,大人。我已经吩咐人把大道打扫一下。"

公爵点点头,向台阶走去。"谢天谢地,"管家想道,"满天乌云总算过去了!"

"雪橇很难过来,大人,"管家补充说,"听说,大人,有一位大臣要来拜会大人?"

公爵向管家转过身来,用愠怒的目光盯视着他。

"什么?大臣?什么大臣?是谁吩咐的?"他用刺耳的、生硬的声音说,"为我的女儿公爵小姐不打扫,却为一个大臣打扫!我不知道有什么大臣!"

"大人,我以为……"

"你以为!"公爵喊道,他越说越急,越急越语无伦次,"你以为……强盗!下流坯!我这就教你以为。"他扬起手杖,就向阿尔帕特奇挥去,如果不是管家本能地躲开,就挨上了一记。"以为!……下流坯!"他急促地喊道。阿尔帕特奇因为自己居然敢于躲开主人的手杖,吃惊不小,他走到公爵面前,恭顺地低下光秃的脑袋,也许正因为这样,公爵仍然骂个不停:"下流坯!……把路给填上!"尽管如此,可是他再没有挥起他的手杖,就跑进屋里去了。

午饭前,公爵小姐和布里安小姐知道公爵的心情不好,都站在那里等候他:布里安小姐容光焕发,似乎是说:"我什么都不知道,我仍然像平时一样。"玛丽亚公爵小姐面色苍白,丧魂失魄,眼帘下垂。玛丽亚公爵小姐感到最难过的是:她知道遇到这种情形时应当像布里安小姐那样行事,然而就是办不到。她觉得:"我要是做出不注意的样子,他会以为我对他不表同情;我要是也闷闷不乐,情绪很坏,他会说我(过去常常这样说)垂头丧气。"她这样左思右想。

公爵看了看女儿惊慌失色的面孔,怒冲冲地哼了一声。

"不是废物……就是傻瓜!……"他嘟囔了一句。

"那一个没有来!准是她们向她饶舌了。"他心中指的是没有到餐厅来的小公爵夫人。

"公爵夫人呢?"他问道,"藏起来啦?……"

"她不怎么舒服,"布里安小姐愉快地笑着说,"她没有出来。这在她那种情况是可以理解的。"

"哼!哼!哼!哼!"公爵从鼻孔哼了两声,在餐桌旁坐下。

他觉得碟子不干净,指了指上面的污点,把它扔了。吉洪接过碟子,递给侍者。小公爵夫人不是不舒服,她是怕老公爵,简直怕得不得了。她一听说他的心情不好,就决定不露面了。

"我为怀着的孩子担忧,"她对布里安小姐说,"老是担惊受怕的,谁晓得会出什么事。"

一般说来,小公爵夫人住在童山,经常是心惊肉跳,对老公爵怀着一种她并不自觉的憎恶,因为过分的恐惧使她感觉不到这种憎恶。在老公爵方面,也有一种憎恶,但是它被蔑视遮盖住了。小公爵夫人在童山住惯了以后,特别喜爱布里安小姐,整天跟她在一起,请她在自己房里过夜,常常跟她谈起老公公,议论他的长短。

"有客人要到我们这里来,公爵,"布里安小姐一面说,一面用她那白里透红的小手打开白餐巾,"我听说,是库拉金公爵大人和他的儿子?"她带着疑问的口气说。

"哼……这个公爵是毛孩子……是我把他举荐到委员会去的,"老公爵带着受辱的神情说,"可是儿子来干什么,我实在不明白。也许丽莎韦塔·卡尔洛夫娜①和玛丽亚公爵小姐知道,我不知道他为什么把儿子带来。我不需要。"他看了看面红耳赤的女儿。

"你不舒服吗?是不是大臣,就像今天阿尔帕特奇这个蠢东西称呼的,把你吓坏了?"

"不是的,爸爸。"

尽管布里安小姐话题选得很不得当,但她并没有打住,絮絮叨叨谈花房,谈刚开的一朵花怎么好看,喝过汤以后,公爵变得温和了。

饭后,他去看看儿媳。小公爵夫人坐在小桌旁和使女玛莎闲聊天。她一见公公走来,面色刷地白了。

小公爵夫人的样子完全变了。这会儿她不但不好看,而且变丑了。两腮下陷,嘴唇翘起,眼皮耷拉着。

"是啊,有点昏昏沉沉的。"她在回答公公问她身体好不好

----

① 丽莎韦塔·卡尔洛夫娜是小公爵夫人丽莎的本名和父称。

时说。

"需要什么吗?"

"不需要,谢谢,爸爸。"

"好的,好的。"

他出来以后,到侍者室,阿尔帕特奇低下头来,在侍者室里站着。

"把路填上了吗?"

"填上了,大人。看在上帝分上,请原谅我一时糊涂。"

公爵打断了他的话,不自然地笑起来。

"好了,好了。"

他伸出手来让阿尔帕特奇吻了吻,就到书房里去了。

当天晚上,瓦西里公爵到达了。车夫和侍者们在道上(他们把大路称作道)迎接他,人们在故意洒满雪的路上吆喝着把他的马车和雪橇推到厢房那边。

瓦西里公爵和阿纳托利被领进两个单另的房间里。

阿纳托利脱下坎肩,双手叉腰坐在桌前,笑眯眯地睁着他那双美丽的大眼睛,漫不经心、目不转睛地盯视着桌子的拐角。他把他的一生看作某人为了某种原因必须给他安排的一场连续不断的享乐。他对这次来拜访这位凶恶的老头子和富有、丑怪的女继承人,也是这样看法。照他的设想,这一切都会有非常圆满和有趣的结果。"干吗不娶她,既然她很有钱? 这绝不会有什么不好的。"阿纳托利想。

他刮了脸,洒了香水,这些已经成为习惯的动作,他做得既细心又优雅,带着他那与生俱来的憨态和扬扬得意的神气,高昂着俊秀的头,走进父亲的房间。在瓦西里公爵身边,两个侍仆正忙着给他穿衣裳。他兴致勃勃地左顾右盼,高兴地跟走进来的儿子点头,似乎说:"对了,我正是希望你打扮成这个样子!"

"说真的,爸爸,她丑得厉害吗? 呃?"他用法语问,仿佛继续谈他们在旅途中谈了不止一次的话题。

"得了,别说蠢话! 主要的是,对老公爵要极力做到尊敬和慎重。"

"如果他骂人,我就走,"阿纳托利说,"我受不了这种老头子的气。呃?"

"你要记住,你的一切全靠这一次了。"

这时,大臣和儿子到来的消息,不仅传遍女仆的房间,而且对他两人的外表也有详细的描述。玛丽亚公爵小姐独自坐在自己房间里,怎么也按捺不住内心的激动。

"他们为什么要写信来,丽莎为什么对我提起这个? 明明是不可能的!"她照着镜子,自言自语说,"我怎么到客厅里去呢? 就算我喜欢他,我现在见到他也不会舒服自在的。"一想起她父亲的眼神,她就不寒而栗。

小公爵夫人和布里安小姐已经从使女玛莎嘴里得到一切必要的情报,说大臣的儿子是一个面庞红润、眉毛乌黑的美男子,他父亲拖着两条老腿勉强地爬台阶,而他却像一只雄鹰,在他后面一步跨三级阶梯。小公爵夫人和布里安小姐得到这些情报后,就去找公爵小姐,从走廊里就听到两人兴高采烈的谈话声。她们走进公爵小姐的房间。

"他们来了,玛丽,您知道吗?"小公爵夫人说,她摇摆着她那大肚子,身子沉重地坐到安乐椅里。

她穿的已经不是早晨那身便服了,而是一件最好的衣裳。她的头是细心梳过的,她的脸上露出了光彩,但仍然遮掩不住松皮耷拉、死气沉沉的轮廓。她穿起这身她在彼得堡社交界常穿的衣裳,更显得加倍地难看了。布里安小姐的衣着也经过一番不显眼的修饰,使她那鲜艳的俊俏面庞更加惹人喜爱。

"您怎么还是那个老样子,亲爱的公爵小姐? 马上就要来人通知,他们已经进客厅了。得到楼下去,您稍微打扮一下也好嘛!"她说。

　　小公爵夫人从安乐椅里站起来,打铃唤使女,开始高高兴兴地对玛丽亚公爵小姐的装束出主意,并且动手做起来。玛丽亚公爵小姐觉得自尊心受了伤害,因为可能是向她求婚的人到来弄得她心慌意乱,更伤她的自尊心的是,她的两个女友也认为事情不会有别的可能。要是对她们说,她为自己也为她们感到羞耻的话,那就等于暴露了自己的激动;如果拒绝她们给她打扮,那就会引起一大场取笑和纠缠。她脸红了,那对美丽的眼睛变得暗淡了,脸上布满了红斑,她带着脸上常有的那种殉道者的、难看的表情,任凭布里安小姐和丽莎摆布。这两个女人完全真心诚意地想把她打扮得漂漂亮亮。她长得太丑了,她们俩谁也不会有跟她斗妍比美的想法,所以她们完全是出于真心诚意,并且怀着女人们所具有的那种天真而坚决的信念,认为衣裳可以使面孔变得漂亮,于是就动手给她穿戴起来。

　　"不行,真的不行,我的朋友,这件衣裳不好看,"丽莎说,她远远地从侧面打量公爵小姐,"你有一件咖啡色的衣裳,叫人拿来!说不定一生的命运就决定在这件衣裳上呢。可是这一件颜色太浅,不好看,真的不好看!"

　　不好看的不是衣裳,而是公爵小姐的容貌和整个身材,可惜布里安小姐和小公爵夫人没有感觉到这一点。她们总觉得,如果向上梳的头发束一条天蓝色的缎带(殊不知这个发型完全改变和丑化了她的面孔),天蓝色的围巾从咖啡色的连衣裙披下来,如此这般,一切就会好起来了。她们忘记了,那副受惊的面孔和身材是不会改变的,因此,不论她们怎样改变外表和修饰面孔,然而这张脸仍然显得可怜巴巴的,而且不好看。玛丽亚公爵小姐顺从地任凭她们三番四次地给她换装，把头发往上梳，披上天蓝色的围巾，穿上漂亮的咖啡色的衣裳，小公爵夫人围着她转了两三圈，用小手弄好衣褶，抻抻围巾，时而从左边、时而从右边歪着头细细端详。

"不行，这不行，"她两手一拍，斩钉截铁地说，"不行，玛丽，这对您绝对不合适。我还是比较喜欢您平日穿的那件浅灰色的衣裳，看在我的面上，请您再换一次吧。卡佳，"她对使女说，"把公爵小姐那件浅灰衣裳拿来，布里安小姐，您等着瞧瞧我这次的安排吧。"她说这话时，像一个演员预感到成功的喜悦，含着微笑。

可是，当卡佳拿来需要的那件衣裳时，玛丽亚公爵小姐仍然一动不动地坐在镜子前面，对着镜子看自己的脸，卡佳从镜子里看见，她的眼睛噙着泪水，她的嘴在打颤，眼看就要放声大哭了。

"公爵小姐，再努一把力吧。"布里安小姐说。

小公爵夫人从使女手里接过衣裳，向玛丽亚公爵小姐走去。

"好了，这回我们一定打扮得又朴素又可爱。"她说。

她的声音、布里安小姐的声音，还有不知为什么笑起来的卡佳的声音，汇成一片其乐融融的莺声燕语。

"算了吧，别管我了。"公爵小姐说。

她的声音听来是那么严肃而痛苦，喃喃的莺声燕语顿时停住了。她们看了看她，她那对美丽的大眼睛满含泪水，心事重重，亮晶晶地、恳求地望着她们。她们明白了，坚持下去不但无用，而且残忍。

"至少得改变一下发式，"小公爵夫人说，"我对您说过，"她带着责备的口吻对布里安小姐说，"这种发式完全不适合像玛丽这样的脸型。请您再换个发型吧。"

"不要管我了，我反正都一样。"她强忍着眼泪回答。

布里安小姐和小公爵夫人心里不得不承认，玛丽亚公爵小姐这样打扮非常丑陋，比她平时还难看，但是已经晚了。她带着她们所熟悉的那种沉思而且悲哀的表情望着她们。这种表情并没有引起她们对玛丽亚公爵小姐的畏惧。（她对谁都引不起这种感觉。）但是她们知道，一旦她脸上出现了这种表情，她就缄口不言，对自己的决心决不动摇。

"您一定会换个式样的，是吧？"丽莎说，她看玛丽亚公爵小姐一言不答，就从屋里走了出来。

玛丽亚公爵小姐一个人留下来。她没有实现丽莎的愿望，不但没有改变头发式样，而且没有再照镜子。她无力地垂下眼睛和双手，默默地坐在那里沉思。她想象她有一个丈夫，一个男人，一个强有力的、出人头地的、具有不可思议的魅力的男人，他忽然把她带到完全另外一个幸福的世界。她想象她怀抱着自己的孩子，就像昨天她在乳母的女儿那里看见的孩子一样。丈夫就站在跟前，温柔地望着她和孩子。"咳，这是不可能的，我长得太丑了。"她想道。

"请您去喝茶。公爵马上就要到了。"使女的声音从门外传来。

她清醒过来，对自己的幻想吃了一惊。在没有下楼之前，她站起来，走进供圣像的小室，她注视着被神灯照亮了的大幅圣像的黑脸，双手交叉在胸前，这样在圣像面前站了几分钟。玛丽亚公爵小姐心中翻腾着痛苦的疑虑。爱情的欢乐，对男人的尘世爱情的欢乐，对她是可能的吗？在寻思婚姻问题的时候，玛丽亚公爵小姐有一个最主要、最强烈的衷心宿愿，那就是尘世的爱情。这个感情越是强烈，她就越是对别人、甚至对自己隐藏着它。"我的上帝啊，"她说，"我怎样才能压住我心中这些魔道？我怎样才能永远摒弃这些邪念，好让我平平静静地奉行你的旨意？"她刚一提出这个问题，上帝就在她的内心作了回答："不要为自己抱任何希望，不要探索，不要焦虑，不要羡慕。人们的未来和你的命运都不是你应当知道的,你要在生活中忍受一切。如果上帝想用婚姻的义务考验你,你就准备执行他的旨意。"怀着这个心安理得的思想(但仍然抱着能够得到已经被她禁锢的尘世爱情的希望),玛丽亚公爵小姐叹了口气,画过十字,就下楼了,她既不想衣裳,也不想发式,也不想她怎样走进去和说什么话。没有上帝的旨意,连一根头毛也掉不下来,比起上帝的旨意,这一切算得了什么呢。

四

玛丽亚公爵小姐走进客厅的时候,瓦西里公爵和他的儿子已经在那里了,他们正跟小公爵夫人和布里安小姐谈话。当她脚跟着地、迈着沉重的步子走进来的时候,男人们和布里安小姐都欠起身来,小公爵夫人指着她向两位男客说:"这就是玛丽!"玛丽亚公爵小姐看见了所有的人,而且看得很仔细。她看见瓦西里公爵在她刚进来时,脸沉了一下,但立刻就堆出笑容。她看见小公爵夫人那张脸,带着好奇的神气从客人脸上察看玛丽给客人的印象。她看见布里安小姐头上扎着缎带,容貌俏丽,用她那从未有过的兴奋的目光注视着他;但公爵小姐却看不见他,她看见的只是一个鲜艳、美丽的庞然大物,当她进来的时候向她移过来。首先是瓦西里公爵走到她跟前,她在他吻她的手的时候吻了吻低下来的秃头,回答了他的问话,说她不但没有忘记他,而且记得非常清楚。然后阿纳托利走到她面前。她仍然没有看见他。她只感到那只柔软的手紧紧握住她的手,她用嘴唇轻轻地碰了碰他那涂着油的浅黄色美发下面的白净的前额。她抬头向他一看,他的美貌把她惊呆了。阿纳托利用右手大拇指钩住制服扣子,挺着胸,身子往后微倾,一只伸出的脚摇晃着,微微偏着头,一声不响,快乐地望着公爵小姐,看样子,他心中所想的完全不是她。阿纳托利在谈吐上并不机敏,也不善于词令，但是他却有上流社会认为可贵的那种镇定自若和不受任何情况影响的自信本领。一个没有自信的人初次跟人见面要是沉默不语，同时又觉得沉默是不礼貌的，想找话说，那么效果一定不会好。但是阿纳托利默不作声，摇晃着脚，快活地观看公爵小姐的发式。看样子，他能够这样平静地沉默很久很久。"谁要是觉得这样沉默怪窘得慌，那就请先开口吧，我可不想说话。"他那神气仿佛这样说。除此以外，阿纳托利在跟女人接触的时候有一种蔑视一切的优越感，他这种风度最能引起女人的好奇心、畏惧，甚至爱慕。他那神气仿佛说："我了解你们，我了解，干吗要敷衍你们？那倒会使你们高兴呢！"也许他和女人在一起时并没有这样想（很可能没有这样想，因为他很少动脑筋），可是他就是这么一副神气，这么一个风度。公爵小姐感觉到这一点，她似乎想向他表示，她不敢希望使他感兴趣，所以她向老公爵转过身去。大家谈些一般的话题，但谈得很热闹，这多亏小公爵夫人那一口清脆的声音和翘在雪白牙齿外面的、生有绒毛的两片嘴唇。她用谈笑风生的人常用的戏谑态度接待瓦西里公爵，使用这种态度首先必须与交谈者有着久已固定的笑话，以及愉快的、不为所有的人知道的可笑的回忆，而这种回忆实际上是不存在的，小公爵夫人和瓦西里公爵之间也没有这种回忆。瓦西里公爵乐于附和这种腔调，小公爵夫人把她几乎不认识的阿纳托利也吸引来共同回忆这些从未发生过的可笑的事情。布里安小姐也分享这些共同的回忆，甚至玛丽亚公爵小姐也高兴地感觉到她被引入这些愉快的回忆里了。

"至少现在我们是充分地享受和您一起的快乐了，亲爱的公爵，"小公爵夫人对瓦西里公爵说，自然是用法语说，"这一回可不会像在安内特家的晚会上那样了，在那儿您常常溜掉。您还记得那个可爱的安内特吧！"

"哎呀，您可别像安内特那样对我谈什么政治啦！"

"还有我们那个小茶桌呢?"

"是啊!"

"为什么您从来不到安内特那儿去?"小公爵夫人问阿纳托利。"唔!我知道,我知道,"她挤了挤眼睛,说,"您的哥哥伊波利特把您的事全都告诉我了。噢!"她伸出手指来吓唬他,"连您在巴黎的恶作剧我都知道!"

"伊波利特没对你说过吗?"瓦西里公爵一面转脸对儿子说,一面抓住公爵夫人的手,就好像她想跑开,他差点儿放掉了她似的,"他没对你说过,他自己,伊波利特,为了可爱的公爵夫人害相思病,而她把他从家里赶出来了?"

"噢!这位是裙钗中的明珠,公爵小姐!"他对公爵小姐说。

布里安小姐一听提到巴黎,就抓住这个机会,也参加大家回忆往事的谈话。

她居然冒昧地问阿纳托利,他离开巴黎是不是很久了,可喜欢这个城市。阿纳托利非常乐于回答这个法国女人的问题,他笑眯眯地望着她,跟她谈起她的祖国。阿纳托利一见俊俏的布里安小姐,就认定童山这地方并不枯燥。"长得很不错!"他一面打量着她,一面心里想。"这个女伴很不错。我希望她嫁给我时,把她带过来,"他想,"这姑娘长得真够标致。"

老公爵在书房里不慌不忙地穿衣裳,皱着眉头考虑他应当怎么办。这两位客人的到来使他生气。"瓦西里公爵和他的儿子跟我有什么相干?瓦西里公爵是个牛皮匠,废料,儿子想必也好不了。"他嘟嘟囔囔地自言自语。使他气恼的是,这些客人的到来在他心中勾起悬而未决的、经常闷在心里的问题,也就是老公爵一向自我欺骗的那个问题。这个问题就是,他是否舍得让玛丽亚公爵小姐离开,让她出嫁。公爵从来没有决心给自己直接提出这个问题,因为他预先就知道,他的回答会是公平合理的,而这个公平合理跟他的感情相矛盾,特别是跟他的生活能力相矛盾。尽管他似乎并不珍惜她,然而没有她,尼古拉·安德烈耶维奇公爵的生活是不可想象的。"为什么她一定要出嫁呢?"他想,"不会幸福的。就拿丽莎嫁给安德烈说吧(比他更好的丈夫现在似乎很难找到了),她满意自己的命运吗?有谁会出于爱情而娶她呢?又丑又笨。有人要她也是为了地位和财产。难道就不能不结婚吗?那倒要幸福些!"尼古拉·安德烈耶维奇公爵就这样一面想,一面穿衣裳,可是,那个拖延很久的问题却要求立刻做出决定。瓦西里公爵把儿子带来,显然是有求婚的意思,大概不是今天就是明天就要求直接的答复。门第和社会地位还过得去。"那也好,我不反对,"老公爵自言自语说,"但是,他得配得上她。我们看重的就是这一点。"

"我们看重的就是这一点,"他说出声来,"我们看重的就是这一点。"

他像平时一样,健步走进客厅,疾速地向大家扫视一眼,他看见小公爵夫人换了衣裳,布里安头上束着缎带,玛丽亚公爵小姐梳着丑怪的发式,布里安和阿纳托利满面春风,他的公爵小姐在大家谈话时沉默寡言。"打扮得像个大傻瓜!"他愤愤地盯了女儿一眼,心里想,"不嫌害臊!人家连理都不愿理她!"

他走到瓦西里公爵面前。

"你好,你好,欢迎,欢迎。"

"友谊不远千里,"瓦西里公爵开腔了,他像平时一样,说得又快又自信,而且亲热,"这是我的次子,请您多加关照。"

尼古拉·安德烈耶维奇公爵打量着阿纳托利。

"好孩子,好孩子!"他说,"过来吻吻我。"他把腮帮伸给他。

阿纳托利吻了吻老头,好奇地、十分镇静地望着他,看他是不是马上就要爆发父亲所说的怪脾气。

尼古拉·安德烈耶维奇公爵在他常坐的沙发角上坐下来,把瓦西里公爵的圈椅移近自己的座位,他一面指着圈椅,一面问起时局和新闻。他仿佛专心倾听瓦西里公爵的谈话,但是却不住地注意玛丽亚公爵小姐。

"这么说,他们从波茨坦有信来?"他重复瓦西里公爵最后一句话,忽然站起来,走到女儿跟前。

"你是为客人才这样打扮的,是不是?"他说,"好看,十分好看。你为了客人梳个新式的头,可是我要当着客人的面对你说,没有我的许可,以后不准你改变装束。"

"是我的错,爸爸。"小公爵夫人红着脸结结巴巴地说。

"您完全可以自便,"尼古拉·安德烈耶维奇公爵一面说,一面向儿媳行了个军礼,"可是她没有丑化自己的必要,已经够丑的了。"

他又坐回原位,不再注意难过得流泪的女儿。

"相反,这个发型对公爵小姐很合适。"瓦西里公爵说。

"老兄,年轻的公爵叫什么名字?"尼古拉·安德烈耶维奇公爵转身对阿纳托利说,"过来,咱们谈谈,认识认识。"

"马上就要看笑话了。"阿纳托利心里想,他含着微笑坐近老公爵。

"是这样:亲爱的,听说您留过洋。不像我和你父亲,跟诵经士学认字。告诉我,亲爱的,您现在是在骑兵近卫军吗?"老头凑近阿纳托利,逼视着问他。

"不,我调到陆军了。"阿纳托利强忍着笑答道。

"啊!好事情。怎么样,亲爱的,您愿意为沙皇、为祖国服务吗?现今是战争年月。这么一个棒小伙子应当服役,应当服役。怎么样,要上前线吗?"

"不,公爵。我们团已经出发了。我别有所属。爸爸,我属哪儿?"阿纳托利笑着问父亲。

"这个差当得好，真好。我属哪儿！哈——哈——哈！"尼古拉·安德烈耶维奇公爵笑起来。

阿纳托利笑得更响。尼古拉·安德烈耶维奇公爵忽然把眉头一皱。

"好了，去吧。"他对阿纳托利说。

阿纳托利含着微笑又回到女人群里。

"瓦西里公爵，你把他们送到国外受教育，是不是？"老公爵转身对瓦西里公爵说。

"我是尽力而为。我告诉您，那儿的教育比咱们这儿要好得多。"

"是啊，如今什么都改了样，一切都是新式的。好一个小伙子，好样的！咱们到我房里去吧。"

他拉着瓦西里公爵的手，把他领到书房里。

单独和公爵在一起的时候，瓦西里公爵立刻就向他说明了来意和希望。

"你想到哪儿去了，"老公爵气愤地说，"你以为我攥着她不放，离不开她吗？怪事！"他愤愤地说，"明天就嫁出去我都无所谓！不过我告诉你，我要好好地了解我的女婿。你知道我办事的规矩：一切都开诚布公！我明天当着你的面问她：如果她愿意，就让他住下。让他住几天，我要观察观察。"老公爵哼了一声，"就让她出嫁吧，我无所谓。"他用跟儿子告别时所用的尖利的声音喊道。

"我坦率地告诉您，"瓦西里公爵说，他使用了那种腔调，就像一个狡猾的人，在谈话对手明察秋毫的洞察力下，认为没有施展伎俩的必要时所使用的腔调，"您是一眼就把人看透的。阿纳托利不是什么天才，但他是一个老实善良的孩子，是一个好儿子，好亲戚。"

"好的,好的,我们看看吧。"

正像长久没有跟男人交际的孤独的女人常有的情形一样,由于阿纳托利的出现,尼古拉·安德烈耶维奇公爵家里三个女人都同样地感觉到,在这之前她们的生活简直不是生活。她们的思维力、观察力和感觉力一下子提高了十倍,她们仿佛一直是在黑暗中过日子,突然被一片崭新的、含义丰富的光辉照亮了。

玛丽亚公爵小姐完全不想、也不记得自己的面孔和发型了。那个可能成为她的丈夫的人的标致、开朗的面孔吸引着她的全部注意力。她觉得他善良、勇敢、果断、刚毅,而且宽宏大量。她对此深信不疑。在她的想象中不断涌现出千百个未来家庭生活的幻景。她挥开这些幻景,尽力把它们隐藏起来。

"我是不是对他太冷淡了?"玛丽亚公爵小姐想,"我极力克制自己,因为在我内心深处觉得对他已经太亲近了。可是,我对他想的这一切,他是不会知道的,甚至他会觉得我讨厌他呢。"

于是玛丽亚公爵小姐尽力向这位新客表示好感,但是她不会。

"可怜的姑娘,丑得像个鬼。"阿纳托利这样想她。

由于阿纳托利的到来而极端兴奋的布里安小姐,有她自己的想法。当然,这个没有一定社会地位、没有亲戚朋友、甚至没有祖国的年轻漂亮的姑娘,并不情愿在侍候尼古拉·安德烈耶维奇公爵、给他朗读书籍和陪伴玛丽亚公爵小姐中度过一生。布里安小姐长久以来就期待着一位俄国公爵,这位俄国公爵一下子就看出她比那些容貌丑陋、衣着不雅、举止笨拙的俄国公爵小姐优越,会爱上她并且把她带走。现在这位俄国公爵终于来了。布里安小姐曾听她姑母讲过一个故事,故事的结尾是她自己给补充上去的,她喜欢反复想这个故事。故事说一个少女受了骗,她可怜的母亲来了,责备她不该不结婚就委身一个男人。布里安小姐在想象中给他——就是那个引诱者——讲这个故事时,常常感动得流泪。现在这个他，真正的俄国公爵，来到了。他把她带走，然后她可怜的母亲出现了，他与她结了婚。正当布里安小姐和他谈论巴黎的时候，她这未来的全部故事就在她心里形成了。并不是预先有什么打算指导着布里安小姐（其实她丝毫没有考虑她应当怎样去做），而是这一切早已在她心中准备好了，现在只需要在已经出现的阿纳托利面前集中一下就行了，她希望而且也尽可能博得他的欢心。

正像一匹老战马一闻号声就习惯地准备狂奔一样，小公爵夫人也不自觉地卖弄起风情来了，连自己正在怀孕都忘了，她这样做并非别有企图，也没有内心的斗争，只不过是出于天真、轻浮的取乐罢了。

尽管阿纳托利在女人群中通常总是扮演被女人追得厌烦的角色，但是他看到他对这三个女人的影响，仍然感到虚荣心的满足。此外，他开始对俊俏、撩人的布里安体验到一种兽性的情欲，这种勃然爆发的情欲促使他干出最大胆、最粗暴的行为。

吃过茶后，大家走进起居室，公爵小姐应大家的请求弹奏古钢琴。阿纳托利挨近布里安小姐，支着臂肘站在玛丽亚公爵小姐面前，他目光含笑快乐地望着她。玛丽亚公爵小姐感觉到向她注视的目光，心中激动得又痛苦又喜悦。心爱的奏鸣曲把她带到令人陶醉的诗意境界，而那个被感觉到的注视自己的目光，又给这个境界增添了更多的诗意。但是，阿纳托利的目光虽说是对着她，意思却不在她身上，而是在布里安小姐那小巧的脚的动作上，这时他正用自己的脚在古钢琴下面触动她的脚。布里安小姐也望着公爵小姐，在她那双美丽的眼睛里，玛丽亚公爵小姐觉得也有一种又惊又喜、满怀希望的新的表情。

"她多么爱我！"玛丽亚公爵小姐想，"我现在多么幸福，能有这样的女友和这样的丈夫，我该多么幸福！难道他真能成为我的丈夫吗？"她想。她不敢看他的脸，老是感觉到那注视着她的目光。

晚上，吃完饭大家要分手的时候，阿纳托利吻了吻公爵小姐的手。她自己也不知道哪儿来的这股勇气，照直地注视了一下靠近她的近视眼的那副标致的脸。然后阿纳托利又去吻布里安小姐的手（这是不合礼仪的，但是他做得既自信又随便），弄得布里安小姐顿时满脸通红，她吃惊地看了看公爵小姐。

"礼数多么周到，"公爵小姐心里想，"阿梅莉（布里安小姐的名字）真的以为我会吃她的醋，而不珍重她对我的体贴和忠心吗？"她走到布里安小姐跟前，热烈地吻了吻她。阿纳托利去吻小公爵夫人的手。

"不行，不行！什么时候您父亲写信告诉我，您的行为不错，我再让您吻我的手。在这之前可不行。"

她说着，就举着指头，笑盈盈地走出屋去。

五

大家都散了，这一夜除了阿纳托利躺下就睡着以外，没有一个人不是很久才入睡的。

"这个陌生、美貌、善良的男人真能成为我的丈夫吗？主要的是他善良。"玛丽亚公爵小姐想，一种从来没有过的恐惧控制了她。她害怕向四外张望，她恍惚觉得有人在屏风后面黑暗的角落里站着。这个人就是他，就是魔鬼，而这个魔鬼就是白额头、黑眉毛、红嘴唇的男人。

她打铃把使女叫来，要她睡在她的房间里。

布里安小姐这天晚上在花房里走了很久，毫无结果地等待着一个人，她时而对什么人微笑，时而由于想象可怜的母亲责备她堕落而感动得流泪。

小公爵夫人埋怨使女没有把床铺好。害得她侧卧也不是，仰卧也不是。怎么都觉得难受，不灵便。她的肚子妨碍了她。而今天比任何时候更妨碍她，阿纳托利的出现，使她更生动地回忆起她没有怀孕时样样都是轻松愉快的时光。她身着短衣，头戴睡帽坐在圈椅里。卡佳睡眼惺忪，辫发散乱，一面叨唠着，一面第三次拍打和翻转沉重的羽毛褥子。

　　"我告诉过你，到处都是坑坑洼洼，疙疙瘩瘩，"小公爵夫人再三地说，"我倒乐意睡着呢，又不是我的错。"她像个要哭的孩子似的声音发颤。

　　老公爵也没有睡。吉洪在睡意朦胧中听见他怒气冲冲地来回踱步，哼哧着鼻子。老公爵觉得他为女儿受了侮辱。最使他受不了的是，受辱的不是他本人，而是别人，是他钟爱得甚于爱自己的女儿。他对自己说，他要重新考虑这全部问题，找一个正确的、合理的办法，但是他不仅没有这样做，反而更把自己激怒了。

　　"遇见第一个男人就把父亲，把一切全都忘了，跑到楼上梳洗打扮起来，摇起尾巴，现出了原形！甘愿抛弃父亲！我心中有数，这她是知道的。呸……呸……呸……难道我没有看见这个混小子一个劲地看布里安（应当把她赶走）！她真的连这个也看不出，一点自尊心都没有了！你自己没有自尊心也罢，至少也得顾着我的面子。应当告诉她，那个蠢东西心里并没有她，他一个劲地看布里安。她没有自尊心，我要告诉她这一点……"

　　对女儿说，她错了，阿纳托利想追求布里安，老公爵知道，这样就会刺伤玛丽亚公爵小姐的自尊心，他的心事（不愿跟女儿分离）也就解决了，想到这里，他感到自慰。他把吉洪叫来，开始脱衣裳。

　　"真倒霉，他们干吗来！"当吉洪把睡衣从头上套到他那干瘦的、胸口长满花白汗毛的老人身上的时候，他想，"我没有请他们。他们来看看我的生活。我没有几天活头了。"

"滚他妈的!"他的头还套在睡衣里的时候,他说。

吉洪知道公爵时常有自言自语的习惯,所以虽然看见公爵的脸从睡衣里钻出来,露出疑问和气愤的目光,他仍然面不改色。

"他们睡了吗?"公爵问。

吉洪像所有的好仆人一样,凭着嗅觉就知道主人在想什么。他猜出这是问瓦西里公爵和他的儿子。

"已经睡了,灯也熄了,大人。"

"不好,不好……"公爵很快地说,他把脚伸进拖鞋里,手伸进睡衣里,向他睡的躺椅走去。

虽然阿纳托利和布里安小姐之间没有通过话,可是对于那可怜的母亲出现之前的恋爱史的第一回,他们彼此是完全了解的,他们也了解他们有很多话要在背地里谈,所以一清早就寻找单独会面的机会。当公爵小姐照平日的时刻去见父亲时,布里安小姐就在花房里和阿纳托利会面了。

这天玛丽亚公爵小姐向书房门口走去时,心跳得特别厉害。她感觉到,不仅所有的人都知道今天就要决定她的命运,而且知道她心中正想这件事。从吉洪的脸上,从那个去取热水、路过走廊时碰见她并向她深深鞠躬的瓦西里公爵的侍仆脸上,她都看出了这种表情。

老公爵这天早晨对女儿特别和蔼而且态度慎重。玛丽亚公爵小姐十分清楚这种慎重从事的神情。每当玛丽亚公爵小姐弄不懂算题,他气得紧握干瘦的手,站起来从她身边走开,一连好几次低声重复同一句话的时候,他脸上就出现这种神情。

他立刻谈起正事,并且客气地称呼"您"。

"有人家向我提亲了,"他不自然地微笑着说,"我想您已经猜到了,"他接着说,"瓦西里公爵到这儿来,把他的学生也带了来(不知为什么尼古拉·安德烈伊奇公爵管阿纳托利叫学生),当然不是因为我的眼睛长得美。昨天他们向我提亲。您是知道我的规矩的,这个我要问您了。"

"我应当怎样理解您的意思,爸爸?"公爵小姐脸色一红一白地说。

"怎么理解!"父亲愤怒地呵斥,"瓦西里公爵选中你当他的儿媳妇,替他的学生向你求婚。就是这么理解。怎么理解?! 这我就要问你了。"

"我不知道您有什么意见,爸爸。"公爵小姐低声说。

"我? 我? 我有什么? 用不着管我。又不是我出嫁。您有什么意见,这是我要知道的。"

公爵小姐看出父亲不乐意这件事,然而就在这一刻,她想到她一生的命运要么现在就决定,要么就永远地错过了机会。她垂下眼帘,避开父亲的目光,她觉得在他的目光下不能思索,只能习惯地惟命是从,她说:

"我只愿遵照您的意思去做,"她说,"如果要我表示自己的愿望的话……"

她没有来得及说完。公爵打断了她的话。

"好极了!"他喊道,"他要你是连同嫁妆一起要,顺便也把布里安小姐带走。她当夫人,而你……"

公爵停住了。他看出这句话在女儿身上发生的效果。她低下头,就要哭出来了。

"算了,算了,我是说笑话,我是说笑话,"他说,"要记住一样,公爵小姐:我遵守这个原则:姑娘有挑选女婿的充分权利。我给你自由。要记住一样:你一生的幸福就要看你这次的决定了。不必管我。"

"可是我不知道……爸爸。"

"不必管我! 他秉承父命,他可以娶你,也可以娶任何人;而你是有选择的自由的……你回自己房里考虑一下吧，一小时后来见我，当着他的面告诉他:行还是不行。我知道你是要祈祷的，那你就祈祷吧。不过要好好想想。去吧。"

"行还是不行，行还是不行，行还是不行!"公爵小姐像坠入雾中，跌跌撞撞地走出了书房，而他还在大声地说。

她的命运决定了，而且幸福地决定了。但是父亲说的关于布里安小姐的那些话，却是可怕的暗示。就算不是真的，但仍然是可怕的，她不能不想这件事。她穿过花房一直往前走，什么也看不见，什么也听不见，可是忽然间，耳熟的布里安小姐的低语声使她猛醒过来。她抬起眼睛，在离她两步远的地方看见了阿纳托利，他搂着那个法国姑娘，正向她低声说话。阿纳托利那张俊秀的脸露出可怕的表情，他望望玛丽亚公爵小姐，头一秒钟没有松开布里安小姐的腰，布里安小姐没有看见她。

"是谁? 干吗来了? 等一等!"阿纳托利的表情仿佛这样说。玛丽亚公爵小姐默默地望着他们。她不能理解这是怎么回事。最后，布里安小姐惊叫一声，逃跑了。阿纳托利仿佛请她一同来嘲笑这个奇遇似的，嬉皮笑脸地向玛丽亚公爵小姐鞠了一躬，耸耸肩，就向通往他的房间的门走去了。

一小时后，吉洪来叫玛丽亚公爵小姐。他叫她去见公爵，并且说，瓦西里·谢尔盖伊奇公爵也在那里。吉洪进来的时候，公爵小姐正搂着泣不成声的布里安小姐在沙发上坐着。玛丽亚公爵小姐抚摸着她的头。公爵小姐那对美丽的眼睛依然那么安详，洋溢着光辉，脉脉含情地、怜悯地看着布里安小姐那俊俏的面庞。

"啊，公爵小姐，我永远失去您的欢心了。"布里安小姐说。

"为什么要这么说? 我比以往任何时候都更爱您，"玛丽亚公爵小姐说，"我要为了您的幸福尽力做到我能做到的一切。"

"可是您会瞧不起我的，您是这么纯洁，您永远不会理解这种情欲的魅力。啊,我的可怜的妈妈……"

"一切我都理解,"玛丽亚公爵小姐含着忧郁的微笑回答说,"您放心吧,我的朋友。我去见父亲。"她说着就出去了。

玛丽亚公爵小姐走进书房的时候,瓦西里公爵带着深受感动的笑容坐在那儿,一只腿高高地架在另一只腿上,手里拿着鼻烟壶,看过去好像他的心肠完全软了,又仿佛他对自己这么多愁善感觉得又可怜又可笑。他连忙捏了一撮鼻烟送进鼻孔里。

"啊,亲爱的,亲爱的。"他站起来抓住她的两只手,说。他叹了一口气,又说:"我儿子的命运就握在您的手里了。您决定吧,可爱的、可亲的、温柔的玛丽,我一向像爱自己的女儿一样爱您。"

他走到一旁。他的眼睛真的流出了泪水。

"哼……哼……"尼古拉·安德烈伊奇公爵直哼哧鼻子。

"公爵代表他的学生……儿子,向你求婚。你愿不愿意做阿纳托利·库拉金公爵的妻子?你说:行还是不行!"他大声嚷嚷道,"然后我要保留说出我的意见的权利。是的,我的意见也不过就是我的意见,"尼古拉·安德烈伊奇公爵向瓦西里公爵转过身去,为了回答他那乞求的表情,又说了一句,"行还是不行?"

"我的愿望是,爸爸,永远不离开您,永远不跟您分开单过。我不想结婚。"她睁着一对美丽的眼睛向瓦西里公爵和父亲望了望,坚决地说。

"胡说,废话!胡说,胡说,胡说!"尼古拉·安德烈伊奇公爵皱着眉头,大声嚷嚷道。他抓住她的手,拉过来,没有去吻它,只是把自己的额头向她的额头低下去,轻轻地碰碰她,他握紧她的手,把她握得皱了皱眉头,叫了一声。

瓦西里公爵站起来。

"亲爱的,我要对您说,我永远、永远忘不了这一刻,但是,我亲爱的,让我们哪怕存有一线希望能够打动这颗善良忠厚的心吧。

请您说说：也许……来日方长。您说吧：也许。"

"公爵，我说的全是我心里的话，我感谢您给我的荣幸，但是我永远不能做令郎的妻子。"

"那么就完了，亲爱的公爵。我很高兴见到你，很高兴见到你。回去吧，公爵小姐，去吧，"老公爵说，"见到你，我非常、非常高兴。"他一面拥抱瓦西里公爵，一面重复地说。

"我的天职是另一种，"玛丽亚公爵小姐心里想，"我的天职是以另一种幸福为幸福，是以仁爱和自我牺牲的幸福为幸福。不论要我付出多大的代价，我都要成全可怜的阿梅莉的幸福。她是那么热烈地爱他。她是那么热诚地忏悔。我要尽到一切努力成全他们两人的婚姻。如果他不富有，我给她钱，我要恳求父亲，恳求安德烈。如果她能成为他的妻子，我该多么幸福啊。她是那么不幸，流落异乡，孤苦零丁，无依无靠！我的天啊，她连自己的身份都忘了，她该是多么爱他。也许，我要是她，也会这样做的！……"玛丽亚公爵小姐想。

六

罗斯托夫家里很久没有得到尼古卢什卡的消息，直到仲冬，伯爵才收到一封信，他从信封上地址的笔迹认出是儿子写来的。伯爵一接到信就慌张起来，极力不露声色，踮起脚尖跑到自己房里，关上门，读起来。安娜·米哈伊洛夫娜得知有信来（家中不管发生什么事，她全知道），就悄悄到伯爵那里，碰见他手里拿着信又是哭又是笑。

安娜·米哈伊洛夫娜虽然光景好转，仍然住在罗斯托夫家里。

"我的好朋友？"安娜·米哈伊洛夫娜悲哀地探问，并且准备不管怎样都同情他。

伯爵越发放声大哭了。

"尼古卢什卡……信……受了……伤……亲爱的……受了伤……我的好孩子……伯爵夫人……他升军官了……谢天谢地……怎么对伯爵夫人说？……"

安娜·米哈伊洛夫娜在他身旁坐下，拿出手绢来擦他脸上的泪水和滴在信上的泪水，又擦自己的眼泪，然后把信读了一遍，安慰伯爵，并且决定，在午餐后晚茶前，她先给伯爵夫人做些准备工作，如果上帝赐福，晚茶后再宣布一切。

全部午餐时间，安娜·米哈伊洛夫娜都在谈论有关战争的传闻，谈论尼古卢什卡。有两次问起他的最后一封信是什么时候接到的，虽然她本来知道。她说，可能很快，也许就在今天，又要接到信了。每当这些暗示使得伯爵夫人心神不安，惊慌地时而望望伯爵，时而望望安娜·米哈伊洛夫娜的时候，安娜·米哈伊洛夫娜就最不引人注意地把话题引到琐事上去。娜塔莎是全家最善于体察人们的语气、眼神和神色的细微变化的人，从一开始吃饭，她就竖起了耳朵。她看出，在她的父亲和安娜·米哈伊洛夫娜之间有什么事，有什么与哥哥有关的事，看出安娜·米哈伊洛夫娜是在做准备工作。娜塔莎虽然胆子很大（她知道她母亲对于凡是与尼古卢什卡的消息有关的一切是多么敏感），但她不打算在吃饭的时候提出问题，然而由于心中着急，整顿午饭她什么都没吃，不住地在椅子上扭来扭去，女教师责备她，她也不听。饭后，她一阵风似地向安娜·米哈伊洛夫娜追去，在起居室里，她连跑带跳地扑到她的脖颈上。

"大妈，亲爱的，告诉我是怎么回事？"

"没有什么，我的乖孩子。"

"不，好大妈，亲爱的，非告诉我不可，我知道您有什么秘密。"

安娜·米哈伊洛夫娜摇摇头。

"你真是个机灵鬼，我的孩子。"她说。

"尼古连卡来信了吧？准是的！"娜塔莎看出安娜·米哈伊洛夫娜的脸上露出默认的表情，大声喊道。

"看在上帝分上，千万要当心：你要知道，这会把你妈妈吓坏的。"

"好的，好的，可是您得告诉我。不告诉？那我马上就去说。"

安娜·米哈伊洛夫娜三言两语对娜塔莎讲了讲信的内容，但附带条件是不许告诉任何人。

"君子一言为定，"娜塔莎一面画十字，一面说，"我谁都不告诉。"她说着，就立刻跑到索尼娅那里去了。

"尼古连卡……受伤了……有信来……"她得意洋洋地说。

"尼古拉！"索尼娅刚说出口，面色刷地一下变白了。

娜塔莎一见哥哥受伤的消息给索尼娅的印象，她这才感到这个消息十分悲哀的一面。

她向索尼娅扑过去，搂着她哭起来。

"轻伤，已经升为军官了。他现在很健康，自己写的信。"她含着眼泪说。

"可见你们女人家都爱哭，"彼佳说，他坚决地迈开大步在屋里走来走去，"哥哥这么出色，我很高兴，真的，我很高兴。你们就会哭！什么也不懂。"

娜塔莎含着泪笑了。

"你没有看信吗？"索尼娅问。

"没有看，可是她说，一切都过去了，他已经是军官了……"

"谢天谢地，"索尼娅画着十字说，"也许她骗你呢？咱们去找妈妈。"

彼佳一声不响在屋里踱步。

"我要是尼古卢什卡的话，我一定杀死更多的法国人，"他说，

"这些家伙坏透了！我要杀他个尸骨堆成山。"彼佳继续说。

"住嘴,彼佳,你真是个大傻瓜！……"

"我一点不傻,谁为了一点小事就哭才傻呢。"彼佳说。

"你记得他吗?"沉默了一会儿,娜塔莎突然问。索尼娅笑了。

"我记不记得尼古拉?"

"不是的,索尼娅,你是不是记得清清楚楚的,是不是一切都记得,"娜塔莎说,她尽力做手势,看样子,她想使她的话带有最郑重的意味,"连我也记得尼古连卡,我记得,"她说,"可是我不记得鲍里斯。完全不记得……"

"怎么? 你不记得鲍里斯?"索尼娅奇怪地问。

"并不是说不记得——我知道他是什么样子,可是不像记得尼古连卡那样记得他。我一闭眼就记起尼古连卡,而鲍里斯就记不起(她闭上眼睛),记不起,一点也记不起!"

"唉,娜塔莎!"索尼娅不望女友,热情而严肃地说,好像她认为娜塔莎不配听她要说的话,又好像她这话是对另外一个不能与之开玩笑的人说的,"我一旦爱上了你哥哥,就爱一辈子,不论是他或者是我发生什么事,永不变心。"

娜塔莎瞪起一对好奇的眼睛,惊奇地望着索尼娅,她沉默了。她觉得索尼娅说的是实话,她说的那种爱情是有的,但是娜塔莎还没有体验过这种爱情。她相信这是可能发生的,但是不理解。

"你要给他写信吗?"她问。

索尼娅沉思起来。给尼古拉写什么,有没有必要写信,这是一个使她苦恼的问题。现在他已经是一个军官,是挂彩的英雄,在这个时候她来让他想起她,好像让他想起对她负有什么责任似的,是否合适呢?

"我不知道;我想,他写,我就写。"她红着脸说。

"你给他写信不害臊吗?"

索尼娅微笑了。

"不害臊。"

"给鲍里斯写信,我觉得怪害臊的,所以我不写。"

"为什么害臊呢?"

"就是这样,我不知道。怪不好意思的。"

"我知道她为什么害臊,"被娜塔莎方才的话惹恼了的彼佳说,"因为她爱上了那个戴眼镜的胖子(彼佳是说那个和他同名的,新近当上伯爵的别祖霍夫),又爱上那个歌唱家(彼佳是说那个教娜塔莎唱歌的意大利籍教师),所以她害臊。"

"彼佳,你这个蠢货。"娜塔莎说。

"并不比你更蠢,亲爱的。"年仅九岁的彼佳说,他俨然像一个年迈的将军。

由于安娜·米哈伊洛夫娜在午餐时做了许多暗示,伯爵夫人已经有了思想准备。她回到自己房里,坐在安乐椅里,目不转睛地瞧着绘制在鼻烟壶上的儿子的肖像,泪水不住地涌出眼眶。安娜·米哈伊洛夫娜拿着信蹑手蹑脚走到伯爵夫人门前,停下来。

"不要进来,"她对跟在安娜·米哈伊洛夫娜后面的老伯爵说,"等一会儿。"她关上了门。

伯爵把耳朵贴在钥匙孔上,细听屋里的动静。

起先他听见平静的说话声,然后只有安娜·米哈伊洛夫娜一个人长篇大论的说话声,然后是一声大叫,接着是一阵沉默,然后又是两个人一齐用喜悦的声调说话,然后是脚步声,接着,安娜·米哈伊洛夫娜给他打开了门。安娜·米哈伊洛夫娜脸上那副骄傲的神情,就像一位外科医生做完了一桩困难的手术后,请大家进来欣赏他的精湛技艺似的。

"好了!"安娜·米哈伊洛夫娜得意扬扬地指着伯爵夫人对伯爵说。这时伯爵夫人一手拿着有儿子肖像的鼻烟壶,一手拿着信,她一会儿吻鼻烟壶，一会儿吻信。

她一见伯爵，就向他伸开双臂，搂着他的秃头，她越过秃头又看起信和肖像来，她轻轻推开秃头，又把嘴唇贴到信和肖像上。薇拉、娜塔莎、索尼娅和彼佳都进来了，大家开始读信。信中简短地叙述了一下行军、尼古卢什卡参加的两次战斗，擢升为军官，然后提到他吻爸爸妈妈的手，请他们祝福他，他还吻薇拉、娜塔莎、彼佳。此外，他向谢林先生问候，还向肖斯太太、向乳母问候，此外，他请求代他吻亲爱的索尼娅，他说他还是那样爱她，还是那样想念她。索尼娅听到这里，羞得眼泪都流出来了。她受不住向她投来的目光，向大厅跑去，她跑着，旋转着，衣裳鼓得像气球似的，她满脸通红，面带笑容，坐在地板上了。伯爵夫人哭泣着。

"您哭什么，妈妈？"薇拉说，"他信中所说的都是叫人高兴的事，不应该哭啊。"

她说的完全对，但是伯爵、伯爵夫人、娜塔莎，都用责备的眼光望着她。"她到底像谁啊！"伯爵夫人想。

尼古卢什卡的信被人们读了几百遍，那些自认有资格听听信里写了什么的人，都得去公爵夫人那里，因为她把信握在手中不放。家庭教师、乳母、米坚卡、还有一些熟人都来过，伯爵夫人一次又一次地念信，每次都怀着新的乐趣，每次从信中都发现尼古卢什卡的新的美德。多么奇怪，多么不寻常，多么令人喜悦，她的儿子——二十年前在她肚子里微微蠕动着小手、小脚的儿子，先学会说"梨"，后学会叫"奶奶"的儿子，现在居然成为一名英勇的战士，在人地生疏的异邦，没有人帮助和指导，独自一人做出了男子汉的事业。开天辟地以来的经验就说明，孩子从摇篮开始，是在不知不觉中长大成人的，但这个经验在伯爵夫人心目中并不存在。她的儿子每个时期的成长都使她觉得不寻常，就好像千百万人从来没有这样长大似的。正像二十年前她难以相信那么一个曾活在她心脏下面某处的小东西,到一定时候就会哭,会吃奶,会说话,同样,现在,从这封信看来,她难以相信那个小东西会成为一个强壮勇敢的男子汉,会成为人们和子孙们的模范。

"多么优美的文体,描写得多好!"她读到信中描写的部分,说,"多么高尚的灵魂!关于自己的事只字不提……只字不提!只提一个叫杰尼索夫的人,而他一定比谁都勇敢。关于自己受的艰难困苦一点都没有写。多么好的心肠!他的为人我是知道的!所有的人他都记在心上!他谁都没有忘记。我常说,他还是这么大的时候,我就常说……"

经过一个多星期的准备,信的草稿打好了,然后把全家给尼古卢什卡的几封信誊写一遍,在公爵夫人亲自监督和公爵的关怀下,置办一些必需的东西,筹措一笔新任军官的服装和装备的费用。安娜·米哈伊洛夫娜是个讲求实际的女人,她连和儿子通信都能在军队中托到人情。她可以把信寄到统率近卫军的康斯坦丁·帕夫洛维奇大公①那里。罗斯托夫家的人以为,国外俄国近卫军是一个固定的通信处,如果把信寄到统率近卫军的大公那里,没有理由不送到就近的保罗格勒团部。因此他们决定把信和钱都通过大公的信差送到鲍里斯那里,鲍里斯一定会转交尼古卢什卡。信有老公爵的、公爵夫人的、彼佳的、薇拉的、娜塔莎的、索尼娅的,最后,还有伯爵给儿子的置装费和购买各种东西的六千卢布。

七

十一月十二日,在奥尔米茨附近扎营的库图佐夫的战斗部队,准备次日接受俄国沙皇和奥地利皇帝的检阅。刚从俄国开来的近

---

①　康斯坦丁·帕夫洛维奇大公是俄皇亚历山大一世的胞弟。

卫军在离奥尔米茨十五俄里的地方宿营,等待次日十时前径往奥尔米茨阅兵场参加检阅。

就在这一天,尼古拉·罗斯托夫接到鲍里斯的信,信中通知说,伊兹梅洛夫团在离奥尔米茨十五俄里的地方宿营,鲍里斯在等他前去取信和钱。这正是罗斯托夫特别需要钱的时候,因为部队作战归来,驻扎在奥尔米茨附近,营盘里挤满了随军小贩和奥地利籍犹太商人,他们准备了琳琅满目的货物。保罗格勒团连日来每天举行宴会,庆祝因功受奖,他们骑马到奥尔米茨拜访刚到那里的匈牙利女人卡罗利娜,她在那里开设一间有女招待服务的酒馆。罗斯托夫前些日子曾庆祝他晋升为骑兵少尉,从杰尼索夫手中买了一匹名叫"贝杜英"的战马,因此负了一身债——欠同事和随军小贩的。罗斯托夫接到鲍里斯的信,就和一个同事骑马到奥尔米茨,在那里吃了饭,喝了一瓶酒,然后一个人到近卫军营盘找童年的伙伴去了。罗斯托夫还没来得及换军官服装。他穿的是一件破旧的、佩戴士兵十字肩章的士官生上衣,一条同样破旧的、裤裆衬的皮子磨光了的马裤,腰间挎着一把带穗的军刀。他骑的马是在行军中向一个哥萨克买来的顿河马,揉皱了的骠骑兵帽剽悍地向后歪戴着。他驰到伊兹梅尔团营地时,心里想,他要使鲍里斯和他的同事看见他这副久经沙场的战斗的骠骑兵的神气大吃一惊。

在全部行军中,近卫军一路游山逛水,炫耀着自己的整洁和纪律。每天的行程很短,背囊有大车来运输,奥地利当局沿途给军官们准备了极好的伙食。团队奏着军乐出入市镇。奉大公的命令,整个行军(近卫军以此为骄傲)都是齐步走,军官也是在各自的位置上徒步行进。在全部行军期间,鲍里斯起居行止都和现在已经当连长的贝格在一起。在行军中取得连长职务的贝格,由于他的勤勉和细心,已经博得长官的信任,他在处理自己的钱财方面也很有办法。鲍里斯在行军中结识了很多对他有用的人,通过皮埃尔的介绍信,他认识了安德烈·博尔孔斯基公爵,他希望通过他在总司令部谋个位置。贝格和鲍里斯穿得干干净净,整整齐齐,头一天的行军疲劳已经休息过来,这时他们坐在分配给他们的房间里一张圆桌前下棋。贝格在两膝之间握着点燃的烟斗。鲍里斯以他特有的精细用又白又细的手把小卒摞成小金字塔形,他望着贝格的脸,等待对手走棋,看来他是在想那盘棋,因为他向来只想他正在做的事情。

"走啊,看您怎么逃掉?"他说。

"尽力试试吧。"贝格回答说,他动了动小卒,又把手放下。

这时门打开了。

"原来他在这儿!"罗斯托夫喊道,"贝格也在这里!你这家伙,彼提赞房,阿列库舍多米尔!①"他大喊大叫地重复乳母的话,这是他和鲍里斯以前常常拿来寻开心的话。

"我的天啊!你变得好厉害!"鲍里斯起身向罗斯托夫迎过去,他虽然站起来,但仍然没有忘记把碰倒的棋子扶起来放好;他想拥抱他的朋友,可是尼古拉躲开了他。尼古拉怀着童年时代的特别感情,这是一种最怕落俗套的感情。他不愿学别人的样子,而想用新的方式,用自己的方式来表达感情,千万别像老一辈人那样往往来一套虚情假意的动作。所以尼古拉和老朋友会面时想来个特别的:他想捏鲍里斯一把,捅他一下,可就不要像一般人见面时那样接吻。可是鲍里斯却不然,他平静、友善地抱着罗斯托夫吻了三下。

他们差不多半年不见了。两人都是初次涉足人生道路的年轻人,因此彼此都发现对方有很大的变化,是他们初次涉足的那个社会的非常鲜明的反映。自从他们最后一次见面以来,两人都有很

①　这是乳母说的不通顺的法语音译:孩子们,上床睡觉吧。

多变化,两人都想快些向对方表现他们内心的变化。

"嘿,你们这些该死的花花公子!打扮得干干净净,漂漂亮亮,好像刚从舞会上回来似的,不像我们这些有罪的大兵。"罗斯托夫摆出军人的派头,指了指他那条溅满泥巴的马裤,用他那使鲍里斯觉得新鲜的男中音说。

德意志女主人听见罗斯托夫大喊大叫地说话,从门口探进头来。

"怎么样,挺漂亮吧?"他挤了挤眼说。

"你干吗嗓门这么大? 把他们吓坏了。"鲍里斯说。"我没料到你今天会来,"他又说,"昨天我才托一个熟人——库图佐夫的副官博尔孔斯基把信转给你。我没想到他这么快就把信送到了……你怎么样? 已经上过阵了?"鲍里斯问。

罗斯托夫没有回答,他抖了抖系在军服滚绦上的士兵圣乔治十字勋章,指了指他那扎着绷带的胳膊,微笑着看了看贝格。

"你自己看嘛。"他说。

"嘀,了不起,了不起!"鲍里斯微笑着说,"我们这次行军也够美的。你知道,皇太子骑着马经常跟着我们的团,因此我们到处得到方便,占尽了便宜。在波兰受到多么好的招待,多么好的宴会和舞会——我简直无法向你形容!皇太子待我们军官好极了。"

于是两个朋友互相倾诉起来——一个讲骠骑兵的纵酒作乐和战斗生活,另一个讲在皇室大员手下服务的甜头和好处,等等。

"近卫军!"罗斯托夫说,"我说,派人去买瓶酒来。"

鲍里斯皱了皱眉头。

"如果你一定要喝的话。"他说。

他走到床头,从干净的枕头底下取出钱包,吩咐人去打酒。

"对了,把你的钱和信交给你吧。"他又说。

罗斯托夫把钱扔到沙发上,拿起信,两肘支着桌子,开始读起来。他读了几行，恶狠狠地瞅了贝格一眼，遇到贝格的目光后，罗斯托夫用信遮住自己的脸。

"真给您寄了不少的钱，"贝格望着沉甸甸的、把沙发压得陷下去的钱包，说，"可是我们只靠薪水凑合着过日子，伯爵。我给您说说我的景况……"

"我说，贝格，亲爱的朋友，"罗斯托夫说，"要是您接到家信，或者您遇到亲人，您要向他打听一切情况，我要是在场的话，我一定立刻走开，为了不致打扰您。您听我说，请您走开，随便到哪儿，随便到哪儿……见你的鬼去吧！"他大喊一声，随即又抓住他的肩膀，和蔼地看着他的脸，看来，他是想极力缓和一下他的粗暴的语言，又说："您是知道的，请不要生气，亲爱的，我是对老朋友说真心话。"

"哎呀，算啦，伯爵，我完全懂得。"贝格站起来，用喉音低声说。

"您到房东那儿去吧，他们请您了。"鲍里斯插嘴说。

贝格穿上一尘不染的常礼服，对着镜子把鬓角梳得像亚历山大一世的鬓角一样往上翘着，他从罗斯托夫的眼神看出，他的常礼服被他注意到了，于是含着愉快的微笑走出屋去。

"咳，我简直是畜生，真的！"罗斯托夫一面读信，一面说。

"怎么啦？"

"咳，我简直是头猪，真的，我一封信都没写，把他们都吓坏了。咳，我简直是头猪！"他忽然脸红了，重复说。"喂，派加夫里洛打酒去吧！好，咱们喝他一杯！……"他说。

在父母的信中，附有一封致巴格拉季翁公爵的介绍信，这是老伯爵夫人依照安娜·米哈伊洛夫娜的忠告，托熟人弄来寄给儿子的。老伯爵夫人嘱咐他务必送到地方，好好利用它。

"真是胡闹！我哪儿用得着这个。"罗斯托夫说着把信扔到桌子底下。

"你为什么扔掉?"鲍里斯问。

"一封什么介绍信,我要这信干吗!"

"怎么说要这信干吗?"鲍里斯拾起信来,一面念着署名,一面说,"这封信对你很有用。"

"我什么也不需要,谁的副官我都不当。"

"为什么?"鲍里斯问。

"侍候人的差使!"

"我看,你仍然是个幻想家。"鲍里斯摇摇头,说。

"你仍然是个外交家。可是问题不在这儿⋯⋯谈点别的吧,你怎么样?"罗斯托夫问。

"就像你看见的这样。直到现在一切都很好,可是说老实话,我真想、非常想谋一个副官的位置,不上前线。"

"为什么呢?"

"因为既然在军界混事,就要尽可能争个光辉前程。"

"哦,原来这样!"罗斯托夫说,他显然在想别的。

罗斯托夫用疑问的目光盯视着朋友的眼睛,看来,他心中有个问题没有找到答案。

加夫里洛老头打酒回来了。

"现在要不要去叫阿尔方斯·卡尔雷奇①?"鲍里斯说,"他陪你喝,我不行。"

"去叫,去叫! 这个德国佬怎么样?"罗斯托夫露出轻蔑的微笑,说。

"他是个非常、非常好的人,又正直又讨人喜欢。"鲍里斯说。

罗斯托夫又一次定睛看了看鲍里斯,叹了口气。贝格回来了,

———————
① 阿尔方斯·卡尔雷奇是贝格的本名和父称。

三个军官对着一瓶酒,谈话变得热闹了。两个近卫军军人向罗斯托夫讲他们的行军,讲他们在俄国、在波兰、在国外受到怎样隆重的接待,讲他们的司令官大公的言行,讲他怎样仁慈和暴躁的笑话。贝格像平时一样,当所谈的问题与他无关时,他一语不发,可是讲到大公发脾气的笑话,他就津津有味地谈起他在加利西亚和大公有一场谈话,当时大公在各团巡视,为了一件犯规的行动暴跳起来。他面带愉快的笑容说,盛怒的大公骑马来到他跟前,喊道:"阿尔瑙人①!"("阿尔瑙人"是皇太子发怒时爱说的口头语。)他要传见连长。

"您信不信,伯爵,我一点不怕,因为我知道我是对的。告诉您吧,伯爵,不是吹牛,我敢说,发给本团的命令我记得滚瓜烂熟,操典也背得像背'我们在天上的父②'一样熟。因此,伯爵,我那个连没有一点疏忽的地方。所以我心安理得。我走了出来,(贝格站起身来,表演他参见上司时怎样举手敬礼。真的,很难表现出比他脸上表现的更大的恭敬和得意的神情了。)于是,正如常说的,他训起我来,训呀,训呀,正如常说的,拼死命地训:又是'阿尔瑙人',又是'鬼东西',又是'发配西伯利亚'。"贝格带着机灵的笑容说,"我知道,我是对的,所以我一言不发,您说对吧,伯爵?'你怎么啦,是哑巴吗?'他喊道。我还是不言不语。您猜怎么样,伯爵?第二天在命令中连提都没有提,这就是镇静的作用!就得这样,伯爵。"贝格一面说,一面点上烟斗,吐出一个个的烟圈。

"嗯,有两下子。"罗斯托夫含笑说。

可是鲍里斯看出罗斯托夫要取笑贝格了,就巧妙地转换了话题。他请罗斯托夫讲讲他是怎样、在何处受的伤。这使罗斯托夫

---

① 阿尔瑙是当时土耳其人对阿尔巴尼亚人的称呼。

② 这是"主祷文"的起句。见《圣经·新约·马太福音》第六章第九节。

很愉快,他讲起来,而且越讲越兴奋。他向他们讲申格拉本一战,完全像参加大战役的人通常讲大战役那样,就是说,他们所讲的都是他们希望发生的,是他们从别人口中听来的,是最动听的,而完全不是实际发生的。罗斯托夫是一个诚实的青年,他决不会有意说谎。开始的时候,他力求讲得真实,可是不知不觉,而且不可避免地,说起谎来。面对着跟他自己一样多次听过冲锋的故事、对冲锋已经有固定的概念、正希望听到这样的故事的听众,如果只讲真情实况,他们就会不相信他所讲的,或者更糟,他们会以为罗斯托夫没有遇到通常骑兵冲锋会遇到的情况,是罗斯托夫的过错。他不能向他们讲得这么简单,说大家一齐纵马狂奔,他从马背上摔下来,胳膊脱了臼,拼命向树林里跑以逃脱法国人的追击。况且,要想讲当时发生的一切,就得努力控制自己,只讲发生过的事。讲真实情况是非常困难的,年轻人很少能做到这一点。他们希望听到的故事是:他怎样像一团火,完全忘掉自己,一阵风似的向敌人的方阵扑过去;他怎样冲进去,左一刀右一刀地砍杀;军刀怎样尝到了肉味,他怎样累得筋疲力尽,跌下马来,如此等等。他给他们讲的正是这些。

讲到中间,他正说"你想象不出,在冲锋的时候,你体验到一种多么奇异的疯狂感觉"的时候,鲍里斯等待的安德烈·博尔孔斯基公爵走进屋来。安德烈公爵喜欢摆出对年轻人庇护的态度,以别人求他帮助为荣。他对昨天善于讨他欢喜的鲍里斯抱有好感,想满足这个年轻人的愿望。他是奉命把库图佐夫的公文送到皇太子那里去的,顺便来看这个年轻人,希望单独会见他。走进屋来,他看见正在讲述战绩的前线骠骑兵(安德烈公爵最讨厌这种人),他亲热地向鲍里斯微笑一下,然后眉头微皱,眯细着眼睛看了看罗斯托夫,向他微微一弯身,就疲倦地、懒洋洋地坐到沙发上了。碰到他不喜欢的人在场,他心里很不舒服。罗斯托夫看出这一点,他的脸红了。但这对他也无所谓:反正这是一个陌生人。可是他瞥了鲍里斯一眼,看出鲍里斯仿佛为他这个前线骠骑兵害臊似的。尽管安德烈公爵嘲讽的腔调令人讨厌,尽管罗斯托夫以他那战斗部队的观点对参谋部的小副官统统看不起(这个刚进来的人显然属于这一类人),罗斯托夫却感到狼狈不安,满脸通红,他默不作声了。鲍里斯问参谋部有什么消息,在许可的范围内打听一下军事动向。

"大概要继续前进。"博尔孔斯基答道,看样子,他不愿当着外人多谈。

贝格抓住机会毕恭毕敬地问,是不是像传说的那样,将要加倍地发给连长粮秣费。安德烈公爵对这个问题微笑着回答,对如此重大的国家法令,他不能发表意见,于是贝格高兴地哈哈笑起来。

"关于您的事,"安德烈公爵又向鲍里斯转过脸来,"咱们以后再谈,"他说着向罗斯托夫瞟了一眼,"检阅完了以后,您来找我,只要有可能,我们一切都办到。"

他环顾一下房间,向罗斯托夫转过身来,他对罗斯托夫由孩子气的无法克服的窘态变为恼怒,他连睐都不睐,说:

"您似乎在讲申格拉本一战,是吧? 您参加了?"

"我参加了。"罗斯托夫愤怒地说,仿佛想用这句话侮辱这个副官。

博尔孔斯基看出这个骠骑兵的心理,觉得很有意思。他神情略带轻蔑地微微一笑。

"是啊! 关于这一战现在流传着不少的故事。"

"是不少!"罗斯托夫大声说,他忽然用变得狂怒的目光时而看看鲍里斯,时而看看博尔孔斯基,"故事不少,可都是我们的故事,是那些曾经冒着敌人的炮火的人的故事,我们的故事是有分量的,不是那些坐在参谋部无所事事、只知道领奖的大少爷的故事。"

"您认为我也是这类人吧?"安德烈公爵心平气和、特别愉快地微笑着说。

一种愤怒的奇异感觉,以及对此人的镇静的尊敬,这时在罗斯托夫心中交织在一起。

"我不是说您,"他说,"我不认识您,老实说,我也不愿认识您。我是说一般的参谋人员。"

"我要告诉您,"安德烈公爵用平静的、威严的声音打断他的话,"您想侮辱我,我可以同意,如果您对自己没有足够的尊敬,侮辱我是容易做到的。可是您得同意,在这方面,时间和地点都选得极糟。在最近一两天内,我们大家都要进行一场更为严重的大决斗,此外,德鲁别茨科伊①说,他是您的老朋友,我的面孔使您讨厌,完全不是他的过错。不过,"他起身说,"您会知道我的姓名,也会知道上哪儿能找到我。但是不要忘记,"他又说,"不论是我还是您,我不认为是受了侮辱,作为一个比您年岁大的人,我劝您把这件事搁下。好,星期五检阅完了以后,我等您,德鲁别茨科伊,再见。"安德烈公爵结束了自己的话,对两个人鞠了一躬,就出去了。

他走后,罗斯托夫才想起应当怎么回答他。因为忘了说这些话,他更加生气了。罗斯托夫立刻吩咐备马,冷淡地向鲍里斯告别后,就回自己的住处去了。明天到司令部向这位装模作样的副官挑战呢,还是真的把这件事放下不管?——这个问题烦恼了他一路。一会儿他想,他要是看见这个矮小体弱的、骄傲的人在他的手枪瞄准下惊慌的神情,他该多么高兴,一会儿他又奇怪地觉得,在他认识的人中间,没有一个像这个他如此憎恨的副官使他那么希

① 德鲁别茨科伊是鲍里斯的姓氏。

319

望成为他的朋友的。

八

鲍里斯和罗斯托夫会面的第二天,奥军和俄军举行了一次检阅。参加检阅的俄国军队有刚从俄国开到的和在库图佐夫统率下出征归来的军队。两位皇帝——俄皇偕皇太子,奥皇偕大公,检阅八万盟军。

从一清早起,装束得漂亮整洁的军队就在移动,在要塞前面的空场上整队。一会儿,成千只脚和刺刀跟着飘展的旗帜移动着,按照军官的口令时停时走,绕过别的制服不同的步兵队伍,转到别处,留着间隔列队。一会儿,响起了有节奏的马蹄声和金属碰击声,这是穿蓝色、红色、绿色的华丽服装的骑兵骑着乌黑、火红、青灰等色的马匹跟在穿绣花衣服的军乐队后面走来了。一会儿,炮队颤动着擦得闪亮的大炮,震响炮身上的铜件,散发着火绳气味,慢慢地开到指定地点。将军们都穿着全副检阅制服,或粗或细的腰身扎得无可再紧,硬领托着发红的脖颈,身上佩着绶带和全部勋章;军官们头上都擦了油,穿得很讲究,士兵们人人都有一副朝气勃勃、认真洗过和刮过的面孔,人人都把兵器擦得光亮光亮的,每匹马都养得像绸缎般闪光,湿润的马鬃都梳得一丝不乱。无论将军、军官还是士兵,人人都觉得正在完成一件非同小可的、重大的、庄严的事情。每位将军和士兵都意识到自己是沧海一粟,因而感到自己渺小,同时也意识到自己是整体的一部分,因而感到自己强大。

从一清早就开始紧张地忙碌和努力,直到十点钟一切才就绪。在宽阔的空场上排开了队形。全军列成三个横队:前面是骑兵,后面是炮兵,再后面是步兵。

横队与横队之间留有街道似的间隔。三部分军队——库图佐夫的战斗部队（保罗格勒团在前面横队的右翼），新从俄国开来的军队和近卫团，以及奥军，彼此截然不同。但他们都站在同一横队中，接受统一的指挥，保持同一队形。

一阵激动的低语声像风吹树叶似地掠过："来了！来了!"传出吃惊的声音，整个军队掀起一阵忙乱的波浪——作最后的准备。

从前面奥尔米茨那边出现一簇渐渐移近的人群。虽然是无风的天气，这时却有一阵微风掠过部队头上，长矛上的小旗微微拂动，飘展的军旗拍打着旗杆。人们觉得，这轻微的动作是军队欢迎两位皇帝的表示。只听得一声："立正！"然后就像公鸡报晓似的，各个角落此起彼伏地重复着这同样的声音。接着一切都静下去了。

在死一般的寂静中，传出得得的马蹄声。这是两位皇帝的侍从。两位皇帝骑马来到队伍的一翼，第一骑兵团的号手吹起大进行曲。仿佛不是号手在吹奏，而是军队本身为皇帝驾临而欢欣鼓舞，自然而然地发出这些乐声。从这些乐声中，可以很清楚地听到亚历山大皇帝的年轻的亲热的声音。他说了几句祝贺的话，于是第一团高呼："乌拉！"这声欢呼是那么震耳，那么经久不息，那么欢喜若狂，连官兵自己都被他们所构成的那个巨大集体的人数和力量慑服了。

罗斯托夫站在库图佐夫军队的前列，沙皇首先来到这里。罗斯托夫这时所体验的感情，跟这支军队中每一个人体验到的相同——这是一种忘我的、对强大力量的自豪，对那个为之举行这番盛典的人的热烈倾心的感情。

他觉得，只要那个人说句话，这个庞大的集体（他自己是其中一颗小小的沙粒）就会赴汤蹈火，去犯罪，去死，或者去做最伟大的英雄事业，所以一想到他就要说出这句话，他就不能不战栗，心脏就不能不停止跳动。

"乌拉！乌拉！乌拉！"四面八方震天动地地喊起来，一个团队跟着一个团队奏起大进行曲欢迎沙皇，然后又是"乌拉！"又是大进行曲，又是"乌拉！""乌拉！！"喊声越来越有力，越来越高，融成一片震耳欲聋的轰鸣。

在沙皇还没有到达的地方，那里的团队像没有生命的物体一般不响不动；只要他一走到那里，团队就活跃起来，轰鸣起来，跟沙皇已经走过的整个横队的轰鸣汇合起来。在这震耳欲聋的可怕的喊声中间，在这仿佛石头一般一动不动的方队中间，有几百名骑马的侍从随随便便，但是整整齐齐，特别是自由自在地走过，走在他们前头的两个人就是两位皇帝。这一大群人的压在内心热切的注意力都集中在他们两人身上。

年轻英俊的亚历山大皇帝穿着骑卫军制服，戴一顶前檐伸出的三角帽，他那令人愉快的面孔，他那虽然不高但是清亮的声音，吸引住了所有的人。

罗斯托夫站在离号手不远的地方，他那双锐利的眼睛老远老远就认出了皇上，注视着他的到来。当皇上走到离尼古拉二十步的地方，他清清楚楚、仔仔细细观看了皇帝那副俊美、年轻、快乐的面孔，他感到从未有过的柔情和狂喜。皇上的一举一动，他的每一个特征在尼古拉看来都是迷人的。

沙皇走到保罗格勒团前面停下来，用法语对奥皇说了句什么话，并且露出了笑容。

一见那笑容，罗斯托夫自己也不由得微笑起来，他感到他对皇上的爱有如最强烈的潮涌。他想用一种方法来表示对皇上的热爱。他知道这是不可能的，这使他直想哭。沙皇召见了团长，对他说了几句话。

"我的天啊！要是皇上对我说话，我会怎样啊！"罗斯托夫想，"我会幸福死的。"

沙皇转身对军官们说：

"诸位，我由衷地感谢你们（罗斯托夫觉得每一个字都好似来自天庭的声音）。"

罗斯托夫想，如果他现在就能为自己的皇上效死，那该多么幸福啊！

"你们已经得到许多圣乔治军旗，你们今后要对得起这些军旗。"

"只有效死，为他而死！"罗斯托夫想。

沙皇还说了一些话，罗斯托夫没有听清楚，这时士兵们用尽气力喊起"乌拉！"

罗斯托夫俯在马鞍上，也用尽全力喊起来，他觉得，只要能充分表达他对皇上的欢喜，他愿意喊破嗓子。

沙皇在骠骑兵面前站了几秒钟，仿佛有些犹豫不决的样子。

"皇上怎么会犹豫不决？"罗斯托夫想，可是后来，连这个犹豫不决也像沙皇的一切作为一样，使罗斯托夫觉得是庄严的和令人神往的。

沙皇的犹豫只持续了一瞬间。他用穿着当时流行的又尖又瘦的皮靴的脚碰了碰他骑的剪尾枣红马的后腿窝，戴白手套的手揽起缰绳，于是他向前移动了，一片浩浩荡荡的副官海洋伴随着他。他一面走一面不时地在各团前面停留一下，越走越远，最后，罗斯托夫只能从簇拥着皇帝的侍从中间看见他那帽子上的白羽毛了。

在侍从中间，罗斯托夫也看见了懒懒散散、松松垮垮地骑在马背上的博尔孔斯基。罗斯托夫回忆起他们昨天的争吵，于是想到一个问题：应当不应当向他挑战。"当然不应当啦，"罗斯托夫这时想……"在目前这个时刻，这件事情还值得去想，去提吗？在感情中充满了爱、喜悦和自我牺牲的时刻，我们之间的争吵和冒犯还算得了什么?! 现在我爱所有的人,原谅所有的人。"罗斯托夫想。

沙皇走过几乎所有的团队以后,军队开始从他面前进行分列式。罗斯托夫骑着刚从杰尼索夫手中买来的贝杜英,在连队的后尾,也就是说,他独自一人,完全在沙皇的视线以内,走了过去。

在没有走到沙皇面前的时候,优秀的骑手罗斯托夫刺了他的贝杜英两下,竟然幸运地使它迈出它兴奋时常走的猛烈的快步。贝杜英仿佛也觉察到皇帝向它投来的目光,它把冒着白沫的嘴弯到胸前,抬起尾巴,仿佛脚不着地在空中飞腾似的、优美地高高迈起脚步,威武地走过去。

而罗斯托夫本人,向后伸着腿,收紧肚子,觉得自己和马已经成为一体,他紧皱眉头,而表情却是幸福的,正像杰尼索夫所说,魔鬼似的从皇帝面前驰过去。

"保罗格勒团官兵真是好样的!"沙皇说。

"我的天啊! 如果他命令我马上就跳进火里,我该多么幸福。"罗斯托夫想道。

检阅完了后,新来的军官和库图佐夫部下的军官三五成群地聚在一起,开始谈论奖赏,谈论奥军和他们的服装、他们的战线,还谈论波拿巴,谈论他眼看就要倒霉,特别是埃森军团即将开到,普鲁士也要加入我们这边,他就更糟了。

但在每群人中间,谈论得最多的是关于亚历山大皇帝的事,人们传诵他的每句话、每个动作,因他而狂喜。

人人只有一个愿望:在皇帝率领下尽快出击敌人。由皇帝亲自指挥,任何敌人都能战胜,罗斯托夫在检阅后这样想,大多数军官也这样想。

检阅之后,比打了两次胜仗之后对胜利的信心更足了。

九

检阅后的第二天,鲍里斯穿上最好的制服,带着同事贝格对他的一帆风顺的祝愿,到奥尔米茨找博尔孔斯基去了。他指望利用博尔孔斯基的厚爱,给自己谋一个最好的位置,特别希望谋一个他认为军队中最令人羡慕的要人手下的副官职务。"罗斯托夫有一个一次就寄给他万把卢布的父亲,他当然可以说他谁都不巴结,不愿做任何人的听差;而我除了自己的脑袋就一无所有,必须给自己谋一个好前程,机会不可放过,要好好利用它。"

这一天,他在奥尔米茨没有碰见安德烈公爵。但在奥尔米茨驻扎着大本营、外交使团,还住着两位皇帝和他们的侍从——御前大臣和亲信,这幅图景,更加强了他想置身于这个上层社会的欲望。

他连一个人也不认识,尽管他穿着讲究的近卫军制服,但所有那些佩戴着羽饰、绶带、勋章,坐着马车在街上来来往往的显贵、御前大臣和军人,比起他这个近卫军小军官来是那么高不可攀,他们不仅不愿意,而且不可能注意他这个人的存在。他到总司令库图佐夫的驻地打听博尔孔斯基,这里所有的副官,甚至勤务兵,都对他翻白眼,仿佛要他知道,像他这样往这里跑的军官太多了,简直使他们腻烦极了。虽然如此,也许正因为如此,第二天,十五日,午饭后他又去奥尔米茨,走进库图佐夫的住处打听博尔孔斯基。这次安德烈公爵在家,鲍里斯被引进一个大厅,这里原先大概是舞厅,而现在摆着五张床,各种家具:桌椅和一架古钢琴。一个穿波斯式晨衣的副官坐在桌旁写东西。另一个,脸红体胖的涅斯维茨基躺在床上,头枕着手臂,正同一个坐在他身旁的军官说笑。第三个副官在古钢琴上弹奏维也纳圆舞曲,第四个副官倚着琴跟着曲调唱。博尔孔斯基不在这里。这些绅士们没有一个注意鲍里斯，他们没有改变自己的姿势。鲍里斯问那个正在写字的人，那人不耐烦地转过脸来对他说，博尔孔斯基正在值班，要见他的话，进左首的门，到接待室去找。鲍里斯道过谢，就到接待室去了。接待室里有十来个军官和将军。

鲍里斯进去的时候，安德烈公爵正在听取一个佩戴数枚勋章的俄国老将军的报告，他轻蔑地眯缝着眼，他这种特有的有礼貌的倦怠神情，显然是在表示："如果不是我值勤，我连一分钟也不愿同您谈。"而那位老将军几乎是踮起脚尖，笔直地站着，他那发紫的脸上带着军人阿谀的表情向安德烈公爵报告。

"很好，请等一等。"他用带有法语口音的俄语对将军说，当他要表示轻蔑时就用这种口音说话。一看见鲍里斯，安德烈公爵就不再听那个将军说话（那个将军带着恳求的神气跟在他后面跑，求他再听几句话），他向鲍里斯转过身来，愉快地微笑着向他点头。

鲍里斯先前所预感到的，此刻完全弄清楚了：在军队中，除了操典所规定的和团队里熟悉的那种从属关系和纪律以外，他知道还有一种更重要的从属关系，正是这种从属关系，使得那个紧束腰带、脸膛发紫的将军毕恭毕敬地报告，而同时上尉安德烈公爵却可以随意跟德鲁别茨科伊进行更惬意的谈话，鲍里斯比以前更加下定决心，他将来不按照操典的规定服务，而要按照这种不成文的从属关系服务。他现在觉得，仅仅由于他认识安德烈公爵，他已经比那位将军高一等；要是换一个场合，在前线的话，那位将军对他这个近卫军准尉本来有生杀予夺之权的。安德烈公爵走到他跟前，握住他的手。

"昨天失迎啦，抱歉，抱歉。我整天和德意志人打交道。同魏罗特尔去视察作战部署。德意志人认起真来就没个完！"

鲍里斯微笑了,似乎表示他懂得安德烈公爵所说的那件众所周知的事。其实,魏罗特尔这个名字,甚至"作战部署"这个字眼,他还是初次听说。

"怎么样,亲爱的,还是想当副官吗?我一直在考虑您的问题呢。"

"是的,"鲍里斯说,不知为什么不由得脸红了,"我想去求求总司令,库拉金公爵曾有信给他,信里提到我。我所以要去求一求,"他仿佛想要表白一下,又说,"不过是因为我怕近卫军捞不到上前线。"

"好的,好的!咱们要好好地谈一谈,"安德烈公爵说,"不过我得先把这位将军的公事报告一下,然后我就听候您的支配了。"

当安德烈公爵去报告那个紫脸将军的公事的时候,这位将军显然不同意鲍里斯的看法——按照不成文的从属关系服务的好处,他瞪起眼来直瞅那个害得他没有把话对副官说完的胆大妄为的准尉,弄得鲍里斯怪不是滋味。他转过身去,焦急地等待着安德烈公爵从总司令办公室回来。

"我说,亲爱的,关于您的事,我一直在想,"安德烈公爵走进有古钢琴的大厅,说,"您不必去找总司令了,"安德烈公爵说,"他会对您说一大堆客气话,叫您常到他那儿吃饭("从按照不成文的从属关系服务来说,这倒也不坏。"鲍里斯想道),但是再不会有进一步的结果了,我们这些副官和传令官快有一营了。咱们这么办吧:我有个好朋友多尔戈鲁科夫公爵,是侍从武官长,人也很好。您可能不知道,但事实是,库图佐夫和他的参谋部,以及我们所有的人,都做不了主。现在一切都掌握在皇帝手里,所以咱们去找多尔戈鲁科夫,我正要去他那儿。我已经向他提过您,咱们去看看他有没有办法把您安置到他那儿,或者在靠近太阳的地方找个位置。"

安德烈公爵一有指导青年人、帮助他们钻进上流社会的机会，就特别地兴高采烈。由于禀性高傲，他自己从来不接受人家的帮助，而他以帮助别人为借口，经常接近那个能给人以成功、并吸引住他的圈子。他非常乐意揽下鲍里斯的事，于是同他一起找多尔戈鲁科夫公爵去了。

当他们走进两位皇帝和他们的亲信驻跸的奥尔米茨皇宫的时候，天色已经很晚了。

就在这天开过一次军事会议，军事参议院全体人员和两位皇帝都出席了会议。与两位老将军——库图佐夫和施瓦岑贝格——的意见相反，会议决定立即进攻，对波拿巴展开大会战。安德烈公爵带着鲍里斯走进皇宫找多尔戈鲁科夫的时候，军事会议刚刚结束。大本营每个人都为少壮派在今天会议上的胜利而陶醉。那些主张再等一等，暂缓进攻的人们的声音，被人们一致地压了下去，他们的论据彻底被进攻有利的确凿证据所驳倒，就好像会上讨论的一切，即将到来的战斗，以及毫无疑问的胜利，不是未来的事，而是已经过去的事了。一切有利的条件都在我们这边。庞大的兵力，毫无疑问胜过拿破仑的兵力，已经集结在一个地方。两位皇帝御驾亲征，士气为之大振，人人摩拳擦掌，个个跃跃欲试；统率军队的奥地利将军魏罗特尔对作战地带的战略形势了若指掌（事有凑巧，去年奥军恰好在即将与法军展开战斗的地带举行过演习），附近的地形也极为熟悉，而且都详细地绘成地图，而显然削弱了的波拿巴则毫无准备。

多尔戈鲁科夫是最热烈地主张进攻的一个，他刚开完会回来，虽然累得筋疲力尽，但是精神振奋，为得到胜利而自豪。安德烈公爵介绍了他照顾的军官，但多尔戈鲁科夫公爵只是客气地紧紧握了握鲍里斯的手，没有和他说什么话，他显然按捺不住要说出此刻最强烈地占有他的思想，他用法语对安德烈公爵谈起来。

"亲爱的朋友,我们打了一场多么漂亮的仗! 但愿将来由此得到同样的胜利。不过,亲爱的朋友,"他断断续续兴奋地说,"我应当承认我错怪了奥地利人,特别是错怪了魏罗特尔。多么精确细密,对地形多么熟悉,对一切可能性、一切条件、一切最微末的细节,简直洞若观火! 不,亲爱的朋友,故意想也想不出比我们现在更有利的条件了。奥地利人的精细加上俄罗斯人的勇敢——您还要怎么样?"

"这么说来,进攻是完全确定了?"博尔孔斯基说。

"您可知道,亲爱的朋友,我觉得,波拿巴简直莫名其妙。您知道,今天接到他给皇帝的一封信。"多尔戈鲁科夫意味深长地微微一笑。

"真的! 写的什么?"博尔孔斯基问。

"他能写什么? 还不是那一套,目的不过是想赢得时间。我告诉您吧,他已经是我们的囊中物了,真的是这样! 可是最有趣的是,"他忽然憨笑起来,说,"怎么也想不出复信时怎样称呼他。如果不能称作执政,自然也不能称作皇帝,那么我觉得,可以称作波拿巴将军。"

"不过,不承认他是皇帝和称他波拿巴将军,这之间是有差别的。"博尔孔斯基说。

"就是说嘛,"多尔戈鲁科夫打断了他的话,一边笑一边很快地说,"您认识比利宾吧,此人很聪明,他建议称他:'篡位的奸臣和人类的敌人。'"

多尔戈鲁科夫快活地大笑起来。

"就是那样称呼了?"博尔孔斯基问。

"可是比利宾终于想出一个郑重其事的称号。这人又机警又聪明……"

"什么称号?"

"法国政府元首鉴,法国政府元首鉴,"多尔戈鲁科夫公爵认真地高兴地说,"好得很,是吧?"

"好,会叫他老大地不高兴呢。"博尔孔斯基说。

"噢,老大地不高兴!家兄在巴黎时认识他,那时他还不是皇帝,家兄不止一次在他那儿吃过饭,他告诉我,他从来没有见过这么精明强干的外交家。您知道,他是法国的圆滑和意大利的演技的结晶!您知道他和马尔科夫伯爵的笑话吗?只有马尔科夫伯爵能对付他。您知道手绢的故事吗?妙极了!"

爱说话的多尔戈鲁科夫时而转向鲍里斯,时而转向安德烈公爵,讲起波拿巴怎样想考验一下我们的马尔科夫公使的故事:"波拿巴有意在他面前丢一块手绢,然后停下来瞅着他,大概是期待马尔科夫为他效劳,而马尔科夫马上也把自己的手绢丢在旁边,他拾起自己的手绢,可是没有拾波拿巴的。"

"妙极了,"博尔孔斯基说,"是这么回事,公爵,我是来求您给这个青年人帮忙的。您知道是怎么回事吗?……"

可是没等安德烈公爵说完,就有一个副官走进来,叫多尔戈鲁科夫去见皇帝。

"啊,多么遗憾!"多尔戈鲁科夫连忙起身,握着安德烈公爵和鲍里斯的手,说,"您知道,我非常乐意为您和这位可爱的年轻人尽我一切力量效劳。"他再一次握一握鲍里斯的手,他那活泼轻率的神情,倒也令人觉得憨厚诚恳,"可是你们看……改天再说吧!"

鲍里斯觉得,他此刻正和最有权势的人物接近,这使他很激动。他意识到他在这里接触到那个指挥整个庞大整体活动的发条,而他在团队里感到自己不过是那个整体的一个俯首听命的、无足轻重的小零件。他们跟着多尔戈鲁科夫走进走廊,这时从皇帝的房门里(多尔戈鲁科夫就是走进那道门去的)走出一个身材不高、穿文官服的人,此人生着一张聪明的面孔,显然向前突出的下巴颏,这个下巴颏并没有使他的脸变丑,反而使他的表情特别活泼和精明。这个矮个子像对自家人似的对多尔戈鲁科夫点了点头,然后目光冷冷地注视着安德烈公爵,一直向他走去,看来他是期待安德烈公爵向他鞠躬或者让路。安德烈公爵既不鞠躬,也不让路,他脸上露出凶狠的表情,于是那个年轻人转身沿着走廊边走过去了。

"这是什么人?"鲍里斯问。

"这是一个最了不起的、然而是我最讨厌的人。他是外交大臣亚当·恰尔托里日斯基公爵。"

"就是这些人,"他俩走出宫廷时,博尔孔斯基不禁叹息说,"就是这些人决定民族的命运啊。"

第二天军队出征了,直到奥斯特利茨战役结束,鲍里斯未能到博尔孔斯基那里,也未能到多尔戈鲁科夫那里,暂时仍在伊兹梅洛夫团队里待着。

十

十六日黎明,尼古拉·罗斯托夫所在的隶属巴格拉季翁部队的杰尼索夫骑兵连,从宿营地开拔投入战斗了。他们跟着其他纵队走了一俄里左右,被阻在大路上停下来。罗斯托夫看见从他面前走过第一和第二骠骑兵连的哥萨克们、步兵营和炮队,骑着马的巴格拉季翁将军和多尔戈鲁科夫将军后面跟着一群副官。像过去那样在临阵前所体验的恐惧、借以克服这种恐惧的内心斗争、在这次战斗中像骠骑兵式的立功的梦想——所有这一切都落空了。他们的连队留下来作后备队了。尼古拉·罗斯托夫无聊而且苦闷地过了一天。上午八点多钟,他听见前方传来枪炮声、"乌拉"声,看见送回的伤员(伤员不多),最后,看见百十个哥萨克兵押送一队法国骑兵。战斗显然结束了,看来战役不大,但很顺利。回来的士兵和军官谈论着辉煌的胜利、维绍城的攻占,以及整整一连法国骑兵被俘。经过一夜寒冷霜冻,白天是晴朗的,阳光照耀着,愉快的秋天正好和胜利的消息谐调,这个胜利的消息不仅是参加战斗的人在讲述,而且从那些在罗斯托夫面前来来往往的士兵、军官、将军和副官的快乐表情也显露出来。这使尼古拉更觉得揪心的疼痛,他白白经受一场临阵前的恐惧,而且在这样快活的一天无所作为。

"罗斯托夫,到这儿来,喝一杯浇浇愁!"杰尼索夫喊道,他在路边坐下来,面前摆着行军壶和下酒的小菜。

军官们在杰尼索夫的食品箱周围围成一圈,边吃边谈。

"又带来一个!"有个军官指着由两名步行的哥萨克兵押送的一个法国龙骑兵俘虏说。

其中一名哥萨克兵牵着那个俘虏的一匹法国高头骏马。

"把马卖了吧!"杰尼索夫对那个哥萨克兵喊道。

"好,大人……"

军官们站起来,围着哥萨克兵和法国俘虏。这个法国龙骑兵是一个挺好的小伙子,阿尔萨斯人,带着德语口音说法语。他激动得喘不过气来,脸通红,一听到法国话就对军官们——时而对这个时而对那个——滔滔地讲起来。他说他本来不会被俘,他被俘不是他的错,是派他去取马被的班长的错,他对他说俄国人已经在那里了。每句话他都加上一句"可怜可怜我的小马吧",抚摸着自己的爱马。看样子他还不大明白他的处境。他一会儿说他被俘情有可原,一会儿又像是在他的长官面前表白他那军人的勤勉和对勤务的关心。他给我们后卫队带来一股陌生的法国军队的新鲜气氛。

哥萨克们以两枚金币的代价卖了马,罗斯托夫接到汇款后,现在是军官中最富的一个,他把马买下来。

"可怜可怜我的小马吧。"在把马交给骠骑兵的时候,这个阿尔萨斯人天真地说。

罗斯托夫笑笑,抚慰着这个龙骑兵,把钱给他。

"走,走!"哥萨克用手碰了碰俘虏,叫他继续走。

"皇上!皇上!"骠骑兵中间忽然传来喊叫声。

大家都跑开了,忙乱起来,罗斯托夫看见他后面路上有几个戴着白帽缨的骑者跑过来。转眼的工夫,大家都各就各位等待着。

罗斯托夫不记得也没有感觉到他是怎样跑到自己的位置并且骑上马的。一转眼,他因没有参加战斗而感到的遗憾,他那在看腻了的面孔中间百无聊赖的心情,都一扫而空,一切有关个人的思想也一下子消失了:由于皇上就在近旁,他整个身心都沉浸在幸福的感觉中。他觉得仅只皇帝到来,就足以抵偿全天的损失。他像一个等待约会的情人那样幸福。他不敢回顾队列,他虽然没有张望,但他以狂欢的敏感感觉他的接近。他所以有这种感觉,不仅是由于一群骑者渐渐走近的马蹄声,而且还因为随着皇帝的接近,他周围变得更加光明,更加欢乐,而且更有意义和带有节日气氛了。这个太阳离罗斯托夫越来越近,他在自己周围散发着温和的、庄严的光芒,罗斯托夫已经感到自己在这种光芒的包围中,他听到他的声音——一种既和蔼、平静、庄严,同时又普通的声音。配合着罗斯托夫的心情的需要,周围是一片死样的沉寂,在沉寂中传来皇上的声音。

"是保罗格勒的骠骑兵吗?"他问道。

"是后备队,陛下!"有一人回答,在那非人间的声音说了"是保罗格勒的骠骑兵吗?"之后,这个回答的声音是多么平凡。

皇帝走到跟罗斯托夫并排的地方站住了。他的面孔比三天前检阅的时候更美。那是一张焕发着快乐的青春光辉的面孔,那一派天真无邪的青春光辉使人想起一个十四岁孩童的活泼伶俐的神态,但仍然不失为一个庄严的皇帝的面孔。皇帝偶尔向骑兵连环视一下,皇帝的视线和罗斯托夫的视线相遇了,两对视线至多停留两秒钟。不管皇帝是否了解罗斯托夫内心的活动(罗斯托夫觉得他是了解一切的),但他那蓝色的眼睛朝罗斯托夫的脸看了两秒钟。(他的眼睛流露着柔和温厚的光芒。)然后他忽然扬起眉毛,动作敏捷地用左脚拍了拍马,大步地向前驰去。

年轻的皇帝按捺不住亲临战场的欲望,不顾侍臣们的谏阻,正午十二时他从他所驾幸的第三纵队出发,向前卫驰去。在还没有赶上骠骑兵的时候,几个侍从武官向他迎来,报告战斗已经顺利地结束了。

这一场仅仅俘虏法国一个骑兵连的战役,被看作是一次大败法军的辉煌胜利,因此,皇帝和全军,特别是在战场上硝烟还未散的时候,都相信法国人打败了,被迫退却了。皇上走过去几分钟之后,保罗格勒骑兵团奉命继续前进。在维绍这个德意志小城中,罗斯托夫又一次看见了皇上。在城里一处广场上,在皇上未到来之前这里曾发生相当激烈的交锋,现在躺着几具没有来得及运走的死尸和几个伤员。皇上被一群文武侍从簇拥着,骑着一匹跟检阅时骑的不同的剪尾的枣红马,侧着身子,姿势优美地拿着金质的长柄眼镜举到眼上,看一个趴在地上、没有戴军帽、满头鲜血的士兵。这个伤兵是如此肮脏、粗俗、丑恶,皇帝和他接近使罗斯托夫觉得受了污辱。罗斯托夫看见皇帝那微驼的肩头好像掠过一阵寒噤似地颤抖一下,他用左脚的马刺拍了拍马肚,那匹训练有素的马漠然地张望着,仍然在原地不动。一个侍从武官下了马,抱起那个士兵,把他放在走过来的担架上。士兵呻吟起来。

"轻一点,轻一点,难道不能轻点吗?"皇上说,看来他比那个垂死的士兵还痛苦,皇帝走开了。

罗斯托夫看见皇帝的眼睛充满了泪水,听见他在走开的时候用法语对恰尔托里日斯基说:"战争是一件多么可怕的事,多么可怕的事! 战争是一件多么可怕的事!"

前卫部队驻扎在维绍城前面,可以望见敌人的散兵线,整整一天,只要稍一接火,敌人就给我们让出地方。宣布了皇上对前卫的感谢,应许了奖赏,发给每人双份的伏特加。比昨夜更欢乐了,营火毕剥作响,士兵的歌声不断。杰尼索夫在这夜庆祝自己提升为少校,在宴会快要结束时,已经喝得相当多的罗斯托夫提议为皇上的健康干杯,但"不是像在正式宴会上所说的为皇帝陛下,"他说,"而是为一个仁慈的、富有魅力的、伟大的人物——皇上的健康,为他的健康和为一定战胜法国人而干杯!"

"我们在以前的战斗中,"他说,"比如在申格拉本,对法国人既然没有示弱,现在皇上亲临前线将会怎么样呢? 我们全去赴死,甘愿为他赴死。诸位,是不是? 也许我说得不对,我喝多了,我是这样感觉,你们同样也有这样的感觉。为亚历山大一世的健康干杯! 乌拉!"

"乌拉!"响起军官们热情洋溢的喊声。

那个年老的骑兵大尉基尔斯坚不亚于二十岁的罗斯托夫那么热情而真诚地喊叫。

军官们干了杯,把杯子摔碎,基尔斯坚又斟满另外几杯,他只穿一件衬衫和马裤,端着一杯酒向士兵的篝火走去,他留着长长的花白胡子,从敞开的衬衫露出的胸脯,摆出一副郑重其事的样子,扬起一只手,在篝火的火光中停住了。

"弟兄们,为皇帝陛下的健康,为战胜敌人而干杯,乌拉!"他用他那老年人的、雄壮的、骠骑兵式的低音喊道。

骠骑兵围上来,也一致报以高声的欢呼。

当夜深大家都走开的时候,杰尼索夫用他那短粗的手拍拍他心爱的罗斯托夫的肩膀。

"出征的时候没有人可爱,所以就爱起沙皇来了。"他说。

"杰尼索夫,你不能开这个玩笑,"罗斯托夫喊道,"这是一种非常高尚、非常美好的感情,非常……"

"我相信,我相信,朋友,我也有这种感情,并且赞赏……"

"不,你不理解!"

罗斯托夫站起来,走到篝火群里游逛,他幻想他如能为皇上而死,不是在救驾时(他不敢作这样的幻想),而是干脆死在皇帝的眼前,那该多么幸福。他确实爱上了沙皇,爱上了俄国军队的光荣,爱上了未来胜利的希望。在奥斯特利茨战役前夕那些值得纪念的日子里,体验到这种感情的不仅他一个:当时十之八九的俄国军人都爱上了他们的沙皇和俄国军队的光荣,虽然没有那么狂热。

<h1 style="text-align:center">十一</h1>

次日皇上在维绍城驻跸下来。御医维利埃数次应召前去探视。大本营和附近的军队传闻圣体欠安。据侍从们说,他不吃东西,那一夜睡得不好。欠安的原因是由于皇上看见死伤的士兵,在他那敏感的灵魂中留下了强烈的印象。

十七日黎明,一个打着军使小旗求见俄国皇帝的法国军官从前哨被送到维绍城。这个军官名叫萨瓦里。皇上刚刚入睡,因此萨瓦里只得等候。中午他被皇帝召见,一小时后,他和多尔戈鲁科夫一起到法军的前哨。

传闻萨瓦里前来的使命是关于亚历山大皇帝和拿破仑会见的建议。使全军感到高兴和骄傲的是,俄皇拒绝亲自会见,由维绍战役的胜利者多尔戈鲁科夫公爵代表陛下和萨瓦里一起前去与拿破仑谈判,如果谈判出乎意料真的具有讲和诚意的话。

晚上多尔戈鲁科夫回来了,他直接去见皇上,单独和皇上谈了很久。

十一月十八日和十九日,军队又前进了两站地,敌军的前哨在短促的交锋后就退走了。自十九日中午起,军队的上层开始紧张、繁忙而兴奋的活动,这个活动一直延续到第二天早晨,也就是发动那次非常值得纪念的奥斯特利茨战役的十一月二十日早晨。

十九日午前,一切活动、热烈的谈话、奔忙、副官的差遣,还只限于皇帝的大本营以内。当天午后,活动传到库图佐夫的司令部和各纵队参谋部。晚上,经过副官的转达,活动已经传布到各个角落和军队的各个部分。二十日凌晨,八万联军从宿营地动身,人声嘈杂,摆成九俄里长的大队,浩浩荡荡进发了。

皇帝大本营从早晨开始的集中活动,好像大钟楼的中心主轮发动的第一个活动,给以后的一切活动以动力。一个齿轮慢慢地动了,带动了第二个、第三个,这些齿轮、滑轮、小齿轮,旋转得越来越快,于是自鸣钟开始打点,跳出报时的数字,指针开始均匀地移动,指示着运动的结果。

军事机器也像钟表机械一样,一旦发动就必然达到最后的结果,一些暂时还没有事的部件,在动力未达到之前,漠然地一动不动。轮轴咬着齿轮呼呼地响,滑轮快速地咝咝旋转,而近旁的一个齿轮却纹丝不动,仿佛就这样屹然不动地停几百年;但到了一定的时刻——被杠杆抓住了,于是它就顺从活动的规律,轧轧地转动起来,汇成一个其结果和目的为它所不理解的行动。

在钟表里,无数各式各样的齿轮和滑轮的活动,其结果仅仅是时针均匀缓慢的移动,同样,十六万俄国人和法国人的复杂活动——他们所有的热情、愿望、悔恨、屈辱、痛苦、激情、骄傲、恐惧、喜悦等等的活动,其结果仅仅是奥斯特利茨战役,即所谓三皇大战的失败,也就是世界历史的时针在人类历史的表盘上缓慢的移动。

那天安德烈公爵值勤，在总司令身边寸步不离。

下午五点多钟，库图佐夫来到皇帝大本营，在沙皇那里待了一会儿，然后去访内务大臣托尔斯泰伯爵。

博尔孔斯基趁这工夫去找多尔戈鲁科夫，摸一摸军事底细。安德烈公爵觉得库图佐夫心神不安，对什么问题不满，同时大本营的人们对他也不满，皇帝大本营的人跟他说话的腔调，都好像知道某种别人不知道的事情似的，因此他想找多尔戈鲁科夫谈谈。

"您好，亲爱的，"多尔戈鲁科夫说，他和比利宾正坐在一起吃茶，"明天是节日啊。您那老头子怎么样？心情不大好吧？"

"不能说心情不好，他是希望别人听听他的意见。"

"在军事会议上听到他的意见了，只要他说得有道理，会听他的。但是现在正是波拿巴最怕会战的时候，不能再迟延，再等待了。"

"嗯，您见到他了吧？"安德烈公爵说，"波拿巴怎么样？您对他印象如何？"

"是啊，看见了，我相信他最怕会战，"多尔戈鲁科夫重复说，他显然很重视他和拿破仑会见后得出的这个结论，"如果他不怕会战，他为什么要求会见，谈判，主要的是，为什么退却？而退却是那么违背他的一切作战方法。请相信我：他害怕，害怕会战，他倒霉的时刻到了。我对您说吧。"

"请您讲讲他是个什么样的人？"安德烈公爵又问。

"他穿一件灰色常礼服，很希望我称他'陛下'，使他懊恼的是，他从我口中没能听到任何称号。他就是这么一个人，如此而已。"多尔戈鲁科夫微笑着转脸看看比利宾，答道。

"虽然我对老库图佐夫怀着莫大的敬意，"他接着说，"可是波拿巴目前确实握在我们的掌心里，如果我们坐失良机，让他逃走或者欺骗我们，那才叫好看呢！不行的，不要忘记苏沃洛夫，他有一个信条:不要把自己放在受攻击的地位,要主动进攻。请您相信,在战争中,小将充沛的精力,往往比犹豫不决的老将能够更可靠地指出道路。"

"可是我们从哪个阵地去进攻呢?我今天到过前哨,也不能断定他的主力究竟在哪里。"安德烈公爵说。

他想对多尔戈鲁科夫讲讲他所拟定的计划。

"哎呀,反正都一样,"多尔戈鲁科夫匆匆地说,一面站起来,在桌上打开地图,"各种情况都预见到了:如果他在布吕恩附近……"

于是多尔戈鲁科夫公爵讲起魏罗特尔的侧翼迂回计划,他讲得匆忙而且含糊不清。

安德烈公爵开始反驳,并证明自己的计划和魏罗特尔的计划一样好,但遗憾的是,魏罗特尔的计划已经批准。安德烈公爵刚一开始证明那个计划的缺点和自己计划的优点,多尔戈鲁科夫公爵就不再听他说话,漫不经心地不看地图,而瞅着安德烈公爵的脸。

"那么好啦,今天库图佐夫那儿召开军事会议:您可以在会上把这些意见全说出来。"多尔戈鲁科夫说。

"我一定这样做。"安德烈公爵从地图旁走开,说。

"你们操什么心,诸公?"比利宾说,他一直含着快活的微笑听他们谈话,看来他要开开玩笑了,"不管明天是打胜还是打败,俄国军队的荣誉总是保了险的。除了你们的库图佐夫,所有纵队的长官没有一个俄国人。这些长官是:温普芬将军大人、朗热隆伯爵、利希滕施泰因公爵、霍恩洛厄公爵以及普尔什……普尔什……一串波兰名字。①"

"住嘴,恶嘴毒舌,"多尔戈鲁科夫说,"现在已经有两个俄国人了:米洛拉多维奇和多赫图罗夫,本来还有第三个阿拉克切耶夫

---

① 原文为法语和德语。

伯爵的,不过他这人的神经太脆弱了。"

"米哈伊尔·伊拉里奥诺维奇大概出来了。"安德烈公爵说。"祝你们幸福、顺利,诸位。"他又说,握了握多尔戈鲁科夫和比利宾的手,就走了。

回去的路上,安德烈公爵不禁向坐在身旁沉默不语的库图佐夫问他对明天的战役有何看法。

库图佐夫严厉地看了看自己的副官,沉默了一会儿,答道:

"我看要吃败仗,我把这话告诉了托尔斯泰伯爵,请他转告皇上。你猜他怎么回答我?亲爱的将军! 我是管大米和肉丸子的,军事要由您来管,是啊……这就是他给我的回答!"

十二

晚上九时许,魏罗特尔带着他的作战计划到指定召开军事会议的库图佐夫住处。纵队司令们都得到了通知,除了拒绝出席的巴格拉季翁公爵,所有的人都到齐了。

魏罗特尔是当前战役的总指挥,他那活跃、慌忙的动作和不满的、昏昏欲睡、不乐意主持军事会议的库图佐夫形成鲜明的对比。魏罗特尔显然觉得自己是这场不可遏止的运动的首脑。他像一匹上套的马,拉着车往山下直跑。他是拉车呢,还是被车推着跑呢,他不知道;但他是用最大的速度飞奔,没有工夫考虑这个运动会引到什么地方。这天晚上,魏罗特尔曾经两次亲临视察敌人的散兵线,两次向俄国皇帝和奥地利皇帝报告和说明情况。在自己的办公室里,他用德语口授了作战部署。现在他来到库图佐夫这里,已经疲惫不堪了。

看来他太忙了,甚至忘了对总司令应该尊敬:他打断他的话,说起话来急急忙忙,含含混混,眼睛也不看对方的脸,对他提出问题也不回答，满身泥污，样子可怜巴巴，筋疲力尽，手足失措，但同时又是那么自信，骄傲。

库图佐夫住在奥斯特利茨附近一座不大的贵族城堡里。聚在作为总司令办公室的大客厅里的，有库图佐夫本人、魏罗特尔和军事会议成员。他们在喝茶。只等巴格拉季翁公爵一到就开会。七点多钟①，巴格拉季翁的传令兵送来公爵不能出席会议的消息。安德烈公爵进来向总司令报告了这件事，因为总司令事先已准许他参加会议，他就在室内留下来。

"巴格拉季翁公爵既然不来，我们可以开始了。"魏罗特尔说着急忙站起来，向摊着一张布吕恩郊区大地图的桌子走去。

库图佐夫坐在高背安乐椅里，敞着制服，他那肥胖的脖颈好像获得了解放，从衣领里伸出来，两只膨胀的老年人的手，对称地放在扶手上，他几乎睡着了。他听见魏罗特尔的声音，勉强睁开他那只独眼。

"是的，是的，请吧，不然太晚了。"他点点头说，又把头低下去，闭起眼睛。

如果刚开始时，与会人员还以为库图佐夫是装睡，那么后来在朗读过程中，由他的鼻息声证明，总司令这时正进行一件非常重要的事，比对部署表示轻蔑的愿望或者任何别的都重要得多的事，就是正在满足一种非满足不可的人类需要——睡眠。他真的睡着了。魏罗特尔用他那忙得连一分钟都不能错过的动作抬眼看了看库图佐夫，相信他的确入睡了，又拿起文件，高声单调地读起当前战役的部署，他连标题都读了：

《关于进攻科别尔尼茨和索科尔尼茨后方敌军阵地的部署，

---

① 上文说魏罗特尔九时许才到库图佐夫处，传令兵来的时间当在九时以后，此处显系作者笔误。

一八〇五年十一月二十日拟》。

这个部署非常复杂,非常难懂。部署原文是:

因敌军左翼依据林木覆盖的山地,右翼沿着其后布满池塘的科别尔尼茨村和索科尔尼茨村展开,相反,我军左翼比敌军右翼占优势,利于攻击敌军右翼,我军如能占领索科尔尼茨和科别尔尼茨两村,则尤为有利,如是我军就能攻击敌军侧翼,避开施拉帕尼茨和掩蔽敌军阵线的贝洛维茨之间的隘口,在施拉帕尼茨和图拉斯森林之间的平原地带追击敌人。为达此目的,必须……第一纵队前进……第二纵队前进……第三纵队前进……①看来将军们不愿意听这个难懂的部署。淡黄头发的高个子将军布克斯格夫登背靠墙站着,眼睛盯着蜡烛的火苗,看样子他没有听,甚至不愿人家以为他是在听。在魏罗特尔对面坐着的,是胡子和肩头微翘、面色红润的米洛拉多维奇,他睁着两只发光的大眼,两肘向外弯着,两手撑在膝盖上,摆出一副雄赳赳的架势。他顽强地沉默着,两眼直盯着魏罗特尔的脸,只是在这个奥地利参谋长停止朗读时,才把目光从他脸上移开。这时米洛拉多维奇就意味深长地环顾别的将军们。然而看不出他那意味深长的眼神究竟表示什么:他对这个部署是同意还是不同意,是满意还是不满意。朗热隆伯爵坐得离魏罗特尔最近,在整个朗读过程中,他那张法国南方人的面孔始终含着讥讽的微笑,眼睛看着那捏着绘有肖像的金质鼻烟壶的两角迅速转动的纤细手指。在读到一个长句子当中,他停止转动鼻烟壶,抬起头来,他那薄薄的唇角现出不愉快的恭敬表情,打断魏罗特尔的朗读,想说点什么。可是那位奥地利将军没有停止朗读,愤愤地皱起眉头,摆了摆胳膊肘,好像是说:等一等,等一等你再对我说说你的想法,现在请看着地图听我读。朗热隆带着困惑莫解的神情

---

① 原文为德语。

往上翻巴眼睛,转脸看看米洛拉多维奇,仿佛想寻求解释,但是碰到米洛拉多维奇意味深长然而不表示任何意思的眼神,他于是郁闷地垂下眼睛,又转起鼻烟壶来了。

"一堂地理课。"他仿佛自言自语,但声音颇大,使大家都能听见。

普热贝舍夫斯基表情恭谨有礼,他对着魏罗特尔用一只手拢着耳朵,样子正像一个全神贯注的人。小个子多赫图罗夫坐在魏罗特尔对面,样子很用心和谦虚,俯在打开的地图上认真地研究部署和他不熟悉的地形。他多次请魏罗特尔重复他没有听懂的字句和难记的村名。魏罗特尔满足了他的愿望,多赫图罗夫用笔记下来。

朗读持续一个多小时才结束,这时朗热隆又停止转动鼻烟壶,眼睛不看魏罗特尔,也不专看任何人,开始说执行这样的部署很困难,对于敌人的情况只是设想,而敌人可能不是像设想的那样,因为敌人是在运动中。朗热隆的反驳是有道理的,但是他反驳的目的,显然主要是要那位自以为是、像对小学生读他的部署似的魏罗特尔将军知道,和他共事的不是一群傻子,而是一些在军事问题上也可以教教他的人物。魏罗特尔的单调声音刚一停止,库图佐夫就睁开了眼睛,就像催眠的转磨声一停,磨坊主就醒来一样,他听到朗热隆说话,他的神情仿佛:"你们还在说废话啊!"于是他赶快闭上眼睛,把头垂得更低了。

朗热隆尽可能恶毒地伤害这个军事部署的作者魏罗特尔的自尊心,他证明说,波拿巴很容易把受攻击变为攻击,由此看来,全部计划将成为无用的东西。对于一切反驳,魏罗特尔都坚决报以轻蔑的微笑。他显然早就有所准备,不管人家对他说什么,他都一笑置之。

"假使他能进攻我们,他今天就进攻了。"他说。

"这么说来,您以为他没有力量?"朗热隆说。

"他至多只有四万人。"魏罗特尔说,他脸上露出一个医生听到巫婆向他指示治病的方法时露出的那种微笑。

"那么在这种情形下,他就坐待我们进攻,在那儿等死了。"朗热隆说,脸上露出微妙的讽刺的笑意,又转脸看看离他最近的米洛拉多维奇,求他赞同。

但是米洛拉多维奇这时完全没有考虑两位将军争论的问题。

"真的,"他说,"明天在战场上就见分晓了。"

魏罗特尔又冷冷一笑,意思是说,回答俄国将军们对他的反驳,论证那不仅他十分相信而且两位皇帝都相信的事情,他觉得可笑而且奇怪。

"敌人那边黑灯瞎火,营盘里不断地传出声音,"他说,"这说明什么呢?说明他不是逃走(这才是我们应当害怕的),就是转移阵地(他又冷冷一笑)。即使他占据图拉斯阵地,也不过使我们省去许多麻烦罢了,全部计划一丝一毫都用不着变动。"

"那为什么呢?……"安德烈公爵说,他早就在等待时机表示自己的怀疑了。

库图佐夫醒来,他沉重地咳嗽着,环视了一下将军们。

"诸位,明天的部署,甚至是今天的部署(因为已经十二点多了),不能变动了,"他说,"你们都听了这个部署,我们每个人都要尽到自己的职责。在战斗前……(他沉默了一下)再没有比睡一个好觉更重要的了。"

他做出要欠起身来的样子。将军们鞠躬告辞。已经过了午夜。安德烈公爵也走了。

安德烈公爵未能在军事会议上发表自己的意见,会议给他留下了混沌的、令人不安的印象。谁是对的:是多尔戈鲁科夫和魏罗特尔呢,还是库图佐夫和朗热隆以及别的不赞成进攻计划的人呢?他不知道。"难道库图佐夫不能直接向皇上说出自己的意见吗?难道由于几个宫内大臣和某些个人的意见,就应该拿几万人和我的、我的生命去冒险吗?"他想。

"是啊,明天很可能我被打死。"他又想。一想到死,他心中就勾起一连串的回忆,最遥远的和最亲切的回忆。他想起跟父亲和妻子的最后一次离别,想起和妻子开始恋爱的日子,想起她的怀孕,于是他怜悯她,也怜悯自己。他怀着多愁善感的激动心情走出他和涅斯维茨基同住的小屋,在门前徘徊。

夜雾弥漫,月光神秘地穿透雾霭。"是啊,明天,明天!"他想,"明天对于我也许一切都完了,不再有这些回忆,这些回忆不再有任何意义。也许就在明天——甚至,一定就在明天,我有这样的预感,我终于有机会第一次表现我所能做到的一切。"于是他想象一场会战,会战的伤亡,集中在一个点的大搏斗,全体长官的张皇失措。这就是那个幸福的时刻,那个他所长久期待的土伦战役,他终于想到这些。他对库图佐夫、魏罗特尔、两位皇帝坚决地、明确地提出自己的意见。大家对他的见解大为惊奇,但是谁也不去执行它,于是他带领一团人,一师人,预先说好谁也不要干涉他的指挥,他带领一师人奔赴决定胜负的地点,独自一人打了胜仗。然而死亡和痛苦呢?——另一个声音说。但是,安德烈公爵不回答这个声音,继续想象他的成功,下一个战役的部署由他一人来拟定。他名义上是库图佐夫麾下的值勤官,但一切都由他一个人来做。他独自一人赢得了下次的战役。库图佐夫被撤职,他得到任命……可是以后呢?——另一个声音又说,就假定在这之前你十次没有受伤,没有被打死或者没有受骗,那么以后怎么样呢?"那么以后……"安德烈公爵自问自答,"以后怎么样我不知道,我不想也不能知道。但是我向往这个,向往荣誉,向往出名,向往受人爱戴,那么我向往这一切,我只向往这一切,我只为这一切而活着,这并不是我的罪过。是啊,就是为了这一切!我永远不会对任何人说这话,但是,我的上帝!叫我怎么办呢,如果除了荣誉、受人尊敬之外,我什么都不爱。死亡、受伤、家破人亡,没有任何东西是我觉得可怕的。许多人——父亲、妹妹、妻子,我的这些最珍贵的人,不管对于我是多么可亲可爱,但是,只要我能得到片刻的荣誉,出人头地,能得到我不认识的,而且也不会认识的人们对我的爱戴,不论看来是多么可怕,多么不近情理,我可以立刻把他们全都割舍。"他一边想,一边倾听库图佐夫院子里的谈话声。从库图佐夫院子里传来收拾行李的勤务兵的声音,大约是车夫在戏弄库图佐夫的老厨师——一个安德烈公爵认识的叫季特的老厨师,那个声音说:"季特,喂,我说季特?"

"嗯。"老头子回答。

"季特,季特,去打禾①。"滑稽鬼说。

"呸,见你的鬼去吧。"传来被勤务兵和仆人的哄笑盖住的声音。

"然而,胜过一切人,这才是我所珍爱和重视的,我重视那个正在我上头雾霭中游荡的神秘力量和荣誉!"安德烈公爵想。

十三

那天夜里,罗斯托夫带一排骠骑兵到巴格拉季翁部队前面布置侦察线。骠骑兵一对一对地散开,他本人骑着马在侦察线上来回巡逻,极力克服着难以克制的瞌睡。在他后面可以望见一大片空地上我军的篝火在浓雾中闪着幽光,他前面是一片雾气沉沉的

---

① 俄语中"打禾"一词的尾音和"季特"谐音。

黑暗。罗斯托夫不管怎样仔细瞭望雾蒙蒙的远方,总是什么也看不见:时而出现一个灰色影子,时而好像有个黑糊糊的东西,时而,大约就是在敌人那儿,有一闪一闪的火光,时而他又觉得这不过是他的眼睛在闪烁。他闭上眼睛,于是在他的想象中时而出现皇上,时而出现杰尼索夫,时而出现莫斯科的回忆,于是他又赶快睁开眼睛,在眼前看见他的坐骑的头和耳朵,有时他看见只离他六步远就要碰着的骠骑兵的黑色身影,而远方仍然是大雾弥漫的漆黑的夜。"为什么不会呢?"罗斯托夫想,"很可能皇上遇见我,就像交给任何一个军官那样,交给我一个任务,对我说:'去弄清楚那儿是怎么回事。'人们常常讲起,他完全是偶然地认识了某一个军官,就把他调到自己身边。如果他把我调到他身边,那该多好啊!我会怎样保卫他啊,我要对他说出全部真相,我要揭穿那些欺骗他的人!"于是罗斯托夫为了生动地想象自己对皇上的爱戴和忠心,他想象他不仅带着极大的快意把一个敌人或者德意志骗子杀死,不仅杀死,而且当着皇上的面打他的嘴巴。忽然远方的喊声唤醒了罗斯托夫。他打了一个寒噤,睁开眼睛。

"我在哪儿!噢,对,我在侦察线上,口令和暗号是车辕,奥尔米茨。多么遗憾,我们骑兵连明天是后备队……"他想,"我请求上火线,这也许是唯一能够看见皇上的机会了。是的,现在快要换班了。我再巡逻一趟,我回去就去见将军,向他提出请求。"他在马鞍上坐正,催动坐骑再去巡视一遍自己的骠骑兵。他觉得天亮了一些。左边可以看见发亮的慢坡,对面是一个岗子,像一堵墙似的陡立着。岗子上有一个罗斯托夫怎么也弄不明白的白点:不知是月光照亮的林间空地呢,还是一片残雪或者是一些白屋呢?他甚至觉得有个东西在白点上移动。"那一点大概是雪,一点,法语是 une tache,"罗斯托夫想,"这可不是塔什了……"

"娜塔莎,妹妹,乌黑的眼睛。娜……塔什卡……(我要是告诉她我见到了皇上,她会多么惊奇啊!)娜塔什卡……拿着图囊……①"——"靠右一点,大人,不然碰着灌木林了。"一个骠骑兵说,罗斯托夫睡意曚眬地从这个骠骑兵身边走过。罗斯托夫抬起已经垂到马鬃上面的头,在这个骠骑兵身旁停下来。年轻人所特有的那种儿童式的困倦难以克制地袭扰着他。"嗯,我想什么来着?——可别忘记。怎样跟皇上谈话?不是,不是那回事——那是明天的事。对,对! 拿着图囊,践踏……愚弄②我们——愚弄谁?愚弄骠骑兵。骠骑兵和胡子……那个留胡子的骠骑兵在特维尔大街上走,就在古里耶夫家对面,我还想到他呢……老头子古里耶夫……嘿,杰尼索夫真是一个大好人! 咳,这一切都是扯淡。主要的是,现在皇上在这儿。他怎样看待我,他很想说点什么,但是他不敢……不对,是我不敢。但这都无所谓,主要的是,可别忘记我想的那件要紧事,就是这样。娜——塔什卡,践——踏,对,对,对,这很好。"他又把头垂到马颈上。突然他觉得人家在对他射击。"怎么啦? 怎么啦? 怎么回事! ……杀! 怎么啦? ……"罗斯托夫醒过来说。就在他睁开眼的那一瞬间,罗斯托夫听见在他前头敌人那边发出成千上万的拖得很长的声音。他的马和站在他身旁骠骑兵的马都竖起耳朵听这个呐喊的声音。在传来喊声的地方,亮起一个火光,接着又灭了,然后又亮起一个火光,接着,全线法军在山上都燃起了火,喊声越来越响。罗斯托夫听见说法语的声音,但是听不清楚。嗡嗡的声音太大了。现在可以听见:啊啊啊! 啦啦啦!

"什么声音? 你看呢?"罗斯托夫对他身旁的骠骑兵说,"这是在敌人那边吧?"

---

① 俄语"图囊"一词的发音为"塔什卡","娜塔什卡"在俄语中与"拿着图囊"谐音。

② 俄语"践踏"一词的后两个音节和"愚弄、愚钝"一词的发音相同。

骠骑兵没有答话。

"怎么啦,你没有听见吗?"罗斯托夫等了好大一会儿不见他回答,又问。

"谁晓得,大人。"骠骑兵不乐意地回答。

"从地点看,大概是敌人吧?"罗斯托夫又说。

"也许是敌人,也许不是,"骠骑兵说,"黑夜的事。唷!老实点!"他呵斥他骑的那匹骚动起来的马。

罗斯托夫的马也着急了,用蹄子敲着冻硬的土地,听着声音,望着火光。喊声越来越响了,汇成整片的嗡嗡声,这是只有成千上万的军队才能发出的声音。火光扩展开来,大概全线的法国营盘都点火了。罗斯托夫已经不想睡了。敌军兴高采烈的欢呼声使他激动起来。"皇帝万岁,皇帝!"罗斯托夫现在已经听得很清楚了。

"不很远——大约就在小河对岸。"他对身旁的骠骑兵说。

那个骠骑兵只叹了一口气,没有回答,气愤地咳嗽了几声。在骠骑兵散兵线上响起奔驰的马蹄声,在夜雾里忽然出现一个像大象似的骠骑兵军士的身影。

"大人,将军们来了!"军士驰到罗斯托夫跟前,说。

罗斯托夫和军士一起去迎接那几个沿侦察线驰来的骑者,同时不断地向火光和有喊声的地方张望。有位将军骑着一匹白马。巴格拉季翁公爵和多尔戈鲁科夫公爵,以及几个副官前来观察一下敌军那边奇怪的火光和喊声。罗斯托夫驰到巴格拉季翁跟前,向他做了报告,然后就走到副官们中间,留神听将军们说话。

"请您相信,"多尔戈鲁科夫公爵对巴格拉季翁说,"这不过是玩弄诡计而已:他已经退却,命令后卫点火和鼓噪来迷惑我们。"

"未必吧,"巴格拉季翁说,"傍晚我还看见他们在那个岗子上,如果已经走了,那儿应当全撤了。军官先生,"巴格拉季翁公爵对罗斯托夫说,"他们的侦察骑兵还在那儿巡逻吗?"

"晚上还在巡逻,现在没法知道,大人。请您派我带几个骠骑兵到那儿去看看。"罗斯托夫说。

巴格拉季翁停下来,没有立刻答复他,在雾中极力注视罗斯托夫的脸。

"那么好吧,您去看一看。"他沉默了片刻,说。

"是,大人。"

罗斯托夫刺了刺马,喊来军士费德琴科和两个骠骑兵,命令他们跟他下山朝仍在发出喊声的方向快速前进。罗斯托夫独自带着三个骠骑兵到那神秘、危险的,在他之前还没有人去过的大雾弥漫的远方,他心中又怕又喜。巴格拉季翁从山上向他喊话,叫他不要到河那边,可是罗斯托夫装作听不见他说什么,马不停蹄地向前驰去,向前驰去,不断地误把灌木当作大树,把土坎当作人,不断地发现自己受骗。他驰到山下,不论是我们的军队还是敌人的火光,都看不见了,但法国人的喊声却更响亮,更清楚了。在一处洼地上,他看见前面好像是一条河,但到跟前才知道是一条大路。上了大路,他勒住马,犹豫起来:是顺着大路走呢,还是跨过大路经过黑土田野上山呢。在雾中发亮的大路上走安全些,因为比较容易看清楚人。"跟我来。"他说,他穿过大路,向法军晚上放哨的山上飞奔。

"大人,有敌人!"后面一个骠骑兵说。

罗斯托夫还没来得及看清楚突然在雾中出现的黑影,火光一闪,响了一枪,子弹飕的一声如怨如诉地从雾蒙蒙的高空掠过,消失了。第二枪没有放响,只在火药池里闪了闪光。罗斯托夫掉转马头,往回飞奔。断断续续又放了四枪,子弹在雾中响着各不相同的调子飞了过去。罗斯托夫勒住也像他一样由于听到枪声快活起来的马,缓步而行。"再放!再放!"一个快乐的声音在他心中说。但是没有再射击。

只是快到巴格拉季翁跟前的时候,罗斯托夫又放开马飞奔,把手举到帽檐上,驰到他面前。

多尔戈鲁科夫仍然坚持自己的意见,认为法国人已经退却,点火不过是为了欺骗我们。

"那能证明什么呢?"当罗斯托夫跑到他们跟前时,他说,"他们可能已经退却,并且留下哨兵。"

"看来没有全走,公爵,"巴格拉季翁说,"到明天早晨,明天一切都会弄明白的。"

"山上有哨兵,大人,仍然在晚上所在的那个地方。"罗斯托夫报告说,他向前俯着身子行举手礼,忍不住露出快乐的微笑,由于这一趟侦察,主要由于子弹的声音,在他心中引起的快乐的微笑。

"好的,好的,"巴格拉季翁说,"谢谢您,军官先生。"

"大人,"罗斯托夫说,"我想求您一件事。"

"什么事?"

"明天我们的骑兵连是后备队,请您把我调到第一骑兵连。"

"您姓什么?"

"罗斯托夫伯爵。"

"啊,好的,跟我当传令官吧。"

"是伊利亚·安德烈伊奇的儿子吗?"多尔戈鲁科夫说。

但是,罗斯托夫没有回答。

"那么我就候命啦,大人。"

"我一定下命令。"

"明天很可能派我带什么命令去见皇上,"他想,"谢天谢地!"

敌军所以发出喊声和火光,是因为正当向军队宣读拿破仑的命令的时候,皇帝骑着马亲自巡视宿营地。士兵们看见了皇上,就点起干草火把,并且高呼"皇帝万岁!"跟着他跑。拿破仑的命令如下：

　　士兵们！俄国军队进攻你们，为的是要替乌尔姆的奥军报仇。这仍然是你们在霍拉布伦附近打垮的、然后你们一直追到此地的那支军队。我们所占领的阵地坚不可摧，当敌人从我右侧迂回时，他们就把侧翼暴露给我们！士兵们！我亲自指挥你们的队伍。如果你们以一向的勇敢把敌人打得溃不成军，仓皇逃窜，我就远远留在火线以外。万一胜利出现一分钟的可疑，你们将看见你们的皇帝甘冒敌人最初的攻击亲临火线，因为胜利决不容许有所动摇，特别是在这关系法国步兵荣誉的一天，胜利对我们民族的光荣是非常必要的。

　　不要借口搬运伤员而搅乱队伍！每个人都要下定决心：打败这帮十分仇视我们民族的英国雇佣兵。这次胜利将结束我们的出征，我们就可以回到我们的冬季营房，在法国组成的法国新兵在那里和我们见面；那时由我签署的和约将不辜负我的人民，不辜负你们，也不辜负我。

　　　　　　　　　　　　　　　　　　　拿破仑

十四

　　早晨五点钟，天还漆黑。中路的军队、后备队和巴格拉季翁的右翼还没有动，但左翼的步兵、骑兵和炮兵已经从宿营地起身活动起来，他们应当首先从高地出发攻击法军右翼，按照计划，把它赶到波希米亚群山。人们把多余的东西都扔到篝火里，冒出的烟刺痛人们的眼睛。天又黑又冷。军官们匆忙地喝茶，吃饭。士兵们嚼着面包干，顿足取暖；他们都聚到有火的地方，把剩下的窝棚、桌椅、车轮、木桶等，凡是带不走的东西都当柴烧了。奥军的纵队向导在俄国士兵中间穿来穿去，他们充当进军的前驱。一个奥地利军官在团长驻地附近一出现,团队就开始骚动起来:士兵从篝火旁跑开,把烟斗藏到靴筒里,背囊放到大车上,拿起枪来站队。军官们扣上纽扣,挎上军刀和背包,喊叫着在队伍前后巡视;辎重兵和勤务兵在套车,装车,捆扎。副官、营长和团长骑上马,画了十字,对留下来的辎重兵发出最后的命令和指示,交待应办的事项,于是,数千个单调的脚步声响起来了。纵队开拔了,他们不知往何处去,由于周围都是人,由于烟气和越来越浓的雾,看不见他们出发的地点,也看不见他们要去的地点。

行动中的士兵,被自己的团队包围着,限制着,带领着,正像水手被他所乘的船所包围、限制、带领一样。不论他走多远,不论他进入的地带有多奇怪、神秘、危险,在他周围永远到处是那些伙伴,那些队伍,那个司务长伊万·米特里奇,那只军犬茹奇卡,那些长官,正如一个水手周围永远到处是自己船上的那些甲板、桅杆和索具。士兵不大想知道他所乘的船航行的纬度,但是在战斗的日子,谁知道是怎么回事,在军队的精神世界里有一种严峻的气氛,它预示着某种坚决的、庄严的事物的临近,唤起了不是他通常所有的好奇心。在战斗的日子,士兵情绪激昂,极力把自己的兴趣越出团队之外,他细听静察,贪婪地打探他周围所发生的一切。

雾是那么浓,天虽然亮了,但十步开外就什么也看不见。灌木看来像大树,平地像悬崖和斜坡。四面八方,随地都可能跟十步以外看不见的敌人遭遇。但是纵队在雾里走了很久,上山又下山,经过花园和院墙,经过陌生的新地方,到处都没碰见敌人。相反,前前后后,四面八方,士兵们都认出我们俄国纵队朝着一个方向前进。每个士兵心情都是愉快的,因为他知道还有很多很多的自家人正在朝着他要去的方向行进。

"你瞧,库尔斯克团队过去了。"队伍中有人说。

"嘿,老弟,咱们的队伍可多啦!昨晚我望了望,好多的火堆啊,望都望不到边儿。简直像莫斯科城!"

虽然没有一个纵队长官到队伍里来,也没有跟士兵们谈谈话(正如我们在军事会议上看见的,纵队长官情绪不佳,不满意当前进行的战役,所以只执行命令,并不关心鼓舞士气),虽然如此,仍然像一向前去打仗一样,特别是去打一场进攻仗,士兵们总是高高兴兴的。但是在浓雾中走了将近一小时,大部分军队不得不停下来,一种无秩序和乱七八糟的不愉快的感觉在队伍中间蔓延开来,很难判断这种感觉是怎样传开的;但有一点是无疑的,这种感觉确实在传播,有如向低处流的水,它不知不觉、不可遏止地迅速流传着。如果光是俄国军队,没有盟军,那么,这种混乱的感觉要使人人都深信不疑,还得经过一段长时间;但是现在大家都怀着快意的和自然的心情把发生混乱的原因归咎于无能的德意志人,都相信倒霉的杂乱无章是那些卖灌肠的家伙造成的。

"怎么站着不动?堵住了?是不是碰到法国人了?"

"不是,没有听到动静。不然会有枪响的。"

"急急忙忙地出发,出发了,又莫名其妙地停在野地里——都是该死的德意志人搞乱了。这些废料!"

"要是我的话,把他们全赶到前线。不然这帮家伙准在后方躲起来。现在叫我们站在这儿挨饿。"

"怎么样,快了吧?听说骑兵把路堵住了。"一个军官说。

"咳,该死的德意志人,连自己的地方都搞不清楚!"另一个军官说。

"你们是哪个师的?"一个副官骑马来到跟前,喊道。

"十八师的。"

"你们还在这儿待着?你们早该走到前面了。照这样到晚上也走不到。真是愚蠢的命令,连他们自己也不知道他们在干什么。"那个军官说着骑马走开了。

然后一个将军骑马走过,气得哇哇叫,他说的不是俄语。

"哒法－啦法,叽唠什么,一点也听不懂,"一个士兵模仿那个走过去的将军说话,"我毙了这些坏蛋才痛快!"

"规定八点多开到地方,可是我们走了还不到一半路。这叫什么命令!"四面八方都这么说。

队伍出发打仗时那股劲头,开始变为对糊涂的命令和对德意志人的埋怨和愤恨。

混乱的原因是,最高指挥部发现我军中路离开右翼太远,下令把正在行进中的左翼奥地利骑兵全部调往右侧。几千乘骑兵从步兵前面通过,于是步兵只好等着。

在前头,俄国将军和奥地利向导发生了冲突。俄国将军大喊大叫要求把骑兵停住,那个奥地利人却辩解说,这不是他的错,而是最高指挥部的命令。这时队伍停在那里,沉闷无聊,神情颓丧。队伍停了一小时,终于又向前移动了,开始往山下走。山上雾气渐渐散开,但山下雾更浓了。在前头雾里响了一两枪,起初枪声不均匀,稀稀拉拉:特啦－哒……哒哒,然后响得越来越匀,越来越密,于是在霍尔德巴赫河上开火了。

俄国人没有料到在下面河上会遭遇敌人,可是突然在雾里碰上了,他们没有听到最高指挥官鼓舞士气的话,而且普遍有一种迟到的感觉,主要是,在浓雾里前后左右什么都看不见,俄国兵在没有及时接到长官和副官命令的情况下,懒懒散散、慢慢腾腾地跟敌人对射,前进一点又停下,而长官和副官由于不熟悉地形,在雾里闯来闯去找不到自己的部队。到达山下的第一、第二和第三纵队,开始战斗时的情况就是这样。库图佐夫所在的第四纵队这时停在普拉茨高地。

在洼地开火的地方,雾仍然很浓,山上明朗了,但前面的情况还是一点也看不见。敌人的全部人马就像我们预计的那样在十俄里以外呢,还是就在前面迷雾里呢——已经八点多了,仍然没有人知道。

早晨九点了。山下的雾像一片茫茫大海,但是在高地上的施拉帕尼茨村——拿破仑和跟随他的元帅们就在那里,已经完全明朗了。蔚蓝的天空朗朗清清,圆圆的太阳犹如血红的空心大浮标,在乳白色的雾海上漂荡。不仅所有法国军队,而且拿破仑本人和参谋部都不在河对面,不在我们企图据为阵地并预计在那里开战的索科尔尼茨村和施拉帕尼茨村洼地对面,而是在这边,离我军那么近,拿破仑用肉眼就可以分清我军的骑兵和步兵。拿破仑骑着灰色阿拉伯小马,穿着那件他出征意大利时穿的青色斗篷式大衣,在他的元帅们前面一点站着。他默默地注视那些仿佛从雾海里冒出来的、俄军正远远地在那里移动的山岗,细听谷地射击的声音。他那张当时还是瘦削的面孔上,没有一丝肌肉颤动,一双炯炯发光的眼睛朝着一个地方一动不动地盯视着。他的预想是确实的。俄国军队一部分已经下到谷地向池沼湖泊地带进发,一部分正离开那个他打算进攻并认为是关键性阵地的普拉茨高地。他在雾中看见,在普拉茨村附近两山之间的洼地上,俄国兵都朝着一个方向向谷地移动,刺刀闪着光,俄国纵队一个跟一个隐没在雾海里。根据昨晚得到的情报,根据夜里在前哨听到的车轮声和脚步声,根据俄国纵队移动时杂乱无章,根据一切推测,他清楚地看出,俄奥联军误认为他离得很远,看出在普拉茨高地附近移动的纵队是俄军的中心,而且这个中心力量已经削弱到足以顺利地予以痛击的程度。但是他仍然没有发动战斗。

今天是他的喜庆日子——他的加冕一周年。天亮前他假寐几个小时,然后精力饱满,心情愉快,神清气爽,怀着无所不能、一切都会顺利的幸福心情,骑马驰到野外。他在坐骑上一动不动,瞭望从雾里露出来的高地,在他那张冷冰冰的脸上,有一种正在恋爱的幸运少年脸上常有的自信应该享受幸福的特别神情。元帅们在他后面站着，不敢分散他的注意力。他时而望望普拉茨高地，时而望望从雾里浮出来的太阳。

当太阳完全从雾里出来，耀眼的光辉喷射到田野和灰雾上的时候（他似乎正要等到这时才发动战斗），他从他那俊秀的白手上脱掉手套，用它向元帅们打了个信号，于是开始战斗的命令发出了。元帅们带着副官向不同方向驰去，几分钟后，法军主力就疾速地扑向普拉茨高地，由于俄军不断走下左边的谷地，那个高地越来越显得空荡荡了。

十五

八点钟，库图佐夫骑马向米洛拉多维奇的第四纵队前面的普拉茨村驰去，第四纵队是来接替已经下山的普热贝舍夫斯基和朗热隆两个纵队的。他向前头一个团的官兵们问好，并且发出前进的命令，表明他打算亲自指挥这个纵队。他走到普拉茨村前就站住了。安德烈公爵和一大群总司令的侍从站在库图佐夫后面。安德烈公爵觉得自己既激动又焦躁，同时极力保持着镇静，这是一个人在他长久期待的时刻将要到来时常有的状态。他坚信今天就是他的土伦的日子或者是阿尔科拉桥的日子。它怎样到来，他不知道，但是他坚信一定会到来。他对我军态势和地形的了解，也只有我军任何一个人所能了解的那些。现在显然谈不上付诸实施的他个人的那个战略计划，已经被他丢到脑后了。安德烈公爵这时已经在揣摩魏罗特尔的计划，他考虑可能发生的意外情况，并且想出一些新的方案，那是些可能施展他敏捷才思和决断果敢性的新方案。

从下面左侧浓雾中传来看不见的军队之间相互的射击声。安德烈公爵觉得那里将是战斗的中心，那里可能遇到困难。"派我带一旅人或一师人到那里去，"他想，"我在那里举着军旗走在前面，我要粉碎阻挡我前进的一切东西。"

安德烈公爵看见从他面前过去的各营的军旗，他不能无动于衷。他望着一面军旗，心中想："这也许正是由我举着走在队伍前面的那面军旗。"

黎明前，高地上的夜雾只留下正融为露水的白露，而在谷地上仍然弥漫着乳白色的雾的海洋。在谷地的左侧，也就是我军向那里去和传来枪声的方向，什么也看不见。高地上空仍然发暗，然而是清朗的，在右边天际悬着一轮红日。在前面远方雾海彼岸，可以看见突出的覆盖着树林的山岗，山岗上一定有敌军，隐隐约约有点什么东西。近卫军进入右边有雾的地方，传来脚步和车轮声，偶尔出现刺刀的闪光。在左首村后，驰来同样的大队骑兵，然后没入雾海里。前前后后都是步兵在行进。总司令站在村口，让队伍从他面前走过。这天早晨库图佐夫显得疲倦而易怒。经过他面前的队伍没有得到命令就停下来，显然前面给什么阻住了。

"您能不能传令，把队伍排成营纵队，绕过村子走，"库图佐夫对骑马前来的将军气愤地说，"难道您不懂得，将军大人，阁下，我们是在迎敌，拖成大长队在这狭窄的乡村街道上行军，是不准许的。"

"我打算出了村子再排成纵队，总司令大人。"那个将军回答。

库图佐夫愤愤地笑起来。

"好哇，准备在敌人的眼皮底下整队！真是太好了！"

"敌人还远着呢，总司令大人，按照部署……"

"部署，"库图佐夫暴躁地喊道，"是谁告诉您的？……请执行我给您的命令。"

"是，总司令大人！"

"亲爱的,"涅斯维茨基小声对安德烈公爵说,"老头子心情很坏。"

一个头戴绿色羽饰军帽,身穿白色制服的奥地利军官驰到库图佐夫跟前,他代皇上询问:第四纵队是否已经投入战斗。

库图佐夫没有回答他,转过脸来,他的目光偶然落到站在他身旁的安德烈公爵身上。库图佐夫一看见博尔孔斯基,他那凶狠、辛辣的眼神变得柔和了,他似乎觉得,他的副官对目前发生的事并没有过错。他不回答奥地利副官,对博尔孔斯基说:

"亲爱的,去看看第三师过了村子没有,叫他们停下来,等候我的命令。"

安德烈公爵刚催马要走,他又把他叫住。

"您问问有没有布置狙击兵。"库图佐夫又说。"干的什么事啊,干的什么事啊!"他自言自语说,仍然没有回答那个奥地利人。

安德烈公爵飞驰去执行命令。

他赶过在前面行进的各营,叫第三师停下来,证实了我军各个纵队前面果然没有派狙击兵。在前头的一个团长对总司令命令布置狙击兵线非常惊奇。这个团长满以为他前面还有军队,十俄里以内不会有敌人的。的确,前面除了被浓雾遮住的空无所有的斜坡外,什么也看不见。安德烈公爵以总司令的名义发出补救这个疏忽的命令后,就驰回去了。库图佐夫仍然站在原处未动,他身躯肥胖,老态龙钟地坐在马鞍上,闭着眼深沉地打哈欠。军队已经停下来,士兵们把枪托倚在脚边站着。

"好的,好的。"他对安德烈公爵说,接着他向一位将军转过身来,这位将军手里拿着表,说左翼全部纵队已经下来,是不是应当前进。

"还来得及,大人。"库图佐夫打着哈欠说。"来得及!"他又重复一句。

这时在库图佐夫后面远远传来各团致敬的声音,声音顺着前进中的俄军各纵队全线很快地传过来。显然,那个接受致敬的人在快马前进。当库图佐夫身后的团队士兵开始欢呼的时候,他策马向旁边走了几步,皱着眉头转身望了望。从普拉茨村出来的路上好像有一连服装华丽的骑兵在驰骋。其中有两个骑者在其余的人前头并肩大步疾驰。一个身穿黑制服,头戴白缨帽,骑着一匹剪尾枣红马,另外一个身穿白制服,骑着一匹大黑马。这是两位皇帝及其侍从。库图佐夫做出一副前线老军人的样子,对站着的军队发出"立正!"的命令,然后举手敬礼向皇上走去。他整个体形和态度都突然变了,变得像个惟命是从的下属。他走上前去向皇上敬礼时,装出一副毕恭毕敬的样子,显然使亚历山大皇帝感到不愉快。

不愉快的印象只不过像晴空的残云,从皇上年轻、幸福的脸上掠过,马上就消失了。病后,他今天比博尔孔斯基第一次在国外奥尔米茨阅兵场上看见时瘦了些,但在他那秀美的蓝灰色眼睛里,令人惊羡地结合着严肃和温厚,他那薄薄的嘴唇仍然能做出各种表情,主要是善良而且天真的年轻人的表情。

在奥尔米茨阅兵场上,他比较严肃,在这里他比较快活和精神饱满。在驰骋三俄里后,他的面孔有点红润,他勒住马,舒了一口气,回头看看他的侍从们跟他同样年轻、同样兴奋的脸。恰尔托里日斯基和诺沃西利采夫,博尔孔斯基公爵和斯特罗加诺夫,以及别的侍从,全是一些服装华贵、快快活活的青年人。他们骑着膘肥力壮、生气勃勃、微微冒汗的骏马停在皇上背后,面带笑容互相交谈着。弗朗茨皇帝,这个长长的脸、面色红润的年轻人,身子挺得笔直地骑在漂亮的黑马上,他忧心忡忡、不慌不忙地向身边环顾。他叫来一个穿白制服的副官,问了他一句什么话。"大概问他们是几点钟出发的。"安德烈公爵心里想,同时观察着他的老相识,不禁微微含笑回忆起他的那次朝见。在两位皇帝的侍从中,有从俄奥两方近卫军和团队中挑选出来的精壮的传令兵。马夫们在这些人中间牵着沙皇备用的、披着绣花马被的骏马。

这群跃马前来的杰出青年,焕发出的那股青春的活力、充沛的精力和对胜利的信心,正如野外的新鲜空气忽然从打开的窗户涌进窒闷的屋里一样,涌进了郁郁寡欢的库图佐夫司令部。

"您为什么还不开始,米哈伊尔·伊拉里奥诺维奇?"亚历山大皇帝急忙对库图佐夫说,同时彬彬有礼地看看弗朗茨皇帝。

"我在等待,陛下。"库图佐夫恭恭敬敬地俯下身来回答说。

皇上微微皱起眉头,向前侧着耳朵,表示他没有听清楚。

"我在等待,陛下,"库图佐夫重复了一遍(安德烈公爵注意到,库图佐夫在说"我在等待"时,上唇不自然地哆嗦了一下),"纵队还没有到齐,陛下。"

皇上听清楚了,但他不满意这个回答;他耸耸微驼的肩膀,向他身旁的诺沃西利采夫瞥了一眼,仿佛用这一瞥来抱怨库图佐夫似的。

"要知道我们不是在皇后操场,米哈伊尔·伊拉里奥诺维奇,团队没有到齐就不能开始阅兵。"皇上说,他又看了看弗朗茨皇帝的眼睛,好像是请他来参与,或者至少听听他说的话。但是弗朗茨皇帝仍然四外张望,没有听他说话。

"正是因此我才没有开始,陛下,"库图佐夫仿佛为了预防可能听不清楚,响亮地说,同时他脸上又有一个地方哆嗦了一下,"正是因为我们不是阅兵,不是在皇后操场上,所以才没有开始,陛下。"他清晰而明确地说。

皇上的侍从们立刻互相看了一眼,大家的脸上都露出不满和责备的神情。这些面孔仿佛说:"他不管怎么年老,但也不应该,无论如何也不应该这样说话。"

皇上凝神专注地审视库图佐夫那只好眼，等他是不是还说什么。而库图佐夫毕恭毕敬地低下头，看样子也在等待。沉默持续了约摸一分钟。

　　"不过，如果您下命令，陛下。"库图佐夫说，他抬起头来，又把腔调变成拙笨的、毫无主见的、驯服的将军的腔调。

　　他动了动坐骑，把纵队司令米洛拉多维奇叫来，向他下达了进攻的命令。

　　军队又动起来，诺夫戈罗德团的两个营和阿普舍龙团的一个营从皇上面前走过。

　　在阿普舍龙团的那个营走过的时候，红脸膛的米洛拉多维奇，他没有披外套，只穿着制服，佩着勋章，歪戴着大缨帽，英武地行着举手礼，迈着分列式步伐策马行进，走到皇上面前勒住了马。

　　"上帝保佑，将军。"皇上对他说。

　　"陛下，我们一定做到可能做到的一切，陛下！"他快乐地回答，不过，他那拙劣的法语，在皇帝侍从们中间引起了讥讽的微笑。

　　米洛拉多维奇陡然掉转马头，在皇上稍后一点停住。由于皇上在场而情绪激昂的阿普舍龙团的士兵们迈着雄赳赳的步子，整齐而快速地从两位皇帝和他们的侍从们面前走过。

　　"弟兄们！"米洛拉多维奇大声地、自信地、快乐地喊道，看来，那射击的声音、战斗的期待，以及精神抖擞地从皇帝面前走过的苏沃洛夫时代的同事们、阿普舍龙团健儿们的英姿激励着他，他竟忘了皇帝在场。"弟兄们，这不是你们第一次去攻占一个村子！"他喊道。

　　"甘愿效劳！"士兵们齐声回答。

　　由于这声突然的呐喊，皇上的马惊跳了一下。这匹在俄国就驮着皇上阅兵的马，在这奥斯特利茨战场上忍受着主人用左脚漫不经心的踢蹬,就像在玛斯广场①上一样,一听到枪声就竖起耳朵,它既不懂得它所听到的枪声的意义,也不懂得弗朗茨皇帝所骑的黑马与它为邻的意义,也不懂得骑它的人今天说的话、想的事和感到的一切的意义。

皇上面带微笑指着英勇的阿普舍龙团士兵,对他的一个亲信说了一句什么。

十六

库图佐夫被副官们簇拥着在枪骑兵后面缓步徐行。

他尾随纵队走了半俄里,在一处被人遗弃的孤零零的房屋(大概以前是小饭馆)旁边停下来,这里有两条岔路伸向山下,两条路上都有军队在行进。

雾开始散了,在对面两俄里的高地上,已经隐隐约约可以看见敌军。左下方,枪声更清晰了。库图佐夫停下来和一位奥地利将军谈话。安德烈公爵站在稍后的地方注视着他们,他转身想向一个副官借用一下望远镜。

"您瞧,您瞧,"那个副官说,他不望远处的军队,而看他下面的山上,"这是法国人!"

两位将军和副官们互相争夺望远镜。大家的脸色忽然变了,露出恐惧的表情。原以为法军远离我们两俄里以外,可是他们忽然意外地出现在我们眼前。

"这是敌人吗?……不是!……是的,您瞧,他……的确……这是怎么回事?"几个声音说。

安德烈公爵用肉眼看见离库图佐夫站的地方不到五百步的右

---

① 玛斯广场是彼得堡的一处阅兵场。

下方,密集的法国纵队正冲上来迎击阿普舍龙团的士兵。

"关键时刻到了! 是我的出头之日了。"安德烈公爵想。他催马来到库图佐夫跟前。

"命令阿普舍龙团的士兵站住,"他喊道,"大人!"

就在这一瞬间,一切都被硝烟遮住了,附近响起了枪声,离安德烈公爵两步远的地方,发出一声幼稚的惊叫:"弟兄们,咱们完了!"这声喊叫有如号令,一听到它,大家撒腿就跑。

混杂的人群越来越多,一齐向五分钟前军队从皇帝面前经过的地方奔跑。不仅很难挡住这股人流,而且本人也身不由己地随着人群后退。博尔孔斯基仅仅保持不落在人群后面,他老回头张望,感到莫名其妙,无法理解眼前发生的事。涅斯维茨基气得满脸通红,样子全变了,他向库图佐夫喊道,如果他不立刻走开,他准得被俘。库图佐夫站在原地不动,也不答话,他掏出一块手帕。他的腮帮在流血。安德烈公爵挤到他跟前。

"您受伤了吗?"他勉强忍住下巴颏不打哆嗦,说。

"我的伤不在这里,而是在那里!"库图佐夫用手帕按着受伤的腮帮,指着奔跑的人说。

"叫他们站住!"他喊了一声,同时,大概相信不可能阻挡他们,策马向右边驰去。

又拥来一股奔跑的人群,裹着他往后退。

奔跑的军队是那么密集,一旦裹进去,就很难出来。有人在喊:"走啊,干吗磨磨蹭蹭的?"有人即刻转身向空中放枪,有人打库图佐夫的马。库图佐夫和他的减少了一半的侍从费了很大的劲才走到左边,向附近发出枪声的地方驰去。安德烈公爵从人流中挤出来,尽可能离库图佐夫不要太远,他看见山坡上俄国炮兵连在硝烟中仍在不断向朝它跑过来的法国兵射击。在较高的地方,站着俄国步兵,他们不向前去支援炮兵,也不随着人流后退。一位将军骑着马离开步兵队伍向库图佐夫走来。库图佐夫的侍从只剩下四个,他们都面色刷白,一言不发,面面相觑。

"叫这些坏蛋站住!"库图佐夫指着奔跑的人群,喘着气对团长说。就在这一瞬间,仿佛是惩罚这句话似的,像一群小鸟似的子弹飞过团队和库图佐夫的侍从。

法国人在攻击炮兵连时,看见了库图佐夫,就向他射击。随着这阵排射,团长急忙抓住自己一只腿,倒下几个士兵,那个擎着军旗的下级准尉松开了手,军旗摇摇晃晃往下倒,邻近的几个士兵用枪支住了它。士兵们不待命令就射击起来。

"咳——呀!"库图佐夫带着绝望的表情低吼了一声,他环顾一下。"博尔孔斯基,"他低声说,由于意识到自己衰老无力,声音发颤了,"博尔孔斯基,"他指指混乱的队伍,指指敌人,低声说,"这是怎么回事?"

可是,没等他说完这句话,安德烈公爵就感到耻辱的眼泪涌到眼眶,愤怒升到喉头。他跳下马,向军旗跑去。

"弟兄们,前进!"他用孩子般的尖声大喝一声。

"机会来了!"安德烈公爵想。他抓起旗杆,怀着欣赏的心情听着对准他射来的飕飕的子弹声。有几个士兵倒下了。

"乌拉!"安德烈公爵喊道。他勉强握住沉重的军旗往前跑,毫不怀疑地相信全营都会跟着他跑。

果然,他独自只跑了几步。一个士兵动了,又一个动了,于是全营都喊着"乌拉"往前跑,并且赶过了他。这营的军士跑过来,拿起由于太重在安德烈公爵手里摇摇晃晃的军旗,但是他立刻被打死了。安德烈公爵又把军旗接过来,拖着旗杆和全营一块跑。他看见前面我们的炮兵,其中一些人在搏斗,一些人扔掉大炮迎面跑来。他看见法国步兵抓住炮兵的马,把大炮掉转头去。安德烈公爵和营队已经跑到离大炮二十步的地方。他听见子弹在头顶上不停地呼啸，在他左右不断有士兵呻吟和倒下去。但他不看他们，只注意前面炮兵连发生的情况。他已经清楚地看见一个高筒军帽歪到一边的红发炮兵的身形，他拖着炮膛探帚的一头，一个法国兵拖着另一头互相争夺。安德烈公爵已经清清楚楚地看见那两个人脸上露出惊慌失措和愤怒的表情，看样子，连他们自己也不知他们在干什么。

"他们在干什么？"安德烈公爵看着他们想，"红发炮兵已经没有武器，为什么不跑？法国兵为什么不用刺刀刺他？只要法国兵想起自己的枪，用刺刀刺他，他就跑不掉了。"

果然，另一个法国兵端着枪向两个搏斗的人跑过来，那个红发炮兵还不知道已经是决定他的命运的时刻，还为他夺得探帚而洋洋得意呢。但是安德烈公爵没有看到这件事的结局。他仿佛觉得，身旁有一个士兵全力挥起一根粗棍子打他的头。他觉得有点痛，主要的是不愉快，因为疼痛分散了他的注意力，使他看不见他正在看的东西。

"怎么啦？我倒了？我的腿发软。"他这样想着仰面朝天倒下去。他想睁开眼看看法国兵和炮兵搏斗的结果，想知道那个红发炮兵有没有被打死，大炮被缴获还是被救下来。但是他什么也没看见。在他的上面除了天空什么也没有——高高的天空，虽然不明朗，却仍然是无限高远，天空中静静地飘浮着灰色的云。"多么安静、肃穆，多么庄严，完全不像我那样奔跑，"安德烈公爵想，"不像我们那样奔跑、呐喊、搏斗。完全不像法国兵和炮兵那样满脸带着愤怒和惊恐互相争夺探帚，也完全不像那朵云彩在无限的高空中那样飘浮。为什么我以前没有见过这么高远的天空？我终于看见它了，我是多么幸福。是啊！除了这无限的天空，一切都是空虚，一切都是欺骗。除了它之外什么都没有，什么都没有。甚至连天空也没有，除了安静、肃静，什么也没有。谢谢上帝！……"

十七

巴格拉季翁的右翼到九点钟还没有投入战斗。巴格拉季翁公爵因为不愿同意多尔戈鲁科夫开火的要求,并且想推卸责任,他建议多尔戈鲁科夫派人向总司令请示。巴格拉季翁知道,两翼之间相距差不多十俄里,派去的人即使不被打死(很可能被打死)而又能够找到总司令(这也是极其困难的),那么在傍晚之前也是回不来的。

巴格拉季翁用他那毫无表情的、睡眠不足的大眼睛环顾他的侍从,他一眼就看见罗斯托夫那副由于激动和期望而不自觉地屏息敛气的稚气的面孔。他就派他去。

"大人,如果在没有碰见总司令之前就碰见了陛下呢?"罗斯托夫把手举到帽檐,说道。

"那您就向陛下请示。"多尔戈鲁科夫急忙打断巴格拉季翁的话,说。

罗斯托夫在交卸了搜索任务以后,天亮前睡了几个小时,他觉得自己快乐、勇敢、果断,他的动作那么富有弹性,对自己的幸运那么自信,情绪又那么好,仿佛一切都是轻松愉快的,一切都是容易办到的。

这天早晨他的一切愿望都实现了:发动了有他参加的大会战,此外,他担任了最勇敢的将军的传令兵。不仅如此,他还接受了去见库图佐夫的任务,甚至可能见到皇上。晨光明媚,他的坐骑精壮。他的心情欢快而幸福。他接到命令以后,就催马沿着前线驰骋。起先他沿着尚未开火、站住不动的巴格拉季翁部的阵线奔驰,然后他进入乌瓦罗夫的骑兵团驻地,这里已经可以看出军队在转移和准备开火的迹象。驰过乌瓦罗夫的骑兵团,他已经清晰地听见前面的炮声和枪声。枪炮声越来越响。

在清晨的新鲜空气中,已经不像先前那样在长短不同的间隔中发出两三响枪声,然后是一两响大炮声,而现在从普拉茨高地前面的山坡上传来阵阵步枪的排射声,时而夹着稠密的大炮声,炮声有时密得已经分不出个别的射击声,而是汇成一片轰隆的巨响。

可以看见滚滚的步枪硝烟在山坡上追逐飞奔,一团团的大炮硝烟扩散开来混为一体。刺刀在烟尘中闪闪发光,从其中可以看见移动着的大量步兵和带有绿色弹药箱的炮兵狭长队形。

罗斯托夫在一个小丘上勒住马停了一会儿,他想观察一下情况。但是不管怎样集中注意力,他既不理解也看不清楚正在发生的事:在烟尘中有人在移动,前前后后一群群的军队也在移动,但是为什么?是些什么人?到哪里去?——弄不明白。这个景象和这些声音不仅没有引起他颓丧或者畏惧的感觉,反而给他增添了力量和果敢。

"再加一把劲!再加一把劲!"他朝着那些声音默念道,他又顺着前线驰骋,越来越深入已经开火的军队中间。

"那里的情况怎样,我不知道,但一切都会顺利的!"罗斯托夫想。

一队奥地利骑兵驰过去,罗斯托夫看见前面一段战线(这是近卫军)已经开始战斗。

"那更好!我要到近处看看。"他想。

他几乎沿着前沿阵地奔驰。有几个骑兵迎面驰来。这是我们的枪骑兵,队形混乱,是从进攻中撤下来的。罗斯托夫从他们面前驰过,无意中看见其中有一个人挂了彩,他继续向前驰去。

"这和我不相干!"他想。他还没有走上几百步,忽然在整个旷野上出现一大队身穿耀眼的白制服、一律骑黑马的骑兵,他们从左边斜刺里向他驰来。罗斯托夫想让开骑兵,策马全速奔驰。他本来可以躲开的,如果骑兵保持原来的速度,但是他们不断加快步子,有几匹马已经在飞奔了。罗斯托夫越来越清楚地听见他们的马蹄声和武器的锵锵声,越来越清楚地看见他们的马、身形,甚至面孔。这是我们的近卫重骑兵正去迎战向他们驰来的法国骑兵。

重骑兵一面奔跑,一面还勒着马。罗斯托夫已经看得见他们的面孔,听得见一个骑着骏马全速奔跑的军官发出"冲啊! 冲啊!"的喊声。罗斯托夫怕被撞倒或者被卷进对法军的冲锋,他顺着前线拼命策马狂奔,但仍然没有避开他们。

最前面的重骑兵是一个麻脸的大个子,他看见难免要跟面前的罗斯托夫相撞,凶狠地蹙起眉头。要不是罗斯托夫忽然想到向一个重骑兵的马眼睛晃了一下鞭子,罗斯托夫连同他的坐骑贝杜英准要被撞翻(罗斯托夫觉得,比起这些高大的人马,他小得可怜)。那匹两俄尺半高的肥壮大黑马抿起耳朵向旁边一闪,但是麻脸的重骑兵抬起巨大的马刺用力踢了一下,那匹马翘起尾巴,伸长脖子,跑得更快了。重骑兵刚过去,罗斯托夫就听见他们呼喊"乌拉!"的声音。他回头看见前排的重骑兵已经和戴红肩章的外国骑兵(想必是法国的)混合在一起了。以后就什么也看不见了,因为大炮不知从何处开始轰击,硝烟遮住了一切。

在重骑兵从罗斯托夫面前走过,驰入弥漫的硝烟中那一刻,他踌躇了一下:跟着他们跑呢,还是到他应当到的地方去呢。这是一次连法军自己都为之惊羡的辉煌的袭击。过后罗斯托夫听到令人不寒而栗的消息:从他面前骑着几千匹马驰过去的那么一大群服装华美的英俊青年、富家子弟、军官、士官生,在那次冲锋后只剩下十八个人了。

"我何必羡慕他们,我的机会跑不了,也许我马上就会看见皇上!"罗斯托夫想,继续往前驰骋。

他来到步卫军跟前,发现上空和他周围有炮弹飞舞,他这个发现,与其说是因为他听见炮弹的呼啸,不如说是因为他看见士兵的脸色仓皇不安和军官们露出不自然的威严表情。

他从步卫军一个团的阵地后面经过时,听见有人叫他。

"罗斯托夫!"

"什么?"他应了一声,没有认出是鲍里斯喊他。

"好极了!我们上过第一线!我们团打过冲锋!"鲍里斯说,露出年轻人第一次上火线常有的那种微笑。

罗斯托夫站住了。

"是吗!"他说,"打得怎么样?"

"打退了!"鲍里斯兴奋地说,他变成一个多嘴多舌的人了,"你想象不到吧?"

于是鲍里斯讲,近卫军在一个地方停下来的时候,看见前面有一支队伍,以为是奥军,忽然从这支队伍中射来炮弹,才知道部队到了第一线,出乎意外地开起火来。罗斯托夫没等鲍里斯说完,就策马走了。

"你到哪儿去?"鲍里斯问。

"奉命去见陛下。"

"他就在那儿!"鲍里斯说,他把罗斯托夫说的"陛下"听成"殿下"。

他向罗斯托夫指了指离他们百来步远的大公殿下。那位大公头戴帽盔,身穿重骑兵短瘦制服,正在耸肩蹙眉地申斥一个身穿白制服、面色苍白的奥地利军官。

"这是大公啊,我要去见总司令或者皇上。"罗斯托夫说,他已经策动了马。

"伯爵,伯爵!"贝格从另一边跑来喊道,他跟鲍里斯一样兴高采烈,"伯爵,我右手受了伤(他一面说,一面伸出流血的、用手绢包着的手),我不下火线。伯爵,我左手拿战刀:伯爵,我们姓冯·

贝格的都是好汉。"

贝格还在说什么，但是罗斯托夫没有听完就继续前进了。

罗斯托夫驰过近卫军防地和一段空旷地带，为了不再像刚才碰到重骑兵冲锋那样闯进第一线，他远远避开那射击和炮轰最激烈的地点，沿着预备队一线绕着走。忽然在他前面，在我军后方，在他万万想不到有敌人的地方，听见近处炮击的声音。

"这怎么可能啊？"罗斯托夫想，"敌人在我军的后方？不可能，"罗斯托夫想，他忽然为自己，为整个战局担心害怕起来，"不论发生了什么变化，"他想，"现在已经用不着绕着走了。我应当就在这儿找总司令，如果一切都完了，我的使命也就完了。"

他在驻有各兵种的普拉茨村后的开阔地越往前走，就越证实了突然袭上心头的不祥预感。

"怎么回事？怎么回事？对谁射击？谁在射击？"罗斯托夫向那些混做一团挡住他的去路，正在逃跑的俄奥两国士兵问道。

"鬼才知道！全垮啦！全完啦！"那些逃跑的人群用俄语、德语、捷克语回答他，他们也跟他一样不知道发生了什么事。

"打德国佬！"有一个人喊道。

"真他妈的见鬼！奸细。"

"这些俄国佬见鬼去吧！……①"一个德意志人愤愤地说。

路上有几个伤员。咒骂、喊叫、呻吟汇成一片喧哗。枪声停了，罗斯托夫过后才听说，原来是俄奥两军士兵互相射击。

"我的上帝！这究竟是怎么了？"罗斯托夫想，"这儿是皇上随时都可能看见的地方啊！……不会的，这准是几个坏蛋干的。这会过去的，没什么不得了的，不可能出什么乱子，"他想，"不过要快点，快点离开这儿！"

---

① 原文为德语。

罗斯托夫头脑里不可能有失败和逃跑的想法。虽然他看见法国的大炮和军队就在那座他要去那儿找总司令的普拉茨山上,但是他不能,而且也不愿相信那是事实。

十八

罗斯托夫奉命到普拉茨村附近寻找库图佐夫和皇上,但是这里不但找不到他们,甚至连一个长官都没有,有的只是成群的、乱糟糟的各种军队。他催赶着已经疲乏的马,想快点从这些人群中走过去,但是他越往前走,人群就越乱。在他要想通过的那条路上,拥挤着许多四轮马车和其他各种车辆、各种兵种的俄国兵和奥地利兵,受伤的和没受伤的。这一切在法国炮队从普拉茨高地上射出的炮弹凄厉的声音伴奏下,发出嗡嗡的响声,乱哄哄地移动着。

"皇上在哪儿?库图佐夫在哪儿?"罗斯托夫拦住人就问,可是没有人回答他。

最后,他抓住一个士兵的衣领,强迫他回答。

"嘿,老弟!老早就溜了,朝那边跑掉了!"那个士兵对罗斯托夫说,不知为什么他一面挣脱,一面哈哈大笑。

罗斯托夫丢开这个显然喝醉了的士兵,又拦住牵着马的某个大官的勤务兵或者马夫,向他打听。勤务兵告诉罗斯托夫,一小时前皇上坐着轿式马车从这条路上疾驰而过,皇上受了重伤。

"不可能,"罗斯托夫说,"一定是别人。"

"我亲眼看见的,"勤务兵露出自以为是的冷笑,说,"我现在认得出皇上了:我去彼得堡见过好几次皇上。他面色刷白刷白的坐在马车上。四匹黑马驾辕,我的天啊,从我们面前隆隆地狂奔而过:我现在连御马和车夫伊利亚·伊万诺维奇都认得。好像,他除了给皇上赶车,不给第二个人赶车。"

罗斯托夫策马想继续往前走。一个受伤的军官从旁边走过,他问罗斯托夫:

"你找谁?找总司令吗?被炮弹打死了,他就在我们团里,胸膛中了弹。"

"没有打死,受了伤。"另一个军官做了修正。

"说的是谁?是库图佐夫吗?"罗斯托夫问。

"不是库图佐夫,我记不得他叫什么了——都一样,反正活着的剩不多了。您到那儿去吧,到那边村子里,长官都在那儿。"那个军官指着霍斯蒂拉德克村,说完就往前走了。

罗斯托夫缓步而行,他不知道他现在为何而来和去找谁。皇上受伤了,仗是打输了。现在不能不相信这一点了。罗斯托夫朝着指给他的那个方向走去,远远可以看见那边的钟楼和教堂。何必着急呢?就算皇上和库图佐夫还活着,没有受伤,现在又对他们说什么呢?

"走这条路,大人,走那边准被打死,"一个士兵对他喊道,"那边会被打死的!"

"咳!什么话!"另一个士兵说,"他要到哪儿去?走那儿近些。"

罗斯托夫想了想,朝着人们告诉他可能被打死的方向走去。

"现在无所谓了!如果皇上真的受了伤,我还爱惜自己干吗?"他想。他来到那个从普拉茨高地下来的人伤亡最多的开阔地。法军还没有占领这个地方,可是活着的或者受伤的俄国人早已把它放弃了。在战场上,就像田地上堆着禾捆似的,每俄亩躺着十个至十五个伤亡者。伤员三三两两地爬到一起,发出难听的、罗斯托夫觉得有时假装的喊叫和呻吟。为了避免看见这些受苦的人,罗斯托夫策马快行,他开始觉得可怕。他不是为自己的生命担心,而是为他所需要的勇气担心。他知道,目睹这些不幸的人会使他丧失勇气。

法国人停止了对这遍地死尸和伤员的战场射击,因为这儿已经没有一个活人了,但是他们看见有一个传令官走过,就对准他射了几发炮弹。可怕的呼啸声和周围的死尸使罗斯托夫产生一种恐怖的印象,并且使他怜悯自己。他想起母亲最近的一封信。"如果她现在看见我在这战场上,大炮正向我瞄准,她会有什么感想?"他想。

在霍斯蒂拉德克村里,从战场上撤下来的俄国军队虽然也很乱,但秩序已经好多了。法军的炮弹打不到这里,枪声听起来也遥远了。这里人们已经清楚地看到,而且也都在说,仗是打输了。罗斯托夫不论问谁,没有一个人说得出皇上在哪儿,库图佐夫在哪儿。有人说,传闻皇上真的受了伤,又有人说,不对,所以有这个谣传,是因为在皇上的轿式马车上的确坐着一个随皇帝侍从一同来战场、吓得面无人色的宫廷大臣托尔斯泰伯爵,从战场往后方奔驰。有一个军官告诉罗斯托夫,在村后左首他看见一位大官,于是罗斯托夫就往那儿去了,他对找到什么人已经不抱希望,不过是为了问心无愧罢了。罗斯托夫走了三俄里光景,赶过最后一批俄国军队,在挖了一条沟的菜园附近看见两个骑马的人,他们站在沟对面。其中一个戴着白缨帽,不知为什么罗斯托夫觉得眼熟;另外一个不认识的骑者骑一匹枣红骏马(这匹马罗斯托夫觉得很熟),来到沟沿,刺了一下马,松开缰绳,轻快地跳过菜园的沟渠。只见尘土顺着马后蹄往堤坡下面溜。他陡然掉转马头,又跳回沟那边去,恭恭敬敬地对那个戴白缨帽的骑者说话,显然是请他也跳过去。那个罗斯托夫好像认识的骑马人不知为什么引起罗斯托夫的注意,他摇头摆手做了一个否定的姿势,罗斯托夫一见这个姿势,立刻认出他正是他为之悲伤的、崇敬的君主。

"他独自一人在这空旷的田野里，这不可能。"罗斯托夫想。这时亚历山大转过头来，罗斯托夫看见了栩栩如生地刻在他的记忆中的可爱面容。皇上脸色苍白，两腮下陷，眼睛也眍进去了，但是他的容貌显得更秀美，更温和了。罗斯托夫感到幸福，因为他证实了皇上受伤的消息不确实。他感到幸福，因为看见了皇上。他知道，他能够，甚至应当直接去见皇上，转达多尔戈鲁科夫命令他转达的事情。

可是，就像一个正在谈恋爱的青年，当梦寐以求的时刻来临，单独会见她的时候，竟不敢说出朝思暮想的话，只是浑身发抖，目瞪口呆，惊慌失措地四处张望，想寻求帮助，或者想找个拖延时间和逃跑的机会，现在罗斯托夫实现了他生平最大的愿望，但是不知道怎样去见皇上，他脑海中出现千万条理由使他觉得这样去见皇上不合适、不礼貌、不可能。

"那怎么行啊！利用他独自一人而且是灰心丧气的时机，好像我倒高兴似的。在这可悲的时刻，一个陌生人在他面前出现，他会不愉快并且感到难过的；再说，我现在能对他说什么呢，只要一看见他，我的心脏就停止跳动，舌头也发干？"为了要见皇上而准备的千言万语，现在一句话也想不起了。而且那些话多半都是用在完全不同的情况的，多半是在胜利的时刻和喜庆的日子要说的，主要是在他受了重伤弥留之际，皇上感谢他的英勇行为，他奄奄一息地向他表示他已经用事实证明他的爱戴时要说的。

"再说，现在已经下午四点钟，仗也打输了，我怎么还能向皇上请示对右翼发布命令呢？不，我坚决不能去见他，不应当打扰他的沉思默想，我宁愿死一千次，也不愿看见他的疾言厉色。"罗斯托夫就这样决定了，他怀着抑郁和失望的心情离开了，同时不断回头看看仍然站在那儿犹疑不决的皇上。

正当罗斯托夫这样想，悲哀地离开皇上的时候，冯·托尔上尉偶然来到这里,他看见皇上,就一直驰到他跟前,为他效劳,帮助他走过沟渠。皇上感到不适,想休息一下,在苹果树下坐下来,托尔站在他身旁。罗斯托夫远远地怀着羡慕和后悔的心情看见冯·托尔长久地、热烈地向皇上说什么,皇上握着托尔的手,捂着眼睛好像在哭。

"我本来也可以处在他的地位的!"罗斯托夫默默地念叨,他强忍着同情皇上的眼泪、怀着完全失望的心情往前走,他现在既不知道往何处去,也不知道为何而来了。

当他觉得他个人的弱点是他痛苦的原因的时候,他那失望的心情更加强烈了。

他本来可以……不仅可以,而且他应当去见皇上。这是向皇上表忠心的唯一机会。可是他没有利用它……"我干的什么事啊?"他想。于是掉转马头,向看见皇上的地方驰去,但是沟那边一个人都没有了。只有大车和马车走过。罗斯托夫从一个车夫那里打听到,库图佐夫的司令部就在不远的村子里,车队正向那里行进。于是罗斯托夫就跟着车队去了。

在他前面走着的是库图佐夫的马夫,他牵着一匹披着马被的马。马夫后面是一辆大车,大车后面走着一个戴尖顶帽、穿短皮袄、罗圈腿的老家奴。

"季特,我说,季特!"马夫说。

"干吗?"老头漫不经心地回答。

"季特,去打禾!"

"咳,傻小子,去你的!"老头生气地啐了一口。默默地走了一会儿,又重复同样的玩笑。

下午五时,全线都吃了败仗。一百多尊大炮落到法国人手里。普热贝舍夫斯基和他的兵团放下了武器。其他纵队损失了将近一半的人，乱糟糟地溃退了。

朗热隆和多赫图罗夫的残部，混乱地挤在奥格斯特村池塘边和堤坝上。

下午五时以后，只有奥格斯特堤坝附近还响着激烈的炮击声，这是法军在普拉茨高地斜坡上摆开许多大炮射击我们退却的军队。

在后卫，多赫图罗夫和别的人，集合了几个营的兵力，正在狙击追击我们的法国骑兵。在这狭窄的奥格斯特堤岸上——多少年来，头戴尖顶小帽的老磨房主，曾坐在这里安闲地垂钓，他的孙子卷起袖筒伸手到罐子里捉弄活蹦乱跳的银鱼；多少年来，戴着毛绒绒的皮帽、穿着蓝色短上衣的摩拉维亚人曾赶着满载小麦的双驾大车安闲地从这堤岸上走过，然后弄得满身面粉，赶着装满白面的大车又从这个堤岸上走回去——而现在，在这条窄窄的堤岸上，被死亡吓得面无人色的人们拥挤在大车和炮车之间、马蹄下面和车轮之间，互相倾轧着，死亡着，在正在死去的人们身上践踏着，互相残杀着，只不过为了走出几步后同样被打死。

每隔十秒钟就有一发炮弹排挤着空气飞来，落在这稠密的人群中间，或者有一颗榴弹爆炸，把人杀伤，鲜血溅到站在近旁的人身上。多洛霍夫手受了伤，带着十来个士兵步行着（他已经当军官了），他的团长骑着马，全团只剩这些人了。他们被人流卷到堤坝前面，被四周的人群拥挤着，停了下来，因为前面有一匹马倒在大炮下面，人们正把它拖出来。一颗炮弹打中他们后面的人，另一颗落到前面，鲜血溅到多洛霍夫身上。人群拼命地拥挤，推操，走几步又停下来。

"走出这几百步，大概就可以得救，再停留两分钟，一定会死。"每个人都这样想。

多洛霍夫从人群中向堤坝边猛冲过去，绊倒了两个士兵，他跑到池塘的光滑冰面上。

"下来!"他喊道,在冰上一跳一跳地走,冰在他脚下轧轧作响,"下来!"他向炮车喊叫,"禁得住!……"

冰禁住了他,但有点下陷,而且轧轧直响,显然,不仅禁不住大炮和人群,甚至他独自一人也会陷下去。人们看着他,在岸上拥挤着,还不敢下去。骑着马的团长停在堤坝前面,对多洛霍夫举起手,张着嘴。忽然在人群头上低低地飞来一颗炮弹,人们都弯下身来。有个东西噗哧一声打到潮湿的地方,那个将军从马背上栽倒在血泊中。不仅没有人想到去扶起他,甚至没有人看他一眼。

"到冰上去! 从冰上走! 走啊,走啊! 下去,下去! 没听见还是怎么啦! 走啊!"在那颗炮弹打中将军以后,忽然响起无数的声音,连喊话的人自己也不知道喊的什么和为什么喊叫。

上到堤上的最后一批大炮中的一尊开到了冰上。成群的士兵从堤坝上跑到结冰的池塘里来。最前面有一个士兵踩破了冰面,一只脚掉到水里,他想恢复原状,但是陷入齐腰深的水里了。靠近他的几个士兵犹豫了,炮车的驭手勒住了马,但后面仍然传出喊叫声:"到冰上去,为什么站住了,走啊! 走啊!"人群中响起可怕的喊声。炮车周围的士兵挥动手赶马,打它们,叫它们掉头下去。马离开了岸边。原先禁得住步兵的冰坍塌了一大块,冰上的四十来个人,有的前,有的后,你推我拥地都掉到水里。

炮弹仍然均匀地、不断地呼啸着,落到冰上、水里,多数落到挤满堤坝、池塘和岸边的人群中。

十九

安德烈·博尔孔斯基公爵就在普拉茨山上他擎着旗杆倒下去的地方躺着,流着血,呻吟着,连他自己也不自觉地、低声地、可怜地、孩子般地呻吟着。

将近傍晚时分，他停止了呻吟，完全安静下来。他不知道他失去知觉有多久。他忽然感觉自己还活着，他的头像裂开似的灼痛。

"那个天空在哪儿，那个我从来不知道，直到今天才看见的高高的天空在哪儿？"这是他首先想到的。"这种痛苦，我本来也不知道，"他想，"是的，我至今什么也不知道，什么也不知道。但是我在哪儿呢？"

他留神细听，听见渐渐走近的马蹄声和说法语的人声。他睁开眼。上面仍然是高高的天空和更高的浮云，透过浮云是无限遥远的苍穹。他没有扭动头，没有看见那些由马蹄声和人声判断已经走到他跟前停下来的人们。

驰到跟前来的骑者是拿破仑和两名随身副官。波拿巴在巡视战场，他发出加强炮兵对奥格斯特堤坝轰击的最后命令，并且查看一下战场上的死者和伤者。

"优秀的人民！"拿破仑望着一个被打死的俄国掷弹兵，说。这个掷弹兵肚皮贴地躺着，脸埋在土里，脖颈发黑，一只已经僵硬的手伸得老远。

"炮弹打光了，陛下！"这时从轰击奥格斯特村的炮队那儿来了一位副官，说。

"命令从后备中运去一些。"拿破仑说，他走了几步，在仰面躺着的安德烈公爵跟前停下来，他身旁扔下一根旗杆（军旗已经被法国人拿去当战利品了）。

"这一个死得好。"拿破仑望着博尔孔斯基说。

安德烈公爵心里明白，这是指他说的，谈话的人是拿破仑。他听见人们称呼这个谈话的人陛下。但是他听到这些话，就好像听到苍蝇嗡嗡叫，不仅不感到兴趣，而且不放在心上，立刻就忘掉了。他的头像火烧似的，他觉得他的血就要流干了，他看见他上面那个遥远的、高高的、永恒的天空。他知道这是拿破仑——他所崇拜的英雄，但是此刻，与他的心灵和那个高高的、无边无际的天空和浮云之间所发生的一切相比，他觉得拿破仑是那么渺小、那么微不足道。这时不论是谁站在面前，不论说他什么，对他都完全无所谓。他高兴的只是人们站在他跟前，他希望的只是这些人能帮助他，使他生还，生命在他眼中是如此美好，因为他现在有了不同的理解。他集中全身的力量想动一动，发出一点声音。他轻轻地动一下脚，发出可怜的、微弱的、病人的呻吟。

"啊！他还活着，"拿破仑说，"把这个年轻人抬起来送到救护站去！"

拿破仑说完就迎着拉纳元帅驰去，这位元帅脱掉帽子，微笑着祝贺胜利，驰到皇帝跟前。

以后的事安德烈公爵就不记得了：由于把他安放到担架上，担架走动时的颠簸和在救护站探查伤口使他感到剧烈地疼痛，以致失去了知觉。他醒来天已经晚了，这时他和别的受伤和被俘的俄国军官一起已经被送到医院里。在这次移动时，他觉得清醒些，能够四外张望，甚至能说话了。

他苏醒后听到的头几句话是一个护送的法国军官匆忙说的：

"得在这儿停一停：皇上马上就要过来。他看见这些被俘的先生们一定很高兴。"

"今天这么多俘虏，几乎把俄军全部都抓来了，大约他看够了。"另外一个军官说。

"不，那倒不一定！据说这个是亚历山大皇帝的近卫军总司令官。"第一个军官指着身穿重骑兵白制服的、受伤的俄国军官说。

博尔孔斯基认出是他在彼得堡社交界见过的列普宁公爵。他身旁站着另一个受伤的重骑兵军官，是个十九岁的少年。

波拿巴纵马驰来，他勒住了马。

"谁是将官？"他见到俘虏后说。

人们说出上校列普宁公爵的名字。

"您是亚历山大皇帝骑卫团团长吗？"拿破仑问道。

"我指挥一个连。"列普宁回答说。

"你们团光荣地尽了职。"拿破仑说。

"伟大统帅的称赞对于军人是最好的奖赏。"列普宁说。

"我很高兴给您这个奖赏，"拿破仑说，"您旁边这个年轻人是谁？"

列普宁公爵说出苏赫特伦中尉的名字。

拿破仑看了看他，面带笑容说：

"他来和我们打仗太年轻了。"

"年轻并不妨碍做一个勇士。"苏赫特伦打断他的话说。

"答得妙，"拿破仑说，"年轻人，你的前途远大！"

为了展示全部的缴获——俘虏，安德烈公爵也被放到前面让皇上过目，他不能不引起他的注意。显然拿破仑想起他在战场上见过他，他对他也用"年轻人"这个称呼，因为这是博尔孔斯基给他的第一个印象。

"唔，是您，年轻人？"他对他说，"您觉得怎样？我的勇士？"

虽然五分钟前安德烈公爵可以跟抬他的担架兵谈几句，可是现在，他直盯着拿破仑一声不响……他觉得，比起他看见的和理解的高高的、公正的、慈祥的天空来，拿破仑此刻所关心的一切是那么微不足道，他那个崇敬的英雄满怀猥琐的虚荣和胜利的喜悦，是那么渺小——这使他不能回答他。

而且，比起由于流血过多而衰弱无力、痛苦以及即将来临的死亡在他心中引起的那种庄严伟大的思绪来，一切都显得无益和微不足道。安德烈公爵望着拿破仑的眼睛，想到伟大是多么渺小，谁也弄不清其意义的生命是多么渺小，在活人中谁也弄不清和说不清其意义的死亡是多么渺小。

皇帝不等回答就勒转了马，临走时对一个军官说：

"叫他们照顾这些先生们，把他们送到我的宿营地，叫御医拉雷检查他们的伤口。再见，列普宁公爵。"于是他策马往前疾驰而去。

他脸上焕发着自满和幸福的光彩。

抬安德烈公爵的士兵偶然看见了那枚玛丽亚公爵小姐挂在哥哥身上的金质小圣像，就摘了下来，现在看见皇上对这些俘虏表示亲热，又赶快把小圣像归还他了。

安德烈公爵没有看见是谁和怎样又给他戴上的，但是那个有细金链的小圣像忽然在他胸前制服上出现了。

"如果一切都像玛丽亚公爵小姐所想的那么简单明了，那就好了，"安德烈公爵看了看那枚妹妹以如此深情和虔诚给他戴上的小圣像，心里想，"那就好了。如果能够知道今生到何处去寻求帮助，而在身后会有什么遭遇，那该多好啊！如果我现在就能说：主啊，怜悯我吧……那么，我会多么幸福和安心！然而这话我对谁说呢？难道对那个不可捉摸和不可思议的力量说——对它我不仅不能祈求，甚至说不出它是伟大，还是渺小，难道对玛丽亚公爵小姐缝在我身上的护身符里的那个神说吗？除了我所了解的那个东西的渺小和那个不可理解、但极为重要的东西的伟大之外，没有任何东西，没有任何东西是靠得住的！"

担架移动了。每一颠簸又使他感到难以忍受的疼痛，发寒热的状态加剧了，他开始说胡话。父亲、妻子、妹妹和未来的儿子的幻影，以及战役前夜他所感受的缠绵柔情，渺小的、微不足道的拿破仑的身形和在这一切之上的高高的天空——构成了他在热病状态中幻觉的主要东西。

在他的想象中出现了童山的宁静生活和恬适的家庭幸福。正当他欣赏这种幸福的时候,忽然出现了一个小小的拿破仑,他那眼神冷酷无情,学识短浅,而且幸灾乐祸,于是开始发生了怀疑、痛苦,只有天空给人以慰藉。快到早晨的时候,一切幻觉都搅在一起,融合成一片混沌和不省人事的黑暗状态,据拿破仑的医生拉雷的意见,这种状态的结果很可能是死亡,而不是恢复健康。

　　"这是个神经质和多胆汁的家伙,"拉雷说,"他不会痊愈的。"
　　安德烈公爵和其他无望的伤员都交给当地居民照料去了。

第 二 册

第 一 部

一

　　一八〇六年初,尼古拉·罗斯托夫休假回家。杰尼索夫也正要回沃罗涅日城家里,罗斯托夫劝他跟他一起去莫斯科,在他家里住几天。快到莫斯科的前一站,杰尼索夫遇见一个同事,两个人喝了三瓶酒,他在雪橇里躺在罗斯托夫身旁,一直睡到莫斯科也没有醒,虽然道路坎坷不平;而罗斯托夫,在快到莫斯科的时候,心情越来越急不可待。

　　"怎么还不到? 怎么还不到? 唉,这些讨厌的街道,小铺子,面包店,路灯,马车!"罗斯托夫想,这时他们已经在哨所检验了休假证,驶入了莫斯科。

　　"杰尼索夫,到了! 还睡呢!"他说。他全身向前俯倾着,好像想用这个姿势加快雪橇的速度似的。杰尼索夫没有回答。

　　"那不就是扎哈尔常在那儿停车的十字路口拐角;那不就是扎哈尔,还是那匹马。那就是常去买甜饼的小铺子。快到了吧? 快点!"

　　"哪所房子?"车夫问。

"就是街头那所大房子,你怎么看不见! 那是我们的家。"罗斯托夫说,"那就是我们的家!"

"杰尼索夫! 杰尼索夫! 咱们这就到了。"

杰尼索夫抬起头来,清了清嗓子,什么也没有回答。

"德米特里,"罗斯托夫对坐在车夫座的仆人说,"那不就是咱们家的灯光吗?"

"正是,您哪,老爷书房里还点着灯呢。"

"都还没睡吧? 啊? 你说呢?"

"当心别忘了马上把那件新骑兵服拿出来给我。"罗斯托夫摸了摸刚留起来的小胡子,又加了一句。"快点赶啊。"他呵斥车夫。"醒醒吧,瓦夏。"他对又打瞌睡的杰尼索夫说。"喂,快赶,给你三个卢布的酒钱,快赶!"罗斯托夫喊道,这时雪橇离大门口只隔三座房子了。他好像觉得马在原地踏步。最后,雪橇向右拐到大门口,罗斯托夫看见头顶上灰泥剥落的飞檐、门廊、人行道的标柱。他不等雪橇停好,就跳下来直奔过厅。房子一动不动,漠不关心,就好像不管谁来了都与它无关。过厅里没有人。"我的老天! 大家都平安吗?"他想道,他的心简直要停止跳动了,他停了片刻,马上又穿过过厅和熟悉的、歪斜的阶梯往前跑。仍然是那个老门柄,老伯爵夫人常常为了它擦得不干净发脾气,它仍然是那样不费劲就扭开了。前厅里点着一支蜡烛。

米哈伊洛老头躺在木柜上睡觉。随从普罗科菲,就是那个能从车后身掀起一辆马车的大力士,正在用布条编鞋子。他看了看打开的门,他那睡意朦胧、漠然的表情忽然变得又惊又喜了。

"我的天啊! 伯爵少爷!"他认出了少爷,喊了一声,"这怎么啦? 我的亲爱的!"普罗科菲激动得抖抖索索,向客厅的门奔去,大概是想去禀报,但显然又改变了主意,走回来偎靠在少爷的肩头上。

"都好吗?"罗斯托夫抽出一只胳膊,问。

"谢天谢地! 都托天之福! 刚刚吃过饭! 让我看看您,大人!"

"大家都完全平安吗?"

"谢天谢地,谢天谢地!"

罗斯托夫完全忘了杰尼索夫,他不愿让人抢先去通报,就扔掉皮外套,踮着脚尖跑进漆黑的大厅。一切都是老样子——还是那张呢面的牌桌,还是那个带罩的枝形灯架;但是已经有人看见了少爷,他还没来得及跑到客厅,就有一个人像一阵风暴从旁门疾飞过来,拥抱他,吻他。又有第二个,第三个从另一扇门,从第三扇门跳出来;又是拥抱,又是亲吻,又是喊叫,欢喜得流泪。他分辨不出哪儿和哪个是爸爸,哪个是娜塔莎,哪个是彼佳。大家都同时在喊叫,说话,吻他。只是其中没有妈妈——他想起了这一点。

"我,还不知道呢……尼古卢什卡①……亲爱的!"

"你瞧他……我们的……亲爱的,科利亚②……变样了! 怎么不点蜡烛! 拿茶来!"

"亲亲我!"

"宝贝……亲亲我。"

索尼娅、娜塔莎、彼佳、安娜·米哈伊洛夫娜、薇拉、老伯爵都拥抱他,屋子里挤满了男女仆人,大家说说道道,不住地叹息。

彼佳抱着他的大腿。

"还没亲亲我呢!"他喊道。

娜塔莎扳下哥哥的头,在他脸上亲了又亲,然后跳开,扯着他的骑兵外衣大襟,像山羊似的在原地跳来跳去,尖声喊叫。

四周都是闪亮的喜悦的泪水,抚爱的眼神,四周都是寻求亲吻

---

①② 尼古卢什卡和科利亚都是尼古拉的小名。

的嘴唇。

索尼娅脸红得像大红布,她也拉着他的手,她容光焕发,愉快的目光直射着她所期待着的他的眼睛。索尼娅已经十六周岁了,她长得非常美丽,特别是在这幸福的、兴高采烈的时刻。她目不转睛地望着他,微笑着,屏着呼吸。他感激地看了看她,但是他总是在期待和寻找谁。老伯爵夫人还没有出来。说话之间从门那里传来了脚步声。步子是那么快,这不可能是母亲的脚步。

但这是她,她穿着一件他从未见过的、在他走后缝的新衣裳。大家都闪开,他向她跑过去。当两人走到一起时,她一头栽到他的怀里,恸哭起来。她抬不起头来,一个劲地把脸贴到他的骑兵制服的冰冷绶带上。谁也没注意杰尼索夫进来了,他站在那里看着他们母子,不住地擦眼泪。

"这是瓦西里·杰尼索夫,你儿子的朋友。"他向正用疑问的目光看着他的伯爵介绍道。

"欢迎。我知道,我知道,"伯爵抱着杰尼索夫亲吻,说,"尼古卢什卡来信说过……娜塔莎,薇拉,这就是那个杰尼索夫。"

仍然是那些幸福的、兴高采烈的面孔朝杰尼索夫那毛发蓬松的身形转过来,把他包围起来。

"亲爱的,杰尼索夫!"娜塔莎尖叫了一声,她乐得忘其所以,跳到他跟前,抱住他吻了吻。大家都为娜塔莎这个举动觉得怪难为情的,杰尼索夫也红了脸,但他微微一笑,拿起娜塔莎的手亲了亲。

杰尼索夫被领到为他准备的房间,罗斯托夫一家人围着尼古卢什卡聚在起居室里。

老伯爵夫人坐在他身旁握着他的手不放,时时地亲吻它;其余的人聚在他周围,生怕放过他的每个动作、每句话、每一瞥,那些喜悦爱抚的目光紧盯着他。小弟弟和姐姐们争吵着,互相抢占靠近他的位子,为了得到端茶、递手巾、取烟袋的机会争争夺夺。

罗斯托夫受到人们对他的爱抚而感到幸福;见面的最初时刻是那么愉快,但现在他觉得幸福还不够,他老是期待着更多、更多、更多的什么东西。

次日早晨,旅途跋涉的人一直睡到九点多钟。

在前面的房间里,地上横七竖八地摆满了佩刀、皮包、图囊、打开的提箱、脏靴子。两双擦干净了的带马刺的靴子刚刚放在墙边。仆人拿来了脸盆、刮脸的热水和干净衣裳。散发着烟草和男人的气味。

"喂,格里什卡,把烟袋拿来!"瓦西卡·杰尼索夫哑着嗓子喊了一声,"罗斯托夫,起来!"

罗斯托夫揉了揉粘住的眼睛,从热乎乎的枕头上抬起乱蓬蓬的头。

"怎么啦,晚了吗?"

"晚了,九点多了。"是娜塔莎回答的声音,从隔壁房间里传来浆过的衣服的沙沙声、女孩子们的低语声和笑声,从微开的门缝里闪过蓝色的衣裳、蝴蝶结、黑发和快乐的面孔。这是娜塔莎、索尼娅和彼佳,他们是来看他起床没有。

"尼古连卡,起来!"门口又传来娜塔莎的声音。

"这就起!"

这时彼佳在第一间房里看见佩刀,就拿了起来,他就像孩子们看见英武的兄长时那样高兴,他忘记姐姐们不方便看见赤身露体的男人,忽然把门打开了。

"这是你的刀吗?"他喊道。姑娘们赶忙躲开。杰尼索夫睁大了受惊的眼睛,把毛茸茸的腿藏到被子里,张望着向朋友求救。门打开放进彼佳又关上了,门外传来笑声。

"尼古连卡,穿上睡衣出来吧。"这是娜塔莎的声音。

"这是你的刀吗?"彼佳问,"要不这是您的?"他带着谦卑恭敬的口吻向黑脸膛的大胡子杰尼索夫说。

罗斯托夫赶快穿上鞋,穿上睡衣,走了出去。娜塔莎登上一只带马刺的靴子,正在穿另一只。当他出来时,索尼娅正转着圈子,想鼓起连衣裙屈膝礼。两个姑娘都穿着天蓝色的新衣裳,她们全是那么鲜艳、红润、快乐。索尼娅跑了,娜塔莎挽起哥哥的手,把他领到起居室里,他们开始谈起来。他们彼此不等对方回答又问起无数的只有他们俩才感兴趣的琐事。他说的和她说的每句话都使娜塔莎发笑,并不是因为他们的话真的可笑,而是因为她心情快乐,她欢喜得忍不住要笑。

"啊,多好,好极了!"她对每件事都是这么说。罗斯托夫觉得,在爱的灼热光照下,一年半以来第一次在他的心中和脸上露出孩童的微笑,这种微笑是在他离家后从来没有过的。

"不,你听我说,"她说,"你现在真是一个大男人了吗?你是我的哥哥,我真高兴极了。"她摸了摸他的胡子,"我很想知道你们男人是怎么样的?是不是跟我们一样?不一样吗?"

"索尼娅为什么跑了?"罗斯托夫问。

"是啊。这可说来话长!你怎么称呼索尼娅?是称呼'你'还是'您'?"

"那要看情况。"罗斯托夫说。

"你称呼她'您',我请求你,我以后再告诉你。"

"那是为什么?"

"好,我现在就告诉你。你知道吧,索尼娅是我的朋友,是那么好的朋友,我为了她烫伤自己的胳膊来发誓。你瞧。"她卷起薄纱的袖筒,露出纤瘦柔嫩的小胳膊,在肩膀下,离肘弯还老高的地方,也就是舞衣能盖住的地方,有一块红印。

"这是我为了证明我爱她才烧伤的。就是把铁尺在火上烧红,往这儿一按。"

在这曾经当作课室的房间里,罗斯托夫坐在扶手带有软垫的沙发里,望着娜塔莎那对非常活泼的眼睛,他又进入了家庭的、孩童的世界,这个世界对任何一个外人都没有意义,而对他却是最高的生活享受,就连用铁尺烫手臂来表明爱,他也觉得不无道理:他理解这一点,并不以为怪。

"那又怎么样呢?就是这些吗?"他问。

"嘿,我们可好呢,可好呢!用铁尺烫手臂,这算什么,是胡闹,但是我们永远是朋友。她一爱上谁,就永远爱上了;可是我不理解这个,我即刻就忘了。"

"那又怎么样呢?"

"我是说她爱我,也爱你。"娜塔莎忽然脸红了,"你还记得在离别的时候……她让你忘掉一切……她说:我永远爱他,而他可以自由。这真是好极了,高兴极了!你说是吗?非常高兴?是不是?"娜塔莎说这些话是那么认真,那么激动,可以看出,她以前说这些话时曾是含着眼泪的。罗斯托夫沉吟了一下。

"我决不会收回我的诺言,"他说,"以后也不会,索尼娅是这么可爱,放弃自己的幸福不是成傻瓜了吗?"

"不是的,不是的,"娜塔莎喊道,"我跟她已经谈过这件事。我们知道你会这样说。但是这不行,你懂不懂,因为如果像你所说,你受诺言的约束的话,那么就好像她有意说这话似的。那么一来,你仍然是不得已才娶她,那就完全不对头了。"

罗斯托夫看出,这一切都是经她们深思熟虑过的。他昨天就为索尼娅的美而吃惊,今天一晃看了她一眼,他觉得她更美了。她是一个可爱的十六岁的姑娘,显然她在热爱着他,他对这一点没有丝毫的怀疑。他现在怎么能不爱她,甚至怎么能不和她结婚,罗斯托夫这样想,但是……现在还有那么多别的欢乐和要做的事!

"是啊,她们想得很妙,"他想,"我应当保持自由。"

"很好,"他说,"这个我们以后再谈。啊,我真喜欢你!"他加了一句。"啊,怎么样,你对鲍里斯没变心吧?"哥哥问。

"胡扯!"娜塔莎笑着嚷了一句,"不论是他还是别的什么人,我都不想,连知道都不要知道。"

"是吗! 那你要怎么样呢?"

"我吗?"娜塔莎反问道,幸福的微笑使她容光焕发,"你看见迪波尔了吗?"

"没有。"

"大名鼎鼎的迪波尔,舞蹈家,你没看见吗? 那你就不了解了。你看我的。"娜塔莎圈起手臂,提起裙子,像人们在舞蹈时那样,跑开几步,转过身来,两只脚一拍,脚尖着地,走了几步。"你看我站住了吧? 你瞧!"她说,但是她用脚尖站不稳,"你瞧我跳的! 我永远不嫁人,我要当舞蹈家。不过你不要对任何人说。"

罗斯托夫笑得那么快乐,声音那么高,连在隔壁房间的杰尼索夫都羡慕起来,娜塔莎也忍不住同他一起笑起来。"不,你说好不好?"她一个劲儿地说。

"好。你已经不愿意嫁给鲍里斯了?"

娜塔莎面红耳赤了。

"我不愿意嫁给任何人。我见到他时也会这样说。"

"是真的!"罗斯托夫说。

"真的,这都是胡闹。"娜塔莎还在闲扯。"怎么,杰尼索夫人好吗?"她问。

"好。"

"那么你走吧,穿衣裳去。杰尼索夫,他可怕吗?"

"为什么可怕?"尼古拉问,"不,瓦西卡是个大好人。"

"你叫他瓦西卡吗? ……奇怪。怎么,他好得很吗?"

"好得很。"

"那么好了,你快点来喝茶。大家一块儿喝。"

娜塔莎踮起脚尖像舞蹈演员似的从房里走出去,她面带笑容,那是只有幸福的十五岁姑娘才有的微笑。罗斯托夫在客厅里碰见索尼娅时脸红了。他不知道怎样对待她。昨天在刚见面喜悦的时刻互相亲吻,但是今天他们觉得不能这样做了,他觉得所有的人,母亲和姐妹们,都用疑问的目光望着他,看他用什么态度对待她。他吻了吻她的手,称呼她"您"——"索尼娅"。但是他们的目光碰到一起却彼此称呼"你",而且温柔地互相接吻。她的眼神是在请求他原谅她竟然通过中间人娜塔莎向他提起他的诺言,并且为他的爱情表示感激。他是用眼神表示感谢她让他保持自由的建议,并且说,不管发生什么事,他对她永远不会变心,因为不爱她是不可能的。

"真是,多么奇怪,"薇拉趁大家都沉默的时刻,说,"索尼娅和尼古连卡现在见面时像两个陌生人似的称呼起'您'来了。"薇拉的意见一如她所有的意见,都是正确的,可是也正像她所有的意见一样,使大家觉得很窘,不仅索尼娅、尼古拉和娜塔莎,甚至连老伯爵夫人也像个姑娘似的红了脸,儿子对索尼娅的爱情使她害怕,那样会使他失去与名门贵族联姻的机会。使罗斯托夫惊奇的是,杰尼索夫身着新制服,搽上发油,洒上香水,就像他临阵时那样,衣貌堂堂的在客厅里出现,并且他对女士们和男士们的礼仪是那么周到,也是罗斯托夫绝没有料到的。

二

尼古拉从军队回到莫斯科,家里人把他看做最好的儿子,英雄,永远看不厌的尼古卢什卡;亲戚们把他看做可爱的、令人愉快的、彬彬有礼的年轻人;熟人们把他看做英俊的骠骑军中尉,跳舞的能手,莫斯科最优秀的未婚青年。

整个莫斯科都是罗斯托夫家的熟人。老伯爵今年手头很富裕,因为所有的田产都抵押了,尼古卢什卡因而弄到个人专用的走马和最时髦的马裤,这是一种在莫斯科还没有人穿过的式样时新的马裤,还买了一双鞋头极尖和带有小银马刺的最时兴的靴子,日子过得很快活。罗斯托夫这次回家,在经过一段时间适应过去生活过的环境后,现在有了一种愉快的感觉。他觉得他已经长大了,是成年人了。为了教义考试没有及格而感到的失望,向加夫里洛借钱还马车夫的债,和索尼娅的偷吻——他回忆这一切犹如回忆现在离他极其遥远的年幼时的事情。现在他是披着银丝镶边的披肩、戴着圣乔治勋章的骠骑军中尉,正在和年高望重的知名猎手们一起训练走马。在林荫路他有一个相识的女人,晚上常到她家里去。他在阿尔哈罗夫家舞会上指挥玛祖卡舞,和卡缅斯基元帅谈战争问题,常到英国俱乐部①去,和经杰尼索夫介绍认识的四十岁的上校称兄道弟。

在莫斯科,他对皇上的热情冷却了一点,因为近来没有看见他。但是他仍然常常谈起皇上,谈他对皇上的爱戴,他使人感觉他还有话没有说完,他内心对皇上还有某种并非所有的人都能理解的感情;他也完全有当时莫斯科人们对亚历山大·帕夫洛维奇皇帝的普遍崇拜,当时莫斯科人称他是"天使的化身"。

罗斯托夫在莫斯科短暂逗留期间,直到回部队之前,他不但不亲近索尼娅,反而疏远她。她美丽,可爱,她显然热爱着他;可是,他正处在有许多事要做的青春期,无暇顾及那件事,年轻人珍惜自

---

① 从叶卡捷琳娜女皇时代至一九一七年十月革命前,英国俱乐部是在宫廷失宠或对宫廷不满的莫斯科上层人士常常聚会的地方。

由,害怕约束,他需要可以使他做许多事情的自由。他这次在莫斯科期间,一想起索尼娅,总是对自己说:"嗨,像这样的少女有的是,还有许多我没有见到的。只要我愿意,谈恋爱总来得及,可是现在没有功夫。"此外,他觉得在女流中厮混,有失男子汉的刚毅气魄。他装作不得已而去赴舞会和涉足妇女社会。至于赛马、去英国俱乐部、和杰尼索夫狂饮,到某处去——这是另一回事:这对一个骁勇的骠骑兵是合乎身份的。

三月初,老伯爵伊利亚·安德烈伊奇主持筹办在英国俱乐部欢宴巴格拉季翁公爵的筵席。

伯爵穿着睡衣在大厅里走来走去,吩咐俱乐部主管和有名的俱乐部大厨师费奥克蒂斯特为欢迎巴格拉季翁公爵的酒席置办龙须菜、鲜黄瓜、草莓、小牛肉和鲜鱼。伯爵自俱乐部成立那天就是会员和主任。俱乐部委托他筹办欢迎巴格拉季翁的盛大宴会,是因为很少有人像他那样慷慨好客,不惜重金置办酒席,特别是因为很少有人像他那样为了办好宴会需要钱时能够而且乐于慷慨解囊。厨师和总管听候伯爵吩咐时,都眉开眼笑,因为他们知道,跟任何人都没有跟他在置办花费数千卢布的酒席中更能捞到油水的了。

"特别注意,在甲鱼汤里要放鸡冠子,放鸡冠子,懂吗?"

"那么要三个冷盘喽……?"厨师问。

伯爵沉吟了一下。

"至少三个……一盘要蛋黄酱凉拌。"他说,屈起一个指头……

"那么,可以买大鲟鱼吗?"总管问。

"既然不肯减价,没办法,那就买吧。对了,我的天啊,我差点儿忘了。筵席上还要摆一道冷盘。哎呀,天啊!"他抓住自己的头发,"谁去把花给我运来? 米坚卡! 喂,米坚卡! 米坚卡,你赶快到郊外别墅去一趟，"他对应声而来的管家说，"你赶快到郊区别墅吩咐花匠马克西姆卡，叫他马上出官差。告诉他把暖房的花用毡子包好运来。星期五之前给我送来两百盆。"

他又下了一道又一道的命令以后，他已经出去要到伯爵小姐那儿休息，可是又想起必要的事，又回来把总管和厨师叫来，又吩咐了一些事。从门口传来轻快的男人脚步声，小伯爵来了，他年轻貌美，肤色红润，留着黑色的小胡子，莫斯科安定的生活显然使他得到充分的休息和保养。

"啊，我的好孩子！忙得我头昏眼花，"老伯爵说，他微笑着，仿佛在儿子面前有点害羞似的，"你能帮一帮也好嘛！还得来一个唱歌班，乐队我有，把那个茨冈人叫来，行不行？你们当兵的喜欢这玩意儿。"

"真是的，爸爸，我看巴格拉季翁公爵准备申格拉本战役还没有你们现在这么忙乎呢。"儿子微笑着说。

老伯爵装作生气的样子。

"你倒会说，你来试试！"

伯爵转向面带乖巧而恭敬的表情，敏锐、亲切地望着他父子二人的厨师。

"你看年轻人成了什么样子，啊，费奥克蒂斯特？"他说，"竟然嘲笑起咱们老头子来了。"

"就是嘛，大人，他们就知道吃好的，至于怎么做，筵席怎么摆，他们就不管了。"

"对，对！"伯爵喊道，他抓起儿子的两只手，继续喊道："我说，你这回可跑不了啦！你马上驾上双驾辕雪橇，赶快到别祖霍夫那儿，你就说，伊利亚·安德烈伊奇伯爵派我来，向您要草莓和鲜菠萝。在别处搞不到这些东西。要是他不在，你就对公爵小姐说。从那儿出来，你就到拉兹古利阿伊——车夫伊帕特卡知道地点——你在那儿找到茨冈人伊柳什卡,就是那个曾经在奥尔洛夫伯爵家跳舞的,你记得吧,穿白色哥萨克服的,你把他拖来见我。"

"把他的茨冈姑娘们都叫来吗?"尼古拉笑着问道。

"当然,当然!……"

正在这时,安娜·米哈伊洛夫娜无声地走进来,她那神情永远像煞有介事,忧心忡忡,同时含有基督式的温顺。虽然她每天碰见伯爵穿着睡衣,但他每次见到她都觉得不好意思,请她原谅他的衣冠不整。

"没关系,亲爱的伯爵,"她温顺地闭起眼睛,说,"我可以到别祖霍夫那儿去一趟。"她说,"小别祖霍夫来了,现在咱们什么都可以从他的暖房里弄到。我正要见见他。他给我寄来一封鲍里斯的信。谢天谢地,鲍里斯如今在司令部里服务了。"

伯爵非常高兴安娜·米哈伊洛夫娜能分担一部分他的任务,于是他吩咐给她套一辆轻便马车。

"您告诉别祖霍夫,请他来赴宴。我在请客单里写上他的名字。怎么,他是和妻子一同来的吗?"他问。

安娜·米哈伊洛夫娜闭上眼睛,脸上现出深切的悲伤……

"别提了,亲爱的,他非常不幸啊,"她说,"如果我们听到的是真的话,那就太可怕了。在我们为他的幸福而庆幸的时候,哪里想得到有今天!这么一个高尚的天使般的灵魂,年轻的别祖霍夫啊!是的,我由衷地怜悯他,尽我可能使他得到安慰。"

"怎么回事?"罗斯托夫父子二人同声问道。

安娜·米哈伊洛夫娜深深地叹了一口气。

"玛丽亚·伊万诺夫娜的儿子多洛霍夫,"她神秘地低声说,"据说,完全使她的名誉扫地。他救了他,请他到彼得堡家里住,可是……她来这儿,这个亡命徒也追随着她来了。"安娜·米哈伊洛夫娜说,她想表示她同情皮埃尔,但是在她那不自觉的语气里和微微含笑的神态里泄露出她是同情那个她叫做亡命徒的多洛霍夫的,"据说,皮埃尔伤透了心。"

"不管怎样,你还是告诉他,请他到俱乐部来——一切都会过去的。宴会盛大极了。"

次日,三月三日,中午一点多钟,二百五十位英国俱乐部会员和五十位客人在等待贵宾、奥地利远征英雄巴格拉季翁公爵来赴宴。奥斯特利茨战役的消息刚传来时,莫斯科陷入迷惘中。当时俄国人习惯于打胜仗,听了吃败仗的消息,有些人简直不相信,另一些人则用不寻常的原因来解释这个奇怪的事件。在显贵的、消息灵通和有权威的人士荟萃的英国俱乐部里,在消息刚传来的十二月份,绝口不谈战事和最近一次战役,好像是大家事先商量好了似的。那些指导谈话方向的人们,如:拉斯托普钦伯爵、尤里·弗拉基米罗维奇·多尔戈鲁基公爵、瓦卢耶夫、马尔科夫伯爵、维亚泽姆斯基公爵等,都不在俱乐部露面,都在各自家中亲密的小圈子里聚会,而那些只会人云亦云的莫斯科人(伊利亚·安德烈伊奇·罗斯托夫也属于这一类),在一个短时期,失掉了谈话的领导人,对于战争的议论莫衷一是。这些莫斯科人觉得事情有点不妙,议论这些坏消息令人为难,因此最好是默不作声。但是过了一些时候,就像陪审官走出了议事厅,那些俱乐部的舆论权威人士又出现了,于是谈话又变得明确而且肯定。俄国人打了败仗,这么一件难以相信、骇人听闻、不可能的事情,其原因已经找到了,于是一切都弄清楚了,莫斯科各个角落都在讲着同样的话。这些原因就是:奥地利人的背信弃义,军粮供应太差,波兰人普热贝舍夫斯基和法国人朗热隆的背叛,库图佐夫的无能,以及(小声地谈论)皇上由于年轻缺乏经验而信任卑鄙小人。但是大家都异口同声说,军队,俄国军队却是非凡的,做出了英勇的奇迹。士兵、军官、将军,都是英雄。而英雄中之英雄是巴格拉季翁公爵,他以申格拉本战役和奥斯特利茨撤退而声名远扬，在奥斯特利茨撤退中只有他率领的纵队井然有序，而且一整天不断击退两倍兵力的敌人。巴格拉季翁之所以被选为英雄，还由于他在莫斯科没有人事关系，是一个陌生人。欢迎他，也就是欢迎战斗的、普通的、没有人事关系和阴谋诡计的、引起人们回忆苏沃洛夫远征意大利的俄国军人。此外，给他这样的荣誉，是对库图佐夫表示不欢迎和不赞成的最好办法。

"如果没有巴格拉季翁，也要捏造一个出来。"滑稽家申申模仿伏尔泰的话，说。没有人谈论库图佐夫，有些人低声骂他，说他是宫廷里的轻浮家伙和老色鬼。

整个莫斯科都在传诵多尔戈鲁科夫公爵的话："智者千虑，必有一失"，这句话引起对过去胜利的回忆和对当前失败的自我安慰；同时也流传着拉斯托普钦的话：对待法国兵，须要用大话鼓舞士气；对待德国兵，要给他们说明道理，使他们相信逃跑比前进更危险；而对待俄国兵，非得劝阻他们："慢一点！"关于我们的士兵和军官在奥斯特利茨战役中的英勇事迹，从四面八方越传越多。某人拯救了军旗，某人杀死了五个法国人，某人独自一人装五尊大炮。不认识贝格的人们也谈论他，说他右手受伤，左手握刀勇往直前。没有人谈博尔孔斯基，只有深知他的人惋惜他，说他这么年轻就死了，把怀孕的妻子撇给怪脾气的父亲。

三

三月三日，英国俱乐部所有的房间都发出嗡嗡的谈话声，那些俱乐部的会员和客人们，有的穿军服，穿燕尾服，还有的假发上撒有香粉，穿着长衫，像春天飞舞的蜜蜂似的，游来逛去。假发扑上粉，穿长袜和浅口鞋，身着金丝滚边的仆役制服的侍者站在各个门口，紧张地注意俱乐部会员和客人们的每个动作，以便上前伺候。

大多数出席的都是年高德劭的人，宽脸盘，神气自信，手指粗大，动作稳健，声音沉着。这类客人和会员照例坐在习惯坐的位置，聚在习惯聚在一起的圈子里。还有少数偶然来的客人，主要是年轻人，其中有杰尼索夫、罗斯托夫，以及重新在谢苗诺夫团当上军官的多洛霍夫。这些年轻人，特别是年轻的军人，对于老人露出含有轻蔑的恭敬表情，仿佛对老一辈的说："我们会尊敬和看重你们的，但是要记住，未来仍然属于我们。"

涅斯维茨基也在场，他是俱乐部老会员。皮埃尔遵照妻子的命令留长了头发，摘掉眼镜，穿着时髦的服装，但是神情忧郁而颓丧，在大厅里走来走去。也跟在别处一样，总有一群崇拜他的财富的人围着他，而他总是带着习以为常的高高在上的态度和漫不经心的漠视神情对待他们。

按年龄，他应当跟年轻人在一起，但论财产和社会地位，他是受尊重的老辈客人中的一个，因此他在这堆人和那堆人之间走来走去。最显要的老人们形成谈话的中心，甚至一些生客都毕恭毕敬地上前听一听名人们的谈话。拉斯托普钦伯爵、瓦卢耶夫和纳雷什金等人的左近形成几个大圈子。拉斯托普钦正在讲俄军被逃跑的奥军冲得溃不成军，不得不用刺刀在逃跑的人中间杀开一条血路。

瓦卢耶夫机密地谈论乌瓦罗夫从彼得堡派来探听莫斯科人对于奥斯特利茨战役的意见。

在第三个圈子里，纳雷什金在讲苏沃洛夫在一次奥地利军事委员会会议上回敬奥地利将军们的蠢话时，像公鸡似的叫起来。站在一旁的申申想逗笑，他说，看来库图佐夫连这个简单易行的玩意儿——学公鸡叫——也没有跟苏沃洛夫学会；但老人们严厉地看了看这个逗笑的人，让他感觉到，此时此地这样说库图佐夫是不合适的。

伊利亚·安德烈伊奇·罗斯托夫伯爵面带忧心忡忡的神情，踏着他那柔软的皮靴，在餐厅和客厅之间慌慌忙忙地穿来穿去，他总是匆匆地而且用完全同样的口气跟那些他全都认识的重要人物和不重要人物问好，不时用眼睛寻找他的身材匀称的宝贝儿子，面带喜色地把视线停在他身上，向他挤挤眼睛。年轻的罗斯托夫和多洛霍夫靠窗口站着，他们俩不久前才认识，罗斯托夫很重视这个关系。老伯爵走到他们跟前，跟多洛霍夫握了握手。

"欢迎你光临敝舍，你和我这个小伙子认识了……一齐入伍，一齐在战场上逞英豪……嗬！瓦西里·伊格纳季奇，您好，老伙计。"他转向那个从旁走过的小老头，还没等他寒暄完了，人们都动起来，一个神色惊慌的仆人跑来报告："客人驾到！"

铃响了；委员们拥向前去；分散在各屋的客人们，像用木锨扬起的黑麦似的，聚成一堆儿，停在大客厅前的舞厅门旁。

巴格拉季翁在前厅门口出现，他没有戴帽子，也没有带佩刀，按照俱乐部的规矩，他把帽子和佩刀放在门房了。他不像罗斯托夫在奥斯特利茨战役前夕看见的那样戴着羔皮制帽，肩上搭着短马鞭，而是穿着紧身的新制服，佩戴着俄国的和外国的勋章，左襟上挂一枚圣乔治金星勋章。显然他在赴宴之前刚理过发，修过鬓角，这反倒使他的外表变得不好看了。他脸上那种像孩子过节似的表情，配上他那刚毅英勇的脸型，甚至给人一种可笑的感觉。和他一同来的别克列绍夫和费奥多尔·彼得罗维奇·乌瓦罗夫在门口停下来，想让他这位主要的客人走在他们前面。巴格拉季翁慌张起来，他不愿领受他们的情意；在门口谦让一番，最后，还是巴格拉季翁走在前面。他在接待室的镶木地板上走着，样子腼腆而笨拙，两只手不知往哪儿放：冒着枪林弹雨在犁过的土地上行走，就像他在申格拉本战役中，在库尔斯克团前面走过那样，他反而觉得更习惯，更轻松些。委员们在第一道门口迎接他，对他说了几句欢迎贵宾的话，不等他回答，仿佛已经占有了他，就簇拥着把他领到客厅。客厅门口挤满了会员和客人，弄得无法通行，人们你挤我拥，竭力超过别人的肩头看着巴格拉季翁，就像看一头珍奇的怪兽似的。伊利亚·安德烈伊奇伯爵比所有的人都卖力地笑着说："让开，亲爱的，让开，让开！"推开人群，把客人们领进了客厅，让到中央的沙发上就座。大亨们，也就是俱乐部最受尊敬的会员们，又把刚来的客人们围起来。伊利亚·安德烈伊奇伯爵又从人群中挤出客厅，过了一会儿，他和另一个委员进来，托着一个大银盘递给巴格拉季翁公爵。银盘里放着一首为欢迎英雄编写的、并且印好的诗篇。巴格拉季翁一看见银盘，就惊愕地环顾左右，仿佛在求救似的。但是四面八方的目光都要求他接下银盘。巴格拉季翁感到自己在众人的权势之下，于是断然用两手接过银盘，悻悻地、责备地看了看送来银盘的伯爵。有一个人殷勤地从巴格拉季翁手里把银盘拿过去（不然的话，他似乎就这样一直端到晚上，并且端着它入席就餐），那个人请他注意那首诗。"好，我来念。"巴格拉季翁好像在说，于是，他瞪起疲倦的眼睛盯着那张纸，全神贯注，态度认真，开始念了。但是那个作诗的人把诗拿过去，开始亲自朗读。巴格拉季翁公爵低头聆听。

> 光荣归于亚历山大
> 保卫我们的泰塔斯①皇帝
> 他是伟大的领袖，善良的人，
> 居家如里费，阵前如凯撒！
>
> 幸运的拿破仑
> 叫他知道巴格拉季翁的厉害，

---

① 泰塔斯是古罗马皇帝，这里比作亚历山大。

永不敢轻侮我俄军……

他还没有念完，管事人就大声宣布："请入席了！"门敞开了，从餐厅传来波兰舞曲的鸣响："胜利的欢声如雷动，欢乐吧，勇敢的俄罗斯。"——伊利亚·安德烈伊奇气愤地看了看仍在念诗的作者，站起来向巴格拉季翁深深鞠了一躬，人们都站起来，都觉得酒席比诗更重要，又是巴格拉季翁走在大家的前头去入席。人们让巴格拉季翁在首席落座，首席左右坐的是名字都叫亚历山大的两个人——别克列绍夫和纳雷什金，其用意与皇上的圣讳有关。三百人都按职位和权势在餐厅里落座了，谁的权势大些，就离贵宾近些：这就像水向低处流一样自然。

在宴会开始前，伊利亚·安德烈伊奇向伯爵介绍了他的儿子。巴格拉季翁认出了他，磕磕巴巴说了几句前言不搭后语的话，就像他今天所有的话一样。伊利亚·安德烈伊奇伯爵高兴了，在巴格拉季翁跟他儿子说话的时候，他得意而骄傲地环视大家。

尼古拉·罗斯托夫和杰尼索夫以及刚结交的多洛霍夫一起差不多坐在中间的席位。他们对面是皮埃尔和涅斯维茨基公爵。伊利亚·安德烈伊奇和其他委员坐在巴格拉季翁对面，他作为莫斯科礼贤好客的代表来款待公爵。

他的操劳没有白费。他筹办的筵席，荤菜和素菜都是极好的，但在宴会结束之前，他仍然不能十分放心。他时时向餐厅总管使眼色，对侍者耳语指示，每次要上他所熟知的菜，他都有点激动。所有的菜都是精美的。第二道菜——特大号的鲟鱼上来了，伊利亚·安德烈伊奇一见，高兴而且羞怯得脸都涨红了，这时侍者已经砰砰地打开酒瓶，在斟香槟了。伊利亚·安德烈伊奇伯爵同其他的委员们互相递了个眼色。"要干很多杯呢，该开始了！"他低声说了一句，就拿起酒杯站起来。大家都停住说话，等待他发言。

"为了皇上的健康！"他喊了一声，这时他那和善的眼睛满含着喜悦和兴奋的泪水。也就在这时,奏起了《胜利的欢声如雷动》的乐曲。大家都从座位上站起来,高呼"乌拉!"巴格拉季翁也高呼"乌拉!"如同他在申格拉本战场上叫得那么响。从全体三百人的声音中,可以听见年轻的罗斯托夫的兴高采烈的声音。他几乎哭了。

"为了皇上的健康,"他喊道,"乌拉!"他一口气干了一杯,把杯子摔在地板上。很多人都学他的榜样。雷鸣般的喊声持续了很久。喊声一停止,侍者就打扫破碎的杯子,大家都坐下来,为自己的喊声微微含笑,互相交谈起来。伊利亚·安德烈伊奇伯爵又站起来,看了看放在他菜碟旁边的字条,于是宣布,为我们最后战役的英雄彼得·伊万诺维奇·巴格拉季翁的健康干杯,伯爵的蓝眼睛又满含泪水。"乌拉!"又响起了三百个客人的声音,这次不是奏乐,而是歌手们唱起帕维尔·伊万诺维奇·库图佐夫写作的大合唱。

> 俄罗斯人不畏艰难险阻,
> 勇敢就是胜利的保证。
> 我们有了巴格拉季翁,
> 所有敌人都将跪倒在我们脚下。
> …………

歌手们刚唱完,干杯接连不断地来了,伊利亚·安德烈伊奇伯爵也越来越感动,杯子也越来摔得越多,喊声也越来越高。为别克列绍夫、纳雷什金、乌瓦罗夫、多尔戈鲁科夫、阿普拉克辛、瓦卢耶夫等人的健康,为委员们的健康,为主办人的健康,为俱乐部全体会员的健康,为全体来宾的健康,都干了杯,最后,单独为筵席筹办人伊利亚·安德烈伊奇伯爵的健康干杯。在干这一杯时,伯爵掏出手绢,蒙着脸忍不住大哭起来。

四

皮埃尔坐在多洛霍夫和尼古拉·罗斯托夫对面。他一如既往贪馋地大吃大喝。凡是稍微知道他的人，都看出他今天大大地变了样。他在整个吃饭时间都默不出声，眯着眼，皱着眉，环顾四周，或者神不守舍地两眼发呆，用指头擦鼻梁。他无精打采，面色阴沉。他对周围发生的一切好像视而不见，听而不闻，专心思索一件烦恼的、无法解决的问题。

那件无法解决、使他苦恼的问题，是那位在莫斯科的公爵小姐曾向他暗示多洛霍夫和他妻子的关系密切，还有，今天早晨他接到一封匿名信，也像所有的匿名信那样充满下流的冷嘲热讽，信中说他戴着眼镜看不清楚，他的妻子和多洛霍夫的关系只有对他一个人才是秘密。不论是公爵小姐的暗示还是那封信，皮埃尔都坚决不相信，但是他现在怕看坐在他对面的多洛霍夫。他的目光每次偶尔碰到多洛霍夫那对俊美傲慢的眼睛，皮埃尔就感到，一种可怕的、杂乱无章的东西在心中蓦然而生。皮埃尔不自觉地回忆起他妻子过去的一切，以及她和多洛霍夫的关系，皮埃尔清楚地看出，匿名信中所说的，如果说的不是他的妻子的话，可能是真的，至少，可能像是真的。皮埃尔不由得忆起多洛霍夫在那次战役后官复原职，回到彼得堡后就去找他。多洛霍夫利用他和皮埃尔是酒友关系，就径直到他家里去，皮埃尔安置他住下，并且借钱给他。皮埃尔回忆起海伦怎样微微含笑对多洛霍夫住在他们家里表示不满，多洛霍夫怎样下流无耻地夸奖他妻子的美貌，从那时起，一直到他来莫斯科，他一刻也没有离开过他们。

"是啊，他非常漂亮，"皮埃尔想，"我知道他这个人。我为他奔走过，供养过他，帮衬过他，正因为如此，才使得他觉得败坏我的名誉,讥笑我,是一桩特别有趣的事。我知道而且了解,如果这是真的,在他看来这就会在他的欺骗上更增添一层趣味。是的,如果这是真的话;但是我不相信,我没有权利而且也不能相信。"他想起当多洛霍夫在干残酷事的时候,他脸上那副表情,例如,当他把派出所所长绑在狗熊身上扔到水里的时候,或者当他无缘无故要跟人决斗的时候,或者当他用手枪打死驿站车夫的马的时候。当他看皮埃尔时,他脸上也常常有这种表情。"是的,他是一名决斗家,"皮埃尔想道,"杀死一个人在他不算回事,他一定觉得人人都怕他,这一定使他挺开心。他一定以为我也怕他。我也的确怕他。"皮埃尔想,一有这些想法,他又感觉到一种可怕的、杂乱无章的东西在心中蓦然而生。多洛霍夫、杰尼索夫和罗斯托夫现在坐在皮埃尔对面,他们看来很开心。罗斯托夫快乐地跟两个朋友谈话,其中一个是骁勇的骠骑兵,另一个是有名的决斗家和浪荡公子,他们时时用讥笑的目光看看皮埃尔,他心事重重,神不守舍,身躯庞大,在筵席上很显眼。罗斯托夫对皮埃尔侧目而视,这是因为,第一,在他那骠骑兵的眼光看来,皮埃尔是一个没有军籍的富翁,美人的丈夫,总之,是一个懦夫;其次,因为皮埃尔由于心事重重,神不守舍,竟没有认出罗斯托夫,没有向他答礼。在为皇上的健康祝酒时,皮埃尔正在想心事,没有站起来,也没有举杯。

"您怎么啦?"罗斯托夫闪着兴奋的、愤怒的目光望着他喊道,"难道您没有听见:为皇上的健康干杯!"皮埃尔叹了口气,顺从地站起来干了一杯,等大家都坐下来,他面带和善的微笑,对罗斯托夫说:

"我没有认出您呢。"他说。但是罗斯托夫顾不得这个,他正在喊"乌拉"呢!

"你干吗不重叙旧交啊。"多洛霍夫对罗斯托夫说。

"去他的吧,傻瓜一个。"罗斯托夫说。

"应当向漂亮女人的丈夫讨好嘛。"杰尼索夫说。

皮埃尔没有听见他们说什么，但是他知道是在说他。他红了脸，转过身去。

"喂，现在为漂亮的女人干杯，"多洛霍夫说，他那样子很认真，但嘴角噙着笑意，他向皮埃尔举起杯来，"为漂亮女人和她们的情夫干杯，彼得鲁沙①。"他说。

皮埃尔垂下眼睛，不看多洛霍夫，也不答理他，喝了自己杯里的酒。侍者分发库图佐夫的大合唱歌词，在作为贵宾的皮埃尔面前放了一页。他想拿起它，但是多洛霍夫探过身来从他手里夺了过去，开始念起来。皮埃尔向多洛霍夫扫了一眼，又垂下眼来：在整个宴会期间折磨着他的那种可怕的、杂乱无章的情绪蓦然而生，并且占据了他。他把整个肥胖的身体探过餐桌。

"您胆敢拿！"他大喝一声。

涅斯维茨基和右首座位的客人听见这声喊叫，看出他是对谁而发的，都惊讶地连忙转向别祖霍夫。

"算了吧，算啦，您怎么啦？"他们发出惊慌的低语。多洛霍夫睁着发亮的、快乐的、凶残的眼睛，看了看皮埃尔，他那嘴角含着的微笑仿佛是说："啊，我就是喜欢这样。"

"我不给你。"他说，字音咬得清清楚楚。

皮埃尔脸色苍白，嘴唇发抖，猛然抢过那张纸。

"您……您……这流氓！……我要跟您决斗。"他推开椅子，站起来，说。他觉得，那个在最近几天一直使他苦恼的关于他的妻子犯罪的问题，就在他这样做和这样说的一瞬间，终于彻底而且毫无疑问地肯定下来了。他恨她，永远跟她决裂了。罗斯托夫不顾杰尼索夫劝告他不要参与这件事，他仍然同意做多洛霍夫的副手，

①　彼得鲁沙是皮埃尔的爱称。

散席后和别祖霍夫的副手涅斯维茨基谈妥了决斗的条件。皮埃尔回家了,而罗斯托夫和多洛霍夫以及杰尼索夫留在俱乐部里听茨冈和歌手们唱歌,一直坐到深夜。

"那么明天在索科尔尼克森林见吧。"多洛霍夫和罗斯托夫在俱乐部门廊分手时,说。

"你心情平静吗?"罗斯托夫问。

多洛霍夫站住了。

"告诉你吧,我可以用两句话向你揭示决斗的全部秘诀。如果你在去决斗时,立下遗嘱,给父母写温情的信,如果你想到你可能被打死,那么,你就是个大傻瓜,十有八九要完蛋;如果你在决斗时意志坚决,一定要把对方最快最准地干掉,那就会万事大吉。正像我们科斯特罗马的一位猎熊手对我常说的:谁不怕熊啊?可是,你一看见它,心里只想可别让它跑掉了,害怕的心理就消失了。我也是这样。明天见,亲爱的!"

第二天早晨八点钟,皮埃尔和涅斯维茨基驱车来到索科尔尼克森林,发现多洛霍夫、杰尼索夫和罗斯托夫已经在那里了。皮埃尔那副神情,好像是在专心思索一个与当前的事完全无关的问题。他面容消瘦,脸色发黄。看来是一夜没睡。他精神恍惚地环顾四周,仿佛怕灿烂的阳光,皱着眉头。有两种思绪始终萦绕在他的心头:在整夜失眠以后,关于他妻子的犯罪已经确定无疑了,而多洛霍夫却没有罪过,因为他无须维护一个与他无关的人的名誉。"也许我处在他的地位也会这样做,"皮埃尔想,"甚至我一定会这样做;这场决斗,凶杀,有什么意义?不是我杀死他,就是他打中我的脑袋、臂肘、膝盖。离开这儿吧,逃跑,到什么地方躲起来。"他忽然起了这个念头。正当他有这个想法的时候,他用那使旁观者不禁肃然起敬的特别镇静和满不在乎的神气问道:"快了吧,准备好了吗?"

一切都准备好了,两把军刀插在雪里,表示决斗的双方应当走到的界线,手枪也上了膛,这时涅斯维茨基走到皮埃尔跟前。

"伯爵,在这重要的关头,非常重要的关头,如果我不对您说实话,我就是没有尽到自己的职责,也就是辜负了您让我当您的副手所给予我的信任和荣誉,"他胆怯地说,"我认为,这件事没有充分的理由,也不值得为它而流血……是您的不对,您太急躁了……"

"可不是,太荒唐了……"皮埃尔说。

"那么让我去转达您的歉意,我相信您的敌手会同意接受您的道歉的,"涅斯维茨基说,他像别的当事人一样,也像其他一切参与这类事情的人一样,还不相信事情真的已经闹到非决斗不可的地步,"您知道,伯爵,承认自己的错误,总比把事情弄得不可收拾要高尚得多。任何一方都没受到屈辱。让我去谈判吧……"

"不,没有什么可谈的!"皮埃尔说,"反正一样……准备好了吗?"他又说了一句。"您只要告诉我,朝哪儿走,朝哪儿放枪?"他说,不自然地微笑着。他接过手枪,问开枪的方法,因为他至今从未拿过手枪,这一点他是不愿意承认的。"对了,就是这样放,我知道,不过我忘了。"他说。

"没有什么可道歉的,根本谈不上。"多洛霍夫对也尝试调解的杰尼索夫说,于是他也走到规定的地点。

决斗的地点是一片不大的松林空地,离停雪橇的大路八十来步远,由于近来天气转暖,地上的雪已经开始融化。决斗的双方站在相距四十来步的空地两边,副手们在潮湿的深雪上步量距离,从他们站的地方,到相距十步远插着涅斯维茨基和杰尼索夫的两把军刀作为界线的地方,留下了脚印。雪在融化,雾在上升;四十步开外什么也看不见。三分钟后一切都准备好了,但仍然拖延着。大家都沉默不语。

五

"喂,开始吧!"多洛霍夫说。

"行啊。"皮埃尔说,仍然微笑着。

气氛是紧张可怕的。显然,那么容易就开了头的事情,已经无法防止了,它已经不以人们的意志为转移,自然而然地进行着,而且非完成不可。杰尼索夫第一个向前走到界线,宣布:

"由于敌对双方拒绝调解,那么就请开始吧:拿起手枪,在喊到'三'时,双方向前走。"

"一! 二! 三!"杰尼索夫气愤地高声喊道,然后退到一旁。两人顺着踩出的小道往前走,越走越近,在雾中彼此辨认着对方。敌对双方在走到界线时只要愿意开枪,都有权利开枪射击。多洛霍夫慢慢地走,没有把枪举起来,他那对明亮放光的蓝眼睛注视着对方的脸。像平时一样,他的嘴角似乎含有笑意。

在发出三字口令后,皮埃尔快步往前走开了,他离开践踏的小道,走到没有踩过的雪地上。皮埃尔向前伸出握住手枪的右手,仿佛害怕这支手枪会把自己打死似的。他极力把左手伸到后面,因为他老想用它支撑住右手,可是他知道这是不允许的。皮埃尔走了六、七步就离开小道走到雪地上,他看了看脚下,又很快地看了多洛霍夫一眼,就照人家教给他的那样用指头勾了一下枪机,发射了。皮埃尔怎么也没料到声音这么响亮,他一听见自己的枪声吓了一跳,然后他对自己竟有这样的印象微微一笑,站住不动了。由于有雾,硝烟特别浓,最初一瞬间妨碍他看见东西;但他等待的另一声对他的射击,没有随之而来。只听见多洛霍夫急促的脚步声,透过烟雾,现出他的身影。他用一只手捂着左边身子,另一只手紧紧握住下垂的手枪。他面色苍白。罗斯托夫跑过去对他说了句什么话。

"不……"多洛霍夫咬紧牙说,"不,没有完。"他跌跌撞撞,踉踉跄跄地又走了几步,到了军刀旁边倒在雪地上。他的左手全是血,他在常礼服上擦了擦手,用它支撑着身子。他的面孔苍白,皱紧眉头,他在颤抖。

"请……"多洛霍夫想说话,但不能一下子说完……"请吧。"他吃力地说。皮埃尔几乎大声哭出来,向多洛霍夫跑过去,已经要越过界线了,多洛霍夫大喝一声:"回到界线上!"皮埃尔方才明白是怎么回事,于是站到军刀旁边。他们相距只有十步远。多洛霍夫把头低到雪地上,贪婪地嚼着雪,又抬起头来,振作一下精神,把两条腿收回来,寻找牢靠的重心,坐了起来。他吞食冰冷的雪,吸吮着它;他的嘴唇哆嗦着,但仍然含着微笑;他聚集最后的力量,眼睛闪着努力和凶狠的亮光。他举起枪来瞄准。

"侧着身子,用手枪掩护。"涅斯维茨基急促地说。

"掩护!"甚至连杰尼索夫也忍不住向对方喊了一声。

皮埃尔带着抱歉和悔恨的温和微笑,毫无防御地叉开两腿,张开两臂站着,他那宽阔的胸膛直对着多洛霍夫,他忧郁地望着他。杰尼索夫、罗斯托夫和涅斯维茨基都闭上了眼睛。就在这时,他们听见枪声和多洛霍夫凶恶的喊叫。

"没有打中!"多洛霍夫喊了一声,就无力地脸朝下躺到雪地上。皮埃尔抱着头,转身蹚着深雪向林中走去,他不知所云地自言自语。

"荒唐……荒唐!死……谎言……"他皱着眉头絮叨着。涅斯维茨基拦住他,把他送回家去。

罗斯托夫和杰尼索夫护送受伤的多洛霍夫。

多洛霍夫躺在雪橇里,闭住眼睛不言不语,不管问他什么,他都一声不吭;但是进入莫斯科后,他忽然苏醒了,吃力地抬起头来,握住坐在他身旁的罗斯托夫的手。多洛霍夫的表情完全变了,出人意外地庄重而温柔。

"唉,怎么样?你自我感觉怎么样?"罗斯托夫问。

"不好!不过,这倒没啥。我的朋友,"多洛霍夫断断续续地说,"我们在哪儿?我知道是在莫斯科。我倒没啥,可是我把她害死了……她受不了这个。她受不了……"

"谁?"罗斯托夫问。

"我母亲。我母亲。我的天使,我所崇拜的天使,母亲。"多洛霍夫握住罗斯托夫的手,哭了。等他稍微安静一些,他告诉罗斯托夫,他和母亲住在一起,如果母亲看见他行将死去,她是受不了的。他央求罗斯托夫先到她那里,使她有所准备。

罗斯托夫先去执行他的嘱托,使他大为惊异的是,多洛霍夫,这个暴徒,专好找人决斗的多洛霍夫,在莫斯科跟老母亲和一个驼背的姐姐住在一起,竟是一个十分柔顺的儿子和弟弟。

六

最近一个时期,皮埃尔很少同妻子见面。不论在彼得堡还是在莫斯科,他们的家总是宾客盈门。在决斗后的第二天夜里,他像往常那样,没有到卧室去,就待在他父亲老伯爵别祖霍夫去世的那间特大的书房里。

他歪在沙发上想睡一睡,忘掉他所经历的一切,但他不能入睡。暴风雨般的思绪、回忆,突然涌上他的心头,他不仅不能睡,而且不能坐着不动,不得不从沙发上跳起来,在屋里快步走来走去。他时而想起刚结婚的日子,她袒胸露臂,眼神懒倦而热情,但在想起她的同时,又想起多洛霍夫在宴会上那张秀美、蛮横、强悍而含有讥笑的面孔,同样是多洛霍夫那张面孔,当他跟跄地倒在雪地上时,那张苍白、颤抖、痛苦的面孔。

"发生了什么事?"他问自己。"我打死了情夫,是的,我打死了妻子的情夫。是的,是这么回事。为什么?我怎么竟然干出这等事?——因为你娶了她。"内心的声音在回答。

"可是我有什么过错?"他问,"过错就在于你不爱她而娶了她,过错就在于你欺骗了自己,同时也欺骗了她。"于是他历历在目地想起在瓦西里公爵家晚饭后的那个时刻,当时他言不由衷地说了一句:"我爱您。""一切都是由此而来!我当时就感觉到,"他想,"我当时就感觉到这不对头,我没有权利说这话。果然如此。"他回忆他度过的蜜月,他一想起就脸红。在他婚后不久的一天,中午十二点钟,他穿着绸睡衣,从卧室走进书房,在书房里碰到总管家,他恭恭敬敬地鞠躬,看看皮埃尔的脸,看看他的睡衣,露出了笑意,仿佛是用这微笑对主人的幸福表示毕恭毕敬的同情,这段回忆他觉得特别生动、受辱、可耻。

"我曾多少次地为她而自豪,为她的仪态万方,为她的交际风度而自豪,"他想,"为自己的家而自豪,因为她在家中招待整个彼得堡的客人,为她那拒人于千里之外的神态和美丽而自豪。我为之而自豪的原本就是这些?!我当时就想,我不了解她。我常常细细地琢磨她的性格,我就对自己说,我有过错,因为我不了解她,不了解她那种经常的心安理得、自鸣得意、缺乏任何的爱好和愿望,原来全部的谜底就在于她是一个'荡妇'这个可怕的字眼:我对自己说出这个可怕的字眼,于是一切都迎刃而解了!

"阿纳托利常常找她借钱,吻她裸露的肩膀。她不给他钱,但是让他吻自己。父亲用玩笑话挑逗她的醋意;她心平气和地微笑着,说她不致那么傻,去吃醋:他爱怎么就怎么吧,这说的是我。有一次我问她,她是不是有怀孕的感觉。她轻蔑地笑起来,她说她不是傻瓜,希望生儿育女,她不会给我生孩子的。"

然后他回忆起，虽然她受的是上层贵族社会的教养，但她的头脑鲁钝、简单，言语庸俗。"我不是大傻瓜……不信你试试……滚开。"她说。皮埃尔往往见到她在男女老少心目中获得的成功，他无法了解他为什么不爱她。"我从未爱过她，"皮埃尔自言自语，"我知道她是一个荡妇，"他反复地自言自语，"可是我不敢承认这一点。"

　　"可是现在多洛霍夫呢，你瞧他坐在雪地上，勉强地微笑着，也许正在死去，却装出一副英勇的样子，作为对我的懊悔的答复！"

　　皮埃尔虽然外表上性格软弱，但他却是那种不找知己倾吐苦衷的人。他独自消受自己的痛苦。

　　"一切的一切都是她一个人的错，"他自言自语，"既然如此，那应当怎么样呢？为什么我和她结合在一起呢？为什么我对她说：'我爱您。'而这明明是谎话，甚至比谎话还糟。"他对自己说。"我有错，自作自受……怎么？名誉扫地吗？生活不幸吗？唉，全是扯淡，"他想，"丢脸也罢，光荣也罢，全是相对的，一切都以我为转移。"

　　"路易十六被处死，人们说他卑鄙，有罪，"皮埃尔忽然想到，"从他们的观点看来是对的，而那些为他遭到惨死，视他为神圣的人们，也是对的。后来罗伯斯庇尔因为专制而被处死。谁是谁非？无所谓是非。活着，就活下去：也许明天就死掉，就像一小时前我可能死掉一样。生命较之永恒只是一刹那，犯得上自寻烦恼吗？"可是，正当他作如是观，认为自己已经得到平静的时候，他忽然想起了她，想起了他最强有力地向她表白言不由衷的爱情的那个时刻，于是他感到血液涌上心头，又不得不站起来，来回走动，摸到什么东西就想摔碎，撕破。"我为什么对她说：'我爱您'？"他反反复复地对自己说。这个问题重复了十次，他忽然想起莫里哀的一句台词:"为什么要上那条船呢?"①于是他嘲笑起自己来了。

夜里他叫来仆人,吩咐他收拾行李,准备去彼得堡。他不能和她住在一起。他简直不能想象他现在怎么跟她说话。他决定明天就走,给她留一封信,向她声明他要永远跟她分手。

早晨,仆人把咖啡送到书房的时候,皮埃尔在土耳其式沙发上躺着,手里拿着一本打开的书,正在睡觉。

他醒了,长久地惊慌四顾,弄不明白他是在什么地方。

"伯爵夫人叫我问问大人是不是在家。"仆人问。

皮埃尔还没有想好怎样答复,伯爵夫人自己走进来了,她穿着白缎银边睡衣,随便绾起辫发(粗大的辫子在她那美丽的头顶上绕了两遭,盘成冠冕式的),她神态安静而庄严;只不过在微凸的大理石般的额头上有几道愤怒的细纹。她强作镇静,在仆人面前不开口说话。她已经知道决斗的事,她就是来谈这个的。她在等着仆人放下咖啡后出去。皮埃尔胆怯地从眼镜上方看看她,正像一只被猎狗围攻的兔子,抿起耳朵,继续在敌人面前躺卧着,他也是这样,试着继续看书;但是他觉得这是没有意义的,而且是不可能的,他又胆怯地瞥了她一眼。她在等待仆人走出去,没有坐下,露出轻蔑的冷笑望着他。

"又怎么啦?干的什么好事?我问您?"她声色俱厉地说。

"我?……我怎么啦?"皮埃尔说。

"好一个英雄好汉!您说说,决斗是怎么回事?您这样干是要证明什么!证明什么?我问您。"……皮埃尔在沙发上笨重地翻了翻身,张开嘴,但不能回答。

"如果您回答不出,我来告诉您吧……"海伦继续说,"您相信

---

① 法语,这是莫里哀所著剧本《史嘉本的诡计》中一句台词。剧中吉隆特听说儿子被土耳其商船绑架了去,反复抱怨他不该上那条船。

人家对您说的一切。人家说……"海伦大笑起来,"说多洛霍夫是我的情夫,"她用法语说,以突出这个词的粗野含意,"情夫"这个词也像别的词一样,从她嘴里脱口而出,"您就相信了!您这证明什么啊?您决斗证明了什么?证明您是个傻瓜,您是个傻瓜。这是人所共知的!结果怎么样?结果是我成为全莫斯科的笑料;结果是人人都说您喝得糊里糊涂,昏头昏脑,对那个您毫无根据地吃他醋的人要求决斗。"海伦越说声音越高,越说越来劲……

"嗯……嗯……"皮埃尔皱着眉头,眼睛也不看她,四肢一动不动,嘴里嘟囔着。

"您为什么能相信他是我的情夫?……为什么?是因为我爱跟他来往吗?如果您聪明一点,令人愉快一点,我倒愿意和您在一起。"

"不要跟我说话……我求您。"皮埃尔嘶哑地低声说。

"为什么我不能说!我能说而且大胆地说,有了您这样丈夫的妻子,很少有不找情夫的,可是我没有干这种事。"她说。皮埃尔想说话,看了看她,眼睛闪出她所不理解的奇异的光芒,他还是躺着。此刻他感到肉体上的痛苦:胸口发闷,呼吸困难。他知道应当做点什么使这种痛苦停止,但他想做的事情太可怕了。

"咱们最好分开。"他断断续续说。

"分开,那就请吧,不过您要给我一份财产,"海伦说,"分开,拿这个来吓唬我!"

皮埃尔从沙发上跳起来,踉踉跄跄地向她冲过去。

"我杀死你!"他喊道,从桌上抄起一块大理石板,用连他自己都想不到的力量,迈出一个箭步,向她抢将起来。

海伦的面色变得可怕,她尖叫一声从他身边躲开了。父亲的性格在他身上表现出来。皮埃尔感到狂暴的乐趣和魅力。他把石板扔出去,摔得粉碎,张开两只臂膀向海伦走过去,大喝一声:"给我滚！"这一声是那么可怕，全院的人听到这声喊叫都吓坏了。如果海伦没有从屋里跑出去，谁晓得皮埃尔此刻会干出什么来。

一星期后，皮埃尔把占他家产大半的全部大俄罗斯田产的管理权都交给了妻子，他独自一人到彼得堡去了。

七

童山接到关于奥斯特利茨战役和安德烈公爵阵亡的消息已经两个月了，虽然通过使馆写信询问和多方查访，但公爵的尸首没有找到，在俘虏中也没有他。最使亲属难过的是，仍然有可能他被当地居民从战场上抬走，也许现在他正流落在举目无亲的地方，独自在养伤或者将要死去，无法传递自己的消息。老公爵最初是从报纸上知道奥斯特利茨战败消息的，而报上照例写得简短而且不明确，只是说俄军在打了几个辉煌战役后应当撤退，撤退时秩序井然。老公爵从这个官方消息中知道我们打败了。在报载奥斯特利茨会战消息的一星期后，接到库图佐夫来信，信中通知公爵关于他儿子的遭遇。

"我亲眼看见您的儿子，"库图佐夫写道，"手擎军旗在团队前头英勇地倒下了，他没有辜负自己的父亲和自己的祖国。我和全军都感到遗憾的是，至今仍然不知他是否活着。有一点是使我和您都感到宽慰的，就是您的儿子可能还活着，不然的话，在我从军使接到的阵亡军官名单中，一定会有他的名字的。"

老公爵接到这个消息已经是夜晚了，当时书房里只有他一个人。第二天早晨他像平时一样出去散步；但他同管家、花匠和建筑师一言不发，虽然他满脸怒气，但他对任何人都没有说什么。

玛丽亚公爵小姐在固定的时间到他那儿去了，他正在车床上做镟工活儿，像平素一样，他没有回头看她。

"啊！玛丽亚公爵小姐！"他突然声音不自然地说，扔下凿子。轮子由于惯性仍在转动，玛丽亚公爵小姐后来长久地记得逐渐消失的轮子尖叫声，同接着发生的事在她记忆中融合起来。

玛丽亚公爵小姐走到他跟前，看见他的脸色，她的心忽然沉下去了。她的眼睛模糊了。父亲的脸色不是忧伤，不是悲痛，而是气势汹汹，表情很不自然，她从这张脸看出，有一种可怕的不幸，她平生还未经历过的最大的不幸，不可挽回、不可思议的不幸，正悬在她的头上，压迫着她，这个不幸就是亲人的死亡。

"爸爸！是安德烈吗？"体态不美、动作笨拙的公爵小姐说，她那难以形容的悲哀的魅力和忘我精神，使父亲受不了她的目光，抽泣了一声，转过身去。

"接到消息了。在俘虏名单中没有，在阵亡名单中没有。库图佐夫来信说，"他尖叫一声，仿佛想用这声尖叫赶走公爵小姐，"被打死了！"

公爵小姐没有倒下，也没有晕过去。她的脸色苍白，但是，她听了这几句话后，脸上的表情变了，她那明亮、美丽的眼睛光彩照人。仿佛是一种喜悦，一种与尘世的悲欢无关的至高无上的喜悦，淹没了她内心的强烈悲哀。她忘了对父亲的畏惧，走到他跟前抓住他的手，拉过来搂着他那干瘦、多筋的脖颈。

"爸爸，"她说，"不要避开我，让咱们俩一同痛哭吧。"

"这些坏蛋，下流胚！"老头喊道，把脸避开她，"把军队毁了，把人也毁了！为的什么？去，去，去告诉丽莎。"

公爵小姐浑身无力地倒在父亲身旁的扶手椅里，哭起来。她现在仿佛看见哥哥跟她和丽莎告别时，他那又温柔又高傲的神情。她仿佛看见他温柔地、嘲笑地把小圣像戴到自己身上的情景。"他信不信？他会后悔他不信神吗？他现在在那儿吗？在那永远安息和幸福的地方吗？"她想。

"爸爸，把经过告诉我。"她含着眼泪问。

"去吧，去吧；在会战中阵亡了，那一仗毁掉了俄罗斯最优秀的军人，毁掉了俄罗斯的光荣。去吧，玛丽亚公爵小姐。去告诉丽莎。我就来。"

玛丽亚公爵小姐从父亲那儿回来，这时小公爵夫人正在做针线活儿，她抬头看了看玛丽亚公爵小姐，她有一种只有孕妇才有的特别的眼神，那是一种内在的、幸福而安详的眼神。显然，她的眼睛没有看见玛丽亚公爵小姐，而是看自己身体的内部，那里正在形成一种幸福的神秘的东西。

"玛丽①，"她说，从刺绣架旁移开，往后靠着，"把你的手给我。"她拿起公爵小姐的手，按在自己的肚子上。

她的眼睛有所期待地微笑着，毛茸茸的上嘴唇翘起来，像幸福的孩子似的翘着不动。

玛丽亚公爵小姐在她跟前跪着，把脸藏到嫂嫂的衣褶里。

"你听，你听——听见了吧？我真觉得奇怪。你可知道，玛丽，我会非常爱他的。"丽莎说，眼睛放出幸福的光彩望着小姑。玛丽亚公爵小姐抬不起头来：她哭了。

"你怎么了，玛莎②？"

"没什么……我心里难过……为安德烈难过。"她说，在嫂嫂的膝盖上擦着泪。整个早晨，玛丽亚公爵小姐好几次要让嫂嫂思想有准备，而每一次都哭起来。这些为小公爵夫人不明了原因的眼泪，尽管她不善于察言观色，仍然使她惶恐不安。她没有说什么，但她张皇四顾，仿佛在寻找什么。午饭前，老公爵走进她的房

----

① 玛丽是玛丽亚的法语称谓。
② 玛莎是玛丽亚的小名。

间,她是一向怕他的,现在他的脸色特别不安,怒气冲冲,一句话不说就走了。她望了望玛丽亚公爵小姐,然后沉思起来,正像孕妇常有的那样,眼睛的表情是在注意自己的体内,她突然哭了。

"接到安德烈的消息了?"她说。

"没有,你知道,还不可能传来消息,但是爸爸心里不安,我也是担心受怕。"

"那么说没事儿?"

"没事儿。"玛丽亚公爵小姐说,她那放光的眼睛沉着地望着嫂嫂。她决定不告诉她接到可怕的消息,在她最近几天就要分娩之前,她劝父亲也向她隐瞒着。玛丽亚公爵小姐和老公爵每天都各自在内心隐藏着悲痛。老公爵不想再抱什么希望:他断定安德烈公爵已经战死,但他仍然派一个官吏到奥地利查访儿子的下落,他在莫斯科给儿子订做了一块纪念碑,打算树在自己的花园里,他对每个人都说,他的儿子阵亡了。他努力不改变平素的生活习惯,但已经力不从心了:他很少走动,吃得少,睡得也少,体力一天不如一天。玛丽亚公爵小姐仍然抱着希望。她就当哥哥还活着,为他祈祷,时时刻刻等待他回来的消息。

八

"我的好朋友。"三月十九日早晨,早饭后,小公爵夫人说,她那毛茸茸的嘴唇仍照平素的习惯翘着;但是,这个家里自从接到噩耗后,不仅微笑,而且所有的说话声音,甚至脚步声,都表示着悲哀,小公爵夫人的微笑也是这样,虽然她不知其中的原因,但是受到普遍情绪的影响,她的微笑更叫人想到共同的悲哀。

"好朋友,我怕今天的朝食(按照厨师福卡的说法)会使我恶心。"

"你怎么了,亲爱的? 你的脸色苍白。啊哟,你的脸白极了。"玛丽亚公爵小姐一边惊慌地说,一边迈着笨重而轻柔的脚步跑到她跟前。

"小姐,要不要去叫玛丽亚·波格丹诺夫娜?"身旁一个女仆说。(玛丽亚·波格丹诺夫娜是县城里的接生婆,她已经来童山一个多星期了。)

"可不是,"玛丽亚公爵小姐赞同说,"也许,是真的。我就去。不要怕,我的天使!"她亲吻丽莎,就要从房里出去。

"唉,不要,不要!"小公爵夫人脸色苍白,而且对不可避免的肉体痛苦露出孩子气的畏惧表情。

"不,是胃……你就说,玛莎,是胃……"于是小公爵夫人哭了,她像孩子似的委屈地、任性地、甚至有点装模作样地哭着,拧着自己的小手。公爵小姐走出去叫玛丽亚·波格丹诺夫娜。

"噢! 我的天啊! 我的天啊!"她听见小公爵夫人在她后面喊叫。

接生婆已经迎面走来了,她搓着白胖的小手,脸上露出镇定自若的自负神情。

"玛丽亚·波格丹诺夫娜! 好像是快了。"玛丽亚公爵小姐说,惊恐地睁大两眼望着老太婆。

"是么,谢天谢地,公爵小姐,"玛丽亚·波格丹诺夫娜没有加快脚步,说,"你们当姑娘的,不该知道这种事。"

"医生怎么从莫斯科还不来啊?"公爵小姐说。(按照丽莎和安德烈公爵的意思,临产的时候到莫斯科请一位产科医生,现在正时时刻刻等候他。)

"没啥,公爵小姐,您放心,"玛丽亚·波格丹诺夫娜说,"没有医生一切也会弄好的。"

五分钟后,公爵小姐从自己房里听见人们抬笨重的东西。她探头看了看:餐厅仆人把安德烈公爵书房里的皮沙发搬到卧室里,不知做什么用。抬沙发的人们脸上有一种庄严肃穆的神情。

　　玛丽亚公爵小姐一个人坐在房里,留神细听家里的动静,有时有人走过,就开门看看走廊里发生什么事。有几个女人蹑手蹑脚来回走动,转脸看看公爵小姐,又转脸避开她。她不敢打听,关上门,回到自己房里,她时而在扶手椅里坐下,时而拿起《祈祷书》,时而在神龛前面跪下。使她感到不幸和惊讶的是,祈祷并不能平息她的激动。她的房门忽然轻轻地打开了,门槛上出现了她的老乳娘普拉斯科维亚·萨维什娜,由于老公爵的禁令,她几乎从不踏进她的门。

　　"玛申卡①,我是来和你一块儿坐一会儿的,"乳娘说,"你看,我把公爵结婚的蜡烛拿来供在圣徒面前,我的天使。"她叹了口气,说。

　　"啊,你来了,我真高兴,乳娘。"

　　"上帝是慈悲的,亲爱的。"乳娘在神龛前点上几支涂着金粉的蜡烛,然后坐在门旁织袜子。玛丽亚公爵小姐拿起书来读。只有听到脚步声和说话声时,公爵小姐才吃惊地、疑问地看看乳娘,同时乳娘令人安心地看看公爵小姐。家中每个角落,每个人都满怀着公爵小姐在自己卧室里所感受的那种情绪。按照迷信的说法,知道产妇痛苦的人越少,她受的痛苦就越少,所以大家都极力装作不知道;谁也不提这件事,但是在每个人的脸上,除了在公爵家中常有的那种庄重和恭谨的好风度,可以看出一种普遍的忧虑,软心肠,以及此刻对正在完成一桩伟大的、不可思议的事情的感觉。

　　女仆的大房间里听不见笑声。仆人的房里所有的人都鸦雀无

---

　　① 玛申卡是玛丽亚的小名和爱称。

声,坐在那里准备着。家奴的住处点着松明和蜡烛,都没有睡觉。老公爵跷着脚尖,脚后跟着地,在书房里走来走去,打发吉洪去问玛丽亚·波格丹诺夫娜:怎么样了?

"你只说公爵叫你问问:怎么样了? 然后告诉我她是怎么说的。"

"你去回公爵:开始分娩了。"玛丽亚·波格丹诺夫娜意味深长地看了看来者,说。吉洪回去禀告了公爵。

"好的。"公爵说着就把门关上,吉洪再没有听见书房里一点声音。过了一会儿,吉洪装作照管蜡烛,走进书房里。吉洪见公爵躺在沙发上,他看了看公爵,看了看他心烦意乱的面孔,不由得摇摇头,默默地走到他跟前,吻了吻他的肩膀,就走了出去,没有去剪烛花,也没有说他为什么进来。世上最庄严的奥秘在继续完成。傍晚过去了,夜来了。对于不可思议的事物的期待和软心肠的感觉没有减少,而且更高涨了。没有一个人睡觉。

这是一个三月的夜晚,好像冬天还要逞威,狂怒地撒着最后的大雪,掀起了最后的风暴。为了迎接随时都可能从莫斯科到来的德国医生,已经派了备用的马匹到大路上等候,在转向坎坷不平和雪水交融的乡间小道路口,派有提着灯笼的骑者为来人引路。

玛丽亚公爵小姐早已放下书本:她沉默地坐着,一对光亮的眼睛注视着乳娘那张布满皱纹、最细微的特点都是她所熟悉的面孔:头巾下面露出一绺白发,下巴颏垂着小袋形的松肉。

乳娘萨维什娜织着袜子,低声地,低得连她自己也听不见也不了解地讲述着讲过数百次的往事:去世的公爵夫人在基什涅沃生公爵小姐的时候,接生的不是产婆,而是一个摩尔达维亚的农妇。

"上帝是慈悲的,医生根本不需要。"她说。忽然一阵风猛吹卸掉一面窗框的窗户(遵照老公爵的意思,在云雀飞来的时候,房间的双重窗框都要卸掉一面），吹开了拴得不牢的窗栓，拍打着缎子窗帘，袭来一股夹雪的寒气，蜡烛被吹灭了。玛丽亚公爵小姐打了个寒噤；乳娘放下袜子，走到窗口探出身子，想捉住敞开的窗框。冷风拍打着她的头巾角和露出来的灰白发绺。

"公爵小姐，我的妈呀，大路上有人来了！"她说，用手扶着窗框，没有关窗，"打着灯笼呢，一定是医生……"

"哎呀，我的天！多谢上帝！"玛丽亚公爵小姐说，"得去迎接他：他不懂俄语。"

玛丽亚公爵小姐披上披肩，朝来人跑去。当她穿过前厅时，从窗口看见大门口停着一辆马车，灯火通明。她向楼梯口走去。在楼栏杆柱子上点着蜡烛，风吹得蜡直流油。仆人菲利普满脸惊慌的表情，手里也拿着一支蜡烛站在下面楼梯第一个平台上。再下面，楼梯转弯的地方，传来厚毡靴上楼的脚步声。玛丽亚公爵小姐觉得有一个熟悉的声音在说话。

"多谢上帝！"那个声音说，"爸爸呢？"

"休息了。"早已站在下面的管家杰米扬的声音回答说。

然后那个声音又说了句什么，杰米扬答了一句，于是厚毡靴的脚步声沿着看不见的楼梯转弯更快地走近了。"这是安德烈！"玛丽亚公爵小姐想道。"不，这不可能，要是真的，那就太不寻常了。"她想道，正在她这样想的时候，在仆人举着蜡烛站在那里的楼梯平台上，出现了安德烈公爵的面孔和身影，他穿着翻领皮外套，身上撒满了雪。不错，这是他，但面色苍白、瘦削，而且表情也变了：奇特地柔和，然而心神不定。他走上楼梯，把妹妹抱在怀里。

"你们没接到我的信吗？"他问，他不等回答，而且他不会得到回答的，因为公爵小姐说不出话来——不等回答就同跟在他后面的产科医生（他是在最后一站遇见他的）继续快步上楼，他又拥抱妹妹。

"多么奇怪的命运！"他说，"玛莎，亲爱的！"他脱掉外套和靴子，就到公爵夫人的房间去了。

九

小公爵夫人歪在枕头上，戴着小白帽（阵痛刚过去）。黑色的发绺曲卷在发烧的汗湿的腮帮上；她张着可爱的鲜红小嘴，上唇有一丛黑色的茸毛，她露出快乐的微笑。安德烈公爵走进房来，在她睡的沙发末端停下。一对发亮的眼睛望着他，没有改变表情，仍然流露着孩子般的恐惧和不安。"我爱你们所有的人，我对谁都没做过坏事，干吗叫我受苦？救救我。"她的表情好像在说。她看见了丈夫，但是她不明白他这时在她面前出现是什么意思。安德烈公爵绕过沙发，吻了吻她的额头。

"我的心肝，"他说，他从来没有这样叫过她，"上帝是慈悲的……"她用疑问的、孩子般责备的目光看了看他。

"我等待你来救我，但是什么也没有，什么也没有，连你也是这样！"她的眼睛这样表示。她对他的到来并不惊讶；她不明白他是刚到的。他的到来对她的痛苦和减轻痛苦毫无关系。阵痛又开始了，玛丽亚·波格丹诺夫娜劝安德烈公爵离开房间。

产科医生进到屋里。安德烈公爵走了出来，他看见公爵小姐，又走到她跟前。他们低声谈起来，谈话时时停顿。他们等待着，谛听着。

"你去吧，我的朋友。"玛丽亚公爵小姐说。安德烈公爵又到妻子那里，在隔壁房间坐下等着。一个面带惶恐神情的女人从她房里出来，一见安德烈公爵就慌乱得不知所措。安德烈公爵两手蒙着脸，就这样坐了几分钟。无可奈何的肉体疼痛的惨叫，从门缝传来。安德烈公爵站起来，走过去想开门。有人握紧门柄不放。

"不行,不行!"一个吃惊的声音在门里说。——他开始在房里来回踱步。喊声停止了,又过了几秒钟。隔壁房间忽然传出一声凄厉的惨叫,不是她的声音,她不会这么喊叫。安德烈公爵跑到门口,喊声停止了,传来小儿的啼叫声。

"为什么把孩子抱到那儿?"安德烈公爵头一两秒钟这么想,"孩子?什么孩子?……那儿怎么会有孩子?也许这孩子降生了吧?"

当他忽然明白这个啼声的欢乐意义的时候,泪水使他感到窒息,他两肘支在窗台上,抽抽噎噎地像孩子似的哭起来。门开了。医生从房里走出来,他没有穿常礼服,挽着袖筒,面色苍白,下巴颤动着。安德烈公爵向他转过身去,可是医生张皇失措地望了望他,一句话没说,就走过去了。一个女人跑出来,她一见安德烈公爵,就在门槛上犹豫地停下来。他走进妻子的房间。她死了,仍然像五分钟前他看她的时候那样躺着,虽然眼珠凝然不动,双颊苍白,但是那可爱的孩童般的脸盘和盖一丛黑色茸毛的嘴唇,仍然是那么一副表情。

"我爱你们所有的人,对谁也没有做过坏事,你们怎么这样对待我啊?唉,你们怎么这样对待我啊?"她那秀丽的、可怜的僵冷面孔仿佛这么说。在屋角里,玛丽亚·波格丹诺夫娜用颤巍巍的白净双手捧着一个红红的小东西,它哼了哼,呱呱地哭起来。

又过了两小时,安德烈公爵悄悄地走进书房去见父亲。老头已经什么都知道了。他站在门口,门刚一敞开,老头就默默地用他那干瘪、僵硬的胳膊像钳子似的搂着儿子的脖颈,像孩子似的恸哭起来。

三天后,小公爵夫人安葬了,安德烈公爵走上停棺木的阶梯向她告别。棺木里那张脸仍然是那样,虽然紧闭着双眼。"唉,你们怎么这样对待我啊?"那张脸总是这么说,安德烈公爵觉得,他心里仿佛失去一件东西,他感到内疚,那是他无法挽回也忘不了的内疚。他哭不出来。老头也来吻她那只安静地高高放在另一个乳房上的蜡黄的小手,她的脸也仿佛对他说:"唉,你们怎么这样对待我啊?"老头一见这张脸,就气愤地转过身去。

又过了五天,尼古拉·安德烈伊奇小公爵受洗礼。乳娘用下巴压着包布,同时神父用一支鹅毛向孩子又红又皱的小手心和小脚板涂油。

祖父当教父,他颤颤巍巍地捧着婴儿,生怕掉下去,绕着疤癞流星的白铁圣水盆走一圈,把婴儿递给教母玛丽亚公爵小姐。安德烈公爵在另一间房里坐着等圣礼结束,他怕把孩子淹死,吓得连大气都不敢出。保姆把婴儿抱出来,他高兴地看了看他,保姆对他说,粘着孩子头发的蜡片在圣水里没有沉下去,[①]他赞许地点点头。

十

罗斯托夫参加多洛霍夫和别祖霍夫决斗的事件,由于老伯爵的努力,总算私下了结了。罗斯托夫不惟没有像他预料的受到降职处分,反而调任莫斯科总督的副官。因此他不能随着家人到乡下去,整个夏天都留在莫斯科的新任所。多洛霍夫复元了,在他养

---

① 俄国习俗,剪下一撮小儿头发粘在蜡片上,投到圣水盆里,如果沉底,就是不祥之兆。

伤期间,罗斯托夫跟他的交情更深了。多洛霍夫是在热烈地、无微不至地爱着他的母亲身边卧床养伤的。老太太玛丽亚·伊万诺夫娜为了罗斯托夫和费佳①友好,很喜欢他,她常常对他谈起自己的儿子。

"可不是,伯爵,在如今咱们这个腐化堕落的社会里,他是太高尚太纯洁了,"她常常说,"好的德行,谁也不喜欢,人人都把它看作眼中刺。伯爵,您来评评,别祖霍夫做得对吗?体面吗?费佳存心厚道,爱护他,就是现在也没说过他一句坏话。在彼得堡跟警察胡闹,开开玩笑,那不是他们共同干的吗?结果怎么样呢,别祖霍夫没事儿,而费佳全揽在自己身上!他一个人担了!就说他官复原职吧,可是能不复他的原职吗?像他这样的勇士,像他这样的祖国儿子,我看还少有呢。可是现在——这场决斗是为的什么?这些人还有没有心肝,有没有羞耻!明知道他是独子,还要求他决斗,而且对准射击!好在上帝是怜悯我们的。究竟为了什么?如今的世道谁不玩弄阴谋诡计?他真的是吃醋吗?我看,那他早就该有所表示了,可是他竟拖了一年之久。当然喽,他要求决斗,认为费佳不会反对,因为他欠着他的钱嘛。多么下流!多么卑鄙!我知道您了解费佳,我亲爱的伯爵,相信我,因此我才真心地疼爱您。很少有人了解他。这是一个非常高尚、非常圣洁的灵魂!"

而多洛霍夫在养伤期间对罗斯托夫却说了完全令人意想不到的话。

"人家都认为我是坏人,我知道,"他说,"不管它。除了我所爱的人,我对谁都不买账。对我所爱的人,我可以为他卖命,而对所有其余的人,只要他挡住我的道儿,我就一脚踢开。我有一个值得崇拜的无价之宝的母亲、两三个朋友,你是其中的一个,至于别

---

① 费佳是费奥多尔的小名。

人，就只看他对我是有益还是有害了。几乎所有的人都是有害的，特别是女人。真的，亲爱的，"他说下去，"我曾遇见过仁慈、高尚、侠肠义骨的男人，但是我还没有见过不能用金钱收买的女人，不管她是伯爵夫人还是厨娘。我还没有遇见过我在女人身上寻求的那种白璧无瑕、忠贞不渝的特性。如果我找到了这样的女人，我愿意为她牺牲性命。可是这些娘儿们！……"他做了个鄙视的手势，"你相信不相信，如果说我还珍惜性命的话，我珍惜它仅仅是因为我还希望能够找到使我再生、净化、升华的天仙般的人物。可是你对这不了解。"

"不，我非常了解。"罗斯托夫回答说，他受到这位新朋友的感化。

秋天，罗斯托夫家回到莫斯科。初冬，杰尼索夫也回来了，就住在罗斯托夫家里。尼古拉·罗斯托夫在莫斯科度过的一八〇六年冬季最初的一段时间，对于他和他的全家都是最幸福和最快乐的。尼古拉把许多年轻人带到双亲家里。薇拉是年方二十的美丽姑娘；十六岁的索尼娅是一朵十分俏丽的刚刚怒放的鲜花；娜塔莎介乎大姑娘和少女之间，有时像孩子般的可笑，有时又像少女般的迷人。

在罗斯托夫家里，这期间有一种特别的爱情气氛，这是家里有非常年轻可爱的姑娘常有的气氛。凡是来到罗斯托夫家的年轻人，看到那些朝气勃勃、多情善感、总在对什么微笑的（大概是对自己的幸福微笑）少女的面庞，看到那欢乐的奔忙，听见少女们那些东拉西扯、然而对谁都是那么亲切、对一切都是那么热心，而且满怀希望的喁喁私语，听见那些时而是片段的歌声，时而是片段的乐声，都感受到一种对爱情的向往和对幸福的期待，而这也正是罗斯托夫家的年轻人所同样感受到的。

在罗斯托夫带来的年轻人里,多洛霍夫是头一批中间的一个,家里的人都喜欢他,只有娜塔莎例外。为了多洛霍夫,她几乎跟哥哥吵起来。她坚持说他是坏人,关于他和别祖霍夫的决斗,皮埃尔是对的,多洛霍夫不对,说他讨人嫌,矫揉造作。

"我没有什么要了解的!"娜塔莎一个劲儿任性地喊道,"他太凶,没有感情。我甚至喜欢你的杰尼索夫,别看他酗酒,什么都干,可我还是喜欢他,所以我是了解他的。我不知怎么对你说好,他一举一动都是别有用心的,我就是不喜欢这个。杰尼索夫……"

"杰尼索夫是另一回事了,"尼古拉回答说,他那口气使人感到,跟多洛霍夫比起来,杰尼索夫简直一文不值,"要了解,这个多洛霍夫有一个多么高尚的灵魂,要看看他怎样待他母亲,那是一颗多么了不起的心灵啊!"

"这个我不知道,反正我和他在一起感到不舒服。你可知道,他爱上索尼娅了?"

"你胡说什么……"

"我是相信的,你等着瞧吧。"

娜塔莎的预言实现了。不爱和妇女社交的多洛霍夫,开始常常到罗斯托夫家里来,他为谁而来,这个问题不久就得出答案(虽然谁也不说):他是为索尼娅而来的。而索尼娅虽然从来不敢提这件事,但她心里明白,每当她看见多洛霍夫,脸就红得像大红布似的。

多洛霍夫常常在罗斯托夫家里吃便餐,从来不放过有罗斯托夫家在场的戏剧演出,常常参加在约格尔家举行的青年舞会,罗斯托夫家人是这舞会的常客。他的注意力主要集中在索尼娅身上,他看她时,他那目光使她不能不脸红,就连老伯爵夫人和娜塔莎看见他那目光也脸红了。

显然,这个刚强、怪僻的男人,被这个肤色微黑、举止文雅、正在爱着另一个男人的姑娘不可抗拒的魅力征服了。

罗斯托夫察觉到多洛霍夫和索尼娅之间有一种新的关系,但是他自己确定不了这是一种什么新关系。"她们总是不断地闹恋爱。"他这样想象索尼娅和娜塔莎。但是,他和索尼娅和多洛霍夫在一起已经不像先前那么自然,他于是更少在家里待了。

自一八〇六年秋天开始,又不断地谈论要和拿破仑打仗,而且比去年谈得更加热烈。不仅规定每千人要征调十名新兵,而且还要征调九名民兵。到处都在诅咒该死的波拿巴,在莫斯科只谈即将到来的战争,不谈别的。罗斯托夫全家对于战争的各种准备只关心一件事,那就是尼古卢什卡说什么也不愿留在莫斯科,只等过了节,杰尼索夫假期一满,就和他一起回团里去。即将到来的远行,不仅没有妨碍他寻欢作乐,反而更促使他玩个痛快。大部分时间他都是在外面度过:赴宴会、晚会、舞会。

<h1 style="text-align:center">十一</h1>

圣诞节后的第三天,尼古拉在家吃饭,这是他近来少有的事。这是一次正式的饯行宴会:他和杰尼索夫在主显节①后就要回团队去了。宴会上有二十来个人,多洛霍夫和杰尼索夫也在其中。

在罗斯托夫家里,从来不像这些节日期间如此强烈地令人感到爱情的空气,恋爱的气氛。"抓住幸福的时刻,去爱别人和让别人爱自己吧! 只有这才是世上唯一的东西,而其余的全是扯淡。我们在这里一心向往的只有这一件事情。"这种气氛好像这样说。

尼古拉像平时一样,把四匹马赶得精疲力尽,仍然未能遍访他要去和邀他去的地方,他在筵席快要开始的时候才回到家里,一进

---

① 主显节是基督教圣诞节后的第十二天,即一月六日。

门,就看到和感觉到家里紧张的爱情气氛,此外,他还看出在场的几个人之间有一种奇怪的不安情绪。索尼娅、多洛霍夫、老伯爵夫人特别激动,娜塔莎也有一点。尼古拉明白了,在开饭前索尼娅和多洛霍夫之间一定发生过什么事,他特别敏感,因此吃饭的时候对他们俩非常温存、谨慎。节日的第三天晚上,约格尔(舞蹈教师)家一定有一场每逢节日为他的男女学生举办的舞会。

"尼古连卡,你到约格尔那儿去吗?你去吧,我请求你。"娜塔莎对他说,"他特别邀请你,瓦西里·德米特里奇(杰尼索夫)也去。"

"伯爵小姐发出命令,我怎敢不去!"杰尼索夫说,他在罗斯托夫家里开玩笑地充当娜塔莎的骑士,"我准备跳披巾舞①。"

"我哪儿来得及!我已经答应阿尔哈罗夫了,他们那儿有晚会。"尼古拉说。

"你呢?……"他问多洛霍夫。话刚出口,他就看出,无须这样问。

"嗯,也许……"多洛霍夫冷淡而且愤愤地回答说,向索尼娅扫了一眼,紧皱着眉头,又向尼古拉一瞥,那目光就像在俱乐部筵席上看皮埃尔时的目光一样。

"一定出了什么事。"尼古拉想道,饭后多洛霍夫立刻就走了,这更证实了他的想法。他叫娜塔莎,问问是怎么回事。

"我正在找你呢,"娜塔莎跑到他跟前说,"我说的你老不愿意相信,"她洋洋得意地说,"他向索尼娅求婚来着。"

虽然这一阵子尼古拉很少把索尼娅放在心上,但是他一听到这个,仍然觉得若有所失。对于没有陪嫁的孤女索尼娅来说,多洛霍夫是个合适、而且在某些方面是个出色的配偶。从老伯爵夫人

---

① 披巾舞是一种法国舞,原文用法语。

和上流社会的观点看来,是不应拒绝他的。因此,尼古拉听到后第一个反应是对索尼娅的怨恨。他准备说:"好极了,那就忘掉童年的诺言,接受求婚好了。"但是他未来得及这样说……

"真想不到! 她拒绝了,完全拒绝了!"娜塔莎说,"她说,她爱另外一个人。"停了一会儿,她又加了一句。

"是啊,我的索尼娅不会有别的做法!"尼古拉想道。

"不论妈妈怎样劝她,她总是不答应,我就知道,她既然说了,就不会改变……"

"妈妈还劝她!"尼古拉责备地说。

"是的,"娜塔莎说,"你可知道,尼古连卡,你别生气,但是我知道你不会娶她的。天知道我为什么会知道,可是我确切知道你不会娶她。"

"得了,这种事你不会知道的,"尼古拉说,"可是我得跟她谈谈。这个索尼娅多么可爱!"他微微含笑加了一句。

"她就是可爱! 我去叫她来找你。"娜塔莎吻了吻哥哥,跑着走开了。

一会儿索尼娅进来了,她神色惊慌失措,带着负疚的样子。尼古拉到她跟前吻了吻她的手。这是他回来后第一次两人面对面单独地倾诉爱情。

"索菲①,"他说,开始有点怯生生的,后来就越来越胆大了,"如果你准备拒绝一个不仅出类拔萃,而且对你有益的配偶,而且他一表人才、品德高尚……他是我的朋友……"

索尼娅打断他的话。

"我已经拒绝了。"她急忙说。

"如果你是为我而拒绝,那我怕我……"

---

① 索菲是索尼娅的法语称谓。

索尼娅又打断他的话。她用祈求的、惊恐的目光看了看他。

"尼古拉,别跟我说这个。"她说。

"不,我应该说。这也许是我自大,但是最好还是说。如果您是为我而拒绝,那么我应当向您说明真情实况。我爱您,我认为胜过爱一切的人……"

"我已经满足了。"索尼娅突然面红耳赤,说。

"不,虽然我恋爱过一千次,以后还要恋爱,但是,我对您的这种感情:友谊、信任、爱情,对任何人都没有过。再说,我还年轻。妈妈不希望我订婚。干脆说吧,我不作任何许诺。所以我请求您还是考虑多洛霍夫的求婚吧。"他说,挺费劲才说出朋友的姓名。

"别对我说这些吧。我什么都不需要。我爱您,把您当作哥哥,我永远爱您,别的什么我都不需要。"

"您是天使,我配不上您,我怕辜负了您。"尼古拉又一次吻了吻她的手。

十二

约格尔的舞会是莫斯科最快乐的舞会。做母亲的看着自己的大孩子们跳着刚学会的舞步,都这么说;那些跳得累倒在地上的青年男女也这么说。那些怀着赏光的心情来参加舞会的男女青年发现这里有最赏心悦目的乐趣,也这么说。就在这一年,这个舞会成全了两件婚事。戈尔恰科夫家的两位美貌的公爵小姐物色到未婚夫,而且结了婚,这个舞会因而更加出名了。这个舞会的特点是没有男女主人,和蔼可亲的约格尔像羽毛似的满场飞,按照艺人的规矩行礼,他向所有的客人都收学费。另一个特点是,只有那些怀着初次穿上长舞衣的十三四岁小姑娘的心情,想来跳跳舞、寻欢作乐的人才来参加这个舞会。所有的人,绝少例外,都是漂亮的,或者好像是漂亮的：她们都是那么兴高采烈，目光都是那么神采飞扬。有时优秀的学生甚至跳披巾舞，娜塔莎舞姿优美，是她们之中最好的一个。但是，在这最后一次舞会中，只跳苏格兰舞、英格兰舞和刚刚流行的玛祖卡舞。是约格尔借别祖霍夫家的大客厅作为舞厅，大家都说舞会很成功。美貌的姑娘很多，而罗斯托夫家的两个少女是其中最美的。她们俩都特别幸福和快乐。这天晚上，由于多洛霍夫的求婚和她的拒绝，以及同尼古拉的表白爱情而感到骄傲的索尼娅，早在家里就不停地旋舞，弄得女仆不能给她梳完发辫，而现在突发的狂喜使她通体都焕发着照人的光彩。

由于第一次穿长舞衫赴真正的舞会而不胜自豪的娜塔莎，更觉得幸福了。她们都穿着白纱长衣，系着粉红色的绦带。

娜塔莎从进入舞会那一刻起，就陷入恋爱状态。她不是爱上某一个特定的人，而是爱所有的人。不论她看见什么人，在她看他的那一刹那，她就爱上他一刹那。

"啊，那么好啊！"她不断跑到索尼娅跟前这么说。

尼古拉和杰尼索夫在大厅里走来走去，带着亲切的长辈的神情环顾跳舞的人们。

"她多么可爱，将来一定是个美人。"杰尼索夫说。

"谁呀？"

"娜塔莎伯爵小姐。"杰尼索夫回答说。

"她跳得多么好，舞姿多么优美！"停了一会儿，他又说。

"你是说谁呀？"

"是说你妹妹嘛。"杰尼索夫愤愤地嚷了一声。

罗斯托夫笑了。

"亲爱的伯爵，您是我最好的学生之一。您应当出场跳一跳。"小个的约格尔走到尼古拉跟前说。"您瞧，好多的漂亮的姑娘。"他向过去也是他的学生杰尼索夫提出同样的邀请。

"不，亲爱的，我最好坐在这儿看看，"杰尼索夫说，"难道您不记得我跟您学的成绩多么糟吗？……"

"啊，不！"约格尔赶快安慰他，"您不过是不经心罢了，可是您是有才能的，是的，您是有才能的。"

又奏起新流行的玛祖卡舞曲。尼古拉不好拒绝约格尔，于是邀请了索尼娅。杰尼索夫在老太太们旁边坐下，臂肘倚着军刀，用脚打着拍子，他一边快乐地讲着什么，跟老太太们逗笑，一边观看男女青年跳舞。约格尔首先找他引为骄傲的高材生娜塔莎跳舞。约格尔和娜塔莎第一对翩翩起舞飞过舞厅，约格尔那双穿着浅口鞋的小脚落地轻巧而且柔和，娜塔莎虽然有点怯生，却尽力表演她的舞步。杰尼索夫目不转睛地看她，用军刀轻轻地打着拍子，他那神情显然在说，他不上场不是因为他不会跳，只不过因为他不愿意跳罢了。当这轮舞进行到一半的时候，他把从他面前经过的罗斯托夫叫到他跟前。

"这全然不是那回事，"他说，"这算什么波兰玛祖卡舞哇？可是她跳得好极了。"

尼古拉知道杰尼索夫甚至在波兰就以跳玛祖卡舞的才艺而出名，他跑到娜塔莎那里：

"你去邀请杰尼索夫吧。他跳得才叫好呢！奇妙无比！"他说。

又轮到娜塔莎邀请舞伴的时候，她站起来，她那双带花结的浅口小鞋迅速地挪动，她独自一人胆怯地穿过舞厅，向杰尼索夫坐的角落跑过去。她看见所有的人都把目光投向她，都在等待着。尼古拉看见杰尼索夫和娜塔莎微笑着在争论，杰尼索夫在推辞，但是高兴地笑着。他跑过去。

"请，瓦西里·德米特里奇，"娜塔莎说，"咱们跳一圈，请吧。"

"您怎么啦，伯爵小姐，快饶了我吧。"杰尼索夫说。

"得了，得了，瓦夏。"尼古拉说。

"简直像劝小猫瓦西卡①似的。"杰尼索夫开玩笑说。

"找一天我给您唱整整一个晚上。"娜塔莎说。

"小仙女，爱要我怎么就怎么吧！"杰尼索夫说着把军刀摘下来，绕过椅子走出来。他紧握舞伴的手，微微抬起头，伸出一只脚，等待音乐的节拍。只有在马背上和跳玛祖卡舞的时候，杰尼索夫才不显得个子矮小，连他自己都感到他是那么潇洒英俊。他在等待音乐节拍，他得意地、诙谐地从侧面望了他的舞伴一眼，突然，一只脚轻轻一点，他就像皮球似的从地板上弹起来，飞也似的带着舞伴沿着圆圈旋舞。他用一只脚无声地飞过半个大厅，好像他没有看见他前面有椅子似的，一直向前冲去；可是忽然两支马刺碰了一下，两脚叉开，用脚跟站着，停了一秒钟，在原地跺了跺脚，飞快地转了几转，然后左脚碰击着右脚，又沿着圆圈滑走了。娜塔莎猜到了他要怎样做，连她自己也不知道为什么，总是不由自主地顺从他，跟着他走。他时而让她旋转，时而握住她的右手，时而握住她左手，时而单膝跪地，让她围绕着自己转，然后又跳将起来，飞速地前进，好像他想一口气跑过所有的屋子；时而忽然又停下来，又跳一个新颖的意外的美妙舞步。他敏捷地把舞伴转到她的坐位前面，把马刺一碰，向她鞠了一躬，娜塔莎甚至忘了还他的礼。她带着莫名其妙的神情，含着笑容注视他的眼睛，仿佛不认识他似的。

"这是怎么啦？"她说。

虽然约格尔不承认这是真正的玛祖卡舞，但是人人都惊叹杰尼索夫的技巧，络绎不绝地前来邀请他，老人们微笑着谈论波兰，谈论往日美好的光景。杰尼索夫跳完玛祖卡舞以后满脸通红，用手绢擦着汗，在娜塔莎身旁坐下，整个舞会再没有离开她。

① 瓦西卡是俄国人对小猫的惯称。

十三

那次舞会以后，一连两天罗斯托夫没有看见多洛霍夫，他没有到罗斯托夫家里去，罗斯托夫在他家里也没有找到他。第三天罗斯托夫接到他一封短信。

"由于您已知的原因，我不愿前往贵府，而且我即将归队，因此今晚特约友好数人，设宴话别，请即来英吉利饭店一晤。"罗斯托夫在剧院里同家里人和杰尼索夫看完戏，在约定的日子九点多钟就前往英吉利饭店。他立刻被领到多洛霍夫当夜包租的最阔绰的房间。

有二十来个人聚在桌子周围，多洛霍夫坐在两支蜡烛之间。桌上摆着金币和纸币，多洛霍夫在做庄散牌。在索尼娅拒绝求婚后，尼古拉还没有和他见过面，他一想到他们见面的情景，心中就不免有些惶惑不安。

罗斯托夫刚在门口出现，多洛霍夫就向他投来又亮又冷的目光，看样子他早就在等待他了。

"好久不见，"他说，"谢谢你光临。我这就散完牌，一会儿伊柳什卡带着歌唱队也要来。"

"我到你家去了。"罗斯托夫红着脸说。

多洛霍夫没有回答他。

"你可以下注。"他说。

罗斯托夫这时想起他和多洛霍夫一次奇特的谈话："只有傻瓜才靠运气赌博。"多洛霍夫曾经这样说。

"也许你怕跟我赌钱吧？"多洛霍夫仿佛猜到了罗斯托夫的心思，就这么说，并且笑了笑。罗斯托夫从他的笑容看出，他正怀有他在俱乐部宴会上所怀有的那种情绪，也就是多洛霍夫对日常生活感到厌倦,觉得必须干点奇特的、多半是残酷的事情来消愁解闷的时候所怀有的那种情绪。

罗斯托夫感到不大自在;他在寻思,但想不出打趣的话来回敬多洛霍夫。但是,当他正在想的时候,多洛霍夫直盯着罗斯托夫的脸,慢吞吞、一字一板、让大家都能听得见地对他说:

"你还记得咱们曾谈过赌博的事……傻瓜赌博靠运气,赌博要有十分把握,我就是要这样试试。"

"是碰碰运气,还是有把握地玩?"罗斯托夫想了想。

"你最好不要玩,"他加了一句,他把洗好的牌往桌上一拍,又说,"下注,诸位!"

多洛霍夫把钱往前一推,准备分牌。罗斯托夫在他身旁坐下,起初他没赌。多洛霍夫老瞅他。

"你干吗不玩呀?"多洛霍夫说。说来奇怪,罗斯托夫觉得必须拿牌,下一个小注,于是开始赌起来。

"我没有带钱。"罗斯托夫说。

"可以记账!"

罗斯托夫押了五个卢布,输了,又押了五个,又输了。多洛霍夫一连杀了罗斯托夫十张牌,就是说,赢了他十张牌。

"诸位,"他做了一阵子庄家,说,"请把钱放在牌上,不然我会算错的。"

其中一个赌徒说,他希望能给他记账。

"记账是可以的,不过我怕算错;请把钱押在牌上。"多洛霍夫回答,"你不要不好意思,咱们以后会清账的。"他对罗斯托夫加了一句。

他们继续赌下去,侍者不断送来香槟。

罗斯托夫的牌全给杀掉了,他已经欠了八百卢布。他本想在一张牌上押八百卢布,但在送给他香槟的时候,他改变了主意,又改为一般的赌注——二十卢布。

"别改啦,"多洛霍夫说,虽然他对罗斯托夫好像连看也没看,"你得快点赢回去。我输给别人,可是老赢你。也许你怕我吧?"他又重复一遍这句话。

罗斯托夫照办了,不改动已经写好的八百卢布,把从地上捡起来的破角的红桃七押上。过后很久他都清清楚楚地记得这张红桃七。他押上红桃七,用粉笔头在这张牌上端端正正写上"800";喝了一杯侍者送来的暖香槟,对多洛霍夫的话笑了笑,于是他提心吊胆地瞅着多洛霍夫拿牌的手,等待着红桃七的出现。这张红桃七的输或者赢,对于罗斯托夫是事关重大的。上星期日伊利亚·安德烈伊奇伯爵给儿子两千卢布,他是从来不爱谈手头拮据的,可是他对儿子说,在五月之前这是最后一笔钱了,叫他这次要节省一点。罗斯托夫说,这笔钱对他来说已经绰绰有余了,他保证在春天以前不再要钱。现在这笔钱只剩一千二百卢布了。因此,红桃七不仅意味着输一千六百卢布,而且势必要改变诺言。他揪着一颗紧张的心,望着多洛霍夫的手并且在想:"快发给这张牌吧,这样我就可以拿起帽子坐车回家,同杰尼索夫、娜塔莎和索尼娅一起用晚餐,从此以后发誓再不沾牌的边儿。"此刻,他的家庭生活——跟彼佳的玩笑,跟索尼娅的谈话,跟娜塔莎的二重唱,跟父亲的玩牌,甚至波瓦尔大街家里那张舒适的床铺——在他想象中都是那么生动有力、清晰迷人,就仿佛这一切已经成为久已过去、再也得不到的、异常宝贵的幸福。他不能设想愚弄人的运气竟然不得不把红桃七放在右边,而不是放在左边①,以致使得他坠入从未体验过的不可知的灾难深渊。这是不可能的,但他仍然揪紧了心,等待着多洛霍夫两只手的动作。那两只骨骼粗大、颜色发红、从衬衫袖

———————

① 开牌后,输家把所押的那张牌放在右边,反之放在左边。

口下露出汗毛的手,把整副牌放下,接过侍者递给他的杯子和烟斗。

"你真的不怕跟我赌吗?"多洛霍夫又重复这句话,他仿佛要讲有趣的故事似的,把牌放下,往椅背上一靠,嘴角含笑,慢条斯理地讲起来:

"是啊,诸位,我听说莫斯科谣传,说我是赌假博,因此我奉劝你们对我要当心点。"

"好啦,快发牌!"罗斯托夫说。

"嘿,这帮莫斯科的三姑六婆!"多洛霍夫说,笑着把牌抓起来。

"啊——哈!"罗斯托夫把两手举到头发上,几乎大声叫起来。他所要的红桃七竟然出现在整副牌的第一张。他已经输到无力偿付的地步。

"不过,你不要拼命冒险。"多洛霍夫向罗斯托夫瞥了一眼,说,继续发牌。

十四

一个半小时以后,大多数赌徒都不大注意打自己的牌了。

整个赌局都集中在罗斯托夫一个人身上。他的欠账不是一千六百卢布,而是一长串数目字,他曾估计大约上万了,可是现在他模糊地觉得,已经达到一万五千。而实际账面已经超过两万了。多洛霍夫已经不听也不讲故事了,他注视着罗斯托夫的手的每一个动作,偶尔瞟一下他的欠账。他决定继续赌下去,直到罗斯托夫欠四万三千卢布为止。他所以要选这个数目,是因为这个数目是他和索尼娅两人年龄的总和。罗斯托夫两手支着头坐在画满数字、酒渍斑斑、堆满纸牌的桌旁。一个恼人的印象总也挥之不去:

那两只骨骼粗大、颜色发红、在衬衫袖口下露出汗毛的手,两只他又爱又恨的手,牢牢地控制了他。

"六百卢布,爱司,角,九……赢回来是不可能了!……家里是多么快乐啊……杰克孤注……这是不可能的!……他为什么跟我来这一手?……"罗斯托夫在想和回忆。有时他下一个大注;但是多洛霍夫拒绝打它,他亲自给他定注。尼古拉顺从了他,他时而祈祷上帝,就像他在战场上、在阿姆施特滕桥上那样祈祷上帝,时而认为随便从桌子下面捡一张折坏的牌可以搭救他,时而数数他的军服上有几根绦带,就把全部输掉的钱都押在数目相同的牌上,时而环顾其他的赌友求救,时而瞅瞅多洛霍夫那张现在变得冰冷的面孔,极力揣测他怀着什么鬼胎。

"他不是不知道,输得这么惨对我意味着什么。他不会希望看见我毁灭吧?要知道他是我的朋友。要知道我曾是爱他的……但也不能怪他,他走运嘛,有什么办法呢?也不能怪我,"他对自己说,"我没有做过什么坏事。难道我杀过人,侮辱过人,对人起过坏心眼吗?为什么倒这么大的霉?这是从何时开始的?就在不大会儿之前,在我向这张桌子走来的时候,心想赢它一百卢布,够买一个珠宝匣送给妈妈过生日的就回家了。那时我是多么幸福,逍遥自在,快快活活啊!可是当时我并不了解我是幸福的!它是何时结束的?这个新出现的可怕的处境又是何时开始的?这个变化的标志是什么?我仍然挨着桌子在这儿坐着,仍然在选牌和出牌,在看那双骨骼粗大、动作敏捷的手。这是何时发生的?究竟出了什么事?我健康,强壮,依然故我,依然在原来的地方。不,这不可能!结局大概不会有什么事的。"

他满脸通红,浑身出汗,虽然室内并不热。他的面孔看去既可怕又可怜,在他力不从心地强作镇静的时候,更显得可怕而且可怜了。

欠账达到四万三千这个注定的数目。罗斯托夫准备了一张牌,把刚输掉的三千卢布加倍押上去,这时多洛霍夫把牌一扣,推到一边,拿起粉笔迅速地画出清晰粗重的笔迹,不断摁断粉笔头儿,结算罗斯托夫的欠账。

"吃晚饭,该吃晚饭了!茨冈人来了!"果然,从寒冷的外面进来一群肤色微黑的男男女女,操着茨冈口音谈话。尼古拉知道一切都完了,但是他用不在乎的口气说:

"怎么,你不干啦?我准备了一张极好的牌。"好像他最关心的就是赌博的乐趣了。

"一切都完了,我完蛋了!"他想,"现在只有一条路——对准脑门送一颗子弹。"他这样想,但同时用快活的声调说:

"喂,再打一张牌吧。"

"好,"多洛霍夫算完账,答道,"好!押二十一卢布的。"他指着四万三千整数的零头二十一这个数字说,于是他拿起牌来准备发牌。罗斯托夫顺从地折角,努力写上二十一以代替原先打算押的六千。

"我怎么都无所谓,"他说,"我只是很想知道,你是'杀'还是'赔'我这个十点。"

多洛霍夫认真地发牌。啊,罗斯托夫这时是多么恨那双手,那双颜色发红,指头短粗,从衬衫袖口下露出汗毛,把他控制住的手……十点赢了。

"您欠四万三千卢布,伯爵。"多洛霍夫说,他从桌旁站起来伸伸懒腰。"坐这么久,的确坐累了。"他说。

"可不是,我也累了。"罗斯托夫说。

多洛霍夫打断他的话,好像提醒他,开玩笑对他是不合适的:

"伯爵,我什么时候可以拿到您的钱?"

罗斯托夫刷地一下涨红了脸,他把多洛霍夫叫到另一间屋里。

"我不能一次付清,你可以拿到期票。"他说。

"你听着,罗斯托夫,"多洛霍夫明显地含着微笑,紧盯着罗斯托夫的眼睛说,"你知道一句成语吧:'在恋爱中成功,在牌桌上就失败。'你的表妹爱上你了。我知道。"

"啊!落到这个人手里是多么可怕。"罗斯托夫想。他明白,输钱的事张扬出去,对父母是一个多么大的打击。他明白,摆脱这一切该是多么幸福。他也明白,多洛霍夫知道而且也能够使他避免这场羞辱和痛苦,而他现在竟像猫玩老鼠似的戏弄他。

"你的表妹……"多洛霍夫正要说下去,但是罗斯托夫打断了他的话。

"我的表妹跟这毫不相干,用不着提她!"罗斯托夫发疯似的喊道。

"那么什么时候给我钱呢?"多洛霍夫问。

"明天。"罗斯托夫说着,离开了房间。

十五

说一声"明天",并保持不失体面的腔调,不是难事,但是一个人回到家里,见到妹妹、弟弟、母亲、父亲,说明情由,伸手要钱,然而在许下诺言后已经没有权利要钱,这却是可怕的。

家里的人还没睡。罗斯托夫家的年轻人从剧院回来,吃过晚饭,都聚在古钢琴周围。尼古拉一走进大厅,一团爱情的诗意气氛就包围了他,在那年冬天始终笼罩着他们家庭的这种气氛,现在在多洛霍夫求婚和约格尔的舞会之后,有如大雷雨之前的空气,在索尼娅和娜塔莎身上更加浓厚了。索尼娅和娜塔莎穿着去剧院穿的那身天蓝色的连衣裙,她们都是那么美,而且她们也知道自己的美,微微含笑站在古钢琴旁边。薇拉和申申在客厅里下棋。老伯爵夫人和一个住在他们家里的贵族老太太在摆牌阵,等待着儿子和丈夫。杰尼索夫两眼发光,头发竖起,伸出一只腿坐在古钢琴旁,他那短粗的指头打着琴键,奏出和弦,他转动着眼睛,用尖细沙哑、然而准确的声音唱着他写的诗歌:《仙女》,他在试着为它配乐。

> 仙女啊,告诉我:
>
> 是什么力量,
>
> 使我又弹起久别的琴弦,
>
> 你在我心中点燃的火焰,
>
> 多么旺,
>
> 你在我指上倾注的喜悦,
>
> 无穷尽!……

他的歌声热情奔放,他那对玛瑙似的黑眼睛光闪闪地望着吃惊的、感到幸福的娜塔莎。

"美极了! 好极了!"娜塔莎喊道。"再来一段。"她说,没有注意尼古拉进来。

"他们总是这么一套。"尼古拉一面想,一面探头望望客厅,他看见薇拉和一个老太太陪伴着母亲。

"啊! 尼古连卡来了!"娜塔莎向他跑过去。

"爸爸在家吗?"他问。

"你来了,我真高兴!"娜塔莎说,没有回答他,"我们快乐极了! 瓦西里·德米特里奇为我多住一天,你知道吗?"

"爸爸还没回来。"索尼娅说。

"科科①,你回来了,到我这儿来,亲爱的。"从客厅里传来母亲的声音。尼古拉走到母亲跟前,吻吻她的手,默默地靠近她的桌子

---

① 科科是尼古拉的爱称。

坐下,开始看她正在摆弄牌的手。从大厅里不断传来笑声和劝说娜塔莎唱歌的说笑声。

"得了,得了,"杰尼索夫喊道,"现在再没的可说的了,该您唱barcarolla① 了,我求求您。"

老伯爵夫人转脸看了看一声不响的尼古拉。

"你怎么啦?"母亲问尼古拉。

"咳,没什么。"他那口气,好像人家老向他提这个问题,已经使他厌烦了,"爸爸快回来了吧?"

"大概快了。"

"他们老是这么一套。他们什么都不知道! 我到哪儿待一待才好?"尼古拉想,他又回到放古钢琴的大厅里。

索尼娅坐在琴旁,正在弹杰尼索夫特别喜爱的一首船歌的前奏。娜塔莎准备唱。杰尼索夫两眼充满喜悦的光芒望着她。

尼古拉在室内走来走去。

"何苦逼她唱! 她能唱个什么? 这一点也不可乐。"尼古拉想。

索尼娅弹完了前奏的第一个和弦。

"我的天啊,我毁了,我是一个丢尽脸的人。唯一的出路是对准脑门来一颗子弹,而不是唱歌,"他想,"躲开吗? 但是躲到哪儿去呢? 反正一样,让他们唱吧!"

尼古拉愁眉苦脸,继续在室内走来走去,时时瞅瞅杰尼索夫和姑娘们,同时避开他们的目光。

"尼古连卡,你怎么啦?"索尼娅注视着他,她的目光仿佛这样问。她即刻就看出他有什么心事。

尼古拉背转身去。娜塔莎非常敏感,也立即看出哥哥的神态。

---

① 意大利威尼斯的船歌。

她虽然看出了，但她自己此刻是如此快乐，什么悲哀、忧伤、内疚，都和她不相干，她（也像一般年轻人常做的那样，）故意欺骗自己，"不，我现在太快乐了，不能因为同情别人的悲哀而破坏自己的快乐。"她有一个感觉，于是对自己说："不，也许是我弄错了，他应当跟我一样快乐。"

"喂，索尼娅。"她说着就向大厅中间走去，她认为那里的共鸣最好。娜塔莎像舞蹈家似的，抬起头，两手放松地垂下来，她先用脚跟着地，然后踮起脚尖，走到屋子中间停住了。

"瞧，我就是这个样儿！"她在回答杰尼索夫那双追随着她的、充满喜悦的目光，仿佛这么说。

"她高兴什么啊！"尼古拉瞧着妹妹想，"她怎么不觉得无聊，不嫌害臊！"娜塔莎唱出了第一个音符，她放开嗓子，挺起胸脯，目光严肃起来。此刻她不想任何人，任何事。从她微笑的嘴唇吐出任何人在同样那段时间和同样音程中都能吐出的声音，你对它一千次都无动于衷，然而一千零一次却触动了你，使你热泪盈眶。

娜塔莎这年冬天第一次认真地歌唱，特别是因为杰尼索夫喜欢她唱。她现在唱起来已经不像一个孩子了，在她的歌唱中不再有先前那种令人好笑的童年时期费劲的感觉。但她唱得还不好，听过她歌唱的专门鉴赏家都这么说。"缺乏训练，但是嗓子好极了，要训练训练。"都这么说。不过人们都是在她唱完以后过了很久才这么说的。可是在这个呼吸不正确、换气吃力的没有素养的歌喉正在歌唱的时候，甚至连那些专门鉴赏家也一声不响，只是聚精会神地欣赏这个没有素养的歌喉，只是渴望再听一次。在她的嗓音中那种处子的纯真，对自己的魅力的不自觉，以及未经琢磨的柔和声调，再加上歌唱技巧的缺陷，使人觉得，所有这一切的任何改变，都会把这个歌喉毁掉。

"这是怎么回事？"尼古拉听到她的歌声，眼睛睁得大大地在想。"她怎么了? 她今天唱得这么好啊?"他想。忽然整个世界对他来说只有一件事:期待着下一个音符,下一个句子,整个世界都变成三拍:"啊,我的严酷的爱情……①一、二、三……一、二……三……一……啊,我的严酷的爱情……一、二、三……一。嘿,我们的生活多么愚蠢啊!"尼古拉在想,"什么不幸、金钱、多洛霍夫、愤恨、名誉,所有这一切都是扯淡……只有这才是真正的东西……嘿,娜塔莎,嘿,亲爱的! 嘿,真有你的! ……看她怎样唱好这个si? 唱得好! 谢谢上帝!"他不知不觉也唱起来,用高三度的第二音来加强这个 si,"我的天! 多么好啊! 难道我真的唱出来了吗? 多么幸运!"他在想。

啊,听听这个三度音的震颤吧,它触动了罗斯托夫灵魂中最美好的东西,它与世上的一切无关,它高出世上的一切。输钱、多洛霍夫、誓言,算得了什么! ……都是扯淡! 哪怕杀过人,越过货,但是听到它,仍然觉得幸福……

十六

罗斯托夫好久没有像今天这样享受音乐的乐趣了。但是娜塔莎一唱完船歌,现实又浮上心头。他一句话不说,就下楼回到自己的房间。一刻钟后,老伯爵兴高采烈、心满意足地从俱乐部回来了。尼古拉听见他进门的声音,就去见他。

"怎么样,玩得痛快吧?"伊利亚·安德烈伊奇说,他对儿子满心欢喜地、高傲地微笑着。尼古拉想说"是的",但说不出口,他几乎哭了。伯爵在点烟斗,没有注意儿子的神情。

"唉,免不了的事!"尼古拉第一次也是最后一次这么想。突

---

① 原文为意大利语。

然,他对父亲说了,他那口气就像是向父亲要马车进城似的随随便便,连他自己都觉得恶心。

"爸,我有事要跟您商量一下,我差点儿忘了。我要用钱。"

"啊,是吗!"父亲的兴致好极了,"我对你说过的嘛,你不够用的。需要很多吗?"

"很多,"尼古拉红着脸、满不在乎地微笑着说,他对自己这种愚蠢的微笑,后来过了很久都不能原谅,"我输了一点钱,就是说,输了很多,四万三千卢布。"

"什么? 输给谁的? ……你开玩笑!"伯爵大喊一声,忽然像一般老年人常有的那样,他的脖子和颈背像中风似的全都红了。

"我答应人家明天还账。"尼古拉说。

"是吗! ……"老伯爵摊开双手,无力地坐到沙发上。

"有什么办法! 谁都会碰到这种事。"儿子大胆放肆地说,而他内心却认为自己是个无赖和坏蛋,一生也赎不回自己的罪。他本想跪下来吻父亲的手求饶,可是他竟用满不在乎、甚至粗鲁的口气说谁都会碰到这种事。

伊利亚·安德烈伊奇伯爵听了儿子的话,垂下眼来,慌慌张张地找什么东西。

"是啊,是啊,"他喃喃地说,"很难,张罗这笔钱,我怕很难……谁都会碰到! 是的,谁都会碰到……"伯爵向儿子瞥了一眼,就从屋里走出去了……尼古拉本来准备受申斥,但没料到事情会是这样。

"爸爸! 爸……爸!"他在父亲后面哭着喊着,"原谅我!"他抓起父亲的手按到自己的嘴唇上,大哭起来。

在父子之间正进行这场谈话的时候,母女那边也发生了一场同样重要的谈话。神情激动的娜塔莎跑到母亲跟前。

"妈妈！……妈妈！……他向我提出了……"

"提出什么？"

"提出，提出婚约，妈妈！妈妈!"她喊道。

伯爵夫人不相信自己的耳朵。杰尼索夫求婚，向谁求婚？向这个不久前还在玩布娃娃、而现在还在学功课的小姑娘求婚？

"娜塔莎，算了吧，别胡闹啦!"她仍然希望这不过是开玩笑。

"看您说的，胡闹！我是跟您说正经的，"娜塔莎急了，"我是来问您该怎么办，可您说'胡闹'……"

伯爵夫人耸耸肩膀。

"杰尼索夫先生果真向你求婚的话，那你就对他说，他是个大傻瓜，不就得了。"

"不，他不是傻瓜。"娜塔莎委屈地、认真地说。

"那么你想怎么样呢？你们如今总是闹恋爱。既然爱上了他，那就嫁给他吧，"伯爵夫人生气地笑着说，"上帝保佑你们!"

"不，妈妈，我没有爱上他，大概没有爱上。"

"既然是这样，那就这样对他说。"

"妈妈，您生气啦？您别生气，亲爱的，我有什么过错啊？"

"哪里，亲爱的，气什么？要是你愿意，我去对他说。"伯爵夫人微笑着说。

"不，我自己说，您告诉我怎么说就行了。您倒是怪轻松的，"她加上一句回答母亲的微笑，"您要是看见他向我提亲的情景就好了！我知道他是不愿意提的，他是在无意之中说出来的。"

"那仍然应当谢绝啊。"

"不，不必。我太可怜他了！他是那么好!"

"那你就接受他的求婚。而且你也该出嫁了。"母亲生气地、嘲讽地说。

"不，妈妈，我非常可怜他，我不知道我该怎么说。"

"不用你说，我去说。"伯爵夫人对于竟然把小小的娜塔莎当成大人，感到气愤。

"不，绝对不行，我自己来，您站在门外听。"于是，娜塔莎穿过客厅向大厅跑去，杰尼索夫仍然坐在古钢琴旁边的椅子上，两手捂着脸。他一听见她那轻盈的脚步声，就一跃而起。

"娜塔莎，"他快步迎上去，说，"我的命运就请您决定吧，它握在您的手里！"

"瓦西里·德米特里奇，您真叫我心疼啊！……不，您是个好人……可是不必……这样……我永远会爱您的。"

杰尼索夫向她伸出一只手，弯下身来，于是她听到一种奇特的、她所不理解的声音。她吻了吻他那黑发蓬乱的头。正在这时，传来伯爵夫人衣衫窸窸窣窣的急促声音。她走到他跟前。

"瓦西里·德米特里奇，我感谢您的赏光，"伯爵夫人的声音有点窘，但杰尼索夫觉得很严厉，"可是，小女还年轻，我觉得，您是我儿子的朋友，应当先对我说。那您就不会使我不得不来向您谢绝了。"

"伯爵夫人……"杰尼索夫耷拉下眼皮，露出负疚的样子，想说话，可是又结结巴巴说不出来。

娜塔莎看见他那副可怜的样子，心情难以平静，大声地抽咽起来。

"伯爵夫人，我对不住您，"他断断续续说，"可是您知道，我非常崇敬您的女儿和您全家，两次付出生命都在所不惜……"他看了看伯爵夫人，看出她的表情严峻……"再见，伯爵夫人。"他说，吻了吻她的手，没有瞧娜塔莎一眼，就迈开坚定的步子急匆匆地走了出去。

第二天,罗斯托夫送走了连一天也不愿在莫斯科多待的杰尼索夫。杰尼索夫在莫斯科的所有朋友都在茨冈人那里给他饯行,他甚至不记得人们怎样把他扶上雪橇,怎样走过头三站路程。

杰尼索夫走后,罗斯托夫因为等候老伯爵一时难以如数筹措的款子,在莫斯科又住了两星期,没有出门,大半时间待在姑娘们的房里。

索尼娅对他比先前更温柔、更钟情了。看来她是想向他表示,他的输钱是一桩英勇行为,因此她更爱他了。但是尼古拉现在却认为自己配不上她。

他在姑娘们的纪念册上写满了诗和乐谱,在终于还清了四万三千卢布,收到多洛霍夫的收条以后,没有同任何熟人告别,就于十一月底动身追赶已经进驻波兰的团队。

第 二 部

一

　　皮埃尔和妻子闹翻以后,就动身去彼得堡。走到托尔若克,驿站没有备换的马,也许是驿站长不愿意给。皮埃尔只得等待。他和衣躺在圆桌旁的沙发上,把穿着厚毡靴的大脚伸到圆桌上,沉思起来。

　　"箱子要拿进来吗? 要铺床吗? 要茶吗?"仆人问。

　　皮埃尔没有回答,因为他什么也听不见,什么也看不见。他在前一站就在想问题,现在仍在想,他想的那些问题太重要了,以致他对周围发生的一切都毫不注意。他不仅对于是早些还是迟些到达彼得堡,或者对于他在这个驿站能否得到休息的地方漠不关心,而且比起他的现在萦绕于怀的思想:在这个驿站是等几个小时还是待上一辈子,对他都是无所谓的。

　　驿站长、站长妻子、仆人、卖托尔若克刺绣的农妇,都进来要为他效劳。皮埃尔不改变两腿放到桌上的姿势,从眼镜上方瞅着他们,不明白他们要什么,不明白他们不解决他所想的那些问题,怎么能活下去。可是,自从那天在索科尔尼克松林决斗回来以后,那些问题就在他的心头萦绕着,使他度过了一个痛苦的不眠之夜;而现在,在孤寂的旅途中,这些问题更加强有力地占据着他。不管他想什么,总要回到那些他不能解决也不能停止向自己提出的问题。仿佛他的头脑中有一颗支持他整个生命的螺丝钉拧坏了。它既拧不进也拔不出,老是在同一个刻槽里悬空打转,而且想停止它旋转也不可能。

驿站长进来了,他卑躬地请求大人稍候两小时,然后一定给大人换几匹快马(想必他会这么说)。驿站长显然是在撒谎,只不过是想向旅客多讨几个钱罢了。"这是好还是坏?"皮埃尔问自己。"对于我是好,对于别的旅客就是坏,对于他本人,是不得已的事,因为他一无所有:他说,为了这,一个军官鞭打过他。军官鞭打他因为他要兼程赶路。我射击多洛霍夫,是因为我受了侮辱。路易十六被处死,是因为人家把他当成罪人,一年以后,处死他的人被杀死了,也是因为某种原因。什么是善?什么是恶?应当爱什么,恨什么?为什么活着,我这个人是什么?什么是生,什么是死?主宰一切的是什么力量?"他问自己。对于这些问题,连一个也得不到解答,只有一个完全不是针对这些问题的不合逻辑的解答。这个解答是:"死了,一切都完了。死了,一切都揭晓了,或者说,就停止追问了。"但是死也是可怕的。

托尔若克的女贩子尖声叫卖她的货物,特别是叫卖山羊皮便鞋。"我有几百卢布没处放,而她穿着破皮袄站在那儿胆怯地望着我,"皮埃尔在想,"要这些钱有什么用?这些钱真的可以给她增加一根发丝的幸福和精神的慰藉吗?难道世上没有什么东西可以使她和我少受点灾害和死亡吗?死,一切都归于完结,不是今天就是明天就要降临的死,比起永恒来,只不过瞬间的经历罢了。"于是他又起劲地拧那颗空转的螺丝钉,它老在原地转个不停。

他的仆人递给他裁了一半的书——苏扎夫人①的书信体小说。他开始阅读关于阿梅莉·德芒费尔德的苦难和维护贞洁而斗争的描述。"她既然爱那个引诱她的人，为什么又要和他斗争？"他想，"上帝不会把违反他的旨意的欲望赋予她的灵魂的。我的前妻就不斗争，也许她是对的。什么也发现不了，"皮埃尔又对自己说，"什么也想不出。我们只知道我们一无所知。这就是人类智慧的顶点。"

他内心和他周围的一切，他都觉得混乱，毫无意义，令人厌恶。但在对周围的一切极端厌恶中，皮埃尔却发现一种富有刺激性的乐趣。

"我斗胆请求大人让点地方给他老人家。"驿站长进来说，他引进一位因为没有备换的马而停留的旅客。这位旅客是一个矮墩墩的老头，他骨架宽大，肤色发黄，满脸皱纹，灰白的长眉毛垂罩着炯炯发光、表情不可捉摸的浅灰色的眼睛。

皮埃尔把腿从桌上移开，站起来，睡到为他铺好的床上，不时地瞧瞧进来的人，而这个人神色阴沉，满脸倦容，不看皮埃尔，仆人帮助他挺费劲地脱衣裳。脱剩一件黄粗布面的破旧皮袄和一双穿在骨瘦如柴的腿上的毡靴，这位旅客坐到沙发上，他那硕大的、鬓角宽宽的、短发的头靠到沙发背上，他向别祖霍夫瞅了一眼。他那严峻、聪明、洞察一切的目光使皮埃尔吃惊。他想同这位旅客搭话，但当他正想向他问问路途情况的时候，旅客已经闭上眼睛一动不动地坐在那里，叠起两只满是皱纹的手，一个手指上戴着生铁的大戒指，上面雕有骷髅头。皮埃尔觉得他在深沉地、安详地思索着什么。旅客的仆人也是满脸皱纹、肤色发黄的小老头，他没有胡

---

① 苏扎夫人(1761—1836)，法国女作家，她的第一个丈夫在法国大革命中被杀，她流亡德英两国，开始写小说。《阿梅莉与阿尔方斯》写于一七九九年。

须,显然不是剃过,而是从来没有长过。这个动作敏捷的老仆人打开旅行食品箱,拿出茶具摆在桌上,端来滚开的茶炊。一切准备好了以后,旅客睁开眼,挨近桌子坐过去,给自己倒一杯茶,然后给无须的小老头也倒了一杯递给他。皮埃尔开始感到不安,觉得有必要,甚至必须跟这位旅客聊一聊。

仆人把他那底朝上的空杯子①和咬剩的糖块②拿进来,问他还要什么。

"不要了,把书给我。"旅客说。仆人把书递给他,他埋头读起来,皮埃尔看见那是一本宗教书。旅客忽然把书推到一旁,夹上书签,合了起来,又闭上了眼睛,臂肘倚着沙发背,照原先的姿势坐着。皮埃尔望着他,刚要转过脸去,老头睁开眼睛直盯着皮埃尔的脸,目光刚劲而严厉。

皮埃尔感到窘迫不安,想避开这个目光,可是老头光亮的眼睛不可抗拒地把他吸引住了。

二

"如果我没有弄错的话,我是荣幸地和别祖霍夫伯爵说话。"这位旅客从容不迫地大声说。皮埃尔一声不响,带着疑问的神情从眼镜上方望着对方。

"我听说过您,"旅客接着说,"听说过先生遭遇的不幸。"他特别加重最后一个词,意思是说:是的,是,不幸,不管您是如何称谓它,而我知道您在莫斯科的遭遇是不幸的,"先生,我对那件事甚表遗憾。"

---

① 杯子底朝上拿着是表示不再要茶了。
② 一般俄国人的习惯,不把糖溶在茶里,而是一口口地咬着糖块送茶。

皮埃尔脸红了,急忙从床上放下腿,向老头弯下身,露出羞怯的不自然的微笑。

"我向您提起这件事不是出于好奇,先生,而是由于更重要的原因。"他沉默了一会儿,目光始终盯着皮埃尔,他在沙发上移动一下,表示请皮埃尔坐到他身旁。皮埃尔觉得同这个老头谈话怪别扭的,但他不由自主地顺从了他,走过去坐到他旁边。

"您是不幸的,先生,"他接着说,"您年轻,我老了。我乐意尽我的力量帮助您。"

"是的,是的,"皮埃尔不自然地微笑着,说,"非常感谢您……请问您打哪儿来?"旅客的面孔不和蔼,甚至冰冷、严厉,然而这位新相识的言谈和表情对皮埃尔却有一种不可抗拒的吸引力。

"不过,如果由于某种原因,您觉得和我谈话不愉快,"老头说,"那么您就明说,先生。"他突然出人意外地露出温厚长者的笑容。

"哪里,哪里,完全不是,相反,和您认识,我非常高兴。"他又瞟了一眼新相识的手,挨近细瞅一下戒指。他看见戒指上的骷髅头——共济会①的标志。

"请问,您是共济会员吗?"他说。

"是的,我是共济会员,"旅客说,他越来越深沉地注视皮埃尔的眼睛,"我代表个人和共济会的会友们向您伸出兄弟般的手。"

"我恐怕,"皮埃尔微笑着说,这个共济会员对他的信任和通常他对共济会员的嘲笑习惯,在这两者之间,他动摇不定,"我怕我难以理解,怎么说呢,我怕我对宇宙的看法和您正相反,我们互不了解。"

---

① 共济会是十八世纪在欧洲各国出现的一种神秘的宗教运动,以道德的自我修养为主旨,其成员多半是贵族和资产阶级上层人物。

"关于您的看法,我是清楚的,"共济会员说,"您所说的您那个看法,您以为是您的思维劳动的产物,其实是大多数人的看法,是骄傲、懒惰和无知的千篇一律的结果。请原谅,先生,如果我不知道您的看法,我就不会同您谈了。您的看法是可悲的迷惘。"

"也正如我认为您陷入迷惘一样。"皮埃尔露出一丝笑意,说。

"我从来不敢夸口说我知道真理,"共济会员说,他那言词的明确和坚定,越来越使皮埃尔惊讶,"任何人都不能独自得到真理;只有在所有的人参加下,经过千秋万代,经过始祖亚当直到当代,一块石头一块石头地积累,才能建成一座配得上伟大天主居住的宫殿。"共济会员说,他又闭上眼睛。

"我应当对您说,我不信,不……信上帝。"皮埃尔遗憾地、费力地说,觉得有必要说出全部的真情实况。

共济会员注意地看了看皮埃尔,笑了笑,就像一个拥有百万财产的富翁笑一个穷得连五个卢布(能使他幸福的五个卢布)都没有的穷人似的。

"是的,您不知道他,先生,"共济会员说,"您不可能知道他。正由于您不知道他,您才不幸。"

"是的,是的,我不幸,"皮埃尔承认,"可是我怎么办呢?"

"正由于您不知道他,先生,您才非常不幸。您不知道他,可是他就在这儿,就在我心中,他就在我的言谈中,他也在你心中,甚至在你刚才说的亵渎的言词中。"共济会员说,声音发颤而且严厉。

他沉默片刻,喘口气,看来他是在极力镇静一下。

"如果他不存在的话,"他低声说,"咱们就不会谈论他了,先生。咱们是在谈什么? 谈谁? 您否定的是谁?"他说,他的声音忽然流露出热烈的、严肃而权威的调子,"如果他不存在,是谁把他虚构出来的? 为什么你会有这个假定:有这么一个不可理解的存在？为什么你和全世界都假定有这个不可思议的存在，具有万能、永恒、无限等品格的存在？……"他停住了，沉默了好大一会儿。

皮埃尔不能也不愿打破这沉默。

"他是存在的，但是理解他却很难，"共济会员又说，眼睛不看皮埃尔的脸，望着前面，他那由于内心激动而不能保持镇静的衰老的双手翻弄着书页，"如果他是人，你怀疑他的存在，那么我可以把这个人领到你面前，挽着他的手让你看。但是，像我这么一个渺小的凡夫俗子怎么能把他那一切全能、永恒、至善的品格拿给一个盲目的人，或者说，一个闭着眼睛不愿看、不愿理解他，而且视而不见和理解不了自己全部的卑劣和没有道德的人看呢？"他沉默片刻。"你是什么人？你算什么？你妄想自己是智者，因此你才说出这些亵渎的话，"他露出阴沉的轻蔑的冷笑，说，"而你比小孩还愚蠢，还没有头脑，一个小孩玩弄精致的钟表，他狂妄地说他不相信制造钟表的师傅，因为他不懂钟表的用途。认识上帝是困难的。世世代代，从始祖亚当到今天，我们就为这个认识而做工作，但离我们的目的还无限地遥远；但是我们在不理解他中只看见我们的弱点和他的伟大……"

皮埃尔听他讲话，大气儿不出，发光的眼睛盯着共济会员的脸，不插嘴，也不发问，全心全意相信这个陌生人对他说的话。不知是共济会员的言谈中那些合理的论据使他折服呢，还是共济会员在说话时那些能赢得一个孩子的信任的腔调、坚定的信念、诚恳的态度，以及有时使这个共济会员说不出话来的嗓音颤抖使他折服，也许是那对由于信仰更显得衰老的炯炯发光的老眼，或者是从共济会员整个人焕发出来的对自己使命的泰然自若、坚定和见识使他折服，同皮埃尔的失意和绝望对比起来，共济会员那副神情使皮埃尔大为惊讶，——总之，他全心全意愿意相信，事实上他也相信了，而且体验着一种心安、新生和复活的快乐感觉。

"上帝不是靠智力所能理解的,而是要在生活中理解。"共济会员说。

"我不明白。"皮埃尔说,他恐惧地感觉到他心中又产生了怀疑。他担心对方的论据有不明确和不足的地方,他怕对他不信任。"我不明白,"他说,"人的智力为什么不能达到您所说的那种认识。"

共济会员露出忠厚长者的微笑。

"至高无上的智慧和真理,正如我们想要汲取的最洁净的甘露,"他说,"我能用不洁净的器皿盛这种甘露,而评论它是否洁净吗?只有把内心洗净,我才可能使所汲取的甘露保持一定程度的洁净。"

"对,对,是这样!"皮埃尔高兴地说。

"最高智慧不是仅只建立在理智上面,也不是建立在世俗的科学——物理、历史、化学等等这些靠智力所取得的知识上面。最高智慧只有一个。最高智慧只有一种科学——包罗万象的科学。阐明整个宇宙以及人生在其中所占地位的科学。人要想把这种科学据为己有,必须洗清和革新他的内心,因此,首先不是要知道,而是要皈依和进行自我修养。为了达到这些目的,我们灵魂中有上帝的光,即所谓良心。"

"对,对。"皮埃尔表示赞同。

"用精神的眼睛看看自己的内心吧,反躬自问您满意不满意您自己吧。您单凭智力得到了什么?您算什么?您年轻,您有钱,您聪明,您受过教育,先生。您利用这一切恩赐做过什么?您满意自己和自己的生活吗?"

"不,我恨自己的生活。"皮埃尔皱着眉头说。

"你恨,那么你就改变它,净化自己,随着净化,你就会逐渐获得智慧了。看一看您的生活吧,先生。您是怎样过活的?是在狂饮和荒淫中度过的,从社会得到一切而什么也没有给予社会。您得到了财富。您是怎样利用它的？您给您的邻人做了什么？您关心过您的几万名奴隶，在物质和精神上帮助过他们吗？没有。您靠他们的劳动过着放荡的生活。这就是您所干的事情。您有没有找一个可以给邻人带来好处的差事？没有。您过着游手好闲的生活。后来您结了婚，先生，负起管好年轻夫人的责任，可是您做了什么呢？您没有帮助她走向一条通往真理的道路，先生，而是把她推入流言蜚语和不幸的深渊。一个人侮辱了您，您就用枪打他，而您说您不信上帝，恨自己的生活，这倒没有什么可奇怪的，先生！"

共济会员说完后，他好像由于长时间的谈话，疲倦了，又靠在沙发背上闭起眼睛。皮埃尔望着那张严厉的、一动不动的、衰老的、几乎像死人般的面孔，动了动嘴唇，没有发出声来。他想说：是的，我过着丑恶的、无所事事的放荡生活。但是他不敢打破沉默。

共济会员沙哑地、老态龙钟地咳嗽了几声，他呼唤仆人。

"马怎么样了？"他不看皮埃尔，问道。

"替换的马来了，"仆人回答说，"您不休息一下吗？"

"不啦，吩咐套车。"

"他没有把话说完，也没有答应帮助我，难道就这样丢下我一个人就走了吗？"皮埃尔想道。他站起来，低着头，偶尔瞅瞅共济会员，开始在屋里走来走去。"是的，我没有想到这一点，我过的是荒淫无耻的生活，但是我不爱这种生活，也不想过这种生活，"皮埃尔想道，"这个人知道真理，如果他愿意的话，他可以向我说明这个真理。"皮埃尔想对共济会员说这话，但是不敢。这位旅客用熟练的老年人的手收拾东西，扣上他的短皮外套。然后他转过身来，淡漠地、客气地对别祖霍夫说：

"您现在去哪儿，先生？"

"我？……我去彼得堡，"皮埃尔像孩子似的吞吞吐吐地说，"我感谢您，完全同意您。但是您不要把我想得那么坏。我全心全意希望成为您要我成为的那样的人,但是从来没有人帮助我……当然,首先一切都怪我。请您帮助我,教导我,也许我会……"皮埃尔说不下去了;他哼哧着鼻子,转过身去。

共济会员沉默了很久,显然是在考虑什么。

"只有上帝才能给予帮助,"他说,"我们共济会只能在可能范围内给您以帮助,先生。您到彼得堡,把这个交给维拉尔斯基伯爵(他掏出记事本,摊开一大张四折纸,写了几个字)。请让我给您一个忠告。到了首都后,先深居简出一些日子,检查自己,不要重蹈先前的生活道路。现在祝您一路平安,先生。"他看见仆人进来,说,"祝您成功……"

皮埃尔从驿站登记簿上得知,这位旅客是奥西普·阿列克谢耶维奇·巴兹杰耶夫。巴兹杰耶夫早在诺维科夫①时期就是最有名望的共济会员和马丁主义者②。皮埃尔在他走后很久都没有躺下睡觉,也没有问马的事情,他在驿站的房子里走来走去,回想自己不道德的过去,满怀新生的喜悦想象那他认为唾手可得的极乐的、白璧无瑕的、有德行的未来。他觉得,他之所以没有道德,只不过是偶尔忘却做一个有道德的人是多么好罢了。先前在他心中的疑虑,一扫而光了。他坚决相信,人们在通往道德的途中,以互助为目的而团结一致是可能的,他心目中的共济会就是这样的。

三

皮埃尔到了彼得堡,不让任何人知道他的到达,也不到任何地

---

① 尼古拉·伊万诺维奇·诺维科夫(1744—1818),十八世纪杰出俄国民主主义启蒙学者,作家,发表过反对农奴制度的文章。他的活动在俄罗斯民主主义文化史上起了重要作用。

② 马丁主义是十八世纪俄国共济会中的一个派别,以其主要人物马丁得名。马丁原是一名军官,写过几部神秘主义作品。

方去,整天读一本不知谁送给他的托马斯·肯庇斯①的书。皮埃尔读着这本书,领悟了一个道理,并且越读越领悟一个道理;他领悟了奥西普·阿列克谢耶维奇向他启示的达到完美境界和人们积极的友爱的可能性。在他到达一星期后,一天晚上,一位在彼得堡社交界皮埃尔有点认识的青年——波兰伯爵维拉尔斯基,走进他的房间,此人板着面孔,郑重其事,带着多洛霍夫的决斗副手前来见他的神气。他随手关上门,确切知道屋里除皮埃尔没有旁人时,才开始对他说话。

"我负有委托和建议前来见您,伯爵,"他不坐下,对他说,"本会有一个地位很高的人申请提前接受您入会,并要我做您的保证人。我认为执行他的意志是一件神圣的义务。您愿意在我的保证下加入共济会吗?"

皮埃尔在舞会上看见的他,是一个在最漂亮的妇女圈子里总是面带殷勤微笑的人,而现在他那腔调之冷峻和严厉,却令皮埃尔不胜惊讶。

"是的,我愿意。"皮埃尔说。

维拉尔斯基点了一下头。

"还有一个问题,伯爵,"他说,"我请求您不是作为一个未来的会员,而是作为一个正直的人,诚恳地回答我:您是不是已经放弃以前的见解,相信上帝?"

皮埃尔沉吟了一下。

"是……是的,我相信上帝。"他说。

"这么说来……"维拉尔斯基刚开口,皮埃尔打断了他。

"是的,我相信上帝。"他又说了一遍。

"这么说来,咱们可以走了,"维拉尔斯基说,"您可以坐我的

---

① 托马斯·肯庇斯(1380—1471),德国神秘主义作家。

马车。"

维拉尔斯基一路上一声不响,他对皮埃尔所提的问题:他应当做什么和怎么回答,维拉尔斯基只是说,比他更有资格的会友会考验他,皮埃尔只要照实说就行了。

他们进入分会大院的大门,通过黑暗的楼梯,走进发着亮光的小前室,在没有仆人的帮助下脱掉皮外衣。他们从这里走进另一间屋。一个身穿古怪服装的人在门口出现。维拉尔斯基向他走过去,用法语低声对他说了几句话,然后到一个立柜跟前,皮埃尔看见柜子里有他从未见过的衣裳。维拉尔斯基从柜子里取出一条手绢蒙上皮埃尔的眼睛,在他脑后打个结子,头发怪疼地夹进结子里。然后,维拉尔斯基拉他弯下腰,吻了吻他,搀起他的手,领他到什么地方去。皮埃尔感到结子扯得头发很疼,疼得他皱起眉头,不知为什么有点害羞而微笑着。他垂着双手,皱着眉头,微微含笑,跟着维拉尔斯基迈着不稳的胆怯的步子移动他那庞大的身躯。

维拉尔斯基领他走了十来步,停住了。

"不论发生什么事,"他说,"您都要勇敢地忍受着,如果您下定决心要入我们的会的话(皮埃尔点点头表示同意)。您听见门响,就解开手绢,"维拉尔斯基又加了一句,"祝您勇敢和成功。"维拉尔斯基握握皮埃尔的手,就离开了。

剩下皮埃尔一个人,他仍然微笑着。有两次他耸耸肩膀,抬手摸摸手绢,想拿掉它,可是又把手放下。蒙着眼睛的时间不过五分钟,他觉得好像过了一小时。他双手发胀,两腿发软;他感觉累了。他体验着最复杂多样的感情。他害怕将要发生的事,更害怕会露出恐惧的样子。他很想知道他会发生什么事,他将受到什么启示;但是,使他最高兴的是他终于走上革新的、积极的、合乎道德的生活道路,这是他自从遇见奥西普·阿列克谢耶维奇就朝思暮想的。门上发出几声巨响。皮埃尔取下手绢,环顾周围。屋里漆黑漆黑的:只有一个地方有一件白色的东西,里面点着油灯。皮埃尔走近一看,一张黑色桌子上放着一盏油灯和一本打开的书。书是《福音书》;盛着油灯的白色东西是一个带窟窿和牙齿的骷髅。皮埃尔念了《福音书》的头几句后,绕过桌子,看见一个盛满东西的敞口的大木匣子。这是盛着骨头的棺材。他对他所见到的丝毫不觉得惊奇。他希望进入全新的生活,完全与过去不同的生活,他期待看到更不平常的东西,比现在看到的更不平常的东西。骷髅头、棺材、《福音书》——他觉得这些东西都是他所料到的,他还期待更多的东西。他环视四周,极力想在心中唤起怜悯的感情。"上帝、死、爱情、人们的互相友爱。"他自言自语,他把这些词汇和一些对某种事物的模糊、然而令人喜悦的观念联系起来。门打开了,进来一个人。

灯光虽然微弱,皮埃尔仍然能够看见,进来的是个矮个子。显然是因为从光亮的地方乍一进入黑暗,他站住了;然后迈着小心翼翼的步子走到桌前,把一双戴着皮手套的手放到桌上。

这个矮个子围着白皮子围裙,遮住他的前胸和一部分腿,脖子上戴着一串类似项链的东西,项链下面露出高高耸起的白色胸饰,衬托着他那从下方被照亮的长圆脸。

"您来这儿是为了什么?"进来的人对着皮埃尔弄得沙沙作响的那个方向问道,"您这个不信光的真理和看不见光的人,来这儿的目的是什么?您想向我们要什么?想要至高的智慧、德行、教导吗?"

在门打开和进来人的时刻,皮埃尔体验着敬畏的心情,正像他在童年祈祷时所体验的那样:他感到他面前这个人,论生活条件是完全陌生的,而从人们互相友爱来说,是亲近的。皮埃尔屏着呼吸,怀着跳动的心,向训导师(对求道者安排入会事宜的共济会员,称为训导师)跟前移动过去。皮埃尔走得更近一点,认出训导师原来是一个名叫斯莫利亚尼诺夫的熟人,他一想到训导师是熟人,就感到受了侮辱:这个进来的人不过是一个会员和有德行的传教士而已。皮埃尔半天说不出话来,训导师不得不把问题再提一遍。

"是的,我……我……要新生。"皮埃尔费劲地说出来。

"好的。"斯莫利亚尼诺夫说,马上又接着说:"您对于我们圣会帮助您达到您的目的所用的手段,有没有概念?……"训导师平静而迅速地说。

"我……希望……指导……帮助我……新生。"皮埃尔说,由于激动和不习惯用俄语讲抽象的东西,他的声音发颤,而且说得吃力。

"您对'共济'是怎样理解的?"

"我理解,'共济'就是有德行的人们的友爱和平等,"皮埃尔说,由于他的话与庄严的气氛不相称而感到羞愧,"我理解……"

"好了,"训导师急忙说,看来他对回答完全满意,"您有没有在宗教中寻求达到您的目的的方法?"

"没有,我认为宗教是不真实的,所以没求它。"皮埃尔声音很低,训导师听不清,又问他说什么。皮埃尔回答说:"我是无神论者。"

"您寻求真理,是为了在生活中遵循真理的法则,因而您就寻求智慧和德行,是这样吗?"训导师停了片刻,说。

"是的,是的。"皮埃尔表示同意。

训导师清了清嗓子,把戴手套的双手交叉在胸前,开始讲话。

"现在我要向您宣讲本会的主旨,"他说,"如果本会的主旨符合您的目的,您入会才会有益。本会第一个主要的宗旨,为本会所奠定而且非人力所能推翻的本会的总基础,就是保存而且传给后代一种重要的秘密……由远古、甚至从开天辟地第一个人一直传给我们,也许关系到人类命运的秘密。但是这个秘密却具有这样的性质,就是,如果不经过长久的努力自我净化,任何人都不能知道它,运用它,所以并非人人都能指望很快得到它。因此,我们有第二个目的,就是尽可能地修炼我们的会员,叫他们革心洗面,净化和启发他们的理智,这样使他们具有领悟这个秘密的能力,我们所用的方法是那些不辞劳苦探索这个秘密的人们传授给我们的。

"在净化和完善我们的会员的过程中,我们努力做到第三点,就是同时完善整个人类,向人类提供我们会员笃信宗教和高尚品德的榜样,我们就是这样全力以赴地同统治世界的邪恶做斗争。您考虑一下这个问题,等一下我再来找您。"他说完后,就走出房去。

"同统治世界的邪恶做斗争……"皮埃尔重复一句,他想象自己将来就在这方面活动。他想象那些也像他两星期前那样的人们,他在心中默默地向他们作从善的说教。他想象那些受他的言行帮助的有罪的和不幸的人们;想象那些压迫者,他从这些压迫者手中把受难者拯救出来。训导师提出的三个目的中的最后一个——改善人类,皮埃尔觉得特别亲切。训导师所提的那个重要的秘密,虽然引起他的好奇心,但是他不认为是实质的东西;第二个目的,自我净化和完善,也不怎么引起他的注意,因为此刻他觉得自己已经从过去的罪恶中改正过来,一心只想行善。

半小时后,训导师回来了,向申请入会者传达与所罗门神殿阶梯数目相当的七条美德。这七条美德是:1)谦虚,保守本会的秘密,2)服从本会最高地位的人,3)品行端正,4)爱人类,5)勇敢,6)慷慨,7)爱死亡。

"第七条,"训导师说,"要时刻想着死亡,努力做到使自己觉得死亡不再是可怕的敌人,而是朋友……它能把因修德而疲倦的灵魂从灾难的现世生活解脱出来,把它引入幸福和安宁的境界。"

"是啊,应该是这样的。"皮埃尔想。训导师说了这些话后又离开了,让他独自思考一下。"应该是这样的,但是我太软弱了,还不能爱自己的生活,我现在才刚刚了解一点生活的意义。"皮埃尔扳着指头回忆其余五条美德,在心中默念着:勇敢、慷慨、品行端正、爱人类,特别是服从,他甚至觉得,服从简直不是美德,而是幸福。(他现在非常高兴他改掉任性妄为的品性,而把自己的意志服从于那些通晓不容置疑的真理的人们。)第七条美德,皮埃尔忘了,怎么也想不起了。

训导师第三次回来得较快,问皮埃尔,他的志愿是不是仍然坚定不移,对他要求的一切,他是不是下定决心身体力行。

"一切都照办。"皮埃尔说。

"还应当告诉您,"训导师说,"本会传授教义,不光是靠语言,而且还用别的方法,它比口头解说对于真正寻求真理和德行的人也许能起更大的作用。您所见到的这个房间的陈设,已经比语言更能向您的心说明问题,如果您的心是虔诚的话。在进一步接纳您入会中,您也许会看到类似这种说明问题的方式。本会仿效古代会社用符号阐明教义。"训导师说,"符号是一种不受感情影响的事物名称,它具有类似象征的性质。"

皮埃尔十分清楚什么是"符号",但他不敢说。他默默地听训导师讲话,他觉得一切迹象都表明考验就要开始了。

"如果您下了决心,我就要引导您了,"训导师一面向皮埃尔走去,一面说,"为了表示慷慨,请您把所有贵重的东西都给我。"

"我身边什么都没有。"皮埃尔说,他以为叫他交出一切财产。

"您随身带的东西:表、钱、戒指……"

皮埃尔连忙拿出钱包、表,从肥胖的手指上脱结婚戒指,脱了好大一会儿。做完这件事以后,共济会员说:

"为了表示服从,请您把衣服脱下来。"于是皮埃尔按照训导师的指示脱燕尾服、背心和左脚的靴子。共济会员扯开他左胸的衬衫,弯下腰来把左腿的裤子卷到膝盖以上。皮埃尔赶忙脱右脚的靴子,卷裤脚,免得陌生人费事,但是共济会员对他说,这不必要,递给他一只左脚的便鞋。皮埃尔不由自主地脸上露出羞愧、怀疑和自我解嘲的微笑,他垂着双手,叉开两腿,站在会友训导师面前,等待他发出新的命令。

"最后,为了表示光明磊落,我请您向我坦白您的主要嗜好。"他说。

"我的嗜好!我的嗜好曾是非常地多。"皮埃尔说。

"最能使您在修行的道路上发生动摇的嗜好。"共济会员说。

皮埃尔默默地思索了一会儿。

"酗酒?大吃大喝?游手好闲?懒惰?暴躁?愤恨?女人?"他历数自己的恶行,在心中估量它们,不知道哪一个占优势。

"女人。"皮埃尔用刚能听见的声音悄悄地说。共济会员听了这个回答一动不动,也没有多说什么。最后,他走到皮埃尔跟前,拿起桌上的手绢,又蒙上皮埃尔的眼睛。

"最后一次告诉您:您要经常注意自己,约束自己的感情,不是在情欲上,而是在内心寻求幸福……幸福的泉源不是在外面,而是在我们内心……"

皮埃尔已经在内心感到这个清新的幸福泉源,现在他内心洋溢着喜悦和激情。

四

在这之后不大一会儿,来暗室见皮埃尔的,已经不是先前那个训导师,而是保证人维拉尔斯基,皮埃尔是由声音里听出来的。又问他意志是否坚决,皮埃尔回答说:

"是的,是的,我同意。"他敞着肥胖的胸脯,含着孩童似的明朗的微笑,一只脚穿便鞋,另一只脚穿靴子,迈着不稳而且胆怯的步子,迎着维拉尔斯基对着他那裸露的胸膛指着的利剑走去。人们领着他从屋里走进走廊,转弯抹角,忽前忽后,最后走到支会的门口。维拉尔斯基咳嗽几声,作为回答他的是用槌子按照共济会的规矩敲打几下,门在他面前打开了。一个低沉的声音向他提出问题(皮埃尔仍然被蒙着眼睛),问他的姓名、住址、生日等等。然后他又被领到什么地方去,仍然蒙着眼睛,在行走的时候,人们用寓言的方式向他讲他在巡礼中的艰辛,讲神圣的友谊,讲永恒的创世主,讲他应当勇敢地忍受艰苦和危险。在巡礼中,皮埃尔注意到,人们时而叫他求道者,时而叫他受难者,时而叫他请愿者,每次叫他,槌子和宝剑都敲出各种不同的响声。当人们把他领到一个东西前面,他察觉在引导人之间发生了混乱和慌张。他听见周围的人低声在争论,有一个人坚持要他走过一个什么毯子。然后人们拿起他的右手放在一个东西上面,叫他用左手拿着圆规按在左胸上,吩咐他复述别人念的忠于会章的誓词。然后吹灭蜡烛,点起酒精(皮埃尔闻到酒精气味),并且说,他将看到小光。人们把手绢从他的眼睛上取下来,皮埃尔仿佛进入梦境,在酒精火焰发出的昏暗光线中,看见面前站着几个围着训导师围裙的人手持利剑对准他的胸膛。其中一个人身穿染满血污的白衬衫。一见到这情景,皮埃尔就挺胸迎着剑走上去,想让他们刺穿他。但是剑避开了他,他立刻又被蒙上眼睛。

"现在你看见了小光。"有一个人对他说。然后又点起蜡烛,人们告诉他要他见一见充分的光,又把手绢取下来,于是十几个声音突然说:"尘世的荣华就这样逝去。①"

---

① 原文为拉丁语。

皮埃尔渐渐清醒过来,环顾他所在的房间及房中的人们。有十二个人围坐在一张铺着黑布的长桌旁,一律穿着他先前所见的服装。有几个是他在彼得堡社交界认识的。在主席坐位上坐着一个不相识的年轻人,脖子上挂着一个特别的十字架。右首坐着意大利神甫,两年前皮埃尔在安娜·帕夫洛夫娜家里见过他。还坐着一位非常显要的大官和一个从前在库拉金家做教师的瑞士人。大家都庄严地一声不响,静听手里拿着槌子的主席讲话。墙上镶嵌着一颗燃烧着的星星;桌旁铺着一块不大的有各种图案的地毯,另一旁有一个类似祭坛的东西,上面放着《福音书》和骷髅头。桌子四周摆着七座像教堂里的大烛台。两个会友把皮埃尔领到祭坛前,把他的两只脚摆成直角形,吩咐他躺下,说要他这样进入圣殿的大门。

"应当先给他一把铲子。"其中一个会友低声说。

"算了! 别说了。"另一个说。

皮埃尔睁着惊慌的近视眼环顾四周,没有立刻照办,他忽然怀疑起来:"我在什么地方? 我在干什么? 人家会不会笑话我? 以后回忆起这些事的时候,我会不会觉得羞愧?"但怀疑只持续一瞬间。皮埃尔看了看他周围人的严肃面孔,想起他已经做过的一切,于是他理解到他不能半途而废。他对自己的怀疑吓了一跳,努力在内心唤起先前那种感动的心情,向圣殿的大门躺下来。果然,他心中的感动更加强烈了。他躺了一会儿后,叫他站起来,给他围上和别人一样的白围裙,交给他一把铲子和三副手套,这时会长才对他讲话。他对他说,他要尽力不让任何东西玷污围裙的洁白,它是坚贞和白璧无瑕的象征;然后讲解不明用途的铲子,希望他用它清除心中的恶念和宽宏大量地用它抚慰邻人的心。然后他说,第一副男人手套的意义,他不能知道,但是他应当保存它;第二副手套,他说应当在赴会时戴上;关于第三副女人手套,他说:

"亲爱的会友，这副手套也是给您的。您要把它送给最尊重的女人。将来您为自己选一位尊贵的共济会员夫人，这件礼物就是您用来向她证明您的心地纯真。"他沉默了一会儿，又说，"但要遵守一点，亲爱的会友，决不能让这副手套成为不洁的手的装饰品。"在会长说最后这句话的时候，皮埃尔觉得主席露出了窘态。皮埃尔更窘，像孩子似的，脸红得眼泪都流出来了，不安地环顾着，周围是一片难堪的沉默。

沉默被一个会友打破了，他领皮埃尔到地毯跟前，从小本子里给他念地毯上所有图案的说明：太阳、月亮、槌子、铅锤、铲子、古怪的和方形的石头、柱子、三个窗户等等。然后给皮埃尔指定一个坐位，给他看共济会的标志，告诉他进门的暗语，最后才让他坐下。会长开始念会章。会章很长，皮埃尔由于高兴、激动和羞愧，不能理解所念的东西。他只听到会章的最后几句，并且记在心里。

"在我们的圣殿里，"会长读道，"除了善和恶这两个等级，我们不承认任何其他等级。切勿做出能够破坏平等的某种差别。飞奔去援助会友，不论会员是谁，劝导迷途的人，扶持跌跤的人，永不记恨或者仇视会友。要殷勤和蔼。在所有人的心中点起道德的火焰。和你的邻人分享幸福，永远不让嫉妒扰乱这种纯洁的乐趣。

"宽恕你的敌人，不向他报复，只给他做好事。你执行至高无上的法规，你就能追寻你所失去的古代尊严的遗迹。"他说完后，站起来拥抱皮埃尔，吻吻他。

皮埃尔含着快乐的眼泪环顾四周，他不知道怎样回答周围人的祝贺以及和一些人的从新相识。他不承认任何相识；他把所有的人都当作会友，急不可待地要同他们一道开始工作。

会长敲了敲槌子，大家都各就各位坐下，有一个人读必须谦恭的训词。

会长提议执行最后的义务，那个头衔是募集人的大官绕着会友们走了一圈。皮埃尔想把自己所有的钱都写在募捐册上，但是他怕这样会显得他高傲，于是只写了与别人相同的数字。

会议结束了，皮埃尔回家后，他觉得他好像经历了几十年的长途旅行归来似的，他完全变了，摒弃了过去的生活方式和习惯。

五

皮埃尔入会的第二天，坐在家里读书，用功钻研四方形的意义，四方形的一边象征上帝，另一边象征精神，第三边象征肉体，第四边是三者的混合物。他时时丢下书和四方形，在心中设想重新生活的计划。昨天在共济会里他被告知，关于决斗事件，已经奏明皇上，皮埃尔及时离开彼得堡是明智的。皮埃尔打算到南方他的庄园去，在那儿给自己的农奴做点事。他正满心高兴地考虑这件事的时候，瓦西里公爵突然走进他的房间。

"亲爱的，你在莫斯科干的好事啊？你为什么和海伦闹翻，亲爱的？你糊涂了，"瓦西里公爵走进来就说，"我全知道了，我可以肯定地对你说，海伦对你就像基督对犹大一样是无辜的。"

皮埃尔想回答他，但他打断了他：

"为什么你不直截了当找我，像找一个朋友似的，谈一谈？我全知道，全明白，"他说，"作为一个爱惜名誉的体面人行事，也许你太性急了，我们先不谈这个。有一点你得记住，在整个社会甚至在朝廷中，你把我们父女置于何等地步，"他压低声音，又补充说，"她住在莫斯科，你在这儿。记住，亲爱的，"他往下拽拽他的胳膊，"这不过是一个误会，我想你自己也会觉得的。咱们俩马上写封信，她就会到这儿来，把一切解释清楚，不然的话，我告诉你，你准会尝到苦头的，亲爱的。"

瓦西里公爵大有深意地看了看皮埃尔。

"我们从消息灵通方面得知,皇太后对这件事很关切。你知道,她是非常宠爱海伦的。"

皮埃尔有好几次想说话,但是,一方面,瓦西里公爵不让他说,另一方面,皮埃尔怕自己一张口,就会用坚决拒绝和不同意的口气强硬地回答他的岳父。此外,共济会的会章说:"要殷勤和蔼",他记起了这个。他皱着眉,红着脸,站起来又坐下,苦苦思索他一生中一个最难的问题——当着人的面说难听的话,说不是这个人所期待的话,不管这个人是谁。他已经习惯于屈从瓦西里公爵这种满不在乎的自信的腔调,即使现在,他还是觉得他无力反抗;但是他觉得,他现在所要说的,将关系到他今后的整个命运:他是走以前的老路呢,还是走共济会那么令人神往地向他指出的新路,他坚决相信,在这条新路上他将得到新生活的复苏。

"喂,亲爱的,"瓦西里公爵开玩笑说,"你只要说个'是',我就代你给她写信,那么我们就可以宰一头肥肥的小牛犊了。①"不等瓦西里公爵把笑话说完,皮埃尔就像他父亲那样脸上露出狂怒的表情,不看对方的脸,低声说:

"公爵,我没叫您来,请走吧,走吧!"他跳起身来,给他打开门。"快走。"他重复说,简直不相信自己会这样,同时看到瓦西里公爵露出狼狈和惊吓的样子又感到高兴。

"你怎么啦?你病啦?"

"您走吧!"发颤的声音又说一遍。瓦西里公爵没得到皮埃尔的任何表白,不得不离开了。

一星期后,皮埃尔向新结交的共济会友人们辞行,给他们留下一大笔捐款后,就到自己的田庄去了。他的新会友交给他几封给基辅和敖德萨地方共济会的信,并答应跟他通信,在他的新事业中指导他。

---

① 《圣经·新约》中的故事:浪子回家,他父亲宰一头肥牛犊欢迎他。

六

皮埃尔和多洛霍夫的事件私下了结了,虽然当时皇上严禁决斗,但决斗的双方及其副手都没有受到处分。然而因决斗引起皮埃尔和妻子决裂的故事,却传遍整个社交界。在皮埃尔作为私生子的时候,人们都用宽厚和维护的眼光看待他;当他曾是俄罗斯帝国最理想的未婚夫的时候,人们亲近他,赞扬他;在他结婚以后,待字闺中的女儿及其母亲,对他已经无所求的时候,皮埃尔在社交界的身价就一落千丈了,何况他不善于也不愿讨好社交界。现在人们把所发生的事件都归罪他一个人,说他吃醋是无理取闹,说他像他父亲似的发作了残忍狂。皮埃尔走后,海伦回到彼得堡,所有认识她的人,不仅欢迎她,而且对她的不幸怀有几分敬意。当提到她丈夫时,海伦做出庄严的表情,虽然她并不明了这种表情的意义,但由于举止适度成为她的天性,自然而然地就做出这种表情。这种表情是说,她决心毫无怨言地忍受她的不幸,她的丈夫是上帝赐给她的十字架。瓦西里公爵则更公开地表示自己的意见了。当人们提起皮埃尔的时候,他耸耸肩,指指额头,说:

"一个精神失常的人——我一直这么说。"

"我早就说过,"安娜·帕夫洛夫娜议论起皮埃尔,说,"当时我比谁都说得早(她力争自己的优先权),这是一个狂妄的、被现代的堕落思想腐化了的青年人。还在人人都赞赏他的时候,在他刚刚从国外回来,你们还记得吧,那天晚上他在我这儿装得像马拉①似的时候,我就说过这话。结果怎么样呢?当时我就不同意

---

① 让·保罗·马拉(1743—1793),十八世纪末法国资产阶级革命的杰出活动家,雅各宾派的领袖之一。

这门亲事,并且预言了将会发生的一切。"

安娜·帕夫洛夫娜在闲暇的日子仍旧在家里举办晚会,像以前一样,举办那只有她才有能耐组织的晚会。参加晚会的,正如安娜·帕夫洛夫娜所说的,首先是,真正上流社会的精华,彼得堡知识界的花朵,除了这些出类拔萃的人物之外,安娜·帕夫洛夫娜的晚会还有一个与众不同的地方,就是在每次晚会上,安娜·帕夫洛夫娜都向她的客人们献出一位饶有风趣的时新人物,并且在任何地方都没有像在这里的晚会上政治温度计指示的度数那么明显可靠了,在那上面可以看出彼得堡正统宫廷社会人士的情绪。

一八〇六年底,当拿破仑在耶拿和奥尔施泰特地区大败普鲁士军队以及大部分普军要塞失陷的可悲的详细战报传来的时候,当我军已经进入普鲁士而且开始第二次对拿破仑作战的时候,安娜·帕夫洛夫娜家里举行了一次晚会。前来赴晚会的都是真正上流社会的精华,其中有迷人的、不幸被丈夫遗弃的海伦,莫特马尔,刚从维也纳回来的可爱的伊波利特公爵,两位外交官,姑母,一位在客人中被称为品格高尚的年轻人,一位新上任的女官和她的母亲,以及其他几个不大著名的人物。

安娜·帕夫洛夫娜在这次晚会上献给客人的时新人物是鲍里斯·德鲁别茨科伊,他以信使身份刚从普鲁士军队回来,眼下在一位非常重要人物手下当副官。

在这次晚会上,政治温度计向来宾们指示的度数是这样:不管欧洲的国王和统帅们怎样千方百计纵容波拿巴给我同时也是给我们制造不愉快和麻烦,但是我们对波拿巴的态度是不会改变的。我们对这个问题是不会掩饰我们的想法的,我们对普鲁士国王和其他国王只能说:"那样对你们更坏。你是自作自受,乔治·当丹。① 这

---

① 原文为法语,引自莫里哀的喜剧《乔治·当丹》。

就是我们所要说的。"在安娜·帕夫洛夫娜晚会上的政治温度计所指示的就是这样。作为献给客人的时新人物鲍里斯进入客厅的时候,来宾已经到齐了,安娜·帕夫洛夫娜引导的谈话,正在议论我们和奥地利的外交关系,以及和它结盟的可能性。

鲍里斯身穿漂亮的副官制服,体格魁梧,英气勃勃,面孔红润,他潇洒自如地走进客厅,照例先去问候姑母,然后再回到客人中间。

安娜·帕夫洛夫娜把她那干瘦的手递给他亲吻,给他介绍几个他不认识的人,并且低声把每个人形容一番。

"伊波利特·库拉金公爵是一个可爱的青年;克鲁格先生,丹麦使馆代办,一个才智出众的人;干脆地说:希托夫先生,一个品格高尚的人。"这是说那个有这样称号的人。

鲍里斯在这段服务期间,由于安娜·米哈伊洛夫娜奔走周旋,还由于他本人的兴趣,以及他特有的审慎性格,已经爬上最有利的地位。他在一位非常重要的人物手下当副官,负有重要使命到普鲁士,现在以信使身份刚从那里回来。他完全领会了在奥尔米茨见到的那种使他称心如意的不成文的上下级关系,按照这种关系,一个准尉可以无比地高于一个将军,按照这种关系,要想官运亨通,可以不需要努力和劳心,不需要勇敢,也不需要忠实不渝,只要善于同掌握升降大权的人搞好关系就行了,因此他常常为自己的迅速成功而感到惊奇,同时也为别人竟然不了解这个道理而感到惊奇。由于他发现了这个道理,他全部的生活方式,他和所有旧相识的关系,他对前途的一切计划,统统改变了。他不富裕,但是他把最后一分钱都用在使自己穿得比别人阔绰;他宁愿放弃许多娱乐,也不愿坐一辆寒酸的马车外出,不愿穿旧制服在彼得堡街上露面。他只同那些地位比他高因而对他有用的人接近和结识。他爱彼得堡而瞧不起莫斯科。回忆罗斯托夫家以及他对娜塔莎的童年爱情,使他不愉快,自从到军队后,他一次也没去罗斯托夫家。他认为能够进入安娜·帕夫洛夫娜的客厅,在他的前程上是一步重要的高升,他现在立即明白了要他扮演的角色,他让安娜·帕夫洛夫娜利用他身上一切有趣的东西,他留心观察每张脸,估量同他们每个人的接近可能有什么好处和机会。他在给他指定的美丽的海伦身旁的坐位坐下,细听大家的谈话。

"维也纳认为拟议中的条款,其根据是不现实的,只有一连串的辉煌胜利才能取得这些根据;维也纳怀疑我们是否有能力取得这些胜利。这是维也纳内阁的真心话。"丹麦使馆代办说。

"这种怀疑值得称道!"那个才智出众的人带着乖巧的微笑说。

"应当把维也纳内阁跟奥皇区别对待,"莫特马尔说,"奥皇从来不会那么想,只有内阁才那么说。"

"哎呀,我可爱的子爵,"安娜·帕夫洛夫娜插话说,"欧洲(不知为什么她把欧洲读作 l'Urope,这是她同法国人说话时用的特别讲究的法语发音),欧洲永远不会成为我们忠实的盟友。"

在这之后,安娜·帕夫洛夫娜谈起普鲁士国王的刚毅和果断,为的是要引鲍里斯加入谈话。

鲍里斯细听每个人谈话,等着轮到他来讲,但在这之间,他已经好几次回头看他身旁的美人海伦,她也好几次微微含笑用眼神迎接美貌的青年副官的视线。

很自然地谈到普鲁士的情况,安娜·帕夫洛夫娜请鲍里斯讲讲他在格洛高的旅行以及他所见到的普鲁士军队的情况。鲍里斯从容不迫,操着一口纯正的法语讲了很多很多军队和宫廷有趣的细节,在全部讲述中,他极力避免对他所说的事实发表个人的意见。在一段时间内,鲍里斯把大家的注意力都吸引住了,于是安娜·帕夫洛夫娜觉得,她用这个时新人物款待客人受到一致的欢迎。海伦比谁都注意鲍里斯的讲述。她好几次向他问起他旅行中的一些细节,她似乎对普军的情况特别关心。他刚一说完,她就带着她那惯常的微笑,向他转过身来。

"您一定要来看我,"她对他说话时的口气,就好像由于他不可能知道的某些理由,这是完全必要的,"星期二,八九点钟。您将给我极大的愉快。"

鲍里斯答应实现她的愿望,正要同她谈话,安娜·帕夫洛夫娜借口姑母想听听他说的,把他叫走了。

"您知道她的丈夫吗?"安娜·帕夫洛夫娜闭着眼睛,做出忧郁的样子指着海伦说,"唉! 这是一个不幸的可怜的女人啊! 当着她的面,请您别提她的丈夫,别提。她太难过了!"

七

当鲍里斯和安娜·帕夫洛夫娜回到客人中间的时候,伊波利特正要说话。他在安乐椅里往前探着身子说:

"普鲁士国王!"说完就大笑不止。所有的人都转脸看他。"普鲁士国王?"伊波利特问道,又笑起来,然后平静地、一本正经地靠到椅背上。安娜·帕夫洛夫娜等了他一会儿,但是看来伊波利特坚决不愿再说下去,于是她开始讲不信神的波拿巴在波茨坦盗窃腓特烈大帝的宝剑的事。

"这是腓特烈大帝的宝剑,我……"她刚开口说,伊波利特却打断了她的话。

"普鲁士国王……"可是人们刚转脸看他,他又表示歉意,不吭声了。安娜·帕夫洛夫娜皱了皱眉头。伊波利特的朋友莫特马尔坚决地对他说:

"普鲁士国王究竟怎么样啦?"

伊波利特笑起来,同时好像为自己的微笑觉得怪害羞似的。

"没有什么,我不过想说……(他想把他在维也纳听到的笑话重说一遍,整个晚上都在打算说出来。)我只想说:我们为普鲁士国王打仗是徒劳无益的。①"

鲍里斯谨慎地笑笑,他那微笑可以看作是对笑话的嘲讽,也可以看作是对笑话的赞赏,那就要看各人怎样对待它了。大家都笑起来。

"您的文字游戏不太高明,虽然很俏皮,"安娜·帕夫洛夫娜伸出满是皱纹的手指,吓唬他说,"我们是为正义而战,而不是为普鲁士国王。你这个伊波利特公爵真坏!"她说。

谈话声彻夜不停,话题多半是政界新闻。晚会快结束时,有人提起皇上的赏赐,于是谈得更热烈了。

"去年 NN. 得到一个带有皇上肖像的鼻烟壶,"才智出众的人说,"为什么 SS. 不能得到同样的赏赐呢?"

"对不起,带有皇上肖像的鼻烟壶,那是奖赏,不是奖章,"外交官说,"毋宁说是赠品。"

"有这种例子,施瓦岑贝格得过赏赐。"

"这不可能。"另一个人表示反对。

"我可以打赌。绶带,那是另一回事了……"

当大家起身要走的时候,整个晚上很少说话的海伦又向鲍里斯发出邀请和亲切的意味深长的命令,请他星期二到她那儿去。

"这对我非常必要。"她微微含笑回顾安娜·帕夫洛夫娜,说,安娜·帕夫洛夫娜也含着她那一提到她的崇高的恩主就露出的满脸愁容的微笑,支持海伦的愿望。似乎那天晚上鲍里斯在谈普鲁士军队时说了某句话,海伦忽然从其中发现有见他的必要。她仿

---

① 原文为法语,在法语中,"为普鲁士国王"是一句成语,意为:徒劳无益。

佛答应星期二他到她那里的时候，她将向他说明为什么有这个必要。

鲍里斯星期二晚上来到海伦富丽堂皇的客厅，并没有得到他非来不可的明确说明。有别的几位客人在场，伯爵夫人很少同他说话，只是在他吻她的手告别时，她反常地面无笑容，突然悄悄地对他说：

"明天来吃饭……晚上。您一定来……请来吧。"

鲍里斯这次回彼得堡，成为别祖霍娃伯爵夫人家中的密友。

八

战火蔓延起来，战场渐渐接近俄国边境。到处可以听见咒骂人类公敌波拿巴的声音；在乡村征集民兵和新兵，从前线传来互相矛盾的消息，照例都是谣言，因此众说纷纭。

一八〇五年以来，老博尔孔斯基公爵、安德烈公爵和玛丽亚公爵小姐的生活有了很大的变化。

一八〇六年老公爵被任命担任当时俄国八个后备军总司令中的一个。老公爵虽然年迈体弱，特别是自从他认为儿子阵亡的那个期间，更显得衰老了，但他认为他无权拒绝皇上亲自委任的职务，重操旧业使他精神振奋，身体强壮起来。他经常在他负责的三个省份巡视；他执行任务一丝不苟，对下属严厉到残酷的程度，而且事必躬亲，过问最微末的细事。玛丽亚公爵小姐不再跟父亲学数学，只是当他在家的时候，每天早晨由保姆陪着，带着尼古拉小公爵（祖父这样叫他）到父亲书房走一趟。尼古拉小公爵和乳母以及保姆萨维什娜，住在去世的公爵夫人的房间，玛丽亚公爵小姐大部分时间都是在育婴室度过的，尽可能负起小侄儿的母亲的责任。布里安小姐看来也非常疼爱这个小孩，玛丽亚公爵小姐常常克己地让她的女友分享着管小天使（她这样叫小侄儿）和同他玩耍的乐趣。

在童山教堂的圣坛旁边，小公爵夫人墓地上方，有一座小礼拜堂，里面有一块从意大利运来的大理石纪念碑，上面雕着一个展翅欲飞的天使。天使的上唇有点翘，仿佛要笑似的。有一次，安德烈公爵和玛丽亚公爵小姐从小礼拜堂走出来，两个人都承认，真奇怪，这个天使的脸使他们想起死者的脸。但是更奇怪的是（关于这一点安德烈公爵没有对妹妹提起），从雕塑家偶然赋予这个天使的面部表情中，安德烈公爵看出他曾经在亡妻脸上看到的那同样的温和的责备："唉，你们怎么这样对待我啊？……"

安德烈公爵回来不久，老公爵就把离童山四十俄里的一大片庄园分给儿子。一来由于童山牵连着悲痛的回忆，再者因为安德烈公爵有时受不了父亲的脾气，还因为他需要有一个僻静独处的环境，安德烈公爵就利用博古恰罗沃村兴建房屋，大部分时间都在这里度过。

自从奥斯特利茨战役后，安德烈公爵坚决永远不再服役；战争开始了，所有的人都得服役，他为了避免当现役军人，就在父亲手下担任招募新兵的职务。一八○五年战役后，老公爵和儿子好似互换了角色。老公爵做起工作来精神振奋，他期待这次战役一切顺利；安德烈公爵却相反，他没有参加战争，内心暗自为他只看到不好的一面而感到遗憾。

一八○七年二月二十六日，老公爵到管辖区视察去了，在父亲离开期间，安德烈公爵多半留在童山。小尼古卢什卡已经病了四天了。送老公爵的车夫从城里回来，给安德烈公爵带来了公文和信件。

仆人拿着信在小公爵书房里没有找到他，于是来到玛丽亚公爵小姐的房间；但他也不在那儿。仆人听说公爵到育婴室去了。

"大人，彼得鲁沙带来了公文。"一个做保姆助手的女仆对安德烈公爵说，他正坐在小椅子上，皱着眉，颤抖着手，从玻璃杯里往盛着一半水的酒盅里滴药。

"什么事？"他气愤地说，一个不小心，手一颤抖，多倒了一些药水。他把酒盅里的药水泼到地上，又要水。女仆把水递给他。

室内有一张儿童床、两只箱子、两把扶手椅、桌子、儿童桌，还有一把小椅子，就是安德烈公爵正坐的那一把。窗帘是拉上的，桌上点着一支蜡，用硬封面的乐谱遮着烛光，免得照到小床上。

"亲爱的，"站在小床旁边的玛丽亚公爵小姐对哥哥说，"最好是等一等……以后……"

"哎呀，得啦，你尽说废话，老说等等，你看等成什么样子。"安德烈公爵凶狠地低声说，他显然想刺激妹妹。

"亲爱的，真的，最好别弄醒他，他睡着了。"公爵小姐用恳求的声音说。

安德烈公爵站起来，拿着酒盅踮起脚尖走到小床跟前。

"也许真的不要弄醒他吗？"他犹豫地说。

"随你的便——真的……我想……随便你。"玛丽亚公爵小姐说，由于她的意见占了上风，看来她反倒有点胆怯和害羞似的。她向哥哥指了指低声叫他的女仆。

他们俩看护发烧的小孩已经两夜没睡了。这两昼夜，时而用这样药，时而用那样药，他们不相信家庭医生，正在等待到城里去请的医生。他们由于不眠弄得精疲力尽，而且担惊受怕，彼此把自己的痛苦推给对方，互相埋怨和争吵。

"彼得鲁沙带来老爷的公文。"女仆小声说。安德烈公爵走出去。

"那么怎么啦！"他听了传来父亲的口信，接过公文封套和父亲的信，愤愤地说了一句又回育婴室去了。

"怎么样?"安德烈公爵问。

"还是那样,看在上帝分上,等一等吧。卡尔·伊万内奇常说,睡眠比什么都宝贵。"玛丽亚公爵小姐叹息着低声说。安德烈公爵走到婴儿跟前,摸摸他的额头。他仍在发烧。

"您和您的卡尔·伊万内奇都见鬼去吧!"他拿起盛着滴好药的酒盅走过来。

"安德烈,不要!"玛丽亚公爵小姐说。

但是他沉着脸看了她一眼,目光凶狠,同时又很痛苦,他拿着酒盅向婴儿俯下身来。

"可是我愿意这样,"他说,"我请你给他把这药喝下去。"

玛丽亚公爵小姐耸耸肩膀,但是顺从地接过酒盅,叫保姆来灌药。小孩哭起来,声音嘶哑。安德烈公爵皱起眉头,抱着头走了出去,到隔壁房间坐到沙发上。

信件仍然握在他的手里。他机械地拆开信封,开始读信。老公爵在青色的纸上用大而长的字体,有的地方用节略号,写道:

"顷由信使传来极大喜讯,但愿不是谎报。贝尼格森在普鲁士-艾劳大败波拿巴。彼得堡万众欢腾,犒赏不断送往前方。贝尼格森虽系日耳曼人,我也祝贺他。一个叫什么汉德里科夫的科尔切瓦区长官,不知在做什么:至今未将补充人员和粮食送来。你火速驰马前往,告诉他,在一周内一切备齐,不然我要他的脑袋。我还接到彼坚卡①的信,提到他曾参加的普鲁士-艾劳战役——果然一切属实。只要谁也不干涉他不应干涉的事,连日耳曼人也能把波拿巴打败。据说波拿巴溃不成军。记住,你立即驰往科尔切瓦执行命令!"

安德烈公爵叹了一口气,拆开另一封信。这是比利宾的来信,

---

① 彼坚卡是彼得的小名。

两页信纸写满了密密麻麻的小字。他把信叠上，没有读它，再把父亲的信看一遍，末尾一句话是："立即驰往科尔切瓦执行命令！"

"不行，对不住，现在不能去，要等小孩好了再说。"他这么想着，走到门口瞅了瞅育婴室。玛丽亚公爵小姐仍然站在小床旁边，轻轻地摇着小孩。

"他还写些什么不愉快的话了？"安德烈公爵回忆父亲信的内容，"是啊，正是我不在军队服役的时候，我们打败了波拿巴。是啊，他总是嘲笑我……那就让他嘲笑吧……"于是他开始读比利宾的法文信。他虽然在读，但连一半也没读懂，他读信不过是为了忘掉那十分长久地、持续不断地、痛苦地萦绕心怀的事，哪怕忘掉一会儿也好。

九

比利宾当时是以外交官的身份待在军部里，他的信虽然是用法语写的，而且是用法国式的俏皮话和法语的特别表达方法，但是他在自责和自嘲方面，却以俄国式的大无畏精神描述了整个战役。比利宾写道，外交官的谦恭温顺使他苦恼，所幸有安德烈公爵这么一个忠实的通信人，他可以向他倾吐他由于见到军队的情况而郁积的满腔怒火。这封信还是在普鲁士-艾劳战役以前写的，现在已经过时了。

他用法语写道：

> 自从我军在奥斯特利茨获得辉煌的胜利以后，您是知道的，亲爱的公爵，我一直没有离开司令部。战争确实成为我的癖好，而且为此我得到了极大的满足；三个月来的见闻，简直令人难以置信。

> 我就 ab ovo（拉丁语：从头）说起吧。您所知道的那个人类公

敌进攻普鲁士。普鲁士是我们的忠实盟友，它在三年内只出卖过我们三次。我们庇护它。可是人类公敌全然不理会我们的花言巧语，它用毫不客气而且最野蛮的方式向普鲁士扑过去，竟然不给它留一点结束已经开始的检阅的时间，就打得它落花流水，然后登上波茨坦宫殿的宝座。

"我非常希望，"普鲁士国王在给波拿巴的信中写道，"我能以使陛下最愉快的礼仪在我的宫廷接待您，为此，我将以特别关切的心情发出一切我只要能办得到的命令。啊，我多么希望能达到这个目的啊！"普鲁士将军以能够在法国人面前献殷勤为荣，一有要求就缴械投降。统率一万士卒的格洛高城防司令竟向普鲁士国王询问他应当怎么办。这一切都是绝对真实的。总之，我们本想以我们的军事姿态恫吓他们，但结果我们却卷入了战争，而且是在我们的边境作战，主要的，我们为普鲁士国王打仗，但我们和他一起都枉费心机，徒劳无益。我们万事俱备，只欠一点小意思，即欠一个总司令。原来是这样，如果总司令不那么年轻，奥斯特利茨的胜利可能更有把握些，所以把八十来岁的将军们都评审一遍，在普罗佐罗夫斯基和卡缅斯基之间选了后者。这位将军模仿苏沃洛夫的架势乘篷车来到我们这里，他受到欢声雷动的隆重接待。

四日从彼得堡来了第一个信使。信箱拿到事必躬亲的元帅的办公室。我被叫了去检信，把给我们的信拣出来。元帅把这件工作交给我们，他在一旁看着，等候给他的信。我们找来找去，但是没有给他的信。元帅急了，他亲自动起手来。他找到皇上给 T.伯爵和给 B.公爵以及给其他人的信。他暴跳如雷，气得发疯，他把信拿过去拆开，读起给别人的信来。"好哇，这样对待我。不信任我！让人监视我，好嘛；去你的吧！"于是他就给贝尼格森伯爵下了那道有名的命令。

"我受了伤,不能骑马,因此不能指挥军队。您把您的吃了败仗的军团带到普图斯克:暴露在这里,既无柴火,也无粮草,必须设法补救,您昨天既然在给布克斯格夫登伯爵的报告中认为应当退到我们的边境,那么您今天就照办吧。"

"由于长期的戎马生活,"他在给皇上的信中写道,"我被马鞍擦伤,再加上旧伤,以致使我完全不能骑马和指挥这么庞大的军队,因此我将指挥权交给职位仅次于我的将军——布克斯格夫登伯爵,并将整个参谋部及其所属一切都移交给他,我向他忠告,如果粮食接济不上,就向普鲁士内地靠近,因为只剩一天的口粮了,据奥斯特曼师长和谢德莫列茨基师长报告,甚至有的团已经断炊。而农民的粮食全被吃光了;我暂时住在奥斯特罗连卡医院以待病愈。我诚惶诚恐递上这个报告,并顺带奏闻,如果军队像现在这样再露营半个月,明春连一个健康的人都剩不下了。

"请准许我这个不能完成交付我的伟大光荣的任务而不光彩的老头告老还乡吧。我在医院恭候陛下最仁慈的照准的批示,那样就免得我当一个文书的角色,而不是在军中当一个司令官的角色。我的免职,只不过是一个瞎子离开军队,不会引起丝毫的波动,像我这样的人,在俄国何止成千上万。"

元帅生皇上的气,因而惩罚我们每个人,这完全合乎逻辑!

这是喜剧的第一幕。以后的几幕自然就越发有趣可笑了。

元帅离职后,我们面对敌人,必须打一仗。布克斯格夫登按职位是总司令,但是贝尼格森却全然不这么看,何况他带领的军团就在敌人眼皮底下,他想趁机发动一次战役。于是他就发动了。这就是被认为伟大胜利的普图斯克战役,不过据我看,完全不是那么回事。我们文职人员,您是知道的,判断战争的胜负有一个很坏的习惯。战斗结束时谁退却谁就是打输了,根据这个道理,所以我们说,普图斯克战役是我们吃了败仗。总之,战斗的结束是我们退却,可是我们却派信使到彼得堡报捷,而且贝尼格森将军不把军队的指挥权让给布克斯格夫登将军,期待从彼得堡得到总司令的称号以酬谢他的胜利。在这主帅未定期间,我们开始了一连串的极为奇特和有趣的军事运动。我们的作战方案不再是它应有的那样——回避或者进攻敌人,而是一味回避在职位上应是我们的长官的布克斯格夫登将军。我们是那么拼命地追求这个目的,甚至过一条无法涉水过去的河,然后就把桥梁烧掉,为的是摆脱我们的敌人,这敌人现时不是波拿巴,而是布克斯格夫登。我们这种回避他的军事运动之一的结果是:布克斯格夫登将军差一点受到优势敌人的攻击而当了俘虏。布克斯格夫登在追,我们在跑。他刚渡过河到了我们这边,我们又回到河那边。最后我们的敌人布克斯格夫登追上我们,并且进攻我们。于是开始一场解释误会的谈话。两位将军都暴跳如雷,几乎酿成一场两个总司令决斗的场面。但是,恰好在这千钧一发的时刻,那个到彼得堡报捷的信使回来了,带回任命我们总司令的消息,于是第一个敌人布克斯格夫登被战败了。我们现在可以考虑第二个敌人波拿巴了。可是,正在这时在我们面前出现了第三个敌人——正教俄国兵,他们大喊大叫要面包、牛肉、面包干、干草、马料——什么都要! 仓库是空的,道路又不通。正教兵开始抢劫,这场抢劫实在可怕,相形之下,连上次战役都为之逊色。一半人马成为散兵游勇,周围村子全遭洗劫,又烧又杀。居民被劫一空,医院住满病人,到处是饥荒。有两次匪兵甚至攻打司令部,总司令不得不调来一营人把他们赶走。在一次这样的攻打中,匪兵拿走我的一只空箱子和一件睡衣。皇上准备授权各师长就地枪决匪兵,可是我非常担心,这样会使一半军队枪毙另一半军队。[1]

安德烈公爵起先只是用眼睛读信,但是后来他读到的东西,不

---

[1] 这封信全部用法文写成。

由得越来越把他吸引住了（虽然他知道比利宾的话可信的程度）。读到这个地方，他把信揉了揉，扔掉了。不是他在信里读到的东西使他生气，使他生气的是那个地方的陌生生活可能使他情绪不安。他闭上眼睛，用手擦了擦前额，仿佛是赶走对他所读到的东西的任何同情，注意听听育婴室的动静。他忽然觉得门里有一种奇怪的声音。一阵恐惧向他袭来；他怕在他读信的时候小孩发生了什么事。他踮起脚尖走到门前，把门推开。

他刚进去，看见保姆神色惊慌地把什么东西藏起来不让他看见，玛丽亚公爵小姐已经不在小床旁边。

"亲爱的。"背后传来玛丽亚公爵小姐的、他觉得仿佛绝望的低语声。正像长久不眠和长久的不安往往会发生的事，他心头油然生起一种无缘无故的恐惧：他的头脑忽然起了一个念头——小孩死了。他所见所闻好像都在证实他的恐惧。

"一切都完了。"他想，额头冒出冷汗来。他茫然若失地向小床走去，他以为他一定看见小床是空的，保姆把死孩子藏了起来。他撩起帐子，他那吃惊的、目光乱射的眼睛长久地看不见孩子。最后他看见了他：面色红润的小孩叉开胳膊腿横卧在小床上，头垂到枕旁，在睡梦中咂着嘴，嚅动着小嘴唇，均匀地呼吸着。

安德烈公爵看见了孩子，高兴了，他还以为他已经失去了他呢。他俯下身来，照妹妹教给他的方法，用嘴唇试试孩子是否还在发烧。娇嫩的前额是湿润的，他用手摸摸头，连头发都湿了：孩子出了很多汗。他不仅没有死，现在显然过了危险期，他已经在恢复健康。安德烈公爵想把这个可怜的小东西抱起来紧紧搂在怀里；他不敢这样做。他在他面前站着，看他的头和在被子下面隆起的胳膊和腿。他身旁响起一阵沙沙声，他觉得有个影子投到床帐下面。他没有回头看，他一面看小孩的脸，一面听他均匀的呼吸。那黑影是玛丽亚公爵小姐，她迈着无声的脚步走到床前，掀起帐子，进去又把帐子放下。安德烈公爵不回头看就知道是她,把手伸给她。她握住他的手。

"他出汗了。"安德烈公爵说。

"我就是来告诉你这个的。"

孩子在睡梦中轻轻地动了动,微微地笑了笑,用前额擦了擦枕头。

安德烈公爵看了看妹妹。玛丽亚公爵小姐光亮的眼睛满含幸福的泪水,在半明半暗的床帐里显得更明亮了。玛丽亚公爵小姐偎近哥哥,吻吻他,轻轻地碰了一下帐子。他们俩打了个手势,警告要小心,又在半明半暗的帐子里站了一会儿,仿佛他们不愿离开这个他们三个人与世隔绝的小天地似的。安德烈公爵第一个从小床边走开,头发被纱布帐子弄乱了。"是啊,这是现在留给我的唯一的东西了。"他叹息着说。

十

皮埃尔在加入共济会之后不久,就带着他详细开列的在田庄应办事项守则,前往基辅省,那里有他的大部分农奴。

皮埃尔到基辅后,就把各处主管叫到总管理处,向他们说明自己的意图和希望。他说,应立即采取措施把农奴从依附地位完全解放出来,到时农奴不应从事繁重的劳动,不应派妇女和儿童干活儿,对农奴应给予帮助,惩罚应是劝诫,而不应是体罚,各处田庄都应当设立医院、养老院、孤儿院和学校。有些主管(其中包括几个半文盲的管家)听了后大吃一惊,他们揣摩话的含义是,小伯爵不满意他们的管理和贪污;另一些主管在恐惧了一阵之后,发现皮埃尔口齿不清的发音和他们从未听过的新名词怪有趣的;还有一些主管觉得听主人讲话简直是一种娱乐;第四类主管是一些聪明人,其中包括总管,他们从这些话里懂得了要怎样应付主人才能达到自己的目的。

总管对皮埃尔的意图表示极大的同情;但是他说,除了这些改革外,必须整顿情况欠佳的业务。

别祖霍夫伯爵继承了巨大的财产,据说每年有五十万卢布的收入,但是比起过去他从去世的老伯爵手里收入一万卢布时,反而觉得拮据得多。他模糊地知道一个大概的预算。所有田庄一共向地方当局缴纳约八万卢布①;莫斯科城外和城内住宅保养费和三位公爵小姐的生活费约三万卢布;付养老院和慈善机关各约一万五千卢布;付伯爵夫人的生活费十五万卢布;付债务的利息约七万卢布;这二年用在已经兴建的教堂上一万卢布;其余十万卢布连他自己也不知道是怎样花掉的,几乎每年他都不得不借债。此外,每年总管在信中不是向他报告火灾,就是歉收,再不然就是改建作坊和工厂。因此,摆在皮埃尔面前的当务之急,是他最没有兴趣和没有能力处理的事情——管理业务。

皮埃尔和总管每天都在研究业务。但是他觉得他的研究连一步也没有把业务向前推进。他觉得他所研究的与实际无关,他们没有抓住实际问题,因而没有推进它。一方面,总管总是把事情说得很糟,他告诉皮埃尔必须偿还债务,使用农奴的劳动力开始新的工作,这一点是皮埃尔不能同意的;另一方面,皮埃尔要求立即着手农奴的解放,而总管却说,必须首先还清地方当局的债务,因此不能很快实现解放。

总管不说解放农奴是完全不可能的;为达到这个目的,他建议出售科斯特罗马省的森林,出售低洼的土地和克里木的田庄。但这些交易的手续,按总管的说法,是那么复杂,既要解除禁令,又要

---

① 这是为田庄地产及农奴保险,每年向地方当局交纳的款项。

提出申请,等候批准,以及其他,等等,弄得皮埃尔不知所措,只好对他说:"对,对,就这么办吧。"

皮埃尔缺少那种亲自管事的实干毅力,所以他不喜欢业务,只不过是在总管面前装作他在处理业务。总管在伯爵面前也极力假装处理这些业务对主人非常有利,而对他本人却是个难题。

在大城市碰到一些熟人;不认识的人也急于和他结交,热烈欢迎这位新到的富翁,全省最大的地主。皮埃尔在入共济会时曾经承认他的主要弱点是易受诱惑,而现在诱惑是那么强烈,以致他无力拒绝它们。皮埃尔的生活又像在彼得堡一样,整天、整星期、整月地在晚会、舞会、早餐和午宴中度过,惶惶不可终日,不让他有一点冷静下来的工夫。他过的仍然是先前的生活,而不是他希望过的新生活,只不过是换了一个环境罢了。

在共济会的三条宗旨中,皮埃尔承认他没有履行每个会员要成为道德生活的模范的规定;在七德中,他完全缺少两德:品行端正和爱死亡。他聊以自慰的是,他履行了另外一条规定——改善人类,和实现了其他两德:爱邻人,特别是慷慨。

一八〇七年春天,皮埃尔决定返回彼得堡。在回去的路上,他打算巡视他的各个田庄,亲自检验一下他所规定的事情做得怎么样,上帝托付他并且他极力想施以恩惠的黎民百姓,现在的处境如何。

总管认为小伯爵的一切企图都是妄想,对自己、对他本人、对农奴都没有好处,但他还是作了让步。继续干解放农奴的事是不可能的,他吩咐在各田庄兴建学校、医院、养老院、孤儿院等大建筑物;为了迎接主人,到处都做了准备,他知道皮埃尔不喜欢盛大隆重的仪式,但是宗教感恩式的,例如献圣像,献面包和盐等仪式,照他对主人的了解,正是这一套才能打动伯爵,才能把他糊弄过去。

南方的春天,坐着维也纳轻便马车舒适飞快地奔驰,旅途的寂静,都使皮埃尔的心情愉快。那些他还未到过的田庄,景色如画,一个胜似一个;他觉得到处农奴都安居乐业,对他的恩典由衷地感激。到处都举行欢迎会,这虽然使皮埃尔感到不安,但他内心深处却是高兴的。在一个地方,农奴向他献面包和盐,献彼得和保罗圣像,为了表示爱戴和感谢他给予他们的恩惠,要求准许他们自费在教堂里设一个侧祭坛纪念他的天使彼得和保罗。在另外一个地方,妇女们抱着婴儿迎接他,感谢他使她们摆脱沉重的劳动。在第三个地方,神甫拿着十字架,带领一群孩子迎接他,多谢伯爵的仁慈,他教孩子们识字和教义。在每个田庄,皮埃尔都亲眼看见按统一图样正在建造和已经建成的医院、学校、养老院、孤儿院等砖建筑物,并且不久就要付诸使用。皮埃尔到处都看到主管关于减轻徭役的报告书,并听到那些穿青色长衣的农奴代表为此表示衷心感激的话。

不过,皮埃尔不知道,那个向他献面包和盐并且建造彼得和保罗侧祭坛的地方,是一个每到圣彼得节①就逢会的村镇,这个村镇的、去见他的富裕农奴早就在兴建侧祭坛了,而那些占村镇十分之九的农奴都一贫如洗。他不知道,按照他的命令不再派喂奶的妇女服徭役,而她们在自己的份地上却在做最苦的活儿。他不知道,那个手持十字架去迎接他的神甫,对农奴课以重税,压榨他们的膏脂,他所招收的学生是学生的父母流着眼泪送到他那儿,然后又用大笔金钱赎回来。他不知道,按照统一图样建造房子,是由农奴出的劳动力,因而加重了农奴的徭役,减轻徭役只不过是在纸上说说而已。他不知道,主管给他看的账簿上表明,遵照他的意志,代役租减了三分之一,而实际徭役租却增加了一半。因此,皮埃尔对他巡视田庄感到心满意足,完全恢复他离开彼得堡时那种乐善好施

---

① 圣彼得节,俄历六月二十九日。

的心情,于是给他的师友(他这样称呼会长)写了一封兴味盎然的信。

"多么轻而易举,多么不费劲,就做了这么多好事,"皮埃尔想道,"可是我们对这种事的关心是多么不够啊!"

人们对他的感激使他高兴,但同时又使他羞愧。这种感激使他想到,他本来能够为这些质朴善良的人们做更多的事。

总管是一个非常愚蠢而且狡猾的家伙,他完全了解又聪明又天真的伯爵,拿他当玩具似的耍弄,他看到预先安排的接待对皮埃尔产生了影响,就更坚决地向他证明解放农奴是不可能的,主要是不必要的,因为农奴不解放也过得很幸福。

皮埃尔内心也同意总管的说法:很难想象有比农奴更幸福的人了,获得自由的农奴天知道会是什么光景;但是皮埃尔虽然勉强而仍然坚持他认为正义的事情。总管答应尽一切努力执行伯爵的意志,他十分清楚,伯爵不惟永远不会检查他是否想尽办法出售森林和田庄,是否还清地方当局的债务,而且大概也永远不会过问和追查盖好的房子为什么老空在那里,农奴为什么还像别的农奴一样继续以徭役和现金的形式交出他们所能交出的一切。

十一

皮埃尔满怀幸福的心情从南方旅行回来,在旅途中,他了却一桩宿愿——顺路去访他两年未见的朋友博尔孔斯基。

在最后一站,皮埃尔得知安德烈公爵不在童山,而在分给他的田庄里,于是就驱车到他那里去了。

博古恰罗沃村坐落在景色单调的平原上,周围是田地和部分被砍伐过的枞树林和桦树林。宅院在村子尽头大路旁边,后面是一个重新挖掘的注满了水的池塘,岸上还没有长出青草,四周是一片幼林,其中有几棵高大的松树。

宅院里有一个打谷仓、几间房屋、马厩、浴室、厢房和一座正在修建半圆形山墙的高大砖房。房子周围是一个新开辟的花园。院墙和大门崭新而且坚固;木棚里放着两架消防水龙和涂上绿漆的大木桶;道路是笔直的,桥都敦敦实实,带有栏杆。每件东西都可以看出精心管理的迹象。皮埃尔向碰到的家奴问公爵住在哪里,他们指了指靠近池塘的一所不大的新厢房。安德烈公爵的老家人安东扶皮埃尔下了车,说公爵在家,把他领到一间洁净的小外室。

皮埃尔最后一次在彼得堡和他的朋友会见的地方,是那么富丽堂皇,现在这所虽然洁净,然而质朴无华的小房子,令人吃惊。他急急走进散发着松香味、尚未抹灰的小前厅,正要进去,可是安东踮着脚尖赶到他前面去敲门。

"什么事?"传出急促刺耳的声音。

"客人。"安东回答。

"请等一等。"接着听见挪动椅子的声音。皮埃尔迈开大步走到门口,和迎他出来的安德烈公爵撞个满怀,安德烈公爵满脸愁容,显得苍老。皮埃尔拥抱他,扶起眼镜吻他的腮帮,逼近看他的脸。

"真没想到,真叫人高兴。"安德烈公爵说。皮埃尔不言语,长久地用惊奇的目光盯视着他的朋友。安德烈公爵的变化使他吃惊。安德烈公爵的言谈是亲切的,唇边和脸上含有笑意,但是眼神暗淡,毫无生气,虽然他很想露出欢喜快乐的光芒。使皮埃尔吃惊而且生疏的,不是他的朋友瘦了,面色苍白,显得更成熟了,而是那说明他对某一问题长期集中思考的眼神和额头的皱纹,这些都使皮埃尔一时还不习惯。

正像久别重逢常有的那样,谈话老是不能集中;他们互相简短地问答一些只有他们本人才知道的、需要长谈的事情。最后,谈话渐渐集中在先前三言两语涉及的问题：过去的生活，未来的计划，皮埃尔的旅行，他的事业，战争，以及其他，等等。皮埃尔在安德烈公爵眼神中所看到的那种专一和沮丧的情绪，在他含着微笑听皮埃尔谈话的时候，特别是当皮埃尔兴高采烈地谈到过去的事情和未来的计划的时候，表现得更强烈了。看来，安德烈公爵对皮埃尔的话，虽然很想同情，可就办不到。皮埃尔开始觉得，在安德烈公爵面前，表现高兴，谈什么梦想以及对幸福和善行的希望，都是不合适的。他不好意思说出他对共济会的新信仰，特别是在这次旅行中，对它更有新的认识，更令他振奋了。他约束着自己，怕显得幼稚，但是同时他又情不自禁地想让朋友知道他现在完全换了个人，换成一个比在彼得堡时期要好得多的皮埃尔了。

"我无法对您说，这一个时期我经历的事情是那么多。连我自己都不敢认识自己了。"

"是啊，自从上次见面后，咱们的变化都很大，很大。"安德烈公爵说。

"喂，您怎么样？"皮埃尔问，"您有什么计划？"

"计划？"安德烈公爵带着嘲讽的口吻重复一遍。"我的计划吗？"他仿佛对这个词义感到惊奇似的，又重复一遍。"你不是看见了，盖好了房子，明年全搬过来……"

皮埃尔不言语了，注意地审视着安德烈公爵变老了的面孔。

"不是的，我是问……"皮埃尔没有说完，安德烈公爵打断了他的话：

"我的事有什么可说的……你还是讲讲你这次旅行，讲讲你在田庄上干的一切事情吧？"

皮埃尔谈起他在自己的庄园所做的事，对他所实行的改革尽可能不露出得意的神情。安德烈公爵有好几次暗示皮埃尔，他讲的那些事，人们早已知道了，不惟听起来乏味，甚至听到皮埃尔讲就觉得害羞。

皮埃尔有点窘,甚至觉得和这位朋友在一起怪沉闷的,他不讲了。

"告诉你吧,亲爱的,"安德烈公爵说,他显然也觉得和这位客人在一起不轻松,而且有点拘束,"我在这儿是暂时的,我不过是来看看。我今天就要回妹妹那里。我介绍你和她认识认识。对了,你好像是认识她的,"他说,显然他是在应付客人,他觉得他现在和这位客人没有共同可谈的东西,"饭后咱们就动身。现在你想看看我的宅院吗?"他们走到外面一直逛到吃饭的时候,两个人像是不太知近的朋友似的,谈一些政治新闻和熟人。安德烈公爵只有在谈到他正在经营的新宅院和建筑工程的时候,才有点劲头和兴趣,可是就连这也只谈了一半,当安德烈公爵在小木桥上向皮埃尔描述未来房屋布局的时候,他忽然停住了。"不过,这也没有什么可谈的,咱们去吃饭吧,吃完饭就动身。"吃饭的时候谈起皮埃尔的婚事。

"我听说这件事,很惊讶。"安德烈公爵说。

皮埃尔脸红了,每当提起这件事,他总是脸红,他连忙说:

"以后我原原本本把一切经过告诉您。不过这一切都完了,永远完了。"

"永远?"安德烈公爵说,"世上根本没有永远的事情。"

"可是您知道这一切是怎样结束的吗?您听说决斗的事吗?"

"是的,都知道了。"

"我唯一感谢上帝的是我没有打死这个人。"皮埃尔说。

"那为什么?"安德烈公爵说,"打死恶狗甚至是好事情。"

"不,打死人不好,不对……"

"为什么不对?"安德烈公爵反问道,"人并没有判断是非的能力,恰恰在判断是非问题上,人是从来就犯错误,将来也要犯错误。"

"凡是对人作恶,就是不对。"皮埃尔说,他很高兴,自他来这里后,安德烈公爵第一次活跃起来,开始说话了,并且想把他变为现在这个样子的一切经过全说出来。

"怎样才算对人作恶,有人对你说过吗?"他问。

"作恶? 作恶?"皮埃尔说,"我们都知道,什么是人家对自己作恶。"

"是的,我们都知道,自己认为是恶的事情,不能施加于人。"安德烈公爵越来越兴奋了,看来他想对皮埃尔说出自己的新观点。他用法语说:"我认为,在生活中只有两种实在的不幸:受良心责备和疾病。只要没有这两件坏事,就是幸福。我活着,光为了避免这两件坏事,这就是我现在的全部哲学。"

"可是爱邻人呢? 自我牺牲呢?"皮埃尔说,"我不能同意您的说法! 活着就为了不做坏事,不悔恨,这太不够了。我曾经这样生活过,我为自己活着,结果毁了自己的生活。只有现在,当我为别人,至少我是努力(为了表示谦虚,皮埃尔修正了一下)为别人活着的时候,只有现在我才懂得生活的幸福。不,我不同意您的看法,而且您是口头上这么说,心里未必这么想。"安德烈公爵默默地望着皮埃尔,含着嘲讽的微笑。

"你见到我的妹妹玛丽亚公爵小姐,你们会谈得来的。"他说。"也许,对你说来,你是对的,"停了一下,他继续说,"但是每个人都按照自己的想法生活:你说你过去为自己生活,几乎因此毁掉了你的生活,只有为别人而活着的时候,才找到幸福。可是,我的经验正相反。我过去为名誉而活着。(究竟什么是名誉呢? 其实也是爱别人,想为别人做点事,希望得到别人的称赞。)我是这样为别人而生活的结果不是几乎,而是完全毁掉了自己的生活。自从我只为我个人而生活以后,我的心就平静得多了。"

"怎么能只为个人而生活啊?"皮埃尔激昂起来,问道,"可是儿子呢？妹妹呢？父亲呢？"

"这一切仍然是我，而不是别人，"安德烈公爵说，"所谓别人，邻人，您和公爵小姐称之为邻人，这是错误和罪恶的根源。邻人，这就是您要为之做好事的基辅农奴。"

他看了看皮埃尔，目光含着嘲笑和挑战的神情。看来他有意挑动皮埃尔。

"您在开玩笑，"皮埃尔说，他越来越兴奋了，"我愿意做好事，虽然做得很不够，而且做得很差，但总算做了，并且做出一点成绩，这有什么错，犯了什么罪啊？那些不幸的人们，我们的农奴，他们也像我们一样，从生到死，对上帝和真理的认识只限于宗教仪式和毫无意义的祈祷，这时如果有人把来世、果报、褒奖、慰藉等等令人舒适的信念传授给他们，这能算是罪过吗？既然毫不费力就可以提供物质帮助，而有人得不到这个帮助就要病死，于是我向他们提供了医生、医院、养老院，这有什么过错和不好？农奴、喂奶的妇女，日夜不得空闲，我给他们时间，让他们休息，这难道不是显而易见、毫无疑问的善行吗？……"皮埃尔急急地说，连字音都咬不清了，"我做了这些事，虽然做得不好，做得不多，但总算做了一点事情，您不惟不能使我相信我做的事情是不好的，而且也不能使我相信您自己有那种想法。主要的，"皮埃尔继续说下去，"我知道，而且确实知道，行善的乐趣是生活中唯一可靠的幸福。"

"是的，如果是这样提出问题，那就是另一回事了，"安德烈公爵说，"我盖房子，辟花园，而你盖医院，你我做这些事，都可以消磨时间。至于什么是对的，什么是好的，就让那个无所不知的人来判断吧，而不是我们来判断。好吧，你愿意辩论，那么就来辩论吧。"于是他们离开饭桌，在可以代替阳台的门廊上坐下来。

"那么就来辩论吧。"安德烈公爵说。"你提起学校，"他屈起一个指头，接着说，"教育，等等，你是想把他，"他指着一个脱下帽子从他们身旁走过的农奴,说,"从禽兽的状况挽救出来,并且满足他精神的需要,可是我认为,唯一可能的幸福就是禽兽的幸福,可是你呢,偏要剥夺他这种幸福。我羡慕他,而你想把他弄成我这个样子,可是又不把我的财产给他。你说的另一件事情是要减轻他的劳动。可是在我看来,体力劳动对于他,正像脑力劳动对于你我同样的必需,同样是不可或缺的生存条件。你不能不思索。我睡到半夜两点多钟,忽然心血来潮,辗转反侧睡不着,一直到早晨都不能入眠,因为我在思索,而且不能不思索,正如他不能不耕地,不能不割草一样;不然的话,他就会在酒馆里出进,或者在病榻上呻吟。正如我受不了他们那种可怕的体力劳动,他也受不了我这四肢不勤的生活,他会因此发胖,慢慢死去的。第三,记不起了,你还说什么来着?"

安德烈公爵屈起第三个指头。

"噢,对了,还有医院,医药。他中风,快死了,而你给他放血,把他救活了。他拖着残废的身子,又挨了十年,成为大家的负担。死对于他,反倒舒服得多,简单得多。如果你是舍不得毁掉一个多余的劳动力——我是这样看待他的,那犹可说,可是你是由于爱护他而给他治病。他是不需要这个的。再说,认为医药曾经治好过什么人,这简直是妄想! 能杀死人倒是真的!"他说,愤愤地皱起眉头,转身不看皮埃尔。

安德烈公爵把自己的意见表达得如此明白、确切,看来他曾不止一次考虑过这个问题,就像一个好久不说话的人似的,他很乐意说出心里的话,而且说得很快。他的论调越悲观,他的目光就越有神采。

"哎呀,这太可怕了,太可怕了!"皮埃尔说,"我真不明白,怀有这样的思想怎么能活下去。我也有这样的时刻,这是在不久前,在莫斯科和在旅途中的事,可是当时简直痛苦得活不下去,对一切都觉得厌恶……主要的是,我厌恶自己,当时我不吃不喝,不洗脸……您呢?您怎么样?……"

"干吗不洗脸啊,太不卫生了,"安德烈公爵说,"相反,要尽力使自己过得愉快一些。我活着,这不是罪过,所以说,我不妨害任何人,尽可能活得好些,直到老死。"

"促使您怀着这种思想的动机是什么呢?有这种思想就可以坐着不动,什么也不干……"

"就是这样我也闲不住。我倒乐意什么都不干呢,比方说吧,蒙本地区的贵族抬举,选我当贵族长①,我好歹推辞掉了。他们不能了解,我没有做这种事的才能,没有做这种工作必须具有的那套装笑脸,献殷勤,卑鄙庸俗的本领。再比方说,为了有一个清静窝儿,还得盖这所房子。现在又有后备军的事。"

"您为什么不在军队里服役呢?"

"经过奥斯特利茨战役以后!"安德烈公爵神色阴暗地说,"不,谢谢吧,我发誓不在作战部队里服役,将来也不。即使波拿巴打到跟前,打到斯摩棱斯克,威胁童山,我也不在俄国军队服役。刚才我对你说,"安德烈公爵平静下来,接着说,"我现在在后备军,家父是第三军区总司令,在他手下做事,这是我避免服役的唯一方法。"

"这么说来,您还是在服役?"

"是在服役。"他停了一会儿,说。

"那么您为什么服役呢?"

"我告诉你为什么。家父是当代最显赫的人物之一。但是他老了,他的本性不能说是残酷无情,但是他太爱活动了。他过惯了掌握无限权力的生活,因而变得叫人望而生畏。现在皇上任命他为后备军总司令,他掌握了这个权力。两个星期前,如果我迟到两

――――――――――

① 帝俄时代,省或县的贵族会议选出一个本省或本县的贵族长。

小时,他会把尤赫诺夫的一个书记官绞死的,"安德烈公爵微笑着说,"我所以要服役,就是因为除了我,再没有能够影响他的人,我可以使他少干一些日后令他苦恼的事。"

"啊,您这就对了嘛!"

"哼,可并不像你想的那样,"安德烈公爵接着说,"对于这个盗窃后备军的靴子的书记坏蛋,我过去和现在都没有丝毫行善的意思,我甚至高兴看见绞死他。但是,我是可怜家父,也就是说,又是为着自己。"

安德烈公爵越说越兴奋。在他向皮埃尔证明在他的行为中根本没有对邻人行善的意思的时候,他的眼睛放射着狂热的光芒。

"你想解放农奴,"他继续说,"这很好;但是这不是为了你(我想你从未鞭打过谁,也从未把谁流放到西伯利亚),更不是为了农奴。如果他们遭到殴打,鞭笞,被流放到西伯利亚,我想,这对他们并没有什么不好。在西伯利亚他们过着同样的牛马生活,身上的伤疤长好了,他们仍然和过去一样幸福。解放农奴对于另外一些人才是需要的,他们在精神上陷于崩溃,内心郁积了很多悔恨,可是又极力压抑着,但由于有权实行公正和不公正的惩罚,而变得粗暴残酷。我是可怜这些人,为了他们,我赞成解放农奴。也许你没见过,我可见过,那些享有世袭的无限权力的好人们,随着年龄的增长,越来越变得暴戾,他们横行霸道,残忍成性,他们虽然也知道,但是克制不住自己,于是越来越陷入苦恼。"

安德烈公爵说这些话的时候是那么兴致勃勃,皮埃尔不由得想到,他这些思想是由于他父亲的作风引起的。他一句话都没说。

"由此可见,我惋惜的是什么——是人的尊严,良心的宁静、纯洁,而不是背脊和脑袋,这些东西不管你怎样抽,怎样剃①,仍然

---

① 在把犯人流放到西伯利亚时,剃去半边头发,以防逃跑。

是背脊和脑袋。"

"不对,不对,一千个不对!我永远不会同意您的意见。"皮埃尔说。

<h1 style="text-align:center">十二</h1>

傍晚,安德烈公爵和皮埃尔坐上四轮马车,向童山出发了。安德烈公爵不断地瞟一瞟皮埃尔,为了表示他的心情很好,偶尔说句话打破沉默。

他指着田地,向皮埃尔讲他在园田管理方面的改良。

皮埃尔神色阴郁地沉默着,只是哼哼哈哈回答一两个字,看来他正在埋头想自己的心事。

皮埃尔在想,安德烈公爵是不幸的,他误入迷途,不知道真正的光明,皮埃尔应当帮助他,启发他,使他振作。但是,皮埃尔刚一想到他应该怎么说和说什么的时候,他就预感到,安德烈公爵只用一句话,一个论据,就把他的说教推翻了,所以他不敢开口,生怕他所珍爱的神圣信念受到嘲笑。

"不对,您怎么会有这种想法,"皮埃尔突然开口说,他低着头,摆出顶牛的架势,"您为什么这样想?您不应当有这种想法。"

"我想什么来着?"安德烈公爵惊讶地问。

"关于生活,关于人生的使命。这是不对的。我也有过这样的想法,您知道是什么救了我吗?是共济会。不,您别笑。共济会并不像我过去想的那样,它不是崇尚繁文缛节的教派,共济会是人类永恒的优秀品质的唯一最好的表现。"于是他就向安德烈公爵讲解他所理解的共济会。

他说,共济会是不受国家和宗教束缚的基督教教义,是平等、友好、博爱的教义。

"只有我们的圣教才具有人生的真谛,其他一切都是梦幻,"皮埃尔说,"您要懂得,亲爱的朋友,除了这个共济会,到处都充满了虚伪和荒谬,我同意您说的,聪明的好人,除了尽可能不妨害别人过一辈子,再也没有别的出路。接受我们的基本信仰,加入我们的会,把自己交给我们引导,那么,您立刻就会和我有同样的感觉,感觉自己是那个无形的巨大链条的一环,链条的一端隐藏在天国里。"皮埃尔说。

安德烈公爵眼睛望着前面,沉默不语地听皮埃尔讲话。有几次由于辚辚的马车声没有听清,他叫皮埃尔再说一遍。从安德烈公爵眼睛里突然迸发的特别的光芒,从他的沉默,皮埃尔看出他没有白说,安德烈公爵不再打断他的话,也不再嘲笑他了。

他们来到一条涨水的河边,得摆渡过河。在安置马车和马匹的时候,他们上了渡船。

安德烈公爵倚着栏杆,默默地向前眺望沐浴着落日余晖的泛滥的河水。

"您对这个问题有什么想法?"皮埃尔问,"您干吗老不说话啊?"

"我有什么想法吗?我在听你说呢。这一切都是对的,"安德烈公爵说,"可是你说:加入我们的会吧,入了会,我们就可以向你指出人生的目的和人生的使命,以及统治世界的法则。可是我们究竟是谁呢?是人吗?为什么你们什么都知道?为什么只有我一个人看不见你们所看见的?你们在人世间看见了善和真的王国,可是我就看不见。"

皮埃尔打断了他的话。

"您相信来世吗?"他问。

"相信来世吗?"安德烈公爵重复一遍,但是皮埃尔不让他说下去,他认为他重复这句话就是作了否定的回答,何况他知道安德烈公爵早先就是无神论者。

"您说,您看不见善和真的王国。我也看不见;如果把我们的生命看作一切的终结,就看不见这个王国。在这个世界,正是在这个世界(皮埃尔指了指田野,说),没有真理,只有虚伪和罪恶。可是在宇宙中,在整个宇宙中,有一个真理的王国,我们现在是尘世的儿女,但从永恒来看,我们是整个宇宙的儿女。难道我在自己的灵魂中没有感觉到我是这个巨大而和谐的整体的一部分吗? 难道我没有感觉到我是在这作为上帝化身的许许多多的生物之中(您可以把上帝看作是至高无上的力量)从最低级生物到最高级生物中间的一个环节,一个阶梯吗? 如果我看见,确实看见从植物到人这部梯子,为什么我要设想这部梯子从我这里中断,而不是通向更远更远的地方呢? 我觉得,我也像宇宙间的一切一样,不仅现在不会消灭,而且将来永远存在,过去也是永远存在着的。我觉得,除了我,在我上面还存在着神灵,在这个宇宙中有真理存在。"

"是的,这是赫尔德①的理论,"安德烈公爵说,"可是,亲爱的,使我确切相信的不是这个,而是生和死,使我相信的是这样的事实,你亲眼看见,一个你所珍爱的、同你结合在一起的人,你对不住这个人,希望能够赎罪(安德烈公爵的声音颤抖了,背过身去),可是这个人突然在受苦,受折磨,不再生存了……为什么会这样? 不可能没有一个答案! 我相信答案是有的……使我相信的是这件事,而且确切地信服了这件事。"安德烈公爵说。

"对啊,对啊,"皮埃尔说,"这不正是我所说的吗!"

"不对,我只是说,使我相信来世的必然性的,不是什么论据,而是这样的事实,当你和一个人手挽手在人生的旅途中行进的时

---

① 约翰·戈特弗里德·赫尔德(1744—1803),德国资产阶级启蒙运动时期的思想家。

候,这个人忽然在那里消失不见了,到乌有之乡去了,而你自己却站在这深渊前面往那里张望,我就曾经张望过……"

"可是,这又怎么样呢!您知不知道有一个那里,而且有某人存在?那里就是来世,某人就是上帝。"

安德烈公爵没有回答。马车和马匹早已上了对岸,并且套好了挽具,太阳已经沉没了一半,傍晚的寒气降临了,渡口旁边的水洼覆上一层点缀着星星的薄冰,使仆人、车夫、船夫惊异的是,皮埃尔和安德烈仍然站在渡船上谈话。

"如果有上帝,有来世,那么就有善和真;人生的最大幸福就在于追求善和真。要活着,要爱,要信仰,"皮埃尔说,"我们不仅是今天生活在这一小块土地上,而且我们永远、在一切方面在那里(他指了指天)曾经生活过,并且将来也在那里生活。"安德烈公爵用臂肘支着渡船栏杆站在那里听皮埃尔说话,眼睛一直望着苍茫的河水辉映着夕阳的红光。皮埃尔停住不说了。四周一片寂静。渡船早已靠岸,只有波浪轻轻拍打着船底。安德烈公爵感到水浪的冲激声仿佛在附和皮埃尔的话:"真的,相信这个吧。"

安德烈公爵叹了一口气,用闪闪放光的、孩子般的、柔和的目光,扫了皮埃尔一眼。皮埃尔的脸涨红了,他兴高采烈,但在智力高超的朋友面前依旧感到羞怯。

"是啊,但愿如此!"他说。"咱们该上岸了。"安德烈公爵又说,于是,他一面离开渡船,一面望了望皮埃尔指给他看的天空,在奥斯特利茨战役后,他第一次又看见了他躺在奥斯特利茨战场上看见的那个崇高的永恒的天空,那种久已沉睡在他心中的美好的感情,忽然欢乐地、青春焕发地在他心灵中苏醒了。当安德烈公爵一进入习惯的生活环境,这种感情就消失了,可是他知道,他虽然不善于进一步发展这种感情,但是它已经在他心中扎了根。同皮埃尔的会见,在安德烈公爵的生活中展开一个新的纪元,在这以后,虽然表面上依然照老样子生活,可是在他内心,新的生活已经开始了。

十三

安德烈公爵和皮埃尔来到童山庄园大门前,已经是黄昏时分了。在他们的马车驰到的时候,安德烈公爵微笑着叫皮埃尔注意在后门口发生的一阵骚乱。一个弯着腰背着行囊的老太婆和一个穿一身黑衣裳、留着长头发的矮个男人,看见马车来了,就急忙往门里跑。后面跟着两个女人,这四个人一面惊慌地往后门台阶上跑,一面回头向马车张望。

"这是玛丽亚的神亲①,"安德烈公爵说,"他们以为是我父亲来了呢。这是她唯一不服从父亲的事:他吩咐把这些巡礼者赶走,可是她还是接待他们。"

"神亲是什么呀?"皮埃尔问。

安德烈公爵没来得及回答。仆人们出来迎接他们,他问老公爵在哪里,是不是很快就回来。

老公爵还在城里,他随时都可能回来。

安德烈公爵把皮埃尔领到自己的起居室,他在他父亲家中的这个房间总是收拾得一尘不染。他先到育婴室去看望一下。

"咱们到妹妹那儿去吧,"安德烈公爵回来后对皮埃尔说,"我还没有见到她呢,她现在正躲起来和她的神亲们待在一起。她见到我们会不好意思的,那就让她活该吧,你可以见识见识神亲。这很有趣,真的。"

---

① 俄国当时一种教派的朝圣者,其中有许多残废、畸形或精神不健全的人。他们往往靠教徒资助朝拜一处处"圣地"。

"什么是神亲?"皮埃尔问。

"你这就会看见的。"

玛丽亚公爵小姐看见他们进来,果然不好意思,脸涨得通红。她的房间很舒适,神龛前面点着长明灯,茶炊后面的沙发上,有一个男孩和她并肩坐着,他留一头长发,鼻子也是长长的,穿一身正教徒的长袍。

一个满脸皱纹的精瘦老太婆坐在沙发旁的圈椅上,她那娃娃似的脸上流露出温和的表情。

"安德烈,干吗不先给我打个招呼?"她温和地责备说,像母鸡护着小鸡似地站在她那些巡礼者前面。

"非常高兴看见您。非常高兴。"在皮埃尔吻她的手的时候,她对他说。皮埃尔小的时候,她就认识他,而现在,他和安德烈的友谊,他妻子给他的不幸,主要的是,他那善良、质朴的面孔,使她对他发生了好感。她用美丽、光亮眼睛,注视着他,仿佛在说:"我是很喜欢您的,但是请您不要嘲笑我的人。"互相寒暄了几句后,他们坐下来。

"啊,伊万努什卡也在这儿。"安德烈公爵微笑地指着那个年轻的巡礼者,说。

"安德烈!"玛丽亚公爵小姐带着恳求的口吻说。

"您可知道,这是一个女人。"安德烈对皮埃尔说。

"安德烈,看在上帝的分上!"玛丽亚公爵小姐又说。

显然,安德烈公爵对巡礼者的嘲笑和玛丽亚公爵小姐徒劳的袒护,是他们之间习以为常、久已形成的关系。

"我的好朋友,"安德烈公爵说,"你应当感谢我才对,我向皮埃尔解释了你和这个年轻人的亲密关系。"

"真的吗?"皮埃尔好奇而严肃地说(玛丽亚公爵小姐对于皮埃尔的这种态度特别感激),他透过眼镜细瞅伊万努什卡的脸,伊万努什卡知道人们是在说他,就用调皮的目光望着大家。

玛丽亚公爵小姐为自己的人感到的不安完全多余,他们一点也不怯生。那个老太婆垂下眼睑,瞟着进来的人,她把茶碗底朝上扣在碟子上,把一块咬剩的糖块放在碗边,安安静静地坐在圈椅上一动不动,等人家再给她斟一杯。伊万努什卡一面低头喝碟子里的茶,一面翻起狡黠的女人眼睛看两个年轻人。

"到过哪儿,到过基辅吗?"安德烈公爵问老太婆。

"去过,您老,"多嘴多舌的老太婆回答说,"复活节,我在圣徒中是有资格领圣体的。我刚从科利亚津来,您老,那儿出现了伟大的神恩……"

"你是和伊万努什卡一同去的吗?"

"我自个儿去的,施主,"伊万努什卡极力用男低音说,"在尤赫诺沃才遇见佩拉格尤什卡①……"

佩拉格尤什卡打断了伙伴的话,看来她很想讲讲她的见闻。

"在科利亚津出现一桩伟大的神恩,您老。"

"怎么啦,又发现圣人的遗骨了吗?"安德烈公爵问。

"得了,安德烈,"玛丽亚公爵小姐说,"佩拉格尤什卡,你别讲了。"

"不……你怎么啦,小姐,有什么不能讲的?我喜欢他。他是好人。他这个上帝的选民曾经给我十个卢布,我记得这个恩主。我在基辅的时候,有个叫基留沙的疯癫苦行僧,一个真正的神亲,不论冬夏都打赤脚,他对我说,你去的不是应当去的地方,你到科利亚津去吧,那儿有一尊显灵的神像,圣母在那儿出现了。我一听这话,就告别了结伴的圣徒们,去了……"

大家都静悄悄的,只有这个巡礼女教徒屏息静气,不急不忙地

---

① 佩拉格尤什卡是佩拉格娅的小名。

说话。

"到了那儿,您老,人们告诉我:出现了伟大的神恩,从圣母脸上滴圣油呢……"

"好啦,好啦,以后再讲吧。"玛丽亚公爵小姐红着脸,说。

"请让我问问她。"皮埃尔说。"你亲眼看见了吗?"他问。

"当然喽,您老,我有幸亲眼见到过。她那脸上的灵光就像天光那么亮,圣母面颊上的圣油直往下滴,嗒嗒地滴……"

"这是骗人的。"皮埃尔注意听着巡礼女教徒,天真地说。

"哎哟,您老,你这是什么话啊!"佩拉格尤什卡带着惊恐的神情说,同时眼睛望着玛丽亚公爵小姐,求她援助。

"这是骗老百姓的。"他又重复说。

"耶稣基督保佑,"巡礼女教徒一边说,一边画十字,"哎哟,可别这么说,您老。曾经有个将军不信,他说:'是僧侣们骗人的。'他这话刚一落音,眼睛就瞎了。他梦见洞穴圣母①对他说:'你相信我吧,我可以给你治好。'于是他就哀求:快把我送到圣母那儿。我这是对你说实话,我是亲眼看见的。人们把这个瞎眼的人抬到圣母跟前。他一到那儿,就匍匐在地,说:'治好我吧,我把皇上赏赐我的,全给你。'我亲眼看见的,您老,他就给她戴上了金星勋章。果不其然,重见光明了! 这样说是有罪的,会受到上帝的惩罚的。"她用教训的口吻对皮埃尔说。

"圣像怎么挂勋章啊?"皮埃尔问。

"圣母升为将军了吧?"安德烈公爵笑着说。

佩拉格尤什卡面色刷的一下发白了,把手一拍。

"您老,您老呀,罪过呀,你是有儿子的人!"她说,苍白的面色突然变得红彤彤的。

---

① 指基辅洞穴修道院的圣母。

"您老，你说这种话，上帝饶恕你吧。"她画了十字，"主啊，饶恕他吧。小姐，这是怎么说呢？……"她对玛丽亚公爵小姐说。她站起来收拾行囊，几乎要哭了。她显然觉得，在这个竟然说出这种话的人家接受布施是可怕的，可耻的，而现在不得不放弃这家的布施，又觉得可惜。

"您何苦呢？"玛丽亚公爵小姐说，"您来我这儿想干什么？……"

"不是的，我是开玩笑的，佩拉格尤什卡，"皮埃尔说，"公爵小姐，我真的不想惹她生气，我没有别的意思。你别介意，我不过是说句玩笑话。"他说，羞怯地微笑着，想掩饰一下自己的过失。

佩拉格尤什卡站住不动了，仍然露出不信任的样子，可是皮埃尔脸上悔过的表情是那么真诚，安德烈公爵时而看看佩拉格尤什卡，时而看看皮埃尔，眼神是那么温和，于是她也就渐渐平静下来。

十四

这个巡礼女教徒情绪安定下来，又开始谈话了，她讲了很久关于阿姆菲洛希神甫的故事，她说这个神甫过着圣徒的生活，连他的手都散发着神香的气味，又讲她认识几个圣徒，在她最后一次游历基辅的时候，他们交给她一把墓穴的钥匙，她带着面包干同教友们在这座墓穴里过了两昼夜。"我向一具圣骨祈祷了，念了一会儿祷词，又向另一具圣骨祈祷。我睡了一会儿，又去吻那些圣物；啊，那儿多么肃穆，多么幸福，简直使人不愿意回到光天化日之下。"

皮埃尔聚精会神、认真听她讲。安德烈公爵出去了，随后，玛丽亚公爵小姐留下神亲们在那儿喝茶，她把皮埃尔领到客厅里。

"您真是个好人。"她对他说。

"咳，我真不是有意侮辱她，我完全理解，并且非常珍重她那种感情。"

公爵小姐默默地看着他,温柔地微微一笑。

"我早就认识您了,像疼爱自己的兄弟一样疼爱您。"她说。"您觉得安德烈怎么样?"她急忙问,不让他有时间回答她这些亲热的话,"他叫我很担心。他的健康冬天好些,可是去年春天他的伤口复发了,医生说他应当去治疗。在精神方面我也很为他担心。他那性格不像我们女人家,遇到什么不幸,可以痛哭一场。他把痛苦闷在心里。今天他很高兴,有说有笑,这是您的到来给他的影响:他很少是这个样子。如果您能劝他出国就好了!他需要活动活动,这种平静的生活会把他毁掉的。别人都没有注意到,我可是看出来了。"

九点多钟,仆人们听见老公爵的马车驶近的铃铛声,都向门外跑去。安德烈公爵和皮埃尔也出来了,站在门廊上。

"这是谁呀?"老公爵走出马车,看见了皮埃尔,问道。

"啊!非常高兴!来吻我吧。"当他知道陌生的年轻人是谁后,说。

老公爵心情很好,对皮埃尔很亲热。

晚饭前,安德烈公爵又回到父亲的书房,正碰到老公爵和皮埃尔在热烈地辩论。皮埃尔证明说,不再有战争的日子一定会到来。老公爵带着讽刺的口吻反驳他,但是并不生气。

"把血管里的血抽出来,都注上水,那时就不会有战争了。妇道人家的胡说,妇道人家的胡说。"他说,但仍然亲切地拍了拍皮埃尔的肩膀。他向桌子走过去,安德烈公爵正在那儿翻阅父亲从城里带来的文件,显然不想参加谈话。老公爵走到他跟前,开始谈论公事。

"贵族长罗斯托夫伯爵送来的兵员还不到一半。他来到城里,竟然想起请我的客——我请他吃了一顿好饭!……你把这个文件浏览一下……喂,老侄,"尼古拉·安德烈伊奇公爵拍了拍皮埃尔的肩膀,对儿子说,"你的朋友是好样的,我一见就喜欢他!他向我挑战。别看有些人花言巧语,我连听都不愿听,他呢,净瞎扯,而且向我老头子挑战,可是我喜欢。好了,去吧,去吧,"他说,"我也许到你们那儿吃晚饭。我还要再争论一番。你要好生对待我的傻姑娘玛丽亚公爵小姐。"他从门里向皮埃尔喊道。

只有到了童山,皮埃尔才真正认识到他和安德烈公爵友谊的全部意义和魅力。这种魅力与其说表现在他与安德烈公爵本人的关系上,不如说是表现在与他的亲人和家人的关系上。皮埃尔在和严厉的老公爵以及温和、胆怯的玛丽亚公爵小姐在一起时,立刻感到自己是他们的老朋友。他们没有一个不爱他的。他对巡礼者的态度博得了玛丽亚公爵小姐的好感,公爵小姐用最明亮的目光注视他;周岁的尼古拉小公爵(祖父这样叫他)向皮埃尔微笑,伸开两只胳膊让他抱。当他和老公爵谈话时,米哈伊尔·伊万内奇和布里安小姐都面带快乐的笑容望着他。

老公爵出来和他们共进晚餐,显然是为了皮埃尔的缘故。皮埃尔在童山逗留的这两天,老公爵对他特别和蔼,叫他再到他这里来。

皮埃尔走后,就像一个新客人走后常有的情形,全家人都聚在一起谈论他,而全家一致只说他的好处,这种情形是少有的。

十五

罗斯托夫这次休假归来,才第一次感觉和认识到他和杰尼索夫以及整个团队结下的缘分是多么深厚。

当罗斯托夫来到团队驻地的时候,他体验到的那种感情,和他来到波瓦尔大街家门口时所体验的感情一样。当他首先看见穿着本团制服、敞着怀的骠骑兵的时候,当他认出是红头发的捷缅季耶夫,并且看见枣红马的拴马桩的时候,当拉夫鲁什卡①高兴地迎着自己的主人喊:"伯爵来了!"——睡在床上的杰尼索夫,蓬头散发地从土屋里跑出来拥抱他,军官们向刚到的人围拢来的时候,罗斯托夫体验到同父母和姐妹拥抱他时所体验的感情,欢喜的眼泪哽住了喉咙,使他说不出话来。团队也是家,也像父母的家一样永远可爱和可贵。

罗斯托夫向团长报了到,仍然被派到原先的骑兵连里,执行值勤任务,征发粮草,参与团队的琐碎事务,觉得自己失去了自由,禁锢在狭隘的、一成不变的框框里,在这之后,他体验到在父母家里所体验到的那种安心、踏实、回到家里的安适感觉。这里完全没有使人无所适从,而且往往做出错误选择的那种自由社会的混乱现象;没有不知应不应当向其作一番解释的索尼娅。没有能不能到那儿去的问题;没有可以用各种方式来消磨一昼夜的二十四小时;没有既不亲近也不疏远的无数人;没有跟父亲不明不白、不清不楚的金钱关系;没有输给多洛霍夫那么多钱的回忆!在这里,在团队里,一切都是简单明了。整个世界分成两个不相等的部分:一部分是保罗格勒团队,另一部分是团队以外的一切。他与这另外的部分,完全没有关系。在团队里一切都是一清二楚的:谁是中尉,谁是大尉,谁是好人,谁是坏人,主要的是,谁是最合得来的同事。可以在行军小贩那里赊账,每四个月关一次饷。没有什么要动脑筋和要选择的,只要别做保罗格勒团认为是坏的事,就行了。执行任务的时候,只要做明确规定的和命令要你做的事情,那就万事大吉。

罗斯托夫又开始过着按部就班的团队生活,他就像一个疲倦

---

① 拉夫鲁什卡是拉夫尔的小名。

的人躺下休息那样,感到喜悦和快慰。在这次战役中,团队生活使罗斯托夫觉得格外愉快,因为自从输给多洛霍夫许多钱以后(不管亲人们怎样安慰他,他仍然不能原谅自己这种行为),他决定不像过去那样服役,为了补偿自己的过失,要好好地服役,要做一个极好的同事和军官,也就是做一个优秀的人物,这件事在那个环境里很难办到,而在团队里就非常容易。

罗斯托夫自从输了钱后,决定在五年内还清父母的债务。他每年有一万卢布的收入,现在他打算只给自己留两千卢布,其余的都还父母的债。

我们的军队经过几次退却和进攻,并且在普图斯克、普鲁士-艾劳打了几仗之后,在巴滕施泰因附近集中,等待御驾亲临后,开始新的战役。

保罗格勒团队是参加一八○五年出征的部队,回国补充休整后,来晚了,没赶上头几次战役。不论普图斯克战役,还是普鲁士-艾劳战役,团队都没有参加,只是在战役后期,才加入作战部队编入普拉托夫师。

普拉托夫师离开主力单独作战。保罗格勒团的部分部队曾跟敌人交过几次锋,捕获过俘虏,有一次甚至夺了乌迪诺元帅的几辆马车。四月间,保罗格勒团在一个遭到彻底破坏、荒无人烟的日耳曼村子里原地不动驻扎了几星期。

正当解冻的天气,道路泥泞,春寒料峭,冰河开冻,以致道路无法通行。一连好几天人和马的粮秣发不下来。由于运输中断,人们三五成群地到各个荒无人烟的村子里寻找马铃薯,可是连马铃薯也很难找到。

什么都吃光了,居民全都逃走了,留下来的比乞丐还穷,在他们身上已经没有油水可榨了,甚至最不富于同情心的士兵不惟不向他们要东西,反而拿出自己仅有的口粮周济他们。

保罗格勒团在战斗中只有两人受伤,但是由于寒冷和疾病,几乎损失了一半人员。送进医院的人必死无疑,所以那些由于饮食恶劣而患热病和浮肿病的士兵宁愿吃力地拖着两腿去前线值勤,而不愿被送进医院。开春的时候,士兵们发现从地里钻出一种像龙须菜的植物,不知为什么,他们管它叫玛莎甜根(其实这根很苦)。士兵们在草地和田地里四处寻找玛莎甜根,虽然下令不准吃这种有毒植物,可是士兵们仍然用佩刀剜来吃。春天在士兵中间又流行一种病——手、腿和脸浮肿,医生认为是吃这种根引起的。虽然有禁令,但是保罗格勒团杰尼索夫骑兵连的士兵们仍然主要吃这种甜根,因为最后一次发给每人的半俄斤面包干已经过了一个多星期了,新近送来的马铃薯是发了芽的,都冻坏了。

军马也有一个多星期只靠屋顶的茅草维持生命,瘦得不像样子,自入冬以来,毛就纠成一团团的。

不管有什么灾难,士兵和军官仍然照常生活;现在就是这样,虽然面色苍白、浮肿,制服破烂,骠骑兵仍然列队点名,整理内务,洗刷马匹和装备,拔屋顶上的干草喂马,到锅跟前吃饭,吃完站起来肚子仍然空空的,他们嘲笑糟糕的食物和自己的饥饿。也像平时一样,空闲的时候就点篝火,光着身子烤火,抽烟,挑选和烘烤出了芽的、霉烂的马铃薯,听讲波将金和苏沃洛夫出征的故事,或者关于诡计多端的阿廖沙和神甫的长工米科尔卡的传说。

也像平时一样,军官三三两两地住在缺门少窗的、半倒塌的房子里。年长的军官都在关心怎样弄到草料和马铃薯,总之,他们关心的是大家的给养,年轻的军官仍像平时一样,有的赌牌(虽然缺少吃的,但有的是钱),有的玩无伤大雅的游戏——投钉和打桩。人们很少谈论战局,一来因为不知道确切的情况,一来也因为人们模糊地感觉到,整个战局不怎么妙。

罗斯托夫照旧和杰尼索夫住在一起,自从他们度假以来,两人的交情更密切了。杰尼索夫从来不谈论罗斯托夫家里的人,可是从这个骑兵连长对他手下的一个军官这么温和体贴来看,罗斯托夫觉得这个老骠骑兵对娜塔莎的不幸爱情,在增进他们的友谊上起了一定的作用。杰尼索夫显然尽可能使罗斯托夫少受危险,爱护他,每次作战后,看见他平安归来,就表示特别高兴。有一次罗斯托夫出差,到一个荒废的村庄去找吃的,他发现一家波兰人——一个老头和他女儿,女儿抱着一个婴儿。他们差不多裸着身子,饿着肚子,困在那里无法离开,也没有代步的工具。罗斯托夫把他们接到自己的驻地,安置到自己的住处,一连好几个星期供养他们,一直到老头恢复健康。罗斯托夫的一个同事在谈论女人时,取笑罗斯托夫,说他最狡猾,说他不妨把那个被他搭救的漂亮的波兰女人介绍给大家。罗斯托夫认为这个玩笑是一种侮辱,他恼火了,对那个军官说了些难听话,杰尼索夫费了很大劲才劝住他们没有决斗。等那个军官走后,杰尼索夫责备罗斯托夫太性急,其实他不知道罗斯托夫对那个波兰女人的态度。罗斯托夫对他说:

"不管你怎么说我……我待她就像待妹妹一样,我没法跟你说,他的话多么气人……因为……就是因为……"

杰尼索夫用力拍了拍他的肩膀,在屋里快步走来走去,眼睛不看罗斯托夫,他内心激动时总是这样。

"你们姓罗斯托夫的都有这股子傻劲儿。"他说,罗斯托夫看见杰尼索夫的眼睛含着泪花。

十六

四月,军队得知皇帝驾临的消息,欢腾起来。皇上在巴滕施泰因举行检阅,罗斯托夫没有参加:保罗格勒团队是前哨部队,离后面的巴滕施泰因很远。

他们在露营。杰尼索夫和罗斯托夫住在士兵给他们挖的土窑里,窑顶铺的是树枝和草皮。土窑是用当时流行的方法建成的:先挖一条沟——宽一俄尺①半,深二俄尺,长三俄尺半。沟的一头做成台阶,这是入口和门廊;沟本身就是房间,幸运一点的(骑兵连就是这样的),在对着台阶的另一头,用几根木桩架一块木板当桌子。沿着沟的两侧,挖去一俄尺深的土,这就是两张床和两只沙发。窑顶要高到人在窑中间可以站起来,在靠近桌子的一头,甚至可以从床上坐起来。杰尼索夫算是阔气的,因为他连里的士兵都爱他,三角山墙上有一块木板,木板上嵌着一块粘起来的破玻璃。天太冷的时候,从士兵的篝火里用铁片兜一些炭火放到台阶下面(杰尼索夫把土窑的这一部分叫做接待室),土窑因此暖洋洋的,杰尼索夫和罗斯托夫这里经常有很多军官,他们热得只穿一件衬衫。

四月份轮到罗斯托夫值勤,早晨八点钟,他在外面过了一个通宵之后回到土窑,吩咐把炭火拿来,换下淋湿的衣裳,祈祷过上帝,喝过茶,取过暖,把自己角落和桌上的东西收拾好,于是,就穿一件衬衫,仰面朝天躺着,枕着两只胳膊,脸上被风吹得发烧。他一边愉快地寻思,因前次侦察有功,他日内即将晋升,一边等待着不知到什么地方去了的杰尼索夫。罗斯托夫想同他聊聊。

土窑外面传来杰尼索夫断断续续的喝斥声,他显然在发火。罗斯托夫移近窗口,看看他同什么人发脾气,他看见司务长托普琴科。

"我已经命令你不准他们吃这种根,什么玛莎甜根!"杰尼索夫喊道,"我亲眼看见拉扎丘克从地里拖了一些来。"

---

① 1 俄尺合 0.71 米。

"我发了命令,大人,可是他们不听。"司务长回答说。

罗斯托夫又在床上躺下,高兴地想道:"现在让他来忙活吧,我已经做了我的事,在床上躺着——多美啊!"他听见墙外除了司务长,还有杰尼索夫的勤务兵拉夫鲁什卡说话的声音。拉夫鲁什卡是个做事麻利,但有点鬼头鬼脑的小伙子,他正在讲他出去找食物时,看见几辆装着面包干和牛肉的大车。

土窑外面传来渐渐远去的杰尼索夫的喊声和命令声:"备马!第二排!"

"这是要到哪儿去啊?"罗斯托夫想道。

五分钟后,杰尼索夫进到土窑里,两腿泥污就爬上床,气愤愤地抽了一袋烟,把自己的东西乱扔一气,腰间插上马鞭,佩上军刀,就从土窑里出去了。罗斯托夫问他到哪里去,他气哼哼地、含含糊糊地说有点事情。

"让上帝和皇帝陛下来审判我吧!"杰尼索夫一面走出土窑,一面说;罗斯托夫听见土窑外面有几匹马踩泥的声音。罗斯托夫甚至不去管杰尼索夫骑马到哪里去。他把自己的角落搞得暖暖和和,就睡着了,一直到傍晚才起身走出土窑。杰尼索夫还没有回来。傍晚天晴了;在邻近的土窑有两个军官和士官生玩投钉子游戏,他们笑着把萝卜栽到泥里。罗斯托夫也参加进去。正玩着的时候,军官们看见有几辆大车向他们驶来:十五六个骠骑兵骑着瘦马跟在大车后面。骠骑兵押着大车来到拴马桩跟前,一群骠骑兵把大车围起来。

"杰尼索夫还老犯愁呢,"罗斯托夫说,"给养这不是来了。"

"真的来了!"军官们说,"这一下士兵可高兴啦!"在骠骑兵后面不远的地方,杰尼索夫骑着马过来了,和他一同来的还有两个步兵军官,杰尼索夫正和他们谈论什么。罗斯托夫向他迎过去。

"我警告您,连长。"其中一个军官说,这个军官又瘦又小,显然很气愤。

"我已经说了,反正我不交出去。"杰尼索夫回答说。

"您要负责的,连长,这是暴行——抢劫自己人的运输车!我们的人两天没吃东西了。"

"我的人一星期没吃东西了。"杰尼索夫回答说。

"这是强盗行为,您要负责的,阁下!"那个步兵军官提高嗓门又说一遍。

"您干吗老缠着我?啊?"杰尼索夫忽然发起火来,大喝一声。"要负责的是我,不是您,您不要在这里啰啰唆唆,不然要吃亏的。走开!"他冲着那个军官喝道。

"好哇!"那个小个子军官不示弱,也不走,喊道,"公然抢劫,我让您知道……"

"趁着还没吃亏,赶快滚吧。"杰尼索夫冲着那个军官掉转马头。

"好,好。"那个军官带着威胁的口气说,他勒转马就驰走了,震得他在马鞍子上颤颤巍巍。

"骑墙的狗,骑墙的活狗。"杰尼索夫在他后面说,这是骑兵对骑马的步兵最辛辣的嘲笑。他催马跑到罗斯托夫跟前,哈哈大笑。

"从步兵手里夺来的,用武力夺来的运输车!"他说,"能看着让弟兄们饿死吗?"

骠骑兵赶来的大车,是指定给步兵团的,杰尼索夫听拉夫鲁什卡说车队没有武装护送,就带着骠骑兵夺了回来。士兵们都分得足够的面包干,甚至其他连队也分得了一些。

第二天团长把杰尼索夫叫了去,他张开五指捂着眼睛,对他说:"我对这件事的看法是这样:我对这事一无所知,也不去插手;但是我忠告您到司令部去一趟,到那里找军需处把这问题解决一下,如果可能的话,写一个收据,注明收到多少食品;不然的话,算在步兵团的账上，会惹起纠纷的，结果可能很糟。"

杰尼索夫从团长那里出来，就直接到司令部去了，诚心诚意照他的话去办。晚上他回到土窑里，罗斯托夫从来还没见过他的朋友竟是这么一副样子。杰尼索夫说不出话来，上气不接下气呼呼直喘。罗斯托夫问他发生了什么事，他只是喑哑地发出微弱的咒骂和恫吓。

罗斯托夫被杰尼索夫的样子吓坏了，他叫他脱掉衣服，喝点水，然后去请医生。

"判我抢劫罪，他妈的！再来点水。就让他们判决吧，可是我还是要，永远要揍这些坏蛋，我要告御状。给我一点冰。"他说。

请来的团部医生说要放血。从杰尼索夫毛茸茸的胳膊上放出一深碟子黑血，这样他才能讲出他所发生的一切事情。

"我到了那儿，"杰尼索夫讲道，"'喂，你们的长官在哪儿?'他们告诉了我。'请您等一等，好吗?'——'我有公事，我跑了三十俄里，我没有工夫等，快去通报。'好，出来一个贼头子，竟然训起我来。'这是抢劫!'——我说，'拿了粮食喂饱自己的士兵，不是抢劫，拿了粮食装到自己的腰包里，才是抢劫!'好。他说，'您到军需那儿打个收条，不过您的案子要转到司令部的。'我走进军需的屋子。我一进去——坐在桌旁的人……你猜是谁?! 你想不到! ……是谁叫我们挨饿，"杰尼索夫喊叫起来，握起大拳头往桌上狠命一捶，几乎把桌子捶塌了，桌上的茶杯震得跳起来，"是捷利亚宁!! '怎么，原来是你叫我们挨饿?!'那次我给了他一个嘴巴，打得干净利落……'啊! 好小子……'于是我就冲他抽起来!不管怎样，打得好痛快，我敢说，"杰尼索夫大声说，在他那黑胡子下边快乐而凶狠地露出雪白的牙齿，"要不是人家把我拉开，我准把他打死。"

"你干吗要大喊大叫，安静点吧，"罗斯托夫说，"你瞧，又流血了。等一下，包扎好了再说吧。"

人们给杰尼索夫包扎好，让他睡下。第二天他醒来，情绪很好，心平气和。

但是到中午的时候，团部的副官严肃而愁眉苦脸地来到杰尼索夫和罗斯托夫合住的土窑，不胜惋惜地拿出团长给杰尼索夫少校的公文，公文的内容是调查昨天的事件。副官说，案情要大大地恶化，已经指派了军事法庭，鉴于目前对于抢劫和破坏纪律严惩不贷，最宽大的判决也得受到降为列兵的处分。

据被告申诉，案情是这样的：杰尼索夫劫持了运输车以后，喝得烂醉，擅自去见军需处长，辱骂他是小偷，威胁要打他，把他拉开后，他又冲进办公室，殴打两名官吏，把其中一名打得胳膊脱臼。

杰尼索夫在回答罗斯托夫提出的新的问题时，笑着说，似乎有一个人扭伤了，不过这都是扯淡，是小事，他完全不在乎什么法庭，如果这些坏蛋竟敢惹他，他就给他们厉害瞧瞧，让他们永远忘不了。

杰尼索夫虽然在口头上对这件案子不当回事，但是罗斯托夫对他了解得太深了，不会看不出他内心是害怕军事法庭的，并且为这后果显然不妙的案情而苦恼，不过他不让别人看出来罢了。每天都有函询和传票，五月一日那天，命令杰尼索夫把骑兵连移交给次级的军官，然后到师部去说明他在军需处的暴行。在这事的头一天，普拉托夫带领两团哥萨克和两连骠骑兵进行一次侦察行动。杰尼索夫跟平时一样，在散兵线前面驰骋，炫耀自己的勇敢。一颗法国狙击兵的子弹射进了他的大腿。要在别的时候，受了这点轻伤，杰尼索夫也许不会离开团队，可是现在，他却利用了这个机会，不去师部而进了医院。

十七

六月间,在弗里德兰打了一仗,保罗格勒团队没有参加这次战役,接着宣布停战。罗斯托夫由于朋友不在跟前很难过,自杰尼索夫走后,杳无音信,他很为朋友的案件和伤势担心,趁停战的机会,请准了假,到医院去探望杰尼索夫。

医院在普鲁士的小镇子上,这个镇子遭到俄法军队两次破坏。正因为现在是夏天,田野是那么美好,而这个小村镇到处断壁颓垣,满街垃圾,到处可以看见衣衫褴褛的居民和醉酒或生病的士兵闲逛,显得格外凄凉。

医院是一所砖房,医院的围墙木板被拆得残缺不全,一部分门窗和玻璃被毁坏。扎着绷带、面色苍白、身体浮肿的士兵有的在散步,有的坐在院子里晒太阳。

罗斯托夫一进门,一股腐肉和病院的气味扑面而来。在楼梯上他遇见一个嘴里叼着雪茄烟的俄国军医。他后面跟着一个俄国医助。

"我没有分身法呀,"那个医生说,"你晚上到马卡尔·阿列克谢耶维奇那儿,我也去那儿。"医助还向他问了一些话。

"咳!就照你知道的去做吧!难道不都是一样吗?"医生看见正在上楼的罗斯托夫。

"您来干吗?阁下,"医生说,"您干吗来了?是不是子弹没怎么样您,您来碰碰伤寒?这儿是传染病院,老兄。"

"为什么不能来?"罗斯托夫问道。

"伤寒,老兄。谁进来,谁就是找死。只有我和马克耶夫(他指了指医助)在这儿磨蹭。我们当大夫的同行在这儿已经死了五六个了。新来的人要不了一个星期就完蛋大吉,"医生带着得意的神情说，"请普鲁士大夫，可是我们的同盟者不爱到这儿来。"

罗斯托夫向他说明，他想见一见住在这儿的骠骑兵杰尼索夫少校。

"不知道，不清楚，老兄。您想想吧，我一个人管三个医院，四百多病号！总算不错，普鲁士的太太小姐每月给我们寄两俄磅①咖啡和两俄磅棉线团②，不然我们更要命了。"他大笑起来。"四百多，老兄；而且还不断给我送来新的。是四百多吧？嗯？"他问医助。

医助的样子疲惫不堪，显然不耐烦地等待唠唠叨叨的医生赶快走开。

"杰尼索夫少校，"罗斯托夫又说一遍，"他是在莫利坦受的伤。"

"好像是死了。马克耶夫，是吧？"他漠不关心地向医助问道。

可是医助没有证实医生的话。

"他是什么样子，是高个子，红头发吗？"医生问。

罗斯托夫把杰尼索夫的外貌描述了一番。

"有，有这么一个人，"医生似乎挺高兴地说，"这个人大概死了，不过，我得查一查，我有一份名单。你有吗，马克耶夫？"

"名单在马卡尔·阿列克谢耶维奇那儿。"医助说。"请您到军官病房去，您在那儿就会看到。"他对罗斯托夫说。

"我说，老兄，最好别去，"医生说，"不然连您自己都要留到那儿！"可是罗斯托夫告辞了医生，请医助给他带路。

"喂，注意，可别怪我！"医生在楼梯下喊道。

罗斯托夫和医助进了走廊。在这黑暗的走廊里，病院的气味

---

① 1俄磅合409.51克。

② 棉线团代替药棉使用。

是那么强烈,罗斯托夫不得不捂着鼻子,停住脚步,以便鼓起劲儿来往前走。右首的门打开了,从那儿走出一个人,架着双拐,又瘦又黄,赤着脚,只穿一件衬衫。他倚着门框,用羡慕的、发光的眼睛瞧着走过的人。罗斯托夫往门里望了一眼,看见伤病号都躺在地板上,上面只铺一层稻草和军大衣。

"这是什么?"他问。

"这是士兵的病房。"医助回答说。"有什么法子。"他似乎表示歉意,又说。

"可以进去看看吗?"罗斯托夫问道。

"有什么可看的?"医助说。可是,正因为医助显然不愿意让他进士兵的病房,罗斯托夫偏要进去。他在走廊里闻到的那股气味,在病房里更加强烈了。这里的气味有点不同:气味更厉害,而且立刻令人感觉到,走廊的气味是从这儿扩散开的。

病房是长方形,阳光透过大窗户把病房照得很亮。伤病员头顶着墙睡成两排,屋中间留下走道。他们大多数昏迷,不省人事,所以不理会有人进来。那些有知觉的都欠起身,或者抬起又瘦又黄的脸,目不转睛地望着罗斯托夫,所有的人都是同样的表情——祈求帮助,谴责和羡慕别人的健康。罗斯托夫走到病房中间,向隔壁房间(房门是开着的)望了一眼,里面也同样睡着两排人。他停下来默默地环顾四周。他无论如何没料到会看见这么一幅景象。就在他面前,在过道中间,在精光的地板上横躺着一个病号,从他留着盖式的发型看来,一定是哥萨克。这个哥萨克仰卧着,伸开粗大的胳膊和腿。他的面色紫红,眼睛往上翻得只剩眼白,赤脚上和还有血色的手上,青筋像蚯蚓似的暴出来。他用后脑勺碰了碰地板,声音喑哑地说了句什么,然后老重复那句话。罗斯托夫凑近仔细听听他说什么,他听清了他重复的话。这句话是:喝水——水——喝水!罗斯托夫环顾四周,想找人把这个病号放好,给他点儿水喝。

"谁在这儿照顾病人?"他问医助。这时从隔壁病房里走出一个辎重兵——医院的服务员,他退后一步,在罗斯托夫面前立正站着。

"您好,大人!"这个兵向罗斯托夫瞪大了眼睛,大声喊道,显然,他把罗斯托夫当作了医院的长官。

"把他放好,给他水喝。"罗斯托夫指着哥萨克,说。

"是,大人。"这个兵满带劲地说,他把眼睁得更大,身子挺得更直,但就是不动地方。

"这儿什么事都做不成。"罗斯托夫垂下眼帘,想道,他已经想走了,这时他觉得右边有一个大有深意的目光向他射来,于是回头看了看。差不多就在墙角的地方,有一个穿着军大衣的老兵坐在那里,他的面孔姜黄,瘦得像一具骷髅,但表情严峻,花白的胡子长得老长。老兵旁边的人指着罗斯托夫,向他嘀咕什么。罗斯托夫明白了,这个老兵想求他什么事情。他走近一些,看见这个老头只盘着一条腿,另一条腿从膝盖以上就没有了。老头另一边那个人离得远些,头往后仰着躺在那里一动不动,这是一个年轻的兵,翘鼻子,生着雀斑的面皮蜡黄,眼睛往上翻着。罗斯托夫看了看这个翘鼻子士兵,背脊上不觉打了个冷战。

"这个士兵好像是……"他对医助说。

"我们已经请求过,大人,"那个老兵下巴颏直打哆嗦,说,"今天一早就死了。我们是人,不是狗……"

"马上就叫人来抬走,抬走。"医助急忙说,"咱们走吧,大人。"

"走吧,走吧。"罗斯托夫也连忙说,垂下眼帘,缩着身子,尽可能不声不响地从这两排向他射来谴责和羡慕的目光中间通过,走出这间病房。

十八

　　医助领着罗斯托夫穿过走廊,走进军官病房,病房有三间,房门都开着。这些房间有床铺,伤病员在床上有的躺着,有的坐着。有几个穿着医院的长衣在屋里走来走去。罗斯托夫在军官病房碰到的第一个人,是一个精瘦的小个子,断了一只胳膊,戴着睡帽,穿着长衣,嘴里叼着烟斗,在第一间病房里来回走动。罗斯托夫注意看了看他,极力回忆在什么地方见过这个人。

　　"没想到在这儿又碰到啦,"那个小个子说,"图申,图申,在申格拉本是我送您来着,您还记得吧?我短了一截儿,您瞧……"他让罗斯托夫看他那只空空的袖筒,微笑着说。"您是找瓦西里·德米特里奇·杰尼索夫吗?和我住在一起!"当他知道罗斯托夫要找谁以后,说。"这儿,这儿。"于是图申把他领进另一间病房,那里有几个人在哈哈大笑。

　　"他们怎么能在这儿不但哈哈大笑,而且活下去呢?"罗斯托夫想,他仍闻到在士兵病房已经闻够了的死尸味道,在他走过时,仍看见从两旁向他投过来的羡慕的目光和那翻着白眼的年轻士兵的脸。

　　杰尼索夫头蒙着被子在床上睡觉,虽然已经快晌午了。

　　"啊,是罗斯托夫吗?你好,你好!"他喊出的声音仍然像在团队的时候一样,但罗斯托夫悲哀地感觉到,虽然他那习惯性的豪放和活跃依然如故,但脸上的表情、声调和言谈,却流露出过去不曾有过的、隐藏在内心的恶劣情绪。

　　他的伤势本来很轻,并且自受伤以来已经六个星期过去了,但是还没有长好。他的脸跟所有住院的病号一样,苍白而且浮肿。但使罗斯托夫吃惊的并不是这个;使他吃惊的是,杰尼索夫看见他,并不怎么高兴,他笑得不自然。杰尼索夫既不问团队的情形,也不问整个战局的情况,当罗斯托夫谈的时候,杰尼索夫也不听。

罗斯托夫还看出,杰尼索夫甚至不高兴人家向他提起团队的事情以及医院外面的自由生活。他似乎想极力忘掉过去的生活,只关心他和军需官的官司。当罗斯托夫问起案情时,他立刻从枕头底下拿出军事法庭的公文和他对公文的答复草稿。他一开始念他的草稿,就来精神了,他特别叫罗斯托夫注意他在草稿中对自己的敌人的讽刺语句。杰尼索夫的病友们一见新从外边来了一个生人,都过来围着罗斯托夫,可是杰尼索夫念他的草稿时,人们就逐渐地走开了。罗斯托夫从他们脸上的表情看出,这些先生们不止一次听过整个故事,已经听厌了。只有邻床的大胖子枪骑兵坐在自己的床上,阴郁地皱着眉头,抽着烟斗,另外还有一只胳膊的小个子图申还在听,他不以为然地、不住地摇头。在读到中间的时候,那个枪骑兵打断了杰尼索夫的朗读。

“依我看,”他对罗斯托夫说,“干脆请求皇上赦免。听说现在要发大奖了,也许能够得到宽恕……”

“要我去求皇上!”他说,他本来想说得像以前那样,激昂有劲,但令人听来却是不必要的急躁,“请求什么? 如果我是强盗,那么我会求饶的,可是,审判我是因为我把强盗揭出来了。就让他们审判吧,我谁也不怕;我勤勤恳恳为皇上、为祖国服务,没有盗窃! 把我降为士兵……听着,我就直截了当这样写,我写:‘如果我是国库盗窃犯……’”

“你写得好,没得说,”图申说,“但是问题不在这儿,瓦西里·德米特里奇,”他转过脸来也对罗斯托夫说,“只好屈服,可是瓦西里·德米特里奇不肯。军法检察官不是对您说了吗,您的官司不妙。”

“就让它不妙吧。”杰尼索夫说。

"军法检察官替您写了申诉书,"图申接着说下去,"您就应当签字,请这位先生带了去。他(指罗斯托夫)在司令部一定有熟人。这个机会再好也没有了。"

"我一再说过,低声下气的事,我不干。"杰尼索夫打断对方的话,又继续念他的草稿。

罗斯托夫不敢劝说杰尼索夫,虽然他本能地感觉到,图申和其他军官提出的建议是最正确的,虽然他非常乐意为杰尼索夫效劳,因为他知道杰尼索夫不屈不挠的意志和他那正直的火爆脾气。

杰尼索夫读了一个多小时,才读完他那篇措词辛辣的呈文,罗斯托夫没有说什么,他怀着非常忧郁的心情,在重新聚拢在他周围的杰尼索夫的病友中间消磨了那一天的剩余时间,他讲他所知道的事情,同时也听别人谈论。杰尼索夫整个晚上闷闷不乐,一声不响。

夜里罗斯托夫准备走了,他问杰尼索夫有没有什么事情要托他去办。

"你等一下。"杰尼索夫说,他看了看周围的军官们,从枕头底下拿出呈文来,走到窗前(这里有他的墨水瓶),坐下写起来。

"看来,鞭子是打不断斧背的。"他说,他离开窗口,把一个大信封交给罗斯托夫。这是军法检察官拟的给皇上的呈文,其中并没有军需处的责任,只是请求赦免。

"你给转上去吧,看来……"他没有说下去,苦笑了一下。

十九

罗斯托夫回到团队,向团长汇报了杰尼索夫的案情,就带着给皇上的呈文到蒂尔西特去了。

六月十三日,法、俄两国的皇帝在蒂尔西特会见。鲍里斯·德鲁别茨科伊向他所跟随的要人请求把他列入驻蒂尔西特的侍从。

"我想看看伟大的人物。"他说的是拿破仑,直到现在,他也像所有的人一样,把拿破仑叫作波拿巴。

"您是说拿破仑吧?"那位将军微笑着对他说。

鲍里斯用疑问的目光看了将军一眼,他立刻明白了,将军的话是戏谑的试探。

"公爵,我是说拿破仑皇帝。"他回答说。将军含着微笑拍了拍他的肩膀。

"你的前程远大。"将军对他说,并且答应带着他。

鲍里斯是两位皇帝在涅曼会见的少数目击者之一;他看见带花字头的木筏,看见拿破仑在对岸从法国近卫军面前走过,看见亚历山大皇帝在涅曼河岸上一家小酒店里坐着等待拿破仑的时候,他那心事重重的脸色;看见两位皇帝上了船,拿破仑的船首先靠拢木筏,他快步走上前去迎接亚历山大,把手伸给他,于是两人一起进入大帐篷。鲍里斯自从出入最高层的圈子以来,养成一个习惯,就是注意观察周围发生的一切,并且记录下来。两国皇帝在蒂尔西特会见期间,他探听拿破仑随行人员的姓名,询问他们穿的制服,注意聆听那些大人物的谈话。正当两国皇帝进入大帐篷的一刹那,他看了看表,当亚历山大走出大帐篷时,他没有忘记再看看表。会见持续了一小时又五十三分钟;那天晚上,他把这些事连同他认为有历史意义的其他事情都记录下来。因为当时皇帝的侍从不多,对于希望仕途顺利的人来说,在两国皇帝会见期间能亲临蒂尔西特现场,是一件非常重要的事情,而鲍里斯竟然来到了蒂尔西特,所以他感到他的地位从此就完全稳固了。人们不仅都认识他,而且常常看见他,对他完全习惯了。他曾经两次因执行任务而面见皇上,因此皇上已经认得他的面孔,皇上左右的人不惟不像以前那样认为他是新来的人而冷遇他,而且如果他不在场,反而觉得奇怪。

鲍里斯和另一名副官——波兰伯爵日林斯基住在一起。日林斯基是波兰人,在巴黎受的教育。他富有,热爱法国人,在驻蒂尔西特期间,几乎每天都有法国近卫军和司令部的军官到日林斯基和鲍里斯那里吃午饭和早饭。

六月二十四日晚,和鲍里斯住在一起的日林斯基设宴招待法国朋友。这次晚餐的贵客是一位拿破仑的副官、几位法国近卫军军官和一个法国老贵族出身的少年——拿破仑的少年侍卫。就在这一天,罗斯托夫为了不被人认出,趁着天黑,身着便服来到蒂尔西特,走进日林斯基和鲍里斯的住处。

罗斯托夫和他所在的部队在对待拿破仑和法国人的态度上,还远远没有形成总部和鲍里斯身上所发生的这种化敌为友的转变过程。对波拿巴和法国人的愤恨、蔑视和恐惧的混合感情仍然在军队中持续着。不久前,罗斯托夫在与普拉托夫师的哥萨克军官谈话时,曾经争论一个问题:如果拿破仑被俘,不能把他当作国君,要把他当作罪犯。不久前,在路上碰见一名受伤的法国上校,罗斯托夫激昂慷慨地向他证明,在堂堂正正的皇帝和罪恶累累的波拿巴之间没有什么和平可讲。因此,在鲍里斯的住处看见法国军官,他们穿的是他在侧翼前哨用另一种眼光看惯了的制服,这使他非常诧异。他一见从门缝里伸出一个法国军官的脑袋,那种面对敌人时引起的战斗的、敌对的情绪突然涌上心头。他在门槛上停住,用俄语问德鲁别茨科伊是不是住在这里。鲍里斯听见前厅有陌生人的声音,就出去迎接。他刚一认出罗斯托夫,脸上就现出厌烦的神色。

“啊,是你,很高兴,很高兴看见你。”他说,总算露出微笑向他走过去。但罗斯托夫已经看到他最初的表情。

“我似乎来得不是时候,”他说,“我本来不想来的,可是我有事要办。"他冷冷地说……

"不,我不过是奇怪你怎么从团队里来了。"这时有人叫他,于是他回答说:"我马上就来。"

"我看得出,我来得不是时候。"罗斯托夫重复说。

厌烦的表情已经从鲍里斯的脸上消失了;看来,他已经考虑好,并且决定怎么办,他特别镇静地握起他的双手,领他到隔壁房间。鲍里斯那对镇静而坚定地望着罗斯托夫的眼睛,仿佛蒙着一层东西,仿佛被一副世故的蓝色眼镜遮住了。

"算了,算了,你怎么会来得不是时候呢。"鲍里斯说。他领罗斯托夫到用晚餐的房间,向客人介绍,通报他的姓名,说明他不是普通人,是骠骑兵军官,是他的老朋友。"这位是日林斯基伯爵,这位是 N.N. 伯爵,这位是 S.S. 上尉。"他说出客人的姓名。罗斯托夫皱着眉头望着法国人,勉强地鞠了鞠躬,一言不发。

日林斯基看样子不乐意接待这个新来的俄国人参加他们的圈子,所以没有跟罗斯托夫搭话。鲍里斯仿佛没有看见由于新来的人而引起的拘束气氛,仍然带着愉快的镇静神情,眼睛里依旧像他见到罗斯托夫时那样蒙着一层东西,努力促使谈话活跃起来。一个法国人带着通常法国人所具有的彬彬有礼的态度跟他说话,问他来蒂尔西特大概是要见皇上吧。

"不是,我是来办事的。"罗斯托夫简短地回答。

罗斯托夫看见鲍里斯脸上露出不快之色后,心情立刻不自在起来,就像人们在不愉快时常有的情形那样,他仿佛觉得,大家都厌恶地瞅着他,都觉得他碍手碍脚。也的确是这样,他妨碍了大家,只有他一人置身于重新展开的谈话之外。"他坐在这儿干吗?"客人们向他投来的目光仿佛这么说。他站起身来,走到鲍里斯跟前。

"真的,我在这儿使你不方便,"他低声对他说,"咱们去谈一件事,谈完我就走。"

"哪里,一点也不,"鲍里斯说,"如果你累了,到我房间里躺下休息一会儿吧。"

"说实在的……"

他们走进鲍里斯的小卧室。罗斯托夫没有落座,他非常激动,仿佛鲍里斯得罪了他似的,他立刻向他讲起杰尼索夫的案件,问他肯不肯和能不能通过他的将军在皇上面前为杰尼索夫求情,并且通过他把呈文转上去。现在只有他们俩在一起,罗斯托夫第一次确认了,他一看鲍里斯,就觉得不舒服。鲍里斯跷着二郎腿,左手抚摸着右手的指头,就像将军听下属报告似的,听罗斯托夫讲述,他时而向一旁望望,时而用蒙了一层东西的目光直视罗斯托夫的眼睛。每当这时,罗斯托夫总觉得别扭,于是,垂下眼帘。

"我听说过这类案件,我知道皇上对这种事情非常严厉。我的意见是不必惊动皇上。依我看,最好直接请求兵团司令……不过,一般说来,我认为……"

"这么说,你一点也不想帮忙,那你就干脆说好了!"罗斯托夫几乎嚷起来,不看鲍里斯的眼睛。

鲍里斯笑笑。

"相反,我尽力去办,不过我想……"

这时从门口传来日林斯基叫鲍里斯的声音。

"你去吧,去吧,去吧……"罗斯托夫说,他谢绝了晚餐,独自留在小卧室里,听着隔壁法国人快活的谈话声,来回走了很久。

二十

罗斯托夫到蒂尔西特的那天,正是为杰尼索夫请愿最不利的一天。他本人不能去见值班将军,因为他穿着燕尾服,而且来蒂尔西特并没得到长官的许可;而鲍里斯呢,即使他愿意帮忙,也不能在罗斯托夫来到的第二天办妥。六月二十七日这一天,初步的和平条款签订了。两位皇帝交换了勋章:亚历山大得到荣誉团勋章,拿破仑接受了圣安德烈一级勋章。这一天,法国近卫营设宴招待普列奥布拉任斯基营。两国皇上都将出席这次宴会。

罗斯托夫被鲍里斯弄得又别扭,又不痛快,晚饭后,鲍里斯来看他,他假装睡着了,第二天一清早,他极力避免和鲍里斯见面就走了。罗斯托夫穿着燕尾服,戴着圆顶礼帽,在城里闲逛,观光法国人和他们的服装,观光街道和两国皇帝的驻地。在广场上他看见摆好桌子准备举行宴会,在街上他看见横跨街道的彩饰上面悬挂着俄法两国国旗以及 A. 和 N.①大花字头。在各家窗户上也悬挂着国旗和大花字头。

"鲍里斯不愿意帮我的忙,我也不愿去求他。就是这样了,"罗斯托夫想道,"我们之间一切都完了,可是,在我没有为杰尼索夫尽我一切努力,主要的,在没有把呈文递给皇上以前,我是不离开这儿的。一定递给皇上?! 他在这儿!"罗斯托夫一面想,一面不自觉地又来到亚历山大的驻地。

房子附近有几匹坐骑,侍从们都聚在那儿,显然是在准备皇上出行。

"我随时都可能看见他,"罗斯托夫想道,"但愿我能够把呈文直接递给他,把一切都告诉他……难道会因为我穿着燕尾服就逮捕我吗? 不会的! 他会了解谁有理,谁没有理的。他无所不晓,无所不知。有谁能比他更公正,更大度呢? 即使因为我来到这儿把我逮捕起来,那又有什么大不了呢?"他望着一个军官走进皇帝的住处,心中想道,"这不是人人都可以进去吗? 咳! 都是扯淡! 我

---

① A 是"亚历山大"的第一个字母;N 是"拿破仑"的第一个字母。

进去亲自把呈文递给皇上:这样对于德鲁别茨科伊更糟,是他使我不得不这样做。"罗斯托夫突然下了决心,连他自己都没想到,他摸了摸口袋里的呈文,就向着皇帝的住处径直走了进去。

"不啦,我现在无论如何再不能像在奥斯特利茨战役之后那次错过了机会,"他想道,每秒钟都在期待着碰见皇上,他一想起这事,就觉得血液涌上心头,"我跪在他的脚下请求他,他扶起我,听我申诉,感谢我。""行善固然使人幸福,而为人申冤才是最大的幸福。"罗斯托夫心中想象皇上这样对他说。他从好奇地望着他的人们身边经过,向皇上住处的门廊走去。

一进门廊,有宽阔的楼梯直通上去;右首有一扇关着的门。楼梯底下有一道通往一楼的门。

"您找谁?"有一个人问他。

"递请愿书,递给陛下的。"罗斯托夫带着发颤的声音说。

"请愿书交给值日官,请从这边走(他指了指一楼的门),不过不会接受的。"

罗斯托夫一听这漠然的声音,对自己要做的事情就心凉了;随时都可能见到皇上的想法是那么令人神往,然而他又觉得是那么可怕,他甚至想逃走了,可是,迎面来的宫廷侍仆给他打开了值班室的门,罗斯托夫走了进去。

一个三十来岁的矮胖子站在屋里,他穿白裤子、长统靴子和一件显然刚穿到身上的细麻纱衬衫;侍仆正在他背后扣上漂亮的丝织新吊带,不知为什么这吊带引起了罗斯托夫的注意。这个人正和隔壁房间一个人谈话。

"身材苗条,容貌娇艳。"这个人说。他一见罗斯托夫进来,就住了口,皱起了眉头。

"您有何贵干?请愿书?……"

"什么事?"隔壁房间那个人问。

"又一个请愿的。"系吊带的人回答说。

"告诉他以后来吧。马上就要出门。"

"以后,以后,明天。来不及了……"

罗斯托夫转身正要走,那个系吊带的人叫住了他。

"您是从谁那儿来的?您是什么人?"

"从杰尼索夫少校那儿来的。"罗斯托夫回答说。

"您是谁?是军官吗?"

"中尉,罗斯托夫伯爵。"

"胆大包天!要通过司令官呈递。您走吧,走吧……"他开始穿仆役递给他的制服。

罗斯托夫又回到门厅,看见门廊里已经站着许多穿着检阅制服的军官和将军,罗斯托夫必须从他们面前走过去。

罗斯托夫咒骂自己太鲁莽,一想到随时可能碰见皇上,当着皇上的面受辱和被逮捕——想到这里他的心都不跳了,他完全了解自己的行为有失体统,很懊悔,于是垂下眼睛,硬着头皮走出这座房子,从那群服装华美的侍从中间走过去,这时有一个熟悉的声音叫住他,一个人的手挡住了他。

"是您啊,我的老天,您穿着燕尾服在这儿干吗?"一个低沉的声音问他。

这是一位骑兵将军,在这次战役中赢得皇上特殊的宠信,他是罗斯托夫过去的师长。

罗斯托夫吃了一惊,正要辩解,可是他一见将军那副和蔼、逗趣的脸,他就走到一旁,声音激动地向他讲述了全部案情,请求为将军所熟悉的杰尼索夫说情。将军听完罗斯托夫的话,严肃地摇摇头。

"可惜呀,可惜这么一个能干的人,把呈文给我吧。"

罗斯托夫把呈文刚交出去,把杰尼索夫的案情刚讲完,楼梯上就响起急促的脚步声和马刺声,于是将军离开他,向门廊走去。皇上的侍从人员从楼上下来,向马跟前走去。还是那个曾参加奥斯特利茨战役的马夫别列托尔·海涅牵来了皇上的马,这时楼梯上响起轻微的脚步声,罗斯托夫立刻认出是谁的脚步响。罗斯托夫忘记自己有被人认出的危险,跟着几个好奇的百姓向门廊挤去,于是,在两年之后的今天,他又看见他所崇拜的依然如故的外貌、面孔、眼神、步态,他又看见那个伟大和仁慈的统一……对皇上的狂喜和热爱,又像往日一样强烈地在罗斯托夫心中复活了。皇上穿着普列奥布拉任斯基团的军服——白驼鹿皮裤子和高统靴,佩戴着罗斯托夫不认识的勋章(是荣誉团勋章),走进门廊,手臂夹着帽子,戴着手套。他停下来环顾四周,周围的一切都被他的目光照亮了。他对一位将军说了几句话。他还认出罗斯托夫从前的师长,对他微微一笑,把他叫到跟前。

所有的侍从都闪开来,罗斯托夫看见那位将军向皇上谈了相当长的时间。

皇上对他说了几句话,就迈步向他的坐骑走去。一群侍从和罗斯托夫也在其中的街上的人群,又向皇上挤过去。皇上站在马旁边,一只手扶着鞍子,向那位骑兵将军转过脸来,大声说,显然是让大家都听见。

"我办不到,将军,我办不到是因为法律比我更有力量。"皇上说,他一只脚登上了马镫。将军恭敬地低下头,皇帝上了马,就顺着大街疾驰而去。欢喜若狂的罗斯托夫和人群一起跟在他后面奔跑。

二十一

在皇上要去的广场上,普列奥布拉任斯基团的一个营在右首,戴熊皮帽子的法国近卫军的一个营在左首,面对面地排列着。

当皇上驰向持枪致敬的两个营的侧翼的时候,另一群骑者从对面的侧翼驰来,罗斯托夫认出为首的是拿破仑。不可能是别人。拿破仑头戴小帽,肩挎安德烈勋章绶带,身穿白坎肩,外罩敞怀的青色制服,骑着一匹极不寻常的良种灰色阿拉伯马,马鞍垫着用金线缝的猩红鞍鞯,他策马疾驰,来到亚历山大跟前,举了举帽子。罗斯托夫用骑兵的眼光观察他的动作,不能不看出,拿破仑骑马的姿势很难看,而且坐得不稳。两个营都高呼:"乌拉"和"皇帝万岁!"拿破仑向亚历山大说了句什么话。两位皇帝都下了马,挽起手来。拿破仑脸上堆出一副令人不愉快的做作的笑容。亚历山大带着和蔼的表情跟他谈话。

法国宪兵骑着马往后推挡人群,罗斯托夫不顾马踩的危险,目不转睛地注视亚历山大皇帝和波拿巴的一举一动。出乎意外使他吃惊的是,亚历山大以平等的身份对待波拿巴,波拿巴也是以平等的身份跟俄国皇帝谈话,他的态度完全泰然自若,就仿佛和皇帝在一起在他是自然的、习以为常的事情。

亚历山大和拿破仑带着一大群侍从向普列奥布拉任斯基营的右翼走去,一直走到站在那里的人群跟前。人群没有料到忽然离皇上这么近,站在前排的罗斯托夫甚至害怕他会被认出来。

"陛下,请允许我把荣誉团勋章奖给贵军最勇敢的士兵。"一个尖厉的声音说,把每一个字母都咬得很清楚。

说这话的是矮个子拿破仑,他从下往上直冲亚历山大的眼睛瞧着。亚历山大注意地谛听他的话,他低下头,愉快地微微一笑。

"授给在这次战争中表现得最勇敢的士兵。"拿破仑又说,每一个音节都说得很清楚,他那镇定和自信的神气,使罗斯托夫很气愤,他带着这种神情环视立正站在他面前,持枪致敬,一动不动地注视自己皇帝面孔的俄国士兵的队列。

"请陛下让我问问上校的意见。"亚历山大说,他向营长科兹洛夫斯基公爵急急走了几步。其间,波拿巴从他那只雪白的小手上脱掉手套,把它扯破扔掉了。后面的副官赶快跑上前去把手套捡起来。

"给谁呢?"亚历山大皇帝声音不高地用俄语问科兹洛夫斯基。

"听候您的吩咐,陛下。"

皇上不满意地皱了皱眉头,环视了一下,说:

"总得答复他呀。"

科兹洛夫斯基眼神坚决地扫了一下队列,连罗斯托夫也被扫进了他的视线。

"难道是我吗?"罗斯托夫想道。

"拉扎列夫!"上校眉头一皱,发出命令;站在排头的士兵拉扎列夫雄赳赳地走出来。

"往哪儿走?就站在这儿!"几个低语的声音喝住了不知往哪里去的拉扎列夫。拉扎列夫站住了,惊恐地斜着眼瞅瞅上校,正像被叫出队列的士兵常有的情形一样,他的脸直发颤。

拿破仑微微往后回了回头,把他那胖胖的小手往后伸,好像想拿什么东西。他的侍从立刻就猜到是怎么回事,忙乱起来,互相低语,传递着一件东西,罗斯托夫昨天晚上在鲍里斯住处看见的那个少年侍卫跑向前去,恭恭敬敬向那只伸出的手俯下身来,不让它多等一秒钟,就把一枚缀有红绶带的勋章放到手上。拿破仑连看也不看,用两个指头一夹,勋章就夹进两个指头之间。拿破仑走到那个瞪着眼睛一个劲儿地只瞅自己的皇帝的拉扎列夫跟前,转脸看看亚历山大皇帝,表示他现在所做的是为了他的盟友。那只拿着勋章的白胖的小手往士兵拉扎列夫的扣子上按了一下。仿佛拿破仑知道,只要他拿破仑的手往那个士兵的胸前碰一碰,那个士兵就会永远幸福，就是得了赏赐，就是天下最了不起的人。拿破仑刚把那枚十字勋章贴到拉扎列夫的胸前，就松了手，向亚历山大转过身去，就好像他知道勋章应当粘到拉扎列夫的胸前。勋章果然粘上了。因为几只俄国的和法国的殷勤的手，一下子就接住勋章，把它挂到军服上。拉扎列夫面色阴沉地向那个在他身上碰了一下的手又白又胖的矮个子看了一眼，仍然一动不动地持枪敬礼，又注视着亚历山大的眼睛，仿佛他在问亚历山大：他是不是还要站着？他现在是不是可以走了？或者还要做点什么事？但是，没有对他下什么命令，他就这样一动不动地站了很久。

两位皇帝骑上马走了。普列奥布拉任斯基营的队列解散了，和法国近卫军混合在一起坐在给他们预备的餐桌上。

拉扎列夫坐在贵宾席上；俄法两国的军官拥抱他，祝贺他，握他的手。成群的军官和老百姓拥向前去，只想看看拉扎列夫。俄国人和法国人的谈话声和喧笑声洋溢在广场上餐桌的周围。两个军官喝得满脸通红，兴高采烈地从罗斯托夫面前走过。

"老弟，筵席不赖吧？全是银器，"一个军官说，"看见拉扎列夫了吗？"

"看见了。"

"听说明天普列奥布拉任斯基营回请他们。"

"拉扎列夫真幸运！他得到一千二百法郎的终身年金。"

"弟兄们，瞧这顶帽子！"一个俄国士兵戴上法国兵的皮帽子，大声喊道。

"太好了，妙极了！"

"你听到口令了吗？"一个近卫军军官对另一个军官说，"前天是拿破仑，法国，勇敢，昨天是亚历山大，俄罗斯，伟大。一天是我们的皇上发口令，另一天是拿破仑发口令。明天皇上送一枚圣乔治勋章给一个最勇敢的法国近卫军。不能不这样呀！礼尚往来嘛。"

鲍里斯和他的同伴日林斯基也来观看普列奥布拉任斯基营的宴会。在回去的路上,鲍里斯看见站在房子拐角的罗斯托夫。

"罗斯托夫!你好,咱们没有碰见。"他对他说,禁不住要问他发生了什么事,因为罗斯托夫脸上的表情是那么阴沉、颓丧。

"没什么,没什么。"罗斯托夫答道。

"你来不来?"

"我来。"

罗斯托夫在屋角站了很久,远远地望着那些饮酒作乐的人们。他的脑海里产生了无法制止的痛苦的思绪。心中起了可怕的疑团。他时而想起杰尼索夫,想起他那改变了的表情、他的屈服,想起整个医院的情景,那些断胳膊断腿,那些肮脏和疾病。他现在竟如身临其境似的感觉到医院里死尸的气味,甚至使他向四周环顾,想弄清楚这气味是从哪里来的。他时而想起自鸣得意的波拿巴和他那只白胖的小手,他现在是受到亚历山大皇帝爱戴的一国的皇帝。锯断胳膊和腿,把人打死,究竟为了什么呢?他时而想起得到勋章的拉扎列夫和受到惩罚而得不到宽恕的杰尼索夫。他忽然发现自己有这么奇怪的想法,使他吓了一跳。

普列奥布拉任斯基营的官兵们的食物气味,再加上他饥肠辘辘,把他从这种状态中唤醒过来:在动身之前得吃点东西。他走进今天早晨他看见的一家饭店。在这里他遇见好多人和军官,这些军官跟他一样,都穿着便服,他挺费劲儿才弄到一份午餐。两个和他同师的军官和他坐在一张桌上吃饭。谈话自然涉及到和约。跟罗斯托夫同师的那两个军官,也和军中大多数人一样,对弗里德兰战役后缔结的和约是不满意的。他们说,只要再坚持一下,拿破仑就垮了,他的军队已经是弹尽粮绝了。尼古拉不声不响吃东西,主要是喝酒。他一人喝了两瓶酒。内心起伏的思潮没完没了地折磨他。他害怕沉湎于这些思想，可是又不能停止不想。罗斯托夫听见其中一个军官说，一看见法国人就有气，他忽然完全无缘无故、火气挺大地喊叫起来，使两个军官感到很惊讶。

"您怎么能判断应当怎么做就好些！"他喊道，血液突然涌到他的脸上，"您怎么能判断皇上的行为，您有什么权利来评论？！我们既不了解皇上的意图，也不了解皇上的行为！"

"可是我一个字也没有提皇上啊。"那个军官辩解说，他只有用罗斯托夫喝醉酒来解释他这么发火。

但是，罗斯托夫不听他的。

"我们不是外交官，我们不过是个当兵的罢了，"他继续说，"命令我们去死，我们就得死。既然惩罚我们，那就是说，我们罪有应得，我们没有资格下断语。皇帝陛下愿意承认波拿巴皇帝，并且和他结成同盟，那就是说，必须这样做。不然的话，如果我们对什么都评论，那就没有什么神圣的东西了。那么一来，我们就会说，连上帝也不存在，什么都没有。"罗斯托夫捶着桌子喊道，在他的邻座看来，他的话完全不合时宜，但是，按照他的思路前后完全是一致的。

"我们的责任是竭尽职守，是打仗，而不去思考，如此而已。"他把话说完了。

"喝酒吧。"那个不想争论的军官说。

"对，喝酒吧。"尼古拉附和说。"喂！再来一瓶！"他喊道。

第 三 部

一

一八〇八年，亚历山大皇帝到埃尔富特再度会见拿破仑皇帝，关于这次隆重会见的壮观情景，彼得堡上流社会有很多的议论。

一八〇九年，拿破仑和亚历山大两位所谓当代主宰的关系已经如此亲密，这一年拿破仑对奥地利宣战时，俄国军团竟开赴国外协助昔日的敌人波拿巴以反对昔日的盟友奥皇；上流社会甚至在谈论拿破仑和亚历山大皇帝的一个妹妹有结婚的可能。但是这个时期的俄国社交界除了谈论外交政策外，对国内的改革却特别注意，当时政府各部门的改革已经开始了。

与此同时，生活，人们的真正生活，及其对健康、疾病、劳动、休息这些切身利益的关心，对思想、科学、诗歌、音乐、爱情、友谊、仇恨、情欲的关心——依然照常地进行着，不受同拿破仑·波拿巴在政治上的亲近或者敌对的影响，不受一切可能的改革的影响。

安德烈公爵在乡下住了两年没有出门远行。皮埃尔想做的那些田庄改革的措施，由于他总是朝三暮四，结果一无所成，而安德烈公爵毫不张扬，也没有费很大的力气，就完成了这些改革的措施。

他非常富于那种为皮埃尔所欠缺的抓紧工作的本领,这种本领使他能够从容不迫地推动事业前进。

在他的一处田庄里,三百名农奴被解放了(这在当时俄国是首批范例之一),在另外一些田庄里,徭役制改为代役租制。在博古恰罗沃村,由他出钱聘请一位有医学知识的产婆,还聘请一位神父教农民和家奴的孩子们识字。

安德烈公爵有一半时间是在童山跟父亲和还在保姆照管下的儿子那里度过的;另一半时间是在他父亲称之为博古恰罗沃修道院的田庄度过的。虽然他对皮埃尔说过,他对外界发生的事情漠不关心,实际上他却在热切地注视着发生的一切,读了很多书,使他感到惊讶是,他发现那些刚从彼得堡、也就是刚从生活的漩涡里来访他或者访他父亲的人,对于内政、外交的情况远远没有他这个待在乡下不出门的人知道得多。

除了料理田庄,广泛阅读种类繁多的书籍之外,安德烈公爵在这期间批判地分析了我国最近两次不幸的战役,并且正在草拟改革我国军队制度和法规的方案。

一八○九年春天,安德烈公爵前往梁赞省他儿子名下的田庄去视察,他是儿子的监护人。

他乘坐一辆敞篷马车,早春的太阳晒得他暖洋洋的,他看看刚出土的小草,看看刚抽芽的白桦的嫩叶,看看一团团在明朗的蓝天飘过的春天的白云。他什么也不想,只是愉快地毫无目的地往两边张望。

马车经过一年前他和皮埃尔在那里谈话的渡口。经过泥泞的乡村、打谷场、冬麦地、桥旁还有残雪的下坡,还经过泥土被雨水冲刷过的上坡、割过庄稼的田地以及有些地方已经发绿的灌木丛林,然后驰进两旁都是桦树林的道路。树林里几乎很热,一点风都没有。长满黏滑的绿叶的白桦树,纹丝儿不动,嫩绿的刚出土的小草和藕合色的花朵顶开去年的落叶钻了出来,桦树林里有些地方散布着矮小的枞树,它那长青的粗糙的针叶,令人不愉快地想起了冬天。马一走进树林,就开始打响鼻,身上看得出已经冒汗了。

仆人彼得对车夫说了句什么,车夫表示同意。可是,看来彼得觉得车夫的同意还不够,他在驭者座上向老爷转过身来。

"大人,多么畅快呀!"他说,恭敬地微笑着。

"什么?"

"畅快,大人。"

"他说什么?"安德烈公爵想道。"对啦,一定是说春天,"他一面想,一面往四外瞧看,"可不是嘛,全都绿了……多么快呀! 桦树、稠李、赤杨,全都绿了……可是没有看见橡树。啊,那儿有一棵橡树。"

路边立着一棵橡树。它大约比林子里的桦树老十倍,粗十倍,比桦树高两倍。这是一棵有两抱粗的大橡树,有些枝杈显然早先折断过,树皮也有旧的伤痕。它那粗大笨拙、疙瘩流星的手臂和手指横七竖八地伸展着,像一个老态龙钟、满脸怒容、蔑视一切的怪物在微微含笑的桦树中间站着。只有它对春天的魅力不愿屈服,既不愿看见春天,也不愿看见太阳。

"春天,还有什么爱情,幸福!"这棵橡树似乎在说,"你们对这老一套毫无意义的愚蠢欺骗怎么不觉得厌倦呀! 永远是这么一套,永远是欺骗! 既没有春天,也没有太阳,也没有幸福。你们看那些被压死的枞树永远孤零零地站在那里,再看看我,我伸出我的伤了皮肤、断了骨头的手指,不管手指从哪儿长出来——从背脊或者从肋部,不管从哪儿长出来,我仍然是老样子,我不相信你们那些希望和欺骗。"

在经过这片树林时,安德烈公爵好几次回头看这棵橡树,好像从它身上希望得到点什么似的。橡树下有花有草,但它在这些花草丛中愁眉苦脸,相貌丑怪,性子执拗,站着一动不动。

"是啊,它是对的,这棵老橡树一千倍地正确,"安德烈公爵想道,"就让别的年轻人再去上当吧,可是我们是知道人生的——我们的一生已经完了!"这棵老橡树在安德烈公爵心中引起了一连串绝望的、然而令人愉快的淡淡的愁思。在这次旅途中,他仿佛重新把自己的一生思考了一遍,又得出从前那个心安理得的绝望的结论:他已经无所求,既不做什么坏事,也不惊扰自己,不抱任何希望,度过自己的后半生。

二

为了处理梁赞田庄监护事宜,安德烈公爵必须去见该县贵族长。贵族长就是伊利亚·安德烈伊奇·罗斯托夫伯爵,安德烈公爵于五月中旬去访他。

已经是暮春时节。树木全换上了新装,路上尘土飞扬,天气很热,路过有水的地方,简直想跳下去洗个澡。

安德烈公爵闷闷不乐,心事重重,考虑他见了贵族长要弄清一些什么事情。马车在花园的林荫道上驰向奥特拉德诺耶村罗斯托夫的住宅。从右边树林里传来姑娘们快乐的喊叫声,他看见一群姑娘在他的马车前面跑过大路。跑在最前头、离车最近的那个姑娘,长得非常苗条,苗条得出奇,黑头发,黑眼睛,穿一件黄印花布连衣裙,头上扎一条白手绢,手绢下面露出一绺梳得平整的头发。这个姑娘不知在喊什么,她一识出是陌生人,连看也不看他一眼,就笑着回头跑开了。

安德烈公爵不知为什么忽然觉得很难过。天气这么好,太阳这么亮,周围的一切都是这么喜气洋洋;可是这个苗条、漂亮的姑娘不知道而且也不愿意知道他这个人的存在,而对她个人的生活——大概是愚蠢的,然而却是快乐而幸福的生活,感到满足而且幸福。"为什么她那么高兴?她在想什么?该不是想军事法规,也不是考虑梁赞代役租农民的安排吧?她在想什么?她为何那么高兴?"安德烈公爵不由得好奇地问自己。

一八〇九年伊利亚·安德烈伊奇伯爵住在奥特拉德诺耶,他仍像往常那样,几乎把全省都请来打猎,看戏,吃饭,听音乐。也像款待每一位新来的客人一样,他对安德烈公爵非常欢迎,几乎是强逼着把他留下来过夜。

安德烈公爵度过了枯燥无味的一天,这一天,两位老主人和一些最尊贵的客人(由于命名日快要来到,老伯爵家中来了很多客人)都在款待他,博尔孔斯基有好几次看年轻人中间那个不知为什么总是笑声不停的快乐的娜塔莎,他老是问自己:"她在想什么?她为什么这么快活?"

晚上,剩下他一人在新地方,久久不能入睡。他看了一会书,然后熄了蜡烛,又点着,屋里护窗板是从里面关着的,空气闷热。他恼恨这个蠢老头(他这样叫罗斯托夫)强留住他,说有些必要的文件还没有从城里取回来,他也懊恼自己不该留下来。

安德烈公爵站起来,走过去想打开窗户。他刚一打开护窗板,月光仿佛久已警惕地守候在窗外,立刻闯了进来。他打开窗户。夜很凉爽,沉寂,明亮。窗前有一排修剪过的树,它的一个侧面暗黑,另一个侧面发银灰色。树下生长着多汁的、潮湿的、曲卷的、有的叶茎呈现银灰色的植物。离黑色的树木更远的地方,有一个露水闪亮的屋顶,右首有一棵枝条曲卷的、干和枝又白又亮的树,树的上面,在几乎没有星星的明朗的春天的天空中,悬挂一轮快要浑圆的满月,他臂肘倚着窗台,眼睛注视着天空。

安德烈公爵的房间是中层;在他上面楼房里也有人,也没有睡。他听见上面有少女的声音。

"只要再来一次。"上面一个少女的声音说,安德烈公爵立刻听出了这个声音。

"你倒是什么时候才睡啊?"另一个声音回答。

"我不睡,我睡不着,叫我怎么办!喂,最后一次……"

两个少女的声音唱了一个乐句——一支歌结尾的一句。

"啊,多么美呀!好了,现在睡吧,结束了。"

"你睡吧,我不睡。"那个靠近窗口的第一个声音回答说。显然她整个人都探出窗外,因为可以听见她的衣裳的沙沙声,甚至听见她呼吸的声音。周围一切,就像月亮和它的光和影,寂静无声,凝然不动。安德烈也不敢动弹,怕暴露他并非有意在旁听。

"索尼娅!索尼娅!"又传来第一个声音,"咳,怎么能睡呢!你来瞧瞧,多么美呀!真的美极了!索尼娅,你醒醒吧,"她说话的声音几乎是含着泪的,"这么美的夜,从来没有过,从来没有过。"

索尼娅不乐意地回答了一声。

"不,你瞧瞧月亮!……咳,真美呀!你到这儿来。亲爱的,我的好姐姐,到这儿来吧。你可知道?就这么蹲着,就这么蹲着,把膝盖抱得紧紧的,尽可能地抱紧,整个人都缩得紧紧的——这样就会飞起来了。你瞧!"

"算了,别跌下去。"

他听见挣脱的声音和索尼娅不满意的声音:

"已经一点多了。"

"咳,你这个人只会把什么都给破坏了。好了,你走吧,你走吧。"

一切又寂静了,可是安德烈公爵知道她仍然坐在那儿,他时而听见轻轻的移动声,时而听见叹息声。

"咳,我的上帝!我的上帝!这是怎么回事呀!"她突然喊起来,"睡就睡吧!"砰的一声关上了窗户。

"没有人关心有没有我这个人!"安德烈公爵在听她说话时想道,不知为什么他在盼着她提起他,但是又害怕她提起他。"又是她!好像故意似的!"他想。他心中突然引起一阵意想不到的年轻人的混乱思想和希望,这与他的全部人生观是大相径庭的,他感到无法说清自己这种精神状态,于是立刻睡着了。

三

第二天,安德烈公爵不等女主人出来,只向伯爵告辞,就动身回家了。

安德烈公爵回去时,已经是六月初了。他又驱车进入那片桦树林,那棵疙瘩流星的老橡树曾给他以古怪的深刻的印象。比一个半月以前,在森林中铃铛响得更深沉了;到处都很丰满、浓密,到处都是绿荫;散布在桦树林中的小枞树,并不破坏整体的美,而且配合整个气氛,在毛茸茸的幼枝上长出了嫩绿的针叶。

整天都很热,不知哪儿在酝酿雷雨,可是只有不大一块乌云往道路的尘埃上和绿油油的树叶上洒了几滴雨点。左边的树林在荫影中发暗;右边湿润,光亮,在太阳下闪光,被风吹得微微摇动。正是野花盛开的季节;夜莺在歌唱,歌声此起彼伏,时远时近。

"对了,就在这儿,在这座树林里,有一棵和我意气相投的老橡树。"安德烈公爵想道。"它在哪儿?"安德烈公爵一面想,一面向道路左边看,他不自觉地欣赏起那棵他所寻找的橡树,它已经变得认不出来了。那棵老橡树完全变了样,它伸展着枝叶苍翠茂盛的华盖,呆呆地屹立着,在夕阳的光照下微微摇曳。不论是疙瘩流星的手指,不论是伤疤,不论是旧时的怀疑和悲伤的表情,都一扫而光了。透过坚硬的百年老树皮，在没有枝杈的地方，钻出鲜亮嫩绿的叶子，简直令人不敢相信，这么一棵老树竟然生出嫩绿的叶子。"这就是那棵老橡树。"安德烈公爵想道，他心里忽然有一种春天万物复苏的喜悦感觉。他一生中那些美好的时光，一下子涌上心头。奥斯特利茨战场上高高的天空，亡妻脸上责备的表情，在渡船上的皮埃尔，受到幽美夜色感动的那个少女，还有那个夜晚和月光——所有这一切，他都想起来了。

"不，才活了三十一个年头，并不能就算完结，"安德烈公爵坚决果断地说，"光是我对自己的一切都知道是不够的，要让大家都知道，连皮埃尔和那个想飞到天上去的少女也都知道，要让大家了解我，我不应当只为我个人而活着，不要把我的生活弄得和大家的生活毫无关系，而是要我的生活影响所有的人，所有的人都和我一起生活！"

安德烈公爵旅行回来后，决定秋天到彼得堡去，他为这个决定想出了各种理由。每分钟他都能想出许多非去彼得堡（甚至从军）不可的合情合理的论据。正如一个月以前，他不理解他怎么会有离开乡村的想法一样，他现在甚至不理解他从前对积极投入生活怎么会发生怀疑。他似乎明白了，如果他不把他的人生经验运用到实际中去，不再度积极投入生活，他的全部经验就白白浪费了，就毫无意义了。他甚至不明白，为什么以前根据如此不足的理由，就认为如果在有了生活的教训之后，又相信自己有用，相信可以得到幸福和爱情，那就未免把自己贬低了。现在理智提示了完全相反的东西。在这次旅行之后，安德烈公爵开始觉得住在乡下寂寞，以前的工作不再使他感到兴趣，他常常独自坐在书房里，站起来走到镜子跟前，久久地端详自己的脸。然后他转过身来，望着亡妻丽莎的画像，她留着希腊式卷发，温柔快活地从金色镜框里望着他。她已经不向丈夫说过去那种可怕的话,她憨厚快乐地带着好奇的样子看着他。安德烈公爵倒背两手长久地在室内踱来踱去,时而皱眉蹙额,时而微笑,他反复地思考那些不合理的、非言语所能表达的、像犯罪一般秘密的思想,这些思想是与改变了他的全部生活的皮埃尔、荣誉、坐在窗口的少女、老橡树、女人的美貌和爱情分不开的。每当这样的时刻,如果有人进来见他,他总是特别冷淡、严厉、专断,尤其令人不愉快地讲些枯燥无味的道理。

"亲爱的朋友,"玛丽亚公爵小姐往往这时走进来,说,"尼古卢什卡今天不能出去散步:天气很冷。"

"如果天气暖和,"在这样的时刻,安德烈公爵特别冷淡地回答妹妹,"那么他穿一件衬衫就行了,正因为冷,就应当给他穿暖和的衣裳,所以要做暖和的衣裳正是为了这个啊。天冷,就应当这样做,而不是当孩子需要空气时留在家里。"他说得特别合乎逻辑,就仿佛为了他内心产生的秘密的、不合逻辑的思想而惩罚什么人似的。每当这时,玛丽亚公爵小姐总是在想,脑力工作使男人变得多么冷酷无情啊。

四

一八〇九年八月安德烈公爵到了彼得堡。这一年正是年轻的斯佩兰斯基①的声望达到顶点的时候,也正是他大力推行他的改革计划的时候。就在这年的八月,皇上从马车上跌下来,跌伤了脚,他在彼得宫中住了三个星期,每天只接见斯佩兰斯基一个人。在这期间,不仅正在拟定两道十分著名和震动社会的法令——关

---

① 斯佩兰斯基(1772—1839),俄国改良派政治家,企图使农奴制适应资本主义发展要求。在反动贵族压力下,于一八一二年被逐。

于废除宫内官阶和关于八等文官和五等文官考试的法令,而且正在制定整部的国家宪法,这部宪法付诸实施后,将改变上至枢密院下至乡公所现存俄国的司法、行政和财政制度。现在亚历山大皇帝正在实现他在登极时所怀抱的自由主义理想,他在实现这些理想时所依靠的助手本来是:恰托里日斯基、诺沃西利采夫、科丘别伊和斯特罗加诺夫等,这些人被他戏称作社会救济委员会。

现在代替所有这些人的,文职方面是斯佩兰斯基,武职方面是阿拉克切耶夫①。安德烈公爵到达不久,他以宫中高级侍从身份,出入宫廷,参加朝觐。皇上两次见到他,而两次都没有赏他一句话。安德烈公爵一向就觉得,皇上不喜欢他,皇上讨厌他的面孔和他整个的人。从皇上向他投来的冷淡疏远的目光中,安德烈公爵比先前更证实了这个推测。朝臣们对安德烈公爵解释说,他不受皇上重视,是因为陛下对他一八○五年以来就不服兵役很不满意。

"我自己知道,人人都有自己的好恶,我们对它是无能为力的,"安德烈公爵想道,"因此,关于亲自向皇上呈递军事法规草案一事,连想也不用想了,但问题自然会有办法的。"关于草案的事他告诉了一位老元帅——他父亲的朋友。元帅约了一个时间,和蔼地接见了他,答应将此事奏明皇上。过了几天,安德烈公爵接到通知,要他去见陆军大臣阿拉克切耶夫伯爵。

在约定的那天早晨九点钟,安德烈公爵走进阿拉克切耶夫伯爵的接待室。

安德烈公爵不认识阿拉克切耶夫,也从未见过他,但就他所知道的有关他的一切,并引不起他对此人的尊重。

"他是陆军大臣,是皇帝陛下的心腹;至于他个人的品质,可

---

① 阿拉克切耶夫(1769—1834),保罗一世及亚历山大一世时期俄国最反动的佞臣。

以不用管他;既然责成他审议我的草案,那么就是说,只有他能通过我的草案。"安德烈公爵在阿拉克切耶夫伯爵接待室里,在许多重要的和不重要的人们中间等待时,心中想道。

安德烈公爵在服役期间——大部分时间是当副官,见过很多大人物的接待室,各种类型的接待室,他都很清楚。阿拉克切耶夫伯爵的接待室是非常特殊的。在阿拉克切耶夫伯爵接待室里,在等待召见的不重要的人物的脸上,有一种羞愧和卑顺的表情;在大官的脸上,共同的表情是侷促不安,但为了掩饰这种局促不安,却装作满不在乎,装作嘲笑自己,嘲笑自己的处境和嘲笑他们所等待召见的人。有些人沉思着走来走去,有些人交头接耳,哈哈大笑,安德烈公爵听见"西拉·安德烈伊奇"①这个绰号和"老头子要剥人的"这句话,老头子是指阿拉克切耶夫伯爵。有一位将军(大人物)显然因为等得太久而感到受了屈辱,他坐在那里两条腿交换着叠起来,独自轻蔑地微笑着。

可是门一打开,所有人的脸上刹那间集中为一个表情——恐惧。安德烈公爵再一次请求值日官替他通报,但是值日官带着嘲笑的目光望着他说,到时候会轮到他的。在副官从陆军大臣的办公室里领进领出几个人之后,从那扇可怕的门进去一个军官,他那谦卑恭顺和诚惶诚恐的样子使安德烈公爵吃惊。这个军官的接见持续了很久。忽然从门里传来一阵雷鸣般的呵斥声,那个军官面色灰白,嘴唇颤抖,抱着头穿过接待室走出去。

在这之后,安德烈公爵被领到门口,值日官低声说:"右首窗户跟前。"

安德烈公爵进入一间朴素整洁的办公室,看见桌旁坐着一个四十来岁的人,腰身长长的,脑袋也是长长的,头发剪得很短,皱纹

---

① 西拉·安德烈伊奇是阿拉克切耶夫的绰号,俄语"西拉"是有权势的意思。

很深,绿褐色的眼睛上面是紧锁着的眉头,通红的鼻子耷拉着。阿拉克切耶夫向他转过脸来,但是眼睛不看着他。

"您有什么申请?"阿拉克切耶夫问。

"我没有什么……申请,大人。"安德烈公爵轻声说。阿拉克切耶夫把眼睛转向他。

"请坐,博尔孔斯基公爵。"阿拉克切耶夫说。

"我没有什么要申请的,皇帝陛下把我的军事法规草案批转给大人……"

"让我想想,亲爱的先生,那个草案嘛,我看过,"阿拉克切耶夫打断他的话,只是头几句话他说得亲切,接着他又不看他的脸,腔调越来越变得唠叨而且轻蔑,"您提出新的军事法规?新法规多得很,连旧的都没人执行。如今都在写法规,写比做容易。"

"我是遵照皇帝陛下的旨意前来大人这儿了解一下,您打算怎样处理我呈递的那个草案?"安德烈公爵恭恭敬敬地说。

"我在您的草案上签署了意见,已经送交委员会了。我不赞成,"阿拉克切耶夫说,他站起来从写字台上拿起一份文件,"这就是。"他递给安德烈公爵。

公文纸上用铅笔从这一头到另一头写了一行字,这行字没有大写字母,没有标点,拼写错误:"毫无根据抄袭法国军事法典不必要放弃陆军条例。"

"草案交给什么委员会了?"安德烈公爵问。

"交给陆军条例委员会,我并且推荐阁下当委员。不过没有薪俸。"

安德烈公爵笑笑。

"我并不想要。"

"没有薪俸的委员。"阿拉克切耶夫重复一句。"认识阁下,我很荣幸。喂!再传!还有谁?"他向安德烈公爵躬躬身,喊道。

五

安德烈公爵在等待任命他为委员会委员的正式通知的时候，走访了一些老相识，特别是他所认识的有权有势的人和对他有用的人。他这时在彼得堡的心情，就好像在战斗前夕所感受的一样，有一种不安的好奇心折磨着他，不可抗拒地驱使他到最高统治阶层中去，那里所做的一切关系着千百万人未来的命运。从老年人的愤慨，从局外人的好奇，从当事人的慎重态度，从人们的忙忙碌碌和忧心忡忡，从他每天都要听到的数不清的委员会名称，他感觉到，在一八〇九这一年，在彼得堡这个地方，正在酝酿一场大规模的国内战争，这场战争的总指挥是他所不认识的、颇为神秘的、在他心目中认为很有天才的人——斯佩兰斯基。对于他只有模糊概念的革新运动及其主要活动家斯佩兰斯基引起他强烈的兴趣，陆军法规问题很快就在他的意识中退居次要地位了。

安德烈公爵处在一个最有利的地位，他在当时彼得堡最高级的形形色色的圈子里都可以受到很好的接待。革新派欢迎他，拉拢他，第一，因为他以睿智和非常博学著称，第二，因为他解放了他的农奴，使他得到开明人士的名声。心怀不满的老一辈人，则指望他在反对革新上同情他们，因为他是老博尔孔斯基的儿子。妇女界和社交界欢迎他，因为他是一个富有、显贵的待婚男人，还由于传闻他已经阵亡和妻子的惨死，他几乎被看做带有浪漫经历光环的新奇人物。此外，所有以前认识他的人，都众口一词地说，在过去五年间，他有很大的进步，性情温和了，老成持重了，不像先前那样矫揉造作、骄傲自大和冷嘲热讽，现在有一种与年龄俱增的沉稳风度。人们都在谈论他，对他发生兴趣，都希望会见他。

谒见阿拉克切耶夫伯爵的第二天，安德烈公爵晚上在科丘别伊伯爵家做客。他把谒见西拉·安德烈伊奇的经过告诉了科丘别伊伯爵(科丘别伊也那样称呼阿拉克切耶夫,也带着安德烈公爵在陆军大臣接待室里所听到的那种含蓄的嘲讽意味)。

"亲爱的,"科丘别伊说,"甚至这种事情,您也不得不通过米哈伊尔·米哈伊洛维奇①。他是我们的总管。我告诉您吧。他答应今晚来这儿……"

"斯佩兰斯基和陆军条例有什么关系?"安德烈公爵问。

科丘别伊笑笑,摇摇头,仿佛对博尔孔斯基的天真感到惊讶。

"前几天我对他谈到您,"科丘别伊接着说,"谈到您解放农奴……"

"哦,公爵,是您解放了自己的农奴呀?"一个叶卡捷琳娜女皇时代的老头子轻蔑地向博尔孔斯基转过身来,说。

"那是一处无利可图的小田庄。"博尔孔斯基极力把事情说得无足轻重,免得徒然惹那个老头子恼火。

"您是害怕落后。"老头望着科丘别伊说。

"有一样我不明白,"老头继续说,"如果他们都解放了,那么谁来种地啊?草拟法律倒容易,管理起来就困难了。譬如现在吧,我问您,伯爵,如果人人都得经过考试,那么谁来当各部门的首长啊?"

"由考试及格的担任,我想。"科丘别伊大腿跷到二腿上,环顾四周,说。

"比如,我手下有一个叫普里亚尼奇尼科夫的,是一个正人君子,金不换的好人,可是他已经六十岁了,难道也得去考试?……"

"是的,是有点困难,因为咱们的教育太不普及了,但是……"科丘别伊伯爵没有说完,就站起来,搀起安德烈公爵的手,向一个

---

① 斯佩兰斯基的名字和父称。

走进来的人迎上去。这个人个子高高的,秃顶,头发淡黄,四十来岁,前额宽阔,长长的脸,面色白得出奇。这位刚进来的人穿一身蓝色燕尾服,脖颈上挂一个十字架,左胸佩一枚金星勋章。这就是斯佩兰斯基。安德烈公爵立刻就认出了他,他心头猛然一跳,就像在生命的紧要关头常有的情形。这是由于尊敬呢,还是由于羡慕,或者由于有所期待——他不知道。斯佩兰斯基整个外表属于那种使人一眼就能认出的特殊的类型。在安德烈公爵所生活的社会中,他从未见过动作那么拙笨而且迟钝,竟然那么镇静和自信,他从未见过有谁在那半闭的、有点湿润的眼睛里,神情是那么坚定,可是又那么温和,也从未见过毫无表示的笑容竟然那么坚强,也从未听过有谁说话的声音是那么柔声细气,不高不低,主要的,从未见过那么白净细嫩的脸,特别是那双手,虽然大了些,但是异乎寻常地丰腴、白净、细腻。安德烈公爵只见过久住医院的士兵才有这么白嫩的面皮。这就是斯佩兰斯基,国务大臣,皇帝耳目,他在埃尔富特伴驾时,曾不止一次地与拿破仑会见和谈话。

斯佩兰斯基并不像进入大庭广众的人们那样,不自觉地把目光从一个人的脸移到另一个人的脸,他也不急于说话。他说起话来声音很低,满怀着大家都在听他说话的信心,他只望着谈话对手的面孔。

安德烈公爵特别注意斯佩兰斯基的每句话和每一动作。就像一般人那样,特别像那些对别人严格要求的人那样,安德烈公爵和一个人刚见面,特别是和这位久闻大名的斯佩兰斯基刚见面,他总是期待在他身上找到完美的人类品质。

斯佩兰斯基对科丘别伊说,他没能早些来,很抱歉,因为他在宫里被人留下了。他不说皇上曾留过他。安德烈公爵看出他这种假装的谦虚。当科丘别伊向他介绍安德烈公爵的时候,斯佩兰斯基带着惯常的微笑慢慢地把眼睛转向博尔孔斯基,默默地望着他。

"我很高兴同您认识,我也像大家一样,听说过您。"他说。

科丘别伊略略叙述了一下阿拉克切耶夫接见博尔孔斯基的情形,斯佩兰斯基的笑容更开展了。

"陆军条例委员会主任马格尼茨基先生是我的好朋友,"他说,他把每个音节每个字都说得很清楚,"如果您愿意,我可以介绍您见见他。(他停了一下)我希望您会发现他是一个富于同情心的人,他乐意促进一切合理的事情。"

在斯佩兰斯基周围立刻围了一圈人,那个讲他的下属普里亚尼奇尼科夫的老头也对斯佩兰斯基提出了问题。

安德烈公爵没有参加谈话,他在观察斯佩兰斯基的一举一动,他在想,不久前这个人还是一个微不足道的科学院的学生,而现在俄罗斯的命运就握在他的手里——那双丰腴白净的手里。斯佩兰斯基在回答老头时,他那种非常蔑视的冷静态度,使安德烈公爵吃惊。他好像是从高不可测的地方向他说些宽容的话似的。当老头开始提高嗓门说话时,斯佩兰斯基笑笑说,对皇上喜欢的事情,他不能评论是有利还是有害。

在人多的地方谈了一会儿以后,他站起来走到安德烈公爵面前,请他到房间的另一端,显然他认为应当应酬一下博尔孔斯基。

"那位老先生谈得很起劲儿,把我给缠住了,公爵,弄得我没法和您谈谈。"他说,温和而轻蔑地笑笑,这个微笑仿佛表示,他和安德烈公爵都了解他刚才与之谈话的那些人是微不足道的。这种态度使安德烈公爵感到荣幸。"我早就知道您:第一,是由于您在处理您的农奴问题方面给我们做出了第一个范例,希望有更多的人遵循这个范例;第二,关于宫中官阶的新法令曾引起很多闲言碎语,而您并不因此把自己看作受了委屈的侍从。"

"是的,"安德烈公爵说,"家父不愿意我利用这个特权,我是从低级官衔开始服务的。"

"令尊是老一辈的人，显然比一味非难这个措施的我们这一代人站得高，其实这个措施只不过恢复了理所当然的正义而已。"

"不过我觉得，这些非难也不无道理。"安德烈公爵说，他开始感觉到斯佩兰斯基对他的影响，他极力摆脱它。他不乐意样样都和他一致：他想发表不同的意见。安德烈公爵一向言谈流畅，条理清楚，可是现在和斯佩兰斯基谈话时，却有词不达意的感觉。他太注意观察这个著名人物的个性了。

"也许是出于个人的自尊心吧。"斯佩兰斯基低声插了一句。

"一部分也是为了国家。"安德烈公爵说。

"您的意思是指什么？……"斯佩兰斯基慢慢地垂下眼睛，说。

"我是孟德斯鸠的崇拜者，"安德烈公爵说，"他的思想是君主政体的基础是荣誉，我觉得这是无可怀疑的。在我看来，贵族的某些权利和特权是支持这种荣誉感的手段。"

笑容从斯佩兰斯基白净的脸上消失了，这么一来，他的相貌倒好看得多了。大概安德烈公爵的想法使他发生了兴趣。

"如果您从这个角度看问题，"他开口说，说法语显然很吃力，比说俄语慢得多，然而却十分镇静。他说，"荣誉不可能支持不利于服务的特权，荣誉是不做违反道德行为的消极概念，不然就是为了获得荣誉奖赏而进行竞赛的一种原动力。"

他的论据简明扼要。

"这个维持荣誉、维持竞赛原动力的制度，类似伟大的拿破仑皇帝的荣誉团，对公务不惟无害，而且有益，不过不是一个阶层或宫廷内的特权罢了。"

"我不想争辩，不过不可否认，宫廷内特权达到了同样的目的，"安德烈公爵说，"每一个朝臣都认为自己必须享有与他的地位相称的特权。"

"可是您不愿利用那种特权,公爵。"斯佩兰斯基说,微微一笑,表示想和和气气地结束这场使对方颇为难堪的辩论。"如果您肯赏光在星期三来看我,"他又加添一句,"我和马格尼茨基商量一下,把您可能感到兴趣的事情通知您,此外,咱们还可以更详细地谈谈。"他合上眼睛,按照法国方式鞠躬告别,尽可能不引人注意,离开了大厅。

六

安德烈公爵住在彼得堡的初期,觉得自己在独居生活所形成的一些想法,完全被彼得堡的身边琐事弄模糊了。

晚上回到家里,他在记事本里记下四五处必要的访问,或者定好时间的约会。机械的生活,必须准时做到的每日安排,消耗了他大部分的精力。他什么都没做,甚至什么都没想,而且也没有时间去想,只是一味地讲述他先前在乡间已经想好的问题,而且讲述得很成功。

他有时不满意地察觉,他在同一天,在不同场所反复地谈论同一个问题。可是整天忙得他没有时间去注意他什么都没想。

星期三,斯佩兰斯基在自己家中单独接见了博尔孔斯基,跟他亲切地谈了很久,这次会见也同在科丘别伊家初次见面一样,斯佩兰斯基给安德烈公爵留下了强烈的印象。

安德烈公爵认为可鄙的渺小人物是那么多,他那么希望在某个人身上发现他所追求的至美至善的活的理想人物,因此他轻易就相信,他在斯佩兰斯基身上找到了一个十分有理性、有道德的理想人物。如果斯佩兰斯基的出身和安德烈公爵一样,教养和道德观念也一样,那么博尔孔斯基就会很快发现他的弱点,发现一般人常有的非英雄的一面,可是现在这个头脑清晰、令他惊异的人,正因为不为他全然了解,更加使他肃然起敬。此外,不知是因为斯佩兰斯基欣赏安德烈公爵的才能呢,还是因为他认为必须把他笼络过来,斯佩兰斯基在安德烈公爵面前卖弄他那无动于衷的冷静的理性,同时用微妙的奉承讨好安德烈公爵,这种奉承结合着自负,就是说,默认对方和自己,而且只有对方和自己,能够理解所有其余的人的彻头彻尾的愚蠢以及自己思想的合理和深刻。

在星期三晚上长谈中间,斯佩兰斯基不止一次地说:"我们重视一切超出作为一般标准的根深蒂固的习惯……"或者微笑着说:"可是我们又要把狼喂饱,又要使羊安全……"或者说:"他们不懂得这个……"总是带着这样的神情:"只有咱们,您和我,咱们才懂得他们是什么人,咱们是什么人。"

这第一次和斯佩兰斯基长谈,更加强了安德烈公爵第一次会见他时的感觉。他在他身上看见了一个富于理智、思想周密、才智广博的人,他以全部的精力和顽强的意志取得权力和利用这个权力专门为俄国谋福利。在安德烈公爵心目中,斯佩兰斯基正是他要做的那样的人,这种人对一切生活现象能够给予合理的说明,只承认合理的事物是真实的,善于用理性的尺度衡量一切。在斯佩兰斯基的阐述中,一切都是那么简单明了,安德烈公爵不由得完全同意他的意见。如果他表示反对或者争辩,那只不过因为他故意要显示自己有独立的见解和不完全服从他的意见罢了。一切都是对的,一切都很好,但是只有一件事使安德烈公爵感到不舒服:这就是斯佩兰斯基的目光——它冰冷、清澈,使人看不透他的灵魂,此外还有那双白净滑腻的手——就像一般人通常喜欢看掌权的人的手那样,安德烈公爵不由得老看他的手。清澈的目光和白嫩的手不知为什么烦扰着安德烈公爵。还有使安德烈公爵吃惊而且不愉快的是他发现斯佩兰斯基对人过分藐视,以及他在论证自己的意见时所使用的方法之繁多。除了不用比喻外,他使用了一切可用的思维方法,安德烈公爵觉得,他过于大胆地换了一个又一个。他时而站在实干家的立场非难梦想家,时而作为一个讽刺家辛辣地嘲笑他的反对派,时而论点谨严,时而忽然上升到玄学领域(最后这个论证方法是他特别常用的)。他把问题提到玄学的高度,给空间、时间、思想下定义,由这里得出反驳的论点,然后又回到争论的问题上。

总之,使安德烈公爵惊奇的斯佩兰斯基的智力特征,是对智慧的力量和合理性有着毋庸置疑和不可动摇的信念。显然,斯佩兰斯基的头脑里永远不会进入那种在安德烈公爵看来极平常的思想:反正你不能把你所想的一切尽力表达出来,也永远不会发生这样的怀疑:我所想的一切以及我所信仰的一切是不是乱弹琴? 正是斯佩兰斯基这种特殊的智力使安德烈公爵最为赞赏。

在与斯佩兰斯基认识的初期,安德烈公爵对他发生了狂热的敬佩,正像他曾经对波拿巴产生的感情一样。斯佩兰斯基是神甫的儿子,一些蠢人可能因为他这种卑微的出身而庸俗地瞧不起他,也的确有不少的人是这样的,由于这个缘故,安德烈公爵特别珍惜他对斯佩兰斯基的感情,而且不自觉地在他内心加强了这种感情。

博尔孔斯基在他那儿度过的第一个晚上,在谈到法典编纂委员会时,斯佩兰斯基带着讽刺的口吻对安德烈公爵说,委员会成立了一百五十年,花了数百万卢布,结果一事无成,只是罗森坎普夫在各种不同的法律条文上贴一些标签而已。

"这就是国家花掉几百万卢布所得到的全部结果!"他说,"我们想给参议院以新的审判权,但是我们没有法律。因此,像您这样的人,公爵,现在不出来服公务是一种罪过。"

安德烈公爵说,做这种工作得有法律知识,可是他没受过法律教育。

"谁也没受过,那么您怎么办呢? 这是一种恶性循环,我们必须从其中打开一条出路。"

一个星期后，安德烈公爵就任军事条例委员会委员，而且完全出乎他的意料，做了法典编纂委员会一个科的科长。按照斯佩兰斯基的请求，他着手编纂民法第一部分，并且参照《拿破仑法典》和《查士丁尼法典》，草拟"人权"章节的条文。

七

两年前，也就是一八〇八年，皮埃尔巡视了庄园以后，回到彼得堡，他不由自主地当上了彼得堡共济会的首领。他安排会友的宴会和丧礼，征收新会员，忙于联系各个支会和寻求真正的会约。他捐款修建大厦，尽可能补足义捐的数额，大多数会员在这上头是吝啬的，不按时交款。他几乎是独自出钱维持共济会在彼得堡建立的一所贫民院。

同时他的生活仍像先前一样，尽情地寻欢作乐。他爱吃好的，喝好的，虽然他认为这种行为不道德，有失尊严，但是他无力拒绝他混迹其中的单身汉社会的那些娱乐。

皮埃尔终日忙乱，在纸醉金迷的生活中过了一年，才开始觉得，他越是想在共济会这块土地上站稳，他脚下这块土地就越是往下沉。同时他觉得，他脚下这块土地陷得越深，他就更不由自主地依赖这块土地。在他刚进入共济会时，他感觉自己就像一个人把一只脚信赖地踏上沼泽地里一块平坦的地面似的。一只脚刚踩上去，就下沉了。为了完全证实他站的地方是否坚实，又踏上另一只脚，于是陷得更深，越陷越深，不由自主地在齐膝深的泥沼里移动了。

约瑟夫·阿列克谢耶维奇不在彼得堡。（他近来推掉彼得堡支会的事务，在莫斯科深居简出。）支会的所有会员都是皮埃尔平时认识的人,所以他很难只把他们看作会友,而不看作某某公爵,或者某某伊凡·瓦西里耶维奇,其中大多数都是他平时认识的浅薄渺小的人物。在他们会裙和会徽下面,他看见的是他们平日追求的制服和勋章。常常在募捐收入的账上,总计十来个会员出了二十至三十卢布,大部分是欠账,而其中有一半欠账的人像他一样富有,每当这时,皮埃尔就想起每个会员曾经应许把一切财产都献给邻人的入会誓言,于是他心中便起了一团疑念,可是他极力摒除这种疑念。

他把他所认识的会友分作四类。他归入第一类的是这样的人,他们不积极参加支会活动,不关心俗务,专门探讨秘密的教义,探讨上帝的三重称号问题,或者探讨三种元素——硫磺、水银和盐,或者探讨所罗门圣殿的方形和各种形象的意义。皮埃尔尊重这类会友,他认为大多数老会员以及约瑟夫·阿列克谢耶维奇本人都属于这类会友,但是他和他们的趣味不相投。他的心思不放在共济会的神秘方面。

皮埃尔把自己以及和自己相似的会友归入第二类,这类会友在追求,在动摇,他们在共济会中还没有找到一条明确的捷径,但希望找到它。

他归入第三类的会员(这类会员最多),认为共济会无非是表面的形式和仪式,并不关心它的内容和意义。维拉尔斯基,甚至主要支会的教头都属这一类。

有很多会友,特别是近来新加入的会员,归入最后一类,第四类。据皮埃尔观察,这些人并没有什么信仰,也没有什么志愿,他们进共济会只不过为了结交达官贵人以及年轻富有的会友,在支会里有很多这样的人。

皮埃尔开始对自己所做的事感到不满。至少就他在这里所见到的共济会来说,他有时觉得它完全建立在形式上。他并不想怀疑共济会本身,只是怀疑俄国的共济会走错了路,背离了它原来的教义。因此,年底皮埃尔到国外去领受共济会的高级秘诀去了。

一八〇九年夏,皮埃尔回到彼得堡。我们的共济会员在同侨居国外的人通信中得知,别祖霍夫在国外已经得到许多高级人员的信任,领会了很多秘密,被提升到更高的一级,并带回很多对俄国共济会有益的东西。彼得堡的会员们都来看他,巴结他,大家都觉得,他在隐藏着什么,同时又在准备着什么。

确定召开一次二级支会的庄严大会,皮埃尔答应在会上把他从共济会最高领袖那里带来的东西传授给共济会的会友。会议室坐满了人。做完例行的仪式后,皮埃尔站起来演说了。

"亲爱的会友们,"他开始说,红着脸,结结巴巴,手里拿着讲演稿,"关起门来奉行我们的秘诀是不够的,必须行动……行动。我们都在打瞌睡,可是我们应当行动。"皮埃尔拿起笔记本,开始读下去。"为了传布纯正的真理和获取美德的胜利,"他读道,"我们应当扫除人们的偏见,传播符合时代精神的原则,负起教育青年人的责任,与最聪明的人牢固地联合起来,勇敢而慎重地破除迷信,消灭不信神现象和愚蠢行为,扶植那些忠于我们的、由于共同的目的而互相结合的,而且具有权威和力量的人们。

"为了达到这个目的,应当使德行压倒罪恶,使正直的人在今世就可以由于他的德行而得到永久的奖励。可是现今的政治制度大大地妨碍我们实现这些伟大的意图。在这种情况下,怎么办呢?那么实行革命,推翻一切,以暴力扫除暴力行不行呢?……不行,我们完全没有这样的意思。任何强制的改革都应当受到斥责,因为人类还像现在这样,罪恶丝毫也不能根治,还因为智慧不需要暴力。

"共济会的整个计划应当是:扶植那些因信仰一致而结合起来的、坚定的、有德行的人们,所谓信仰就是在任何地方都全力以赴消灭罪恶和愚蠢,爱护才能和美德,从尘芥中提拔品德高尚的人,让他们加入我们的会。到那时只有我们的会才有这样的权威——无形中捆住维护混乱的人的手脚,使他们不知不觉受到控制。简而言之,必须建立一个具有普遍权威的统治形式,把它推广到全世界,同时并不破坏世俗的制度,一切别的统治形式照常进行,只是不得妨碍本会的伟大目标实现——使德行战胜罪恶。这个目标正是基督教要求的。它教人学聪明,学好,为了他们自身的利益,遵奉最好的和最聪明的人的榜样和教诲。

"当一切陷入黑暗的时候,单是宣讲道理,当然也就够了:新发现的真理赋予它本身以特殊的力量,但是我们现在需要多得多的更强有力的方法。受感情支配的人,现在应当在德行中发现肉欲的魅力。根除情欲是不可能的;不过应当把情欲引向高尚的目的,要使每个人在德行的限度内满足自己情欲,本会应当提供达到这个目的的方法。

"每个国家很快就会有一批品格高尚的人,他们每个人又扶植别的两个人,这些人紧密地联合起来,到那时候,对人类的福利已经秘密地做了很多好事的共济会,就什么都办得到了。"

这篇演讲在支会里不仅产生了强烈的印象,而且引起了骚动。大多数会员认为这篇演讲有危险的光明教①倾向,大家对演讲的冷淡,使皮埃尔感到吃惊。教头也反对皮埃尔。皮埃尔开始发挥他的思想,劲头越来越大。很久以来没有这么热烈的集会了。分成了两派:一派非难皮埃尔,说他是光明教;另一派支持他。在这次会议上,皮埃尔第一次感到吃惊的是人类的头脑无穷无尽的多

① 光明教是一七七六年在巴伐利亚建立的神秘宗教团体。

样性,以致任何真理在两个人的理解中都不一样。甚至和他站在一边的人,对他的理解也各有不同,带有一定的限度和改变,这是他所不能同意的,因为皮埃尔主要的要求,正是要把他自己所理解的思想准确地传授给别人。

会议结束时,教头带着恶意和讽刺的口吻指责皮埃尔太急躁,并且说他在争论中主导他的东西不是对德行的爱好,而是对争斗的热衷。皮埃尔没有辩驳,只是简短地问是否采纳他的建议,得到的答复是否定的,于是皮埃尔不等举行例行的仪式,就走出支会,坐车回家了。

八

皮埃尔又陷入他最害怕的苦闷中。他在支会发表演说后,一连三天在家里躺在沙发上,不接待任何人,也不到任何地方去。

在这期间他接到妻子一封信,她恳求见见他,她说她想念他,愿意把她的一生都献给他。

在信的结尾,她通知他,她几天之内就从国外回彼得堡。

紧跟着这封信,一个最不受他尊敬的会友闯进来见离群索居的皮埃尔,当谈到皮埃尔的夫妇关系时,这个人发表了一通意见作为会友的规劝,他说,皮埃尔苛待妻子是不对的,他不宽恕悔过的妻子是违反共济会的首要戒律。

正在这时,他的岳母,瓦西里公爵夫人,派人来请他,求他哪怕去见她几分钟也好,因为有极端重要的事情要和他商量。皮埃尔看出有人对他施展阴谋手段,想让他和妻子团圆,这在他目前所处的境况来说,也未尝不可。他什么都无所谓:皮埃尔认为生活中没有什么大不了的事情,由于目前他受到心情郁闷的影响,以致使他既不重视自己的自由,也不重视非惩罚他的妻子不可的那股劲头了。

"谁都不对,谁都没有错,因此,她也没有错。"他想道。如果说皮埃尔没有立即同意和妻子复婚,那不过是由于他目前心情抑郁,使他无力做出任何决定。如果他的妻子来了,他也不会把她赶走。比起萦绕皮埃尔心头的事情,和妻子同居也好,不同居也好,难道不都是一样吗?

皮埃尔没有答复妻子,也没有答复岳母,在一天深夜里整装出发,到莫斯科找约瑟夫·阿列克谢耶维奇去了。以下是皮埃尔的日记。

莫斯科,十一月十七日。

我刚从恩师那里回来,赶快把我在他那里的感受写下来。约瑟夫·阿列克谢耶维奇过着贫苦的生活,三年来患着痛苦的膀胱病。从来没听见他哼一声,也没听见他有怨言。从清早到深夜,除了吃最简单的食物以外,他都在研究学术。他亲切地接待我,让我坐在他睡的床上;我向他打东方和耶路撒冷武士的手势,他也以同样的手势回答我,并且带着温和的笑容问我在普鲁士和苏格兰支会学了些什么,有什么收获。我把我所知道的都给他讲了,并且告诉他我在我们的彼得堡支会上提出的那些原理、我所遭到的冷遇,以及我和会友们的决裂。约瑟夫·阿列克谢耶维奇默默地想了很久,然后他把他对这一切的看法告诉了我,他的观点立即照亮了我过去的一切,以及摆在我面前的全部的道路。他使我吃了一惊,问我可记得本会的三个目的:一,保守和了解秘密;二,为了领悟它,净化和完善自己;三,力求自我净化以达到完善全人类。这三条中哪个是首要的目的呢?当然是自我完善和自我净化了。只有在追求这个目的中,我们才能永远不受环境的影响。可是正是这个目的要求我们付出最大的努力,如果我们由于骄傲而忽略了这个目的,那么,我们要么去钻研秘密,但由于我们的不纯净而不配去了解秘密,要么我们去从事人类的完善,而我们自己却是卑鄙和放荡的坏典型。光明教之所以不是纯洁的教派,正因为它热衷于社会活动和骄傲得了不得。根据这个道理,约瑟夫·阿列克谢耶维奇指摘我的演说以及我的全部活动。我在内心深处同意他的意见。当话题谈到我的家庭问题的时候,他对我说:"一个真正的共济会员的主要责任,正如我已经对您说过的,乃在于自我完善。我们常常想,拂除我们生活中的一切困难,我们就会更快地达到目的;其实相反,先生,只有在尘世的纷扰中,我们才能达到三个主要的目的:一,自知,因为人只有通过比较才能认识自己;二,自我完善,只有通过斗争才能达到;三,获得主要的德行——爱死亡。只有人生的无常才能向我们展示人生的虚妄,并且能够促使我们对死亡和对获得新生的自然爱好。"这些话格外令人觉得说得好,因为约瑟夫·阿列克谢耶维奇虽然在肉体上忍受极大的痛苦,可是他从来不觉得生活是累赘,虽然他内心世界非常纯洁高尚,可是他并不觉得他对死亡有充分的准备。然后恩师对我解释了宇宙大四方形的全部意义,并且指出三和七两个数目是万物之源。他劝我不要脱离彼得堡会友,劝我只担任次等职务,尽力使会友们戒除骄傲,引导他们走上自知和自我完善的真实道路。此外,他忠告我首先要注意自己,为此他送我一个笔记本,今后我要把我的一切行为都记在这个本子上。

彼得堡,十一月二十三日。

我又和妻子同居了。岳母眼泪汪汪地来见我,她说海伦在这里,求我听她一句话,又说她是无辜的,我的遗弃使她很痛苦,以及许多别的话。我知道,只要让我看见她,我就无力拒绝她的要求。我感到为难,不知道找谁帮助我,给我以忠告。如果恩师在这里,他会告诉我的。我躺在自己的房间里翻阅约瑟夫·阿列克谢耶维奇的信件,我想起我和他的谈话,从中得出结论:我不应当拒绝一个请求的人,对任何人都应当伸出援助的手,何况是对一个和我的关系如此密切的人,我应当背负我的十字架。如果说,我宽恕她是为了道德的目的,那么,就让我和她的结合只有一个精神的目的。我这样决定了,也是这样给约瑟夫·阿列克谢耶维奇写的信。我对妻子说,请她忘记过去的一切,我有什么对不住她的地方,请她原谅,而我没有什么要宽恕她的。我这样对她说,使我感到高兴。就让她不知道,重新和她见面使我多么痛苦。我在这所大宅子的楼上住下,正在体验一种新生的幸福。

九

正像历来那样,当时聚在宫廷中和大型舞会中的上流社会人士,分成若干各有自己特色的小圈子。其中规模最大的要数法兰西小圈子,也就是以鲁缅采夫伯爵和科兰库尔①为首的所谓拿破仑同盟。海伦和丈夫在彼得堡刚住下来,就在这个小圈子里占了一个最显著的地位。法国大使馆的官员以及许许多多属于这一派的以其智慧和礼貌著称的人士,都来拜访海伦。

海伦在埃尔富特时,正碰上两国皇帝在那里会晤,她在那里同欧洲所有亲拿破仑的达官贵人都发生了联系。她在埃尔富特赢得了辉煌的成功。拿破仑本人在剧院里注意到她,打听她是谁,对她

---

① 科兰库尔(1773—1827),法国将军,当时驻彼得堡的公使。

的美貌颇为欣赏。她作为一个风度优雅的美人而获得成功,并不使皮埃尔惊奇,因为她一年比一年变得更美了。使他惊异的是,最近两年来,他的妻子竟然得到了"又聪明又美丽的可爱女人"的名声。有名的德利涅公爵①给她写了八页的长信,比利宾在收集警句,为了在别祖霍娃伯爵夫人面前第一次说出来。在别祖霍娃客厅受到接待,被认为是头脑聪明的证明;年轻人在赴海伦的晚会之前,要博览群书,为了在她的客厅里有话可谈;大使馆的秘书们,甚至大使们,都把外交秘密告诉她,因此海伦形成了一种势力。皮埃尔知道她是很愚蠢的,他有时参加她那谈论政治、诗歌和哲学的晚会和谈话会,他总是怀着困惑和惧怕的奇怪感觉。他在这些晚会上所体验的感觉,就像魔术家每次表演时都怕自己的骗术随时都有被戳穿的可能的那种感觉。但是,不知道是因为主持这种客厅正需要愚蠢呢,还是因为受欺骗的人在这种骗术中找到了乐趣,反正骗术始终没有被揭穿,海伦·瓦西里耶夫娜·别祖霍娃所享有的又可爱又聪明的女人的声誉毫不动摇,她可以讲一些最俗不可耐和最愚不可及的话,大家仍然对她的每一个字都叹为观止,从其中寻求连她本人都意想不到的深奥意义。

皮埃尔正是这么一颗辉煌的交际明星所需要的丈夫。他是一个精神恍惚的怪人,是贵族大老爷式的丈夫,他不妨碍任何人,不仅不破坏客厅的高贵气派,而且由于他不同于妻子的优雅委婉的风度,反而使她得到了有利的衬托。近两年来,由于皮埃尔的兴趣集中在抽象问题的研究,对其他一切都由衷地蔑视,结果使他在他不感兴趣的妻子的交际场中养成一种漠不关心、随随便便和对一切人都宽厚相待的态度,他这种态度不带丝毫矫揉造作,所以不禁

---

① 原文为法语。德利涅公爵(1735—1814)生于布鲁塞尔,军人,作家,外交家,曾伴随叶卡捷琳娜女皇到克里木旅行,被封为俄陆军元帅。

令人肃然起敬。他像去看戏似地进入妻子的客厅，他认识每个人，对每个人都表示同样的高兴，对每个人也表示同样的淡漠。有时他参加他感觉兴趣的谈话，他不考虑有无大使馆的先生们在场，就口齿不清地发表自己的意见，有时这些意见与当时谈话的调子完全不合拍。但是，对这位彼得堡最出色的女人的怪物丈夫已经形成固定的看法，所以谁也不认真地看待他的奇谈怪论。

自从海伦从埃尔富特回来以后，每天到她家来的年轻人中间，官运亨通的鲍里斯·德鲁别茨科伊是别祖霍夫家中最亲密的常客。海伦叫他我的少年侍从，把他看作孩子。她对他的微笑，跟对别人的，并没有什么两样，但是皮埃尔看见她那微笑，有时感到很不舒服。鲍里斯对皮埃尔很恭谨，神色庄重而抑郁。这种尊敬的意味也使皮埃尔不安。三年前，妻子给他的侮辱曾使他那么痛苦，现在他设法避免这种侮辱，避免的方法是：第一，他不承认自己是妻子的丈夫；第二，他不允许自己猜疑。

"不会的，她现在已经是女学者了。那些往日的迷恋，永远不会重演了，"他对自己说，"女学者醉心恋爱，还没有这样的例子。"他老对自己重复这条不知从哪里得来的、然而使他深信不疑的定理。可是说来奇怪，只要鲍里斯在妻子的客厅出现（他几乎经常在那里），皮埃尔身上就产生一种生理上的反应：他的手脚就好像被捆绑起来，感到行动不自然和不自由。

"多么奇怪的厌恶感觉，"皮埃尔想道，"先前我甚至很喜欢他呢。"

在上流社会的眼中，皮埃尔是一个贵族大老爷，是有名的妻子的盲目而且可笑的丈夫，聪明的怪物，无所作为、但对任何人都无害的老好人。最近这段时期，在皮埃尔心灵中正在进行艰苦复杂的思想活动，这使他得到很多教益，也引起很多精神上的怀疑和喜悦。

十

他继续写日记,下面就是他近来的日记。

十一月二十四日。

　　八时起床,读《圣经》,然后去上班(皮埃尔听从恩师的劝告,已经在一个委员会服务),回家吃午饭,一个人吃(伯爵夫人那儿有很多我不喜欢的客人),饮食适度,饭后为会友们抄几段经文。晚上到伯爵夫人那儿,讲了关于Б.某的可笑的故事,直到大家哄堂大笑的时候,我才想起我不该讲这个故事。

　　我怀着幸福、平静的心情就寝。伟大的主啊,帮助我走你的路吧:一,用冷静和耐性战胜愤怒;二,用克制和厌恶战胜淫欲;三,远离尘世,但不逃避(甲)国家公务,(乙)家庭事务,(丙)朋友关系和(丁)经济事务。

十一月二十七日。

　　起晚了,醒来人还发懒,在床上躺了很久。我的上帝,帮助我,使我坚强起来,让我能够走你的路吧。读《圣经》,但是缺乏应有的感情。会友乌鲁索夫来了,我们谈论尘世的空虚。他提到皇上的新计划。我刚开始责难,但是想起我的戒律和我们恩师的话:一个真正的共济会员,当国家需要他时,他应当是一个热心的事业家,当国家没有召唤他时,他就做一个冷静的旁观者。我的舌头是我的敌人。会友Г. В.和О.来访,对于接受一个新会友进行了磋商。他们责成我当训导师。我觉得自己还很差,不配。然后谈起圣殿七柱和七级的解释:圣灵的七学、七德、七恶和七惠。会友О.很有辩才。晚上举行了入会礼。会所布置得很壮观。被接纳入会的是鲍里斯·德鲁别茨科伊。我是他的介绍人，又是他的训导师。当我和他单独在一间黑暗的圣堂的时候，有一种奇怪的感情使我很不安。我发现我对他怀有仇恨，我极力克服这种感情，但是克服不了。因此我很想真的把他从罪恶中拯救出来，把他引上真理的道路，然而对他的恶意却挥之不去。我觉得他入会的目的不过是想接近一些人，想得到我们支会会员的赏识罢了。我怀疑他的根据是，他几次问到 N. 和 S. 是不是我们支会的会员（我不能答复他这个问题），此外，据我的观察，他对我们的圣会不可能怀有敬意，他太讲究外表，而且满足于外表，以致没有精神改善的要求，除此以外，并没有更多的根据；但是我总觉得他缺乏诚意，我和他面对面站在黑暗的圣堂里的时候，我老觉得他对我的话报以轻蔑的微笑，我蛮想用我手中对准他的剑真的刺进他那袒露的胸膛。我不能去说服他，也不能对会员们和大会头坦率地说出我的猜疑。伟大的造物主，帮助我找到脱离谎言迷宫的真正道路吧。

在这后面，日记中留了三页空白，然后写道：

我单独和会友 B. 作一次有益的长谈，他劝我跟会友 A. 保持联系。虽然我不配，我却受到很多教益。阿多奈是创世者的名字。埃洛因是万有统治者的名字。第三个名字是说不出的名字，它的意义是万有。同会友 B. 的谈话使我在德行的路上增添力量，振奋精神，怀有信心。在他面前没有怀疑的余地。我明白了贫乏的社会科学学说和我们神圣的包罗万象的教义之间的区别。人文科学为了理解而把一切都分割开来，为了研究而把一切都弄得七零八碎。在我们的圣学中，万有是统一体，要从其总体和生活中认识它。三位一体，是物质的三元素——硫磺、水银和盐。硫磺具有油与火的性质；它以其火力与盐相结合,便引起盐的强烈欲望,由于有了这种欲望就吸引水银,捉住它不放,于是共同生出每件其他物体。水银是流动的、容易飞散的精神元素——基督,圣灵,他。

十二月三日。

醒得很晚,读《圣经》,但缺乏感情。然后到大厅里,在那里来回踱步。我想思考一下,然而却想起四年前发生的一件事。在决斗后,多洛霍夫先生在莫斯科碰到我,他对我说,他祝我身心安泰,虽然太太不在这里。当时我没有理他。现在我回忆起那次会见的细节,我在心中对他说出最恶毒的话和最刻薄的回答。当我发现自己又在暴怒,这才醒悟过来,赶走了这种思想。但对这件事并没有充分忏悔,后来鲍里斯·德鲁别茨科伊来了,讲了一些冒险故事。从他一进门,我就不高兴他的来访,我对他说了不中听的话。他顶了我一句。我火了,对他说了一大堆不愉快的甚至粗暴的话。他不吭声了,我立刻清醒过来,可是已经太晚了。我的上帝,我简直不会跟他相处。原因是我的自尊心太强。我把自己看得比他高,所以显得自己比他更坏,因为他宽恕我的粗暴,而我相反地瞧不起他。我的上帝,恩赐我吧,使我在他面前更多地看到自己的坏处,使我的行为能给他益处。饭后,我睡了一觉,当我刚要入睡时,我清清楚楚地听见有一个声音对着我的左耳说:"你的一天"。

我做了一个梦,梦见我在黑暗中走路,忽然我被一群狗包围起来,但是我毫无畏惧;忽然一条不大的狗咬住我的左大腿不放。我用两只手掐它的脖子。我刚把它摆脱掉,另外一条更大的狗咬我。我把它举起来,可是越举得高,它就越大越重。会友 A. 忽然来了,挽起我的手领着我走,把我领到一座大厦前面,要通过一条窄窄的木板才能走进大厦。我踏上木板,可是木板变了,塌了,我开始往围墙上爬,两只手勉强才够着围墙。然后我费了很大的劲想翻过去,结果身子翻了过去,两条腿还悬在另一边。我环顾一下,看见会友 A. 站在围墙上,他指给我一条宽阔的林荫道和一座大花园,花园里有一座壮丽宏伟的大厦。我醒了。主啊,伟大的造物主啊!帮助我摆脱掉这些狗——各式各样的情欲,特别是摆脱掉那条把先前那些狗的力量聚于一身的狗,帮助我进入我在梦中亲眼看见的那座道德的圣殿。

十二月七日。

我梦见约瑟夫·阿列克谢耶维奇坐在我家里,我很高兴,想款待他。仿佛我没完没了地同旁人闲谈,我忽然想起他可能对这不高兴,我想亲近他,拥抱他。但是一接近他,我看见他的脸变样了,变得年轻了,他对我低声讲本会的教义,声音轻得我听不清楚。然后我们都从屋里出来,于是发生了一件怪事。我们在地板上坐着或者躺着。他对我说了点什么。我仿佛很想让他知道我的感情,我不去听他的话,开始想象我内心的情况,以及上帝赐给我的恩惠。我的眼眶里涌出了泪水,他注意到这个,我很满意。但是他突然停止了谈话,恼怒地看了看我,跳起身来。我胆怯了,问他刚才是不是在说我;但是他不回答,只是对我做了一个和善的表情,随后我们忽然来到我的卧室里,那里摆着一张双人床。他躺在床边上,我非常想和他亲热一下,也想躺在那里。他仿佛问我:"老实告诉我,您的主要癖好是什么?您可知道?我以为您已经知道了。"我被问得不知所措了,我说懒惰是我主要的癖好。他不相信地摇摇头。我更慌了,于是我对他说,我虽然照他的劝告和妻子同居,但是实际上没有做妻子的丈夫。他对这一点表示反对,他说不应当使妻子受不到温存,他使我认识到那是我的义务。但是,我回答说,我羞于那样干;于是忽然一切都消失了。我醒了,记起《福音书》里的话:"生命就是人的光。光照在黑暗里,黑暗却不接受光。"①约瑟夫·阿列克谢耶维奇的脸显得年轻而且光亮。今天收到恩师的信,他在信中提到夫妻的义务。

十二月九日。

　　我做了一个梦,醒来心头仍在突突地跳。我梦见我在莫斯科家里的大起居室里,约瑟夫·阿列克谢耶维奇从客厅里走出来。我立刻看出他完成了重生的过程,我跑过去迎接他。我吻他的手,他说:"你有没有注意我的脸变样了?"我继续拥抱他,看了看他,我仿佛看见他的脸变得年轻了,但是没有头发,而面容完全不同了。我对他说:"要是我偶然遇见您,我会认出您的。"可是我又在想:"我说的是实话吗?"我忽然看见,他像一具僵尸似的躺在那里;后来他渐渐苏醒过来,和我一起走进一间大书房,他手里拿着一本用图画纸装订的大书。我说:"这是我画的。"他点了点头回答我。我把书打开,书里每一页都有美丽的图画。我知道这都是画的灵魂跟它爱人的恋爱故事。我仿佛看见书里有一幅美丽的少女画像,她穿着透明的衣衫,身体也是透明的,正在向云端飞翔。我知道这个少女不过是《雅歌》的象征。我一面看这些图画,一面觉得我正在做坏事,可是我的眼睛离不开这些图画。主啊,帮助我吧!我的上帝,假如你主动抛弃我,那就听你的便吧;假如是

---

① 见《圣经·新约·约翰福音》第一章第五节。

我自己造成的原因,那就请你教导我应当怎么办。假如你完全抛弃我,那我就要因荒淫而灭亡。

十一

罗斯托夫家在乡下住了两年,在这期间,他们的经济状况并不见好转。

虽然尼古拉·罗斯托夫拿定主意在默默无闻的团队继续当一名小军官,花费比较节省,但是在奥特拉德诺耶过的是那样的生活,特别是米坚卡那样处理事情,弄得债务逐年不断增加。老伯爵显然觉得,唯一的办法就是担任一份公差,于是他就到彼得堡去谋事;如他所说,一面谋事,一面最后一次让姑娘们寻寻开心。

罗斯托夫家到彼得堡不久,贝格就向薇拉求婚,他的求婚被接受了。

罗斯托夫家虽然在莫斯科属于上流社会,其实他们并不知道也不考虑他们是属于哪个社会,可是在彼得堡他们的交游相当庞杂而且不固定。在彼得堡他们是被人瞧不起的外省人,而那些瞧不起他们的人,不管他们是属于哪个社会的,在莫斯科都曾受到罗斯托夫家的款待。

罗斯托夫家在彼得堡也像在莫斯科一样好客,他们的餐桌上坐着各式各样的人物:奥特拉德诺耶的邻人,境况欠佳的老地主及其女儿们、宫廷女官佩龙斯卡娅、皮埃尔·别祖霍夫,以及在彼得堡当差的县邮局局长的儿子,等等。在男客里面,鲍里斯、皮埃尔、贝格很快成为罗斯托夫在彼得堡家中的常客;皮埃尔是老伯爵在街上碰到后硬拖到家里来的,贝格整天待在罗斯托夫家,他对薇拉伯爵小姐表现了一个有意求婚的年轻人所能表现的那种殷勤。

贝格把他在奥斯特利茨战役受伤的右手给每个人看,用左手扶握着完全无用的军刀,他这样做倒也没有白费。他是那么执著而且意味深长地对每个人讲这件事,人人都认为他做得对,做得好,而贝格由于奥斯特利茨战役得到两枚勋章。

在芬兰战争①中,他也立了功。榴弹打死了总司令身边的一名副官,他拾起一块榴弹碎片,拿着去见他的长官。也像在奥斯特利茨战役之后一样,他对每个人都讲这件事,讲得冗长而且不厌其烦,使得每个人都相信应当那样做——于是他因为参加芬兰战争又得到两枚勋章。一八〇九年他是佩戴几枚勋章的近卫军大尉,而且在彼得堡兼任几个特别肥美的差事。

虽然有些自由派的人,在听到贝格的功绩时,微微一笑,但是也不能不承认,贝格是一名勤恳、勇敢、得到上级赏识的军官,而且是一个前程辉煌,甚至社会地位巩固的、品行端正的青年。

四年前,在莫斯科一家剧院里,贝格碰见一个也是德意志籍的同事,他向这位同事指着薇拉·罗斯托娃用德语说:"她将要做我的妻子。②"从那时起,他就下决心要娶她。现在在彼得堡,他衡量一下罗斯托夫家的和自己的经济地位,他认为时机到了,于是提出了求婚。

起先,人们对贝格的求婚曾抱着对求婚者颇不光彩的疑心。一个利沃尼亚地方无名小贵族的儿子,竟然向罗斯托娃伯爵小姐求婚,起初未免令人奇怪;可是贝格的性格的主要特点是:他那自私自利表现得那么天真,那么憨厚,使得罗斯托夫家的人们不由地觉得,既然他本人有这么大的信心,认为这是一件好事,甚至是一件大好事,那么这一定是一件好事。况且罗斯托夫家的经济状况很不妙,求婚的人不可能不知道,并且主要的,薇拉已经二十四岁

---

①　一八〇八年俄国与瑞典争夺芬兰的战争。

②　原文为德语。

了，到处都露过面，虽然她的确长得好看而且通情达理，但是从来没有人向她求过婚。所以就同意了。

"您要知道，"贝格对他的一个同事说，他把这个人叫作朋友，仅仅因为他知道人人都得有个朋友，"您要知道，我通通都考虑到了，如果我不把一切都算计好，如果还有什么不妥的地方，我是不会结婚的。现在的情形正相反，我爸爸和妈妈现在生活已经有了保障，我在波罗的海边区给他们安排好了地租①，我在彼得堡靠我的薪俸，靠她的财产、靠我省吃俭用，就过得去了。可以过得挺好。我不是为了金钱而结婚，我认为那是不正派的，但是妻子应当带来她的一份，我也添上我的一份。我有公务，她有社会关系和一笔小小的财产。这在当今时代不是没有意义的，你说是不是？主要的，她是一个又美丽又可敬的姑娘，并且爱我……"

贝格脸红了，笑了笑。

"我也爱她，因为她懂得人情世故，性格好极了。她那个妹妹，一母所生，就全然两样，性格令人不愉快，头脑也不行，她是那么个劲儿，您知道吧？……令人不愉快……可是，我的未婚妻……将来您到我家里去……"贝格继续说，他本来想说"吃饭"，但是改变了主意，却说了"喝茶"，然后很快用舌头顶出一个充分体现他的幸福梦想的小烟圈。

贝格的求婚在双亲心中最初引起惶惑不解的感觉之后，家中就开始出现每逢遇到这种事情常有的节日欢乐气氛，但是欢乐不是真诚的，而是表面的。家人对于这桩婚事，显然有一种惶惑不安和惭愧的心情。好像他们为了过去不怎么爱薇拉，现在又这么巴不得赶快脱手，而觉得过意不去似的。最感到不安的是老伯爵。他也许说不出他不安的原因，其实这个原因就是他的经济状况。

---

① 十九世纪，俄国政府用地租酬报有功的人。

他的确不清楚他还有多少财产,有多少债务,他能给薇拉什么陪嫁。当女儿出生时,给每个女儿都预备了带有三百农奴庄子的陪嫁;可是现在一处庄子已经卖掉了,另一处抵押出去了,并且已经过了赎回的期限,也非卖掉不可,因此陪送田庄就不可能了。又没有现钱。

贝格已经当了一个多月的未婚夫了,离婚期只剩一个星期了,可是伯爵还没有解决陪嫁的问题,也没有跟妻子商量。伯爵有时想把梁赞的田庄给薇拉,有时想卖掉森林,有时又想贷款。在婚期的前几天,贝格一大早走进伯爵的书房,满脸堆出愉快的微笑,恭恭敬敬地请未来的岳父告诉他,薇拉伯爵小姐有什么陪嫁。伯爵被这久已预感到的问题弄得非常狼狈,他不假思索就脱口说出首先想到的话。

"你这么关心,叫我高兴,我高兴,会叫你满意的……"

他站起来拍了拍贝格的肩膀,想中断这场谈话。但是贝格笑嘻嘻地解释说,如果他不确切地知道给薇拉什么陪嫁,预先没有拿到准备给她的陪嫁中的哪怕一部分,那么,他就不得不退婚了。

"伯爵,请您考虑一下,这是因为:如果我没有一定的资产来维持我妻子的生活,现在就贸然结婚,那我的行为就太卑鄙了……"

最后谈的结果,伯爵想做得大大方方,不愿意再听到什么新的要求,就答应给八万卢布的期票。贝格温和地笑笑,吻了吻伯爵的肩膀,他说他非常感谢,但是,如果拿不到三万现款,他现在无论如何不能安排新的生活。

"至少两万,伯爵,"他又添了一句,"开六万的期票就行了。"

"好,好,就这么办,"伯爵连忙说,"不过,请你原谅,亲爱的朋友,两万现款,我给,另外我还给八万的期票。就是这样,吻我吧。"

十二

娜塔莎十六岁了,这是一八〇九年,也就是四年前和鲍里斯亲吻之后她扳着指头数到的这一年。从那时起,她一次也没见过鲍里斯。在索尼娅和母亲面前谈起鲍里斯的时候,她像谈久已过去的事,满不在意地说,从前的一切都是孩提的事,不值得一提,早就忘记了。但是,在她内心最隐秘的深处,关于她向鲍里斯发出的誓言是儿戏呢,还是认真的有约束力的许诺,却是一个使她苦恼的问题。

鲍里斯自从一八〇五年从莫斯科去军队以后,他跟罗斯托夫家里的人没见过面。他有好几次回莫斯科,从奥特拉德诺耶不远的地方路过,但是一次也没有到罗斯托夫家里去。

娜塔莎有时在想,他不愿见她,当长辈提到他时,口气是那么伤感,这更证实了她的猜想。

"如今都不把老朋友记在心上了。"一提起鲍里斯,老伯爵夫人就这么说。

安娜·米哈伊洛夫娜近来很少去罗斯托夫家,她好像特别拿起架子来了,她一谈起儿子的好处和他那光辉的前程,就眉飞色舞,感激不尽。罗斯托夫来到彼得堡后,鲍里斯就去拜望他们。

他去他们那里,内心不无激动。对于娜塔莎的回忆,是鲍里斯最富有诗意的回忆。但是,他拿定主意要在这次拜访中让她和她的双亲明确无误地感觉到,他和娜塔莎儿童时代的关系,无论是对她,还是对他都不可能是一种约束。凭着他和别祖霍娃伯爵夫人的亲密关系,他在社交界地位辉煌,又凭着一位完全信任他的重要人物的保护,他在军界也是地位显赫,他已经胸有成竹:要与彼得堡最富有的姑娘结婚,实现这个计划完全不成问题。当鲍里斯走进罗斯托夫家的客厅的时候,娜塔莎正在自己的房间里。她一听说他来了,脸就绯红了,她几乎是跑着进了客厅,她那过分亲切的微笑,使她容光焕发。

鲍里斯记忆中的娜塔莎,还是四年前他所看到的那个样子:身穿短短的连衣裙,发绺下面一双乌黑晶亮的眼睛,孩子气的大笑,所以,当一个完全不同的娜塔莎进来的时候,他不好意思起来,脸上现出又惊又喜的表情。这种表情使娜塔莎很高兴。

"怎么,还认得你那小朋友——淘气鬼吗?"老伯爵夫人说。鲍里斯吻了吻娜塔莎的手,他说,她变得使他吃惊。

"您漂亮起来了!"

"那还用说!"娜塔莎含笑的眼神这样回答。

"爸爸见老吧?"她问。娜塔莎坐下来,不参加鲍里斯和伯爵夫人的谈话,她静静地从头到脚仔细打量她童年时代的追求者。他感到执著而亲热的目光的压力,时而望她一眼。

鲍里斯的制服、马刺、领带、发式——所有这一切都是最时兴的,而且是非常体面的。娜塔莎一眼就看出来了。他在伯爵夫人近旁微微侧着身子坐在扶手椅里,用右手整理紧套在左手上的最洁净的手套,特别文雅地抿着嘴,谈论彼得堡上流社会的娱乐,用温和的嘲弄口吻回忆莫斯科的陈年旧事和莫斯科的熟人。娜塔莎觉得,他在谈所谓最高级贵族的时候,提到他曾经参加某大使的舞会,以及赴 NN. 和 SS. 的邀请,都不是没有用意的。

娜塔莎始终静静地坐在那里蹙眉看他。这个眼神越来越使鲍里斯不安和窘迫。他更加频繁地转脸看娜塔莎和中断谈话。他坐了不到十分钟,就站起来告辞了。望着他的,依然是从前那双好奇的、挑逗的、微含讥笑的眼睛。在这第一次拜访之后,鲍里斯对自己说,娜塔莎仍然像从前一样令他神往,可是他不应当做感情的奴隶,因为跟这么一个几乎没有财产的姑娘结婚,就会毁掉自己的前程,而如果目的不在结婚而恢复从前的关系,那是卑劣的行为。鲍里斯决心避免跟娜塔莎见面,可是,虽然下了这个决心,过了几天他又去了,并且渐渐地去得更勤了,整天地在罗斯托夫家里度过。他觉得他必须向娜塔莎解释一番,告诉她过去的事应当忘记,不管怎么说……她不能成为他的妻子,他没有财产,他们永远不会把她嫁给他的。但是他总也没有做成,不好意思张口作这样的解释。他一天天地越来越陷得难以自拔。在母亲和索尼娅看来,娜塔莎依旧爱鲍里斯。她唱他喜爱的歌给他听,拿她的纪念册给他看,逼他在上面题字,不让他提过去的事,只许他说现在是多么美好;他每天都是恍恍惚惚地离开那里,没有说出他要说的话,连他自己也不知道他在做什么,为什么而来,会有什么结果。鲍里斯不到海伦那里去了,每天都接到她的责难的短简,可是他仍然整天在罗斯托夫家里度过。

十三

一天晚上,老伯爵夫人戴着睡帽,穿着睡衣,没有戴假发,一小撮可怜的发髻,在白棉布睡帽下面露着,她叹着气,咳咳呛呛地清嗓子,在一小块地毯上跪拜祈祷,这时只听吱呷一声门响,娜塔莎赤脚穿着便鞋跑进来,她也是穿着睡衣,头上扎着卷发纸。伯爵夫人转脸看了看,皱了皱眉头。她正在念最后一句祈祷词:"难道我的床就是我的坟墓吗?"她的祈祷情绪被破坏了。娜塔莎红着脸,兴致勃勃,她一见母亲在祈祷,就突然停住脚步,身子往下一蹲,不由得伸了伸舌头。好像吓唬自己似的,她看见母亲还在祷告,就踮着脚尖跑到床前,敏捷地用一只小脚蹭另一只小脚,把鞋子甩掉,纵身跳到伯爵夫人害怕成为她的坟墓的床上。这张床很高,铺着羽绒褥子,上面有五个一个比一个小的枕头。娜塔莎跳上去,陷到羽绒褥子里,滚到墙边,拉起被子蒙住头,把膝盖曲到下巴颏,踢打着两只脚,几乎笑出声来,她时而把头蒙起来,时而露出头来看看母亲。伯爵夫人做完了祷告,走到床前,脸上摆出严肃的表情;但是她一见娜塔莎蒙着头,就露出和善的微微的笑容。

"哎,哎,哎。"母亲说。

"妈妈,咱们谈一件事,好不好?"娜塔莎说,"来,亲亲你的脖颈,再亲一下。"于是她搂着母亲的脖子,在下巴颏下面吻了又吻,娜塔莎对母亲表面很粗鲁,其实她感觉敏锐,动作灵活,她不论怎样搂抱母亲,从来不会把母亲弄痛,也不会惹得她不愉快或者使她觉得难为情。

"今儿要谈什么呀?"母亲枕好枕头,等娜塔莎翻了两下身,把手伸出来,摆出一副严肃的表情,和她并排躺在一个被窝里的时候,说道。

趁伯爵还没有从俱乐部回来,娜塔莎夜间来玩,是母女二人最大的乐趣。

"今儿要谈什么?我得告诉你……"

娜塔莎用手捂着母亲的嘴。

"谈谈鲍里斯的事……我知道,"她一本正经地说,"我正是为这来的。您别说,我知道。不,您告诉我!"她放开了手,"您告诉我,妈妈。他可爱吗?"

"娜塔莎,你十六岁了,我在你这个年龄,已经结婚了。你说鲍里斯可爱。他非常可爱,我像爱儿子一样爱他,可是你要怎么样呢?……你是怎么想的?你完全把他迷住了,这个我是看得出的……"

说到这里,伯爵夫人瞟了女儿一眼。娜塔莎躺在那里一动不动,直瞅着床角红木雕刻的狮身人面像,因此母亲只看见女儿的侧面。她脸上那副特别严肃,特别专注的神情,使伯爵夫人吃惊。

娜塔莎一面听，一面凝思。

"那又怎样呢？"她说。

"你完全把他弄得神魂颠倒了，何必呢？你要他怎样呢？你要知道，你是不能同他结婚的。"

"为什么？"娜塔莎仍然不改变姿势，说。

"因为他年轻，因为他穷，因为他是一个亲戚……因为你自己并不爱他。"

"您怎么知道？"

"我知道。这样不好，我的孩子。"

"可是，如果我要……"娜塔莎说。

"别瞎说……"伯爵夫人说。

"可是，如果我要……"

"娜塔莎，我跟你说正经的……"

娜塔莎不让她说完，就把伯爵夫人的大手拉过去，先吻手背，然后吻手心，然后又翻过来吻上边手指的关节，然后吻关节与关节之间的地方，然后又吻上边的关节，口中念念有词："一月，二月，三月，四月，五月。"

"您说呀，妈妈，您干吗不吭声了？说吧。"她一面说，一面转过脸来看母亲，而母亲温柔的目光也正在看女儿，仿佛由于这种凝视，她已经忘记她想要说的一切。

"这不行，我的好孩子，你们童年时代的关系，不是所有的人都能理解的，在常来咱家的别的年轻人眼中，看见他和你这么亲密，可能对你有不好的看法，主要的，何苦叫他受罪。也许他已经找到合适的对象，有钱的姑娘；可是现在他发了疯啦。"

"他疯了？"娜塔莎重复一句。

"我给你讲讲我自己的故事，我有一个表兄……"

"我知道——基里拉·马特维奇，不过他是个老头子。"

"他并不是从来就是老头子。你听我说,娜塔莎,我要跟鲍里斯谈谈。叫他不要来得这么勤……"

"既然他欢喜来,为什么不叫他来?"

"因为我知道,这不会有什么结果的。"

"您怎么会知道呢?不,妈妈,您别对他说。那像什么!"娜塔莎说,她那腔调就像有人要夺去她的财产似的,"好吧,我不同他结婚,就让他来吧,既然他高兴,我也高兴。"娜塔莎笑容满面望着母亲。

"不结婚,就这个样儿。"她又说一遍。

"就怎么个样儿啊,我的孩子?"

"就这个样儿。不结婚好得很,不过……就这个样儿。"

"就这样,就这样。"伯爵夫人重复说,她笑得全身震动,那笑声是和善的、突然爆发的老太太的笑声。

"得了,得了,别笑啦,"娜塔莎喊道,"整个床都颤动了。您太像我了,也爱大笑……等一等……"她抓起伯爵夫人的两只手,吻小手指的一个关节——六月,接着吻另一只手的七月、八月。"妈妈,他爱得厉害吗?您看是这样吗?您也被人这样爱过吗?非常可爱,非常、非常可爱!就是有点不合我的口味——他是那么窄,窄得像饭厅里的钟……您明白吗?……太窄,您知道吧,颜色发灰,太浅……"

"你瞎说什么!"伯爵夫人说。

娜塔莎继续说:

"您真的不懂吗?要是尼古拉就会懂得……别祖霍夫——他是蓝的,深蓝中带红的颜色,而且他是四方形的。"

"你也向他卖俏呢。"伯爵夫人笑着说。

"不,他是共济会员,我知道了。他太好了,深蓝透红,怎么给您解释呢……"

"我的伯爵夫人哪，"门外传来伯爵的声音，"你还没睡吗？"娜塔莎光着脚跳下床，抄起鞋就跑回自己的房间去了。

她久久不能入睡，老在想，谁都不能理解她所理解的一切，以及她内心的一切。

"索尼娅？"她望着拖一根大辫子、蜷着身子睡觉的小猫儿，想道，"不，她哪里会了解！她是个有品德的姑娘。她爱上了尼古拉，再也不想别的了。连妈妈也不了解。我是多么聪明，多么……简直令人惊奇，她是那么可爱。"她用第三人称来谈论自己，她心中想象谈论她的人是一个非常聪明、聪明透顶、最好的男人……"她身上什么都有，什么都有，"这个男人继续说，"非常聪明，可爱，而且漂亮，非常漂亮，灵活——游泳、骑马，样样都擅长，还有那副嗓子！可以说，是一副奇妙的嗓子！"于是她唱了唱她所喜爱的凯鲁比尼①歌剧中的乐句，纵身扑到床上，她一想到她马上就进入梦乡，高兴得笑起来，她叫杜尼亚莎把蜡烛熄灭，还没等杜尼亚莎走出房间，她已经进入另一个更幸福的幻境，那里的一切同现实一样轻快和美妙，只不过那里别有一番景象，更显得美妙。

第二天伯爵夫人把鲍里斯请到家里，同他谈了一次话，从此他再也不来罗斯托夫家了。

十四

一八一〇年新年前夕，除夕，一位叶卡捷琳娜时代的大臣家里举行舞会。外交使团和皇帝都将参加这次舞会。

在英吉利滨海街上，那位大臣的著名府第被无数灯火照得通

---

① 凯鲁比尼(1760—1842)，意大利作曲家。

明。在铺有红毡的灯火辉煌的大门前,警卫森严,站在门前台阶上守卫的,不仅有宪兵,而且还有警察厅长和几十名警察。车水马龙,络绎不绝,马车上的仆人身穿红制服,头戴羽饰帽子。从马车里走出身穿制服、佩戴勋章和绶带的男人;身穿绸缎裙衫和灰鼠皮大衣的妇女,小心翼翼地踏着哗啦一声放下来的踏板,走下马车,然后从入口的红毡上匆匆地无声地走进去。

几乎每到一辆马车,在人群中就引起一阵低语声,人们都摘下帽子。

"是皇上吗?……不是,是一位大臣……亲王……大使……你没看见那羽毛吗?……"人群中有人说。人群中有一个衣着比别人都阔绰的人,似乎每个人他都知道,他能叫出当代最显赫的达官贵人的名字。

前来赴舞会的,已经到了三分之一的人,可是将要参加这次舞会的罗斯托夫一家,还正忙着装束打扮呢。

罗斯托夫家为了这次舞会曾有许多议论和准备,也曾有许多忧虑,担心接不到请帖,衣服不齐备,什么地方没有照应有的那样安排好。

陪同罗斯托夫一家赴舞会的是玛丽亚·伊格纳季耶夫娜·佩龙斯卡娅,她是伯爵夫人的朋友和亲戚,人长得又黄又瘦,是前朝的宫中女官,现在外省人罗斯托夫一家在彼得堡上层社交界的活动,就是由她来指导。

罗斯托夫家的人应当在晚上十点钟到道利达花园去找那位女官,可是已经欠五分就十点了,小姐们还没有穿好衣裳。

这是娜塔莎有生以来第一次参加大型舞会。这天早晨八点她就起床,整天都处在忙乱的狂热状态中。从一大早起,她全部的精力都用在一件事情上,那就是要使她们每个人:她自己、妈妈、索尼娅——都打扮得再好不过。索尼娅和伯爵夫人完全信赖她。伯爵夫人应当穿紫红色的裙衫,两位小姐内穿粉红色绸衬裙,外罩薄纱白裙衫,胸襟上佩戴玫瑰花朵。发型要梳成希腊式的。

所有主要的事都已经做完了:脚、手、脖子、耳朵,都已经按照舞会的要求特别仔细地洗过,喷过香水,搽过香粉;已经穿上透花丝袜和带蝴蝶结的白缎鞋,头发也差不多梳好了。索尼娅穿好了衣服,伯爵夫人也穿好了;可是为大家忙活的娜塔莎反而落了后。她还在镜子前面坐着,瘦削的肩头上披着化装罩衫。已经穿好衣服的索尼娅站在屋子中间,把大头针吱吱作响地别进最后一条绸带上,她那纤细的手指按得生疼。

"不对,不对,索尼娅!"正在梳头的娜塔莎双手握着女仆来不及放手的头发,转过身来说,"不是那样打花结,你过来。"索尼娅蹲下身来。娜塔莎换个式样别好了花结。

"不是那样的,小姐,那样不行。"握着娜塔莎的头发的女仆说。

"哎呀,我的上帝,等一会再说! 就是这样行啦,索尼娅。"

"你们快了吗?"传来伯爵夫人的声音,"快十点了。"

"马上就好,马上就好。您好了吗,妈妈?"

"就剩下钉帽子了。"

"您别钉,等我来,"娜塔莎喊道,"您不会!"

"已经十点了!"

十点半就应当到舞场,可是娜塔莎还要穿衣裳,还要去道利达花园。

娜塔莎梳好头,穿着下面露出舞鞋的短衬裙和母亲的短晨衣,跑到索尼娅跟前,把她审视了一番,然后又跑到母亲跟前。她把母亲的头转来转去,把帽子钉好,匆匆地吻了吻她的白发,又跑回给她缝裙子的女仆们那里。

为了娜塔莎的裙子,拖延了时间,因为裙子太长了;两个女仆正在缝裙子下摆，匆忙地把线头咬断。第三个女仆嘴里噙着大头针，在伯爵夫人和索尼娅之间跑来跑去；第四个女仆高高举着薄纱白裙衫。

"玛夫鲁莎，快点，亲爱的！"

"把顶针递给我，小姐。"

"总该好了吧？"伯爵夫人从门外走进来说，"给你们香水。佩龙斯卡娅该等急了。"

"缝好了，小姐。"那个女仆说，用两个指头提着缝好下摆的白纱裙，对它又是吹气又是抖落，她这样做是让人感觉她手里的东西轻如空气，一尘不染。

娜塔莎开始穿衣服了。

"等等，等等，爸爸，别进来！"她对推开门的爸爸喊道，整个脸都遮在轻烟似的白纱裙后面。索尼娅关上门。一分钟后，让伯爵进来了。他穿着蓝色燕尾服，长袜浅鞋，喷了香水，擦了头油。

"嗬，爸爸，你真漂亮，美极了！"娜塔莎说，她正站在屋子中间整理薄纱的褶儿。

"等一下，小姐，马上就好。"女仆说，她跪在那里正把裙衫抻直，一面把叼在嘴里的大头针用舌头从一边嘴角移到另一边嘴角。

"你爱怎么就怎么吧，"索尼娅看了看娜塔莎的裙衫，带着失望的口气说，"你爱怎么就怎么吧，还是太长！"

娜塔莎向后退几步，照照壁镜。裙衫是长了。

"真的，小姐，一点也不长。"玛夫鲁莎说，她跟着小姐在地板上跪行。

"对，是长了，可以再缝高一点，一会儿就缝好了。"果断的杜尼亚莎说，她取下别在胸前短褂上的针，又跪在地板上工作起来。

这时，伯爵夫人身穿天鹅绒裙衫，头戴圆筒帽，迈着轻盈的脚步，羞羞怯怯地走了进来。

"嗷！我的美人儿呀！"伯爵叫道，"她比你们谁都漂亮！……"他想拥抱她，但是她红着脸躲开了，怕弄皱了衣裳。

"妈妈，把帽子再戴歪一点，"娜塔莎说，"我来给您戴好。"她说着就向前猛跑，正在缝下摆的女仆来不及跟着她跑，把薄纱扯掉一小块。

"我的上帝！这是怎么闹的？实在说，不是我的错……"

"没事儿，我来缝上去，看不出来。"杜尼亚莎说。

"美人儿，我的美丽的公主！"乳母走进来，站在门口说，"我的小太阳，嗬，一群美人儿！……"

终于在十点一刻，全家坐上马车出发了。但是还要先到道利达花园去一趟。

佩龙斯卡娅已经准备好了。别看她又老又丑，可是，她那里发生的事也同罗斯托夫家里一样，虽然没有那么忙乱（这种事在她已经是习以为常了），但也把她那不好看的衰老身体洗干净，洒上香水，擦了粉，也同样把耳朵后面洗了又洗，甚至也同罗斯托夫家里一样，当她穿着绣花字①的黄色裙衫走出客厅时，老女仆兴高采烈地赞赏主人的装束。佩龙斯卡娅对罗斯托夫一家人的打扮夸奖了一番。

罗斯托夫一家人也称赞一番她的审美眼光和装束，然后，她们留意着自己的梳妆和衣服，十一点钟坐上各自的马车出发了。

十五

这天娜塔莎从一早起来就忙个不停，连想象一下将要到来的情景都没工夫。

---

① 在胸襟上绣着姓名的第一个字母的花体字。

在这又湿又冷的空气中,在颠簸着的马车里的拥挤和幽暗中,她才第一次生动地想象在那舞会上,在烛火辉煌的大厅里,等待她的是什么:音乐,鲜花,跳舞,皇帝,全彼得堡最出色的青年。等待她的那情景是如此美好,她甚至不敢相信会有这样的事:因为这和马车里的寒冷、拥挤以及幽暗的印象极不相称。只有当她从入口的红毡地毯上走进前厅,脱掉皮衣,同索尼娅并肩走在母亲前面,登上两旁鲜花锦簇、灯光明亮的楼梯时,这才了解等待着她的一切。只有这时她才想起她在舞会中应有的态度,她极力摆出她认为一位小姐在舞会上必须有的端庄凝重的风度。可是,幸好这时她感到眼花缭乱:她的眼睛模糊了,她的脉搏每分钟跳一百次,血液突突地鼓荡着她的心脏。她未能做出那种会使她显得可笑的样子,她一面走,一面激动得屏住呼吸,用尽力量压住自己的激动。其实正是这种姿态对她最合适。她们前前后后走进来的客人都在低声细语地交谈,都是舞会的装束。楼梯两旁的镜子,照出穿着白的、蓝的、粉红的裙衫,在裸露的手臂和脖颈上戴着钻石和珍珠的太太小姐们。

娜塔莎望了望镜子,她分不清镜子里的自己和别人。所有的人汇成一个绚丽多彩的行列。一走进头座大厅的门口,那种不断嗡嗡响的说话声、脚步声、寒暄声,震聋了娜塔莎的耳朵;辉煌的灯火和衣饰的闪光,更加使她头晕目眩。男主人和女主人已经在大厅的门口站了半小时了,他们不住地说着同样的一句话:"非常,非常高兴看见你们。"迎接罗斯托夫一家人和佩龙斯卡娅也是说这同样的话。

两个姑娘都穿白裙衫,在乌黑的头发上都戴同样的玫瑰花,都行着同样的屈膝礼,但是女主人不由得把目光在纤巧的娜塔莎身上多停留一会儿。她看着她,除了送她一个女主人的微笑,另外又送一个特别的微笑。女主人望着她,也许回忆起自己一去不复返的黄金的少女时代和第一次参加舞会。男主人也目送娜塔莎,问伯爵哪个是他的女儿?

"可爱!"他吻了吻指尖,说。

大厅里的客人都挤在门口等候皇帝。伯爵夫人在这群人的前几排里占了个位置。娜塔莎听见和感觉到,有几个声音在打听她,有些人在看她。她明白那些注意她的人,都是对她感到兴趣的,这点观察,使她多少安下心来。

"有些人和我们一样,也有些不如我们的。"她心中想道。

佩龙斯卡娅告诉伯爵夫人舞会中一些最重要人物的姓名。

"那位是荷兰大使,看见吗?就是那个白头发的。"佩龙斯卡娅指着那个满头灰白鬈发的小老头,说。那个小老头把围着他的一群太太小姐不知怎的逗得哈哈大笑。

"瞧,她来了,彼得堡的皇后,别祖霍娃伯爵夫人。"她指着刚走进来的海伦,说。

"多么漂亮!简直不亚于玛丽亚·安东诺夫娜①;您瞧,那些年轻的和年老的都缠着她不放。又漂亮又聪明……据说,亲王……为她发了疯。您瞧这母女二人,虽然不漂亮,可是,追的人更多。"

她指着正走过大厅的一位太太和她的长得不好看的女儿。

"这是一个百万陪嫁的待字闺中的姑娘,"佩龙斯卡娅说,"您瞧那些想当未婚夫的人。"

"这是别祖霍娃的哥哥,阿纳托利·库拉金。"她指着一个美男子——骑卫军的军官,说。这个青年军官从她们面前走过,昂首阔步,眼睛越过太太小姐们向别的地方望过去。"多么漂亮!您说是吧?据说,要给他娶这个有钱的小姐呢。还有您的那位表亲,

---

① 亚历山大一世的情妇,以美貌著称。

德鲁别茨科伊,也死追着她。听说有数百万的陪嫁呢。对啦,那就是法国公使,"在伯爵夫人问到科兰库尔是什么人时,她回答说,"您瞧,样子像皇帝似的。不过还是挺可爱的,法国人都很可爱。社交界没有人比他们更可爱的了。这就是她!我们的玛丽亚·安东诺夫娜仍然是最美的!她穿戴多么朴素。美极了!"

"您瞧这位戴眼镜的肥佬,是世界共济会的会员,"佩龙斯卡娅指着别祖霍夫,说,"把他放在他太太跟前:活像插科打诨的小丑!"

皮埃尔一摇一摆地拖着他那肥胖的身躯穿过人群,就像从闹市的人群中穿过似的,漫不经心、和蔼可亲地时而向左,时而向右不住地点头。他从人群中挤过去,显然是在寻找什么人。

娜塔莎满怀喜悦地望着那张熟悉的皮埃尔的面孔,也就是佩龙斯卡娅称为插科打诨的小丑的面孔,她知道皮埃尔在人群中是在找她们,特别是在找她。皮埃尔答应她来参加舞会,并且给她介绍舞伴。

可是,别祖霍夫没有走到她们跟前,他在一个身材不高,穿白制服,英俊秀美的黑发男人身旁站住了,这个男人站在窗口正在和一位佩戴勋章和绶带的高个军人谈话。娜塔莎立刻认出那个身材不高、穿白制服的年轻人:这是博尔孔斯基,她觉得他年轻多了,快活多了,而且漂亮多了。

"又有一个熟人,博尔孔斯基,妈妈,您瞧见吗?"娜塔莎指着安德烈公爵,说,"您可记得,他在奥特拉德诺耶咱们家住过一夜。"

"啊,你们认识他吗?"佩龙斯卡娅说。"我不喜欢这个人。是一个炙手可热的当今红人。骄傲得了不得!随他父亲。投了斯佩兰斯基的缘,正在拟一个什么草案。您瞧他对小姐太太的态度!她跟他说话,可他竟然转过脸去不答理人家,"她指着他,说，"要是他对我像对待那些太太小姐那样，我非痛骂他一顿不可。"

十六

人们忽然蠕动起来，人群中发出嗡嗡的絮语，大家都向前挤，又分开来，在分成两行的中间，在乐声的伴奏下，皇帝走进来了。他后面跟着男主人和女主人。皇帝走得很快，不住地向左右两边点头，仿佛极力想尽快度过这最初见面的时刻。乐队奏着当时以歌词著名的波兰舞曲。歌词的开头是："亚历山大，伊丽莎白，你们使我们心悦诚服。"皇帝进了客厅，人群向门口涌去；有几个人急忙挤进去，又带着变了脸色的表情退回来。人群又从客厅门口让开了，皇帝和女主人谈着话在门口出现了。一个年轻人带着惊慌的神色朝小姐太太们抢步走过去，叫她们让开。有几位女士完全忘记上流社会的礼节，不惜弄坏自己的装束，向前挤去。男士们开始走到太太小姐跟前去找舞伴，准备跳波兰舞。

人们闪开一条路，皇帝满脸笑容，挽着女主人的手，没有踏着音乐的节拍，从客厅走出来。他后面跟着男主人和玛丽亚·安东诺夫娜·纳雷什金娜，再后面是大使们、大臣们，以及各兵种的将军们，佩龙斯卡娅不停地道出他们的姓名。大部分太太小姐都有了舞伴，并且正在走出来，或者已经准备跳波兰舞了。娜塔莎感觉到，她同母亲和索尼娅挤到墙根，被撇在没有被邀请跳波兰舞的少数女士们中间。她站在那儿，垂着纤细的双手，她那刚刚有点隆起的胸脯有节奏地起伏着，屏着呼吸，光闪闪的吃惊的眼睛望着前面，这是一副对享受最大的喜悦或承受最大的悲哀都有所准备的表情。不论是对皇帝，还是对佩龙斯卡娅所指出的那些重要的人物，都不能使她感到兴趣——她只想一件事："难道就没有一个人来邀请我,难道我就不能在这第一轮里跳舞了,难道这些男人们都没注意我,他们现在似乎都没看见我,即使看见了,但他们的神气仿佛在说:'啊!我要找的可不是她,所以不值一看!'不,这不可能!"她想,"他们应当知道我是多么渴望跳舞,我跳得多么出色,同我跳舞会使他们多么快乐。"

波兰舞曲已经演奏了相当长的时间,在娜塔莎耳畔响起了忧郁的曲调——好似在回忆。她直想哭。佩龙斯卡娅已经从她们身边走开了。伯爵在大厅的另一头,只有伯爵夫人、索尼娅和她单独站在一起,在这些陌生的人群中仿佛在森林里,没有人关心她们,也没有人需要她们。安德烈公爵同一位女士从她们面前走过,看来他没有认出她们。美男子阿纳托利微笑着同他的舞伴谈话,用那种犹如看见墙壁似的目光向娜塔莎的脸瞥了一眼。鲍里斯两次从她们面前走过,每次都回避她们。不跳舞的贝格和他的妻子走到她们面前。

娜塔莎觉得在舞会上一家人聚在一起是丢人的,就好像这家人只有在舞会上才找到一个谈话的地方似的。薇拉向她谈她的绿色裙衫,娜塔莎不听她的,也不看她。

皇帝终于在他最后一个舞伴(他已经同另外两个跳过了)身旁停下来,乐曲停了;过分操心的侍从武官向罗斯托夫一家人跑过来,请她们再让开一点,虽然她们已经站到墙根了。这时乐队奏起清越、和缓、令人神往、抑扬有致的华尔兹舞曲。皇帝微笑着向大厅扫视了一下。一分钟过去了,还没有人出场。司仪武官走到别祖霍娃面前,邀请她。她微笑着把手放在他的肩上,眼睛并不看他。这个司仪武官是舞场的老手,他紧搂女伴,自信地、从容不迫、有节奏地带着她滑行着舞步,起先沿着四周走,在大厅的一角,他挽起舞伴的左手,让她来一个折腰转身,这时舞曲的节奏越来越快了,透过乐声,只听见武官那双又快又利落的脚把马刺碰得有节奏地叮当作响,每到第三拍旋转时,舞伴的天鹅绒裙衫有如火焰迸发,忽地一声开了屏。娜塔莎望着她们,为自己没能在这第一轮华尔兹出场,难过得直想哭。

安德烈公爵身穿白色上校制服(骑兵式的),脚上穿的是长统袜和浅口鞋,他满面春风,兴致勃勃,站在离罗斯托夫一家人不远的一圈人的前排里。菲尔霍夫男爵同他谈论明天将要召开的第一次国务会议。安德烈公爵是斯佩兰斯基的心腹,正在参加立法委员会的工作,当然对众说纷纭的明天的会议能够提供可靠的消息。但是,他没有听菲尔霍夫对他说的话,他时而看看皇帝,时而看看那些准备跳舞而没有勇气出场的男人们。

安德烈公爵观察着因皇帝在场而胆怯的男人们和屏息敛气地等待被人邀请的太太小姐们。

皮埃尔走过来抓起安德烈公爵的手。

"您经常跳舞。这儿有一位我的保护人——罗斯托娃小姐,您邀请她吧。"他说。

"在哪儿?"博尔孔斯基问道。"对不住,"他对男爵说,"这个话题在别的场合咱们再好好谈谈,在舞会上就应当跳舞。"他照着皮埃尔指出的方向走过去。娜塔莎那副绝望的、屏息不动的面孔一下子就映入安德烈公爵的眼帘。他认出了她,猜到了她的心情,懂得她是刚上阵的新手,他回忆起那个月夜她在窗台上的谈话,于是怀着兴冲冲的表情走到罗斯托娃伯爵小姐面前。

"请您认识一下我的女儿吧。"伯爵夫人红着脸,说。

"我很荣幸,已经认识了,如果她还记得我的话。"完全跟佩龙斯卡娅说他粗鲁相反,安德烈公爵走到娜塔莎面前彬彬有礼地深深鞠躬,他还没有说完邀请她跳舞的话,就抬起手来揽起她的腰。他请她跳华尔兹舞。娜塔莎那副不是准备灰心绝望就是准备欢喜若狂的凝然不动的表情,忽然容光焕发,露出幸福、感激、孩子气的微笑。

"我早就在等着你了。"这个又惊又喜的小姑娘在举起手搭在安德烈公爵肩上时,用她那就要流泪的微笑,仿佛这么说。他们是第二对出场。安德烈公爵是当时最优秀的跳舞家之一。娜塔莎的舞技也是高超的。她那双穿着缎子舞鞋的小脚,轻快地旋转着,她的脸焕发着幸福狂喜的光彩。她那裸露的脖颈和手臂瘦削,并不好看。比起海伦的肩膀,她的肩膀就太瘦了,胸部不够丰满,手臂纤细;但海伦的身体由于被千百双眼睛玩赏过,仿佛涂了一层油漆,而娜塔莎还是初次袒胸露臂的少女,如果不是她相信非这样不可的话,她会感到非常害羞的。

安德烈公爵本来就爱跳舞,再加上人们老跟他谈政治,说些俏皮话,他想快些摆脱这些谈话,还想快些打破由于皇帝在场而形成的令他不愉快的气氛,于是就开始跳舞了,而且选定了娜塔莎,因为她是皮埃尔推荐的,还因为她是他首先发现的第一个好看的姑娘;可是,他刚一搂起她那纤细灵活的腰肢,她那翩翩的舞姿就在他眼前,她那微笑就在他眼前,她那杯富于魅力的美酒,立刻冲上他的头脑:在跳完了一轮,离开她,站在那里喘口气,看别人跳舞的时候,他觉得自己精神复苏了,变得年轻了。

十七

在安德烈公爵之后,鲍里斯来请娜塔莎跳舞,邀请她的还有那个首先上场的跳舞专家——侍从武官以及别的年轻人,娜塔莎把过剩的舞伴让给索尼娅,整个晚上娜塔莎跳个不停,她满脸绯红,兴高采烈。她什么都不理会,舞会上人人都注意的事,她都没看见。她不仅没有留意皇上和法国公使谈了很久,皇上对某某贵妇给予特别的眷顾,某某亲王以及某某人做了什么和说了什么,海伦获得的成功如何巨大,受到某人的特别关注;她甚至没有看见皇上,只因在他离开后舞会更加热闹,她这才察觉皇上已经走了。晚餐前跳欢乐的科季利翁①的时候,安德烈公爵又请娜塔莎跳舞。他向她提起他们在奥特拉德诺耶林荫道初次相遇的情景,提起那天月夜她不能入睡,他无意中听到她说的话。一提起这个,她脸就红了,极力为自己辩解,就仿佛在安德烈公爵偷听去的话里有什么使她难为情的地方。

像所有在上流社会长大的人那样,安德烈公爵喜欢在上流社会中看见那不带上流社会共有的烙印的事物。娜塔莎的惊奇、喜悦和羞怯的神情,甚至说法语时的错误,正是具有这样的特点。他对她的态度和同她谈话特别温柔和小心。安德烈公爵坐在她身旁,同她谈一些最普通,最琐碎的事情,他欣赏她那眼睛和笑容流露的喜悦的光辉,她满面笑容不是因为听了什么可笑的话,而是出自内心的幸福感。当娜塔莎接受别人的邀请,微笑着站起来,在大厅里翩翩起舞时,安德烈公爵特别欣赏她那羞怯的神态。在集体双人舞进行了一半时,娜塔莎跳完了一轮,走回自己的坐位,还在沉重地喘息,新的舞伴又来邀请她。她累了,喘不过气来,看样子想谢绝,可是,她立刻又快活地把手搭到舞伴的肩上,同时向安德烈公爵微微一笑。

“我当然乐意休息一下,陪您坐一会儿,我累了;可是,您瞧,都来找我跳,我也高兴跳,我快乐极了,我爱所有的人,您和我都是了解这一切的。”她那微笑还表示许多许多的意思。当舞伴放开她时,娜塔莎穿过大厅跑来找两个女伴跳完最后几轮。

“如果她先找表姐,然后找另一个女伴,她将要做我的妻子。”

---

① 　科季利翁舞,十九世纪一种大型集体双人舞,由擅长舞蹈的一人做指挥,跳时不断更换舞伴,一般作为舞会的最后节目。

安德烈公爵望着她，完全出乎意外地自言自语说。她先到表姐面前。

"有时头脑里冒出多么无聊的念头！"安德烈公爵想道，"可是，有一点是真的，那就是这个姑娘的确可爱，的确不平凡，她在这里跳不了一个月，准得出嫁……她是这儿的瑰宝。"当娜塔莎一边在他身旁坐下，一边整理胸前的玫瑰花的时候，他想道。

集体双人舞跳完后，身穿蓝色燕尾服的老伯爵走到两个跳舞的人面前。他邀请安德烈公爵到家里来做客，他问女儿玩得可痛快？娜塔莎没有回答，只是微微一笑，那微笑仿佛责备说："这还用得着问吗？"

"从来没有这么快乐过！"她说，安德烈公爵看见她很快抬起瘦削的手臂想搂抱父亲，可是随即又放了下来。娜塔莎从来还没有像今天这么觉得幸福。她沉醉在极度的幸福之中，凡是处在这种状态的人，就变得十分善良和美好，不相信人间会有罪恶、不幸和悲哀。

皮埃尔在舞会上第一次觉得他妻子在上层社会所处的地位使他感到屈辱。他闷闷不乐，心不在焉。他的额头横过一条深深的皱纹，他倚窗站着，透过眼镜视而不见地向前望着。

娜塔莎去就晚餐，从他身旁经过。

皮埃尔那副阴郁、晦气的表情使她吃惊。她在他面前停下。她想帮助他，把她过剩的幸福分给他。

"多么快乐，伯爵，"她说，"是不是？"

皮埃尔漫不经心地微笑一下，他显然没有听明白人家对他说的话。

"是啊，我很高兴。"他说。

"他们怎么会有不满意的事呢，"娜塔莎想道，"特别像别祖霍

夫这样的好人?"在娜塔莎看来,所有参加舞会的人一律都是善良的,可爱的,高尚的,相亲相爱的,谁也不会欺侮谁,所以大家都应当快乐。

十八

第二天安德烈公爵回忆起昨天的舞会,但他的思绪在这上面并没停留多久:"是啊,的确是一次辉煌的舞会。而且……是的,罗斯托娃非常可爱。在她身上有一种与众不同的新鲜的、独特的、非彼得堡的东西。"他所想到的昨天的舞会就是这么一些。他喝过茶后,就坐下来办公。

可是,由于疲倦或者由于失眠,这一天好像不适于办公,安德烈公爵什么都做不成,他老不满意自己的工作,这是他的老习惯,他听到有客人来访,这倒使他很高兴。

来客是比茨基,此人在好些委员会中都有职务,出入彼得堡各个社会,是新思想和斯佩兰斯基的热烈崇拜者,又是彼得堡最热心的新闻传播者,他这种人选择派别就像选择衣服一样,只选时髦的,正因为这样,这种人成为某些派别最热烈的倡导者。他一脱下帽子,就满怀心事地跑到安德烈公爵面前,立刻谈起来。他刚打听出今天早晨皇上召开的帝国会议的详情,于是就兴高采烈地谈起这件事。皇上的讲话是不同凡响的。这是只有立宪君主才能发表的演说。"皇上开门见山说,帝国会议和参政院都是国家等级;他说,行使职权不应独断专行,而是根据硬性的原则。皇上说,财政应当改革,财政报告要公布。"比茨基讲道,他对某些话特别加重,大有深意地睁大了眼睛。

"的确,今天的事件开辟了一个新纪元,当代历史最伟大的纪元。"他总结说。

安德烈公爵听着关于帝国会议的情况,这次会议是他焦急地盼望着,并且认为极为重要,但是使他惊奇的是,当这个大事件已经实现的时候,不惟没有使他感动,而且,觉得是一件无足轻重的事。他听着比茨基的讲述,嘴角露出一丝嘲讽的微笑。他忽然有一个简单的想法:"这与我和比茨基有什么关系,皇上在帝国会议上爱讲什么讲什么,干我们什么事?难道这一切会使我更幸福,更好些吗?"

这个简单的想法一下子就把安德烈公爵先前对正在进行的改革的一切兴趣一扫而光。这一天,安德烈公爵应当到斯佩兰斯基家里吃饭。"几个熟朋友聚聚。"主人邀请他时这么说。在他十分钦佩的人的家中并且和一些熟人一起吃饭,本来安德烈公爵就很感兴趣,而且始终还没看见在家庭生活中的斯佩兰斯基;可是,现在他却不想去了。

然而,到了约定的时间,安德烈公爵已经走进那坐落在道利达花园旁边的斯佩兰斯基的不大的府第了。安德烈公爵稍微来迟了些,在一间镶木地板的、不大的、异常清洁的(像修道院那样清洁)餐室里,他发现几个斯佩兰斯基的亲密朋友,已经在五点钟到齐了。除了斯佩兰斯基的小女儿(像她父亲长长的脸)和她的家庭女教师,没有妇女在场。客人中有热尔韦、马格尼茨基和斯托雷平。安德烈公爵刚进前厅,就听见大声的说话声和清脆响亮的笑声——好似舞台上的笑声。有一个人很清楚地发出哈——哈——哈的笑声,好像是斯佩兰斯基的声音。安德烈公爵从来没听见过斯佩兰斯基的笑声,这位国家要人的响亮而尖厉的笑声使他觉得有些古怪。

安德烈公爵走进餐室。所有的人都站在两个窗子之间,靠近一张不大的上面摆着小菜的桌子。斯佩兰斯基满面春风地站在桌旁,他身穿灰色燕尾服,佩戴勋章,显然他在出席著名的国务院会议时穿的白背心和系的高耸着的白领巾,现在还穿在身上。客人们围着他。马格尼茨基正对米哈伊尔·米哈伊洛维奇①讲述一件趣闻。还没等马格尼茨基开口,斯佩兰斯基就对他要讲的话笑开了。当安德烈公爵进来的时候,马格尼茨基的话又被笑声淹没了。斯托雷平一面嚼着面包夹干酪,一面发出低沉的大笑;热尔韦吃吃地低声笑,而斯佩兰斯基的笑声尖厉而且清脆。

斯佩兰斯基笑个不停,向安德烈公爵伸出他那又白又嫩的手。

"很高兴看见您,公爵,"他说,"等一下……"他转身对马格尼茨基说,打断了他正在讲的故事,"咱们今天约定:这是一次娱乐性午餐,不许谈公事。"然后他又转向说故事的人,又大笑起来。

安德烈公爵听着斯佩兰斯基的笑声,看着大笑的他,感到很惊讶,由于失望而产生了悒郁。安德烈公爵似乎觉得这不是斯佩兰斯基,而是另一个人。斯佩兰斯基先前在安德烈公爵心目中引起的神秘感和魅力,现在忽然变得一目了然和索然无味了。

餐桌上的谈话一刻不停,仿佛是集笑话之大成了。不等马格尼茨基把故事讲完,另一个人就宣布他要讲一个更可笑的故事。笑话多半都是涉及官场的事,再不然就与当官的有关。看来,那些当官的在这群人的眼中简直微不足道,对他们唯一态度只能是善意的嘲笑。斯佩兰斯基说,在今天上午的会议上,问一位耳聋的大臣有什么意见,这位大臣回答说,他也是那个意见。热尔韦讲了一桩监察事件的始末,这桩事件精彩之处乃在于有关人物的荒诞不经。斯托雷平结结巴巴插进了谈话,他激动地谈起旧的诉讼程序的流弊,给谈话带来郑重性质的危险。于是,马格尼茨基嘲弄斯托雷平的激动。热尔韦来一个插科打诨,于是,谈话又恢复原先欢快的调子。

---

① 米哈伊尔·米哈伊洛维奇是斯佩兰斯基的名字和父称。

显然,斯佩兰斯基喜欢在公余之暇休息一下,在朋友圈子里略事消遣,他的客人都了解他这个愿望,都极力逗他快活,同时也是娱乐自己。但是,这种娱乐却使安德烈公爵觉得沉重和不快。斯佩兰斯基的尖厉嗓音也使他感到刺耳,那滔滔不绝的虚假笑声,不知怎地好像使他的感情受了侮辱。安德烈公爵没有笑,他担心可能叫大家扫兴。但是,谁也没有注意他与大家的情调不合拍。所有的人似乎都很快活。

他几次想加入谈话,但每次他的话都被荡漾开去,就像软木塞从水面上荡漾开去似的;可是,同他们一起说笑话,他又办不到。

他们所说的并没有什么不雅和不得体的地方,都很俏皮,都可供一笑;可是,其中不惟没有真正有趣的东西,而且,他们根本不知道有这种东西。

饭后,斯佩兰斯基的女儿和她的女教师站起来。斯佩兰斯基用他那白净的手抚摸女儿,吻吻她。安德烈公爵觉得他这个动作也不自然。

男人们仍然按照英国习惯坐在餐桌旁,面前摆着红葡萄酒。在谈到拿破仑在西班牙所干的事,受到大家一致的赞扬,而安德烈公爵却发表了不同的意见。斯佩兰斯基笑了笑,显然想改变一下话题,于是讲了一件与正在谈的话毫无关系的趣闻。大家沉默了片刻。

斯佩兰斯基在餐桌旁坐了一会儿,把一只酒瓶(里面有喝剩的酒)塞上瓶塞,说:"如今好酒真是踏破铁鞋也寻不到。"把酒瓶交给仆人后,站了起来。大家都站起来,仍然是那么谈笑着走进客厅。仆人递给斯佩兰斯基两封信使送来的信。他拿着信到书房去了。他一离开,欢笑就停止了,客人们都冷静地、低声地彼此交谈起来。

"现在朗诵吧!"斯佩兰斯基从书房出来,说。"惊人的天才!"

他对安德烈公爵说。马格尼茨基马上摆好姿势，开始朗诵他讽刺几位彼得堡名流的打油诗，好几次被掌声打断。安德烈公爵等念完诗，就到斯佩兰斯基跟前告辞。

"这么早您忙着到哪儿去?"斯佩兰斯基说。

"我答应去赴一个晚会……"

他们俩都不做声了。安德烈公爵面对面注视着他那对明净的、拒人于千里之外的眼睛，他不由得好笑：在斯佩兰斯基这个人身上，他竟然寄托着希望，对自己与他合作的事业上也寄托着希望，他竟然对斯佩兰斯基所作所为看得那么重。安德烈公爵从斯佩兰斯基那儿走后，那一丝不苟、意味索然的笑声，久久地在他耳际回响。

安德烈公爵回到家里，回忆近四个月来彼得堡的生活，仿佛一件件都历历在目，记忆犹新。他回忆起他到处奔走，求人，他的已经被当作参考材料的陆军操典草案的遭遇，他的草案之所以不予考虑，仅仅因为另外有一个不像样的草案已经写好，并且呈给了皇上；他回忆起有贝格参加的委员会会议；在这些会议上，对会议的形式和程序讨论起来非常起劲而且没完没了，而对问题实质的讨论却一带而过，草草了事。他回忆起他的法律著作，回忆起他是如何精心地把罗马法典和法国法典的条文译成俄文，想到这里，他为自己的行为感到耻辱。然后，他生动地想象到博古恰罗沃庄园，他在庄园做的事情，到梁赞省的旅行，想起那些农民，村长德龙，把分成章节的人权条文规定实施到他们身上，他竟然在这种无聊的工作上用去了这么多的时间，使他感到惊讶。

十九

第二天，安德烈公爵造访他还没去过的几家，其中也有前天在舞会上重叙旧好的罗斯托夫家。除了出于礼貌应当去罗斯托夫家,安德烈公爵还想在家中看看那个性格特别、活泼、给他留下愉快印象的娜塔莎。

先出来迎接他的人中间就有娜塔莎。她穿一身蓝色家常连衣裙,安德烈公爵觉得她穿这身衣裳比穿舞衣还好看。她和她全家像接待老朋友似的接待安德烈公爵,随便然而亲切。安德烈公爵本来对这家人抱有很大的成见,现在,他觉得他们都极好,平易近人,善良。曾使彼得堡人大为惊奇而又佩服的老伯爵的好客和待人厚道,使得安德烈公爵不好推辞不在他那儿吃饭。"是的,这是一些善良、可爱的人,"博尔孔斯基想,"自然,他们毫不理解娜塔莎具有多么可贵的品质,然而这些善良的人们却构成一个最好的背景,使这个特别富于诗意、充满了生命力、非常可爱的姑娘更加光艳!"

安德烈公爵觉得在娜塔莎身上有一种对于他来说完全陌生的特殊世界,其中充满了他从来不知道的喜悦,早在奥特拉德诺耶林荫道上和在月夜的窗口,这个陌生的世界就曾经使他心神不安。现在这个世界已经不再使他心神不安了,也不陌生了;而且,他亲身进入这个世界后,发现了新的乐趣。

饭后,娜塔莎应安德烈公爵之请,在钢琴伴奏下开始唱歌。安德烈公爵站在窗前,一面同妇女们谈话,一面听她唱。在她唱到一个乐句的中间,安德烈公爵停止了说话,出他意料,他感觉眼泪哽住了喉咙,这是他先前从来不曾有的事。他望了望正在唱歌的娜塔莎,一种新的和幸福的感觉在他心中油然而生。他感到幸福,同时也感到惆怅。完全没有什么原因使他要哭,可是,他直想哭。哭什么?哭过去的爱情吗? 哭小公爵夫人吗? 哭自己的失望吗? ……哭对未来的希望吗? ……也对,也不对。他之所以想哭,主要是因为他突然意识到在他心中那无限大然而还不分明的东西与那有限的和物质的东西之间的可怕对立，物质的东西就是他本人，甚至是她。在听她歌唱的时候，这个对立使他又苦恼又愉快。

娜塔莎刚唱完，就跑到他面前，问他可喜欢她的嗓音？她问了这句话后，感到怪不好意思的，可是，当她明白她不该这样问时，话已经说出口了。他望着她，微微一笑，说他喜欢她歌唱，正如他喜欢她所做的一切。

安德烈公爵深夜才离开罗斯托夫家。他习惯地躺下睡觉，但很快就知道他不能入睡。他时而点着蜡烛，坐在床上，时而站起来，时而又躺下，丝毫不因失眠而苦恼：他内心是那么高兴，那么清新，就仿佛从气闷的房间，走进广阔的自由天地。他并没有爱上罗斯托娃的念头；他也没有老想着她；只不过在他的想象中总有她的影子，而且，由此他觉得，他的全部生活焕然一新了。"既然生活以及生活的全部欢乐已经摆在我面前，我何苦还要在这狭窄的、闭塞的框框里奋斗和奔忙呢？"他对自己说。于是，他长久以来第一次拟定未来幸福的计划。他决定安排一下儿子的教育，给他聘一位家庭教师，把儿子托付给他；然后辞职，出国看看英国、瑞士和意大利。"趁着我现在年富力强，应该享受一下自由的生活。"他自言自语。"皮埃尔说得对，他说，要想幸福，就应当相信幸福是可能的，我现在相信他的话。任凭死人埋葬他们的死人①，而我活着一天，就应当生活，而且生活得幸福。"他想道。

二十

一天早晨，阿道夫·贝格上校穿一套刚缝制好的一尘不染的制服，搽过油的鬓角梳得像亚历山大皇帝那样，前来造访皮埃尔，

---

① 见《圣经·新约·马太福音》第八章第二十二节。

皮埃尔认识全莫斯科和全彼得堡的人，所以也认识他。

"我刚从尊夫人那儿来，很不幸，我的请求未能如愿；伯爵，我希望在您这儿能够幸运一点。"他微笑着说。

"您有何见教，上校？我愿为您效劳。"

"伯爵，我在新居完全安顿好了，"贝格通知说，显然他知道，这不能不是一个使人愉快的消息，"因此我想为我的，同时也为我夫人的熟人举行一次小小的晚会（他笑得更愉快了）。我想请伯爵夫人和您赏光到我们那儿喝杯茶……吃晚饭。"

只有海伦·瓦西里耶夫娜伯爵夫人认为同贝格这类人交往有失身份，才忍心拒绝他的邀请。贝格已经把话说得如此明白：为什么他想请几个好友到家里聚会，为什么他觉得高兴，为什么他舍不得把钱花在玩牌和其他不好的嗜好上，而准备为好朋友聚会而不惜破费，等等，既然这样，皮埃尔不好推辞，就答应了他。

"伯爵，我斗胆请求，千万不要迟到；欠十分八点就到，我斗胆请求您。咱们凑一桌牌局，我们的将军也来。他待我极好。咱们吃顿晚饭，伯爵。那么就多谢您的赏光啦。"

皮埃尔一反他迟到的习惯，这一天到贝格那儿不是欠十分八点，而是欠一刻八点。

贝格夫妇把晚会所需的一切都准备停当，专候客人的到来。

贝格和妻子坐在一间新的书房里，窗明几净，装饰着小型半身雕像和绘画，家具全是新的。贝格身穿一件崭新的、扣得紧紧的制服，坐在妻子身旁，他向她讲解，人总能够而且应当结识比自己地位高的人，因为只有这样才能得到交友的乐趣。

"这样你就有效法的榜样，也可以向他讨教。你看我是怎样从最低的官职步步高升的（贝格的生活经历不是用年代计算的，而是用升官的次数计算）。我的同学到现在还默默无闻，而我已经在等候团长的缺了，我有幸做了您的丈夫（他站起来去吻薇拉的手,在到她面前时,顺手把卷了角的地毯捺一捺)。我是怎样得到这一切的呢?主要是善于选择结交的人。当然啦,还得品行端正,奉公守法才行……"

贝格由于意识到他比懦弱无能的妇女优越,微微一笑,就不做声了,他心想,不管怎么说,他的这位可爱的妻子仍然是懦弱无能的妇女,她不可能理解男人作为一个大丈夫①的一切优点。薇拉也由于意识到她比丈夫优越,微笑一下,她认为他虽然是一个品德优良的好丈夫,但在薇拉看来,他也跟所有男人一样,对生活仍然有错误的理解。贝格拿他的妻子来衡量所有的女人,认为她们都是懦弱无能而且愚蠢的;而薇拉则把她对她丈夫一个人的看法推而广之,认为所有的男人都以为只有自己聪明,其实都是最无知的,都是狂妄自大,而且自私成性。

贝格站起来拥抱妻子,怕把他花了很多钱买的花边披肩弄皱,小心翼翼地拥抱着,对准她的嘴唇正中间吻了吻。

"只有一样,咱们千万别早生孩子。"他顺着思路的自然发展,说。

"对,"薇拉回答,"我根本不想早生孩子。活着就要为社会嘛。"

"这个跟尤苏波娃公爵夫人的一模一样。"贝格含着幸福、和善的微笑,指着披肩,说。

这时仆人报告别祖霍夫伯爵来了。夫妇俩得意地微笑着互相递个眼色,每人都把这来访的光荣归功于自己。

"这就是善于结交的结果,"贝格想,"这就是善于处世的结果!"

"记住,我招待客人的时候,请你千万别打岔,因为我知道怎

———————

① 原文为德语。

样招待每个人,在什么交际场所应当说什么话。"薇拉说。

贝格也露出微笑。

"不行,有时招待男人应当谈男人的事。"他说。

皮埃尔被请到新客厅里,在这里不论坐到哪里,都会破坏对称、情绪和秩序,因此完全可以理解,而且一点也不奇怪,为了贵宾,贝格慷慨大方地愿意破坏椅子或者沙发的对称,但他本人在这方面过于犹豫不决,只好任凭客人来解决这个问题。皮埃尔拉过一把椅子,对称被破坏了,贝格和薇拉立刻争先恐后地招待客人,于是晚会开始了。

薇拉心想,应当谈法国大使馆的事来款待皮埃尔,立即就谈起来。贝格却认为,谈男人们的事才合适,于是打断妻子的话,提起对奥地利作战的问题,可是,不自觉地从一般的谈论,忽然跳到个人的问题,即关于人家建议他参加出征奥地利以及他所以不接受建议的原因。虽然谈话毫无条理,而且,由于涉及男人们的事而惹得薇拉生气,可是这对夫妇都很满意,别看只有一个客人,但他们觉得晚会开得很好,晚会和别的一切晚会如此相像,宛如两滴水彼此相像! 同样有谈话,同样有茶,同样有点着的蜡烛。

过了不大会儿,贝格的老同事鲍里斯来了。他对待贝格和薇拉的态度,流露着优越感和抬举他们的意味。在鲍里斯之后,来的是上校和他的夫人,然后是将军本人,然后是罗斯托夫家的人们,晚会已经同一般晚会毫无二致了。看见客厅中人来人往,听见那些不连贯的谈话声、衣衫的沙沙声和寒暄声,贝格和薇拉抑制不住欢喜的微笑。像所有的晚会一样,应有尽有,特别是将军做得像那么回事,他夸奖住室,拍贝格的肩膀,摆出长辈独断独行的架势安排波士顿牌桌的坐位。将军坐在论地位在客人中仅次于自己的伊利亚·安德烈伊奇伯爵身旁。老头和老头在一起,年轻人和年轻人在一起,女主人坐在茶桌旁,像帕宁家的晚会一样,茶桌上也摆着盛着点心的银盘,一切都跟人家的晚会一模一样。

二十一

皮埃尔作为最尊贵的客人,应当同伊利亚·安德烈伊奇、将军和上校坐在一张波士顿牌桌上。皮埃尔在波士顿牌桌上正好坐在娜塔莎的对面,自从那次舞会后,在娜塔莎身上发生的奇怪的变化使皮埃尔感到吃惊。她沉默寡言,如果她的表情不是那么温和而恬淡,她不惟没有在舞会上那么好看,而且简直变丑了。

"她怎么了?"皮埃尔看了她一眼,想道。她在茶桌上坐在姐姐身旁,正回答向她坐过来的鲍里斯一句什么话,眼睛不看他,爱答不理的。皮埃尔打出一副"通花",令他的配手高兴地吃掉了五张牌,在他收吃掉的牌时,他听见寒暄声和走进来的脚步声,他又看了她一眼。

"她是怎么回事啊?"他更加惊奇地在心中自言自语。

安德烈公爵带着小心、温柔的表情站在她面前,对她说着什么。她抬起头来望着他,满脸绯红,看来,她在极力抑制住急促的呼吸。先前在她内心熄灭了的火焰,又放出鲜明的光彩。她整个人变了个样。她又从丑变得像她在舞会上那样美了。

安德烈公爵走到皮埃尔面前,皮埃尔看见老朋友脸上的神态焕然一新,散发着青春的活力。

在玩牌时,皮埃尔换了几次位子,有时背对着娜塔莎,有时面朝着她,在打六圈牌的全部时间,皮埃尔不断在观察她和他的老友。

"他们之间一定发生了一件非常重要的事。"皮埃尔想到这里,一种又欢喜又痛苦的心情使他激动不已,不能专心打牌。

打完了六圈,将军站起来说,这样玩法没意思,皮埃尔也乐得随意活动一下。娜塔莎在一边同索尼娅和鲍里斯谈话。薇拉嘴角噙着微妙的微笑,在同安德烈公爵谈着什么。皮埃尔走到他的朋友跟前,问过他们谈的是不是秘密后,就在他们近旁坐下。薇拉看出安德烈公爵对娜塔莎很注意,她认为在晚会上,在真正的晚会上,对于爱情的微妙暗示是不可缺少的,等安德烈公爵独自一人的时候,她立刻抓住机会同他先谈一般的爱情,进而谈到她的妹妹。她觉得对于聪明的客人(她认为安德烈公爵就是这样的客人)得使点外交手腕。

当皮埃尔走到他们跟前时,他看见薇拉正谈得眉飞色舞,安德烈公爵样子有点发窘(这在他是少有的)。

"您以为如何?"薇拉带着讥诮的微笑说,"公爵,您洞察一切,一眼就把人看透了。您对娜塔莎有什么看法?她对待自己的爱情能否始终不渝,能否像其他女人(薇拉指她自己)那样,一旦爱上一个人,就永远忠于他?我认为那样才是真正的爱情。您的看法如何,公爵?"

"我对令妹了解得太少了,"安德烈公爵为了掩饰自己的窘态,含着讥讽的微笑回答,"不能解答这么微妙的问题;不过我注意到,一个女人越是不惹人爱,她就越忠贞不渝。"他又补上一句,望了望这时走过来的皮埃尔。

"对了,这话倒是真的,公爵;在我们时代,"薇拉继续说(正像一般浅薄的人,总喜欢议论我们的时代,认为他们已经发现并且能够评价我们时代的特点,认为人的禀性随着时代在起着变化),"在我们时代女孩子太自由了,以致被追求的快乐常常窒息了她的真实感情。应当承认娜塔莉①在这方面是敏感的。"话题又回到娜塔莉,又使安德烈公爵不愉快地皱皱眉;他想站起来,可是薇拉

————————————

① 娜塔莉是娜塔莎的法语称谓。

带着更加精灵的微笑继续说下去。

"我觉得，作为一个追求的对象，谁也比不上她，"薇拉说，"可是直到如今，她从来还没有认真地喜欢一个人呢。您知道，伯爵，"她对皮埃尔说，"甚至我们可爱的表弟鲍里斯，咱们说句心里话，也深深地陷入温柔乡里……"她是指当时流行的爱情图。

安德烈公爵皱紧眉头，沉默不语。

"您不是和鲍里斯有交情吗?"薇拉对他说。

"是的，我认识他……"

"他一定对您说过他对娜塔莎的童年爱情吧?"

"是吗，有过童年的爱情?"出乎意外，安德烈公爵忽然红了脸，问道。

"是的。您知道，表兄妹相处，往往会闹恋爱的。表亲表亲，天然联亲。您说是吧?"

"啊，那是毫无疑问的。"安德烈公爵说，他忽然活跃起来，但很不自然，他开始同皮埃尔开玩笑，说皮埃尔应当小心他那些五十来岁的莫斯科表亲们，他开着玩笑就站起来，挽起皮埃尔的胳膊，把他领到一旁去了。

"怎么啦?"皮埃尔说，他惊奇地望着他兴奋得反常的朋友并且注意到他站起来时投向娜塔莎的一瞥。

"我要，我要跟你谈谈，"安德烈公爵说，"你知道我们的女手套(他是指共济会发给新会友以备送给自己钟爱的女人的手套)。我……算了，以后再对你说吧……"安德烈公爵的眼睛闪着奇异的光彩，他心神不安地走到娜塔莎跟前，在她身旁坐下。皮埃尔看见安德烈公爵问她一句什么话，她顿时涨红了脸，回答他。

这时贝格走到皮埃尔面前，再三请他参加将军和上校之间关于西班牙问题的争论。

贝格很得意，很幸福。喜悦的笑容始终挂在脸上。晚会很成功,跟他所见到的别的晚会完全一样。样样都很相像。小姐太太们的悄声私语、玩牌、牌桌上提高嗓门的将军、茶炊,甚至点心,都很相像;只有一样不足,缺少他在晚会上常见的,而且希望模仿的一件事。那就是,缺少男客们的高谈阔论和对某些重大而睿智的问题的争论。现在将军开始了这样的谈话,于是,贝格把皮埃尔也拉来参加。

二十二

第二天,安德烈公爵应伊利亚·安德烈伊奇邀请,到罗斯托夫家吃午饭,并且在他们那里消磨了整整一天。

全家都知道他是为谁而来的,他也不加掩饰,整天都尽可能和娜塔莎在一起。不仅娜塔莎心慌意乱,同时又那么兴奋和感到幸福,而且,全家对将要发生重大的事也怀着恐惧。当安德烈公爵同娜塔莎谈话时,老伯爵夫人带着悲愁而严肃的目光望着安德烈公爵,可是,当他猛然回头看她时,她却胆怯了,假装着谈一些琐事。索尼娅怕离开娜塔莎,可是,又怕妨碍她和安德烈公爵在一起。娜塔莎单独和他在一起的时刻,她由于害怕那期待着的事情会到来而面色苍白。她那胆怯的神情使安德烈公爵吃惊。她感到他有话要对她说,但是,他鼓不起勇气来。

晚上,安德烈公爵走了,老伯爵夫人来到娜塔莎跟前,低声说:"怎么样?"

"妈妈,看在上帝的分上,现在别问我吧。没法跟您说。"娜塔莎说。

虽然如此,这天晚上,忽而激动,忽而惊惧的娜塔莎瞪大两只眼睛,仍然在母亲床上躺了很久。她时而对她讲他怎样夸奖她,时而讲他怎样说他要出国,时而讲他问他们今年在哪儿避暑,时而讲他怎样向她打听鲍里斯的事。

"可是,这种事情,这种事情,我从来没遇见过!"她说,"不过在他面前我感到害怕,在他面前总感到害怕,这是怎么回事呢?这是不是真的怕呢?妈妈,您睡着了?"

"没有,亲爱的,连我也怕,"母亲说,"睡去吧。"

"我反正睡不着,睡觉是多么愚蠢的事!妈妈,妈妈,这种事我从来没遇见过!"她说,由于意识到自己内心的感情而惊奇和心慌,"我们哪想得到啊!……"

娜塔莎觉得,早在奥特拉德诺耶第一次看见安德烈公爵的时候,就爱上他了。她早就看中(她坚信她早就看中)的人,正是这个人,现在他又和她相逢了,而且,对她并非无意,这么一个奇异的、意外的幸福仿佛把她惊呆了。"我们在彼得堡,他竟然也来到这儿。在那次晚会上,我们竟然相会了。这一切都是注定的。很显然,这一切巧遇都是命中注定的。我初次见到他,我就感觉有点儿不寻常。"

"他还跟你说什么来着?一首什么诗?你念一念……"母亲忧心忡忡地说,她是问安德烈公爵写在娜塔莎纪念册上的一首诗。

"妈妈,续弦是不是怪丢人的?"

"别说啦,娜塔莎。祈祷上帝吧。姻缘是天定的。"

"亲爱的妈妈,我多么爱您,我多么幸福!"娜塔莎高声喊道,她流着幸福和激动的眼泪,拥抱母亲。

在这同一时间,安德烈公爵正在皮埃尔家中向他诉说他对娜塔莎的爱情,并且拿定主意要和她结婚。

这一天,海伦·瓦西里耶夫娜伯爵夫人举行隆重的招待会,出席招待会的有法国大使、不久前才成为伯爵夫人常客的亲王,以及许多名媛和绅士。皮埃尔住在楼下,他穿过大厅时,他那副心事重重、淡漠灰暗的神情使所有的客人吃惊。

自从那次舞会后，皮埃尔感觉自己快要得疑心病了，他拼命跟病魔斗争。在亲王和他的妻子过从甚密以后，皮埃尔突然被任命为宫中侍从，从此他在交际场所总觉得心情沉重，抬不起头来，从前那种人生虚幻的灰暗思想，在他心中更常常出现了。最近他觉察到受他监护的娜塔莎和安德烈公爵之间的感情，对比一下他的境况和他的朋友的境况，更加重了灰暗情绪。不论是对自己的妻子，还是对娜塔莎和安德烈公爵，他都一律极力避免去想。同永恒比起来，他又觉得一切都微不足道，他心中又提出一个问题："为了什么？"于是日日夜夜他都在强迫自己埋头做共济会的工作，希望借此驱逐恶魔的来临。十一点多钟，皮埃尔走出伯爵夫人的房间，到楼上，坐在烟雾弥漫的斗室的桌旁，身穿一件破旧的睡衣，抄写苏格兰共济会记录原件，这时有一个人走进他的房间。这个人是安德烈公爵。

"啊，是您，"皮埃尔带着淡漠和不满的神情，说，"我正在工作。"他指了指抄写本说。他就像一个不幸的人，怀着逃避人生苦难的神情望着自己做的工作。

安德烈公爵站在皮埃尔面前，容光焕发，兴高采烈，又恢复了勃勃的生气，他不注意皮埃尔悲哀的面孔，完全陶醉在自己的幸福之中，对皮埃尔微微一笑。

"喂，亲爱的，"他说，"昨天我本来想跟你说的，今天就是为这来找你。我从来没有经验过这种事情。我在恋爱啦，亲爱的朋友。"

皮埃尔突然深深地叹了口气，他那沉重的身躯一下倒在沙发上，坐在安德烈公爵身旁。

"爱上了娜塔莎，是不是？"他说。

"对，对，不是她还能是谁？我本来不相信我会恋爱的，可是，感情战胜了我。昨天我折磨自己，忍受痛苦，可是这个折磨，给我世界上任何东西我都不换。我过去等于没有活过。现在才刚开始生活，可是，没有她我就活不下去。不过，她能爱我吗？……她会嫌我太老了……你干吗不说话？……"

"我？我？我怎么跟您说呢，"皮埃尔突然说，他站起来开始在屋里来回踱步，"我经常这么想……这个姑娘是一个瑰宝，珍奇的瑰宝……是一个不可多得的姑娘……亲爱的朋友，我劝您不要空想，不要怀疑，您就结婚，结婚，结婚……我相信，再没有谁比您幸福了。"

"可是，她呢？"

"她爱您。"

"别瞎说了……"安德烈公爵微笑着注视皮埃尔的眼睛，说。

"她爱您，我知道。"皮埃尔生气地喊道。

"你听我说，"安德烈公爵拉住他的手，叫他停住，"你可知道我的处境？我非得找人谈谈不行。"

"好哇，那你就说吧，我非常乐意听听。"皮埃尔说，他的面孔真的起了变化，皱纹舒展开了，他很高兴地听安德烈公爵说话。而安德烈公爵也好像完全变成另外一个人了。他那郁闷的心情哪里去了？他那对人生的鄙视和失望哪里去了？皮埃尔是他愿意对之一诉衷肠的唯一的人；于是他就把他心里的话向他全掏了出来。他轻快而勇敢地在做长远打算，他说，他不能迁就父亲的怪脾气而牺牲自己的幸福，他一定使父亲同意这桩亲事并且喜爱她，或者，即使得不到他的同意，也要办成功，可是，他说了这些后，又感到惊奇，惊奇他自己竟然有这样奇怪的、陌生的、不以他为转移的感情。

"如果有人对我说，我会这么一往情深，我简直不相信，"安德烈公爵说，"我从前的感情完全不是这样的。对我来说，整个世界分成两部分：一部分有她，那儿全是幸福、希望、光明；另一部分没有她，那儿全是苦闷和黑暗……"

"黑暗和愁闷,"皮埃尔重复一句,"是的,是的,我理解这个。"

"我不能不爱光明,爱光明并不是我的过错。我非常幸福,你了解我吗?我知道你也为我高兴。"

"是的,是的。"皮埃尔用感动的、忧郁的目光望着他的朋友,肯定地说。安德烈公爵的命运在他心中愈显得光明,他个人的命运就愈显得暗淡。

二十三

婚事必须得到父亲的同意,因此,安德烈公爵第二天就去见父亲。

老头子听了儿子的禀告,表面上很镇静,而内心却很气愤。在他行将就木的时候,他不愿意生活有什么变化,在生活中多添什么新的东西。"让我按照自己的意愿以终晚年吧,以后再随你们的便吧。"老头子自言自语。然而这次和儿子谈话,他还是用了那遇见重大问题才用的外交手腕。他扯着从容不迫的腔调,对问题做了全面的考察。

第一,这桩婚事,从门第、家产和声望方面看,并不美满。第二,安德烈公爵已经不年轻了,而且健康欠佳(老头子特别强调这一点),可是她非常年轻。第三,把唯一的儿子配给一个黄毛丫头,令人于心不忍。第四,最后一点,父亲讥笑地望着儿子,说:"我求你把婚期推迟一年,到国外走一趟,养养身体,给尼古拉公爵找一位德国家庭教师——这本来也是你要办的事,然后,如果爱情、情欲、决心,等等,等等,真是大得不得了,那你就结婚吧。这是我最后的嘱咐,注意,最后的……"公爵在结束自己的话时的语气,表示他的决定不容有任何改变。

安德烈公爵清楚地看到,老头子希望他的感情或者他的未来的未婚妻的感情经不住一年的考验,或者他本人——老公爵,在这期间死去,于是,他决定服从父亲的意志:订婚,然后推迟一年结婚。

安德烈公爵在他最后那一晚离开罗斯托夫家以后,过了三个星期又回到彼得堡。

娜塔莎在那次同母亲谈话的第二天,整天都在等博尔孔斯基,但是,他没来。第二天,第三天,依然如故。皮埃尔也没来,娜塔莎不知道安德烈公爵到父亲那儿去,所以她无从弄明白他为什么不露面。

这样过了三个星期。娜塔莎什么地方也不想去,她整天像个影子似的,百无聊赖,无精打采,白天在各屋里闲荡,晚上背着人哭泣,也不到母亲那儿去了。她时常红脸,发脾气。她觉得人人都知道她的失望,笑她,可怜她。她内心的痛苦本来就很强烈,再加上面子上的难堪,就更加不幸了。

有一天,她到母亲那儿,想对她说点什么,可是,她忽然哭了。像一个不知道为什么受罚的、受委屈的小孩子那样流泪了。

伯爵夫人安慰她。娜塔莎听妈妈说话,听着听着,忽然打断了她的话:

“别说了,妈妈,我连想都没想,而且,也不愿意想! 他来着来着又不来了,又不来了……”

她声音发抖,几乎哭了,但又恢复了常态,平静地接着说:

“我一点不想出嫁。而且,我怕他;我现在完全、完全安心了……”

在这次谈话的第二天,娜塔莎穿上一件她最爱穿的旧衣裳,因为她记得特别清楚,早晨穿这件衣服使她觉得愉快,从这天清早起,她又恢复自从上次舞会后就中断了的原先的生活方式。她喝过茶就走进大厅,她特别喜爱这座大厅的共鸣洪亮,在这里她开始视唱练习。练完第一课,她站在大厅中间,重唱一节她特别喜爱的乐句。歌声高昂激越,充满了整个大厅的空间,又渐渐地消失,她高兴地谛听那仿佛出她意料的音调的美,她忽然心情开朗了。"何苦想得太多,这样不是也好。"她自言自语,开始在大厅里踱来踱去,在音响悦耳的镶木地板上,不是迈着普通的步子,而是每一步都先用脚跟后用脚尖着地(她穿一双她心爱的新鞋),她像听自己的歌声那样听富于节奏的脚跟咚咚声和脚尖摩擦声,她又欢畅了。她经过镜子,对着照了照。"唔,那就是我!"她望着镜子里的自己,她的表情似乎说:"好哇。我谁也不需要。"

仆人要进大厅收拾东西,但是,她不让进,让仆人出去,又把门关上,继续踱步。这天早晨她又恢复了自我陶醉的状态——她爱慕自己,对着镜子欣赏自己。"这个娜塔莎多么美!"她又用第三人称男性口吻评论自己,"她长得多好,嗓子也好,又年轻,她不妨碍任何人,任何人也别打扰她。"但是,尽管人们不打扰她,她仍然不能平静,而且,她立刻感到这一点。

前厅的大门打开了,有人问:"在家吗?"接着听见脚步声。娜塔莎照镜子,但是她什么也没看见。她听见前厅有声响。她在镜子里看见了自己,她的面色苍白。这是他。她确切知道是他,虽然从关着的门里只听见一点声响。

娜塔莎跑进客厅,她面色苍白,惊慌失措。

"妈妈,博尔孔斯基来了!"她说,"妈妈,这太可怕了,这叫人受不了! 我不愿……受这个折磨! 我怎么办?……"

伯爵夫人还没来得及回答她,安德烈公爵已经走进客厅,他神色不安,态度严肃。他一看见娜塔莎,就容光焕发了。他吻了吻伯爵夫人和娜塔莎的手,在旁边的沙发上坐下……

"您很久没有光临……"伯爵夫人刚一开口,安德烈公爵就接过去回答她的问题,显然他急于要说他需要说的话。

"我这一阵子没拜望你们,因为我到父亲那儿去了:我需要和他谈一件非常重要的事。昨晚我才回来。"他看了娜塔莎一眼,说。"伯爵夫人,我有事要和您谈谈。"他沉吟片刻又说。

伯爵夫人深深地叹了一口气,垂下了眼睑。

"乐意为您效劳。"她说。

娜塔莎知道她应当回避一下,但她做不到:好像有个东西哽住她的喉咙,她眼睛睁得圆圆的,不礼貌地直瞪着安德烈公爵。

"现在? 就在此刻! ……不,这不可能!"她想道。

他又瞧她一眼,他的目光使她相信她并没有猜错。——对了,就在此刻决定她的命运。

"你去吧,娜塔莎,等一会儿我叫你。"伯爵夫人悄悄说。

娜塔莎用吃惊和祈求的眼神望了望安德烈公爵和母亲,走了出去。

"伯爵夫人,我是来向您女儿求婚的。"安德烈公爵说。

伯爵夫人登时满脸通红,但她没说什么。

"您的提婚……"伯爵夫人终于庄重地说。他默默地望着她的眼睛。"您提婚……(她窘迫了)我们很愉快,那么……我接受您提婚,我很高兴。我丈夫……我希望……但是,要看她本人的意愿……"

"先得到您的同意,我再和她谈……您同意我的求婚吗?"安德烈公爵说。

"同意。"伯爵夫人说,把手递给他,当他俯身吻她的手时,她怀着既生疏又温柔的混合感情把嘴唇贴到他的前额上。她愿意像爱儿子一样爱他,但是,她觉得他这人陌生而且可怕。

"我相信,我丈夫一定会同意的,"伯爵夫人说,"但是,令尊……"

"我已经把我的计划通知家父,他同意了,但附带一个不容置辩的条件,就是婚期不得早于一年之内。这也是我要通知您的。"

安德烈公爵说。

"对,娜塔莎还年轻,但是——太久了!"

"非这样不可啊。"安德烈公爵叹息着说。

"我把她叫来见您。"伯爵夫人说。

"主啊,饶恕我们吧。"她一面找女儿,一面不断地念叨着。索尼娅说娜塔莎在卧室里。娜塔莎坐在床上,面色苍白,瞪着一对无泪的眼睛望着圣像,迅速地画十字,口中念念有词。她一看见母亲,就跳起来扑到她怀里。

"怎么样,妈妈? ……怎么样?"

"去吧,去见他吧。他向你求婚呢,"伯爵夫人说,娜塔莎觉得她的口气很冷淡……"去吧……去吧。"母亲露出忧愁和嗔怪的神情望着跑开的女儿,深深地叹了一口气。

娜塔莎不记得她是怎样走进客厅的。进得门来看见他,她站住了。"难道这个陌生人现在真的成为我的一切了?"她自问,随即回答道:"是的,一切:他现在是世上我唯一最宝贵的人。"安德烈公爵垂下眼睑,走到她跟前。

"我从第一次看见您的头一分钟,就爱上您了。我能抱有希望吗?"

他看了看她,她脸上那派庄严的热情使他吃惊。那表情似乎说:"干吗要问啊? 干吗要怀疑那无须怀疑的事情? 既然用语言表达不了你所感觉到的,干吗还要去表达。"

她走到他面前,站住了。他拿起她的手来亲吻。

"您爱我吗?"

"爱,爱。"娜塔莎仿佛恼怒似地说,她高声叹了口气,又叹了一声,越来越急地喘起来,忽然大哭起来了。

"哭什么? 您怎么了?"

"嗨,我太幸福了。"她回答说,透过泪水露出了微笑,她俯下身来偎近他,沉吟了片刻,仿佛在问自己能不能这样做,然后吻了吻他。

安德烈公爵握住她的手,望着她的眼睛,在他心中已经找不到先前对她的爱情。他内心忽然起了一个变化:先前那种诗意的、神秘的憧憬魅力没有了,取而代之的是对她那妇孺的软弱性的怜悯,对她那无限忠诚和信任的畏惧,以及由于他和她将要永远结合在一起而产生的又沉重又欢快的责任感。目前这种感情虽然不像先前那么光辉灿烂和富有诗意,然而却更严肃,更强有力。

“母亲有没有跟您说婚礼至少要在一年以后吗?”安德烈公爵注视着她的眼睛,说。

“难道这就是我,就是那个毛丫头(人们都这样叫我),”娜塔莎想,“难道我从现在起就做妻子,和这个陌生的、可爱的、聪明的、甚至受我父亲尊敬的人平等了吗?难道这是真的吗?难道真的现在已经不能拿生活当儿戏了,现在我已经长大了,现在对自己的一言一行都要负责了吗?对了,他问我什么来着?”

“没有。”她答道,但是她没有听懂他问的话。

“原谅我,”安德烈公爵说,“您这么年轻,可是,我已经饱经世故了。我是为您担心。您不了解自己。”

娜塔莎全神贯注地听着,极力想听懂他的话,但是,没有听懂。

“不论我多么痛苦,我还是把我的幸福推迟一年,”安德烈公爵继续说,“在这期间,您考察一下自己。我请求您一年后再给我幸福;然而您是自由的:我们的订婚暂时秘而不宣,假如您确切地相信您不爱我,或者爱上了……”安德烈公爵不自然地微笑着说。

“您干吗说这话?”娜塔莎打断了他,“您知道,自从您第一次到奥特拉德诺耶那天起,我就爱上您了。”她说,坚信自己说的是实话。

“有一年的时间您就会认识自己了……”

"整整一年!"娜塔莎忽然说,现在她才理解婚期要延迟一年,"为什么要一年?为什么要一年?……"安德烈公爵向她解释延期的原因,娜塔莎不听他说话。

"非这样不可吗?"她问。安德烈公爵什么也没回答,不过他脸上的表情说明这个决定不能改变。

"这真可怕!不行,这太可怕了,太可怕了!"娜塔莎突然说,又大哭起来,"等一年要把我等死的:这不可能,这太可怕了。"她望望未婚夫的脸,她在他脸上看见了痛苦和惶惑的表情。

"不,不,我什么都办得到,"她忽然止住流泪,说,"我太幸福了!"

父亲和母亲进来给未婚夫妇祝福。

从这天起,安德烈公爵就以未婚夫的身份到罗斯托夫家做客了。

二十四

没有举行订婚礼,也没有向任何人宣布博尔孔斯基和娜塔莎订婚;安德烈公爵坚持要这样做。他说,延期的责任在他,他应负起延期的重担。他说,他永远遵守自己的诺言,但是,他不愿约束娜塔莎,她可以有完全的自由。假如半年后她觉得她不爱他,她有拒绝他的权利。自然,不论是双亲或者娜塔莎本人,都不愿听这种话;但是,安德烈公爵坚持自己的意见。安德烈公爵每天都到罗斯托夫家,但他对娜塔莎不以未婚夫自居:他以您称呼她,只吻她的手。自从求婚那天起,安德烈公爵和娜塔莎之间建立了与过去全然不同的、亲近的、纯朴的关系。他们仿佛直到现在才互相认识。他和她都爱回忆他们在什么都不是的时候,彼此对对方的看法;现在他们都觉得他们成为两个完全不同的人了:当时是装腔作势,现在是纯朴而诚恳。最初几天,在同安德烈公爵交往时,家庭中有一种不自然的气氛;他好像是另一个世界的人,娜塔莎为了使家里的人对安德烈公爵习惯起来,费了不少的工夫,她带着骄傲的神情要大家相信,他只是表面上很特别,其实他和大家一样,她说她不怕他,别人也不要怕他。过了几天以后,家里的人和他混熟了,当着他的面毫无拘束地做日常的事,他也时常参加进来。他可以同伯爵谈家务,同伯爵夫人和娜塔莎谈服装,同索尼娅谈纪念册和挑花十字布。有时罗斯托夫家里的人互相之间,或者当着安德烈公爵的面,一谈起这桩婚事是怎样成功的,以及姻缘的预兆如此明显,都感到惊讶:比如安德烈公爵到奥特拉德诺耶做客,他们去彼得堡,娜塔莎和安德烈公爵的相貌相似(安德烈公爵第一次来的时候,保姆就注意到这一点了),一八〇五年安德烈和尼古拉之间的冲突,以及家里的人见到的其他许多预兆。

凡是家里有未婚夫妇在场的,往往笼罩着一种诗意的寂寥和沉默的气氛。大家坐在一起,常常相对无言。有时人们站起来走了,只剩下一对未婚夫妇,他们也是相对无言。他们轻易不谈他们未来的生活。谈这种事情,安德烈公爵觉得可怕而且不好意思。娜塔莎也有同感,他所有的感情,她总能猜到,而且总有同感。有一次,娜塔莎问起他的儿子,安德烈公爵脸红了,现在他常常会脸红,而娜塔莎特别喜爱这一点,他说,他的儿子不预备和他们住在一起。

"为什么?"娜塔莎惊讶地说……

"我不能硬把他从祖父身边领走,而且……"

"我会很疼他的!"娜塔莎说,她立刻猜到他的意思,"可是,我知道,您是想避免那些责怪您自己和责怪我的口实。"

老伯爵有时向安德烈公爵走过去,吻吻他,向他讨教彼佳的教育和尼古拉的职务。老伯爵夫人望着他们老叹气。索尼娅时时刻刻都怕自己成为一个多余的人，极力找借口走开，让他们单独在一起，其实他们并不需要这样。当安德烈公爵讲点什么的时候（他很会讲话），娜塔莎带着自豪的神情听他讲；当她讲的时候，她察觉他在聚精会神地端详她，这使她又怕又喜。她疑疑惑惑地问自己："他在我身上找什么？他那目光找到了什么？如果他那目光在我身上找不到他要找的东西，那又怎么样呢？"有时，她那特有的狂喜的情绪又来了，每当这时，她特别爱看爱听安德烈公爵大笑。他不常笑，但是一笑就笑个痛快，每次笑过后，她就觉得她更接近他了。如果不是即将到来的离别使她觉得可怕，娜塔莎就是十分幸福的了。

安德烈公爵在离开彼得堡的前一天，把皮埃尔带来了，他自从舞会后就没有到过罗斯托夫家。皮埃尔看来手足无措，心绪不宁。他和老伯爵夫人拉家常。娜塔莎和索尼娅坐在棋桌旁，她叫安德烈公爵过来和她们一起下棋。他走到她们跟前。

"您早就认识别祖霍夫吗？"他问，"您喜欢他吗？"

"喜欢，他是好人，不过太可笑了。"

一提起皮埃尔，像素常那样，她就讲起他心神恍惚的笑话，有些笑话甚至是编造的。

"您要知道，我把咱们的秘密告诉他了，"安德烈公爵说，"我从小就认识他。他有一颗金子般的心。我请求您，娜塔莎，"他忽然严肃地说，"我走后，天晓得会发生什么事。您也许会变……我知道，我不该说这话。不过有一件事——我不在时，不论您发生什么事……"

"会发生什么事啊？……"

"不论发生什么不幸，"安德烈公爵继续说，"不论发生什么事，索菲小姐，我求您，只找他去讨主意和帮助。他这人非常漫不经心，而且举止可笑，可是却有一颗金子般的心。"

父母也好,索尼娅也好,安德烈公爵本人也好,都预料不到娜塔莎和未婚夫离别对她可能有怎样的影响。她满脸通红,心情激动得不得了,眼中无泪,在那一整天,她彷徨无主地在家里走来走去,做一些最琐碎的事,仿佛不理解她正等待的是什么事情。甚至在他告别时,最后一次吻她的手,她也没哭。

"别走吧!"她对他只说了这么一句,声调是那么恳切,甚至使他思索了片刻,是不是真的必须留下来,而且,过后很久,他都记得她说这句话的声调。他走后,她也没哭;不过,她一连好几天眼中无泪,在自己房间里呆坐,对什么都不感兴趣,只是有时说:"唉,他为什么走了!"

他离开两个星期后,使她周围的人感到意外的是,她从精神病中苏醒过来,恢复了原来的状态,不过精神面貌改变了,正如久病初愈的孩子,脸上换了一副表情。

二十五

尼古拉·安德烈耶维奇·博尔孔斯基老公爵的健康和脾气,在儿子走后的一年来,每况愈下了。他比以前更容易动怒,他那无缘无故爆发的怒气都倾泻到玛丽亚公爵小姐身上。他似乎专挑她的痛处,更加残酷地折磨她的精神。玛丽亚公爵小姐有两个癖好,因而也是两种欢乐:小侄子尼古卢什卡和宗教,这二者都是老公爵爱用来攻击和嘲笑的目标。不论谈什么,他总要扯到老处女的迷信和娇惯孩子。"你想把他(尼古卢什卡)变成和你一样的老处女呀;白费劲儿,安德烈公爵要的是儿子,而不是老处女。"他说。或者,当着公爵小姐的面,他问布里安小姐可喜欢自家田庄上的老神甫和圣像,于是,打趣地说……

他不断狠毒地侮辱玛丽亚公爵小姐,可是,女儿却连想都没想到是不是应当原谅他。他难道会有什么对不起女儿的吗？难道她的父亲(她知道,他是疼爱她的)会是不公正的吗？而且什么是不公正呢？公爵小姐从没思考过"公正"这个高傲的字眼。对她说来,人类所有复杂的法则,集中为一个简单明了的法则——那就是怀着仁爱为人类而受苦受难的上帝本身教导我们的爱和牺牲的法则。别人公正或者不公正与她有什么相干？她本人需要的是受苦受难和爱他人,而且她正是这样做的。

安德烈公爵冬天来到童山,他快乐、和蔼,而且温柔,玛丽亚公爵小姐很久没有见到他这个样子了。她预感到他一定发生了什么事,但是,他对玛丽亚公爵小姐没有提起他的爱情。临行前安德烈公爵和父亲作了一次长谈,玛丽亚公爵小姐看到,父子二人在分手前彼此都不满意。

安德烈公爵走后不久,玛丽亚公爵小姐在童山给彼得堡的女友朱莉·卡拉金娜写了一封信,玛丽亚公爵小姐也有一般姑娘们常有的那种幻想,就是希望她这位女友将来嫁给她的哥哥,现在这位女友正为在土耳其战死的哥哥服丧。

看起来,不幸是我们共同的命运,亲爱的、温柔的朋友朱莉。

您的损失是那么可怕,我只能认为这是上帝的特别恩惠,他由于爱您而给您和给您的高尚的母亲的考验。啊,我的朋友,宗教,惟有宗教,不但能安慰我们,而且能把我们从失望中拯救出来;惟有宗教能给我们解释那人类不依靠它就无法理解的问题:为了什么缘故,为了什么目的,善良、高尚、善于在生活中寻找幸福的人,不但不伤害任何人,而且为了别人的幸福必不可少的人——这种人总是被召唤去见上帝,而留在世上的都是些无益的、恶毒的害人虫,或者是一些对自己和对别人成为负担的人。我所见到的使我永志不忘的第一个死亡——我的可爱的嫂嫂的死,给我的印象非常深刻。正如您问命运之神,为什么您的哥哥就应当死,我也问,为什么天使丽莎就应当死? 她不惟对人没做过坏事,而且,她心中除了善良的思想,从来没有什么坏主意。这是怎么回事,我的朋友? 从那时起,已经五年过去了,凭我这点浅薄的智力,也已经洞若观火,明了她为什么必须死,明了这个死只是造物主无限慈善的表现,造物主一举一动,虽然我们多半不了解,实际上都是对他的创造物的无限仁爱的表现。我常常想,也许因为她太天真纯朴了,简直和天使一样,因此没有能力负起母亲的职责。她作为一个年轻的妻子是完美无缺的;也许她不能做一个无可指责的母亲。说她给我们、特别是给安德烈公爵留下的,只是纯粹的惋惜和怀念,就不够了,她在天国一定得到了我连想都不敢想的地位。这种可怕的早死,虽然令人极为悲痛,但是,对我和对我哥哥都有有益的影响,这不仅她的早死是如此。当不幸刚发生,我不可能有这个想法;当时我会带着恐惧驱逐这个想法,可是,现在这个问题就非常明显而且毫无疑问了。亲爱的朋友,我对您说这些,只是为了使您相信《福音书》中的真理——它已经成为我生活中的座右铭:若是上帝不许,连一根头发也不会从我们头上掉下①。而上帝的旨意所依据的就是对我们无限的爱,所以我们不论发生什么事,都是为了我们的幸福。您问我们是不是去莫斯科过冬? 虽然很想看见您,可是,我不想也不愿去莫斯科。原因是在波拿巴身上,您对此一定很奇怪。这是因为:我父亲的健康显著地恶化:任何拂他意的事情他都不能忍受,他很容易动怒。他的怒气,您是知道的,多半是针对政治问题。波拿巴竟然同欧洲所

---

① 参见《圣经·新约·马太福音》第十章第二十九、三十节。

有君主平起平坐，特别是同我们的皇上，伟大的叶卡捷琳娜的孙子，平起平坐，一想到这里他就受不了！正如您所知，我对政治是全然不关心的，可是，从我父亲的言谈中，从他和米哈伊尔·伊万诺维奇的谈话中，我知道了世界大事，特别是知道了对波拿巴的一切颂扬，似乎全世界只有童山不承认这个波拿巴是伟大的人物，更不承认他是法国皇帝。我父亲对这件事不能容忍。我觉得，我父亲预见到一定会发生冲突，这主要由于自己的政治观点，同时也由于他那不管对谁都毫无顾忌地发表政见的作风，所以他不愿意提去莫斯科的事。他所取得的一切治疗效果，会因不可避免的关于波拿巴的争论而抵消的。不管怎样，这个问题很快就会决定了。我们的家庭生活，除了哥哥安德烈不在家，一切照旧。我已经写信跟您说过，他近来变化很大。自从那次不幸以后，只是到今年才完全恢复元气。他又像我小时候知道的样子了：善良、温柔，具有一颗无与伦比的金子般的心。我仿佛觉得，他已经明白过来，他的一生并没有完结。可是，虽然精神有所好转，而身体却衰弱多了。他比以前更瘦了，更神经质了。我为他担心，同时也为他高兴：他终于遵照医生早已嘱咐过的出国疗养去了。我希望这样能使他恢复健康。您来信说，彼得堡都说他是一个最能干、最有教养、最聪明的年轻人。请原谅我这个做亲属的自尊心，我从来不怀疑这一点。他在这儿对所有的人，从农民到贵族，做的好事是无法估计的。他在彼得堡不过是得到他应得到的声誉而已。我很奇怪，不知彼得堡的谣言怎样传到莫斯科来的，特别是像您信中所说的那些不可靠的传闻——关于家兄和小罗斯托娃订婚的传闻。我不认为安德烈将来会同什么人结婚，特别是同她结婚。原因是：第一，虽然他很少提起他的亡妻，但是，我知道丧妻的悲痛深深地藏在他的心里,以致使他不会续弦和给我们的小天使找一个继母。第二,据我所知,这个姑娘不是安德烈公爵所喜欢的那类女人。我不认为安德烈公爵会选择这么一个妻子,老实说:这不是我所希望的。我太絮叨了,已经写完了两页信纸。再见,我的可爱的朋友;愿您得到上帝神圣、强大的庇护。我的可爱的女友布里安小姐吻您。

玛丽。

二十六

仲夏,玛丽亚公爵小姐接到安德烈公爵从瑞士寄来一封意外的信,他在信中通知她一件奇怪的意外消息。安德烈公爵宣布他和罗斯托娃订婚了。整个信都流露着对未婚妻爱的喜悦以及对妹妹温柔的友爱和信任。他写道,他从来没有像现在这样爱过,只有现在他才懂得人生;他请妹妹原谅他在童山时没有告诉她这个消息,虽然他告诉了父亲。他没有告诉她是因为怕她央求父亲同意这桩亲事,那样不惟达不到目的,反而惹父亲生气,他那满腹不满的情绪会在她身上发泄。而且,他写道,当时事情还没有像现在最后定下来。"当时父亲给我一年的期限,现在期限已过了一半——六个月了,我对自己的决定比任何时候都更坚定了,如果不是医生留我在这里的矿泉治疗,我早就回俄国去了,可是,现在我的归期不得不再延迟三个月。你是知道我和父亲的关系的。我什么都不要他的,我过去是,将来永远是独立的,但是,违反他的意志,惹得他生气,就会毁掉我一半的幸福,而他和我们一起的日子不会太久了。我给他写了一封同样内容的信,我请你找一个适当的时机把这封信交给他,并把他的意见告诉我:他是否能同意将期限缩短三个月。"

经过许久的犹豫、疑虑和祈祷，玛丽亚公爵小姐把信交给了父亲。第二天老公爵平静地对她说：

"写信告诉你哥哥，让他等我死了再说……快了——我快给他自由了……"

公爵小姐想辩解，但是父亲不让她说下去，他嗓门提得越来越高。

"结婚吧，结婚吧，亲爱的宝贝……一门好亲事！……人也聪明，啊？又有钱，啊？可不是嘛。尼古卢什卡将有一个好后娘。你告诉他，哪怕明天结婚也行。她当尼古卢什卡的后娘，我来娶布里安！……哈——哈——哈，他没有后娘也不行呀！不过有一样，在我的家里不需要有更多的女人；他结了婚，单另住去吧。也许你也搬到他那儿去吧？"他转过脸来对玛丽亚小姐说，"上帝保佑，去尝尝挨冻的滋味吧……去尝尝吧！……"

经过这次发作后，公爵绝口不提这件事了。但是由于怪儿子没有出息而憋在肚子里的闷气，在父女关系上表现出来。在原有的嘲笑口实中，又添了一个新的——关于后娘以及宠爱布里安小姐这两个话题。

"我干吗不娶她啊？"他对女儿说，"一个蛮好的公爵夫人！"最近一个时期，使玛丽亚公爵小姐感到莫名其妙和惊讶的是，她察觉父亲越来越亲近那个法国女人。玛丽亚公爵小姐在给哥哥的回信中把父亲对他的信的反应告诉了他；但是她安慰哥哥说，父亲迟早会让步的。

尼古卢什卡和他的教育、安德烈和宗教，是玛丽亚公爵小姐的慰藉和乐趣；但是，除此以外，每个人都要有他个人的希望，所以在玛丽亚公爵小姐内心深处也隐藏着成为她生活中主要慰藉的幻想和希望。令她感到快慰的幻想和希望是那些神亲——瞒着公爵拜访她的苦行教徒和巡礼者。玛丽亚公爵小姐年纪越大，经历越多，见闻越广,就越惊奇那些在尘世寻求享乐和幸福的人们眼光短浅;为了得到那不可能得到的虚幻的、罪恶的幸福,人们操劳、奋斗、互相伤害。"安德烈公爵爱妻子,妻子死了,这还不够,他还要把自己的幸福寄托在别的女人身上。父亲不答应,因为他希望安德烈有一个更显赫、更富有的配偶。为了追求过眼云烟的幸福,他们都在斗争,受苦,烦恼,毁坏自己的灵魂——永生的灵魂。其实我们是知道这个道理的,上帝的儿子基督降世曾告诉过我们,人生是过眼云烟,是考验,可是,我们总抓住它不放,想从其中找到幸福,为什么就没有人理解呢?"玛丽亚公爵小姐想道,"除了这些受人轻视的神亲们,没有人理解,那些背着行囊的神亲们到我这儿来都是走后门,因为怕碰见公爵,不是怕吃他的苦头,而是为了使他避免犯罪。他们离乡背井,抛弃家庭,为了对任何东西都不留恋,摒弃对尘世一切福利的关心,穿着麻布衬衫,隐姓埋名,从一处走到另一处,不伤害任何人,而为别人祈祷,为驱逐他们的人祈祷,也为保护他们的人祈祷:没有比这个真理和人生更高的真理和人生了!"

有一个名叫费多秀什卡的女巡礼者,五十岁,小个子,沉默寡言,满脸麻子,她打着赤脚,脖子挂着铁链,已经巡行三十年了。玛丽亚公爵小姐特别喜欢她。有一天,在黑暗的屋子里,在一盏长明灯的亮光下,费多秀什卡讲她自己的生活经历,玛丽亚公爵小姐忽然有一个极为强烈的想法,她觉得惟有费多秀什卡找到了人生的正路,她决定自己也要出去巡礼。费多秀什卡就寝后,玛丽亚公爵小姐思索了很久,不管看来是多么奇怪,最后她决定她要亲自出去巡礼。她把她这个打算只告诉了忏悔师修道士阿金菲神甫,忏悔师称赞她的志向。托辞送给巡礼者礼物,玛丽亚公爵小姐储备了全套的巡礼者行装:粗布衬衫、树皮鞋、长袍和黑头巾。玛丽亚公爵小姐时常走到珍藏的屉柜跟前,站在那儿出神,决定不了是否已经到了实现她的抱负的时候了。

在听着巡礼者讲故事的时候,她被她们那些朴素的、对她们说来已经是说顺了嘴、而在她听来,意义十分深刻的词句激动得心潮起伏,有几次她甚至想抛弃一切从家中逃走。她在想象中仿佛看见自己和费多秀什卡一同在尘埃的道路上巡礼,她穿着粗布衬衫,手持法杖,背着背囊,心中摒除妒忌,摒除人间的爱以及一切愿望,从一些圣徒那儿走到另一些圣徒那儿,最后走到没有悲哀,没有叹息,只有永恒的喜悦和幸福的地方。

"每到一个地方,我都祈祷;还没有来得及习惯那个地方,喜爱那个地方,又向前走了。一直走得两腿无力,躺下来死在什么地方,最后走到一个永远安逸的境地,那儿没有悲哀,没有叹息!……"玛丽亚公爵小姐想道。

可是后来,她看见了父亲,特别是看见了小科科,她的决定动摇了,她偷偷地哭了,觉得自己是一个罪人:爱父亲和爱侄子,胜过爱上帝。

第 四 部

一

《圣经》传说讲:不劳动——安闲自在,是第一个人①在没有堕落之前享福的条件。在堕落的人身上仍然有好逸恶劳的习性,但是,严厉的惩罚却落到人类身上,这是因为,我们不仅必须满头大汗去寻找面包,而且,道德观念不允许我们无所事事而又心安理得。一个秘密的呼声在说:无所事事就是犯罪。如果人类能达到一种境界,他既能悠闲自得,又能觉得自己有益,而且是在履行义务,那么,他就找到了原始幸福的一个方面。整整一个阶层——军人阶层,就是享有这种既悠闲又不受惩罚的境界的。这种必须遵守而不受惩罚的悠闲,过去是,将来仍然是,从军的主要乐趣。

尼古拉·罗斯托夫充分地享受了这种幸福,在一八〇七年以后,他继续在保罗格勒团服务,他已经接替杰尼索夫指挥一个骑兵连了。

罗斯托夫成为一个举止粗野、心地善良的小伙子,莫斯科的熟

---

① 指亚当,据《圣经》传说,亚当是世界上第一个人。

人一定认为他有点风度欠佳，但是，他却受到部下和长官的爱戴和尊敬，而且，他对自己的生活很满意。最近，一八○九年，他在家信中发现母亲越发常常地抱怨家境愈来愈糟，希望他能够回家，在年老的父母跟前承欢，使父母得到慰藉。

尼古拉读着这些信，有一种恐惧的感觉，害怕人家把他从避开人生日常的纷扰而生活在平静安谧的环境中拉出来。他觉得迟早又得陷入生活的漩涡，那里有乱麻一团，有许多事情要处理，有管家的账目、争吵、阴谋，还有人事关系、交际、索尼娅的爱情，以及对她的许诺。这一切都是非常烦难、混乱，所以他给母亲的回信总是冷冰冰的老一套：上款是"亲爱的妈妈"，落款是"您的恭顺的儿子"，可就是不提他打算何时回家的事。一八一○年他接到父母的信，告诉他说娜塔莎和博尔孔斯基已经订婚，因为老公爵不同意，婚礼要在一年以后才举行。这封信惹得尼古拉烦恼，并且感到屈辱。第一，家里少了他最喜爱的娜塔莎，使他不胜惋惜；第二，从他那骠骑兵的观点看，遗憾的是订婚时他不在场，如果他在场，他会向博尔孔斯基表示和他结亲并不算什么了不起的荣幸，如果他是爱娜塔莎的话，他可以不顾老顽固父亲是否准许而结婚。他犹豫了一下，是不是回去看一看还没有结婚的娜塔莎，恰好这时要举行演习，他又想到索尼娅，想到一些难题，于是又拖延下来。可是那年春天他接到母亲瞒着老伯爵写的信，叫他务必回去。她写道，如果尼古拉不回去把事情管起来，那么全部产业就要拍卖了，全家就得去要饭。老伯爵太软弱，对米坚卡太信任，太好说话，弄得人人都骗他，景况愈来愈糟。"看在上帝的面上，我求你马上回来吧，如果你不愿看着我和全家落到不幸的地步。"伯爵夫人写道。

这封信对尼古拉发生了影响。他所具有的一般人的常识告诉他应当怎么办。

现在应当走了，不是退役就是请假。为什么要走，他不知道；

但是，在饭后小睡后，他吩咐备上那匹灰色"战神"，这是一匹好久没骑、极其不驯的烈马。他骑着这匹汗淋淋的公马回来时，向拉夫鲁什卡（杰尼索夫留给罗斯托夫的仆人）和晚上来他这儿的同事们宣布，他要请假回家。不论在他说来是多么难以想象和奇怪，在他没有知道司令部是否把他升为骑兵大尉（这是他特别感到兴趣的），或者他在最近几次演习是否获得安娜勋章的时候，他竟然走了；不论是多么奇怪，在他没有把三匹黑鬃烈马卖给正在还价的戈卢霍夫斯基伯爵的时候（而罗斯托夫打赌要卖两千卢布），他竟然要走了；不论是多么不可理解，为了对抗枪骑兵为波兰小姐博尔若佐夫斯卡娅举行的舞会，骠骑兵也要为波兰小姐普沙杰茨卡娅举行一次舞会，而在这次舞会上竟然没有他参加——他知道他要从这个光明美好的世界到那充满了荒谬和混乱的地方。一个星期后请准了假。不仅本团的而且全旅的骠骑兵同事，每人凑十五卢布的份子给罗斯托夫钱行，并且请了两个乐队和两个歌咏队助兴；罗斯托夫和巴索夫跳了一场特列帕克舞；酩酊大醉的军官们把罗斯托夫抛起来，拥抱他，然后放下；第三骑兵连的士兵们再一次抛起他，喊乌拉！然后他们把罗斯托夫放在雪橇里，一直护送他到第一个驿站。

从克列缅丘格到基辅，走了途程的一半，正如常有的情形，罗斯托夫的思想还停留在后面，停留在骑兵连队；但是过了一半的路程后，他已经忘掉三匹黑鬃烈马，忘掉他的司务长和博尔若佐夫斯卡娅小姐，开始不安地问自己，到了奥特拉德诺耶将要看到什么，那儿的情形怎么样。离家越近，对家的思念就越强烈，极其强烈（仿佛精神上的感觉也服从引力与距离平方成反比的定律）；最后一站奥特拉德诺耶到了，赏给车夫三卢布酒钱，他像孩子似的，上气不接下气地跑上宅第的门廊。

狂喜的迎接过去了，与所期待的比较起来，尼古拉有一种奇怪的不满感觉,(早知一切照旧,我何必着急!)然后,尼古拉又开始习惯老家的生活。父母依然如故,只不过老了些。他们的变化仅仅有些急躁不安,有时不和睦,这是以前没有的,尼古拉不久就明白,这都是由于境况不佳所致。索尼娅快满二十岁了。她已经不会长得更美,除了现在这个样子,不会有更大的变化了;即使这样,也就很够了。自从尼古拉回来后,她整个人都沉浸在幸福和爱情之中,这个姑娘的爱情忠贞不渝,使他由衷地高兴。尼古拉感到最惊奇的是彼佳和娜塔莎。彼佳已经是十三岁的大孩子了,已经变了嗓音,他长得漂亮,活泼聪明,然而很顽皮。尼古拉望着娜塔莎,惊奇地看了她很久,笑起来。

"完全变了。"他说。

"怎么,变丑了?"

"相反,可是,派头倒十足。公爵夫人!"他凑近她的耳朵低声说。

"对,对,对。"娜塔莎高兴地说。

娜塔莎讲了讲她和安德烈公爵恋爱经过,讲了讲他到奥特拉德诺耶的情景,把他最近的来信拿给他看。

"怎么,你高兴吗?"娜塔莎问,"我现在很平静,很幸福。"

"很高兴,"尼古拉回答说,"他是一个出色的人物。怎么,你爱得厉害吗?"

"怎么对你说呢,"娜塔莎回答说,"我爱过鲍里斯,爱过舞蹈教师,爱过杰尼索夫,但是,那些爱完全不是那么回事。现在我很坦然,很坚定。我知道再没有比他更好的人了,所以我觉得很平静,很畅快。完全和从前不同……"

尼古拉向娜塔莎表示,他对婚期推迟一年不满意;但是,娜塔莎向哥哥发起了猛烈的攻击,她向他证明非这样不可:违反公公的意志,进入婆家的门是不会有好结果的,她本人就愿意延期。

"你丝毫、丝毫也不明白。"她说。尼古拉不吭声了,同意她的说法。

哥哥常常望着妹妹,觉得很惊奇。她完全不像一个与未婚夫别离的钟情的未婚妻。她完全和从前一样情绪稳定,态度安详,快快活活。这使尼古拉感到惊讶,甚至对博尔孔斯基的求婚有不信任的看法。他不相信她的终身大事就这样定局了,特别是他没有看见安德烈公爵和她在一起的情形,更使他有这种看法。他仿佛觉得这门亲事有不妥当的地方。

"为什么要延期,为什么不举行订婚礼?"他想道。有一次,同母亲谈到妹妹时,使他惊讶同时也使他有点满足的是,他发现母亲内心深处对这桩婚事有时也怀着疑虑。

"你看他写的,"她把安德烈公爵的信拿给儿子看,她怀着凡是当母亲的对女儿未来的夫妇幸福都有的那种隐蔽的妒忌,说道,"他说,他在十二月以前不能回来。究竟是什么事阻碍了他? 一定是疾病! 他的身体不好。你可别对娜塔莎说。你别看她很快活:她这已经是少女时代的尾声了,我知道每次接到他的信,她的情绪是怎样的。然而,上帝保佑,万事都会如意的,"每次结束谈话,她都是这样说,"他是一个出色的男人。"

二

尼古拉初到时,神态严肃,甚至沉闷。使他苦恼的是,他必须过问那愚蠢的家务,而母亲正是为了这个才把他叫回来的。为了卸下这个包袱,在他到家的第三天,他就气愤愤的,问他到哪儿去他也不答理,皱着眉头径往厢房去找米坚卡,叫他把所有的账目都拿出来。何谓所有的账目,尼古拉比吃惊的、莫名究竟的米坚卡知道得更少。和米坚卡的谈话,以及查账的时间持续不久。在前面厢房等候的村长、农民代表和乡绅,恐惧地、同时不无满意地起先听到小伯爵嗓子愈提愈高,说话的声音嗡嗡响,而且急促,然后听到接二连三的可怕的咒骂字眼。

"强盗!忘恩负义的坏蛋!……把你这个狗崽仔剁个稀巴烂……我可不像父亲那样……我们被你偷光了……"诸如此类。

接着,这些人带着相当满意和惧怕的神情看见小伯爵满脸通红,两眼充血,抓住米坚卡的脖领把他拖出来,在咒骂告一段落的当儿,技巧娴熟地用腿和膝盖顶着他的屁股,用力往前一推,喊道:"去你的吧!坏小子,永远不要在这儿露面!"

米坚卡从六级台阶上飞也似的冲下来,一直冲向花坛。(这个花坛是奥特拉德诺耶犯罪的人有名的避难所。米坚卡吃醉酒从城里回来,他本人就是躲在这个花坛里的,许多在这儿躲米坚卡的奥特拉德诺耶居民,都知道这个花坛的庇护效能。)

米坚卡的妻子和小姨子带着惊慌的表情从她们的房门口探头探脑地向穿堂张望,房里精亮的茶炊正烧得翻滚,管家的高床,床上铺着绗过的、用碎布拼成的被子。

小伯爵气喘吁吁,大踏步从她们面前走过,连看也不看她们,回内宅去了。

伯爵夫人立刻从使女们嘴里得知厢房发生的事。一方面,她为现在他们的境况一定会有好转而感到慰藉;另一方面,她怕儿子过于操劳,心中老大的不安。她好几次蹑手蹑脚走到他的门前,听见他一袋接一袋地吸烟。

第二天,老伯爵把儿子叫到一边,含着胆怯的微笑,对他说:

"你可知道,亲爱的,何必发火呢!米坚卡全告诉我了。"

尼古拉心中想道:"我就知道在这个蠢地方,永远什么都弄不明白。"

"你气他没有把这七百卢布入账。其实这笔款子已经转账了,你没有往下看。"

"爸爸,他是坏蛋,小偷,我知道。我做过的,就算做过了。如果您不愿意,我不再理他就是了。"

"不,亲爱的。(伯爵也有点惭愧。他觉得他没有管理好妻子的田产,对不住自己的孩子们,但不知怎样才能改好。)不,我请你把家业管起来,我老了,我……"

"不,爸爸,如果我做了使您不愉快的事,就请您原谅,我比您更不善于管理。"

"什么农民呀,银钱呀,转账呀,全都见鬼去吧,"他想,"怎么押注,我早就内行,至于什么转账,我一窍不通。"他对自己说,从此他不再过问家务。只是有一次,伯爵夫人把儿子叫来,对他说,她有一张安娜·米哈伊洛夫娜的两千卢布的期票,问尼古拉怎么办。

"原来是这个事儿,"尼古拉答道,"您说,这事由我来决定;我不喜欢安娜·米哈伊洛夫娜,也不喜欢鲍里斯,但是他们对咱们不错,而且很穷。就这么办吧!"于是他把期票撕得粉碎,他这个行为使老伯爵夫人流着欢喜的眼泪大哭起来。在这之后,小伯爵再没有过问任何家事,他怀着极大的兴趣热衷于对他说来还是新鲜的事情——犬猎,老伯爵置办了大规模的狩猎设备。

三

已经是初冬的天气,早晨的严寒冻结了被秋雨浸湿的土地,秋播作物蓬蓬勃勃地长起来了,被牲口踩得发褐色的冬麦田垅,那淡黄的春播作物禾茬和红色的荞麦田垅,把茂密的秋播作物衬托得格外鲜绿。八月底,山巅和树林在冬麦的黑土田地和禾茬中间还是一些绿洲,这时在嫩绿的冬麦中间,已经变为金黄和鲜红之洲了。野兔的毛已经换了一半，小狐狸也开始出窝了，狼仔已经长得像狗一样大小。这是狩猎的最好季节。热衷打猎的年轻猎手罗斯托夫的猎犬，不仅跑得掉了膘，而且腿子也跑累了，猎手全体会议决定让狗休息三天，九月十六日进行一次远征，从橡树林开始，因为那儿有一个未受惊扰的狼窝。

九月十四日天气形势是这样。

整天猎犬都待在家里；天气很冷，寒风砭骨，但是傍晚开始上雾，转暖。九月十五日，小罗斯托夫清早起来，穿着睡衣向窗外一望，他看见，再没有比今天早上的天气更适于打猎的了：天空仿佛在融化，平静无风地向地面降落。天空中唯一移动的东西，就是烟尘或者是雾霭的微粒静悄悄地下降。花园里秃树枝上挂着晶莹的水珠，坠落在刚刚落下的树叶上。菜园的土地有如罂粟花黑亮湿润，在不远的地方，和灰暗的潮湿雾幕融为一体。尼古拉走到湿漉漉的泥泞满地的门廊台阶上；这儿散发着腐木和狗腥的气味。那只黑毛白花、肥臀、两只又黑又大的眼睛突出、名叫米尔卡的母狗，一看见主人就站起来，向后伸直了腰，像野兔似的伏下前腿，然后突然跳将起来，直冲他的鼻子和耳朵舔去。另一只长腿猎犬，在花园小径上看见主人，拱起脊背，箭也似的向台阶冲去，翘起尾巴，蹭尼古拉的腿。

"噢——啊唷！"这时传来一声最深沉的低音结合着最尖厉的高音的、别人无法模仿的猎人的呼唤。从墙角走出猎手长和驯犬长丹尼洛，他满脸皱纹，头发灰白，留着乌克兰式的茶壶盖发型，手中拿着短柄长鞭，带着只有猎人才有的独立自主和藐视一切的表情。他在主人面前脱下切尔克斯高顶帽，轻蔑地望着他。这种轻蔑的态度并没有使主人觉得受辱：尼古拉知道，这个蔑视一切、高出一切的丹尼洛，仍然是他的奴仆和猎人。

"丹尼洛！"尼古拉说，他一看见这打猎的天气、这些猎犬和他的猎手,就犹豫不安地觉得,一种遏止不住的打猎欲望在心中油然而生,犹如一个钟情的人一看见情人,就忘记原先的各种打算一样。

"大人,有什么吩咐吗?"他用由于撺掇猎狗而喊哑了的嗓子,发出好像教堂执事的低音,问,两只又黑又亮的眼睛从眉头下面向不吭声的主人瞥了一下。"怎么,忍不住了吧?"那双眼睛似乎在说。

"好天气,呃?打一围,跑一圈,怎么样?"尼古拉搔着米尔卡的耳根,说。

丹尼洛不答话,眨了眨眼。

"天蒙蒙亮,我就派乌瓦尔卡去打探打探,"停了片刻,他又用他那特有的低音说,"他说,母狼搬家了,搬到奥特拉德诺耶禁伐区,在那儿嚎叫呢。(所谓搬家,是说他们俩都知道的那只母狼带着狼仔迁到奥特拉德诺耶森林,离家两俄里远一处不大的林子。)"

"那就非去不可了,是不是?"尼古拉说,"你把乌瓦尔卡带来见我。"

"遵命!"

"那就先别给狗喂食。"

"是。"

五分钟后,丹尼洛和乌瓦尔卡都站在尼古拉的大书房里。别看丹尼洛个子不高,看见他站在书房里却给人这么一个印象,仿佛看见在周围都是家具和人类生活必需设备的地板上站着一匹马或者一头熊。连丹尼洛本人也感觉到这一点,他照例站在门口,极力把话说得轻些,动也不动,生怕碰坏主人书房里的东西,尽快把话说完,好早点出去,从天花板底下走到广阔的天幕下面。

询问完毕,并且从丹尼洛口中得知猎犬都不错(丹尼洛本人也想去打猎),尼古拉就吩咐备马。丹尼洛刚要出去,娜塔莎快步走进来,她还没有梳头洗脸,也没有更换衣裳,裹着保姆的一条大围巾。彼佳跟着她跑进来。

"去打猎吗?"娜塔莎说,"我就知道!索尼娅说你们不去。我知道今天这么好的天气,不可能不去。"

"去,"尼古拉不乐意地说,他今天打算进行一次真正的猎狼,不愿意带娜塔莎和彼佳去,"去是去,不过光是猎狼:你们会觉得没意思。"

"你要知道,这是我最大的乐趣,"娜塔莎说,"这不像话:自己去打猎,吩咐备马,可是瞒着我们。"

"俄军不怕万重关,我们去打猎!"彼佳喊道。

"可是,你不能去:妈妈不叫你去。"尼古拉转身对娜塔莎说。

"不,我要去,一定要去。"娜塔莎坚决地说。"丹尼洛,吩咐给我们备马,米哈伊尔把我的猎犬也带了去。"她对猎手长说。

丹尼洛本来就觉得他待在屋里不合适,很别扭,现在又要和小姐打交道,这在他简直不可想象。他垂下眼皮赶快退了出去,仿佛这等事与他无关,生怕无意中伤害着小姐。

四

老伯爵一向拥有大规模的狩猎设备,现在都交给儿子管理,这一天,九月十五日,老头兴致很好,也要参加狩猎。

一小时后,全副猎队来到门廊台阶前面。尼古拉神色严厉而且郑重,表示现在没有工夫管闲事,不理睬要和他说话的娜塔莎和彼佳,从他们面前径直走过去。他检查了猎队的各个部分,派了一小队猎犬和猎手去打前站,他骑上那匹枣红顿河马①,对他的那群

---

① 顿河马体小腿长,耐劳善跑。

猎犬打着呼哨,穿过打谷场,向通往奥特拉德诺耶禁伐区出发了。老伯爵骑的是一匹名叫维夫梁卡的栗色骟马,由伯爵的马夫牵着;他本人乘一辆轻便小马车驰往指定的地点。

猎犬总共五十四只,由六名猎犬手带领。不算主人,有八名狼犬手,驱赶着四十只狼犬,连同主人的猎犬,大约出动了一百三十只狗,二十名骑马的猎人,向田野进发。

每只狗都认识自己的主人,知道呼号。每个猎人都知道自己分内的事、把守的地点和担负的任务。大队人马刚走出菜园,就听不见一点喧哗声和谈话声,均匀地、肃静地沿着通往奥特拉德诺耶森林的大路和田野散开。

马在田野上行走,就像在松软的地毯上行走一样,有时走过大路上的水洼,发出噗哧噗哧的声音。雾蒙蒙的天空,仍然悄悄地、均匀地向地面下降;空气寂静而且温暖,没有一点声音。偶尔响起猎人的呼哨声、马的响鼻声、鞭击声,或者离队的猎犬的尖叫声。

走了一俄里的时候,从雾里又出现五个骑马的人带着猎犬,迎着罗斯托夫的猎队走来。为首的是一位胡须花白、精神爽朗、仪表堂堂的老人。

"您好,大叔。"当老头走到跟前时,尼古拉说。

"没得说哇!……我就知道,"大叔说(这是住在邻村的罗斯托夫家一门不富裕的远亲),"我就知道,你在家坐不住了,今天出猎是好日子。没得说哇!(这是大叔爱说的口头禅。)赶快占领禁伐区,我的吉尔奇克说,伊拉金家带着猎队正在科尔尼克扎队呢;太好了,走吧!他们会从你们眼皮底下把整窝的狼崽夺走的。"

"我们正是去那儿。怎么样,咱们合了吧?"尼古拉问道,"合起来……"

两家的猎犬合成一队,大叔和尼古拉并马而行。娜塔莎策马向他们驰来,她的头巾下露出兴奋的面孔,一对眼睛闪闪发光,彼佳和猎手米哈伊尔,还有保姆派来跟随她的驯马师等人,都不离左右地陪伴着她。彼佳在笑什么,他在鞭打他骑的马,不住地拽缰绳。娜塔莎矫健、自信地骑在黑色的阿拉伯马上,一只手熟练地、毫不费力地把马勒住。

大叔不以为然地回头看了看彼佳和娜塔莎。他不喜欢把儿戏和打猎的正经事混在一起。

"大叔,您好,我们也去打猎。"彼佳喊道。

"好是好,当心别踩着狗。"大叔严厉地说。

"尼古连卡,特鲁尼拉这只狗多可爱!它认得我。"娜塔莎在夸她那只心爱的猎犬。

"首先,特鲁尼拉根本不是狗,而是猎犬。"尼古拉想,并且严厉地向妹妹瞅了一眼,极力使她感觉到,此刻他们之间应保持一个距离。娜塔莎理解这一点。

"大叔,您别以为我们会妨碍什么人,"娜塔莎说,"我们会待在我们自己的地方,决不乱动。"

"那才好哇,伯爵小姐,"大叔说,"千万别从马上跌下来,"他又补上一句,"没得说哇!因为你没有什么可扶的东西。"

离开奥特拉德诺耶禁伐区的那片绿洲只有百十来俄丈远了,猎犬手们正向林中走去。罗斯托夫和大叔最后商定从哪里放猎犬,他们指定娜塔莎站在一个绝不会有任何东西跑过的地点,然后就越过山谷前进了。

"喂,老侄子,你对付的是一只大狼,"大叔说,"当心,别让它溜掉。"

"看情况吧。"罗斯托夫答道。"卡拉伊,准备!"他呼唤了一声,作为对大叔嘱咐的回答。卡拉伊是一只丑陋的、皮毛蓬乱的老公狗,由于独力擒一只大狼而出名。大家各就各位。

老伯爵知道儿子在打猎时脾气暴躁,生怕迟到,一路紧赶慢赶，在猎犬手还没到地方，伊利亚·安德烈伊奇就已经坐着两匹黑马驾的马车，高高兴兴，面颊红润，腮帮震得直颤，驰过葱绿的田野，到达留给他的守候点。他抻了抻皮袄，装备好猎具，跨上那匹跟他一样保养得膘肥毛滑、老实善良、毛色斑白的维夫梁卡骏马。马车被打发回去了。伊利亚·安德烈伊奇伯爵虽然不是一个热衷的猎手，但是，他对打猎规则倒记得烂熟，他向灌木丛边沿驰去，就在那儿停住了，整理一下缰绳，在鞍子上坐好，觉得自己已经准备妥当，微微含笑向四外观望一下。

他身旁站着一个名叫谢苗·切克马尔的跟班，是一个老骑手，但动作已经不灵活了。切克马尔牵着三只像主人和马一样肥壮的凶猛猎犬。两只不拴锁链的聪明的老狗在一旁卧着。百步开外的空地上，站着伯爵的马夫米季卡，此人是一个不要命的骑手和狂热的猎手。伯爵照老习惯在打猎前喝一银杯猎人露酒，吃点小菜，喝半瓶他所喜爱的波尔多红葡萄酒。

伊利亚·安德烈伊奇由于饮酒和行路，面色发红，眼睛蒙上了一层湿润，显得特别光亮，他裹紧了皮袄，坐在马鞍上，那样子有如准备出外游玩的儿童。

瘦得两腮下陷的切克马尔，把该做的事做完，不住地打量跟他和睦相处三十年的主人，他了解他现在的心情愉快，正在等待和他愉快地交谈。还有一个老头从树林里小心翼翼地骑马（他显然受过教训）走来，在伯爵身后停住。此人胡须花白，身穿肥大的女长衣，头戴尖顶帽。这是名叫纳斯塔西娅·伊万诺夫娜[①]的小丑。

"喂，纳斯塔西娅·伊万诺夫娜，"伯爵对他挤挤眼，悄悄地说，"你要是把野兽惊走，丹尼洛可饶不了你。"

"我……并不比别人差。"纳斯塔西娅·伊万诺夫娜说。

---

① 旧俄贵族蓄养小丑以取乐，这些男性小丑都取女性名字。

"嘘——嘘!"伯爵发出叫人肃静的声音,然后向谢苗转过身去。

"你看见娜塔莉娅·伊利尼奇娜①了吗?"他问谢苗,"她在哪儿?"

"她和彼得·伊利奇②停在扎罗夫草地附近,"谢苗微笑着说,"别看是女流,打起猎来可了不起。"

"你看她骑马,谢苗,才叫你惊奇呢……是吧?"伯爵说,"简直比得上男人!"

"怎么不叫人惊奇? 她那么大胆,那么灵活!"

"尼古拉沙③在哪儿? 在利亚多夫斯克高地吧?"伯爵低声问。

"是啊,您老。他知道在哪儿把守。他骑马的技术可高超啦,我跟丹尼洛时常大吃一惊。"谢苗说,他知道怎样才能讨得主人的欢心。

"骑术不错,是吧? 他骑马的姿势怎么样?"

"简直跟画的一样! 前几天他从扎瓦尔津斯克草地赶出一只狐狸。他越过一个障碍又一个障碍,紧追猛赶——那马价值千金,而骑手更是无价之宝! 这样好的小伙子哪儿找去!"

"哪儿找去……"伯爵重复说,他显然因为谢苗很快把话说完而觉得遗憾,"哪儿找去。"他一边说,一边掀起皮袄的底襟,把鼻烟壶掏出来。

"前些日子他从教堂出来,全身佩戴勋章,于是米哈伊尔·西多雷奇……"谢苗没把话说完就听见寂静的空中清晰地传来两三只猎犬追逐野兽的吠声,夹杂着别的猎犬的呼应声。他侧耳细听,默默地向伯爵示意。"找到狼窝啦……"他低声说,"一直往利亚

---

① 娜塔莉娅·伊利尼奇娜是娜塔莎的尊称。
② 彼得·伊利奇是彼佳的尊称。
③ 尼古拉沙是尼古拉的爱称。

多夫斯克高地追去了。"

伯爵忘了收起脸上的笑容,凝视着前面的狭长林带,手里握着鼻烟壶,也没有闻。紧跟着狗吠声之后,丹尼洛吹响了追狼的低沉号角;另外一群猎犬加入了头三只猎犬,可以听见猎犬响亮的吼叫夹杂着追狼的特别的吠声。猎手们已经不是"嗖嗖"地撺掇,而是喊"乌溜——溜①",丹尼洛时而低沉、时而尖厉的呼号最突出。他的声音仿佛充满了整个森林,而且冲出森林以外,在田野远处回响。

伯爵默默地静听片刻,他的马夫深信不疑地说,猎犬已经分成两队:较大的、吼声特别起劲的一队,渐渐离得远了,另外一队沿着伯爵前面的森林奔跑,可以听见丹尼洛在这一队里发出"乌溜——溜"的声音。这两队合而又分,但是两队都跑远了。谢苗松了口气,俯下身来整理一下被小公狗弄乱了的皮带;伯爵也松了口气,瞅见手中的鼻烟壶,打开来捏了一撮鼻烟。

"回来!"谢苗对跑出林外的小狗喊道。伯爵打了一个哆嗦,把鼻烟壶失落了。纳斯塔西娅·伊万诺夫娜下马去捡鼻烟壶。

伯爵和谢苗望着他。突然,正如常有的情形,追逐的声音一霎时临近了,那狂吠的狗嘴和丹尼洛的喊声,仿佛马上就要在眼前出现。

伯爵向四外张望,看见米季卡在他右边,他瞪着两眼盯着伯爵,举起帽子,向他指着另一侧的前方。

"当心!"他大喊一声,听得出他早就憋着要喊出来。他放开猎犬,策马向伯爵这边驰来。

伯爵和谢苗骑马驰出树林,看见左边有一只狼,一摇一摆地轻轻向左边他们原先站过的林边跳去。愤怒的狗哀鸣起来,挣脱了

---

① "乌溜——溜"是猎人对猎犬的呼号,意思是"追上它!抓住它!"

皮带,擦过马蹄向狼追去。

狼停了一下,好像患喉头炎似的,笨拙地向猎犬转过它那宽额的脑袋,然后仍然摇摆着身子,摇摇尾巴,猛地一跳,再跳,就窜进森林边缘不见了。就在这时,只听得一阵像哭似的嗥叫,从对面林边慌张地跳出一只、两只、三只猎犬,这群猎犬沿着狼跑过的田野疾奔。在猎犬之后,榛树丛薮分开了,丹尼洛那匹栗色的、由于出汗皮毛变黑了的马驰了出来。丹尼洛骑在长长的马背上缩作一团,俯向前方,他没有戴帽子,满头乱蓬蓬的白发,通红的脸汗淋淋的。

"乌溜——溜——溜,乌溜——溜!……"他喊道。当他看见伯爵时,他的眼睛突然一亮。

"嘿……!"他举起鞭子指着伯爵威吓道。

"把狼放走了!……好一个猎人!"他好像不屑于和惊慌失措的伯爵废话,对伯爵憋着一肚子怒气,鞭打着栗色骟马塌陷和汗湿的两肋,跟着猎犬驰去。伯爵好像受罚的小学生,站在那儿四外张望,极力堆出笑容以博取谢苗对他处境的同情。但是,谢苗已经不在那儿了:他正绕着灌木林奔驰,不让狼跑进森林里去。猎犬手们也从两边堵截,但是,那狼穿过灌木林逃走了,没有一个猎手截住它。

五

这时尼古拉·罗斯托夫正在他的位置上守候着野兽。根据猎犬追狼的吠声时远时近,根据他所熟悉的猎犬的音调,根据猎犬手们呼号声时远时近而且逐渐提高,他可以感觉到那座孤林中发生的一切。他知道,孤林里有小狼和老狼;他知道,猎犬已经分成两队,正在什么地方追捕,在什么地方出了差错。他时时刻刻期待狼到他这边来。关于狼怎样和从哪个方向跑过来,他怎样捕捉它,他假设了千百个不同的情况。希望和失望不断地交替着。他好几次祈求上帝让狼跑到他这儿来;他如此热切和真挚地祈祷,正如人们为了一点小事而非常激动地祈祷一样。"你为我做这件好事吧,这在你算不了什么!"他对上帝说,"我知道,你是伟大的,向你提出这个要求是罪过;但是多谢你啦,上帝,就让那只老狼闯到我这儿吧,就让卡拉伊扑过去,当着在那边守候的大叔的面,狠命地咬着它的喉咙不放。"在半小时中间,罗斯托夫上千次地用焦急不安的目光望着林边(那里有一片白杨幼林,中间矗立着两棵稀奇古怪的大橡树),望着边缘被水冲塌的溪谷,望着右首灌木丛上方隐约露出的大叔的帽子。

"不,我不会有那么好的运气,"罗斯托夫想道,"那太可贵啦!不会有的!不论是打牌还是打仗,我总是倒霉。"奥斯特利茨和多洛霍夫在他的想象中鲜明地出现了,但是一闪而过。"但愿在我一生中能猎到一只老狼,我没有更多的奢望!"他想道,他集中听觉和视力,不住地向左望,又向右望,侧耳细听那猎犬吠声极细微的差别。他又向右仔细看一眼,他看见空旷的田野上一个什么东西朝他跑来。"不,这不可能!"罗斯托夫想,他深沉地喘息起来,正如一个人在他久已盼望的事一旦实现的时候就是这样深沉地喘息的。最伟大的幸福实现了——而且是那么简单,不动声色,没有炫耀和庆祝。罗斯托夫不相信自己的眼睛,怀疑持续了一秒多钟。狼向前跑,笨重地跳过路上的车辙。这是一只老狼,背脊灰白,肥大的肚皮发粉红色。它不紧不慢地跑着,显然认为没有人看见它。罗斯托夫屏着呼吸环顾一下猎犬。那些狗或站或卧,既没看见狼,也不了解眼前的情况。老狗卡拉伊回过头,龇着黄牙在咬它的后腿,怒冲冲地捉虱子。

"乌溜——溜。"罗斯托夫噘起嘴唇低声喊道。那些狗抖响了链子,跳起身来,竖起耳朵。卡拉伊搔了搔后腿,也站起来竖起耳朵,轻轻地摇了摇那垂挂着狗毛纠结成团的尾巴。

"放,还是不放?"当狼从森林那边向他跑来时,尼古拉自言自语说。狼突然改变了面部的表情;它打了一个寒噤,大约看见了它从未见过的、正向它注视着的人的眼睛,它略微向尼古拉转过头来,就停住了——退回去呢,还是向前走?"咳!反正一样,前进!……"看样子它似乎这样对自己说,于是它不再反顾,迈着轻柔、疏阔、从容、然而坚定的跳跃步伐,前进了。

"乌溜——溜!……"尼古拉用好像不是自己的声音喊道,同时,他那匹骏马箭也似的奔下坡去截那只狼,一路跃过一个个水洼,几只猎犬跑得更快,超过了马。尼古拉听不见自己的喊声,也觉不出他在飞驰,也看不见狗,看不见驰过的地面,他只紧紧盯着那只狼,那狼加快了速度,仍然顺着山谷一跃一跃地奔跑。第一个追上那只狼的是黑毛白花、臀部肥大的米尔卡,它逐渐接近那只野兽了。更近了,更近了……眼看就要追上。但是,那只狼向它微微斜了斜眼,米尔卡不像平素那样更加一把劲儿,而是忽然翘起尾巴,两只前脚撑着地停住了。

"乌溜溜溜——溜!"尼古拉喊道。

红毛柳比姆从米尔卡后面窜出来,箭也似的向狼扑去,咬住了它的后腿,但是,就在那一瞬间,它惊慌地跳到旁边去了。那狼一蹲身,龇了龇牙,又站起来向前跑了,一大群狗不即不离地跟着它跑。

"不好,跑掉啦!这不行。"尼古拉想,继续用沙哑的声音呐喊。

"卡拉伊!乌溜——溜!……"他喊道,一面用眼睛寻找那只老公狗——他唯一的希望。卡拉伊使出全身力气,尽可能伸长身子,眼睛盯着那狼,挺费劲地奔到狼身旁,准备截住它。但是狼跳跃得快,狗慢,卡拉伊显然失算了。尼古拉看见前面的森林已经不远,狼跑到那儿就会逃掉。这时前面出现几只狗,几乎迎面驰来一个猎人。还有希望。一只尼古拉不认得的、来自别队的、长身量、皮色黑褐的小公狗,从前面向狼猛冲过来,几乎把它撞倒。但是,狼出乎意外迅速跳将起来,向黑褐色猎犬扑过去,咔哧咬了一口——那只小公狗尖叫一声,头冲地倒了下去,肋上的伤口流出鲜血。

"卡拉尤什卡①!我的爷!"尼古拉带着哭声喊道。

多亏这次拦截耽搁了一下,那只腿上的毛纠成团的老公狗已经离狼五步远了。狼好像察觉出危险,斜眼看了看卡拉伊,把尾巴夹得更紧,大步跳走了。正在这时,尼古拉只见卡拉伊行动了——它眨眼工夫已经扑在狼身上,和它一起滚进它们身旁的沟里。

尼古拉看见几只狗和狼厮打成一团,狼在狗下面露出灰白色的皮毛,后腿伸得直直的,抿着耳朵,受惊而且急促地喘息着(卡拉伊箍住了它的喉咙),就在这一刹那——尼古拉看见这个情景的刹那,是尼古拉一生中最幸福的时刻。他已经抓住鞍桥准备下马刺那只狼了,这时狼突然从一群狗中间抬起头来,两只前腿搭着沟沿。狼咬了咬牙(卡拉伊已经松开了它),后腿一蹬,跳出了沟,夹紧尾巴,又摆脱了狗群,向前逃跑了。卡拉伊大概是摔伤或者是被咬伤,它竖起毛来,挺费劲地从沟里爬出来。

"我的老天!这是怎么啦?……"尼古拉大失所望,喊道。

大叔的一个猎手在狼的前头斜刺里驰来,他的几只狗又拦住了狼。又把它包围起来。

尼古拉、他的马夫、大叔和他的猎手,围着狼打转,"乌溜——溜"地喊叫,每当狼向后一蹲,他们就准备下马;每当狼打起精神,

---

① 卡拉尤什卡是卡拉伊的爱称。

又向可以救它命的伐林区移动,他们就策马赶上去。

早在追捕开始的时候,丹尼洛一听见"乌溜——溜"的喊声,就驰出了树林。他看见卡拉伊捉住了狼,就勒住马,以为战斗结束了。但是,当猎手们都没下马,狼抖擞一下又逃走了的时候,丹尼洛催动了他的枣红马,不是朝着狼,而是一直向伐林区驰去,正如卡拉伊那样,切断狼的去路。幸亏这么迂回,正好大叔的狗第二次拦住狼的时候,他赶到了狼跟前。

丹尼洛不声不响地骑着马,左手握着出鞘的匕首,仿佛用连枷打禾似的,用他那短柄鞭子拍打枣红马收得紧紧的两肋。

一直到枣红马呼呼地喘着气从尼古拉面前驰过的时候,尼古拉才看见和听见丹尼洛,他听见身体倒下去的声音,看见丹尼洛在一群狗中间趴在狼背上,狠命地揪狼的耳朵。不管是狗,是猎人,甚至狼自己,都已经明白了,现在一切都完了。狼吓得抿着耳朵,竭力想站起来,但是狗紧紧围着它。丹尼洛欠起身来往上一纵,好像躺下休息似的,整个人的重量都压在狼身上,一面紧紧抓住它的耳朵。尼古拉想过去刺它,但是,丹尼洛低声说:"用不着,咱们捆住它的嘴。"于是,他换了个姿势,一只脚踩着狼的脖子,用一根棍子横插在狼嘴里,绑上,好像给它戴上皮嚼子,然后绑上它的腿,丹尼洛把狼来回滚了两滚。

人们带着喜悦和疲乏的表情,把那只活捉的老狼放到往后躲闪、喷着鼻子的马背上,伴随着对它直叫的狗,把它驮到预定集合的地点。猎犬捉住两只小狼,狼狗捉住三只小狼。猎手们带着他们的猎物和故事聚在一起,大家都来看那只大狼,它奄拉着宽额的头,嘴里衔着棍子,睁着一对玻璃球似的大眼睛看周围的狗和人。当人们碰碰它时,它就登几下被绑的腿,野性而单纯地望着大家。

伊利亚·安德烈伊奇伯爵也骑马凑到跟前碰碰那只狼。

"嗬,好大一只狼,"他说,"真肥大,是吧?"他向站在身旁的丹尼洛问道。

"是只大肥狼,大人。"丹尼洛连忙脱帽回答。

伯爵想起他放走了那只狼和为此跟丹尼洛的冲突。

"不过,老弟,你发火了。"伯爵说。丹尼洛什么也没说,只是羞怯地微微一笑,那是孩子般温顺而愉快的微笑。

六

老伯爵回家了。娜塔莎和彼佳答应随后就回去。因为天色尚早,打猎继续进行。中午时分,猎犬被撒到幼林丛生的山谷里。尼古拉站在一片禾茬地里,从这儿可以望见他的全队猎手。

尼古拉对面是一片麦田,那儿有一个他的猎手独自在榛树丛薮后面的洼地上站着。猎犬刚撒出去,尼古拉就听见他所熟悉的名叫沃尔托恩的猎犬时断时续的嗥叫;别的狗跟着它叫,追逐声时起时落。片刻之后,从孤林里发出追狐狸的呼号,整队猎犬合在一起,离开尼古拉,沿着山谷的一个分叉向麦田追去。

他看见几个戴红帽子的猎犬手沿着草木茂密的山谷边沿奔跑,甚至还看见狗,他时时刻刻期待狐狸从那边麦田出现。

那个在洼地站着的猎人开始行动了,他把猎犬撒出去,尼古拉看见一只毛红体小、样子奇怪的狐狸拖着毛茸茸的尾巴在麦田里急急忙忙奔跑。猎犬逐渐接近它。已经追上了,那只狐狸在一群猎犬中间来回打转,越转越快,不住地摇着蓬松的尾巴;一只不知谁的白狗窜过去,接着一只黑狗跟上去,于是乱成一团,几只猎犬尾巴朝外围成一个星形,身子几乎不动。两个猎人向猎犬驰去:一个头戴红帽,另一个身穿绿色的长外衣,是个陌生人。

"这是怎么回事啊?"尼古拉想,"从哪儿跑来这么个猎人? 这不是大叔的人。"

猎手们夺过那只狐狸,但是,没有把它收拾起来,都站在那儿不动,那些马拖着缰绳和高高的鞍桥在人们周围站着,狗卧在地上。猎手们挥舞着手臂,不知他们要怎么处理那只狐狸。那儿吹响了号角——发出斗殴的信号。

"这是伊拉金的猎手和咱们的人干起来了。"尼古拉的马夫说。

尼古拉派马夫去把妹妹和彼佳叫来,他缓缓驰到猎手集合猎犬的地点。有几个猎手向出事地点奔驰。

尼古拉下了马,与刚来到的娜塔莎和彼佳一起停在一群猎犬旁边,等候事情结束的消息。从林边向少主人这儿驰来一个参加打架的猎手,他的马鞍后面挂着一只狐狸。他老远就脱掉帽子,尽可能恭恭敬敬地说话;但是,他面色苍白,上气不接下气,一副气急败坏的样子,他一只眼给打青了,不过他大概还不知道呢。

"你们那儿怎么了?"尼古拉问。

"真没道理,从我们的狗嘴里抢狐狸!是我的灰狗逮住的。总得讲理嘛!他想抢狐狸!我举起狐狸给他一下子。这就是,在鞍子上挂着呢。你想尝尝这个吗?"那个猎手指着匕首说,大概他想象他还在同敌人说话呢。

尼古拉没有和那人说什么,他叫妹妹和彼佳等着他,他策马向敌对的伊拉金猎队驰去了。

那个胜利归来的猎手回到同伴那里,被一些表同情的人围着问长问短,他把他的功绩讲述了一番。

事情是这样的,同罗斯托夫的人发生争执的伊拉金,在按照习惯应属于罗斯托夫家的地段打猎,并且好像故意到罗斯托夫的人正在那儿打猎的树林,让他的猎手抢人家的猎狗捕获的猎物。

尼古拉从来未见过伊拉金,但是,他在看问题和感情上从来不守中庸之道,由于风闻这位地主残暴而且专横,所以对他满心的愤恨,认为他是最凶恶的敌人。他现在去找他,怒不可遏,而且非常激动,手里紧紧握住马鞭,充分准备采取最坚决、最严厉的手段对付敌人。

他刚转过树林突出的地段,就看见一个头戴水獭皮帽,骑一匹乌黑骏马的肥胖绅士迎面走来,后面跟随两个马夫。

尼古拉发现伊拉金不惟不是敌人,而且是一个仪表堂堂、彬彬有礼的贵族,他特别想跟年轻的伯爵结交。伊拉金驰到罗斯托夫跟前,举了举水獭皮帽,说他对刚才的事件非常遗憾;他要惩罚那个胆敢从别人的猎狗嘴里抢夺猎物的猎手,他希望跟伯爵认识,并且邀请他到他的围场去打猎。

娜塔莎害怕哥哥做出什么可怕的事情,她怀着不安的心情离他不远地跟着他。她看见两个敌人友好地互相问候,就驰到他们跟前。伊拉金对着娜塔莎更高地举起他的水獭皮帽,愉快地微笑着说,伯爵小姐不论是对打猎的热情,还是令他久仰的美貌,都很像狄安娜①。

伊拉金为补偿他的猎手的罪过,坚持请罗斯托夫到一俄里外他自己留用的山坡去打猎,据他说,那儿的兔子满处跑。尼古拉同意了,于是,增加了一倍的猎队出发了。

到伊拉金那片山地要穿过田野。猎人们逐渐走成纵队。老爷们在一起走。大叔、罗斯托夫、伊拉金偷偷地打量别人的猎犬,极力做得不让别人看出这一点来,并且不安地在别人的猎犬中间寻找可以与自己的猎犬匹敌的对手。

伊拉金的狗群中有一只纯种、红斑点的小母狗,身子虽然细长,但筋肉似钢,嘴脸俊俏,一双黑眼睛突出,它的美使罗斯托夫大为惊异。他听说伊拉金的狗跑得快,他看出这只美丽的小母狗是

---

① 狄安娜是罗马神话中的月亮和狩猎女神。

他的米尔卡的敌手。

伊拉金谈起今年的收成,在一本正经地谈话中间,尼古拉向他指了指红花母狗。

"您的这只母狗不错!"他用随随便便的口气说,"跑得快吗?"

"这只母狗吗? 是的,是只好狗,能捉野兽。"伊拉金用漫不经心的腔调说他的红花叶尔扎,这只狗是他去年用三户农奴从邻人那儿换来的。"这么说来,伯爵,你们的收成也不怎么样?"他继续刚才的谈话。伊拉金认为应当答谢小伯爵。他瞧了瞧他的狗,于是选出米尔卡——它那宽阔的体格引起他的注意。

"您那只黑花狗很好——漂亮!"他说。

"是的,还可以,跑得快。"尼古拉答道。他心里说:"只要野地里跑出一只大灰兔,我就叫你知道这只狗的厉害!"他转身对马夫说,谁能发现一只兔子,我就赏他一个卢布。

"我不明白,"伊拉金继续说,"为什么有些人妒忌人家打的野兽,妒忌人家的猎狗。我可以跟您谈谈我自己,伯爵。您知道,我喜欢骑马逛逛;就像咱们现在这样结伴而行……再好不过了(他又向娜塔莎举起水獭皮帽);至于说打了多少野兽,是不是满载而归,这在我是无所谓的!"

"可不是。"

"我也不会因为捉到猎物的是别人的猎狗不是我的而气恼,我只是欣赏追逐野兽的情景,您说是不是,伯爵? 然后我来判断……"

"阿兔——追呀!"这时停下来的猎犬手中有一个拉长声调喊道。他站在禾茬地里的小丘上,举起鞭子,又拉长声音喊:"阿兔——追呀!"(这喊声和举鞭表示他看见前面卧着一只兔子。)

"啊,他好像发现了,"伊拉金漫不经心地说,"怎么样,咱们去追吧,伯爵?"

"好的,得赶上去……怎么,一起去吧?"尼古拉回答,他瞟了一眼叶尔扎和大叔的红毛鲁加伊,这两个敌手还没有机会同他的狗较量过呢。"如果它们把我的米尔卡打败了,那可怎么是好!"他一面和大叔及伊拉金并肩朝着兔子前进,一面想。

"兔子大吗?"伊拉金一面问,一面向那个发现兔子的猎手走去,内心不无激动地向周围张望,吹着口哨招呼叶尔扎……

"您怎么样,米哈伊尔·尼卡诺雷奇?"他转身问大叔。大叔在马背上紧皱着眉头。

"我就算啦!既然你们的——没得说哇!——一个庄子换一只狗,你们的狗都是价值千金。你们比一比,我来瞧瞧!"

"鲁加伊!哪,哪!鲁加尤什卡!"他又加了一句,不由得用爱称表示他的抚爱和对这只红毛公狗寄托的希望。娜塔莎看出同时也感觉到这两位老人和她的哥哥隐藏在内心的激动,她自己也为之激动起来。

那个站在山坡上的猎手扬着鞭子,老爷们骑着马缓步向他走去;远在地平线上的猎狗向兔子转回来;猎手们(除了老爷们)也走远了。他们缓慢地、镇静地向前移动。

"兔子头朝哪边?"尼古拉向发现兔子的猎手赶了百十步,问道。猎手还没来得及回答,那只灰兔就察觉大祸临头,再也待不住了,跳了起来。那群带系索的猎犬,吼叫着跟随兔子冲下坡去;不带系索的狼犬也从四面八方跟着猎犬去追兔子。那些离得较远的缓步行进的猎手们喊叫着:"站住!"把狗集合起来,那些管狼犬的猎手喊叫着"阿兔!"把狗撒开,猎手们在田野里开始奔驰。镇定自若的伊拉金、尼古拉、娜塔莎和大叔也跃马飞奔,连他们自己也不知往哪儿去和怎样去,眼睛只盯着狗和兔子,惟恐漏掉哪怕一瞬间追逐的情景。这只兔子肥壮而且善跑。它跳起来,但是并不立刻就跑,而是竖起耳朵,细听四面八方发出的喊声和马蹄声。它跃进十来步,并不快,等狗追来,感到了危险,于是选好方向,抿起耳朵,四爪翻飞地逃跑了。它本来卧的地方是禾茬地,但是前面是沼泽地带的麦田。发现兔子的猎手的两只狗离得最近,首先看见兔子,追了上去;但是离兔子还很远,忽然从后面冲出伊拉金的红花叶尔扎,眼看只有一只狗的距离了,它对准兔子尾巴,以惊人的速度扑过去,它以为抓住了兔子,就地打了一个滚。兔子拱起背脊,跑得更快了。宽臀的黑花米尔卡从叶尔扎背后窜到前面,很快赶上兔子。

"米卢什卡,亲爱的!"传来尼古拉严厉的喊声。看来,米尔卡马上就要突击,就要抓住兔子,可是它撵上后扑了个空。灰兔闪到一旁蹲在那儿。美丽的叶尔扎又做出捕捉的架势,它在灰兔尾巴上方立起身来,仿佛是在估量距离,这一回可别再弄错了,要抓住它的后腿。

"叶尔扎尼卡①!好朋友!"传来伊拉金变了腔的要哭的声音。叶尔扎不懂他的祈求。就在它眼看要抓住灰兔的一刹那,灰兔猛地一扭身,滚到麦田和禾茬地之间的界沟里去了。叶尔扎和米尔卡又像两匹驾辕的马,肩并肩地追赶兔子;兔子在界沟里跑起来比较轻松,狗不能很快地接近它。

"鲁加伊!鲁加尤什卡!没得说哇!"这时传来一个新的喊声,于是,大叔的那只红毛驼背的公狗身子一伸一弓地跑开了,赶上头两只狗,超过它们,以惊人的自我献身的精神扑到兔子身上,把它从界沟撞到麦田里,麦田泥泞没膝,它又一次狠命地加一把劲,只见它同兔子一起打了一个滚,背脊上粘了污泥。几只狗把兔子围起来。不大一会儿,大家都站在这群狗的周围。只有幸运的大叔一个人下了马,割掉兔腿。他抖了抖兔子,控一控血,他环视

---

① 叶尔扎尼卡是叶尔扎的爱称。

四周,手足无措,惶恐不安,转动着眼珠,连他自己也不知和谁说话和说什么。"瞧,没得说哇……瞧,这只狗……瞧,它战胜了所有的狗,不论是价值千金的,还是价值一个卢布的——没得说哇!"他说,一面呼呼地喘气,一面愤愤地东张西望,似乎在骂什么人,仿佛人人都跟他作对,都欺负他,直到现在才申了冤,"瞧,你们那价值千金的——没得说哇!"

"鲁加伊,给你兔腿!"他说,把割下来的带泥的兔腿扔给狗,"只有你配吃,没得说哇!"

"它累坏了,它独自追赶了三次。"尼古拉说,他也不听别人讲什么,也不管别人是否听他讲。

"这样截算什么!"伊拉金的马夫说。

"一旦落空,随便哪只狗都能追上去捉住它。"这时伊拉金也说,他满脸通红,由于驰骋和激动,吃力地喘息着。这时娜塔莎连气都不喘一下,就欢欣若狂地尖叫一声,震响了人们的耳朵。她这声尖叫表达了别的猎人当时在谈话中所表达的意思。而且,叫的声音是这么怪,如果在别的时候,连她自己也一定为这一声野性的怪叫而觉得害羞,大家也会为之惊讶。大叔亲手用皮带捆好灰兔,快速麻利地把它搭在马鞍后面,他这样做好像是在责备所有的人,他那神情又好像不愿同任何人说话,他骑上那匹浅栗色的马就走了。除他之外,大家都闷闷不乐,感到受了侮辱,都上马走了,过了好半天才恢复若无其事的气氛。他们对那只红毛鲁加伊还端详了很久,它滚了一身泥巴,拱着背脊,响着铁链子,带着胜利者泰然自若的神气,紧跟在大叔的马后面。

"哼,当事情不涉及追赶野兽的时候,我也和别的狗一样。可是一旦追赶野兽,那你就等着瞧吧!"尼古拉觉得那只狗的神气仿佛这样说。

又过了好一会儿,大叔驰近尼古拉和他谈话,尼古拉很得意:

在发生了这一切之后,大叔又肯跟他说话了。

七

傍晚,伊拉金辞别了尼古拉,这时尼古拉发现他离家太远了,不得不接受大叔的建议,留下猎队,到他那儿,就是到大叔的米哈伊洛夫卡村过夜。

"光临寒舍——没得说哇!"大叔说,"当然再好没有了;您瞧,天气很潮湿,"大叔又说,"歇一歇,伯爵小姐可以坐车回家。"大叔的建议被采纳了,派一名猎手到奥特拉德诺耶去要马车;尼古拉带着娜塔莎和彼佳到大叔的村子去了。

出来五六个男家奴,有大有小,到前厅门廊迎接主人。十来个女人,有老有少,还有小孩,从后门探头探脑,瞧着骑马的猎人。一看见娜塔莎——一位贵族小姐骑马,引起大叔的家奴们极大的好奇,许多人毫不怯生,走到她跟前睁大眼睛看她,当着她的面品评她,仿佛她是一个供展览的怪物,并不是人,所以它不会听见也不会懂得他们说的话。

"阿琳卡①,你瞧,她侧着身子骑马! 她坐在马鞍上,裙子一摆一摆的⋯⋯瞧,还有小号角呢!"

"哟,我的老天,还带一把刀子呢⋯⋯"

"她准是鞑靼女人!"

"你怎么能不栽下来呢?"一个最勇敢的女人直接向娜塔莎问起话来。

大叔在他那草木茂盛的花园里的小木屋门前下了马,瞥了一眼他的家人,威严地喊了一声,叫闲人走开,都去做一切必要的准

---

① 阿琳卡是阿琳娜的昵称。

备以迎接客人。

人们赶快散开了。大叔扶娜塔莎下了马,拉着她的手走上摇摇晃晃的门廊木板台阶。室内没有抹灰,墙壁是圆木的,不怎么清洁——既看不出居住的人有意弄脏,也不是明显地无人照管。过道里散发着新鲜苹果的味道,墙上挂着狼皮和狐狸皮。

大叔领客人穿过前室走进放着一张折叠饭桌和几把红椅子的小厅,然后进入摆着一张桦木圆桌和一个沙发的客室,然后走进书房,这里摆着一只破沙发和旧地毯,挂着苏沃洛夫、主人的父母和他本人身穿军服的画像。书房里有一股强烈的烟草味和狗腥味。

大叔让客人们在书房里落座,请他们像在自己家里一样随便,然后就出去了。背上粘有泥污的鲁加伊走进书房,它跳到沙发上躺下,用舌头和牙齿清理全身。书房连着一道走廊,一个帷幔破旧的屏风遮着走廊。屏风后面有妇女的笑声和低语声。娜塔莎、尼古拉和彼佳脱了外衣,坐在沙发上。彼佳支着臂肘立刻睡着了;娜塔莎和尼古拉默默地坐着。他们脸发烧,感到很饿,很高兴。他们互相看看(在打完猎回到屋里,尼古拉认为没有必要显示男子的优越性了);娜塔莎向哥哥挤挤眼,两人还没等找到一个借口就再也忍不住哈哈大笑起来。

过了一会儿,大叔进来了,他换了一件卡扎金式的半截衫①,下身穿蓝裤子,脚登一双短统靴。娜塔莎觉得他这身服装是真正漂亮的服装,完全不亚于燕尾服或者大礼服(在奥特拉德诺耶她看见大叔这身打扮时,觉得奇怪而且好笑)。大叔也很高兴;他不但不为他兄妹的笑而生气(他根本想不到他们是笑他的生活方式),他自己也跟着他们无缘无故地笑起来。

"伯爵小姐,小小的年纪真了不起!——没得说哇!——像

----

① 卡扎金是俄罗斯民族服装,流行于十九世纪。

这样的小姐真少见!"他一边说,一边递给罗斯托夫一杆长烟袋,然后用习惯的姿势把一杆截短了的烟袋夹在三个手指之间。

"骑了一天马,简直像个男子汉,满不在乎!"

大叔进来不大一会儿,一个小丫头——听脚步声就知道是打赤脚的——把门打开了,一个体态肥胖、面庞红润、双下巴、有着肥厚鲜红的厚嘴唇、四十来岁的美貌女人,端着盛满食物的大托盘走进来。她的眼神和一举一动都显示出端庄大方同时又讨人喜欢的待客热情,她看了看客人们,和蔼地微笑着向他们恭恭敬敬鞠了一躬。虽然她胖得出奇,挺着隆起的胸脯和肚子,往后仰着头,但是这个女人(大叔的管家婆)动作异常轻快。她走到桌前,把托盘放下,用她那双白白胖胖的手麻利地把酒瓶、小菜以及各种吃食摆好,然后走开,面带笑容站在门旁。"瞧,我多能干! 现在你该了解大叔了吧?"她的出现好像是这样对罗斯托夫说。怎么能不了解呢:不但罗斯托夫,连娜塔莎也了解大叔,了解当阿尼西娅·费奥多罗夫娜进来时,他那眉头皱起以及微撇嘴唇露出幸福自满的微笑所表示的意思。托盘里有草药酒、露酒、腌蘑菇、乳浆黑麦饼、鲜蜜、蜜酒、苹果、生核桃、炒核桃以及蜜饯核桃。然后阿尼西娅·费奥多罗夫娜又端来蜜果酱、糖果浆、火腿、刚烤好的子鸡。

这一切都是阿尼西娅·费奥多罗夫娜的经营、收集、制作。这一切都散发着阿尼西娅·费奥多罗夫娜的气息,都有一点她的味道。一切都新鲜,清洁,白净,带有愉快的微笑。

"亲爱的伯爵小姐,您尝尝。"她一面说,一面给娜塔莎递这递那。娜塔莎什么都吃,她觉得,这些乳浆饼、这些香甜的果浆、蜜饯核桃和烤鸡,她在任何地方也没见过,也没吃过。阿尼西娅·费奥多罗夫娜出去了。罗斯托夫和大叔一面吃饭,喝樱桃酒,一面谈论过去和未来的狩猎,谈论鲁加伊和伊拉金的狗。娜塔莎睁着光闪闪的眼睛,笔直地坐在沙发上听他们谈话。她有好几次想叫醒彼佳,让他吃点东西,但是他说了句梦话,显然没有醒过来。娜塔莎在这个新环境中是这么快活,这么舒适,惟恐接她的马车来得太快。正如人们在家中接待熟人常有的情形,在谈话偶尔中断片刻之后,大叔好像回答客人心里想问的话:

"我就这样了此一生……人一死——没得说哇! ——万事皆休。还是少作点孽吧!"

大叔说这话时,他脸上的表情大有深意,甚至很美。这时罗斯托夫不禁想起他从父亲和邻人那儿听来的关于大叔的好话。大叔在全省是有名的最高尚最无私的怪人。人们请他调解家庭纠纷,请他做遗嘱执行人,向他吐露私房话,选他担任法官和别的职务,但他一向坚决不担任公职,春秋两季他骑着那匹浅栗色的马在野外消遣,冬天坐在家里,夏天在他那绿荫葱茏的花园里歇息。

"大叔,您为什么不做官?"

"做过,后来放弃了。我不行,没得说哇——我一窍不通。那是你们的事,我的脑筋不够用。至于打猎嘛,那就是另一回事了——没得说哇! 把门打开,"他喊道,"干吗关上门!"走廊尽头有一扇门通到单身猎手的住室:就是所谓猎仆室。响起急匆匆的光脚板的声音,一只看不见的手打开通往猎仆室的门。走廊里更清楚地传来三弦琴的琴声,显然是一个行家弹奏的。娜塔莎早就侧耳谛听这琴音了,现在她走到走廊里,为了听得更清楚。

"这是我的车夫米季卡……我给他买了一把很好的三弦琴,我爱听。"大叔说。大叔规定:他打猎归来,米季卡就在单身汉猎仆室弹三弦琴。大叔爱听这种音乐。

"好! 好听。"尼古拉带着不自觉的轻蔑意味说,好像不好意思承认琴音使他非常愉快。

"什么好听?"娜塔莎带着责备的口吻说,因为她听出哥哥说这话的口气,"不是好听,而是美极了!"正如大叔的腌蘑菇、蜂蜜和果子露酒是世界上最好吃的,她觉得这支曲子此刻是音乐魅力的顶峰。

"再来一个,劳驾,再来一个。"三弦琴刚停下来,娜塔莎就对着那扇门喊道。米季卡调了调琴,又奏起芭勒娘舞曲,带有颤音和变奏。大叔坐在那儿谛听,歪着头,含着一丝笑意。芭勒娘舞曲的旋律重复上百次。调了好几次弦,又弹起那个曲调,听的人总也听不厌,只是想再听一次,再听一次。阿尼西娅·费奥多罗夫娜走进来,把她那肥胖的身体倚在门框的立柱上。

"喜欢听吗?"她带着微笑(非常像大叔的微笑)对娜塔莎说。"他是我们这儿弹得最好的。"她说。

"他这一段弹得不对,"大叔忽然做出一个有力的姿势说,"这地方应当弹出爆发的声音——没得说哇——爆发的声音。"

"您也会弹吗?"娜塔莎问。大叔不答,只是微微一笑。

"阿尼秀什卡①,你去瞧瞧那只吉他还行不行?好久没玩了,没得说哇!丢生了。"

阿尼西娅·费奥多罗夫娜满心高兴,迈开轻快的步子去执行主人的吩咐,把吉他拿来。

大叔对谁也不看一眼,吹了吹灰尘,用瘦骨棱棱的手指敲一下吉他琴面,调了调琴弦,坐到靠背椅上。他摆出舞台姿势,撑开左手肘弯,拿住琴颈稍高的地方,向阿尼西娅·费奥多罗夫娜挤挤眼,不弹芭勒娘舞曲,先拨弄一声清亮的和弦,然后用极缓的速度弹一支名曲:《在大街上》,他弹得从容不迫,平平静静,然而相当有力。随着庄严欢快的节奏(阿尼西娅·费奥多罗夫娜整个存在都散发着这种欢快),尼古拉和娜塔莎心中顿时和着这支曲的旋律。阿尼西娅·费奥多罗夫娜脸红了,用手帕捂着脸,笑着走出屋

---

① 阿尼秀什卡,阿尼西娅的爱称。

去。大叔认真地、强劲有力地、音色纯正地弹他的琴,他把变得富于感情的目光投向阿尼西娅·费奥多罗夫娜刚离开的那个地方。他脸上露出一丝笑意,特别是在弹得欢畅,拍子加快,在拨弄琴弦的地方突然发出断裂的声音,这时从他那花白胡子的一边,露出了更浓的笑意。

"好极了,好极了,大叔! 再来一个,再来一个!"他刚弹完,娜塔莎就喊道。她从座位上跳起来,抱着大叔吻他。"尼古连卡,尼古连卡!"她转脸望着哥哥说,仿佛在问他:这是怎么回事啊?

尼古拉也很喜欢大叔的弹奏。大叔又弹了一支曲子。阿尼西娅·费奥多罗夫娜的笑脸又在门口出现了,她后面还有别的面孔。

> 姑娘去汲水,
>
> 汲那清凉的泉水,
>
> 只听有人喊一声:
>
> 姑娘,你等一等!

他又弹了一个漂亮的颤音,然后戛然而止,微微耸了耸肩。

"嗯,嗯,我的好大叔。"娜塔莎在央求,仿佛她的生命就系在这上头似的。大叔站起来,似乎他身上有两个人,其中一个对欢乐的人严肃地微笑,而那个欢乐的人摆出幼稚的、毫不拘束的准备跳舞的姿势。

"来,小侄女!"大叔向娜塔莎挥了挥那只离开琴弦的手。

娜塔莎扔掉身上的披肩,快步走到大叔面前,双手叉腰,动了动肩膀,站住了。

这个受过法籍家庭女教师教育的伯爵小姐是何时何地、又是怎样从她呼吸的俄罗斯空气中汲取了这种精神的? 而且从其中得到了早已被 pas de châle 挤掉的舞姿? 而这正是大叔所期待于她的那种学不来教不会的俄罗斯的精神和舞姿。她刚一站稳,微微含笑,那神态庄严、高傲、狡黠、欢乐,顷刻之间,尼古拉和所有在场的人最初那阵担心——担心她做得不像那么一回事——就完全消失了,而且他们在欣赏她了。

她做得正像那么回事,而且是那么地道,简直丝毫不爽,阿尼西娅·费奥多罗夫娜立刻递给她一条为了做得更好必不可少的手帕,她透过笑声流出了眼泪:这个陌生的有教养的伯爵小姐,身材纤细,举止文雅,满身绫罗绸缎,竟能体会到阿尼西娅的内心世界,以及阿尼西娅的父亲、婶婶、大娘,每一个俄罗斯人的内心世界。

"好,伯爵小姐,没得说哇!"舞跳完了,大叔欢喜地说,"真行,小侄女! 该是给你找一个好女婿的时候了,没得说哇!"

"已经找到了。"尼古拉微笑着说。

"是吗?"大叔疑问地望着娜塔莎,惊奇地说。娜塔莎带着幸福的微笑,肯定地点点头。

"别提多好了!"她说。但是她说了这句话,心中忽然升起别样的思绪和感情:"尼古拉说'已经找到了'这句话时,他那微笑是什么意思? 他对这件事是高兴还是不高兴? 他似乎认为我的博尔孔斯基不会赞成也不会理解我们这样的欢乐。不,他一切都会理解的。他现在在哪儿?"娜塔莎想道,她的表情忽然变得严肃了。但这只持续了一秒钟。"不要想也不该想这件事。"她对自己说,于是微笑着坐在大叔身旁,请他再弹一支曲子。

大叔又弹了一支曲子和一支圆舞曲;然后,沉吟片刻,咳嗽几声,唱起他心爱的狩猎之歌:

> 昨夜小雪纷纷下,
>
> 今早地面一层白……

大叔是按照老百姓的唱法唱的,他天真地坚信,只有歌词才是一支歌的全部意义,至于曲调,自然而然就会形成的,离开歌词的曲调是没有的,而曲调不过是为了有节奏罢了。就是这样,大叔无意中唱出的曲调,如同鸟唱歌一样,也是非常悦耳的。娜塔莎听了大叔的歌唱,欢欣若狂。她决定不再学竖琴,以后只弹吉他。她从大叔手里拿过吉他,立刻就找到这支歌的和弦。

九点多钟,接娜塔莎和彼佳的一辆敞篷马车和一辆轻便马车来了,还来了三个寻找他们的骑马人。据一个骑马的人说,伯爵和伯爵夫人不知他们在哪儿,非常着急。

彼佳像死人一样被抬到敞篷马车里,娜塔莎和尼古拉坐轻便马车。大叔把娜塔莎暖暖和和地包裹起来,怀着完全新的情意和她告别。他徒步送他们到桥头,这里必须涉水绕过这座过不去的桥,他吩咐几个猎手打着灯笼骑马在前面引路。

"再见,亲爱的侄女!"黑暗中响起他的喊声,这声音跟娜塔莎先前听到的不同,而是跟《昨夜小雪纷纷下》的歌声一样。

他们路过的村庄有红色的灯光和令人愉快的烟味。

"这位大叔多么可爱啊!"当他们上了路,娜塔莎说。

"可不是,"尼古拉说,"你不冷吗?"

"不,我很好,很好。我非常高兴。"娜塔莎甚至有点惶惑地说。他们半天没有说话。

夜又黑又潮。看不见马,只听见它们践踏泥泞的声音。

这个幼稚、敏感、热切地吸取各种生活印象的心灵,发生了什么变化呢?这一切印象在这个心灵中怎样安置的呢?但是她非常幸福。快到家的时候,她忽然唱起《昨夜小雪纷纷下》的曲调,她一路都在捉摸这个曲调,终于捕捉到了。

"捕捉到了吗?"尼古拉说。

"尼古连卡,你现在想什么?"娜塔莎问。他们喜欢互相问这个问题。

"我吗?"尼古拉回忆着说,"你猜怎么,起先我想,鲁加伊那条红毛猎犬很像大叔,如果它是人的话,他一定不让大叔离开它,不是因为大叔善于骑马,就是因为他为人随和,一定不让他离开。大叔这个人真随和! 对不对? 嗯,你呢?"

"我吗? 别忙,别忙。对了,起先我想,现在咱们坐着车,心想咱们是回家,可是天晓得咱们在黑暗中是到哪儿去,也许忽然到了一个地方,睁眼一看,不是奥特拉德诺耶,而是一个仙境。然后我还想……不,就是这些了。"

"我知道,你一定是在想他。"尼古拉说,娜塔莎从他的声音里听出他是含着微笑说这话的。

"不是,"娜塔莎答道,虽然她的确也想到安德烈公爵,想到他会喜欢大叔,"我总在想,我一路都在想:阿尼秀什卡真美,真好……"娜塔莎说。接着,尼古拉听见她那响亮的、无缘无故的、幸福的笑声。

"你可知道,"她忽然说,"我知道,我永远不会像现在这么幸福,这么宁静了。"

"胡说,蠢话,废话。"尼古拉说,可是心里想:"我这个娜塔莎多么可爱! 像她这样的朋友,我现在没有,将来也不会有了。她为什么要出嫁? 我和她永远这样乘车驰骋多么好!"

"这个尼古拉真可爱!"娜塔莎想道。

"啊! 客厅里还亮着灯呢。"她指着宅院的窗户说,那些窗户在天鹅绒般的潮湿黑夜中闪着美丽的光辉。

八

伊利亚·安德烈伊奇伯爵辞去了贵族长的职务,因为这个职务需要很大的开销。但是他的境况仍然没有好转。娜塔莎和尼古拉常常看见父母秘密商谈,传闻要卖掉罗斯托夫祖传的豪华宅第和莫斯科近郊的田产。不担任贵族长就免掉大规模招待客人,奥特拉德诺耶的生活因此比往年清静些;但是这座大宅院和下房仍然住满了人,仍然有二十多人吃饭。这都是一些长期住下来的自家人,差不多等于家庭的成员,或者是一些非住在罗斯托夫家不可的人。这些人是乐师季姆勒夫妇、舞蹈师约格尔和他的家眷、同住的老小姐别洛娃,还有其他许多人:彼佳的教师们、小姐们先前的女教师,以及那些不过是觉得住在伯爵家比住在自己家里舒服而且合算的人们。门前已经不像先前那样车水马龙了,但是生活依然如故,不然伯爵和伯爵夫人就难以想象怎样活下去,猎队依旧,而且被尼古拉扩大了,马厩依旧养着五十匹马和十五名车夫;命名日依旧有贵重的礼物和宴请全县的盛大筵席;伯爵的威斯特和波士顿牌局仍然不可缺少,他让大家都能看见他的牌,每天让邻人赢去数百卢布,而邻人把同伊利亚·安德烈伊奇伯爵斗牌看作一项最好的收入。

伯爵经管他的家产,犹如在巨大的捕兽网里挣扎,他极力不相信他陷入网里,然而他一步步地越陷越深,感到既无力把捆住他的网冲破,也不能小心地、耐心地把它解开。好心的伯爵夫人觉得,她的孩子们要受穷,这不是伯爵的罪过,因为他只能像他现在这样做人,连他自己也由于意识到他和孩子们的破产而感到痛苦(虽然他瞒着这一点),她在寻求挽救的办法。从她这个妇女的观点来看,办法只有一条,就是给尼古拉娶一房有钱的媳妇。她觉得这是最后的希望,如果尼古拉拒绝她给他物色的配偶,那就永远失去改善境遇的机会了。这个配偶就是朱莉·卡拉金娜,她的父母都是高尚的好人,她从小罗斯托夫家的人就认识她,现在由于她的最后一个兄弟的死,她已经成为富有的未婚姑娘了。

伯爵夫人直接给莫斯科的卡拉金娜写信,向她提出她们两家子女的婚事,并且接到对方令人满意的回答。卡拉金娜说,她本人是同意的,但问题全看她女儿的意思了。卡拉金娜邀请尼古拉去莫斯科。

好几次,伯爵夫人含着眼泪对儿子说,现在她的两个女儿都有了主了,她唯一的愿望就是希望看见他成亲。她说,了却这桩心事,她就安心入土了。然后她说,她看中一个极好的姑娘,问他对婚姻有什么意见。

在另外几次谈话中,她夸奖朱莉,劝尼古拉趁着假期到莫斯科去玩玩。尼古拉猜到了母亲的意思,有一次,他引她完全讲出了心里的话。她对他说,改善家境的全部希望现在全靠他同卡拉金娜结婚了。

"可是,妈妈,如果我爱上没有财产的姑娘,难道您要我为了财产而牺牲感情和名誉吗?"他问母亲,他一心只想表现自己的高尚情操,不了解他这样问多么伤母亲的心。

"不是的,你不了解我,"母亲不知如何辩解,说,"你不了解我,尼古连卡。我是为你的幸福着想。"她又说,同时觉得她说的不是真话,于是她语无伦次了。她哭了。

"妈妈,别哭,您只要告诉我,您希望这样办,您知道,我可以为了您的安宁献出全部的生命,献出一切,"尼古拉说,"为了您,我可以牺牲一切,甚至牺牲我的爱情。"

但是伯爵夫人不愿这样提问题:她不愿儿子做出牺牲,宁愿自己为儿子牺牲。

"不,你不了解我,咱们就别谈了。"她擦着眼泪说。

"是的,也许我是在爱一个穷苦的姑娘,"尼古拉自言自语,"怎么,我真的要为财产而牺牲爱情和名誉吗?真奇怪,妈妈怎么对我说出这样的话。难道就因为索尼娅穷,我就不能爱她,"他想,"就不能报答她那忠实的、一往情深的爱情?我同她结合,一定比同什么朱莉这么一个木偶要幸福。我不能强迫自己改变自己的感情,"他自言自语,"如果我爱索尼娅,那么我觉得,我的感情比一切都更强烈,更高尚。"

尼古拉没有去莫斯科,伯爵夫人没有再同他谈婚事,她怀着忧愁有时恼怒的心情看到儿子和没有陪嫁的索尼娅越来越接近的迹象。她为此责备自己,然而她不能不发牢骚,对索尼娅不能不挑眼,常常无缘无故地呵斥她,称呼她"您"和"亲爱的"。最使这位仁慈的伯爵夫人恼火的是,这个可怜的黑眼睛侄女是这么温顺,这么善良,对她的恩人是这么由衷地感激,她对尼古拉的爱情是这么忠贞不渝和富于自我牺牲精神,简直对她无可指责。

尼古拉在父母跟前将要度完假期。安德烈公爵从罗马寄来第四封信,信中说,如果不是他的伤口在温暖的气候中突然裂开,他的行期不得不推延到明年初春的话,他早已在回国的途中了。娜塔莎依旧爱她的未婚夫,依旧为这一爱情而感到欣慰,对一切生活的欢乐依旧易于感受;可是和他离别的第四个月末尾,一阵阵无法排遣的忧郁开始袭上她的心头。她可怜自己,可怜她不为任何人而虚度年华,而这正是她觉得自己完全能够爱人和被人爱的大好年华。

罗斯托夫的家庭气氛是不愉快的。

九

圣诞节到了,除了摆摆样子的午前祈祷,除了邻人和家奴们的郑重而无味的祝贺,除了穿戴各种新衣服,此外再没有一点庆祝这个节日的特别的东西了,然而平静无风、零下二十度的严寒、白天耀眼的阳光和夜晚隆冬的星光,都给人一种需要庆祝这个节日的感觉。

节日的第三天,午饭后,家里人都回到各自的屋里。这是一天最无聊的时光。尼古拉上午拜访几家邻居,这时在起居室午睡。

老伯爵在书房里休息。索尼娅坐在客厅里的圆桌旁描图样。伯爵夫人在玩牌。小丑娜斯塔西娅·伊万诺夫娜哭丧着脸同两个老太婆坐在窗口。娜塔莎进来走到索尼娅跟前,看了看她的手工,然后走到母亲面前,一声不响地站在那儿。

"你怎么了,像个游魂似的?"母亲对她说,"你要什么?"

"我要他……现在,立刻就要他。"娜塔莎说,她两眼发光,绷着脸。伯爵夫人抬头仔细看了看女儿。

"别看我,妈妈,别看我,我马上就要哭了。"

"坐下,和我坐一会儿。"伯爵夫人说。

"妈妈,我要他。凭什么就这样把我毁掉,妈妈?……"她的声音突然中断了,泪水涌出来,为了不让人看见,她转身快步走出屋去。她来到起居室,在那里站了一会儿,想了想,又走到女仆室。那儿有一个老女仆正数落一个刚从家奴那儿跑来的小丫头,冷空气噎得她上气不接下气。

"太贪玩啦,"老太婆说,"干什么都得有个定时。"

"放了她吧,孔德拉季耶夫娜,"娜塔莎说,"去吧,玛夫鲁莎,去吧。"

娜塔莎放走了玛夫鲁莎,经过大厅来到前厅。一个老头和两个年轻的仆人正在那儿玩牌。他们一见小姐进来,就停手站起来。"我能叫他们做什么呢?"娜塔莎想了想。

"对了,尼基塔,请你去一趟……"("我派他到哪儿去呢?")"对了,你去抓一只公鸡来;对了,米沙①,你去取些燕麦②。"

"您要一点燕麦吗?"米沙快活地、巴不得地说。

"快去,快去。"老头催他说。

---

① 米沙是米哈伊尔的小名。
② 把粮食撒在地板上喂鸡,是圣诞节一种占卜的方法。

"费奥多尔,你去找一段粉笔。"

她走过餐室,吩咐烧茶炊,虽然这时完全不是喝茶的时候。

管餐室的福卡是全家脾气最坏的人,娜塔莎喜欢拿他试试她的权威。他对她的话不敢相信,走向前去问个究竟。

"哎呀,我的好小姐!"福卡假装对娜塔莎皱着眉头,说。

全家没有一个人像娜塔莎这样打发这么多的人和交代这么多的事了。她看见人不支使他们做点什么就不甘心。她仿佛要试试他们之中有没有人生她的气或者对她不满,但人们再没有比执行娜塔莎的命令那么乐意的了。"我做什么好呢?我去哪儿好呢?"娜塔莎在走廊里一边慢慢地走,一边思索。

"纳斯塔西娅·伊万诺夫娜,我会生个什么?"她问那个身穿敞胸女上衣迎面走来的小丑。

"你生个跳蚤、蜻蜓、蝈蝈。"小丑答道。

"我的上帝啊,上帝啊,老是这么一套!哎呀,我去哪儿呢?我干什么呢?"她撒开腿,噔噔地快步跑上楼梯去找约格尔,他和妻子住在楼上。约格尔那儿坐着两位女教师,桌上摆着几盘葡萄干、核桃和杏仁。两位女教师在谈论在哪里生活比较便宜,在莫斯科还是在敖德萨。娜塔莎坐下听他们谈话,神情严肃,若有所思,然后站起来。

"马达加斯加岛,"她很快地说了一句,"马——达——加斯——加。"她一个个音节清楚地重说一遍,她不回答肖斯小姐问她说的什么,就走出屋去。

她的弟弟彼佳也在楼上:他和专门伺候他的仆人正在准备晚上放的焰火。

"彼佳,彼得卡①!"她喊他,"背我下楼。"彼佳跑到她跟前,转

①　彼得卡是彼得的昵称。

身把背朝着她。她跳上去，双手搂着他的脖子，他背着她一纵一纵地往前跑。"行了，不要背了……马达加斯加岛。"她从他背上跳下来，说着就下楼了。

娜塔莎好像是在巡视自己的王国，试了试她的权威，证实人人都是顺从的，可是仍然觉得无聊；她走进大厅，拿起吉他，坐在柜子后面黑暗的角落里，开始拨弄低音弦，弹她在彼得堡同安德烈公爵一起听过的歌剧中的乐句。在旁人听来，她弹的没有任何意义，但是这些音响在她的想象中唤起了一连串的回忆。她坐在柜子后面，眼睛注视着从餐室门缝射进来的一道阳光，她一边听自己弹琴，一边回忆。她完全陷入往事的回忆中了。

索尼娅拿着一只杯子经过大厅到餐室去。娜塔莎看了看她，看了看餐室那道门缝，她仿佛觉得她正在回忆：从餐室门缝里曾经射出一道阳光，索尼娅也曾经拿着杯子走过去。"完完全全跟现在的情景一样。"娜塔莎想道。

"索尼娅，这是什么曲子？"娜塔莎叫住她，一边用手指拨弄着粗弦。

"哟，你在这儿啊！"索尼娅吓了一跳，说，她走向前去听了听。"不知道。是不是《暴风雨》？"她胆怯地说，怕说错了。

"以前也有这么一次完全跟这一样：她也是吓了一跳，也是走向前来胆怯地笑笑，"娜塔莎想道，"完全跟这一样……当时我也是这么想：她这人缺点什么。"

"不对，这是《担水人》中的合唱，听见吗？"于是娜塔莎把合唱的曲子唱完，让索尼娅能听出来。

"你上哪儿去？"娜塔莎问。

"我去换一杯水。图样就要描完了。"

"你总是在忙，可是我就做不到，"娜塔莎说，"尼古连卡在哪儿？"

"好像在睡觉。"

"索尼娅,你去叫醒他,"娜塔莎说,"就说我叫他来唱歌。"她在那儿坐了一会儿,想想过去的一切是什么意思,她没能解决这个问题,但也不因此感到遗憾,她的脑海中又浮现出她同他在一起,他用钟情的目光看她的情景。

"他快点来吧。我真怕他永远不会来了!最主要的是:我一天天老了,这就是问题所在!将来就不会是现在的我了。也许他今天就到,说话就到。也许他已经到了,正在客厅里坐着呢。也许他昨天就到了,是我忘记了。"她站起来,放下吉他,上客厅去了。全家人、男女教师们和客人们都已经坐在茶桌旁了。仆人们站在桌子周围——可是没有安德烈公爵,生活依然如故。

"啊,她来了,"伊利亚·安德烈伊奇看见娜塔莎走进来,说,"来,坐在我这儿。"但是娜塔莎在母亲身旁站住,环顾四周,仿佛在寻找什么东西。

"妈妈!"她急促地说,"把他交给我,交给我,妈妈,快,快。"她又忍不住要放声大哭。

她在桌旁坐下,听大人们和也过来坐在桌旁的尼古拉之间的谈话。"我的天啊,天啊,同样的面孔,同样的谈话,爸爸仍然那样端着茶杯,仍然那样对茶杯吹气!"娜塔莎想,她恐惧地感觉到,因为家里人仍然还是老样子,她对全家起了厌恶的感觉。

吃过茶后,尼古拉、索尼娅和娜塔莎到起居室他们喜爱的角落,他们经常倾吐最知心的话的地方。

十

"你有没有这种时候,"他们在起居室坐下后,娜塔莎对哥哥说,"你仿佛觉得,将来不会有什么了——什么都不会有了;一切美好的,都成为过去了吗? 倒不是无聊,而是有点哀愁,你有没有这种情形?"

"有,而且很厉害!"他说,"有时,一切都很好,大家都快快活活的,可是我忽然觉得,一切都令人厌倦,大家都死掉才好。有一次,团部有音乐会,我没到那儿去玩……我忽然烦闷起来……"

"是啊,这个我知道,我知道,"娜塔莎抢着说,"我还小的时候,就有过这样的事。你可记得,有一次为了李子的事惩罚我,你们都去跳舞,我一个人坐在教室里哭,我永远不会忘记:我当时心里又难过又可怜所有的人,也可怜自己,对所有的人都可怜。主要的,我并没有过错,"娜塔莎说,"你记得吗?"

"记得,"尼古拉说,"我记得后来我到你跟前,想安慰你,可是你知道,我不好意思。我们太可笑了。当时我有一个木偶玩具,我想送给你。你记得吗?"

"你可记得,"娜塔莎带着沉思的微笑说,"很早很早以前,我们还很小的时候,叔叔叫我们到书房去,那是个旧房间,很暗——我们一进去,那儿忽然出现一个……"

"黑人,"尼古拉带着高兴的微笑接过去说,"怎么会不记得啊? 直到现在我也不知道,那真的是一个黑人呢,还是我们在做梦,或者是人们这样对我们讲的。"

"那人灰不溜秋,你可记得,雪白的牙齿——站在那儿瞅我们……"

"您记得吗,索尼娅?"尼古拉问……

"嗯,嗯,我似乎也记得。"索尼娅胆怯地回答……

"关于黑人的事,问过爸爸妈妈,"娜塔莎说,"他们都说根本没有什么黑人。你不是也记得很清楚吗!"

"当然,直到现在我还记得他的牙齿呢。"

"多么奇怪,就好像做梦似的。我喜欢这样。"

"你可记得,我们在大厅里滚鸡蛋玩,忽然,来了两个老太婆,她们在地毯上来回转悠。有没有这回事？多么好玩，你记得吧……"

"可不是。你可记得，爸爸身穿蓝皮衣，站在门廊上放枪？"他们微笑着，怀着极大的乐趣回忆往事，不是忧郁的老年人的回忆，而是富有诗意的少年时代的回忆——那些梦幻和现实融合在一起的遥远的印象，他们怀着莫名的喜悦轻轻地笑着。

索尼娅照例插不上话，虽然他们有着共同的回忆。

他们所回忆的，有许多事情索尼娅已经不记得了，而她所记得的在她心里也引不起他们所感受的那种诗意。她只是极力跟着他们学样，以他们的快乐为快乐。

只有他们回忆起索尼娅刚到他们家的时候，她才插话。索尼娅说，她当时怕尼古拉，因为他的夹克上有绦带，保姆对她说，也要给她缝上绦带。

"我记得人们对我说，你是在白菜下面出生的，"娜塔莎说，"我记得，我当时不敢不信，可是我知道，这不是真的，弄得我怪不舒服的。"

正在谈话时，一个使女从起居室后门探进头来。

"小姐，公鸡拿来了。"那个使女悄悄地说。

"不要了，波利娅①，告诉他们拿走吧。"娜塔莎说。

他们在起居室正谈着的时候，季姆勒进来了，他走到放在墙角的竖琴跟前，取下覆盖的绒布，竖琴发出不悦耳的声响。

"爱德华·卡尔雷奇，请您给弹一支我最喜爱的菲尔德先生②的《夜曲》吧。"老伯爵夫人从客厅里发话了。

季姆勒奏了个和音，向娜塔莎、尼古拉和索尼娅转过身来，说：

"嗬，年轻人真安静！"

---

① 波利娅是佩拉格娅的小名。

② 约翰·菲尔德为十八世纪爱尔兰著名作曲家，一八〇四年移居俄国。

"我们在谈哲学呢。"娜塔莎说,她回头看了看,然后继续谈话。现在话题转到梦。

季姆勒开始弹琴。娜塔莎踮着脚尖悄悄走到桌旁,把蜡烛移到别处,又走回去静静地坐回原位。室内很暗,特别是他们坐的沙发那儿更暗,然而满月的银辉穿过大窗户泻到地板上。

"你可知道,我想,"娜塔莎向尼古拉和索尼娅移近一些,低声说,这时季姆勒已经弹完了,仍然坐在那儿轻轻地拨弄琴弦,犹豫不定是罢手呢,还是再弹点别的,"我想,如果这样回忆下去,回忆下去,老是这样回忆下去,就会回忆出我还没出生之前所记得的一切……"

"这是轮回论,"索尼娅说,她一向用功读书,而且什么都记得,"埃及人相信,我们的灵魂从前是附在牲畜身上的,将来又回到牲畜身上。"

"不,你知道,我不信我们前世是牲畜,"虽然音乐奏完了,娜塔莎仍然小声说,"我确切知道,我们曾经在某处是天使,而且来过这里,所以什么都记得……"

"我可以参加吗?"悄悄走过来的季姆勒说,于是在他们身旁坐下。

"如果我们真的是天使,那么我们为什么降得这么低?"尼古拉说,"不,这不可能!"

"不是降低,谁跟你说降低来着?……为什么我知道我前世是什么,"娜塔莎很自信地反驳,"要知道灵魂是不朽的……所以我才是永生的,那也就是说,我以前也活过,永恒、永恒地活着。"

"不过,我们很难想象永恒是个什么样子。"季姆勒说,他向这些年轻人走来的时候,含着温和的、轻蔑的微笑,这时他也像他们一样,低声、严肃地说话。

"永恒有什么难以想象的?"娜塔莎说,"现在有今天,将来有明天,永远不会完结,过去有昨天,有前天……"

"娜塔莎!现在轮到你了。你给我唱一个,"传来伯爵夫人的声音,"干吗老坐在那儿,像一群阴谋家似的。"

"妈妈!我一点也不想唱。"娜塔莎说,可还是站了起来。

他们所有的人,甚至并不年轻的季姆勒,都不愿意中止谈话,也不愿意离开起居室那个角落,然而娜塔莎站了起来,尼古拉在古钢琴旁坐下。像一向那样,娜塔莎选了个共鸣最好的地点,站到大厅中央,开始唱母亲最喜爱的歌。

她虽说不想唱,可是她长久以来和以后很久都没有像这天晚上唱得这么好。伊利亚·安德烈伊奇伯爵在书房里正和管家米坚卡谈话,听见歌声,他像一个贪玩的小学生,赶快做完功课,给管家胡乱交代几项命令,就默不作声了,米坚卡也默默地听着,面带微笑站在伯爵面前。尼古拉目不转睛地望着妹妹,和她共同呼吸。索尼娅一边听,一边想,她和她这位朋友之间的差别多么大啊,她怎么也不会有她表妹那样的魅力,哪怕多少有一点也不可能。老伯爵夫人坐在那儿含着又幸福又忧郁的微笑,眼睛里噙着泪水,不时地摇摇头。她在想娜塔莎,想自己的青春,想娜塔莎和安德烈公爵的婚事——在这桩婚事中有点不自然和叫人担心的东西。

季姆勒在伯爵夫人身旁坐下,闭目谛听。

"听我说,伯爵夫人,"他终于说话了,"这是欧洲水平的才能,她没有什么可学的了,多么柔和、圆润、有力……"

"唉!我多么为她担心,多么担心。"伯爵夫人说,她忘记同谁说话。她那母性的敏感告诉她,在娜塔莎身上有太多太多的东西,这将使她得不到幸福。娜塔莎还没唱完,欢天喜地的十四岁的彼佳跑来喊道,化装跳舞的人来了。

娜塔莎突然停住了。

"傻瓜!"她呵斥弟弟,然后跑到椅子跟前,倒在上面放声大哭,哭了很久也止不住。"没什么,妈妈,真的没什么,只不过是彼佳吓了我一跳。"她说,极力装出微笑,但是眼泪直流,哽咽得透不过气来。

家奴们化装成狗熊、土耳其人、店主、太太等等,有的可怕,有的可笑,他们带来了冷气和喜悦,刚到的时候,都胆怯地挤在前厅;然后在互相的背后躲躲藏藏涌进了大厅;先是有点拘束,然后就越来越快活、越和谐地唱歌,跳舞,跳环舞,做圣诞游戏。伯爵夫人认出了几个人,笑了一阵,就到客厅去了。伊利亚·安德烈伊奇伯爵眉开眼笑地坐在大厅里,赞赏着跳假面舞的人们。几个年轻人不知到哪儿去了。

半小时后,大厅里跳假面舞的人们中间,又增加了穿箍骨裙的老太太——这是尼古拉,土耳其女郎是彼佳,小丑是季姆勒,骠骑兵是娜塔莎,还有一个用软木炭画的小胡子和眉毛的切尔克斯人,这是索尼娅。

在没有化装的人们不无夸张地对他们表示惊奇,表示认不出和赞美之后,年轻人认为他们的化装这么漂亮,还应当到别处显示一下才好。

尼古拉想用他的三驾雪橇载着他们几个人在平坦的大道上兜兜风,他提议另外带十个化装的家奴到大叔家去一趟。

"得了吧,你们何必去打扰老头子!"伯爵夫人说,"他们那儿连个转身的地方都没有。要去就去梅柳科娃家。"

梅柳科娃是个寡妇,有几个年龄挨边的孩子,也有几位男女家庭教师,住在离罗斯托夫家四俄里的地方。

"对,好主意,"兴高采烈的老伯爵附和说,"我马上就化装,也跟你们去一趟。我要好好逗逗帕金塔。"

可是伯爵夫人不让伯爵去:他这些日子老闹腿疼。决定伊利亚·安德烈伊奇不去,如果路易莎·伊万诺夫娜(肖斯小姐)去,那么小姐们就可以去梅柳科娃家。平时怯弱、害羞的索尼娅比谁都坚决地劝说路易莎·伊万诺夫娜不要拒绝她们的请求。

索尼娅的化装最好。她的小胡子和眉毛对她非常合适。大家都说她很好看，她今天特别活跃和精神饱满，她这种情绪是从来没有的。有一种内在的声音告诉她，要么就在今天决定她的命运，要么就永远失去了机会；她穿男人的服装，仿佛完全变成另外一个人。路易莎·伊万诺夫娜同意了，半小时后，四辆带着大小铃铛的三驾雪橇向门廊驶来，橇板的铁刃咯咯吱吱地滑过冰冻的雪地。

娜塔莎首先发出圣诞节狂欢的调子，狂欢互相传染着，越来越高涨，当大家走到严寒的空气里，彼此交谈着，笑着，喊着，坐上雪橇的时候，狂欢达到了顶点。

两辆雪橇是日常使用的，第三辆是老伯爵的，用奥尔洛夫的走马驾辕；第四辆是尼古拉专用的，驾辕的马是一匹黑色的小马。尼古拉身穿老太太服装，外罩一件束着腰带的骠骑兵斗篷，握着缰绳站在雪橇中间。

夜色很亮，他可以看见挽具的铜饰和马眼在月光下的反射，马惊恐地回头看在廊檐阴影下喧闹的人们。

娜塔莎、索尼娅、肖斯小姐和两个使女坐尼古拉的雪橇。老伯爵的雪橇里坐着季姆勒夫妇和彼佳；化装的家奴们分别坐在其余两辆雪橇里。

"你先走，扎哈尔！"尼古拉对父亲的车夫喊了一声，他准备在路上超过他。

季姆勒和其他化装的人乘坐的那辆老伯爵的雪橇，滑板仿佛冻到雪上似的，发出咯咯吱吱的声音，响着低沉的铃声，开始移动了。两匹边马紧紧挨着辕马的车杆，马蹄一步一陷，把干得像砂糖似的光闪闪的雪粒翻卷起来。

尼古拉跟着第一辆雪橇也出发了；后面咯咯吱吱响起了其余

的雪橇。先是在狭窄的路上小跑。在经过花园时,光秃秃的树影常常横断道路,遮住明亮的月光,但是一走出垣墙,整个浴在月光中一动不动的雪原,钻石似的发出淡蓝色的闪光,向四外伸展开来。一颠,又一颠,前头的雪橇驶过一个坑洼;跟着,后面的也照样颠了两下,四辆雪橇威风凛凛,冲破禁锢着的沉寂,渐渐拉开了距离。

"兔子的脚印,哎哟,好多的脚印!"在被严寒冻结的空气中响起娜塔莎的声音。

"多么亮啊,尼古拉!"是索尼娅的声音。尼古拉回过头来看索尼娅,他俯下身来更近地看她的脸。从紫貂围巾下露出一张完全变了样的可爱的面孔,眉毛和小胡子都是黑的,在月光下看去是那么近,又那么远。

"这仍然是原先那个索尼娅。"尼古拉想。他凑近瞧瞧她,笑了。

"您怎么了,尼古拉?"

"没什么。"他说,又朝马转过身去。

上了平坦的大道,路面被橇板划得比较光滑,在月光下可以看见横七竖八的马蹄印,马自然而然地拉紧了缰绳,加快了速度。左首的边马低下头,一纵一纵地拉着套索。辕马晃悠着身子,动弹着耳朵,仿佛在问:"该开始了吧,还要再等等吗?"扎哈尔的雪橇已经在前面很远了,低沉的铃声也渐渐远去了,然而雪橇的黑影在白晃晃的雪地上还看得很清楚。听得见从他的雪橇传来叫声、笑声和假面人的谈话声。

"加油,亲爱的!"尼古拉大喝一声,提提缰绳,挥舞着鞭子。只有从仿佛迎面吹来的越来越大的风声、拉紧套索和逐渐加快跃进步伐的边马的牵动,才使人明显地感到雪橇飞驶得多么快。尼古拉回头看了看后面。后面两辆雪橇呐喊着,尖叫着,挥起鞭子驱赶着辕马,也跟了上来。那匹辕马在轭下坚定地晃动着,不惟没有减速的意思,而且准备必要时再加一把劲,再加一把劲。

尼古拉赶上了第一辆雪橇。他们从一个山坡上滑下去,驶到河边草地上宽广的大路。

"我们到什么地方了?"尼古拉想,"是科索伊草地吧。不对,这儿是我从未到过的新地方。这不是科索伊草地,也不是焦姆金山,天知道这是什么地方!这是一个新奇的仙境。好啦,不管它是什么吧!"他对马喝了一声,准备绕过第一辆雪橇。

扎哈尔勒住马,转过他那一直到眉毛都结了霜的脸。

尼古拉撒开他的马;扎哈尔向前伸出两只手臂,咂了咂嘴,也撒开他的马。

"喂,当心啊,少爷。"他说。两辆并排的雪橇跑得更快了,狂奔的马蹄在翻飞。尼古拉赶到前面去了。扎哈尔仍然没有改变伸出两只手臂的姿势,握着缰绳的那只手略微抬高一点。

"不行,少爷。"他向尼古拉喊道。尼古拉让他那三匹马飞跃着赶过扎哈尔。马蹄翻起干爽的雪粒,撒到乘车人的脸上,他们身旁响起繁密的声响,迅速移动的马蹄和被赶过的雪橇黑影模糊成一团。周围传来橇板滑雪的啸声和妇女们的尖叫声。

尼古拉又勒住马,向四外张望了一下。周围仍然是普照着月光和遍地星光闪烁的仙境般的原野。

"扎哈尔喊我向左转;为什么要向左?"尼古拉想,"我们现在是驶向梅柳科娃家吗?这就是梅柳科娃的庄子吗?天知道我们是在什么地方,天知道我们会怎样,然而我们会感到非常奇怪而且愉快的。"他向雪橇里瞟了一眼。

"瞧,他的小胡子和睫毛都白了。"坐在车里的古怪的、美好的和陌生的人们中一个细胡子、细眉毛的人说。

"这个人好像是娜塔莎,"尼古拉想,"而这个是肖斯小姐;也许不是,这个有小胡子的切尔克斯人,我不知道是谁,可是,我爱她。"

"你们不冷吗?"他问。他们没有回答,都笑了。季姆勒在后面的雪橇里喊了一句什么话,大概很可笑,可是,听不清楚他喊什么。

"对,对。"传来笑着回答的声音。

然而这是一座神奇的树林,阴影和钻石般的闪光在林中交相辉映,还有一排排大理石的台阶、奇妙的亭台楼阁的银顶、珍奇的野兽的嚎叫。"如果这真是梅柳科娃的庄子,那就更奇怪了,我们不知道在哪儿行路,可是居然来到梅柳科娃的庄子了。"尼古拉想。

果然是梅柳科娃的庄子,女仆们和男仆们手持蜡烛欢欢喜喜跑到大门口。

"是什么人啊?"人们在大门口台阶上问。

"是伯爵家化装跳舞的人,一看那马就知道。"几个声音一齐回答。

十一

佩拉格娅·丹尼洛夫娜·梅柳科娃是个肥胖高大,精力充沛的女人,她戴眼镜,穿一件敞着怀的宽大外衣,坐在客厅里,四周围着一群女儿,她尽量设法不使女儿们烦闷。当前厅响起来客的脚步声和说话声的时候,女儿们正在安静地滴蜡烛油,然后观看凝结的各种形状的影子。

骠骑兵、老太太、巫婆、小丑、狗熊,在前厅清清嗓子,擦掉脸上冻结的霜,然后进入人们急忙点起蜡烛的大厅。小丑季姆勒和老太婆尼古拉带头跳起舞来。被吵吵嚷嚷的孩子们围起来的化装的人,遮着脸,改变了声音,向女主人请安行礼,然后在室内散开来。

"啊,认不出了! 是娜塔莎吗! 你瞧,她像谁! 真的,她的确像一个人。爱德华·卡尔雷奇多漂亮! 我认不出了。跳得多么好! 啊,我的老天,切尔克斯人扮得真像;真的,对索纽什卡正合适。这又是谁啊? 唔,真逗乐! 把桌子搬开,尼基塔,万尼亚。我们刚才还安静地坐着不动呢!"

"哈——哈——哈! ……骠骑兵,骠骑兵! 简直像男孩子,看那两条腿! ……我一看就想笑……"七嘴八舌地说。

娜塔莎,梅柳科娃家的年轻人的宠儿,同她们一起消失在后面的房间里了,在这儿,姑娘们赤裸的手臂从半开着的门缝里接过男仆递来她们所要的软木炭、各种长衫和男人的衣裳。十分钟后,梅柳科娃家的全体青年都汇合到化装的人们中间了。

佩拉格娅·丹尼洛夫娜吩咐给客人腾地方,为主仆们准备吃的,然后她不摘眼镜,忍着笑,在假面人中间走来走去,离近端详他们的脸,一个人她也不认识。她不仅不认识罗斯托夫和季姆勒,甚至连自己的女儿,连她们穿的她丈夫的长衫和礼服也认不得。

"这是谁呀?"她端详着扮作喀山鞑靼人的她的女儿的脸,向家庭女教师问道。"我还以为是罗斯托夫家的人呢。喂,骠骑兵,您在哪个团服务啊?"她问娜塔莎。"给这个土耳其人一点果子冻吧,"她对散发食品的司膳仆人说,"他们的法律不禁止这个。"

有时,佩拉格娅·丹尼洛夫娜看着跳舞的人(他们认为一旦化了装,谁也不会认出他们了,所以一点也不觉得难为情)在做古怪滑稽的舞步,她就用手帕捂着脸,由于忍不住老年人和蔼的笑,整个肥大的身子都颤动起来。

"我的小萨沙,小萨沙!"她说。

在跳过俄罗斯民间舞和环舞之后,佩拉格娅·丹尼洛夫娜叫全体家奴和主人在一起拉一个大圆圈;叫人拿来一只戒指、一条绳和一个卢布,做集体游戏。

一小时后,人们的衣服都弄皱了,凌乱了。在流汗的、火热的、快活的脸上,软木炭画的胡子和眉毛都模糊了。佩拉格娅·丹尼洛夫娜开始认出化装的人,叹赏服装做得好,特别合姑娘们的身,感谢他们使她开心,请客人们到客厅用晚餐,吩咐在大厅里款待家奴们。

"不行,在澡堂里算卦,那太可怕了!"吃晚饭的时候,一位住在梅柳科娃家的老姑娘说。

"那是为什么?"梅柳科娃的长女问道。

"您是不会去的,那得有勇气……"

"我要去。"索尼娅说。

"您讲一讲,那位小姐遇到了什么?"梅柳科娃的二女儿说。

"事情是这样的,一位小姐到澡堂去了,"老姑娘说,"她带去一只公鸡,两份餐具——准备得应有尽有,她在那儿坐下来。坐着坐着,忽然听见车响……一辆雪橇叮叮当当地驶来了;她听见有人来了。他进来了,完全和人一样,军官打扮,他来了,就在她身旁坐下,拿起餐具吃饭。"

"啊!啊!……"娜塔莎吓得睁大眼睛大叫。

"它也像咱们人一样说话吗?"

"跟人一样,完全一样,慢慢地,他开始劝告她,她本来可以陪他谈到鸡叫的;可是她害怕了;她怕得用手捂起脸来。他把她抱起来。正好这时使女们跑进来……"

"咳,何必吓唬她们!"佩拉格娅·丹尼洛夫娜说。

"妈妈,您自己也算过卦的……"女儿说。

"在仓库里怎么算卦?"索尼娅问。

"现在就可以去试试,到仓库里去听声音。你如果听到敲敲打打的响声,就不好,听到装粮的声音,就是吉兆;有时也有……"

"妈妈,您讲讲您在仓库听见了什么?"

佩拉格娅·丹尼洛夫娜微笑了。

"没什么,我已经忘了……"她说,"你们谁都不去吗?"

"不,我去;佩拉格娅·丹尼洛夫娜,让我去吧,我要去。"索尼娅说。

"当然可以去,如果你不怕的话。"

"路易莎·伊万诺夫娜,我可以去吗?"索尼娅问。

不论是做戒指、绳子或者卢布的游戏,还是像现在这样谈话,尼古拉都不离索尼娅的身边,并且对她完全另眼相看。他觉得,多亏这个软木炭小胡子,他今天才第一次完全认识她。索尼娅这天晚上的确是尼古拉从未见她这么快乐、活跃、漂亮。

"瞧她多么好看,而我却像个傻瓜!"他望着她那发亮的眼睛,望着她那小胡子下面露出幸福的、狂喜的、他先前未见过的面庞现出一对酒窝的微笑,心中想。

"我什么都不怕,"索尼娅说,"现在就可以去吗?"她站起来。人们告诉索尼娅仓库在哪儿,她应当怎样站在那儿静听,然后递给她一件皮袄。她把皮袄披在头上,看了尼古拉一眼。

"这个姑娘多么可爱!"他想,"在这之前我一直在想什么啊!"

索尼娅穿过走廊向仓库走去。尼古拉说他觉得太热,急忙走出大门。室内由于人很多的确闷热。

室外仍然是凝然不动的严寒,仍然是明月当空,只是更亮了。光亮是那么强,雪地上的星星是那么多,简直使人不愿仰望天空,天上真正的星星反倒暗淡无光。天空是黑暗的,寂寞的,地上是快乐的。

"我是傻瓜,傻瓜! 我一直在等什么?"尼古拉想道,他跑到大门口的门廊上,拐过墙角,沿着通往后门廊的小道走去。他知道索尼娅要经过那儿。半路上有一垛一人多高、上面有积雪的柴火,它投下黑影;光秃秃的老菩提树影纵横交织着投到雪地上和小路上,投到柴禾垛上面和近旁。这条小路通到仓库。覆盖着雪的仓库的圆木墙和顶盖宛如用宝石雕成的,在月光下闪闪发光。花园里有棵树发出爆裂声,然后四周又寂然无声了。心胸仿佛不是呼吸空气,而是呼吸永远年轻的力量和欢乐。

女仆室的门廊台阶上响起脚步声,盖着雪的最后一级台阶发出吱咽的响声,一个老女仆的声音说:

"一直走,沿着小路一直走,小姐。千万别回头!"

"我不怕。"索尼娅的声音回答说,她沿着小路朝尼古拉这边走来,她那穿着轻巧便鞋的秀丽小脚,踏在雪上吱吱作响。

索尼娅裹着皮袄走来了。她走到离他只有两步远的地方才看见他;她看见一个不是她平时认识并且有点害怕的那个人。他穿着女人衣裳,头发乱蓬蓬的,面带幸福的、索尼娅从未见过的微笑。她赶快跑到他身边。

"完全换了一个人,可仍然是原来的样子。"尼古拉望着完全被月光照亮的脸,心里想。他把两手探进蒙着她的头的皮袄下面,搂着她,把她紧贴着自己,吻她那带着小胡子和散发着焦炭气味的嘴唇。索尼娅吻他嘴唇的正中间,抽出两只小手托住他的面颊。

"索尼娅!……尼古拉!……"他们只说了这两句。他们跑到仓库里,回来时各走各的门廊。

十二

从佩拉格娅·丹尼洛夫娜那儿回来时,一向眼尖,对什么都留心的娜塔莎,把坐位作了一番安排:路易莎·伊万诺夫娜和她,还有季姆勒,坐一只雪橇,索尼娅同尼古拉以及女仆们坐在一起。

在回去的路上,尼古拉已经不再拼命赶马,而是平稳地行驶了。在奇异的月光下,他不断地端详索尼娅,借助把一切都改变了的月光,从画着眼眉和小胡子后面寻觅他往日的索尼娅和现在的索尼娅,他已经决定永远不和她分离了。他不断地端详,当他认出仍然和先前一样而又不一样的索尼娅,而且想起那混合着亲吻感觉的软木炭气味的时候,他望了望后退的地面和繁星灿烂的天空,深深呼吸着严寒的空气,觉得自己又进入仙境了。

"索尼娅,你好吗?"他不时这样问。

"好,"索尼娅回答,"你呢?"

在中途,尼古拉把缰绳交给车夫,他暂时跑到娜塔莎的雪橇上,站在弯托梁上。

"娜塔莎,"他低声用法语对她说,"你可知道,关于索尼娅的事我下了决心了。"

"你对她说了吗?"娜塔莎突然欢喜得容光焕发,问道。

"啊,你画着小胡子和眉毛,样子真怪,娜塔莎! 你快活吗?"

"我非常快活,非常快活! 我真的在生你的气呢。你对她太坏了,不过这话我没跟你说。这是一颗怎样的心啊,尼古拉,我太高兴了! 我常常讨人嫌,但是只有我一个人幸福,没有索尼娅,我于心不安,"娜塔莎继续说,"现在我太高兴了,快到她那儿去吧。"

"不,等一会儿,啊,你多么可笑!"尼古拉说,不断地注视她,他在妹妹身上也发现了他以前没有见到的新的、非凡的、富有魅力的、温柔的东西,"娜塔莎,有点神奇。是吗?"

"是的,"她回答,"你做得好极了。"

"如果我以前看见她是现在这个样子,"尼古拉想,"我早就会问她应该怎样办了,而且不管她吩咐什么,我都照办,那样一切都会很好了。"

"这么说来,你很高兴,我做对啦?"

"啊,这太好了! 前不久我和妈妈为了这事还争论过呢。妈妈说,她笼络你。怎么可以这样说！我差一点和妈妈吵起来。我绝对不许任何人说她的坏话,甚至不许有这样的想法,因为在她身上只有优点。"

"这太好了吗?"尼古拉说,他再一次观察妹妹脸上的表情,看看她说的是不是真话。只听他那靴子吱哇一声,他从弯托梁上跳下来,跑到自己的雪橇上去了。坐在那儿的仍然是那个快乐的、微笑的切尔克斯人,他有两撇小胡子和一对光闪闪的眼睛,从貂皮帽子下面往外看,这个切尔克斯人就是索尼娅,而这个索尼娅很可能是他未来的、幸福的、爱他的妻子。

回到家里,对母亲讲了讲他们在梅柳科娃家是怎样玩的,然后姑娘们就回到自己的房间去了。她们脱了衣服,但是不擦掉炭涂的小胡子,长久地坐在那儿谈论她们的幸福。她们谈她们婚后如何生活,她们的丈夫如何和善,她们如何幸福。在娜塔莎的桌上,杜尼亚莎还在昨天就准备了两面镜子放在那儿。

"不过,这一切什么时候才能实现呢?我怕永远不会实现……要能实现可就太好了!"娜塔莎说着,站起来走到镜子面前。

"坐下,娜塔莎,也许你能看见他。"索尼娅说。娜塔莎把几支蜡烛点着,坐下来。

"我看见一个留小胡子的人。"娜塔莎照见自己的脸,说。

"不许笑,小姐。"杜尼亚莎说。

娜塔莎在索尼娅和使女帮助下,把镜子摆好;她面孔的表情严肃起来,不再说话了。她长久地坐在那儿望着两面镜子里一串渐渐远去的蜡烛,她设想(根据她所听到的故事构思),在最后汇合成一个模糊的方形的烛光中,时而看见棺材,时而看见他——安德烈公爵。但是不论她怎样把那个最小的斑点当作人或者棺材的形象,还是什么都没看见。她开始不断地眨巴眼睛,于是离开了镜子。

"为什么别人能看见,我什么也看不见?"她说。"哎,索尼娅,你坐下;今天一定要你来,"她说,"不过是替我……我今天心神不安!"

索尼娅在镜前坐下,调整了位置,于是观看起来。

"这一回,索菲娅·亚历山德罗夫娜一定看得见,"杜尼亚莎悄悄说,"您老笑。"

索尼娅听见了这些话,而且听见娜塔莎低声说:

"我知道她看得见,她去年就看见过。"

大家沉默了三分钟。"准能看见!"娜塔莎悄悄说,但是没等说完……索尼娅忽然丢下手中的镜子,用手捂着眼睛。

"哎呀,娜塔莎!"她说。

"看见了吗?看见了吗?看见什么啦?"娜塔莎喊道。

"你看,我不是说过吗。"杜尼亚莎扶着镜子说。

索尼娅什么也没看见,她只是想眨眨眼睛,站起来,这时她听见娜塔莎的声音说:"准能看见!"……她本来不想欺骗杜尼亚莎,也不想欺骗娜塔莎,而且坐在那儿怪受罪的。可是,连她自己也不知道怎么回事,当她用手捂眼睛的时候,竟然叫起来。

"看见他了吗?"娜塔莎握住她的手,问。

"是的。等一等……我……看见他了。"索尼娅不由自主地说,她还不知道所谓他指的是谁——是尼古拉呢,还是安德烈。

"干吗不说我看见了?别人不是都看见过吗!有谁能弄清我是真看见还是没看见?"这念头在索尼娅头脑里一闪。

"是的,我看见他了。"她说。

"什么样子?什么样子?是站着还是躺着?"

"我真的看见了……本来什么都没有,忽然一下子,我看见他躺在那儿。"

"安德烈躺着？他病了？"娜塔莎吃惊地、目不转睛地瞪着女友问。

"不,正相反,正相反——是一副快乐的面孔,并且他向我转过脸来。"她在说这话时,的确觉得她看见了她说的那个情景。

"后来呢,索尼娅？"

"后来看不清了,有一种又发青又发红的东西……"

"索尼娅！他什么时候回来？什么时候我才能看见他！我的上帝！我多么为他也为自己担惊受怕啊,为一切担惊受怕啊……"娜塔莎说,她对索尼娅的安慰一言不发,在床上躺下,吹灭蜡烛后,仍然长久地睁着眼睛,一动不动地躺在床上,望着寒冷的月光照进结冰的窗户。

十三

圣诞节过后不久,尼古拉向母亲表明他对索尼娅的爱情和要同她结婚的决心。伯爵夫人早就注意到索尼娅和尼古拉之间的关系,而且预料到这场表白,她一言不发听完儿子的话,对他说,他爱和谁结婚就和谁结婚;但是不论是她还是他父亲,对这桩婚姻都不会为他祝福。尼古拉第一次感到,母亲对他不满意,虽然她非常疼爱他,也不会迁就他的。她冷冷的,眼睛不望着儿子,叫人去请伯爵;伯爵来了,伯爵夫人想当着尼古拉的面,把事情的原委简短地、冷静地告诉丈夫,但是忍不住气恼得哭起来,于是走出屋去。老伯爵开始犹犹豫豫地劝说尼古拉,要他放弃他的意图。尼古拉回答说,他不能背弃自己的诺言,于是父亲叹了一口气,他显然有点狼狈,即刻不吭声了,然后就到伯爵夫人那儿去了。每当和儿子意见不合,他心中总离不开一种因为把家事弄糟而对不起儿子的感觉,因此,儿子不肯娶有钱的妻子,而选中没有陪嫁的索尼娅,他对这事不能生儿子的气——每当这时，他只是更加鲜明地意识到，如果家事不是搞得这么糟，对于尼古拉来说，不会有比索尼娅更好的妻子了；家事弄得不好只怪他一个人和他的米坚卡，还有他那改不了的恶习。

父母不再和儿子谈这个问题；但是过了些日子，伯爵夫人把索尼娅叫来，她带着不论是索尼娅还是她本人都没想到的冷酷口吻责备侄女引诱她儿子和忘恩负义。索尼娅默不作声，垂着眼帘，听着伯爵夫人刻薄的语句，她不明白究竟要她怎么样。为了报答恩人，她准备牺牲一切。自我牺牲的思想是她珍爱的思想；但是这一次她弄不明白，为谁牺牲，她应当牺牲什么。她不能不爱伯爵夫人和罗斯托夫全家，可是也不能不爱尼古拉，她知道他的幸福就系在这个爱情上。她沉默着，神色抑郁，一句话也没回答。尼古拉觉得，再不能忍受这种状况，就去向母亲解释。尼古拉又是恳求母亲原谅他和索尼娅，并且同意他们结婚，又是威胁母亲说，如果索尼娅受到虐待，他即刻和她秘密结婚。

母亲态度之严冷，是尼古拉从未见过的，她回答他说，他已经长大成人了，安德烈公爵不得父亲的同意就要结婚，他也可以照办，但是她永远不会承认这个女阴谋家是她的儿媳妇。

尼古拉一听到女阴谋家这几个字，就暴跳起来，他提高嗓门对母亲说，他从来没想到她逼他出卖他的感情，如果这么说的话，他要最后一次说……但是他没来得及说出绝情的话，母亲从他脸上的表情看出他要说什么，她恐怖地等待他说出来，这是一句也许永远在他们之间留下极不愉快回忆的话。他没来得及说完，因为娜塔莎面色苍白、表情严肃地从门口走进来，刚才她在门外偷听呢。

"尼古连卡，你说的是废话，住嘴，住嘴！我说，你给我住嘴！……"为了压住他的声音，她几乎是在大叫。

"妈妈，亲爱的，这完全不是因为……可爱的妈妈，可怜的妈妈。"她对母亲说,母亲觉得自己已经走到决裂的边缘,她恐怖地望着儿子,但由于固执和斗气,她不肯也不能屈服。

"尼古连卡,我要向你解释的,你去吧……您听我说,亲爱的妈妈。"她对妈妈说。

她的话是没有什么意义的;然而这些话都达到了她所希望的结果。

伯爵夫人把脸埋在女儿怀里,深沉地抽泣着;尼古拉站起来,抱着头走出房去。

娜塔莎从中调解,结果是母亲答应不叫索尼娅受委屈,而尼古拉保证不背着父母做任何事情。

尼古拉下定决心,把团队的事情料理好以后,就退伍回家和索尼娅结婚,尼古拉心情郁闷而严肃,和父母闹得不和睦,然而他觉得,他是在热恋中,一月初,他回团队去了。

尼古拉走后,罗斯托夫家中比先前更沉闷了。伯爵夫人由于精神受刺激而病倒了。

和尼古拉别离使索尼娅悲伤,而伯爵夫人对待她不由己的敌对态度使她更加悲伤了。伯爵变得比任何时候更加忧心忡忡,因为家庭经济的亏空已经非得采取断然的措施不可了。必须卖掉莫斯科的房子和莫斯科近郊的田产,为了办这件事,就得去莫斯科。但是伯爵夫人的健康状况使行期一天天拖延下去。

娜塔莎轻松、甚至快活地度过刚和未婚夫离别的那些日子,现在一天天变得急躁和难以忍受。她一想到她那最好的时光本来可以用来和他谈爱情,而现在却白白浪费掉,心中就难以排遣地难过。他的信多半只能使她生气。她现在一心一意思念他,而他却过着真正的生活,看见一些他所感兴趣的新地方和新人物,她一想到这里就觉得屈辱。他的信越写得有趣,就越使她恼怒。她给他写信,不惟不能给她以慰藉,反而成为乏味、虚假的义务。她不善于写信,因为她无法用信真实地表达她惯于用声音、微笑和眼神所表达的千分之一。她给他写的信千篇一律、枯燥无味,连她自己也不看重它,信的草稿还得伯爵夫人替她改正拼写的错误。

伯爵夫人的健康状况仍不见好转,但是莫斯科之行已经再不能迟延了。必须置办嫁妆,必须卖掉房子,此外要紧的是,要在莫斯科等待安德烈公爵,这年冬天尼古拉·安德烈伊奇公爵就住在莫斯科,而且娜塔莎相信安德烈公爵已经到那里了。

伯爵夫人留在乡下,伯爵带着索尼娅和娜塔莎,于一月底到莫斯科去了。

第 五 部

一

皮埃尔在安德烈公爵和娜塔莎订婚之后,没有任何明显的原因,忽然觉得继续过去的生活成为不可能了。尽管他坚信他的恩师启发他的真理,尽管那他曾为之热烈献身的内心自我修养在最初向往的时日给了他那么大的喜悦,——在安德烈公爵和娜塔莎订婚后和在约瑟夫·阿列克谢耶维奇去世后(这两个消息几乎是同时接到的)先前生活的魅力对于他完全消失了。生活只剩下一个空架子:他的府第,里面住着一个美丽的妻子——她现在正受到某个显要人物的恩遇,他的彼得堡的一切朋友和呆板乏味的公务。皮埃尔突然觉得先前那套生活出乎意外地可憎。他不再写日记了,躲避着会友们,又开始上俱乐部,开始酗酒,又和单身汉朋友往来,他开始过着这样的生活,以致海伦·瓦西里耶夫娜认为非得和他作一次严肃的谈话不可了。皮埃尔觉得她是对的,为了她的名声不致受损,就动身往莫斯科去了。

在莫斯科,他刚一进入他那位有衰老的和正在衰老的伯爵小姐以及大批奴仆的巨大宅第的时候,当他周游全城时刚一看见金镂袈裟前面无数烛光的伊韦尔教堂、雪地还没有被轧脏的克里姆林广场、西夫采夫·弗拉若克①的车夫和棚户的时候，当他刚一看见那些一无所求、悠闲懒散地度过自己的余生的莫斯科老头们的时候，当他刚一看见老太太们、莫斯科的太太小姐们、莫斯科的芭蕾舞和莫斯科的英国俱乐部的时候——他就觉得到了自己家里，到了一个风平浪静的港湾。在莫斯科居住有如穿上一件旧长衫，舒适、温暖、肮脏。

整个莫斯科社交界，从小孩到老人，像迎接一位盼望已久的客人，早就虚位以待地欢迎他的到来。在莫斯科的上流社会看来，皮埃尔是一个最可爱、善良、聪明、快乐、心胸宽广的怪人，是一个漫不经心而待人热诚的老式的俄罗斯贵族。他的钱袋经常是空的，因为它对每个人都是敞开着的。

义演、劣等绘画、雕像、慈善团体、茨冈人、学校、募捐宴会、狂饮酒会、共济会、教会、书籍——没有一个人，没有一件事，会遭到他的拒绝，如果不是有两个借过他很多钱的朋友自动来监护他的话，他准得把一切都分个精光不可。没有哪次宴会，哪次晚会，是没有他参加的。在喝完两瓶马尔高酒之后，他刚往沙发上一坐，人们便把他围将起来，于是开始了谈话、辩论、戏谑。哪儿发生争吵，只消他和蔼地微笑一下或者说一句合时的笑话，那儿就化干戈为玉帛了。共济会的聚餐会如果没有他在场，就枯燥无味，死气沉沉。

在单身汉的晚餐之后，他含着和善而甜蜜的微笑，答应快乐的伙伴们的请求，站起来同他们一起到什么地方去，于是兴高采烈地欢呼声在青年人当中响起来。在舞会上，如果缺一个舞伴，他就来跳舞。年轻的太太小姐们都喜欢他，因为他不追求任何人，对每个人都同样客气,特别是在晚餐之后。"他很可爱,他是一个中性动物。"人们这样谈论他。

像皮埃尔这样退休的侍从,在莫斯科有几百个,他们忠厚老实地度过自己的余生。

七年前,他刚从国外归来时,假如有人对他说,他用不着去寻求什么,去筹划什么,他的航道早已打通,永远定规好了,不管他怎么折腾,总是依然如故,他听了准会大吃一惊。怎么也不会相信!难道不是他有时一心想在俄国实现共和,有时想当拿破仑,有时想做哲学家,有时想做战略家和征服拿破仑的人吗?难道不是他认为有罪的人类有可能获得新生,而且热烈希望他们获得新生以及自己达到最高完善的阶段吗?难道不是他曾经开办学校和医院,而且解放过农奴吗?

但结果相反——他现在是一个不忠实的妻子的有钱的丈夫,一个爱吃吃喝喝、有时把衣服敞开来骂骂政府的退休侍从,一个莫斯科英国俱乐部会员,最后,再就是一个在莫斯科交际场到处受欢迎的红人。他很久都难以接受那个思想,说他现在就是七年前他所非常鄙视的莫斯科退休侍从。

有时他安慰自己说,他不过暂时过这种生活;但后来另外一种想法使他大吃一惊:有多少跟他一样的人,齿发俱全地进入这种生活和这个俱乐部,等到从那儿出来时,齿发全无了。

当他在自以为了不起的时刻想到自己的情况时,他觉得他和先前他所鄙视的那些退休的侍从完全不同,那些人庸俗、愚蠢、自鸣得意,对自己的处境心安理得,"可是我呢,直到现在仍然不自满,仍然想为人类做点事情。"他在自以为了不起的时刻说。"可是也许,我的那些同事也和我一样,曾经挣扎过,在生活中寻求一条新的道路,也和我一样,被那种环境的力量、社会和出身的力量,那种人类无力抗拒的自然的力量引到我所走的道路。"他在虚心的时刻说。在莫斯科生活了一个时期,他已经不再鄙视那些和他同命运的同事了,而是喜欢、尊重他们,而且像怜悯自己一样怜悯他们了。

皮埃尔不再像以前那样绝望、抑郁、厌恶人生了;原先发作得那么厉害的病,现在进入了内心,而且一刻也没离开过他。"为了什么目的? 什么缘故? 这个世界在搞些什么?"他天天都有好几次惶惑地问自己,不自觉地开始探索人生的意义;可是经验告诉他,这些问题是得不到解答的,于是他就赶紧回避它,拿起书来读,或者上俱乐部,或者去找阿波隆·尼古拉耶维奇闲聊那些街谈巷议。

"海伦·瓦西里耶夫娜除了自己的身体之外,从来对什么都漠不关心,这是世界上最愚蠢的女人,"皮埃尔想道,"然而人们却认为她聪明绝顶、风雅之至,都对她崇拜得了不得。拿破仑·波拿巴在他还是一位伟人时,人人都鄙视他,可是当他变成可怜的小丑以后,弗朗茨皇帝却把自己的女儿献给他当情妇。西班牙人通过天主教感谢上帝,因为六月十四日他们打败了法国人,而法国人为了他们六月十四日打败西班牙人也同样通过天主教向上帝感恩。我的共济会会友们用血宣誓,他们准备为邻人牺牲一切,可是他们为贫民捐款连一个卢布也不肯出,他们挑拨阿斯特列亚支会反对寻找吗哪派①,为了一张真正的苏格兰地毯②和一份谁也不需要的、连写它的人也不懂得其中意义的会章而整天奔忙。我们都宣讲基督的教义——恕罪和爱邻人,为此在莫斯科建筑了许许多多座教堂,可是昨天就有一个逃兵死于鞭笞之下,在临刑前,那个爱和恕教义的执行者——一个老神甫,让那个士兵吻十字架。"皮埃

---

① 阿斯特列亚支会和寻找吗哪派是彼得堡共济会内部的两个派别。吗哪,《圣经·旧约》曾记述古以色列人经过旷野时获得神赐食物。

② 这种上面带有象征符号的毯子,是共济会各支会所必备的饰物。

尔这样想道,这种极为普遍、已为人人所承认的虚伪,尽管他已经司空见惯,然而每次却像碰见一桩新鲜事似的使他震惊。"我了解那种虚伪和混乱,"他想,"不过我怎样把我理解的一切告诉他们呢?我试过了,总是发现他们在灵魂深处也像我一样了解,只不过尽可能不去看它罢了。看起来就该这样!可是我怎么逃避呢?"皮埃尔想。他具有许多人,特别是俄罗斯人,所有的那种不幸的能力:看出和相信善和真的可能性,同时对生活中的罪恶和虚伪又看得过于清楚,以致失去认真生活的勇气。在他眼中,任何工作部门,都与罪恶和虚伪分不开。不管他想做一个怎样的人,不管他要做什么事,罪恶和虚伪都推开他,把他活动的所有道路都堵塞起来。然而总得生活,总得做点事情。这些无法解决的生活问题的压力是太可怕了,为了忘却这些问题,他每碰到一种娱乐,都全力以赴地投身其中。他出入每个交际场,放量地喝酒,收购绘画,大兴土木,主要的是读书。

他读书,顺手拿起什么就读什么,回到家里,当仆人还在替他脱衣服的时候,他已经拿起书来读了——从读书过渡到睡眠,从睡眠过渡到在客厅和俱乐部闲谈,从闲谈过渡到狂饮、和女人厮混,从狂饮又过渡到闲谈、读书和小酌。喝酒对于他越来越成为生理的同时也是精神的需要了。虽然医生对他说,因为他肥胖,酒对他是危险的,但是他依然喝得很多。只有连他自己也不知道怎么一来就往他那大嘴巴灌进几杯酒之后,他才浑身舒畅,觉得体内有一种愉快的温暖,对所有知近的人都感到亲切,对一切思想也愿意浮皮潦草地动动脑筋了,但并不深入它的实质。只有喝了一两瓶酒之后,他才模糊地意识到先前那团把他吓坏了的生活乱麻,并不像他想象的那么可怕。当他吃过午饭和晚饭,头脑嗡嗡作响,闲谈和听人家谈话,或者读书的时候,他老看见这团乱麻在他身边。只有在酒劲上来的时候,他才对自己说:"不要紧。我可以把它解开——怎么解开我已经有了准备。不过现在没有工夫——以后我把全部问题都会考虑周到的!"但是这个以后永远不会到来。

早晨空着肚子的时候,所有的老问题依然显得无法解决,十分可怕,于是皮埃尔赶快拿起书来读,如果这时有人来看他,他就高兴极了。

皮埃尔有时想起人们给他讲的一个故事,说的是作战的士兵在枪林弹雨下待在掩体里,为了比较容易忍受危险的感觉,无事可做也尽可能地找点事做。在皮埃尔看来,所有的人都像士兵一样逃避生活:有的追求功名,有的留恋赌场,有的编纂法律,有的沉溺女色,有的玩物丧志,有的跑马走狗,有的混迹政界,有的打猎取乐,有的嗜酒成癖,还有的从事国务活动。"无所谓大人物或者小人物,全都一样;都千方百计地只求能够逃避生活!"皮埃尔想,"只求别看见它,别看见这个可怕的它。"

二

初冬,尼古拉·安德烈伊奇·博尔孔斯基公爵带着女儿来到了莫斯科。由于他的经历,由于他的聪明才智和独创精神,特别是由于当时人们对亚历山大皇朝的热情已经衰退,还由于反法和爱国的思潮当时在莫斯科占主导地位,尼古拉·安德烈伊奇公爵立刻成为莫斯科人特别崇敬的对象,而且成为莫斯科反政府派的中心。

这一年公爵老多了。在他身上出现明显的衰老迹象:常常突然入睡,对近事的健忘和对远事的记忆,以及他充当莫斯科反对派首领的幼稚虚荣心。虽然如此,这位老人,特别是在每天晚上,穿着皮上衣,戴着扑过粉的假发出来喝茶,只要有人提他一下,他就东拉西扯地谈起陈年旧事,或者更加没有条理地、激烈地抨击时局,每当这时,他仍然能使全体客人肃然起敬。在来访者眼中,那座老式的宅第和其中高大的壁镜、古老的家具、扑过粉的仆人,以及严峻而精明的老人(他本人就是上一世纪的老古董)和他那十分崇敬他的温良的女儿和好看的法国女人,这一切合成一种庄严而赏心悦目的气象。但是客人们没有想到,在他们会见主人的两三个小时之外,一昼夜还有二十一二个小时,在这期间,在这个家庭里进行着秘密的内部生活。

　　这种内部生活近来使玛丽亚公爵小姐日子很不好过。在童山,使她精神振奋的与神亲们的谈话和孤独——她的最大的乐趣,在莫斯科享受不到了,而都市生活的好处和欢乐,她又没得到。她不去交际场;人人都知道,她父亲不让她单独出门,而他本人因健康欠佳,又不能出外走动,所以就没有人请她去赴宴会和晚会了。玛丽亚公爵小姐完全放弃了结婚的希望。有时,可以作为未婚夫的年轻人登门拜访,但她看见尼古拉·安德烈伊奇公爵接待和送走他们时,态度冷淡,神色愠怒。玛丽亚公爵小姐没有朋友:这次来莫斯科,她对两个最知近的朋友感到失望:一个是布里安小姐,公爵小姐对她本来就不能推心置腹,现在觉得她有点讨嫌了,而且由于某些原因,她开始避免和她见面;另一个是朱莉,她住在莫斯科,玛丽亚公爵小姐一连跟她通了五年信,可是这次重新见面,公爵小姐却觉得彼此十分隔膜。当时,由于兄弟的死,朱莉成为莫斯科最富有的未婚姑娘之一,她在社交界忙得不可开交。她被年轻人包围起来,她以为那些年轻人忽然看出了她的优点。一个久涉社交界的小姐到了一定的时期,就会觉得,她最后的结婚机会已经到了,她的终身这时不决定,就永远不能决定了,朱莉正是达到了这样的时期。每到星期四,玛丽亚公爵小姐就含着忧郁的微笑想起,她现在没有可通信的人了,因为朱莉就在这里,每星期都和她见面,然而即使见面也不能给她一点喜悦。她正如一个不肯娶多年与他同度晚间的女人的上了年纪的流亡者一样,因为婚后他不知在哪儿度他的夜晚,她感到遗憾的是,因为朱莉就在此地而没有可通信的人。玛丽亚公爵小姐也没有可以交谈的人,没有可以倾诉苦衷的人,而在这期间苦恼的事又是这么多。安德烈公爵回来结婚的日期就要到了,他为此事托她在父亲跟前说情不仅没有办成,而且相反,事情看来完全无望了:一提起罗斯托娃伯爵小姐,老公爵就发脾气,他本来就经常情绪不佳。近来又给玛丽亚公爵小姐添了一个新的苦恼,就是她教六岁小侄子的功课。在她和尼古卢什卡相处的时候,她吃惊地发现她自己也具有她父亲那种急躁的脾气。尽管她对自己说过许多次,教侄儿时不要激动,可是几乎每次拿起教鞭坐下来教法语字母时,她总是一心想快些、轻易些就把自己的知识灌输给孩子,而孩子已经提心吊胆了,眼看姑姑就要生气,孩子注意力稍一不集中,她就浑身发抖,急了,冒火了,提高了声音,有时拉着他的胳膊,罚他站墙角。罚他站墙角,她自己也为自己凶狠的坏脾气哭起来,尼古卢什卡也跟着她呜咽起来,不等许可就离开墙角,走到她跟前,从她脸上拉下她那双被泪水沾湿的手,安慰她。然而最使公爵小姐苦恼的是她父亲常常朝着她发的、近来已经达到残忍程度的怒气。假如他强迫她整夜罚跪,假如他打她,强迫她搬柴火,提水,她甚至连想都不会想到自己处境的困难;但是这个疼爱她的暴君——正是由于他疼爱她而折磨自己,也折磨她,才是最残酷的暴君——不仅蓄意侮辱她,损害她,而且让她知道,她不管做什么都有错。近来在老头子身上出现一个最使玛丽亚公爵小姐痛苦的新的特征,这就是跟布里安小姐大大亲热起来。在接到儿子要结婚的消息后,他第一个开玩笑的念头就是,如果安德烈结婚,那么他就和布里安结婚,看来这个念头使他高兴,玛丽亚小姐觉得,为了使她难堪,他近来固执地对布里安小姐表示特别的亲热,以此来发泄对女儿的不满。

有一天,在莫斯科,当着玛丽亚公爵小姐的面(她觉得父亲有意在她跟前这样做),老公爵吻布里安小姐的手,而且把她拉到怀里,搂着她亲热一番。玛丽亚公爵小姐忽然面红耳赤,从屋里跑了出去。几分钟后,布里安小姐到玛丽亚公爵小姐这里来,她微笑着,用她那甜蜜的声音讲述什么事情。玛丽亚公爵小姐赶快擦干眼泪,迈着坚定的步子走到布里安面前,看来连她自己也不知她在做什么,她气急败坏,向法国女人大叫大嚷起来:

"卑鄙,下流,不是人,乘人之危……"她说不下去了。"滚出我的房去。"她喊道,接着大哭起来。

第二天,公爵跟女儿一句话不说;但是她注意到,午饭时,他吩咐先给布里安小姐上菜。饭后,当仆人照老习惯又先给公爵小姐递咖啡的时候,公爵忽然勃然大怒,举起拐杖向菲利普掷过去,立刻命令送他去当兵。

"不听话……我说过两遍了! 就是不听! 全家以她为首,她是我的最好的朋友。"公爵喊道。"如果你胆敢再一次,"他在盛怒之下第一次对玛丽亚公爵小姐喊道,"像昨天那样在她面前放肆,我要叫你知道谁是家中的主人。滚开! 我不愿看见你;向她道歉!"

玛丽亚公爵小姐向阿马利娅·叶夫根尼耶夫娜①道了歉,替自己也替向她求情的仆人菲利普,向父亲也道了歉。

在这样的时刻,玛丽亚公爵小姐内心充满一种因牺牲而骄傲的感情。忽然间,在这样的时刻,她亲眼看见她所谴责的父亲不是在找眼镜,在眼镜旁边摸索,可就是看不见,就是对刚发生的事情转眼就忘,再不然就是举起他那无力的腿不稳地迈了一步,回头看

----

① 阿马利娅·叶夫根尼耶夫娜是布里安小姐的俄国名字和父称,这样称呼是尊敬的表示。

看有没有人看见他的衰弱,再不然,那就更糟了,在饭桌上,在没有客人激发他的时候,他忽然打起盹来,餐巾掉下来,颤颤巍巍的脑袋垂到盘子上。"他老了,不中用了,而我却胆敢说他的闲话!"在这样的时刻,她常常带着憎恶自己的心情想。

三

一八一一年,在莫斯科住着一位很快就红极一时的法国医生,他身材高大,仪容俊美,像法国人那样和蔼可亲,莫斯科人人都说他是一个医术超群的大夫——此人姓梅蒂维埃。他在上流社会家庭中走动,人们都不把他当作医生,而当作平等身份的人接待。

一向嘲笑医学的尼古拉·安德烈伊奇公爵,近来接受布里安小姐的劝告,请这位大夫到家里来,并且和他熟惯起来。梅蒂维埃每星期到公爵那儿去一两次。

公爵的命名日——圣尼古拉节,全莫斯科都来向他致敬,但是他吩咐不接待任何人,只请少数几个人吃饭,他把这几个人的名单交给玛丽亚公爵小姐。

一早就来祝贺的梅蒂维埃,认为当医生的理应不守纪律,他这样对玛丽亚公爵小姐说,于是就去见公爵。可是命名日那天早晨,老公爵心情极坏。整个早晨他在家中走来走去,找每个人的碴儿,装作不懂得别人对他说的话,别人也不懂得他的话。玛丽亚公爵小姐深知每当他忧心忡忡、念念有词地唠叨,最后总要爆发一场狂怒,整个早晨,她就像在一支扳开枪机的实弹枪前面,等待那不可避免的射击。在医生没来之前,早晨平安地过去了。玛丽亚公爵小姐把医生让进去之后,就拿一本书坐在客厅门旁,以便听得见书房里发生的事情。

先是听见梅蒂维埃的声音,然后是父亲的声音,然后是两个声音一齐说,门忽然敞开了,门口出现了惊慌失措的梅蒂维埃俊美的身影和他那垂到额前的黑发,接着出现公爵的身影,他头戴睡帽,身穿睡衣,气得脸变了形,两眼的瞳人向下垂。

"你不懂?"公爵喊道,"我懂!法国间谍!波拿巴的奴才,奸细,滚出我的家门——滚,我说!"他砰的一声把门关上。

梅蒂维埃耸了耸肩膀,走到布里安小姐面前,她是闻声从邻室跑来的。

"公爵身体不大好——胆囊病,脑充血。不要慌,明天我再来。"梅蒂维埃说,他把指头放到嘴唇上,匆匆地走了。

只听门里传出穿拖鞋的脚步声和叫骂声:"奸细,叛徒,到处是叛徒!在我的家里连一分钟的安宁都没有!"

梅蒂维埃走后,老公爵把女儿叫来,于是他那满腔怒火一股脑向她身上发泄。他说她不该把一个奸细放进来。他不是已经吩咐过,叫她开一张单子,不在名单上的人不要放进来吗?为什么放这个坏蛋进来!她是祸首。他说,和她相处,他得不到片刻的安宁,不能安安静静地死去。

"哎呀,我的天啊,必须分开,必须分开,您要明白这个,您要明白!我现在再也不能忍受了。"他说着,走出屋去。然后,他好像怕她不善于自我安慰,又转回来,极力装作心平气和的样子,补充说:"您不要以为我对您说这话是在气头上,不,我很平静,我考虑好了;一定要这么办——分开,您给自己找个地方吧!……"但是他按捺不住,带着只有有所爱才有的愤恨,看来连他自己也很痛苦,晃着拳头对她喊道:

"好歹有哪个傻瓜把她娶走就好了!"他砰的一声关上门,把布里安小姐叫了去,书房里就安静下来了。

下午两点钟,选定的六位客人来赴宴了。这六位是:赫赫有名的拉斯托普钦伯爵、洛普欣公爵和他的侄子、公爵的老战友恰特罗夫将军,还有属于年轻一代的皮埃尔和鲍里斯·德鲁别茨科伊,都在客厅里等候他。

前几天来莫斯科度假的鲍里斯,很想谒见尼古拉·博尔孔斯基公爵,他那么善于博得公爵的欢心,使得公爵为他打破了在家里不接待单身青年的常规。

公爵家并不是所谓"上流社会",然而这个在莫斯科默默无闻的小圈子,受到它的接待却是莫大的荣幸。关于这一点,鲍里斯在上星期才懂得,当时总司令当着他的面请拉斯托普钦在圣尼古拉节去用午餐,拉斯托普钦说他不能去:

"每到这一天我都要到老古董尼古拉·安德烈伊奇公爵那儿表示敬意。"

"噢,对了,对了,"总司令回答说,"他还好吗?……"

这一小群人饭前聚在摆设着旧家具的老式的高大客厅里,好像法庭在开庄严的会议。大家都默不作声,即使谈话,也把声音放得很低。尼古拉·安德烈伊奇公爵出来了,他严肃而沉默。玛丽亚公爵小姐比平时更显得文静而胆怯。客人们勉强敷衍她一下,因为看见她对他们的谈话毫无兴趣。只有拉斯托普钦伯爵一个人为使谈话不致中断,他时而谈最近本城的新闻,时而谈政界的新闻。

洛普欣和老将军偶尔参加一下谈话。尼古拉·安德烈伊奇公爵像一名听取汇报的首席法官似的倾听着,仅仅偶尔无言地或者只言片语地表明,他对向他汇报的事情知道了。谈话的腔调一听便知谁也不赞成政界的现状。人们讲的那些事件,显然是证明情况越演越糟;但是,不管是谈论还是评论某件事,只要矛头刚一触及皇帝陛下,谈话的人就住了口,或者被别人岔开,这一点倒是很明显的。

吃饭的时候,谈话涉及最近的政治新闻:关于拿破仑侵占奥尔登堡大公的领土以及俄国递交欧洲各国的反对拿破仑的照会。

"波拿巴对待欧洲就像海盗对待已经掳到手的船一样，"拉斯托普钦伯爵说，重复他已经说过几遍的话，"各国君主的长期忍耐，也许是晕头转向，简直令人惊奇。现在轮到教皇了，波拿巴毫无顾忌地企图推翻天主教的首脑，可是大家都一声不出！只有我们皇上对侵占奥尔登堡大公的领土提出抗议。然而连这……"拉斯托普钦伯爵停住不说了，觉得他已经到了不能继续指摘的边缘了。

"有人提议用别的领地来换奥尔登堡公国，"尼古拉·安德烈伊奇公爵说，"他们这样把大公们搬来搬去，就像我把农奴从童山搬到博古恰罗沃和梁赞的庄园那样。"

"奥尔登堡大公以坚强的毅力和镇静忍受他的不幸。"鲍里斯说，他毕恭毕敬地参加了谈话。他所以这样说，是因为他从彼得堡来这里路上荣幸地谒见过大公。尼古拉·安德烈伊奇公爵看了看这个年轻人，好像要对他讲点什么，但改变了主意，认为他太年轻了，不该对他说他所要说的话。

"我读过我国对奥尔登堡事件的抗议，那个照会文辞之坏令人吃惊。"拉斯托普钦伯爵说，他那随随便便的腔调表示他对这个问题十分熟悉。

皮埃尔脸上露出天真的惊奇，向拉斯托普钦看了看，他不明白为什么文辞不好就使他不安。

"伯爵，如果照会的内容是有力的，文辞的好坏有什么关系？"他说。

"凭咱们拥有五十万大军，要想有好的文体应当是容易的。"拉斯托普钦伯爵说。皮埃尔这才明白拉斯托普钦伯爵为什么对照会的措辞感到不安。

"看来要笔杆子的比比皆是，"老公爵说，"彼得堡人人都在写,不仅写照会,而且写法律。我的安德留沙就在那儿为俄国写了成卷的法律条文。如今人人都在写!"他不自然地笑起来。

谈话停顿了片刻;老将军咳嗽几声引人注意他。

"诸位有没有听说前不久彼得堡检阅的事?新任的法国公使太不像话!"

"怎么?对了,我听到一些;他当着陛下说了不得体的话。"

"皇上请他注意看看掷弹兵师和分列式,"将军继续说,"那个公使似乎毫不注意,而且竟然说,在我们法国没有人注意这类小事。皇上一言不发。据说,下次检阅的时候,皇上根本不理睬他。"

大家都不出声了:对这件与皇帝陛下有关的事情上,是不能擅自妄言的。

"狂妄!"公爵说,"你们知道梅蒂维埃吧? 今天我把他从我这里赶了出去。他到这儿来,竟然让他进来见我,尽管我吩咐过不让任何人进来。"公爵愤愤地看了女儿一眼,说。他于是讲起他和这个法国医生的全部谈话经过,以及为什么他坚信梅蒂维埃是一名奸细的原因。虽然理由很不充分,也不明确,可是没有人反驳他。

在热菜之后,斟上了香槟酒。客人们从位子上站起来向老公爵祝寿。玛丽亚公爵小姐也走到他面前。

他看了看她,眼神冰冷而且愤怒,他把刚刮过的皱巴巴的腮帮子向她伸过去。他脸上全部的表情对她说,早晨谈的话他并没忘,他的决定依然有效,只不过因为有客人在场,他现在不好对她说罢了。

当大家到客厅里喝咖啡的时候,老年人坐在一起。

尼古拉·安德烈伊奇公爵更活跃了,他对目前的战争发表了自己的看法。

他说,只要我们向日耳曼人仍然寻求联盟,干预欧洲的事务

（蒂尔西特和约①已经把我们牵连到欧洲的事务里了），那么，我们同波拿巴的战争就会是不幸的。我们既不应为奥地利也不应为反对奥地利而打仗。我们整个政策应当放在东方，至于对付波拿巴，只要陈兵边界，实行强硬的政策，使他永远不敢像一八〇七年那样跨过俄国边界，也就够了。

"公爵，我们怎么好跟法国人打仗啊！"拉斯托普钦伯爵说，"难道我们能讨伐我们的老师和神灵吗？看看我们的青年，看看我们的太太小姐吧。我们的神灵是法国人，我们的天堂是巴黎。"

他把嗓门提高些，好让大家都能听见他说话。

"服装是法国的，思想是法国的，感情是法国的！您掐着梅蒂维埃的脖子把他赶出去，因为他是法国人，是坏蛋，可是我们的太太小姐却匍匐在他的脚下在他后面爬行。昨天我参加一个晚会，那里五个女人中就有三个天主教徒，按照教皇的许可，礼拜天应当绣免罪符。可是她们几乎是赤身裸体地坐在那儿，好像澡堂的招牌似的，恕我说句不好听的话。咳，瞧瞧咱们的青年吧，公爵，真想把彼得大帝的手杖从博物馆里取出来，按照俄国方式痛打一顿，把他们那股子蠢劲打掉！"

大家都不出声了。老公爵满脸笑容，他望着拉斯托普钦赞许地晃了晃脑袋。

"喂，再见，阁下，多多保重。"拉斯托普钦说，他以他特有的敏捷站了起来，把手伸给公爵。

"再见，亲爱的，您的话像古筝，永远听不厌！"老公爵握着他的手，把腮帮子伸给他吻。其他人也跟着拉斯托普钦站起来。

---

① 蒂尔西特和约是法俄、法普于一八〇七年七月七日在涅曼河畔的蒂尔西特签订的，按此约，法俄结成同盟，参加大陆封锁。

四

　　玛丽亚公爵小姐坐在客厅里听老人们闲谈和评论,她完全不理解她所听到的;她老在想,客人们是否看出了她父亲对她敌视的态度。她甚至没注意那个曾经三次来访的德鲁别茨科伊在整个吃饭时间对她的关注和殷勤。

　　玛丽亚公爵小姐带着漫不经心和疑问的目光望着皮埃尔,他是最后走的一位客人,在老公爵出去以后,客厅里只剩下他们俩的时候,他拿着帽子,面带笑容,走到她跟前。

　　"可以再坐一会吗?"他一边说,一边把他那胖大的躯体投进玛丽亚公爵小姐旁边的靠背椅里。

　　"可以,可以。"她说。她的眼神仿佛在说:"您什么也没看出吗?"

　　皮埃尔饭后的心情是畅快的,他眼睛望着前面,默默地微笑着。

　　"公爵小姐,您早就认识这个年轻人吗?"他说。

　　"哪个年轻人?"

　　"德鲁别茨科伊。"

　　"不,不久……"

　　"怎么样,您喜欢他吗?"

　　"是啊,他是个讨人喜欢的年轻人……您为什么问我这个?"

　　玛丽亚公爵小姐说,心里继续思索早晨和父亲的谈话。

　　"因为我观察过:年轻人通常老请假来莫斯科,其目的就是来找有钱的未婚妻。"

　　"您对这观察过吗?"玛丽亚公爵小姐说。

　　"是的,"皮埃尔微笑着继续说,"这个年轻人现在奉行的宗旨是,哪儿有有钱的待嫁姑娘,他就到哪儿去。我对他可看透了。他现在拿不定主意进攻谁:进攻您还是进攻朱莉·卡拉金娜小姐。他对她可注意呢。"

"他常到他们那儿去吗?"

"常去。您知道追求女性最新的方法吗?"皮埃尔说,他快活地微笑着,看来他心中正怀着善意嘲笑的愉快心情,而这正是他在日记中常常自我责备的那种情绪。

"不知道。"玛丽亚公爵小姐说。

"如今,要想得到莫斯科小姐的欢心,要做出多愁善感的样子。他在卡拉金娜小姐面前多愁善感的了不得。"皮埃尔说。

"真的吗?"玛丽亚公爵小姐说,她望着皮埃尔的和善面孔,心中不停地思索自己的不幸。她想:"如果能有一个可以倾诉衷肠的人,我的痛苦就会减轻点了。皮埃尔正是这样的人,我想向他倾吐一切。他是那么善良,那么高尚。跟他谈谈,我心里会轻松些。他会给我出主意的!"

"您嫁给他,好不好?"皮埃尔问。

"哎呀,我的天啊,伯爵!有时候我简直愿意嫁给任何人。"玛丽亚公爵小姐突然带着哭声说起来,连她自己也觉得意外,"唉,爱一个亲人而觉得……(她声音颤抖地继续说)除了使他苦恼,什么都不能为他做,而且知道无法改变这种状况时,心里是多么痛苦啊。这么一来,只有一走了之,可是我往哪儿去呢?"

"您怎么了,出了什么事吗,公爵小姐?"

但是公爵小姐没说完,就哭了起来。

"我不知道我今天是怎么回事。不要管我吧,忘掉我说的话吧。"

皮埃尔的愉快心情完全消失了。他关切地探问公爵小姐,请她把心里的话都说出来,把她的苦恼告诉他;但是她一个劲地说,请他忘掉她的话,她也不记得她说过什么了,她没有什么苦恼,除了他已经知道的那桩苦恼,就是安德烈公爵的婚事可能引起父子的争吵。

"关于罗斯托夫家的事,您听到什么吗?"为了换个话题,她问,"我听说他们不久就要来这儿了。我也天天盼安德烈回来。我希望他们在这儿见面。"

"他现在对这个问题有什么看法?"皮埃尔问道,他说的他,就是老公爵。公爵小姐摇摇头。

"但是怎么办呢?这一年剩下不多几个月了。这件事是不可能的。我但愿在开头的时候能够帮哥哥的忙。我希望他们快点来。我希望和她交个朋友……您早就认识他们了,"玛丽亚公爵小姐说,"请您真心诚意地把全部真相告诉我,她究竟是个怎样的姑娘,您以为她怎么样?不过要告诉我全部真实的情况;您知道,因为安德烈做这件违反父亲意志的事,太冒险了,我希望知道……"

一种模模糊糊的本能告诉皮埃尔:这么许多有保留的说明,以及要他说出全部真相的反复请求,都表明玛丽亚公爵小姐对未来的嫂嫂不怀好感,她希望皮埃尔不赞成安德烈公爵的选择;但是皮埃尔说出了与其说是他所想到的,毋宁说是他所感觉的。

"我不知道怎样答复您这个问题,"他说,不知为什么脸红了,"我简直不知道这个姑娘是一个什么样的人,我怎么也无法分析她。她很有魅力。为什么说她是有魅力的,我不知道:关于她能够说的,只有这些。"玛丽亚公爵小姐叹了一口气,她脸上的表情仿佛说:"是的,这正是我料到的和害怕的。"

"她聪明吗?"玛丽亚公爵小姐问。皮埃尔沉吟起来。

"我看她不聪明,"他说,"可是又很聪明。她不愿显露聪明……不是的,她实在富有魅力,如此而已。"玛丽亚公爵小姐又不以为然地摇摇头……

"啊,我非常愿意喜欢她!如果您比我先见到她,您把我的话告诉她。"

"我听说,他们近几天就要到了。"皮埃尔说。

玛丽亚公爵小姐把她的计划告诉皮埃尔,罗斯托夫家里的人一到,她就和未来的嫂嫂接触,努力设法使老公爵和她熟惯起来。

五

鲍里斯想找一个有钱的姑娘结婚,在彼得堡未能如愿,他怀着这同样的目的来到莫斯科。在莫斯科,鲍里斯在朱莉和玛丽亚公爵小姐这两个最有钱的姑娘之间犹豫不决。玛丽亚公爵小姐虽然长得不好看,但是他觉得比朱莉有吸引力,然而不知为什么,追求博尔孔斯卡娅总觉得有点别扭。上次在老公爵命名日和她见面时,他尝试和她谈谈知心话,但她每次回答得都文不对题,显然她没有听出他的话音。

朱莉正相反,虽然她作风特别,只有她独自所特有,但是她乐意接受他的追求。

朱莉二十七岁了。自从她的兄弟们死后,她成为巨富。她现在变得简直难看了;但是她以为她不仅依然美丽,而且比以前更迷人了。下面两件事更加强了她的错觉,第一,她成为非常富有的待嫁姑娘;第二,她岁数越大,男人和她交游时就越有安全感,因而也越随便,他们享受她的晚餐、晚会以及在她那儿热闹的聚会,却可以不负任何责任。十年前,男人不便天天到有十七岁大姑娘的人家去,怕影响她的名誉,也怕自己受到束缚,现在可以大胆地每天去了,对待她可以不把她当作未婚的姑娘,而当作没有性别的熟人。

这年冬天,卡拉金家在莫斯科是最愉快、最好客的家庭。除了特邀的晚会和宴会之外，卡拉金家每天都高朋满座，特别是那些男客，午夜十二点才吃饭，一坐就坐到凌晨两三点。没有哪次舞会、娱乐、戏剧是朱莉放过的。她的装束打扮总是最时兴的。但是，虽然如此，朱莉似乎对一切都悲观失望，她逢人便说，她既不相信友谊，也不相信爱情，也不相信人生的任何欢乐，只期待在天国那儿安息。她惯于用那种曾经历过一番巨大的失望、仿佛失掉了心爱的人或者被心爱的人残忍地欺骗过的姑娘所特有的腔调说话。虽然她从未发生过这类事情，但人们却把她看作这种姑娘，连她自己也相信她一生多灾多难。这种忧郁情调并不妨碍她寻欢作乐，也不妨碍去她那儿的年轻人愉快地消磨时光。每一个来她那儿的客人都首先对女主人的忧郁心情表示敬意，然后才开始风雅的闲谈、跳舞、智力游戏，以及卡拉金家时兴的作限韵诗的比赛。只有少数几个青年，其中也有鲍里斯，比较深入地体会朱莉的忧郁情调，她和这些年轻人单独地长谈尘世的空虚，给他们看上面全是感伤的绘画、格言和诗句的纪念册。

朱莉对鲍里斯格外亲切：她可怜他这么年轻就厌倦人生，她自己虽然饱受人生的痛苦，却尽可能给予他友谊的安慰，并且把她的纪念册给他看。鲍里斯在纪念册上给她画了两棵树，并作了题词："村野的树啊，你那灰暗的枝丫向我抖落着凄凉和忧郁。"

在另外一个地方，他画了一座坟墓，题道：

死是得救，死是安慰。

啊！它是解脱痛苦的唯一避难所。

朱莉说，这个题词好极了。

"忧郁的微笑含有无穷的魅力！"她把从书里抄来的这句话逐字念给鲍里斯听。

"这是黑暗中的一线光明，是悲哀和失望之间的一点差别，它指出慰藉的可能性。"

鲍里斯为此写了一首诗献给她。

> 你多情善感的人儿啊，有如一杯毒酒，
>
> 但是没有你，我就失去了幸福。
>
> 温柔的忧郁啊，快来安慰我吧，
>
> 快来排遣我这孤独的愁闷，
>
> 在我这流不尽的泪水上，
>
> 添上一滴神秘的欢欣。

朱莉给鲍里斯弹竖琴，她弹的是最悲哀的夜曲。鲍里斯给她朗诵《可怜的丽莎》①，好几次中断了朗诵，因为他激动得透不过气来。朱莉和鲍里斯在大庭广众场合相遇的时候，两人认为在这淡漠的人间他们是唯一相互了解的一对。

常去卡拉金家的安娜·米哈伊洛夫娜，在和主妇玩牌的时候，关于朱莉的陪嫁，作了翔实的调查（陪送奔萨省两处田庄和下城森林）。安娜·米哈伊洛夫娜看见那极其细致的悲哀气氛把她的儿子和有钱的朱莉结合起来，认为是天作之合，非常感动。

"我们亲爱的朱莉总是那么迷人和忧郁。"她对那位小姐说。"鲍里斯说，只有在您府上，他的心才得到安宁。他经历过多次的失意，他这个人又是那么多情善感。"她对主妇说。

"哎呀，亲爱的，近来我多么喜欢朱莉啊，"她对儿子说，"我简直没法给您描述！怎么能不叫人爱呢？这么一个天仙般的人物！咳，鲍里斯啊，鲍里斯！"她停了一下。"我多么怜惜她的母亲啊，"她继续说，"今天她把从奔萨送来的账单和信件拿给我看（她们的田庄可大呢），真可怜，全靠她一个人：人人都骗她！"

---

① 《可怜的丽莎》是卡拉姆辛（1766—1826）的短篇小说，作者是俄罗斯文学感伤主义的奠基人。

听着母亲说话,鲍里斯微微露出一丝笑意。他温和地嘲笑她那天真的狡猾,但是他留神听她说话,有时注意向她打听奔萨和下城的田庄情况。

朱莉早就等待她那忧郁的崇拜者向她求婚了,而且准备接受;然而鲍里斯对她那急切想结婚的劲头,对她的矫揉造作,内心有一种说不出的厌恶,同时还害怕失去真正恋爱的机会,这一切都阻碍他向她求婚。他的假期快完了。他天天在卡拉金家消磨整整一天,鲍里斯每天都暗自盘算,他对自己说,他明天就求婚。可是当着朱莉的面时,一看见她那几乎总是涂脂抹粉的通红的脸和下巴、她那湿润的眼睛、她那忧郁的面部表情时刻准备着立刻就过渡到由于得到结婚的幸福而流露出不自然的狂欢表情——一看到这些,鲍里斯就说不出决定性的话了;尽管他在想象中早已把自己看作奔萨和下城田庄的主人,而且把田庄的收入派好了用场。朱莉看出鲍里斯犹豫不决,有时她也想到,他不喜欢她;但是女人的自我陶醉给了她安慰,她对自己说,他不过不好意思讲恋爱罢了。不过,她那忧郁的情调开始转为烦躁,在鲍里斯动身前不久,她采取一个决定性的计划。在鲍里斯的假期快完了的时候,在莫斯科,不言而喻,在卡拉金家的客厅里出现了阿纳托利·库拉金,于是朱莉突然放弃了忧郁情调,变得非常快活,对库拉金大献殷勤。

“亲爱的,”安娜·米哈伊洛夫娜对儿子说,“我从可靠的方面得知,瓦西里公爵打发他儿子来,是要他跟朱莉成亲的。我是多么喜爱朱莉,简直叫我替她为难了。你是怎么想的,亲爱的?”安娜·米哈伊洛夫娜说。

鲍里斯一想到他当了一次傻瓜,白白费了一个月的功夫在朱莉跟前表演吃力的忧郁情调,而且眼看已经到手并且在想象中派了适当用场的奔萨田庄的收入落到别人手里(特别是落到愚蠢的阿纳托利手里),一想到这里,鲍里斯就觉得受了侮辱。于是他驱车前往卡拉金家,拿定主意去求婚。朱莉轻松愉快地迎接他,随便地谈谈她在昨晚的舞会上多么快活,问他何时动身。虽然鲍里斯这次来是要谈爱情的,所以有意做得温柔多情,可是他却激动地谈起女人的朝三暮四来了:说女人很容易从忧郁过渡到欢乐,她们的心情是随着追求她们的人而变换的。朱莉恼怒了,她说,的确如此,女人需要花样翻新,总是老一套,谁都会厌倦的。

"在这方面,我可以奉告您……"鲍里斯本来想对她说几句带刺的话;可是就在这一刻,他心中忽然有一种令人气恼的想法,很可能白白浪费了一场心血,一无所得地离开莫斯科(像这种情形在他还从来没有过呢)。他说了一半就停住了,垂下眼睛,不看她那令人不快的、被激怒了的、犹豫不定的面孔,说:"我到这儿来,全然不是为了和您吵架。恰恰相反……"他瞧了她一眼,看能不能说下去。她的恼怒忽然消失得无影无踪了,一对不安的、哀求的眼睛,带着贪婪的期待目光注视着他。"我总可以设法少看见她就是了,"鲍里斯想,"既然开了头,就得干到底!"他突然满脸通红,向她抬起眼睛,对她说:"我对您的感情,您是知道的!"用不着多说了:朱莉的脸焕发出胜利和得意的光彩;但她逼着鲍里斯把在这种场合应当说的话通通向她说出来,说他爱她,从来没有像爱她那样爱过任何一个女人。她知道,凭奔萨的田庄和下城的森林,她可以这样要求,而且她也就得到了她所要求的。

未婚夫和未婚妻不再提那撒落着凄凉和忧郁的树了,只计划将来怎样布置彼得堡的辉煌住宅,拜访亲友和准备举行盛大婚礼所必需的东西。

六

伊利亚·安德烈伊奇伯爵在一月底偕同娜塔莎和索尼娅来到

莫斯科。伯爵夫人的健康状况仍然欠佳,不能同行——而等待她康复又不可能:安德烈公爵随时都可能到莫斯科;此外,必需置办嫁妆,必需出卖莫斯科近郊的田庄,还必须趁老公爵在莫斯科的时候,向他引见他未来的儿媳。罗斯托夫在莫斯科的住宅没有生火;此外,他们不打算久住,伯爵夫人也没同来,所以伊利亚·安德烈伊奇决定到莫斯科暂时住在玛丽亚·德米特里耶夫娜·阿赫罗西莫娃家里,她早就向伯爵提出她的邀请了。

夜晚,罗斯托夫的四辆雪车①驶进旧马厩街玛丽亚·德米特里耶夫娜的宅院。玛丽亚·德米特里耶夫娜一个人住在这儿。她的女儿已经出嫁。她的儿子都在官府供职。

她为人总是那么豪爽,对任何人总是那么率直地、大声地、坚决地说出自己的意见,她仿佛用她整个身心责备别人任何一点缺点、情欲和嗜好,这些东西在她身上绝对不会有的。一大早,她就穿着敞胸的短上衣料理家务,然后,每逢节日就去做礼拜,做完礼拜就去拘留所和监狱,她在那儿做什么事,从没对任何人说过;②而在平日,她穿戴好了后,就接待每天都有到她那儿来的各阶层的有求于她的人,然后就吃饭;在摆有丰盛美味菜肴的餐桌上,经常有三四位客人;饭后玩一局波士顿牌;夜晚她叫人读报纸和新书给她听,而她一面编织活计。她很少出门,如果破例出门,那就是去拜访城内最显要的人物。

当罗斯托夫家的人到来,前厅门上的滑轮吱咽响起来,从冷空气里让进罗斯托夫家的人及其仆从的时候,她还没睡。玛丽亚·德米特里耶夫娜戴着垂到鼻尖上的眼镜,昂着头,站在大厅门口,带着严厉、生气的神色望着进来的人。如果不是她关心备至地吩

---

① 雪车即带篷的雪橇。
② 这里暗示她周济那里的犯人。

咐仆人怎样安置客人和客人的行李，人们还以为她痛恨这些前来的人，马上就要把他们赶走似的。

"伯爵的行李吗？拿到这边来。"她同谁也不问好，指着箱子说。"小姐的，这边，左边。喂，你们在那儿讨什么好！"她对使女们呵斥道。"快去烧茶炊！——长胖了，长得好看了。"她说，拽着娜塔莎的风帽，把面庞冻得发红的娜塔莎拉到身边。"嗬，好冷啊！快脱脱衣服吧。"她对走过来想吻她的手的伯爵喊道。"大概冻坏了吧。喝茶的时候拿罗姆酒来！索纽什卡，你好。"她对索尼娅说，她用法语问好，以表示她对索尼娅的态度亲切，但带有少许的轻蔑。

当大家脱掉外衣，清理了旅途的风尘，过来喝茶的时候，玛丽亚·德米特里耶夫娜挨个儿亲吻大家。

"你们来了，住在我这儿，我由衷地高兴，"她说，"早该来了。"她说，然后意味深长地瞧了瞧娜塔莎……"老头子在这儿，天天盼望儿子。你一定，一定要见见他。好，以后再谈这个吧。"她又说，转脸看了索尼娅一眼，表示在她面前不便谈这个问题。"现在听我说，"她转身对伯爵说，"明天你要干什么？请哪些人来？请申申？"她屈起一个指头，"爱哭的安娜·米哈伊洛夫娜，两个啦。她和儿子都在这儿。要给儿子娶亲！然后就是请别祖霍夫了，是不是？他和妻子都在这儿。他躲她来着，可是她跟着追来了。他星期三在我这儿吃过饭。她们呢，"她指着两个姑娘说，"明天我带她们去伊韦尔小教堂，然后顺便到奥贝尔–夏尔姆①时装店去一趟。大概全套都要换新的吧？不要看我的样儿，如今的袖子——这么肥！前些日子，年轻的伊琳娜·瓦西里耶夫娜公爵夫人来我这儿：简直吓死人，两只胳膊好像套一对大水桶。如今天天有新花样。明天你有什么事要办？"她厉声问伯爵。

---

① 奥贝尔–夏尔姆意译为"大骗子"。

"事情都凑在一起了，"伯爵答道，"要给姑娘们买些衣裳，这儿还有一个买主，要买莫斯科近郊的田庄和房子。如果您能行行好，我想找个时间到马林斯科耶去一两天，两个姑娘扔给您照管。"

"行啊，行啊，在我这儿保管没错。在我这儿就像在监护委员会一样安全。我带她们去该去的地方，对她们该骂就骂，该疼就疼。"玛丽亚·德米特里耶夫娜一边说，一边用大手摸了摸她的宠儿和教女娜塔莎的面庞。

第二天早晨，玛丽亚·德米特里耶夫娜带两个姑娘去伊韦尔小教堂，然后到奥贝尔-夏尔姆太太那儿，这位太太是那么怕玛丽亚·德米特里耶夫娜，常常折本卖给她衣服，只求快些把她打发走。玛丽亚·德米特里耶夫娜几乎订购了全部嫁衣。回来后，她把所有的人都赶出房间，只留下娜塔莎，叫她的宠儿坐在她的扶手椅上。

"好，现在咱们谈谈吧。我祝贺你有了未婚夫。你捞到一个好样的！我为你高兴；他从小我就认识（她比划离地一俄尺那么高）。"娜塔莎快乐得红了脸。"我喜欢他，也喜欢他的全家。现在你听我说。老头子尼古拉公爵对儿子的婚事很不以为然，这你是知道的。老家伙的脾气坏极了！当然啦，安德烈公爵不是小孩子，不是非靠他不行，然而违背家长的意志进家门总不大好。家庭要和和气气，你亲我爱。你是个聪明的孩子，知道应该怎么办才好。你要和和善善、通情达理地去应付。那样一切都会好的。"

娜塔莎沉默不语，玛丽亚·德米特里耶夫娜以为她是害羞，其实她是不高兴别人干预她和安德烈公爵爱情的事，在她心目中，他们俩的爱情与一切俗事完全不同，她认为没有人能理解它。她只爱和了解安德烈公爵一个人，他爱她，他过两天就来接她。此外她什么也不需要。

"你可知道，我早就认识他了，玛申卡，你的小姑子，我也喜欢。大姑小姑，是非满屋，可是这一位连苍蝇都不伤害。她求我促使你们见见面。明天你和父亲到她那儿去，对她一定要亲热一些：你比她年轻。你的那个人来了后，你和他妹妹、他父亲都认识了，他们都喜欢你。你说对不对？这样要好些，是吧？"

"好的。"娜塔莎勉强回答说。

七

第二天，听从玛丽亚·德米特里耶夫娜的劝告，伊利亚·安德烈伊奇伯爵带着娜塔莎去见尼古拉·安德烈伊奇公爵。伯爵这次造访，心情很不痛快：他打心里感到害怕，他和老公爵最后一次见面是在征兵的时候，当时由于他没有缴足兵员名额，老公爵对于他的宴请的回答，是狠狠地训斥他一顿，他对这事记忆犹新。娜塔莎穿上自己最好的衣服，她的情绪相反地好极了。"他们不可能不爱我，"她想，"我总是被人疼爱的。而且我情愿为他们做他们所希望的一切，情愿爱他——因为他是父亲，情愿爱她，因为她是妹妹，他们没有理由不喜欢我！"

他们驱车来到弗兹德维仁卡街一座阴郁、古老的宅第门前下了车，走进门厅。

"上帝多多保佑吧。"伯爵半开玩笑半认真地说；但是娜塔莎看出她父亲一走进前厅，就慌张起来，他胆怯地、轻声问公爵和公爵小姐是否在家。在通报他们来访之后，公爵的仆人中间发生了一阵慌乱。跑去通报的仆人被另一个仆人拦住，他们小声嘀咕什么。一个女仆跑进大厅，也急急忙忙说句什么话，提到公爵小姐。最后，一个面带怒容的老仆走出来，向罗斯托夫父女禀道，公爵不能接见，公爵小姐有请他们。第一个出来迎接客人的是布里安小姐。她对他们父女特别客气，领他们去见公爵小姐。公爵小姐迈着沉重的脚步跑出来迎接客人，她神色激动、惊慌，脸上泛起一片片的红晕，极力做出神态自若和欢喜的样子，但是做不到。玛丽亚公爵小姐第一眼就不喜欢娜塔莎。她觉得她打扮得太漂亮，快乐得轻浮，而且爱虚荣。其实玛丽亚公爵小姐没发现，在她没有看见未来的嫂子之前，她由于嫉妒她的美貌、青春和幸福，嫉妒她哥哥对她的爱情，对她就没有好感。除了这无法克服的对她的反感外，玛丽亚公爵小姐这时心情之所以激动，还因为在通报罗斯托夫父女到来时，老公爵喊道，他不愿见他们，如果玛丽亚公爵小姐愿意的话，那就让她接见吧，可是不要让他们去见他。玛丽亚公爵小姐决定接见罗斯托夫父女，但是时时刻刻都在担心，怕公爵做出什么乖张的动作，因为由于罗斯托夫父女的来访，他似乎非常激动。

"亲爱的公爵小姐，我把我的歌手带来见您，"伯爵一边说，一边鞠躬，他老是不安地回头张望，仿佛害怕老公爵忽然走进来，"你们互相认识认识，我真高兴。可惜，可惜，公爵身体老是欠佳，"又说了几句客套话，他站起来，"如果可以的话，我把我的娜塔莎留在您这儿一刻钟，我到安娜·谢苗诺夫娜那儿去一趟，很近，就在养狗场，然后我来接她。"

伊利亚·安德烈伊奇想出这个外交的巧计，是为了给未来的姑嫂一个畅谈的机会（这是过后他对女儿说的），同时也是为了避免碰见他所畏惧的公爵。他没有对女儿说这一点，但是娜塔莎了解父亲的惧怕和不安，所以感到屈辱。她为父亲脸红，因为脸红更加生气，她用大胆的、挑战的、仿佛表示她谁也不怕的目光看了看公爵小姐。公爵小姐对伯爵说，这样她很高兴，并且请他在安娜·谢苗诺夫娜那里最好多坐一会儿，于是伊利亚·安德烈伊奇就走了。

玛丽亚公爵小姐想和娜塔莎单独在一起谈谈，她向布里安小姐投了个不安的目光,可是她仍然待在房里不走,一个劲儿谈莫斯科的娱乐和剧院。娜塔莎觉得受了屈辱,因为她看见在前厅发生的慌乱、父亲心神不安和公爵小姐不自然的腔调,她似乎觉得,公爵小姐接见她好像是赏光似的。因此,样样都使她不愉快。她不喜欢玛丽亚公爵小姐。她觉得她长得很丑,装腔作势,枯燥无味。娜塔莎忽然精神委顿了,说话腔调变得随便了,这样更使玛丽亚公爵小姐跟她疏远了。经过五分钟沉闷的、装模作样的谈话之后,忽然听见快步走来的穿着拖鞋的脚步声。玛丽亚公爵小姐脸上露出惊慌的神色,房门打开了,公爵戴着白睡帽,穿着睡衣走进来。

"啊,小姐,"他说,"小姐,伯爵小姐……罗斯托娃伯爵小姐,如果我没弄错的话……请原谅,请原谅……我不知道,小姐。上帝见证,我不知道您光临舍下,我这样穿戴,是来找女儿的。请原谅……上帝见证,我不知道。"他加重"上帝"这两个字,反反复复说得那么不自然,那么令人难受,弄得玛丽亚公爵小姐垂下眼皮,站在那儿不动,不敢看父亲,也不敢看娜塔莎。娜塔莎站起来行了礼,她也不知道她应当怎么办才好。只有布里安小姐愉快地微笑着。

"请原谅,请原谅!上帝见证,我不知道。"老头子嘟囔着说,从头到脚把娜塔莎打量了一番,然后走了出去。在出现这场意外之后,第一个找到话题的是布里安小姐,她开始谈起公爵的病情。娜塔莎和玛丽亚公爵小姐默默无言地你看看我,我看看你,她们默默无语地对视得越是长久,不说出她们需要说出的话,她们彼此之间的猜忌也就越增加。

伯爵回来了,娜塔莎见到父亲就不顾礼貌地表示高兴,并且急着要走:当时,她几乎痛恨那位年纪大的、令人乏味的公爵小姐,她竟然把她置于如此难堪的地位,和她待了半小时,她连提都没提安德烈公爵。"要知道,在这个法国女人面前,我不能首先提起安德烈公爵。"娜塔莎想。玛丽亚公爵小姐这时也感到同样的苦恼。她知道她应当对娜塔莎说些什么,可是她办不到,因为布里安小姐妨碍了她,其次还因为,她不知为什么难以开口提起这桩婚事。当伯爵已经走出屋时,玛丽亚公爵小姐快步走到娜塔莎跟前,握住她的手,深沉地叹了一口气,说:"等一等,我有句话……"娜塔莎讥笑地(她自己也不知她讥笑什么)望着玛丽亚公爵小姐。

"亲爱的娜塔莉①,"玛丽亚公爵小姐说,"您知道,我庆幸哥哥找到了幸福……"她停住了,觉得她说的不是真话。娜塔莎注意到这个停顿,猜出了停顿的原因。

"我想,公爵小姐,现在谈这事不方便。"娜塔莎说,她表面庄重而且冷淡,然而她觉得泪水已经哽住了喉咙。

"我说了什么,做了什么!"她刚一走出屋,就这样想。

这天等娜塔莎来吃午饭,等了很久。她坐在她房里大哭,像孩子似的,一边哭,一边抽抽搭搭地擤鼻子。索尼娅站在她身旁,吻她的头发。

"娜塔莎,你哭什么,"她说,"他们跟你有什么相干?一切都会过去的,娜塔莎。"

"不是的,你不知道,多么气人……就好像我……"

"别说了,娜塔莎,又不是你的错,你何苦呢?吻我吧。"索尼娅说。

娜塔莎抬起头来,吻了吻女友的嘴唇,把泪痕纵横的脸偎依在她身上。

"我不能说,我不知道。谁都不怪,"娜塔莎说,"全怪我。然而这实在令人痛苦。唉,他怎么不来啊!……"

---

① 称呼娜塔莉,比称呼娜塔莎显得尊重而亲切。

她两眼通红地出来吃饭。玛丽亚·德米特里耶夫娜知道公爵怎样接待罗斯托夫父女,装作没留意娜塔莎伤心的样子,她在饭桌上同伯爵和别的客人一个劲儿大声说说笑笑。

八

这天晚上,罗斯托夫家的人去看歌剧,票是玛丽亚·德米特里耶夫娜弄到的。

娜塔莎本来不想去,但盛情难却:玛丽亚·德米特里耶夫娜专门为她订的座。她穿好衣服到大厅里等父亲,她照了照大镜子,看见自己很美,非常美,这更令她哀怨了;然而这是一种甜蜜的、钟情的哀怨。

"我的上帝啊,如果现在他在这儿,我一定不会像从前那样,像个傻瓜似的,怯生生的,而是按照新的方式,大大方方地拥抱他,偎依他,逗得他用他那双惯常看我的探索的、好奇的眼睛看我,然后逗他笑,像从前那样笑,他那双眼睛——我是怎样地看那双眼睛啊!"娜塔莎想,"他父亲和他妹妹跟我有什么相干:我只爱他一个人,爱他,爱他,爱他的面孔和眼睛,爱他那刚毅而又童稚的微笑……算了,最好不要想他,现在不想他,忘记他。完全忘记他,我受不了这样的等待,我马上就要哭了。"于是她离开镜子,竭力使自己不要哭出来。"索尼娅爱尼古连卡怎么就爱得那么稳定,那么平静,而且那么长久地、耐心地等待着!"她望着穿戴完毕、手中拿着扇子走进来的索尼娅,心中想,"不,她是另一种人。我办不到!"

娜塔莎觉得自己这时特别柔顺,特别温情,爱别人和知道别人也在爱她,已经不能使她满足了:她现在需要、立刻就需要拥抱心爱的人,而且把她那满腔的情话倾吐出来,同时也听他诉说爱情。

她在马车里坐在父亲身旁,沉思地望着路灯的光在结冰的车窗上闪烁,她觉得自己更深地陷入了爱情,也更加伤感了,简直忘了同谁在一起和到哪儿去。罗斯托夫家的马车遇到车队长龙,车轮把雪轧得吱吱作响,缓缓地驶到剧院门前。娜塔莎和索尼娅提起裙裾急忙跳下车来;伯爵由仆人搀扶着下了车,于是三个人夹在正在入场的男男女女和卖戏报的中间,走进一楼包厢的走廊。从虚掩的门缝里,已经传出音乐的声音。

"娜塔莉,你的头发。"索尼娅低声说。侍者恭敬地、匆忙地在小姐们面前溜过去,打开包厢门。门里的音乐声更响了,眼前蓦然闪现一排排坐着袒胸露臂的太太小姐的、灯烛辉煌的包厢,以及人声嘈杂、服装鲜明的池座。一位走进邻近包厢的贵妇,用女人嫉妒的目光向娜塔莎瞅了一眼。幕还没升起,正在演奏序曲。娜塔莎整整衣衫,同索尼娅一起走过去,环顾一下对面一排排灯火通明的包厢,然后落了座。一种她久未体验的感觉——数百双眼睛投向她那赤裸的手臂和脖颈的感觉,忽然又愉快又不愉快地紧紧抓住她,唤起与这种感觉有关的回忆、愿望与激动。

两个出色的姑娘——娜塔莎和索尼娅,以及与莫斯科久违的伊利亚·安德烈伊奇伯爵,引起了普遍的注意。此外,大家都模模糊糊知道娜塔莎和安德烈公爵已经订婚,知道罗斯托夫家从那时起就住在乡下,所以都怀着好奇的心情看一看这个俄国杰出人物之一的未婚妻。

人人都说,娜塔莎住在乡下变得好看了,而这天晚上,由于她的情绪激动,格外好看。她那勃勃的生气和美丽,再加上对周围一切冷漠的态度,给人以深刻的印象。她那双乌黑的眼睛注视着所有的人,但不寻找任何人,她那赤裸到肘弯以上的胳膊倚在丝绒的包厢边缘上,显然不自觉地跟着序曲的拍子一张一合,把戏报揉皱了。

"瞧，那不是阿列宁娜吗?"索尼娅说，"好像同母亲在一起，是不是?"

"我的天啊! 米哈伊尔·基里雷奇更胖了!"老伯爵说。

"你们瞧! 我们的安娜·米哈伊洛夫娜那顶高帽子!"

"卡拉金一家子，朱莉和鲍里斯也在那儿。一看就知道是一对未婚夫妇。"

"德鲁别茨科伊求婚了! 我今天才听说。"走进罗斯托夫家包厢的申申说。

娜塔莎朝着父亲看的方向望去，看见朱莉，她那又胖又红的脖颈上戴着珍珠项链（娜塔莎知道她脖子扑满了粉），她满面春风地坐在母亲身边。

在她们身后露出头发梳得光滑的鲍里斯俊秀的头，他含着微笑把一只耳朵俯向朱莉的嘴。他低头蹙眉望着罗斯托夫家的人，微笑着对未婚妻说什么。

"他们在谈我们，谈我和他呢!"娜塔莎想，"他一定是在安抚未婚妻对我的嫉妒。完全庸人自扰! 我和他们任何人都不相干，如果他知道这一点就好了。"

后面坐着戴一顶绿色高帽子的安娜·米哈伊洛夫娜，她脸上带着听天由命、怡然自得的表情。在他们的包厢里有一种为娜塔莎所熟悉和羡慕的气氛——未婚夫陪伴着未婚妻。她转过脸来，突然想起早晨拜访时所受的一切屈辱。

"他凭什么不愿认亲? 唉，最好别想这个，在他没回来之前不去想它!"她自言自语，开始观望池座里熟悉和不熟悉的面孔。在池座前排正中间，多洛霍夫背靠着乐池栏杆站着，他那蓬松的卷发高高耸起，他穿着波斯服装。他站在剧场最显眼的地方，知道整个大厅都在注意他，但却像站在自己房间里一样随便。他周围围着一群莫斯科最出色的青年，看来他在他们中间首屈一指。

伊利亚·安德烈伊奇伯爵笑着捅了捅红了脸的索尼娅,向她指指她先前的崇拜者。

"认出来了吗?"他问。"他从哪儿冒出来的,"伯爵转身问申申,"他不是好久不见了吗?"

"好久没露面了,"申申回答说,"他到过高加索,又从哪儿逃走了,据说在波斯某个大公手下当大官,在那儿杀死了波斯王的一个兄弟;嗨,莫斯科的太太小姐们简直都发狂了!都是为了波斯人多洛霍夫。如今是三句话离不开多洛霍夫:人们用他来发誓,提起他的名字仿佛尝到蜜糖似的,"申申说,"多洛霍夫和阿纳托利·库拉金,这两个宝贝把咱们的太太小姐的魂都搅乱了。"

一位高大貌美的贵妇进入隔壁的包厢,她梳着一条大辫子,裸露着雪白、丰满的肩膀和脖颈,戴着两大串珍珠,她那肥大的绸衣沙沙作响,她好久才在座位上坐好。

娜塔莎不由得注视她的脖颈、肩膀、珍珠项链和她的发式,欣赏肩膀和项链之美。当娜塔莎再一次注视她的时候,那位贵妇回头张望一下,遇见伊利亚·安德烈伊奇伯爵的目光,她向他点点头,并且嫣然一笑。这位贵妇是皮埃尔的妻子别祖霍娃伯爵夫人。交游很广的伊利亚·安德烈伊奇探过身去和她说话。

"来这儿很久了吧,伯爵夫人?"他说,"一定去,一定去府上拜望,吻您的手。我这次来是办点事情的,把两个女儿也带来了。听说谢苗诺娃①的演技无与伦比,"伊利亚·安德烈伊奇说,"彼得·基里洛维奇伯爵②从来没忘记我们。他在这儿吗?"

"是的,他想去拜访您。"海伦说,注意看了看娜塔莎。

伊利亚·安德烈伊奇伯爵坐回自己的位子。

---

① 叶卡捷琳娜·谢苗诺娃(1786—1849),十九世纪初俄国最著名的悲剧演员。
② 彼得·基里洛维奇是皮埃尔的名字和父称。

"漂亮,是吧?"他对娜塔莎低声说。

"尤物!"娜塔莎说,"怪不得叫人一见钟情!"这时传来序曲的最后和音,指挥棒敲响了。几个迟到的男人在池座里入了座,幕升起了。

幕一升起,包厢和池座都安静了,所有的男人,老年的和年轻的,穿制服的和穿燕尾服的,所有的女人,在裸露的身上戴着宝石的女人,都怀着贪婪的好奇心把全副注意力转向了舞台。娜塔莎也开始看戏了。

九

舞台中间是平滑的地板,两旁是绘有树木的彩色纸板,后面是垂到地板的麻布。舞台中间坐着一些穿红上衣和白裙子的少女。一个很胖的穿白绸衣服的少女单另坐在一张矮凳上,矮凳后面贴着一块绿纸板。她们都在唱着什么。她们唱完的时候,那个穿白衣的少女走到提词人的小室前,一个粗壮的、大腿上穿着紧身绸裤的男人,拿着一顶带羽毛的帽子和短剑,走到她面前,张开两臂唱起来。

先是那个穿紧身裤的男人独唱,然后她唱。然后两个人都不唱了,乐队奏起乐来,那个男的抚摸白衣少女的手,显然在等待与她合唱的拍子。他们俩合唱完了,全体观众都鼓掌叫好,这两个扮情人的男女,微笑着伸开两臂,鞠躬致谢。

娜塔莎在乡居之后,并且在目前心情严肃的时候,觉得舞台上一切都是粗野的,令人吃惊的。她无法集中注意力观看剧情的发展,甚至连音乐也听不进去:她只看见彩色的纸板,奇装异服的男女在明亮的灯光下奇怪的动作、说话和唱歌;她知道那是表演,但是那一切却是那么怪诞和虚假,矫揉造作,她不由得时而为演员害羞,时而觉得好笑。她环顾四周,在观众的脸上寻找她内心所有的那种讪笑和困惑的感情;但是所有的面孔对舞台上的表演都是那么聚精会神,娜塔莎觉得,都表现出假装的赞赏。"想必应该如此!"娜塔莎想。她来回地时而看看池座里一排排搽了油的脑袋,时而看看包厢里袒胸露臂的女人,特别看看邻座的海伦,她几乎是赤身露体,沐浴在注满全场的明亮的灯光和被观众散发的体温弄得温暖的空气中,含着静静的、安详的微笑,目不转睛地望着舞台。娜塔莎渐渐进入好久不曾体验的陶醉状态。她已经忘记她是谁,她在哪儿,她眼前发生了什么事。她在看,在想,突然,一些毫不连贯的、最奇怪的思想在她头脑里闪过。她时而想跳到包厢边缘上唱那个女演员所唱的咏叹调,时而想用扇子碰一下那个坐得离她不远的小老头,时而想向海伦俯过身去,胳肢她。

在即将开始演唱咏叹调,舞台上寂然无声的时候,通到罗斯托夫家的包厢那一边的池座的门打开了,传来一个迟到的男人的脚步声。"这就是库拉金!"申申低声说。别祖霍娃伯爵夫人微笑着向进来的人转过身来。娜塔莎顺着别祖霍娃伯爵夫人的目光望过去,看见一个异常俊美的副官带着自信而又彬彬有礼的神气向他们的包厢走来。这是早在彼得堡舞会上她就见过并且引起她注意的阿纳托利·库拉金。他现在穿一身带肩章和肩饰的副官制服。他走起路来神气活现,如果不是长得漂亮,如果他那俊美的脸上没有一派憨厚的、自鸣得意和乐呵呵的神情,他那步伐就会引人发笑了。虽然表演正在进行,他还是不慌不忙地从走廊的地毯上走过去,轻轻地响着马刺和佩刀,悠然自得地把他那洒了香水的秀美的头抬得高高的。他向娜塔莎瞟了一眼,走到妹妹跟前,把戴着手套的手放在她的包厢边缘,向她点点头,然后俯下身来指着娜塔莎问她什么话。

"非常可爱!"他说,显然是在讲娜塔莎,她知道讲她不是因为听到了，而是从他嘴唇的动作看出来的。然后他走到头排坐在多洛霍夫身旁，友好地、随便地用肘弯捅了捅别人都是那么巴结逢迎的多洛霍夫。他快活地向他挤挤眼，微微一笑，然后把一只脚跷到乐池的围栏上。

"兄妹俩多么相像！"伯爵说，"两人都很漂亮。"

申申放低声音向伯爵讲述库拉金在莫斯科的一桩风流趣闻，娜塔莎侧耳细听，只因他讲过她非常可爱。

第一幕完了，池座的人都站起来，乱哄哄地出出进进。

鲍里斯来到罗斯托夫家的包厢，他淡淡地接受了祝贺，然后挑起眉头，露出漫不经心的笑容，向娜塔莎和索尼娅转达了他的未婚妻邀请她们参加婚礼，说完就走了。娜塔莎带着愉快和娇媚的微笑和他谈话，并且祝贺她先前爱过的那个鲍里斯的新喜。在她这时所处的陶醉状态中，一切都好像简单而且自然。

几乎赤身露体的海伦坐在她的邻座，对所有的人都是那么一副笑脸；娜塔莎对鲍里斯也同样是这么一副笑脸。

海伦的包厢挤满了人，被来自池座的最显赫、最聪明的男人们包围着，他们好像想让大家都知道他们和她相识。

在整个幕间休息时，库拉金和多洛霍夫都站在乐池前面，老向罗斯托夫家的包厢看。娜塔莎知道他在讲她，这使她很高兴。她甚至转过身来，使他能够看到她的侧面，她认为她这个姿势最美。在第二幕开始前，池座里出现皮埃尔的身影，罗斯托夫家的人自从到莫斯科后还没见过他。他神色忧郁，但比上次娜塔莎看见他时更胖了。他对谁都不注意，一直向前排走去。阿纳托利到他面前，望着并且指着罗斯托夫家的包厢，对他说什么。皮埃尔一看见娜塔莎，兴致就来了，急忙穿过一排排座位，向他们的包厢走去。他走到他们跟前，用臂肘支撑着包厢边沿，微笑着和娜塔莎谈了很久。在和皮埃尔谈话时，娜塔莎听见别祖霍娃伯爵夫人包厢里有男人的声音,不知为什么她认为这是库拉金的声音。她回头看了看,正碰见他的目光。他几乎是笑容满面,用叹赏的、亲热的目光直望着她的眼睛——离他这样近,这样注视他,又是这样自信他是喜欢她的,而竟然和他不认识,这似乎叫人觉得奇怪。

第二幕的布景是在纸板上画的纪念碑,天幕上的一个圆洞是月亮,灯罩遮着脚灯,开始奏起低音小号和低音提琴,从左右两边走出许多穿黑长袍的人。这些人挥舞着双手,手中握着类似短剑的东西;然后又跑来一些人要拖走那个原先穿白衣、现在穿蓝衣的少女。他们不是马上把她拖走,而是同她一起唱了很久后,才把她拖走,后台响了三下金属的声音,所有的人都跪下来唱祈祷词。这一切表演被观众的欢呼声打断好几次。

在这一幕进行时,娜塔莎每次向池座张望,总看见阿纳托利·库拉金一只手越过椅背,在注视她。看见他对她是那么着迷,使她很愉快,并没想到这有什么不好的地方。

第二幕结束时,别祖霍娃伯爵夫人站起来,转身向着罗斯托夫家的包厢(她的胸脯几乎完全裸露着),她用戴手套的手指招呼老伯爵,她不理会那些进到她包厢的人,含着和蔼的微笑和他说话。

"请您给我介绍一下您那可爱的女儿们吧,"她说,"她们把全城都轰动了,可是我还不认识她们呢。"

娜塔莎站起来向这位雍容华贵的伯爵夫人行礼。这位仪态万方的美人的夸奖,使娜塔莎那么愉快,她高兴得脸都红了。

"我现在也想做一个莫斯科人了,"海伦说,"把这么好的珍珠埋在乡下,您怎么好意思啊!"

别祖霍娃伯爵夫人果然名不虚传,的确是一个富有魅力的女人,她能说出她没想过的话,而且特别善于阿谀奉承,她做得完全不露痕迹,十分自然。

"不,亲爱的伯爵,请您让我陪一陪您的女儿们。我这次来这儿住不多久。你们也是这样。我一定设法使您的女儿开心。早在彼得堡我就听到许多有关您的情况了,那时就想认识您,"她带着她那始终不变的迷人的微笑对娜塔莎说,"我从我的侍从德鲁别茨科伊——您已经听说他要结婚了——那里听说过您,从我丈夫的朋友博尔孔斯基,安德烈·博尔孔斯基公爵那里听说过您。"她特别加重地说,暗示她知道博尔孔斯基与娜塔莎的关系。为了能够更好地相互认识,她请求让其中一位小姐到她的包厢里看其余部分的戏,娜塔莎于是过她那边去了。

第三幕舞台上的布景是宫殿,点着很多蜡烛,墙上挂着留有短须的骑士画像。站在舞台中央的两个人,大约是国王和王后。国王看样子有点胆战心惊,他摇晃着右手,拙劣地唱了一段,然后就坐到猩红的宝座上。先穿白后穿蓝的少女,这时只穿一件衬衣,披散着头发,站在宝座旁边。她悲伤地对着王后唱着什么;可是国王严厉地把手一挥,于是从两边走出赤脚的男女,他们一同跳起舞来。然后小提琴用高音奏起欢快的曲调,光着粗腿和细胳膊的女人们中的一个,离开其余的人,走进侧幕,整整上衣,然后走到舞台中间跳起舞来,同时用一只脚拍打另一只脚。池座里的观众一齐鼓掌叫好。然后一个男的站在台角。乐队更响地吹打起扬琴和小号,于是这个男的独自赤着脚跳起舞来,跳得非常高,而且迅速地摆动着两脚。(此人名叫迪波尔,他凭这手技艺每年挣六万卢布。)池座、楼座和包厢里的人们都拼命鼓掌欢呼,然后那个男的停下来,微笑着向各方鞠躬。然后别的光着腿的男男女女又开始跳舞,然后其中一位国王伴着乐声呐喊一声,大家又唱起来。可是突然间,狂风大作,乐队奏起半音音阶和降低了的七度音和弦,所有的人都跑了,又拖走其中一个人,幕落了。观众中间又是一阵震耳欲聋的喧哗声和噼啪声,大家都带着狂喜的表情喊叫:

"迪波尔!迪波尔!迪波尔!"

娜塔莎已经不觉得这些现象奇怪了。她心情愉快,高兴地微笑着环顾四周。

"迪波尔好极了,是吧?"海伦对她说。

"啊,是啊。"娜塔莎回答。

<h1 style="text-align:center">十</h1>

幕间休息时,海伦的包厢里吹来一股冷风,门打开了,阿纳托利弓着身子,生怕碰着人,走了进来。

"请让我来给您介绍我的哥哥。"海伦说,她的目光不安地从娜塔莎转向阿纳托利。娜塔莎越过赤裸的肩臂向那个美男子转过俊秀的小脑袋,微笑了。阿纳托利不论是近看还是远看都一样漂亮,他在她身边坐下,说他早在纳雷什金家的舞会上,就有幸见到她,使他难忘,当时他就希望能有一天认识她。库拉金在同女人在一起时比在男人圈子里要聪明得多,单纯得多。他言谈大胆而且随便,使娜塔莎又奇怪又愉快,她吃惊的是,在这个有那么多的传闻的人身上不仅没有什么可怕的地方,而且相反,这个人却有一张最天真、最快乐、最憨厚的笑脸。

阿纳托利·库拉金问她对表演的印象如何,他告诉她,谢苗诺娃上次演出时,摔了一跤。

"您知道吧,伯爵小姐,"他说,他突然像对一个早就认识的熟人似的说起来,"我们举办一次化装赛会;您最好能够参加:那一定很热闹。大家在阿尔哈罗夫家聚会。请您一定来,真的,好吗?"他说。

他说这话时,他那微笑着的眼睛注视着娜塔莎的脸、脖颈和赤裸的手臂。娜塔莎当然知道他在欣赏她。这使她愉快,但是不知为什么,有他在场,她总觉得局促不安。当她不看他时,她感觉他

在看她的肩膀,她不自觉地截住他的视线,叫他最好看她的眼睛。但是和他的目光相遇时,她恐惧地感觉到,他和她之间完全没有她和别的男人之间通常所感到的那种羞怯的隔膜。连她自己也不知道是怎么回事,五分钟后,她觉得她和这个人已经非常接近了。当她把脸转过去的时候,她害怕他从后面捉住她的裸露的手臂,吻她的脖颈。他们谈论一些最普通的事情,可是她觉得,他们之间已经是那么接近,这是她和别的男人从来没有的情形。娜塔莎转脸看看海伦,看看父亲,好像问他们这是怎么回事;可是海伦在同一位将军谈话,对她的目光没有反应,而父亲的眼神也没有回答她什么,只是他通常所表示的:"你快活,我也高兴。"

在令人不舒服的、无话可说的时刻,阿纳托利瞪着他那鼓眼睛安详地、执拗地瞅着她,娜塔莎为了打破沉默,问他可喜欢莫斯科。娜塔莎问过后,脸红了。她老觉得,她同他谈话是在做一件不体面的事。阿纳托利笑了笑,好像在鼓励她。

"起先我不怎么喜欢,那是因为,一个城市要怎样才讨人喜欢呢?要有漂亮的女人,您说是吧?可是现在就非常喜欢了。"他说,大有深意地望着她。"伯爵小姐,您去参加化装赛会吧?一定去。"他说,伸手去摘她戴的花球,压低声音说:"您会是最漂亮的。去吧,亲爱的伯爵小姐,把这个花球给我作为保证吧。"

娜塔莎不理解他说什么,正如他本人不理解他自己说什么一样,但是她感觉到,在他这不可理解的话语里,有一种不正当的意图。她不知道应当说什么,她转过身去,好像没听见他说的话。可是她刚转过身去,她就想,他就在后面,离她很近很近。

"他现在会怎么样呢?他不好意思了吧?生气了吧?要不要挽回一下?"她问自己。她忍不住回头看看。她坦率地凝视了一下他的眼睛,于是,他那近在咫尺,他那自信,他那和善亲切的微笑,战胜了她。她坦率注视着他的眼睛,完全像他那样微微一笑。

她又一次恐惧地觉得，他和她之间没有任何隔膜。

　　幕又升起了。阿纳托利走出包厢，他神态自若而且快活。娜塔莎回到父亲的包厢，她完全被她置身其间的那个环境所征服了。她眼前发生的一切，她都觉得十分自然；然而以前所想到的一切——关于她的未婚夫、关于玛丽亚公爵小姐、关于乡下生活，连一次都没进入她的脑际，就像这一切都是很久很久以前的事了。

　　第四幕里出现一个小鬼，他挥动一只手唱歌，一直唱到它脚下的板子被抽掉，它陷了下去为止。在整个第四幕中，娜塔莎只看到这一点，因为有一件事使她苦恼和心慌意乱，那使她心神不得安宁的原因是库拉金，她不由得老注意他。当他们从剧院出来时，阿纳托利走到他们跟前，把他们的车叫来，扶着他们上车。在扶娜塔莎时，他握住她肘弯以上的手臂，弄得娜塔莎心潮起伏，满脸通红，她转脸看了看他。他两眼发亮，含着温柔的微笑，注视着她。

　　到家以后，娜塔莎才能很清醒地思考她所遇到的一切，她忽然想起安德烈公爵，不觉吓了一跳，在从剧院归来大家围坐着吃茶的时候，她当着大家的面惊叫一声，满脸通红地跑出去。"我的上帝！我完了！"她对自己说。"我怎么能这样呢？"她想道。她双手捂着通红的脸，坐了很久，极力想弄清楚她发生了什么事，她既弄不明白她发生的事，也弄不明白她的感觉是什么。她觉得一切都是那么昏暗、模糊和可怕。在那儿，在那灯烛辉煌的大剧场里，迪波尔穿着金光闪闪的短上衣，光着脚，在音乐的伴奏下，在潮湿的地板上跳来跳去，还有那些少女们，那些老人们，以及那个袒胸露臂、带着安详而骄傲的微笑的海伦的欢呼叫好——在那儿，在那有海伦在场的地方，一切都是明了的，简单的；可是现在一人独处的时候，一切都变得不可理解。"这是怎么回事呢？我对他感到惧怕是怎么回事？我现在感到受良心的责备又是怎么回事？"她想。

只有老伯爵夫人一个人是娜塔莎可以把她想到的这一切在夜间，在床上对之诉说的。她知道索尼娅有她严格的整套的看法，听到她的坦白，要么是不理解，要么是大惊小怪。娜塔莎想尽可能自己解决那使她苦恼的问题。

"我是不是失去了安德烈公爵的爱情呢?"她问自己，又带着自慰的嘲笑回答自己："我真傻，我干吗要问这个? 我究竟发生了什么事? 什么事都没发生。我并没有做什么，也没有招惹什么人。没有人会知道，而且我永远不会再见到他，"她对自己说，"这么说来，问题是明摆着的，什么事也没发生，没有什么可懊悔的，安德烈公爵能够爱我这样的人的。可是为什么要说我这样的人呢? 哎呀，上帝，我的上帝! 为什么他不在这儿!"娜塔莎平静了一会儿，可是后来又有一种本能告诉她，虽然这一切都是真的，虽然什么事都没发生——可是本能告诉她，从前她对安德烈公爵爱情的纯洁性全完了。于是她把她和库拉金的全部谈话在心里又重温了一遍，想象那个漂亮、大胆的人在搀扶她的手臂时的面孔、姿态和温柔的微笑。

十一

阿纳托利·库拉金住在莫斯科，是他父亲把他从彼得堡打发来的，他在那儿每年要花掉两万多卢布，另外，他父亲还要替他偿还同样数目的债务。

父亲对儿子说，他最后一次为他偿还一半的债，不过他得去莫斯科就任他给他谋的差事——在总司令手下当副官，并且努力在那儿结一门好亲事。他指示他去攀玛丽亚公爵小姐和朱莉·卡拉金娜。

阿纳托利同意了，他到莫斯科住在皮埃尔家里。皮埃尔起先不大乐意接待他,可是后来对他也就习惯了,有时同他一起去狂饮,并且给他钱用,说是借给他的。

申申没说错,阿纳托利一到莫斯科,就把整个莫斯科的太太小姐弄得神魂颠倒,特别是由于他看不起她们,他显然宁可喜欢茨冈姑娘和法国女演员,据说他和那个挂头牌的演员乔治小姐的关系很密切。他不放过任何一次多洛霍夫和其他莫斯科花花公子的酒会,他通宵豪饮,酒量过人,出席上流社会所有的晚会和舞会。传说他和莫斯科的太太们闹了几场风流韵事,在舞会上追求某些太太。但是他同小姐们,特别是同那些多半长得不好看的有钱的未婚小姐们,却不接近,况且阿纳托利两年前结过婚,这件事只有他的几个最知近的朋友知道。两年前,他的团队在波兰驻扎时,一个不大富裕的波兰地主强逼阿纳托利娶了他的女儿。

阿纳托利不久就抛弃了妻子,他以寄给岳父一笔款子为条件,取得了充当单身汉的权利。

阿纳托利永远是心满意足的,他对自己的地位、对他本人和对别人都满意。他本能地、彻头彻尾地相信,他除了过现在他所过的生活,不能过别样的生活,而且相信他平生从未做过坏事。他既没有能力思考他的行为对别人会有什么影响,也没有能力思考他这种或者那种行为会有什么结果。他相信鸭子生来就应该生活在水里,而他被上帝创造出来,就应该每年有三万卢布的收入,就应该在社会中占最高的地位。他对这一点深信不疑,别人瞅瞅他那神气,也相信这一点,不拒绝让他在上流社会占一个最高的位置,也不拒绝借给他钱,他不管向什么人都借钱,而且显然是不会归还的。

他不是赌徒,至少他从来不想赢钱。他不羡慕虚荣。不管别人对他有什么看法,他都无所谓。他更不会被指责贪图功名。他有好几次因毁掉自己的前程而惹得父亲生气,他嘲笑一切荣耀地位。他不吝啬，对任何人都是有求必应。他只爱一件事——就是玩乐和女人；因为在他看来，这些爱好并没有什么不高尚的，然而为了满足他的爱好对于别人会有什么影响，他无力去考虑，所以他打心眼里认为他是一个无可非议的人，他真心诚意地鄙视恶棍和坏人，怀着平静的良心把头抬得高高的。

花天酒地的公子哥儿，这些男马格达林[①]们，正如女马格达林们一样，都有一种自以为无罪的隐秘感觉，所以有这种感觉，是因为有得到原谅的希望。"她许多的罪都赦免了，因为她的爱多；[②]他的许多罪也都赦免了，因为他的享受多。"

多洛霍夫在经过流放和波斯冒险之后，这一年又在莫斯科出现了。他过着豪赌和狂饮的生活，和彼得堡的老伙伴库拉金打得火热，利用他达到自己的目的。

阿纳托利由衷地爱多洛霍夫的聪明和勇敢，多洛霍夫需要阿纳托利·库拉金的名望、门第和关系作钓饵，以引诱富家子弟加入他的赌帮，他利用他，拿他开心，但却不让他有所察觉。除了在这些方面有用得着阿纳托利的地方外，对多洛霍夫说来，控制别人的意志本身就是一种享乐、习惯和需要。

娜塔莎给库拉金留下强烈的印象。在看完戏回来吃晚饭时，他以行家的口气在多洛霍夫面前品评她那手、肩、脚和头发的优点，并且宣布他决定向她求爱。这种追求会有什么结果——阿纳托利不能考虑，也无法知道，正像他从来不知道他每一个行为会有什么结果一样。

"是漂亮，老兄，但不是为咱们准备的。"多洛霍夫对他说。

"我对妹妹说，让她请她吃饭，"阿纳托利说，"好不好？"

---

① 马格达林指从良的妓女。
② 见《圣经·新约·路加福音》第七章第四十七节。

"你最好等她出嫁以后……"

"你知道,"阿纳托利说,"我崇拜小姑娘:她一下子就晕头转向了。"

"你已经为一个小姑娘吃过亏了,"多洛霍夫知道阿纳托利结过婚,说,"要当心。"

"不会有第二次了！是吧?"阿纳托利说着,开怀大笑起来。

十二

看戏的第二天,罗斯托夫一家没有出门,也没有人来访。玛丽亚·德米特里耶夫娜背着娜塔莎跟她父亲密谈什么。娜塔莎猜想他们是在谈老公爵,在打什么主意,这使她感到不安和屈辱。她时时刻刻都在等着安德烈公爵,这一天两次派管家到弗兹德维仁卡去打听他的消息。他还没有到。她现在比刚来的时候心情更沉重。除了烦躁和对他的思念外,又加上跟玛丽亚公爵小姐和老公爵会见的令人不快的回忆,以及她不明原因的恐惧和不安。她总觉得,或者他永远不会来了,或者在他没有到来以前,她会出点什么事。她已经不能像先前那样平静地、持续不断地、一个人悄悄地思念他了。刚一想到他,在对他的回忆中就掺杂着对玛丽亚公爵小姐、对老公爵、对上次的观剧、对库拉金等等的回忆。又对她提出一个问题,她是不是问心有愧,她对安德烈公爵的忠实是不是被毁掉了,她又极力仔仔细细回忆那个在她心中竟然引起一种令她不解的、可怕的感情的人的每句话,每个姿势,脸上表情的每个细微的变化。在家里的人眼中,娜塔莎显得比平时还要活跃,其实她远不如先前那么平静和幸福了。

星期天早晨,玛丽亚·德米特里耶夫娜请客人们到她所属的教区圣母升天堂去做午前祈祷。

"我不爱那些时髦的教堂,"她说,她以她的自由思想而骄傲,"上帝到处只有一个。咱们教区的司祭堂堂正正,规规矩矩地服务,而且品德高尚,连助祭也是这样。在唱诗班里举行音乐会,哪还谈得上什么神圣?我不喜欢,简直是胡闹!"

玛丽亚·德米特里耶夫娜喜欢星期天,而且善于把星期天安排得像过节一样。整个住宅在星期六就打扫和刷洗干净;她和仆人这一天都不工作,穿上过节的衣服,出去做祈祷。主人的午餐加了菜,也给仆人添上酒、烤鹅或烤乳猪。可是,那节日的气氛,在家中任何东西上面都没有在玛丽亚·德米特里耶夫娜那张宽阔的、严厉的脸上那么显著,这一天她脸上始终带着一副庄严的表情。

在做完祈祷回来喝过咖啡以后,在家具去掉布套的客厅里,仆人向玛丽亚·德米特里耶夫娜禀告,马车已经备好。她披着专为出门拜访用的讲究的披巾,神色严厉,站了起来,说她要去见尼古拉·安德烈伊奇·博尔孔斯基公爵,去为娜塔莎的事进行解释。

玛丽亚·德米特里耶夫娜走后,夏尔姆夫人时装店的一个女裁缝来罗斯托夫家,娜塔莎关上客厅隔壁的房间,开始在那儿试新衣服,她很喜欢这种消遣。正当她穿上一件还没有缝袖子、临时缭上的上衣,对着镜子回头看看背后是否合身的时候,听见客厅里父亲和一个女人谈得很起劲,一听见那女人的声音,她脸就红了。这是海伦的声音。娜塔莎还没脱下试穿的衣裳,门就开了,别祖霍娃伯爵夫人走进来,她穿一件深紫色的丝绒高领连衣裙,满脸堆着和蔼可亲的微笑。

"啊,我的迷人精!"她对满脸通红的娜塔莎说。"真可爱!不行,这太不像话,我亲爱的伯爵,"她对跟着她进来的伊利亚·安德烈伊奇说,"住在莫斯科,怎么能哪儿也不去?不行,我不能放过您！今天晚上乔治小姐在我那儿朗诵，另外还有些人要去；如果您不把您那两个比乔治小姐还漂亮的美人儿带去，我就跟您绝交了。丈夫不在家，他到特韦尔去了，不然我就叫他来请你们了。一定去，一定，八点多钟。"她向恭恭敬敬向她行礼的她认识的女裁缝点了点头，然后坐在镜旁的扶手椅里，优雅地展开她那丝绒连衣裙的褶子。她兴致勃勃，瞎扯个不停，不断地赞赏娜塔莎的美丽。她细细瞧了瞧她的衣裳，就夸奖起来，同时也夸奖她那件从巴黎买来的用金纱做的新衣裳，她劝娜塔莎也做这么一件。

"不过，您穿什么都合适，可爱的姑娘。"她说。

高兴的微笑始终挂在娜塔莎的脸上。受到这位可爱的别祖霍娃伯爵夫人的夸奖，使她满心欢喜，她简直像一朵鲜花怒放了，特别因为先前她觉得这位夫人是那么不可接近，那么高贵，而现在对她竟然那么和善。娜塔莎越来越快活，她觉得她几乎爱上这个美丽、仁慈的女人。而海伦赞美娜塔莎也是出于真心诚意，想叫她高兴高兴。阿纳托利求她替他撮合娜塔莎，她就是为这件事来罗斯托夫家拜访。撮合哥哥和娜塔莎的念头使她很开心。

虽然先前她对娜塔莎有宿怨，因为在彼得堡她夺走了她的鲍里斯，可是现在她不考虑这个了，她是以她的方式，全心全意希望为娜塔莎做好事。她在离开罗斯托夫家的人们时，把她的被保护人叫到一边。

"昨晚哥哥在我那儿吃饭——把我们笑得要死，他什么也不吃，他想您想得老叹气，我的美人儿。他疯了，他真的爱您爱得发疯。"

娜塔莎听了这番话，脸红得发紫。

"瞧脸红的，瞧脸红的，我的迷人精！"海伦说，"一定要来。就算您现在正爱什么人，我的美人儿，这也不能作为您闭门不出的理由。甚至您已经订了婚，我相信，您的未婚夫也宁愿您出去交际，不愿您在家里闷得要死。"

"这么说来,她知道我订婚了,这么说来,她和丈夫,和皮埃尔,和那个好人皮埃尔谈过并且笑过这件事了。这么说来,没有什么关系的。"娜塔莎想。在海伦的影响下,那原来好像很可怕的事情,现在又显得平常和自然了。"她是一位贵夫人,这么可爱,看来她是一心一意疼爱我,"娜塔莎想,"那么,为什么不去散散心呢?"娜塔莎睁大一对吃惊的眼睛望着海伦这样想。

吃中饭的时候,玛丽亚·德米特里耶夫娜回来了,她沉默不语,神色严肃,显然在老公爵那儿打了败仗。那场冲突仍然使她很激动,她无法心平气和地谈那件事。她回答伯爵的问题时只说,一切顺利,明天再谈。听说别祖霍娃伯爵夫人来访,并且邀请去赴晚会,玛丽亚·德米特里耶夫娜说:

"我不喜欢和别祖霍娃打交道,也劝你们少和她来往;既然已经答应了,那就去吧,散散心。"她对娜塔莎补上一句。

十三

伊利亚·安德烈伊奇伯爵带着两个姑娘去访别祖霍娃伯爵夫人。晚会上人相当多。但是这些人娜塔莎几乎全不认识。伊利亚·安德烈伊奇伯爵发现在场的人多半是一些以行为不检著称的男男女女,心中不大高兴。乔治小姐站在客厅的一角,被一群青年包围着。有几个法国人,其中有一个自从海伦到来后就成为她家里一个成员。伊利亚·安德烈伊奇决定不参加牌局,寸步不离两个女儿,等乔治的表演一完,就告辞。

阿纳托利守在门口显然是在等罗斯托夫家的人。他和伯爵问好以后,立即走近娜塔莎,在她后面跟着。娜塔莎一见他,心中就充满了在剧院中有过的那种感觉——由于他喜欢她而得到虚荣心的满足,同时由于她和他之间没有道德的隔膜而恐惧。

海伦欢欢喜喜招待娜塔莎,对她的美貌和打扮大大赞美一番。他们来到不一会儿,乔治小姐出去换装。人们在客厅里摆好椅子,都就了座。阿纳托利给娜塔莎移近一把椅子,他想坐在旁边,但是目不转睛地看着娜塔莎的伯爵在她身旁坐下来。阿纳托利在她身后坐下。

乔治小姐出来了,两只赤裸的粗胳膊有两个小窝窝,一边肩上披着红披巾,走到为她准备的两把扶手椅之间的地方,摆着不自然的姿势站住了。

乔治小姐严厉地、阴郁地环视一下听众,于是用法文朗诵一首讲她对儿子的罪恶爱情的诗。她时而声音高亢,时而庄严地仰着头低声絮语,时而停顿一下,转着眼珠子发出嘶哑的声音。

"美极了,妙极了,好极了!"四面八方喊起来。娜塔莎望着胖胖的乔治,什么也没听见,也没看见,也不明白她面前发生的事;她只觉得自己又完全无可挽回地远远离开那个原先的世界,而陷入一个奇异的、疯狂的世界,在这个世界,无法知道什么是好的,什么是坏的,什么是合理的,什么是疯狂的。阿纳托利坐在她后面,她觉得他近在咫尺,她惊慌地等待着将要发生什么事。

第一段独白之后,大家都站起来,围着乔治小姐向她表示他们的狂喜。

"她真漂亮!"娜塔莎对父亲说,她父亲同大家一起站起来,从一大堆人中间向女演员走过去。

"我不那样认为,因为我看见了您。"阿纳托利跟在娜塔莎后面说。他是在只有她一个人能够听见的时候说这句话的。"您美极了……自从我看见您,我就不断地……"

"来呀,来呀,娜塔莎,"伯爵转回来叫女儿,"她真漂亮!"

娜塔莎一言不发,向父亲走去,用疑问的、惊异的目光望着他。

朗诵过几次后,乔治小姐走了,别祖霍娃伯爵夫人请大家到大厅里去。

伯爵想告辞,但是海伦恳求不要破坏她的即兴舞会。罗斯托夫和女儿们留了下来。阿纳托利请娜塔莎跳华尔兹,在跳舞的时候,他紧紧搂着她的腰,握住她的手,对她说,她迷人,他爱她。在跳苏格兰舞时,她又和库拉金一起跳,当他们俩单独在一起时,阿纳托利只是默默地凝视着她。娜塔莎怀疑在跳华尔兹舞时他对她说的话是不是在做梦。在跳完第一圈时,他又紧握她的手。娜塔莎向他抬起吃惊的眼睛,但是在他那亲切的目光和微笑中却含着那么自信而且温存的表情,这使她看着他说不出她要对他说的话。她垂下眼帘。

"不要对我说这种话吧,我已经订婚了,爱着另外一个人。"她急忙说……看了他一眼。阿纳托利神色自若,也不因她说了这话而烦恼。

"不要对我说这个吧。要我怎么办呢?"他说,"我说,我爱您爱得发疯,发疯。您是那么迷人,难道是我的错吗?……该咱们跳了。"

娜塔莎兴高采烈,而又惴惴不安,睁大吃惊的眼睛环顾四周,她仿佛比平时更快活。她几乎完全不理解这天晚上发生的事。跳完苏格兰舞和格罗斯法特舞①父亲劝她回家,她请求再玩一会儿。不论她在哪儿,不论和谁谈话,她总觉得他在看她。后来她想起,她告诉父亲她到化妆室去整整衣裳,海伦跟随着她,笑嘻嘻地谈她哥哥的爱情,在那个小起居室又遇见阿纳托利,海伦不知到哪儿去了。剩下他们俩在一起,阿纳托利握住她的手,用温柔的声音说:

"我不能去找您,但是,难道我永远见不到您了?我疯狂地爱

---

① 格罗斯法特舞是一种古老的日尔曼舞,意译为"祖父之舞"。

您。难道就永别了？……"他挡住她的去路,把他的脸挨近她的脸。

他那对明亮的男性的大眼睛离她的眼睛是那么近,使她除了只看见那对眼睛,什么也看不见。

"娜塔莉?!"他那低沉的声音带有询问的口气,有谁使劲握痛她的手,"娜塔莉?!"

"我什么也不明白,我没有什么可说的。"她的眼神这样说。

滚烫的嘴唇紧贴到她的嘴唇上,就在这顷刻之间,她觉得她又自由了,室内传来海伦的脚步声和衣服的窸窣声。娜塔莎转脸看了看海伦,于是,她面红耳赤,浑身打战,她吃惊地、疑问地看了他一眼,就向门口走去。

"一句话,只是一句话,看在上帝面上。"阿纳托利说。

她停住了。她非常需要他说一句话,来向她解释一下所发生的事,同时她也好给他回答。

"娜塔莉,一句话,只是一句话。"他老重复这句话,看来他不知说什么好,他一直反复说到海伦来到他面前。

海伦和娜塔莎又回到客厅里。罗斯托夫和女儿们没有留下吃晚饭就走了。

回到家里,娜塔莎一夜没有入睡,一个不能解决的问题折磨着她,她爱谁:爱阿纳托利还是爱安德烈公爵？她爱安德烈公爵——她清清楚楚地记得她是多么强烈地爱他。但是她也爱阿纳托利,这是没有问题的。"不然的话,这一切怎么会发生呢?"她想。"在分别的时候,我既然能够对他的微笑也报以微笑,我既然能够听任发生那种事,那就是说,从见面时起我就爱他。那就是说,他善良、高尚、美好,令人不能不爱他。我爱他,又爱另外一个,这可叫我怎么办呢?"她对自己说,对这些可怕的问题找不到答案。

十四

早晨在操劳和奔忙中过去了。人人都起身,活动,谈话,女裁缝又来了,玛丽亚·德米特里耶夫娜又出来了,又招呼人们吃茶点。娜塔莎眼睛睁得大大的,仿佛她要拦截每一个投向她的目光,心神不安地环视所有的人,极力做出和平时一样。

用过早点后,玛丽亚·德米特里耶夫娜(这时是她最愉快的时刻)在她的扶手椅里坐下,把娜塔莎和老伯爵叫到面前。

"听我说,朋友们,现在我把问题通通考虑过了,我给你们的劝告是这样,"她开始说,"你们知道,昨天我到尼古拉公爵家去了;我和他谈了谈……他居然嚷嚷起来。嚷嚷吓不倒我!我一五一十全对他说了!"

"那么他怎么说呢?"伯爵问。

"他能说什么?狂妄自大……他听都不愿听;咳,有什么可谈的,咱们已经把可怜的姑娘折磨得够了,"玛丽亚·德米特里耶夫娜说,"我的忠告是,办完事情就回家,回到奥特拉德诺耶……在那儿等着……"

"哎呀!不行!"娜塔莎喊道。

"不,应当回去,"玛丽亚·德米特里耶夫娜说,"在那儿等着。如果你的未婚夫现在就来——免不了要争吵,他单独同老头子面对面把问题全谈清楚了,然后再到你们那儿去。"

伊利亚·安德烈伊奇赞成这个建议,立刻就明白这个建议合理。如果老头子心软了,那就更好了,那时再到莫斯科或者童山去见他;如果不呢,那么只好违反他的意志在奥特拉德诺耶举行婚礼。

"完全正确,"他说,"我真懊悔去见他,并且把她也带了去。"

老伯爵说。

"有什么可懊悔的？既然来了，就不能不表示一下敬意。至于他不愿意，那是他的事。"玛丽亚·德米特里耶夫娜一面说，一面在钱包里找东西，"嫁妆已经准备好了，你们还等什么；没准备齐的东西，我打发人给你们送去。虽然我舍不得你们，但还是走了好，上帝保佑。"她在钱包里找到了要找的东西，递给娜塔莎。这是玛丽亚公爵小姐的信。"是她写给你的。她多么难过，可怜的人儿！她怕你以为她不喜欢你。"

"她就是不喜欢我。"娜塔莎说。

"别说蠢话了。"玛丽亚·德米特里耶夫娜大喝一声。

"我谁都不相信；我知道她不喜欢我。"娜塔莎接过信，大胆地说，她脸上有一种冷酷、愤怒的坚决表情，使得玛丽亚·德米特里耶夫娜更加注意地看了看她，而且皱起了眉头。

"不要那样跟我说话吧，我的小姐，"她说，"我说的是实话，要回她信。"

娜塔莎没有答话。就回到自己房间看玛丽亚公爵小姐的信去了。

玛丽亚公爵小姐写道，由于她们之间发生的误会，她感到失望。不论她父亲的感情如何，玛丽亚公爵小姐说，她请娜塔莎相信，她不能不爱她，因为她是她的哥哥选中的，为了哥哥的幸福她可以牺牲一切。

"其实，"她写道，"您不要以为我父亲对您没有好感。他是有病的老人，要原谅他；他是慈善的，宽宏大量的，他一定会疼爱给他儿子以幸福的人。"玛丽亚公爵小姐在下面请求娜塔莎定一个时间，她和她再会一次面。

读完信，娜塔莎在书桌前坐下来写回信。"亲爱的公爵小姐"，她迅速地、机械地写道，然后就停住了。在昨天发生了那一切以后，她还能再写什么呢？"是的，是的，发生了那一切以后，现在已经完全不同了。"她对着刚写了个开头的信，坐在那儿想，"应当跟他决裂吗？真的得这样吗？这太可怕了！……"为了逃避这些可怕的念头，她去找索尼娅，和她一起挑选刺绣的花样。

午饭后，娜塔莎回到自己的卧室，又拿起玛丽亚公爵小姐的信。"难道一切都完了吗？"她想道，"难道这一切来得这么快，而从前的一切都毁灭了吗？"她犹如过去一样十分强烈地回忆她对安德烈公爵的爱情，但同时又觉得她爱库拉金。她生动地想象自己当了安德烈公爵的妻子，一再重复地想象和他婚后幸福的情景，同时又想起昨天同阿纳托利会见的每个细节，她激动得浑身发烧。

"为什么这事不能两全呢？"有时，她完全糊涂地想，"只有那样我才能完全幸福，而现在我得选择，两者缺少一个，我都不会有幸福。不过有一样，"她想道，"把所发生的事情告诉安德烈公爵或者瞒着他——同样都不可能。然而对于那个人，不会有任何伤害。但是，难道我真的就割断那使我享受了那么久的幸福的安德烈公爵的爱情吗？"

"小姐，"一个使女走进房来，带着神秘的表情低声说，"有个人叫我交给您。"使女递给娜塔莎一封信。"不过，看在基督面上……"使女又说，娜塔莎不假思索地、机械地拆开信封，开始读阿纳托利的情书，可是她一个字也没读懂，只懂得这是他的信，是她所爱的那个人的信。"是的，她爱他，不然的话，怎么能发生已经发生的事呢？她手里怎么能有他写来的情书呢？"

娜塔莎用颤抖的双手拿着多洛霍夫为阿纳托利代笔的热情洋溢的情书，她读着，觉得她从其中找到了她所感到的一切的回声。

"从昨天晚上起，我的命运就决定了：要么得到您的爱，要么死去。我没有别的出路。"这是信的开头。然后写道，他知道她的父母不会把她嫁给他阿纳托利,这其中有不可告人的原因,他只能向她一个人透露,但是,如果她爱他,那么,她只要说一个是字,任何人间的力量都不能妨碍他们的幸福。爱情可以战胜一切。他可以秘密地把她带到天涯海角。

"是的,是的,我爱他!"娜塔莎想,她反复把信读了二十遍,从每字每句里寻找特别深刻的意义。

那天晚上玛丽亚·德米特里耶夫娜要到阿尔哈罗夫家去,建议两位姑娘同她一道去,娜塔莎借口头痛,留在家里。

十五

索尼娅深夜回来,走进娜塔莎的房间一看,吃了一惊,她发现娜塔莎和衣睡在沙发上。在她旁边桌上放着打开的阿纳托利的信。索尼娅拿起信来读。

她一面读,一面细细察看正睡着的娜塔莎,在她脸上寻找她读过信后的反应,可是没有找到。脸是平静的,温和的,幸福的。索尼娅由于害怕和激动,面色苍白,浑身打战,她憋得难过,紧抓住胸口,在扶手椅里坐下,泪水直流。

"我怎么一点也没看出来?这件事怎么弄到这步田地?难道她不爱安德烈公爵了吗?她怎么能让库拉金这样干?他是骗子,是恶棍,这是明摆着的。尼古拉要是知道这件事,他会怎么样?可爱的、高尚的尼古拉会怎么样?前天、昨天、今天,她的脸上露出不安的、坚决的和不自然的表情,原来就是这个缘故,"索尼娅想道,"但是,她不可能爱他!大概她不知道是谁的信就拆开了。大概她感到受辱了。她不可能干这种事!"

索尼娅擦了擦眼泪,走到娜塔莎跟前,又细细看她的脸。

"娜塔莎!"她说,声音低得几乎听不出。

娜塔莎醒了,她看见索尼娅。

"啊,你回来了?"

她用她那通常在睡醒后特有的坚决和温柔拥抱女友。但是一看到索尼娅的神情惶惑不安,娜塔莎也惶惑不安和怀疑起来。

"索尼娅,你看了那封信了?"她说。

"看了。"索尼娅轻轻回答说。

娜塔莎热情洋溢地微微一笑。

"不,索尼娅,我再也不能了!"她说,"我再也不能瞒着你了。告诉你吧,我们彼此相爱! ……索尼娅,亲爱的,是他的信……索尼娅……"

索尼娅仿佛不相信自己的耳朵,睁大眼睛望着娜塔莎。

"那博尔孔斯基呢?"她说。

"哎呀,索尼娅,哎呀,你不知道我是多么快活!"娜塔莎说,"你不知道什么是爱情……"

"不过,娜塔莎,难道那一切都完了吗?"

娜塔莎把眼睛睁得大大的望着索尼娅,好像不明白她的问话。

"这么说来,你要跟安德烈公爵断绝关系了?"索尼娅说。

"咳,你什么也不懂,别说蠢话啦,你听我说。"娜塔莎露出一瞬间的烦恼,说。

"不,我不能相信这件事,"索尼娅反复说,"我不明白。你整整一年爱着一个人,怎么忽然间……要知道你才见过他三次。娜塔莎,我不相信你说的,你是在胡闹。过不了三天你就全忘了……"

"三天,"娜塔莎说,"我觉得我已经爱他一百年了。我觉得在爱他之前,我从来没爱过任何人。你不能明白这个。索尼娅,别着急,你坐下来。"娜塔莎搂着她,吻她,"我听人家说,这种事是常有的。你大概也听说过,可是,我直到现在才体会到这种爱情。这跟以前的不一样。我刚一看见他,就觉得他是我的主宰,我是他的奴隶,我不能不爱他。是的,奴隶!凡是他命令我的,我都照办。你不懂得这个。我有什么办法?索尼娅,你看我怎么办?"娜塔莎脸上带着幸福和吃惊的表情说。

"但是你想一想你干的什么事,"索尼娅说,"我不能听任不管。秘密传递书信……你怎么能让他这样干?"她极力不露出她的恐惧和厌恶,说。

"我对你说了,"娜塔莎回答,"我已经不由自主,你怎么不明白这个:我爱他!"

"我可不能容许这种事,我要对人说。"索尼娅的眼泪夺眶而出,她喊叫起来。

"你怎么了,看在上帝的分上……你要对人说,你就是我的敌人,"娜塔莎说,"你是想叫我不幸,你是想把咱们俩分开……"

一见娜塔莎吓成那个样子,索尼娅哭了,为女友流下羞耻和惋惜的泪水。

"你们之间究竟是怎么回事?"她问,"他对你说了什么?他为什么不到家里来?"

娜塔莎没有回答她的问题。

"看在上帝分上,索尼娅,你谁也别告诉,不要使我痛苦,"娜塔莎劝她说,"你要记住,这种事情是不能干涉的。我已经对你讲明白了……"

"但是为什么要保密呢?他为什么不到家里来呢?"索尼娅问,"果真是那样的话,为什么他不公开向你求婚呢?安德烈公爵不是给了你完全的自由吗?这事我不相信。娜塔莎,你想想,可能有什么不可告人的原因?"

娜塔莎用惊奇的眼神望着索尼娅。看来,她还是初次想到这个问题,她不知怎样回答。

"什么原因,我不知道。反正有原因!"

索尼娅叹了一口气,不相信地摇摇头。

"要是有原因的话……"她开始说。但是娜塔莎看出了她的怀疑,惊慌地打断她的话。

"索尼娅,不能怀疑他,不能,不能,你懂不懂?"她喊道。

"他爱你吗?"

"他爱我吗?"娜塔莎重说一遍,对女友缺乏理解力露出惋惜的微笑,"你不是读过他的信,见过他吗?"

"如果他不是一个正派人呢?"

"他……不正派? 希望你能了解就好了!"娜塔莎说。

"如果他是个正派人,那么他要么应当宣布他的意图,要么就不再和你见面;如果你不愿意去办,那么我来办,我来给他写信,我去告诉爸爸。"索尼娅坚决地说。

"可是没有他,我就活不下去!"娜塔莎喊道。

"娜塔莎,我不明白你。你说的什么话! 你想一想父亲和尼古拉吧。"

"我不需要任何人,除了他,我谁也不爱。你怎么敢说他不正派? 难道你不知道我爱他吗?"娜塔莎喊道,"索尼娅,你走吧,我不想和你吵架,你走吧,看在上帝分上,走吧:我多么痛苦,你是看见的。"娜塔莎气势汹汹地喊道,极力压住她那激怒的、绝望的声音。索尼娅大哭起来,从房里跑出去。

娜塔莎走到桌前,不假思索地给玛丽亚公爵小姐写了她一清早都没写成的回信。她在给玛丽亚公爵小姐的信中简短地写道:她们之间的误会消除了,承蒙安德烈公爵出国时给她自由的厚意,她请公爵小姐忘掉一切,如果她有对不起公爵小姐的地方,请她原谅,不过她不能做他的妻子了。此时此刻,在她看来,这一切都是这么简单明了,轻而易举。

罗斯托夫家的人预定星期五回乡下,伯爵星期三同一个买主到近郊他的田庄去了。

在伯爵出城那天,索尼娅和娜塔莎被邀请去赴库拉金的盛大宴会,玛丽亚·德米特里耶夫娜带她们去。在宴会上,娜塔莎又遇见阿纳托利,索尼娅看见,娜塔莎和他说什么,不愿意让人听见,而且在整个宴会期间比先前更激动了。她们回家后,娜塔莎首先向索尼娅作了解释,这正是索尼娅所期待的。

"索尼娅,你对他还瞎说八道呢,"娜塔莎说,她的声音是那么柔和,小孩子想让大人夸他时正是用这种声调,"今天我们两个作了一番解释。"

"嗯,怎么样?他说什么了?娜塔莎,我真高兴,你没有生我的气。把一切,把全部真实情况都告诉我吧。他说什么了?"

娜塔莎沉吟起来。

"哎呀,索尼娅,你要是能像我一样了解他就好了!他说……他问我是怎样应许博尔孔斯基的。当他听说我有回绝博尔孔斯基的自由,他大喜过望。"

索尼娅忧心忡忡地叹了一口气。

"可是你并没有回绝博尔孔斯基呀?"她说。

"也许我已经回绝了呢!也许我和博尔孔斯基的事已经一刀两断了。为什么你把我想得这么坏?"

"我什么也没想,我只是不明白……"

"索尼娅,不用着急,你全都会明白的。你会知道他是一个怎样的人的。不论是对我还是对他,你都不要往坏处想。"

"我对谁也不往坏处想:我对谁都喜爱,对谁都怜悯。可是我应当怎么办呢?"

索尼娅没有因为娜塔莎跟她说话时所用的那种温柔的腔调而退让。娜塔莎脸上的表情越是温顺,越是讨好,索尼娅的表情就越

是严肃和严厉。

"娜塔莎,"她说,"你叫我不要跟你讲话,我就不讲,现在是你自己先讲了。娜塔莎,我对他不信任。为什么要这么秘密?"

"又来了,又来了!"娜塔莎打断她的话。

"娜塔莎,我为你担心。"

"有什么可担心的?"

"我担心你会毁掉自己。"索尼娅果断地说,连她自己都为她竟然说出这样的话而吃惊。

娜塔莎的脸上又露出愤恨的表情。

"我毁掉,毁掉,我尽快毁掉自己。与您无关。该倒霉的不是您,是我。别管我,别管我。我恨你。"

"娜塔莎!"索尼娅惊慌地喊了一声。

"我恨你,我恨你! 你是我永远不可调和的敌人!"

娜塔莎从房里跑出去。

娜塔莎不再跟索尼娅讲话了,并且老躲着她。她带着心神不安的惊奇和犯罪的表情在屋里走来走去,时而做这,时而做那,可是立刻又放弃不做了。

索尼娅虽然心里很难过,但是她仍然目不转睛地监视着她的女友。

在伯爵应该回来的前夕,索尼娅看见娜塔莎整个早晨都坐在客厅的窗口,好像在等待什么,她对一个坐车经过的军官打手势,索尼娅认为那个军官就是阿纳托利。

索尼娅更加注意地观察她的女友,她发现娜塔莎在吃饭的时候和晚上精神状态古怪,不自然(她答非所问,老说半截话,无论对什么都是一味地发笑)。

吃过茶以后,索尼娅看见一个畏畏缩缩的使女守候在娜塔莎门前。索尼娅让她进去,然后她停在门旁偷听,知道又送进一

封信。

　　索尼娅忽然明白了，娜塔莎今晚有一个可怕的计划。索尼娅敲娜塔莎的门。娜塔莎不让她进去。

　　"她要和他私奔！"索尼娅心里想，"她什么都做得出。今天她脸上有一种特别哀怨和坚决的神情。和舅舅告别时，她哭了。"索尼娅回想，"对了，她准是要和他私奔——我怎么办呢？"她想，又记起一些显然表明娜塔莎有某种可怕意图的迹象，"伯爵不在。我怎么办呢？给库拉金写信，要求他解释吗？可是谁能叫他非回答不可呢？给皮埃尔写信，安德烈公爵不是说在遇到不幸时要这样做吗？……但是，也许她真的已经回绝博尔孔斯基（昨天她给玛丽亚公爵小姐一封信）。偏偏舅舅不在！"

　　告诉对娜塔莎非常信任的玛丽亚·德米特里耶夫娜么，索尼娅觉得那太可怕了。

　　"但是不管怎么样，"索尼娅站在黑暗的走廊里想，"千万要抓住这个机会表明我没有忘记他们家对我的恩情，表明我爱尼古拉。不行，哪怕我三天三夜不睡觉，我也不离开这条走廊，拼命也不能放她走，不能让他们家蒙受耻辱。"她想。

十六

　　阿纳托利近来搬到多洛霍夫那儿。拐走罗斯托娃的计划由多洛霍夫考虑和准备了好几天了，索尼娅在娜塔莎门前偷听并决心保护她的那天，这个计划正在付诸实现。娜塔莎答应晚上十点钟在后门与库拉金会合，库拉金事先准备一辆三套马车，把她拉到离莫斯科六十俄里的卡缅卡村，那里有一个被免职的司祭给他们举行婚礼，在卡缅卡村备有换乘的马匹，再把他们送到华沙大路，然后再乘驿车逃往国外。

阿纳托利有护照,有驿马使用证,有从他妹妹那儿拿来的一万卢布,此外还有经多洛霍夫的手借来的一万卢布。

两个证婚人坐在一进门的房间喝茶——其中一个名叫赫沃斯季科夫。这个退职的小官吏是专为多洛霍夫的赌局跑腿的;另一个是退役的骠骑兵马卡林,这个和善而且软弱的人对库拉金抱有无限的敬爱。

多洛霍夫的大书房从墙壁到天花板挂满了波斯挂毯、熊皮和武器,多洛霍夫身穿旅行短袄和高统靴,在书房里坐在放着算盘和钞票,敞着盖的书桌旁。阿纳托利敞着制服,从坐着证婚人那间屋出来,穿过书房向后面一间房走去,他的法国仆人和别的仆人正在那儿收拾他最后的东西。多洛霍夫在数钱和登记什么。

"我说,"多洛霍夫说,"得给赫沃斯季科夫两千。"

"那就给吧。"阿纳托利说。

"马卡尔卡(他们这样叫马卡林),这个人为你赴汤蹈火,分文不取。你看,账就这样清了,"多洛霍夫拿账单给他看,说,"对不对?"

"对,当然对。"阿纳托利说,他显然没有听多洛霍夫说话,笑容始终不离他的脸,老向自己的前面望着。

多洛霍夫砰的一声关上书桌盖,带着嘲讽的微笑向阿纳托利转过身来。

"我看,这档子事拉倒吧;现在还来得及!"他说。

"傻瓜!"阿纳托利说,"别说废话了。你知道什么……谁也不晓得这是怎么回事!"

"说真的,拉倒吧,"多洛霍夫说,"我跟你说正经的。你打的这个主意,你当是闹着玩的?"

"又来了,又来逗我了? 见你的鬼去吧! 呃? ……"阿纳托利皱着眉头说,"说真的,现在哪有工夫开这种愚蠢的玩笑。"于是他走出屋去。

多洛霍夫看见阿纳托利走出去，轻蔑而宽恕地笑了笑。

"你等一等，"他望着阿纳托利的背影说，"我不是开玩笑，我是说正经的，回来，回来。"

阿纳托利又走进来，极力集中注意力望着多洛霍夫，显然不由自主地对他服服帖帖。

"你听我说，我最后一次告诉你。我跟你开什么玩笑？我什么时候和你闹过别扭？是谁为你安排这一切的？是谁找到司祭的？是谁弄到护照的？是谁借到钱的？都是我。"

"那就谢谢你啦。你以为我不感激你吗？"阿纳托利叹口气，拥抱了多洛霍夫。

"我帮助你，但是我仍然要对你说实话：这件事是很危险的，细想起来，而且是一件蠢事。你把她拐走，很好。但是，人家会善罢甘休吗？你结过婚，人家会打听出来的。那样就要把你告到刑事法庭……"

"哎呀！废话，废话！"阿纳托利又皱起眉头，说，"我不是跟你解释过了吗？"于是阿纳托利带着蠢人对他们用自己的头脑得出的结论特别的偏爱，重述对多洛霍夫已经重述一百遍的论断。"我已经对你解释过了，我的结论是：如果这桩婚事无效，"他屈起一个指头，说，"那么我没有责任；如果有效，那也同样没问题：反正在国外不会有人知道，你说是不是？别说了，别说了，别说了！"

"真的，拉倒吧！你只能给自己找麻烦……"

"见你的鬼去吧，"阿纳托利说，他抓住头发走到别的房间去了，可是立刻又转回来，盘起两腿坐在多洛霍夫面前的扶手椅里，"鬼知道这是怎么回事！啊？你瞧跳得多厉害！"他拿起多洛霍夫的手贴在自己胸口上，"啊！你瞧那双俏丽的脚，我亲爱的朋友，那对传神的眼睛！简直是女神！！是吧？"

多洛霍夫露出冰冷的微笑，两只秀美而傲慢的眼睛炯炯发光，他看看阿纳托利，显然想再拿他开开心。

"钱花完了，那时怎么办？"

"那时怎么办？啊？"阿纳托利重复说，一想到未来，他确实感到两眼漆黑，"那时怎么办？我不知道……干吗要说这些废话！"他看了看表，"到时候了！"

阿纳托利到后面的房间去了。

"喂，快好了吧？你们磨蹭什么！"他向仆人呵斥道。

多洛霍夫把钱收拾起来，叫人把上路前吃的酒菜拿来，然后就到证婚人赫沃斯季科夫和马卡林待的房间去了。

阿纳托利在书房里撑着胳膊肘躺在沙发上，用手托着头，沉思地微笑着，柔和地低语什么。

"来吃点东西。喝一杯！"多洛霍夫从另一间屋里向他喊道。

"我不要！"阿纳托利回答，笑容老不离脸。

"来吧，巴拉加来了。"

阿纳托利站起来，走进餐室。巴拉加是著名的三驾马车车夫，他认识多洛霍夫和阿纳托利并用他的三驾马车伺候他们已经有六个年头了。当阿纳托利的团驻在特韦尔的时候，他不止一次晚上从特韦尔拉着他出发，天亮就赶到莫斯科，第二天夜里再把他拉回来。他不止一次拉着多洛霍夫逃脱追逐，不止一次拉着茨冈女人和"风骚娘儿们"（巴拉加这样叫她们）在莫斯科街上兜风。他不止一次为他们赶车时在莫斯科街上冲撞行人和别的马车夫，而他的老爷（他这样称呼他们）经常搭救他。他为他们赶死了不止一匹马。他不止一次挨他们的打，他们不止一次灌他香槟酒和他所喜爱的马德拉酒，他知道他们每个人所干的每件胡闹的事，要是一个普通老百姓干的话，早就该被流放到西伯利亚了。他们在豪饮的筵席上时常把巴拉加叫来，硬灌他酒，叫他跟着茨冈女人跳舞，他们经他的手花掉不止上千的卢布。他伺候他们，一年就有二十来次冒生命危险和吃皮肉之苦，为了他们的事，累死了那么多匹马，他们虽然多给他钱也抵偿不了。但是他喜爱他们，爱那种每小时十八俄里的疯狂的驰骋，爱撞翻马车，轧倒行人，在莫斯科街上风驰电掣地飞奔。在已经不能跑得更快的时候，他爱听那醉酒的嗓音在他身后发出粗野的狂叫："快！快！"；他爱在那吓得面无人色、已经给他们让路的乡下人的脖子上痛打一鞭。"这才是真正的老爷！"他心里说。

阿纳托利和多洛霍夫也喜爱巴拉加，喜爱他那赶车的技术，喜爱他和他们有共同的爱好。巴拉加拉别的客人都讲价钱，两小时二十五卢布，而且多半支使他的伙计去赶，他本人只是偶尔亲自出马。但是对他称之为老爷的人们，总是亲自侍候，而且从来不索取代价。只是从侍仆那儿打听到他们有钱的时候，他在几个月内才有一次去找他们，每次去都是在早晨没有醉酒的时候，进门就深深地鞠躬，要求救救他。老爷们总是请他坐下。

"您真的要救救我，费奥多尔·伊万内奇老爷，大人，"他说，"我连一匹马都没有了，您能借我多少就借多少，我好去赶赶集。"

阿纳托利和多洛霍夫手头宽裕的时候，就给他一两千卢布。

巴拉加是一个二十七岁的汉子，头发淡褐色，红脸膛，脖子特别红而且粗，矮个子，翘鼻子，两只小眼炯炯放光，留一撇短须。他身穿皮袄，外套一件绸里子的挺讲究的青灰色长外衣。

他向门对面的墙角画了十字①，然后向多洛霍夫走过去，伸出一只不大的黑手。

"费奥多尔·伊万诺维奇！"他一面说，一面鞠躬。

"你好，老伙计。他来了。"

---

① 门对面的墙角供有圣像。

"你好，大人。"他向走进来的阿纳托利说，也向他伸出手来。

"你听我说，巴拉加，"阿纳托利把两手放在他肩上，说，"你喜欢我不喜欢？嗯？现在是叫你帮忙的时候了……你套的什么马？呃？"

"就按照您派去的人吩咐的，把您那专用的马套上了。"巴拉加说。

"喂，你听着，巴拉加！就是把三匹马都累死，也要在三小时内跑到地方。嗯？"

"累死了，那还怎么赶路？"巴拉加眨着眼说。

"当心我打烂你的狗脸，别开玩笑！"阿纳托利忽然瞪起眼睛喊道。

"哪敢开玩笑，"车夫笑着说，"为了老爷们，我什么时候心疼过马？马能跑多快，就让它跑多快。"

"啊！"阿纳托利说，"好，坐下吧。"

"坐吧，坐吧！"多洛霍夫说。

"我站一会儿，费奥多尔·伊万诺维奇。"

"坐下来，别废话，来喝一杯。"阿纳托利说，给他倒一大杯马德拉酒。车夫一看见酒，眼睛就亮了。他推让一番后，就喝干了，从帽子里拿出一条红绸子手绢擦了擦嘴。

"什么时候出发，大人？"

"我看……（阿纳托利看了看表）这就走。巴拉加，要当心。怎么样？赶得到吗？"

"那就要看咱们出行是不是交了好运，不然怎么会跑不到啊？"巴拉加说，"咱们七个小时就赶到了特韦尔。大概您还记得，大人。"

"你知道吧，有一年圣诞节从特韦尔出发，"阿纳托利带着回忆的微笑对马卡林说，马卡林两眼睁得圆圆的，温顺地望着库拉金,"你相信不相信,马卡尔卡,我们飞奔,简直叫人喘不过气来。遇见了大车队,我们就从两辆大车轧过去。是吧?"

"那几匹马真了不起!"巴拉加接着讲下去,"当时我把两匹年轻的边马和一匹驾辕的淡栗色马套在一起,"他对多洛霍夫说,"你相信吧,费奥多尔·伊万诺维奇,那几匹牲口飞奔了六十俄里;勒也勒不住,手冻僵了,天太冷。我甩掉缰绳,我说,大人,您自己拿住吧,我就倒在雪橇里了。根本用不着赶,一直到地方也勒不住。鬼东西三个小时就拉到了。只累死一匹左边马。"

十七

阿纳托利从屋里出去,几分钟后又转回来,他身穿束着银腰带的皮袄,英武地歪戴着貂皮帽子,与他那俊秀的脸十分相称。他照了照镜子,摆着他在镜子里的姿势站在多洛霍夫面前,手里端着一只酒杯。

"喂,费佳,别了,为了一切,多谢啦,别了,"阿纳托利说,"喂,伙伴们,朋友们……"他沉吟了一下……"我青春时代的……别了。"他对马卡林和其他人说。

虽然大家都是要和他一块走的,但是阿纳托利显然想对伙伴们说得动人而且庄严。他挺起胸脯,摇晃着一只脚,提高嗓门,慢吞吞地说:

"都举起杯来;巴拉加,你也来。我青春时代的伙伴们,朋友们,咱们玩也玩过了,乐也乐过了,福也享过了。是吧?今日一别,何时相会?我就要到国外去了。咱们有过一段欢乐的日子,别了,弟兄们。祝诸位健康!乌拉!……"他干了一杯,把酒杯摔到地上。

"祝你健康!"巴拉加说,他也干了一杯,用手绢擦了擦嘴。马卡林两眼含泪拥抱阿纳托利。

"唉，公爵，和你分手，我多么难过。"他说。

"走了，走了！"阿纳托利喊道。

巴拉加刚要离开房间。

"不，站住，"阿纳托利说，"关上门，大家坐下来。就这么着。"门关上了，大家都坐下。①

"好，现在可以出发了，弟兄们！"阿纳托利站起来说。

仆人约瑟夫把挎包和佩刀递给阿纳托利，大家都走进前室。

"皮大衣在哪儿？"多洛霍夫说，"哎，伊格纳特卡②！你去玛特廖娜·马特维耶夫娜那儿，要那件皮大衣，貂皮的。我听人家讲过怎样拐走姑娘，"多洛霍夫挤了挤眼说，"要知道她失魂落魄地拼命逃出来，就穿着家里穿的衣裳；你只要一耽搁——她马上又是哭，又是喊爸爸妈妈，很快就冻僵了，非闹着回去不可——你得马上用大衣把她裹起来，送到雪橇上。"

仆人拿来一件女式的狐皮大衣。

"傻瓜，我告诉你是貂皮的。喂，玛特廖什卡③，貂皮大衣！"他大喝一声，他的喊声，隔着几间房都听得见。

一个俊俏、瘦削、面色苍白的茨冈姑娘，眼睛又黑又亮，乌黑的鬈发泛着灰蓝色，披着红围巾，手臂上搭着一件貂皮大衣，跑了出来。

"没关系，我没有什么舍不得的，你拿去吧。"她说，看样子，她舍不得那件貂皮大衣，可是又怕她的主人。

多洛霍夫没有答理她，拿过大衣就往玛特廖莎④身上一披，把

---

① 俄国习俗：临别前和送行的亲友们在一起，关上门窗，静坐一会儿。
② 伊格纳特卡是伊格纳季的小名。
③ 玛特廖什卡是玛特廖娜的小名。
④ 玛特廖莎是玛特廖娜的小名。

她裹起来。

"就是这样，"多洛霍夫说，"然后这样，"他说着，把领子围着她的头竖起来，只在她的脸前面敞开一点，"然后就这样，看见吗？"他把阿纳托利的头凑近露着玛特廖莎妩媚笑脸的领口。

"好，再见，玛特廖什卡，"阿纳托利一面说，一面吻她，"唉，我在这儿的快活日子结束了！向斯乔普卡①问好。好，别了！别了，玛特廖莎，你祝福我吧。"

"上帝保佑您，赐您大大的幸福。"玛特廖莎带着茨冈人的口音说。

门前停着两辆三马雪橇，两名慓悍的车夫勒住马。巴拉加坐上前面的雪橇，高高抬起臂肘，不慌不忙地整理缰绳。阿纳托利和多洛霍夫跟着他坐下来。马卡林、赫沃斯季科夫和仆人坐到另一辆雪橇上。

"准备好了没有？"巴拉加问。

"走啦！"他喊了一声，把缰绳缠到手上，于是雪橇就沿着尼基丁林荫大道溜坡往下疾驰而去。

"驾！快，哎！……驾！"只听见巴拉加和坐在前座上的小伙计的喊声。在阿尔巴特广场上蹭着一辆马车，发出喀嚓的响声，有人喊了一声，可是三马雪橇在广场上飞也似的驶了过去。

在波德诺文斯基大街跑了两段路，巴拉加开始勒住缰绳，又回过头来转了几转，在旧马厩街十字路口停住了。

小伙计跳下车来，挨近衔铁抓住缰绳，阿纳托利和多洛霍夫下了车，顺着林荫道走去。走到一家大门前，多洛霍夫吹响了口哨。有口哨回应他，紧接着跑出来一个女仆。

"进院子里来吧，不然会给人看见，她马上就出来。"她说。

---

① 斯乔普卡是斯捷潘的昵称。

多洛霍夫在大门口站着。阿纳托利跟着女仆走进院子,绕过墙角,走上门廊的台阶。

玛丽亚·德米特里耶夫娜的随从加夫里洛,一个身材高大的汉子,迎着阿纳托利。

"请您去见太太。"那个随从拦住进门的路,低声说。

"见什么太太?你是谁?"阿纳托利气喘吁吁地低声问。

"请进,我是奉命来请的。"

"库拉金!回来!"多洛霍夫喊道,"给人出卖了!回来吧!"

站在小角门的多洛霍夫正跟管院子的搏斗,那个人在阿纳托利进去后要把小角门锁上。多洛霍夫拼命推开管院子的,抓住往外跑的阿纳托利的手臂,把他拽出小角门,两人一起向三马雪橇跑去。

十八

玛丽亚·德米特里耶夫娜遇见索尼娅在走廊里哭泣,她逼索尼娅把一切都说了出来。她抓过娜塔莎的信,读完后,就拿着信去找娜塔莎。

"坏丫头,不要脸的东西,"她对她说,"你的话我连听都不愿听!"她推开用吃惊而无泪的眼睛望着她的娜塔莎,把她锁在房里,吩咐管院子的人把今晚的来人让进大门,但不要放他们出去,命令仆人把那些人带来见她,交代完了后,她就坐在客厅里等待拐骗的人。

加夫里洛回禀玛丽亚·德米特里耶夫娜说,来的人都逃走了,她皱起眉头站起来,背着手在屋里踱了很久,考虑她怎么办。夜里十一点多钟,她摸了摸衣袋里的钥匙,就到娜塔莎房里去了。索尼娅在走廊里痛哭失声。

"玛丽亚·德米特里耶夫娜，让我进去看看她，看在上帝的分上！"她说。玛丽亚·德米特里耶夫娜没有理她，开了锁，走了进去。"可恶，下流……在我家里，下贱的丫头……我只是可怜她的父亲！"玛丽亚·德米特里耶夫娜极力压住满腔怒火，想道，"不管怎么困难，我还是吩咐大家不要声张，瞒着伯爵。"玛丽亚·德米特里耶夫娜迈着坚决的步子走进房间。娜塔莎躺在沙发上，两手捂着脸，一动不动。她躺的姿势，仍然跟玛丽亚·德米特里耶夫娜离开她时一个样。

"好哇，真好哇！"玛丽亚·德米特里耶夫娜说，"在我家里会情人！假装也没有用。我是跟你说话，你听着。"玛丽亚·德米特里耶夫娜摸了摸她的手，"你听我说。你这个丫头把脸丢尽了。我本想给你个好看，不过我可怜你的爸爸。我隐瞒着。"娜塔莎没有改变姿势，但是由于那使她哽噎的无声而痉挛的呜咽，使她的整个身子一起一伏。玛丽亚·德米特里耶夫娜转脸看看索尼娅，就在娜塔莎身边的沙发上坐下来。

"他从我手里逃脱，算他走运；不过我找得到他，"她粗声粗气地说，"我的话你听见没有？"她把她的大手伸到娜塔莎的脸下面，把她的脸转过来。玛丽亚·德米特里耶夫娜和索尼娅看见娜塔莎的脸都大吃一惊。她两眼发亮，没有泪水，嘴唇紧闭，两腮下陷。

"别管我……我没什么……我……要死了……"她说，狠命地从玛丽亚·德米特里耶夫娜手里挣脱，仍然像原来那样的姿势躺着。

"娜塔莉娅！……"玛丽亚·德米特里耶夫娜说，"我是为你好。你躺着吧，就这样躺着，我不动你，你听着……我不数落你，说你怎么有罪。你自己是知道的。不过，你父亲明天回来，我对他说什么呢？嗯？"

娜塔莎又哭得全身颤动。

"他会知道的，还有你的哥哥，你的未婚夫！"

"我没有未婚夫，我已经回绝了。"娜塔莎喊道。

"反正一个样，"玛丽亚·德米特里耶夫娜继续说，"他们知道了，会怎样呢，他们会撒手不管吗？要知道他，你的父亲，我了解他，如果他要求他决斗，那样好吗？嗯？"

"哎呀，别管我啦，为什么你们什么都管！为什么？为什么？谁求你们来管的？"娜塔莎从沙发上欠起身来，恶狠狠地瞅着玛丽亚·德米特里耶夫娜，喊道。

"你想要怎么样？"玛丽亚·德米特里耶夫娜又发火了，大喊一声，"把你锁起来了吗？有人不让他到家里来吗？为什么要把你像茨冈姑娘那样给人拐走呢？……好，就说他把你拐走了吧，你以为他们找不到他吗？你的父亲，还有你的哥哥，还有你的未婚夫？他是坏蛋，是流氓，你要知道！"

"他比你们谁都好，"娜塔莎欠起身喊起来，"如果没有你们干预……哎哟，我的上帝，这是怎么回事，这是怎么回事！索尼娅，到底为什么呀？都走开！……"她大哭起来，哭得那么伤心，只有感到咎由自取的人才那样哭。玛丽亚·德米特里耶夫娜又要说话；可是娜塔莎大叫道："走开！走开！你们都恨我，看不起我！"她又扑倒在沙发上。

玛丽亚·德米特里耶夫娜又数落了娜塔莎一阵，并且嘱咐她，要把这一切瞒着伯爵，只要娜塔莎下定决心忘掉一切，对任何人都不露出发生什么事，那么就不会有人知道。娜塔莎没有回答。她不再哭了，但是她浑身发冷，老打寒战。玛丽亚·德米特里耶夫娜给她垫上枕头，盖上两床被子，亲自给她拿来菩提花露，但是娜塔莎没有理她。

"好，让她睡吧。"玛丽亚·德米特里耶夫娜以为她睡着了，离开房间时这么说。但是娜塔莎没有睡着，仍然睁着苍白脸上的两只大眼睛呆呆地望着前面。娜塔莎一夜没睡,没哭,也没和索尼娅说话,索尼娅夜里起来几次来到她跟前。

第二天,正像伊利亚·安德烈伊奇伯爵预先说的,快吃早饭的时候,他从莫斯科近郊的田庄回来了。他很愉快:同买主已经谈妥了,现在再没有什么事使他非得留在莫斯科并且和他所思念的伯爵夫人过分离的生活不可了。玛丽亚·德米特里耶夫娜迎接他,告诉他说,娜塔莎昨天很不舒服,请医生看过,现在好多了。这天早晨娜塔莎没有出房门。她紧闭着干裂的嘴唇,呆呆地睁着干巴巴的眼睛,在窗口坐着,心神不安地注视街上的行人,急急忙忙地转脸看走进房来的人。她显然是在等待他的消息,等待他亲自前来或者给她来信。

伯爵进来看她时,她听见男人的脚步声,心神慌乱地转过身来,于是她的脸又恢复了原先的淡漠、甚至愤恨的神情。她甚至没有站起来迎接父亲。

"你怎么了,我的天使,病了吗?"伯爵问。

娜塔莎沉默了半晌。

"是的,病了。"她回答。

伯爵关切地问她为什么面色那么难看,是不是她的未婚夫出了什么事,她肯定说没有什么事,请他不要担心。玛丽亚·德米特里耶夫娜向伯爵证实了娜塔莎的话,说没出什么事。但是从假装生病、从女儿的心神不定、从索尼娅和玛丽亚·德米特里耶夫娜表情不自然,伯爵清楚地看出,他不在的时候,一定出了什么事;但是他是那么害怕去想他所钟爱的女儿会出什么丢人的事,他是那么珍视他那恬适的心情,他避免去细问,总是力求使自己相信,并没有出什么特别的事情,只不过女儿健康欠佳因而推迟回乡的日期,使他感到不快罢了。

十九

皮埃尔自从妻子来莫斯科后,就准备到什么地方去,但求不和她在一起。罗斯托夫家的人到莫斯科不久,娜塔莎给他的印象,迫使他急于去了却他的一桩心愿。他到特韦尔去见约瑟夫·阿列克谢耶维奇的遗孀,她早就答应把亡夫的一批文件交给他。

皮埃尔回到莫斯科时,他接到玛丽亚·德米特里耶夫娜一封信,请他到她那儿去商谈一件有关安德烈·博尔孔斯基及其未婚妻的非常重要的事情。皮埃尔总是躲避着娜塔莎。他觉得,他对她的感情太强烈了,已经超过一个已婚的人对朋友的未婚妻应有的感情。但不知什么命运经常把他和她连在一起。

"出什么事了呢? 他们有什么事和我有关呢?"他一边穿衣准备去见玛丽亚·德米特里耶夫娜,一边想。"安德烈公爵快回来和她结婚就好了!"皮埃尔在去阿赫罗西莫娃家的路上想道。

在特韦尔林荫道上有人呼唤他。

"皮埃尔! 回来很久了吗?"一个熟悉的声音在喊他。皮埃尔抬起头来。在两匹灰色的走马拉着的雪橇里(马蹄翻起的雪花溅到雪橇前面的挡泥板上),坐着阿纳托利和他那位形影不离的朋友马卡林。阿纳托利坐得笔直,摆着服饰华美的军人爱摆的漂亮姿势,海龙皮领围着下巴颏,微微地低着头。他的面色红润而且鲜亮,歪戴着白羽饰的帽子,露出撒满细雪的、搽过油的卷发。

"是啊,这才是真正的聪明人!"皮埃尔心里说,"他只顾眼前的享乐,此外什么也看不见,什么都不能烦扰他——所以他经常快活、满足、心安理得。只要能够像他那样,我有什么不能舍弃的呢!"皮埃尔羡慕地想道。

在阿赫罗西莫娃的前厅,仆人一面给皮埃尔脱皮大衣,一面说玛丽亚·德米特里耶夫娜请他到她的卧室里去。

推开大厅的门，他看见娜塔莎坐在窗口，她的面孔瘦削、苍白，满脸怒容。她转脸看看他，皱起眉头，带着冷若冰霜的神情走出屋去。

"出了什么事？"皮埃尔一走进玛丽亚·德米特里耶夫娜的房门就问。

"好事儿，"玛丽亚·德米特里耶夫娜回答，"我活了五十八岁，还从来没见过这么丢人的事呢。"在得到皮埃尔发誓不把他所知道的事情说出去后，玛丽亚·德米特里耶夫娜告诉皮埃尔，娜塔莎背着父母回绝了她的未婚夫，其原因是为了阿纳托利，是皮埃尔的妻子从中撮合的，娜塔莎打算趁父亲不在的时候跟他私奔，秘密地举行婚礼。

皮埃尔听着玛丽亚·德米特里耶夫娜对他讲的话，耸起肩膀，张着嘴，简直不相信自己的耳朵。被安德烈公爵热爱着的未婚妻，先前那么可爱的娜塔莎·罗斯托娃，竟然抛弃了博尔孔斯基，而看中傻瓜阿纳托利这个已婚的家伙（皮埃尔知道他结婚的秘密），而且那么爱他，竟然同意跟他私奔！——这是皮埃尔无法理解和不可想象的。

从娜塔莎小的时候起，皮埃尔对她就有的好的印象，同现在对她的卑贱、愚蠢和残酷的概念，在他心目中无法调和。他想到他的妻子。"她们都是一个样。"——他一边自言自语，一边在想，有着同坏女人结合的可悲命运的，他并非独一无二。然而他仍然痛惜安德烈公爵，痛惜他的自尊心受到损害。他越是怜惜他的朋友，就越是怀着轻蔑甚至厌恶的心情想到那个刚才带着冷若冰霜的神情在大厅里从他面前走过的娜塔莎。他不知道，娜塔莎的内心充满了失望、羞愧、屈辱，他也不知道她脸上不自觉露出的肃穆的尊严和冷酷的神情，并非她的过错。

“怎么说要举行婚礼！”皮埃尔听了玛丽亚·德米特里耶夫娜的话，说，“他不能结婚了：他已经结过婚了。”

“越发糟了，”玛丽亚·德米特里耶夫娜说，“好小子！好一个坏蛋！她还在盼他呢，盼了一天多了。得告诉她，至少她不会再盼他了。”

玛丽亚·德米特里耶夫娜向皮埃尔探听了阿纳托利结婚的详情后，痛骂了他一顿以泄心头的愤恨，然后向他说明为什么要请他来。玛丽亚·德米特里耶夫娜担心伯爵或者随时都可能回来的博尔孔斯基知道了那件她要隐瞒他们的事，要求库拉金决斗，所以请他以她的名义命令阿纳托利离开莫斯科，并且不准他在她眼前露面。皮埃尔直到现在才了解老伯爵以及尼古拉和安德烈公爵的处境危险，答应按照她的意思去做。她简短而确切地说明了她的要求后，就把他让到客厅里。

“当心，伯爵什么都不知道，你也要做得什么都不知道似的。”她对他说。“我去告诉她用不着盼了！你愿意的话，就留下吃饭吧。”玛丽亚·德米特里耶夫娜向皮埃尔嚷了一声。

皮埃尔见到老伯爵。他有些难为情，而且心情烦躁。这天早晨娜塔莎已经告诉他，她回绝了博尔孔斯基。

“真糟，真糟，我的朋友，”他对皮埃尔说，“这些没娘的女孩子真难办；我真后悔这次到这儿来。我对您无话不说。您可听说过，跟谁都没商量就回绝了未婚夫。虽然说，我对这门亲事并不怎么称心。虽然说，他是一个好人，可是违反父亲的意志是不会有幸福的，其实娜塔莎并不愁没有求婚的。不过，事情就这样迁延下来，但是，不得父母的同意，就来这么一下，怎么行呢！现在她又病了，天知道是怎么回事！难啊，伯爵，对付没娘的女儿，难啊……”皮埃尔看出伯爵心里烦乱，竭力改变话题，但是伯爵又回到那件使他苦恼的事。

索尼娅慌慌张张走进客厅。

"娜塔莎不大舒服;她在她的房间里,希望见见您。玛丽亚·德米特里耶夫娜也在那儿,也请您去一趟。"

"对了,您和博尔孔斯基很谈得来,她一定是要您转达什么,"伯爵说,"哎呀,我的上帝,我的上帝!过去一切多么好哇!"他抓住鬓角稀疏的白发,走出房去。

玛丽亚·德米特里耶夫娜告诉娜塔莎说,阿纳托利是结过婚的,娜塔莎不相信,要皮埃尔亲自来证实。在送皮埃尔去娜塔莎房间穿过走廊的时候,索尼娅把这事告诉了他。

娜塔莎坐在玛丽亚·德米特里耶夫娜身旁,面色苍白,态度严冷,皮埃尔一进门,她就用那好似患热病而发光的探询的目光迎着他。她不笑也不向他点头,只是一个劲儿地望着他,她那目光只追问他一件事:在对待阿纳托利的态度上,他是友,还是像其他人一样,是敌? 至于皮埃尔这个人本身,对她来说显然是不存在的。

"他全知道,"玛丽亚·德米特里耶夫娜指着皮埃尔对娜塔莎说,"让他告诉你,我说的是不是真话。"

娜塔莎有如一个被追逐的受伤的野兽望着渐渐走近的猎犬和猎人似的,时而望望这个又看看那个。

"娜塔莉娅·伊利尼奇娜,"皮埃尔低下头开口说,他心里怜悯她,同时对他非做不可的那件事又感到厌恶,"这是真还是假,对您来说,应当是一样的,因为……"

"这么说来,说他结过婚不是真的了?"

"不,是真的。"

"他早就结了婚吗?"她问,"您敢发誓吗?"

皮埃尔对她发了誓。

"他还在这儿吗?"她连忙问。

"是的,我刚才还看见他。"

她显然无力说下去了，于是打手势让大家走开。

二十

皮埃尔没有留下吃饭，他立刻走出房间，坐车走了。为了找阿纳托利·库拉金，他驱车走遍全城，现在他一想起他，全身的血液就涌上心来，使他憋得难受。滑雪场、茨冈女人的家、科莫涅诺家——都没有他。皮埃尔驱车到俱乐部。俱乐部仍然跟平时一样：来吃饭的客人三三两两坐在一起，向皮埃尔问好，说城里的新闻。侍者都知道他认识的人和习惯，在向他问过好后，禀告他说，在小餐厅已经给他留了一个位子，米哈伊尔·扎哈雷奇公爵到图书馆去了，帕维尔·季莫费伊奇还没有来。皮埃尔的一个熟人在谈天气时，问他可听说一件闹得满城风雨的事：库拉金拐走了罗斯托娃，是真的吗？皮埃尔听了哈哈大笑，他说这都是胡说，因为他刚从罗斯托夫家来。他向所有的人打听阿纳托利；有人告诉他说他还没来，有人说他今天要来吃饭。皮埃尔看着这群平静、冷淡、不知道他有什么心事的人们，觉得奇怪。他在大厅里来回踱步，等客人都上满了，仍然没等到阿纳托利，他没有吃饭就回家了。

他所寻找的阿纳托利这一天在多洛霍夫家吃饭，同他商量怎样补救弄糟了的事情。他觉得必须和罗斯托娃见一面。晚上他到妹妹那儿，同她商谈关于安排会面的事。当皮埃尔徒然走遍莫斯科全城回到家里时，仆人向他禀报，阿纳托利·瓦西里耶维奇公爵在伯爵夫人那儿。伯爵夫人的客厅坐满了客人。

皮埃尔没有跟妻子打招呼，虽然他回来后还没见到她（他觉得此刻她比任何时候都可恨），他进入客厅，看见阿纳托利，就向他走过去。

"啊,皮埃尔,"伯爵夫人向丈夫走过去,用法语说,"你不知道我们的阿纳托利的处境……"她停住了,从丈夫低低垂下的头,从他那发光的眼睛,从他那坚决的步子,她看出那股狂怒和粗暴的可怕表情,这是她所熟悉,而且在和多洛霍夫决斗后她所亲自领略过的这种表情。

"您到哪儿,哪儿就出现伤风败俗和罪恶。"皮埃尔对妻子说。"阿纳托利,跟我来,我有话跟您说。"他用法语说。

阿纳托利转脸看了看妹妹,顺从地站起来,准备跟皮埃尔走。

皮埃尔抓起他的胳膊,把他拽到身边,走出屋去。

"如果您竟敢在我的客厅里……"海伦低声说;但是皮埃尔没有答理她,从屋里走出去。

阿纳托利迈着平时那种潇洒的步子跟着皮埃尔走。但是他脸上现出不安的神色。

走进书房,皮埃尔关上门,向阿纳托利转过身来,眼睛不看他的脸。

"您答应罗斯托娃伯爵小姐要和她结婚吗? 您想拐走她?"

"亲爱的,"阿纳托利用法语回答(整个谈话都是用法语),"对于这种腔调的审问,我不认为有回答的必要。"

皮埃尔那张本来就苍白的脸,由于狂怒变得更难看了。他用他那只大手抓住阿纳托利的制服领子,把他摇来摇去,直到阿纳托利脸上露出十分惊恐的表情。

"我说,我有话要跟您谈谈……"皮埃尔重复说。

"怎么了,这是胡闹。嗯?"阿纳托利摸摸连呢绒一起撕掉的领扣,说。

"您是流氓,是无赖,我不知道是什么东西拦住我,可惜没能用这东西砸烂您的脑袋。"皮埃尔说——他说得很不自然,因为他是说法语。他拿起一个沉重的吸墨器,举起来恐吓,随即又赶快放回原处。

"您答应要娶她吗?"

"我,我,我没想到;而且,我从来都没答应,因为……"

皮埃尔打断了他的话。

"您有她的信吗? 问您有没有信?"皮埃尔向阿纳托利走过去。

阿纳托利看看他,立刻把手伸到衣袋里,掏出一只钱夹。

皮埃尔把给他的信接过来,推开挡路的桌子,一下坐到沙发上。

"别怕,我不会怎么样您的,"皮埃尔看见阿纳托利害怕的样子,说,"信,放在我这儿,这是第一,"皮埃尔仿佛自言自语背诵似的,"第二,"他又站起来开始踱步,沉吟了片刻,接着说,"您明天就必须离开莫斯科。"

"可是我怎么能……"

"第三,"皮埃尔不听他说话,继续说,"关于您和伯爵小姐的事,永远不许您提一个字。我知道,我无法禁止您做这件事,但是,如果您还有一丁点儿良心的话……"皮埃尔默默地在屋里踱了好几趟。阿纳托利坐在桌旁,紧皱着眉头,咬着嘴唇。

"总有一天您会明白,除了您取乐,还有别人的幸福和安宁,为了您能寻欢作乐,却毁掉了别人的一生。拿我老婆这样的女人开心——那是您的权利,她们知道您要求她们的是什么。她们富有同样放荡的经验对付您;但是答应一个少女和她结婚……欺骗,偷盗……您怎么会不明白,这跟殴打老人或者小孩一样卑鄙无耻! ……"

皮埃尔停住不说了,看了看阿纳托利,他那目光已经不是愤怒的,而是询问的了。

"这个,我不知道。嗯?"阿纳托利说,随着皮埃尔克制自己的愤怒,他渐渐恢复了勇气。"这个,我不知道也不愿知道,"他不看皮埃尔说,下巴颏微微颤抖着,"不过,您对我说出这样的话:卑鄙无耻之类的话,我,作为一个体面的人,不许任何人这样对我说话。"

皮埃尔惊奇地望着他,极力想弄明白他要怎么样。

"虽然是你我之间私下里说的话,"阿纳托利接着说,"我还是不能……"

"怎么,您要赔礼道歉吗?"皮埃尔嘲笑地说。

"至少您可以收回您的话。嗯?如果您要我按照您的意思办事的话。嗯?"

"我收回,我收回,"皮埃尔说,"我也请您原谅。"皮埃尔看了看扯下来的纽扣,"钱也有,如果您需要路费的话。"阿纳托利笑了。

这种从妻子那里他就已经熟悉的胆怯而卑鄙的微笑,又惹恼了皮埃尔。

"噢,下贱,没有心肝,满门孬种!"他说,于是走出屋去。

第二天,阿纳托利到彼得堡去了。

<h1 style="text-align:center">二十一</h1>

皮埃尔去见玛丽亚·德米特里耶夫娜,通知她关于驱逐库拉金出莫斯科,已经按照她的意思办妥了。全家都处在惊慌和焦虑之中。娜塔莎病得很厉害,玛丽亚·德米特里耶夫娜秘密地告诉他,就在向她说明阿纳托利已经结婚的那天夜里,她服了她偷偷弄到的砒霜。她吞了一点,就吓坏了,把索尼娅叫醒,对她说出她做了什么事。及时采取了解毒的措施,现在她已经脱离了危险;但是还很衰弱,根本谈不上把她送回乡下了,已经派人去接伯爵夫人。

皮埃尔看见张皇失措的伯爵和泪痕满面的索尼娅，可是没能见到娜塔莎。

皮埃尔这一天在俱乐部用餐，从四面八方都听到人们谈论企图抢劫罗斯托娃的事件，他坚决否认这些说法，他向所有的人担保什么事都没发生，只不过阿纳托利向罗斯托娃求婚，遭到拒绝罢了。皮埃尔觉得，他有责任隐瞒全部真相，恢复娜塔莎的名誉。

他怀着惧怕的心情等待安德烈公爵回来，每天都到老公爵那儿去打听他的消息。

尼古拉·安德烈伊奇公爵从布里安小姐那儿知道了城里流传的全部谣言，也读了那封娜塔莎写给玛丽亚公爵小姐的解除婚约的信。他似乎比平时高兴，而且急切地盼望着儿子回来。

阿纳托利走后又过了几天，皮埃尔接到安德烈公爵的短简，通知他回来了，请皮埃尔顺便到他那儿去一趟。

安德烈公爵到了莫斯科之后，刚一落脚，就从父亲手里接到娜塔莎写给玛丽亚公爵小姐关于取消婚约的信（这封信是布里安小姐从玛丽亚公爵小姐那儿偷去交给公爵的），并且从父亲口中听到关于抢劫娜塔莎的、添枝加叶的叙述。

安德烈公爵是头天晚上到的。皮埃尔第二天一早就去找他。皮埃尔满以为安德烈公爵同娜塔莎处在同样的状态，可是当他进入客厅，听见安德烈公爵在书房里起劲地高声谈论彼得堡的阴谋事件的时候，感到很惊奇。老公爵和另一个人的声音有时打断他的话。玛丽亚公爵小姐出来迎接皮埃尔。她用眼睛向着里面有安德烈公爵的房门示意，叹了一口气，似乎是表示对哥哥不幸的同情；但是皮埃尔从玛丽亚公爵小姐的脸上看出她对发生的事情以及她哥哥得知未婚妻变心后所持的态度是高兴的。

"他说他料到这种事，"她说，"我知道，他的高傲性格不许他露出他的感情，然而他在这个问题上，仍然比我所预料的好，好得多。显然,理所当然……"

"难道一切就彻底完了吗?"皮埃尔说。

玛丽亚公爵小姐诧异地望着他。她甚至不明白怎么会提出这个问题。皮埃尔走进书房。安德烈公爵样子大变了,身体显然养好了,然而眉头新添一道横纹,他身穿便服,面对父亲和梅谢尔斯基公爵站着,起劲地打着手势,热烈地争论着。

他们是在谈论斯佩兰斯基,关于他突然被流放和他被诬告叛国的消息刚刚传到莫斯科。

"现在评论和非难他(斯佩兰斯基)的人,正是一个月前那些赞扬他的人,"安德烈公爵说,"正是那些不能理解他的目的的人。评论一个失宠的人,把别人的错误都推到他身上,是容易的;可是我认为,如果当今的朝政有什么业绩的话,那么一切业绩都归功于他,归功于他一个人——他一个人……"他看见皮埃尔,停住不说了。他的脸抽动了一下,立刻露出严厉的表情,"子孙后代会给他公平的结论的。"他把话说完后,随即转向皮埃尔。

"你好吗? 又胖啦。"他精神饱满地说,他那一道新出现的皱纹更深地嵌在前额上。"是的,我很健康。"他回答皮埃尔的问话,冷冷一笑。皮埃尔明白,他的冷笑是说:"我很健康,但我的健康已经没有人需要了。"安德烈公爵同皮埃尔谈谈过了波兰边境后可怕的道路,他在瑞士遇见皮埃尔的几个熟人,他从国外为儿子请来一位教师德萨尔先生,谈了几句后,他又热烈地参加两个老人仍在继续的关于斯佩兰斯基的谈话。

"假若真有叛国行为的话,假若真有私通拿破仑的话,那就应当向全国公布,"他热烈而急切地说,"我个人从来就不喜欢斯佩兰斯基,但是我喜欢公道。"皮埃尔这时从他朋友身上看出一种他非常熟悉的需要,那就是要使自己激昂慷慨起来,争论与自己无关的事情,只是为了压抑一下内心沉重的思绪。

梅谢尔斯基公爵走后,安德烈公爵抓住皮埃尔的臂膀,请他到他房里去。房里有一张铺好的床,几只打开的手提包和箱子。安德烈公爵走到其中一只跟前,拿出一个匣子。他从匣子里取出一个纸包。他做这个的时候,默默无言而且动作迅速。他抬起头来,清了清嗓子。他的脸色黑沉沉的,紧紧地闭着嘴唇。

"原谅我,我麻烦你了……"皮埃尔知道安德烈公爵想谈娜塔莎,他宽宽的脸上露出怜悯和同情的神色。皮埃尔脸上的表情激怒了安德烈公爵;他坚决地、响亮地、然而不愉快地继续说:"我收到了罗斯托娃伯爵小姐的退婚信,也已经听到令兄向她求婚之类的传说。是不是真的?"

"是真的,也不是真的。"皮埃尔刚要说;但是安德烈公爵拦住了他。

"这是她的信和肖像。"他说。他从桌上拿起一束东西递给皮埃尔。

"把这个交给伯爵小姐,如果你看见她的话。"

"她病得很厉害。"皮埃尔说。

"那么她还在此地?"安德烈公爵说。"库拉金公爵呢?"他很快地问。

"他早就走了。她命在旦夕了……"

"我很同情她的病。"安德烈公爵说。他像他父亲似的,冷酷、凶狠、不愉快地笑笑。

"那么说来,库拉金先生并没有赏给罗斯托娃伯爵小姐求婚的光荣?"安德烈公爵说,用鼻子嗤了几声。

"他不能结婚,因为他已经结过婚了。"皮埃尔说。

安德烈公爵不愉快地笑起来,又很像他的父亲。

"现在他——令兄,在哪儿? 我可以问问吗?"他说。

"他到彼得堡去了……其实我也不知道。"皮埃尔说。

"好的,知不知道都无所谓,"安德烈公爵说,"你向罗斯托娃伯爵小姐转达,她过去和现在都是完全自由的,我祝她万事如意。"

皮埃尔拿着那束信。安德烈公爵目不转睛地向皮埃尔凝视,仿佛在想他是不是还应当说点什么,或者等待皮埃尔是否有话要说。

"您听我说,您还记得咱们在彼得堡时候的争论吧,"皮埃尔说,"可记得关于……"

"记得,"安德烈公爵连忙回答,"我说过,要原谅堕落的女人,但是我没说我能够原谅。我不能够。"

"难道这可以相提并论吗?……"皮埃尔说。安德烈公爵打断了他的话。他尖声喊道:

"是啊,再向她求婚,宽宏大量,如此等等?……是啊,这很高尚,可是我不能追随……大人先生的足迹。如果你要做我的朋友,那么你永远别跟我谈这个……谈这一切。好啦,再见。你可以交给她吗?……"

皮埃尔走出屋去,到老公爵和玛丽亚公爵小姐那儿去了。

老头比平时显得活跃。玛丽亚公爵小姐仍然像一向那个样子,但由于她同情哥哥,皮埃尔看出她对哥哥的婚事受到挫折感到高兴。皮埃尔观察他们,了解到他们对罗斯托夫家的人怀有多么强烈的轻蔑和憎恨,了解到在他们面前对那个竟然舍弃安德烈公爵而随便换了另外一个的女人的名字连提都不能提。

吃饭的时候,谈到显然就要到来的战争。安德烈公爵不停地说话,时而同父亲争论,时而同瑞士教师德萨尔争论,显得比平时活跃,皮埃尔完全明白他所以这么活跃的内在的原因。

二十二

那天晚上,皮埃尔到罗斯托夫家去履行他接受的委托。娜塔莎没有起床,伯爵到俱乐部去了,皮埃尔把信件交给索尼娅后,就去见玛丽亚·德米特里耶夫娜,她很想知道安德烈公爵得知那个消息后有什么反应。十分钟后,索尼娅走进玛丽亚·德米特里耶夫娜的房间。

"娜塔莎一定要见彼得·基里洛维奇伯爵。"她说。

"那怎么行啊,把他请到她那儿去,是吗?你们那儿没有拾掇啊。"玛丽亚·德米特里耶夫娜说。

"不,她已经穿好衣服到客厅里了。"索尼娅说。

玛丽亚·德米特里耶夫娜只是耸耸肩膀。

"伯爵夫人什么时候到啊,简直把我折磨坏了。你得注意,不要什么话都对她说,"她对皮埃尔说,"骂她吧,又不忍心,她太可怜了,太可怜了!"

娜塔莎在客厅中间站着,她消瘦,面色苍白,神情严峻,完全没有皮埃尔所预料的羞愧神态。皮埃尔在门口出现时,她有点慌,显然拿不定主意是向他走过去呢,还是等他走过来。

皮埃尔急忙向她走过去。他以为她一定像以往那样,把手递给他;但是她走到他面前就站住了,深沉地呼吸着,两只臂膀毫无生气地垂下来,跟她走到大厅中间准备唱歌时的姿势十分相像,但是表情完全不同。

"彼得·基里雷奇,"她开始很快地说,"博尔孔斯基公爵曾经是您的朋友,他现在也是您的朋友,"她更正说(她觉得,过去的一切一去不复返了,现在的一切则是另一个样子了),"他曾经对我说过,让我去求您……"

皮埃尔默默地望着她,呼哧呼哧地喘着气。本来他内心是责备她的,并且极力鄙视她;但是现在,他非常可怜她,心里已经没有责备她的余地了。

"他现在在这儿,请您对他说……请他原……原谅我吧。"她停住了,呼吸得更快了,但是没有哭。

"好……我对他说,"皮埃尔说,"但是……"他不知说什么好了。

娜塔莎显然害怕皮埃尔可能有别的想法。

"不,我知道一切都完了,"她连忙说,"不,那永远不可能了。我只不过为了我做了对不住他的事而痛苦罢了。请您只对他说,我求他宽恕,宽恕,宽恕我的一切……"她全身颤抖,坐到椅子上。

皮埃尔心里充满了从来没有体验过的怜悯感情。

"我一定对他说,我一定对他再说一遍,"皮埃尔说,"但是……我想知道一件事……"

"要知道什么呢?"娜塔莎的眼神在问。

"我想知道您是否爱过……"皮埃尔不知道怎样称呼阿纳托利,一想到他,脸就红了,"您是否爱过那个坏人?"

"不要叫他坏人吧,"娜塔莎说,"可是我什么也不知道,什么也不知道……"她又哭了。

于是一种更强烈的怜悯、温柔和爱慕的感情涌上皮埃尔的心头。他听见扑簌簌的泪水在他的眼镜下面流,他不愿让人看见。

"不要再谈了吧,好朋友。"皮埃尔说。

他那声调的和蔼、温柔、亲切,使娜塔莎忽然觉得非常奇怪。

"咱们不要再谈了,好朋友,我把一切都告诉他;不过我求您一件事——把我当作您的朋友,如果您需要帮助、忠告,或者只不过想找个人谈谈心——不是现在,而是当您心情好起来的时候——就想到我吧。"他拿起她的手吻了吻,"我会是很幸福的,如

793

果我能……"皮埃尔不知怎么说了。

"不要对我这样说吧：我不配！"娜塔莎喊道，想从房里出去，但是皮埃尔握住她的手。他知道他还有话要对她说。但当他说出来的时候，他对自己的话感到惊奇。

"别那么说，别那么说，您的生活道路还远着呢。"他对她说。

"我的生活道路？不！我的生活道路全都完了。"她怀着羞愧和自卑的心情说。

"全都完了？"他重复说，"如果我不是我，而是世界上最漂亮、最聪明、最好的人，并且是自由的，那么此刻我就跪下向您求婚和求爱了。"

许多天以来，娜塔莎第一次流下感激和感动的眼泪，她看了看皮埃尔，就走了。

她走后，皮埃尔几乎是跑着到了前厅，忍着哽住喉咙的、因受感动和幸福而要流出的眼泪，他没有伸进袖子，披上皮大衣，就上了雪橇。

"现在到哪儿去，您老？"赶车的问。

"到哪儿去？"皮埃尔问自己。现在还能到哪儿去呢？难道到俱乐部或者到人家去做客吗？比起他所受的感动和爱情，比起她最后一次含着泪水向他一瞥——那温柔、感激的一瞥——比起这一切，所有的人们都显得非常可怜，非常乏味。

"回家。"皮埃尔说，虽然零下十度，他仍然敞开熊皮大衣，露出他那宽阔的、欢快地呼吸着空气的胸脯。

天气严寒而且晴朗。在肮脏的、半明半暗的街道上方，在黑糊糊的屋顶上方，伸展着撒满繁星的灰暗天空。皮埃尔只有在仰望天空的时候，才不觉得人世的一切，比起他现在灵魂的高度，是那么卑鄙可耻。在阿尔巴特广场的入口，一大片灰暗的星空展现在皮埃尔的眼前。几乎是在这片天空的中央，在圣洁林荫道上方，悬着一颗巨大的明亮的一八一二年彗星，据说这是一颗预示着各种灾难和世界末日的彗星，它周围被撒满了的星斗拱卫着，它不同于众星的是它低垂地面，放射白光，高高地翘起长尾巴。但是在皮埃尔心中，这个拖着光芒四射的长尾巴的明星，没有引起任何恐惧的感觉。相反，皮埃尔怀着欣赏的心情，用那被泪水浸湿了的眼睛望着这颗璀璨的明星——它以无法形容的速度，沿着抛物线在无限的空间飞驰，忽然间，就像一支射向地球的利箭，在黑暗的天空中刺入它选定的地点就停住了，强劲地翘起尾巴，在无数闪烁的星星中间，炫耀着它的白光。皮埃尔觉得，这颗彗星和他那颗生气勃勃地走向新生活、变得软化和振奋起来的心灵完全吻合。

战争与和平 ^下

[俄] 列夫·托尔斯泰／著　刘辽逸／译

人民文学出版社

第 三 册

第 一 部

一

　　一八一一年末,西欧军队开始加强战备,并开始集中,一八一二年,几百万军队(包括运输和供应人员)由西而东向俄国边境移动,从一八一一年起,俄国军队也同样向边境集结。六月十二日,西欧军队越过俄国边境,战争开始了。也就是说,一个违反人类理性和人类天性的事件发生了。几百万互相对立的人们,犯下了世界所有法庭用几个世纪都记录不完的无数的残暴、欺骗、背叛、盗窃、作伪、发行伪币、抢劫、放火、杀人,而那些这样干的人们,当时并不认为这些是罪行。

　　是什么引起这场非常的事件呢? 它的原因是什么呢? 史学家满怀天真的自信说,其原因是奥尔登堡公爵的受辱,大陆体系的破坏,拿破仑的野心,亚历山大态度强硬,外交家的错误,等等。

　　因此,只要梅特涅、鲁缅采夫①或者塔列兰②在朝见和招待晚

---

　　① 　鲁缅采夫(1754—1826),当时俄国国务会议主席。
　　② 　塔列兰(1754—1838),当时法国外交部部长。

会的时候,勤勤恳恳作一番努力和公文写得更巧妙些,或者拿破仑应当给亚历山大写一封信:"我同意把公国交还奥尔登堡公爵①",战争就不会发生了。

当然,那时人们就是这样理解那次事件的。当然,在拿破仑看来,战争的原因是英国的阴谋(他在圣赫勒拿岛就这样说过);当然,英国的议员们认为,战争的原因是拿破仑的野心;奥尔登堡公爵认为,战争的原因是加在他身上的暴行;商人们认为,战争的原因是使欧洲破产的大陆体系;老军人和将军们认为,主要的原因乃在于必须使他们有事可做;当时帝王复辟主义者认为必须恢复好的原则,而当时的外交家们则认为,一切都由于一八○九年俄奥联盟未能十分巧妙地瞒过拿破仑,还由于一七八号备忘录措辞拙劣。当然,这些由于无数不同的观点而得出的无穷无尽的原因,都是当代人的想法;但在我们看来——我们这些观察了这一事件的全过程和了解它的单纯而且可怕的意义的后代人看来,这些原因都不充分。使我们不能理解的是,为什么拿破仑有野心,亚历山大态度强硬,英国政策狡猾,奥尔登堡公爵受辱,就引起几百万基督教徒互相残杀,互相迫害。那些情况与屠杀和暴行究竟有什么联系,令人难以理解;为什么由于公爵受辱,成千上万的欧洲另一边的人们就过来屠杀斯摩棱斯克和莫斯科的人们,同时也被这些地方的人屠杀。

在我们这些后代人看来——我们不是史学家,不迷恋于探索过程,因而能以清醒的常识头脑来观察——事件的原因是多得不可胜计的。我们在探索各种原因时越是深入,我们就越是发现,每一个孤立的原因或者一系列原因,就其本身来说,我们都觉得同样

---

① 原文为法语。以下在本书中出现的楷体字,凡是在原著中为法语者,一律不再加注。

是正确的,但同大规模的事件比较起来,就其微不足道来说,又同样是错误的,就其不足以引起事件的发生来说(如果没有其他各种原因巧合的话),也同样是错误的。在我们看来,一个法国军士肯不肯服第二次兵役,如同拿破仑拒绝把他的军队撤回维斯杜拉河左岸以及拒绝交还奥尔登堡公国一样,也是一个原因:因为,如果他不愿服兵役,第二个也不愿,第三个、第一千个军士和士兵都不愿,拿破仑的军队就少了很多人,战争也就不可能发生了。

如果拿破仑不因人家要求他撤过维斯杜拉河而恼怒,不命令他的军队进攻,就不会有战争;但是,如果所有的军士都不愿意服第二次兵役,战争也不会发生。如果英国不玩弄阴谋,没有奥尔登堡公爵这个人,亚历山大没有受辱的感觉,俄国没有专制政体,没有法国革命以及接着而来的专政和帝制,还有引起法国革命的一切,等等——如果没有这一切的话,也就没有那次战争。这些原因中只要缺少任何一个,那就什么事也不会有了。由此可见,这一切原因——千万个原因——遇到一起,于是就发生了已经发生的事。所以说,并没有哪个事件是独一无二的原因,哪个事件之所以必然发生,只不过因为它不得不发生罢了。几百万放弃人类感情和理智的人们从西方到东方去屠杀他们的同类,正如几世纪前成群的人从东方到西方去屠杀自己的同类一样。

事件的发生或者不发生,仿佛系于拿破仑和亚历山大一句话,其实他们的行动如同每个以抽签或者以征募的方式去出征的士兵一样,都是不由自主的。这不能不是这样,因为拿破仑和亚历山大(他们好像是决定事件的人们)的意志之所以能够实现,必须有无数的、缺一不可的情况的巧合。必须有数百万手中握有真正力量的人们,也就是那些从事射击、运输给养、枪炮的士兵们,同意执行那些软弱的个人的意志,而且受无数复杂的、各式各样的原因的驱使,使得他们不得不那样干。

为了解释这些不合理的历史现象（就是说，我们不理解这些现象的理性），必然得出宿命论。我们越是尽力合理地解释这些历史现象，我们就越觉得这些现象不合理和不可理解。

每个人都为自己活着，利用自由来达到他个人的目的，他以全部身心感觉到，他现在可以或者不可以从事某种行动；但是他一旦做出来，那么，这在某一个时刻完成的行动，就成为不可挽回的了，就成为历史的一部分，它在历史中是不自由的，而是早已注定的。

每个人都有两种生活：一种是个人的私生活，它的兴趣越抽象，就越自由，一种是天然的群体生活，人在其中就必须遵守给他预定的各种法则。

人自觉地为自己活着，但是他不自觉地充当了达到历史的、全人类的各种目的的工具。一桩完成的行为是不可挽回的，而且一个人的行动和千百万别人的行动在一个时间内汇合一起，就具有历史的意义了。人在社会阶梯上站得越高，联系的人越多，那么，他对别人就越有支配权，他的每一行为的预先注定和不可避免就越明显。

"国王的心握在上帝手里。"

国王是历史的奴隶。

历史，就是人类不自觉的、共同的群体生活，它把国王每时每刻的生活都用来当做达到自己目的的工具。

一八一二年的拿破仑，虽然比任何时候似乎更有权来决定流还是不流自己人民的血（正像亚历山大在给他的最后一封信中所说的），其实他比任何时候更服从必然的法则，被迫为共同的事业、为历史完成那必须完成的事（而他却觉得他的行动是随心所欲）。

西方的人们向东方出发进行互相屠杀了。为这次进军和战争做准备的千百个细小的原因,按照各种原因偶合的法则,都自然而然地起着作用,并且正好同那次事件相配合,那些原因是:对违反大陆体系的指责;奥尔登堡公爵事件;向普鲁士进军(拿破仑以为他这样做不过是为了得到武力的和平);法国皇帝对战争的癖好和习惯,他的臣民和他有共同的脾性,以及他对盛大堂皇的准备工作的爱好;用在准备工作上的开支;必须取得利益以补偿这笔开支的需要;他在德累斯顿接受的令人陶醉的荣誉;当代人以为是诚意求和而结果却伤了双方自尊心的外交谈判;以及其他数以百万计的促使事件的发生并同事件巧合的等等原因。

苹果成熟了就掉下来——它为什么掉下来?是因为地心引力吗?是因为茎干枯了吗?是因为太阳把它晒干了吗?是因为它太重了吗?是因为风吹了它吗?是因为树下有一个小孩想吃它吗?

这都不是原因。这一切只是每个重大的、有机的、自发的事件得以实现的各种条件的偶合。植物学家认为苹果之所以落下来,是由于细胞组织腐败等等原因,站在树下的小孩却认为,因为他想吃苹果,并且为此做了祈祷,所以它才掉下来,植物学家和小孩都同样正确。说拿破仑去莫斯科是因为他愿意去,说他毁灭是因为亚历山大希望他毁灭,这样说的人,也对也不对,同样,一座被刨倒的一百万普特的山之所以倒下来,是由于最后一个工人用十字镐刨了最后一下,说这话的人也对也不对。在各种历史事件中,那些所谓伟大的人物,不过是给事件命名的标签罢了,他们也正如标签一样,与事件本身关系极少。

他们每一个行动,他们觉得仿佛都是他们独断专行似的,其实从历史的意义来看,却不是随心所欲的,而是与整个历史过程相关联,而且是很久很久以前就决定了的。

二

五月二十九日①,拿破仑离开了逗留三个星期的德累斯顿,他在那里时,那些亲王、公爵、国王,甚至还有一个皇帝,在他左右形成一个宫廷。临行时,拿破仑对那些应得表彰的亲王、国王和皇帝予以亲切的慰抚,对那些他不满意的国王和亲王予以申斥,把自己的,也就是从别的国王手里拿来的珍珠和钻石,送给奥国的皇后,并且温情地拥抱玛丽亚·路易莎皇后,据他的历史学家说,她和他离别时,似乎依依不舍——她把他当做丈夫,虽然拿破仑在巴黎另有妻室。虽然外交家们仍然坚信和平的可能性,并为此目的孜孜不倦地努力工作,虽然拿破仑皇帝给亚历山大皇帝的亲笔信中称他为仁兄,并且诚恳地保证,他不希望战争,他永远爱他,尊重他——但是他仍然动身去追赶军队,每到一站都发出新的命令,催促军队急速从西方向东方挺进。他坐一辆六匹马拉的旅行轿式马车,被一群少年侍从、副官和卫队簇拥着,沿着经过波森、托伦、但泽和柯尼斯堡等城的大道进发。每到一个城市,都有成千上万的人怀着战栗的心情热烈地欢迎他。

军队从西向东推进,他乘着每到一站都有替换的六套马车驰向同一方向。六月十日他赶上军队,在维尔科维斯基森林一个波兰伯爵的庄园给他准备的住处过夜。

第二天,拿破仑乘坐四轮马车赶到部队前头,抵达涅曼河,为了察看渡河地点,他换上波兰军装,来到河岸上。

拿破仑看见河对岸的哥萨克,看见广漠的草原,莫斯科圣城就

---

① 此处的日期是公历,书中其他各处所提到的日期,皆为俄国旧历。此处按俄国旧历应为五月十六日。

在草原的中央,它是正像亚历山大·马其顿进入的西徐亚①那样国家的首都——他完全出人意料,并且违反战略和外交的考虑,竟然下令前进,第二天他的军队开始横渡涅曼河。

十二日一大早,他走出那天搭在陡峭的左岸上的帐篷,用望远镜眺望军队洪流从维尔科维斯基森林涌出、然后注入搭在涅曼河上的三座浮桥上。军队知道皇帝在场,都用眼睛寻找他,一望见山上帐篷前面有一个离开随从、身穿常礼服、戴着帽子的人影,大家都抛起帽子,高呼:"皇帝万岁!"——于是一个跟着一个,川流不息地从迄今隐蔽他们的大森林里拥出来,然后分开,从三座桥上过到对岸。

"是皇帝吗? 噉! 他亲自出马,可就来劲了。我们现在远征了! 向上帝起誓……就是他……皇帝万岁! 瞧,那就是亚细亚草原……不过,是一个讨厌的国家。再见,包歇。我把莫斯科最好的宫殿留给你。再见,吉星高照……你看见皇帝了吗? 皇帝万岁……万岁! 如果我做了印度总督,我一定封你做喀什米尔大臣,一言为定。皇帝万岁! 万岁! 万岁! 那些哥萨克无赖,看他们怎么逃跑。皇帝万岁! 就是他! 你瞧见吗? 我见过他两次,就像现在看见你一样。一个小军士……我见过他给一个老兵戴十字勋章……万岁,皇帝! ……"传来性格和社会地位极不相同的老年人和年轻人的声音。这些人脸上有一种共同的表情,那就是对久已期待的长征的开始的喜悦,对那个站在山头、穿着常礼服的人的狂喜和忠诚。

六月十三日,人们给拿破仑牵来一匹不大的纯种的阿拉伯马,他骑上马就向横架在涅曼河上的一座桥飞奔,不断的欢呼声使他

----

① 西徐亚是公元前七世纪至公元三世纪居住在黑海沿岸草原各个部族的总称。公元前三至二世纪在克里米亚西部建立了强大的西徐亚人奴隶制国家,建都那坡里(现在的辛菲罗波尔)。

震耳欲聋，他之所以还忍受着，显然只是因为他无法禁止人们用欢呼声来表示对他的爱戴；但这种到处都伴随着他的欢呼声，使他心烦意乱，使他不能专心考虑自从他到军队里来就萦绕心头的军事问题。他驰过用船搭的浮桥，到对岸后，向左急转弯，然后朝着科夫诺方向飞奔，那些兴高采烈、乐得透不过气来的近卫猎骑兵在他前面开路。他驰到宽阔的维利亚河，就在驻扎河岸的波兰枪骑兵团附近停住了。

"万岁！"波兰人也热烈地喊起来，他们乱了队形，你挤我拥地争着看他。拿破仑仔细观察了这条河，然后下了马，在河岸上一段圆木上坐下。他默默地打了个手势，就有人递给他一副望远镜，他把望远镜放在欢欢喜喜跑过来的少年侍从的背上，开始向对岸察看。然后他埋头细看摊在几根圆木上的地图。他头也不抬说了句什么，于是他的两个副官就向波兰枪骑兵驰去。

"说什么？他说什么？"当一个副官驰到波兰枪骑兵队伍跟前，队伍里传出这些声音。

命令寻觅一个过河的浅滩。波兰枪骑兵上校，一个相貌堂堂的老人，涨红了脸，激动得语无伦次，问副官可不可以让他带领他的枪骑兵不找浅滩，就泅水过河。他像一个要求允许骑马的小孩似的，显然怀着生怕遭到拒绝的心情，请求允许他当着皇帝的面游过河去。副官说，皇帝对这种过分的热心想必不会不满意的。

副官的话刚一落音，这个带髭须的老军官立刻喜形于色，两眼发亮，举起佩刀，高呼："万岁！"——于是命令枪骑兵跟他来，他用马刺刺了一下马，就向河边驰去。他愤愤地给他胯下的踌躇不前的马一记猛刺，那马就噗通一声投进水里，向深处的急流游去。几百名枪骑兵都跟着他跳进水里。河中心的急流又冷又可怕。枪骑兵从马上掉下来，在水里互相抓挠着。有些马淹死了，有些人也淹死了，其余的努力向对岸游去，虽然半俄里外就有一个浅滩，但是，他们在那个坐在圆木上、连看都不看他们在做什么的人眼前泅水过河和淹死，却引以为荣。副官回来后，找了个适当的时机，请皇帝注意那些波兰人对皇帝的忠心，这位穿灰色常礼服的小个子站起来，唤来贝蒂埃，同他一起在河岸上来回踱步，给他发指示，偶尔望望那分散他注意力的淹死的枪骑兵。

他早就形成一种信念：在世界任何地方，从非洲到莫斯科维亚①草原，只要他在场，毫无例外地使人大大吃惊，舍己忘我地疯狂。他要来他的马，骑上马，驰回他的驻地去了。

虽然派了船去搭救，仍然有四十来名枪骑兵淹死了。大多数挣扎着游回原来的岸上。上校和几个人游过河，勉强爬上对岸。他们刚一上岸，浑身湿透，衣服流着水，就高呼："万岁！"兴高采烈地望着拿破仑刚才在那儿站着、现在已经离开的地方，他们认为自己很幸运。

傍晚，拿破仑发了两道命令，一道是命令尽快将已经准备好的俄国伪币运来，以便输入俄国，另一道是命令枪毙一个撒克逊人，因为在截获他的一封信里有关于向法军发布的命令的情报，然后又发出第三道命令——把那个毫无必要地泅水过河的波兰上校编入拿破仑自任团长的荣誉团。

上帝要谁灭亡，必先使他发狂。②

三

俄国皇帝这时在维尔纳检阅军队和演习，已经住了一个多月了。对于人人都料到的战争（皇帝就是为此从彼得堡来的），仍然

---

① 莫斯科维亚原是西欧人对莫斯科大公国的称呼，这里泛指俄国。
② 原文为拉丁文。

毫无准备。没有制定一个统一的作战计划。对于拟议中的几个计划应当采取哪个，本来就举棋不定，在皇帝来大本营一个月后，更加犹豫不决了。三路军队各有自己的总司令，但统帅各路军队的总的指挥官却没有，皇帝自己也没有担任这个名义。

皇帝在维尔纳住得越久，对战争的准备就越少，因为人们都等得厌倦了。看来，皇帝左右的人都一心一意设法使皇帝过得快活，使他忘掉当前的战争。

在波兰的达官贵人、朝臣和皇帝本人举行了许多舞会和庆祝会之后，六月里，一位皇帝的波兰侍从武官忽然想起代表他们侍从武官为皇帝举行一次宴会和舞会。这个意见被大家高兴地采纳了。皇帝表示同意。侍从武官们按照认捐名单筹集款子。请一位最得皇帝欢心的女人来做舞会的女主人。维尔纳省地主贝尼格森伯爵把他的郊外别墅供给晚会使用，于是定于六月十三日在贝尼格森伯爵的郊外别墅扎克列特举行舞会、宴会、赛船会和焰火会。

就在拿破仑发出横渡涅曼河的命令，他的先头部队击退哥萨克，进入俄国边境的那天，正是亚历山大在侍从武官们在贝尼格森的别墅里举行的舞会中度过的那个夜晚。

那是一个快活的辉煌的晚会；内行的人说，这么多的美人聚到一起是少见的。别祖霍娃伯爵夫人是随皇帝从彼得堡来维尔纳的贵妇们中间的一个，她也参加了那天的晚会，她那被誉为俄罗斯美的庞大身躯使体态轻盈的波兰贵妇们黯然失色。她很惹人注意，连皇帝也和她跳了一次舞。

自称单身汉的鲍里斯·德鲁别茨科伊，把妻子撇在莫斯科，也来参加那天的舞会，他虽然不是侍从武官，也为舞会捐了一大笔钱。鲍里斯现在已经不再寻求庇护，而是一位地位荣耀的富人，和他高官显爵的同辈平起平坐了。

午夜十二时，舞会仍在进行。海伦没有得到一个适当的舞伴，自动邀请鲍里斯跳玛祖尔卡舞。他们是第三对。鲍里斯冷冰冰地望着海伦那从绣金黑纱长衫露出的丰美的裸臂,谈谈一些老相识,同时,不论是他自己还是别人都没留意到,他没有一秒钟不在窥视大厅里的皇帝。皇帝没有跳舞;他站在门口,时而对这一对,时而对那一对,说几句只有他一个人才说得那么好听而亲切的话。

玛祖尔卡舞刚刚开始的时候,鲍里斯看见皇帝的亲信之一——侍从武官巴拉舍夫向皇帝走去,违背宫廷的礼法,他在正和一个波兰贵妇说话的皇帝的近旁站住了。皇帝和那个贵妇说了几句话,就疑问地向他看了一眼,看来他明白一定有重要的原因,巴拉舍夫才这样做,他向贵妇微微点点头,就对巴拉舍夫转过身来。巴拉舍夫刚一说话,皇帝的脸上就现出吃惊的表情。他挽起巴拉舍夫的臂膀,和他一起穿过大厅,两旁的人自然而然地给他闪出两三俄丈宽的路来。鲍里斯看见,当皇帝同巴拉舍夫走过的时候,阿拉克切耶夫脸上不安的表情。阿拉克切耶夫皱着眉头望着皇帝,酒糟鼻一张一合地吸着气,从人群里挤出来,仿佛料到皇帝要找他说话似的。(鲍里斯懂得,阿拉克切耶夫嫉妒巴拉舍夫,对于那个显然很重要的消息不经过他就奏闻皇上,心怀不满。)

但是皇上没注意阿拉克切耶夫,他挽着巴拉舍夫从大厅的旁门向灯烛辉煌的花园里走去。阿拉克切耶夫手扶佩刀,愤愤地向四外张望着,跟在他们身后走了二十来步。

鲍里斯继续跳了几轮玛祖尔卡舞,但他心里却不住地苦思:巴拉舍夫带来了什么消息,他用什么方法比别人先得到那个消息。

在他必须挑选舞伴的那一轮,他低声对海伦说,他想挑选好像已经到阳台上去的波托茨卡娅伯爵夫人,然后他就滑过镶木地板,向着门外的花园跑去,看见皇帝同巴拉舍夫朝阳台走去,他站住了。皇帝和巴拉舍夫向门口走来。鲍里斯好像来不及躲避似的,着慌了,恭恭敬敬地靠到门框上,低下头来。

皇帝怀着一个身受侮辱的人的激动心情,说出下面的话:

"不宣战就进入俄国!只要有一个武装敌人留在我的国土上,我决不讲和。"他说。鲍里斯看出,皇上觉得这几句话说得很痛快:他对他表达思想的方式感到满意,但是却不满意鲍里斯听到他的话。

"不要让任何人知道!"皇帝紧皱眉头,又说。鲍里斯明白这是说给他听的。他闭上眼睛,微微低下头。皇帝又走进大厅,在舞会上又逗留了半小时左右。

鲍里斯第一个知道法军渡过涅曼河,这样他就有机会向一些要人炫耀他常常能够知道别人无法知道的许多事情,这样,他就在这般人心目中抬高了自己。

法军渡过涅曼河的意外消息之所以特别令人感到意外,那是因为这个消息是在白白等了一个月之后,而且是在舞会上传来的!皇帝最初听到这个消息时,由于气愤和屈辱,说出了那句后来成为名言的话,他本人也很喜欢这句能充分表达他的感情的话。皇帝从舞会回去后,凌晨两点钟,派人召来秘书希什科夫,叫他给军队写一道命令,并给大元帅萨尔特科夫公爵下一道上谕,他要求在命令中一定把"只要有一个武装的法国人留在俄国的土地上,决不讲和"这句话加进去。

第二天,他给拿破仑写了下面一封信。

> 皇帝仁兄大人:虽然我对陛下所负的义务信守不渝,但是昨天我得悉您的军队已越过俄国边境,直到现在我才刚刚接到从彼得堡送来的通牒,洛里斯东①在谈到这次进犯时,引通牒的话对我说,自从库拉金公爵申请护照的时候起,陛下就认

---

① 洛里斯东曾于一八一一至一八一二年任拿破仑帝国驻彼得堡大使。

为您和我已经进入战争状态了。巴萨诺公爵①拒发护照所持的种种理由，使我万万想不到，我国大使申请护照这一行动竟成为入侵的借口。实际上，正如那位大使所声明的，我并未授权他提出那个申请；我一得悉这个消息，就立即对库拉金公爵表示我的不满，命令他照旧履行他的职务。假如陛下不愿为这类误会而流我们两国人民的血，同意从俄国领土上撤退贵国军队，我一定不介意过去发生的一切，我们之间是可以和好的。不然的话，对于完全不由我方挑起的进攻，我将被迫奋起反击。陛下，您仍然有可能使人类避免另一次战争的灾难。

亚历山大（签字）②

四

六月十三日凌晨二时，皇帝召见巴拉舍夫，向他读了给拿破仑的信，命令他将此信亲自送交法国皇帝。在派遣巴拉舍夫时，皇帝对他又重复一遍那句话：只要在俄国土地上还有一个武装的法国人，他就不讲和，命令他一定要向拿破仑转达这句话。皇帝在信中没有写这句话，因为他以其处世的圆通，觉得在进行最后的和解尝试的时候，讲这种话是不合适的；但是他吩咐巴拉舍夫一定要把这句话转达给拿破仑。

六月十三日夜里，巴拉舍夫带一名号手和两名哥萨克出发了，天亮时到达涅曼河右岸法国前哨阵地雷孔特村。他被法国的骑哨拦住了。

一个身穿红制服、头戴皮帽子的法国骠骑兵军士，喝令渐渐走

---

① 巴萨诺公爵曾于一八一一至一八一二年任拿破仑帝国外交大臣。
② 这封信原文是法文。

近来的巴拉舍夫站住。巴拉舍夫没有立刻停下，继续缓步行进。

那个军士皱起眉头，嘟嘟囔囔地骂了一句，用马的胸部挡住巴拉舍夫，他握住军刀，粗鲁地呵斥俄国将军，问他是不是聋子，怎么听不见对他说的话。巴拉舍夫通报了自己的姓名和身份。军士派一名士兵去找军官。

那个军士不再理会巴拉舍夫，开始跟同事们谈论他们团队的事，对俄国将军连看也不看。

巴拉舍夫一向接近最高的权势，三个小时之前还同皇帝谈话，由于他所处的地位，已经习惯于受人尊敬，但是在这儿，在俄国的领土上，遇到这种敌对的态度，主要的，对他竟然如此粗暴无礼，使他不胜骇然。

太阳刚从乌云后面升起；空气清新，含着露水。畜群已经从村里赶到大路上来了。云雀唱着嘹亮的歌，像泉水的泡珠似的一个跟着一个，扑棱棱地从田野里腾空飞起。

巴拉舍夫向四外张望着，等候军官从村里出来。俄国哥萨克、号手和法国的骠骑兵时不时默默地互相打量着。

一位法国骠骑兵上校，看样子刚起床，骑一匹肥壮的大灰马，带着两名骠骑兵出来了。不论是那军官还是士兵，甚至他们骑的马，都有一种得意洋洋和炫耀阔绰的神气。

这是战争初期，军容还很整饬，几乎像平时准备检阅似的，只是在服装上有点耀武扬威，以及在战争刚刚打响时常有的那种兴奋和逞强的意味。

那个法国上校极力忍住不打哈欠，但是他很有礼貌，显然了解巴拉舍夫负有重大使命。他带他绕过他的士兵从散兵线后面走，并且对他说，他要谒见皇帝的愿望，大概很快就会实现，因为据他所知，皇帝的住处离此不远。

他们穿过雷孔特村，在村中经过法国骠骑兵的拴马桩，经过向上校行礼并且好奇地瞧着俄国军装的岗哨和士兵,最后从村子另一边走出来。上校说,两公里外就是师长的驻地,他将接待巴拉舍夫,并领他到他要去的地点。

太阳已经升高了,在鲜绿的草木上欢乐地照耀着。

他们骑马刚走过一家小酒店,正要上山坡时,山脚下迎面驰来一群骑马的人,为首的骑一匹马具在阳光下闪亮的黑马,此人身材高大,戴一顶羽饰帽子,鬈曲的黑发垂到肩上,身穿红斗篷,像法国人骑马的姿势向前伸出两条长腿。这个人策马向巴拉舍夫奔来,他那帽子上的羽毛、身上的宝石和金带,在鲜亮的六月阳光下闪光和飘动。

当法国上校尤尔涅恭恭敬敬地低声说"那不勒斯王"的时候,那个向巴拉舍夫驰来的骑者离巴拉舍夫只有两匹马的距离了,这个骑者戴着手镯和项圈、帽子上插着白羽毛,满身珠光宝气,脸上得意洋洋的表情活像个演员。果然,这个就是现在称作那不勒斯王的缪拉。为什么他是那不勒斯王,虽然完全是一件莫名其妙的事,但是人们仍然这样称呼他,他本人也相信这一点,因此他摆出比先前更加庄严、更加了不起的神态。因为他相信他真是那不勒斯王,所以在他离开那不勒斯的前夕,和妻子在街上散步时,有几个意大利人向他喊:"国王万岁!①"时,他含着感伤的微笑转脸对妻子说:"可怜的人们,他们不知道明天我就要离开他们了!"

虽然他坚信他是那不勒斯王,对那他即将与之离别的臣民的悲哀表示同情,但是最近,在他奉命又回军队之后,特别是在但泽见到拿破仑,他那至尊的舅子对他说了"我立你为王,是要你按照我的方式、而不是按照你的方式来统治"以后,他就快乐地干起他所熟悉的事了,像一匹养得上了膘、但还不太肥的马,感到它已经

---

① 原文为意大利语。

被套到车上,在车辕中间撒欢戏耍,并且打扮得尽可能华贵,于是欢欢喜喜,得意洋洋,沿着波兰国土上的道路奔跑起来,连它自己也不知道奔到何处和为什么这样奔跑。

他一看见俄国将军,就摆出国王的架子,威严地昂起鬈发的脑袋,疑问地看了看那个法国上校。上校毕恭毕敬地向国王陛下禀告了巴拉舍夫的使命,但是他说不好巴拉舍夫这个姓氏。

"德·巴尔–马歇夫!"国王说(用他的坚决果断克服了上校的困难),"同您认识非常愉快,将军。"他以王者屈尊赐恩的姿态又说。当这位国王开始很快地大声说话时,他那国王的尊严顿时消失得无影无踪,连他本人也不自觉地换成他那固有的天真和蔼的腔调。他把手放在巴拉舍夫坐骑的鬃毛上。

"您看怎么样,将军,一切都像是要打仗的样子。"他说,仿佛对他所不能判断的局势表示遗憾似的。

"陛下,敝国皇帝并不愿意打仗,陛下是知道的……"巴拉舍夫说,他一口一个"陛下",这个称号在那个被称谓的人听来是很新鲜的,但是用得太多,就不免装腔作势了。

缪拉听德·巴拉舍夫先生说话时,脸上露出洋洋得意的神情。但是,为王者,有其应尽的义务:他觉得作为一个国王和同盟者,必须和亚历山大的使者谈谈国家大事。他翻身下马,离开恭候他的随从几步,挽着巴拉舍夫的手臂,和他一起一边漫步,一边谈话,尽可能谈得有意义。他提到拿破仑对于要求从普鲁士撤兵一事很生气,特别是这个要求张扬出去,冒犯了法国尊严。巴拉舍夫说,这个要求毫无冒犯的地方,因为……缪拉打断了他的话:

"那么,您不认为亚历山大皇帝是战争的发动者吗?"他突然说,脸上带着天真、愚蠢的微笑。

巴拉舍夫说他为什么确实认为首先发动战争的是拿破仑。

"啊,亲爱的将军,"缪拉又打断他的话,"我衷心地希望两国的皇帝能够达成协议,使违反我的意愿的战争得以早日结束。"他说这话的腔调,用的是主子虽然争吵,而仆人仍然愿意友好的腔调。接着他把话题转到探问大公爵的情况,问起他的健康、回忆和他一起在那不勒斯度过的愉快而有趣的时光。然后,突然间,缪拉仿佛想起了他为王的身份,威严地挺起胸膛,摆出他行加冕礼时的姿态,挥动着右手说:"我不再耽搁您了,将军;祝您顺利地完成您的使命。"于是他招展着绣花红斗篷和白羽毛,闪耀着全身的珠光宝气,到恭候他的随从那儿去了。

巴拉舍夫骑马继续赶路,照缪拉所说,预计很快就会见到拿破仑本人。但事与愿违,在下一个村子,达乌步兵军团的哨兵像前沿阵地散兵线一样,拦住了巴拉舍夫,叫来一个军团长副官,把他领进村去见达乌元帅。

<h1 style="text-align:center">五</h1>

达乌是拿破仑手下的阿拉克切耶夫——他虽然不像阿拉克切耶夫那么胆小,然而他却同样是那么一丝不苟,那么残酷,同样是那么不靠残酷就无法表现自己的忠诚。

在国家机关中必须有这种人,正如自然界必须有狼一样,尽管这种人的存在和接近政府的首脑多么不合适,但是这种人常有,常出现,而且永远不倒。唯有这种必要性,才能解释为什么像阿拉克切耶夫这么一个残酷无情(他曾亲手扯掉掷弹兵的胡子)、神经衰弱得经受不住危险、没有教养、不是朝廷近臣的人,能够在性格有如骑士般高尚和温存的亚历山大手下保持那么大的权力。

巴拉舍夫在一家农民的棚屋里见到达乌元帅,他坐在木桶上写字(在查账)。那个副官在他身旁站着。本来可以找到较好的住处,但是,有一种人偏要置身在阴暗的角落里,这样他就可以有权摆出一副阴森森的面孔,达乌元帅就是这种人。因此,这种人总是匆匆忙忙,埋头苦干。"你瞧,在这间肮脏的棚屋里,我坐在木桶上工作,哪里谈得上人生的幸福啊。"他的脸上就是这么一副神气。这种人最大的乐趣和需要就是当他面对生气勃勃的事物时,他就越发阴沉而顽强地活动。巴拉舍夫被带进来,于是达乌享受这种乐趣的机会就来了。俄国将军进来时,他干得更起劲了,他透过眼镜瞅了瞅巴拉舍夫那张由于晴丽的晨光和同缪拉的谈话而变得容光焕发的面孔,他没有站起来,甚至连动也不动,他把眉头皱得更紧,凶恶地冷冷一笑。

达乌看出由于他这种接待,巴拉舍夫脸上露出不愉快的表情,他抬起头来,冷冷地问他要干什么。

巴拉舍夫以为,他所以受到这样的待遇,是因为达乌不知道他是亚历山大皇帝的高级侍从,而且是要见拿破仑皇帝的代表,巴拉舍夫赶忙通报了自己的官职和使命。与他的期望相反,达乌听了以后,变得更凶、更粗暴了。

"您的公文呢?"他说,"把它交给我,我来送呈皇帝。"

巴拉舍夫说,他奉命亲自呈交皇帝。

"您的皇帝的命令,只能在你们军队里执行,在这里,"达乌说,"叫您怎么办,您就得怎么办。"

为了加深俄国将军在暴力之下的感觉,达乌派副官去叫值班军官。

巴拉舍夫取出内封皇帝信件的公文,放到桌上(所谓桌子,是用两只木桶支起的一扇门板,上面还带着合页呢)。达乌拿起公文,读上面的字。

"您完全有权尊重我或不尊重我,"巴拉舍夫说,"但是提请您注意,我荣任皇帝陛下的高级侍从武官……"

达乌默默地看了他一眼,巴拉舍夫脸上露出的激动和局促不安的神色,显然使他心满意足。

"您就要受到应有的接待。"他说,把书信揣到衣袋里,走出棚屋。

过了一会儿,元帅的副官德·卡斯特列先生进来,把巴拉舍夫领到给他准备的住处。

这天巴拉舍夫就在棚屋里和元帅一起在架在木桶上的门板上进餐。

第二天一大早,达乌要外出,他把巴拉舍夫请来,庄严地对他说,他要他留在这里待命,随行李车同行,并且,除了跟德·卡斯特列先生外,不准跟任何人谈话。

在过了四天孤独、寂寞、怀着屈从于他人权势之下和卑微的感觉(特别是不久前还在声势烜赫的圈子里生活过,这种感觉更加敏锐)的生活之后,在跟随元帅的行李车和这个地区的法国占领军行进了几站路之后,巴拉舍夫被送到现在被法军占领的维尔纳,进了他四天前从那儿走出的城门。

第二天,皇帝的侍从杜仑伯爵来见巴拉舍夫,对他说,拿破仑皇帝愿意接见他。

四天前,也是这座巴拉舍夫被带进去的房子,门外站着普列奥布拉任斯基团的岗哨,而现在,却站着两名身穿敞襟蓝制服、头戴皮帽的掷弹兵,此外还有恭候拿破仑出来的一队骠骑兵和枪骑兵,一群服饰华美的侍从武官、少年侍从以及将军们,这些人都站在阶前拿破仑的坐骑和他的马木留克鲁斯坦①周围。拿破仑就在维尔纳那座亚历山大曾在那里派巴拉舍夫出使的宅邸接见他。

---

① 马木留克是埃及骑兵近卫军的称谓。鲁斯坦是拿破仑一七九八年从战败的埃及带回的一名骑兵做他的近卫军。

六

巴拉舍夫虽然对宫廷的排场司空见惯，但拿破仑行宫的豪华和奢侈仍然使他大吃一惊。

杜伦伯爵把他领到一间大接待室，那里等待着很多将军、宫廷侍从和波兰贵族，其中有很多人是巴拉舍夫在俄皇宫廷中见过的。杜罗克说，拿破仑皇帝在散步前将接见俄国将军。

等了几分钟，值班的侍从走进大接待室，彬彬有礼地向巴拉舍夫鞠躬，请他跟他来。

巴拉舍夫走进一间小接待室，室内有一道通书房的门，俄国皇帝就是在这间书房里派他出使的。巴拉舍夫站着等了两分钟。门里响起急促的脚步声。两扇门忽的一下敞开了，一时鸦雀无声，这时书房里响起另一种坚定果断的脚步声：这就是拿破仑。他刚刚穿好骑马的装束。他穿一身青灰色制服，敞着襟，露出垂到滚圆的肚皮上面的白背心，白麂皮裤紧箍着又肥又粗的大腿，脚蹬一双长筒靴。他那短发刚刚梳理过，但是有一绺头发垂到宽阔的脑门中间。从制服的黑领很显眼地露着白白胖胖的脖颈；他身上散发着香水味。在他那下巴颏突出、还显得年轻的胖脸上，摆出皇帝接待时既庄严又慈祥的表情。

他出来了，每走一步就猛颠一下，略微向后仰着头。他那宽厚的肩膀，不自觉的挺胸腆肚，发胖的短小身形，都显示一个保养很好的四十岁的人所具有的那种堂堂仪表和威严的气派。此外还看得出，那天他的心情极好。

作为答谢巴拉舍夫毕恭毕敬的深深鞠躬，他点了一下头，走到他面前，立刻就说起来，就像一个珍惜每分钟的人，不屑于打腹稿，相信他永远说得好，知道应当说什么。

"您好，将军！"他说，"您送来亚历山大皇帝的信，我接到了，见到您很高兴。"他那双大眼睛向巴拉舍夫的脸看了一眼，立刻就向别处望过去了。

显然，他对巴拉舍夫这个人毫无兴趣。看来，他只关心他心里所想的。他身外的一切，对于他没有什么意义，因为他觉得，世上的一切无不受他意志的支配。

"不论是现在还是过去，我都不喜欢战争，"他说，"但是，我是被迫诉诸战争的。就是现在（他加重这个字眼），我也准备接受你们能够给我的一切解释。"于是他简单明了地说明他对俄国政府不满的原因。

从法国皇帝说话声调的平静和友好判断，巴拉舍夫坚信他是希望和平的，是愿意谈判的。

"陛下，敝国皇帝……"当拿破仑把话说完，询问地看了看俄国使臣时，巴拉舍夫开始说他早已准备好的话，但是皇帝对他凝视的目光使他心慌。"您着慌啦——定定神吧。"拿破仑仿佛这样说，他含着一丝笑意望望巴拉舍夫的制服和帽子。巴拉舍夫恢复过来，又开始说话。他说，亚历山大皇帝不认为库拉金申请护照一事就是构成战争的充足理由，库拉金这样做是他独断专行，并未得到皇上的同意，亚历山大皇帝不希望战争，同英国也没有任何关系。

"还说没有。"拿破仑插了一句，好像怕自己发脾气，皱紧眉头，微微点了点头，示意巴拉舍夫可以说下去。

巴拉舍夫把奉命要说的话都说了，然后他又说："亚历山大皇帝希望和平，他可以同意谈判，不过得有一个条件，那就是……"巴拉舍夫说到这里犹豫起来：他想起亚历山大皇帝没有写进信里的那句话，但是他命令一定要把那句话插进给萨尔特科夫的上谕里面，并且叫巴拉舍夫转告拿破仑。巴拉舍夫记得那句话："只要有一个武装敌人留在俄国土地上，就决不讲和。"但是有一种复杂的心情箝住了他的嘴。他虽然想说这句话，但是说不出口。他犹疑了一下，说："条件就是法国军队必须撤到涅曼河以西。①"

拿破仑看出巴拉舍夫在说最后一句话时，神色不安；拿破仑的脸抽搐了一下，他左边的小腿肚有节奏地颤抖着。他在原地站着，开始用那比先前更高更急促的声音说起来。在他讲下面的话时，巴拉舍夫时时垂下眼来，不由得观察拿破仑的小腿肚颤抖，他的声音提得越高，抖得就越厉害。

"我希望和平并不亚于亚历山大皇帝，"他开始说，"我不是十八个月以来就致力于和平吗？我等待解释等了十八个月。为了能开始谈判，还要我做什么呢？"他一边皱着眉头说，一边用他那白胖的小手用力打着疑问的手势。

"把军队撤到涅曼河以西，陛下。"巴拉舍夫说。

"撤到涅曼河以西？"拿破仑重复一句。"那么，现在要撤到涅曼河以西——只要撤过涅曼河以西就行了吗？"拿破仑又重复说，朝巴拉舍夫看了一眼。

巴拉舍夫恭恭敬敬地低下头来。

四个月前要求退出波美拉尼亚省，而现在只要退到涅曼河以西就行了。拿破仑猛然转过身去，在屋里踱起步来。

"您说，为了开始谈判，要求我撤到涅曼河以西，正如两个月前要求我撤到奥德河和维斯杜拉河以西，你们就可以同意谈判。"

他默默地从一个屋角走到另一个屋角，然后又在巴拉舍夫面前站住了。他那表情严峻的面孔有如一尊石像，他的左腿比先前抖得更快了。拿破仑是知道他那左腿的颤抖的。"我的左小腿颤抖是一个伟大的征兆。"他后来曾说过。

---

① 一八一二年涅曼河是俄国和波兰的边界线。

"像撤过奥德河和维斯杜拉河之类的建议,可以向巴顿亲王提出,向我提出可不行,"拿破仑几乎大声尖叫起来,完全出乎他自己的意料,"即使你们给我彼得堡和莫斯科,我也不能接受这个条件。您说,是我挑起这场战争的吗？是谁先到军队去的？是亚历山大皇帝,不是我。你们现在向我建议举行谈判,当我花了数百万,当你们和英国联盟而且形势对你们不利——你们才要求和我谈判！你们和英国联盟是什么目的？它给了你们什么？"他匆匆地说,显然,他已经转了话题,不是谈媾和的好处,不讨论媾和的可能性,而是一味证明他怎么有理和有力量,证明亚历山大怎么无理和错误了。

他这段开场白的用意,显然是表明形势对他有利,并且表示,虽然如此,他仍然愿意举行谈判。但是他一说开了头,就越说越控制不住他的舌头了。

他现在所说的话的全部用意,无非是抬高自己,同时侮辱亚历山大,也就是做了他刚接见时所最不愿做的事情。

"听说你们和土耳其讲和啦?"

巴拉舍夫肯定地点了一下头。

"缔结了和约……"他开始说。但是拿破仑不让他说下去。看来他需要独白,就像娇纵惯了的人常有的那样,他克制不住暴躁的脾气,滔滔不绝地说个没完没了。

"是的,我知道你们没有得到摩尔达维亚和瓦拉几亚,就同土耳其缔结了和约。我本来可以给你们皇帝这两个省份的,就像我把芬兰给他那样。是的,"他继续说,"我曾经答应而且会把摩尔达维亚和瓦拉几亚给亚历山大皇帝的,可是现在他得不到这两个美丽的省份了。他本来可以把这两个省并入他的帝国版图的,仅仅在一个朝代,他就可以把俄罗斯从波的尼亚湾扩展到多瑙河口。就是叶卡捷琳娜大帝也不过如此。"拿破仑说,他越来情绪越激昂了,在屋里走来走去,把他在提尔西特对亚历山大本人说的话,几乎一字不差地又对巴拉舍夫说一遍。"他本来凭我的友谊可以得到这一切的。啊,多么美好的朝代,多么美好的朝代!"他重复了好几遍,然后站住了,从衣袋里掏出一个金质的鼻烟壶,用鼻子贪婪地吸起来。

"亚历山大皇帝的朝代本来可以是一个多么美好的朝代啊!"

他惋惜地看了看巴拉舍夫,巴拉舍夫刚要说话,他又急忙打断了他。

"凭我的友谊没有得到的东西,他还能指望得到它和寻求得到吗?……"拿破仑说,困惑地耸耸肩膀,"可是,不,他宁愿被一些我的敌人所包围,那都是些什么人呢?"他继续说,"像施泰因、阿姆菲尔德、贝尼格森、温岑格罗德之流的人物①,他都弄到身边。施泰因是一个被逐出祖国的叛徒;阿姆菲尔德是一个好色之徒和阴谋家;温岑格罗德是一个法国籍的亡命徒;贝尼格森比起别人来,有点像军人的样子,不过仍然是个草包,一八○七年他束手无策,他只能唤起亚历山大皇帝可怕的回忆②……假定他们中用,用他们倒也罢了,"拿破仑继续说,他的话几乎跟不上他那不断涌出来的、他觉得正确或者有力的思想(正确和有力,在他的理解中,是一回事),"他们不论是在战时还是在平时都不中用! 据说巴克雷最能干;可是,就他的初步活动来看,我不认为那样。他们在干什么,这些朝臣都在干什么啊! 普弗尔③提出建议,阿姆菲尔德争

---

① 施泰因(1757—1831),德国政治家,曾在普鲁士任职,因受拿破仑压迫,流亡波希米亚,一八一二年投入亚历山大反拿破仑联盟;阿姆菲尔德(1757—1814),瑞典名将,后流亡俄国,为亚历山大所用;贝尼格森(1745—1826),德国军人,一七七三年来俄国,因与法军作战有功,被封为伯爵;温岑格罗德(1770—1818),原为奥国人,后为亚历山大所用;以上四人均为得到亚历山大重用的外国人。
② 指一八○七年俄国对法战争时,贝尼格森在弗里德兰吃过败仗。
③ 普弗尔(1751—1826),德国军人,后加入俄国军队,曾制定一八一二年俄国反对拿破仑战争的早期计划。

论不休,贝尼格森来回研究,负有作战使命的巴克雷拿不定主意,一拖再拖。只有一个巴格拉季翁算是军人。他为人愚蠢,但是他有经验,有眼光,做事果断……你们年轻的君主在这群不成器的人们中间扮演什么角色呢? 他们破坏他的名誉,把一切责任都推到他身上。一个皇帝只有当他是一个军事家的时候,他才能参加军队。"他说,这句话显然是不客气地向一国之主挑衅。因为拿破仑知道亚历山大皇帝非常希望做一个军事家。

"战役已经开始一个星期了,你们连维尔纳都守不住。你们被切成两半,被赶出波兰各省。你们的军队怨声载道。"

"正相反,陛下,"巴拉舍夫说,他几乎来不及记住他讲的话,吃力地追随着这一连串排炮似的语句,"我军个个摩拳擦掌……"

"我全知道,"拿破仑打断了他的话,"我全知道,我知道你们各营的人数如同知道自己的一样。你们的军队不到二十万人,可是我的军队比你们多三倍;我对您说实话,"拿破仑说,他忘了他的实话不会有任何意义,"我对您说实话,我在维斯杜拉河这边有五十三万人。土耳其帮不了你们的忙! 他们是一堆废料,同你们讲和就是一个证明。瑞典人——他们注定要受疯狂的国王的统治。他们过去的国王是个疯子;他们废掉了他,换了一个叫柏尔纳道特①的,他立刻发了疯,因为作为瑞典人,只有疯子才跟俄国联盟。"拿破仑恶意地笑笑,又把鼻烟壶凑到鼻子跟前。

对于拿破仑的每句话,巴拉舍夫都想而且也有理由反驳;他不断做出要说话的姿势,但是拿破仑老打断他。巴拉舍夫不同意瑞典人疯狂,他想说,俄国支持瑞典,因为瑞典是一个孤岛;可是拿破仑怒吼一声,把他的声音压了下去。拿破仑一发脾气,就需要说

---

① 柏尔纳道特(1764—1844),出生于波兰,在法国军队当过兵,后来成为元帅。一八一〇年被选为瑞典王位继承人。一八一八年继位为查理十四。

话,说了又说,其目的无非是向他自己证明他是正确的。巴拉舍夫感到难堪,他作为一个使臣,害怕有失尊严,觉得必须反驳;但作为一个人,在拿破仑显然无缘无故气得发昏的情况下,他在精神上畏缩了。他知道,拿破仑现在说的每句话,都毫无意义,连他自己在头脑清醒的时候,想起来都觉得害羞。巴拉舍夫站在那儿垂下眼帘,瞅着拿破仑那两条不断活动着的粗腿,尽可能避开他的目光。

"你们的同盟于我有什么相干?"拿破仑说,"我有我的同盟——这就是波兰:他们有八万人,打起仗来勇猛得像狮子。他们就要有二十万人了。"

大概因为他说了这句明显的谎话,而且巴拉舍夫仍然带着那副屈从命运的神情站在他面前一言不发,惹得他更加气愤了,他猛然转过身来,走向前去,直朝着巴拉舍夫的脸,用他那雪白的两手用力而且迅速地比划着,几乎是大喊起来:

"告诉您说吧,如果你们挑动普鲁士反对我,告诉您说吧,我一定把它从欧洲地图上抹掉,"他说,他的脸煞白,由于愤恨变了样子,用一只小手使劲拍打另一只,"是的,我一定把你们赶过德维纳河,赶过德聂伯河,我一定恢复那个阻挡你们的障碍物①,欧洲让那个障碍物遭到破坏,那是欧洲的罪过和盲目。是的,这就是你们将来的命运,这就是你们疏远我而得到的报应。"他说,又在屋子里默默地来回走了几趟,肥胖的双肩抽搐着。他把鼻烟壶放到衣袋里,又掏出来举到鼻孔上闻了几次,然后在巴拉舍夫面前站住了。他沉默了一会儿,含着讥笑注视着巴拉舍夫的眼睛,低声说:"然而你们皇帝本来可以有一个多么美好的朝代啊!"

巴拉舍夫觉得必须予以反驳,他说,在俄国看来,情况并非那么灰暗。拿破仑不出声,还是带着讥笑望着他,显然没有听他说

---

① 障碍物指波兰。

话。巴拉舍夫说,俄国对战争很乐观。拿破仑宽宏大量地点了点头,仿佛说:"我知道,您这样说是您的责任,但是连您自己也不相信您的话,您被我说服了。"

在巴拉舍夫说完了话的时候,拿破仑又拿出鼻烟壶来闻了闻,同时用脚在地板上敲了两下,这是叫人的信号。门开了;一个侍从恭恭敬敬躬着腰递给皇上帽子和手套,另一个侍从递给他手绢。拿破仑看也不看他们,向巴拉舍夫转过身来。

"请代我向亚历山大皇帝保证,"他接过帽子说,"我一如既往地对他忠诚:我完全了解他,我高度评价他的崇高品质。我不多耽搁您了,将军,您就要接到我给你们皇帝的回信。"于是拿破仑向门口匆匆走去。接待室里的人们都跑过去,跟着下了楼梯。

七

在拿破仑同他谈了那些话以后,在发了一阵脾气和最后冷淡地说"我不多耽搁您了,将军,您就要接到我给你们皇帝的回信"以后,巴拉舍夫相信,拿破仑不惟不愿再见他,而且尽可能不碰见他这个受辱的使臣,主要因为他是有失体统和暴跳如雷的情景的目击者。但是令他惊奇的是,他竟然从杜伦那儿接到当天皇帝的宴请。

赴宴的还有贝歇尔、科兰库尔和贝蒂埃。

拿破仑对巴拉舍夫笑脸相迎,态度亲切。他不惟没有窘迫的表情,或者因为早晨的大发雷霆而内疚,反倒竭力鼓励巴拉舍夫。很显然,拿破仑早就相信,他根本不会有什么错误,在他的观念中,他所做的一切都是好的,其所以好,并不是因为它符合是非好坏的概念,而是因为那是他做的。

皇帝骑马游了一趟维尔纳城,心情很愉快,城里的人群欢欣若狂地迎送他。他所经过的街道，家家窗口都挂着毯子、旗帜、他的姓名的花字，波兰妇女们向他挥动手绢。

入席的时候，他让巴拉舍夫坐在他身旁，他待他不仅亲热，而且把巴拉舍夫当做同情他的计划而且为他的成功而高兴的他的朝臣。他在言谈之间提到莫斯科，于是他向巴拉舍夫打听俄国首都的情况，他不仅像一个旅行者出于求知欲问一个他要去的新地方，而且带着深信不疑的口气，认为作为一个俄国人的巴拉舍夫，一定会以他这种求知欲为荣。

"莫斯科有多少居民，有多少住宅？莫斯科称为圣莫斯科，是真的吗？莫斯科有多少教堂？"他问。

听到有二百多座教堂的回答后，他说：

"要这么多教堂干吗？"

"俄国人笃信上帝。"巴拉舍夫回答。

"然而大量的修道院和教堂从来就是人民落后的特征。"拿破仑说，他转脸看看科兰库尔，希望对这一见解予以赞赏。

巴拉舍夫恭恭敬敬地表示，对法国皇帝的意见不能赞同。

"每个国家都有自己的风俗习惯。"他说。

"但是，在欧洲却没有这类情况。"拿破仑说。

"请陛下原谅，"巴拉舍夫说，"除了俄国，还有西班牙也有许多教堂和修道院。"

巴拉舍夫这句暗示不久前法军在西班牙的败绩的回答，根据巴拉舍夫后来的讲述，在亚历山大宫廷里得到很高的评价，可是现在在拿破仑的宴席上却不大受赞赏，没引起什么反应就过去了。

从元帅们茫然不解的神情可以看出，他们对那句从巴拉舍夫的语气知道有所讽示的俏皮话究竟是何含意，都莫名其妙。"就算那是一句俏皮话，可是我们听不懂，也许它根本就无俏皮可言。"元帅们脸上的表情这样说。这个回答这么不被赏识，甚至拿破仑干脆不理会它，他天真地问巴拉舍夫，从这儿到莫斯科最近的路线要经过哪些城市。在整个吃饭时间都保持警惕的巴拉舍夫回答说：正像条条大路通罗马，条条大路也通莫斯科，有许多路，在各种不同的路中间，有一条查理十二选择的通到波尔塔瓦①的路，巴拉舍夫说，由于这句巧妙的回答，他不禁高兴得满脸通红。巴拉舍夫还没有说完最后"波尔塔瓦"这几个字，科兰库尔就谈起从彼得堡到莫斯科的道路怎样难走，回忆起他在彼得堡的情景。

饭后都到拿破仑书房里喝咖啡，四天前这儿是亚历山大皇帝的书房。拿破仑坐下来，抚摸着塞弗尔咖啡杯，让巴拉舍夫坐在他身旁的椅子上。

人们有一种尽人皆知的饭后心情，这种心情比任何合理的原因更能使人怡然自得，并且把所有的人都当做朋友。拿破仑正是怀着这样的心情。他觉得周围都是崇拜他的人。他相信巴拉舍夫吃过他的饭后也是他的朋友和崇拜者。拿破仑含着愉快的和有点讥讽的微笑对他转过脸来。

"听说这个房间是亚历山大皇帝住过的。真奇怪，是真的吗，将军？"他说，显然不怀疑他的话不能不使对方愉快，因为他的话证明他拿破仑比亚历山大高明。

巴拉舍夫无言以对，默默地低下头来。

"是的，在这间屋里，四天前温岑格罗德和施泰因开过会议，"拿破仑仍然含着讥讽的、自信的微笑继续说，"使我不能理解的是，亚历山大皇帝为什么要把我个人的敌人都弄到他身边。这一点……我不理解。难道他没想到我也可以照办吗？"他带着疑问的神情向巴拉舍夫转过脸来，显然，这个回忆又引起他那仍未消去的早晨的怒气。

---

① 一七〇九年彼得一世在波尔塔瓦打败瑞典国王查理十二。

"就让他知道我怎么办吧,"拿破仑说,他站起来,用手把咖啡杯推开,"我一定把他的亲属、符腾堡的、巴顿的、魏玛的亲属统统从德国赶走……是的,我一定把他们赶走。就让他在俄国为他们准备避难所吧!"

巴拉舍夫低下头,他那样子表示,他很想告辞,他在听人家对他说话,只不过不得不听罢了。拿破仑没有看出他的表情;他对巴拉舍夫说话,不像对一个敌国的使臣,而像对一个现在完全忠于他的,而且为故主受辱而欢喜的人说话似的。

"亚历山大皇帝为什么要担任军队的统帅?这有什么用?战争是我的职业,而他的本行是做皇帝,而不是指挥军队。为什么他要负起这个责任?"

拿破仑又取出鼻烟壶,默不作声地走了几趟,然后突然出人意外地走到巴拉舍夫跟前,含着一丝笑意,仍然是那么自信、迅速、单纯,仿佛他在做一个不惟重要的,而且使巴拉舍夫愉快的事情,他把手举到这位四十岁的俄国将军的脸上,揪住他的耳朵,轻轻地拉了拉,撇了撇嘴唇微微一笑。

在法国宫廷里,被皇帝揪耳朵被认为是莫大的光荣的恩宠。

"喂,您怎么不说话,亚历山大皇帝的崇拜者和朝臣?"他说,仿佛在他面前只能做他的崇拜者和朝臣,此外做任何别人的崇拜者和朝臣都是可笑的。

"给将军备好了马没有?"他又说,微微颔首以答谢巴拉舍夫的鞠躬。

"把我的那些马给他,他要走很远的路呢……"

巴拉舍夫带回的信是拿破仑给亚历山大皇帝最后的一封信。所有谈话的详情都向俄国皇帝转达了,于是战争开始了。

八

安德烈公爵在莫斯科和皮埃尔见面后,他对他家里的人说他因事去彼得堡,而实际上他是希望在那儿碰见阿纳托利·库拉金公爵,他认为必须碰见他。到彼得堡后,他得知库拉金已经不在那儿。皮埃尔事先通知他的内兄说,安德烈公爵在找他。阿纳托利立即从陆军大臣那儿得到委任,于是到摩尔达维亚部队里去了。这时安德烈公爵在彼得堡见到一向对他有好感的老上司库图佐夫将军,库图佐夫将军建议安德烈公爵和他一起去摩尔达维亚部队,老将军已经被任命担任那儿的总司令。安德烈公爵接到在总司令部供职的任命以后,就到土耳其去了。

安德烈公爵认为给库拉金写信要求决斗是不适当的。在没有要求决斗的新的理由情况下,安德烈公爵认为由他首先挑战,是有损罗斯托娃伯爵小姐的名誉的,因此他寻找机会和库拉金见面,以便找一个决斗的新借口。但是在土耳其军队里他也没有碰见库拉金,他在安德烈公爵到后不久就回俄国去了。在一个新国家和新环境里,安德烈公爵心情比较轻松。自从未婚妻变心以后(他越是掩饰这件事对他的影响,这件事对他的影响就越强烈),过去他感到幸福的那些生活条件,现在反倒使他痛苦,先前他所极为珍贵的自由和独立,现在使他觉得更难过。他不但不再去想先前那些思绪——就是在奥斯特利茨战场上仰望天空时初次产生的、他喜欢对皮埃尔谈论的、在博古恰罗沃以及后来的瑞士和罗马使他那孤身独处的生活得到充实的那些思绪;而现在甚至害怕回忆那些向他启示无限光明前景的思绪。他现在只关心与过去无关的眼前实际的问题,他越热衷眼前的问题,过去就离他越远。仿佛过去悬在他头上那个无限遥远的苍穹,突然变为低矮、有限、压着他的拱顶,那里面一切都很明了,并没有什么永恒和神秘的东西。

在他所想到的工作中,他觉得在军队里服务最简单也最熟悉。他在库图佐夫司令部值班的时候,他对工作的执著和勤恳,使库图佐夫吃惊。在土耳其没有找到库拉金,安德烈公爵认为没有必要又回到俄国追踪他;不过他知道,不论时间过了多么长久,只要一遇见库拉金,他就不能不向他挑战,就像一个饥饿的人不能不向食物扑过去一样,虽然他非常鄙视他,虽然他给自己找出千百条理由都使他觉得他不值得降低身份同他发生冲突。但是一想到耻辱未雪,心头之恨未得发泄,他那人为的安宁——也就是他在土耳其给自己安排的劳碌的、多少出于野心和虚荣的活动,就受到干扰。

一八一二年,同拿破仑开仗的消息传到布加勒斯特后(库图佐夫在那儿已经住了两个月,日夜和一个瓦拉几亚女人厮混),安德烈公爵请求库图佐夫把他调到西线方面军。库图佐夫对博尔孔斯基以其勤奋来责备他的懒散,早已感到厌烦了,很乐意把他打发走,就让他到巴克雷·德·托利那儿去执行任务。

在未到达驻在德里萨军营的军队之前,安德烈公爵顺路到童山去一趟,童山离他所走的斯摩棱斯克大路只有三俄里。最近三年来,安德烈公爵的生活变化很大,他思考的很多,感受的很多,见到的很多(他走遍了西方和东方),可是当他到达童山的时候,这儿的一切,连最细小的地方,都依然如故,生活方式也依然如故,不禁使他觉得奇怪和出乎意外。当他驱车驰进林荫道,经过童山住宅的石头大门时,好像进入一座因受魔法而沉睡的古堡似的。这所宅第仍然是那样庄严,那样清洁,那样寂静,仍然是那些家具,那些墙壁,那些音响,那些气味以及那些只不过有点见老的怯怯的面孔。玛丽亚公爵小姐仍然是那样小心谨慎、样子不漂亮、上了岁数的姑娘,她永远在惊悸和痛苦中、在毫无益处和郁郁寡欢中度过最好的年华。布里安仍然是那样尽情享受她的生命的每一瞬息,满怀喜悦,自鸣得意,卖弄风情的姑娘。安德烈公爵觉得,她不过变得更自信罢了。他从瑞士带回来的那个教师德萨尔,虽然穿着一身俄罗斯式的常礼服,操着一口半通不通的俄语和仆人说话,但是仍然是一个天资有限、有学识和有德行的学究先生。老公爵在身体上唯一的变化是在一边嘴里缺了一颗牙齿;他仍然是那副老脾气,只不过对外界发生的事容易激怒,更多疑罢了。只有尼古卢什卡长高了,样子变了,面颊红扑扑的,满头乌黑的鬈发,高兴和大笑的时候,他那好看的小嘴上唇不自觉地翘起来,跟故去的小公爵夫人完全一样。只有他不服从这座因受魔法陷入酣睡的古堡里一成不变的法则。虽然表面一切都照旧,但是,自从安德烈公爵离开这儿后,这些人的内部关系变了。家庭的成员分成两个互相视若路人和互相敌视的阵营,现在只不过看在他的面上,才改变了平时的生活方式,大家当着他面聚在一起。老公爵、布里安小姐、建筑师属于一个阵营,属于另一个阵营的是玛丽亚公爵小姐、德萨尔、尼古卢什卡以及所有的保姆和乳母。

他在童山期间,家里所有的人都在一起吃饭,但是所有的人都感到局促不安,安德烈公爵觉得他是客人,为了他,大家才有这样的例外,有他在场,大家都很拘束。第一天吃饭的时候,安德烈公爵就不由得感到这一点,于是沉默了,老公爵看出他的神色不自然,也阴沉着脸子默不作声,一吃完饭就回自己房间去了。晚上,安德烈公爵去见他,极力使他提起精神,给他讲起小伯爵卡缅斯基的远征,可是老公爵出乎意外地和他谈起玛丽亚公爵小姐,责备她迷信,说她不爱布里安小姐,他说,真正忠于他的只有布里安小姐一个人。

老公爵说,如果他得了病,那都怪玛丽亚公爵小姐;她有意折磨他,惹他生气;由于她的溺爱和蠢话,使尼古拉小公爵学坏了。老公爵很清楚,是他折磨自己的女儿,她的生活很苦,但是他也知道他不能不折磨她,她活该如此。"为什么安德烈公爵看到了这一点,而绝口不谈他的妹妹?"老公爵在想,"他是不是觉得我是坏人或者是老糊涂了,无缘无故地疏远自己的女儿而亲近一个法国女人?他不理解,所以要向他解释,要让他好好听一听。"老公爵这样想。于是他开始解释他为什么不能容忍女儿的愚蠢的性格。

"如果您问我,"安德烈公爵眼睛不望着父亲,说(这是他生平第一次责难父亲),"我本来不愿意说;可是如果您问我的话,那么我就把我对这一切的意见坦白地告诉您。如果说您和玛莎之间有误会和不和的话,那么我无论如何不能怪她,因为我知道她是非常敬爱您的。如果您问我,"安德烈公爵暴躁地说,他近来总是容易暴躁,"我能够说的只有一点:如果有误会的话,那么,其根源全在那个微不足道的女人,这个人不配当我妹妹的陪伴。"

老头子起先定睛望着儿子,咧着嘴不自然地微笑,露出安德烈公爵还没有看惯的牙齿中间的新豁口。

"什么陪伴?亲爱的?嗯?你们已经谈过了!嗯?"

"爸爸,我不愿做一个审判官,"安德烈公爵说,声调恼怒而且生硬,"但是,是您先向我挑战,我说过,而且还要说,玛丽亚公爵小姐没有错,而有过错的是那些……都是那个法国女人的过错……"

"唔,判罪啦……判我的罪啦!"老人低声说,安德烈公爵觉得他的声音有点窘,但是,接着他忽然跳起来,大叫道:"给我滚,给我滚!连你的影子也别让我看见!……"

安德烈公爵想立即离开家,但是玛丽亚公爵小姐劝他再留一天。这一天安德烈公爵没有和父亲见面,老头子没出来,除了布里安小姐和吉洪,不让任何人进他的房门,他问了好几次,他儿子走了没有。第二天临行前,安德烈公爵到他儿子的房间。那个健壮的、像母亲一样生着鬈发的小孩坐在他的膝盖上。安德烈公爵给他讲蓝胡子的故事,可是没有讲完,他沉思起来。他想的不是这个抱在膝头上的好看的小儿子,他是在想自己。他怀着恐惧的内心寻找而没有找到那因惹父亲生气而后悔的心情,也没有找到因和他生平第一次吵嘴的父亲离别而惋惜的心情。最主要的,他对儿子表示亲热,把他抱在膝头,希望唤起内心对他的柔情,但他觉得,他怎么也找不到往日对儿子的柔情了。

"讲呀。"儿子说。安德烈公爵没有回答他,把他从膝上抱下来,走出房去。

安德烈公爵只要一丢开他日常的工作,特别是一回到他曾经幸福地生活过的那个往日的环境,愁闷就像先前那样强烈地袭击他,于是他就赶快避开那些回忆,找点事情做做。

"你非走不可吗,安德烈?"妹妹对他说。

"谢谢上帝,我可以走开了,"安德烈公爵说,"我很可惜你走不了。"

"你干吗这样说!"玛丽亚公爵小姐说,"现在你去参加可怕的战争,他又这么衰老,你怎么说出这样的话!布里安小姐说,他老问你呢……"她刚一开口说这话,她的嘴唇就发颤了,眼泪簌簌地落下来。安德烈公爵转过身去,开始在室内来回踱步。

"啊,我的上帝!我的上帝!"他说,"你会想不到,一件东西和一个什么人,不管多么微不足道,都可以使人招致不幸!"他说,他那愤怒的口气使玛丽亚公爵小姐吃惊。

她了解,他所谓微不足道的人,指的不仅是使他不幸的布里安小姐,而且是指那个毁掉他的幸福的人。

"安德烈,我只求你一件事,我恳求你,"她说,碰了碰他的臂肘,用饱含泪水的明亮的眼睛望着他,"我了解你(玛丽亚公爵小姐垂下眼睛)。不要以为不幸是人造成的。人是上帝的工具。"她向安德烈公爵的头顶上方略高的地方注视了一下,她那眼光带着在看圣像时所习惯了的信赖神情,"不幸是上帝赐给的,不是人造成的。人是他的工具,他们是没有罪的。如果你觉得谁得罪了你,那么你就忘掉吧,宽恕吧。我们没有权利去惩罚。你会了解宽恕的幸福的。"

"如果我是女人,我一定会那样做,玛丽亚,那是女人的品德。但是男人不应该忘记和宽恕。"他说,虽然此刻他没想到库拉金,可是没有发泄的怒火突然在心中燃烧起来。"如果玛丽亚公爵小姐已经劝我宽恕,那就是说,我早就应该惩罚了。"他想。他不再回答玛丽亚公爵小姐,这时他开始想他在遇见库拉金时(他知道库拉金目前在军队里)那痛快的、复仇的时刻。

玛丽亚公爵小姐恳求哥哥多留一天,她说,如果安德烈没有和父亲和解就离开,那会使父亲伤心的;可是安德烈公爵回答说,大概他不久就从军队回来,他一定给父亲写信,现在在家住得越久,关系也就会更加恶化。

"再见,安德烈!记着,不幸都是来自上帝,人们是永远无辜的。"这是他向妹妹告别时听到妹妹最后的几句话。

"是啊,事情也只得这样!"安德烈公爵驱车走出童山住宅的林荫道时,想道,"她这个可怜的无辜的人,只好受昏聩的老头子的折磨吧。老头子知道自己不对,但是改不了。我的孩子在成长,享受生之欢乐,他将来在生活中也和每个人一样,不是被骗就是骗人。我到军队里去,为什么?——连我自己也不知道,我希望碰到那个我所鄙视的人,给他一个打死我和嘲笑我的机会!"生活条件依旧不变,但过去它们是和谐一致的,而如今一切都破碎了。一些没有联系的、毫无意义的现象,一个跟着一个在安德烈公爵的想象中出现。

九

六月底,安德烈公爵来到总司令部。皇帝所在的第一军在德里萨设了防御工事;第二军在撤退,日夜兼程与第一军会师,据说,它和第一军被数量巨大的法军切断了。人人都不满意俄国军队的军事情势;但是谁也没有想到有入侵俄国各省的危险,谁也没估计到战争会远远超过西部波兰各省。

安德烈公爵在德里萨河岸找到他受命到其部下任职的巴克雷·德·托利。因为营盘附近没有大的村镇,大批的将军和随军的宫廷大臣都安顿在河两岸方圆十俄里的村子里最好的宅院里。巴克雷·德·托利住在离皇帝四俄里的地方。他板着面孔很客气地接待博尔孔斯基,他操着德语的口音说,他将奏明皇上再确定他的职务,暂时请他留在他的司令部。安德烈公爵希望在军队里找到阿纳托利·库拉金,但是他不在这儿,这个消息使博尔孔斯基很愉快。目前安德烈公爵最关心的是正在发生的大规模的战争,他很高兴能有一段时间不再为库拉金的问题而分心。在头四天,没有派安德烈公爵什么任务,他骑着马巡视每一个设防的营地,他依靠自己的知识和同知情人的谈话,尽可能对每个营地有一个确切的概念。但是每个营地的防御工事是否有利,对于安德烈公爵仍然是一个没有解决的问题。根据自己的军事经验,他已经得出一个信念,在战争中,最深思熟虑的周密计划并没有任何意义(正如他在奥斯特利茨战役中见到的),问题全在于如何处理突然的、预见不到的敌人的行动,还在于如何和由谁来指挥整个战役。为了弄清楚后面这个问题,安德烈公爵利用他的地位和熟人,极力深入了解军队的指挥以及参加指挥人员和派别的情况,于是他对形势得出如下的概念。

皇帝还在维尔纳的时候,军队就分成三个军:第一军由巴克雷·德·托利统率,第二军由巴格拉季翁统率,第三军由托尔马索夫统率。皇帝驻在第一军,但并不是以总司令的名义。据通令声称,皇帝不指挥军队,皇帝只是驻在军队。此外,也没有御前总指挥参谋部,只有一个皇帝行辕参谋部。跟随他的是皇帝行辕参谋长——掌管军需的将军博尔孔斯基公爵,还有其他几名将军和侍从武官、外交官以及一大批外国人,但这不是军队的参谋部。此外,在皇帝跟前没有职务的还有:阿拉克切耶夫——前陆军大臣,贝尼格森伯爵——级别是大将,皇太子康士坦丁·帕夫洛维奇大公,鲁缅采夫——首相,施泰因——前普鲁士大臣,阿姆菲尔德——瑞典将军,普弗尔——作战计划主要起草人,侍从武官长保罗西——撒丁亡命者,沃尔佐根以及其他许多人。虽然这些人没有军职,但由于他们所处的地位却有不容忽视的影响,往往一个军团长或者甚至总司令不知道贝尼格森,或者大公,或者阿拉克切耶夫,或者博尔孔斯基是以什么身份向他们问话或者给予某种忠告,也不知道那种以忠告的形式提出的指示是出自他本人还是出自皇帝,也不知道是否应当执行。但这不过是表面的情况,皇帝和所有这些人在场的实质意义,从宫廷侍臣的观点看(皇帝在场,所有的人都成为宫廷侍臣),是人人都明白的。那意义就是:皇帝没有担任总司令的名义,但是他号令全军;他左右的人都是他的助手。阿拉克切耶夫是忠实的执行人和监督,是皇帝的侍卫;贝尼格森是维尔纳省的地主,他好像尽地主之谊接待皇帝,而实际是一个优秀的将军,能够出谋划策,而且可以随时代替巴克雷。大公在那儿是因为他乐意待在那儿。施泰因在那儿是因为他也能献计,还因为亚历山大皇帝对他的人品有很高的评价。阿姆菲尔德是拿破仑的死敌,而且是一位极为自信的将军,相信他经常能影响亚历山大。保罗西在那儿是因为他敢于说话而且果断。侍从武官长在那儿是因为他们到处总是跟随着皇帝的,最后,也是最主要的,普弗尔在那儿是因为他拟定了反对拿破仑的作战计划,并且使亚历山大相信这个计划是适当的,因此他在掌管全部的军事。和普弗尔一道的有一个沃尔佐根,他比普弗尔本人能用更明了易懂的方式表达普弗尔的思想:普弗尔是一个尖刻的、自信到目空一切的、书本上的理论家。

除了上述那些俄国人和外国人外(特别是外国人,他们都具有在异国活动的人们所特有的大胆,每天都提出新的惊人的想法),还有许多次要人物,他们随军是因为那儿有他们的老上司。

从这个庞大、忙碌、辉煌、骄傲的集团里所有的意见和议论中间,安德烈公爵看出比较明显的划分为以下的倾向和派别。

第一派是普弗尔及其追随者,一些军事理论家,他们相信有一门军事科学,这种科学有其不变的法则,如运动战、迂回战等等法则。普弗尔及其追随者要求退到腹地,按照伪军事理论所规定的精确法则,对这种理论的任何偏离,都只能被视为野蛮、不学无术或者别有用心。属于这一派的有德国亲王们,沃尔佐根、温岑格罗德以及其他人,多半都是德国人。

第二派与第一派相反。正如常有的情形,有一种极端的代表就会有另一种极端的代表。这派人在维尔纳的时候就要求攻入波兰,要求不受任何预定计划的约束。这一派的代表除了是大胆行动的代表以外,还是民族主义的代表,因此在辩论中变得更偏激了。他们都是俄罗斯人:巴格拉季翁,刚提高声望的叶尔莫洛夫和别的人。当时有一则广为流传的关于叶尔莫洛夫的笑话,说他曾经请求皇上恩典——封他为德国人。这派人缅怀苏沃洛夫,他们说不应当老在考虑,在地图上插针,而应当战斗,打击敌人,御敌于国门之外,不要挫折士气。

最得皇上信任的第三派,是那些调和于两派之间的宫廷侍臣们。这一派大多数不是军人，阿拉克切耶夫就属于这一派，他们所想所说，都是一些没有什么一定信念而又装作有信念的普通人所说所想的。他们说，毫无疑问，战争，特别是同波拿巴（又叫他波拿巴了）这样的天才作战，要求最深思熟虑的计划和渊博的科学知识，在这方面普弗尔是一个英才；但是同时不能不承认，理论家往往有其片面性，所以不要完全信任他们，要听一听普弗尔的反对派的意见，还要听听在军事上有实战经验的人们的意见，然后将这一切加以折中。这一派主张按照普弗尔的方案保住德里萨营地，但要改变其他各军的行动路线。虽然这样的改变达不到任何目的，但是这一派却觉得这样会好些。

第四派最著名的代表是大公皇太子，这位皇太子最难忘怀的是他在奥斯特利茨战役所体验的失望，当时他头戴钢盔，身穿骑兵制服，好像去阅兵似的骑着马走在近卫军前头，实指望干净利落地打垮法军，但出乎意外地陷入第一线，好费劲才从乱军中逃了出来。这一派在发表意见时具有坦率的优点和缺点。他们怕拿破仑，领教过他的力量，也认识自己的弱点，他们直率地说出这一点。他们说："除了悲哀、耻辱和毁灭之外，什么结果也得不到！我们放弃了维尔纳，放弃了维捷布斯克，我们还要放弃德里萨。唯一聪明的办法就是趁我们还没有被赶出彼得堡，尽快缔结和约！"

这个观点在军界上层很普遍，在彼得堡和内阁也得到支持，内阁首相鲁缅采夫为了别的政治原因也赞成和平。

第五派是巴克莱·德·托利的忠实信徒，他们与其说把巴克莱看做一个人，不如说把他看做陆军大臣和总司令。他们说："不管他是什么吧（他们总是这样开始说），但是他是一个正直的、精明强干的人，没有比他更好的人了。把实权交给他吧，因为打仗不可能没有统一的指挥，他会叫人知道他能够做什么，就像他在芬兰所表现的那样。如果说，我们的军队秩序井然，精力充沛，未遭受任何损失就撤到德里萨，那完全归功于巴克莱。如果现在用贝尼格森代替巴克莱，那一切都完了，因为贝尼格森在一八〇七年就看出他是一个碌碌无能之辈了。"这一派说。

第六派——贝尼格森派却恰恰相反，这一派说，不管怎么说，再没有比贝尼格森更能干、更有经验的人了，不管你怎么折腾，最后还是要请教他。这一派证明说，我们退到德里萨，是最可耻的失败，是接二连三的错误。他们说："错误犯得越多越好：至少可以快点使大家明白，这样下去是不行的。我们需要的不是什么巴克莱，而是像贝尼格森这样的人，他在一八〇七年已经显过身手，拿破仑本人曾给过他公允的评价，能够使人心悦诚服地承认权威的人，只有贝尼格森独一个。"

属于第七派的都是皇帝身边的人物——不论哪个皇帝身边总围着一些人，特别是在那些年轻皇帝身边，而在亚历山大皇帝身边就尤其多了；他们是一些将军和侍从武官，他们热情地忠于皇上，像罗斯托夫在一八〇五年那样，不是把他当做皇帝，而是作为一个人，衷心地、无私地崇拜他，他们在他身上不仅看出一切美德，而且看出人类所有的一切优秀品质。这些人虽然钦佩皇帝拒绝统率军队的谦虚态度，但是不同意这种过分的谦虚，他们只希望而且坚持认为，他们所崇拜的君主放弃对自己过分不信任的态度，公开宣布做军队的统帅，下面成立一个总指挥大本营，亲自指挥军队，必要时可以向有经验的理论家和实干家咨询，这样就可以极大地鼓舞军心。

第八派人数最多，其数量之大与其他各派相比，相当九十九对一。这一派既不赞成和平，也不赞成战争，既不赞成进攻，也不赞成在德里萨和在任何地方设防，既不支持巴克莱、皇帝、普弗尔，也不支持贝尼格森，他们只谋求一件事，一件最重要的事：为自己谋求最大的利益和欢乐。在皇帝的行辕里，满布着盘根错节、扑朔迷离的阴谋诡计,在这一潭浑水里,可以捞到在别的时候意想不到的好处。有人只是怕失掉既得的有利地位,于是今日同意普弗尔,明天又同意反对普弗尔的人,后天又宣称他对某个问题毫无意见,为的是只要能逃避责任和讨好皇帝就行。还有人为了捞取好处,让皇帝注意自己,于是大喊大叫,拥护皇帝前一天暗示过的某一件事,在会议上争论和喊叫,捶胸顿足,向不同意的人要求决斗,表示他准备为公共利益而牺牲。还有第三种人,在两次会议的中间,当反对派不在场的时候,直截了当地乞求给他一次津贴,以报答他的忠实服务,他知道这时不会有人拒绝他。第四种人千方百计地让皇帝看见他在埋头苦干。第五种人为了一偿久已梦寐以求的宿愿——陪皇帝吃饭,拼命地证明某种刚出现的意见的正确或错误,举出或多或少有点正确和力量的论据。

这一派人人都在追求卢布、勋章和官爵,为此他们紧盯着皇恩风向标,一见风向标指向某一方向,就一窝蜂地向那个方向刮风,这样就使得皇帝更难于把风向标扭到别的方向。在这动荡不定的局面中,在这使得一切都处在特别惊恐不安的严重危险的威胁下,在这阴谋、虚荣、冲突、各种观点和感情的漩涡中,加上这些人的种族不同,这人数最多的、专谋私利的第八派,给共同的事业增添了极大的混乱。不论发生什么问题,这一窝蜂在前一个问题上还没嗡嗡完,又飞向那个新问题,用他们的嗡嗡之声压倒和湮没那些真诚的辩论声音。

正当安德烈公爵来到军队的时候,在这八派之中,又形成一派,第九派,这一派开始提高自己的声音。这一派是一些年事已高、通情达理、有政治经验和干练的人,他们不赞同各种互相矛盾的意见中任何一种,对大本营发生的一切冷眼旁观,设法摆脱目前这种方向不明、意志不坚、混乱一团和软弱无力的境况。

这一派人都在说也在想,一切坏事主要都来自在军队里进驻皇帝及其军事人员;各种关系的不明确,互相牵制,左右摇摆,都带到军队里了,这在宫廷里还可以,在军队里则有害;皇帝应当治理国家,不应当统率军队;摆脱这种境况的唯一出路就是皇帝及其随行人员离开军队;单是皇帝在场,为了保护他个人的安全,就使五万军队瘫痪;一个最坏的、然而独立自主的总司令,也比一个最好的、然而因受皇帝在场及其权威的影响而束手束脚的总司令要好得多。

当安德烈公爵在德里萨闲住的时候,内阁大臣希什科夫——上述那派主要代表之一,给皇帝写了一封信,巴拉舍夫和阿拉克切耶夫也同意在信上签名。他利用皇帝准许他议论大局之便,借口皇帝必须鼓舞首都人民的战斗精神,恭请皇帝离开军队。

由皇帝亲自鼓舞民众和号召民众保卫祖国(而这要看皇帝是否亲临莫斯科)——这正是俄国胜利的主要原因,为了给皇帝离开军队找个借口,提出的这个建议,被皇帝接受了。

十

这封信还没有呈交皇帝的时候,一天在吃饭时,巴克雷转告博尔孔斯基说,皇帝要亲自召见安德烈公爵,向他垂询有关土耳其的情况,当天下午六时安德烈公爵来到贝尼格森的寓所。

这一天皇帝行辕接到一件可能危及我军的拿破仑的新的行动的消息,后来证明这个消息不确。这天早晨,米绍上校陪同皇帝视察德里萨工事,他向皇帝证明说,普弗尔所构筑的这个防御阵地,被认为是空前的战术杰作,它可以致拿破仑于死地,其实,这个阵地毫无意义,是俄国军队的坟墓。

安德烈公爵来到贝尼格森将军的寓所。寓所坐落在河岸上的地主的大住宅。贝尼格森和皇帝都没有在那儿;皇帝的侍从武官长切尔内绍夫接待博尔孔斯基,对他说,皇帝带领贝尼格森和保罗西今天第二次视察德里萨阵地工事,对阵地工事是否适用开始引起极大的怀疑。

　　切尔内绍夫在一进门的房间里,坐在窗口看法国小说。这个房间从前大概是个大厅;屋里还有一架风琴,风琴上堆着一些地毯,墙角放着贝尼格森的副官的行军床。这个副官就坐在那儿。他显然被宴会或者事务弄得筋疲力尽,坐在卷起的铺盖上打瞌睡。厅里有两道门:一道门通原先的客厅,右首的门通书房。从第一道门里传来用德语,有时用法语的谈话声。在那原先的客厅里,遵照皇帝的意思召集一次非军事的会议(皇帝喜欢含含糊糊),出席会议的,只是一些由于目前的困境皇帝想知道他们的意见的人。这不是军事会议,好像是为皇帝个人阐明某些问题而召开的特邀会议。被邀请出席这次非正式会议的有:瑞典将军阿姆菲尔德,侍从武官沃尔佐根,温岑格罗德——就是拿破仑称之为法国逃亡者的那个人,米绍,托尔[①],完全不是军人的施泰因伯爵,最后是普弗尔本人,安德烈公爵听说,他是一切事情的主脑。因为安德烈公爵到后不久普弗尔才,向客厅走过去的时候,曾停下来和切尔内绍夫谈了一会儿,所以安德烈公爵趁机细细打量了他一番。

　　普弗尔穿一件剪裁很差的俄罗斯式的将军服,他像化装游行的人似的,把一件不合身的衣裳裹在身上,乍一看,安德烈公爵觉得面熟,其实他从未见过他。在他身上具有魏罗特尔、马克、施米特以及其他许多安德烈公爵在一八○五年见过的德国军事理论家所具有的特点;但是他比他们所有的人都更典型。像这么一位集上述那些德国人的特点于一身的德国军事理论家,安德烈公爵还从未见过。

---

　　① 　卡尔·费奥多罗维奇·托尔(1777—1842),俄国军事活动家,步兵将军。

普弗尔个子不高,很瘦,但是骨架大,体格粗壮,臀部宽阔,肩胛骨有棱有角。他满脸皱纹,眼窝深陷。他额前鬓角的头发虽然匆忙地梳过,可是脑后的头发一撮撮地翘起,显得很可笑。他走进房间,心神不安地愤愤地东张西望,好像他对他走进去的那间房里的一切,都觉得可怕似的。他笨手笨脚地扶着佩刀,和切尔内绍夫说话,用德语问他皇帝在哪儿。看样子,他想尽快穿过房间,结束行礼和问候,在地图前面坐下来着手工作,他才觉得舒服。他听了切尔内绍夫说皇帝去视察他普弗尔亲自按照他自己的理论构筑的工事,他匆匆地点点头,带着讽刺的意味笑笑。他自言自语嘟囔了一句,那声音就像所有自信的德国人一样,低沉而且急促。他好像在说:愚蠢①……或者:整个事情都要完蛋②……或者:哼,有好戏看啦。③安德烈公爵听不清他说话,想走过去,可是切尔内绍夫把他介绍给普弗尔,并且说,安德烈公爵从土耳其刚回来,那儿的战事幸运地结束了。普弗尔向安德烈公爵瞟了一眼,与其说是看他,不如说只是目光扫过他看别处,然后大笑说:"对啦,那一仗准是战术运用得正确。④"他轻蔑地笑笑,就向那传出说话声的房间走去了。

普弗尔本来容易发脾气挖苦人,现在竟有人背着他视察他的阵地而且妄加指责,显然惹得他格外恼火。安德烈公爵从这次和普弗尔短暂的会见,再靠他对奥斯特利茨战役的回忆,给这位将军勾画出一幅鲜明的画像。普弗尔是那些自信到不可救药、一成不变、宁愿殉道的人们中间的一个,这种人只能是德国人,因为只有德国人根据一种抽象观念——科学,也就是根据臆想的完美无缺的真理的知识,才有这样的自信。法国人之所以自信因为他认为他本人不论在智力还是在肉体,不论对男人还是对女人,都有一种

_____

①②③④　原文为德语。

不可抗拒的迷人力量。英国人很自信，其理由是他是世界上组织最完善的国家的公民，再者，一个英国人永远知道他应当做什么，而且知道他作为一个英国人所做的一切都毫无异议地正确。意大利人之所以自信，因为他总是激昂慷慨，容易忘掉自己和别人。俄国人自信是因为他什么都不知道，也不愿意知道，因为他不相信有什么东西是可以完全知道的。德国人那种自信比哪一种都坏，比哪一种都顽固，比哪一种都可厌，因为德国人想象他知道真理，科学，其实那真理是他杜撰的，然而他认为那是绝对的真理。普弗尔显然就是这样的人。他有他的科学——他从腓特烈大帝战争史得出的迂回运动论，他所看到的现代战争史中的种种事例，他觉得那些都是毫无意义、野蛮、杂乱无章的冲突，作战的双方都犯了无数的错误，以致那些战争都不能称之为战争：它们不符合理论，不能作为研究的对象。

一八〇六年，普弗尔是在耶拿和奥尔施泰特两地结束战斗的那场战争的计划拟定人之一；但是他从那场战争的结局中一点也没看出他的理论的错误。相反，在他看来，没有照他的理论去做，是失败的唯一原因。他以其特有的幸灾乐祸的讽刺口吻说："我早就说过，整个事情都要完蛋。[1]"普弗尔属于那种理论家，他们太爱自己的理论，甚至忘了理论的目的是在实际中应用；他们由于爱理论而憎恨一切实际，连知道都不愿知道它。他甚至为失败而高兴，因为实际背离了理论，才招致失败，这对于他只能证明他的理论的正确性。

他和安德烈公爵及切尔内绍夫说了几句有关当前战争的话，当时他那神情仿佛说，我早就知道一切都要弄糟的，他甚至对这有点得意。他那脑后未曾梳理的一撮撮翘起的头发和匆匆梳过的鬓

---

① 原文为德语。

角都说明了这点。

他走进另一个房间，立刻从那儿传出他那低沉而愤慨的声音。

<h1 style="text-align:center">十一</h1>

安德烈公爵还未来得及用目光把普弗尔送走，贝尼格森就匆匆地走进来，向博尔孔斯基点点头，脚不停步地给他的副官一些指示，就进书房去了。皇帝还在后面，贝尼格森赶到前面来准备迎接皇帝。切尔内绍夫和安德烈公爵走到门廊台阶上。面带倦容的皇帝下了马。保罗西侯爵对皇帝讲着什么。皇帝向左侧低着头，听保罗西非常热烈地絮叨，看来皇帝想结束谈话，开始向前走，但是那个满脸通红、神情激动的意大利人，竟然忘记礼节，跟在他后面继续说：

"至于那个建议构筑德里萨阵地的人。"保罗西说，这时皇帝已经走上台阶，看见安德烈公爵，打量了一下他所不熟识的面孔。

"陛下，"保罗西仿佛按捺不住，不顾一切地继续说，"至于那个建议构筑德里萨阵地的人，我看他只有两个地方好去：一个是疯人院，一个是绞刑架。"皇帝没听完，也许根本没有听那个意大利人的话，认出博尔孔斯基，就和蔼地对他说：

"很高兴看见你，去参加他们的会吧，在那儿等等我。"皇帝走进书房。彼得·米哈伊洛维奇·沃尔孔斯基公爵、施泰因男爵跟着他走进去，把门带上。安德烈公爵利用皇帝的许可，和他在土耳其就认识的保罗西一起走进正在那儿开会的客厅。

彼得·米哈伊洛维奇·沃尔孔斯基公爵担任类似皇帝的参谋长的职务。他带着一卷地图从书房出来，走进客厅，把地图摊在桌上，转达了几个问题，想听听与会诸位对这些问题的意见。情况是，夜里接到一个消息（后来证实不确），说法军要迂回进攻德里萨阵地。

首先发言的是阿姆菲尔德将军,他出人意外地提出一个完全新的、毫无道理的(只不过表示他也能提出一个意见)方案——在通往彼得堡和莫斯科的大路旁侧构筑阵地,他认为应当在那儿集结军队等待敌人,这样才能摆脱目前的困境。显然,阿姆菲尔德的这个计划早就拟好了,他现在陈述它,与其说目的是为了对提案予以解答(实际并未解答),不如说是利用这个机会把它发表出来。这是无数建议中的一个,这些建议如同其他的建议都同样有充足的理由,如果不顾及战争具有怎样的具体特点的话。有些人反对他的意见,有些人赞成。年轻的上校托尔比别人都热烈地反对瑞典将军的意见,在争论的当儿,他从衣兜里掏出写满字迹的笔记本,请求让他念一遍。托尔从长篇大论的笔记中提出一个与阿姆菲尔德和普弗尔完全不同的作战计划。保罗西在反驳托尔时,提出一个向前挺进和进攻的计划,照他说来,只有这样才能使我们摆脱无所适从的状态和我们所处的陷阱(他这样称呼德里萨阵地)。在这些争论进行的时候,普弗尔和他的译员沃尔佐根(他是普弗尔和宫廷关系的桥梁)一言不发。普弗尔只是轻蔑地哼哧鼻子,把脸扭过去,表示他绝对不屑于反驳他现在听到的废话。当主持讨论的沃尔孔斯基公爵请他发表意见时,他仅仅说:

"何必问我?阿姆菲尔德将军已经提出一个后方暴露的绝妙的阵地。或者进攻,这位意大利先生提出的意见,很好嘛![1] 或者退却。也很好[2]。何必问我?"他说,"你们对一切不是比我知道得更清楚吗?"可是沃尔孔斯基皱紧眉头说,他是代表皇帝问他的,于是普弗尔站起来,忽然兴致勃勃,开始说:

"一切都破坏了,一切都弄乱了,人人都想表示他比我高强,

---

①② 原文为德语。

可是现在又来求我。怎么补救呢，没有什么要补救的。要丝毫不差地按照我规定的原则去做，"他用瘦骨嶙峋的指头敲着桌子说，"困难在哪儿？胡说，小孩子的玩意儿①。"他走到地图前面，用枯槁的指头点着地图，开始急速地讲起来，他证明任何意外的情况都不能改变德里萨阵地的适当性，一切都预见到了，如果敌人真的要迂回，那么它就一定被消灭。

保罗西不懂德语，用法语向他提问。沃尔佐根来帮助法语说得不好的他的长官，为他做翻译，他几乎追不上普弗尔的话，普弗尔急速地证明说，一切的一切，不惟已经发生的，就连可能发生的一切，在他的计划中都预见到了，如果现在有困难的话，那全部的过错都在于没有分毫不差地执行他的计划。他不断露出讥讽的冷笑，反复地证明，最后，轻蔑地停止了证明，正像一个数学家停止用各种方法验算一道已经证明正确无误的算题一样。沃尔佐根继续用法语代他说明他的思想，不时地对普弗尔说："对不对，大人？②"普弗尔有如一个在战斗中杀红了眼的人，打起自家人来了，愤怒地呵斥沃尔佐根，说："那当然啰，还用得着解释吗？③"保罗西和米绍齐声用法语向沃尔佐根进攻。阿姆菲尔德用德语对普弗尔说话。托尔用俄语向沃尔孔斯基解释。安德烈公爵默默地听着，观察着。

在所有的人里面，最能引起安德烈公爵同情的，就是那个愤怒、坚决、固执己见的普弗尔。在所有在座的中间，显然只有他不为个人着想，不敌视任何人，一心只想实践那按照他多年辛苦研究出来的理论所拟定的计划。他是可笑的，他的冷嘲热讽是令人不愉快的，但是他对自己的理想的无限忠诚，却令人肃然起敬。此外，除了普弗尔，在所有人的发言里面，有一种一八〇五年的军事会议中所没有的共同特点——这就是在每个反驳中虽然掩饰而仍

①②③　原文为德语。

然流露出对拿破仑的天才的恐惧和惊惶失措。他们都设想拿破仑无所不能,对于他防不胜防,都用他的可怕的名字互相推翻彼此的设想。似乎只有普弗尔一个人认为拿破仑和反对他的理论的人都是野蛮人。但是,除了尊敬的感情以外,普弗尔还使安德烈公爵觉得可怜。从宫廷大臣们对他的态度来看,从保罗西胆敢对皇帝说出那些话来看,主要的,从普弗尔本人有点失望的表情来看,很显然,别人都知道,连他本人也感觉到,他倒台的日子已经不远了。虽然他很自信,具有德国人那种嬉笑怒骂的性格,他连同他那梳光的鬓角和脑后翘起的一撮撮头发,都使人觉得可怜。他表面虽然愤怒和蔑视,其实他已经绝望了,因为用大规模的实验来检验和向全世界证明他的理论的正确性的唯一机会,现在从他的手中失掉了。

讨论继续了很久,他们越是讨论得久,争论就越激烈,甚至大喊大叫,互相毁谤,因而也就更不能从所有的发言中得出一个概括的结论。安德烈公爵听了各种语言的说话声以及这么多的设想、计划、辩驳和叫喊,他对他们所说的话,只有不胜惊讶而已。自他从事军事活动以来,很早而且常常就有一个想法——没有也不可能有什么军事科学,因而也就不可能有任何所谓军事天才,现在在他看来已经是一个非常明显的真理了。"如果一场战争的条件和环境没弄清楚也不可能弄清楚,参加战斗的兵力也无从弄得明确,那怎么谈得上关于那场战争的理论和科学呢?谁也不知道也不可能知道敌我两方明天会是怎样的处境,谁也不可能知道这个或那个部队的力量如何。有时候,不是胆小鬼在前面喊:'我们被切断了!'——于是就开始溃逃了,就是一个快活的、大胆的小伙子在前面喊:'乌拉!'——一个五千人的部队就抵得上三万人,申格拉本战役就是这样的;有时五万人就会在八千人面前逃跑,例如奥斯特利茨战役。在这种军事行动中一如其他一切实践中一样,根本谈不上什么科学，因为什么情况都无法明确，一切都取决于无数的条件，而那些条件起作用的时间，又在谁也料想不到的顷刻之间。阿姆菲尔德说，我军被切断了，而保罗西则说，法军陷入我军夹击之中；米绍说，德里萨工事之无用，乃至于它是背河布阵，而普弗尔则说，这正是阵地的威力所在。托尔提出一个计划，而阿姆菲尔德提出另一个计划；都好，也都不好，任何建议的好坏只有在事件过程完成的时候才能看得清楚。那么为什么人人都在谈军事天才呢？难道一个人能够及时下令送面包干，指挥哪个向左，哪个向右就算天才吗？只不过因为有些军人被授予荣誉和权势，而一群蝇营狗苟的坏胚子趋炎附势，把本来并不具有的天才品质赋予权势，于是人们便称他们为天才。其实正相反，我所知道的最好的将军都是一些愚人，或者是一些漫不经心的人。巴格拉季翁是最好的，连拿破仑也承认。还有波拿巴本人！我记得他在奥斯特利茨战场上那副自鸣得意的蠢相。一个好统帅不仅不需要天才和某些特殊的品质，而且相反，他需要缺少那些最高尚、人类最优秀的品质——仁爱、诗人气质、温情、从哲学探究问题的怀疑精神。他必须目光短浅，坚信他所作所为非常重要（不然他就不会有足够的耐心），只有这样，他能成为一个勇敢的统帅。上帝保佑，千万别成为那种人——今天爱惜什么人，明天又怜惜什么人，老掂掇什么是对的，什么是不对的。不言而喻，对那些有权有势的人，自古以来人们就已经为他们编造一套天才的理论。其实，军事功勋获得与否，并不取决于他们，而取决于队伍中喊'我们完了！'或者喊'乌拉！'的人。只有在这些队伍里服务，你才能怀着自己有用的信心。"

安德烈公爵一面听着议论，一面这样思考着，直到保罗西叫他，他才醒悟过来，这时大家都离开座位要走了。

第二天阅兵的时候，皇帝问安德烈公爵想在哪儿服务，安德烈公爵没有请求留在皇帝身边,却请求到军队服务,这样他就永远失去了置身于宫廷的机会。

<h1 style="text-align:center">十二</h1>

罗斯托夫在开战前接到父母一封信,信中简短地告知他关于娜塔莎的病情以及跟安德烈公爵解除婚约的事(他们说是娜塔莎主动回绝的),他们又要求他退伍回家。尼古拉接到信后,并不打算请假或者退伍,他给父母回信说,他很惋惜娜塔莎生病和解除婚约,他一定尽一切可能实现他们的愿望。他给索尼娅单另写了一封信。

"我心灵中钟爱的朋友,"他写道,"除了荣誉,没有任何东西能够阻止我回到你的身边。可是现在,在开战之前,假如我把个人的幸福放在对祖国的爱和责任之上,那么,不仅在全体同事面前,而且对我自己说来,也是不光彩的。然而这是最后一次离别了。你可以相信,战争一旦结束,假如那时我还活着,你也还爱我,我要抛开一切,立即飞到你的身边,把你永远拥抱在我火热的胸怀里。"

确实,只因要打仗,才使得罗斯托夫不能按照他的许诺回去和索尼娅结婚。奥特拉德诺耶秋天的狩猎,冬天的圣诞节,以及索尼娅的爱情,在他面前展现出一幅幽静的乡村生活图景,那种欢乐而宁静的生活是他先前不知道而现在吸引着他的。"一个贤淑的妻子,几个孩子,一群好猎狗,十来套凶猛的狼狗,农事,邻人,被选举出来为地方服务!"他想。但现在是战争,要留在团队里,既然非如此不可,那么,尼古拉·罗斯托夫按其性格对团队生活也是满意的,他在这种生活中也能找到乐趣。

尼古拉假满回来,受到同伙的热烈欢迎,他被派去置办马匹,从乌克兰买到一些出色的马,这使他很高兴,而且也博得长官的赞赏。在他外出时,他被提升为骑兵大尉,当团队按战时编制扩大名额时,他又回到原先的骑兵连。

战争开始了,团队向波兰推进,发了双饷,来了新的军官、新的士兵和新的马匹;主要的,普遍有一种随开战而来的激昂而欢快的心情;罗斯托夫意识到他在团队里有利的地位,完全沉浸在军队生活的乐趣中,虽然他知道早晚要丢掉这种生活。

由于国家的、政治的和战略的种种复杂的理由,军队从维尔纳撤退了。每后退一步,总司令部里就表演一番各种利害、主张和感情的冲突。可是对保罗格勒团的骠骑兵说来,在夏季最好的时节,带着充足的给养撤退,是最简单、最快乐的事情。泄气、不安和阴谋,只有在司令部里才有,而在一般官兵中间,没有人会问去什么地方和为什么去。如果有人为撤退而惋惜,那不过是因为不得不离开已经住惯的营房和漂亮的波兰姑娘罢了。如果有谁偶尔觉得情况不妙,那么他也像一个模范军人应有的样子,强作快活,不去想整个局势,只顾眼前的事情。当初在维尔纳附近驻扎,和波兰地主们交朋友,期待并且受到皇帝和别的高级司令官的检阅,那时过得多么快活。后来命令撤退到斯文齐亚内,把不能带走的给养销毁。斯文齐亚内值得骠骑兵记忆的,不过是因为那是一个"醉营"——这是全军送给斯文齐亚内营盘的外号,此外还因为在斯文齐亚内军队受到很多控告,说他们利用征粮的命令,除了征粮之外,还夺走了波兰地主的马匹、车辆和地毯。罗斯托夫记得斯文齐亚内,是因为他到达这个村镇的第一天,就把司务长撤了职,还因他对付不了全体骑兵连的醉鬼,他们瞒着他盗用了五桶陈年啤酒。从斯文齐亚内越撤越远,撤到德里萨,然后又从德里萨往后撤,快撤到俄国的边境了。

七月十三日,保罗格勒团第一次打了一大仗。

七月十二日夜，打仗的前夕，下了一场带冰雹的暴风雨。一八一二年的夏天，可以说是以暴风雨著称的夏天。

保罗格勒团的两个连，在已经抽穗但被马完全踩倒了的黑麦地里露宿。下着瓢泼大雨，罗斯托夫和一个被他保护的青年军官伊林坐在临时搭起的棚子里。他们团里一个留着长长的络腮胡子的军官，从司令部回来路上遇见雨，走进罗斯托夫的棚子。

"我刚从司令部回来，伯爵。您可听说拉耶夫斯基立了大功吗？"于是这个军官把他在司令部听来的萨尔塔诺夫战役的详细经过讲了一遍。

罗斯托夫缩着脖子（雨水流进他的领口），吸着烟斗，漫不经心地听着，不时地瞧瞧那个偎依着他的青年军官伊林。这个小军官是一个新来团队的十六岁的孩子，他现在和尼古拉的关系，正像七年前尼古拉和杰尼索夫的关系。伊林在一切方面都努力学罗斯托夫，像一个女人似的爱上了他。

留两撇胡子的军官——兹德尔任斯基，讲得眉飞色舞，他说萨尔塔诺夫水坝一战，是俄国的忒摩比利①，拉耶夫斯基的事迹可与古代英雄媲美。兹德尔任斯基讲拉耶夫斯基冒着可怕的炮火，带着两个儿子冲上水坝，父子并肩战斗。罗斯托夫听着这个故事，一言不发，他对兹德尔任斯基的兴高采烈不仅不表同情，而且相反，却露出羞于听他讲述的样子，虽然无意反驳他。在奥斯特利茨和一八〇七年战役之后，罗斯托夫凭他个人的经验得知，人们在讲述战绩的时候，常常说谎，他自己就扯过谎；其次，他有丰富的经验，知道在战场上发生的一切，全然不像我们想象和讲述的那样。所以他不喜欢兹德尔任斯基的故事，也不喜欢兹德尔任斯基本人，这

---

① 忒摩比利隘口（意译：温泉关），公元前四八〇年希腊和波斯在忒摩比利隘口大战，希腊军被包围，经过顽强战斗，希腊军全部被歼。

个满脸胡子的人有个习惯,老是俯身凑近听他说话的人的脸,在狭窄的棚子里紧挨着罗斯托夫。罗斯托夫默默地望着他。"第一,在那个要冲上去的水坝上一定非常混乱和拥挤,假如拉耶夫斯基真的带领儿子上去,那么,这并起不了什么作用,至多对他周围十来个人发生一些影响,"罗斯托夫心里想道,"其余的人不可能看见拉耶夫斯基是怎样以及同谁冲上水坝的。而且,就是那些看见这个情景的人,也不会大为感动,因为在那性命交关的时刻,谁还顾得上关心拉耶夫斯基的骨肉之情?其次,萨尔塔诺夫水坝能否拿下,并不是祖国存亡的关键,不能和忒摩比利隘口战役相比。这么看来,何必做出这样的牺牲?又何必让儿子也来参加战斗?要是我的话,不用说不会把弟弟彼佳带到那儿,就连伊林——他虽然不是我的亲人,但他是一个善良的孩子,也要被安置到安全的地方。"罗斯托夫一面听兹德尔任斯基说话,一面想。但是他没有说出自己的想法:他在这上头也是有经验的。他知道这类故事可以为我军增光,所以要装做不怀疑的样子。他现在就是这样做的。

"我可受不了啦,"伊林看见罗斯托夫不喜欢兹德尔任斯基的谈话,就说,"袜子,衬衫都湿透了。我去找个避雨的地方。雨似乎下得小了。"伊林走出去,兹德尔任斯基也跟着走了。

五分钟后,伊林踏着泥泞跑回棚子来。

"乌拉!罗斯托夫,快走。找到了!离这儿二百来步有一家小酒馆,咱们的人都聚在那儿。那儿总可以烘干衣裳,玛丽亚·亨里霍夫娜也在那儿。"

玛丽亚·亨里霍夫娜是团队医生的妻子,是医生在波兰娶的一个年轻貌美的德国女人。这个医生不是由于没有财产,就是由于初婚不愿离开年轻的妻子,就带着她随军东奔西走,在骠骑军官中间,医生的醋意成为经常说笑的话题。

罗斯托夫披上斗篷,叫拉夫鲁什卡拿着东西,同伊林一起走了,他们冒着小雨,时而在泥里滑行,时而踏着水,远方的闪电不时地照亮了黑夜。

"罗斯托夫,你在哪儿?"

"在这儿。好大的闪电!"他们彼此交谈着。

十三

小酒馆门前停着医生的篷车,酒馆里已经聚了五六个军官。玛丽亚·亨里霍夫娜,一个胖胖的淡黄头发的德国女人,身穿短上衣,头戴睡帽,在一进门角落里一张宽凳上坐着。她的医生丈夫在她后面睡觉。罗斯托夫和伊林迎着一阵欢快的惊叫声和大笑声走进酒馆。

"嗬!你们这儿好快活。"罗斯托夫笑着说。

"您怎么错过了大好机会?"

"好家伙!瞧这一对落汤鸡!不要弄湿了我们的客厅。"

"不要弄脏了玛丽亚·亨里霍夫娜的衣裳。"几个声音一齐说。

罗斯托夫和伊林赶快找一个不致使玛丽亚·亨里霍夫娜感到难堪的角落换湿衣裳。他们走到隔扇后面;但这间小贮藏室挤得满满当当的,一个空箱子上点着一支蜡烛,三个军官坐在那儿打牌,他们怎么也不愿让出地方来。玛丽亚·亨里霍夫娜拿出一条裙子当帷幔,罗斯托夫和伊林就在帷幔后面,在带来背包的拉夫鲁什卡的帮助下,换上干衣服。

在一只破炉子里生了火。有人找来一块木板搭在两个马鞍上,铺上马被,弄来一个茶炊、食品箱和半瓶罗姆酒,请玛丽亚·亨里霍夫娜作主人,大家围着她坐下。有人递给她干净的手绢,请她擦擦那纤丽的小手,有人把短上衣铺在她的小脚上防潮,有人把斗篷挂在窗户上挡风,有人赶走她丈夫脸上的苍蝇,免得闹醒他。

"别管他,"玛丽亚·亨里霍夫娜露出怯怯的、幸福的微笑,说,"他一夜没睡,总是睡得这么香甜。"

"不行,玛丽亚·亨里霍夫娜,"那个军官回答,"要巴结巴结大夫。将来他替我截胳膊锯断腿时,也许对我发发慈悲。"

只有三只茶杯;水脏得简直看不出茶的浓淡,茶炊里只有六杯水,但这样更令人高兴:按照年龄的大小依次从玛丽亚·亨里霍夫娜不太干净的短指甲的小胖手里接过茶杯。看来,这天晚上所有的军官的确都爱上了玛丽亚·亨里霍夫娜。甚至隔壁三个玩牌的军官也服从向玛丽亚·亨里霍夫娜献殷勤这个普遍的情绪,很快丢下牌过到茶炊这边来了。玛丽亚·亨里霍夫娜看见自己周围这群漂亮而且彬彬有礼的青年,高兴得容光焕发,尽管她努力不露出来,尽管她显然害怕在她身后睡觉的丈夫在睡梦中每一动弹。

茶匙只有一把,糖却很多,搅不过来,因此决定她轮流给每个人搅和。罗斯托夫接到自己的杯子,掺进一点罗姆酒,请玛丽亚·亨里霍夫娜搅和。

"可是你并没放糖啊?"她总是微笑着说,仿佛不管她说什么,也不管别人说什么,都很可笑,而且别有用意似的。

"我不要糖,只要您亲自用手搅一搅就行了。"

玛丽亚·亨里霍夫娜同意了,她找茶匙,但已经被别人拿走了。

"您用手指头搅吧,玛丽亚·亨里霍夫娜,"罗斯托夫说,"那样更好。"

"烫!"玛丽亚·亨里霍夫娜高兴得红了脸,说。

伊林提来一桶水,把罗姆酒往水桶里滴了几滴,他走到玛丽亚·亨里霍夫娜面前,请她用指头搅搅。

"这是我的杯子,"他说,"您只要把指头伸进去一下,我就把水喝光。"

茶炊喝干后,罗斯托夫拿出一副牌,建议和玛丽亚·亨里霍夫娜一块玩"国王"。抓阄来决定谁和玛丽亚·亨里霍夫娜搭档。同意照罗斯托夫的规定:谁做了"国王",谁就有权吻玛丽亚·亨里霍夫娜的手,谁当了"坏蛋",谁就得在医生醒来时,给他烧好茶炊。

"要是玛丽亚·亨里霍夫娜当了'国王'呢?"伊林问。

"她本来就是女王!她的命令就是法律。"

牌戏刚开始,医生的乱蓬蓬的头忽然从玛丽亚·亨里霍夫娜身后抬了起来。他早就醒来了,谛听人们在说什么,他显然觉得人们所说所做的一切毫无可乐、可笑和好玩的地方。他的面孔又郁闷又颓丧。他不同军官们打招呼,搔了搔头,请挡着路的人让他过去。他刚一出去,全体军官就哄然大笑,玛丽亚·亨里霍夫娜脸红得泪水都涌了出来,这么一来,她在军官们眼中显得更可爱了。医生从外面回来,对妻子(她已经收起幸福的微笑,惶恐地看着他,等待着判决)说,雨已经停了,要挪到篷车里过夜,不然东西要给人偷光了。

"我派一个勤务兵看着……派两个!"罗斯托夫说,"行了,大夫。"

"我亲自去站岗!"伊林说。

"不,诸位,你们都睡过了,我有两夜没合眼了。"医生说,他闷闷不乐地在妻子身旁坐下,等待牌局终了。

医生阴沉着脸子,斜视着他的老婆,军官们瞧着他那样子更乐了,很多人忍不住笑出声来,赶快为他们的笑找一个无伤大雅的借口。当医生领走老婆,和她一起进了篷车后,军官们在小酒馆里也躺下了,盖上潮湿的大衣;但是大家好久不能入睡,时而谈论刚才医生惶惶不安的样子和他妻子的兴高采烈,时而跑到外面,回来报告篷车里有什么动静。罗斯托夫好几次蒙上头想睡;但是又有什么议论吸引了他,又开始谈起来,又响起一阵无缘无故的、快活的、天真的笑声。

十四

两点多钟了,还没有人入睡,这时司务长进来传达进驻奥斯特罗夫纳的命令。

军官们仍然有说有笑,急忙准备出发;又烧了一茶炊泥水。可是罗斯托夫没等喝茶,就到骑兵连去了。天已经亮了;雨也停了,乌云在散开。又湿又冷,特别是穿着没有干透的衣裳更觉得又湿又冷。罗斯托夫和伊林两人走出小酒馆,在晨光熹微中端详了一下被雨淋得发亮的医务车的皮篷,车帷下面露出医生的两只脚,在车中间的坐垫上,可以看见他妻子的睡帽,听见她熟睡的呼吸声。

"真的,她太可爱啦!"罗斯托夫对和他一起出来的伊林说。

"多么迷人的女人!"十六岁的伊林一本正经地回答说。

半小时后,骑兵连在大路上排好了队。传出了"上马!"的口令,士兵们画了十字,开始上马。罗斯托夫在前面骑着马,发出:"开步走!"的口令——于是,骠骑兵四人一排,沿着两边长着白桦树的大道,跟着步兵和炮兵出发了,只听见马蹄踩在泥泞的路上的噗哧声,佩刀的锵锵声和压低的说话声。

在那泛红的东方,青紫色的乌云碎片很快被风吹散。天渐渐亮了。乡村道路上总是生长着的卷曲小草,受到夜雨的湿润,更鲜亮了;低垂的白桦枝条,也是湿漉漉的,迎风摇曳,斜斜地撒下晶莹的水珠。士兵的面孔越发看得清楚了。罗斯托夫和紧紧跟着他的伊林,骑着马在两行白桦之间靠路旁行走。

罗斯托夫在出征途中随心所欲地不骑战马,而骑一匹哥萨克马。他是识马的行家，又是猎人，不久前他得到一匹顿河草原的白鬃赤毛、高头烈马，骑着它没有谁能追得上。骑这种马对于罗斯托夫是一种享受。他在想马，想早晨，想医生的妻子，可就是一次也没想即将到来的危险。

先前罗斯托夫去打仗时，总是胆怯；现在他却感觉不到丝毫的惧怕。并非因为他闻惯了火药味而不怕（对危险是不能习惯的），而是学会了在危险面前控制自己。他养成一个习惯，就是参加战斗时，什么都可以想，就是不去想那件似乎最使人关心的事——当前的危险。在最初服役的时候，不管他怎样骂自己胆小鬼，但是他做不到这一点；可是随着岁月的流逝，自然而然地就做到了。他和伊林并马在桦树中行走，时而顺手从枝条上扯下几片叶子，时而用脚磕磕马肚皮，时而把抽完的烟斗不转身就递给身后的骠骑兵，他是那么从容不迫，无忧无虑，就仿佛他是出来兜风似的。他不忍看那话头很多、心神不安的伊林的激动的脸；他凭经验知道，这个骑兵少尉现在正等待着恐惧和死亡，内心是多么痛苦，也知道，除了时间，没有任何东西能治好他。

太阳在乌云下一带晴空刚一出现，风就停了，好像风不敢破坏雨后夏日早晨的美景；水珠仍然在洒落，但已经是垂直地落下——四周一片寂静。太阳完全露出地平线，接着又钻入它上面一长条乌云里。几分钟后，太阳撕破乌云边缘，又在乌云上边出现了。周围一切都明亮起来，闪着光。仿佛响应亮光似的，前方立刻响起了大炮声。

罗斯托夫还没来得及考虑和断定炮火的远近，奥斯特曼–托尔斯泰伯爵的副官就从维捷希斯克驰来，命令跑步前进。

骑兵连绕过同样急速快走的步兵和炮兵，驰下山坡，穿过一个空无一人的村庄，又上一个山坡。马开始出汗了，人也热得满脸通红。

“立定，看齐！”前面传来营长的口令。

"左转弯,开步走!"前边传来口令。

骠骑兵沿着我军阵地走到左翼,停在第一线的枪骑兵后面。右边是我军密集的步兵纵队——这是后备军;在山上更高的地方,在一尘不染的明净空气中,在晨光明亮的斜照中,在最远的地平线上,可以看见我军的大炮。可以看见前面谷地里敌人的纵队和大炮。我们的散兵线已经在谷地里投入战斗,可以听见他们和敌人欢快地互相射击的声音。

罗斯托夫好像听到最愉快的音乐似的,听到这久已不曾听过的声音,觉得很舒服。特啦啪——嗒——嗒——嗒啪!——有时劈里啪啦一齐响,有时一声接着一声连响好几下。四周又沉寂了,然后,好像有人放爆竹似的,又噼噼啪啪响起来。

骠骑兵在原地不动站了一个来小时。炮轰也开始了。奥斯特曼伯爵带着侍从从骑兵连后面驰来,停下来和团长谈了几句,就向山上的炮位驰去。

奥斯特曼刚离开,枪骑兵就听到一声口令:

"成纵队,准备冲锋!"他们前面的步兵分成两排,让骑兵通过。枪骑兵出动了,长矛上的小旗飘动着,飞奔着向山下左方出现的法国骑兵冲去。

枪骑兵刚冲到山下,骠骑兵就奉命上山掩护炮兵。骠骑兵站到枪骑兵的阵地上,从散兵线那儿就嗖嗖地呼啸着飞来遥远的、没有命中的炮弹。

罗斯托夫好久没听见这种声音了,觉得比以前的射击声使他更高兴,更兴奋。他挺直身子,仔细观看山前开阔的战场,整个身心都贯注在枪骑兵的行动上。枪骑兵向法国龙骑兵扑过去,在烟雾中混成一团,五分钟后,枪骑兵退回来,不是退回原地,而是退到左边。在骑着枣红马的橙黄色的枪骑兵中间和后面,可以看见一大片骑灰色马、穿蓝制服的法国龙骑兵。

十五

罗斯托夫用他那锐利的猎人眼睛第一个望见那些蓝色的法国龙骑兵追赶我们的枪骑兵。混乱的枪骑兵人群,和追赶他们的法国龙骑兵,越来越接近了。已经可以看见那些在山下显得很小的人们互相厮杀,互相追赶,挥动胳膊,或者挥动佩刀。

罗斯托夫就像看猎犬追捕野兽似的,看眼前发生的一切。他用嗅觉就能感到,倘若现在就同骠骑兵向法国龙骑兵冲锋,他们会站不住脚的;但是,要冲锋,就得即刻冲锋,一分一秒都缓不得,不然就迟了。他环视四周。大尉站在身旁,他也同样目不转睛地望着下面的骑兵。

“安德烈·谢瓦斯季扬内奇,”罗斯托夫说,“我们可以把他们冲垮……”

“倒是厉害的一着,”大尉说,“的确是……”

罗斯托夫没听完他的话,就策动坐骑,驰到骑兵连前头,他还没来得及发出出动的口令,跟他有同感的骑兵连都随他之后策动了战马。罗斯托夫自己也不知道是什么促使他和为什么这样做。他做这一切,正像他在打猎时所做的那样,不假思索,不假考虑。他看见龙骑兵离得近了,他们在奔跑,队形很乱;他知道,他们是支持不住的,他知道,时机只在转瞬之间,若一放松,就一去不返了。炮弹是那么起劲地在他周围嗖嗖地呼啸,马是那么跃跃欲奔,简直拢不住它。他策动了马,发出口令,就在这同一瞬间,他听见身后展开队形的骑兵连响起嘚嘚的马蹄声,飞奔着向山下龙骑兵冲去,他们刚一下山,大步的奔跑就自然而然换为疾驰,随着接近自己的枪骑兵和追赶他们的法国龙骑兵,就越跑越快。离龙骑兵很近了。前面的龙骑兵看见了骠骑兵,开始向后转,后面的停住了。罗斯托

夫怀着堵截狼的心情，完全放开他的顿河马，疾驰着堵截混乱的龙骑兵。有一个枪骑兵站住了，一个步兵怕被马踩着，伏在地上，有一匹失掉鞍子的马混在骠骑兵中间。几乎所有的龙骑兵都往后逃跑了。罗斯托夫从其中选择一个骑灰色马的，向他追去。他在路上遇见一个灌木丛；那匹骏马驮着他从灌木丛飞跃过去，几乎把尼古拉颠下马鞍，眼看再有几秒钟就追上敌人——他所选择的目标。那个法国人从他的制服看来是一个军官，他在灰色马上弯着腰，用佩刀赶着马飞奔。顷刻之间，罗斯托夫的马的前胸碰着那个军官的马屁股，几乎把它碰翻，就在这一瞬间，罗斯托夫自己也不知为什么，举起佩刀，照着那个军官劈去。

就在他这样做的一刹那，罗斯托夫的全身劲头忽然消失了。那个军官倒了，他的倒下与其说是由于刀劈，他的肘弯上方只受了一点轻伤，不如说是由于马的冲撞和恐惧。罗斯托夫勒住马，用目光察看他的敌人，看看他战胜的是什么人。那个法国龙骑兵军官一只脚在地上跳动，另一只挂在马镫上。他吓得眯缝着眼，好像等待随时挨另一下，他皱着眉头，带着恐怖的表情从下往上望着罗斯托夫。他的脸苍白，溅满了泥，头发淡黄色，样子年轻，下巴上有一个酒窝，一双浅蓝色的眼睛，一点不像沙场上含有敌意的脸，而是一副最普通的家常的脸。在罗斯托夫还没决定怎样对付他之前，那个军官就喊道："我投降！"他慌慌张张想把脚从马镫里抽出来，但是抽不出，他那一对惊慌的蓝眼睛不停地仰望着罗斯托夫。驰过来的骠骑兵帮他把脚抽出来，扶他坐到鞍子上。骠骑兵在四面八方收容龙骑兵：有一个受了伤，满脸是血，不肯放弃他的马；另一个抱着骠骑兵，坐在他的马屁股上；第三个由骠骑兵扶上马。前头的步兵一面跑一面射击。骠骑兵带着俘虏急忙驰向后方。罗斯托夫同别人一起往回走，一种不愉快的感觉使他心中发闷。俘虏这个军官和劈他一刀，引起一种他无法究明原因的模糊的、混乱的感觉。

奥斯特曼-托尔斯泰伯爵迎接回来的骠骑兵,叫来罗斯托夫,向他表示感谢,并且说,他要把他的英勇行为报告皇帝,申请授予他圣乔治十字勋章。在罗斯托夫被叫去见奥斯特曼伯爵的时候,他想起他不待命令就发起冲锋,现在长官叫他,一定是为他擅自行动而处罚他。所以奥斯特曼的一番赞扬和应许给他奖赏,本来应该是使他受宠若惊的;但是仍然有一种不痛快的漠然感觉,使他恶心。"是什么使我苦恼呢?"他在离开将军时问自己,"是为伊林吗? 不是,他安然无恙。我做了什么丢脸的事吗? 不是,完全不是那回事! ——另有一种类似后悔的东西使他痛苦。——是了,是了,是为那个下巴有一个小酒窝的法国军官。我清楚地记得,我举起手臂又停住了。"

罗斯托夫看见押走的俘虏,他驰到他们后面,想瞧瞧那个下巴有一个小酒窝的法国军官。他穿一身古怪的制服,骑一匹骠骑兵的驮马,心神不安地四外张望。他臂上的伤简直不算是伤。他向罗斯托夫装出笑脸,向他挥手致意。罗斯托夫仍然觉得不舒服,有点儿内疚似的。

当天和第二天,罗斯托夫的朋友和同事都看出他闷闷不乐,不是生气,而是沉默不语,若有所思,神情专注。他喝酒毫无兴致,老是一个人躲起来在思索什么事情。

罗斯托夫老在思索那使他惊奇的辉煌的战功,赏他圣乔治十字勋章,并且得到勇士的名声——可是有一点总也弄不明白。"这么看来,他们比我们还害怕!"他想,"难道这一切就叫做英雄气概吗? 那个生着小酒窝和蓝眼睛的人有什么罪? 他是多么惊慌啊! 他以为我要杀死他。我为什么要杀死他呢? 我的手发抖了。可是授给我圣乔治十字勋章。我不理解,一点儿也不理解!"

正当罗斯托夫思索这些问题,怎么也弄不明白是什么东西使他不安的时候,服役的幸运车轮转到他身上了。在奥斯特罗夫纳战役之后,他首先被提升,把一营骠骑兵交给他指挥,在需要勇敢的军官的时候,他受到了信任。

<h1 style="text-align:center">十六</h1>

伯爵夫人接到娜塔莎生病的消息后,虽然她尚未康复,很虚弱,她还是带着彼佳和全家来到莫斯科,于是罗斯托夫全家从玛丽亚·德米特里耶夫娜家搬到自己的住宅,并且完全在莫斯科住下来。

娜塔莎的病很严重,甚至关于她的病因、她的行为和与未婚夫决裂的思虑,都已退到次要的地位,这对她本人和对她的双亲倒是一桩幸事。她病得这么厉害,已经使人不再去想她在这一切事情中有多少过错,她不吃不喝,夜不成眠,眼看着消瘦下去,经常咳嗽,从医生的言谈中,知道她的病很危险。现在只想千方百计挽救她。医生们来给娜塔莎看病,有时会诊,说了很多法语、德语、拉丁语,互相指责,开了他们所知道的医治各种疾病的各式各样的药方;但是他们谁也没想到一个简单的道理,那就是他们不可能知道娜塔莎所患的病,正像不可能知道一个活人所患的任何一种病:因为每一个活人都有自己的特点,总是有特殊的、前所未有的、复杂的、不见于医典的疾病,不是医书上写的肺病、肝病、皮肤病、心脏病、神经病,等等,而是各种器官的无数病症同时发作的综合征中的一种。这个简单的道理不可能进入医生的头脑(正像巫师不会去想他的巫术不灵一样),因为他们一生的事业就是治病,因为他们就是靠这吃饭,还因为他们在这上面消耗了他们一生最好的年华。而且,这个想法之所以不可能进入医生们的头脑,主要的还因为他们看到他们之有益是毋庸置疑的,而且对于罗斯托夫全家也的确有益处。他们有益并不是因为强迫病人吞掉大部分有害的东西（害处几乎感觉不出，因为毒性很小），但是他们是有益的，必需的，必不可少的（这就是为什么现在有、将来也会有江湖郎中、巫婆、顺势疗法和对抗疗法的缘故），因为他们满足了病人和关心病人的人们的精神需要。一个人在痛苦的时候，就会有减轻痛苦的需要、同情和行动的需要，于是他们就来满足这种人类永恒的需要。满足这种人类永恒的需要——在儿童身上则表现为最原始的形式——抚摩一下碰痛的地方。小孩磕着碰着，立刻投到母亲或者保姆怀里，要人吻吻和揉揉疼痛的地方，大人给他揉揉或者吻吻疼痛的地方，他就觉得轻松些。儿童不相信家里最有力、最聪明的人会没有办法消除他的疼痛。于是，减轻痛苦的希望，当母亲抚摩他的肿处时表示的同情，就给了他安慰。医生对娜塔莎是有益的，因为他们亲吻和抚摩她的疼痛，他们使人相信：只要车夫到阿尔巴特药房去一趟，花一卢布七十戈比买一点用好看的盒子包装的药粉和药丸，只要每隔两小时——一定不多也不少，用开水服下那些药，准会药到病除。

如果不按时给丸药，给温和的饮料，给鸡肉饼，不遵守医生对一切生活细节的嘱咐（遵照医嘱做这些事是全家的慰藉），那么，索尼娅，伯爵和伯爵夫人岂不是无事可做了吗？他们怎么可以不采取任何措施，眼看着娜塔莎就这样瘦弱下去呢？事情弄得越严重，越复杂，周围的人就越感到安慰。假如伯爵没有为娜塔莎的病花费数千卢布，而且为了把病治好再花数千卢布；假如她还不见好，他不惜花几千卢布送她出国，在那儿给她会诊；假如他不能详细讲一讲梅蒂维埃和费勒如何不懂医道，弗里茨如何高明，而穆德罗夫如何诊断得更好；——假如他没能办到这一切，他对爱女的病怎么能够忍受下去呢？如果伯爵夫人不能有时和生病的娜塔莎吵吵嘴，为了她未能完全遵照医嘱，那么，伯爵夫人岂不是无所事事了吗？

"像你这样不听医生的话，不按时吃药，就永远别想好！"她气恼得忘了自己的忧愁，说，"这不是好玩的，你会弄成肺炎的。"伯爵夫人说出这个不只她一个人不懂的医学术语后，就已经感到莫大的安慰了。假如索尼娅没有得到这样的喜悦感：她在开头的三夜不曾脱衣裳，准备严格按照医生的嘱咐行事，而且现在她也经常熬夜，为了不错过给病人服下那装在金色小盒里的有点毒性的药丸，那么，她会怎么样呢？甚至娜塔莎本人，显然她也说任何药都治不了她的病，这一切都是胡闹——她也高兴地看到人们为她做出这么多的牺牲，她必须在一定的时间服药。她甚至高兴她不遵从医生的嘱咐，以表示她不相信医疗和不珍惜自己的生命。

医生天天来，号脉，看舌苔，不理会她那悲伤的表情，和她说说笑笑。可是当他走进另一个房间，伯爵夫人紧跟着他走进去的时候，他就换了一副严肃的面孔，若有所思地摇着头，说，虽然有危险，他希望这最后一剂药能奏效，要等着瞧；病多半是在精神上，但是……

伯爵夫人极力不让自己和医生察觉，把一枚金卢布塞到医生手里，每次都是怀着宽慰的心情回到病人那儿。

娜塔莎的症候是吃得少，睡得少，咳嗽，精神总是萎靡不振。医生说病人不能离开医药，因此就让她在空气窒息的城里待着。一八一二年的夏天罗斯托夫全家没有到乡下去。

虽然服了大量的药丸、药水和药粉，爱好小玩意儿的肖斯太太收集了一大批盛药的小瓶和小盒，虽然缺少已经习惯了的乡村生活，但是青春占了上风：娜塔莎的悲伤开始蒙上一层日常生活的印象，已经不那么痛苦地揪她的心了，渐渐地成为过去了，娜塔莎身体渐渐好起来。

十七

　　娜塔莎比较平静了,然而并不快活。她不仅回避所有外界的欢乐:舞会、滑冰、音乐会、剧院;而且没有哪一次的笑不是笑中含泪的。她不能唱歌。她一开始笑或者想独自一人唱歌,就被眼泪哽住了:那是悔恨的泪,对那一去不复返的纯洁时光回忆的泪;恼恨的泪,恼恨她白白地毁掉了那本来可以过得幸福的青春生活。她特别觉得,笑和歌唱对她的悲伤是一种亵渎。她完全无心调情逗乐,甚至不需要克制自己。她嘴里这样说,心里也这样想:这个时期所有的男人,在她看来都和小丑娜斯塔西娅·伊万诺夫娜一样。内心的警卫严格禁止她有任何欢乐。而且她已经不再有往日的生活情趣,那无忧无虑、满怀希望的少女时代的生活情趣。最经常也是最使她难受的是回忆往日的秋天,打猎,"大叔",以及和尼古拉一起在奥特拉德诺耶度过的圣诞节。哪怕再过上一天那样的时光,她肯付出任何代价! 但是这一切都永远地结束了。预感没有欺骗她:自由自在和随时都准备享受各种欢乐的生活,已经一去不复返了。但是还要活下去。

　　她愉快地想到,她并不像她以前所想的那么好,而是比世界上任何人都坏,而且坏得多。不过这还不够。她知道这一点,她问自己:"以后怎么办呢?"以后什么也看不到。生活里毫无欢乐,而生活在流逝。娜塔莎显然尽力不使任何人感到负担,不妨碍任何人,她自己什么也不需要。她避开家里所有的人,只有和弟弟彼佳在一起才感到轻松。比起和别人在一起,她更乐意和他在一起;和他面面相对,有时大笑起来。她几乎不出家门,在常到他们家来的人里,她只欢喜皮埃尔一个人。没有哪一个比别祖霍夫伯爵待她更温存,小心,同时又严肃的了。娜塔莎在不知不觉之中感受这种温柔体贴,因此和他在一起得到了极大的欢愉。然而,她甚至不感谢他的温存。在她看来,皮埃尔做任何好事都是不费力的。皮埃尔仿佛很自然地对每个人都好,他做好事并没有邀功的意思。娜塔莎有时看出皮埃尔在她面前局促不安,态度不自然,特别是当他害怕在谈话中可能有什么会引起娜塔莎难堪的回忆。她看出这一点,她认为这是由于他禀性善良和腼腆,照她的理解,他对所有的人,包括她在内,都一视同仁。自从在她极度激动的时刻,他无意地说出,如果他是自由的话,他要跪下向她求婚和求爱以后,皮埃尔再没有向娜塔莎表露过自己的感情;在娜塔莎看来,那些显然是安慰她的话,不过是像大人在安慰啼哭的小孩时随便说的话。不是因为皮埃尔是一个已婚的人,而是因为娜塔莎觉得她和皮埃尔之间隔着十分强大的精神上的障碍——她觉得她和库拉金之间就没有这种障碍,在她头脑里从未出现过这样的想法:在她和皮埃尔的关系中不可能从她这方面,更不可能从他那方面发生爱情,不仅如此,就连男女之间那种温柔多情、羞羞答答、富有诗意的友谊(她知道不少这样的例子),也不可能。

刚过圣彼得斋戒日,罗斯托夫家在奥特拉德诺耶的女邻居阿格拉菲娜·伊万诺夫娜·别洛娃来莫斯科朝拜这儿的圣徒们。她建议娜塔莎斋戒祈祷,娜塔莎当即高兴地接受了这个主意。娜塔莎不顾医生禁止一大早外出,坚持要斋戒祈祷,而且不像罗斯托夫家里通常那样做的,只是在家里做三次祈祷就算完事,而是要像阿格拉菲娜·伊万诺夫娜那样,要整个星期每天都不错过晚祷、弥撒和晨祷。

伯爵夫人喜欢娜塔莎这样热心;在医药治疗无效之后,她心中暗暗希望祈祷比药物更能治女儿的病,她虽然提心吊胆瞒着医生,但是满足了娜塔莎的愿望,并把她托付给别洛娃。阿格拉菲娜·伊万诺夫娜夜里三点钟就来叫醒娜塔莎,可是多半发现她已经是醒着的。娜塔莎怕睡过了晨祷的时间。娜塔莎匆匆地洗过脸,谦逊地穿上最坏的衣裳,披上旧斗篷,在凉爽的空气中抖抖索索,走到被朝霞照得明亮的空旷无人的大街上。依照阿格拉菲娜·伊万诺夫娜的劝告,娜塔莎不在自己的教区做祈祷,而是到另外一个教堂,据虔诚的别洛娃说,那里面有一位过着极端严肃和高尚生活的神父。教堂里的人总是很少;娜塔莎和别洛娃在嵌在唱诗班左后方的圣母像前面停在她们常站的地方,每当她在这不寻常的早晨凝视着被烛光和从窗户投进来的晨光照亮的圣母暗黑的脸庞,听着那她紧跟着念和努力在理解的祷文。在这伟大的不可知的事物面前,娜塔莎总有一种前所未有的谦卑感觉,当她听懂了祷词的时候,她那带有个人色彩的感情就和她的祷词融合起来;当她不懂的时候,她更愉快地想到,想懂得一切的愿望是值得骄傲的,懂得一切是不可能的,只要相信和皈依上帝就行了,因为她觉得,此时此刻上帝支配着她的灵魂。她画十字,鞠躬,当她对自己卑劣的行为感到恐惧,弄不明白时,只求上帝宽恕她,宽恕她的一切,对她发慈悲。最能使她全神贯注的是忏悔的祷告。大清早回家时,只碰见去上工的泥瓦匠,扫街的清道夫,回到家里,所有的人还在睡觉,这时她体验到一种前所未有的感情,她觉得有可能改正错误和有可能过一种纯洁、幸福的新生活。

在她连续一个星期过这种生活期间,这种感觉天天都在增加。领圣体,或者像阿格拉菲娜·伊万诺夫娜喜欢说的"领圣餐",在娜塔莎心目中其幸福是那么伟大,她甚至觉得她活不到那极乐的礼拜日。

但是,幸福的一天终于到来,在这值得纪念的礼拜日,她穿着雪白的细纱衣裳领过圣餐归来,好久以来,她第一次感觉心气平和,不为她眼前的生活感到压抑。

这一天来给娜塔莎看病的医生,吩咐她继续服他两个星期以前最后开的药粉。

"每天早晚一定要继续吃药,"他说,显然,他对自己的成功由衷地满意,"不过,还是不能大意。伯爵夫人,您就放心吧。"医生一面麻利地接过一枚金币,握在手心里,一面开玩笑地说,"她很快就会又跳又唱了。最后一剂药非常、非常有效。她大有起色了。"

伯爵夫人喜形于色地回到客厅,她看了看手指甲,吐了一点唾沫①。

十八

七月初,莫斯科越来越多地流传着令人惊慌的战事消息:都在谈论皇帝告民众书,谈论皇帝离开军队回到莫斯科。由于直到七月十一日还没有见到宣言和告民众书,关于俄国情势的流言更夸大了。传说皇帝的离开是因为军队处境危险,还说斯摩棱斯克已经失守,拿破仑的军队上百万,只有奇迹才能拯救俄国。

七月十一日,星期六,宣言出来了,但是还没印好;在罗斯托夫家做客的皮埃尔,答应第二天星期日把宣言和告民众书带来,这些东西他可以从拉斯托普钦伯爵那儿弄到。

那个星期天,罗斯托夫家的人照常到拉祖莫夫斯基家的教堂做弥撒。正是七月的炎热天气。罗斯托夫家的人在教堂门前下车的时候,已经是十点钟了,在炎热的空气中,在小贩的叫卖声中,在人群的鲜明耀眼的夏装中,在林荫道的树木落满了尘土的叶子上,在前去换防的一营军队的军乐声中和他们的白色制裁上,在马路上辚辚的车轮声中,在赤日炎炎的刺目亮光中,令人感到酷夏的疲

---

① 这是一种求吉利的迷信习惯。

倦,对现状的满意和不满意,这种感觉在城市的晴朗炎热的日子里显得特别强烈。来拉祖莫夫斯基家的教堂做弥撒的,都是莫斯科的名门贵族以及罗斯托夫家的老相识(许多富豪之家本来通常都是到乡下过夏的,这一年好像在等待什么似的,都留在城里)。娜塔莎陪伴着母亲,跟着一个在前面分开人群的穿着制服的仆人走过去的时候,听见一个年轻人用过高的耳语声谈论她:

"这是罗斯托娃,就是那个……"

"瘦多了,然而很美!"

她听见,也许是她感觉到,有人提起了库拉金和博尔孔斯基的名字。其实,她经常有这种感觉。她经常觉得人人都在看她,都在想她的遭遇。娜塔莎在人多的地方总是感到痛苦,心如死灰,她现在穿一件镶黑色花边的藕荷色的连衣裙,尽可能像一般女人那样在人群中走过去,她越是保持平静、端庄,她内心就越痛苦和羞愧。她知道她很美,事实上也是这样,但这并不能像先前那样使她高兴。相反,近来这反而使她更难过,特别是在这城市中炎热的明朗夏天。"又是一个礼拜日,又是一个星期,"她一面回忆她在这儿度过的那个礼拜日,一面自言自语,"仍然过着没有生活的生活,仍然是从前常常轻松地过着的那个环境。漂亮,年轻,而且我知道现在我是善良的,从前我不好,而现在我是善良的,我知道,"她在想,"可是,就这样不为任何人白白地虚度这最美好、最美好的年华。"她站在母亲身旁,和站在近处的熟人互相点点头。娜塔莎按照老习惯细细打量女人们的装束,指责一位站在近处的女人的举止和她不合礼法地把十字画得太小,立刻又悔恨地想到人家评论她,而她现在评论人家,忽然听到祈祷的声音,她为自己的卑鄙而心惊,为她又失去往日的纯洁而战栗。

一位仪表堂堂、衣着整洁的小老头念祷文,他那温文尔雅的庄严神情感动了礼拜者的心灵,都肃然起敬,安静下来。教堂的门关上了,帘幕缓缓地拉上;不知什么地方发出神秘的低语声。连她自己也不明白为什么胸中充满了泪水,一股又喜悦又苦恼的感情使她激动。

"教导我应当怎么办,我应当怎样生活,我怎样才能永远、永远改过自新!⋯⋯"她想。

助祭走上布道台,宽宽地张开大拇指,把他的长发从法衣下面捋出来,在胸前画了十字,庄严地高声朗诵祷文:

"让我们一起向主祷告吧。"

"让我们全体在一起不分等级,没有仇恨,出于兄弟的友爱而联合起来——向主祷告吧。"娜塔莎想。

"为了升入天堂,为了我们的灵魂得救!"

"为了天使的世界和住在我们上方的全体神明。"娜塔莎祷告说。

在为战士祈祷的时候,娜塔莎想起哥哥和杰尼索夫。在为在海上和陆上旅行的人祈祷的时候,她想起安德烈公爵,为他祝福,并且求上帝饶恕她,为了她做了对不起他的事情。在为爱我们的人祈祷的时候,她为家里的人——为父亲、母亲、索尼娅祈祷,第一次感觉到她对他们的过失是多么大。在为恨我们的人祈祷的时候,她在心中想出仇人和恨她的人,也为他们祈祷。她把所有债主们和同她父亲打交道的人都当做仇人,每当她想到仇人和恨她的人,她总记起给她带来不幸的阿纳托利,虽然他不是恨她的人,但是她仍然把他当做仇人,乐于为他祈祷。只有在祷告的时候,她觉得才能清楚地、平静地想起安德烈公爵和阿纳托利,像想起一般的人一样,这是因为,与她对上帝的畏惧和崇敬的感情相比,对他们的感情就无所谓了。在为皇室和东正教最高会议祈祷时,她特别深深地鞠躬,画十字,心里说,尽管她不懂,但也不能怀疑,仍然爱那有无上权威的最高会议,并为它祈祷。

念完祷文，助祭在胸前的肩带上画了十字，说：

"把我们自己和我们的生命交给我主基督！"

"把我们自己交给上帝。"娜塔莎在心里复述着。"我的上帝啊，我完全服从你的旨意，"她想，"我无所求，也不希望什么；教导我应当怎么办，怎样运用自己的意志！你千万要收留我，收留我！"娜塔莎怀着真诚的急切心情说，她不画十字，垂下一双纤细的手臂，仿佛在期待那个无形的力量马上就把她接走，把她从她的悔恨、欲望、责难、希冀和罪过中拯救出来。

在祷告的时候，伯爵夫人好几次回头看女儿那副受感动的、眼睛发亮的面孔，她祈求上帝帮助她的女儿。

出人意料，在礼拜的中途，不按照礼拜的程序（娜塔莎是非常熟悉这些程序的），助祭忽然拿起小板凳，就是那个在三一节跪在上面念祷文的小板凳，放在圣体栏栅门前。一个戴着紫色丝绒法冠的神父走出来，他理了理头发，吃力地跪下来。大家都跟着跪下，都莫名其妙地面面相觑。这是刚从最高会议送来的祷文，祈求俄国从敌人入侵下得救的祷文。

"全能的上帝，我们的救主啊！"神父开始朗读，他那声调的清晰、质朴和温和，只有斯拉夫教士在朗读经文时才有这样的声调，它不可抗拒地感动着俄国人的心。

"权威至高无上的上帝，我们的救主啊！今天请你以怜悯和祝福的心，来看待你卑微的子民，请宽大为怀，听取我们祈祷，宽恕我们并可怜我们！纷扰你的国土并企图毁灭全世界的敌人，在与我们为敌；彼等无法无天，纠集一起，图谋推翻你的王国，毁灭你的圣城耶路撒冷，毁灭你爱的俄罗斯：玷污你的庙堂，倾倒你的祭坛，亵渎你的圣龛。主啊，歹徒们将横行到几时？逞凶到几时？

"上帝啊！我们向你请求，请倾听我们：请伸张你的神威，帮助我们最笃信上帝、最有权威的仁君亚历山大·帕夫洛维奇陛下；

请念其正直,念其文弱,赐予你理所应得,使他保护我们,保护你所选定的以色列。请降福于其意念,降福于其所为,降福于其事业;请用你全能的双手加强他的王国,让他克敌制胜,犹如你使摩西战胜亚玛力,基甸战胜米甸,大卫战胜歌利亚①。请保佑他的军队,那些武装起来,并以你的名义全力准备战斗的人们,请赐予他们铜弓,请拿起矛和盾来助战;请让那些加害于我们的人遭到诅咒与羞辱;愿他们在你忠诚的武士面前如风前的尘沙,愿你强有力的天使他们溃散而逃,愿他们在毫无察觉中陷入圈套,愿他们因暗施诡计而自食其果;让他们跪倒在你的臣仆脚下,被我们的军队一扫而光。主啊! 你能拯救强者和弱者;你是上帝,世人不能胜过你。

"我们祖先的上帝啊! 不要忘记你历来的慈悲、怜悯和仁爱;请不要对我们不予理睬,请宽容我们的渺小,请以你的宽大慈悲为怀,不计较我们的错误与罪过。请为我们创造洁净之心,复活我们正义的精神,加强我们对你的信仰,坚定我们的希望,激励我们彼此真诚相爱,请以团结精神武装我们,以保卫你赐予我们世代相传的土地,不要让恶人统治你所降福的人们的命运。

"啊,上帝,我们的主,我们信仰你,依仗你,不要让我们仰仗于你赐予怜悯的希望破灭,请赐予神迹,让那些憎恨我们,憎恨东正教信仰的人,蒙受耻辱和失败,使万邦皆知,你是我们的主,我们是你的臣民。主啊,请今日就赐予我们你的仁慈,使我们得救,让你的子民因你赐予的仁慈而欢欣雀跃吧,打击我们的敌人,让他们在你忠实臣仆的脚下迅速毁灭。你是一切信仰你的人的保护者,救主和胜利之源,一切光荣归于你,归于圣父、圣子、圣灵,无尽无休,直至永恒。阿门。"

娜塔莎现在的心灵最容易动情,这个祷告对她的影响是强烈

---

① 摩西、亚玛力、基甸、米甸、大卫、歌利亚均出自《圣经·旧约》。

的。她一字不漏地听摩西战胜亚玛力,基甸战胜米甸,大卫战胜歌利亚,以及关于你的耶路撒冷遭到破坏这一段祷文,她怀着满腔的热忱祷告上帝;然而她并不十分了解她向上帝祈求什么。她全心全意同情祈求正义精神,祈求以信仰和希望来鼓舞人心,以及祈求以爱鼓舞信仰和希望。但是她不能祈求将敌人踩在脚下,因为几分钟以前她还希望有更多的敌人,以便爱他们,为他们祈祷。不过,她也不能怀疑那跪着朗读的祷文的正确。她对罪人所受到的惩罚,特别对她自己的罪过所受到的惩罚,内心深切地感到虔诚和悚畏,她请求上帝饶恕所有的罪人,也饶恕她,赐给他们和她本人以平安和幸福。她觉得上帝听见了她的祷告。

十九

皮埃尔从罗斯托夫家出来,回味着娜塔莎感激的目光,遥望那高悬空中的彗星,从这天起,他感到,在他的生活中出现了新的东西——永远折磨他的那个问题,即尘世间一切都是梦幻和毫无意义的问题,在他的心目中消失了。那个可怕的问题:"为了什么?为了什么目的?"过去不论做什么,心中总是想着这个问题,现在并不是给他另换了一个问题,也不是对先前的问题有了解答,而是在他心目中老有个她。不论是在听还是亲自参加那些无聊的谈话,不论是在看书还是听到日常生活中的卑鄙无耻和愚昧无知,已经不像先前那样令他吃惊了;他不再问自己:既然一切都是过眼云烟和不可知,人们何必还忙忙碌碌,但是他老回忆最近一次他所看见的她的模样,而且他的一切怀疑都消失了,并不是她解答了他心目中的问题,而是一想到她,就立刻把他带到另一个光明璀璨的精神境界,其中不可能有是或者非,那是一个令人值得活下去的美和爱的境界。不论在他面前出现什么人世间卑劣的事,他总对自己说：

"就让某人盗窃国家和沙皇吧，而国家和沙皇总是赐他以荣誉；她昨天向我微笑，要我去看她，我爱她，永远不会有人知道这件事。"他想。

皮埃尔照旧出入交际场，仍然大量饮酒，过着悠闲懒散的生活，因为除了在罗斯托夫家消磨时光外，还要打发剩余的时间，于是老习惯和他在莫斯科结交的人都不可抗拒地把他吸引到那个紧紧抓住他的生活。但是近来从战地传来越来越令人不安的消息，娜塔莎的健康逐渐复元了，她在他心中已经不再引起往日那种有所节制的怜悯感情，而这时一种莫名其妙的烦躁情绪越来越萦绕着他。他觉得，他现在所处的景况不能继续很久了，一场势必改变他全部生活的惨剧将要临头，他急不可耐地寻找这场即将到来的惨剧的预兆。共济会的一个道友告诉皮埃尔一个引自圣约翰的《启示录》的有关拿破仑的预言。

《启示录》第十三章第十八节说："在这里有智慧；凡有聪明的，可以计算兽的数目，因为这是人的数目，他的数目是六百六十六。①"

同章第五节说："又赐给他说夸大亵渎话的口，又有权柄赐给他，可以任意而行四十二个月。②"

法文字母按照希伯来文的字母数值排列起来，前九个字母表示个位，其余的字母表示十位，就得出下列的意思：

a b c d e f g h i k l m n o p q r s
1 2 3 4 5 6 7 8 9 10 20 30 40 50 60 70 80 90
t u v w x y z
100 110 120 130 140 150 160

---

①② 见《圣经·新约·启示录》。

按照这个字母表,把拿破仑皇帝这个名字中的字母都换成数字,其总和为666,因此,拿破仑是《启示录》中预言的那个兽。另外,再按照这个字母表,把那个"说夸大话亵渎话"的兽的限期——四十二也变为数字,其总和也是666,由此可知,到一八一二年,拿破仑的权限就满期了,因为这位法国皇帝在一八一二年已满四十二岁。这个预言使皮埃尔很吃惊,他时常问自己,是什么结束那个兽的也就是拿破仑的权力的期限,他根据那个字母数字来计算,极力找出使他感到兴趣的问题的答案。皮埃尔把问题写出来:亚历山大皇帝? 俄罗斯民族? 他把字母代表的数字加起来,但是总数不是大大超过666,就是少于666。有一次他写出自己的名字皮埃尔·别祖霍夫伯爵来计算;得数也差得多。他改变拼法,把 z 换成 s,添一个 de,再加一个冠词 le,仍然得不出预期的结果。他忽然起了一个念头,如果问题的答案在他的名字里面,那么,这个答案里面一定要有他的国籍。他写出俄国人别祖霍夫。计算的结果得出671。只多出 5 这个数;"e"代表 5,这个"e"在 L'empereur 一词前的冠词里是省略的。他也照样去掉"e",虽然这是不许可的,于是得到了答案:俄国人别祖霍夫等于666。这个发现使他兴奋。他怎么会与那个《启示录》预言的伟大事件有联系,有什么联系,他不知道;但是他毫不怀疑这个联系。他对娜塔莎的爱情、敌基督、拿破仑的入侵、彗星、666、拿破仑皇帝以及俄国人别祖霍夫——所有这一切都必然成熟,爆发,把他从那个着了魔的、充满了莫斯科习气的(他觉得他是这种习气的俘虏)、毫无价值的环境中拯救出来,使他走上建立丰功伟绩和得到伟大幸福的道路。

在朗读那篇祷文的星期日的前一天,他曾答应罗斯托夫家里的人把《告俄国民众书》和军队最新的消息从他的老相识拉斯托普钦伯爵那儿带给他们。第二天一早皮埃尔去拉斯托普钦伯爵家,在那里遇见一个刚从军队来的信使。

这个信使是莫斯科舞会的常客,皮埃尔认识他。

"看在上帝面上,您能不能帮帮我的忙?"信使说,"我有满满一口袋家信。"

在这些信中间,有一封是尼古拉·罗斯托夫给他父亲的信。皮埃尔拿了这封信。此外,拉斯托普钦伯爵把刚印好的皇帝《告莫斯科民众书》、刚发给军队的几项命令和他的最新的告示交给皮埃尔。皮埃尔看了看给军队的命令,其中有一项命令载有伤亡和受奖人员的名单,他在名单上发现尼古拉·罗斯托夫因在奥斯特罗夫纳战役中表现英勇而奖给四级圣乔治勋章,在同一命令中,又发现安德烈·博尔孔斯基被任命为猎骑兵团团长。虽然他不愿向罗斯托夫家里的人提博尔孔斯基,但他急切地想用他们儿子获奖的消息使他们高兴,于是把铅印的命令和信打发人先送到罗斯托夫家,而把《告民众书》、告示以及其他命令留下来,在去吃饭的时候亲自带给他们。

和拉斯托普钦伯爵的谈话——他那谈话的腔调忧心忡忡,慌慌忙忙;和信使的相遇,他在谈论前方军情不佳时漠不关心;关于莫斯科发现间谍和传单的谣传——传单上说,拿破仑在秋季前要占领俄国两座都城;关于皇帝明天将要莅临的谈论——所有这一切,又以新的力量在皮埃尔心中唤起激动和有所期待的感情,自从出现彗星,特别是自从开战以来,皮埃尔一直怀着这种感情。

皮埃尔早就想服兵役,他本来可以这样做的,不过有两件事妨碍他这样做,第一,他是共济会会员,受誓言的约束,共济会是宣传永久和平和消灭战争的;第二,他看见许许多多莫斯科人穿着军服,宣传爱国主义,他不知为什么觉得羞于照样做。他未实现参军意愿的主要原因,是因为他怀有一个朦胧的意念:俄国人别祖霍夫,是具有兽的 666 数字的意义的,对于结束那头说夸大亵渎话的兽的权限的大事业,早已注定由他来完成,因此,他什么都不必做,只需等待那必然会实现的事情。

二十

每到星期天,总有知近的熟人在罗斯托夫家吃饭。

皮埃尔想单独见到他们,所以早一点就去了。

近一年来,皮埃尔发胖了,假如他长得不是这么高,四肢不是这么粗大,劲头不是大得足以灵活自如地带动他那肥胖的躯体,那么,他就会显得丑陋了。

他气喘吁吁,口中念念有词,走上了楼梯。他的车夫已经用不着问他要不要等候。他知道,伯爵在罗斯托夫家里不到十二点是不会离开的。罗斯托夫家的仆人欢欢喜喜地跑过来给他脱斗篷,接过手杖和帽子。皮埃尔按照俱乐部的习惯,把手杖和帽子都放在前厅。

他在罗斯托夫家见到的第一个人,就是娜塔莎。在他还没有见到她之前,他在前厅脱斗篷时,就听见她的声音了。她在大厅练习视唱。他知道,自从她得病后,就未曾唱歌了,所以她的歌声使他又惊又喜。他悄悄推开门,看见娜塔莎穿一件做礼拜时常穿的雪青色连衣裙,她边走边唱。当他开门时,她是背朝着他的,但当她蓦然转过身来,看见他那张神色惊奇的胖脸的时候,她的脸绯红了,快步向他走去。

"我想试试再唱一下,"她说,"这总算有点事儿干。"她仿佛抱歉似的又补上一句。

"好极了。"

"您来了,我真高兴! 我今天快活极了!"她说,皮埃尔在她身上又看到久已不见的活泼情态,"您可知道,尼古拉得圣乔治十字勋章了。我多么为他自豪啊。"

"当然知道,命令是我送来的。好了,我不打扰您了。"他又说,就要往客厅走。

娜塔莎拦住他。

"伯爵,怎么啦,嫌我唱得不好吗?"她红着脸说,但她并不低垂眼帘,而是疑问地望着皮埃尔。

"哪里……为什么?恰恰相反……不过,您为什么这样问我?"

"连我自己也不知道,"娜塔莎急切地回答,"不过我不愿做您不欢喜的事情。我一切都相信您。您不知道,您对我是多么重要,您对我做了多少事情……"她说得很快,没有注意她说这话时皮埃尔的脸红了,"在那同一命令中我看见了他,博尔孔斯基(她提起他时,说得很快,声音又低),他在俄国又服役了。您以为怎样,"她说得又快又急,显然怕力不从心,"他有一天会原谅我吗?他不会永远对我抱有恶感吧?您以为怎样?您以为怎样?"

"我以为……"皮埃尔说,"他没有什么要宽恕您的……假如我处在他的地位……"由于回忆,在皮埃尔的想象中立刻再现那天的情景:他安慰她说,假如他不是他自己,而是世界上最好的人,而且是个自由的人,他会跪下向她求婚,于是,仍然是那种怜悯、柔情和爱慕的感情充满了他的心胸,仍然是那些话来到他的嘴边,但是她不给他说这些话的时间。

"您啊——您,"她说,满怀热情地说出这个您字,"您是另一回事了。我不知道有谁比您更善良,更宽厚,更好的了,而且也不可能有这样的人。如果当时没有您,甚至现在没有您,我不知道我会怎么样,因为……"泪水忽然涌出她的眼眶;她转过身去,拿起乐谱举到眼前,又唱起来,又在大厅里走来走去。

这时彼佳从客厅跑进来。

彼佳现在是一个漂亮的、面颊红润的十三岁的男孩,嘴唇又厚又红,像娜塔莎的嘴唇。他准备考大学,但近来他和同伴奥博连斯基秘密决定去当骠骑兵。

彼佳就是为了这件事来找他的同名者①的。

他请求皮埃尔打听一下骠骑兵要不要他。

皮埃尔不听彼佳说话,在大厅里来回踱步。

彼佳拽拽他的胳臂,让他注意他。

"我的事情怎么样了,彼得·基里雷奇,看在上帝的面上! 全靠您啦。"彼佳说。

"啊,是了,是了,你托的事。去当骠骑兵吗? 我去说,我去说。今天就去说。"

"怎么样,亲爱的,怎么样,宣言弄到了吗?"老伯爵问,"伯爵夫人在拉祖莫夫斯基家做礼拜,听到了新的祷文。祷文好极了,她说。"

"弄到了,"皮埃尔回答,"明天皇帝就要到……举行了贵族非常会议,据说,一千人中要抽十人去当兵。对了,我还没向您道喜呢。"

"是的,是的,感谢上帝。军队有什么消息?"

"咱们的军队又后退了。据说已经撤到斯摩棱斯克了。"皮埃尔回答。

"我的上帝,我的上帝!"伯爵说,"宣言呢?"

"告民众书! 啊,对啦!"皮埃尔在衣袋里掏起来,可是找不到。他一面拍身上的衣袋,一面吻走过来的伯爵夫人的手,眼睛不安地东张西望,显然是等待娜塔莎,她已经不唱了,可是没有走进客厅。

---

① 彼佳是彼得的小名,皮埃尔是彼得的法语称谓,故同名。

"真的，我实在不知道我把它放在哪儿了。"他说。

"看你，总是丢三落四的。"伯爵夫人说。

娜塔莎进来了，她脸上带着柔和而兴奋的神情，她坐下，默默地望着皮埃尔。她一进来，皮埃尔本来阴郁的面色，顿时容光焕发，他一面寻找文件，一面向她瞟了几眼。

"真的，我忘在家里了，我回去一趟。必须……"

"那您就来不及吃饭了。"

"对了，而且车夫也走了。"

但是，到前厅找文件的索尼娅，在皮埃尔的帽子里找到了，是他仔细把文件掖在帽褶里的。皮埃尔想要朗读。

"先别念，吃过饭再说。"老伯爵说，显然他预期从朗读中得到极大的乐趣。

吃饭的时候，大家喝香槟酒祝圣乔治十字勋章获得者的健康，申申讲城里的新闻：老格鲁吉亚公爵夫人的病情，梅蒂维埃从莫斯科悄悄溜走，有一个德国人被押到拉斯托普钦那儿，控告这个德国人是个"暗探"（这是拉斯托普钦伯爵本人的原话），他对老百姓说，这不是什么"暗探"，不过是一个德国糟老头子，然后就命令把他放了。

"在捕人呢，在捕人呢，"伯爵说，"所以我也交代伯爵夫人，要少说法国话，现在不是时候。"

"你们听说吗？"申申说，"戈利岑公爵请了一位俄国教师，在学俄语呢——在街上讲法语成了危险的事情了。"

"怎么样，彼得·基里雷奇，民兵怎么招募呀，您也要跨上战马吗？"老伯爵对皮埃尔说。

皮埃尔整顿饭一声不响，若有所思。在对他说话时，他看了看伯爵，仿佛没听懂似的。

"是的，是的，要去打仗，"他说，"得了吧！我算什么战士！而且一切都这么奇怪,这么奇怪! 连我自己也不明白。我不知道,我对军事毫无兴趣,但是在目前,谁对自己都不能负责了。"

饭后,伯爵安详舒适地坐在安乐椅里,带着严肃的面孔,叫以朗诵见长的索尼娅读《告民众书》。

"通告我们古都莫斯科。

"敌人以强大的兵力进犯我们的边境。他来毁灭我们亲爱的祖国了。"索尼娅用她那尖细的声音卖力地朗读。伯爵闭上眼睛,听到某些句子,发出阵阵的叹息声。

娜塔莎笔直地坐在那里,用探究的目光时而朝父亲凝视,时而朝皮埃尔凝视。

皮埃尔感到她的目光,但是极力不回头看。每读到雄壮威严的句子,伯爵夫人就不以为然地愤愤地摇摇头。她在这些字句里面只看见威胁着她儿子的危险一时还完不了。申申撇着嘴,带嘲讽的意味微笑着,显然准备一有机会就加以嘲笑,比如对索尼娅的朗读,对伯爵会说出的什么话,如果想不出更好的借口,就嘲笑《告民众书》。

读到威胁俄国的危险,皇上对莫斯科寄予的希望,特别是对名门贵族寄予的希望的时候,索尼娅的嗓音颤抖了,这主要由于大家都聚精会神听她读,她读最后几句话:"我们刻不容缓地到首都人民中间去,到全国各地去,同我们的民团会商并指挥他们,他们现在正阻击敌人前进,还有的正在组织起来打击敌人,不管敌人在哪儿出现。就让敌人妄图加在我们身上的毁灭命运落到他们自己头上吧,让从奴役中解放出来的欧洲赞美俄罗斯的名字吧!"

"好,说得好极了!"伯爵喊道,他睁开湿润的眼睛,断断续续呼哧了几声鼻子,就像把浓醋酸盐瓶送到他的鼻子跟前似的,"只要皇上一声令下,我们牺牲一切也在所不惜。"

申申还没来得及说出他已经准备好的对伯爵爱国主义的嘲

笑,娜塔莎从她的座位上一跃而起,向父亲跑过去。

"多么可爱啊,这个爸爸!"她一边说,一边吻他,又向皮埃尔瞟了一眼,带着她那又恢复了的不自觉的妩媚和活泼。

"好一个女爱国者!"申申说。

"并不是什么爱国者不爱国者,不过是……"娜塔莎气愤地回答,"您对什么都觉得好笑,这全然不是笑话……"

"谈不上玩笑!"伯爵也附和说,"只要一声令下,我们就都上……我们不是那些德国佬……"

"你们注意没有,"皮埃尔说,"那上面说:'要进行会商'。"

"不管那儿要进行什么……"

这时,谁也没有注意的彼佳走到父亲跟前,他满脸通红,用时粗时细的变了音的嗓子说:

"现在我要干脆地说,爸爸,对妈妈也照样说,你们让我参军去吧,因为我不能……这就是我要说的……"

伯爵夫人吃惊地两眼往上一翻,两手一拍,愤愤地对丈夫说:

"扯出事来了吧!"她说。

但是,这时伯爵从慷慨激昂中镇静下来。

"得了,得了,"他说,"又跑出一个战士! 不要胡闹:要好好读书。"

"这不是胡闹,爸爸。奥博连斯基·费佳比我小,他也要去,主要的,反正我现在什么也学不进去,正当……"彼佳停住了,脸红得冒汗,仍然说下去,"正当祖国遭到危险的时候。"

"够了,够了,胡闹……"

"是您自己说的,我们可以牺牲一切。"

"彼佳! 我告诉你,住嘴。"伯爵呵斥道,转脸看了看妻子,她脸色刷白,定睛望着小儿子。

"我对您说了。彼得·基里洛维奇也要对您说……"

"我告诉你,你这是胡说,乳臭未干就想当兵!好了,好了,我告诉你。"伯爵拿起那些文件,就往外走。大概他是想在书房里午睡前再读一遍。

"彼得·基里洛维奇,走,咱们去吸烟……"

皮埃尔窘迫不安,犹豫不定。娜塔莎那对兴奋的眼睛闪着奇异的光,非常亲切地不停地凝视着他,使他陷入这种状态。

"不,我似乎该回家了……"

"怎么回家,您不是要在我们这儿待到晚上……您近来又不常来。而且我的这个……"伯爵和蔼地指着娜塔莎说,"只有您在的时候她才高兴……"

"对了,我忘记了……我一定要回去……有事情……"皮埃尔连忙说。

"那么就再见吧。"伯爵说着就走出房去。

"您为什么要走?您为什么心神不安?为什么?……"娜塔莎问皮埃尔,挑战似的望着他的眼睛。

"因为我爱你!"他想说,但是没有说出口,脸红得要流泪,他垂下了眼睑。

"因为我最好还是少到您这儿来……因为……不是,我不过是有事情……"

"为什么?不,告诉我。"娜塔莎本来口气很坚决,可是忽然停住了。他们俩吃惊地、窘迫地互相望着。他试图微笑一下,但不可能:他的微笑含有辛酸的苦味,他默默地吻了吻她的手,就走了出去。

皮埃尔暗自决定,再也不到罗斯托夫家去了。

二十一

彼佳在遭到坚决的拒绝后,回到自己房里,锁上门,痛哭了一场。当他去喝茶时,不言不语,神色阴郁,两眼哭得通红,大家都装作没有看见。

第二天皇帝驾到。罗斯托夫的几个家仆请假去观光皇帝的驾临。这天一清早,彼佳就长久地穿戴,梳洗,把硬领弄得和大人的一样。他对着镜子皱着眉头,做各种姿态,耸耸肩,最后,不和任何人打招呼,戴上制帽,尽可能不让人看见,从后门出去了。彼佳打算见到皇上,直接向某一位侍从说明(彼佳以为皇帝周围经常围着一大批侍从),他这个罗斯托夫伯爵,别看年幼,愿意为祖国服务,年幼不能成为为祖国效忠的障碍,他准备着……彼佳在预备出门的工夫,想好了许多他对侍从要说的动听的话。

彼佳估计他向皇帝毛遂自荐之所以能够成功,正是因为他是一个孩子(彼佳甚至想象人人都为他这么年幼而惊奇),可是同时,他整理硬领、发型、步伐庄重而从容,把自己装成一个老年人。但是他越向前走,他就越被克里姆林宫附近越来越多的人群所吸引,他就越忘记遵守大人所固有的庄重从容的派头。当他走近克里姆林宫的时候,他所关心的已经是防备不给别人挤坏,他两手叉腰,摆出坚决威严的姿态。但是在三座门里,不管他是多么果敢,人们大概不知道他去克里姆林宫抱有多么大的爱国热忱,硬是把他挤到墙上,当马车隆隆地驶过拱门时,他不得不屈服,只好站住了。彼佳身旁站着一个农妇、一个仆役、两个商人和一名退伍士兵。彼佳不等所有马车过完,就抢先向前挤过去,用臂肘推搡起来;站在他对面的那个农妇,首当其冲,她气愤地呵斥他:

“你瞎撞什么,小少爷,你没看见大家都站住不动。挤个什么劲儿呀!”

“大家都来挤吧!”那个仆役说,也开始活动他的臂肘,把彼佳挤到门洞里一个气味难闻的角落里。

彼佳用手擦擦满脸的汗水,整整汗湿的、在家里摆弄得像大人的一样好的领子。

彼佳觉得他的外表弄得很不体面,他担心照他现在这样出现在侍从面前,他们是不会让他去见皇上的。但是,由于拥挤,修饰一番,或者换个地方,又完全不可能。在路过的将军中间有一位是罗斯托夫家的熟人。彼佳想求他援助,但他认为这与大丈夫气概不相容。当全部马车都过完的时候,人群有如潮涌把彼佳带到站满了人的广场上。不仅广场上,而且斜坡上,屋顶上,到处都是人。彼佳刚到广场上,就清清楚楚听到整个克里姆林宫充满钟声和欢快的人们的谈笑声。

有一阵子广场比较松快,可是突然间,人们都脱帽,一直向前冲去。彼佳被挤得喘不过气来,大家都在喊:"乌拉!乌拉!乌拉!"彼佳踮起脚尖,被人推推挤挤,但是除了周围的人群,什么也看不见。

所有人的表情都非常感动和兴高采烈。一个站在彼佳身旁的女商贩号啕大哭,眼泪直流。

"父亲,天使,老天啊!"她一面说,一面用手指抹眼泪。

"乌拉!"四面八方的人们在呼喊。

人群在一个地方停了一会儿;然后又向前拥去。

彼佳简直忘了一切,咬紧牙关,把眼瞪得像野兽似的,拼命向前挤,一面用臂肘推搡,一面喊"乌拉!"就像他这时要杀死自己和所有的人似的,但是在他身边攒动着和他一样的具有野兽般面孔的人们,也同样喊着"乌拉!"

"皇帝原来是这样!"彼佳想道,"不行,我不能亲自把呈文递给皇上,这样太冒失了!"虽然这样,他仍然拼命往前钻,从他前面的人们背脊的缝隙中望去,有一条铺着猩红地毯的空地在他眼前一闪;可是这时人群忽然踉踉跄跄往后退(前面的巡警推挡那些太靠近卫队行列的人群;皇帝从宫里正向圣母升天大教堂走去),

彼佳的肋骨意外地受到重力一撞,又被挤了一下,他突然两眼发黑,失去了知觉。当他醒过来时,一个教士模样的人,脑后有一绺白发,穿一件蓝色旧长袍,大约是一个助祭,用一只手臂把他挟在腋下,用另一只手臂挡住挤过来的人群。

"挤死人了!把小少爷挤死了!"助祭说,"这样不行!……轻一点……挤死人了,挤死人了!"

皇帝步入圣母升天大教堂。人群又平静下来,于是助祭把面色苍白、呼吸困难的彼佳带到炮王①那儿。有些人觉得彼佳怪可怜的,忽然人群都来看他,在他周围拥挤起来。站在他跟前的人们照料他,解开他的常礼服,把他放在高高的炮台上,责骂那些挤他的人。

"这样能把一个人踩死。真不像话!简直要出人命了!瞧这可怜的孩子,脸色白得像白纸。"几个声音说。

彼佳很快就清醒过来,他的脸上又泛起红晕,疼痛也过去了,以这暂时的不愉快,却换来炮台这个位置,他希望从这位置上看见准会返回去的皇帝。彼佳现在已经不再想递呈文了。只要能看见他——他就认为自己是幸福的了。

在圣母升天大教堂做礼拜的时候——这是一次为皇帝驾临和为同土耳其媾和而举行的联合祈祷,人群散开了;小贩出现了,叫卖克瓦斯、糖饼和彼佳特别爱吃的罂粟糖饼,又可以听见日常的谈话。一个女商贩把挤破的披巾给人看,她说她是出大价钱买来的;另一个女商贩说,如今丝绸都涨价了。救彼佳的那个助祭和一个官吏说,那天是某某和某某神父陪同主教主持礼拜。助祭一再说"会同主祭"这个彼佳不懂得的词。两个小市民正在同几个嗑榛子的农奴姑娘调笑。所有这些谈话,特别是同姑娘们的调笑,都是

---

① 炮王是一五八六年铸造的大炮,现保存在克里姆林宫。

对像彼佳这样年龄的男孩最有吸引力的,但是现在这些谈话却引不起彼佳的兴趣;他坐在那尊炮的高台上,一想到皇帝,想到对他的爱戴,心中仍然很激动。在他被挤时的疼痛和恐惧的感觉连同欢喜的感觉,更使他意识到目前时刻的重要性。

忽然从河岸传来礼炮声(这是庆祝与土耳其媾和),人们向河岸蜂拥过去——去看怎样放炮。彼佳也要往那儿跑,但以保护小少爷为己任的助祭不让他去。继续放礼炮,这时从圣母升天大教堂跑出军官、将军、侍从,然后又走出几个步履从容的人,人群又脱下帽子,那些跑去看放炮的人,都跑回来。最后,从大教堂门里走出四个穿制服,佩绶带的男人。"乌拉!乌拉!"人群又高呼起来。

"什么人?什么人?"彼佳带着哭腔问周围的人,但是没有人回答他;大家太入迷了,彼佳选了四个人中的一个,他由于高兴得泪水模糊了眼睛,看不清那个人,虽然那人不是皇帝,他满怀喜悦,用狂热的声音喊"乌拉!"并且决定,无论如何明天他要当一个军人。

人群跟着皇帝跑,一直送他到皇宫,然后就散了。已经很晚了,彼佳还没吃东西,他大汗淋漓;但是他不回家,同剩下的还相当多的人群站在宫殿前面,在皇帝进餐的时候,向宫殿的窗户张望,还在期待着什么,非常羡慕那些正走上宫殿门厅,前去和皇帝共进午餐的达官贵人,也羡慕那些正在餐桌前伺候,透过窗口隐约可见的宫廷侍者。

在皇帝吃饭的时候,瓦卢耶夫转脸对窗口望望,说:

"民众还想再见一见陛下。"

用完饭,皇帝吃着最后一片饼干,站起身来,走到阳台上。民众,其中也有彼佳,向阳台拥过去。

"天使,老天啊!乌拉!父亲啊!……"民众喊道,彼佳也跟着喊,又有一些农妇和几个心肠软的男人,欢喜得哭起来。皇帝手里拿着一片相当大的吃剩的饼干,掰碎了,落在阳台的栏杆上,从栏杆上掉到地上。一个站得最近的穿短上衣的车夫,向那块饼干扑过去,把饼干抓在手里。人群中有几个人向车夫扑过去。皇帝看到这情景,吩咐递给他一盘饼干,开始从阳台上撒饼干。彼佳两眼充血,被挤坏的危险更使他紧张,他向饼干冲过去。他不知道为什么要这样做,但是他必须拿到一片沙皇手中的饼干。他冲过去,绊倒了一个正在抢饼干的老太太。老太太虽然躺倒在地,但仍不认输(她抢饼干,但饼干没落到她的手边)。彼佳用膝盖推开她的手,抄起一块饼干,他像怕错过机会,又高呼"乌拉!"嗓子已经嘶哑了。

皇帝走了,随后大部分人也散了。

"我就说嘛,还要再等一等——果不其然,等到了。"人群中,四面八方传来快乐的谈话声。

尽管彼佳很幸福,他走回家的时候依然闷闷不乐,他知道,这一天的欢乐完结了。彼佳离开克里姆林宫,不是直接回家,而是找他的伙伴奥博连斯基,一个也要参军的十五岁的少年。回到家里,他坚决而且强硬地宣称,如果不让他参军,他就逃跑。第二天,伊利亚·安德烈伊奇伯爵虽然没有十分屈服,可是出门去打听,看能不能给彼佳谋一个较安全的位置。

二十二

两天后,十五日早晨,斯洛博达宫门前停着无数的马车。

每座大厅都挤满了人。第一座里面,是穿制服的贵族,第二座里面,是佩戴奖章、留着大胡子、穿着蓝灰色长衣的商人。在贵族会议大厅里,发出嗡嗡的谈话声和走动声。在皇帝的挂像下面一张大桌子旁,一些最显贵的大官坐在高高的靠背椅里;但大多数贵族都在大厅里走来走去。

　　所有这些贵族，都是皮埃尔每天不是在俱乐部里就是在他们家里见过的，现在他们一律身着制服，有的穿叶卡捷琳娜女皇时代的，有的穿保罗皇帝时代的，有的穿亚历山大皇帝新朝的制服，还有的穿一般贵族制服，这种制服的共同特征，就是给这些老老少少、各式各样、平时面熟的人物增添一种稀奇古怪的意味。特别令人注目的是那些老头子，他们两眼昏花、牙齿脱落，脑壳光秃，面孔浮肿，皮肤姜黄，或者满脸皱纹，瘦骨嶙峋。他们多半坐在座位上一声不响，如果他们走动一下，找人说说话，那也是专找某个年轻人。所有这些人的面孔，也像彼佳在广场见到的那些人群的面孔，有一种显着矛盾的表情：对某种重大庄严事情的期待和对日常的、昨天的事情的关怀，如对波士顿牌局、彼得鲁什卡厨师、季娜伊达·德米特里耶夫娜的健康及其他诸如此类事情的关怀。

　　一大早，皮埃尔身着一件使他行动笨拙的窄瘦的贵族制服，来到大厅。他心情很激动：这次不平常的集会，不仅有贵族，而且也有商人参加——包括三级会议各阶层，引起他一连串久已搁置的、但深深印在心中的关于民约论和法国大革命的联想。他在《告民众书》中看到一句话，说皇上返回首都是为了同民众共商国是的，这更肯定了他的想法。因此他认为，他久已期待的重要事件就要到来了，于是他走来走去，观察，倾听，但是到处都没有发现他所关心的那种思想。

　　宣读皇帝的宣言时，引起一阵狂喜，然后大家谈论着散开了。皮埃尔除了听到一些日常的话题，还听到人们谈论：皇上进来时，首席贵族应当站在什么地方，什么时候举行招待皇帝的舞会，各县分开还是全省在一起……但一涉及战争和如何召来贵族，就谈得不那么明确，含糊其词了。大家都更愿意听而不愿意说了。

　　一个中年男子，英气勃勃，仪表堂堂，穿一身退役的海军服，正在一个大厅里说话,四周围着许多人。皮埃尔走近围着讲话人的圈子,倾听起来。伊利亚·安德烈伊奇伯爵穿一身叶卡捷琳娜时代的将军服,含着愉快的微笑在人群中走来走去,所有的人他都认识,他也走近这一群人,就像他一向听人讲话那样,带着和善的笑容,听人说话,不住赞许地点头,表示同意。那个退役海军的谈吐毫无顾忌;这从听众脸上的表情,从皮埃尔认为最老实安分的人们不以为然地走开或者表示反对,可以看出。皮埃尔挤到中间,注意听了听,相信讲话的人的确是一个自由主义者,是和他心目中完全不同意义的自由主义者。海军军人的声音特别响亮,悦耳,是贵族所特有的男中音,怪好听地用喉音发"P"这个音,辅音很短,就像在喊人:"拿茶来,拿烟袋来!"之类时的声调。他说话的声音有一种惯于纵酒和发号施令的味道。

"斯摩棱斯克人向皇上建议组织民团。难道斯摩棱斯克人的话对于我们就是命令?如果莫斯科省的高尚贵族认为必要,他们可以用别的办法效忠皇上。难道我们忘了一八○七年的民团!结果得到好处的只是那些吃教会饭的,再就是小偷强盗……"

伊利亚·安德烈伊奇伯爵含着甜丝丝的微笑,赞许地点着头。

"试问,难道我们的民团对国家有利吗?毫无利益可言!只能糟蹋我们的财产。最好是再征兵……不然,复员回来的,兵不像兵,庄稼人不像庄稼人,只落个浪荡坯子。贵族不珍惜自己的性命,我们人人都去参军,人人都去招兵,只要圣上(他这样称呼皇帝)一声号召,我们全都为他去牺牲。"这位演说家激昂慷慨地又补充说。

伊利亚·安德烈伊奇欢喜得直咽口水,不住地捅捅皮埃尔,但皮埃尔也急于要说话。他挤向前去,他觉得自己非常兴奋,但是他还不知道他兴奋什么,也不知道他要说什么。他刚要开口,一个离那个讲话的人站得很近的枢密官——此人牙齿掉得精光,有一张聪明的面孔，但满脸怒容，打断了皮埃尔的话。他显然惯于主持讨论和处理问题，他的声音很低，但还听得见。

"我认为，阁下，"枢密官用没有牙齿的嘴巴含糊不清地说，"我们被召来不是讨论目前对国家更有利的是什么——是征兵还是成立民团。我们是来响应皇帝陛下对我们的号召的。至于说征兵有利还是成立民团有利，我们恭候最高当局的裁决……"

皮埃尔忽然给他那满腔义愤找到发泄的机会。那位枢密官对目前贵族当务之急提出迂腐而狭隘的观点，皮埃尔对此予以无情的驳斥。皮埃尔走向前去制止住他。连他自己也不知要说什么，但是开始热烈地说起来，时而夹杂一些法语，时而用书面俄语表达。

"请原谅，阁下，"他开始说（皮埃尔同这位枢密官是老相识，但是他认为这时对他有打官腔的必要），"虽然我不同意这位先生……（皮埃尔结巴了一下，他本来想说我可敬的对手）也不同意这位先生……我还没有荣幸认识他；但是我认为，贵族被请来，除了表一表他们的同情和喜悦，还应当商讨拯救我们祖国的大计。我认为，"他激昂地说，"如果皇上看见我们只不过是一些把自己的农奴献给他的农奴主，只不过是我们把自己充当炮灰，而从我们这儿没有得到救……救……救亡的策略，那么，皇上是不会满意的。"

许多人看到枢密官露出轻蔑的微笑和皮埃尔信口开河，就从人群中走开了；只有伊利亚·安德烈伊奇对皮埃尔的话很满意，正像他对海军军人的话，枢密官的话，总之，对他刚听到的任何人的话，全都满意一样。

"我认为，在讨论这种问题之前，"皮埃尔接着说，"我们应当问问皇上，恭恭敬敬地请陛下告诉我们，我们有多少军队，我们的军队和正在作战的部队情况如何，然后……"

但是,皮埃尔还没有把话说完,就忽然受到三方面的攻击。攻击他最厉害的是一个他的老相识斯捷潘·斯捷潘诺维奇·阿普拉克辛,此人是玩波士顿牌的能手,对皮埃尔一向怀有好感。斯捷潘·斯捷潘诺维奇身穿制服,不知是由于这身制服还是由于别的原因,皮埃尔在他面前看见一个完全不同的人。斯捷潘·斯捷潘诺维奇脸上突然露出老年人的凶相,向皮埃尔呵斥道:

"首先,启禀阁下,我们无权向皇上询问这事;其次,俄国贵族就算有这种权利,皇上也不可能答复我们。军队是要看敌人的行动而行动的——军队的增和减……"

另外一个人的声音打断了阿普拉克辛的话,这个人中等身材,四十来岁,前些时候皮埃尔在茨冈舞女那儿常常看见他,知道他是一个蹩脚的牌手,他今天也因穿了制服而变了样子,他向皮埃尔迈进一步。

"而且现在不是发议论的时候,"这是那个贵族的声音,"而是要行动:战火已经蔓延到俄国。我们的敌人打来了,它要灭亡俄国,践踏我们祖先的坟墓,掠走我们的妻子和儿女。"这个贵族捶着胸脯,"我们动员起来,人人都勇往直前,人人都为沙皇圣主战斗!"他瞪着充血的眼睛,喊道。从人群中发出几处赞许的声音。"为了保卫我们的信仰、王位和祖国,我们俄罗斯人不惜流血牺牲。如果我们是祖国的男儿,就不要净说空话吧。我们要让欧洲知道,俄国人站起来保卫俄国了。"那个贵族喊道。

皮埃尔想反对,但是一句话也说不出。他觉得,问题不在他的话包含什么思想,而是他的声音,总不如那个生气勃勃的贵族说得响亮。

伊利亚·安德烈伊奇在那圈人群后面频频点头称赞;在那人说到最后一句话的时候,有几个人猛地转身对着演说的人说:

"对啦,对啦,就是这样!"

皮埃尔想说他并不反对献出金钱、农奴,甚至他自己,但是,要想解决问题,就得弄清楚情况,可是他张口结舌,一个字也说不出。许多声音一齐叫喊,发表意见,弄得伊利亚·安德烈伊奇应接不暇,连连点头;人群聚了又散,散了又聚,吵吵嚷嚷,一齐向大厅里一张大桌子拥去。皮埃尔的话不但没能说完,而且粗暴地被人打断,人们推开他,避开他,像对待共同的敌人一样。这种情况之所以发生,并不是因为对他的话的含义有所不满——在他之后又有许多人发表演说,他的意见早被人忘记了——而是因为,为了鼓舞人群,必须有可以感觉到的爱的对象和可以感觉到的恨的对象。皮埃尔就成为恨的对象。在那个贵族慷慨陈词之后,又有很多人发了言,所有说话的都是一个调子。许多人都说得极好,而且有独到的见解。

《俄罗斯导报》出版家格林卡①被人认出来了("作家,作家!"人群中传出喊声),这位出版家说,地狱应当用地狱来反击,他曾见过一个孩子在雷电交加的时候还在微笑,但是我们不要做那个孩子。

"对,对,雷电交加!"几个站在后边的人赞许地重复说。

人群向一张大桌子走去,桌旁坐着几位身着制服,佩带绶带,白发秃顶的七十来岁的高官显贵,差不多全是皮埃尔常见的,看见他们在他们家里逗小丑们取乐,或者在俱乐部里打波士顿牌。人群嗡嗡地响着向桌子走去。讲话的人一个接着一个,有时两个一齐讲,他们被熙熙攘攘的人群挤到高椅背后面。站在后面的人发现讲话的人有什么没讲到的地方,就赶紧加以补充。在这热气腾腾和拥挤的气氛中,有些人在搜索枯肠,想找点什么,好赶快说出来。皮埃尔认识的那几个年高的大官坐在那儿,时而看看这个,时

---

① 谢·尼·格林卡(1776—1847),俄国作家。

而看看那个,他们脸上的表情,大都说明他们觉得很热。然而皮埃尔情绪也高昂起来,那种普遍表示牺牲一切在所不惜的气概(多半表现在声音上,而不是表现在讲话的内容上),也感染了他。他不放弃自己的意见,但是他觉得他犯了什么错误,想辩解一下。

"我只是说,当我们知道迫切需要的是什么的时候,我们的牺牲就会更有价值。"他竭力压倒别人的声音,赶忙说。

一个离得最近的小老头转脸看了他一眼,随即被桌子另一边的声音吸引过去。

"是的,莫斯科就要放弃了!它将要成为赎罪的牺牲品!"有人喊道。

"他是人类的敌人!"另一个人喊道,"让我来说……先生们,挤死我了!……"

二十三

这时,这群贵族让出一条道来,拉斯托普钦伯爵快步从闪开的人群中走进大厅,他身着将军服,肩挎绶带,下巴突出,有一对灵活的眼睛。

"皇帝陛下即刻就到,"拉斯托普钦说,"我刚从那儿来。我认为,处在我们目前这样的景况,没有什么可考虑的。蒙皇上降旨把我们和商人召来,"拉斯托普钦伯爵说,"那边已经有数百万献出来了(他指了指商人的大厅),而我们的任务是提供民团,毫不吝惜自己……这是我们至少能够做到的!"

坐在桌旁的那些大官开会讨论了。整个会议都非常安静。在经过先前的喧哗之后,听到老人们的嗓音一个跟一个地说:"同意",有的为了变个样,说:"我也是那个意见",等等,会开得很沉闷。

文书奉命记录莫斯科贵族的决议:莫斯科贵族和斯摩棱斯克贵族一样,每千名农奴抽民兵十名,并配给全副装备。开会的先生们仿佛松了一口气,发出移动椅子的响声,一个个都到大厅中间蹓蹓腿,随便挽起哪一位的胳膊,闲聊起来。

"皇上! 皇上!"忽然整个大厅都响遍了喊声。所有的人都向门口拥去。

皇帝经过贵族站成两堵墙之间的宽阔通道走进大厅。每个人的脸上都露出既恭敬又畏惧的好奇神情。皮埃尔站得较远,皇帝的话听不十分清楚。他只听懂皇帝谈到国家处境的危险,谈到他寄予莫斯科贵族的希望。有一个声音向皇帝报告刚才贵族做出的决议。

"诸位先生!"皇帝的声音颤抖了;人群动荡一下又静下来,于是皮埃尔清楚地听见皇帝十分感动的、富有人情味的悦耳声音,他说:"我从来就不怀疑俄罗斯贵族的热心。然而今天贵族们的热心超出了我的期望。我代表祖国感谢你们。诸位先生,我们要行动——时间最宝贵……"

皇帝停住了,人群开始挤在他的周围,从四面八方传出欢喜的赞叹声。

"是的,最宝贵的是……皇帝的话。"伊利亚·安德烈伊奇在后面痛哭失声地说,其实他什么都没听见,一切全是他自己想当然。

皇帝从贵族大厅步入商人大厅。他在那里停留了十来分钟。皮埃尔和其余的人都看见,皇帝从商人大厅出来时,眼睛含着感动的泪水。后来才听说,皇帝刚一开始对商人讲话,就热泪直流,他用颤抖的声音讲完了话。当皮埃尔看见皇帝的时候,他正走出来,两个商人陪着他。一个是身躯肥胖的承包商①,皮埃尔认识他,另

---

① 十九世纪在俄国向国家承包税收,或承包某项专利,某种企业等等的商人。

一个是商人的首领,面孔消瘦,焦黄,留一撮山羊胡子。两人都啜泣着。那个瘦子两眼含泪,而体胖的承包商像孩子似的号啕大哭,一个劲儿说:

"生命,财产,都拿去吧,陛下!"

皮埃尔此刻除了想表示他什么都不在乎,一切都可以牺牲,此外再不想别的。他想到他那带有宪政倾向的演说,就觉得惭愧;他找机会改正这一点。别祖霍夫得知马莫诺夫伯爵献出一团人,便立刻向拉斯托普钦伯爵声明,他愿出一千人连带给养。

老罗斯托夫在对妻子讲述当天的经过时,不禁老泪横流,他立刻答应彼佳的要求,并且亲自去给他报名。

第二天,皇帝走了。所有参加集会的贵族都脱掉制服,又在家中安居和上俱乐部,哼哼歪歪地命令管家去办理民团的事,他们对自己所做的事,感到惊奇。

第 二 部

一

拿破仑之所以同俄国开战，是因为他不能不去德累斯顿，不能不被荣誉冲昏了头脑，不能不穿波兰军服，不能不受六月早晨的诱惑而野心勃勃，不能不先是当着库拉金的面，而后是当着巴拉舍夫的面大发雷霆。

亚历山大之所以拒绝一切谈判，是因为他觉得他个人受了侮辱。巴克莱·德·托利尽力以最好的方式统率军队，是为了恪尽职守和赢得伟大战略家的荣誉。罗斯托夫之所以跃马向法军冲锋，是因为他一见平坦的田野就按捺不住要纵马驰骋。同样，参加这场战争的无数的人都是按照他们各人的禀性、习惯、条件和目的而行动的。他们畏惧，虚荣，欢乐，愤慨，议论，认为他们知道他们所做的事，知道他们那样做都是为着自己，其实他们都是不自觉的历史工具，他们进行着他们自己不明白而我们却了然的工作。所有实际的活动家不可改变的命运就是这样，而且他们官做得越大，自由就越少。

现在，一八一二年的活动家，早已退出历史舞台，他们个人的兴趣消失得无影无踪,只有当时的历史后果展现在我们的面前。

天意差使这些人竭力追求他们私自的目的,从而造成一个巨大的后果,当时没有一个人(不论是拿破仑还是亚历山大,更不用说战争的某一个参加者)对这个后果有一丝一毫的预见。

现在已经清楚一八一二年法军覆灭的原因。再不会有人争论,拿破仑的法国军队覆灭的原因有二,一是他们深入俄国腹地,却迟迟不作过冬的准备;二是由于焚烧俄国城市和在俄国人民中激起对敌人的仇恨,从而激化了战争的性质。但是,当时不惟没有人预见到(现在似乎很明显了),只有通过这个途径才能使世界上最优良的、由最优秀的统帅指挥的八十万军队在碰到最没有战斗力、缺乏经验,而且由缺乏经验的统帅指挥的俄国军队时,遭到覆灭;不仅没有人预见,而且在俄国人方面,经常全力以赴地妨碍那唯一能够拯救俄国的事情的实现,同时在法国人方面,虽然拥有经验丰富和所谓天才军事家拿破仑,却用尽一切力量在夏末把战线拉长到莫斯科,也就是做那使他们必然走向灭亡的事情。

在有关一八一二年历史论著中,法国的作者总是津津乐道拿破仑如何感觉到战线拉长的危险,他如何寻找决战的机会,他的元帅们如何劝他在斯摩棱斯克停下来,并且引一些别的论据,证明当时已经感到那场战争的危险;而俄国的作者更喜欢谈论什么战役一开始就有一个引诱拿破仑深入俄国腹地的西徐亚人的战争计划,这个计划有人说是普弗尔拟的,有人说是某个法国人拟的,有人说是托尔拟的,有人说是亚历山大皇帝本人拟的,并且援引了一些笔记、方案和书信,其中果然有这种作战方案的暗示。但是,所有这些对既成事实的预见的暗示,不论是俄国人作出的还是法国人作出的,之所以现在公之于世,只不过因为既成的事件证实了这些暗示。如果事件没有实现,这些暗示就会被人遗忘,就像当时成千上万相反的暗示和设想,由于不正确而被人遗忘一样。对于每一事件的结局,总有许多预测,不管事件的结局是什么,总有人会说:"我当时就说过,非是这样不可。"而无数全然相反的预测却被忘得一干二净。

　　说拿破仑已经意识到战线拉长的危险,在俄国人方面,说诱敌深入俄国腹地,显然都是属于这一类预测,而史学家只有非常牵强地才能把这种想法强加在拿破仑身上,把那些计划强加在俄国军事将领身上。全部事实都与这些预测完全相反。在战争初期,在俄国方面,不仅没有诱敌深入俄国腹地的意图,而且在法国最初入侵俄国的时候,却千方百计地阻止法军的深入,拿破仑不仅不怕战线拉长,而且每前进一步就当做胜利而得意洋洋,也不像过去各次战役那样急于寻找决战的机会。

　　战争刚一开始,我们的军队就被切断,我们当时努力追求的唯一目的,就是各支军队的会合,虽然军队的会师对于退却和诱敌深入腹地并没有好处。皇帝御驾亲临部队,是为了鼓舞部队坚守每寸俄国土地,而不是为了退却。按照普弗尔的计划,在德里萨部署庞大的阵营,不再向后撤退。每后退一步,总司令就受到皇帝的斥责。慢说焚烧莫斯科,就是让敌人打到斯摩棱斯克,对皇帝说来也是不可思议的,当军队会合起来的时候,皇帝对斯摩棱斯克的失陷和焚毁,未能背城打一大仗,极为愤懑。

　　皇帝这样想,而俄国的将领和俄国全民一想到我们退到腹地,更加愤慨。

　　拿破仑把俄军切断后,继续向俄国腹地推进,放弃了几次决战的机会。八月他在斯摩棱斯克一心只想如何继续前进,虽然我们现在看出,这种继续深入对于他显然是毁灭性的。

　　事实雄辩地说明,拿破仑既没有预见到向莫斯科进军的危险,亚历山大和俄国将领们当时也没有打算引诱拿破仑深入,而且他们所想的都是一些相反的东西。拿破仑被引进俄国腹地,并不是出自某人的计划（谁也不相信有这种可能），这个事件之所以发生，是由于那些看不出必然会发生什么，也不知拯救俄国唯一方法的参战人员的一系列的勾心斗角、私自的目的和欲望所起的极其错综复杂的作用。一切都是偶然发生的。几支军队在战役初期被切断。我们努力会合各军的目的，显然是要打一仗，阻止敌人的进攻，但是在力求会合时避免和最强大的敌人作战，不自觉地形成锐角形往后撤退，这样我们就把法军引到斯摩棱斯克。我们成锐角形撤退，并不完全是因为法军在两支军队之间推进——这个夹角之所以变得越来越锐，我们也就越退越远，那是因为巴克莱·德·托利是一个不孚众望的德国人，当他的下级的巴格拉季翁憎恨他，巴格拉季翁统率着第二军，尽可能地拖延不与巴克莱会师，为了不受他指挥。巴格拉季翁迟迟不去会师（虽然会师是所有指挥官的主要目标），因为他觉得，在行军中他的军队会受到危险，最好是更向左向南退却，一面骚扰敌人的侧翼和后方，在乌克兰补充他的军队。看来，他所以打这个主意，是因为他不愿意隶属于可憎的、级别比他低的德国人巴克莱。

皇帝在军队里驻跸，是为了鼓舞军队，但是他的御驾亲征和犹豫不决，以及大批的顾问和计划，消耗了第一军的战斗力，于是这个军撤退了。

本来打算坚守德里萨阵地的；可是突然间，一心想当总司令的保罗西以其充沛的精力影响亚历山大，于是普弗尔的全部计划就被放弃了，一切军务都托付给巴克莱。但是巴克莱不孚众望，他的权力是有限的。

军队被打散了，没有统一的指挥，巴克莱没有声望。一方面，由于这种混乱，军队被切断，这位德国人总司令的声誉不高，就出现了犹豫不决和避免战斗（如果军队集结一起，而且不是巴克莱指挥军队，那就非打一仗不可），另一方面，对德国人的愤慨和爱国热情的激发,越来越高涨。

后来皇帝终于离开军队,给他离开军队找到一个唯一最好的借口,那就是他必须鼓舞首都的人民掀起一场人民战争。皇帝的莫斯科之行使俄国军队壮大了三倍。

皇帝离开军队是为了不妨碍总司令的权力的统一,希望以后能够采取更坚决的措施;但是军队中的领导情况更加混乱和无力。贝尼格森、大公和一大群高级侍从留在军队中监视总司令的行动,并且给他鼓劲,巴克莱觉得他处在这些国家的耳目之下更不自由了,对于决定性的行动更审慎了,总是避免作战。

巴克莱主张慎重。皇太子暗示这是通敌,要求决战。柳博米尔斯基、布拉尼茨基、弗洛茨基之流的人物,吵得是这么凶,使得巴克莱借口给皇上递送文件,把这帮波兰高级侍从打发到彼得堡,然后对贝尼格森和大公进行一场公开的斗争。

最后,不管巴格拉季翁怎么不乐意,终于在斯摩棱斯克会师了。

巴格拉季翁驱车前往巴克莱的官邸。巴克莱佩上肩带出来迎接,并向级别比他高的巴格拉季翁报告。巴格拉季翁极力做得宽宏大量,虽然级别高,仍然做他的部下;但是做了部下,和他更合不来了。按照皇帝的命令,巴格拉季翁亲自向皇上报告。他在给阿拉克切耶夫的信中写道:"我皇的旨意,但是我无论如何同那位大臣(巴克莱)无法相处。看在上帝的分上,请您随便把我派到哪儿,哪怕让我指挥一个团,而在这里我待不下去;整个大本营都是德国人,俄国人简直受不了,而且毫无意义可言。我原以为我忠心耿耿地为皇上和祖国服务,而结果却为巴克莱服务,老实说,我是不情愿的。"一群布拉尼茨基、温岑格罗德之流的人物越发搅坏了各司令之间的关系,结果更不统一了。准备在斯摩棱斯克向法军进行一次进攻。一个将军被派去视察阵地。这个将军憎恨巴克莱,他骑马到一个朋友——军团长那儿坐了一整天,然后回到巴克莱那儿,对他没有看见的未来战场说得一无是处。

正当在未来的战场问题上争吵不休和施展阴谋诡计的时候,正当我们寻找法军而弄错他们的所在地的时候,法军突破涅韦罗夫斯基的师团,抵达斯摩棱斯克城下。

为了挽救我们的交通线,必须在斯摩棱斯克打一场毫无准备的战斗。仗是打了。双方都阵亡数千人。

斯摩棱斯克在违反皇帝和全民的意志情况下放弃了。但是斯摩棱斯克是居民受省长的欺骗自己焚毁的,倾家荡产的居民给别的俄国人做出了榜样,他们老想着自家的损失,心中燃起对敌人的怒火,向莫斯科逃去。拿破仑继续前进,我们后退,结果是拿破仑必然失败。

二

儿子走后第二天,尼古拉·安德烈耶维奇公爵把玛丽亚公爵小姐叫到自己房里。

“怎么样,你现在满意了吧?”他对她说,“弄得我和儿子吵了一架!满意了吧?你就希望这样!满意了吧?……真叫我伤心,真叫我伤心。我老了,不行了,这也是你希望的。你就得意吧,得意吧……”在这之后,玛丽亚公爵小姐有一个星期没看见父亲。他病了,没有离开自己的书房。

使玛丽亚公爵小姐惊奇的是,她注意到老公爵在生病期间,也不让布里安小姐到他房里去,只叫吉洪一个人伺候他。

过了一星期,公爵出来了,又过着先前的生活,在建筑和园艺上特别下功夫,并且终止了和布里安小姐过去的关系。他对待公爵小姐冷冰冰的态度,仿佛对她说:“你看见了吧,你对我胡乱猜想,在安德烈公爵面前胡说我和这个法国女人的关系,弄得我和他吵架;你这看见了吧,我既不需要你,也不需要法国女人。"

玛丽亚公爵小姐每天一半时间用在尼古卢什卡身上,看着他复习功课,亲自教他俄语和音乐,同德萨尔谈话;另外半天读书,同老保姆和从后门进来的神亲们一起消磨时间。

玛丽亚小姐对战争的看法跟一般妇女对战争的看法一样。她为参加战争的哥哥担心,对强迫人们互相残杀不理解,对人类的残酷感到恐怖;但是她不了解这次战争的意义,她以为跟过去一切战争一样。虽然经常同她谈话、非常关心战况的德萨尔把他的想法极力讲给她听,虽然前来找她的神亲们总是按照她们自己的理解讲述老百姓所谣传的基督的敌人入侵多么可怕,虽然和她又恢复通信的朱莉——现在是德鲁别茨卡娅公爵夫人,从莫斯科给她寄来洋溢着爱国热情的信,她仍然不理解这次战争的意义。

"我用俄文给您写信,我的善良的朋友,"朱莉写道,"因为我憎恨一切法国人,连同他们的语言,我简直听不得人家讲那种语言……在莫斯科由于我们满怀热情崇拜皇帝,我们很振奋。

"我那可怜的丈夫现在住在犹太人的客栈里,受苦,挨饿;但是我所得到的消息,使我更加鼓舞。

"您一定听说拉耶夫斯基的英雄事迹了,他搂着两个儿子说:'我和他们同归于尽,但是决不动摇!'的确,虽然敌人比我们强大两倍,可是我们岿然不动。我们尽可能打发时光;战时就像战时嘛。阿琳娜公爵小姐整天和我在一起,一边揪棉线团①,一边聊得兴致勃勃;只少您不在这儿,我的朋友……"如此等等。

玛丽亚公爵小姐之所以不理解这次战争的全部意义,主要是因为老公爵从来不谈战争,也不承认它,而且在饭桌上嘲笑谈论这

---

① 把旧布揪成棉线,代替药棉,以支援前线。

次战争的德萨尔。公爵的口气是那么平静而自信,使得玛丽亚公爵小姐毫无异议地相信他。

整个七月,老公爵都非常活跃,甚至生气勃勃。他又开辟一座花园,为家奴盖房子。唯一使玛丽亚公爵小姐不安的是,他睡眠很少,而且改变了他睡在书房的习惯,每天都换个睡觉的地方。有时他命令在走廊里打开他的行军床,有时他躺在客厅沙发上或者坐在高背安乐椅上和衣假寐,同时他不让布里安小姐,而是叫家僮彼得鲁沙给他朗读;有时他就在饭厅里过夜。

八月一日,接到安德烈公爵第二封信。第一封信是在他走后不久接到的,安德烈公爵在那封信中恭请父亲原谅他的顶撞,并请他恢复对他的慈爱。老公爵给他回了一封亲切的信,在这封信后,就和法国女人疏远了。安德烈公爵的第二封信是在法军占领后的维捷布斯克附近写的,信中扼要地叙述了战役的整个过程,并附有示意图,以及对今后战局的瞻望。安德烈公爵在这封信中对父亲说,他住在那儿不相宜,离战场太近,正处在军用交通线上,劝他到莫斯科去。

这天吃饭的时候,由于德萨尔提起,听说法军已经开进维捷布斯克,引起老公爵想起安德烈公爵的信。

“今天接到安德烈公爵的信,”他对玛丽亚公爵小姐说,“你看过了吧?”

“没看过,爸爸。”公爵小姐惊恐地回答。她连接到信都没听说,当然未曾读信。

“他在信里谈到这次战争。”公爵说,带着那已经成为他的习惯的、一提起目前的战争就露出的轻蔑微笑。

“一定很有趣,”德萨尔说,“公爵能够知道……”

“啊,非常有趣!”布里安小姐说。

“您去给我拿来,”老公爵对布里安小姐说,“您知道,就在小桌上的镇纸下面。"

布里安小姐高兴地跳起身来。

"不用啦,"他皱紧眉头,喊了一声,"你去吧,米哈伊尔·伊万内奇!"

米哈伊尔·伊万内奇起身到书房去。他刚走,老公爵就神色不安地东张西望,他扔下餐巾,亲自去取信。

"什么都不会干,弄得乱七八糟。"

在他走开后,玛丽亚公爵小姐、德萨尔、布里安小姐,甚至尼古卢什卡默默地你看看我,我看看你。老公爵拿着信和蓝图,迈着急促的步子走回来,米哈伊尔·伊万内奇跟着他,在整个吃饭时间,他把信和蓝图放在身边,没有让任何人朗读。

回到客厅里,他把信递给玛丽亚公爵小姐,然后摊开新建筑蓝图,一边注视着蓝图,一边命令她大声念。玛丽亚公爵小姐在念信的时候,用疑问的目光向父亲瞥了一眼。他在看蓝图,显然陷入了沉思。

"您对这个问题有什么想法,公爵?"德萨尔大着胆子问。

"我?我?……"公爵说,好像不高兴别人把他弄醒似的,目光仍然不离开建筑蓝图。

"很可能,战场就要移到我们这儿来了……"

"哈——哈——哈!战场!"公爵说,"我说过,现在还要说,战场是在波兰,敌人永远不会越过涅曼河。"

德萨尔惊讶地看了看公爵,当敌人已经到了德聂伯河,他还说涅曼河;但是玛丽亚公爵小姐忘记了涅曼河的地理位置,认为她父亲说得对。

"冰雪融化的时节,他们就要陷在波兰的沼泽里。他们只不过看不出这一点罢了,"公爵说,大约他是在想他觉得还是不久前的一八○七年的战役,"贝尼格森本来应当早些进入普鲁士,那就别有一番情景了……"

"但是,公爵,"德萨尔胆怯地说,"信里提到维捷布斯克……"

"嗯,信里提到吗?是的……"公爵不乐意地说,"是的……是的……"他的面色突然变得阴沉起来。他停了一会儿,"是的,他在信中说,法军在哪条河被击溃了?"

德萨尔垂下眼睛。

"公爵在信里并没提到这件事。"他低声说。

"真的没提吗?哼,我不会瞎编的。"大家半晌无话可说。

"是的……是的……喂,米哈伊尔·伊万内奇,"他忽然抬起头来,指着建筑蓝图说,"你谈谈你认为怎样改……"

米哈伊尔·伊万内奇走到蓝图前面,公爵和他谈了谈新建筑蓝图,然后生气地睨玛丽亚公爵小姐和德萨尔一眼,就回自己房里去了。

玛丽亚公爵小姐看见,德萨尔注视她父亲的目光是那么惶惑和惊讶,注意到他沉默不语,并且吃惊地发现她父亲把儿子的信忘在客厅的桌上;但是她不但怕对德萨尔说和问他惶惑和沉默的原因,而且怕想这一点。

傍晚,米哈伊尔·伊万内奇被公爵派到玛丽亚公爵小姐这儿来取忘在客厅里的安德烈公爵的信。玛丽亚公爵小姐把信给了他。虽然这对她是不愉快的,但是她还是向米哈伊尔·伊万内奇询问她父亲在做什么。

"总是忙,"米哈伊尔·伊万内奇说,带着使玛丽亚公爵小姐面色发白的既恭敬又讥讽的微笑,"对那幢新房子很不放心,读了一会儿书,现在,"米哈伊尔·伊万内奇压低声音说,"准是伏在案上写遗嘱呢。"(近来公爵喜爱的工作之一是整理一些死后留传后世的文件,他称这些文件为遗嘱。)

"要把阿尔帕特奇派往斯摩棱斯克吗?"玛丽亚公爵小姐问。

"当然啦,他已经等了很久了。"

三

当米哈伊尔·伊万内奇拿着信回到书房的时候,公爵正坐在打开的公事桌前面,戴着眼镜和眼罩,烛台上也罩着灯罩,把拿着文件的手伸得远远的,摆出一副颇为庄严的姿势在读文件(他称之为意见书),这些文件在他死后将呈给皇帝御览。

在米哈伊尔·伊万内奇进去时,他由于回忆他当初怎样写这些现在读着的文件而两眼含泪。他从米哈伊尔·伊万内奇手中接过信来,揣到衣袋里,放好文件,然后把等了很久的阿尔帕特奇叫来。

他有一张小纸条写着他在斯摩棱斯克要办的事,他在门旁等候着的阿尔帕特奇面前,在室内一面踱步,一面发出命令。

"第一件,信笺,听着,要八帖,就照这个样品;金边的……一定要照这个样子;火漆,封蜡——按照米哈伊尔·伊万内奇开的单子。"

他在室内来回走了几趟,为了看备忘小本。

"然后把有关证书的信当面交给总督。"

然后要买新房子的门闩,一定要照公爵亲自设计的式样。再就是订制一个盛放遗嘱的硬纸匣。

对阿尔帕特奇做指示延续了两个多小时。公爵仍然没有把他放走。他坐下沉思,闭目打盹。阿尔帕特奇动弹了一下。

"行了,去吧,去吧;有事再叫你。"

阿尔帕特奇出去了。公爵又到公事桌前,向它望了一眼,抚摩了一下他的公文,然后又关上,在桌旁坐下给总督写信。

他封好信站起来,已经很晚了。他想睡觉,但是他知道他睡不着，一上床，一些最坏的想法就会涌上心头。他叫来吉洪，同他一起到各个房间察看，以便吩咐他今晚在哪儿安放床铺。他走来走去，审视每个角落。

他觉得到处都不好，最糟的是书房里那张他睡惯了的沙发。他觉得那张沙发可怕，大概是因为他睡在那上面曾经有过痛苦的思绪。什么地方都不好，但是休息室里钢琴后面那个角落还差强人意：他从来还没有在那儿睡过。

吉洪同一个仆人搬来一张床，开始铺起来。

"不是这样，不是这样的！"公爵怒斥道，他亲自把床挪得远离墙角四分之一，然后又挪近一些。

"终于把事办完了，现在该休息了。"公爵想道，于是他叫吉洪给他脱衣裳。

由于脱上衣和裤子太吃力，公爵烦恼地皱着眉头，脱了衣裳，他沉重地往床上一坐，轻蔑地瞅着他那焦黄干瘦的腿，仿佛若有所思。他不是在沉思，而是拖延把两条腿费劲抬起来挪到床上的时间。"唉哟，多么艰难啊！唉哟，快点结束这些苦事吧，主呵！您放我回去吧！"他想。他抿紧嘴唇，费了九牛二虎之力才躺了下来。但是他一躺下，整个床就忽然在他身下均匀地荡来荡去，仿佛在沉重地喘气和冲撞。几乎每晚都是如此。他睁开刚闭上的眼睛。

"不得安宁，该死的！"他怒气冲冲地不知斥责谁，"是的，是的，还有一件重要的事，非常重要，我留待夜里上了床才办的。门闩？不是，这个我已经交待过了。不对，有那么一件事，仿佛是在客厅里提到的。玛丽亚公爵小姐撒了个什么谎。德萨尔——这个傻瓜，好像说过什么来着。衣袋里有件东西——我不记得了。"

"季什卡①！吃饭的时候讲什么来着？"

---

①　季什卡是吉洪的小称。

"讲米哈伊尔公爵……"

"住嘴,住嘴。"公爵用手拍桌子,"对了,我想起了,安德烈公爵的信。玛丽亚公爵小姐念过。德萨尔仿佛说过维捷布斯克。现在我来念。"

他吩咐把信从衣袋里取出来,把那张放着一杯柠檬水和螺旋形的蜡烛的小茶几挪近床边,他戴上眼镜,开始读起来。只有在夜深人静,在绿灯罩下,凑近暗淡的灯光读信,他才第一次恍然悟出信里说的意思。

"法国人到了维捷布斯克,再有四站路程他们就到斯摩棱斯克了;也许他们已经到了。"

"季什卡!"吉洪一跃而起。"行了,不用了,不用了!"他喊道。

他把信藏在烛台下面,闭上眼睛。在他想象中出现了多瑙河,明朗的中午,芦苇,俄国营地,他这个年轻的将军,脸上没有一丝皱纹,精力充沛,兴致勃勃,面色红润,走进波将金的彩饰帐篷,对朝廷这个宠臣如火烧一般的嫉妒心理如此强烈,现在仍然像当时一样使他激动。他想起第一次和波将金会面时所说的话。他眼前又出现那位矮胖的、胖脸蜡黄的皇太后,她第一次接见他时所说的亲切的话以及她那微笑,又想起在灵台上她的脸,想起当时在她的棺木前为了争着前去吻她的手同祖博夫发生的冲突。

"唉,快点,快点回到那时代,让现在的一切快点,快点结束,叫他们不要管我,让我安静安静吧。"

四

尼古拉·安德烈伊奇·博尔孔斯基公爵的田庄童山,在斯摩棱斯克以东六十俄里,离莫斯科大道三俄里。

在公爵给阿尔帕特奇做指示的那天晚上,德萨尔求见玛丽亚公爵小姐,他告诉她,鉴于公爵健康欠佳,而且对自己的安全也不采取任何措施,而从安德烈公爵来信看来,留在童山是不安全的,因此他诚恳地劝公爵小姐亲自给总督写一封信,让阿尔帕特奇带到斯摩棱斯克,求他把战局和童山所受到的威胁程度告诉她。德萨尔为玛丽亚公爵小姐代笔写了一封给总督的信,她签了字,就交给阿尔帕特奇,交待他把信呈交总督,如遇到危险,就尽快赶回来。

阿尔帕特奇接到指示后,就戴上白绒毛帽子(这是公爵的礼物),像公爵似的拿着手杖,由家里的人陪伴着,走出来坐上三套皮篷马车,那三套马一律黑鬃,黄褐毛色,膘肥体壮。

大铃铛给包了起来,小铃铛也填上纸。公爵不让人在童山坐带铃铛的车。但是阿尔帕特奇喜欢在出远门时带着大小铃铛。阿尔帕特奇的"朝臣"们——乡长、账房先生、厨娘(两个老太太,一黑一白)、哥萨克小孩、车夫以及各种家奴,都出来给他送行。

女儿把鸭绒垫子放在他背后和身下。他的老姨子偷偷塞给他一个包袱。一个车夫搀扶着他上车。

"嘿,老娘儿们全出动! 老娘儿们,老娘儿们!"阿尔帕特奇活像老公爵,喘息着急促地说,然后坐到篷车里。阿尔帕特奇对乡长作了最后几点关于事务的指示,然后,不再模仿公爵,从秃头上脱下帽子,画了三次十字。

"您,听到什么风声……您就回来吧,雅科夫·阿尔帕特奇;看在基督的面上,怜惜怜惜我们。"妻子向他喊道,她是暗示有关战争和敌人的谣传。

"老娘儿们,老娘儿们,老娘儿们全出动!"阿尔帕特奇自言自语说,于是上路了,他四外张望着田野,有的地方黑麦已经黄熟,有的地方茂密的燕麦还青枝绿叶,有的黑土地刚犁过二遍。阿尔帕特奇坐在车上欣赏着当年春播作物少有的好收成,瞧了瞧黑麦的地块,有几处已经开始收割,他盘算着播种和收割,然后又想想有

912

没有忘记公爵的吩咐。

在路上喂过两次马，八月四日傍晚，阿尔帕特奇到达那个城市。

阿尔帕特奇在路上遇见并赶过辎重车和军队。快到斯摩棱斯克时，他听见远方的枪声，但枪声并未使他吃惊。使他最吃惊的是，在走近斯摩棱斯克时，他看见有些士兵正在割一片长势很好的燕麦，显然是用来喂马，燕麦地里驻扎着兵营；这个情况使阿尔帕特奇大为愕然，但是他很快就把这忘了，一心只想自己的事。

阿尔帕特奇的一切生活兴趣，三十多年来只局限在公爵的意志圈子里，他从来不越出这个圈子。凡是与执行公爵的指示无关的事，他不仅不感兴趣，而且对于阿尔帕特奇根本不存在。

八月四日傍晚，阿尔帕特奇到达斯摩棱斯克，在德聂伯河对岸、加钦斯克郊区一家店栈落脚，店主叫费拉蓬托夫，三十年来阿尔帕特奇已经在他那儿住惯了。十二年前，费拉蓬托夫叨阿尔帕特奇的光，从公爵手里买了一处小树林，从此就做生意，如今在省城里已经有了宅子、客栈和面粉店。费拉蓬托夫是一个四十来岁的庄稼汉，肥胖，脸色黑里透红，厚嘴唇，鼻子有如一颗肥大的瘤子，在皱起的眼眉下也有一颗瘤子，还有一个凸起的大肚子。

费拉蓬托夫身穿背心、花布衬衫，站在临街的店铺里。看见阿尔帕特奇，就向他走过去。

"欢迎，欢迎，雅科夫·阿尔帕特奇。人家都出城，你倒进城。"店主说。

"怎么回事，为什么出城？"阿尔帕特奇说。

"我也说嘛——老百姓愚蠢。都是怕法国人呗。"

"老娘儿们的见识，老娘儿们的见识！"阿尔帕特奇顺口说。

"我也是这么说嘛，雅科夫·阿尔帕特奇。我说，已经有了命令，不让他们进来——那就是说，就一定进不来。大车每辆要价三个卢布——简直没有基督徒的良心!"

雅科夫·阿尔帕特奇漫不经心地听着。他要了一个茶炊和喂马的干草,喝足了茶,就躺下睡了。

客栈门前大街上,整夜都在过军队。第二天,阿尔帕特奇穿上只有在城里才穿的坎肩,出去办事去了。是一个晴丽的早晨,八点钟就很热了。是收割庄稼的好日子,阿尔帕特奇心中想道。一大早就听见城外的枪声。

八时开始,步枪声中夹着大炮的轰鸣。大街上有很多不知往何处奔忙的人,还有很多士兵,但是和平时一样,马车来来往往,商人站在铺子里,教堂举行礼拜。阿尔帕特奇走遍了商店、官府、邮局和总督家。在政府机关,在商店,在邮局,人们都在谈论军队,谈论已经开始攻城的敌人;大家互相询问应当怎么办,大家都极力互相安慰着。

阿尔帕特奇在总督门前看见很多人,哥萨克,总督的旅行马车。雅科夫·阿尔帕特奇在门廊里碰见两个贵族,其中一个是他认识的。他认识的那个贵族过去当过警察局长,正在激动地说话。

"要知道,这不是闹着玩的,"他说,"单身汉倒也罢了。一人倒霉一人当,可是,一家十三口子,还有全部的财产……简直家破人亡,竟然到这步田地,这算什么官府衙门?……哼,就该绞死这些强盗……"

"行了,行了,别说了。"另一个人说。

"我犯什么法,让他听见好了!我们又不是狗。"这位前任警察局长说,他环顾一下,看见了阿尔帕特奇。

"啊,雅科夫·阿尔帕特奇,你来干什么?"

"奉大人之命,前来谒见总督先生,"阿尔帕特奇说,他骄傲地抬起头,一只手放在怀里,每当他提起公爵时,总是摆出这个姿势……"叫我打听一下局势。"他说。

"你就打听去吧，"一个地主喊道，"弄得连一辆大车也找不到，什么都没有！……这不是，你听见了吗？"他指着传来枪声的方向说。

"把老百姓全给毁了……狗强盗！"他又嘟囔了一句，就走下台阶。

阿尔帕特奇摇了摇头，上楼去了。在接待室里有商人、妇女、官吏，他们都相对无言。办公室的门开了，大家都站起来向前移动。从门里跑出一个官吏，同一个商人说了几句话，叫一个脖子上挂着十字架的胖官吏跟他来，又进到门里去了，显然是避免大家投向他的目光和向他提出问题。阿尔帕特奇向前挪动两步，在那个官吏再走出来时，他一手插进扣着的常礼服胸襟里，向那个官吏搭话，递给他两封信。

"博尔孔斯基公爵元帅递交阿什男爵先生的信。"他的口气那么庄严而且重要，使得那个官吏转向他，接过了他的信。几分钟后，总督接见了阿尔帕特奇，匆匆地对他说：

"回去禀知公爵和公爵小姐，就说我一无所知：我是遵照最高当局的指示行动的——就是这个……"

他递给阿尔帕特奇一份公文。

"不过，因为公爵健康不佳，我劝他们去莫斯科。我也即刻就动身。你禀报……"但是总督没有说完，一个满头大汗、一身尘土的军官跑进门来，用法语说了几句什么。总督脸上露出恐慌的神情。

"去吧。"他向阿尔帕特奇点了点头，说，然后向那个军官询问什么。当他走出总督办公室的时候，那些热切、惊慌、无可奈何的目光投到阿尔帕特奇身上。阿尔帕特奇不由得谛听这时已经离得很近的越来越激烈的枪炮声，他急忙回到客栈。总督给阿尔帕特奇的文件内容如下：

"我向您保证，斯摩棱斯克城尚无丝毫危险，而且它根本不会受到威胁。我从一方面，巴格拉季翁从另一方面于二十二日在斯摩棱斯克会师，两支军队合力保卫贵省同胞，誓将祖国的敌人努力击退，再不然，我们英勇的战士一直战斗到最后一个人。您由此可知，您有充分权力安抚斯摩棱斯克居民，因为受到这两支如此英勇军队保卫的人们，一定相信会取得胜利。"（巴克莱·德·托利给斯摩棱斯克总督阿什男爵的指示，一八一二年。）

街上的人们惶惶不安地来来往往。

满载着食具、椅子、柜子的大车，不时地从住宅大门里出来，在大街上行驶着。费拉蓬托夫家隔壁门前，停着几辆马车，女人们一边告别，一边嚎哭着嘱咐什么。一条看家狗在套上车的马前头嚎叫着来回转悠。

阿尔帕特奇迈着比平时快得多的步子走进客栈，一直向停放他的车马的棚子走去。车夫在睡觉；他叫醒他，吩咐他套车，然后走进穿堂。正屋里传出孩子的哭声，一个女人撕肝裂肺的号啕声，费拉蓬托夫嘶哑的怒吼声。厨娘像一只受惊的母鸡，在穿堂里乱窜。

"打死人了——老板娘给打死了！……打得好凶啊，拖来拖去！……"

"为了什么？"阿尔帕特奇问。

"她央求逃难。妇道人家嘛！把我带走吧，她说，不要让我和孩子们一起都毁掉吧；人家都走光了，她说，咱们干吗不走？于是就打她，打得那么凶，把她拖个半死！"

阿尔帕特奇仿佛同意这些话，点了点头，不想再听下去，就向店主居室对面的房间走去，他买的东西放在那儿。

"你这个恶棍，凶手。"这时，一个瘦削、面色苍白的女人抱着一个孩子喊道,她的头巾也被扯掉了,她冲出门口,下了台阶往院子里跑。费拉蓬托夫跟着追出来,他一见阿尔帕特奇,就整整背心,理理头发,打了个哈欠,跟着阿尔帕特奇进屋去。

"就要动身吗?"他问。

阿尔帕特奇不答话,也不回头看店主,只顾归置买来的东西,他问应付多少店钱。

"那好算!怎么样,见到总督了吗?"费拉蓬托夫问,"有什么决定吗?"

阿尔帕特奇回答说,总督一句肯定的话都没说。

"干我们这一行的,怎么走得了?"费拉蓬托夫说,"到多罗戈布日的每辆大车竟要七卢布。所以我说:他们没有基督徒的良心!"他说。

"谢利瓦诺夫,这家伙星期四投了个机,每袋面粉九卢布卖给军队。怎么样,喝杯茶吧?"他又说。套车的时候,阿尔帕特奇同费拉蓬托夫一起喝茶,谈论粮价、年景,以及秋收的好天气。

"可停了,"费拉蓬托夫喝完三杯茶,站起来说,"一定是咱们占了上风。已经说了不让他们进来嘛。那就是说,有力量……前些日子,据说马特维·伊万内奇·普拉托夫①把他们赶进了马里纳河,一天之内淹死一万八。"

阿尔帕特奇收好买的东西,交给进来的车夫,跟店主清了账。一辆轻便马车驶出大门,传来车轮、马蹄和小铃铛的声音。

早就过了后半晌了;一半街道已经遮着阴影,另一边太阳照得很亮。阿尔帕特奇向窗外望了一眼,向门口走去。忽然从远方传来呼啸和落地的奇怪声音,接着是一片隆隆的炮声震得玻璃飒飒

---

① 马·伊·普拉托夫(1761—1818),俄国骑兵将领,一八一二年在与法军作战中战功卓著,是当时顿河哥萨克人民军的发起者和组织者。

地打颤。

阿尔帕特奇走到大街上；街上有两个人向大桥跑去。四面响起炮弹的呼啸声、碰击声，落在城里的榴弹爆炸声。但是比起城外的枪炮声，这些声音几乎听不见，不为居民们所注意。这是下午四点多拿破仑命令一百三十多尊大炮向这座城市轰击。老百姓初时不了解这次轰击的意义。

榴弹和炮弹降落的声音，起初只引起人们的好奇心。在这之前在棚子里大哭不止的费拉蓬托夫的妻子，现在安静了，抱着孩子来到大门口，默默地望着行人，倾听着枪炮声。

厨娘和一个伙计也来到大门口。大家都怀着愉快的好奇心情竭力看一看从他们头上飞过的炮弹。从街角拐过来几个人，兴奋地谈论着。

"好大的劲头！"有一个人说，"把房顶、天花板打得碎片纷飞。"

"像猪似的，把地都拱起来了！"另一个人说，"瞧，多么了不起，瞧，多带劲！"他笑着说，"幸亏跳开了，不然把你炸个稀巴烂。"

大家向几个讲话的人围拢来。这几个人停住脚步，讲述一颗炮弹落在他们身旁的房屋上的情景。这时，又有一些炮弹不停地从人们头上飞过，时而发出迅速沉闷的啸声，这是一种圆形炮弹，时而听到悦耳的呼啸，这是榴弹；但是没有一颗炮弹落在近处，都飞过去了。阿尔帕特奇坐上皮篷马车。店主站在门口。

"有什么可看的！"他对厨娘喊道，那个厨娘穿红裙子，卷着袖子，摇摆着两只裸露的臂肘，到街角去听人说话。

"真是怪事。"她说，听见主人喊她，就往回走，把掖在腰上的裙子放下来。

又响起呼啸声，这一次离得很近，有如飞鸟俯冲下来，只见街心火光一闪，有个东西爆炸了，街道弥漫着硝烟。

"混账东西，你这是怎么啦？"店主喊着向厨娘跑去。

就在这一瞬间，从四面八方响起妇女们的哀号、小儿惊吓的哭声，一群人面色苍白，默默地围着厨娘。厨娘的呻吟声和念叨的声音，从这群人中间非常清楚地传出来。

"唉哟，我的亲人啊！我的好人啊！可别让我死！我的好人啊！……"

五分钟后，街上空无一人了。被榴弹碎片打伤大腿的厨娘被抬到厨房里。阿尔帕特奇、他的车夫、费拉蓬托夫的妻子和几个孩子、管院子的，都躲在地窖里听候外面的动静。隆隆的炮声、炮弹的呼啸声和厨娘的哀号（她的声音压倒一切别的声音），一刻也没停过。女店主时而摇晃、抚慰婴儿，时而向每一个走进地窖的人用哀怜的低声问还留在外面的丈夫在哪儿。走进地窖的伙计告诉她，店主跟别人一起到大教堂抬斯摩棱斯克显灵的圣像去了。

薄暮，炮声逐渐沉寂下去。阿尔帕特奇走出地窖，站在门口。本来明朗的傍晚天空，全部弥漫着烟雾。一钩高悬中天的新月，透过烟雾闪着奇异的光辉。在可怕的炮声刚刚停止后，寂静笼罩着整个城市，只有全城到处都仿佛传出的脚步声、呻吟声、远处的叫喊声和火场的毕剥声冲破了沉寂。厨娘的呻吟声现在停止了。有两处火场腾起团团的黑烟，然后扩散开来。穿着各种制服的士兵，像从捣毁的蚁穴中逃出的蚂蚁似的，不成行列地朝着不同的方向有的走，有的跑。阿尔帕特奇亲眼看见其中几个士兵跑进费拉蓬托夫的院子里。阿尔帕特奇来到大门口。一个团队急急忙忙前拥后挤地往后撤退，把街道都堵塞了。

"这个城市放弃了，走吧，走吧！"那个看见他的身影的军官对他说，立刻又转身呵斥那些士兵：

"谁敢往人家里乱跑，我就给他厉害的！"他大喝一声。

阿尔帕特奇回到屋里喊车夫，吩咐他准备出发。费拉蓬托夫全家人都跟着阿尔帕特奇和车夫走出来。一直默不作声的妇女们，一看见滚滚的黑烟，特别是看见这时在暮色中已经很明显的火头，就望着大火的地方号啕大哭。就像响应她们似的，在街道的另一头传来同样的哭声。阿尔帕特奇和车夫在房檐下两手哆嗦着整理弄乱了的缰绳和边套。

阿尔帕特奇坐车赶出大门时，看见敞着门的费拉蓬托夫的铺子里有十来个士兵一边大声说话，一边把面粉和葵花子装进口袋和背包。这时费拉蓬托夫从街上回来，走进铺子。他看见士兵，本想喊叫一声，可是忽然停住了，他抓住头发哈哈大笑，笑中带着哭声。

"都拿走吧，弟兄们！不要留给魔鬼！"他喊道，亲自拿起口袋扔到街上。有些士兵吓跑了，有些还在装。费拉蓬托夫看见阿尔帕特奇，转身对他说话。

"完了！俄国！"他大喊大叫，"阿尔帕特奇！完了！我要亲手放火。完了……"费拉蓬托夫朝院子跑去。

川流不息的士兵把街道全堵塞了，阿尔帕特奇过不去，只得等着。费拉蓬托夫的妻子同孩子们也坐在一辆大车上，等着过去。

已经完全是黑夜了。天空出现了星星，新月不时地从烟雾中露出来。在通往德聂伯河的斜坡上，在一排排士兵和别的车辆中间缓缓行进的阿尔帕特奇的车和女店主的车，不得不停住。离停车的十字路口不远的一条胡同里，一处宅子和几家店铺在着火。火快着尽了。火苗时而熄灭，隐没在黑烟里，时而突然又燃亮了，把聚在十字路口的人们的脸照得清清楚楚。火场前隐约有几个黑人影，透过火焰不停的毕剥声，可以听见人们的谈话声和喊叫声。阿尔帕特奇见他的车一时还过不去，就从车上下来，拐到胡同里去看火。士兵不停地在火前窜来窜去，阿尔帕特奇看见两个士兵和一个穿军大衣的人从火场里拖出一段燃着的圆木，另外几个人抱着干草到街对面的院子里去。

阿尔帕特奇来到一大群人跟前,这些人站在一座火烧得正旺的高大的仓库前面。四面墙全着火了,后墙倒了,木板房顶塌陷了,椽子都在燃烧。显然,人群在等待房顶倒塌的时刻。阿尔帕特奇也在等待这个时刻。

"阿尔帕特奇!"突然一个熟悉的声音喊老头的名字。

"我的天啊,原来是大人。"阿尔帕特奇回答,他立刻就听出是小公爵的声音。

安德烈公爵披着斗篷,骑着一匹黑马,正站在人群后面望着阿尔帕特奇。

"你怎么在这儿?"他问。

"大……大人,"阿尔帕特奇说着就哭起来……"大……大人,我们真的完了吗? 我的老天……"

"你怎么在这儿?"安德烈公爵又问。

这时大火突然发出强烈的亮光,阿尔帕特奇在亮光中看见少主人的面色苍白而且疲惫。阿尔帕特奇讲他如何被派到这里,如何费尽气力才走出来。

"怎么,大人,我们真的完了吗?"他又问。

安德烈公爵没有回答,他掏出笔记本,微微抬起膝盖,在撕下的一页纸上用铅笔写起来。他给妹妹写道:

> "斯摩棱斯克放弃了,一星期后童山即将被敌人占领。你们即刻动身去莫斯科。派一名信差到乌斯维亚日,把你们动身的日期立即通知我。"

他写完后,把那一页纸交给阿尔帕特奇,他口头交代他,怎样安排公爵、公爵小姐以及小儿子和教师的出行,怎样以及在何地立即给他回信。他还未来得及说完这些指示,一个参谋长带着侍从骑马向他驰来。

"您是团长吗?"参谋长带着德语口音喊道,声音安德烈公爵听来耳熟,"当着您的面烧房子,您却站着不动? 这是什么意思? 您要负责。"贝格喊道,他现在是步兵第一军左翼司令的副参谋长,正如贝格所说,这是一个显然很称心的美差。

安德烈公爵看了看他,没有答理,继续和阿尔帕特奇说话:

"你回去说,我十号等待回信,如果十号我还没得到他们动身的消息,我就要放弃一切,亲自到童山去。"

"我,公爵,说这话,不过是不得不执行命令,"贝格认出安德烈公爵,说,"因为我从来都是严格地执行……请您原谅我。"贝格辩解说。

火焰中发出断裂的声音。火熄了一会儿;滚滚的浓烟从房顶下面涌出来。火焰中又有一声可怕的巨响,一个巨大的东西塌了下来。

"噭——哟!"人们随着仓库房顶倒塌的响声吼叫起来,被烧的粮食发出面饼的香味。火焰又起来了,照亮了站在火场周围的人们兴奋欢快、筋疲力尽的脸。

那个穿呢子军大衣的人举起一只手,喊道:

"好哇! 烧得好哇! 弟兄们,好哇! ……"

"这就是房主。"几个声音一齐说。

"就这样吧,"安德烈公爵对阿尔帕特奇说,"就照我的话禀告。"于是,一句话也没回答站在他身旁默不作声的贝格,就策马驰进了胡同。

五

军队从斯摩棱斯克继续撤退。敌人尾随而来。八月十日,安德烈公爵指挥的团队所走的那条大道,正从通往童山的路口经过。炎热和干旱已经持续了三个多星期。每天曲卷的白云飘过天空,不时地遮住太阳;但一到傍晚,又晴空万里,落日坠入殷红的暮霭中。只有夜间的重露滋润着土地。禾秆上的谷粒晒干了,撒落下来。沼地干涸了。牲畜在被太阳烤焦的草地上找不到饲料饿得嗥叫。只有夜间在暂时存着露水的树林里,才有点凉意。但是在路上,在行军的通衢大道上,甚至在夜里,甚至在沿着森林的路上,也没有一点凉意。沙土被搅起几俄寸深的路上,是不会看到露水的。天一亮,就开始行军。辎重车、炮车在深达车毂、步兵在深没脚踝的松软的、令人窒息的、一夜都未曾冷却的、滚热的尘土里无声地行进着。一部分沙土被人的脚和车轮搅和着,另一部分飞扬起来,在军队的头上形成尘埃的云朵,那尘土钻进路上行人和牲畜的眼睛、毛发、耳朵、鼻孔,主要的,钻进肺里。太阳升得越高,尘埃的云朵也就升得越高,透过这层稀薄的、滚烫的尘埃,可以直接用眼睛瞭望晴空中的太阳。太阳像一个殷红的大球。一点风也没有,人们在这凝滞不动的大气中透不过气来。人人都用手绢捂着鼻子和嘴。每到一个村子,大家蜂拥到井边。人们争着喝水,一直喝得见到烂泥。

安德烈公爵指挥一个团,他整天忙于处理团队的杂务、官兵的福利,必不可少的接受命令和发出命令。斯摩棱斯克的大火和该城的放弃,对于安德烈公爵是一个新纪元。对敌人的新仇使他忘掉个人的悲伤。他一心只想团队的事情,关心他的士兵和军官,待他们亲切。团里都称他为我们的公爵,以有他为骄傲,爱戴他。但只有对本团的人,对季莫欣之类的人、对完全陌生的新环境中的人,对那些不可能知道和了解他的过去的人,他才是和蔼可亲的;但是一碰到旧相识,司令部的人,他马上又竖起毛来;变得火气很大,冷嘲热讽,瞧不起人。凡是能引起他回忆过去的一切,都使他反感，因此，在对待过去那个圈子，他只求不做出不公平的事，尽到职责就行了。

确实，在安德烈公爵看来，一切都是暗淡悲惨的，特别是在八月六日放弃斯摩棱斯克以后（他认为该城是可以而且应当保卫的），在年老多病的父亲不得不逃往莫斯科，让他那心爱的、盖满了房子而且迁进了居民的童山任人抢劫以后，更觉得暗淡悲惨；但是，虽然如此，幸亏有个团队，安德烈公爵可以想一点别的事情，跟一般问题完全无关的事情——想他的团队。八月十日，他的团队所在的纵队，来到童山一线。两天前，安德烈公爵接到消息，知道他父亲、儿子和妹妹已经去莫斯科。虽然安德烈公爵在童山已经无事可做，但是他生性爱自找烦恼，于是决定顺便到童山去一趟。

他吩咐备马，于是他在行军途中驰往他在那儿出生并且度过童年的父亲的庄园。他路过池塘，以前这里总有几十个农妇一边闲聊，一边用棒槌捶打和洗涮衣裳，现在一个人影也没有，一排离开岸边的小筏子，一半歪进水里，在池塘中央漂浮着。安德烈公爵来到更夫的小屋。在石头大门入口处，没有人，门锁着。花园的小径已经长满了杂草，牛犊和马在英国式的花园里游荡。安德烈公爵来到暖房前：玻璃被打碎了，木桶里的小树有的倒了，有的枯死了。他呼唤园丁塔拉斯。没有人答应。绕过暖房来到观赏花木园，他看见雕花的板条栅栏全坏了，李子连枝儿给折了一些。一个老农（安德烈公爵小时候在大门前常见他）坐在绿色长椅上编织树皮鞋。

他耳聋，没有听见安德烈公爵到来。他坐在那张老公爵平时爱坐的长椅上，身旁一棵被折断的木兰树枯枝上，悬挂着树皮。

安德烈公爵来到住宅前。老花园里几棵菩提树被砍掉了，一匹花马带着一匹马驹在宅前的玫瑰花丛里游逛。百叶窗全钉死了。只有楼下一个窗户是开着的。一个家奴的孩子看见安德烈公爵,就跑进宅子里。

阿尔帕特奇送走了家眷,一个人留在童山;他正坐在家里读《圣徒传》。他得知公爵到来,鼻梁上还架着眼镜,就扣着外衣,走出宅院,急忙到公爵跟前,二话没说,吻着安德烈公爵的膝盖就哭起来。

然后他转过脸去,对自己的软弱觉得可气,开始向他报告家中的情况。所有贵重值钱的东西都运到博古恰罗沃了。百十俄石的谷物也运走了;干草和春播作物,这是阿尔帕特奇预言今年将要空前丰收的作物,还在发青的时候就被军队征用和割掉了。农民们倾家荡产,有的也到博古恰罗沃去了,少数留了下来。

安德烈公爵没等他说完,就问父亲和妹妹是什么时候离开的,意思是什么时候去的莫斯科。阿尔帕特奇以为是问何时去博古恰罗沃的,回答说,是七号走的,然后又详细谈起家务事,请求给予指示。

"可以不可以把燕麦给军队,让他们打个收条?咱们还剩六百石燕麦呢。"阿尔帕特奇问。

"怎么回答他呢?"安德烈公爵想道,他望着被太阳照得发光的老头的秃顶,从他的表情可以看出,他自己也了解这些问话是不合时宜的,只不过提出这些问题来排遣自己的苦恼罢了。

"行,给他们吧。"他说。

"如果您看见花园里乱糟糟的,"阿尔帕特奇说,"那是防不胜防的:过了三个团,而且在这儿过夜,特别是来过龙骑兵。我记下了指挥官的官衔和姓名,将来好递呈文。"

"喂,你怎么办呢?敌人来了,你还留在这儿吗?"安德烈公爵问他。

阿尔帕特奇把脸转向安德烈公爵,看了看他;突然姿势庄严地举起一只手:

"主是我的保护人,他的旨意一定会实现!"他说。

一群农民和家奴,都脱了帽子,从草地上向安德烈公爵走来。

"别了!"安德烈公爵向阿尔帕特奇俯下身来,说,"你也走吧,把能够带走的东西都带走,叫老百姓到梁赞的庄子或者到莫斯科近郊的庄子。"阿尔帕特奇抱着公爵的腿,恸哭起来。安德烈公爵轻轻地推开他,碰了一下马,就顺着林荫道疾驰而去。

那个老头依旧无动于衷,像叮在死人脸上的苍蝇似的,坐在观赏花木园里,敲打着树皮鞋楦,两个小姑娘用衣襟兜着她们从暖房树上采来的李子跑到那儿,碰见安德烈公爵。大一点的女孩,一看见少主人,脸上露出惊慌的神情,拉起她的小伙伴的手,两人一起躲到桦树后面,来不及拾起撒在地上的青李子。

安德烈公爵慌忙转过脸去,怕她们知道他看见了她们。他可怜那个好看的受惊的小姑娘。他不敢看她,但同时又抑制不住想看她。见到这两个小姑娘,他领悟到,世上还有另一种对他完全陌生的、然而是他同样感到兴趣的、合情合理的人性的存在,这时,一种新的欣慰之感在他心中油然而生。显然,这两个小姑娘只渴望一件事——把这些青李子带走,吃光,而不被抓住,安德烈公爵也和她们一起希望她们的事情能够成功。他不禁再一次望她们一眼。她们估量着危险已经过去,于是从躲藏的地方跳出来,尖着嗓子咽咽啾啾地说什么,兜起衣襟,迈开晒黑了的小小的光脚板,在草地上欢快地、迅速地跑开了。

安德烈公爵离开行军路上的尘埃区,觉得清爽一点。但是离童山不远,他又来到大路上,他赶上正在一个不大的池塘的堤坝旁休息的团队。午后一点多钟。太阳,尘埃中的红球,透过黑色外衣令人难以忍受地烤晒着背脊。尘埃仍然一动不动地悬在停下来休息的人声嘈杂的军队的头上。没有风。安德烈公爵在走过堤坝时闻到池塘水藻和清凉的气息。他很想钻进水里——不管水多么脏。他环顾一下传来叫声和笑声的池塘。这个混浊的、长满绿苔的不大的池塘,显然猛涨了半俄尺,堤坝上都漫了水,因为池塘里满是赤裸的、在水里打扑腾的手臂、脸和脖颈呈砖红色而躯体雪白的士兵。所有这些赤裸的雪白躯体,又笑又叫地在脏水里扑扑通通玩水,就像鲫鱼在戽斗里挣扎乱跳。这样扑扑通通的玩水,有点欢乐的意味,因而也就显得格外凄凉。

一个金黄头发的年轻士兵,安德烈公爵知道他是第三连的,小腿肚系着一条皮带,在胸前画了个十字,为了更好地跑着跳水,往后退了几步;另一个黑脸膛、头发总是蓬松着的军士,站在齐腰的水里,筋肉发达的躯干哆哆嗦嗦,一边用两只黑手捧水浇头,一边欢快地喷着鼻子。响起一片互相泼水声、尖叫声、扑扑通通的跳水声。

岸上,坝上,池塘里,到处都是雪白的、健康的、肌肉发达的躯体。军官季莫欣,长着一副红鼻子,正在坝上用手巾擦身,看见公爵,露出羞怯的样子,可是他还是毅然对他说:

"痛快着呢,大人,您也下去吧!"他说。

"太脏。"安德烈公爵皱了皱眉头,说。

"我们马上给您腾空。"于是季莫欣连衣服也没穿,就跑去叫人给腾地方。

"公爵要洗澡。"

"哪个公爵?我们的公爵吗?"几个声音一齐说,大家都急忙往岸上爬,安德烈公爵好容易才劝阻了他们。他想最好在棚子里洗洗淋浴。

"肉,身体,炮灰!"他看着自己赤裸的身体,颤抖起来,并非由于冷,而是由于他对在脏水池洗澡的众多的躯体有一种莫名其妙的反感和恐怖。

八月七日,巴格拉季翁公爵在位于斯摩棱斯克大道米哈伊洛夫卡村的驻地写了如下一封信：

仁慈的阿列克谢·安德烈耶维奇伯爵阁下：

（他是写给阿拉克切耶夫的，但是他知道他的信将呈皇上御览，所以尽其所能地字斟句酌，周密思考。）

"我想，关于斯摩棱斯克落入敌手，那位大臣已经作了报告。这么一个最重要的地方，竟然毫无代价地被放弃，真令人痛心，沮丧，全军都陷入失望。在我这方面，我曾十分恳切地当面说服他，后来又给他写信；他全然不听。我敢用我的名誉向您保证：拿破仑从来没有像那样陷入困境，他就是损失一半军队也攻不下斯摩棱斯克。我们的军队不论过去还是现在都打得非常顽强。我以一万五千人坚守了三十五个小时以上，并且痛击了他们；可是他连十四个小时也不愿坚持。这是耻辱，是我军的污点；我觉得他本人也不应活在世上。倘若他报告说，我军损失很大，那是不真实的；也许四千左右，不会更多，甚至不到此数；即便损失一万，又当如何，战争嘛！然而敌人的伤亡却不计其数……

"他多守两天有什么困难呢？总可以守到他们自动撤退；因为他们人和马都无水可饮。他向我保证决不退却，但他突然送来新的部署指令，说他当夜就要离开。照这样打下去是不行的，我们会把敌人很快引到莫斯科的……

"传闻您在考虑媾和。千万不能讲和！已经付出如此巨大的牺牲和如此疯狂的退却，然后来一个妥协：您就会让全俄罗斯反对自己，我们每个人都将耻于穿戴制服。事已至此，就得打下去，直打到俄国还有力量，人们还能站立起来。……

"应当一个人指挥，不应当两个人指挥。您的那位大臣在内阁可能是一个好大臣；但是作为一个将军，不惟不好，简直糟透了，可是我们祖国的全部命运都交给了他……我实在懊恼得发狂;原谅我写得这样直率。显然,主张媾和以及推荐那位大臣指挥军队的人,并不爱皇帝,他是希望我们全都毁灭。因此我对您说实话:准备民兵吧。因为那位大臣以其最娴熟的技巧把紧跟着他的客人正在引到首都。全军对皇帝侍从沃尔佐根先生抱有极大的怀疑。人人都说,与其说他像我们的人,不如说他更像拿破仑的人,他经常给那位大臣出主意。我不仅对他很客气,而且像一个班长似的服从他,虽然我的级别比他高。这是痛苦的;但是,由于爱我的恩主和皇上,我只好服从。我只是为皇上惋惜,他把一支优秀的军队信托给这种人。想想看吧,我们在退却中由于疲劳和在医院中损失了一万五千多人;如果进攻,就不会有这样的事。看在上帝的面上,请告诉我,我们这样惊慌,把如此善良和勤劳的祖国交给那些恶棍,使每个臣民感到憎恨和耻辱,我们的俄罗斯——我们的母亲——将会怎么说呢?我们为什么胆怯,我们怕谁呢?那位大臣优柔寡断,胆怯,糊涂,动作迟缓,具有一切恶劣的品质。全军都恸哭失声,都骂他罪该万死……

六

生活现象可以分成无数类别,所有这些类别可以归结为两大类,一类以内容为主,另一类以形式为主。彼得堡的生活,特别是沙龙生活,与乡村的、地方的、省城的,甚至与莫斯科的生活截然不同,应列入后一类。这类生活固定不变。

自一八〇五年以来,我们和波拿巴和了又战,战了又和,我们好多次立了宪法,又废了宪法,可是,安娜·帕夫洛夫娜的沙龙和海伦的沙龙,依然跟七年前、后者跟五年前一样。在安娜·帕夫洛夫娜那儿,人们依然满腹狐疑地在谈论波拿巴的业绩,从他的业绩和从欧洲的君主们的姑息,看出了阴险的诡计,其唯一的目的就是使以安娜·帕夫洛夫娜为代表的宫廷集团感到不愉快和不安。在海伦那儿(鲁缅采夫亲自光临那里,并认为她是聪明绝顶的女人),跟一八〇八年一样,一八一二年人们依然在谈论伟大的民族和一代伟人,对于跟法国人决裂,则不胜惋惜,按照海伦沙龙的客人们的意见,认为应缔结和约。

近来,自皇帝从军队回来后,这两个对立的沙龙集团引起一点波动,发生几次相互的攻讦,但各个集团的倾向性依旧不变。安娜·帕夫洛夫娜集团接待的法国人仅限于顽固的保皇党人,这儿的爱国思想表现在不上法国剧院,认为供养一个剧团的费用,抵得上供养一个军团的费用。他们热切地注视着战事的进展,传播对我军最有利的流言。在海伦的圈子里,也就是在鲁缅采夫和法国人的圈子里,人们驳斥关于敌人和战争的残酷的谣言,谈论拿破仑有议和的意图。在这个圈子里,责备那些出这样主意的人——他们过于仓促地下令,让那受皇太后保护的皇家女子学校做好迁往喀山的准备。在海伦的沙龙里,人们想象中的战争,不过是以虚张声势开始,很快就会以言归于好结束,住在彼得堡的比利宾,现在已经跟海伦(每个聪明人都应在她左右趋奉)亲如一家,他的意见压倒一切,他说,决定问题的不是火药本身,而是发明火药的人。在这个圈子里,人们嘲笑莫斯科人的狂热,虽然说得很谨慎,然而损得厉害,妙语横生,关于莫斯科人的狂热的消息,是随着皇帝的到来,一齐传到彼得堡的。

在安娜·帕夫洛夫娜的圈子里却相反,对这种狂热倍加赞赏,像普卢塔赫①讲到古代英雄似的谈论这种狂热。身居要职的瓦西里公爵成为这两个小集团的联接环节。他到我的尊贵的朋友安

---

① 普卢塔赫(约46—126),古希腊哲学家,著有《希腊伟人传》等书。

娜·帕夫洛夫娜那儿去,也到我女儿的外交沙龙那儿去,因为在这两个阵营之间不断轮番地过往,常常弄糊涂了,在海伦那儿说了应在安娜·帕夫洛夫洛夫娜那儿说的话,反之亦然。

在皇帝到来不久,瓦西里公爵在安娜·帕夫洛夫娜那儿谈起战事,他严厉谴责巴克莱·德·托利,但是任命谁担任总司令,却拿不定主意。其中一位以品学兼优闻名的客人说,他今天看见新任彼得堡民军首领库图佐夫在部里主持新兵登记事宜,然后小心谨慎地说出自己的看法:库图佐夫是一个有求必应的人。

安娜·帕夫洛夫娜愁容满面地笑笑,说,库图佐夫除了惹皇上生气外,什么也做不成。

"我在贵族会议上说了又说,"瓦西里公爵插嘴说,"可是他们不听我的。我说,选他当民军司令,皇上不乐意。他们不听我的。"

"全是一些反对狂,"他继续说,"反对谁啊?所有这一切都是由于我们向愚蠢的莫斯科人的狂热学样。"华西里公爵说,他一时糊涂,竟忘了在海伦那里才嘲笑莫斯科人的狂热,而在安娜·帕夫洛夫娜这里应当予以赞扬。但是他随即就改正了。"让库图佐夫伯爵,一个俄国最老的将军,主持招募事宜,难道是合适的吗?他瞎忙一阵,毫无结果!怎么能让一个连马都不能骑、开会打瞌睡、脾气坏得了不得的人担任总司令!他在布加勒斯特自我暴露得够瞧的了!姑且不论他够不够将军的材料,难道在这紧急关头非得起用一个老朽的瞎子不行吗?一个真正的瞎子!瞎眼将军,真有意思!他两眼漆黑。可以玩捉迷藏⋯⋯的确什么也看不见!"

没有人反对他的话。

七月二十四日这话完全正确。但是七月二十九日授予库图佐夫以公爵的称号。授予公爵的称号可能意味着要摆脱他,因此,瓦西里公爵的意见仍然正确,虽然他现在不急于发表这个意见。但是八月八日召开一次讨论战局的委员会,出席会议的有萨尔特科夫元帅、阿拉克切耶夫、维亚济米季诺夫、洛普欣和科丘别伊。委员会认为战事失利是由于指挥不统一,虽然委员会的成员知道皇上不喜欢库图佐夫,但是委员会经过简短的磋商,仍然建议任命库图佐夫为总司令。同一天库图佐夫被委任统率全军和各军区的全权总司令。

八月九日,瓦西里公爵和安娜·帕夫洛夫娜以及那个品学兼优的人又见面了。品学兼优的人想当女子学校的学监,正在向安娜·帕夫洛夫娜献殷勤。瓦西里公爵带着幸运的胜利者和如愿以偿的人的神气,走进房来。

"嘿,你们可知道一个天大的消息?库图佐夫当上元帅啦。一切分歧都消除了。我真高兴,真愉快!"瓦西里公爵说,"毕竟是个人物。"他一面说,一面意味深长地、严峻地扫了客厅里每个人一眼。品学兼优的人,虽然他自己愿意得到学监的位置,但还是禁不住对瓦西里公爵提起他原先的意见。(这在安娜·帕夫洛夫娜的客厅里,对瓦西里公爵不礼貌,对听到这个消息感到高兴的安娜·帕夫洛夫娜也是不礼貌的;但他忍不住。)

"可是,我的公爵,听说他是一个瞎子?"他用瓦西里公爵自己的话提醒他。

"胡扯,胡扯,他看得很清楚,您放心吧。"瓦西里公爵说,他说话嗓音低沉、急促,而且带着咳嗽,他用这种嗓音和咳嗽就把一切困难给解决了。"他的视力很好。"他又重复一句。"我高兴的是,"他继续说,"皇上给了他统率全军和所有军区的权力,从来没有一个总司令有这种权力。这是第二个君主。"他带着胜利的微笑作出了结论。

"上帝保佑他,上帝保佑他。"安娜·帕夫洛夫娜说。品学兼优的人,涉足宫廷社会不深,想讨安娜·帕夫洛夫娜的欢心,引用她原先对这个问题的意见,说:

"据说,皇上不大乐意给库图佐夫这个权力。据说,当人们对他说:'皇上和祖国赐给您这个荣誉'时,他脸红得像小姐听到人家给她诵读《约康德》①。"

"也许不完全合他的心愿吧。"安娜·帕夫洛夫娜说。

"嗷,不,不。"瓦西里公爵热烈地争辩起来。现在他已经不让库图佐夫屈居任何人之下了。按照瓦西里公爵的意见,不仅库图佐夫本人好,而且人人都崇拜他。"不,这不可能,因为皇上早就赏识他了。"他说。

"但愿上帝保佑库图佐夫公爵能掌握实权,"安娜·帕夫洛夫娜说,"希望不要有人掣他的肘——掣他的肘。"

瓦西里公爵马上就明白有人指的是谁。他放低了声音说:

"我确切知道,库图佐夫提出一个必须的条件:皇太子不能留在军队里。您知道,他对皇上是怎么说的吗?"瓦西里公爵复述了仿佛就是库图佐夫对皇帝说的原话:"假如他做得不对,我不能处罚他;假如他做得好,我不能奖赏他。""嗷!真是一个绝顶聪明的人,这个库图佐夫公爵,有个性的人。我早就认识他了。"

"我还听说,"还没有掌握宫廷待人接物分寸的品学兼优的人说,"公爵大人还提出一个必须的条件,就是皇帝本人不要到军队里去。"

他这话刚一出口,瓦西里公爵和安娜·帕夫洛夫娜都向他背转身去,互相看看,哀叹他太幼稚。

七

在彼得堡发生这些事情时,法军已经越过斯摩棱斯克继续向

---

① 《约康德》是法国作家拉封丹所作《故事集》中的一篇,内容被认为有伤风化。

前推进,离莫斯科越来越近了。拿破仑史学家梯也尔①也像其他一些拿破仑史学家一样,竭力为他的英雄辩解,说拿破仑被引到莫斯科是不由自主的。正如从个人意志中寻找一切历史事件的解释一样,他这样说也是对的;俄国一些史学家认为拿破仑被引到莫斯科是俄国统帅们的战略成功,也和他同样是对的。在这里,除了回溯规律——即把过去一切看作实现某一事件的准备过程,此外还有搅乱全部过程的相互影响的规律。一个好的棋手输了棋,他心悦诚服地承认他的失利是走错了一着棋,从开局起寻找这个错误,但是他忘记了,他在全局每步棋都犯了同样的错误,没有哪一着是走对了的。他所注意的那步错棋,只是由于对手利用了它才引起他的注意罢了。战争是在一定时间的一定条件下发生的,在战争中,掌握无生命的器械的何止一个意志,一切都是由各种任意的行动的无数冲突造成的,因此,战争这种游戏,不知要比下棋复杂多少倍!

在斯摩棱斯克后,拿破仑先在多罗戈布日以西的维亚济马,然后又在察列沃-扎伊米希寻找战机;但结果由于无数情况的冲突,在到达离莫斯科一百一十二俄里的波罗金诺之前,俄军都未能应战。拿破仑在维亚济马下令,挥军向莫斯科长驱直入。

莫斯科,这个伟大帝国的亚洲首都,亚历山大臣民的神圣的城,莫斯科有无数中国宝塔式的礼拜堂!这个莫斯科使拿破仑心神不得安宁。在维亚济马至察列沃-扎伊米希的行军途中,拿破仑骑一匹草黄色截尾溜蹄马,他的随从有近卫军、亲兵、少年侍从和副官。参谋长贝蒂埃留在后面审问一个被骑兵捉来的俘虏。他带着翻译官勒洛涅·狄德维勒飞马追上拿破仑,带着兴致勃勃的

---

① 梯也尔·阿道尔夫(1797—1877),法国政客和史学家,摧残一八七一年巴黎公社的刽子手,著有《帝制和执政时代的历史》等史书。

神情勒住马。

"怎么办?"拿破仑说。

"是普拉托夫部下的哥萨克,他说,普拉托夫正在与大部队会合,库图佐夫被任命为总司令。一个非常聪明的人,不过是一个空炮筒子!"

拿破仑笑笑,吩咐给这个哥萨克一匹马,把他带到他这儿来。他要亲自和他谈谈。几名副官疾驰而去,一小时后,那个先是伺候杰尼索夫,后来让给罗斯托夫的农奴拉夫鲁什卡,身着勤务兵的短上衣,骑一匹法国骑兵的马,脸上带着狡诈、醉态、快活的表情,驰到拿破仑跟前。拿破仑命令他和他并马而行,开始问他:

"您是哥萨克吗?"

"是哥萨克,大人。"

"哥萨克不知道他的处境,因为拿破仑的朴素丝毫没有给东方人的想象力发现皇帝驾临的可能,所以他毫无拘束地谈起当前的战局。"梯也尔谈到这个插曲时说。确实,拉夫鲁什卡头天晚上因为喝醉了酒,弄得老爷没吃上饭,挨了一顿鞭子,派他到村里去找鸡,他在那儿热衷于抢劫,被法军俘虏了。拉夫鲁什卡属于那种仆人,他们粗野,胆大,见过世面,认为他们的任务就是干下流和狡猾的勾当,为了主子什么事都干得出,主人怀有什么鬼胎,特别是有什么虚荣心理和猥琐小事,他都能狡黠地猜到。

拉夫鲁什卡落到拿破仑这伙人中间(拿破仑是什么人,他很容易而且很清楚地认出来),他毫无拘束的感觉,只知道全力以赴地为新主人服务。

他十分清楚这就是拿破仑本人,在拿破仑面前比在罗斯托夫或者手执皮鞭的司务长面前,不会更觉得局促不安,因为不论是司务长还是拿破仑在他身上都剥夺不了什么东西。

他把在勤务兵中间闲扯的事情全说了出来。其中有些是真实的。但是，当拿破仑问他，俄国人有什么看法，他们能不能打败波拿巴的时候，拉夫鲁什卡眯起眼睛，沉思起来。

他看出这里面有微妙的诡计，像拉夫鲁什卡这类人，在任何事情里面都看出诡秘的伎俩，他紧锁眉头，停了一会儿。

"事情是这样的：果然马上打一仗，"他若有所思地说，"而且迅雷不及掩耳，这样的话，就对头了。可是，要是再过三天，错过了日子，那么，战事可就拖下去了。"

给拿破仑是这样翻译的："假如战役是在三天前打响的，法国军队准能打赢，假如是在三天以后，那只有上帝才知道会怎么样了。"勒洛涅·狄德维勒微笑着转达了。虽然拿破仑看起来心情极为畅快，但他没有微笑，命令把这句话再重述一遍。

拉夫鲁什卡看出了这一点，为了让他高兴，装作不知道他是谁。

"我们知道你们有个波拿巴，打败了世界上所有的人，至于我们嘛，那就另当别论了……"他说，连他自己也不知道怎么一来和为什么说到最后忽然露出夸张的爱国思想来了。翻译官转达了他的话，但略去末尾的句子，拿破仑微微一笑。"年轻的哥萨克使他的强大的对谈者微笑了。"梯也尔说。默默地走了几步后，拿破仑对贝蒂埃说，告诉这个顿河的孩子，和他谈话的就是皇帝本人，就是把他不朽的、常胜将军的名字写在金字塔上的那个皇帝本人，看看对这个顿河的孩子身上会发生什么影响。

于是把这话转达了。

拉夫鲁什卡懂得这是给他出个难题，拿破仑认为他会大为吃惊。他为了讨好新主子，立刻装作吓得目瞪口呆，脸上露出他被带去受鞭笞时惯有的表情。梯也尔说："拿破仑的翻译官还没来得及把话说完，那个哥萨克就呆若木鸡了，一句话也说不出，继续往前走着，目不转睛地盯视着那个威名早就越过东方的草原传到他的耳边的征服者。他那张爱絮叨的嘴巴突然关闭了，换上一副天真、沉默不语的狂喜神情。拿破仑赏赐了这个哥萨克，命令给他自由，就像放一只小鸟让它飞回它的故乡田野。"

拿破仑一边往前走，一边梦想着萦绕他胸怀的莫斯科，而那个飞回故乡田野的小鸟向自家的前哨驰去，事先在心里编造一些实际没有发生、而准备讲给自己的人听的事情。他不想讲他实际的遭遇，因为他觉得那不值得一讲。他寻找哥萨克，沿途打听普拉托夫部队所属的团队，傍晚，他找到驻在扬科沃的他的主人尼古拉·罗斯托夫，他正骑上马准备和伊林一起到村外去兜风。他给拉夫鲁什卡换了一匹马，把他也带了去。

八

并不像安德烈公爵所想的，玛丽亚公爵小姐没有到莫斯科，也没有避开危险。

自阿尔帕特奇从斯摩棱斯克回来后，老公爵突然如梦初醒。他命令召集各乡民兵，把他们武装起来，并且给总司令写信，通知总司令他决定留下来保卫童山，直到最后关头，至于总司令是否设法保卫童山（俄国最老的将军之一可能在童山被俘或者被打死），请总司令自行裁夺，同时向家里的人宣布，他不离开童山。

公爵自己留在童山，但是他指示把公爵小姐和德萨尔带着小公爵送到博古恰罗沃，再从那里到莫斯科。公爵小姐对父亲一反他平日的消沉状态，夜以继日地疯狂地活动，感到吃惊，她不能撇下他一个人不管，平生第一次对他表示了不服从。她拒绝动身，公爵对她大发雷霆。他把一向对她说的不公平的话全发泄出来。他尽力加罪于她，说她折磨他，唆使儿子和他吵架，对他怀有卑劣的猜疑，她一生的任务就是毒害他的生活，于是他把她赶出书房，对她说,如果她不走,他也无所谓。他说,他根本不要知道她的存在,但预先警告她,她千万不要在他跟前露面。与玛丽亚公爵小姐的担心相反,老公爵没有命令她非走不可,只是说不要让他看见她,这使玛丽亚公爵小姐大喜过望。她知道,这证明她留下来不走在他内心深处是高兴的。

尼古卢什卡走后的第二天,老公爵一早全副披挂去见总司令。四轮马车已经准备好了。公爵小姐看见他身穿制服,佩戴着全部勋章,从家里出来,到花园里去检阅武装起来的农奴和家奴。玛丽亚公爵小姐靠窗坐着,谛听他从花园里发出的声音。忽然从林荫道跑出几个大惊失色的人。

玛丽亚公爵小姐跑出门外,穿过花径,跑到林荫道上。迎面走来一大群民兵和家奴,在人群中间有几个人拖着身穿制服、佩戴勋章的小老头。玛丽亚公爵小姐向他跑过去,透过林荫道的菩提树荫影投下来的摇曳不定的阳光碎点,看不清老人的面孔发生了什么变化。有一样她是看见的,那就是他脸上先前那种严厉果断的表情,换了一副怯弱和屈服的表情。他看见女儿后,动了动无力的嘴唇,发出呼呼噜噜的喉音。没法了解他要说什么。人们架着他的胳膊把他送到书房,安放在他近来害怕的那个沙发上。

请来的医生当天夜里给他放了血,声称公爵右半身中风瘫痪。

留在童山越来越危险了,公爵中风的第二天,举家迁到博古恰罗沃。医生也跟了去。

他们到博古恰罗沃时,德萨尔带着小公爵已经到莫斯科去了。

瘫痪的老公爵在博古恰罗沃安德烈公爵新建的房子里躺了三个星期,病情没有变化,不好也不坏。老公爵不省人事;他像一具变了形的死尸躺在那儿。他不断地嘟噜着什么,抽动着眉毛和嘴唇,无法知道他是否明白他周围的一切。有一点是确切知道的,那就是他很痛苦,很想还说点什么。但是谁也不明白他要说什么;这也许是半疯状态的病人在发脾气，也许是对国家大事或者家事想说点什么。

医生说，他那不安的状态并不意味着什么，那不过是生理上的原因；但是公爵小姐却不以为然，因为她在他跟前的时候，他就更加不安，这肯定了她的想法，她认为他是想对她说点什么。他显然在肉体和精神上都很痛苦。

治愈的希望是没有的。迁移他也不可能。要是死在迁移的途中，那可怎么办？"是不是完结了更好些，干脆完结！"玛丽亚公爵小姐有时这样想。她夜以继日、几乎废寝忘食地守护他，说来可怕，她日夜看护他，不是希望找到病情好转的迹象，而是希望找到结局临近的迹象。

公爵小姐意识到自己有这种感情，尽管她觉得很怪，但是她内心确有这种感情。对于玛丽亚公爵小姐更可怕的是，自从父亲生病以后（甚至可能更早，也许在她和父亲相处时，就有所期待），那所有在她内心潜伏着的、被遗忘了的个人心愿和希望，在她心中苏醒了。多少年来都没有在头脑里出现过的念头——关于永远不会有畏惧父亲的自由生活，甚至关于爱情和家庭幸福的可能性，如此等等的念头，像魔鬼的诱惑似的在她的想象里不停地徘徊。有一个问题，不管怎样驱逐它，在她头脑中总是挥之不去，那就是在现时，也就是在办完后事以后，她怎样安排自己的生活。这是魔鬼的诱惑，玛丽亚公爵小姐是知道的。她知道，唯一对付它的武器是祈祷，于是她试着祷告。她摆出祈祷的姿势，望着圣像，念祷词，但是她祈祷不下去。她觉得她现在是在另一个世界——俗世的、操劳的和充满了自由活动的、与她先前禁锢其中而且在其中最好的安慰就是祈祷的那种精神世界完全相反的世界。她无法祈祷，也哭不出来，因为俗世的思虑包围着她。

留在博古恰罗沃变得危险起来。四面八方都传来法国人渐渐推进的消息，在离博古恰罗沃十五俄里的一个村子里，一家庄园被法国的散兵游勇抢劫了。

医生坚持要把公爵迁得远一些；首席贵族派一名官吏来见玛丽亚公爵小姐，劝她尽快离开。警察局长专程来博古恰罗沃，他也是那样坚持地主张，他说，法国军队已经到了离这儿四十俄里的地方，在各村里散发传单，如果公爵小姐在十五日以前不带着父亲离开这里，他无论如何也不能负责了。

公爵小姐打算十五日动身。准备行装，发指示（人人都向她请示），忙了她一整天。十四日至十五日夜间，她跟平时一样，在公爵卧病的隔壁房间里和衣而卧。她醒了好几次，听见他发出吭吭哧哧，嘟嘟囔囔的声音，床的响声和给他翻身的吉洪和医生的脚步声。她几次附门倾听，她觉得他这天晚上嘟囔的声音比平时大些，翻身的次数勤些。她睡不着，好几次走到门前谛听，想进去，但又不敢。虽然他没说，但是玛丽亚公爵小姐看得出，他每次看见她为他担忧的表情就不愉快。她看见他是多么不满地回避她有时不由得向他顽强地注视的眼神。她知道在夜间这个不寻常的时间进去，一定会惹他生气。

她从来没有这样怜惜，这样害怕失去他。她忆起她平生和他相处的日子，她在他每句话、每个行动里都发现他对她的疼爱。在这些回忆中间，那个魔鬼的诱惑——在他死后她怎样安排她的自由的新生活的念头，时时闯进她的想象中。但是她带着厌恶的心情驱逐这些思想。快到早晨的时候，他安静下来，她也睡着了。

她很晚才醒来。在刚刚醒来时常有的心地纯真状态使她意识到，父亲的病占有她整个的心。她醒来附门细听屋里的情形，她听见他仍在吭吭哧哧，她叹息着暗自说道，仍然是那个样子。

"应该是个什么样子？我想要他怎么样呢？我想要他死！"她对自己厌恶地想道。

她穿好衣裳，洗了脸，念完祈祷词，就走到门廊上。门廊前面停着几辆没有套马的、正往上面装东西的大车。

早晨温暖而阴沉。玛丽亚公爵小姐在门廊上站着，对自己内心的卑鄙不断地感到恐惧，在看见父亲之前，她整理了一下自己的思绪。

医生下楼向她走来。

"他今天好些，"医生说，"我在找您。他可能说得清楚些，头脑比较清醒。咱们一块去吧。他在叫您呢……"

一听这个消息，玛丽亚公爵小姐的心狂跳起来，她面色苍白，为了不致晕倒，她倚着门框。正当玛丽亚公爵小姐整个心灵充满可怕的罪恶诱惑的时刻去见他，和他说话，看到他的眼神，那是既痛苦又高兴，而且令人心惊胆战。

"咱们去吧。"医生说。

玛丽亚公爵小姐走进父亲的房间，来到床前。他靠得高高地仰卧着，他那瘦骨嶙峋、青筋虬结的两只小手放在被子上，直瞪着左眼，右眼有点斜视，眉毛和嘴唇一动不动。他整个人瘦小得可怜。他的脸显得干瘪，或者说消瘦下去了，变小了。玛丽亚公爵小姐走向前去吻他的手。他的左手紧握她的手，显然他等她很久了。他牵动她的手，他的眉毛和嘴唇愤愤地抽动着。

她惊恐地望着他，极力揣度他想叫她怎么样。她换了个姿势，移近一点，使他的左眼能够看见她的脸，他安静了，有几秒钟他的眼睛没有离开她。然后他动了动嘴唇和舌头，发出声音，他要说话了，怯怯地、恳求地望着她，显然怕她听不懂他的话。

玛丽亚公爵小姐聚精会神望着他。看见他使出可笑的劲儿转动舌头，玛丽亚公爵小姐垂下眼帘，努力压住升到喉头的恸哭。他说了句什么话，重复了好几次。玛丽亚公爵小姐听不懂；她竭力猜测他在说什么，并且疑问地重述他发出的声音。

"嘎嘎——波噫……波噫……"他重复了好几次……

怎么也不明白他说什么。医生以为他猜着了,重复他的话问道:"您是说:公爵小姐害怕吗?"他摇摇头表示否认,又重复发出那个声音……

"心里,心里难过。"玛丽亚公爵小姐揣测着说。他肯定地呜呜了几声,拿着她的手在胸口上各个部位按来按去,好像寻找一个真正她要寻找的地方。

"整个的心!都在惦记你……整个的心。"在这之后,他的发音比刚才好得多,清楚得多了,因为这时他相信人们了解他了。玛丽亚公爵小姐把头贴在他手上,极力隐藏自己的哭泣和眼泪。

他用手抚摸她的头发。

"我整夜都在叫你……"他说。

"要是我知道……"她含着泪说,"我不敢进来。"

他握着她的手。

"你没有睡吗?"

"我没有睡。"玛丽亚公爵小姐否定地摇摇头说,她不自觉地顺从父亲,她也像他那样,说话时极力打手势,好像舌头也不听使唤。

"亲爱的……"也许是说:"好孩子……"玛丽亚公爵小姐听不清楚;从他的眼神表情来看,大概是说了一个温柔的、亲切的词儿,这是他从来没有说过的。"为什么不进来呢?"

"可是我愿意,愿意他死!"玛丽亚公爵小姐想道。他沉默了一会儿。

"谢谢你……女儿,好孩子……为了一切,为了一切,谢谢……原谅……谢谢,原谅……谢谢!……"泪水从他眼睛里流出来。"去叫安德留沙。"他突然说,一说出这个要求,他脸上就露出孩子似的胆怯和不信任的神情。仿佛他自己也知道他这个要求是没有意义的。至少玛丽亚公爵小姐觉得是这样。

"我接到他一封信。"玛丽亚公爵小姐回答。

他带着惊奇和胆怯的神情望着她。

"他在哪儿?"

"他在军队里,爸爸,在斯摩棱斯克。"

他闭上眼睛,沉默了很久;然后,仿佛在回答自己的疑问,并且证明他现在一切都明白,一切都记起来了,肯定地点点头,睁开了眼睛。

"是啊,"他说,声音清晰而低沉,"俄国完了! 他们把俄国给毁了!"他又闭上眼睛,流出了泪水。玛丽亚公爵小姐再也忍不住了,望着他的脸,也哭起来。

他又闭上眼睛,停止了哭泣。他对着眼睛做了个手势;吉洪懂得他的意思,给他擦了擦眼泪。

然后他睁开眼睛,又说了一阵谁也听不懂的话,最后只有吉洪一个人懂得,转达了他的话。玛丽亚公爵小姐按照他刚才说话的心情琢磨他的话的意思。她猜想他时而说俄国,时而说安德烈公爵,时而说她,时而说孙子,时而说他的死。但是她猜不出他是用什么词句表达的。

"穿上你那件白衣裳,我喜欢那件白衣裳。"他说。

玛丽亚公爵小姐听懂了这句话,她哭的声音更高了,医生挽起她的手,把她从屋里领到阳台上,劝她要镇静,去料理一下动身的事情。玛丽亚公爵小姐离开公爵后,他又说起儿子,说起战争,说起皇帝,气愤地牵动着眼眉,提高了喑哑的声音,他又发作了第二次,也是最后一次中风。

玛丽亚公爵小姐在凉台上站着。天晴了,阳光照耀,天气热起来。她除了对父亲的爱,什么都不理解,什么都不想,什么都不觉得,她觉得,在此刻之前,她从来没有这样爱过父亲。她跑到花园里,沿着安德烈公爵新栽的菩提树小道向下面的池塘跑去。

"是的……我……我……我。我盼望他死。是的,我盼望快点结束……我盼望安静……将来我会怎么样呢?当他不在的时候,我还有什么安静可言。"她在花园里一边快步走着,一边念叨着,两手按住胸口,她抽搐着,马上就要号啕大哭起来了。她沿着花园兜了一个圈子,又来到住宅前面,她看见迎面走来的布里安小姐(她留在博古恰罗沃不愿离开)和一个不相识的男人。这个男人是县的首席贵族,他是亲自来告诉公爵小姐必须赶快离开的。玛丽亚公爵小姐听他说话,但不理解他说什么;她把他领到家里,请他用早点,陪他坐下。然后,她向首席贵族道歉,就向老公爵的房门走去。医生带着惊慌的面色出来对她说,不能进去。

"走吧,公爵小姐,走吧,走吧!"

玛丽亚公爵小姐又回到花园里,在假山下池塘边谁也看不见的草坪上坐下。她不知道她在那里坐了多久。忽然有一个女人沿着小径跑来的脚步声惊醒了她。她站起来,看见她的女仆杜尼亚莎①,显然她是跑来找她的,那女仆仿佛被小姐的神色吓了一跳,忽然站住了。

"公爵小姐,请您……公爵……"杜尼亚莎断断续续说。

"我马上就去,就去。"公爵小姐连忙说,不让杜尼亚莎说完她要说的话,极力不看杜尼亚莎,往家里跑去。

"公爵小姐,上帝的旨意来了,您应当做好一切的准备。"首席贵族在门口迎着她,说。

"不要管我。这是没有的事!"她怒冲冲地对他嚷道。医生想阻拦她。她推开他,向门里跑去。"为什么这些人大惊失色地阻拦我?我不需要任何人!他们在这儿干什么?"她推开门,在这本

---

① 杜尼亚莎是阿夫多季娅的小名。

来半明半暗的房间里,白天的亮光使她不禁毛骨悚然。屋里有几个妇女和一个保姆。她们都从床前给她让路。公爵仍然躺在那张床上;但是他那安静的面孔上的严厉表情使玛丽亚公爵小姐在门槛上停住不动了。

"不,他没有死,这不可能!"玛丽亚公爵小姐自言自语,走到他跟前,克服那揪紧了她的心的恐惧,把嘴唇贴近他的面颊。但是她随即躲开他。一霎时她对他满怀的柔顺感情消失了,换成对她面前的一切恐惧的感觉。"没有了,再没有他了!他不在了,而在这儿,在他生前所在的地方,有一种陌生的、敌意的东西,有一种令人畏惧、战栗和反感的神秘的东西……"玛丽亚公爵小姐两手捂着脸,倒在医生搀扶着她的手臂上。

妇女们当着吉洪和医生在场洗涤那个曾经是活着的他,为了使张开的嘴不致变硬,用手巾扎着头,叉开的两腿也用手巾绑了起来。然后她们给他穿上佩戴勋章的军服,把又小又干的尸体放到桌上。天知道她们之中有谁和在什么时候曾操持过这种事情,但是一切都自然而然地完成了。入夜,棺木周围点着蜡烛,棺材罩了起来,地上撒上璎珞松枝,在僵死干瘪的头颅下面放着印刷体的祷文,助祭坐在墙角读赞美诗。

像一群马向一匹死马冲过去,拥挤在一起,打着响鼻一样,一些陌生人和自家人——首席贵族、村长、妇女们,都在客厅里棺材周围拥挤着,瞪着吃惊的眼睛,画十字,鞠躬,吻老公爵又冷又硬的手。

九

博古恰罗沃在安德烈公爵没有来住之前,是一处主人从来不到的庄园,博古恰罗沃的农民有着与童山的农民完全不同的个性。

他们在口音、衣着、习俗和童山的农民都有所不同。他们被称为草原居民。他们到童山帮助收割或在挖池塘和沟渠时，老公爵总是夸奖他们能吃苦耐劳，但是不喜欢他们那股子桀骜不驯的野性。

前不久安德烈公爵在博古恰罗沃短期的居住以及他所创建的一些设施——医院、学校和减轻代役租，等等，对于改变他们的风俗并没起什么作用，而且相反，更加强了老公爵称之为野性难驯的特点。在他们中间经常可以听到一些含含糊糊的谣言，时而说要把他们都编入哥萨克，时而说要他们改信新的宗教，时而说沙皇颁布了什么告示，时而议论一七九七年对保罗·彼得罗维奇的宣誓（他们说当时已经赐给自由，可是被地主取消了），时而又提起彼得·费奥多罗维奇在七年后重新复位后，那时一切都很自由，很简单，没有什么麻烦的了。关于战争和波拿巴，以及他的入侵的传闻，在他们头脑中，跟基督的敌人、世界末日和绝对的自由等模糊的观念混在一起。

博古恰罗沃郊区所有的大村庄，都是属于官方和收代役租的地主的。很少有地主在这一带地方常住，家奴和识字的农奴也极少，在这一带农民的生活中，那种俄罗斯人民生活的神秘潜流比其他地方来得明显而且强烈，当代人对这些潜流的原因和意义无法解释。二十年前这个地方的农民曾发生过一次向某些温暖的河流迁移的运动，就是这些潜流中的一个表现。成百上千的农民，其中也有博古恰罗沃的农民，忽然卖掉牲口，带着家眷向东南进发。就像一群鸟飞向海外某个地方一样，这些人带着老婆孩子向着他们之中谁也没去过的东南方向奔流。他们成帮结队地出发，一个个地赎身，逃跑，或坐车，或步行，朝着温暖的河流走去。很多人受到了惩罚，被流放到西伯利亚，很多人在途中冻死，饿死，很多人自动转了回来，这场运动就像它的开始一样，看不出其中有什么显然的原因，就自然而然地平静下去了。但是这股暗流在这帮人中间并没有停止,而且在积聚着新的力量,当它爆发时也是那么奇怪,突如其来,而且也是那么简单,自然,有力。现在一八一二年,跟这帮人接近的人看得出,这股暗流正在加紧酝酿,离爆发的日子已经不远了。

阿尔帕特奇是在老公爵临终前不久来到博古恰罗沃的,他看出,在这些人中间有一种激动不安的情绪,跟童山方圆六十里的情况相反,那儿所有的农民都去逃难(放弃自己的村庄,任凭哥萨克蹂躏),而在博古恰罗沃周围草原地带,听说农民跟法国人发生了联系,他们收到一些在他们之间散发的传单,大家都留下来不动。他从心腹的家奴得知,前几天赶官家大车的农民卡尔普(此人在村公社很有势力)带回一个消息,说哥萨克对居民逃亡的村子都洗劫一空,但是法国人却秋毫无犯。他们知道还有一个农民昨天从法军占领的维斯洛乌霍沃村带回一张法国将军的布告,布告上说他们不会加害居民,只要他们留在原处不动,不论取什么东西,都照价付钱。为了证明这一点,这个农民从维斯洛乌霍沃带回预付干草钱一百卢布钞票(他不知道那都是些假票子)。

还有更重要的是,阿尔帕特奇知道,就在他命令村长集合大车把公爵小姐的行李运出博古恰罗沃那天早晨,村里举行一次集会,会上决定不搬走,要等待。可是时间已不允许等待了。八月十五日公爵去世那天,首席贵族极力劝说玛丽亚公爵小姐当天就动身,因为局势已经很危急。他说,十六日以后他就不负责了。公爵去世的当天晚上,他走了,答应第二天公爵下葬时再来。但是第二天他不能来了,因为据他们得到的消息,法军出人意外地向前推进了,他只来得及带走眷属,把贵重物品从他的庄园里运走。

村长德龙(老公爵叫他德龙努什卡)管理博古恰罗沃已经三十来年了。

德龙是属于那种类型的农民,他们身板结实,精神旺盛,刚一上年纪就满脸大胡子,直到六七十年岁还照样不变,没有一丝白发,不掉一颗牙,六十岁仍像三十岁一样挺拔有力。

德龙也像别的农民一样,参加过向温暖的河流迁移运动,回来不久当了博古恰罗沃的村长,自那时起,在这个职位上无可指摘地干了二十三年。农民们怕他甚于怕主人。主子们——老公爵、小公爵,以及管家的,都尊重他,戏称他为"家务大臣"。德龙在整个服务期间,一次没有醉过酒,也没有病过;不论一连几夜不睡觉,也不论干了多么劳累的活儿,从未露出丝毫的倦容,他不识字,可是从来没忘掉一笔账,他卖掉好几大车的面粉,从来没忘掉一普特面粉,从来没忘掉在博古恰罗沃的每俄亩土地上任何一堆收获的粮食。

在老公爵下葬那天,从被破坏了的童山来的阿尔帕特奇把这个德龙叫来,吩咐他为公爵小姐的马车准备十二匹马,另外要十八辆运输大车,以备从博古恰罗沃动身。虽说农民都是交代役租的,但在阿尔帕特奇看来,执行这个命令不致有什么困难,因为博古恰罗沃有二百三十个赋役户,这些农户都很殷实。但是村长德龙听了这个命令,默默地垂下眼皮。阿尔帕特奇把他知道的农民的名字念给他听,命令从这些农民中要车辆。

德龙回答说,这些农户的马都拉脚去了。阿尔帕特奇又说出别的农户。据德龙说,这些农户没有马:有的马去拉官差,有的马不中用,还有的马因短缺饲料都饿死了,照德龙说来,不仅找不到拉行李车的马,连拉坐的马也难找到。

阿尔帕特奇凝神地看了看德龙,眉头紧皱起来。就像德龙是一个模范的村长一样,阿尔帕特奇也没有白白管理了二十年公爵的田庄,是一个模范的管家。他直觉地就能了解那些与之打交道的老百姓的需要和本能,他在这方面具有高度的才能,所以说他是一个出色的管家。他向德龙看了一眼,立刻就明白,德龙的回答并不代表他本人的思想,而是代表博古恰罗沃村公社普遍的情绪,这个村长已经屈从村公社的影响。同时他知道发了财的和被全村仇视的德龙,必然在地主和农奴两个阵营之间动摇不定。他在他的眼神里看出了这个动摇。于是阿尔帕特奇皱着眉头向他走近了些。

"德龙努什卡,你听着!"他说,"你少给我来废话。安德烈·尼古拉伊奇公爵大人亲自交代我,全体老百姓都要离开,不能留在敌占区,皇帝也有同样的命令。谁留下来,谁就是沙皇的叛徒。听见没有?"

"听见了!"德龙不抬眼睛,回答说。

阿尔帕特奇不满意这个回答。

"哎,德龙啊,不会有好结果的!"阿尔帕特奇摇着头,说。

"全看您怎么办吧!"德龙悲哀地说。

"唉,德龙,算了吧!"阿尔帕特奇又重复说,他从怀里抽出手来,摆出庄严的姿势,指着德龙脚下的地板,"我不但看透你,就连你脚下三俄尺深也看得透。"他盯着德龙脚下的地板说。

德龙慌了,连忙瞟了阿尔帕特奇一眼,又垂下眼皮。

"收起你那废话吧,告诉老百姓准备离开家到莫斯科去,并且把运公爵小姐行李的大车明儿一早也准备好,你也不要去开会。听见没有?"

德龙突然跪下来。

"雅科夫·阿尔帕特奇,革了我的职吧!把钥匙从我手里拿走吧,把我革职吧,看在上帝的面上。"

"算了吧!"阿尔帕特奇声色俱厉说,"我可以看透你脚下三俄尺深的地方。"他又重复说,他知道他那养蜂的技艺、播种燕麦的知识、二十年来侍候老公爵的本领,使他早已得到巫师的名声,人们认为巫师能够看见地下三俄尺深的地方。

德龙站起来，又想说点什么，但是阿尔帕特奇阻止住他：

"您怎么会有这个念头？啊？……您心里是怎么想的？啊？"

"我拿老百姓怎么办呢？"德龙说，"他们完全疯了。对他们我也是那么说嘛……"

"我也是那么说嘛，"阿尔帕特奇说，"他们在狂饮吧？"他简短地问。

"全都疯狂了。雅科夫·阿尔帕特奇：运来了第二桶酒。"

"你听着。我到警察局长那儿去一趟，你去对付那些老百姓，叫他们回心转意，把大车准备好。"

"是，听见了。"德龙回答。

雅科夫·阿尔帕特奇不再继续坚持了。他在长期统治老百姓中知道，使人们服从的主要手段就是不要向他们露出怀疑他们可能不服从。从德龙口里得到顺从的"是啦——您老"这句回复，雅科夫·阿尔帕特奇感到满意，虽然他不仅怀疑，而且差不多相信，不借助军队的力量是弄不到车的。

果然，到晚上车还没有集合起来。在村里的酒馆里又举行集会，在集会上决定把马赶到树林里，并且不出大车。阿尔帕特奇没有把这事告诉公爵小姐。他吩咐从童山来的大车上把他的行李卸下来，把那些马套在公爵小姐的马车上，然后他就去找上级官府去了。

十

在父亲安葬后，玛丽亚公爵小姐关在自己房里，不让任何人进来。女仆来到门前，禀告阿尔帕特奇前来请示出发的事（这还是在阿尔帕特奇和德龙谈话之前的事）。玛丽亚公爵小姐从她躺着的沙发上欠起身来，冲着关闭的门说，她什么地方也不去，叫人不要打扰她。

玛丽亚公爵小姐卧室的窗户是朝西开的。她面对墙壁躺着，用手指来回地抚摩皮靠枕的扣子，眼睛只盯着这个皮靠枕，她那模糊的思想集中在一点上：她在想不可挽回的死以及在这之前她还不知道、在父亲患病期间才表现出来的内心的卑鄙。她想祈祷，但又不敢祈祷，不敢在她目前的心境中向上帝求援。她在这种姿势中躺了很久。

太阳照到对面的墙上，夕阳的斜晖射进敞开的窗口，照亮了房间和她眼前的羊皮靠枕的一角。她的思路忽然停住了。她毫无意识地坐起来，整理了一下头发，站起来走到窗前，不由得深深地吸着晴朗的、微风吹拂的傍晚的清凉空气。

"是的，现在你可以随意欣赏傍晚的风光了！他已经不在了，谁也不会打扰你了。"她在内心说道，倒在椅子上，头靠着窗台。

有人用娇柔的声音在窗外花园里轻轻叫她的名字，吻她的头，她抬头看了看。原来是布里安小姐，她穿一件黑衣裳，戴着黑纱。她悄悄走到玛丽亚公爵小姐跟前，叹着气吻她，立刻哭泣起来。玛丽亚公爵小姐看了看她。她想起跟她的一切过去的冲突，对她的猜疑；还想起他近来改变了对布里安小姐的态度，不见她，由此看来，玛丽亚公爵小姐内心对她的责备是多么不公平。"难道不是我，不是我盼望他死吗？我有什么资格责备别人呢！"她想道。

玛丽亚公爵小姐生动地想象布里安小姐的处境，近来她离群索居，而同时又得依靠她，过着寄人篱下的生活。她对她怜悯起来。她温和地、疑问地望了望她，把手伸给她。布里安小姐立刻哭起来，吻她的手，念叨着公爵小姐遭到的不幸，把自己扮成一个同情不幸的人。她说，在她的不幸的时刻，唯一的慰藉就是公爵小姐允许她分担她的不幸。她说，在这巨大的悲伤面前，所有过去的误会应当一笔勾销，她觉得她在一切方面都是清白的，他在那个世界会看见她的眷恋和感激的。公爵小姐听着她，不理解她的话，只是有时看看她，听听她的声音。

"您的处境格外可怕，亲爱的公爵小姐，"布里安小姐沉默了一会儿，说，"我明白，您从来不会，现在也不会想着自己；但是由于我爱您，我必须这样做……阿尔帕特奇到您这儿来过吗？他和您谈过动身的事吗？"她问。

玛丽亚公爵小姐没有回答。她不明白是什么人要走，要到那儿去。"现在还能做什么事，想什么事呢？难道不是一样吗？"她没有吭气。

"您可知道，亲爱的玛丽亚，"布里安小姐说，"您可知道咱们的处境很危险，咱们被法军包围了；现在走，太危险了。如果走的话，恐怕准会被俘虏，上帝才知道……"

玛丽亚公爵小姐望着她的女伴，不明白她在说什么。

"哎，真希望有人了解我，我现在对一切，对一切都无所谓，"她说，"当然啰，我无论如何也不愿撇开他就走……阿尔帕特奇对我说过走的事……您和他谈谈吧，我对什么都不能，也不想管……"

"我和他谈过。他希望我们明天就走；可是我想，现在最好还是留下，"布里安小姐说，"因为您会同意，亲爱的玛丽亚，在路上碰到大兵或者暴动的农民——那真可怕。"布里安小姐从手提包里取出一张不是用普通俄国纸印的法国将军拉莫的文告，上面晓谕居民不得离家逃走，法国当局将给予他们应有的保护，她把文告递给公爵小姐。

"我想，最好是求助于这位将军，"布里安小姐说，"我相信他会给您应有的尊重的。"

玛丽亚公爵小姐读那张文告，无声无泪的哭泣使她的脸颤抖起来。

"您从谁手里拿到这个的?"她说。

"大概他们从我的名字知道我是法国人。"布里安小姐红着脸说。

玛丽亚公爵小姐拿着文告离开窗口站起来,她面色苍白,走出屋子到安德烈公爵以前的书房里。

"杜尼亚莎,去叫阿尔帕特奇,德龙努什卡,或者旁的什么人到我这儿来,"玛丽亚公爵小姐说,"告诉阿马利娅·卡尔洛夫娜,不要来见我,"她听见布里安小姐的声音,又说,"要赶快走! 快点走!"玛丽亚公爵小姐说,她一想到她可能留在法军占领区,就不寒而栗。

"要让安德烈公爵知道我在法国人手里,那还得了! 要让尼古拉·安德烈伊奇·博尔孔斯基公爵的女儿去求拉莫将军先生给予她保护,并且接受他的恩惠,那怎么行!"她越想越觉得可怕,以致使她战栗,脸红,感到从未体验过的愤怒和骄傲。她生动地想象她的处境是多么困难,主要的,是多么屈辱。"他们那些法国人住在这个家里;拉莫将军先生占着安德烈公爵的书房;翻弄和读他的信和文件来取乐。布里安小姐在博古恰罗沃恭恭敬敬地招待他。他们恩赐我一个房间;士兵们掘我父亲的新坟,取走他的十字架和勋章;他们对我讲述怎样打败俄国人,装作同情我的不幸……"玛丽亚公爵小姐在想,她不是以自己的思想为思想,她觉得必须用父亲和哥哥的思想来代替自己的思想。对于她个人,不论留在哪儿,可能发生什么事,都无所谓;她觉得她同时还是死去的父亲和安德烈公爵的代表。她不由得用他们的思想来思想,用他们的感觉来感觉。他们现在可能怎样说,可能怎样做,也就是她现在觉得必须要照那样去做的。她到安德烈公爵的书房去,极力深入体会他的思想,来考虑她目前的处境。

生活的需求,本来她认为随着父亲的去世不复再有了,可是它突然以空前未有的力量在玛丽亚公爵小姐面前出现,并且占有了她。

她激动得满脸通红,在屋里走来走去。时而派人唤阿尔帕特奇,时而派人唤米哈伊尔·伊万诺维奇,时而派人唤吉洪,时而派人唤德龙。杜尼亚莎、保姆和所有的女仆都不能断定布里安所宣布的事究竟有多少正确的成分。阿尔帕特奇不在家:他到警察局去了。被唤来的建筑师米哈伊尔·伊万内奇来见玛丽亚公爵小姐,他睡眼惺忪,什么也不能回答她。他十五年来回老公爵话时养成一个习惯,那就是带着同意的微笑,不表示自己的意见,他也是这样回答玛丽亚公爵小姐的问话的,从他的回答中得不到任何肯定的东西。被召唤来的老仆人吉洪,他两颊深陷,面孔瘦削,带着无法磨灭的悲哀印记,他对玛丽亚公爵小姐所有的问话都回答"是——您老。"他望着她,几乎忍不住要大放悲声。

最后,德龙走进房来,他向公爵小姐深深地鞠躬,在门框旁站住了。

玛丽亚公爵小姐在屋里来回走了一趟,在他对面停下。

"德龙努什卡,"玛丽亚公爵小姐说,在她心目中,她把他当做无可置疑的朋友,就是这个德龙努什卡,他每年去赶维亚济马集市的时候,每次都给她带来一种特制的甜饼,面带笑容交给她,"德龙努什卡,现在,在我们遭遇到不幸之后……"她刚开始说话就停住了,再也没有力量说下去。

"一切都凭上帝的旨意。"他叹息说。他们沉默了一会儿。

"德龙努什卡,阿尔帕特奇不知到哪儿去了,我没有可问的人。有人说我走不得,是真的吗?"

"为什么你走不得,大人,可以走。"德龙说。

"有人对我说,有敌人,路上危险。亲爱的,我什么也不能做,什么也不明白,我身边一个人也没有。今天晚上或者明天一大早,我一定要走。"德龙不吭气。他蹙着眉头,瞟了公爵小姐一眼。

"没有马,"他说,"我对雅科夫·阿尔帕特奇已经说过了。"

"为什么没有马?"公爵小姐说。

"都是上帝的惩罚,"德龙说,"有的马被军队征用了,有的马饿死了,遇到今年这个年景。不用说没有东西喂马,连人也饿得要死! 有的人一连三天吃不上饭。一无所有,彻底破产了。"

玛丽亚公爵小姐全神贯注地听他对她说的话。

"庄稼人都破产了? 他们没有粮食?"她问。

"他们快饿死了,"德龙说,"还谈得上什么大车……"

"你为什么不早说,德龙努什卡? 难道不能救济吗? 我要尽一切可能……"玛丽亚公爵小姐觉得,在目前这样的时刻,当她的心头充满了悲伤的时刻,人们还要分成富的和穷的,而且富人不能救济穷人,有这种想法是很奇怪的。她模糊地知道和听说,地主家都有储备粮,那是给农民备荒的。她也知道,不论是哥哥还是父亲都不会拒绝救济贫困的农民的;关于给农民分配粮食,她想亲自过问,不过在这个问题上她怕说错话。她很高兴,能有一件操心的事作为借口,可以忘掉自己的悲伤而不致受良心的责备。她向德龙努什卡详细询问农民的急需,并且询问博古恰罗沃的地主储备粮的情况。

"我们不是有地主储备粮吗? 我哥哥的?"她问。

"地主储备粮原封未动,"德龙骄傲地说,"我们的公爵没有发放的命令。"

"把它发放给农民吧,他们需要多少就发放多少:我代表哥哥允许你发放。"玛丽亚公爵小姐说。

德龙一句也不回答,只是深深地叹了一口气。

"你把粮食分给他们吧,如果粮食还够分给他们的话,全分了吧。我代表哥哥命令你,你告诉他们:我们的,也是他们的。为了他们，我们什么都不吝啬。你就这样说吧。"

公爵小姐说话的时候，德龙目不转睛地望着她。

"你把我开除吧，好小姐，看在上帝面上，吩咐人接收我的钥匙吧，"他说，"我当了二十三年的差，一次差错没出过；开除我吧，看在上帝面上。"

玛丽亚公爵小姐不明白他想要她做什么，他为什么请求开除他。她告诉他，她从来不怀疑他的忠心，她准备为他和为农民做任何事。

十一

在这之后过了一小时，杜尼亚莎前来向公爵小姐报告一个消息：德龙来了，按照公爵小姐的命令，农民们都在谷仓旁边集合，有话要跟女主人谈谈。

"我并没叫他们来，"玛丽亚公爵小姐说，"我只是告诉德龙努什卡，把粮食分给他们。"

"看在上帝面上，亲爱的公爵小姐，叫人把他们赶走吧，千万不要到他们那儿去。那不过是个圈套，"杜尼亚莎说，"等雅科夫·阿尔帕特奇回来，咱们就走……您千万别去……"

"什么圈套？"公爵小姐诧异地问。

"我确实知道，看在上帝面上，千万听我说。您只要问问保姆就知道了。听说他们都不愿意按照您的命令离开村子。"

"你扯到哪儿去了。我并没有命令他们离开村子……"玛丽亚公爵小姐说，"把德龙努什卡叫来。"

德龙来了，他证实了杜尼亚莎的话；农民是按照公爵小姐的命令来的。

"可是我并没有召集他们，"公爵小姐说，"你大概传错了话。

我只是叫你把粮食分给他们。"

德龙没有答话，叹了一口气。

"您只要下命令，他们就会散的。"他说。

"不，不，我去见他们。"玛丽亚公爵小姐说。

不顾杜尼亚莎和保姆的劝阻，玛丽亚公爵小姐来到门廊上。德龙、杜尼亚莎、保姆和米哈伊尔·伊万内奇在她后面跟着。

"他们大概以为我给他们粮食，是要他们留下来不动，而我自己离开，扔下他们让法国人糟蹋，"玛丽亚公爵小姐想，"我应许他们在莫斯科近郊庄园按月发给口粮，安排住处；我相信，安德烈处在我的地位一定会做得更多。"她一面想，一面在暮色苍茫中向站在谷仓旁的牧场上的人群走去。

人群开始移动，聚拢到一起，迅速地摘下帽子。玛丽亚公爵小姐垂下眼帘，衣裙绊着腿，走近他们。那么多各式各样的眼睛，老年的和青年的，都在注视她，还有那么多不同的面孔，使玛丽亚公爵小姐连一张面孔也看不见，觉得必须一下子和所有的人说话，她不知道应当怎么才好。但又是那个意识——意识到她是父亲和哥哥的代表，给她增添了力量，于是她壮着胆子开始讲话。

"你们来了，我很高兴，"玛丽亚公爵小姐开口说，她垂下眼皮，觉得心跳得厉害，"德龙努什卡告诉我，战争使你们破了产。这是我们共同的不幸，为了帮助你们，我不惜献出一切。我要离开了，因为这儿已经很危险，敌人离得很近了……我把一切都给你们，我的朋友们，我求你们拿走一切，拿走我们所有的粮食，你们就不致缺吃少用的了。如果有人对你们说，我给你们东西是为了叫你们留在这里，那不是实话。相反，我请求你们带着你们的全部财产搬到我们莫斯科近郊的庄园去，在那儿有我负责，保证你们不会过穷日子。给你们住宅和粮食。"公爵小姐停住了。人群中只听见叹息声。

“我这样做，不只是我个人的意思，”公爵小姐接着说，“我这样做是代表我去世的父亲，你们的好主人，代表我的哥哥和他的儿子。”

她又停住了，没有人打破她的沉默。

“我们的不幸是共同的，让我们平均分担这个不幸吧。我的一切，也是你们的一切。”她说，环视站在她面前的人的面孔。

所有的眼睛都带着同样的表情望着她，她不能了解这种表情的意义。不知道是不是好奇、忠诚、感激，还是惊慌和不信任，但是所有脸上的表情都是同样的。

“我们非常满意您的恩典，不过，我们不能拿地主的粮食。”后面传来一个声音。

“为什么？”公爵小姐说。

没有人回答，玛丽亚公爵小姐环视人群，她看出，现在所有的眼睛一碰到她的目光，就立刻垂下来。

“为什么你们不要？”她又问。没有人回答。

玛丽亚公爵小姐为这种沉默感到窘迫；她竭力捕捉随便哪个人的目光。

“你们干吗不说话啊？”她对面前一个拄着拐棍的老人说，“如果你认为还需要什么，你就说吧。我一切都可以做到。”她捉住他的目光，说。但是他好像对这很生气，把头完全低下来，咕哝了一句：

“有什么同意不同意的，我们不需要粮食。”

“怎么，要我们抛弃一切？不同意。不同意……我们决不同意。我们同情你，但决不同意。你自己走吧，一个人走……”四面八方的人群说。人人脸上又露出同样的表情，但这时完全不是好奇和感激的表情，而是愤怒、坚决的表情。

“你们大概没有理解我的话，”玛丽亚公爵小姐带着忧愁的微笑说，"你们为什么不愿走呢？吃的住的，我全向你们保证。可是在这儿敌人会把你们弄得倾家荡产的……"

但是，群众的声音盖住了她的声音。

"我们决不同意，就让敌人来破坏吧！不要你的粮食，我们决不同意！"

玛丽亚公爵小姐又在人群中捕捉随便哪个人的目光，但是没有一个人的目光是注视着她的；显然，眼睛都在回避她。她觉得奇怪和难堪。

"你瞧，她说得倒好听，跟她去当奴隶！把家毁掉去当奴隶去吧。可不是嘛！我给你们粮食，她说！"人群中发出这些声音。

玛丽亚公爵小姐低着头离开人群走回家去。她又把命令向德龙重述了一遍，叫他明天准备好启程的马，然后回自己的房间，她思绪如麻，独自一人待在房里。

十二

这天夜里，玛丽亚公爵小姐在她卧室敞开的窗旁坐了很久，谛听从村里传来农民的谈话声，但是她不去想他们。她觉得她不论怎样想他们，也不会理解他们。她总在想一件事——那就是自己的不幸，在经过一段关心现实生活之后，这个不幸，对于她已经成为过去了。她现在已经能够回忆，能够哭泣和祈祷了。日落后，风停了。夜是宁静的，空气很新鲜。十二点时人声渐渐沉寂下去，鸡叫头遍，从菩提树后面升起一轮满月，清凉的、乳白色的含露的雾弥漫开来，寂静笼罩着村庄和宅院。

不久前才过去的图景——父亲的病和临终的时刻，一幅接着一幅在她的脑海里出现。现在她带着忧郁的欢乐细细回味这些画面的形象，只是恐惧地排除最后那个他死亡的景象，在这寂静、神秘的夜晚,即便浮光掠影地想象一下那个景象,她也没有勇气。这些图景在她的脑海里是那么清晰,连微末的细节都历历在目,她觉得这些图景忽而是现实的,忽而是过去的,忽而是未来的。

她忽而生动地想起他发病的情景,人们架着他从童山的花园里出来,他用无力的舌头咕噜着什么,扭动着白眉毛,不安地、胆怯地望着她。

"他当时就想说他临死那天对我说的话,"她想,"他经常在想他对我说的话。"于是她回忆起他在童山发病的前一天夜里一切详细的情景,当时玛丽亚公爵小姐就预感到灾祸临头,所以违反他的旨意留在他身边。她没有睡,夜里蹑手蹑脚下楼梯,来到她父亲那天夜里在那儿过夜的花房门前,侧耳倾听他的声音。他和吉洪在说什么,他的声音疲惫不堪而且很痛苦。看来他很想和人谈话。"他为什么不叫我呢? 为什么他不让我和吉洪换一个位置呢?"玛丽亚公爵小姐当时和现在都这样想。"他现在永远不会对任何人谈他心里的话了。他本来可以说出他要说的话的,本来应该是我,而不是吉洪,听到和懂得他的话的,但是这样的时机,不论是对他还是对我,都一去不复返了。为什么当时我不进屋去呢?"她想,"也许他当时就会对我说出他在去世那天说的话。而且当时他和吉洪谈话中就有两次问到我。他想看见我,可是我却站在门外。他和不了解他的吉洪谈话是很感伤、难受的。记得他和他谈话时提到丽莎,仿佛她还活着似的,他忘记她已经死了,吉洪提醒他说,她已经不在了,于是他大声呵斥:'傻瓜!'他是很痛苦的。隔着门我听见他哼哼歪歪躺在床上,高声喊叫:'我的上帝啊!'为什么当时我不进去呢? 他能把我怎样呢? 我有什么可损失的呢? 也许当时他就得到慰藉,可能已经对我说出那句话了。"于是玛丽亚公爵小姐出声地重述他临死那天对她说的那个亲切的字眼。"亲——爱——的!"玛丽亚公爵小姐重复这个字眼,于是她放声大哭,流着使心灵得到轻松的眼泪。现在他的面孔就在她的眼前。可是那不是她从记事的时候认识的、经常从远处看见的面孔;而是一张胆怯、懦弱的面孔,是她在最后一天向他的嘴弯下身去细听他说话、第一次在近处真切地看见那满脸皱纹和细微线条的面孔。

"亲爱的。"她又说一遍。

"他说这话时,在想什么呢? 他这时在想什么呢?"她的脑海里忽然出现这个问题,作为这个问题的回答,她在眼前看见了他,他那表情是他在棺材里用白手巾包着头的面孔表情。于是一阵恐怖向她袭来,现在向她袭来的正是当天刚一接触他,就认为这不仅不是他,而且是一种神秘的、令人反感的东西的那种恐怖。她想思索点别的,想祈祷,但什么也做不成。她睁大眼睛望着月光和阴影,她无时无刻不在等待着看见他那死人的面孔,她觉得,笼罩着住宅内外的寂静空气紧紧钳制着她。

"杜尼亚莎!"她喃喃地说。"杜尼亚莎!"她疯狂地呼喊起来,从一片寂静中挣脱出来,向女仆的住室跑去,迎面碰见向她跑来的保姆和女仆们。

十三

八月十七日,罗斯托夫和伊林,带着刚从俘虏营放回来的拉夫鲁什卡和一个骠骑军传令兵,骑着马从离博古恰罗沃十五俄里的驻地扬科沃出行——试骑一下伊林新买来的马并查访这一带村子里有无干草。

最近三天来,博古恰罗沃处在对峙的两军之间,俄军的后卫和法军的先锋都很容易到那儿去,罗斯托夫是一个有心计的骑兵连长,他想抢在法国人前头,取用留在博古恰罗沃的军需品。

罗斯托夫和伊林心情十分愉快。他们在路上有时向拉夫鲁什卡询问拿破仑的故事来取乐,有时互相赛跑,试试伊林的马,他们就这样驰向博古恰罗沃一位公爵的庄园,希望在那儿找到大批家奴和漂亮姑娘。

罗斯托夫不知道也没有想到,他要去的那个村子就是和她妹妹定过婚的博尔孔斯基的庄园。

在快进入博古恰罗沃之前,罗斯托夫和伊林撒开他们的马,顺着斜坡作最后一次赛跑,罗斯托夫赶过伊林,首先跑进博古恰罗沃村的街上。

"你跑到前面去了。"满脸通红的伊林说。

"是啊,一路上都在前面,不论在草地还是在这儿。"罗斯托夫用手抚摸着汗淋淋的顿河马,回答说。

"我的那匹法国马,大人,"拉夫鲁什卡在后面说,他管他那匹拉车的驽马叫法国马,"准能跑赢,不过,我不愿丢别人的面子。"

他们骑着马慢步向站着一大群农民的谷仓走去。

农民们看见来了几个骑马的人,有的脱帽,有的没有脱。从酒馆里出来两个高个老头,长着满脸的皱纹和稀疏的胡子,摇摇晃晃,唱着不成调的歌,向军官们走来。

"好样的!"罗斯托夫笑着说,"这儿有干草吗?"

"全是一个神气……"伊林说。

"快……快……活……活,我的心肝呀……宝贝儿……"那两个醉汉露出幸福的微笑唱道。

从人群里走出一个农民,走到罗斯托夫跟前。

"你们是什么人?"他问。

"法国人,"伊林笑着回答,"这就是拿破仑本人。"他指着拉夫鲁什卡回答说。

"这么说来,你们是俄国人吧?"那个农民又问。

"你们这儿的军队很多吗?"另一个小个农民走近他们,问道。

“很多,很多,”罗斯托夫回答说。“你们都聚在这儿干什么?”他又说,“是过节吗?”

“老头们在开会,商量公社的事情。”那个农民回答,说着就走开了。

就在这时,在通往庄主宅院的路上出现两个女人和一个戴白帽子的人,他们向军官走来。

“那个穿粉红色的归我,注意不要乱抢!”伊林看见向他坚决走来的杜尼亚莎,说。

“是咱们大家的!”拉夫鲁什卡向伊林挤挤眼说。

“你要什么,我的美人儿?”伊林笑着说。

“公爵小姐有吩咐,她要知道你们是哪个团队的和你们的尊姓大名?”

“这是罗斯托夫伯爵,骠骑兵连长,我是您的忠实的仆人。”

“我的心肝呀……宝贝儿……”那个醉汉一边唱,幸福地微笑着,一边用眼睛瞅着和姑娘谈话的伊林。跟在杜尼亚莎后面的阿尔帕特奇向罗斯托夫走来,老远就脱掉帽子。

“我斗胆打扰您,大人,”他把一只手揣到怀里,恭恭敬敬说,但同时对这个军官的年轻颇有轻视的意味,“我们家小姐,本月十五日已故上将尼古拉·安德烈耶维奇·博尔孔斯基公爵的女儿,由于这些人的愚昧无知而陷入困境,”他指着那些农民说,“欢迎您光临……不知可否,”阿尔帕特奇带着苦笑说,“请您离开几步,不然当着……不怎么方便。”阿尔帕特奇指着两个像马蝇围绕着马似的在他左边来回晃悠的农民。

“啊!……阿尔帕特奇……啊?雅科夫·阿尔帕特奇!……好极了!看在上帝面上,饶了我们吧!啊?……”那两个农民笑嘻嘻地对他说。罗斯托夫看了看喝醉酒的老头,笑了。

“也许这使大人很开心吧?”雅科夫·阿尔帕特奇用那只没有

揣在怀里的手指着那两个老头,带着庄重的神情说。

"不,这没有什么可开心的。"罗斯托夫一边说,一边骑马往前走。"这是怎么回事?"他问。

"我斗胆向大人禀告,此地的粗野乡民不让小姐离开庄园,气势汹汹地要把马卸掉,一早就装好了车,可是公爵小姐就是走不了。"

"竟然有这样的事!"罗斯托夫喊了一声。

"我向您禀告的是真实情况。"阿尔帕特奇又说。

罗斯托夫下了坐骑,把马交给传令兵,就和阿尔帕特奇一同向住宅走去,边走边询问详细情况。确实,昨天公爵小姐建议给农民发放粮食,她向德龙和集会的人说明自己的态度,把事情弄得那么糟,以致德龙终于交出钥匙,和农民站到一边,不再听从阿尔帕特奇的使唤。早晨公爵小姐吩咐套车准备起程,大批的农民聚在谷仓前面,派出人来声称,他们不让公爵小姐离开村子,说是有命令不准运走东西,他们要卸掉马。阿尔帕特奇出来劝说他们,但他得到的回答是,公爵小姐不能走,有不准离开的命令(主要说话的是卡尔普,德龙没有在人群里露面);他们说,请公爵小姐留下来,他们照旧服侍她,一切都顺从她。

当罗斯托夫和伊林在路上驰骋的时候,玛丽亚公爵小姐不听阿尔帕特奇、保姆和女仆的劝阻,吩咐套车准备动身;但是看见驰来几个骑兵,以为来的是法国人,车夫都逃散了,家里响起一片妇女们的大哭声。

"我的爷呀,救命恩人!上帝派你来了。"罗斯托夫走过前厅的时候,听见一片感激的声音。

当人们把罗斯托夫引见给玛丽亚公爵小姐的时候,她正惊慌失措,浑身无力地坐在大厅里。她不明白他是什么人,是来干什么的,对她会怎么样。她看见他那俄罗斯人的脸型和他走进来的步态以及他一开口说的那些话，就认出他是她那个阶层的人，她用她那深沉、明亮的目光注视了他一眼，她说起话来激动得结结巴巴，哆哆嗦嗦。罗斯托夫立刻觉得这次的相遇具有罗曼蒂克情调。"一个孤立无援、悲伤万分的姑娘，独自一人落入粗鲁狂暴的农奴手里，任凭他们摆布！多么离奇的命运把我引到这儿！"罗斯托夫听着，凝视着她，想道。"她的面貌和神情多么温顺，高尚！"他听着她怯生生地讲述，想道。

当她讲到这一切是发生在父亲下葬的第二天，她的声音颤抖了。她转过脸去，然后，她怕罗斯托夫以为她是有意引起他的怜悯，她疑问地、惊慌地看了看他。罗斯托夫的眼睛含着泪水。玛丽亚公爵小姐注意到这一点，感激地看了看罗斯托夫，她那目光是那么明亮，使人忘记她那并不怎么美的面貌。

"公爵小姐，我偶然走到这里，能够为您效劳，真是说不出的荣幸，"罗斯托夫站起来说，"您动身吧，我以自己的名誉向您担保，只要您允许我护送您，决不会有人胆敢找您的麻烦。"他好像向一位皇族妇女敬礼一样，恭恭敬敬鞠了一躬，就向门口走去。

罗斯托夫以其谦恭有礼的态度似乎表明，虽然与她相识是一件幸事，但他却不愿趁她不幸来接近她。

玛丽亚公爵小姐懂得并且十分珍重这种态度。

"我非常，非常感激您，"公爵小姐用法语对他说，"但是我希望这一切只是一场误会，谁也没有过错。"公爵小姐忽然哭起来。"原谅我。"她说。

罗斯托夫皱起眉头，又深深鞠了一躬，走出屋去。

十四

"怎么样，可爱吗？不，老弟，我的那个穿粉衣裳的才迷人呢，她叫杜尼亚莎……"可是伊林一瞧罗斯托夫的脸色,就不出声了。他看见他的主人和连长完全怀着另外一番心思。

罗斯托夫恶狠狠地瞪了伊林一眼,没有答理他,就快步向村子走去。

"我要他们知道厉害,非收拾他们不可,这些强盗!"他自言自语。

阿尔帕特奇尽力只做到不跑,迈着滑行的步子紧赶,才勉强追上罗斯托夫。

"请问作了什么决定?"他追上他,问。

罗斯托夫停下脚步,握紧拳头,忽然严厉地向阿尔帕特奇迈了一步。

"决定?什么决定?你这个老东西!"他向他呵斥道,"你怎么管的家?啊?农民造反,你就管不了吗?你本人就是叛徒。我知道你们这些人,我要剥掉你们的皮……"他仿佛怕他那满腔的怒火白白浪费掉,扔下阿尔帕特奇,快步向前走去。阿尔帕特奇克制住受辱的感情,迈开滑行的步子,紧紧追赶罗斯托夫,不断向他提出自己的意见。他说,农民非常顽固,在目前时刻,没有武装队伍,跟他们作对是不明智的,先派人去把军队叫来,这样是不是会好些。

"把军队叫来收拾他们……我要跟他们较量较量。"尼古拉说些毫无意义的话,这种没有理性的兽性愤怒和要发泄愤怒的需要,使他喘不过气来。他并不考虑应当怎么办,迈着急促、坚决的步子,在不自觉之中向人群走去。他越走近人群,阿尔帕特奇就越觉得,他这种不明智的行动可能产生良好的效果。那群农民一见他那急促而坚决的步子和皱起眉头的果断表情,也有同样的感觉。

在这几个骠骑兵刚进村,罗斯托夫去见公爵小姐之后,人群中发生了混乱和争吵。有些农民说,来的是俄国人,可能怪罪他们扣留小姐。德龙也是这个意见;但是当他刚一有这种表示,卡尔普和另外一些农民就起来攻击这位已经辞职的村长。

"公社给你敲骨吸髓有多少年了?"卡尔普斥责他,"你当然不在乎啦!你挖出钱罐子,带走了事,我们家毁不毁掉,与你都不相干,是吗?"

"有命令,要维持秩序,任何人不准离开家,一草一木都不准带走,就是这样!"另一个叫道。

"轮到你儿子去当兵,你准是舍不得你那宝贝疙瘩,"忽然一个小老头对德龙进攻了,他说得很快,"拿我万卡去剃头①。唉,我们只有死的份儿!"

"可不是,我们只有死的份儿!"

"我并不是公社的冤家对头。"德龙说。

"当然啰,你已经填满肚皮了! ……"

那两个高个农民也说了自己的意见。罗斯托夫带领着伊林、拉夫鲁什卡和阿尔帕特奇刚来到人群跟前,卡尔普就走出来,露出一丝笑意,把手指插进宽腰带里。德龙却相反,他躲到后排去了,人群更紧地凑拢到一起。

"喂,你们这儿谁是村长?"罗斯托夫快步走到人群前面,喊道。

"村长吗? 您找他干什么? ……"卡尔普问。

可是没等他把话说完,帽子就从他头上飞走了,他挨了猛烈的一掌,脑袋向一旁歪了一下。

"脱帽,叛徒!"罗斯托夫霹雳一声喊道。"村长在哪儿?"他狂怒地喊起来。

"村长,叫村长呢……德龙·扎哈雷奇,叫您呢。"人群中传出

---

① 当时俄国新兵入伍时要剃头。

急促顺从的声音，帽子都从头上脱下来。

"我们决不造反，我们是守规矩的。"卡尔普说，同时，后面有几个声音突然一齐说：

"是老人们决定的，当官的太多了……"

"还犟嘴？……造反！……强盗！叛徒！"罗斯托夫嚷叫一些毫无意义的词句，嗓音都变了，他抓住卡尔普的脖领。"把他捆起来！"他喊道，虽然那儿除了拉夫鲁什卡和阿尔帕特奇以外，没有可以捆他的人。

终于还是拉夫鲁什卡跑过去，反剪起卡尔普的两只胳膊。

"是不是要我把我们那边山下的人叫来？"他喊道。

阿尔帕特奇喊出两个农民的名字，叫他们来捆卡尔普，那两个农民顺从地从人群中走出来，解下他们的腰带。

"村长在哪儿？"罗斯托夫喊道。

德龙皱着眉头，面色苍白，从人群中走出来。

"你是村长吗？捆起来，拉夫鲁什卡！"罗斯托夫喊道，就好像这道命令也不会遇到什么障碍似的。果然，又有两个农民出来捆德龙，德龙好像帮助他们似的把自己的腰带解下来递给他们。

"你们大家听我说，"罗斯托夫对那些农民说，"你们马上都给我回家，不要再让我听见你们的声音。"

"怎么，我们并没有做什么不好的事，我们只不过一时糊涂。只是瞎闹了一场……我就说嘛，这样不行。"传出互相责备的声音。

"我不是对你们说了嘛，"阿尔帕特奇说，他开始行使他的权力，"这样不好，孩子们！"

"都怪我们糊涂，雅科夫·阿尔帕特奇。"一些声音回答，人群立即在村子里四散了。

两个被绑的农民被带到主人的宅院。两个喝醉酒的农民尾随着他们。

"嘿,我倒要瞧瞧你!"其中一个对卡尔普说。

"哪能这样跟老爷们讲话呀?你想哪儿去了?"

"傻瓜,"另一个附和说,"真是个大傻瓜!"

两小时后,几辆大车停在博古恰罗沃住宅的院子里。农民们起劲地搬出主人的东西装到车上,关在大柜子里的德龙,依照玛丽亚公爵小姐的意思放了出来,站在院子里指挥农民们。

"你那样放,不对,"一个总是笑眯眯的高个子圆脸农民,从女仆手里抢过一口小箱子,说,"要知道,这也是钱买的。你干吗乱扔,干吗要捆上绳子——它会磨坏的。这样我不喜欢。做什么都要仔细认真,都要有个定规。比如这就应当用椴皮席子包上,盖上干草,那才像样。看起来也舒服!"

"噫,这是书,书,"另一个搬出安德烈公爵的书橱的农民说,"你当心别绊着!老沉老沉的,孩子们,好多书啊!"

"是啊,老在写,也不玩玩!"那个高个子圆脸农民指着放在顶上的大厚本的辞典,意味深长地挤了挤眼,说。

罗斯托夫不愿一味地去打扰公爵小姐,没去见她,在村子里等她出来。等到玛丽亚公爵小姐的车辆从宅院里出来时,罗斯托夫骑上马,一直把她送到离博古恰罗沃十二俄里驻扎我军的路上。在扬科沃客栈前面,他恭恭敬敬地和她告别,第一次吻了吻她的手。

"看您说的,"当玛丽亚小姐感谢他搭救她(她说他的行为是搭救)的时候,他红着脸回答,"任何一个警察局长都办得到的事。如果我们打仗的对手是农民的话,我们就不会让敌人深入这么远了。"不知为什么他有点害羞,极力改变一下话题,"这次有机会同您认识,是我的荣幸。再见,公爵小姐,祝您幸福并得到慰藉,希望下次在比较愉快的环境里和您见面。如果您不愿使我脸红的话,请不要说感谢的话。"

但是，如果说她不再用言语来感谢他的话，她已经用她那由于感激和柔情而容光焕发的脸上的全部表情来感谢他了。她不能相信他不应当受到感谢。相反，她认为毫无异议，如果没有他的话，她准毁在暴徒和法国人手里；他为了搭救她，甘冒最明显和最可怕的危险；他是一个具有崇高灵魂、高贵气度的人，善于理解她的处境和不幸，这一点也是毫无异议的。他那善良、正直的眼睛，在她诉说自己不幸的遭遇而哭泣的时候，他那双涌出泪水的眼睛，总在她的脑际萦回。

当玛丽亚公爵小姐和他告过别，只剩下一个人的时候，她忽然含着泪想——不是头一回才想到那个奇怪的问题：她是不是爱上他了？

在去莫斯科的路上，虽然公爵小姐的处境并不愉快，同她坐一辆车的杜尼亚莎不止一次看见，公爵小姐向车窗外探出身子，不知为什么又欢喜又忧伤地微笑着。

"我就爱上了他，又怎么样呢？"玛丽亚公爵小姐想道。

不管她多么羞于承认她的初恋是爱那个可能永远不会爱她的人，但她安慰自己说，永远不会有人知道这件事，如果直到老死也不对任何人提起她第一次也是最后一次爱上一个人，她也不悔恨。

她有时回忆起他的眼神、他的同情、他说的话，她觉得幸福是不可能的。就在她这样想的时候，杜尼亚莎看见她含着微笑望着车窗外。

"正巧他到博古恰罗沃来，而且恰当其时！"玛丽亚公爵小姐想道，"正巧他的妹妹拒绝了安德烈公爵！"玛丽亚公爵小姐从这一切中看到了神的旨意①。

---

① 俄国习俗：小姑子不许和嫂嫂的兄弟结婚，如果安德烈和娜塔莎结婚，玛丽亚就不能嫁给尼古拉·罗斯托夫。

玛丽亚公爵小姐给罗斯托夫的印象是很愉快的。他一想起她,就兴致勃勃。当同事们知道他在博古恰罗沃的奇遇,跟他开玩笑,说他去找干草,却找到一位全俄国最富有的未婚妻,罗斯托夫一听就冒火。罗斯托夫所以恼火,因为和他所中意的、拥有巨大财产、性情温和的玛丽亚公爵小姐结婚,这个念头不止一次违反他的意志在他头脑里出现。就尼古拉个人来说,他不可能娶一个比玛丽亚公爵小姐更合适的妻子:和她结婚会使公爵夫人——他的母亲高兴,会改善他父亲的境况;尼古拉还觉得,会使玛丽亚公爵小姐幸福。

　　但是索尼娅呢? 许下的誓言呢? 当人们拿博尔孔斯基公爵小姐跟他开玩笑的时候,正是这个缘故惹得罗斯托夫恼火。

十五

　　库图佐夫在奉命指挥全军以后,想起了安德烈公爵,给他送去一道到总部报到的命令。

　　安德烈公爵来到察列沃-扎伊米希那天,正赶上库图佐夫检阅军队,而且是在检阅正在进行的时刻。安德烈公爵停在村里神父的宅旁,那儿停着一辆总司令的马车,他在大门旁的长凳上坐下等待勋座(现在大家都这样称呼库图佐夫)。从村外的田野里时而传来军乐声,时而传来欢呼新总司令"乌拉!"的巨大吼叫声。离安德烈公爵十来步远的大门旁边,有两个勤务兵、一个通信员和一个管家站在那儿,他们趁公爵不在,天气又好,走了出来。一位黑脸膛、生着浓密髭须和颊须的小个子骠骑兵中校,骑马来到大门前,他看了看安德烈公爵,问道:勋座大人是不是就在这儿,他什么时候回来。

　　安德烈公爵说,他不是勋座司令部的人员,也是刚到的。骠骑兵中校问那个服装华美的勤务兵。那个勤务兵带着所有总司令的勤务兵跟军官说话时都具有的特别蔑视的腔调对他说：

"什么，勋座大人吗？大概快回来了。您有什么事？"

骠骑兵中校对那个勤务兵的腔调报以微笑，他下了马，把马交给传令兵，然后走到安德烈公爵跟前，对他弯了弯身致敬。博尔孔斯基在长凳上挪挪身子让座。骠骑兵中校在他身旁坐下。

"您也是在等总司令的吗？"骠骑兵中校说，"据说，人人都见得到，谢天谢地。不然同那些卖腊肠的家伙①打交道，够倒霉的！无怪乎耶尔莫洛夫要申请入德国籍。现在大概咱们俄国人也能说上话了。鬼晓得搞的什么名堂。一个劲地后退，一个劲地后退。您参加过战役吗？"他问。

"我有幸参加过，"安德烈公爵回答说，"不仅参加撤退，而且在撤退中失去我所宝贵的一切，且不说田庄和亲爱的家园……我父亲就是死于忧愤。我是斯摩棱斯克人。"

"啊？……您是博尔孔斯基公爵吗？认识您，我非常高兴。我是杰尼索夫中校，大家都知道我叫瓦西卡。"杰尼索夫说，他握着安德烈公爵的手，用特别和善的目光凝神望着博尔孔斯基的脸。"是的，我听说了，"他深表同情地说，停了一会儿，又接着说，"简直是西徐亚人战争②。这一切都很好，只是对那些代人背黑锅的不好。您是安德烈·博尔孔斯基公爵吗？"他摇了摇头。"非常高兴，非常高兴和您认识。"他握着他的手，带着感伤的微笑又说。

安德烈公爵听娜塔莎讲过，知道杰尼索夫是她的第一个求婚人。这段又甜蜜又痛苦的回忆现在又触动他那敏感的创伤，近来

---

① 指德国人，当时俄军中有不少德籍高级将领。

② 西徐亚，参见本书第805页注①。这里意思是说这次战争是野蛮人的战争。

久已不去想它了,但是在灵魂深处仍然感到痛楚。近来的印象太多了,其中如放弃斯摩棱斯克,他的童山之行,不久前他父亲逝世的消息等如此严肃的印象,他的感受是那么多,以致过去那些印象久已淡薄了,即使记起来,对他的作用也远没有先前那样的力量了。可是对杰尼索夫来说,由博尔孔斯基这个名字引起的一连串的回忆,却是富有诗意的遥远过去,当时在用过晚饭和听过娜塔莎歌唱之后,他自己也不知是怎么回事,竟然向一个十五岁的少女求起婚来了。他想起当时的情景和他对娜塔莎的爱情,不由得微微一笑,然后立刻转向他现在最热心、最专注的事情上面去了。这就是他在撤退期间的前哨服务时想出的作战计划。他曾经把这个计划递给巴克莱·德·托利,现在他打算向库图佐夫提出。这个计划的论据是:法军的战线拉得太长,我军不必从正面堵截法军,应当攻击他们的交通线,或者一面正面作战,一面攻击他们的交通线。他开始向安德烈公爵说明他的计划。

"他们守不住整个战线。这是不可能的。我保证突破他们的战线;给我五百人,我把他们的交通线切得七零八碎,准行!唯一的办法,就是打游击战争。"

杰尼索夫站起来,打着手势,向安德烈公爵述说他的计划。他在述说时,从检阅的地方传来军队的呐喊声,这声音越来越不连贯,越来越散乱,夹杂着军乐和歌声。村里传来马蹄声和喊声。

"他来了,"站在大门旁的哥萨克喊道,"来了!"

博尔孔斯基和杰尼索夫向大门走去,那儿站着一大群士兵(仪仗队),他们看见库图佐夫骑着一匹枣红小马沿着大街走来。一大群侍从将官骑马跟随着他。巴克莱几乎和他并马行进。一大群军官在他们后面和周围一面跑,一面喊"乌拉!"

副官们先驰进院子。库图佐夫不耐烦地策着那匹在他沉重的身体下稳步徐行的马,他把手举到他那白色的近卫重骑兵军帽边

（带有红缨，没有遮檐），连连点头。他走到向他敬礼的仪仗队前面时（仪仗队多半是佩着勋章的年轻英俊的掷弹兵），他用长官的沉着目光默默地、聚精会神地看了他们一分钟，然后转向他周围那群将军们和军官们。他脸上突然现出微妙的神情；他带着惶惑的姿态耸了耸肩。

"有这么好的小伙子，还总是退却，退却！"他说。"好了，再见，将军。"他又说，策马经过安德烈公爵和杰尼索夫面前向大门走去。

"乌拉！乌拉！乌拉！"人们在他后面喊道。

自从安德烈公爵上次看见库图佐夫之后，他更胖了，面皮松弛，浮肿。但是安德烈公爵所熟悉的那只白眼①、伤疤，以及他脸上和身上疲倦的表情，依然如故。他穿着军服，肩上斜挂着细皮条鞭子，戴着白色的近卫重骑兵军帽。他骑在那匹精壮的小马上，沉重地摇晃着。

"嘘……嘘……嘘……"他口哨吹得几乎听不见，骑马进了院子。他脸上现出快慰喜悦的表情，那是一个人在作为代表在人多的场合露面之后想休息一下时常有的表情。他从马镫里抽出左脚，然后倾着整个身子，吃力得皱着眉头，使劲把左脚迈过马鞍，用臂肘支着膝盖，哼哧了一声，整个人歪倒在准备扶他的哥萨克们和副官们的手臂上。

他定了一下神，眯起眼睛环顾四周，他看了看安德烈公爵，好像不认识他，迈着他那一颠一颠的步子向门廊走去。

"嘘……嘘……嘘。"他吹着口哨，又转脸看了看安德烈公爵。对安德烈公爵的面孔的印象，只有经过几分钟之后（这是老年人常有的现象）才和对他这个人的回忆联系起来。

---

① 指库图佐夫那只失明的眼睛。

"啊，你好，公爵，你好，亲爱的朋友，来吧……"他一面环视，一面疲倦地说，挺费劲地登上在他重压下咯吱作响的门廊地板。他解开扣子，坐到门廊里的一条长凳上。

"你父亲怎么样？"

"昨天接到他去世的消息。"安德烈公爵简短地说。

库图佐夫睁开吃惊的眼睛看了看安德烈公爵，然后摘下制帽，画了十字："愿他在天国安息！我们所有的人都要服从上帝的旨意！"他沉重地、深深地叹了一口气，沉默了一会儿，"我敬爱他，我衷心地同情你。"他拥抱安德烈公爵，把他搂到他那肥厚的胸脯上，好久好久没有放开。当他放开他时，安德烈公爵看见库图佐夫厚厚的嘴唇在颤抖，眼里含着泪水。他叹了口气，两手按住长凳要站起来。

"走，到我那儿去吧，咱们谈一谈。"他说；但是，正当这时，在长官面前一如在敌人面前同样不胆怯的杰尼索夫，不顾站在门廊旁的副官用愤怒的低声阻拦他，他响着马刺、大胆地沿着台阶走上门廊。库图佐夫两手支着长凳，不满地望着杰尼索夫。杰尼索夫自报了姓名，声称他有关于国家利益的重大事情要向勋座大人报告。库图佐夫用疲倦的目光望着杰尼索夫，摆出一副厌烦的姿势，抬起两手，交叉在肚子上，重复说："有关国家的利益？是什么事？说吧？"杰尼索夫像姑娘似的脸红了（看见这个满脸胡须、苍老、经常喝酒的脸上现出红晕，令人觉得奇怪），开始大胆地陈述他切断斯摩棱斯克和维亚济马之间敌军防线的计划。杰尼索夫在那地区住过，熟悉那一带的地形。他的计划无疑是好的，特别是他说话的口气带有极强的信心。库图佐夫看看自己的脚，偶尔望一望隔壁的院子，似乎在等待那边有什么不愉快的事情。果然，在杰尼索夫讲述的时候，从他所看的那所小屋里出来一个腋下夹着公事包的将军。

"怎么样?"杰尼索夫还在讲述,库图佐夫说,"已经准备好了吗?"

"准备好了,勋座大人。"将军说。库图佐夫摇摇头,仿佛说:"一个人怎么能办完这么多事。"于是继续听杰尼索夫陈述。

"我用俄国军官高尚诚实的誓言来保证,"杰尼索夫说,"我准能切断拿破仑的交通线。"

"基里尔·安德烈耶维奇·杰尼索夫,军需总监是你什么人?"库图佐夫打断了他的话。

"是家叔,勋座大人。"

"噢! 我们是老朋友了,"库图佐夫高兴地说,"好的,好的,亲爱的,你留在总部吧,明天咱们再谈谈。"他向杰尼索夫点了点头,就转身伸手去拿科诺夫尼岑递来的文件。

"是不是请勋座大人到屋里去,"值勤的将官用不满的声音说,"要审查几份计划和签署一些文件。"从门口走出一个副官报告说,室内一切都准备好了。但是,看样子库图佐夫想办完事再回屋里去。他皱了皱眉……

"不,亲爱的,吩咐把桌子搬来,我就在这儿看文件。"他说。"你不要走。"他对安德烈公爵说。安德烈公爵站在门廊上正在听那个值勤将军说话。

在值勤将军报告时,安德烈公爵听见门里有女人的低语声和绸衣的窸窣声。他朝那边瞧了几眼,看见门里有一个穿粉红衣裳,包雪青色丝头巾,丰满、红润的美丽少妇,她捧着一个盘子,显然在等待总司令进去。库图佐夫的副官低声对安德烈公爵说,这是女房东,神父的老婆,她要向勋座大人献盐和面包①。她丈夫在教堂用十字架欢迎过勋座大人,她在家里……"她很漂亮。"那个副官

---

① 俄国风俗,对新来的客人,献面包和盐表示欢迎。

含着微笑加了一句。库图佐夫听到这话,回头看了看。正如他听杰尼索夫的陈述一样,也正如七年前他在奥斯特利茨军事会议上听那些争论一样,库图佐夫在听值勤将军报告(报告的主要问题是对察列沃-扎伊米希阵地的批评)。他所以听,显然只是因为他长两只耳朵,不得不听,虽然一只耳朵里塞着一小段海船的缆索[①];不过显而易见,那个值勤将军对他所能说的话,不但没有一点可以使他吃惊或者引起他的兴趣的东西,而且他预先全知道要对他说的话,他所以听完这一切,只是因为不得不听完,正如不得不听完那像念经似的祷告一样。杰尼索夫说得头头是道,十分明智。值勤将军的话就更头头是道,更加明智,但是显而易见,库图佐夫蔑视聪明才智,他知道另外一种可以解决问题的东西——另外一种与聪明才智无关的东西。安德烈公爵悉心观察总司令脸上的表情,他所能看到他脸上的唯一表情就是烦闷,对门里那个女人的低语的好奇以及遵守礼节的愿望。显而易见,库图佐夫蔑视聪明才智,甚至蔑视杰尼索夫的爱国热忱,但是他的蔑视并不是由于自己的聪明才智和感情(因为他极力不显露这些东西),而是由于别的东西。他蔑视那一切,是由于他年高老迈,富于生活经验。库图佐夫对于那个报告只发出一个关于俄国军队在战地抢劫的指示。在报告结束时,值勤将军呈上一个因士兵割青燕麦,地主要求各军长官追偿的文件,请勋座大人在上面签字。

听了这件事,库图佐夫咂咂嘴,摇了摇头。

"扔到炉子里……投到火里去!我干脆告诉你说吧,亲爱的朋友,"他说,"把所有这些东西都投到火里。庄稼,让他们尽管割吧,木材,让他们尽管烧吧。我不发命令许可这样做,也不禁止,但我不能赔偿。非这样不行。既然劈木头,'难免木片飞'。"他又看

---

① 俄国旧习,认为这样可以治牙痛。

了看那个文件。"哦,德国人真精细!"他摇头,说。

十六

"好,总算完了。"库图佐夫签署了最后一个文件,说,他吃力
地站起来,白胖脖颈上的皱褶舒展开来,他带着快活的表情向门口
走去。

那个神父太太血立刻涌到脸上,她端起准备了很久而未能及
时献上的盘子。深深地鞠了一躬,把盘子捧到库图佐夫面前。

库图佐夫眯起眼睛,脸上露出笑容,用手托住她的下巴,说:

"多么漂亮的美人儿! 谢谢,好孩子!"

他从裤袋里掏出几枚金币放在她的盘子里。

"怎么样,过得好吗?"库图佐夫一面说,一面朝给他准备的房
间走去。神父太太绯红的面颊上笑开两个酒窝,她随他走进正房。
副官到门廊上请安德烈公爵和他一道吃早饭;半小时后,安德烈公
爵又被召唤到库图佐夫那儿。库图佐夫仍然穿着那件敞开的军
服,躺在沙发上。他手里拿着一本法文书,安德烈公爵进去时,他
合上书,用一把小刀夹在读到的地方。安德烈公爵看见了封面,知
道是让利斯夫人的作品:《天鹅骑士》。

"坐下,坐在这儿,咱们谈谈,"库图佐夫说,"悲痛啊,很悲痛。
但是要记住,亲爱的朋友,我也是你的父亲,第二个父亲……"安
德烈公爵把他所知道的父亲临终的情况和路过童山时所见的情况
对库图佐夫叙述了一遍。

"弄成什么样子……弄成什么样子!"库图佐夫突然说,他声
音激动,显然,从安德烈公爵叙述中,他清楚地想象到俄国目前的
处境。"假我以时日,假我以时日,"他脸上带着愤怒的表情又说,
显然,他不愿继续这个使他激动的话题,说,"我叫你来,是想让你

留在我身边。"

"多谢勋座大人，"安德烈公爵回答说，"但是我怕我不适合再做参谋工作了。"他含着微笑说，库图佐夫注意到他的微笑。库图佐夫疑问地看了看他。"主要的，"安德烈公爵又说，"我已经习惯团队的生活，我喜欢那些军官们，似乎军官们也喜欢我。离开团队，我会觉得可惜的。如果我辞谢在您身边服务的光荣，那么请相信我……"

库图佐夫虚胖的脸上，露出聪明、和善、同时又含有一点讥笑的表情。他打断博尔孔斯基的话：

"可惜，我很需要你；不过你是对的，你是对的。我们这儿倒不缺人。顾问总有的是，可是缺少人才。如果所有的顾问都像你到团队里服务，我们的团队就不会是现在这个样子了。我在奥斯特利茨就记得你……记得，记得，我记得你举着军旗。"库图佐夫说，一回忆这段往事，安德烈公爵脸上立刻现出欢快的红晕。库图佐夫拉了拉他的手，把脸给他吻，安德烈公爵又看见老头眼里含着泪水。虽然安德烈公爵知道库图佐夫容易流泪，他现在由于对他的丧父表示同情而对他特别亲切，怜恤，但是关于奥斯特利茨的回忆却使安德烈公爵既愉快又得意。

"上帝保佑，走你自己的路吧。我知道，你的路，是一条光荣的路。"他停了一会儿，"在布加勒斯特，我怜惜你来着：当时我不得不派遣一个人。"于是库图佐夫改变了话题，谈起土耳其战争和缔结和约。"是啊，我遭到不少的责难，"库图佐夫说，"为了那场战争，也为了和约……但是一切来得都恰当其时。对善于等待的人，一切都来得恰当其时。那儿的顾问也不比这儿的少……"他又谈起顾问，显然这个问题老占着他的心。"咳，顾问，顾问！"他说，"如果谁的话都听，那么我们在土耳其，和约就缔结不成，战争也结束不了。急于求快，结果反倒快不了。倘若卡缅斯基不死，他会遭殃的。他用三万人突击要塞。拿下一个要塞并不难,难的是赢得整个战役。而要做到这一点,需要的不是突击和冲锋,而是忍耐和时间。卡缅斯基把兵派往鲁修克,可是我只派去了两样东西(忍耐和时间),比卡缅斯基拿下了更多的要塞,而且逼得土耳其人吃马肉。"他摇了摇头,"法国人也要落这个下场!相信我的话,"库图佐夫捶着胸脯,兴奋地说,"我要让他们吃马肉!"他的眼睛又被泪水模糊了。

"然而总该打一仗吧?"安德烈公爵说。

"打一仗是可以的,如果大家都愿意的话,没有什么可说的……可是要知道,亲爱的朋友:没有比忍耐和时间这两个战士更强的了;这两位什么都能完成,可是顾问们不肯听这个,困难就在这里。一些人要这样,另一些又要那样。怎么办呢?"他问,显然在等待回答。"你说说看,叫我怎么办?"他重复说,他的眼睛闪着深沉、聪明的光辉。"我告诉你怎么办,"他见安德烈公爵始终不予回答,于是说,"我告诉你怎么办:我是怎么办的。如果你犹豫不决,我亲爱的,"他停了一下,"那你就先别干。"他一字一顿地说。

"好了,再见,好朋友;记住,我诚心诚意和你共同承受你的损失,我不是你的勋座,不是公爵,也不是总司令,我是你的父亲。你需要什么,就来找我。再见,亲爱的。"他又拥抱他,吻他。安德烈公爵还没走出门,库图佐夫就轻松地舒了一口气,又拿起那本没有读完的让利斯夫人的小说《天鹅骑士》。

安德烈公爵怎么也说不清那是怎么一来和由于什么缘故就产生了一种效果;但是,在同库图佐夫会见后回到团里,对于整个战局和受此重任的人,他都放了心。他越是看到在这个老人身上没有个人的东西,仿佛有的只是热情奔放的习惯,而缺少分析事件和作出结论的才智,只有静观事件趋向的能力,他就越加放心,觉得一切都会安排妥帖的。"他没有任何个人的东西。他什么也不思考，他什么也不做，"安德烈公爵想道，"可是他听取一切，记取一切，把一切安排得妥妥帖帖，对有益的事情，他不妨碍，对有害的事情，他不纵容。他懂得，有一种东西比他的意志更强，更重要——这就是事件的必然过程，他善于观察这些事件，善于理解这些事件的意义，由于对这些事件的理解，他善于放弃对那些事件的干预，放弃那本来别有打算的个人意志。最主要的，"安德烈公爵想道，"为什么信任他呢，这是因为他是俄国人，虽然他读让利斯夫人的小说和说法国谚语，还因为当他说：'弄成什么样子！'的时候，他的声音颤抖了，当他说他'迫使他们吃马肉'的时候，他抽噎了。"正是由于人人都有这种或多或少、模模糊糊的感情，人民才有那一致的想法和普遍的赞同，违反宫廷的意思，选择了库图佐夫为总司令。

十七

皇帝离开莫斯科之后，莫斯科的生活仍旧按照寻常的轨道运行，这个生活之流是如此平凡，以致令人很难想起前些日子高涨的爱国热情，令人难以相信俄国的处境真的岌岌可危，难以相信英国俱乐部的会员就是不惜任何牺牲的祖国子孙，唯一能够令人记起皇帝在莫斯科期间那种普遍的爱国热情的事情，就是关于有人出人、有钱出钱的号召，这事立即做起来后，就附以法律和正式官方的形式，成为非做不可的了。

随着敌人逐渐逼近莫斯科，莫斯科人对自己处境的看法，正像那些眼见大祸临头的人们常有的情形一样，不但没有变得更严肃，却变得更轻浮了。在危险迫近时，人的灵魂里常常有两个同样有力的声音：一个声音很理智地叫人考虑危险的性质和避免危险的方法；另一个声音更理智地说，既然预见一切和躲避事件的必然发展不是人力所能做到的，就不必白费气力和自寻烦恼去考虑危险了，最好在苦难未到来之前不去想它，只想愉快的事。一个人在独处的时候，多半是听从第一个声音，在社会生活中，就相反地听从第二个声音。现在莫斯科居民正是这样。莫斯科好久没有像这一年这么欢乐了。

拉斯托普钦散发一种传单，上方画着一个酒馆、一个酒保、一个莫斯科小市民卡尔普什卡·奇吉林（这个奇吉林曾当过后备兵，他多贪了几杯，听说波拿巴要进攻莫斯科，发起火来，用脏话痛骂所有的法国佬，他走出酒馆，在鹰形的招牌下面，开始对聚在那儿的民众讲起话来），这张传单跟瓦西里·利沃维奇·普希金①的限韵诗一样被人们诵读和讨论。

在俱乐部拐角的屋子里，人们聚在一起读传单，有些人喜欢卡尔普什卡对法国人的讥笑，他们说：法国佬被大白菜催肥了，肚子被稀饭撑破了，被菜汤撑死了，他们全是小矮人，一个农妇用干草叉一下子叉起三个扔了出去。有些人不喜欢这种调子，说这太庸俗和愚蠢了。他们说，拉斯托普钦把所有法国人甚至外国人都赶出了莫斯科，他们中间有拿破仑的奸细和间谍；不过，讲这些话的目的，主要是为了趁机转述拉斯托普钦在遣送那些外国人时说的俏皮话。用帆船把外国人解送到尼日尼，拉斯托普钦对他们说："回老家吧，请上船，当心别让它变成哈伦②的船。"人们讲起所有的衙门都迁出了莫斯科，这时立刻提起申申的玩笑，说是为了这一点莫斯科应当感谢拿破仑。人们谈到马莫诺夫要为他的团队准备八十万卢布的开销，别祖霍夫为他的士兵花费得更多，但是，在别

---

① 瓦西里·利沃维奇·普希金(1767—1830)，俄国诗人，伟大诗人普希金的叔父。
② 希腊神话中哈伦是渡亡魂去冥府的神。

祖霍夫的行为中最精彩的表演是,他自己穿上军装,骑马走在团队的前头,对前来观看的人一律免费,分文不取。

"您谁也不饶。"朱莉·德鲁别茨卡娅说,她正用她那戴满戒指的纤细手指,把撕碎的棉线收在一起捏成团儿。

朱莉明天要离开莫斯科,正在举行告别晚会。

"别祖霍夫这个人很可笑,但是他是那么和善,那么可爱。尖酸刻薄算什么取乐啊?"

"罚款!"一个身穿民军服装的年轻人说,朱莉称他为"我的骑士",他将要陪伴朱莉去尼日尼。

在朱莉的社交圈子里,也跟莫斯科许多社交圈子一样,规定只许说俄语,说法语要受罚,罚款交给捐献委员会。

"为了带法国腔,要再罚一次,"客厅里一位俄国作家说,"'算什么取乐'不是俄国话。"

"您不肯饶人,"朱莉不理睬作家的话,继续对那个民军说,"尖酸刻薄,我说了法语,我认罚,"她说,"可是,为了乐于对您说实话,我准备再付一次款;至于法语腔调,我不能负责。"她对作家说:"我没有戈利岑公爵那样有钱有时间请教师学俄语。啊,他来了。"朱莉说。"当着……不,不,"她转身对那个民军说,"您不要尽抓我的错。说到太阳,就看见阳光。"女主人对皮埃尔亲切地微笑着,说,"我们正说您呢,"朱莉用她那上流社会妇女所特有的能够把谎话说得自然流利的本领,说,"我们说您的团队一定比马莫诺夫的好。"

"哎呀,可别提我的团队了,"皮埃尔一边回答,一边吻女主人的手,在她身旁坐下,"团队让我腻烦死了!"

"您一定是亲自指挥那个团队吧?"朱莉说,她跟那个民军互相递了个狡黠的、讥笑的眼神。

有皮埃尔在场,那个民军已经不那么尖酸刻薄了,可是对朱莉微笑的含意,他脸上现出困惑莫解的神情。皮埃尔虽然漫不经心,心地宽厚,可是皮埃尔的人品立即把任何当着他的面嘲笑他的企图刹住了。

"不,"皮埃尔看了看自己肥胖、庞大的躯体,笑着回答,"我会成为法国人大好的目标,再说,我怕我爬不上马去⋯⋯"

朱莉在闲谈她的社会圈子的一些人时,提到罗斯托夫家。

"听说他们的家事很糟,"朱莉说,"他是那么糊涂——我是说伯爵这个人。拉祖莫夫斯基要买他的住宅和莫斯科近郊的田庄,可是老拖着。他要价太高了。"

"不,听说日内即可成交,"一个客人说,"虽然眼下在莫斯科置办什么产业是发疯的事。"

"为什么?"朱莉说,"难道您认为莫斯科有危险吗?"

"那您为什么要走呢?"

"我? 问得真奇怪。我走是因为⋯⋯是因为大家都走,还因为我不是贞德①,也不是亚马孙人。"

"对呀,对呀,再给我一些碎布。"

"如果他善于管理家务,他可以还清所有的债务。"那个民军继续谈罗斯托夫。

"倒是一个忠厚老头,就是太窝囊。他们为什么在这儿住这么久? 他们早就要回乡下了。娜塔莉现在似乎好了吧?"朱莉狡黠地微笑着问皮埃尔。

"他们在等小儿子呢,"皮埃尔说,"他参加了奥博连斯基的哥萨克部队,到白采尔科维去了。在那儿整编为团队。可是现在他已经调到我的团队,他们天天都在盼他。伯爵早就想走,可是伯爵夫人在没见到儿子之前,怎么也不肯离开莫斯科。"

---

① 贞德(约1412—1431),法国民族女英雄。

"前几天我在阿尔哈罗夫家看见他们。娜塔莉又漂亮起来了,又活泼了。她唱了一支浪漫曲。有些人多么轻易就把一切都忘掉了!"

"忘掉什么?"皮埃尔不高兴地问。朱莉微微一笑。

"您可知道,伯爵,像您这样的骑士,只有在苏扎夫人的小说里才找得到。"

"什么骑士? 为什么?"皮埃尔涨红了脸问。

"得了,得了,亲爱的伯爵,全莫斯科都知道。真的,您真叫我惊讶。"

"罚款! 罚款!"那个民军说。

"好吧,好吧。弄得人不敢说话了,真烦人!"

"全莫斯科都知道什么了?"皮埃尔站起来,生气地说。

"得了,伯爵,您知道!"

"我什么都不知道。"皮埃尔说。

"我知道您跟娜塔莉好,所以……不,我一向跟薇拉更好。这个可爱的薇拉!"

"不对,太太,"皮埃尔继续用不满的腔调说,"我根本没有担任罗斯托娃小姐的骑士这个角色。我差不多已经一个月没到他们那儿去了。但是我不懂这种残酷……"

"谁为自己辩护,谁就是揭发自己,"朱莉微笑着,挥动着棉线团,说,为了不让对方辩解,随即改变了话题,"听我说,我知道什么来着! 可怜的玛丽亚·博尔孔斯卡娅昨天到莫斯科了。您知道她死去了父亲吗?"

"真的吗! 她在哪儿? 我很想去看她。"皮埃尔说。

"昨天我和她消磨了一个晚上。她就要和她侄儿一起到莫斯科近郊的田庄去,今天或者明儿一早。"

"她怎么样,还好吗?"皮埃尔说。

"还好,很悲伤。您可知道谁救了她?这真是一个传奇故事。是尼古拉·罗斯托夫。她被包围了,那些人要杀害她,伤了一些她的人。他冲进去把她救了出来……"

"又一个传奇故事,"那个民军说,"一定是为全体老小姐都能出嫁,才来这次大逃难的。卡季什是一个,博尔孔斯卡娅又是一个。"

"您可知道,我真的相信,她有点爱上那个年轻人了。"

"罚款!罚款!罚款!"

"但是用俄国话应当怎么说呢?……"

十八

皮埃尔回到家里,仆人递给他当天取来的两张拉斯托普钦的传单。

第一张传单说,谣传拉斯托普钦伯爵禁止人们离开莫斯科——不确实,相反,拉斯托普钦伯爵欢迎太太小姐们和商人的妻子离开莫斯科。"可以少点恐惧,也就少点传闻,"传单上说,"但是我以生命担保,那个恶棍绝到不了莫斯科。"这句话使皮埃尔第一次清楚地看出,法国人一定要到莫斯科。第二份传单是说我们的大本营是在维亚济马,维特根施泰因伯爵打败了法国人,但是由于许多居民愿意武装起来,所以军火库为他们准备了武器:军刀、手枪、长枪,这些武器将廉价卖给居民。传单的口吻已经不像先前在奇吉林谈话中那样戏谑了。皮埃尔对着这些传单沉思起来。显然一场可怕的、孕育着暴风雨的乌云——他曾经以全部灵魂的力量呼唤、同时在他内心不由己地引起恐惧的乌云,显然已经临近了。

"我是前去服军役,到部队里去呢,还是等一等?"他第一百次向自己提出这个问题。他从桌上拿起一副牌，开始摆起牌阵来。

"假如牌阵摆得成功，"他洗好牌，把牌拿在手里，眼睛往上望着，自言自语说，"假如成功，那就是说……说什么呢？"他还未来得及决定应该说什么的时候，书房门外传来大公爵小姐的声音，她问可不可以进来。

"那就是说，我应该去参军。"他对自己说。"进来，进来。"他又对公爵小姐说。

（只有这个最大的公爵小姐，就是那个腰肢长长的，面孔板板的公爵小姐，还住在皮埃尔家里；两个小的都出嫁了。）

"请原谅，表弟，我来找您，"她用责备和激动的口吻说，"终究要想个办法才行！老是这样算怎么回事呀？大家都离开莫斯科了，老百姓在闹事。我们怎么老不走？"

"恰恰相反，看来一切都平安无事，表姐。"皮埃尔带着开玩笑的态度说，皮埃尔充当她的恩人这个角色，总觉得过意不去，所以习惯用这种态度跟她说话。

"可不是嘛，平安无事……好一个平安无事！瓦尔瓦拉·伊万诺夫娜今天对我讲，我们的军队打得怎么好。这当然很光彩。可是老百姓却猖狂得了不得，不肯听话，连我的使女也变野了。照这样下去，她们不久就要打我们了。简直不敢上街。要紧的是，法国人说不定哪天就要来，我们还等什么！我只求您一件事，表弟，"公爵小姐说，"请吩咐人把我送到彼得堡去吧：不管我怎么样，反正我在波拿巴统治下活不下去。"

"得了，表姐，您从哪儿听来的这些情报？相反……"

"我决不做您的拿破仑的顺民。别人爱怎样就怎样……如果您不愿意这样办……"

"我办，我办，我马上就发命令。"

看来，公爵小姐因为没有人可供她发脾气而懊恼，她喃喃自语地在椅子上坐下。

"不过,您听到的消息不可靠,城里到处都很平静,什么危险都没有。您看,我刚读过……"皮埃尔把传单给公爵小姐看,"伯爵这样写的,他要用生命担保,决不让敌人进莫斯科。"

"哎呀,您的那位伯爵,"公爵小姐狠毒地说,"他是个伪君子,坏蛋,是他亲自撺掇老百姓闹事的。他不是在那些混账的传单上写过吗,不管是谁,抓住他的头发就往拘留所送(多么愚蠢)!他又说,是谁抓住的,荣誉就归谁。这就是他献殷勤的好结果。瓦尔瓦拉·伊万诺夫娜说,就因为她说了一句法国话,老百姓差一点没把她打死……"

"就是那么一回事……您把一切太放在心上了。"皮埃尔说,开始摆他的牌阵。

虽然牌阵摆通了,皮埃尔还是没到军队里去,留在莫斯科这座空城里,时时刻刻都在惊慌、犹疑、恐惧中,同时又在喜悦中期待什么可怕的事情。

次日傍晚,公爵小姐走了,皮埃尔的总管来通知他说,他不卖掉一处庄子,就筹不出装备一个团所需的费用。总之,总管告诉皮埃尔说,建立一个团的主意,一定会使他破产的。皮埃尔听着总管说话,忍不住要笑出来。

"那您就卖了吧,"他说,"没办法,我现在不能打退堂鼓!"

一切情况变得越糟,特别是他的家业的情况变得越糟,皮埃尔就越高兴,他所期待的灾难临近也就越明显。城里几乎没有皮埃尔的熟人了。朱莉走了,玛丽亚公爵小姐走了。亲近的熟人中,只有罗斯托夫一家没有走;但是皮埃尔不常到他们那儿去。

一天,皮埃尔出门散散心,到沃罗佐沃村去看列比赫制造的用来消灭敌人的大气球,一只实验的气球要在第二天升起来。这只气球还没做好,但皮埃尔听说,气球是遵照皇上的意愿制造的。关于这个气球，皇上曾给拉斯托普钦伯爵写了如下的信：

　　一旦列比赫准备就绪，您就组织一批聪明可靠的人作吊篮的乘员，并派一名信使到库图佐夫那儿关照他。此事我已经通知他。

　　请嘱咐列比赫，叫他对第一次降落的地点特别注意，不要误落到敌人手里。务必叫他多多考虑他的活动和总司令的活动的互相配合。

皮埃尔在从沃罗佐沃村回家的路上，经过沼泽广场的时候，看见行刑台有一群人，他就停下来，下了车。这是一个被指控为奸细的法国厨子在受鞭刑。鞭刑刚完，拷打的人从行刑凳上解下一个穿蓝裤子、绿坎肩、可怜地呻吟着、一脸红胡子的胖子。站在旁边的另一个罪犯，面色苍白，身体瘦削。从脸型看，两个都是法国人。皮埃尔挤进人群，他那神情很像那个瘦削的法国人，惊慌而且痛苦。

"这是怎么回事？是什么人？为了什么？"他问。但是那群人（其中有官吏、小市民、商人、农民、穿着肥大外衣和短皮外套的女人）的注意力完全集中在行刑台上发生的事，没有人答话。那个胖子站起来，紧锁着眉头，耸耸肩，显然想要表示坚定，不向周围看，把他的坎肩穿上；可是忽然间，他的嘴唇颤抖了，他哭了，像一个血气方刚的男子汉似的哭了，同时为了哭泣生自己的气。人们大声谈起话来，皮埃尔觉得，他们大声谈话是为了抑制他们的怜悯感情。

"他是某公爵的厨子……"

"怎么样，先生，看来俄国的酱油到法国人嘴里就变成醋了……酸得龇牙咧嘴的。"一个站在皮埃尔旁边的满脸皱纹的小职员在法国人哭的时候说。那个小职员环视周围，看样子是在等待对他玩笑的赞赏。有些人笑了，有些人仍然吃惊地望着给另一个罪犯脱衣服的行刑手。

皮埃尔哼哧着鼻子,皱着眉头,连忙转身回到马车旁,在他走回去坐车的时候,不断地自言自语,嘟囔什么。他一路上有好几次浑身打颤,大声地喊叫,以致车夫问他:

"您有什么吩咐吗?"

"你往哪儿走?"皮埃尔对正把车赶往鲁比扬卡去的车夫喊道。

"您不是吩咐去见总司令吗?"

"傻瓜!畜生!"皮埃尔喊起来,他很少这样骂他的车夫,"我说过要回家;快走,糊涂虫。我今天就得离开。"他自言自语,嘟囔说。

皮埃尔在看到那个受刑的法国人和围着行刑台的人群以后,就下了最后的决心,他再也不能留在莫斯科了,他今天就要去参军,他似乎觉得,不是他已经这样吩咐过车夫,就是车夫自己应当知道这一点。

一回到家,皮埃尔就吩咐他那无所不知、无所不能、闻名全莫斯科的车夫叶夫斯塔菲耶维奇:他当夜就要到莫扎伊斯克去参军,要求把他的几匹鞍马送到那儿。这些事不可能当天就安排好,依叶夫斯塔菲耶维奇的意思,皮埃尔的行期得推迟到第二天,好有时间把替换的马赶到路上。

二十四日,阴雨过后,天放晴了,这天午饭后皮埃尔离开了莫斯科。当夜在佩尔胡什科夫换马的时候,皮埃尔听说那天傍晚打了一场大仗。人们都在讲,在佩尔胡什科夫这儿,地面都被炮声震得打颤。皮埃尔问谁打胜了,没有人能够回答(这是二十四日舍瓦尔金诺村战役)。次日黎明,皮埃尔到达莫扎伊斯克。

莫扎伊斯克所有的房屋都驻了兵,皮埃尔的马夫和车夫在这儿的客栈迎接他,客栈也没有空房间:都住满了军官。

莫扎伊斯克城里和城外到处有军队驻扎和通过。到处可以看到哥萨克、步兵、骑兵、大车、炮弹箱和大炮。皮埃尔急急忙忙向前赶路,他离莫斯科越远,越深入这士兵的海洋,就越感到焦急不安和一种还没有体验过的新鲜的喜悦。这是一种类似他在斯洛博达宫当皇帝来临时所体验的感情,一种必须做点什么和牺牲点什么的感情。他现在有一种愉快的感觉,那就是,构成人们的幸福的一切——生活的舒适、财富,甚至生命本身,比起某种东西来,都是弃之为快的虚妄的东西……比起什么东西呢,皮埃尔弄不清楚,也不费劲去弄清楚为了何人,为了何事而牺牲一切,才使他认为特别美好。他对他为之而牺牲的东西并不感兴趣,但是牺牲本身对于他是一种新鲜的快乐感情。

十九

八月二十四日,在舍瓦尔金诺多面堡打了一仗,二十五日,双方都没有开火,二十六日,波罗金诺战役打响了。

舍瓦尔金诺和波罗金诺两次战役为了什么和怎样挑起来、怎样应战的呢?为什么打起波罗金诺战役?不论是对法国人还是对俄国人来说,这次战役都是毫无意义的。这次战役,对俄国人来说,最直接的结果曾是也必然是促进了莫斯科的毁灭(这是我们怕得要命的),对法国人来说,促进了他们全军覆没(这也是他们怕得要命的)。这个结果甚至在当时也是完全明显的,然而拿破仑还是发动了这次战役,而库图佐夫也奋起应战了。

如果两位统帅都以理智为指导,拿破仑似乎应当明白,他深入两千俄里,在很可能损失四分之一军队情况下发动一场大战,他必然走向毁灭;库图佐夫也似乎同样应当明白,冒着损失四分之一军队的危险应战,他准会失掉莫斯科。这在库图佐夫就像算术题一样明显,比如下跳棋,我方少一个子儿,而跟人家对拼子儿,我方一定会输,因为不应当对拼。

当对方有十六个子儿,我方有十四个子儿的时候,我只比他弱八分之一;但是如果我拼掉十三个子儿,他就比我强三倍了。

在波罗金诺战役之前,我们的兵力与法国对比,大致是五比六,战役之后,是一比二,也就是战役以前是十万比十二万,战役以后是五万比十万。然而聪明而且富有经验的库图佐夫应战了。被人称为天才统帅的拿破仑发动了那次战役,损失了四分之一的军队,更拉长了战线。如果说他认为占领莫斯科就像占领维也纳一样,可以结束战争,可是有许多证据证明并非如此。拿破仑的史学家亲口说,他在占领了斯摩棱斯克之后就想停止前进,他知道拉长战线的危险,占领莫斯科不会是战争的终结,因为在斯摩棱斯克他就看到,留给他的那些俄国城市是怎样的情景,他一再表示愿意进行谈判,但一次也没得到答复。

库图佐夫和拿破仑发动和应接波罗金诺战役,他们这样做都是不由自主和毫无意义的。但是后来史学家对于这些既成的事实牵强附会地证明两个统帅的预见和天才,其实,这些统帅不过是历史的工具,而且是所有不由自主的历史工具中最不自由和最不由自主的活动家。

古人留给我们许多英雄史诗的典范,其中的英雄人物乃是历史的全部趣味,但是我们还不能习惯于这样的事实,那就是这类历史对于我们人类的时代是没有意义的。

关于另外一个问题:波罗金诺战役以及在这之前的舍瓦尔金诺战役是怎样打起来的,也存在一个极为明显、人所共知、完全错误的概念。所有史学家是这样描绘的:

俄国军队在从斯摩棱斯克撤退时,就为大会战寻找最有利的阵地,在波罗金诺找到了这样的阵地。

在莫斯科到斯摩棱斯克的大路左侧,跟大路几乎成直角——

从波罗金诺到乌季察,也就是打仗的那个地方,俄国人事先在那儿构筑了防御工事。

在这个阵地的前方,在舍瓦尔金诺高地,设立一个观察敌人设防的前哨,二十四日,拿破仑进攻这个前哨,占领了它;二十六日,开始进攻已经进入波罗金诺战场的全部俄军。

史书上是这样写的,而这是完全歪曲的,任何愿意深入研究事情真相的人,都能很容易弄清楚这一点。

俄国人并没有寻找最好的阵地;恰恰相反,他们在退却中放过了许多比波罗金诺好的阵地。他们没有据守这些阵地中的任何一个:因为库图佐夫不愿采纳不是他所选择的阵地,还因为人们对大会战的要求还不够强烈,还因为带领民军的米洛拉多维奇还没有赶到,还由于其它无数的原因。事实是,以前所放过的阵地都比较强,波罗金诺阵地(大会战的地点)不但不强,比起俄罗斯帝国任何一个地点,随便用针在地图上插一个地点,都更不像一个阵地。

在大路左边与大路成直角的波罗金诺战场上的阵地(就是大会战的地点),俄国人不但没有设防,而且在一八一二年八月二十五日以前,从未想到在这个地点会打一大仗。以下事实可以说明这一点:第一,不但二十五日以前那里没有战壕,而且二十五日开始挖的那些战壕,到二十六日也没完成;第二,舍瓦尔金诺多面堡的形势可以作为证明,那个在发生战斗的阵地前面的舍瓦尔金诺多面堡,是没有任何意义的,为什么比别的据点更要加强那个多面堡呢?为什么要消耗一切力量,损失六千人,把它守到二十四日深夜呢?为了观测敌人,只要一个哥萨克侦察班就够了。第三,作战的那个阵地不是预先料到的,而舍瓦尔金诺多面堡也不是那个阵地的前哨,因为直到二十五日,巴克莱·德·托利和巴格拉季翁还相信舍瓦尔金诺多面堡是阵地的左翼,而库图佐夫本人在那次战役以后,在一时气愤之下写的报告中,也说舍瓦金诺多面堡是阵地的左翼。只是在很久以后,可以自由地写波罗金诺战役报告的时候,才捏造出那一套奇谈怪论(大概是为一个不会犯错误的总司令辩护),说舍瓦尔金诺多面堡是个前哨(其实,它不过是左翼的一个设防点),说波罗金诺战役是在我们预先选定的、在构筑工事的阵地上进行的,而实际上,那次战斗是在一个完全意外的、几乎没有工事的地点打响的。

事情显然是这样的:沿科洛恰选定了一个阵地,那条河穿过大路是成锐角,而不是成直角,因此左翼是在舍瓦尔金诺,右翼靠近诺沃耶村,中心在波罗金诺,也就是在科洛恰和沃伊纳两河汇流的地方。凡是不去管仗是怎样打的,只要看一看波罗金诺战场,一眼就可以看出,这个阵地是以科洛恰河为掩护,阻止沿斯摩棱斯克大路进犯莫斯科的敌军。

拿破仑二十四日骑马来到瓦卢耶瓦,他没有看见(史书上说他看见了)从乌季察到波罗金诺的俄国阵地(他不可能看见那个阵地,因为它并不存在),他也没有看见俄国的前哨,但在追击俄军后卫的时候,他碰到俄军阵地的左翼——舍瓦尔金诺多面堡,出乎俄国人意料,拿破仑把他的军队移过科洛恰河。这么一来,俄国人已经来不及迎接大会战,只好把他们本来要据守的左翼阵地撤掉,占据一个不曾料到的,没有构筑工事的新阵地。拿破仑转移到科洛恰河对岸,也就是大路的左边,这样拿破仑就把即将爆发的战斗从右边移到左边(从俄军方面看),移到乌季察、谢苗诺夫斯科耶和波罗金诺之间的平原上(作为一个阵地、这块平原并不比俄国任何一块平原更有利),二十六日的大战就在这个平原上打响了。预定的战斗和实际的战斗的草图见下页:

假如拿破仑不在二十四日傍晚到达科洛恰河,假如他当晚没有立刻下令攻击多面堡,而是在第二天早晨开始攻击的话,那么,就不会有人怀疑舍瓦尔金诺多面堡是我们的左翼了;而战斗也会像我们所预料的那样进行了。在那种情况下，我们大概会顽强地守卫舍瓦尔金诺多面堡，同时从中央或者从右面袭击拿破仑，而二十四日大会战就会在预定的筑有工事的阵地上进行了。但是，因为对我们的左翼进攻是在紧接着我们的后卫撤退的晚上，也就是在格里德涅瓦战役刚结束的晚上发生的，还因为俄国的军事将领不愿意或者来不及在二十四日晚就开始大会战，以致波罗金诺战役的第一仗，也是主要的一仗，在二十四日就打输了，而且显然导致了二十六日那一仗的失败。

在舍瓦尔金诺多面堡失守后，二十五日晨我们已经没有左翼阵地了，于是不得不把左翼往后撤，随便选一个地方匆忙地构筑工事。

但是，只说俄军仅用薄弱的、未完成的工事来防守还不够，情况的更加不利还在于，俄军将领不承认明显的既成事实（左翼失守，当前的战场已经从右向左转移），仍停留在诺沃耶村至乌季察这一带拉长了的阵地上，因此，在战斗开始后，不得不把军队从右方调向左方。这么一来，在整个战斗期间，俄国方面仅有对方一半的兵力以抵抗法军对我们左翼的进攻（波尼亚托夫斯基对乌季察的进攻以及乌瓦罗夫从右翼攻打法军，只是大会战过程中的一些枝节的军事行动）。

由此可见，波罗金诺战役完全不像人们描写的那样（极力掩饰我们军事将领们的错误，从而贬低俄国军队和人民的光荣）。波罗金诺战役并不是在一个选定的，设了防的阵地上进行的，也不是俄国的兵力仅仅稍弱于敌人，实际上俄国人由于失掉舍瓦尔金诺多面堡，不得不在一个开阔的、几乎没有防御工事的地带，兵力比法军少一半的情况下迎接波罗金诺战役，也就是说，在这样的条件下，不仅战斗十小时和打一场不分胜负的战斗不可想象，就是坚持三小时而不使军队完全崩溃和逃跑也是不可想象的。

波罗底诺战役示意图

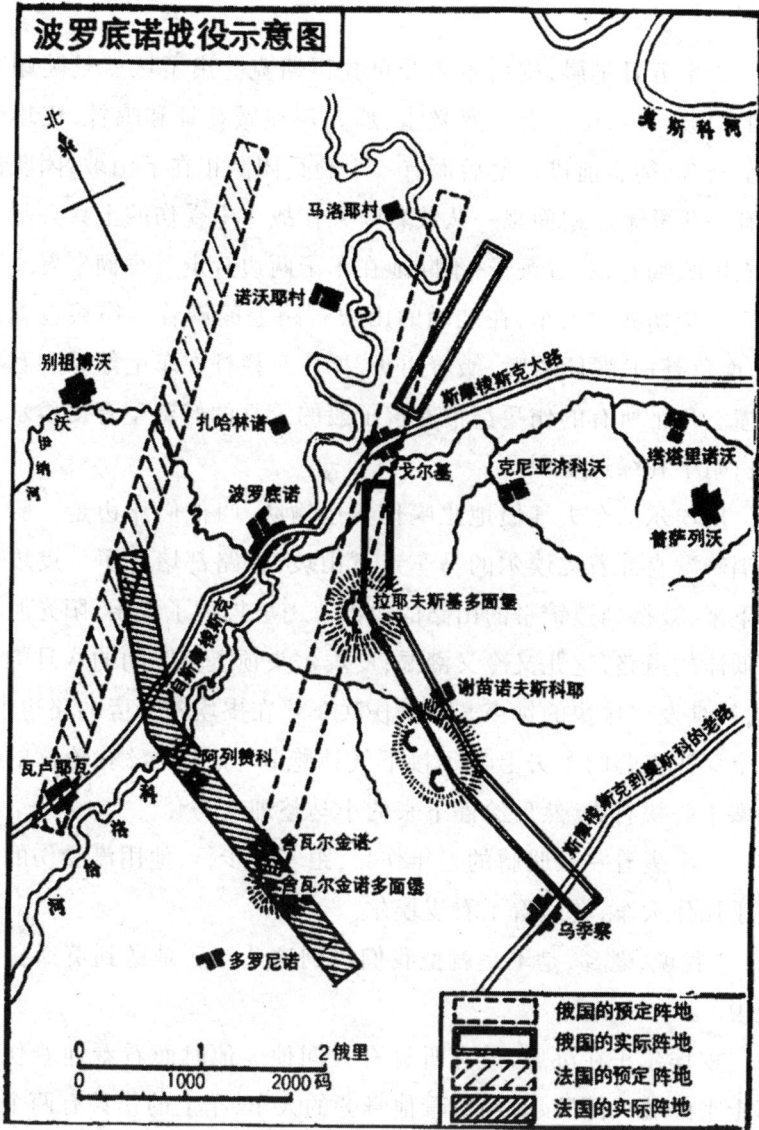

北

莫斯科河

马洛耶村

诺沃耶村

别祖博沃

扎哈林诺

斯摩棱斯克大路

戈尔基

克尼亚济科沃

塔塔里诺沃

波罗底诺

普萨列沃

斯摩棱斯克克

拉耶夫斯基多面堡

谢苗诺夫斯科耶

瓦卢耶瓦

阿列赞科

斯摩棱斯克到莫斯科的老路

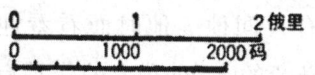

舍瓦尔金诺

舍瓦尔金诺多面堡

乌季察

多罗尼诺

	俄国的预定阵地
	俄国的实际阵地
	法国的预定阵地
	法国的实际阵地

0   1   2俄里
0   1000   2000码

二十

二十五日早晨,皮埃尔离开莫扎伊斯克。出了城就是陡峭弯曲的山坡,右边山上有一座教堂,那儿正在做礼拜和鸣钟,皮埃尔下了马车,徒步前进。他后面有一个骑兵团队正在下山坡,团队前面有一队歌手。迎面来一队载着昨天在战斗中受伤的士兵。赶车的农民吆喝着,响着鞭子,不断地在车子两边奔走。每辆坐着或躺着三四个伤兵的大车,在陡峭的山坡石路上颠簸着。伤兵包着破布,面色苍白,紧闭着嘴,皱着眉头,抓住车栏杆在车上颠动和互相碰撞。几乎所有的伤兵都带着孩子般的天真的好奇望着皮埃尔那顶白帽子和绿燕尾服。

皮埃尔的车夫气愤地吆喝伤兵运输队,叫他们靠边走。骑兵团唱着歌直冲着皮埃尔的马车走下山坡,把路都堵塞了。皮埃尔停下来,被挤到被铲平的山路的边沿。山坡挡住了太阳,阳光照不到低洼的道路,这儿又冷又潮湿;皮埃尔头顶上是明朗的八月的早晨,教堂发出愉快的钟声。一辆伤兵车停在皮埃尔身旁的路边上。那个穿树皮鞋的车夫上气不接下气地跑到车前,往没有轮箍的后轮塞了一块石头,然后给停下来的小马整理皮马套。

一个裹着一只胳膊的老年伤兵,跟着车步行,他用没受伤的那只手抓住大车,转脸看了看皮埃尔。

"我说,老乡,是不是就把我们扔到这儿?还是送到莫斯科?"他说。

皮埃尔正在沉思,没有听见有人问他。他时而看看迎着伤兵车走来的骑兵团队,时而看看他身旁的大车,车上的伤兵有两个坐着,一个躺着,他觉得,在他们身上就含有他所关心的问题的解答。在车里有一个坐着的,大概脸上受了伤,他的整个脑袋都包着破布。他的嘴和鼻子都歪到一边。这个伤兵望着教堂画十字。另一个是年幼的孩子,新兵,金黄色的头发,脸白得一点血色也没有,带着和蔼的呆笑望着皮埃尔;第三个趴在那儿,看不见他的脸。骑兵歌手们从车子旁边走过。

"咳,你在何方……倔强的人儿……

"你流落在异乡……"他们唱着士兵舞曲。仿佛响应他们,高处不断地发出丁当的钟声,然而别有一番欢乐意味。此外,还有一种不同的欢乐:对面山坡顶上沐浴着灼热的阳光。可是山坡下,伤兵车旁边,喘息着的小马附近,皮埃尔站着的地方,却充满着潮湿,阴暗和忧愁。

那个肿脸士兵气愤地望着骑兵歌手。

"嗬,公子哥儿!"他责备说。

"这个年头,不仅看见了士兵,也看见了庄稼汉!庄稼汉也被赶上战场,"那个站在车后面的士兵带着苦笑对皮埃尔说,"现在什么都不分了……要老百姓都一齐冲上去,一句话——莫斯科。他们要拼到底啊。"虽然那个士兵说得不清楚,皮埃尔明白他的意思,点头表示赞同。

道路通了,皮埃尔下了山坡,又坐车前进。

皮埃尔一路上东张西望,寻找熟悉的面孔,但是到处遇见不同兵种的陌生的军人面孔,他们全都惊奇地看他那顶白帽子和绿燕尾服。

走了四俄里,他才遇到第一个熟人,他高兴地招呼他。这个熟人是军医官。他坐着一辆篷车,迎着皮埃尔的面赶来,他旁边坐着一个青年医生,他认出皮埃尔,就叫那个坐在前座代替车夫的哥萨克停下来。

"伯爵!大人,您怎么到这儿来了?"医生问。

"想来看看……"

"好哇,好哇,就要有可看的了……"

皮埃尔下了车,站在那儿跟医生谈起来,向他说明他打算参加战斗。

医生劝别祖霍夫直接去见勋座。

"在开战的时候,您何必到这谁也不知道、谁也找不到的地方,"他说,向年轻的同事递了个眼色,"不管怎么说,勋座是认识您的,会厚待您的。老兄,就这么办吧。"医生说。

医生似乎很疲劳而且匆忙。

"您是这么考虑的……不过我还想问您,阵地在哪儿?"皮埃尔说。

"阵地?"医生说,"那可不是我的事。过了塔塔里诺沃,那儿有许多人挖战壕,您爬上那个高岗,就可以看见了。"医生说。

"从那儿可以看见吗?……要是您……"

但是医生打断他的话,向篷车走去。

"我本来可以送您,可是,说实在的,我的事情多得到这儿(他在喉咙上比划一下),我要赶到兵团司令那儿。我们的情况怎么样?……您可知道,伯爵,明天就要打一场大仗;一支十万人的军队,至少要有两万伤员,可是我们的担架、病床、医士、医生,还不够六千人用的。我们有一万辆大车,但是还需要别的东西;那只好自己看着办吧。"

在那成千上万活生生的、健康的、年轻的、年老的,怀着愉快的好奇心看他的帽子的人们中间,有两万人注定要受伤和死亡(也许就是他看见的那些人),这个古怪的念头不由得使皮埃尔吃惊。

"他们也许明天就死掉,他们为什么除了死以外还想别的呢?"由于某种不可捉摸的联想,他突然很生动地想起莫扎伊斯克山坡,载着伤兵的车子,教堂的钟声,太阳的斜晖,以及骑兵们的歌声。

"骑兵们去打仗,路上遇见伤兵,可是他们一点不去想那正在等待他们的命运,只是向伤兵瞟一眼就走过去了。在他们之中有两万人注定死亡,可是他们对我的帽子却感到惊讶! 多么奇怪!"皮埃尔在去塔塔里诺沃的路上想道。

在道路的左边有一所地主的住宅,那儿停着几辆马车、带篷的大车、一些勤务兵和哨兵。勋座就住在那儿。但是皮埃尔来到这儿的时候,他不在,几乎一个参谋人员也没有。他们都做礼拜去了。皮埃尔坐上车继续往前走,向戈尔基进发。

皮埃尔的车上了山,进入山村里一条不大的街上,皮埃尔在这儿第一次看见了农民民军,他们头戴缀有十字架的帽子,身穿白衬衫,他们大声谈笑,兴致勃勃,满脸大汗,正在路右边一座长满青草的高大土岗上干活儿。

他们中间有许多人在挖土,另一些人用手推车在跳板上运土,还有一些人站在那儿不动。

两个军官站在土岗上指挥他们。皮埃尔看见这些农民显然还在为他们刚当上军人而开心,他又想起莫扎伊斯克那些伤兵,他开始明白,那个兵说要老百姓都一齐冲上去这句话的意思。这些在战场上干活儿的大胡子农民,他们那古怪的笨重的靴子,他们那冒着汗的脖子,他们有的敞开斜领口,露出晒黑的锁骨的衬衫,这一切景象比皮埃尔过去所见所闻更强有力地使他感到此时此刻的严肃性和重要性。

二十一

皮埃尔下了车,从干活儿的民兵身边走过,爬上那个医生告诉他从那儿可以看见战场的土岗。

这时是上午十一点。太阳高悬在皮埃尔的左后方,透过清洁稀薄的空气，明晃晃地照耀着他面前像圆剧场一般隆起的广阔画面。

斯摩棱斯克大路从左上方穿过圆剧场，经过一座坐落在土岗前下方五百来步有白色教堂的村子（这村子就是波罗金诺）蜿蜒曲折地伸展着。这条大路从村子下面过去，跨过一座桥，一起一伏地经过几个山坡，盘旋着越爬越高，一直伸展到从六俄里外可以看见的瓦卢耶瓦村（现在拿破仑就在那儿驻扎）。过了瓦卢耶瓦村，大路就隐没在地平线上一座已经发黄的森林里了。在那座白桦和枞树的森林里，在大路的右边，科洛恰修道院的十字架和钟楼远远地在太阳下闪光。在那黛青色的远方，在森林和大路的左边和右边，好些地方可以看见冒烟的篝火和不明数量的敌军和我军。右边，沿科洛恰河和莫斯科河流域，是峡谷纵横的山地。在峡谷中间，从远处可以看见别祖博沃村和扎哈林诺村。左边地势比较平坦，有长着庄稼的田地，那里可以看见一座被烧掉的冒烟的村子——谢苗诺夫斯科耶村。

皮埃尔从左右两边所看到的一切，都是那么不明确。战场的左右两边都不大像他所想象的那样。到处都找不到他希望看见的战场，只是看见田野、草地、军队、篝火的烟、村庄、丘陵、小河；皮埃尔无论怎样观看，也不能从这充满了生命的地方找到阵地，甚至分不清敌人和我们的队伍。

"得问一个了解情况的人。"他想，于是转身问一个军官，那个军官正好奇地端详他那不是军人装束的庞大身躯。

"请问，"皮埃尔对那个军官说，"前面是什么村子？"

"是布尔金诺吧？"那个军官问他的伙伴。

"波罗金诺。"另一个纠正他说。

那个军官显然很高兴有一个谈话的机会，于是凑近皮埃尔。

"那儿是我们的人吗？"皮埃尔问。

"是的,再往前去就是法国人,"那个军官说,"那儿就是他们,看得见。"

"哪儿?哪儿?"皮埃尔问。

"凭肉眼就看得见。那不是,就在那儿!"军官用手指着河对岸左边看得见的烟,他脸上的神情严肃而且认真,皮埃尔碰到很多面孔都是这种表情。

"啊,那是法国人!那儿呢?……"皮埃尔指着左边的土岗,那附近有一些队伍。

"那是我们的人。"

"啊,是我们的人!那边呢?"皮埃尔指着远方有一棵大树的土岗,旁边是一个坐落在山谷里的村子,也有一些篝火在冒烟,还有一些黑糊糊的东西。

"这又是他,"那个军官说,(这是舍瓦尔金诺多面堡。)"昨天是我们的,现在是他的。"

"那么我们的阵地呢?"

"阵地?"那个军官带着得意的微笑说,"这个我可以给您讲清楚,因为我修筑过我们所有的工事。在那儿,看见吗,我们的中心在波罗金诺,就在那儿。"他指着前面有白色教堂的村子,"那儿是科洛恰河渡口。就在那儿,看见吗,那边洼地上还堆放着成排刚割下来的干草呢,您瞧,那儿还有一座桥。那是我们的中心。我们的右翼就在那儿(他指正右方,在山谷的远方),那儿是莫斯科河,那儿我们有三个多面堡,修筑得非常坚固。右翼……"军官说到这儿停住了,"您知道,这很难给您说得明白……昨天我们的左翼在那儿,在舍瓦尔金诺,在那儿,瞧见吗,那儿有一棵橡树;现在我们把左翼后撤了,现在在那儿,那儿——您瞧见那个村子和烟吗?——那是谢苗诺夫斯科耶,而这儿,"他指拉耶夫斯基土岗,"不过,战斗未必在这儿进行。他把军队调到这儿,只是一种诡计;他很可能从右边迁回莫斯科。不过,不管在哪儿打,我们的人明天都要大大地减员!"那个军官说。

一个年老的中士在军官说话的时候走过来,默默地等待他的长官把话说完;但是,他显然不喜欢军官在这个地方说这种话,他打断了他的话。

"该去取土筐了。"他说,口气颇严厉。

军官似乎慌了神,他似乎明白他不该说这种话,只可以在心里想会有多么大的伤亡。

"对了,又要派三连去。"军官急忙说。

"您贵干,是大夫吗?"

"不是,我随便看看。"皮埃尔回答。

"咳,该死的东西!"军官跟在他后面,捂着鼻子从干活的人们旁边跑过去,说。

"瞧,他们!……抬着来了……那是圣母……马上就要到了……"突然传来嘈杂的人声,军官、士兵、民兵都顺着大路往前跑去。

在波罗金诺山脚下出现教堂的行列。在尘土飞扬的大路上,在前面整整齐齐走着的是步兵,他们光着头,枪口冲下背着。步兵后面响起教堂的歌声。

没有戴帽子的士兵和民兵绕过皮埃尔,向那队人跑去。

"圣母来了!保护神!……伊韦尔圣母!……"

"斯摩棱斯克圣母。"另外一个人更正说。

民兵们——就是那些在村子里的,还有那些正在炮兵连干活儿的,都扔下铁锹向教堂的行列跑去。在尘土飞扬的路上行进着的一营人后面,是穿着法衣的神甫们——一个戴着高筒僧帽的小老头、一群僧侣和唱诗班。再后面就是士兵和军官抬着一幅巨大的、金光闪闪的黑脸圣像。这是从斯摩棱斯克运出并且从此就跟着军队的圣像。圣像的前后左右是成群的不戴帽子的军人,他们走着,跑着,鞠躬到地。

圣像抬到山上就停了下来;用一大块布托着圣像的人们换了班,读经员重新点起手提香炉,祈祷开始了。炽热的阳光直射着;清凉的微风吹动着人们的头发和圣像的饰带;歌声在寥廓的苍穹下显得不怎么响亮。一大群光头的军官、士兵和民兵围着圣像。在神甫和读经员后面一片空地上站着一些官员。一个脖子上挂着圣乔治十字勋章的秃顶将军,站在神甫背后,他不画十字(显然是德国人),耐心地等待祈祷结束,他认为必须听完那想必可以激发俄国人民的爱国热情的祈祷。另外一个将军雄赳赳地站在那儿,一只手不时地在胸前抖动着画十字,老向周围张望。站在农民中间的皮埃尔在官员里面认出了几个熟人;但是他不看他们:他全部的注意力被这群贪看圣像的士兵和民兵的严肃面孔吸引住了。当疲倦的读经员一开始懒洋洋地、习惯地唱(唱第二十遍了):"把你的奴隶从灾难中拯救出来吧,圣母",神甫和助祭就接着唱:"上帝保佑我们,投向你,就像投向不可摧毁的堡垒",于是所有人的脸上又现出那意识到即将来临的重大事件的表情,这是那天早晨皮埃尔在莫扎伊斯克山脚下,在他有时遇见的许多脸上看到的表情;人们更加频繁地低头,抖动头发,发出叹息声和在胸前画十字的声音。

围着圣像的人群忽然闪开来,推挤着皮埃尔。从人们匆忙地让路来看,向圣像走来的大概是一个非常重要的人物。

这是视察阵地的库图佐夫。他在回塔塔里诺沃的路上前来祈祷。皮埃尔从他与众不同的特殊身形,立刻认出了库图佐夫。

库图佐夫庞大肥胖的躯体穿一件长长的礼服,背脊微驼,满头白发,没有戴帽子,浮肿的脸上有一只因受伤而流泪的白眼睛,他迈着前倾的摇摆的步子走进人群,停在神甫后面。他用习惯的动作画了十字,一躬到地,深沉地叹了口气,低下他那白发苍苍的头。库图佐夫后面是贝尼格森和侍从。虽然总司令的出场引起全体高级官员的注意,而民军和士兵却不看他,仍然继续祷告。

祈祷结束了,库图佐夫走到圣像面前,挺费劲地跪下来,鞠躬到地,试了半天想站起来,但由于身体笨重和衰弱,站不起来。最后他终于站起来,像天真的孩子似的撅起嘴唇去吻圣像,又鞠了一躬,一只手触到地面。将军们都跟着他这样做;然后是军官们照样做了,在军官之后,士兵们和民兵互相拥挤着,践踏着,喘息着,带着激动的神情在地上爬行。

二十二

皮埃尔被挤得跌跌撞撞,向四外张望着。

“伯爵,彼得·基里雷奇!您怎么在这儿?”不知是谁在叫他,皮埃尔回头看了看。

鲍里斯·德鲁别茨科伊用手拂拭弄脏了的膝盖(想必他也向圣像跪拜过),微笑着向皮埃尔走来。鲍里斯服装雅致,一副戎马倥偬、剽悍英武的气派。他穿一件长外衣,像库图佐夫似的肩上挎一根马鞭。

这时,库图佐夫向村子走去,走到最近一户人家,在阴影里坐在一个哥萨克跑着送来的一张长凳上,另一个哥萨克赶快铺上一块毯子。一大群装束辉煌的侍从围着总司令。

圣像向前移动了,一大群人跟随着。皮埃尔站在离库图佐夫三十来步的地方,在跟鲍里斯谈话。

皮埃尔说他想参加战斗,并且观察一下阵地。

“好哇,您这样做很好,”鲍里斯说,“我一定代表营盘招待您。您可以从贝尼格森伯爵要去的地方把一切看得清清楚楚。我就在他的部下。我一定向他报告。如果您想巡视阵地,跟我们来:我们就要去左翼。然后咱们回来,请您在我们那儿过夜,咱们可以凑一局牌。您不是认识德米特里·谢尔盖伊奇吗?他也在那儿住。"他指着戈尔基村第三家房屋。

"不过我很想看看右翼,听说右翼很强,"皮埃尔说,"我想从莫斯科河出发,把整个阵地都走一遍。"

"好的,这以后再说,主要的是左翼……"

"是的,是的。博尔孔斯基的团队在哪儿,您能指给我吗?"皮埃尔问。

"安德烈·尼古拉耶维奇吗?咱们从那儿经过,我领您去找他。"

"我们的左翼怎么样?"皮埃尔问。

"我对您说实话,只是咱们俩私下谈,天知道左翼是怎样一个情况,"鲍里斯说,机密地压低了声音,"贝尼格森伯爵完全不是那么设想的。他本来打算在那个山岗上设防,完全不是现在这样……但是,"鲍里斯耸了耸肩,"勋座不同意,也许他听了什么人的话。要知道……"鲍里斯没有把话说完,因为这时库图佐夫的副官凯萨罗夫来了。"啊!派西·谢尔盖伊奇,"鲍里斯带着随随便便的微笑对凯萨罗夫说,"我正给伯爵介绍我们的阵地呢,真奇怪,勋座对法国人的意图怎么料得这么准!"

"您是说左翼吗?"凯萨罗夫说。

"是的,是的,正是。我们的左翼现在非常、非常坚固。"

虽然库图佐夫把参谋部所有多余的人都打发走了,鲍里斯却能不受这次调动的影响而留在司令部。鲍里斯在贝尼格森伯爵那儿谋了个位置。贝尼格森伯爵也像鲍里斯跟随过的所有的人一样,认为德鲁别茨科伊是一个无价之宝。

军队上层有两个截然不同、泾渭分明的派别:库图佐夫派和参谋长贝尼格森派。鲍里斯属于后一派，谁也没有他那样善于奴颜婢膝，曲意奉承库图佐夫，而同时又给人以老头子不行、一切都由贝尼格森主持的感觉。现在到了战斗的决定时刻，库图佐夫就该垮台了，大权将要交给贝尼格森，或者，就算库图佐夫打了胜仗，也要使人觉得一切功劳归贝尼格森。不管怎样，为明天的战斗将有重赏，一批新人将被提拔。因此，鲍里斯整天情绪激昂。

在凯萨罗夫之后，又有一些皮埃尔的熟人走过来，他来不及回答他们像撒豆子似的向他撒来的关于莫斯科情况的询问，也来不及听他们对他的讲述。每个人的表情都是既兴奋又惊慌。但是皮埃尔觉得，其中有些人之所以心情紧张，多半是因为关心个人的得失，而萦绕皮埃尔心头的却是另外一些人脸上的另一种紧张表情，那不是关心个人的问题，而是关心整体的生死问题的表情。库图佐夫看见皮埃尔的身影和围着他的一群人。

"叫他来见我。"库图佐夫说。副官转达了勋座的意思，于是皮埃尔就向长凳走去。但是有一个普通的民军在他前头向库图佐夫走去。这个人是多洛霍夫。

"这家伙怎么在这儿？"皮埃尔问。

"这个骗子手，没有他钻不到的地方！"有人回答皮埃尔，"他早就降为士兵了。现在他要提升了。他递上一些计划，夜里爬到敌人的哨兵线……是条好汉！……"

皮埃尔脱帽，恭恭敬敬向库图佐夫鞠躬。

"我认为，如果我向勋座大人报告，您可能把我撵走，也许会说，您已经知道我所报告的事，即使这样，对我也没有什么坏处……"多洛霍夫说。

"是的，是的。"

"如果我是对的，我就会给祖国带来利益，我随时准备为祖国牺牲。"

“是的……是的……”

“假如勋座大人需要不吝啬自己生命的人，请记起我……也许勋座大人用得上我。”

“是的……是的……”库图佐夫重复说，眯起含有笑意的眼睛望着皮埃尔。

这时，鲍里斯以其侍从武官特有的灵活性，迅速移到皮埃尔身边，靠近首长，用最自然的态度，仿佛把已经开始的谈话继续下去似的，声音不高地对皮埃尔说：

“民兵都穿上干净的白衬衫，准备为国牺牲了。多么英勇啊，伯爵！”

鲍里斯对皮埃尔说这话，显然是为了让勋座听见。他知道库图佐夫一定会注意这句话，果然，勋座对他说：

“你说民兵什么来着？”他问鲍里斯。

“勋座大人，他们穿上白衬衫，准备明天去赴死。”

“啊！……英勇卓绝、无与伦比的人民！”库图佐夫说，他闭上眼睛，摇了摇头。“无与伦比的人民！”他叹息着重复说。

“您想闻闻火药味吗？”他对皮埃尔说，“是的，令人愉快的气味。我很荣幸作为尊夫人的崇拜者。她好吗？我的住处可以供您使用。”正像老年人常有的情形，库图佐夫精神恍惚地向四外张望，好像忘了他要说什么或者要做什么似的。

显然他想起他要寻找的东西了，于是向他的副官的弟弟安德烈·谢尔盖伊奇·凯萨罗夫招手。

“马林那首诗是怎么说来着，怎么说的？就是咏格拉科夫的那几句：‘你在兵团里充教师爷……’你说说看，你说说看。”库图佐夫说，显然要笑出来了。凯萨罗夫背诵起来……库图佐夫微笑着，随着诗的节奏点头。

当皮埃尔离开库图佐夫时，多洛霍夫走近皮埃尔，握起他的手。

"我非常高兴在这儿看见您，伯爵，"他不顾别人在场，大声说，语气特别坚定而且庄重，"在这只有上帝知道咱们之间谁注定活下来的前夕，我高兴能有这个机会对您说，我为咱们中间曾经发生的误会而抱歉，我希望您对我不再有任何芥蒂。请您原谅我。"

皮埃尔看着多洛霍夫，不知对他说什么好，一味咧着嘴微笑。多洛霍夫含泪拥抱皮埃尔，吻了吻他。

鲍里斯对他的将军说了几句话，于是贝尼格森伯爵向皮埃尔转过身来，邀他一同去视察战线。

"那会使您感到兴趣的。"他说。

"是的，非常有趣。"皮埃尔说。

半小时后，库图佐夫向塔塔里诺沃进发，贝尼格森带着他的侍从，皮埃尔也跟随着，视察战线去了。

二十三

贝尼格森离开戈尔基，顺着山坡大路向大桥进发，这就是军官指给皮埃尔看的那个阵地中心，在它旁边河岸上堆放着刚割下来、散发着香味的干草的那座桥。他们驰过桥，进入波罗金诺，再向左转，从大批的士兵和大炮旁边经过，来到士兵在那儿挖土的高岗。这个多面堡当时还没有命名，后来叫作拉耶夫斯基多面堡或者叫作高地炮台。

皮埃尔没有特别注意这个多面堡。他不知道，这个地方比起波罗金诺战场任何地方，对他来说，是一个更值得纪念的地方。然后他们经过一条山沟来到谢苗诺夫斯科耶村，士兵们正在那儿从农舍和烘干室拖走最后剩余的木头。然后，他们上山，下山，经过一片像被冰雹砸平的黑麦地，沿着在坎坷不平的耕地上刚被炮兵踏出来的道路驰到正在构筑的凸角堡①。

贝尼格森在凸角堡停下来,向前眺望那昨天还是我们的舍瓦尔金诺多面堡,那儿看得见几个骑马的人。军官们说,那里面有拿破仑,要不就是缪拉。大家都贪婪地望那一群骑马的人。皮埃尔也往那边看,极力猜测那几个影影绰绰的人影中间哪一个是拿破仑,后来,骑马的人下了土岗就不见了。

贝尼格森对走到他跟前的军官开始讲解我军的整个形势。皮埃尔听着贝尼格森的讲解,费尽心思想弄清目前战役的真相,但是他很苦恼,感到自己脑子不够用。他一点也没听懂。贝尼格森停住了,看见仔细倾听的皮埃尔的身影,忽然对他说:

"您大概不感兴趣吧?"

"啊,正相反,非常有趣。"皮埃尔说了违心的话。

他们离开凸角堡向左转,在一片稠密的白桦树矮林中,沿着一条蜿蜒的小道前进。来到树林中间,一只白腿的褐色兔子跳到他们面前的路上,被众多的马蹄声吓得惊慌失措,沿着他们面前的路跳了很久,引起大家的注意和哄笑,直到几个声音一齐吆喝它,它才跳到路旁的密林里。在树林里又走了两三俄里,他们来到一片林中空地上,这儿驻扎着防守左翼的图奇科夫兵团的队伍。

在这极左翼的地方,贝尼格森热烈地讲了很久,然后发出皮埃尔觉得重要的军事命令。在图奇科夫的队伍前面有一个高地。这个高地没有驻扎军队。贝尼格森高声批评这个错误,他说,不据守制高点而把军队放在山下面,简直是发疯。有几个将军也表示了同样的意见。其中一个特别具有军人的暴烈脾气,他说把军队放在这儿是等着敌人来屠杀。贝尼格森自作主张,命令军队都转移到高地上去。

---

① 凸角堡是一种防御工事。——作者注

左翼的部署,使皮埃尔更加怀疑自己对军事的理解能力。听贝尼格森和将军们批评军队驻在山下,皮埃尔完全明白他们所说的,也赞成他们的意见;但是,正因为如此,他不能理解那个把军队放在山下的人怎么会犯这样明显、重大的错误。

皮埃尔不知道,这些军队布置在那儿,并不像贝尼格森所想的那样是为了守卫阵地,而是隐蔽起来打伏击的,也就是出其不意地打击来犯的敌人。贝尼格森不知道这一点,不向总司令报告,自作主张把军队调到前面去。

二十四

八月二十五日,晴朗的八月傍晚,安德烈公爵在克尼亚兹科沃村的一间破旧棚屋里支着臂肘躺着,他的团就驻在村边。他从破墙的裂缝看见沿着篱笆下面的一排枝丫都被砍掉的、树龄三十年的白桦树,一片堆放着弄乱了的燕麦垛的田地,以及上面冒着炊烟(士兵们在烧饭)的灌木丛。

安德烈公爵觉得,现在他的生活尽管憋闷,没有人关心,痛苦,但仍然像七年前在奥斯特利茨战役前夕那样,心情激动而且焦躁。

他已经接到和发出明天作战的命令。这时他无事可做。但是最简单、最清晰的思绪,因而也是最可怕的思绪,使他不得安宁。他知道,明天的战斗将是他参加过的一切战斗中最可怕的一次,他生平第一次生动地、几乎确信无疑地,而且单纯和可怕地想到死亡的可能,这死亡的可能与尘世生活完全无关,也不去考虑它对别人会发生什么影响,它只是关系到他自己、关系到他的灵魂。从这个意念的高度来看,从前使他痛苦和关心的一切,忽然被一道寒冷的白光照亮了,那道白光既无阴影,也无远景,也无轮廓的差别。他觉得整个人生有如一盏魔灯,长期以来,他透过玻璃,借助人工的照明来看魔灯里的东西。现在他突然不是隔着玻璃，而是在明晃晃的白昼中看见画得很坏的图片。"是的，是的，这就是曾经使我激动和赞赏、并且折磨过我的那些虚幻的形象。"他自言自语，在想象中一一再现他的人生魔灯的主要画面，此时是在白昼的寒光下，在清楚地意识到死亡的时刻观看这些画面。这就是那些曾经认为美丽和神秘的拙劣粗糙的画像。"荣誉，社会福利，对女人的爱情，甚至祖国——我过去觉得这些图景是多么壮丽，蕴藏着多么深刻的思想！而在今朝（我觉得它是为我降临的）寒冷的白光下，这一切却如此简单、苍白和粗糙。"他的注意力特别停留在他生平三大不幸上面。他对女人的爱情，父亲的去世和占领半个俄国的法国人的入侵。"爱情！……这个我觉得充满了神秘力量的小姑娘。我多么爱她啊！我曾经制定了关于爱情以及和她共同生活的幸福的、富有诗意的计划。啊，我这个天真的孩子！"他恶狠狠地高声说，"当然啦！我相信会有理想的爱情，在我整年不在的时候，她对我的忠心一定始终不渝！就像寓言中的温柔多情的小鸽子，她一定为了和我离别而憔悴。这一切都太简单了……这一切都非常简单，令人厌恶！"

"我父亲也在建设童山，认为那是他的地方，他的土地，他的空气，他的农民；可是拿破仑来了，不承认他的存在，像从路上踢开一块木片似的把他踢开了，把他的童山以及他的全部生活摧毁了。而玛丽亚公爵小姐说，这是来自上天的考验。既然他已经死了，也不会复活，这考验又为了什么呢？他永远不再存在了！不再存在了！那么这对谁是一个考验呢？祖国，莫斯科的毁灭！明天我就要被打死了——甚至不是被法国人，而是被自己人打死，就像昨天有一个士兵在我的耳旁放了一枪，于是法国人过来拖起我的腿和头，把我扔进坑里，免得我在他们鼻子底下发臭，然后新的生活条件形成了，别人也就习惯了那些生活条件，而我却不会知道它们了，我已经不存在了。"

他望了望那排白桦树，黄的、绿的树叶一动不动，雪白的树皮在阳光下熠熠闪耀。"死，明天我被杀死，我就不存在了……这些东西都存在，可是我不存在了。"他生动地想象他不存在时生活中的情景。这些闪光和投出阴影的白桦树，这些曲卷的彩云，这些篝火的烟——他觉得周围一切都改了样子，似乎都变得可怕和吓人。他的脊背打了一阵寒战。他赶快站起来，走出棚屋，到外面去散步。

听见棚屋后面有人说话。

"谁在那儿？"安德烈公爵吆喝一声。

红鼻子上尉季莫欣，曾是多洛霍夫的连长，由于缺少军官，现在当了营长，他胆怯地走进棚屋。在他后面走进一个副官和团部的军需官。

安德烈公爵急忙站起来，听军官们向他报告公事，然后对他们作了一些指示，正要让他们走的时候，屋后传来熟悉的低语声。

"见鬼！"一个人被什么绊了一下，说。

安德烈公爵从棚屋里往外看，看见向他走来的皮埃尔，地上一根杆子几乎把他绊倒。安德烈公爵遇见他那个阶层的人，总觉得不愉快，特别怕见他，因为皮埃尔使他记起他前次莫斯科之行的痛苦时刻。

"噢哟，是你呀！"他说，"哪阵风把你刮来了？真想不到。"

在他讲这话时，他的眼神和脸上的表情不仅是冷淡，甚至是敌视，皮埃尔立刻察觉出这一点。他兴高采烈地向棚屋走去，但是，一见安德烈公爵脸上的表情，就觉得局促不安，不自在起来。

"我来……嗯……您知道……我来……我觉得很有趣，"皮埃尔说，他这一天已经多次无意识地重复"有趣"这个字眼，"我想看一看战斗。"

"是的,是的,共济会员们对战争有什么意见?怎样才能防止战争啊!"安德烈公爵讥讽地说。"莫斯科怎么样?我家里的人怎么样?他们终于都到莫斯科了吗?"他认真地问。

"他们都到了。是朱莉·德鲁别茨卡娅告诉我的。我去看过他们,但是没有遇见。他们到莫斯科近郊的庄园去了。"

二十五

军官们要告辞,但是安德烈公爵好像不愿意和他的朋友单独在一起,请他们坐一会儿,喝杯茶。板凳和茶都拿来了。军官们不无惊奇地望着皮埃尔肥胖庞大的身躯,听他讲莫斯科的情形,讲他在巡视中见到的我军的部署。安德烈公爵沉默不语,他的神情是那么不愉快,弄得皮埃尔在讲话时不得不更多地对着和善的营长季莫欣,而较少地对着博尔孔斯基。

"那么整个军队的部署你都清楚了?"安德烈公爵打断他的话。

"是的,怎么?"皮埃尔说,"我不是军人,不敢说全弄懂了,但大体的部署总算弄清楚了。"

"哪里,你比谁都知道得多。"安德烈公爵说。

"是吗!"皮埃尔狐疑地说,从眼镜上方看安德烈公爵。"您对任命库图佐夫有什么看法?"他说。

"我对这个任命非常高兴,我所知道的就是这些。"安德烈公爵说。

"请您谈谈您对巴克莱·德·托利有什么意见?在莫斯科天知道人家都怎样谈论他。您觉得他怎样?"

"你问他们。"安德烈公爵指着军官们说。

皮埃尔带着虚心请教的微笑望着季莫欣,大家全都带着同样的微笑看他。

"自从勋座阁下上任以来，大人，大家又看见光明①了。"季莫欣说，他怯生生地不时看看他的团长。

"那是为什么呢？"皮埃尔问。

"就比如柴火或者饲料吧，我向您报告。我们从斯文齐亚内撤退时，连一根树枝、一根干草或者什么的，都不敢动。我们走后，他②得了，不是这样吗，大人？"他对公爵说，"你可不能动。为了这种事，我们团有两名军官被送交军事法庭了。可是勋座阁下来了，这类事就不算回事了。我们看见光明了……"

"那么他为什么禁止呢？"

季莫欣不好意思地向周围望了望，对这个问题不知如何回答。皮埃尔又向安德烈公爵问这个问题。

"为了使地方不遭到破坏，好留给敌人受用，"安德烈公爵刻薄地挖苦说，"理由很充分：不许抢劫地方，不让士兵养成抢劫的习惯。在斯摩棱斯克他的判断也正确，他说法国人可能包围我们，因为他们的兵力比我们强。但是他不能明白一个事实，"安德烈公爵忽然用脱口而出的尖厉的声音喊道，"他不能明白，我们在那儿第一次为俄罗斯土地而战斗，我在军队中从来没有见过那样高昂的士气，我们一连两昼夜打退了法国人，这一胜利使我们的力气增加十倍。他命令撤退，所有的努力和损失都白费了。他不是内奸，他努力把一切都做得尽可能地好，把一切都考虑得尽可能周到；但是正因为这样，他是不中用的。他现在不中用，正是由于他像每一个德国人一样，对于每件事都认真而精细地考虑。怎么对你说呢……譬如说吧，你父亲有一个德国仆人，他是一个顶好的仆

---

① 这里是双关语，俄语"勋座"一词的字根是"光明"。
② "他"指拿破仑。

人,比你更能满足你父亲的一切要求,当然让他干下去;但是假如你父亲病得要死了,你就把这个仆人撵了,你亲自笨手笨脚伺候你父亲,你比那个熟练的、然而却是一个外国的仆人,更能安慰他。巴克莱就是这样。当俄国平安无事的时候,一个外国人可以服侍它,他是一个顶好的大臣,可是一旦它处在生死存亡的关头,就需要自家的亲人了。而你们俱乐部的人却胡诌说他是内奸!诽谤他是内奸,到后来只能为你们错误的非难而羞愧,忽然由内奸捧为英雄和天才,那就更不公道了。他是一个诚实的、非常认真的德国人……"

"可是,听说他是一个精明的统帅呢。"皮埃尔说。

"我不懂什么是精明的统帅。"安德烈公爵嘲笑地说。

"精明的统帅,"皮埃尔说,"他能预见一切偶然的事件……他能猜到敌人的意图。"

"但这是不可能的。"安德烈公爵说,仿佛在说一个早已解决了的问题。

皮埃尔惊奇地看了看他。

"不过,"他说,"大家都说,战争就像下棋。"

"是的,"安德烈公爵说,"不过有点区别,下棋每走一步,你可以随便想多久,下棋不受时间的限制,另外还有一点区别,那就是马永远比卒子强,两个卒子比一个卒子强,而在战争中,一个营有时比一个师还强,也有时反倒不如一个连。任何人都弄不清军队的相对力量。相信我,"他说,"如果说参谋部的部署具有决定性的作用,那么,我就在那儿从事部署工作了,但是我没有那样做,而荣幸地到这儿,到团里服务,和这些先生们共事,我认为明天的战斗确实取决于我们,而不是取决于他们……胜利从来不取决于将来,也不取决于阵地,也不取决于武装,甚至不取决于数量;特别是不取决于阵地。"

"那么取决于什么呢?"

"取决于士气——我的,他的,"他指着季莫欣说,"以及每个士兵的士气。"

安德烈公爵向季莫欣看了一眼,季莫欣惊恐地、困惑不解地望着他的团长。安德烈公爵一反他那平时矜持的沉默寡言,现在似乎激动起来。他显然忍不住要说出意外地来到他的脑际的那些思想。

"谁下定决心去争取胜利,谁就能胜利。为什么奥斯特利茨战役我们吃了败仗?我们的损失几乎和法国人一样,但是我们过早地认输了——所以就败了。而我们所以认输,因为我们无须在那儿战斗:一心想快点撤离战场。'打败了——赶快逃跑吧!'于是我们逃跑了。假若直到明天我们都不说这话,那么,天知道会是怎样的情况。明天我们就不会说这话了。你说:我们的阵地,左翼太弱,右翼拉得太长,"他继续说,"这全是扯淡,完全不是这回事。明天我们面临着什么?千百万个形形色色的偶然事件在瞬息之间就决定了胜负,这要看:是我们还是他们逃跑或者将要逃跑,是这个人被打死,或者那个人被打死;至于现在所做的一切,全是儿戏。问题是,和你一起巡视阵地的那些人,不仅对促进整个战役的进展不会有所帮助;而且只有妨碍。他们只关心自己的小小的利益。"

"在这关键的时刻吗?"皮埃尔责备说。

"在这关键的时刻,"安德烈公爵重复了一句,"对他们来说,这个时刻不过是能够暗害敌手和多得一个十字勋章和绶带的机会罢了。明天对我来说,那就是:十万俄国军队和十万法国军队聚在一起互相厮杀,事实是,这二十万人在厮杀的时候,谁打得最凶,不惜牺牲,谁就会战胜。你想知道的话,我可以告诉你,不管那儿出现什么情况,也不管上层是如何妨碍,明天我们一定胜利。明天不管那儿怎样,我们一定胜利!"

"大人,这就是真理,千真万确的真理,"季莫欣说,"现在还有什么人怕死!我那营的兵,您信不信,都不喝酒了:他们说,不是喝酒的时候。"大家沉默了一会儿。

军官们站起来。安德烈公爵同他们走出棚屋,对副官发出了最后一些命令。军官们走后,皮埃尔走近安德烈公爵,正要开口讲话,他们听见离棚屋不远的路上有马蹄的声音,安德烈公爵往那边一看,认出是沃尔佐根和克劳塞维兹①,一个哥萨克跟随着。他们一边谈话,一边走近来,皮埃尔和安德烈公爵无意中听到以下的几句话:

"战争应当移到广阔的地带,这个意见我十分赞赏。②"其中一个说。

"噢,是的,"另一个说,"目的在于削弱敌人,不应计较个人的得失。③"

"噢,是的。"第一个同意说。

"是的,移到广阔地带④,"当他们走过后,安德烈公爵怒冲冲地哼了一声,"留在童山的我的父亲、儿子、妹妹,就在那广阔地带。这对他无所谓。刚才我不是对你说来着——这些德国先生们明天不是去打赢这场战斗,而是尽其所能去搞破坏,因为德国人的头脑中只有连一个空蛋壳都不值的空洞理论,而他们心里就是缺少明天所必需的东西,也就是季莫欣所有的那种东西。他们把整个欧洲都奉送给他了,现在来教训我们——真是好教师啊!"他又发出一声尖厉的喊叫。

"那么,您认为明天这一仗能打胜吗?"皮埃尔说。

"是的,是的。"安德烈公爵漫不经心地说。"如果我有权的

---

① 克劳塞维兹(1780—1831),德国军事理论家,著有《战争论》一书。一八一二年他在俄国军队中担任普弗尔的副官。

②③④ 原文为德语。

话，我要做一件事，"他又开口说，"我不收容俘虏。俘虏是什么东西呢？是一些骑士。法国人毁掉我的家园，现在又在毁掉莫斯科，他们每分钟都在侮辱我，现在还在侮辱我。他们是我的敌人，在我看来，他们全是罪犯。季莫欣以及全军都有同样的看法。应该把他们处死！他们既然是我的敌人，就不能成为我的朋友，不管他们在蒂尔西特是怎样谈判的。"

"是的，是的，"皮埃尔眼睛闪着亮光，望着安德烈公爵，说，"我完全、完全同意您的意见！"

从莫扎伊斯克山下来这一整天使皮埃尔不安的那个问题，现在他觉得十分清楚了，完全解决了。他懂得了这场战争和当前的战役的全部意义和重要性。他在那天见到的一切，他所看见的那些大有深意的严肃的表情，被一种新的光辉照亮了。他懂得了物理学所说的潜在的热，他看见那些人脸上都有这种潜在的爱国热，这使他明白了那些人为什么那样从容地、仿佛满不在乎似的去死。

"不收容俘虏，"安德烈公爵继续说，"单这一条就能使战争改观，减少一点战争的残酷性。因而现在我们在战争中所奉行的——简直令人作呕，诸如宽大为怀之类。这种宽大和同情——类似千金小姐的宽大和同情，她一看见被宰杀的牛犊就晕倒；她是那么慈善，见不得血，但是她却津津有味地蘸着酱油吃小牛肉。我们谈论什么战争法，骑士精神，军使的责任，对不幸者的怜悯，等等。全是废话。一八〇五年我领教过什么叫骑士精神和军使的责任：他们欺骗我们，我们也欺骗他们。他们抢劫人家的住宅，发假钞票，最坏的屠杀我的孩子们和我的父亲，同时大谈什么战争的规律和对敌人的宽大。不收容俘虏，而是屠杀和赴死！谁要是到我这个地步，遭受过同样的痛苦……"

安德烈公爵想过，莫斯科不论失守与否，就像斯摩棱斯克已经失守一样，对于他都无所谓，可是突然间，他的喉咙意外地痉挛起

来,停住不说了。他默默地来回走了几趟,他的眼睛像发热病似的闪闪发光,当他又说起话时,嘴唇哆嗦着:

"如果战争没有宽大,那么我们就只有在值得赴死的时候,就像现在这样,才去打仗了。那时,就不会因为保罗·伊万诺维奇得罪了米哈伊尔·伊万诺维奇而开战了。只有像现在这次战争,才算是战争。那时,军队的紧张程度就不会像现在这样。那时,拿破仑所率领的这些威斯特法利亚人和黑森人①就不会跟随他到俄国来了,我们也不会莫名其妙地到奥国和普鲁士去打仗了。战争不是请客吃饭,而是生活中最丑恶的事情,应当了解这一点,不要把战争当儿戏。要严肃认真地对待这一可怕的必然性。这就在于:去掉谎言,战争就是战争,而不是儿戏。不然,战争就成为懒汉与轻浮之辈喜爱的消遣了⋯⋯军人是最受尊敬的阶层。但是什么是战争呢?怎样才能打胜仗?军界的风气是怎样的?战争的目的是杀人,战争的手段是间谍,叛变,对叛变的鼓励,蹂躏居民,为了军队的给养抢劫他们或者盗窃他们;欺骗和说谎被称为军事的计谋。军人阶层的风尚是没有自由,也就是说,守纪律,懒惰,愚昧无知,残忍成性,荒淫和酗酒。虽然如此,军人却是人人都尊敬的最高阶层。所有帝王,只有中国例外,都穿军服,而且谁杀人最多,谁就得到高级奖赏⋯⋯就像明天那样,人们凑在一起互相屠杀,有好几万人被杀死和被打成残废,然后为了杀死许多人(甚至夸大伤亡的数字)举行感恩祈祷,宣布胜利,认为杀人越多,功劳就越大。上帝怎样从天上看他们、听他们啊!"安德烈公爵喊道,声音又尖又细。"啊,我的好朋友,近来我太难过了,我发现我懂得太多了。人不能吃那可以分辨善恶的果子②⋯⋯唉,日子不长了!"他又说。

---

① 威斯特法利亚人是德国西部北莱茵-威斯特法伦州居民,一八〇七至一八一五年,拿破仑在此建立王国。黑森人是德国西南部黑森州居民。

② 故事见《圣经·旧约·创世记》第二章。

"不过,你该休息了,我也该睡了,你快回戈尔基吧。"安德烈公爵突然说。

"噢,不!"皮埃尔回答说,用吃惊、同情的目光望着安德烈公爵。

"走吧,走吧:战斗前必须睡个好觉。"安德烈公爵重复说。他快步走到皮埃尔跟前,拥抱他,吻他。"再见,你走吧,"他喊道,"我们会不会再见,不会……"他连忙转身走进棚屋。

天已经黑了,皮埃尔看不清安德烈公爵脸上的表情是凶恶还是温柔。

皮埃尔默默地站了一会儿,考虑他是跟他进去还是回去。"不,他不愿意我再进去!"皮埃尔在心里自问自答,"我知道,这是我们最后一次见面了。"他深深叹口气,就骑马回戈尔基去了。

安德烈公爵回到棚屋里,躺在毯子上,怎么也睡不着。

他闭上眼。一幅幅图画在他脑际轮番地出现。他长久地、欢快地停留在一幅图画上。他生动地想起在彼得堡的一个晚上。娜塔莎带着兴高采烈的兴奋神情,对他讲去年夏天她去采蘑菇时,在大森林里迷了路。她不连贯地向他描述森林的幽深、她当时的心情,以及和一个她遇见的养蜂人的谈话,她时时中断她的讲述,说:"不,我不会说,我说得不对;不,您不了解。"虽然安德烈公爵抚慰她,说他了解,而且也的确了解她要说的一切。娜塔莎不满意自己说的——她觉得,那天所感受的,她要倾诉的那种诗意的激情没有表达出来。"那个老人是那么好,森林里是那么黑……他是那么慈善……不,我不会讲。"她红着脸,激动地说。安德烈公爵当时望着她的眼睛微笑着,现在也同样快活地面带笑容。"我了解她,"安德烈公爵想道,"不仅了解,而且我爱她那内在的精神力量,她那真诚,她那由衷的坦率爽直,她那仿佛和肉体融为一体的灵魂……正是她这个灵魂,我爱得如此强烈,如此幸福……"他突然想起他的爱情是怎样结束的,"他丝毫不需要这些东西,他完全看不见也不了解这些东西。他只看到她是一个好看的、娇艳的小姑娘,他不屑于同她共命运。而我呢?直到现在他还活着,而且过得很快活。"

安德烈公爵仿佛被人烧了一下似的,跳起来,又在棚屋里走来走去。

二十六

八月二十五日,波罗金诺战役的前夜,法国皇宫长官德波塞先生和法布维埃上校前来拿破仑在瓦卢耶瓦的驻地觐见他们的皇帝,前者从巴黎来,后者从马德里来。

德波塞先生换上朝服,吩咐把他带给皇帝的礼盒在他前面抬着,走进拿破仑的帐篷的头一个房间,他一面同他周围的拿破仑的副官谈话,一面打开礼盒。

法布维埃没进帐篷,留在帐篷门口跟他认识的将军们谈话。

拿破仑皇帝还没有从他的卧室出来,正在结束他的化装。他哼哧着鼻子,清清嗓子,时而转过他那肥厚的背脊,时而转过多毛的肥胖的胸脯,让近侍刷他的身体。另一个近侍用大拇指按住瓶口,正向皇帝那保养得很好的身上洒香水,近侍的神情好像说,只有他一个人知道应当在什么地方洒和洒多少香水。拿破仑的短发是湿的,散乱在前额上。他的脸虽然浮肿而且焦黄,却表现出生理上的满足:"再来,使点劲刷……"他蜷缩着身子,发出哼哼哑哑的声音,不时对那个正给他刷身子的近侍轻声说。一个副官走进卧室,向皇帝报告昨天的战斗抓了多少俘虏,他报告完后,就站在门旁,等候让他退出去。拿破仑皱着眉头,翻眼看了看副官。

"没有俘虏,"他重复副官的话,"他们逼我歼灭他们。这对俄军更坏。"他说。"再来,再用点劲。"他一面说,一面躬着背,移近他那肥胖的肩膀给人刷。

"好了! 让德波塞进来,法布维埃也进来。"他对那个副官点点头,说。

"是,陛下。"那个副官走出了帐篷。

两个近侍连忙给陛下穿好衣服,于是他穿着近卫军的蓝制服,迈着坚定而快速的步子,走进接待室。

这时德波塞两只手正忙着把他带来的皇后的礼物安放在正对着皇帝进门地方的两把椅子上。不料皇帝这么快就穿好了衣裳走了出来,以致来不及完全布置好这一惊人的场面。

拿破仑立刻看出他们在做什么,并且猜出他们还没有做好。他不愿他们失掉使他吃惊的快乐。他装作没看见德波塞先生,只把法布维埃叫过来。拿破仑严厉地皱着眉头,默默地听法布维埃讲述他的军队在欧洲的另一端萨拉曼卡作战如何勇敢和忠诚,只想不辜负他们的皇帝,唯恐不能讨他欢心。那场战争的结果是可悲的。拿破仑在法布维埃报告中间插了几句讽刺的话,好像没有他在那儿,他并不期望事情会有别样的结果。

"我一定在莫斯科挽回影响。"拿破仑说。"再见。"他又说,把德波塞叫来,德波塞这时已经布置好令人吃惊的场面——把那件东西放在两把椅子上,上面覆盖一块布。

德波塞用那只有波旁王朝的旧臣才懂得的礼节,深施一礼,走向前去递上一封信。

拿破仑愉快地接见他,揪了揪他的耳朵。

"您赶来了,我非常高兴。巴黎有什么议论吗?"他说,突然改变了刚才那副严厉的表情,换了一副和蔼的样子。

"陛下,全巴黎都在想念您呢。"德波塞照例这样回答。虽然拿破仑知道德波塞一定要说这一类的话,虽然他在头脑清楚的时候知道这是不真实的,但是他听了德波塞的话仍然觉得愉快。他又揪揪他的耳朵以示赏赐。

"让您走这么远,很抱歉。"他说。

"陛下! 我完全料到会在莫斯科城下见到您。"德波塞说。

拿破仑微笑了一下,漫不经心地抬头向右边看了看。副官迈着滑行的步子走过来,递给他一个金质的鼻烟壶。拿破仑拿起它。

"是的,您来得巧,"他说,把打开的鼻烟壶移近鼻子,"您爱旅行,三天后您就可以观光莫斯科了。您大概没料到会看见亚洲的首府。您可以作一次愉快的旅行了。"

德波塞鞠了一躬,表示感谢对他爱好旅行的关心(他自己也不知道他有旅行的爱好)。

"啊! 这是什么?"拿破仑说,他看见所有的朝臣都在看一件用布覆盖着的东西。德波塞以其宫廷式的灵巧,不把背转向皇帝,侧着身子倒退两步,同时揭开那块布,说:

"皇后献给陛下的礼物。"

这是日拉尔①用鲜明的色彩画的一幅孩子的肖像,这是奥国公主为拿破仑生的儿子,不知为什么人们都管这个孩子叫罗马王。

这个非常俊秀、鬈发、眼睛具有西斯廷圣母像中基督的神情的孩子,正在玩一个球。球代表地球,另一只手中的小棒代表权杖。

虽然对画家画这个所谓罗马王用小棍捅地球要表现什么不十分了解,但其寓意,不论是在巴黎看见这幅画的所有的人,还是拿破仑本人,都是清楚的,而且非常称心。

"罗马王,"他用优美的手势指着画像,说,"好极了!"他走到

---

① 日拉尔·弗朗索瓦(1770—1837),法国古典主义运动后期著名画家,肖像画家,曾为鲁卡米埃夫人画像。

肖像跟前，以意大利人特有的可以随意变换表情的本领，做出含情沉思的神态。他觉得，他现在一言一行都将成为历史。他觉得他现在最好的做法就是，虽然他的伟大足以使他的儿子玩耍地球，但是，与这伟大相对照，他表现了父性的慈爱。他的眼睛模糊了，他向前移了移，回头看一把椅子（那把椅子好像自动跳到他的身下），于是在肖像前面坐下。他打了个手势——于是所有的人都踮着脚尖走出去，让这位大人物独自在那儿享受。

他坐了一会儿，自己也不知为什么，用手摸了摸画像凸起发亮的地方，他站起来，又把德波塞和值日官叫来。他命令把肖像移到帐篷前面，让那些在他帐篷附近守卫的老近卫军也有观赏罗马王——他们所崇拜的皇帝的儿子和继承人的幸福。

果然不出他所料，在他赏赐德波塞先生以光荣——和他共进早餐的时候，听到帐篷外面那些跑来看画像的老近卫军官兵的欢呼声。

"皇帝万岁！罗马王万岁！皇帝万岁！"传来一片欢呼声。

早餐后，拿破仑当着德波塞的面口授他给军队发布的命令。

"简短而有力！"拿破仑在读完他那无须加以修改的告示时说。告示如下：

"战士们！这是你们久已盼望的战斗。胜利寄托在你们身上。我们一定要取得胜利；胜利能给我们一切需要的东西：舒适的住宅，早日返回祖国。希望你们要像在奥斯特利茨、弗里德兰、维捷布斯克和斯摩棱斯克那样战斗。让我们子孙后代自豪地回忆你们今天的丰功伟绩。让他们每个人在提到你们的时候都说：他参加过莫斯科城下大战！"

"莫斯科城下！"拿破仑重复说，然后邀请爱旅行的德波塞先生去散步，他走出帐篷，向备好的马走去。

"您太仁慈了，陛下。"德波塞在应邀陪皇帝去散步时，说，其实他很想睡觉,而且他不会骑马,也怕骑马。

　　但是拿破仑向这位旅行家点头示意,于是德波塞只得骑马。当拿破仑走出帐篷时,近卫军在他儿子的画像前的喊声更高了。拿破仑皱起眉头。

　　"把它拿开吧,"他用优美庄严的姿势指着画像说,"参观战场在他还太早。"

　　德波塞闭上眼睛,低下头,深深叹息了一声,用这来表示他对皇帝的话完全领会和了解。

二十七

　　八月二十五日这一整天,正如拿破仑的史学家所说,拿破仑是在马上度过的:他观察地形,研究他的元帅们递上来的计划,亲自给将军们发布命令。

　　俄军原先沿着科洛恰河的战线被突破了,这部分战线——俄军的左翼,由于二十四日舍瓦尔金诺多面堡的失守,向后撤了。这部分新的战线没设防御工事,也无河可守,它面对一片广阔的平原。不论是军人还是非军人都一目了然,法国人正是应当进攻这部分战线。对于这个问题,似乎无须多加考虑,也无须皇帝和他的将军们那么操心和奔忙,尤其无须特别突出的能力——也就是人们喜欢加在拿破仑身上的所谓天才;但是后来描述这一事件的史学家们,当时在拿破仑身边的人们,以及拿破仑本人,却另有想法。

　　拿破仑骑着马在战场上巡视,带着深思熟虑的神情观察地形,他点点头或者摇摇头,以表示同意或者怀疑,他只是把最后的结论以命令的形式传达给跟随他左右的将军们,但他作出这些决定经过什么深谋远虑的指导思想,却不对他们讲。拿破仑听了那个被称为埃克米尔公爵的达乌①关于迂回俄军左翼的建议后,说不需要那样做,但是不说明为什么不需要。康庞将军(他负责进攻凸角堡)要率领他那一师穿过树林,拿破仑对这个建议表示同意,虽然那个所谓埃尔欣根公爵内伊②斗胆指出,在树林里行动是危险的,可能弄乱全师的队形。

拿破仑观察过舍瓦尔金诺多面堡对面的地形之后,思索了一会儿,指出要在明天天亮以前布置两个炮兵阵地的地点,以攻打俄军的防御工事,又指出与炮兵阵地并列的地点安置野战炮。

他发出这些以及别的命令之后,就回到大本营,按照他的口授写下了战斗部署。

曾为法国史学家得意洋洋和别的史学家满怀敬意叙述的战斗部署如下:

"在埃克米尔公爵据守的平原上夜间新建的两个炮兵阵地,拂晓要向对面两个敌人的炮兵阵地开火。

同时,第一团炮队司令佩尔涅提将军,率领康庞的三十尊大炮以及德塞和弗里昂两师的全部榴弹炮,向前推进,开火,用榴弹压倒敌人的炮兵阵地,参加战斗的有:

　　　　二十四尊近卫军炮队的炮

　　　　三十尊康庞师的炮

　　　　<u>八尊弗里昂和德塞两师的炮</u>

　　　　共计六十二尊炮。

第三兵团炮兵司令富歇将军要把第三、第八兵团的榴弹炮,共计十六尊,安置在担任轰击敌人左方工事的炮兵阵地两侧,此处共

① 路易·达乌(1770—1823),法国元帅,曾在一八〇五年奥斯特利茨战役和一八〇六年奥尔施泰特战役建立功勋。
② 米歇尔·内伊(1769—1815),法国元帅,拿破仑一世最亲密的战友之一。一八一二年法国军队从俄国撤退时,负责法军后卫部队的指挥。

有炮四十尊。

索尔比埃将军应做好准备，一接到命令，立即用近卫军的全部榴弹炮轰击敌人的任何一处防御工事。

在炮击中间，波尼亚托夫斯基公爵直趋那个村子，通过树林迂回敌人的阵地。

康庞将军通过树林夺取第一个堡垒。

照此进入战斗后，将视敌人行动随时发布命令。

一听见右翼炮声，左翼立即开始炮击。莫朗师和总督①师的狙击兵，一见右翼开始进攻，立即猛烈开火。

总督要占领那个村子②，然后越过三座桥，协同莫朗和热拉尔两师直趋高地，总督率领这两个师进攻多面堡，并与其他部队进入战斗。

这一切都要有条不紊地完成（一切要按次序和方案进行），尽可能保留后备部队。

莫扎伊斯克附近御营，一八一二年九月六日③。"

假如我们对拿破仑天才不抱有宗教的敬畏来看这些命令的话，那么，战斗部署是极端模糊和混乱的，它包括四点，即四项命令。这四项命令没有一项是能够实现的，实际上也没有实现。

这个部署的第一项说：在拿破仑所选定的地点上的炮队，连同与其并列的佩尔涅提和富歇的大炮，共计一百零二尊，对俄国的凸角堡和多面堡开火并发射榴弹。这是办不到的，因为在拿破仑所指定的地点，炮弹射不到俄国的工事，除非就近的司令官违反拿破仑的命令把大炮向前移动，不然那一百零二尊大炮只能放空了。

第二项命令是，波尼亚托夫斯基通过树林向那个村子进军，迂

---

① 总督指缪拉，拿破仑已经封他为那不勒斯王。

② 指波罗金诺。——作者注

③ 此处的日期是公历，相当俄国旧历八月二十五日。

回俄军的左翼。这是不可能的,实际上也没有做到,因为波尼亚托夫斯基在向那个村子进军的时候,在那儿遭遇图奇科夫的阻击,不可能也未曾迂回俄国的阵地。

第三项命令:康庞将军通过树林夺取第一座堡垒。康庞那一师并没占领第一座堡垒,因为从树林里一出来,该师不得不在拿破仑意想不到的霰弹下面整理队伍。

第四项:总督要占领那个村子(波罗金诺),然后越过三座桥,协同莫朗和热拉尔两师直趋高地(对他们的行动方向和时间并未发出指示),总督率领这两个师进攻多面堡,并与其他部队进入战斗。

只可能这样理解——不是由于这个复杂的句子含混不清,就是由于总督在执行他所接受的命令时另有企图——他从左方通过波罗金诺向多面堡进攻,而莫朗和弗里昂两师同时由正面进攻。

所有这一切以及部署中的其他各点,不曾也不可能执行。总督越过波罗金诺,在科洛恰被打退了,不能再前进了;多面堡没有被莫朗和弗里昂两师占领,只是在战斗快结束的时候才被骑兵攻下(拿破仑大概未料到也未听到)。这么一来,部署中的那些命令没有一项是被执行了的,也不可能被执行。部署中又说,战斗照这样开始后,将按照敌人的行动随时发布命令,因此,好像是在战斗时,拿破仑将发出一切必要的命令;但实际并非如此,也不可能做到,因为在战斗时拿破仑离战场很远,战斗的过程他不可能知道(这在后来才知道的)他的命令没有一项是在战斗中切实可行的。

二十八

许多史学家说,波罗金诺战役法国人没有打赢是因为拿破仑感冒了,如果他没有感冒,在战斗之前和在战斗期间他的作战命令一定更加有天才,俄国一定失败,而世界的面貌也就会改变了。一些史学家认为,俄国的缔造是由于一个人的意志——彼得大帝的意志,法国由共和变为帝制,法国的军队开进俄国,也是由于一个人的意志——拿破仑的意志,俄国所以强盛,是因为拿破仑在八月二十六日患了重感冒,这些论断在一些史学家看来无疑是合乎逻辑的。

假如波罗金诺战役的发动或者不发动取决于拿破仑的意志,发出这个或者那个命令也取决于他的意志,那么,显然能够影响他表现意志的伤风感冒可能是俄国得救的原因,因此,那个在二十四日忘记给拿破仑防水靴子的侍仆也就是俄国的救星了。用这种思路得出的结论是无可怀疑的,正如伏尔泰开玩笑(他自己也不知嘲笑什么)说,巴托洛缪之夜①是由于查理九世肠胃失调引起的,这个结论同样是无可怀疑的。但是有人不认为俄国的缔造只凭彼得大帝一个人的意志,法兰西帝国的形成以及同俄国的战争也不是由于拿破仑一个人的意志,在这些人看来,这个结论不仅是不正确的,不合理的,而且与整个人类的现实生活相矛盾。关于形成历史事件的原因这个问题的另一答案是,人间的事件过程是上天注定的,它取决于参加这些事件的人们的任意行动的巧合,拿破仑之类的人物对事件过程的影响,不过是表面的,虚假的。

有一种看法乍一看很奇怪,那就是巴托洛缪之夜的屠杀,虽然发命令的是查理九世,但不是按照他的意志发生的,他不过觉得是他命令这样做的;波罗金诺八万人的大屠杀也不是按照拿破仑的意志发生的(虽然开战和战斗在进行中的命令都是他发出的),他不过觉得命令是他下的罢了——不管这个看法多么奇怪,但是,人

---

① 巴托洛缪之夜指一五七二年八月二十四日的前夕,巴黎天主教对胡格诺教派的大屠杀。

的尊严告诉我，我们每一个人，作为一个人来说，纵然不比伟大的拿破仑强，无论如何不会比他差，人的尊严叫我们这样看问题，历史的研究也充分肯定了这个看法。

在波罗金诺战役中，拿破仑没有对任何人射击，也没有杀一个人。一切都是士兵做的。由此可见，杀人的不是他。

法军士兵在波罗金诺战役中屠杀俄国士兵，并不是由于拿破仑的命令，而是出于自愿。全部军队：法国人、意大利人、德国人、波兰人——他们饥肠辘辘、衣衫褴褛、在行军中累得筋疲力尽——看见阻碍他们去莫斯科的军队，他们就感到，瓶塞已打开，就得把酒喝掉。假若拿破仑当时禁止他们和俄国人打仗，他们会把他杀死，然后去打俄国人，因为这是他们必须要做的。

当他们听到拿破仑在命令中晓谕他们，为了他们的阵亡和受伤，子孙后代会因为他们曾经在莫斯科城下战斗过而得到慰藉，他们就高呼："皇帝万岁！"正像他们一看见小孩用小棒捅地球的画像，就喊："皇帝万岁！"一样；也正如他们不论听到什么毫无意义的话就高呼："皇帝万岁！"一样。他们除了高呼"皇帝万岁！"和去打仗，以便在莫斯科以征服者的身份得到食物和休息以外，再没有什么事可做了。由此看来，他们残杀自己的同类并非由于拿破仑的命令。

在整个战斗过程发号施令的也不是拿破仑，因为他的战斗部署没有一条是付诸实行的，而且在战斗中间他不知道他前面的情况。因此，那些人互相残杀，并不是按照拿破仑的意志才发生的，而是不以他为转移，按照参加共同行动的几十万人的意志进行的。只不过拿破仑觉得，好像一切都是按照他的意志发生的。所以说，拿破仑伤风感冒，并不比一个最小的运输兵伤风感冒具有更大的历史意义。

一些作者又说，由于拿破仑感冒，他的部署和在战斗中的命令不像先前那么好,这完全不正确,正是这一点说明拿破仑八月二十六日的感冒没有什么意义。

以上所引的战斗部署一点也不比先前他打胜仗的所有战斗部署更差,甚至还要好些。那些在战斗中臆想的命令也并不比以前的更差,完全和以前的一样。这些部署和命令之所以好像比以前的差,那不过是因为波罗金诺战役是拿破仑第一次吃了败仗罢了。不论多么优秀卓绝、深思熟虑的部署和命令,只要按照它们打了败仗,就好像是非常糟的,每一个军事科学家都煞有介事地批评它们;不论多么糟的部署和命令,只要按照它们打赢了,就好像是非常好的,那些严肃认真的学者撰写卷帙浩繁的书籍论证它的优点。

魏罗特尔拟定的奥斯特利茨战役的部署,就是这类作品的完美典范,但是人们仍然指摘它,指摘它的完美,指摘它过分的烦琐。

拿破仑在波罗金诺战役中完成他作为权力代表者的任务并不比在其他战役中完成得差,甚至更好些。他并没有做出妨碍战斗进行的事情;他倾听比较合理的意见;他没有手忙脚乱,没有自相矛盾,没有惊慌失措,也没有从战场上逃跑,而是施展了他那巨大的节制能力和作战经验,镇静地和尊严地完成了他那貌似统帅的角色。

二十九

拿破仑在第二次细心地巡视了前线归来后,说:

"棋盘摆好了,比赛明天就开始了。"

他吩咐给他拿潘趣酒①,叫来德波塞,开始和他谈巴黎,谈他打算皇后的内侍官编制作某些改革,他对宫廷琐事记得那么清楚,

---

① 潘趣酒是一种果汁、香料、酒等混合的甜饮料。

使这位宫廷长官感到惊奇。

他关心琐事,嘲笑德波塞爱旅行的癖好,他随便闲谈,那神气就像一个著名的、自信的、内行的外科医生,他卷起袖子,围上围裙,病人已绑在手术床上:"事情全抓在我的手里和头脑里,它是清楚的,明确的。一着手干起来,谁也比不了我,现在我可以开开玩笑,我越是谈笑自若,你们就越有信心,越镇静,也就越对我的天才惊奇。"

喝完第二杯潘趣酒,拿破仑觉得明天有一桩严重的事情在等待着他,就休息去了。

他对面临的事情太关心了,以致无法入睡,虽然夜晚的潮湿更加重了他的感冒,凌晨三点钟,他大声擤着鼻子,走进帐篷的大房间。他问俄国人是否已经撤退,人们回答说,敌人的火光仍然在原来的地方。他赞许地点了点头。

值日副官走进帐篷。

"喂,拉普,你看咱们今天能打胜吗?"他问副官。

"毫无疑问,陛下。"拉普回答说。

拿破仑看了看他。

"陛下,您还记得您在斯摩棱斯克对我说过的话吗?瓶塞已经打开,就得把酒喝掉。"拉普说。

拿破仑皱起眉头,手支着头默默地坐了很久。

"可怜的军人!"他突然说,"自从斯摩棱斯克以来,大大地减少了。命运真是一个放荡的女人,拉普。我过去总是这么说,现在开始体验到了。但是近卫军,拉普,近卫军还完整吧?"他疑问地说。

"是的,陛下。"拉普回答。

拿破仑拿起一片药放到嘴里,看了看表。他不想睡了,离天亮还早;用发命令来消磨时间已经不行了,因为全部命令已经发出,现在正在执行了。

"面包干和米都发给近卫军了吗？"拿破仑严厉地问。

"是的，陛下。"

"可是米呢？"

拉普回答说，他已经传达了皇帝关于发米的命令，但是拿破仑不满意地摇摇头，好像不相信他的命令已被执行。仆人拿着潘趣酒进来。拿破仑吩咐给拉普一只杯子，然后默默地一口口饮他那一杯。

"我既没有味觉，也没有嗅觉，"他闻着杯子说，"这场伤风可把我害苦了。他们谈论医学。他们连伤风都治不了，还算什么医学？科维扎尔①给我这些药片，可是一点用也没有。他们能治什么？什么也治不了。我们的身体是一架活机器。身体是为了生命而构造的。让生命在身体里自由自在，别干预它，让它自己保护自己，它处理自身的事，比用药去妨害它要好得多。我们的身体就像钟表，它应当走一定的时间；钟表匠不能打开它，只能闭着眼睛瞎摸来修理它。我们的身体是一架活机器。如此而已。"他的话头一触及他喜爱的定义，他出乎意外地下了一个新的定义。"拉普，您知道什么是军事艺术吗？"他问，"这是在一定的时间比敌人强的艺术。如此而已。"

拉普什么也没有回答。

"明天我们要和库图佐夫打交道了！"拿破仑说，"等着瞧吧！您记得吧，他在布劳瑙指挥一支军队，一连三个星期他都没有骑马去视察工事。等着瞧吧！"

他看看表。才四点钟。没有睡意，酒也喝完了，仍然无事可做。他站起来，来回走了两趟，穿上暖和的外衣，戴上帽子，走出了

---

① 科维扎尔是拿破仑的御医。

帐篷。夜又黑又潮;刚刚能感觉到的湿露从天上降下来。近处法国近卫军的篝火着得不亮,远处沿着俄国的阵线篝火透过烟雾闪着亮光。到处都是静悄悄的,清楚地听见法国军队已经开始进入阵地的沙沙声和脚步声。

拿破仑在帐篷前面走了走,看了看火光,细听一下脚步声,他从一个高个子的卫兵面前走过,这个戴着毛皮帽的卫兵在他的帐篷前站岗,他一看见皇帝就把身子挺得像一根黑柱子,拿破仑在他面前站住了。

"你是哪年入伍的?"他问,他对士兵说话时,总是装腔作势,爱用既粗鲁又和气的军人口吻。那个士兵回答了他。

"啊! 是一个老兵了! 你们团里领到米了吗?"

"领到了,陛下。"

拿破仑点点头,就走开了。

五点半钟,拿破仑骑着马到舍瓦尔金诺村。

天渐渐亮了,万里晴空,只有一片乌云悬在东方。被遗弃的篝火在晨光熹微中快燃尽了。

右方响起一声沉重的炮击,炮弹划破寂静,然后消失了。过了几分钟。响起第二、第三声炮击,震荡着空气;从右方不远的地方,庄严地响起第四、第五声炮击。

最初的炮击声还没有落音,别的炮击就打响了,接二连三,争先恐后,众炮齐发,响成一片。

拿破仑带着随从来到舍瓦尔金诺多面堡,下了马。棋赛开始了。

三十

皮埃尔从安德烈公爵那儿回到戈尔基,命令马夫把马备好,明天一早叫醒他,然后就在鲍里斯让给他的间壁的一个角落里睡着了。

第二天早晨,当皮埃尔完全醒来的时候,屋里已经没有人了。小窗户的玻璃震得颤动着。马夫站在床前推他。

"大人,大人,大人……"马夫眼睛不看皮埃尔,一个劲儿推他的肩膀,一面推,一面呼唤,显然他已失去叫醒他的希望。

"什么?开始了吗?到时候啦?"皮埃尔醒来说。

"您听听炮声,"这个退伍的士兵——马夫说,"老爷们全出动了,勋座也走过去了。"

皮埃尔连忙穿上衣服,跑到门廊上。外面天气晴朗,空气新鲜,露珠儿闪光,令人感到愉快。太阳刚从乌云里挣脱出来,被破碎的乌云遮成两半的光线越过对面街上的屋顶,射到渗着露水的大路尘土上,射到房屋的墙上,射到围墙上的窗眼上和站在屋旁的皮埃尔的马身上。外面的炮声听得更清楚了。一个副官带着一名哥萨克在街上驰过。

"到时候了,伯爵,到时候了!"副官喊道。

皮埃尔吩咐马夫牵着马跟他走,他沿着街步行到他昨天观看战场的那个土岗上。土岗上有一群军人,可以听见参谋人员用法语谈话,看见库图佐夫戴着红箍白帽的、白发苍苍的脑袋和他那缩进两肩之间的白发的后脑勺。库图佐夫用望远镜瞭望前面的大路。

皮埃尔沿着阶梯登上土岗,他一看面前的美景,就陶醉了。这仍然是他昨天在这山岗上看见的景致;但是现在这一带地方满山遍野都是军队、枪炮的硝烟,从皮埃尔左后方升起的明亮的太阳的斜晖,在早晨洁净的空气中把它那略带金黄色和玫瑰色的亮光和长长的黑影投射到地面上。风景尽头的远方树林,宛如一块雕刻的黄绿宝石,在天际呈现着错落有致的黑色树巅,在树林中间,瓦卢耶瓦村后面,斯摩棱斯克大道从那里穿过,大道上全是军队。近处是金黄色的田野和小树林在闪光。前后左右,到处都是军队。所有这一切都是生机勃勃,庄严壮丽,而且出人意料;但是,最使皮埃尔吃惊的是,这就是波罗金诺和科洛恰河两岸平川地带战场的景象。

在科洛恰河上面,在波罗金诺村和村的两边,特别是左边,也就是在沃伊纳河在沼泽地带的河岸流入科洛恰河的地方,弥漫着晨雾,雾在融化,消散,被刚升起的明亮的太阳照得透明,雾中一切可以看见的景物神奇地变得五彩缤纷,勾勒出清晰的轮廓。枪炮的硝烟和雾混在一起,在烟雾里,到处闪烁着早晨的亮光——时而在水面上,时而在露珠上,时而在河两岸和在波罗金诺聚集着的军队的刺刀上。透过烟雾可以看见白色的教堂,波罗金诺农舍的屋顶,密集的士兵,绿色的子弹箱和大炮。所有这一切都仿佛在浮动,或者好像在浮动,因为在这一带整个空间都弥漫着烟和雾。在雾气腾腾的波罗金诺附近的洼地上,以及在它以外的高地上,特别是在战线的左方,在树林、田野、洼地、高地的顶端,仿佛无中生有似的不断地腾起大炮的团团浓烟,有时单个出现,有时成群出现,有时稀疏,有时稠密,这一带到处可以看见烟团膨胀开来,茂盛起来,汹涌地滚动,混成一片。

说来奇怪,这些硝烟和射击的声音,构成了眼前景色的主要的美。

噗!——突然现出圆的、浓密的、淡紫的、灰色的和乳白色的烟,砰!——过了一秒钟,发出了这股烟的声音。

噗——噗——升起两团烟,它们互相碰撞着,混合着;砰——砰——两声炮响证实了眼前看见的东西。

皮埃尔转脸再看那原先像一个浓密的圆球,它在原地已经变成好几个球向一旁飘动,噗……(停了一会儿),噗–噗——又升起三个,四个,对这每个声音,间隔同样的时间,应和着悦耳的、坚定的、准确的响声——砰……砰–砰–砰! 这些烟仿佛在奔跑,又仿佛停在原地,而那些树林、田野和闪光的刺刀正从它下面跑过去。从左方,在田野和矮林那儿,不断地涌出大堆的浓烟,伴随着庄严的炮声,在较近的地方,在洼地和树林那儿,步枪发射出小的、还来不及变成圆球的烟,同样伴随着小的响声。特拉–哒–哒–哒——步枪的声音虽然频繁,但比起炮击的声音,又乱又弱。

皮埃尔很想到那有烟、有闪光的刺刀和大炮,有活动,有声音的地方去。他转脸看了看库图佐夫和他的侍从,拿他的印象来和别人的印象印证一下。他觉得大家和他一样,都怀着同样的心情望着前面的战场。所有的脸上这时都焕发着那种感情的潜热,那潜热是他昨天见到的以及他同安德烈公爵谈过话后所完全理解的。

"去吧,亲爱的朋友,去吧,愿基督与你同在。"库图佐夫一面对站在他身旁的将军说,一面眼睛不离开战场。

那个将军领了命令之后,就从皮埃尔面前走过,下了山岗。

"到渡口去!"将军冷淡地、严厉地回答一个参谋人员的问话。

"我也去,我也去。"皮埃尔心里想,就追随那个将军去了。

那个将军跨上哥萨克给他带过来的马。皮埃尔走到给他牵马的马夫那儿。皮埃尔问过哪匹马比较驯良,就往一匹马身上爬,他抓住马鬃,脚尖朝外,脚跟挤着马肚子,他觉得眼镜就要掉下去,但是他不能从马鬃和缰绳上腾出手来,就跟着将军跑开了,把站在山岗上看他的参谋人员都逗乐了。

三十一

皮埃尔追随的那个将军，下山以后陡然向左转，从皮埃尔的视野中消失了，皮埃尔驰进他前面的步兵行列里。他时左时右地想从他们中间走过去；但到处都是兵，他们脸上的表情都一样，都是那么心事重重，好像在想着一件看不见的，然而显然很重要的事情。他们都带着不满的疑问目光看这个戴白帽子的胖子，不知道为什么他骑着马来踩他们。

"干吗骑着马在队伍中间乱闯！"一个人对他喊道。又有一个人用枪托捣他的马，皮埃尔差点儿控制不住受惊的马，俯在鞍鞯上，奔驰到士兵前头比较宽敞的地方。

他前面是一座桥，桥旁站着另外一些士兵在射击。皮埃尔驰到他们跟前。皮埃尔不知不觉来到科洛恰河桥头，这座在戈尔基和波罗金诺之间的桥，是法国人在战役的第一仗（在占领波罗金诺之后）进攻的目标。皮埃尔看见前面那座桥，桥两旁和在他昨天看见的躺着一排排干草的草地上，有些士兵在烟雾中做什么事；这儿虽然枪炮声不断，但是皮埃尔怎么也没想到这个地方就是战场。他没听见四面八方呼啸的子弹声和从他头上飞过的炮弹声，也没看见河对岸的敌人，好久也没注意在离他不远的地方躺着许多死伤的人。他脸上老带着笑容向四外张望。

"那个人在前沿干什么？"又有人对他喊道。

"靠左走，靠右走。"有些人对他喊叫。

皮埃尔向右走去，意外地碰见他认识的拉耶夫斯基将军的副官。这个副官怒目向皮埃尔瞥了一眼，显然也想呵斥他，但是认出他后，向他点点头。

"您怎么到这儿来了？"他说了一句，就向前驰去。

皮埃尔觉得这不是他待的地方,并且无事可做,又怕妨碍别人,就跟着副官驰去了。

"这儿怎么啦? 我可以跟着您吗?"皮埃尔问。

"等一等,等一等。"副官回答,他驰到一个站在草地上的胖上校跟前,向他传达了几句话,然后才向皮埃尔转过来。

"您怎么到这儿来了?"他含着微笑对皮埃尔说,"您老是好奇啊?"

"是的,是的。"皮埃尔说。那副官勒转马头,向前去了。

"这儿还算好,"副官说,"左翼巴格拉季翁那儿,打得热火朝天。"

"真的吗?"皮埃尔问,"那在什么地方?"

"来,咱们一起到土岗上去,从我们那儿看得很清楚。我们的炮兵阵地还行,"副官说,"怎么,来不来?"

"好,跟您去。"皮埃尔说,他环顾周围,找他的马夫。皮埃尔这才第一次看见受伤的人,有的吃力地步行着,有的被抬在担架上。就在他昨天骑马经过的、摆着一排排芳香的干草的草地上,一个士兵一动不动地横躺在干草旁边,不自然的歪扭着头,军帽掉在一旁。"为什么不把这个抬走?"皮埃尔刚要说,但是他看见副官也在朝那个方向回头看,他脸上的表情是那么严峻,就不再说了。

皮埃尔没有找到他的马夫,他和副官沿着山沟向拉耶夫斯基土岗走去。皮埃尔的马一步一颠地落在副官后面。

"看来您不习惯骑马,伯爵?"副官问。

"不,没什么,不知为什么它老一蹦一蹦的。"皮埃尔莫名其妙地说。

"咳! ……它受伤了,"副官说,"右前腿,膝盖上方。大概中弹了。祝贺您,伯爵,"他说,"火的洗礼。"

他们在硝烟中经过第六兵团,向前移动了的大炮在后面震耳欲聋地射击着,他们来到一座不大的树林。树林里清凉,寂静,颇有秋意。皮埃尔和副官下了马,徒步走上土岗。

"将军在这儿吗?"登上山岗时,副官问。

"刚才还在这儿,现在走了。"人们指着右方,回答他。

副官回头看了看皮埃尔,好像不知现在怎样安排他才好。

"不必费心,"皮埃尔说,"我到土岗上去,可以吗?"

"去吧,从那儿什么都看得见,也不那么危险。等一会儿我来找您。"

皮埃尔向炮兵阵地走去,那个副官骑着马走了。他们再没有见面,很久以后皮埃尔才知道,那个副官在当天失去一只胳膊。

皮埃尔上去的那个土岗是一处鼎鼎大名的地方(后来俄国人称之为土岗炮垒,或者叫拉耶夫斯基炮垒,法国人称它为大多面堡,致命的多面堡,中央多面堡),在它周围死了好几万人,法国人认为那是全阵地最重要的据点。

这个多面堡就是一座三面挖有战壕的土岗。战壕里设有十尊大炮,这时正伸出胸墙的炮眼发射。

山岗两旁的防线另外有一些大炮,也在不断地射击。炮后不远的地方有步兵。皮埃尔登上这座土岗,怎么也没想到,这条挖得不深的壕沟,安置着几尊正在发射的大炮,是这次战役中最重要的地点。

相反,皮埃尔觉得,这个地方(正因为他在这个地方)是这次战役中最不重要的地方之一。

皮埃尔登上土岗,在围绕着炮垒的战壕尽头坐下,带着不自觉的快活的微笑望着周围发生的事情。皮埃尔有时带着那同样的微笑站起来,尽可能不妨碍那些装炮、转炮、拿着口袋和火药不断在炮垒里从他身边跑过的士兵。这个炮垒的大炮接连不断地射击,震耳欲聋,周围笼罩着硝烟。

与在掩护部队中间的恐怖感觉相反，这儿的炮兵连只有为数不多的人在忙碌着，它被一道战壕与别的作战部队隔开——这儿却有一种大家都感觉到的有如家庭的欢乐气氛。

戴着白帽子的皮埃尔这个非军人装束的出现，起先使这些人感到不愉快。士兵从他面前走过时，都奇怪地、甚至吃惊地斜着眼看他那副样子。一个高个子、长腿、麻脸的炮兵军官，好像在查看末尾那尊大炮发射的情况，走到皮埃尔跟前，好奇地看了看他。

一个圆脸的小军官，还完全是个孩子，显然是刚从中等军校毕业的，他对交给他的两尊大炮指挥得特别起劲，对皮埃尔很严厉。

"先生，请您让开点，"他对他说，"这儿不行。"

士兵们望着皮埃尔，不以为然地摇摇头。但是当大家都相信这个戴白帽子的人不仅不做什么坏事，而且他或者安安静静地坐在土堤的斜坡上，或者带着怯生生的微笑彬彬有礼地给士兵们让路，在炮垒里像在林荫道上似的安闲地在弹雨中散步，这时，对他敌意的怀疑渐渐变为亲热和调笑的同情，正像士兵们对他们的小狗、公鸡、山羊，总之，对生活在军队里的动物的同情。士兵们很快在心里把皮埃尔纳进他们的家庭，当做自家人，给他起外号。"我们的老爷"，他们这样叫他，在他们中间善意地拿他取笑。

一个炮弹在离皮埃尔两步远的地方开了花。他掸掸身上的土，微笑着环顾四周。

"您怎么不害怕，老爷，真行！"一个红脸、宽肩膀的士兵露出满嘴瓷实的白牙，对皮埃尔说。

"难道你害怕吗？"皮埃尔问。

"哪能不怕？"那个士兵回答，"要知道它是不客气的。扑通一声，五脏六腑就出来了。不能不怕啊。"他笑着说。

有几个士兵带着和颜悦色的笑脸停在皮埃尔身边。他们好像没料到他像普通人一样说话，这个新发现使他们大为开心。

"我们当兵的是吃这行饭的。可是一位老爷,真怪。这才是个老爷!"

"各就各位!"那个青年军官对聚在皮埃尔周围的士兵喊道。这个青年军官不是头一次就是第二次执行任务,对待士兵和长官特别认真和严格。

整个战场枪炮声越来越密,特别是在巴格拉季翁的凸角堡所在的左翼,但在皮埃尔这儿,硝烟蔽空,几乎什么都看不见。而且,皮埃尔的全部注意力都集中在观察炮垒里这个小家庭的人们(与其他的家庭隔绝)。最初由战场的景象和声音引起的兴高采烈的感情,现在换了另外一种感情,特别是在看见一个孤独地卧在草地上的士兵以后。他现在坐在战壕的斜坡上观察他周围人们的脸。

快到十点钟的时候,有二十来人被抬出炮垒;两尊炮被击毁,炮弹越来越密集地落在炮垒上,远方飞来的炮弹发出嗡嗡声和呼啸声。但是炮垒里的人们好像不理会这些;只听见四面都是谈笑声和戏谑声。

"馅儿饼,热的!"一个士兵对呼啸着飞来的炮弹喊道。"不是到这儿! 是冲步兵去的!"另一个士兵观察到炮弹飞过去,落到掩护的队伍里,哈哈地笑着又说。

"怎么,是你的老伙计吗?"又一个士兵对那个在炮弹飞过时蹲下去的乡下人讥笑说。

有几个士兵聚在胸墙后面观看前面发生了什么事。

"散兵线撤了,瞧,往后退了。"他们指着胸墙外说。

"管自己的事,"一个老军士呵斥他们,"往后撤退,当然是后边有事。"那个军士抓住一个士兵的肩膀,用膝盖顶了他一下。引起一阵哄笑。

"快到五号炮位,把它推上来!"人们从一边喊道。

"一、二、三,一齐来,来个纤夫式的。"传来更换炮位的欢快的

喊声。

"哟,差一点把我们老爷的帽子给打掉了。"那个红脸的滑稽鬼龇着牙嘲笑皮埃尔。"咳,孬种。"他对着一颗打在炮轮上和一个人腿上的炮弹骂道。

"看你们这些狐狸!"另一个士兵嘲笑那些弓着身子进炮垒里来抬伤员的民兵说。

"是不是这碗粥不合你们的胃口?哼,简直是乌鸦,吓成那个样子!"他们对民兵们喊道,那些民兵站在被打掉一条腿的士兵面前犹豫起来。

"这呀,那呀,小伙子呀,"他们学那些民兵说话,"就讨厌这一套!"

皮埃尔看出,每当落下一颗炮弹,每当受到损失,大家就越发活跃了。

在所有这些人脸上,正如从即将到来的暴风雨的乌云里,越来越频繁、越来越明亮地爆发出隐藏在内心的熊熊烈火的闪电,仿佛要与正在发生的事相对抗。

皮埃尔不看前面的战场,对那儿发生的事也不关心了;他全副注意力都被吸引在体察越来越旺的烈火,他觉得他的灵魂里也在燃烧着同样的烈火。

十点钟的时候,原先在炮垒前面矮林里和在卡缅卡河沿岸的士兵撤退了。从炮垒上可以看见,他们用步枪抬着伤员,从炮垒旁边向后跑过去。有一个将军带着随从登上土岗,同上校谈了一会儿,愤愤地看了看皮埃尔,就下去了,命令站在炮垒后面的士兵卧倒,以减少危险。接着,从炮垒的右方步兵队伍中间,传来擂鼓和发口令的声音,从炮垒上可以看见那些步兵正向前移动。

皮埃尔从胸墙上方望去。有一个人特别引起他的注意。这是一个面色苍白的年轻军官,他拖着佩刀,一面往后退着走,一面不安地向周围张望。

步兵队伍被烟吞没了，传来拉长的喊声和密集的步枪射击声。几分钟后，成群的伤员和担架从那儿走过来。落到炮垒上的炮弹更密了。有几个躺倒的人没被抬走。大炮近旁的士兵更忙碌，更活跃了。已经没有人去注意皮埃尔了。有两次人们愤怒地呵斥他挡路。那个年长的军官沉着脸，迈着急促的大步，从一尊大炮到另一尊大炮来回地走。那个年轻军官脸更红了，更起劲地指挥士兵。士兵们传递炮弹，转动炮身，装炮弹，把自己应当完成的事情做得紧张而且干净利落。他们像在弹簧上跳跃似的来回走动。

暴风雨的乌云降临了，所有人的面孔都燃烧着熊熊的烈火，皮埃尔正在注视那越烧越旺的烈火。他站在那个年长的军官身旁。那个年轻的军官跑到年长的军官跟前，把手举到帽檐上。

"报告，上校先生，只有八发炮弹了，还继续发射吗？"他问。

"霰弹！"那个向胸墙外观察的年长军官没有答话，喊了一声。

突然发生了一件事：那个年轻军官哎哟一声，弯着腰，坐到地上，有如一只中弹的飞鸟。在皮埃尔眼里，一切都变得奇怪，模糊，暗淡。

炮弹一个接一个飞来，打到胸墙上，士兵身上，大炮上。皮埃尔原先没有理会这些声音，现在听到的只有这一种声音了。炮垒右侧，士兵一边喊着"乌拉"，一边跑，皮埃尔觉得他们仿佛不是向前，而是向后跑。

一颗炮弹打在皮埃尔面前的胸墙边沿，尘土撒落下来，他眼前有一个黑球闪了一下，就在这一瞬间，扑通一声，打到什么东西上面。正要走进炮垒来的民兵，往后跑了。

"都用霰弹！"军官喊道。

那个军士跑到军官面前，惊慌地低声说，已经没有火药了（好像一个管家报告说，宴会需要的酒已经没有了）。

"一帮子强盗,都在干些什么!"军官一面喊,一面转向皮埃尔。那个年长的军官脸通红,冒着汗,皱起眉头的眼睛闪着光。"快跑步到后备队去取弹药箱!"他愤怒地把目光避开皮埃尔,对他的士兵大喝一声。

"我去。"皮埃尔说。那个军官没答理他,迈开大步向另一边走去。

"不要放……等着!"他喊道。

那个奉命去取弹药的士兵,撞了皮埃尔一下。

"唉,老爷,这不是您待的地方。"他说着就跑下去了。皮埃尔跟着他跑,绕过那个青年军官坐着的地方。

一颗、两颗、三颗炮弹从他头上飞过,落在他的前后左右。皮埃尔跑到下面。"我到哪儿去?"他已经跑到绿色弹药箱跟前,忽然想起来了。他犹犹疑疑地停下来,不知是退回去还是向前去。突然,一个可怕的气浪把他抛到后面地上。就在那一瞬间,一团火光对他一闪,同时,轰鸣、爆炸和呼啸,震得他的耳朵嗡嗡地响。

皮埃尔清醒过来,用两只手撑着地坐在那儿;他身旁的那个弹药箱不见了;只有烧焦的碎木片和破布散落在烧焦的草地上,一匹马拖着散了架的车辕,从他身边飞跑过去,另一匹马,也像皮埃尔一样,躺在地上,发出凄厉的长啸。

三十二

皮埃尔吓掉了魂,跳起来就向炮垒跑,好像从包围他的恐怖中逃回唯一的避难所似的。

皮埃尔一走进战壕,就发现炮垒里已经听不见射击的声音,但是有些人正在那儿做什么。他看见老上校背朝着他趴在胸墙上,仿佛在察看地下什么东西似的,他还看见他曾经见过的一个士兵一面向前想挣脱那几个抓住他的胳膊的人，一面喊着"弟兄们！"他还看见另外一些奇怪的事情。

但是，他还没来得及明白上校已经被打死，那个喊"弟兄们！"的士兵已经被俘房，眼看着另一个士兵被刺刀捅进后背。他刚跑进战壕，就有一个又瘦又黄、满脸流汗、身穿蓝制服、手持军刀的人，喊叫着向他冲过来。由于对方的冲撞，皮埃尔本能地自卫起来，因为他们彼此并没有看清楚，就撞到一起，皮埃尔伸出两手，一只手抓住那人的肩头（那人是法国军官），另一只手掐住他的喉咙。那个军官丢掉军刀，抓住皮埃尔的脖领。

有好几秒钟，他们俩都用惊慌的目光打量对方陌生的面孔，两个人都不明白他们是在做什么，也不知道应当怎么办。"是我被俘了呢，还是他被我俘房了？"他们俩都这样想。但是很显然，那个法国军官比较倾向于认为他是被俘了，因为皮埃尔那只有力的手，由于本能的恐惧的驱使，把他的喉咙掐得越来越紧。那个法国人正想说话，忽然，在他们的头上低低地、可怕地飞过一颗炮弹，皮埃尔仿佛觉得法国军官的脑袋削掉了似的，因为他很快把头低了下去。

皮埃尔也低下头，松开两手。那个法国人不再思索谁俘房了谁，就跑回炮垒去了，皮埃尔跑下土岗，在死伤的人身上磕磕绊绊，他好像觉得那些死伤的人老想抓住他的腿。但是，他还没来得及下去，迎面跑来一大群密集的俄国士兵，他们呐喊着，快活地、拼命地、跌跌绊绊往炮垒上跑。（这就是叶尔莫洛夫邀功的一次冲锋，据他说，多亏他的勇敢和幸运，才发动那次冲锋，为了激励士气，据说在冲锋时，他把衣袋里所有的圣乔治勋章都扔到土岗上让士兵去拿。）

一度占领炮垒的法国人逃跑了。我们的队伍喊着"乌拉"追赶法国人，追得远远地离开了炮垒，没法叫住他们。

从炮垒上带下来一群俘虏，其中有一个受伤的将军，军官们把他围起来。成群的伤员，有皮埃尔认识的，也有不认识的，有俄国人，也有法国人，他们走着，爬着，用担架抬着，从炮垒上下来，他们的面孔由于痛苦都变了形。皮埃尔登上他刚才在那儿待过一个多小时的土岗，从那个他被接纳进去的家庭小圈子里，已经找不到一个人了。这里有许多他不认识的死人。但他也认出几个。那个青年军官仍旧弯着腰坐在胸墙边一摊血泊里。那个红脸的士兵还在抽搐，但是没有人来抬他。

皮埃尔跑下了土岗。

"不，现在他们该住手了，现在他们该为他们做过的事感到恐惧了！"皮埃尔想，无目的地朝着那撤离战场的成群担架队走去。

被浓烟遮着的太阳升得更高了，在前面，特别是在谢苗诺夫斯科耶村的左方，有什么东西在烟雾里沸腾着，隆隆的枪炮声、炮弹的爆炸声，不但没有减弱，反而加强了，正像一个人声嘶力竭地拼命喊叫。

三十三

波罗金诺战役的主要一仗是在波罗金诺和巴格拉季翁的凸角堡之间一千俄丈的空间进行的。（在这个空间以外，一边有俄军的乌瓦洛夫的骑兵在中午进行佯攻，另一边，在乌季察后面有波尼亚托夫斯基与图奇科夫的接触；但是与战场中央的情况比起来，这两处是孤立的小战斗。）在波罗金诺和凸角堡之间的战场上，在树林附近，在两边都看得见的空地上，主要的战斗是用最简单、最普通的方式进行的。

双方用了几百尊大炮互相轰击，于是战斗开始了。

然后，当硝烟笼罩着整个战场的时候，法军德塞和康庞两个师从右方进攻凸角堡,总督缪拉的几个团从左方进攻波罗金诺。

拿破仑站在舍瓦尔金诺多面堡上,这儿离凸角堡有一俄里远,离波罗金诺直线距离总在两俄里以上,因此拿破仑不可能看见那里的情况,何况烟雾弥漫,遮住了整个地区。进攻凸角堡的德塞师的士兵,直到他们进入横在他们和凸角堡之间的冲沟,才被发现。他们一进入冲沟,凸角堡上的大炮和步枪一齐发射,浓烟遮蔽了冲沟对面的高坡。在烟雾中闪着黑影——大概是人,有时可以看见刺刀的闪光。但是,他们是移动还是站着,是法国人还是俄国人,从舍瓦尔金诺多面堡却看不清楚。

太阳已经照得明晃晃的了,倾斜的光线射到拿破仑的脸上,他用手遮住眼睛看凸角堡。烟雾在凸角堡前面蔓延开来,时而似乎烟雾在动,时而似乎队伍在动。有时透过射击声可以听见呐喊的声音,但是无法知道他们在那儿做什么。

拿破仑站在土岗上用望远镜观望,在小小的圆筒里他看见了烟和人,有时是自己的人,有时是俄国人;但是一用肉眼看,他就认不出刚看见的东西在什么地方了。

他下了土岗,在土岗前面走来走去。

他有时停下来,听听枪炮声,看看战场。

不论从土岗下面他所站的地方,不论从土岗上面他的将军们现在所站的地方,甚至从那些凸角堡上——那儿有俄国兵,有法国兵,他们时而同时出现,时而轮流出现,其中有死的、伤的、活的、受惊的、发狂的——都无法看清楚那儿发生的事。一连几个小时,在这个地区,在枪炮不停地射击声中,忽而出现步兵,忽而出现骑兵,其中有俄国的,有法国的;他们出现,倒下,射击,相遇,彼此都不知道怎么办,叫喊着,往回逃跑。

从战场上,川流不息地向拿破仑驰来他派出的副官以及他的元帅们的传令兵,向他报告战斗的情况;但是所有这些报告都是假的,因为在打得正激烈的时候,无法说出在一定时刻发生了什么事,还因为许多副官并没有到真正战斗的地点,只是转述他们从别人口中听到的东西;还因为副官从两三俄里外跑到拿破仑这儿,其间情况已经变了,带来的消息已经不真实了。譬如说,从总督那儿驰来一名副官,带来消息说,波罗金诺已经被占领,科洛恰河大桥也落入法国人手里。副官问拿破仑,是否命令军队渡河?拿破仑命令说,军队到河对岸整队待命;但是,不仅在拿破仑发出命令之前,甚至当那个副官刚刚离开波罗金诺时,就在战役刚开始,在皮埃尔参加的那次搏斗中,那座桥已经被俄军夺回,而且烧掉了。

从凸角堡驰来一个面色苍白、神色惊慌的副官,向拿破仑报告说,法军的进攻被打退,康庞受伤,达乌阵亡,而实际上,就在那个副官说法军被打退的时候,凸角堡已经被法军另一支部队占领,达乌还活着,只不过受点震伤。拿破仑就是根据这些不可避免的谎报发布命令的,那些命令不是他未发布之前就执行了,就是不能执行和未被执行。

元帅们和将军们离战场较近,但也和拿破仑一样,没有参加战斗,只是偶尔走到步枪射程以内,并不向拿破仑请示,自己就发出了命令,指示向哪儿和在什么地方射击,骑兵向哪儿去,步兵向哪儿跑。但是甚至他们的命令也跟拿破仑的命令一样,以最小限度、偶尔才被执行。常常出现与他们的命令相反的情况。奉命前进的士兵,一遇见霰弹就往回跑;奉命坚守一个地点的士兵,一看见对面突然出现俄国人,有时往后跑,有时扑向前去,骑兵也不等命令就去追击逃跑的俄国人。又譬如,两团骑兵越过谢苗诺夫斯科耶冲沟,刚登上山坡,就勒马回头,拼命往后跑。步兵的行动也是这样,有时朝着完全不是命令他们去的方向跑。所有的命令:何时向何地移动大炮,何时派步兵去射击,何时派骑兵去冲杀俄国步兵——所有这些命令都是在队伍里最接近士兵的军官发出的,不仅没有请示拿破仑,甚至没有请示内伊、达乌和缪拉。他们不怕因为未执行命令或擅自行动而受处分,因为在战斗中涉及个人最宝贵的东西——个人的生命,有时觉得往回跑能够得救,有时觉得往前跑能够得救,这些置身于最火热战斗的人们都是按照一时的心情而行动的。实际上,所有这些前进和后退的运动都没有改善和改变军队的处境。他们互相追赶几乎没造成什么损害,而造成损害和伤亡的是那些炮弹和枪弹,在人们在其中乱窜的那整个空间,到处都飞着炮弹和枪弹。当这些人一离开这炮弹和枪弹横飞的空间,驻在后方的长官立刻整顿他们,使他们服从纪律,然后在纪律要求下,又把他们送到炮火连天的战场,由于死亡的恐怖,他们又失去纪律,由于众人偶然的情绪又乱窜起来。

三十四

拿破仑的将军们——达乌、内伊和缪拉,都离火线很近,甚至有时亲临火线,他们好几次把大批严整的队伍投到火线上去。但是,与先前历次战役常有的情形相反,不但没有预期的敌人溃逃的消息,而那大批严整的队伍从火线逃回来,溃不成军,十分狼狈。重新再把他们整顿一番,但是人数越来越少了。中午,缪拉派他的副官到拿破仑那儿请求援兵。

拿破仑坐在土岗上正在喝潘趣酒,这时缪拉的副官骑马到来,保证说,只要陛下再给一个师,准能把俄国人打垮。

"增援?"拿破仑带着严峻、诧异的神情说,他望着那个蓄着黑色长鬈发的(梳得像缪拉的发式一样)俊美少年副官,好像没听懂他的话似的。"增援!"拿破仑心里想,"他们手中有一半的军队,去进攻软弱的、没有防御工事的俄国人的一翼,怎么还要援兵!"

"告诉那不勒斯王,天色还没到正午,我还没看清棋局。去吧……"拿破仑严厉地说。

那个长发秀美的少年副官，没把手从帽檐上放下来，深深地叹了口气，又跑回杀人的屠场去了。

拿破仑站起来，把科兰库尔和贝蒂埃叫来，同他们谈一些与战斗无关的事。

在引起拿破仑兴致的谈话中间，贝蒂埃的目光转向一个将军，这个将军带着侍从，骑着汗淋淋的马向土岗跑来。这是贝利亚尔。他下了马，快步走到皇帝跟前，大胆地高声说明增援的必要。他发誓说，只要皇帝再给一个师，俄国人就得完蛋。

拿破仑耸了耸肩，什么也没有回答，继续散他的步。贝利亚尔高声热烈地同皇帝周围的侍从将军们谈话。

"您太性急了，贝利亚尔，"拿破仑又走到刚来的将军跟前说，"在战斗激烈的时候，很容易犯错误的。你再去看看，然后再来见我。"

贝利亚尔还没走出视线以外，又有一个使者从战场的另一方骑马跑来。

"噢，又有什么事啊？"拿破仑说，那腔调就像一个人老被打扰而惹怒了似的。

"陛下，公爵……"副官刚要说。

"请求增援？"拿破仑带着愤怒的神色说。副官表示肯定地低下头，然后开始报告；但是皇帝转过身去不看他，走了两步，停住，又走回来，叫来贝蒂埃。"要派后备军了，"他说，两臂微微摊开，"您看派谁去？"他问那个他后来说是他把他这只小鹅变成鹰的贝蒂埃。

"陛下，派克拉帕雷德师吧？"对于所有的师、团和营都了如指掌的贝蒂埃说。

拿破仑表示同意地点点头。

那个副官向克拉帕雷德师跑去。几分钟后,那支驻在土岗后面的青年近卫军开动了。拿破仑默默地朝那个方向看。

"不,"他突然对贝蒂埃说,"我不能派克拉帕雷德。派弗里昂师去吧。"他说。

虽然用弗里昂师来代替克拉帕雷德师并没有任何好处,而且这时阻留克拉帕雷德而改派弗里昂有着明显的欠妥和迟延,但是命令严格地执行了。拿破仑没有看见,他在对待自己的军队问题上,是在演着用药品危害病人的医生角色——虽然他对这个角色曾有十分正确的理解和指责。

弗里昂师也像别的师一样,在战场的烟雾中隐没了。副官们从各方面不断驰来,他们好像商量好似的,都说同样的话。都要求增援,都说俄国人坚守阵地,而且说可怕的炮火,法国军队在那炮火下逐渐减员。

拿破仑坐在折椅上沉思起来。

那个从早晨起就没吃东西,喜欢旅行的德波塞先生,走到皇帝面前,大着胆子恭请陛下用早餐。

"我希望现在就可以向陛下庆贺胜利了。"他说。

拿破仑一言不发,表示否定地摇摇头。德波塞先生以为他是否定胜利,不是否定早餐,就嬉笑着恭敬地说,能吃饭而不吃,世上是没有这个道理的。

"走开……"拿破仑突然面色阴沉地说,并且把脸转过去。德波塞先生脸上露出抱歉、后悔、欢喜的幸福微笑,迈着滑行的步子走到别的将军那儿去了。

拿破仑情绪颓丧,正像一个一向幸运的赌徒,疯狂地下赌注,从来都是赢的,可是忽然间,正当他对赌局的一切可能性都精打细算好了的时候,却感到把路子考虑得越周到,输的可能性就越大。

军队依然如故,将军依然如故,准备依然如故,部署依然如故,简短有力的告示依然如故,他本人依然如故,这都是他知道的,他还知道,他现在比过去经验丰富多了,老练多了,而且敌人也依然同奥斯特利茨和弗里德兰战役时一样;但是,可怕的振臂一挥,打击下来却魔术般地软弱无力。

仍然是以前那些准保成功的方法:炮兵集中一点轰击,后备军冲锋以突破防线,接着是铁军骑兵突击——所有这些方法都用过了,不仅没有取得胜利,而且从四面八方传来一些同样的消息:将军们伤亡,必须增援,无法打退俄国人,自己的军队陷入混乱。

从前,只要发两三道命令,说两三句话,元帅们和副官们就带着祝贺的笑脸跑来报告缴获的战利品:成队的俘虏,成捆的敌人的军旗和国旗,大炮和辎重,缪拉只请求让他的骑兵去收集辎重车。在洛迪、马伦戈、阿尔科拉、耶拿、奥斯特利茨、瓦格拉木等等地方①都是这样。现在他的军队碰到了什么奇怪的事情。

虽然占领了一些凸角堡,拿破仑看出,这与他以前所有的战役不同,完全不同。他看出,他所感受的,他周围那些富于作战经验的人也同样感受到了。所有的面孔都是忧虑的,所有的目光都互相回避着。只有德波塞一个人理解不了所发生的事情的意义。有长久战争经验的拿破仑十分清楚,连续进攻八个小时,用尽一切努力仍未赢得这场战役,这意味着什么。他知道,这一仗可以说是打输了,眼前的战局正处在千钧一发的时刻,随便一个最小的偶然事故,就可以毁掉他和他的军队。

他默默地回顾这次对俄国奇怪的远征,这次远征没打过一次胜仗,两个月来连一面旗帜、一尊大炮、一批军队,都没有缴获或俘

---

① 这是拿破仑发动的一些有名的战争。洛迪和马伦戈在意大利,一八〇〇年拿破仑在那里打败奥国人。阿尔科拉是意大利一个村子,一七九六年他在那里打败了人数比他多的奥国军队。一八〇六年拿破仑在耶拿大败普鲁士人和撒克逊人。瓦格拉木是维也纳附近的一个村子,一八〇九年他在那里打败奥国人。

虏,他看周围的人们深藏忧愁的面孔,听俄国人仍在坚守阵地的报告——于是一种可怕的感觉,有如做了一场噩梦似的感觉,揪住了他的心,他忽然想到可能毁掉他的那些不幸的偶然机会。俄国人可能攻打他的左翼,可能中央突破,他本人也可能被流弹打死。这一切都是可能的。以前每次战役,他只考虑成功的可能性,现在却有无数不幸的可能性摆在他面前,这一切都在等待着他。是的,这好像是在做梦,一个人梦见一个暴徒攻击他,他挥起臂膀给那个暴徒可怕的一击,他知道这一击准能消灭他,可是他觉得他的臂膀软绵绵的,像一块破布似的无力地垂下来,一种不可避免的灭亡的恐怖威胁着这个束手无策的人。

俄国人正在进攻法军左翼的消息,引起了拿破仑这种恐怖。他在土岗下面默默地坐在折椅上,垂着头,臂肘放在膝盖上。贝蒂埃走到他面前,建议去视察战线,确切地了解一下实际的情况。

"什么?您说什么?"拿破仑说,"好,吩咐备马。"

他骑上马到谢苗诺夫斯科耶去了。

弥漫在整个战场的硝烟缓缓地消散着,拿破仑走过的地方,马和人,有的单个,有的成堆,躺在血泊里。这么恐怖的景象,在这么一个小小的地区有这么多的死人,拿破仑和他的任何一个将军还从来没有见过。一连十个小时不断的、令人耳鼓疲惫不堪的大炮轰鸣,给这种景象增添了特殊的意味(就像配有活动画面的音乐)。拿破仑登上谢苗诺夫斯科耶高地,透过烟雾,看见一队队穿着颜色使他感到眼生的军装的人。那是俄国人。

在谢苗诺夫斯科耶和土岗后面,站着俄军的密集队形,他们的大炮不断地轰击,他们的战线笼罩着浓烟。已经没有战斗了。只有继续不断的屠杀,不论对于俄国人还是对于法国人都不会有用的屠杀。拿破仑勒住马,又陷入刚才那种被贝蒂埃唤醒的沉思;他无法阻止他面前和他周围发生的事,无法阻止那被认为由他领导和由他决定的事，由于失败的缘故，他第一次觉得这件事是不必要的和可怕的。

一个将军走到拿破仑面前，向他建议把老近卫军投入战斗。站在拿破仑身旁的内伊和贝蒂埃交换了眼色，对这位将军毫无意义的建议轻蔑地笑了笑。

拿破仑低下头，沉默了很久。

"在远离法国三千二百俄里之外，我不能让我的近卫军去送死。"他说，然后勒转马头，回舍瓦尔金诺去了。

三十五

库图佐夫垂着白发苍苍的头，放松沉重的身子，坐在铺着毯子的长凳上，也就是坐在皮埃尔早晨看见的那个地方。他不发任何命令，只对别人的建议表示同意或者不同意。

"对，对，就那样做吧，"他在回答各种建议。"对，对，去吧，亲爱的，去看一看。"他对这个来人或对那个来人说；或者，"不，不要，我们还是等一等好。"他说。他听取报告，在下级要求他指示的时候，就给他们指示；但是，在他听取报告的时候，好像并不关心报告者所说的是什么意思，使他感到兴趣的是报告者脸上的表情和说话的语调中所含的另外一种东西。多年的战争经验使他知道，老年人的智慧使他懂得，领导数十万人作殊死战斗，绝不是一个人能够胜任的，他还知道，决定战斗命运的，不是总司令的命令，不是军队所占的地形，不是大炮和杀死人的数量，而是一种所谓士气的不可捉摸的力量，他正是在注视这种力量，尽他的权力所及指导这种力量。

库图佐夫整个面部的表情是注意力集中，镇静，紧张（勉强克制住他那衰老身体的疲倦）。

上午十一时,他接到消息说,被法军占领的凸角堡又夺回来了,但是巴格拉季翁公爵受了伤。库图佐夫惊叹一声,摇了摇头。

"快去彼得·伊万诺维奇公爵①那儿,详细探听一下,看看是怎么回事。"他对一个副官说,然后向站在他后面的符腾堡公爵②转过身来。

"请殿下指挥第一军,好吗?"

公爵刚离开不大一会儿,可能还没走到谢苗诺夫斯科耶村,他的副官就回来向勋座报告说,公爵请求增援军队。

库图佐夫皱了皱眉头,命令多赫图罗夫去指挥第一军,请公爵回到他这儿来,他说,在这样重要的时刻,他离不开公爵。当传来缪拉被俘③的消息时,参谋人员都向他祝贺,库图佐夫微笑了。

"要等一等,诸位先生,"他说,"仗是打赢了,俘虏缪拉并不是什么了不起的事。不过,还是等一等再高兴吧。"他虽然这样说,仍然派一名副官把这个消息通告全军。

当谢尔比宁从左翼驰来报告法军占领凸角堡和谢苗诺夫斯科耶村的时候,库图佐夫从战场上传来的声音和谢尔比宁的脸色猜到,消息是不好的,他好像要活动活动腿脚,站了起来,挽起谢尔比宁的臂膀,把他领到一边。

"你走一趟,亲爱的,"他对叶尔莫洛夫说,"去看看有什么困难。"

库图佐夫在俄军阵地的中心——戈尔基。拿破仑对我方左翼的进攻被打退了好几次。在中央,法军没有越过波罗金诺一步。乌瓦罗夫的骑兵从左翼赶跑了法国人。

下午两点多钟,法国人的进攻停止了。在所有从战场回来的

---

① 彼得·伊万诺维奇公爵即巴格拉季翁公爵。
② 符腾堡公爵是保罗皇帝的皇后玛丽亚·费奥多罗夫娜的兄弟。
③ 缪拉被俘的消息不确,被俘的是波纳米将军。

人的脸上，在他周围站着的人们的脸上，库图佐夫看到了极端紧张的表情。库图佐夫对出乎意料的成功感到满意。但是老头子的体力不济了。有好几次他的头低低地垂下，仿佛要跌下去似的，他总在打瞌睡。人们给他摆上了饭。

将级副官沃尔佐根，就是那个从安德烈公爵那儿经过时说，战争必须移到广阔的地区①的人，也就是巴格拉季翁非常憎恶的那个人，在吃饭的时候来到库图佐夫这儿。沃尔佐根是巴克莱派来报告左翼战况的。谨小慎微的巴克莱·德·托利见到成群的伤兵逃跑，军队的后卫紊乱，考虑了战局的全部情况，断定战斗失败了，派他的心腹来见总司令就是报告这个消息的。

库图佐夫正在挺费劲地吃烤鸡，他眯细着微含笑意的眼睛，看了看沃尔佐根。

沃尔佐根随便迈着步子，嘴角噙着半带轻蔑的微笑，一只手几乎没碰着帽檐，走到库图佐夫面前。

沃尔佐根对待勋座，有意做出轻慢的态度，表示他是个受过高等教育的军人，让俄国人把一个无用的老头子当做偶像吧，而他知道他是和谁打交道。"老先生（德国人在自己圈子里都这样称呼库图佐夫）过得蛮舒服。②"沃尔佐根心中想道，他狠狠地向摆在库图佐夫面前的碟子看了一眼，就开始照巴克莱命令的和他本人看见和了解的向老先生报告左翼的战况。

"我军阵地所有的据点都落入敌人手中，无法反击，因为没有军队；士兵纷纷逃跑，无法阻止他们。"他报告说。

库图佐夫不再咀嚼，惊讶地望着他，好像不懂他在说什么。沃尔佐根看出老先生③很激动，于是堆着笑脸说：

"我认为我无权向勋座隐瞒我所看见的……军队完全乱

---

① ② ③　原文为德语。

了……"

"您看见了吗？您看见了吗？……"库图佐夫皱着眉头喊道，他霍地站起来，向沃尔佐根紧走几步，"您怎么……您怎么敢！……"他用颤抖的两手做出威吓的姿势，气喘吁吁地喊道，"您怎么敢，阁下，对我说这种话。您什么也不知道。代我告诉巴克莱将军，他的报告不确实，对于战斗的真正情况，我总司令比他知道得更清楚。"

沃尔佐根想辩解，但是库图佐夫打断了他的话。

"左翼的敌人被打退了，右翼也打败了。如果您没看清楚，阁下，就不要说您不知道的事。请您回去通知巴克莱，我明天一定要向敌人进攻。"库图佐夫严厉地说。大家都不吭声，只听见喘息着的老将军沉重地呼吸。"敌人到处都被打退了，为了这我要感谢上帝和我们勇敢的军队。战胜敌人，明天把他们赶出俄国神圣的领土。"库图佐夫画着十字说，忽然老泪横流，声音哽咽了。沃尔佐根耸耸肩，撇撇嘴，一声不响地走到一旁，对老先生的刚愎自用①感到惊奇。

"啊，这不是他来了，我的英雄。"这时一个体格魁伟、仪表英俊的黑发将军登上土岗，库图佐夫看着他说。这个将军是拉耶夫斯基，他整天都是在波罗金诺战场的主要据点度过的。

拉耶夫斯基报告我军坚守阵地，法国人不敢再进攻了。

库图佐夫听了他的报告，用法语说：

"这么说来，您不像别人那样认为我们应当撤退了？"

"相反，勋座，在胜负未定的战斗中，谁更顽强，胜利就属于谁，"拉耶夫斯基回答说，"我的意见……"

"凯萨罗夫！"库图佐夫叫他的副官，"坐下写明天的命令。还

---

① 原文为德语。

有你，"他对另一个副官说，"到前线去宣布，明天我们要进攻。"

在库图佐夫同拉耶夫斯基谈话和口授命令的时候，沃尔佐根从巴克莱那儿回来了，他报告说，巴克莱·德·托利将军希望能拿到元帅发出的那份命令的明文。

库图佐夫不看沃尔佐根，叫人写那份命令，前总司令所以要书面命令，一定是为了逃避个人的责任。

有一种不可捉摸的神秘的链条，它使全军同心同德，并构成战争的主要神经，这就是被称为士气的东西，库图佐夫的话和他所下的第二天进攻的命令，就是沿着这条链子传遍全军每个角落的。

传到这条链子的最后一环的时候，已经远非原来的话和原来的命令了。在军队各个角落互相传说的故事，甚至与库图佐夫说的话完全不同；但是他的话的含意却传到了各处，因为库图佐夫所说的话并非出于狡诈的计谋，而是表达了总司令和每个俄国人心灵中的感情。

得知我们明天要进攻敌人，并且从最高指挥部证实了他们所希望的事，疲惫、动摇的人们感到安慰和鼓舞。

三十六

安德烈公爵的团留在后备队，直到下午一点钟，后备队仍然在猛烈的炮火下驻在谢苗诺夫斯科耶村后面，没有行动。一小时后，这个团已经损失二百多人，才向前移到谢苗诺夫斯科耶村和土岗炮垒之间的一片踩平了的燕麦地，那一天土岗炮垒里伤亡了好几千人，下午一点多钟，敌人的几百尊大炮集中火力对它猛轰。

这个团在这儿没动，也没放一枪，又损失了三分之一的人。从前方，特别是从右方，在停滞不散的硝烟里，大炮隆隆地发射着，前面那一带神秘的区域，整个地面都遮着烟雾，从那里不断飞出疾速的咝咝作响的炮弹和缓慢的呼啸而过的榴弹。有时,好像让人们休息一下,一连一刻钟炮弹和榴弹都在从上空飞过去,可是有时,一分钟工夫团里就损失几个人,不断拖走阵亡的,抬走受伤的。

随着每次新的打击,还没有被打死的人的生存机会越来越少了。团在三百步距离排成营纵队,虽然这样,全团人都受同一情绪支配。全团人一律沉默不语,面色阴郁。队伍里很少有谈话声,即使有人谈话,但是一听见中弹声和喊"担架!"声,谈话就停了。大部分时间,全团人遵照长官的命令坐在地上。有的摘下帽子,专心地把褶子抻平,然后再折起来;有的抓一把干土,在手心里搓碎,用它来擦刺刀;有人揉一揉皮带,把带扣勒紧;有人把包脚布仔细抻平,然后重新把脚包好,穿上靴子。有些人用犁过的地里的土块搭小屋,或者用麦秸编东西。大家都好像全神贯注在这些事情上。当打伤或打死了人的时候,当成队的担架走过的时候,当我们的队伍后撤的时候,当大批敌人在烟雾中出现的时候,谁也不注意这些情况。可是当我们的炮兵、骑兵向前面走过去的时候,当我们的步兵向前移动的时候,四面八方响起了赞许的声音。但是,最能惹起注意的却是那些与战斗完全无关、完全不相干的事。好像这些精神上受折磨的人把注意力放在这些平凡的、日常生活上的事物上,可以得到休息似的。一个炮兵连从团的正面走过,一辆炮兵弹药车拉边套的马迈出了套索。"嘿,瞧那匹拉边套的马!……把腿伸进去!它要跌倒了……哎呀,他们没看见!……"全团的队伍都在喊叫。又有一次,所有的人都注意不知哪儿冒出的一只褐色的小狗,它把尾巴翘得高高的,满怀心事地迈着小碎步,跑到队伍前面,忽然,附近落下一颗炮弹,它尖叫一声,夹起尾巴,跳到一边去了。全团的人哄然大笑,发出尖叫声。但是这种开心的事只延续几分钟,而人们在不断的死亡恐怖中不吃不喝地站了八个多钟头了,苍白忧郁的面孔越来越苍白忧郁了。

安德烈公爵也像团里所有的人一样,面色苍白而阴郁,他背着手,低着头,在燕麦地旁的草地上从一个田垄到另一个田垄走来走去。他无事可做,也无命令可发。一切都听其自然。阵亡的人被拖到战线外面,受伤的人被抬走,队伍靠拢起来。如果有士兵跑开,他们立刻就赶回来。起初,安德烈公爵认为鼓舞士气,给士兵做一个榜样是他的责任,所以在队伍里走来走去;但是后来他才认识到,他无须教他们,也没有什么可教他们的。他和每个士兵一样,全部的心力都在努力避免想象他们处境的危险。他在草地上来回走动,慢慢地拖着两只脚,蹭得地上的草沙沙作响,眼睛盯着靴子上的尘土;他有时迈着大步,尽可能踩上割草人在草地留下的脚印,有时数自己的脚步;计算走一俄里要经过多少两条田垄之间的距离;有时采几朵长在田垄上的苦艾花,放在手掌上揉碎,然后闻那强烈的甘苦香味。昨天所想的东西一点也没有了。他什么也不想。他用疲倦的听觉细听那总是同样的声音,分辨枪弹的尖啸声和炮弹的轰隆声,看第一营的士兵那些已经看腻了的脸,他在等待着。"它来了……这一个又是冲着我们来的!"他谛听着从硝烟弥漫的地带发出的越来越近的呼啸声,心里想道,"一个,两个!又一个!打中了……"他停下来看了看队伍,"不是,飞过去了。不过这个打中了。"他又开始走来走去,极力迈大步,要用十六步走到另一条田垄。

呼啸声和击地声!离他五步远的地方,一颗炮弹炸开了干土,然后就消失了。一阵寒战不由得溜过他的脊背。他又看了看队伍。大概又有许多伤亡;在第二营聚着一大群人。

"副官先生,"他喊道,"命令他们不要聚在一起。"副官执行了命令,然后走到安德烈公爵面前。一个营长从另一方向驰来。

"当心!"传来一个士兵惊慌的喊声,这时,一颗带着呼啸声疾飞的榴弹,有如一只向地面俯冲下来的鸟,落在离安德烈公爵两步远的营长的马旁边,发出砰的一声。那匹马不管露出恐怖的样子好不好,首先打了一个响鼻,竖起前蹄,几乎把那个少校掀下来,然后向一旁跑走了。马的恐惧感染了人们。

"卧倒!"扑倒在地上的副官喊道。安德烈公爵站在那儿犹犹豫豫。一颗榴弹在他和副官之间,在耕地和草地的边缘,在一丛苦艾旁边,像陀螺似的冒着烟旋转。

"难道这就是死吗?"安德烈公爵一面想,一面用完全新的、羡慕的眼光看青草,看苦艾,看那从旋转着的黑球冒出的一缕袅袅上升的青烟。"我不能死,不愿意死,我爱生活,爱这青草,爱大地,爱空气……"他这样想着,同时想到人们都在望着他。

"可耻呀,副官先生!"他对副官说,"多么……"他没能把话说完。就在这一瞬间,发出了爆炸声,像打破了玻璃窗似的碎片四面飞射,闻到窒息的火药气味,安德烈公爵向一旁猛然一冲,举起一只手,胸脯朝下摔倒了。

几个军官向他跑过来。右侧腹部流到草地上一大片血。

叫来的担架民兵停在军官们身后。安德烈公爵俯卧着,脸埋在草里,发出沉重的呼呼噜噜的喘气声。

"你们干吗站着不动,快过来!"

农民们走过来,抓住他的肩膀和腿抬起来,但是他凄惨地呻吟着,农民们互相看了一下,又把他放下来。

"抬起来,放下,总归是一样!"有一个声音喊道。他们又托住他的肩膀抬起来,放到担架上。

"啊,我的上帝!我的上帝!这是怎么啦?……肚子!这一下可完了!哎呀,我的上帝!"军官们之间发出叹息声。"炮弹蹭着我的耳朵飞过去。"副官说。几个农民把担架搭在肩上,急忙沿着他们踏出的小路向救护站走去。

"步子走齐……喂!……老乡!"一个军官吆喝道,抓住那些走得不稳、颠动担架的农民的肩膀,叫他们停一下。

"合上步子,你怎么啦,赫韦多尔,我说,赫韦多尔。"前面的那个农民说。

"这就对啦,好的。"后面那个调好步子的农民高兴地说。

"大人吗？啊？是公爵？"季莫欣跑过来,朝担架看了看,声音颤抖地说。

安德烈公爵睁开眼,从担架里(他的头深陷在担架里)望了望说话的人,又垂下了眼皮。

民兵们把安德烈公爵抬到林边,那儿停着几辆大车,救护站就在那儿。救护站是在小白桦树林边搭了三个卷着边的帐篷。树林里停着大车和马。马正在吃饲料口袋里的燕麦,麻雀飞到马跟前啄食撒下来的麦粒。乌鸦闻到血腥味,急不可耐地狂叫着,在白桦树上飞来飞去。在帐篷周围两俄亩的地方,一些穿着各种服装的、血渍斑斑的人们卧着,坐着,站着。伤员周围站着许多面色沮丧、神情关注的担架兵,维持秩序的军官怎么也赶不走他们。士兵们不听军官的话,仍然拄着担架站在那儿,好像想要了解这种景象的深奥意义,聚精会神地观看他们眼前发生的事。帐篷里一会儿传出凶狠的大声哀号,一会儿传出悲惨的呻吟。有时一个医助跑出来取水,指定应当抬进去的人。在帐篷外等候的伤员们发出嘶哑的声音,呻吟,哭泣,喊叫,咒骂,要伏特加酒。有些人昏迷,说胡话。担架员迈过还没包扎的伤员,把团长安德烈公爵抬到一座较近的帐篷,停在那儿听候指示。安德烈公爵睁开眼睛,好久弄不明白他周围是怎么回事。他记起了草地、苦艾、耕地、旋转的黑球和他那热爱生活的激情。离他两步远,有一个头上包着绷带、黑发秀美的高个儿军士,拄着一根大树枝站在那儿高声说话,引起大家的注意。他的头和腿都被子弹打伤。他周围聚着一群伤员和担架员,热切地听他讲话。

"我们把他狠狠揍了一顿,揍得他丢盔卸甲,屁滚尿流,连那个国王也给抓住了!"那个军士一双火热的黑眼睛闪着光,环视着四周,喊道,"后备军要是及时赶到,弟兄们,准把他全给报销,我敢向你担保……"

安德烈公爵也像讲话者周围的人一样,用闪光的眼睛望着他,感到安慰。"不过,现在不是一切都无所谓了吗?"他想,"来世会是怎样的,今世曾是怎么样的?我过去为什么那样留恋生命?在这生命中有一种我过去和现在都不懂的东西。"

三十七

从帐篷里走出一个医生,围着一条血渍斑斑的围裙,他那两只不大的手也沾满了血,一只手的小指和拇指夹着一支雪茄(怕弄脏了雪茄)。他抬头往西边看,但目光越过受伤的人。他显然想休息一下,左右转了一会儿头,叹了口气,垂下眼睑。

"好,就来吧。"这是他回答医助的话,后者向他指了指安德烈公爵,于是吩咐把他抬进帐篷。

候诊的伤员们纷纷议论起来。

"看来在那个世界也只有贵族老爷好过。"一个伤员说。

安德烈公爵被抬进来,放在一张刚腾出来的、医助正在冲洗的桌上。安德烈公爵看不清帐篷里的东西。四面八方的痛苦呻吟,他的大腿、肚子和背脊剧烈的疼痛,分散了他的注意力。他所看到的周围的一切,他觉得融合成一个总的印象——赤裸的、血淋淋的人的肉体似乎充满了这座低矮的帐篷,就像几星期前,在那炎热的八月的一天,在斯摩棱斯克大道上一个脏污的水池里,填得满满的也是这种人的肉体。是的,这就是那些肉体,那些炮灰,那在当时仿佛就预示了眼前的一切的情景,曾使他感到恐怖。

帐篷里有三张台子。两张已经被占着了,安德烈公爵被放在第三张台子上。有一阵子没人管他,他身不由己地看到另外两张台子上的情形。最近的台子上坐着一个鞑靼人,从扔在旁边的制服看来,大概是一个哥萨克。四个士兵扶着他。一个戴眼镜的医生正在肌肉发达的栗色背脊上切除什么东西。

　　"哎哟,哎哟,哎哟!……"鞑靼人像杀猪似的喊叫,他突然昂起他那高颧骨、翘鼻子、黝黑的脸,龇着雪白的牙,开始挣扎,扭动,发出响得刺耳的长声尖叫。另一张围着好多人的台子上,平卧着一个大胖子,向后仰着头(他那鬈发、头发的颜色、他的头型,安德烈公爵觉得非常熟悉。)几个医助按住那个人的胸脯,不让他动弹。一条雪白的大粗腿迅速不停地、像发疟疾似的颤抖着。那个人抽泣着,哽咽着。两个医生——其中一个面色苍白,哆哆嗦嗦——默默地在那人的另一只发红的腿上做着什么。戴眼镜的医生做完了鞑靼人的手术,给他盖上军大衣,擦着手,走到安德烈公爵跟前。

　　他对安德烈公爵的脸看了一眼,赶快转过身去。

　　"给他脱衣服,干吗站着不动?"他愤愤地对医助们说。

　　当一个医助卷起袖子,匆忙地给安德烈公爵解纽扣,脱衣服的时候,安德烈公爵想起自己最早、最遥远的童年。医生低低地弯下身来查看伤势,摸了摸,深深地叹了一口气。然后他对人打了个手势。安德烈公爵由于腹内的剧痛失去了知觉。他醒来的时候,他大腿里的碎骨已经取出,炸开的一块肉被切除了,伤口也包扎好了。有人往他脸上洒水。安德烈公爵刚一睁眼,医生就向他俯下身来,默默地在他嘴唇上吻了吻,匆匆地走开了。

　　自从经受过那次痛苦以来,安德烈公爵体验到好久不曾有过的一种幸福的感觉。他一生那些最美好、最幸福的时光,特别是最遥远的童年,那时,有人给他脱衣,把他抱到小床上,保姆唱着催眠曲哄他睡觉,那时,他把头埋在枕头里,他对生活只有一个感觉,那就是觉得自己很幸福——在他想象中,这样的时光甚至不是过去,而是现实。

医生们在安德烈公爵觉得那人的头型很熟悉的伤员周围忙活着,把他扶起来,安慰他。

"给我看看……噢噢噢噢!噢!噢噢噢噢!"传来他那时时被啜泣打断的、惊慌不安的、痛得无可奈何的呻吟。听见这呻吟,安德烈公爵直想哭。不知是为了他无声无息地死去,还是为了他舍不得离开人世,为了那一去不复返的童年的记忆,为了他在受苦,别人也在受苦,那个人在他面前那么悲惨地呻吟——不管为了什么,他直想哭,流出孩子般的、善良的、几乎是愉快的眼泪。

人们给那个伤员看了看他那条被截去的、沾满血渍的、还穿着靴子的腿。

"噢!噢噢噢噢!"他像女人似的恸哭起来。那个站在伤员身旁挡住了他的脸的医生,这时走开了。

"我的上帝!这是怎么回事?他为什么在这儿?"安德烈公爵自言自语。

他认出那个不幸的、痛哭失声、虚弱无力、刚被截去腿的人是阿纳托利·库拉金。人们扶起他,递给他一杯水,但是他那颤抖着的肿起的嘴唇老挨不到杯子边。阿纳托利痛苦地啜泣着。"是的,这是他;是的,这个人不知怎的和我是那么密切和痛苦地连在一起。"安德烈公爵还没弄清楚眼前究竟是怎么回事,心中想道。"这个人跟我的童年,跟我的生活有什么关系呢?"他自问,但是得不到解答。突然,在安德烈公爵的想象中,从纯洁可爱的童年世界中浮现出另一种新的意外的记忆。他想起一八一〇年在舞会上第一次看见娜塔莎,想起她那纤细的脖颈和纤细的手臂,她那时时都在兴奋状态的、又惊又喜的面庞,于是在他的心灵中苏醒了对她的眷恋和柔情,比任何时候都更生动,更强烈的眷恋和柔情。他这时想起了他同那个用含着泪水的肿起的眼睛模糊地看他的人之间的关系。安德烈公爵想起了一切,于是对那个人的热烈的怜悯和挚爱充满了他那幸福的心。

安德烈公爵再也忍不住流出温柔、深情的眼泪,他哭了,哭人们,哭自己,哭他们和自己的错误。

"对弟兄们、对爱他人的人的同情和爱,对恨我们的人的爱,对敌人的爱——是的,这就是上帝在人间传播的、玛丽亚公爵小姐教给我而我过去不懂的那种爱;这就是我为什么舍不得离开人世,这就是我所剩下来的唯一的东西,如果我还活着的话。但是现在已经晚了。我知道这一点!"

三十八

死伤遍野的可怕景象,再加上头昏脑涨以及二十个他所熟悉的将军伤亡的消息,往日有力的胳膊变得软弱无力的感觉,这一切在爱看死伤的人、以此作为考验自己的精神力量的拿破仑身上引起一种意想不到的印象。这天战场上的可怕景象使他的精神力量屈服了,而他本来认为他的功绩和伟大都来自这种精神力量。他连忙离开战场,回到了舍瓦尔金诺土岗。他坐在折椅上,脸姜黄而且浮肿,心情沉重,眼睛混浊,鼻子通红,声音沙哑,他不由得奔拉着眼皮,倾听射击的声音。他怀着病态的忧愁企望结束那场由他挑起的战争,但是他无法阻止它。个人所具有的人类感情,短暂地战胜了他长期为之效劳的那种虚假的人生幻影。他亲自感受到他在战场上所见到的那些苦难和死亡。头和胸的沉重感觉,使他想到他自己也有遭受苦难和死亡的可能。在这顷刻间,他不想要莫斯科,不想要胜利,不想要荣誉。(他何必要更多的荣誉?)他现在只希望一件事,那就是休息、安静和自由。但是,当他在谢苗诺夫斯科耶高地时,炮兵司令向他建议,调几个炮兵连到这些高地上,对聚在克尼亚济科沃前面的俄国军队加强火力。拿破仑同意了,并且命令向他报告那些炮兵连作战的效果。

一名副官前来报告说,遵照皇帝的命令,调来二百尊大炮轰击俄军,但是俄军仍然坚守着。

"他们被我们的炮火成排地撂倒,可是他们动也不动。"那个副官说。

"他们还嫌不够!……"拿破仑声音沙哑地说。

"陛下?"那个副官没听清楚,问道。

"还嫌不够,那就多给他们一些。"拿破仑皱着眉头,嗓子嘶哑地说。

其实,不待他发命令,他要做的事也已经做了,他所以发命令,只不过因为他以为人们在等待他的命令。于是他又回到他原先那个充满了某种伟大的幻影的虚幻世界(就像一匹拉磨的马,自以为在替自己做事),又驯服地做起注定要由他扮演的那个残酷、可悲、沉重、不人道的角色。

不止那一刻,也不止那一天,这个比其他任何人都更沉重地负起眼前这副重担的人,他的智力和良心蒙上一层阴影;但是,他永远、直到生命的终结,都不能理解真、善、美,不能理解他的行为的意义,因为他的行为太违反真和善,与一切合乎人性的东西离得太远,所以他无法理解它们的意义。他不能屏弃他那誉满半个地球的行为,所以他要屏弃真和善以及一切人性的东西。

不仅这一天,他巡视那横着死者和伤者的战场(他认为那些伤亡是由他的意志造成的),看着这些人,计算着多少俄国人抵一个法国人,于是他自欺地找到了高兴的理由:五个俄国人抵一个法国人。不仅这一天,他在给巴黎的信中也是这样写的:战场的景象是壮丽的,因为在战场上有五万具尸体;而且在圣赫勒拿岛上,在那幽禁、寂静的所在,他说,他要利用闲暇时光,记述他的丰功伟绩,他用法语写道:

远征俄国的战争,本来是当代最驰名的战争,因为这是明智的、为了真正利益的战争,是为了全人类的安宁和安全的战争;它纯粹是热爱和平的稳健的战争。

那场战争是为了一个伟大的目的,为了意外事变的终结,为了安定的开始。新的境界,新的事业正在出现,全人类的安宁幸福和繁荣昌盛正在出现。欧洲的制度已经奠定,剩下的问题只是进一步建立起来。

在这些大问题都得到满意解决,到处都安定下来之后,我也就有我的国会和我的神圣同盟了。这些理想是他们从我这里窃取的。在这次各国伟大的君主会议中,我们应当像一家人一样讨论我们的利益,并且像管账先生对主人那样向各国人民提出报告。

照这样做去,欧洲一定很快成为一个统一的民族,一个人不论到哪里旅行,就如同进入共同的祖国。我呼吁所有的河流供所有的人航行,海洋公有,庞大的常备军一律缩编成各国君主的近卫军。

回到法国,回到伟大、强盛、瑰丽、和平、光荣的祖国,我要宣布,她的国界永远不变;未来一切战争,是防御性的;任何扩张都是与民族利益背道而驰的;我要会同我的儿子掌管帝国政治;我的独裁要结束了,他的宪政就要开始了……

巴黎将要成为世界的首都,法国人要成为万国人民羡慕的对象!……

到那时候,我将利用我的闲暇和晚年,在皇后陪伴下,在我儿子受皇室教育期间,像一对真正的农村夫妇一样,驾着自己的马车,畅游帝国各个角落,接受诉状,平反冤狱,在各地兴建高楼大厦,布施恩惠。

天意注定他充当一名屠杀人民的、可悲的、不由自主的刽子手,他自信他的行为动机是造福于人民,自信他能支配千百万人的命运,能凭借权利施舍恩惠。

渡过维斯杜拉河的四十万人中,有一半是奥地利人、普鲁士人、撒克逊人、波兰人、巴伐利亚人、符腾堡人、梅克伦堡湾人、西班牙人、意大利人和那不勒斯人。实在说来,在帝国军队里,有三分之一的荷兰人、比利时人、莱茵河两岸的居民、皮德蒙特人、瑞士人、日内瓦人、托斯卡纳人、罗马人、三十二师①以及不来梅和汉堡等地的人;其中说法语的几乎不满十四万人。对俄国的远征,其实法国的损失不到五万人;俄军从维尔纳撤退到莫斯科,以及在各次战斗中,损失比法军多四倍;莫斯科的大火使十万俄国人丧生,他们由于森林里寒冷和匮乏而死亡;最后,由莫斯科至奥德河的进军中,俄军也受到严酷季节之苦;在抵达维尔纳的时候,它只剩五万人了,到了卡利什,就不到一万八千人了。

他想象,同俄国的战争是按照他的意志引起的,所以可怕的景象没有使他的灵魂震惊。他勇敢地承担了事件的全部责任,他那昏聩的智力竟然从几十万牺牲者中法国人少于黑森人和巴伐利亚人这个事实找到了辩解。

三十九

几万名死人,以各种姿势,穿着各种服装,躺在属于达维多夫

---

① 三十二师指达乌元帅指挥的师,其中士兵多半从汉堡、不来梅等地招募来的。

老爷家和皇室农奴的田地和草地上,数百年来,波罗金诺、戈尔基、舍瓦尔金诺和谢苗诺夫斯科耶的村民就在这里收庄稼和放牲口。在救护站周围一俄亩的地方,青草和土地浸透了鲜血,一群群受伤的和未受伤的各种队伍的人,带着惊慌的面孔,一批拖着脚步返回莫扎伊斯克,另一批返回瓦卢耶瓦。另外一些人群,疲惫不堪,饿着肚子,由长官率领着前进。还有一些原地不动,继续射击。

整个战场,原先是那么欢快而美丽,刺刀在晨曦中闪光,烟雾弥漫,现在却笼罩着潮湿的烟尘,发散着难闻的硝酸和血腥气味。乌云上来了,开始落雨点了,雨点落在被打死的人身上,落在受伤的人身上,落在惊慌的人身上,落在筋疲力尽的人身上,落在疲乏的人身上,落在迷惘的人身上。雨点仿佛在说:"行啦,行啦,人们。住手吧……清醒清醒吧。你们在干什么呀?"

疲惫不堪、没有吃食和得不到休息的双方敌对的人们,都同样怀疑起来,是不是他们还要互相残杀,所有的脸上都露出迟疑的神情,每个人心中都产生同样的问题:"为什么,为了谁,非得杀人和被杀?您爱杀就杀吧,爱干就干吧,而我却不愿再干了!"到傍晚的时候,这个思想在每个人心中都成熟了。这些人时时刻刻都可能为他们所做的事大吃一惊,都可能抛弃一切,随便逃到什么地方去。

虽然战斗已经接近尾声,人们都感到自己的行为的全部恐怖性,虽然他们乐于罢手不干,但是仍然有一种不可思议的、神秘的力量在指导他们,虽然炮兵三个只剩一个,而且汗流浃背,浑身沾满了火药和血,累得走起路来磕磕绊绊,上气不接下气,他们仍然送火药,装炮弹,瞄准,安上引火线;炮弹仍然从双方迅速而残酷地飞来飞去,把人的身体打成肉泥,那种不是按照人的意志而是按照统治人类和世界的上帝意志进行的可怕的事情,仍然继续在进行着。

如果有人看一看俄军后方混乱的情况，就会说，只要法国人稍微再加点劲，俄国军队就完了；如果有人看一看法军的后方，也会说，只要俄国人再努一把力，法国人就垮了。但是不论是法国人还是俄国人，都没加这把劲，战斗的火焰慢慢地熄灭。

　　俄国人没努那一把力，因为并非他们进攻法国人。在战斗开始的时候，他们只是守着通往莫斯科的道路，挡住敌人的去路，一直到战斗结束，仍然像战斗开始一样在坚守着。但是，即使俄国人的目的是要打退法国人，他们也不能使出最后的力量，因为所有俄国的军队都被击溃了，没有哪一个部队在战斗中没受损失的，俄国人在坚守阵地中就损失了一半的人马。

　　至于法国人，他们怀念过去十五年来所有的胜利，相信拿破仑不可战胜，知道他们已经占领一部分战场，他们只损失四分之一的人，他们还有两万名未曾动用的近卫军，努这一把力是容易的。法国人进攻俄国军队的目的就是要把他们赶出阵地，应当努这一把力，因为只要俄国人像战斗开始时一样挡住通往莫斯科的道路，法国人就达不到自己的目的，他们所有的努力和损失就白费了。但是法国人没有做出这样的努力。有些史学家说，拿破仑只要拿出他的完整的老近卫军，那一仗就打赢了。说拿破仑派出他的近卫军就会怎么样，等于说秋天变成春天就会怎么样。这是不可能的。拿破仑没派出他的近卫军，不是因为他不愿意这样做，而是不能这样做。所有法军的将军、军官、士兵都知道不能这样做，因为低落的士气不允许这样做。

　　不只拿破仑一人体验到那类似噩梦的感觉，臂膀可畏的一击却是那么软弱无力，而且法军的全体将军，参加和尚未参加战斗的全体士兵，根据他们过去所有战斗的经验，只要用十分之一的力量，敌人就望风而逃，而现在面对这个损失了一半军队，战斗到最后仍然像战斗开始时一样威严地岿然不动的敌人，都有同样的恐怖感觉。处在进攻地位的法军的士气已经消耗殆尽。俄国人在波罗金诺取得了胜利,这种胜利不是用缴获几个绑在棍子上的布片(所谓军旗)来标志的胜利,也不是军队占领了和正在占领着地盘就算胜利,而是使敌人相信他的敌手的精神的优越和他自己的软弱无力的那种精神上的胜利。法国侵略者像一头疯狂的野兽,在它跳跃奔跑中受了致命伤,感到自己的死期将至;但是它不能停止,正如人数少一半的俄国人一路避开敌人的锋芒,不能停止一样。在这次猛力的推动之下,法国军队仍然能够冲到莫斯科;但是在那儿,俄国军队不用费力,法国军队在波罗金诺受了致命伤,在流血,它必然走向灭亡。波罗金诺战役的直接结果是拿破仑无缘无故从莫斯科逃跑,沿着斯摩棱斯克旧路逃回去,五十万侵略军毁灭,拿破仑的法国在波罗金诺第一次遇到精神上更强大的敌手而陷于崩溃。

第 三 部

一

人类的聪明才智不理解运动的绝对连续性。人类只有在他从某种运动中任意抽出若干单位来进行考察时，才逐渐理解。但是，正由于把连续的运动任意分成不连续的单位，从而产生了人类大部分的错误。

古代有一个著名的"诡辩"，说的是阿奇里斯①永远追不上乌龟，虽然他比乌龟走得快十倍：阿奇里斯走完他和乌龟之间的距离时，乌龟在他前面就爬了那个距离的十分之一；阿奇里斯走完这十分之一的距离时，乌龟又爬了那个距离的百分之一，如此类推，永无止境。这个问题在古代人看来是无法解决的。阿奇里斯追不上乌龟这个答案之所以荒谬，就是因为把运动任意分成若干不连续的单位，而实际上阿奇里斯和乌龟的运动却是连续不断的。

把运动分成越来越小的单位，这样处理，我们只能接近问题的答案，却永远得不到最后的答案。只有采取无穷小数和由无穷小

---

① 阿奇里斯是荷马史诗中的人物。

数产生的十分之一以下的级数,再求出这一几何级数的总和,我们才能得到问题的答案。数学的一个新的分支,已经有了处理无限小数的技术,其他一些更复杂的、过去似乎无法解决的运动问题,现在都可以解决了。

这种古代人所不知道的新的数学分支,用无限小数来处理运动问题,也就是恢复了运动的重要条件,从而纠正了人类的智力由于只考察运动的个别单位而忽略运动的连续性所不能不犯的和无法避免的错误。

在探讨历史的运动规律时,情况完全一样。

由无数人类的肆意行为组成的人类运动,是连续不断的。

了解这一运动的规律,是史学的目的。但是,为了了解不断运动着的人们肆意行动的总和的规律,人类的智力把连续的运动任意分成若干单位。史学的第一个方法,就是任意拈来几个连续的事件,孤立地考察其中某一事件,其实,任何一个事件都没有也不可能有开头,因为一个事件永远是另一个事件的延续。第二种方法是把一个人、国王或统帅的行动作为人们肆意行动的总和加以考察,其实,人们肆意行动的总和永远不能用一个历史人物的活动来表达。

历史科学在其运动中经常采取越来越小的单位来考察,用这种方法力求接近真理。不过,不管历史科学采取多么小的单位,我们觉得,假设彼此孤立的单位存在,假设某一现象存在着开头,假设个别历史人物的活动可以代表所有人们的肆意行为,这些假设本身就是错误的。

任何一个历史结论,批评家不费吹灰之力,就可以使其土崩瓦解,丝毫影响都不会留下,这只消批评家选择一个大的或者小的孤立的单位作为观察的对象,就可以办到了;批评家永远有权利这样做,因为任何历史单位都是可以任意分割的。

只有采取无限小的观察单位——历史的微分,也就是人的共同倾向,并且运用积分的方法(就是得出这些无限小的总和),我们才有希望了解历史的规律。

十九世纪最初的十五年,欧洲出现了数百万人的不寻常的运动。人们抛下他们的日常职业,从欧洲一边跑到另一边,抢劫和互相屠杀,胜利和陷入绝望,几年之间,整个生活的运行改变了,出现一种先高涨后衰退的激烈运动。这运动的起因是什么,它的规律是什么?——人的智慧不禁要问。

史学家在回答这个问题时,向我们讲述巴黎城内一座建筑物里的几十个人的言行,称这些言行为革命;然后写出拿破仑和某些同情他或敌视他的人的详细传记;讲述这些人之中某些人对另一些人的影响,并且说:这就是运动的起因,这就是运动的规律。

但是,人的智慧不仅断然不肯相信这种解释,而且干脆地说,这种解释的方法是不正确的,因为这样解释,就把最弱的现象当做最强现象的原因了。人的肆意行动的总和造就了革命,也造就了拿破仑,也只有这些肆意行为的总和容忍了前者和后者并消灭了前者和后者。

“然而,每次只要有征服,就有征服者,一个国家里,每次只要有大的改革,就有伟大的人物。”历史这样说。的确,每次征服者出现,就会有战争,人的智慧这样回答,但这并不能证明征服者是战争的原因,也不能在一个人的个人活动中找到战争的规律。每当我看见钟表的时针指到十,就听见邻近教堂鸣钟,但由此我没有权利得出结论说:钟表的时针指的位置是教堂的钟运动的原因。

每当我看见机车启动,就听见汽笛响,看见开汽门和轮子转动;但并不能因此我就有权利下结论说:汽笛响和轮子转动是机车运动的原因。

农民说,暮春吹起冷风,是因为橡树发芽了,而实际上,每年春天橡树发芽时,都吹拂着冷风。虽然我不知道每当橡树发芽就有冷风吹拂的原因,但是我不能同意农民说橡树发芽是吹冷风的原因,因为风的力量绝不是树芽所能影响得了的。我只看出,在一切生活现象中,常有一些条件的巧合,我还看出,不论我多么仔细地观察钟的指针、机车的汽门和轮子,以及橡树的幼芽,也找不出钟声、机车的运转和春风的原因。为此,我应当完全改变我的观点,来研究蒸汽、钟表和风的运动的规律。历史也应当这样办。实际上已经有人做这样的尝试了。

为了研究历史的规律,我们应当撇开帝王将相,完全改变观察的对象,而去研究指导群众的同类型的无限小的因素。谁也不敢说用这种方法了解历史的规律究竟有多大成就;但是,显然,只有用这种方法才能找到历史的规律,人类的聪明才智在这个途径上所用的精力还不及史学家在描述帝王将相的各种活动和叙述他们对这些活动的见解所用的精力的百万分之一。

二

操着十二种语言的欧洲人侵入俄国。俄国军队和居民为了避免冲突往后撤到斯摩棱斯克,再由斯摩棱斯克撤到波罗金诺。法国军队以不断增长的冲力疾奔莫斯科,奔向它运动的目标。它这冲力在接近目标时,就更加大了,就像下坠的物体越接近地面,它的速度就越大一样。它后面是几千俄里饥饿的含有敌意的国土;前面距离目标只有几十俄里。拿破仑的每个士兵都有这样的感觉,入侵得以自然地向前推进,全凭这股冲力。

俄国军队越往后退,对敌人的仇恨火焰也就越加炽烈;在后退中,它集聚了力量而且壮大起来。在波罗金诺打了一仗。双方的军队都没垮掉,但是俄国军队打了这一仗后,即刻撤走,其所以如此,正如一个球碰到另一个具有更大冲力的球必然反跳回来一样;那个猛力直冲的侵略的球,虽然相碰时失去它全部的力量,也必然再向前滚上一段路。

俄国人退了一百二十俄里——退过了莫斯科,法国人到达莫斯科,在那儿停下来。此后一连五星期没有战事。法国人在原地不动。他们就像一只受了致命伤的野兽,流着鲜血,在舐它的伤口,在莫斯科无所作为地停留了五个星期,突然,没有任何新的原因,回头往后逃走了:他们向卡卢日斯卡雅大路窜去,除了在小雅罗斯拉维茨城下打了一个胜仗外,他们没打过一场大仗,就以更高的速度逃回斯摩棱斯克,再从斯摩棱斯克逃往维尔纳,逃往别列济纳河,向更远的地方逃走了。

八月二十六日晚,库图佐夫以及全体俄国军队都相信,波罗金诺这一仗打赢了。库图佐夫递给皇帝的报告也是这样说的。库图佐夫下令准备新的战斗,给敌人最后一击,这样做不是要欺骗什么人,而是因为他知道敌人已经被打败,每个参加战斗的人也都知道这一点。

但是,当天和次日,接二连三地传来骇人听闻的损失和军队伤亡半数的消息,新的战斗在实力上成为不可能了。

再来一次战斗是不可能的,因为情报还没有收集起来,伤员还没有收容好,弹药还没有补充,阵亡人数还没有统计,代替战死者的新军官还没有指派,士兵们还饿着肚子,而且睡眠不足。

然而同时,就在那次战斗的第二天早晨,法国军队(它运动的冲力似乎与距离的平方成反比增加着)已经自动向俄国军队冲上来了。库图佐夫想在第二天发动进攻,全体军队也是这样想。但是,要想进攻,只有这样的愿望是不够的;还要有做这件事的可能性,而这种可能性却没有。不能不后退一天的行程,然后又不能不后退另一天和第三天的行程,最后,九月一日,当军队退到莫斯科时,虽然士气高涨到极点,然而客观的形势却要求军队退到莫斯科以东。于是军队又退了最后一天的行程,把莫斯科让给敌人。

有些人想当然,以为整个战局和各个战役的计划是由统帅们制定出来的,就像我们每个人那样,坐在自己的办公室里,对着地图,想象他对某某战役是怎样部署的,于是在那些人的想象中就出现了以下的问题:库图佐夫在撤退时,为什么不这样或那样做呢?在退到菲利之前,为什么不据守一个阵地呢?为什么他不立即放弃莫斯科,退到卡卢日斯卡雅大路上去呢?诸如此类的问题。惯于这样想的人们,忘记了或者不知道任何总司令总是在一些不可避免的条件中行动的。一个统帅的行动完全不像我们所想象的那样,自由自在地坐在办公室里,面对着地图,双方的兵力已经知道,地形也知道,于是仔细考虑某一战役,并且从某个已知的时机开始我们的思考。一个总司令永远不会处在某一事件开头的那些条件,而我们总是依据那些条件来研究那个事件。总司令总是处在一系列不断运动的事件之中,因此,他从来在任何时刻都不可能考虑当前事件的全部意义。事件总是在不知不觉之间,一秒一秒地逐渐呈现出它的意义的,在这连续不断的呈现事件意义的每个时刻,总司令总是处在错综复杂的竞争、阴谋、思考、从属关系、权力、计划、意见、恫吓、欺骗的中心,必须经常回答向他提出的无数互相矛盾的问题。

军事学家认真地对我们说,库图佐夫在退到菲利之前,早就应当把军队转移到卡卢日斯卡雅大路,甚至有人曾经向他提出这样的建议。但是在一个总司令面前,特别是在困难时刻,摆着的何止一个建议,常常是一下子几十个建议。所有这些根据战略和战术作出的建议都是彼此矛盾的。总司令的任务似乎只是选择这些建议中的一个。但是他连这一点也办不到。事件和时间是不待人的。譬如说,人们向他建议二十八日转移到卡卢日斯卡雅大路,可是这时忽然从米洛拉多维奇驰来一名副官,问他现在是向法国人开火呢,还是撤走。他必须即刻发出命令。而撤走的命令却使我们离开了转向卡卢日斯卡雅大路的地方。在副官之后,军需官来问,把粮食运到哪儿,军医官来问,把伤员运到哪儿;一个信使从彼得堡带来皇帝的信,说是不让放弃莫斯科,而总司令的政敌,就是老想找碴儿中伤他的政敌(这样的人往往不止一个,而是好几个),提出一个新的建议,一个与向卡卢日斯卡雅大路转移截然相反的计划;而总司令本人的体力却需要睡眠和补充营养;而一个没得到勋章的可敬的将军前来诉冤,而居民前来请求保护;派出视察地形的军官回来了,他的报告与在他之前派出的军官的报告完全相反;而侦察员、俘虏和负责侦察的将军,他们对敌情的讲述各不相同。有些人不想去理解或者忘记一个总司令在他的活动中必然会遇到的一些条件,这些人在谈起,比方说,军队在菲利的情况时,就说总司令在九月一日完全来得及决定放弃或者保卫莫斯科这一问题,而实际上,当时俄国军队离莫斯科只有五俄里的路程,这个问题已经不存在了。这个问题是什么时候决定的呢?是在德里萨,在斯摩棱斯克,特别明显的是在八月二十四日在舍瓦尔金诺,二十六日在波罗金诺,是在从波罗金诺撤退到菲利的途中每一天,每一时,每一分钟就已经在解决这个问题了。

三

俄国军队从波罗金诺撤退后,在菲利附近驻下。去视察阵地回来的叶尔莫洛夫来见元帅。

"在这样的阵地作战简直不可能。"他说。库图佐夫惊讶地看了看他,叫他再说一遍。在他说了以后,库图佐夫向他伸出手来。

"把手伸给我。"他说，把对方的手翻过来摸着他的脉搏，说，"你不舒服，亲爱的。好好想一想你说的什么话。"

在离莫斯科多罗戈米洛夫城门六俄里的波克隆山上，库图佐夫下了马车，坐在路边一张条凳上。一大群将军们聚在他周围。从莫斯科来的拉斯托普钦伯爵也在他们中间。这群显赫的人物分成好几个组，在谈论阵地的利弊，军队的状况，提出的计划，莫斯科的情形，总之，都在谈论军事问题。大家都觉得这是一次军事会议，虽然并未召集这样的会议，也没有人叫它军事会议。大家所谈的都是共同的问题。如果有人谈到或者打听私人的事情，总是低声私语，随即又谈起共同的问题。在这些人中间完全听不见说笑声，甚至看不见笑脸。显然，大家都努力保持着应有的风度。所有小组在互相交谈时，都极力靠近总司令（总司令的条凳是这些小组的中心），并且尽可能让他听见他们的谈话。总司令听而且有时问他周围的人在说什么，但他不参加谈话，也不表示意见。他听了听某一组的谈话，多半是带着失望的神情扭过脸去，就好像他们所说的完全不是他愿意听的。有些人对选定的阵地发议论，与其说是批评那个阵地本身，不如说是批评选定阵地的人的聪明才智；另一些人证明说，早就犯了一个错误，两天前就应该发动那场战役；又有一些人谈论萨拉曼卡战役，一个刚刚来到的、穿着西班牙军服的法国人克罗萨讲述了战役的经过。（这个法国人和一个在俄国军队服务的德国亲王正在议论萨拉戈萨城的保卫战①，认为莫斯科也可以如法炮制。）拉斯托普钦伯爵在第四组里说，他愿意和莫斯科民兵一同战死在首都的城墙下，但是他仍然不能不感到遗憾，因为他对情况一无所知，如果他事先知道的话，那就会完全不同了……第五组显示他们对战略的深思熟虑，正在谈论军队应

①　一八〇八年法军围攻西班牙萨拉戈萨城，该城防守了数月才被法军攻陷。

当采取的方向。第六组讲的全是废话。库图佐夫越来越忧心忡忡，越来越愁容满面。从所有这些谈话中，库图佐夫只看出一点：保卫莫斯科实际上根本不可能，也就是说，其不可能的程度如此之大，如果有哪个总司令发疯硬要打一仗，那就会造成混乱，而且仗仍然打不起来；其所以打不起来，是因为所有高级将领不仅认为那个阵地不能守，而且在他们的谈话中只讨论在必然放弃那个阵地之后可能发生的情况。指挥官怎么能把他们的军队带到他们认为不能作战的战场上去呢？下级军官，甚至士兵们（他们也在议论），也认为那个阵地不行，所以不能抱着必败的信念去打仗。如果说贝尼格森主张坚守这个阵地，还有些人在讨论它的话，那就是说，这个问题的本身已经没有意义，其意义不过是作为争论和施展阴谋诡计的借口罢了。库图佐夫是了解这一点的。

贝尼格森选好了阵地，极力显示他那俄罗斯爱国精神，坚决主张保卫莫斯科（库图佐夫听到这个不能不皱眉头）。贝尼格森的如意算盘，库图佐夫看得一清二楚：如果保卫战失败，就把罪责推给库图佐夫，因为他不战就带着军队退到麻雀山，如果成功，就归功于他个人；如果否决他的意见，那么，放弃莫斯科的罪责就没有他的份儿。但是，现在老头子关心的并不是这个阴谋。有一个可怕的问题占有了他。而且对于这个问题，他从任何人那里都得不到答案。现在他心中只有这么一个问题："难道是我让拿破仑到莫斯科来的吗？我什么时候这样做了？这是什么时候决定的？难道是昨天在我命令普拉托夫撤退的时候，或者是前天晚上我打了个盹儿，吩咐贝尼格森发布命令的时候？……或者是在更早的时候？这个可怕的问题究竟是在什么时候决定的呢？莫斯科必须放弃，军队必须撤退，这道命令必须发出。"发出这道可怕的命令就等于交出军队的指挥权。他不但爱权力，掌握惯了权力（他在土耳其时，他的上级普罗佐罗夫斯基公爵所受到的尊敬使他艳羡不置),而且他相信,他命中注定要拯救俄国,因此才有违反皇帝的意愿,按照人民的意志,把他选为总司令这件事。他相信,只有他在这种困难的条件下领导军队,全世界只有他一个人对常胜的拿破仑无所畏惧;但是一想到他不得不发布那道命令,他就不寒而栗。但是必须有个决定,必须中止他周围那些过于随便的谈话。

他把职位比较高的一些将军叫来。

"我的脑袋不管是好是坏,也只有依靠它了。"他从条凳上站起来,说,然后骑着马到菲利去了,他的马车停在那儿。

<h1 style="text-align:center">四</h1>

下午两点钟,在农民安德烈·萨沃斯季亚诺夫家一间宽敞、比较好的小屋里举行军事会议。这个农民一大家子人——男男女女,还有孩子,都挤进小过厅对面一间堆放杂物的屋子里。只有安德烈的六岁孙女玛拉莎留在那间大屋的炕炉上,勋座抚爱她,吃茶时给她一块糖。玛拉莎从炕炉上羞怯而欢喜地瞧着一个个走进来、坐在屋角圣像下宽凳子上的将军们的脸、制服和十字勋章。老爷爷,玛拉莎心里这样称呼库图佐夫,单独坐在炕炉后边黑暗的角落里。他深深地陷进一张折叠的扶手椅里,不断咳咳呛呛地清嗓子,抻一抻军大衣的衣领,虽然衣领是敞着的,好像仍然卡他的脖子。进来的人一个个走到陆军元帅面前;他跟一些人握手,向另一些点头。副官凯萨罗夫想要拉开库图佐夫对面的窗帘,但是库图佐夫气愤地向他摆手,于是凯萨罗夫明白了勋座的意思,他是不愿让人看见他的脸。

在摆着地图、计划、铅笔、纸张的农家的杉木桌周围,聚的人太多,勤务兵不得不再拿来一个条凳放在桌子旁边。几个新来的人——叶尔莫洛夫、凯萨罗夫和托尔坐在这个条凳上。在前面一排,正对着圣像下面,坐着巴克莱·德·托利,他脖子上挂着圣乔治十字勋章,苍白的脸带有病容,高高的前额和秃顶连成一片。从昨天开始他就打摆子,这时他正发冷,浑身酸痛。坐在他身旁的是乌瓦罗夫,他正低声地(大家都这样说话)、很快地打着手势告诉巴克莱什么事情。矮胖的多赫图罗夫挑起眼眉,双手叠在肚子上,全神贯注地谛听着。另一边坐的是奥斯特曼-托尔斯泰伯爵,他一只手托着他那粗眉大眼、目光炯炯的硕大的脑袋,似乎在想心事。拉耶夫斯基带着不耐烦的神情习惯地向前卷着他那鬓角的黑发,时而看看库图佐夫,时而看看房门。科诺夫尼岑那副坚强、俊秀、善良的面孔,焕发着温柔而机敏的微笑。他碰到玛拉莎的目光,向她挤挤眼,逗得小姑娘莞尔一笑。

大家都在等贝尼格森,他借口再视察一遍阵地,实际上是要吃完他那美味的饭菜。从四点钟等到六点钟,一直没有开始讨论,都在低声闲谈。

贝尼格森一走进屋,库图佐夫就从角落里移近桌子,但只移到不让桌上的蜡烛照亮他的脸的地方。

贝尼格森首先提出开会的议题:"是不战就放弃俄罗斯神圣的古都呢,还是保卫它呢?"接着是一阵长时间的冷场。所有的人都沉着脸,在寂静中只听见库图佐夫气愤地喘气和咳嗽。所有的眼睛都望着他。玛拉莎的眼睛也望着老爷爷。她离他最近,她看见他怎样皱眉蹙额;就好像要哭的样子。但是这种情形持续了不大会儿。

"俄罗斯神圣的古都!"他突然发言了,用愤怒的声音重复贝尼格森的话,他这是指出这句话的虚伪性。"我可以告诉您,大人阁下,这个问题对俄国人是没有意义的(他向前探出他那沉重的身躯)。提出这种问题是不可以的,这种问题是没有意义的。我邀请诸位来开会所要讨论的问题,是军事问题。是这么一个问题:拯救俄国靠军队,是打一仗而冒损失军队和莫斯科的风险比较有利呢,还是不战就放弃莫斯科比较有利?我是想知道诸位对这个问题的意见。"(他又向后靠到扶手椅背上。)

讨论开始了。贝尼格森仍然不肯认输。他虽然同意巴克莱和别人的意见,认为在菲利打一场防御战不可能,但是他满怀俄罗斯爱国精神和对莫斯科的热爱,建议在夜间把军队从右翼调到左翼,第二天攻击法军的右翼。意见分歧了,对这个意见有的赞成有的反对。叶尔莫洛夫、多赫图罗夫和拉耶夫斯基同意贝尼格森的意见。不知道这些将军觉得在放弃莫斯科之前有作一次牺牲的必要呢,还是个人另有打算,但是,他们不明了这个会议并不能改变不可避免的战局的发展趋势,实际上莫斯科当时已经放弃了。其余的将军们懂得这一点,他们把莫斯科问题撂在一边,只谈军队在撤退时应采取的方向。玛拉莎目不转睛地瞧看她面前的情形,对这个会议的意义有她不同的理解。她觉得这不过是"老爷爷"和那个"穿长袍的"(她这样称呼贝尼格森)两人之间的争吵。她看出,他们俩对话时都带着怒气,而她内心是向着老爷爷的。在争论中间,她看见老爷爷向穿长袍的投了迅速机敏的一瞥,使他无言以对:贝尼格森突然脸通红,愤愤地在屋里走来走去。贝尼格森之所以如此激动,是因为库图佐夫对贝尼格森所提出的夜间把军队从右翼移到左翼以进攻法军右翼的意见的利弊,在发表自己的意见时,其声调是那么平静而安详。

"诸位,"库图佐夫说,"我不能赞同伯爵的计划。在离敌人很近的地方调动军队,总是危险的,军事历史也证实了这个看法。例如……(库图佐夫仿佛在沉思,想找一个例子,同时用明朗、天真的目光望着贝尼格森。)就拿弗里德兰战役①来说吧,那次战役……

① 一八〇七年六月二日(公历十四日)贝尼格森将军指挥的俄军与拿破仑统率的法军在东普鲁士弗里德兰附近发生战斗,由于贝尼格森在战争准备和指挥上的严重的错误,俄军遭受失败,法军得以进入俄国境内。

我想，伯爵一定记得很清楚，并不十分成功，就因为我们的军队在太靠近敌人的地方重新部署……"接着是一阵短暂的沉默，可是大家都觉得沉默的时间很长。

讨论又恢复了，但时时中断，好像再没有什么可说的了。

在一次中断的时候，库图佐夫深深地叹了口气，仿佛准备要说话似的。大家都转脸看他。

"这么看来，诸位，打破瓶瓶罐罐，得由我来赔偿了，"他说，然后慢慢地站起来，走到桌旁，"诸位，你们的意见我都听了。有的不同意我的意见。可是我（他停了一下），皇帝和祖国授给我权力，我——命令退却。"

在这之后，将军们开始散了，都带着严肃和默默无言的谨慎的神情，就好像送完了葬走散似的。

有几个将军放低了声音，用与他们在会议上说话时完全不同的腔调，告诉总司令一点什么事。

玛拉莎早就在等着去吃晚饭，她光着一双小脚丫，踩着炕炉的台阶，背朝外小心地从高板床①爬下来，混在将军们腿中间跑出门外。

将军们走后，库图佐夫用臂肘支着桌子坐了很久，他老在想那个可怕的问题："什么时候，究竟是什么时候决定放弃莫斯科的？对于这个问题是什么时候做出决定的？这是谁的罪过？"

"我没料到这个，"他对深夜走进来的副官施奈德说，"我没料到这个！我没料到这个！"

"您应当休息一下了，勋座。"施奈德说。

"不行！让他们也像土耳其人一样吃马肉，"库图佐夫没有回答他的话，用他那肥胖的拳头捶着桌子喊道，"他们也会落这么个

---

① 高板床是俄国乡下木屋里，炕炉和侧壁之间搭的木板床。

下场的,只要……"

五

当时,比军队不战而退更重要的事件——退出莫斯科与焚毁莫斯科,在这一事件中,拉斯托普钦(我们都觉得他是这一事件的领导者)却采取了与库图佐夫完全相反的行动。

放弃莫斯科与焚毁莫斯科这一事件,也和在波罗金诺战役后军队不战而退到莫斯科以东一样,同样都是不可避免的。

每个俄国人,不是靠推理,而是靠我们和我们祖先心中的感情,就可以预见到所发生的一切。

从斯摩棱斯克到俄国土地上所有的城市和农村,不用拉斯托普钦伯爵和他的传单的干预,在莫斯科发生的事,在那里也同样发生了。人民漠然地等待着敌人,他们不闹事,不焦急,也没有把什么人打个稀巴烂,而是平静地等待着自己的命运,相信他们在困难的时刻有找到办法的能力。只要敌人刚一逼近,最富有的居民就撇下自己的财产逃跑了;穷人留下来,他们烧掉和毁掉留下来的东西。

在每个俄国人心中过去和现在都有这样的认识:事情会是这样的,永远会是这样的。一八一二年在俄国社交界就有这样的认识,甚至预感莫斯科将要失守。那些早在七月和八月上旬就开始离开莫斯科的人们,表明他们已经料到这一点。那些离开的人们带走他们能够带走的东西,丢下住宅和一半财产,他们的行为是出于潜在的爱国精神,而这种爱国精神不是用言词,不是用那为了拯救祖国献出自己的孩子,以及用诸如此类不自然的方式来表现的,而是无形地、简单地、一星半点地显示出来的,因而总是产生最有力的效果。

"逃避危险是可耻的;只有胆小鬼才逃离莫斯科。"有人对他们说。拉斯托普钦在他的传单里提示他们说,逃离莫斯科是一种耻辱。他们羞于落个胆小鬼的名声,羞于离开,但是他们仍然离开了,因为他们知道非这样不可。他们为什么离开呢?不能认为是拉斯托普钦用拿破仑在被征服的土地上制造的恐怖把他们吓跑的。人们都在逃走,而且首先逃走的都是一些富有的、受过教育的人,他们十分清楚,维也纳和柏林都保存完整,在拿破仑占领这些城市期间,居民们和可爱的法国人相处得很融洽,那些法国人当时很受俄国男人、特别是俄国妇女的欢迎。

他们之所以逃走,是因为对俄国人来说,不可能有这样的问题:法国人统治莫斯科有好坏之别。受法国人统治绝对不行:这比什么都坏。早在波罗金诺战役之前,他们就开始逃走了,波罗金诺战役之后逃得更快,完全不理会有保卫莫斯科的号召,不理会有莫斯科总督打算抬着伊韦尔圣母像去打仗的声明,不理会有消灭法国人的气球,不理会有拉斯托普钦传单中的胡言乱语。他们知道,打仗是军人的事,如果军队不能打仗,那么,带着小姐和家奴去三山打拿破仑是不行的,那只有走,不管听任自己的财产被毁掉是多么可惜。他们走了,并不去想被居民放弃的宏伟富有的首都显然会被烧掉,其意义是多么重大(一座具有木结构建筑物的大城市,被抛弃后,必然要烧毁);他们各顾各地逃走了,而正是由于他们都逃走,才实现了一个永远成为俄罗斯人民最光荣的伟大事件。那个早在六月就带着黑奴和女仆们从莫斯科启程到萨拉托夫省乡下去的太太,模糊地意识到她不愿做波拿巴的奴隶,而且害怕被拉斯托普钦伯爵的命令留下,她做了一件简单而真正的拯救俄国的伟大事业。可是拉斯托普钦伯爵怎么样呢,他时而羞辱逃走的人,时而疏散政府机关,时而把不顶事的武器发给一群酒鬼,时而抬着圣像游行,时而禁止奥古斯丁神父①搬走圣者遗骸和圣像,时而征

----

① 奥古斯丁神父(1766—1818),当时莫斯科大主教。

调莫斯科所有私人车辆,时而用一百三十六辆车搬运列比赫制造的气球,时而暗示他要焚毁莫斯科,时而讲他放火烧了他的住宅,向法国人发了一篇宣言,辞严义正地指责他们破坏了他的孤儿院;时而把火烧莫斯科的光荣归于自己,时而又屏弃那种光荣,时而命令民众捉拿所有的奸细,把奸细都交给他,时而又责备民众捉拿奸细,时而把所有法国侨民都赶出莫斯科,时而又许可莫斯科全体法国侨民的中心人物奥贝尔-夏尔姆夫人留在城内,时而却下令逮捕和放逐没有特殊罪过的年高德劭的邮政局长克柳恰廖夫;时而在三山召集民众去打法国人,时而为了要摆脱民众,叫他们去杀人,而他自己却从后门溜掉了;时而说他为莫斯科的不幸而悲伤,时而在纪念册里用法文写诗①以表示他对这件事的同情——这个人不理解当前发生的事件的意义,一心只想做一点使人吃惊的事,只想做一番爱国的英雄事业,像一个孩子似的,面对着放弃和焚毁莫斯科这样重大而不可避免的事件,却在那儿蹦蹦跳跳地嬉戏,努力用他的小手时而推进、时而阻止那股连他一起卷走的人民的洪流。

六

海伦随着宫廷从维尔纳回到彼得堡,陷入了困境。

在彼得堡,海伦受到一位身居国家要职的大人物的特别保护。在维尔纳,她又跟一个年轻的外国亲王过从甚密。海伦回到彼得堡,亲王和那位大官两人都在彼得堡,两人都宣称他们有保护的权利,这在海伦的交际生活中还是一个新课题:要和两方保持密切的

---

① 法文诗大意是:我生而为鞑靼人,想做罗马人,法国人叫我野蛮人,俄国人叫我乔治·当丹。(乔治·当丹是法国戏剧家莫里哀剧作《乔治·当丹》中的主人公。)

关系而又不得罪任何一方。

这对于别的女人似乎是困难的,甚至是不可能的事,而对别祖霍娃伯爵夫人来说,全不当回事,她享有最聪明的女人的声誉,绝非偶然。如果她隐瞒自己的行为,耍手腕企图从尴尬的处境中解脱出来,那她就等于自认有罪,反倒会坏事;但是海伦却相反,像一个无所不能的大人物,即刻站到正确的立场,而且她衷心地相信自己正确,把所有别人都放到有罪的地位。

当那个年轻的外国人第一次责备她的时候,她高傲地抬起美丽的头,向他半转过身来,斩钉截铁地说:

"哼,男人就是自私,心肠又硬! 我对他们根本不抱什么希望。一个女人为了您牺牲自己;她吃尽了苦头,得到的报酬原来就是这个。阁下,您有什么权利查问我的爱情和友谊? 这个人对我比亲父亲还亲。"

大官似乎要说什么。海伦打断了他的话。"是的,"她说道,"是的,他对我的感情也许超出了父爱;可是,我不能因为这个不准他登我的门。我不是那种忘恩负义的人。阁下请听着,我内心的感情只向上帝和我的良心负责。"她把手放到她那高高耸起的美丽的胸脯上,望着天空,结束说。

"请听我说,看在上帝分上。"

"娶了我吧,那我就可以做您的奴隶。"

"可是这不可能。"

"您不愿降低身份娶我,您……"海伦说,哭了。那个大官开始安慰她;海伦含着眼泪说(好像精神失常的样子),没有任何东西能够妨碍她结婚,有这样的例子(当时这种例子还少有,但是她举出拿破仑和别的显贵人物),她说她从来不是她丈夫的妻子,她是一个牺牲品。

"但是法律,宗教……"那个大官算是服了,说。

"法律,宗教……如果这些玩意儿办不到这种事,那要它干什么用!"海伦说。

大官大为惊讶,他怎么就没想到这么简单的道理呢?于是他去请教那些同他要好的耶稣教的教友们。

几天以后,海伦在石岛举行了一次令人销魂的宴会,在宴会上,人们给她引见了一位穿短袍的耶稣会教士德若贝尔先生,这是一个上了年纪、发白如雪、一对黑眼睛炯炯有神的可爱的人物,他和海伦在花园里灯光下,在音乐伴奏声中谈了很久,他们谈对上帝的爱,对基督的爱,对圣母圣心的爱,谈唯一真正的天主教在今世和来世给予人们的慰藉。海伦感动了,泪水不止一次涌上她和德若贝尔先生的眼睛,声音也颤抖了。舞伴来邀海伦跳舞,打断了她和未来的良心指导者的谈话;但是第二天,德若贝尔先生在晚上单独来拜访海伦,从此以后,他就常到她家去了。

有一天,他把她领到天主教堂里去,她跪在祭坛前面。那个上了年纪的可爱的法国人把手放在她头上,过后她对人说,她感到有一股清凉的风吹进她的灵魂,人家向她解释说,这就是神恩。

后来,给她领来一位穿长法衣的老神父,他听了她的忏悔,宽恕了她的罪过。第二天,给她送来一只盛着圣餐的匣子,留在她家里供她使用。几天以后,海伦高兴地得知,她已经入了真正的天主教会,过不多久,教皇就要亲自批准她,给她寄来一种证书。

在这期间,在她周围所发生的一切和她本人遇到的一切,那么多的聪明人以如此愉快、精细周密的方式对她表示的关怀,她现在打扮得鸽子一般的洁净(她这一阵子只穿白衣服,扎白缎带)——所有这一切都使她十分高兴;但并不会因为高兴而忘记她的目的,连片刻都没忘记。就像常有的情形,一个愚蠢的人比许多聪明人更诡计多端,她明白,所有这些花言巧语和奔忙的目的,主要就是要她改信天主教,然后从她那儿为耶稣会捐些款(关于这一点,对她已经有了暗示），在拿出钱来之前，她坚持要为她办好摆脱丈夫的各种手续。在她的概念中，一切宗教的意义，无非是在满足人类的欲望的同时，又不失一定的礼仪。她就是抱着这个目的在一次和忏悔神父谈话时，坚决要求他答复一个问题：她的婚姻关系究竟对她约束到什么程度。

他们坐在客厅的窗口。黄昏时分。从窗外飘来花香。海伦穿一身透露着肩膀和胸脯的白衣服。那个老神父保养得很好，丰满的下巴刮得光光的，生着一张坚定的令人喜爱的嘴巴，一双白净的手温顺地交叠在膝盖上，靠近海伦坐着，嘴角露出聪慧的微笑，用欣赏她的美丽的目光不时地平静地看一看她的脸，述说他对他们共同关心的问题的看法。海伦不安地微笑着，看着他那鬈发和刮得光光的、发青的胖胖的腮帮，她时时刻刻都在等待着转换新的话题。但是那个神父虽然在欣赏谈话对手的美貌，享受与她接近的快活，但是很显然，他只专心致志于处理本职工作的本愿。

这位良心指导者发表了如下的议论：

"您不了解您所作所为的意义，就发誓矢忠一个男人，而那个男人不相信结婚的宗教的意义就结了婚，这样就犯了亵渎神圣罪。这种婚姻缺少它应有的双重的意义。不过，虽然如此，誓言对您仍然具有约束力。您违背了誓言。您这样就犯了什么罪呢？是轻罪，还是死罪？是轻罪，因为您的行为并无恶意。假如您现在为了生儿育女重新结婚，您的罪会得到宽恕的。但这个问题又分为两个方面：第一……"

"不过，我认为，"感到无聊的海伦突然带着迷人的笑脸说，"我既然信了真正的宗教，我就不能受虚伪的宗教的约束了。"

良心指导者对单刀直入地向他提出哥伦布与鸡蛋之类的问题，大为惊奇。他对女弟子意外迅速的进步十分赞赏，但是他不能放弃他绞尽脑汁建筑起来的理论大厦。

"咱们来把问题弄清楚，伯爵夫人。"他微笑说，开始反驳他的圣女的论断。

七

海伦懂得，从宗教的观点看，那件事本来既简单又容易，而她的指导者却把它弄得很复杂，那是因为他们顾虑世俗当局对这问题的看法。

因此，她决定在上流社会做好准备工作。她挑逗那个显贵的老头的醋意，把她对另一个求爱者说过的话告诉他，也就是提出这样的问题，要想占有她，唯一的办法就是娶她。那个年老的大官刚一听到一个有夫之妇要改嫁，也像那个年轻人一样，吓了一跳，但海伦认为这跟姑娘出嫁一样简单而容易，她这不可动摇的信念也影响了他。只要海伦露出一丁点儿犹疑、害羞或掩饰，那么事情就会弄糟；实际上，不惟没有掩饰和害羞的痕迹，而且相反，她带着一派天真娇憨的神情对她的一些亲密的朋友说（这等于告诉了全彼得堡），亲王和那个大官都向她求婚，两个人她都爱，她不愿让任何一个感到痛苦。

于是一个流言顷刻传遍了彼得堡，流言不是说海伦要和她丈夫离婚（假若流言是那样的话，那就会有很多人起来反对这种不合法的意图），而是传播了这样的流言，说不幸的可爱的海伦正在徘徊歧路，不知道应当嫁给两个人中的哪一个。问题已经不是这桩婚事究竟有无可能，而是嫁给谁比较好，宫廷是怎样的看法。不错，的确也有些思想保守的人不能理解这样的问题，他们认为这种意图亵渎了婚姻的圣礼；不过这种人不多，而且他们默不作声，大多数人感到兴趣的问题是海伦交的好运和选择哪个配偶较好。至于一个女人在丈夫还活着的时候就嫁给别的男人，是好事还是坏事,他们避而不谈,因为这个问题,在一些比你我聪明的人看来,已经不成为问题(正如他们所说),如果有谁怀疑问题解决的正确性,那他就有暴露自己的愚蠢和冒不配出入社交界的危险。

只有那年夏天来彼得堡看儿子的玛丽亚·德米特里耶夫娜·阿赫罗西莫娃敢于公然违反公论,表示自己的意见。一次在舞会上,玛丽亚·德米特里耶夫娜遇见海伦,她把她拦在舞厅中央,在周围一片沉默气氛中,她粗声粗气地对她说:

"听说你扔掉自己的丈夫要嫁人了。你以为这是你的新发明吗?早就有人走到你前面了,亲爱的。这点子早就不新鲜了。凡是……①都是这么办的。"玛丽亚·德米特里耶夫娜在说这些话时,习惯地摆出威吓的姿势,卷起宽大的袖筒,严厉地环顾四周,走了过去。

虽然人们都怕玛丽亚·德米特里耶夫娜,但是在彼得堡都把她看作一个可笑的人,所以人们只注意她话里的一个粗野的词儿,都在互相低声地重复它,认为那个词儿是她全部话的精华。

瓦西里公爵近来特别常常忘记他说过的话,同样的话能说上一百遍,每次看见女儿就说:

"海伦,我有句话要跟你讲,"他把她领到一边,朝下拽她的手,对她说,"我听说你有某些打算,关于……你是知道的。我说,亲爱的孩子,你知道,你父亲心里是多么高兴,你吃了那么多的苦……不过,乖孩子……你愿意怎么办就怎么办吧。这就是我对你的忠告。"他总是掩藏着老是激动的心情,把他的腮帮贴了贴女儿的腮帮,就走开了。

永远保持聪明绝顶的人名声的比利宾是海伦无私的朋友,在海伦的男朋友中,他是一个经常在贵夫人府邸走动、永远不会坠入

---

① 这里的意思是:"凡是'破鞋'……"作者将粗话略去。

情网的人,有一次在亲密的小圈子里,比利宾对那个问题发表了自己的看法。

"您听着,比利宾(像比利宾这样的朋友,海伦总是直呼其姓),"她用她那戴着戒指的白净的手碰了碰他的燕尾服的袖子,"请您告诉我,像对自己的姐妹那样告诉我,我怎么办?两个选哪一个?"

比利宾把皱纹都堆到额头上,嘴角含着微笑,沉吟了一下。

"您的问题并没有使我感到意外,您知道吧,"他说,"作为一个真正的朋友,我对您的事考虑了很久。您知道,如果您嫁给那个亲王(这是指那个年轻人),"他屈起一个指头,"那您就永远失去做另一个人的太太的机会,而且会惹得宫廷不满意。(您知道,这儿牵涉着血统关系。)如果嫁给老伯爵,您就可以娱悦他的晚年,然后……那个亲王就可以不降低身份要您这个显贵的遗孀了。"于是比利宾舒展开他的皱纹。

"嗳,这才是一个真正的朋友!"海伦容光焕发,又一次碰了碰比利宾的衣袖,"不过,我爱这一个也爱那一个,我不愿使任何一个感到苦恼,为了两个人的幸福,我甘愿牺牲我的生命。"她说。

比利宾耸了耸肩膀,表示对这种难办的事,他也无能为力了。

"这个女人真有两下子!说出话来毫不含糊。她要同时做三个人的老婆。"比利宾心里想道。

"但是,我问您,您的丈夫怎样看这个问题?"他说,由于他的声誉卓著,不怕提出这样幼稚的问题而降低自己的身价,"他同意吗?"

"嗳!他可爱我啦!"海伦说,不知为什么她觉得皮埃尔也爱她,"他为我什么事都愿意做。"

比利宾把皱纹堆到额上,准备说俏皮话了。

"连离婚也愿意。"他说。

海伦大笑起来。

如果说有谁敢于怀疑这桩正在进行的婚事，那么，海伦的母亲库拉金公爵夫人就是其中的一个。她经常为嫉妒自己的女儿而烦恼，而现在所嫉妒的事情是公爵夫人最关切的事情，她就无法容忍了。她就这个问题请教一位俄国神父：在丈夫还活着的时候能否离婚和再嫁，神父告诉她，这是不许可的，而且使她高兴的是，那个神父给她看一段《福音书》的经文，在那段经文里（神父觉得）断然否定了在丈夫活着的时候再婚的可能性。

公爵夫人自以为有了这些无可争辩的论据作武器，一大早就坐着车去找女儿，她想单独见到她。

海伦听了母亲反对的意见后，温和地、讥讽地笑了笑。

"《福音书》里说得很明白：谁愿意娶一个离过婚的女人……"老公爵夫人说。

"咳，妈妈，别说废话啦。您什么都不懂。我所处的地位有我应尽的义务。"海伦说，她把谈话从俄语译成法语，她总觉得用俄语说不清她的问题。

"可是，我的好孩子……"

"咳，妈妈，您怎么不明白，神父有权宽恕……"

这时，海伦家里的女伴进来通报说，亲王殿下在大厅里等着见她。

"不，告诉他，我不要见他，因为他说话不算数，把我气坏了。"

"伯爵夫人，一切罪过都应得到宽恕。"一个长脸长鼻子的金发年轻人走进来，说。

老公爵夫人恭恭敬敬站起来，行了屈膝礼。那个进来的年轻人不理会她。公爵夫人向女儿点了点头，悄悄地走了出去。

"不，还是她对，"老公爵夫人想道，亲王殿下的出现，使她的全部信念都幻灭了，"她是对的；怎么我们在一去不复返的青春时代就不懂得这个呢？这是多么简单呀。"老公爵夫人坐在车里想道。

八月初，海伦的事情完全确定了，她给她丈夫写了一封信（她相信她丈夫非常爱她）通知他，她打算嫁给 NN，还说她信了唯一真正的宗教，并请他履行离婚所必要的一切手续，送信人将告诉他应办的手续。

"为此我祈祷上帝给您，给我的朋友，以神圣而有力的保佑。您的朋友海伦。"

这封信送到皮埃尔家里的时候，他正在波罗金诺战场上。

八

波罗金诺战役快要结束的时候，皮埃尔又一次从拉耶夫斯基的炮垒跑下来，同一群伤兵沿着山谷向克尼亚济科沃村走去，走到救护站，他看见血，听到喊叫和呻吟，就连忙混进士兵群里，继续往前走。

皮埃尔现在一心只想一件事，那就是赶快从这一天他所感受的可怕的印象中逃出来，回到日常生活的环境，在自己的房里躺在床上安静地睡一觉。只有在日常生活的环境中他才觉得他能够理解他自身和他所见到的和感受的一切。但是那种日常生活的环境到处都找不到。

虽然在他走着的大路上没有炮弹和枪弹的呼啸，但是周围仍然同战场一样。仍然是那些痛苦的、疲乏的、有时淡漠得出奇的面孔，仍然是那些血，那些军大衣，那些射击声，枪声虽然离得很远，但依然引起恐怖；此外再加上天气闷热，尘土飞扬。

沿着莫扎伊斯克大道走了约摸三俄里，皮埃尔在路边坐下。

暮色降临大地,隆隆的炮声平息下来。皮埃尔倚着胳膊肘躺了很久,在黑暗中望着从他身旁移过的影子。他老觉得有一颗炮弹呼啸着向他飞来;他颤抖着欠起身来。他不记得他在这儿待了多久。半夜,有三个士兵拖来一些干树枝,在他身旁停下,点起火来。

士兵们斜着眼看皮埃尔,把火点着后,放上一口锅,把面包干掰碎放到锅里,还放一点醃肥肉。食物和肥肉的香味混合着烟味。皮埃尔抬了抬身子,叹了一口气。那三个士兵边吃边谈,并不理会皮埃尔。

"你是干什么的?"一个士兵突然问皮埃尔,他问的意思显然就是皮埃尔心中所想的:你想吃,我们可以给你,不过我们要知道你是不是好人?

"我?我?……"皮埃尔说,他觉得必须尽可能降低自己的社会地位,为跟士兵更接近,更为他们所了解,"说实在的,我是民兵军官,不过我的弟兄们不在这儿;我来参加战斗,跟自己的人失掉了联络。"

"你看你!"一个士兵说。

另一个士兵直摇头。

"好,你想吃就吃吧,尝尝我们的面糊糊!"头一个士兵说,他把木勺舐干净,递给皮埃尔。

皮埃尔坐近火堆,开始吃锅里的面糊糊,他觉得,他从来没吃过这么好吃的东西。当他对着锅俯下身来贪馋地一大勺一大勺地舀着吃的时候,他的脸被火光照亮了,士兵们默默地望着他。

"你要到哪儿去?你说说!"一个士兵又问。

"我去莫扎伊斯克。"

"看样子,你是贵族吧?"

"是的。"

"叫什么名字?"

"彼得·基里洛维奇。"

"那好啦,彼得·基里洛维奇,咱们一道走,我们领你去。"

士兵们和皮埃尔一起摸黑向莫扎伊斯克走去。

当他们走近莫扎伊斯克,爬陡峭的山路进城的时候,鸡已经叫了。皮埃尔只顾跟着士兵走,完全忘了客栈是在山下,他已经走过去了。要不是在半山腰碰见他的马夫,他一定不会想起这个的(他已经失魂落魄了);他的马夫是到城里找他,在返回客栈的路上,看见黑暗中发白的帽子,认出了皮埃尔的。

"大人,"他急匆匆地说,"我们还以为没指望了呢。您干吗步行啊?您还要到哪儿去,请问!"

"哎呀,对了。"皮埃尔说。

士兵们停住了。

"怎么,找到自己的人了?"其中一个说。

"再见!彼得·基里洛维奇,好像是吧?再见,彼得·基里洛维奇!"另一些声音说。

"再见。"皮埃尔说,就和马夫一同到客栈去了。

"应当给他们点什么!"皮埃尔抓住衣兜想道。"不,不必啦。"仿佛有一个声音对他说。

客栈已经没有空房了,全占满了。皮埃尔穿过院子,把头蒙起来睡在他的马车里。

九

皮埃尔头刚挨着枕头,就觉得睡着了;可是忽然间,几乎与现实一样清楚,响起了砰砰的射击声、呻吟声、喊叫声、炮弹的落地声,闻到了血腥和火药味,于是他感到恐怖和死的畏惧。他吃惊地睁开眼睛,从大衣底下抬起头来。院子里静悄悄的。只有一个勤务兵在大门口一边踏着泥浆，一边和店东谈话。在皮埃尔的头顶上，在黑暗的棚屋里，有一些鸽子被他坐起来的响声惊动了，拍打着翅膀。满院子散发着和平的、此刻使皮埃尔感到欢愉的、强烈的客栈气味，以及干草、马粪和焦油的气味。在两间灰暗的棚屋之间，可以看见繁星点点的晴空。

"谢天谢地，再没有那个了。"皮埃尔想，他又蒙上头睡了。"噢，恐惧的感觉是多么可怕，我对它屈服是多么可耻！可是他们……他们始终是那么坚定，那么沉着……"他想。皮埃尔所说的他们，就是士兵——那些在炮垒上战斗的，那些给他饭吃的，那些向圣像祈祷的士兵。他们——这些奇特的、在这之前他所不了解的他们，在他的思想中，跟其他一切人清清楚楚地、截然不同地区分开来。

"当一名士兵，一个地地道道的士兵！"皮埃尔在迷迷糊糊地入睡，心中想道，"把整个身心都投入这种共同的生活中，深入地体验使他们变为他们那个样子的一切。但是，怎样抛掉自己身上一切多余的、可恶的东西呢？怎样抛掉身外的一切负担呢？一个时期我能做到这一点。我可以按照我的意愿离开父亲。我还可以在和多洛霍夫决斗以后被罚去当兵。"在皮埃尔想象中闪现出他要求多洛霍夫决斗的那次俱乐部的宴会会在托尔若克的恩师。皮埃尔又想起一次支会庄严的聚餐。那次聚餐是在英国俱乐部举行的。有一个熟悉的、亲近的、尊贵的人坐在桌子末端。这就是他！这就是恩师。"他不是死了吗？"皮埃尔想道，"是的，他死了；我并不知道他还活着。他死了，叫我多么惋惜，他要是死而复生，我该多么高兴啊！"桌子另一端坐着阿纳托利、多洛霍夫、涅斯维茨基、杰尼索夫和类似他们的其他人（皮埃尔在梦中心里清楚地把这些人归为一类，把他称之为他们的人归为一类），这些人，阿纳托利、多洛霍夫等人，高声喊叫和唱歌；不过，透过他们的喊声，可以听见恩师不停地谈话声,他的说话声也像战场上隆隆的枪炮声一样有力而且不间断,但是他的声音悦耳,令人快慰。皮埃尔听不懂恩师在说什么,但是他知道(思想的范畴在梦中也是清楚的),恩师是在讲善行,讲成为他们的可能性。于是他们从四面八方出现了,都带着淳朴、和善、坚定的脸色围着恩师。但是,他们虽说和善,却不看皮埃尔,不认识他。皮埃尔想引起他们注意他,他想说话。他欠起身来,就在这一瞬间,他觉得腿很冷,原来腿露了出来。

他觉得怪害臊的,连忙用手捂着他的腿,大衣果然从腿上滑下去了。皮埃尔在盖好大衣的时候,睁眼一看,见到的仍然是棚屋、柱子、院子,不过现在这一切都泛着青灰色,明亮了,表面有一层露水或霜花的闪光。

"天亮了,"皮埃尔想,"但是,我不要这个。我要听完和听懂恩师的话。"他又盖上大衣,可是不论是支会的聚餐还是恩师都没有了。有的只是可以用言语清楚地表达出来的思想,某人说的或者皮埃尔反复思索的思想。

后来皮埃尔在回忆这些思想的时候,虽然这些思想是当天的印象引起的,但是他相信它们是他身外什么人对他说的。他觉得,他在清醒的时候,永远不能够这样想和表达这种思想。

"战争,是人类自由对上帝法律的服从,而且是最艰难的服从。"有一个声音这样说。"朴实是对上帝的顺从。他们是朴实的。他们不说,只是做。说出的话是银,没说出的话是金。人怕死,就得不到任何东西。谁不怕死,一切都属于他。不经历一番忧患,人就不知道自己的局限,就不认识自己。最难的是(皮埃尔在梦中继续想或者听)善于在自己的灵魂中把一切事物的意义联合起来。把一切联合起来?"皮埃尔自言自语,"不,不是联合。不能把思想联合起来,而是把这一切思想结合起来——这才是必须做到的!是的,得结合起来! 得结合起来!"皮埃尔满心欢喜地反复自言自语,他觉得,正是这些话,也惟有这些话,才表达出他要表达的,并且完全解决了使他烦恼的问题。

"是的,得结合起来,是结合的时候了。"

"得套车了①,是套车的时候了,大人! 大人,"一个声音在反复地说,"得套车了,是套车的时候了……"

这是车夫叫醒皮埃尔的声音。太阳已经射到皮埃尔的脸上了。他看了看肮脏的客栈的院子,在院子中间的井旁边,几个士兵正在饮几匹瘦马,几辆大车正赶出大门。皮埃尔厌恶地转过脸去,闭上眼睛,赶快又倒在马车座位上。"不,我不要这个,我不要看见和了解这个,我要弄懂在梦中启示我的东西。只要再有一秒钟,我就可以把一切都弄懂了。我应该怎么办呢? 结合,可是怎样把一切结合起来呢?"皮埃尔悚然感到,他在梦中所见所想的一切,都泯灭了。

马夫、车夫和店东都告诉皮埃尔说,一个军官来通知说,法国人快到莫扎伊斯克了,我们的人正在撤退。

皮埃尔站起来,吩咐套车,追赶他们,他徒步穿过那座城市。

军队开拔了,留下上万的伤员。在各家院子里和窗口里都可以看见伤员,大街上也挤满了伤员。在街上运伤兵的车周围,发出一片喊叫、咒骂和拳击的声音。皮埃尔的马车追上他,他让一个相识的受伤的将军坐上他的车,和他一道回莫斯科。在路上皮埃尔得知他内兄和安德烈公爵的死讯。

十

三十日,皮埃尔回到莫斯科。快到城门口的时候,拉斯托普钦伯爵的副官向他迎过来。

---

① 俄语中的套车和结合词根相同。

"我们到处找您，"副官说，"伯爵一定要见您。他请您即刻到他那儿去，有一件非常重要的事。"

皮埃尔没有回家，雇了一辆马车，就到总督那儿去了。

拉斯托普钦伯爵这天早晨才从郊外索科尔尼茨别墅回到城里。伯爵住宅的前厅和接待室挤满了官员，有奉召来的，有为请示来的。已经见过伯爵的瓦西里奇科夫和普拉托夫对他说，据守莫斯科已经不可能，莫斯科要放弃了。这个消息虽然瞒着居民，但官员们、各机关的首长们，如同拉斯托普钦伯爵一样，都知道莫斯科将要落入敌手；他们为了推卸责任，都来向总督请他们掌管的部门应当怎么办。

皮埃尔进入接待室时，一个军队的信使从伯爵的房间走出来。

信使对人们向他提出的问题绝望地摆了摆手，穿过大厅走了出去。

在接待室等候时，皮埃尔睁开疲倦的眼睛环视室内形形色色的官员们，其中有老的和少的，文的和武的，大的和小的。大家都露出不满和不安的样子。皮埃尔走到一群官员跟前，里面有一个他认识的。他们跟皮埃尔打过招呼后，继续谈他们的话。

"先疏散，过后再回来，万无一失；处在目前的情况，无论如何负不了责。"

"你瞧他写的什么。"另一个人指着手里拿着的印刷品，说。

"这是另一码事了。那是给老百姓看的。"第一个人说。

"那是什么？"皮埃尔问。

"是一张新传单。"

皮埃尔拿过来，开始读起来。

"公爵阁下①为了同前来的部队尽速会合，已越过莫扎伊斯

---

① 指总司令库图佐夫。

克,并建立了坚固的阵地,敌人不会突然向他进攻。已经从这里给他运送四十八尊大炮连同火药,阁下说,他要保卫莫斯科到最后一滴血,甚至不惜进行巷战。弟兄们,你们不要为政府机关关闭而担心:秩序一定要维持,我们要用自己的法庭收拾那些坏蛋!必要时,我可以召集城市和农村的青年。一两天内我就要发出号召,现在还不需要,暂且我不做声。斧头是好东西,猎熊的矛也不错,但最管用的还是三股叉;一个法国佬并不比一束黑麦重。明天午饭后,我要把伊韦尔圣母像抬到叶卡捷琳娜医院给伤兵治病。我们在那里祈求圣水:使他们快些康复;我现在很健康:本来一只眼有病,可是现在,我两眼雪亮。”

“可是,军界的人告诉我,”皮埃尔说,“在城里作战绝对不可能,而且阵地……”

“可不是嘛,我们也是那么说嘛。”第一个官员说。

“他说‘我本来一只眼有病,可是现在,我两眼雪亮’,是什么意思?”皮埃尔说。

“伯爵生过针眼,”那个副官笑着说,“我告诉他,人们来问,他怎么啦,他听到这个非常不安。伯爵,”副官突然带着笑脸对皮埃尔说,“怎么听说您的家庭出了点事儿?听说伯爵夫人,您的太太……”

“我什么都没听到,”皮埃尔漠不关心地说,“您听到什么了?”

“咳,您知道,反正人们总是爱瞎猜疑。我只是道听途说。”

“您究竟听到什么了?”

“听说,”副官还是堆着笑说,“伯爵夫人,您的太太,要到国外去。大概是胡说……”

“可能。”皮埃尔说,他漫不经心地环顾四周。“那是谁啊?”他指着一个穿着清洁的青灰色大衣、留着雪白的大胡子、雪白的眉毛、满面红光的小老头,问道。

"他呀，是一个商人，饭馆的老板、韦列夏金就是他。也许您听说那件布告的事了吧？"

"噢，原来他就是韦列夏金！"皮埃尔说，端详着老商人那张坚强镇定的面孔，在他脸上寻找奸细的表情。

"这不是他本人。他是写布告的人的父亲，"副官说，"他儿子坐牢了，看来不会有好下场。"

一个戴勋章的小老头，还有一个脖子上挂着十字架的德国籍的官吏，走到谈话的人们跟前。

"您知道，"那个副官讲起来，"这是一桩糊涂案子。那篇宣言是两个月以前出现的。伯爵得到报告后，就下令追查。加夫里洛·伊凡内奇查出，那篇宣言经过六十三人的手。问其中的一个：'谁给你的？'——'某某给的。'于是问那个人：'谁给你的？'如此这般最后问到韦列夏金……一个没受过什么教育的生意人，您知道，一个小老板，"副官微笑着说，"问他：'你从谁手里得到的？'主要的是，我们知道他从谁手里得到的。他只能从邮政局长那里得到。显然，他们事先都串通好了。他说：'谁也没给我，是我自己写的。'吓唬他，盘问他，他一口咬定：'是我自己写的。'就这样禀报给伯爵。伯爵吩咐把他叫来。'你的布告是从谁那儿弄来的？''我自己写的。'您猜伯爵怎么样！"副官带着骄傲的快活的微笑说，"伯爵简直火冒三丈，想想看吧：竟然那么胆大妄为，扯谎和顽固！……"

"噢！伯爵是要他供出克柳恰廖夫，我明白了！"皮埃尔说。

"完全不需要，"副官惊慌地说，"即使没有这一条，克柳恰廖夫也有的是罪状，所以才把他流放了。问题是伯爵非常气愤。'你怎么会写呢？'伯爵说。他从桌上拿起一份《汉堡日报》——'这就是它。不是你写的，是翻译的，而且翻得很糟，因为你这个傻瓜根本不懂法语。'您猜怎么着？'不，'他说，'我什么报纸都不看,是我写的。'——'如果是这样,你就是叛徒,我就把你交给法院审判,你就会被绞死。你说,是谁给你的?'——'我什么报纸都不看,是我写的。'结果就是这样。伯爵把他父亲叫来:这个老头子也是死不肯承认。于是把他儿子交付审判,大概判了苦役。现在他父亲是来为他求情的。这小子糟透了。您知道,这种商人的子弟,都是些花花公子,专门玩女人的,不知在哪儿听了几次演讲,就不知天高地厚了。这是一个地道的小流氓!他父亲在石桥旁边开了一家小饭馆,您知道,饭馆里挂着一幅全能上帝的大画像,他一手拿着权杖,一手托着金球;他把这张圣像带回家去竟然搁了好几天,你说他干了什么!他找来一个无赖画家……"

十一

在这场新鲜的谈话的中间,皮埃尔被请去见总督。

皮埃尔走进拉斯托普钦伯爵的办公室。在皮埃尔刚进去时,拉斯托普钦皱着眉头,用手揉搓着额头和眼睛。一个矮个子正在说什么事,皮埃尔一进来,他立刻住嘴,走了出去。

"啊!您好,伟大的战士,"那个人刚走出去,拉斯托普钦就说,"我听到您的丰功伟绩了!但是问题不在这儿。亲爱的,你我之间可以无话不说,您是不是共济会员。"拉斯托普钦伯爵说,口气很严厉,仿佛在这个问题上出了什么事,但是他可以原谅。皮埃尔默不作声。"亲爱的,我的消息最灵通,我知道,有各式各样的共济会员,我希望您不是那种名为拯救人类而实际上是想毁灭俄国的人。"

"是的,我是共济会员。"皮埃尔回答。

"那么好,我的好朋友!我想您不会不知道斯佩兰斯基和马格尼茨基已经被流放到他们应该去的地方了;对克柳恰廖夫也要这样办,对其他那些假借建设所罗门圣殿而却极力破坏自己祖国圣殿的人也要这样办。您可以理解我这样做是有道理的,如果此地的邮政局长不是坏人的话,我也不至于流放他。我已经知道,你把自己的马车借给他,送他出城,您甚至替他保存文件。我为您好,不愿您遭灾惹祸,我比您年长一倍,我像父亲一样劝告您,不要跟那类人来往,您自己也要尽快离开这儿。"

"克柳恰廖夫究竟犯了什么罪?"皮埃尔问。

"这是我的事,用不着您问。"拉斯托普钦喊道。

"如果说,有人控告他散发拿破仑的布告,可是并没有证据,"皮埃尔说(眼睛不看拉斯托普钦),"韦列夏金……"

"一点不错,"拉斯托普钦突然皱起眉头,打断皮埃尔的话,喊的声音比先前更高了,"韦列夏金是个叛徒和内奸,他受到他应得的惩罚,"拉斯托普钦像一个人记起受辱的情景似的,怀着满腔的愤恨说,"我叫您来不是为讨论我的事情,而是为给您忠告,或者说是给您命令,如果您爱这样说的话。我请您跟克柳恰廖夫之流的先生们断绝关系,并且离开这儿。我决不允许有任何胡闹的行为。"大概他忽然记起他是在斥责还没有犯罪的别祖霍夫,于是他友好地握起皮埃尔的手,又说:"我们面临大灾难的前夕,我没工夫同每个跟我打交道的人客客气气。好啦,亲爱的,您打算怎么办,您个人?"

"什么打算都没有。"皮埃尔回答,他仍然连眼皮也不抬,不改变脸上沉思的表情。

伯爵皱紧了眉头。

"友谊的忠告。赶快离开,这就是我要对您说的话。谁善于听话,谁就有福了!再见,亲爱的。对啦,"他在门口对他喊道,"听说伯爵夫人陷入耶稣会神父们的魔掌,是真的吗?"

皮埃尔皱着眉头,怒冲冲的,从来还没见他这么气过,什么也没回答,从拉斯托普钦那儿走了出去。

他回到家里时,已经天黑了。那天晚上到他家要见他的,有八位各色人等。他那个营里的上校、账房先生、管家,以及各种请愿的人。这些人都有事来找皮埃尔,都要他来解决。皮埃尔对这些事一点也不懂,也不感兴趣,他对所有的问题都给予答复,仅仅是为了要摆脱那些人。最后,只剩下他一个人的时候,他拆开妻子的信,读了一遍。

"他们——炮垒上的士兵,安德烈公爵阵亡了……老头子……服从上帝就是淳朴。应当受苦受难……一切事物的意义……在于结合起来……老婆要嫁人……要忘却,要了解……"他走到床前,和衣倒在床上,立刻睡着了。

第二天早晨醒来,管家进来禀告说,拉斯托普钦伯爵专门派一位警官来打听别祖霍夫伯爵走了没有。

十来个各色人等有事来找皮埃尔,都在客厅里等他。皮埃尔急忙穿好衣服,不去见那些等待他的人,从屋后的门廊走出了大门。

从这时起,一直到莫斯科大破坏结束,别祖霍夫家里的人虽然到处寻找,再也没看见皮埃尔,也不知他的下落。

十二

罗斯托夫一家在九月一日以前,也就是敌人入城的前夕,一直留在莫斯科。

自从彼佳参加奥博连斯基哥萨克团,开拔到该团成立的地方——白采尔科维城以后,伯爵夫人感到心慌意乱。她的两个儿子都参军,都从她的翅膀下飞走了,说不定今天或者明天,就有一个、也许两个一齐被打死,她的一个熟人的三个儿子就是这样死的,这个想法在那年夏天第一次十分鲜明地在她脑际萦绕着。她想把尼古拉弄回来,想亲自去看彼佳,设法在彼得堡给他找个事做,但这两件事都不可能。彼佳除非随着团队一起或者趁着调到别的现役团队的时候回家一趟,不然是不可能回来的。尼古拉现在不知在哪儿,自从接到那封详细描述他跟玛丽亚公爵小姐邂逅的情形的信后,就再没有音信了。伯爵夫人夜不成眠,一合眼就梦见儿子被打死。经过多次商量和交谈,伯爵终于想出了安慰伯爵夫人的办法。他把彼佳从奥博连斯基团调到在莫斯科近郊整编的别祖霍夫团。虽然彼佳还是在军队里服役,但是这样调换一下,伯爵夫人总可以在自己的翅膀下看见一个儿子而得到慰藉,而且抱着一个希望——把彼佳安置在一个永远不会参加战斗的岗位,不让他再走。当只有尼古拉一人处在危险之中时,伯爵夫人觉得(她甚至为此而后悔),她爱老大胜过爱所有别的孩子;可是当小儿子彼佳,这个调皮捣蛋、不好好学习、净毁坏家里的东西、惹得人人讨厌的彼佳,这个翘鼻子、一对活泼快乐的黑眼睛、面色红润、两颊刚刚长出绒毛的彼佳,落入那些身材高大、样子可怕、心肠残忍的男子汉中间,那些人不知为了什么正在厮杀,也不知为什么他们从中竟然找到乐趣——每当这时,做母亲的就觉得,她疼爱这个小儿子胜过、远远胜过疼爱所有别的孩子。日夜盼望中的彼佳回莫斯科的日子越近,伯爵夫人的心绪就越是不安。她甚至想,她永远也盼不到这个幸福了。在她跟前的不仅有索尼娅,而且还有心爱的娜塔莎,甚至还有丈夫,然而这都惹她烦恼。"他们与我有什么相干,除了彼佳,我什么人都不要!"她想。

八月末,罗斯托夫家里的人接到尼古拉第二封信。信是从沃罗涅日省寄来的,他是派到那个省去买马的。这封信并没有使伯爵夫人得到安慰。她知道一个儿子脱离了危险,就更为彼佳担心了。

虽然到了八月二十日,几乎所有罗斯托夫家的熟人都离开了莫斯科,虽然所有的人都劝伯爵夫人尽快离开,但是在她的宝贝,她所宠爱的彼佳,没有回来之前,关于走的事,她连听都不愿听。八月二十八日,彼佳回来了。母亲在迎接时那份过于温情的慈爱,这个十六岁的少年军官心中并不高兴。虽然母亲向他瞒着她的意图——不再让他从她的翅膀下飞走,但是彼佳明白她的心思,他有一种本能的畏惧,害怕和母亲在一起会心软,会变得婆婆妈妈(他暗自这样想),他对她冷淡,躲避她,他在莫斯科逗留期间,只和娜塔莎一块玩儿,他对她怀有一种恋人般的深厚的感情。

由于伯爵一向马马虎虎,八月二十八日还没有做离开的准备,等候从梁赞和从莫斯科郊区的庄子来搬运家产的大车,直等到三十日才到。

从八月二十八日到三十一日,全莫斯科都在奔忙,都在活动。每天都从多罗戈米洛夫城门运进几千名波罗金诺战役的伤员,从另外一些门运出几千辆满载着居民和财物的大车。虽然有拉斯托普钦的传单,也许与传单无关,也许正由于有了这种传单,一些完全相反、离奇古怪的谣言在全城流传着。有人说,不准任何人出城;有人相反地说,所有的圣像都从教堂抬了出来,要强制疏散;有人说,波罗金诺战役把法国人打垮了,还要再打一仗;又有人相反地说,俄国军队全被消灭了;有人说,由神父率领的莫斯科民兵开赴三山;有人在窃窃私议,说有命令禁止奥古斯丁离开,捉到一批奸细,农民正在暴动,离开莫斯科的人在路上遭到抢劫,诸如此类。但是,人们不过是这样说说罢了,而实际上,那些走的人和留下的人,嘴里虽不说,但都感觉到(虽然决定放弃莫斯科的菲利会议还没举行),莫斯科一定要放弃,得赶快离开,保全自己的财物。人人都有这样的感觉:一切都要突然被破坏和改变,但是直到九月一日还没有什么变化。就像一个被拉去行刑的囚犯,明明知道即将死亡,但是还向他周围观看,扶正没戴好的帽子,莫斯科也是这样,仍然不自觉地过着通常的生活,虽然知道毁灭的时限临近,到时候一切已经习惯了的生活常规都要遭到彻底破坏。

在莫斯科被占领的前三天,罗斯托夫全家都在忙于各种事务。家长伊利亚·安德烈伊奇伯爵坐着车在城里不停地跑来跑去,从各处收集流传的谣言,在家里对于出行的准备做了些一般的、表面的、仓促的指示。

伯爵夫人照料收拾东西,她对所有的人都不满意,总是跟着不断从她身边跑开的彼佳,嫉妒他老找娜塔莎,老跟娜塔莎在一块玩儿。只有索尼娅一个人料理实际的事务:包装东西。不过索尼娅近来异常忧郁和沉默。尼古拉的来信提到玛丽亚公爵小姐,使伯爵夫人异常高兴,当着索尼娅的面说,尼古拉和玛丽亚公爵小姐的相遇是天作之合。

"博尔孔斯基做娜塔莎的未婚夫,我从来没欢喜过,"伯爵夫人说,"可是我总在希望,而且我有一种预感,尼古连卡会娶公爵小姐。这真太好了!"

索尼娅觉得这是实话,重振罗斯托夫家业的唯一办法,只有娶一位富家的小姐,而公爵小姐就是一个合适的配偶。但这对她很痛苦。虽然难过,也许正由于难过,她负起指挥归置和包装东西这份苦差,整天价忙活。伯爵和伯爵夫人只要有什么要吩咐的,就得找她。彼佳和娜塔莎却相反,不但不帮助父母,反而碍手碍脚,惹得全家厌烦。几乎整天都听见他们在家里跑来跑去,喊叫和无缘无故地笑。他们笑,高兴,完全不是因为有什么可笑的;但是,他们打心眼里高兴,快活,所以不管碰到什么,他们都觉得好笑,好玩儿。彼佳快活是因为他出门的时候还是个孩子,现在回来(人人对他都这样说)却变成一个大男子汉了;他快活,因为他回到家里,还因为他是从白采尔科维来的,那儿近期没有打仗的希望,现在来到莫斯科,这儿日内就要打起来;主要的,他所以快活是因为娜塔莎快活,他经常以她的心情为转移。而娜塔莎所以快活,是因为她郁闷得太久了,现在没有什么使她记起郁闷的原因,而且她身体也好起来。她快活,还因为有人赞美她(别人的赞美是齿轮的润滑剂,她这架机器要自由顺利地运转,这种润滑剂是必不可少的),彼佳也赞美她。最主要的,他们所以快活是因为莫斯科近郊已经发生战事,就要在各城门打仗,就要发放枪支,人们都在奔忙,都在逃往什么地方去,总之,正在发生不寻常的事,这总是令人兴奋,特别是对于年轻人。

十三

八月三十一日,星期六,罗斯托夫家里一切东西都像翻了个儿。所有的门都敞着,家具全搬了出去,或者挪了地方,镜子和画都摘了下来。各屋都摆着箱子,地上横七竖八放着干草、包装纸和绳子。抬东西的农民和家奴迈着沉重的脚步在镶花地板上走来走去。院子里挤满了农民的大车,有几辆已经装满了,绑好了,有几辆还是空的。

院子里和屋里,到处响着许多仆人和跟车的农民的说话声、脚步声、互相呼唤的声音。伯爵一早就出去了。伯爵夫人受不了忙乱和喧哗,头痛起来,头上包着一块浸醋的布,躺在一间新起居室里。彼佳不在家(他去找一个伙伴,打算同他一起由民兵转为现役军人)。索尼娅在大厅看着包装玻璃器皿和瓷器。娜塔莎坐在搬得凌乱的她的房间地板上,周围散放着衣服、缎带和围巾,她手里拿着她初次参加彼得堡舞会时穿过的旧舞衣(现在已不时兴),一动不动地凝视着地板。

娜塔莎觉得惭愧,别人都那么忙,而她什么事都不做,那天一早起来,她好几次想动手干活儿;但是她安不下心来;她做任何事情都是一心一意,全力以赴,不然她就做不成,也不会做。在包装瓷器时,她在索尼娅身旁站了一会儿,想帮帮手,但是她立刻就撒手不管,跑回她的房间装自己的东西去了。起初,她把衣服和缎带分给女仆们,觉得怪有趣的,但是后来,当剩下的东西仍然需要包扎的时候,她就觉得索然无味了。

"杜尼亚莎,你来包扎吧,亲爱的? 好不好?"

杜尼亚莎巴不得答应全由她来干,娜塔莎坐在地板上,手里拿着旧舞衣,在那儿出神凝思,但她想的完全不是她现在应当想的事。隔壁女仆房里使女们的说话声和她们从房里向后门走去的匆忙的脚步声,把她从沉思中唤醒了。娜塔莎站起来往窗外看,街上停着许多伤兵车。

使女们、男仆们、女管家、保姆、厨师、车夫、前导御者、厨房打下手的,都站在门口看伤员。

娜塔莎拿起一条白手绢披到头上,两手揪着手绢的角,向大街上走去。

曾做过女管家的玛夫拉·库兹米尼什娜老太婆,从站在门口的人群里出来,走到一辆带椴皮席篷的大车跟前,跟一个躺在车上的面色苍白的青年军官谈话。娜塔莎挪近了几步,胆怯地停下来,仍旧揪着手绢,听女管家说话。

"那么说来,您在莫斯科什么人都没有?"玛夫拉·库兹米尼什娜说,"您最好找一个安静一点的住处……您就住到我们这儿。主人全家都要走了。"

"我不知道会不会许可,"那个军官声音微弱地说,"那就是我们的长官……您去问问看。"他指着在街上沿着一溜大车走回来的、身躯肥胖的少校。

娜塔莎睁着吃惊的眼睛,瞧了瞧受伤军官的脸,随即迎着少校走过去。

"伤员可以住到我们家里吗?"她问。

少校含着微笑把手举到帽檐上。

"您想让谁去住,小姐?"他眯缝着眼睛,微笑着说。

娜塔莎把她的问话重说一遍,她的脸和整个姿态是那么严肃,虽然她还揪着手绢的角,但是少校不再微笑了,他先想了一下,好像在掂量怎样答复才好,然后才给她一个肯定的回答。

"行啊,没什么不可以的。"他说。

娜塔莎微微点了点头,快步走回玛夫拉·库兹米尼什娜那儿,她正站在那个军官身旁,怀着怜悯的心情和他谈话。

"可以,他说可以!"娜塔莎低声说。

那个军官的篷车拐进罗斯托夫家的院子,几十辆伤兵车应本城居民的邀请,都驶入各家的院子和波瓦尔大街各家的门口。干这种越出生活常轨接待新来的人们的事,显然使娜塔莎很欢喜。她和玛夫拉·库兹米尼什娜一起尽可能多让一些伤员到自己的院子里来。

"还是要禀告老爷子才好。"玛夫拉·库兹米尼什娜说。

"没什么,没什么,反正都一样! 咱们都搬到客厅里住一天,把咱们一半的房间让给他们。"

"瞧您说的,小姐,亏您想得出! 就是住厢房、下房、保姆的房子,也得问一声呀。"

"那好,我去问问。"

娜塔莎跑回家里,踮着脚尖走进卧室半掩着的门,屋里有一股醋酸味和霍夫曼药水①味。

---

① 霍夫曼药水是由二份硫磺与三份酒精配制成的一种药水,在当时俄国很通用。

"您睡了吗？"

"哎哟，哪儿睡得着！"伯爵夫人刚打了个盹儿，醒来说。

"妈妈，亲爱的，"娜塔莎说，跪在母亲面前，把脸贴近她的脸，"对不住，请原谅，我把您惊醒了，以后再也不敢这样了。玛夫拉·库兹米尼什娜叫我来的，运来了一些伤员，都是军官，您答应吗？他们没有地方安置；我知道，您一定会答应的……"她一口气匆忙地说。

"什么军官？把谁运来了？我一点也不明白。"伯爵夫人说。

娜塔莎笑了，伯爵夫人也微微一笑。

"我知道您会答应的……那么我就这样去告诉了。"娜塔莎吻了吻母亲，站起来向门口走去。

在大厅里她遇见父亲，他带着不好的消息回到家里。

"咱们还傻待着呢！"伯爵不禁懊恼地说，"俱乐部也关门了，警察也走了。"

"爸爸，我把伤员请进家里来了，行吗？"娜塔莎对他说。

"当然行啦，"伯爵漫不经心地说，"问题不在这儿，现在我要求你们别管这些不相干的小事，要帮助收拾东西，准备走，明天就走……"于是伯爵对管家和仆人发出了同样的命令。从外面回来的彼佳在吃饭的时候讲述他的见闻。

他说，今天老百姓都在克里姆林宫领枪支，拉斯托普钦在他的传单里虽然说两三天内要发出号令，但是已经有了确实的命令，明天全体居民就拿着武器前赴三山，那儿将有一场血战。

在彼佳讲这个的时候，伯爵夫人怀着胆怯的恐惧望着她儿子兴高采烈的面孔。她知道，只要她说一句不让彼佳去参加这次战斗的话（她知道他对目前这场战斗是多么向往），他就会讲一些男子汉啦，荣誉啦，祖国啦之类没有意义的、男人们的、倔强的、不容置辩的话，事情就会弄糟，因此，她是这样盘算的：趁战事没打起来就离开,把彼佳带走,做他的保卫者和庇护者,暂时什么都不对彼佳说,晚餐后,她把伯爵叫来,含着眼泪求他尽快把她带走,如果可能,当夜就带走。一直没露出丝毫畏惧的伯爵夫人,现在由于母爱而怀着女人不自觉的狡猾,说,如果当夜不走,她一定会吓死的。用不着假装,这时她真的什么都怕了。

十四

去看女儿的肖斯太太讲她在回家的路上,在肉商街一家酒店见到的情景,这使伯爵夫人更加恐惧了,她说有一群醉汉在酒店闹事,没法走过去。她雇一辆马车绕小胡同回家;车夫告诉她说,那帮人把酒店的酒桶全打开了,说是有命令准许这样干。

饭后,罗斯托夫一家人兴高采烈地忙着包扎东西,做动身的准备。老伯爵忽然管起事来,饭后他从屋里到院子,又从院子到屋里,不停地走来走去,没头没脑地呵斥那些忙乱的人,使得他们更加手忙脚乱。彼佳在院子里指挥。索尼娅对伯爵发出的自相矛盾的命令,不知应当怎么办,完全茫然失措了。满屋和满院子都是人们在喊叫,争论,喧哗。对什么事都有热情的娜塔莎,也忽然管起事来。开始的时候,她干预包装,遇到了不信任。人们总是等着看她的笑话,都不听她的;但是她有一股子顽强和热情的劲儿,一定要人家服从她,要是不听她的,她急得几乎要哭出来,最后,她终于得到人们的信任。费了她巨大的努力,提高了她的威信的头件功绩,是包装地毯。伯爵家里有贵重的戈贝兰地毯和波斯地毯。当娜塔莎着手干活儿的时候,大厅里放着两口敞开的箱子:一口箱子几乎装满了瓷器,另一口装的是地毯。桌上还摆着许多瓷器,从库房里还不断地拿来。还得另装一口——第三口箱子,并且派人去取了。

"索尼娅,等一等,就这样我们全装得下。"娜塔莎说。

"不行,小姐,已经试过了。"餐厅侍者说。

"不,请等一等。"于是娜塔莎从箱子里取出包着纸的盘子和碟子。

"盘子要放这儿,放到地毯里。"她说。

"三口箱子能把地毯装完就谢天谢地了。"餐厅侍者说。

"等一下,好不好。"娜塔莎开始迅速、利落地挑选起来。"这个不要,"她是说基辅产的碟子,"这个可以,这个放到地毯里。"她是说萨克森的盘子。

"你别管啦,娜塔莎;行啦,让我们来装吧。"索尼娅带着责备的口气说。

"哎呀,我的小姐!"管家说。但是娜塔莎不听,她把所有的东西都扔了出来,又很快地装起来,决心把不好的地毯和瓷器不全带走。于是全取出来重新装。果然,扔掉的都是一些不值钱的、不值得带走的东西,所有贵重的物品都装进两口箱子。只是盛地毯的箱子盖不上。本来可以拿掉一些东西,但是娜塔莎坚持自己的意见。她装了,又重新改装,使劲地压,逼着餐厅侍者和彼佳(她把彼佳也拉来装箱)用力压箱盖,她也拼命地使劲。

"行啦,娜塔莎,"索尼娅说,"我看,是你对了,从上边拿掉一些嘛。"

"不行,"娜塔莎喊道,她一只手拢住垂到汗津津的脸上的头发,一只手用力按地毯,"压啊,彼佳,压! 瓦西里奇,使劲压!"她喊道。地毯压下去了,箱盖合上了。娜达莎拍了拍手掌,高兴得尖声叫起来,连泪珠儿都从眼睛里迸出来了。但这只是一秒钟的事,转眼她又去做别的事,这时大家已经完全信任她了,当人们告诉伯爵,娜塔莉娅·伊利尼什娜改变了他的命令时,伯爵也没生气,家奴们有事就去问娜塔莎:要不要包扎,或者,还有车子吗,那辆车装得够不够？多亏娜塔莎的指挥,事情进行得很顺利:拿掉一些不必要的东西,把最贵重的东西用最紧凑的方式装起来。

但是,不管全体人员怎样忙活,直到深夜还没有全部装完。伯爵夫人睡了,于是伯爵把行期延至次日早晨,他也就寝去了。

索尼娅和娜塔莎和衣睡在沙发上。

那天夜里,另一个伤员被送到波瓦尔大街,站在大门口的玛夫拉·库兹米尼什娜把伤员让进罗斯托夫家的院子。她认为这个伤员准是个非常重要的人物。他乘一辆轻便马车,支着车篷,周围挡得严严实实。前座上,驭手旁边坐着一个可敬的老仆人。一个医生和两名士兵坐一辆车,跟在马车后边。

"请到我们家里来吧。主人们就要走了,整个宅子就要空了。"老太婆对那个老仆人说。

"也许,"仆人叹了一口气,回答说,"不能活着到家了! 我们在莫斯科自己也有房子,就是离得远,也没人住了。"

"欢迎你们光临,我们主人家样样齐备。"玛夫拉·库兹米尼什娜说。"他怎么样,伤得很重吗?"她又说。

仆人摆了摆手。

"活着送他到家是没有指望了! 应该去问问医生。"于是,仆人下了马车,到另一辆车跟前。

"好吧。"医生说。

仆人又回到马车跟前,朝车里瞥了一眼,摇摇头,吩咐驭手把马车拐进院子,停在玛夫拉·库兹米尼什娜跟前。

"主耶稣基督!"她喃喃地说。

玛夫拉·库兹米尼什娜要他们把受伤的人抬进屋去。

"主人家不会反对的……"她说。但是他们应该避免上楼,因此把受伤的人抬进厢房,安置在肖斯太太住过的房间。这个受伤的人是安德烈·博尔孔斯基公爵。

十五

莫斯科的末日到了。那是一个晴朗、愉快、秋高气爽的日子。是一个星期天。像通常的星期天一样，各个教堂都鸣钟做礼拜。看样子，谁也不明白莫斯科将会怎么样。

只有两种社会状况标志着莫斯科当时的情势：老百姓，也就是贫民阶层，和物价。工人、成群结队的家奴和农民，其中也杂着小官吏、中学生、贵族，这一天一大早就向三山进发。这群人在那儿待了一会儿，不见拉斯托普钦到来，确信莫斯科将要放弃，于是就散了，回到莫斯科城里，钻进酒店和饭馆里去了。这一天的物价也标志着时局。武器、黄金、车马不断涨价，而纸币和城市的用品则不断跌价，到这天中午，甚至有这样的情形，搬运贵重的物品，例如呢绒，要和搬运的车夫对半分，农民的马匹索价竟达五百卢布；而家具、镜子、青铜器都白白地送人。

在罗斯托夫家气派庄严的古老住宅里，昔日生活条件的解体是不大显眼的。在下人里面，在庞大的仆从中，夜间只有三人逃亡；而且没有偷盗什么东西；至于那些值钱的东西，来自庄园的三十辆大车，是一笔巨大的财产，惹得许多人眼红，愿出大价要罗斯托夫家出让。不仅有人愿出大价买车，在八月三十一日晚上和九月一日早晨，受伤的军官们还派勤务兵和听差到罗斯托夫家的院子，还有罗斯托夫家和邻近人家收容的伤员亲自拖着脚走来，恳求罗斯托夫家的仆人给他们弄几辆车，把他们送出莫斯科。接受这些请求的管家，虽然可怜这些伤员，然而断然拒绝了，他说，这件事他连提都不敢向伯爵提。不管你怎样可怜这些留下来的伤员，但是很显然，给了你一辆，就没有理由不给第二辆，结果所有的车都得给，甚至自己坐的车也得拿出来。三十辆车救不了所有的伤员，在这场大灾难中,不能不顾自己和自己的家。管家就是这样替他的主人着想的。

伊利亚·安德烈伊奇伯爵早晨醒来,为了不惊醒到早晨才入睡的伯爵夫人,悄悄地走出卧室,他穿着淡紫色的睡衣走出门廊。捆绑停当的车停在院子里。坐人的马车停在门廊旁边。管家站在台阶旁跟一个老勤务兵和一个胳膊绑着绷带、面色苍白的青年军官谈话。管家一看见伯爵,就严肃地对军官和勤务兵做了个大有深意的手势,叫他们走开。

"怎么样,瓦西里奇,都准备好了吗?"伯爵摸着自己的秃顶说,一面和蔼地望着军官和勤务兵,向他们点点头(伯爵爱结识生人)。

"马上就可以套车,大人。"

"那好哇,伯爵夫人一醒就动身,上帝保佑! 你们有什么事,先生们?"他对那个军官说,"您住在舍下吗?"那个军官走近一些。他那苍白的面孔突然泛起了红润。

"伯爵,做做好事吧,请允许我……看在上帝的分上……随便搭在您的车上什么地方,我什么东西都没带……我搭在装行李的车上……怎么都可以……"没等军官说完,那个勤务兵就替他的主人向伯爵作了同样的请求。

"啊! 行,行,行,"伯爵连忙说,"我非常、非常高兴。瓦西里奇,你来张罗一下,腾出一两辆车,是啊……没啥……既然需要嘛……"伯爵含糊其辞地发出了命令。但是,就在这一瞬间,那个军官炽热的感激神情已经肯定了他的命令。伯爵环顾四周:院子里、大门旁,厢房的窗口,到处都是伤员和勤务兵。他们都注视着伯爵,都向门廊移近来。

"请到画廊里去吧,大人,对于那些画,您有什么吩咐?"管家说。于是伯爵跟他一起进屋,他又重复一遍命令:不要拒绝请求搭车的伤员。

"不要紧,有些东西可以卸下来。"他悄悄地、秘密地加了一句,好像怕被人听了去似的。

九点钟,伯爵夫人醒了,曾作过伯爵夫人的侍女、现时为她执行宪兵司令职务的玛特廖娜·季莫费耶夫娜,进来向她过去的小姐回禀说,肖斯太太很生气,小姐们的夏季衣服不能留在这儿不带走。伯爵夫人查问肖斯夫人生气的原因,原来把她的箱子从车上卸了下来,所有的车子都在松绑——往下卸东西,让伤员坐上去,伯爵由于过分天真,竟下令要带走这些人。伯爵夫人着人把丈夫请来。

"亲爱的,怎么了,我听说又把东西往下卸?"

"你知道,亲爱的,我正要来告诉你呢……亲爱的伯爵夫人……有个军官来找我,请求腾出几辆车运伤员。反正东西没了,还可以再挣;把他们丢在这儿,你想想,那会怎样!……真的,是在咱们家院子里,是咱们请人家来的,而且还有军官……你知道,我想,真的'亲爱的'我说,亲爱的……把他们送走吧……咱们怕什么呢?……"伯爵胆怯地说,就像他平时一谈起金钱问题就是这个样子。伯爵夫人听惯了他这种将要做出使子女破产事情的腔调,例如他要建造画廊、花房,建家庭剧院或乐队——她已经听惯了,但是她一向认为,反对这种用怯生生的声调说出的事情,是她的责任。

她摆出一副悲哀的、无可奈何的样子,对丈夫说:

"你听我说,伯爵,你已经弄得倾家荡产了,现在连我们的——孩子们的财产也要葬送掉。你自己也说过,家里的东西值十万卢布。我不答应,亲爱的,我不答应。随你的便吧！伤员有政府管。他们是知道的。你看对门的洛普欣家,前天就把东西搬光了。看人家是怎么办的。只有我们是傻瓜。你不可怜我,也可怜可怜孩子们。"

伯爵挥了挥手,二话没说,走出了房间。

"爸爸!您怎么啦?"这时紧跟着走进母亲房间的娜塔莎对他说。

"不怎么!用不着你管!"伯爵气愤地说。

"不,我都听见了,"娜塔莎说,"妈妈为什么不愿意?"

"干你什么事?"伯爵呵斥道。娜塔莎走到窗口,沉思起来。

"爸爸,贝格到我们这儿来了。"她望着窗外,说。

十六

罗斯托夫的女婿贝格,已经是挂着两枚勋章(弗拉基米尔和安娜勋章)的上校,他仍然占有一个平稳惬意的职位——第二军第一师副参谋长。

九月一日,他从军队来到莫斯科。

他在莫斯科本来没有什么事要办;但是他见大家都请假去莫斯科办点事,他认为他也有必要请假去处理一下家事和家务。

贝格乘一辆光洁的轻便马车,由两匹肥壮的黄骠马(像某位公爵的马一样)驾着,来到岳父的宅院。他仔细看了看院子里的车辆,一边上门廊的台阶,一边掏出手绢打了一个结。

贝格迈着从容的滑行步子,小跑着从前厅走进客厅,拥抱了伯爵,吻了娜塔莎和索尼娅的手,赶忙问候妈妈的健康。

"现在还谈得上什么健康?你给我们讲讲,"伯爵说,"军队怎么样?是撤退还是再打一仗?"

"只有永恒的上帝才能决定祖国的命运,爸爸,"贝格说,"军队的士气非常旺盛,现在将领们,可以告诉您,正在开会。将会怎么样,暂时还不知道。不过,我可以告诉您,爸爸,八月二十六日那天的大战,我军所表现的、或者说所显示的那样——那种(他改正说)英勇气概,那种俄罗斯军队所表现的真正古代英雄的勇敢,简直找不到适当的字眼来形容……我告诉您,爸爸(他模仿某位将军在讲这话时捶着胸脯,虽然动作迟缓了些,应当在说'俄罗斯军队'时捶胸),我坦白地告诉您,我们这些当官的,不仅不用激励士兵,或者类似什么办法,而且我们费了老大的劲儿才制止住这种,这种……对了,这种英勇的、古代英雄的伟大行为,"他说得又急又快,"巴克莱·德·托利不怕牺牲,身先士卒,我告诉您。我们那个军团就守在山坡上。您可以想象!"贝格把他所有记得的这一时期听到的故事讲了一遍。娜塔莎目不转睛地望着他,她那目光仿佛在他脸上搜寻某个问题的答案,弄得他怪不好意思的。

"总之,俄国战士表现得那么英勇,简直难以想象,值得夸耀!"贝格说,他转脸看了看娜塔莎,仿佛想得到她的赞许,对她那执拗的目光报以微笑……"'俄国不在莫斯科,它在它儿子们心中!'您说是不是,爸爸!"贝格说。

这时,伯爵夫人从卧室出来,带着疲倦和不满的神情。贝格赶忙跳起来,吻伯爵夫人的手,向她请安,摇头晃脑地表示同情,在她身旁站住。

"是的,妈妈,我跟您说真的,对每个俄国人,这都是一个艰难困苦的年头。但是,何必这么心慌呢?您还来得及离开嘛……"

"我不懂下人们都在干些什么,"伯爵夫人对丈夫说,"我刚听说,什么都还没准备好呢。得有个人照料照料。真叫人怀念米坚卡。事情总是没完没了!"

伯爵想说点什么,但是,显然忍住了。他从椅子上站起来,向门口走去。

贝格这时好像要擤鼻涕,掏出手绢,望着手绢的结子沉吟起来,他忧心忡忡、意味深长地晃着脑袋。

"我想求您帮一个大忙,爸爸。"他说。

"嗯?……"伯爵停住脚步,说。

"刚才我从尤苏波夫家门口经过,"贝格笑着说,"那个管家跑出来,我认识他,他问我要不要买点什么。由于好奇,您知道,我进去看看,那儿有一只小衣柜和一个梳妆台。您知道,薇鲁什卡①就希望有这两件东西,为这我们还争吵过呢。(一谈起衣柜和梳妆台,贝格对他那室内的陈设就不由得眉飞色舞。)多么美妙呵!拉开来,还有一个英国式的暗抽屉,您知道吧?薇拉早就想要了。我想让她惊喜一下。我看见你们院子里有那么多车。给我一辆吧,劳驾,我愿意出大价钱……"

伯爵皱起眉头,清了清喉咙。

"您跟伯爵夫人说吧,我不当家。"

"如果为难,那就算了,"贝格说,"我只是为了薇拉才很想弄一辆。"

"咳,你们都给我滚吧,滚,滚,滚!……"老伯爵喊叫起来,"我头都昏了。"他于是走出屋去。

伯爵夫人哭了。

"是的,是的,妈妈,非常艰难的年月啊!"贝格说。

娜塔莎跟着父亲走出去,她仿佛在苦思冥想一件事情,先跟着他走,然后跑下楼去。

彼佳站在门廊里给将要离开莫斯科的仆役发放武器。装好的车仍然停在院子里。有两辆已经解了绳子,一个军官由勤务兵搀扶着正往其中的一辆车上爬。

"你知道为了什么吗?"彼佳问娜塔莎(娜塔莎知道彼佳已经明白父亲为什么跟母亲吵架)。她没有回答。

---

① 薇鲁什卡是薇拉的小名。

"是为爸爸想把所有的车都腾给伤员，"彼佳说，"是瓦西里奇对我说的。依我看……"

"依我看，"娜塔莎突然把愤怒的脸转向彼佳，几乎大声喊起来，"依我看，这非常卑鄙，非常可恶，非常……我不知怎样说才好！难道我们是德国人还是怎么的？……"她的喉咙哽咽得直发颤，她怕满腔的怒火泄了劲儿，白白浪费掉，就转身飞快地跑上楼去。贝格坐在伯爵夫人身旁，孝敬地劝慰她。伯爵拿着烟斗在室内踱来踱去。这时，娜塔莎气得脸都变了样，像一阵暴风似的冲进屋来，快步走到母亲跟前。

"这是卑鄙！这是可恶！"她喊道，"这不可能是您发的命令。"

贝格和伯爵夫人都莫名其妙，惊慌地望着她。伯爵站在窗口，注意地听着。

"妈妈，那样不行；您瞧瞧院子里的情形吧！"她大喊大叫，"他们都给丢下没人管了！……"

"你怎么啦？他们是谁？你要怎么样？"

"伤员呀，还能是谁！这样不行，好妈妈；这样不像话……不行，好妈妈，亲爱的，这不像话，请原谅，亲爱的……我的好妈妈，咱们何必带那么多东西，您瞧瞧院子里的情形吧……好妈妈！……这样不行！……"

伯爵站在窗口，头也不回地听娜塔莎说话。他突然哼哧了一下鼻子，把脸贴近窗户。

伯爵夫人向女儿看了一眼，看见她为母亲满面含羞，看见她那激动的神情，她明白丈夫这时为什么不回头看她，她茫然地环顾四周。

"咳，你们爱怎么办就怎么办吧！难道我妨碍了谁吗！"她说，还没有一下子就屈服。

"我的好妈妈，原谅我吧！"

但是伯爵夫人推开女儿，走到伯爵面前。

"亲爱的，该怎么办，你就怎么办吧……我不懂得这种事情。"她说，负疚似的垂下眼睛。

"鸡蛋……鸡蛋教训起母鸡来了……"伯爵噙着幸福的泪花说，拥抱着妻子，她那含羞的脸快活地埋在丈夫怀里。

"爸爸，妈妈！我可以下命令吗？可以吗？……"娜塔莎问。"我们仍然可以带走最必要的东西……"娜塔莎说。

伯爵向她点点头，表示赞同，娜塔莎就像平时玩"点火"游戏那样，迈开敏捷的小腿穿过大厅，经过前厅，下楼来到院子里。

仆人们围着娜塔莎，都不相信她传达的奇怪命令，直到伯爵亲自以本人和伯爵夫人的名义肯定了那个命令——把车都让给伤员，把箱子搬进储藏室，他们才相信。仆人们明白后，就欢欢喜喜、忙不迭地着手这项新工作。他们现在不但不觉得奇怪，而且相反，觉得非如此不可；正如一刻钟前，抛弃伤员，运走东西，不惟不觉得奇怪，而且觉得非那样办不可一样。

全家好像要赎回早先没有这么做的罪过似的，都忙活着运载伤员的事。伤员们从他们住的房间一拐一瘸地走出来，带着高兴的笑脸围着车。得到车辆的消息传到邻近各家，别家的伤员也到罗斯托夫家来了，许多伤员要求不必卸东西，他们坐在上面就行了。可是卸车的工作一旦开了头，就制止不住了。反正全部卸掉或者留一半，都无所谓了。院子里到处散放着昨夜仔细装好的盛着瓷器、青铜器、图书和镜子的箱子，人们仍在寻找而且找到了可以卸的车，又腾出一辆又一辆车来。

"还可以多带四个人，"管家说，"我把我的车让出来，不然有的人怎么办？"

"把我装衣服的车也给他们吧，"伯爵夫人说，"杜尼亚莎可以跟我坐一辆车。"

他们又腾出装衣服的车,去接隔壁第三、第四家的伤员。全家主仆都欢欢喜喜。娜塔莎很久没有这么兴高采烈,这么幸福了。

"我们把它放在哪儿呢?"仆人们说,他们正把一只箱子放在马车背后狭窄的脚踏板上,"至少得留一辆车才行啊。"

"那里面装的什么?"娜塔莎问。

"伯爵的书。"

"留下吧。瓦西里奇会收拾起来的。这个用不着。"

四轮马车都坐满了人;连彼得·伊里伊奇坐在哪儿都成问题了。

"他坐在前座上。你可以坐在前座上,是不是,彼佳?"娜塔莎喊道。

索尼娅也忙个不停;但她忙活的目的跟娜塔莎完全不同。她把应当留下的东西归置好;依照伯爵夫人的意思,都登记下来,并且设法尽可能多带走一些东西。

十七

一点多钟的时候,罗斯托夫家的四辆满载着东西的车停在大门口。伤兵乘的车一辆跟着一辆驶出院子。

载着安德烈公爵的马车从门廊前经过时,引起索尼娅的注意,她这时正和一个使女在大门口一辆高大的四轮马车里为伯爵夫人整理座位。

"这是谁的马车?"索尼娅从车窗探出身子问。

"您还不知道吗,小姐?"使女回答,"是一个受伤的公爵:他在咱们家住了一夜,也跟咱们一道走。"

"是什么人啊? 姓什么?"

"就是咱们家先前的姑爷,博尔孔斯基公爵!"使女叹了一口气回答说,"听说快要死了!"

索尼娅跳出马车,跑着去见伯爵夫人。伯爵夫人已经换了旅行的服装,披着披巾,戴着帽子,神色疲倦地在客厅里走来走去,等候家里的人在出发前聚在一起闭门祈祷。娜塔莎不在屋里。

"妈妈,"索尼娅说,"安德烈公爵在这儿,受了伤,快要死了。他跟我们一起走。"

伯爵夫人吃惊地睁大了眼睛,抓住索尼娅的手,向周围看了看。

"娜塔莎呢?"她说。

这个消息对于索尼娅和伯爵夫人,首先只有一个意义。她们了解她们的娜塔莎,她们对娜塔莎知道了这个消息后可能发生的事情所产生的恐惧,掩盖了她们俩对她们都喜欢的那个人的同情。

"娜塔莎还不知道呢;但是他和咱们同路。"索尼娅说。

"你说他快要死了吗?"

索尼娅点点头。

伯爵夫人搂着索尼娅哭了。

"天意不可思议!"她想,觉得那只无形的全能的手正在一桩桩发生的事情上显灵了。

"妈妈,一切都准备好了,您有什么吩咐吗?……"娜塔莎兴冲冲地跑进来问道。

"没有什么,"伯爵夫人说,"准备好了,就走吧。"伯爵夫人朝手提包俯下身来,为的把神色不安的脸隐藏起来。索尼娅搂起娜塔莎,吻了吻她。

娜塔莎疑问地看了看她。

"你怎么啦?出了什么事?"

"没事……没什么……"

"是对我很坏的事吧?……究竟怎么了?"敏感的娜塔莎

问道。

索尼娅叹了口气，没有回答。伯爵、彼佳、肖斯太太、玛夫拉·库兹米尼什娜、瓦西里奇，都来到客厅，把门关上，大家坐下来，默不作声，谁也不看谁，就这样坐了一会儿。

伯爵第一个站起来，深深地叹了口气，对着神像画了十字。大家也照样做了。然后伯爵开始拥抱留在莫斯科的玛夫拉·库兹米尼什娜和瓦西里奇，当他们抓住他的手，吻他的肩时，他轻轻地拍他们的背，说一些含糊不清的、亲切的安慰话。伯爵夫人到祈祷室去了，索尼娅在那儿发现她跪在墙上残留的神像前面（家传最宝贵的神像都随身带走了）。

门廊里和院子里，要走的仆人带着彼佳发给他们的匕首和军刀，裤脚塞进长统靴里，把裤带和宽腰带勒得紧紧的，正和留下的仆人告别。

就像临行前常有的情形，有许多东西忘记带，或者放得不是地方，两个随从在敞开的车门和车梯两旁站了很久，准备侍候伯爵夫人上车，在这工夫，使女们抱着靠垫和包袱跑到轿式马车、大四轮车和小四轮车前，然后又跑回去。

"总是丢三落四！"伯爵夫人说，"你不是不知道，我不能这样坐！"杜尼亚莎咬紧牙关，一声不吭，露出不满的神色，连忙上车重新整理座位。

"咳，这些用人！"伯爵摇着头说。

伯爵夫人的专用老车夫叶菲姆高高地坐在前座上，甚至不回头看看后面在干什么。三十年的经验告诉他，离发出"出发！"的命令还早着呢，即使出发了，也还要停两次去取忘记带的东西，在这之后，还要停一次，伯爵夫人亲自探出车窗交代他，天主保佑，下坡时可千万要小心。他知道这个，所以比那几匹马还要耐心地等待着（特别是左边叫索科尔的枣红马正在用蹄子扒地，嚼马嚼子）。最后，大家都坐好了；车梯折起来放进车里，车门关上，只等去取首饰匣的人回来，伯爵夫人探出身来说了应当说的话。这时叶菲姆慢慢地脱下帽子，画了十字。骑在前导马上的马夫和全体仆人也照样画了十字。

"上帝保佑，走了！"叶菲姆戴上帽子，说，"拉起来！"前导马夫赶马了。右边的辕马拉紧了套，高弹簧吱吱地作响，车身晃了一下。一个随从跑着跳上前座。轿式马车从院子赶上坎坷不平的马路时颠簸了一下，其他的马车也跟着颠了一下，一队马车顺着大街往前移动了。轿式马车和大小四轮马车里的人们，都向对面的教堂画了十字。留在莫斯科的人们在马车两旁步行着给他们送行。

娜塔莎从来没有体验过像今天这样快活的心情，她挨着伯爵夫人坐在马车里，望着慢慢向后移动的、被放弃的、动荡不安的莫斯科的城墙。她时不时地探出车窗看那前前后后伴随着她们的一长溜伤员马车。几乎在最前边，可以看见安德烈公爵那辆支着车篷的马车。她不知道谁在那辆马车里，但每次看那一溜马车队的时候，她总用眼睛搜寻那辆马车。她知道那辆车在最前面。

在库德林诺，从尼基茨卡雅、普雷斯尼亚、波德诺文斯克街，发出几支与罗斯托夫家的车队相似的车队，来到花园街，两列大车和马车并排向前行进。

绕过苏哈列夫塔楼时，娜塔莎好奇地、迅速地观看坐车和徒步的行人，她突然惊喜地叫起来。

"我的老天！妈妈，索尼娅，瞧，那是他！"

"谁？谁？"

"瞧，真的，别祖霍夫！"娜塔莎说，她探出车窗外，望着那个高大肥胖的人，他穿一件车夫的长裈子，从他走路的样子和姿态来看，显然是一个化了装的贵族，和他一起有一个黄脸无须、穿一件粗呢外衣的小老头，他们正穿过苏哈列夫塔楼的拱门。

"真的是别祖霍夫,穿一件马车夫的长褂子,带着一个小老头! 真的,"娜塔莎说,"你们瞧,你们瞧!"

"不会的,那不是他。怎么可能呢,净胡说。"

"妈妈,"娜塔莎喊起来,"要不是他,我敢把脑袋输给您! 我向您保证,停一停,停一停!"她对车夫喊道;但是车夫停不了,因为从梅先大街又驶来一些大车和马车,向罗斯托夫家的车吆喝,叫他们走动起来,不要挡别人的路。

果然,尽管比先前离得更远了,所有罗斯托夫家的人都看见了皮埃尔,或者说非常像皮埃尔的人,穿一件马车夫的长褂子,低着头,神色严肃地在街上走,旁边跟着一个好似仆人的没长胡须的小老头。那个小老头瞧见探出车外的面孔,恭敬地碰了碰皮埃尔的臂肘,指着马车对他说什么。皮埃尔好半天没听懂对他说的话;显然他深深陷入了沉思。最后,他弄明白了他的话,顺着指的方向望过去,认出了娜塔莎,他顺从第一个反应,立即向马车径直走去。但是,他走了十来步,仿佛想起了什么,又停住了。

探出车外的娜塔莎的脸泛起嘲弄的、亲切的笑容。

"彼得·基里雷奇,来啊! 我们认出您了! 真巧!"她向他伸出手喊道,"您在干什么? 您怎么这个样子?"

皮埃尔抓住伸出来的手,一边走一边笨拙地吻它(因为马车还在继续行进)。

"您怎么了,伯爵?"伯爵夫人用惊奇和同情的口吻问。

"怎么了? 怎么了? 为什么? 不要问我吧。"皮埃尔说,转脸看了看娜塔莎,其实他用不着看她,就已经感觉到她那光闪闪、喜洋洋的目光的魅力了。

"您怎么样,打算留在莫斯科吗?"皮埃尔默不作声。

"留在莫斯科?"他反问了一句,"是的,留在莫斯科。再见吧。"

"唉,我要是个男的,我一定同您一道留下来。唉,那多么好啊!"娜塔莎说,"妈妈,让我留下吧。"皮埃尔恍恍惚惚地看了看娜塔莎,正想说什么,可是伯爵夫人打断了他:

"我们听说您上过前线?"

"是的,我去过,"皮埃尔回答说,"明天又有战斗……"他刚要说,但是娜塔莎打断了他:

"您究竟怎么了,伯爵?您怎么变得不像您了……"

"唉,别问了,别问我了,连我自己也不知道。明天……算了,不说了!再见,再见,"他说,"可怕的时代!"于是他让过马车,然后走上人行道。

娜塔莎继续探出车窗,含着亲热而略带嘲讽意味的欣喜微笑,朝他望了很久。

十八

皮埃尔离家以后,在已故恩师巴兹杰耶夫的空宅子里已经住了两天。事情的经过是这样的。

皮埃尔回到莫斯科,见过拉斯托普钦伯爵,第二天醒来时,他好久不明白自己在什么地方,应当做什么。仆人向他禀报,在接待室等候他的人中,有一个法国人,带来海伦·瓦西里耶夫娜的信,一种混乱和绝望的情绪(这是他容易犯的)突然涌上心头。他忽然觉得,现在一切都完了,一切都乱了,一切都毁了,没有是和非,前途茫茫,摆脱这种景况的出路也看不出。他不自然地微笑着,嘟嘟哝哝地说什么,时而绝望地坐在沙发上,时而站起来,走到门前,从门缝里向接待室里窥视,时而挥动两臂又走回来,抓起一本书。管家第二次进来禀报皮埃尔,说那个带着伯爵夫人的信的法国人很想见他,哪怕见一分钟也好,又说巴兹杰耶夫的遗孀派人来请伯爵接管她丈夫的图书,因为巴兹杰耶娃要到乡下去。

"啊,好,我马上去,等一等……算了……不,去告诉他,我这就去……"皮埃尔对管家说。

管家刚一出去,皮埃尔从桌上拿起帽子,从后门出了书房。走廊里没有人。皮埃尔穿过整个走廊,来到楼梯前,他皱着眉,用两手擦擦额头,下到第一个平台。看门人正站在前厅的门旁。皮埃尔来到的这个平台,连接着另一道通后门的楼梯。他顺着楼梯下去,来到院子里。没有人看见他。但是他刚走出大门,守在马车旁的车夫、看院子的人看见主人,都向他脱帽致意。皮埃尔感觉到向他投来的目光,他犹如一个把头藏到灌木林里怕人看见的鸵鸟似的,低下头,加快脚步,沿着大街走去。

这天早晨,皮埃尔觉得所有要办的事中,最重要的是清理约瑟夫·阿列克谢耶维奇的图书和文件。

他雇了他遇到的第一辆马车,吩咐车夫赶到主教塘大街,巴兹杰耶夫的遗孀就住在那儿。

皮埃尔不断地向四外张望那些离开莫斯科的大车行列,为了不致滑出那辆咯吱作响的破旧马车,他不断挪动肥胖的身躯,他感到自己有一种小学生逃学的喜悦心情,于是跟车夫闲聊起来。

车夫告诉他,今天克里姆林宫在发放武器,明天老百姓全赶到三山城门外,那儿将有一场大战。

来到主教塘大街后,皮埃尔找到他好久没来的巴兹杰耶夫的家。他来到住宅的便门。格拉西姆,就是那个五年前皮埃尔在托尔若克见过的、同约瑟夫·阿列克谢耶维奇在一道、面黄无须的小老头应声而出。

"在家吗?"皮埃尔问。

"目前的局势很紧,索菲娅·丹尼洛夫娜带着孩子到托尔若克乡下去了,大人。"

"我还是要进去,我要清理一下图书。"皮埃尔说。

"欢迎,请进,我已故的主人——但愿他升入天堂——已故主人的兄弟马卡尔·阿列克谢耶维奇留在家里,是的,他体弱多病,您是知道的。"老仆人说。

皮埃尔知道马卡尔·阿列克谢耶维奇是约瑟夫·阿列克谢耶维奇半疯的兄弟,是一个嗜酒如命的人。

"是的,是的,我知道,咱们进去吧,进去吧……"皮埃尔说着进了宅院。一个身材高大、秃顶、红鼻子老头,穿着长衫,光脚穿着套鞋,在前厅站着,一看见皮埃尔,就愤愤地咕哝了一句,从走廊里走了。

"一个多么聪明的人,可是现在,您看看,身体坏成什么样子,"格拉西姆说,"书房封上了,没动过,索菲娅·丹尼洛夫娜吩咐过,等您那边来人,就把书取走。"

皮埃尔进入那间最阴森的书房,还在恩师在世时,他每次进入这间书房,总是怀着诚惶诚恐的心情。这间自约瑟夫·阿列克谢耶维奇死后就未动过的尘封的书房,现在更显得阴森森的了。

格拉西姆打开一扇护窗板,踮着脚尖走了出去。皮埃尔在书房里走了一遍,来到一只藏手稿的书柜跟前,取出一件当年曾是非常重要的共济会的圣物。这是附有恩师注释的《苏格兰教律》真本。他在蒙上一层尘土的书桌旁坐下,把手稿摆在面前,时而打开、时而合上,终于把手稿推开,用手托着头,沉思起来。

格拉西姆朝书房里张望了好几次,看见皮埃尔总是那么一个姿势坐在那儿。两小时过去了。格拉西姆大着胆子把门弄响,想引起皮埃尔的注意。皮埃尔没听见。

"要不要把车夫打发走?"

"啊,对啦,"皮埃尔醒悟过来,急忙站起来说,"你听我说,"他说,抓住格拉西姆的外衣纽扣,用闪光的、湿润的、兴奋的眼睛从上往下打量那个小老头，"你听我说，你可知道明天要打仗？……"

"听人家说了。"格拉西姆回答说。

"我求你不要告诉任何人我是谁。你照我的话去办……"

"是，"格拉西姆说，"要给您拿点吃的吗？"

"不，我要别的东西。我要一件农民的衣服和一支手枪。"皮埃尔出乎意外地忽然红了脸，说。

"是，您哪。"格拉西姆沉吟了一下，说。

皮埃尔独自一人在恩师的书房里度过这一天的其余时间，格拉西姆听见他从一个角落到另一个角落不安地来回踱步，一面自言自语，然后就睡在给他铺好的床上，在那儿过夜。

格拉西姆是个生平见过许多怪事的仆人，对皮埃尔来住并不感到奇怪，而且似乎为自己有人可以侍候而感到高兴，那天晚上他给皮埃尔弄来农民的长衫和帽子，并且应许明天把手枪也弄来，他甚至不想想要这些东西干什么用。这一晚，马卡尔·阿列克谢耶维奇两次趿着套鞋来到书房门口，停下来，用讨好的目光看皮埃尔。但是只要皮埃尔向他一转身，他就带着害羞和生气的样子，掩上衣襟，连忙走开了。就在皮埃尔穿上格拉西姆弄来的、蒸洗过的车夫的长衫，跟格拉西姆一起到苏哈列夫塔楼去买手枪的路上，遇见了罗斯托夫一家人。

十九

九月一日夜，库图佐夫发出命令：俄国军队经由莫斯科向梁赞大路撤退。

先头部队当夜开拔。夜间行军的部队不慌不忙，他们缓慢地、庄重地行进着；但是黎明时分，行进的部队来到多罗戈米洛夫桥头，一眼望去，前面拥挤着匆忙过河的军队，再往前，过了桥的军队挤满了大街小巷,在他们后面,大群的士兵密密麻麻望不见尽头。无缘无故的惊慌和匆忙笼罩着军队。大家都朝桥头拥来,抢着上桥,上浅滩,上渡船。库图佐夫坐车从后面的街道绕到莫斯科的另一边。

九月二日上午将近十点钟,广阔的多罗戈米洛夫郊区只剩下后卫部队。军队有的到了莫斯科另一边,有的已经离开了莫斯科。

就在这时,九月二日上午十点钟,拿破仑站在波克隆山上他的军队中间,眺望他面前开阔的景象。从八月二十六日到九月二日,从波罗金诺战役到敌人进入莫斯科,在这个惊慌不安、令人难忘的整个星期,金秋的天气是那么不寻常,那么令人惊叹,低垂的太阳比春天还温暖,空气洁净而轻飘,一切都亮得耀眼,呼吸着秋天芬芳的空气,令人神清气爽,精神振奋,甚至夜间也是温暖的,在这温暖的黑夜,从天空不断地洒落着金色的流星,令人又惊又喜。

九月二日上午十时,就是这样的天气。早晨的阳光是奇妙的。从波克隆山上眺望,莫斯科宽广地舒展着她的河流,她的花园和教堂,舒展着她那星罗棋布的在阳光下闪闪发光的圆屋顶,她似乎在过着她的日常生活。

看见这座奇特的城市和她那从未见过的建筑式样,拿破仑心中不免有点嫉妒和情绪不安的好奇,正如人们见到他们不了解的异国情调的生活所感觉的那样。显然,这座城市精力充沛,生气勃勃。从一些不明确的迹象,拿破仑从远处就能准确无误地分辨出活的和死的东西,他从波克隆山看到城里的生活在搏动,仿佛感到这个美丽的巨大身躯在呼吸。

"这个拥有无数教堂的亚洲城市,他们的神圣莫斯科!这就是她,终于来到这座名城!是时候了!"拿破仑说,他下了马,吩咐把莫斯科地图摆在他面前,把翻译官勒洛涅·狄德维勒叫来。"一座被敌人占领的城市,就像一个失去贞操的姑娘。"他想(他在斯摩棱斯克对图奇科夫这样说过）。他用这个观点来看摆在他面前的、从未见过的东方美人。连他自己也觉得奇怪，他久已盼望的、似乎不可能实现的事情，终于如愿以偿了。在明朗的晨光下，他时而看看城市，时而看地图，检验城里的详细情况，将要占领这座城市的信心，使他激动而且害怕。

"难道会不是这样吗？"他想，"这就是她，躺在我脚下的这座都城正等待自己的命运。亚历山大现在何处？他在想什么？奇特、美丽、庄严的城市！奇特、庄严的时刻！我应当采取什么态度和他们见面！"他是在想他的军队，"这就是她，这就是给那些信念不坚的人们的奖励。"他看着那些已经来到和正走过来站队的军队，心中想道，"我一句话，一举手，就可以把这座沙皇的古城毁掉。不过我对战败者总是仁慈的。我应当宽大为怀和真正伟大。但是，不，我不会真到莫斯科，"他忽然想道，"可是，她就躺在我的脚下，金色的圆屋顶和十字架在阳光下闪闪发光。但是我饶恕她。我要在野蛮和专制的古代纪念碑上写下正义和仁慈的伟大词句……这正是亚历山大最能理解的，我了解他。（拿破仑觉得，当前发生的事，其主要意义就在于他和亚历山大之间个人的斗争。）从克里姆林宫的高处——是的，那是克里姆林宫，是的——我给他们公正的法律，我让他们知道真正文明的意义，我使世世代代的王公大臣怀念他们的征服者。我要对代表团说，我过去不爱、现在也不爱战争；我只是对他们朝廷的错误政策作战；我爱慕和尊敬亚历山大，我在莫斯科将接受我和我的人民都认为公道的和平条件。我不愿利用战争的幸运使一个可敬的君主受到屈辱。王公大臣——我要对他们说：我不爱战争，我希望我的全体臣民都享受和平和幸福。而且，我知道，他们来见我会使我精神振奋，我要用我一贯的态度对他们说话：明确、庄严和伟大。但是我真的能到莫斯科吗？是的，她就在那儿！"

"把那些王公大臣带来。"他对侍从说。一个将军带着漂亮的侍从立刻骑马寻找王公大臣。

两小时过去了。拿破仑吃过早饭,又站在波克隆山上同一个地方,等待着王公大臣。他对王公大臣要说的话已经想好了。那些话充满了尊严和拿破仑所理解的伟大。

拿破仑打算在莫斯科以宽大为怀行事,这使他自己也感动了。他在想象中定了在沙皇宫中开会的日期,在这个会上俄国的达官贵人和法国皇帝的达官贵人应当相聚一堂。他在心中还任命了一位总督,这位总督应当是一个善于笼络民心的人。听说莫斯科有许多慈善机关,他心中决定,所有这些机关普遍都要受到他的恩惠。他想,正如他在非洲必须穿带风帽的斗篷坐在清真寺里,在莫斯科他就必须像沙皇一样仁慈。为了彻底感动俄国人的心,正如每个法国人一样,一想到多情善感的事,就不能不记起我亲爱的、慈祥的、可怜的母亲。因此他决定,他要在所有这些机关题上几个大字:这座建筑献给我亲爱的母亲。不,干脆写上:我母亲的房子,他心里这样决定。"但是,我真的到了莫斯科吗?是的,莫斯科就在我面前。可是那座城市的代表团为什么这么久还不来呢?"他想。

其间,在皇帝侍从们的后面,将军和元帅们在低声焦急地议论。派去找代表团的人们回来了,带来的消息说,莫斯科是一座空城,所有的人都逃走了。那些聚在一起议论的人都面色刷白,焦急不安。使他们害怕的并不是莫斯科居民弃城逃走(虽然这件事也极其重要),而是应当如何向皇帝报告这件事,怎样对他说,他等王公大臣白等了半天,除了成群醉汉外,什么人也没找到,怎样才不致使陛下陷入那种法国人所谓的可笑的可怕境地。一些人主张,无论如何应当拼凑一个代表团,另一些人反对这个意见,认为应当对皇帝先做一点准备工作,然后再向他说明真相。

"总得告诉他……"侍从们说,"但是,先生们……"情况更加严重的是:皇帝正在考虑他的宏伟计划,在地图前面耐心地来回踱步,时时用手遮在眼上眺望通到莫斯科的大路,露出快活的、骄傲的笑容。

"不过那是不可能的……"侍从先生们耸耸肩说,不便说出那个别有含意的可怕字眼:可笑的……

这时,皇帝由于徒劳的等待感到厌倦了,以他那演员的敏感,觉得庄严的时刻持续得太久,开始失掉庄严的意义了,他打了一个手势。打响了一声信号炮,那些从四面八方包围莫斯科的军队从特维尔、卡卢日斯基和多罗戈米洛夫等城门拥入莫斯科。军队疾速地小跑着你追我赶,越来越快地向前推进,消失在扬起的尘雾中,喊声连成一片,震撼天空。

拿破仑被军队的行动所吸引,骑马随着队伍来到多罗戈米洛夫城门,但是他在那儿又停下来,下了马,在度支部①土墙旁来回走了很久,等候那个代表团。

二十

莫斯科这时空空如也。城里还有人,还有五十分之一的居民留了下来,但它是一座空城。它是空的,正如行将灭亡的没有蜂王的蜂房是空的一样。

一个没有蜂王的蜂房已经没有生命,可是从表面看来,它好像跟其它活的蜂房没有两样。在灼热的中午阳光下蜜蜂快活地绕着没有蜂王的蜂房飞舞,好像别的蜜蜂绕着活蜂房飞舞一样;离得很远照样闻得见蜜香,蜜蜂照样从蜂房里飞进飞出。但是只要仔细

---

① 度支部是彼得一世时的财政部。

一看,就可以看出,这座蜂房已经没有生命了。蜜蜂已经不像在活的蜂房那样飞舞了,已经没有那种使养蜂人感到惊讶的气味和声音了。养蜂人叩一叩患病的蜂房壁,以前那种立即一致的反应——成千上万的蜜蜂威吓地收紧肚子,迅速地扇着翅膀,震得空气生动有力地嗖嗖响——这种反应已经没有了,而给养蜂人的反应只是在空空的蜂房里有几处发出沉闷而零星的嗡嗡声。已经不像以前那样,从蜂房的出入口散发出蜜和毒液的醉人清香和腾腾的热气,而在蜜味中却混合着空虚和腐朽的气息。在出入口不再有为保卫蜂房而准备牺牲、翘起臀部发出警报的守卫蜂。不再有那种均匀而平静的、宛如沸水一般的劳动颤音,而只有不调和的杂乱噪音。一些长长的身子、涂着蜜的黑色强盗蜜蜂,胆怯而且狡猾地从蜂房飞进飞出;它们不蜇人,遇危险就悄悄溜掉。以前只有带着采集物飞进来、空身飞出去、而现在却有带着采集物飞出去的蜜蜂。养蜂人打开下层蜂房,观察一下底层部分。先前那种一直挂到底板的、勤勤恳恳的、油光闪亮的黑色蜜蜂,彼此抱着腿,不断发出劳动的低语声,把蜂蜡清理出来的景象,已经看不到了,取代这种景象的是,昏昏欲睡的枯瘦的蜜蜂在底板和墙壁上无精打采地到处乱爬。那里不再是抹一层胶、用蜂翅的扇动打扫干净的底板,而是到处蜡块、粪便,到处是哆嗦着大腿的半死的蜜蜂和没有清除的完全死掉的蜜蜂。

养蜂人打开蜂房的顶层,检查一下蜂房的主要部分。这里已经不是贴满所有蜂巢间隙、为幼蜂保暖的一排排密集的蜜蜂,他看见了巧妙、复杂的蜂房工程,但是已经没有往日那样的清洁了。一切都荒废了,弄脏了。黑蜂盗贼迅速地、贼头贼脑地乱窜;自家的蜜蜂仿佛老朽似的,干瘦,萎缩,无精打采,爬行缓慢,对谁都不打扰,没有任何欲望,已经失去生命的知觉。雄蜂、大胡蜂、丸花蜂、蝴蝶,毫无目的地飞着撞击蜂房的墙壁。在蜡块、死蜂和蜂蜜之间,时而从各处传来愤愤的低声絮语;有两只蜜蜂由于清理蜂巢的老习惯和记忆,力不胜任地拖着一只死蜂或丸花蜂,连它们自己也不知它们在干什么。在另外一个角落有两只老蜂有气无力地厮打,或者在清理自己,或者互相喂食,连它们自己也不知它们这样做是出于仇视还是出于友爱。在第三个地方,一群蜜蜂推推搡搡,在进攻一只受难者,打它,掐它。那只筋疲力尽或者已经死去的蜜蜂缓慢地、宛如羽毛一般从上面掉到死蜂堆里。养蜂人打开两个中层的蜂房,看一看蜂王的巢穴。他看见的已经不是先前那种成千上万只蜜蜂背靠背围成一个密密实实的黑圈,以保护生育的最高秘密,而是几百只萎靡不振、半死不活、昏昏欲睡的蜜蜂躯壳。它们全部濒于死亡,但是它们自己并不知道,都坐在它们曾保护过、而如今已不复存在的圣地上。它们散发出腐朽和死亡的气味。其中只有几只还能动弹,起飞,懒洋洋地盘旋,落在敌人手上,连螫敌人而死的力量都没有了——其余的都是死的,像鱼鳞似的轻轻地掉落下来。养蜂人关上蜂房,用粉笔在蜂房板壁上做一个记号,一有工夫,就把它拆毁,烧掉。

莫斯科就是这样空空如也,而这时,拿破仑愁眉苦脸,疲倦而且心神不安,在度支部土墙旁踱来踱去,等候代表团的到来——虽然这是表面文章,但他认为是必须履行的礼节。

在莫斯科各个角落,还有一些人遵守旧习惯,并不明白他们在做什么,毫无目的地活动着。

当人们以适当的审慎态度向拿破仑报告说莫斯科已是一座空城时,他气愤地向报告人看了一眼,又转身继续默默地踱来踱去。

“把马车拉过来。”他说。他和值日副官一同坐上轿式马车,向郊区驶去。

“莫斯科空了,这是多么令人难以置信的事!”他自言自语,说。

他没有进城,就在多罗戈米洛夫郊区一家旅舍里住下。戏剧的结局并不圆满。

<h1 style="text-align:center">二十一</h1>

夜里两点到第二天下午两点,俄国军队穿过莫斯科不断撤退,把最后一批要撤离的居民和伤员带走。

军队在转移时,在石桥、莫斯科河桥和雅乌兹河桥,发生了极大的拥挤现象。

军队分两路绕过克里姆林宫,聚到莫斯科河桥和石桥,许多士兵趁着在那儿停留和拥挤的机会,从桥头转了回去,他们偷偷摸摸、一声不响窜过瓦西里·布拉任内大教堂,从博罗维茨基城门折回小山岗,然后溜到红场,他们凭着某种嗅觉,觉得那儿可以随便拿别人的东西。这一群好像买廉价商品的人,充满了商场的所有通路和过道。但是这儿没有招揽顾客的商人的花言巧语,没有小贩和花花绿绿的女顾客——有的只是一些穿着制服和外套、没有带枪的士兵,他们空着手进去,然后带着东西默默地走出来。那些伙计和掌柜的(他们人很少)失魂落魄地在士兵中间走来走去,他们把自己的店铺打开又锁上,和伙计们一起把货物运到别处去。在商场旁的广场上鼓手们在敲集合鼓。那些正在抢劫的士兵并不像以前那样召之即来,而是相反,逃到离鼓声更远的地方去了。在士兵中间,在店铺和过道上,可以看见一些穿灰色长衣、剃光头的人①。有两个军官——一个制服上扎着腰带,骑一匹深灰色的马,另一个穿着外套,没有骑马——站在伊利英卡街拐角上正在谈什么。第三个军官骑着马跑到他们跟前。

---

① 指从监狱中释放的囚犯。

"将军命令,立刻把他们全赶出来,无论如何要赶出来,这太不像话! 跑掉了一半人。"

"你往哪儿去? ……你们往那儿去? ……"他对三个没有带枪、兜起外套下摆,从他身边向商场溜去的步兵呵斥道,"站住,坏蛋!"

"看你怎么把他们集合起来吧!"另一个军官说,"没法子集合他们;趁着最后一批还没走开,得赶快走,走了完事!"

"怎么走得了? 人都在那儿站住了,聚在桥上,动也动不得。设一道哨兵线防止这最后一批人逃走,怎么样?"

"你们到那边去! 把他们全轰出来!"那个上级军官喊道。

那个扎腰带的军官下了马,叫来一个鼓手,和他一起走进拱门。有几个士兵一齐拔腿就跑。一个鼻翼两旁生着红色丘疹的商人,胖脸上带着镇静、胸有成竹的神气,挥动着两臂,急忙而潇洒地向军官走来。

"大人,"他说,"行行好吧,保护我们吧。我们并不在乎这点小意思,欢迎你们拿点什么! 请吧,如果要呢绒,我这就拿来,就是奉送您这样高贵的人两匹呢绒,我们也是高兴的。因为我们觉得,这算怎么回事,简直是抢劫! 大人,能不能设个岗,让我们把铺子关起来……"

有几个商人聚在那个军官周围。

"唉! 净讲些什么废话!"其中一个面孔严峻的瘦子说,"脑袋都掉了,还哭头发。谁爱拿就让他拿吧!"他使劲挥了一下手,侧过身去对着军官。

"伊万·西多内奇,你说得倒好,"第一个商人愤愤地说,"大人,您请进吧。"

"还说什么!"那个瘦子喊道,"我这儿有三家店铺,十万卢布的货物。军队走了,我的东西还保得住吗? 唉,你们这些人呀,上帝的旨意是不可违抗的!"

"请进吧,大人。"第一个商人鞠着躬说,那个军官站在那儿不知如何是好,脸上露出犹疑不决的神情。

"那不关我的事!"他突然喊道,然后快步沿着商场的通道向前走去。从一家开着门的店铺里传出打骂的声音,正当那个军官走到这家店铺门前时,一个穿灰长衣、剃光头的人被人从门里推出来。

这个人弯着腰从商人们和军官身旁溜走了。军官大步流星向店铺里的士兵走去。但这时从莫斯科河桥上庞大的人群中传来可怕的喊叫声,于是那个军官便向广场跑去。

"怎么回事? 怎么回事?"他问,但是他的同伴已经骑着马经过瓦西里·布拉任内大教堂朝着呐喊的方向跑去。那个军官骑上马,跟着他跑。当他跑到桥头时,他看见两尊卸去前车的大炮、过桥的步兵、几辆翻倒的大车、几个士兵吃惊的和笑着的面孔。大炮旁停着一辆双马大车。大车车轮后面蜷缩着四只戴项圈的猎犬。大车载的东西堆得高高的,车顶上一把四脚朝天的小椅子旁,坐着一个农妇,她发出刺耳的绝望尖叫。别的军官向那个军官解释,说人群喊叫和那个农妇尖叫,是因为叶尔莫洛夫将军来到人群里,听说士兵都跑到商店去了,成群的市民堵塞了大桥,他就命令卸掉两尊大炮的前车,做出要向大桥开炮的样子。人群推翻车辆,彼此践踏着,拼命喊叫着,拥挤着,终于把桥疏通了,军队又向前行进了。

二十二

城里这时已经空空荡荡了。街上一个人影也没有。住户的大门和店铺都上了锁;在一些酒馆附近,可以听见孤零零的喊叫或者醉汉的歌声。街上没有坐车的人,只是偶尔传来行人的脚步声。

波瓦尔大街一片寂静,荒凉。罗斯托夫家的大院里,到处撒着吃剩的干草,马粪,看不见一个人影。在连同财产一齐被抛弃的罗斯托夫的家,在偌大的客厅里,只有两个人。这就是看门人伊格纳特,还有和祖父瓦西里奇一起留在莫斯科的小厮米什卡。米什卡打开古钢琴,用一个手指弹琴。看门人叉着腰站在大镜子前面高兴地微笑着。

"看我弹得多好!是吧?伊格纳特大叔!"那个孩子说,他忽然用双手拍打起琴键来。

"嗬,真行!"伊格纳特回答,他很惊奇:他在镜子里的笑脸越来越开朗了。

"不要脸!真不要脸!"他们背后传来悄悄走进来的玛夫拉·库兹米尼什娜的声音,"嘿,瞧那个大胖脸还龇牙咧嘴呢。叫你们来干这个的!那边什么都没拾掇呢,瓦西里奇忙得要死。有你好看的时候!"

伊格纳特整了整腰带,收敛起笑容,恭顺地垂下眼睛,连忙走出去。

"阿姨,我轻轻弹了一下。"那个孩子说。

"我也轻轻揍你一顿,淘气鬼!"玛夫拉·库兹米尼什娜向他挥手,喊道,"去给你爷爷烧茶去吧。"

玛夫拉·库兹米尼什娜拂去灰尘,盖上古钢琴,长叹了一声,走出客厅,把门锁上。

玛夫拉·库兹米尼什娜来到院子里,寻思现在应当到哪儿去:到厢房瓦西里奇那儿去喝茶呢,还是到贮藏室去收拾那些没有归拢的东西?

寂静的街上传来疾速的脚步声。脚步声在角门前停住了;有人用力推门,把门闩鼻推得啪啪地响。

玛夫拉·库兹米尼什娜向角门走去。

“找谁？”

“找伯爵，伊利亚·安德烈伊奇·罗斯托夫伯爵。”

“您是谁呀？”

“我是军官。我要见见他。”一个俄罗斯贵族的悦耳声音说。

玛夫拉·库兹米尼什娜开了角门。一个十八九岁、圆圆的脸很像罗斯托夫家里的人的脸型的军官走进院子。

“家里的人都走了，少爷，昨天傍晚走的。”玛夫拉·库兹米尼什娜和蔼地说。

青年军官站在角门口，是不是要进去，他有点犹疑不决，他弹了弹舌头。

“咳，真遗憾！……”他说，“我昨天来就好了……咳，真可惜！……”

这时，玛夫拉·库兹米尼什娜满怀同情地仔细打量青年军官脸上那种她所见惯的罗斯托夫家族的相貌特征，打量他那破烂的军大衣和穿破了的靴子。

“您有事要见伯爵吗？”她问。

“既然这样……就没法子了！”那个军官懊恼地说，他抓住角门，似乎要走的样子。他又犹犹豫豫地停住了。

“您知道吗？”他忽然说，“我是伯爵的亲戚，他一向待我很好。这不是，您是看见的（他带着善良、快活的微笑看了看他的军大衣和靴子），都穿破了，我一个钱也没有；所以我想求伯爵……”

玛夫拉·库兹米尼什娜没让他把话说完。

“您稍稍等一下，少爷。一小会儿。”她说。那个军官刚从角门放开手，玛夫拉·库兹米尼什娜就转身迈开老年人的快步向后院厢房走去。

在玛夫拉·库兹米尼什娜跑着回到她的住处的工夫，那个军官低着头，看着他那双破靴子，含着微笑，在院子里走来走去。

"我没碰到叔叔,多么遗憾。可是这个老太太真好!她跑到哪儿去了?我怎样才能抄近道去赶团队呢?团队现在该到罗戈日城门了。"青年军官这时想。玛夫拉·库兹米尼什娜面带吃惊和坚决的神情,手里拿着方格手帕包,从拐角出现了。在离军官几步远的地方,她打开手帕,从里面拿出一张雪白的二十五卢布的钞票,匆匆地递给他。

"如果他大人在家,当然啦,是亲戚嘛,他们一定会……不过现在……"玛夫拉·库兹米尼什娜羞怯了,慌乱了。但是军官并不推辞,不慌不忙地接过钞票,谢过玛夫拉·库兹米尼什娜。"如果伯爵在家就好了,"玛夫拉·库兹米尼什娜一个劲表示歉意,"愿您和基督同在,少爷!上帝保佑您。"玛夫拉·库兹米尼什娜说,她鞠躬,送他。那个军官仿佛在嘲笑自己,嘴角含笑直摇头,他在空空荡荡的大街上朝着雅乌兹桥几乎是跑着去追赶他的团队。

可是玛夫拉·库兹米尼什娜两眼湿润,关上角门后又站了很久,若有所思地摇着头,对一个不相识的青年军官突然生出满腔母性的柔情和怜爱。

二十三

在瓦尔瓦尔卡大街有一座未竣工的楼房,下层是酒馆,从那里传出醉汉的喊叫和歌声。在一间肮脏的小屋里,有十来个工人围着桌子坐在长板凳上。他们都喝醉了,满头大汗,眼睛浑浊,全身发紧,张大嘴巴打哈欠,他们正在唱一支什么歌。他们各唱各的调儿,唱得又累又吃力,显然,他们并不是想唱,只不过为了表明他们喝足了酒,在玩乐罢了。其中有一个高个儿小伙子,淡黄色头发,穿一件干净的青灰色长外衣,高出众人之上地站在那儿。如果没有那紧闭着的不断活动的薄嘴唇和浑浊、阴沉、呆滞的眼睛,他那张生着秀气的笔直鼻梁的脸,本来算是漂亮的。他站在唱歌的人们中间,显然他一面在想什么,一面在他们上头庄严地、僵硬地挥动着袖子卷到肘弯的雪白胳膊,不自然地用力张开肮脏的手指。他的大衣袖子老滑下来,小伙子连忙用左手又卷起来,好像非得露出这只挥动着的、筋肉突出的白胳膊才是一件特别重要的事。在歌唱的中间,从过道和门廊里传来斗殴和打人的喊叫声。那个高个儿小伙子把胳膊挥了一下。

"不要唱啦!"他用命令的口吻喊道,"打起来了,伙计们!"他一面不停地卷袖子,一面向门廊走去。

工人们跟着他走。今天早晨在高个儿小伙子带领下来喝酒的工人们,从工厂里拿了几张皮子给老板,所以捞到酒喝。附近铁匠铺的铁匠们听见酒馆里狂饮乱叫,以为酒馆遭抢了,就拼命往里闯,于是在门廊里发生了斗殴。

酒馆老板在门口和一个铁匠打起来,正当工人们走来的时候,那个铁匠挣脱老板,脸朝地倒在马路上。

另一个铁匠向门里冲去,用胸膛猛挤老板。

那个卷袖子的小伙子刚走到那儿,顺手就给正往门里冲的铁匠脸上一拳,疯狂地喊道:

"伙计们!打我们的人了!"

这时,头一个铁匠从地上爬起来,他那受伤的脸上被抓得血淋淋的,他哭喊道:

"救命啊!打死人了! ……打死人了!伙计们! ……"

"哎呀,我的老天,打个半死,打死人了!"从隔壁大门走出一个老农妇尖声喊道。在那个血淋淋的铁匠周围聚了一大群人。

"你抢人还抢得少,连衬衣都给扒了,"不知谁的声音对酒馆老板说,"怎么,你打死人? 狗强盗!"

那个高个儿小伙子站在门廊上,翻着浑浊的眼睛时而看看酒馆老板,时而看看铁匠,好像在估量现在应当打哪一个。

"凶手!"他突然对酒馆老板大喝一声,"把他捆起来,伙计们!"

"怎么,要捆我吗!"酒馆老板推开向他扑过来的人们,喊了一声,他从头上抓起帽子,掷到地上。仿佛这个动作有某种神秘的恐吓作用似的,那些包围酒馆老板的工人犹疑不定地站住了。

"法律嘛,老兄,我最在行。我要到警察分局去。你以为我不会去? 现在不许任何人抢劫!"酒馆老板喊道,拾起他的帽子。

"去就去,怎么! 去就去……怎么!"酒馆老板和高个小伙子彼此重复说,于是他两人顺着大街向前走去。那个满脸鲜血的铁匠同他们并排一齐走。工人们和旁观的人们又说又嚷地跟在他们后面。

马罗谢卡街拐角,有一所挂着一块靴匠招牌、关着护窗板的大房子,对面站着二十几个穿工作服和破烂长外衣、面容消瘦而且疲倦的无精打采的靴匠。

"照规矩,他应当发给我们工资!"一个生着稀稀拉拉的胡子、皱着眉头的瘦削工人说,"他吸了我们的血,就算拉倒啦! 他哄啊、骗啊,骗了我们整整一星期。临了,他溜之大吉了。"

说话的工人见来了一大群人和一个血流满面的人,就不出声了,所有的靴匠都怀着急不可耐的好奇心向那群移动的人们走去。

"这些人都到哪儿去?"

"那还用问,到警察局去。"

"怎么说咱们的人真打败啦?"

"你以为怎么啦! 你听听人家都说什么来着。"

人们有的问,有的答。酒馆老板趁着人群越来越多的时机,落到人群后面,溜回他的酒馆去了。

高个儿小伙子没发觉他把敌人——酒馆老板弄丢了,他挥舞着裸露的胳膊,不停地说话,引得大家都注意他。大多数人都挤在他跟前,想从他嘴里得到大家所关心的问题的答案。

"他应当维护秩序,维护法律,官府就是干这个的嘛!我说的对吗,正教徒们?"高个儿小伙子露着笑意说。

"他以为没有官府了?没有官府怎么行呢?不然抢案不是更多了。"

"尽说空话!"人群中有人搭腔了,"怎么,莫斯科就这样给放弃了!人家跟你说笑话,你就当起真来。咱们的军队多得很。就这样放他们进来!官府管干什么的。你听听老百姓都是怎样说的。"一些人指着高个儿小伙子说。

在中国城①的城墙附近,有一小群人围着一个身穿厚呢大衣、手拿文件的人。

"告示,在宣读告示啦!在宣读告示啦!"人群中有人说,人们向宣读的人拥过去。

那个穿厚呢大衣的人在读八月三十一日的告示。人们围住他时,他有点窘,但是在挤到他跟前的高个儿小伙子的要求下,他开始读告示,声音有点发抖。

"明天一早我就去见公爵阁下,"他读道("阁下!"那个高个儿小伙子皱着眉头,嘴角带着微笑庄重地重复说),"和他商量,行动起来,协助军队消灭那些匪徒;我们也要把他们……"朗读的人继续读下去,然后停顿一下("听见了吧?"那个小伙子得意地喊道,"他把事情都摆明了……")……"把他们消灭干净,叫那些不速之客都见鬼去吧;我要回来吃中饭,然后我们就干起来,一定要干,干到底,把匪徒消灭光。"

---

① 中国城是旧莫斯科的一部分,靠近克里姆林宫。十六至十八世纪这里曾是商业中心。

朗读的人读最后几句时,听的人都鸦雀无声。高个儿小伙子忧愁地低下头。显然,谁也不明白这最后几句话的意思。特别是那一句:"我要回来吃中饭。"看来,甚至使读的人和听的人都感到不是味儿。人们的情绪正激昂慷慨,而这种话未免太简单,太粗浅;这是谁都会说的话,最高当局的告示不该说这种话。

大家都闷声不响站在那儿。高个儿小伙子动着嘴唇,晃悠着身子。

"应当问他!……那就是他?……当然要问他!……干吗不问……他会给指点的……"后排人群中忽然有人说,所有人的注意力都转向驶进广场的警察局长的轻便马车,马车后面有两个龙骑兵跟随着。

这位警察局长今天出行,是奉伯爵的指示前往烧毁货船的,他趁机捞了一把,这时钱正揣在他的腰包里。看见向他拥来的人群,他吩咐车夫停下来。

"这是什么人?"他向那些三三两两、怯生生地向马车走来的人们喝道。"这是什么人?我问你们呢?"得不到回答的警察局长又说。

"他们,大人,"穿厚呢大衣的小职员说,"他们,大人,遵照伯爵大人的告示,愿意舍命效劳,并不是什么暴动,而是像伯爵大人所说的……"

"伯爵没有走,他在这儿,他会对你们发出指示的。"警察局长说。"走!"他对车夫说。人群停在那儿,聚在听到警察局长说话的人们周围,眼望着离去的马车。

警察局长这时惊慌地回头看了一眼,对车夫说了句什么,于是他的马加快步子跑了。

"他糊弄人,伙计们!追他!"高个儿小伙子大喝一声。"不要放走他,伙计们!让他答复我们!截住他!"几个声音同时喊道,于是人们跑着去追马车。

追赶警察局长的人群喧哗着向卢比扬卡大街跑去。

"怎么啦,老爷们和商人们都逃跑了,留下我们等死啊?我们是狗还是怎么的!"人们的话头越来越多了。

二十四

九月一日晚上,拉斯托普钦伯爵见过库图佐夫后,心中烦恼,觉得受了侮辱,因为他未被邀请参加军事会议,还因为库图佐夫对他所提出保卫首都的建议全然不予理睬,而且他新近才发现的大本营的态度使他吃惊——大本营对于首都的治安和首都人民的爱国情绪这么一个问题,不惟认为是次要的,而且认为是不屑于理会的区区小事——为这些事感到烦恼、受辱和惊讶的拉斯托普钦伯爵回到了莫斯科。伯爵吃过晚饭,和衣躺在长沙发上,刚过半夜,库图佐夫的信使把他叫醒,交给他一封库图佐夫给他的信。信中说,军队经过莫斯科往梁赞大路撤退,请伯爵派警官给通过城里的军队引路。这个消息对拉斯托普钦来说,已经不是新闻了。不仅从昨天在波克隆山会见库图佐夫那时起,而且从波罗金诺战役那时起——当时所有来莫斯科的将军们都异口同声地说,再打一仗已经不可能了,而且在伯爵的许可下,每天夜里都运走公家的财产,居民也走了一半——拉斯托普钦伯爵已经知道莫斯科要放弃了;然而这个消息以附有库图佐夫的命令的简单的便函形式传来,而且是在半夜、睡了一觉的时候收到的,这不能不使伯爵感到惊讶和气愤。

后来拉斯托普钦伯爵在解释他在这一时期的活动时,在他的回忆录中不止一次地写道:当时他抱有两个重要目的:维持莫斯科的治安和疏散首都的居民。如果我们认可这两个目的的话,那么,拉斯托普钦的所作所为就都是无可非议的了。为什么不把莫斯科的圣物、武器、子弹、火药和粮食运走呢？为什么欺骗莫斯科成千上万的居民，说莫斯科不会放弃，不会毁灭呢？——那是为了维持首都的治安，拉斯托普钦伯爵这样解释说。为什么把成捆的政府机关的无用文件、列比赫气球和别的东西运走呢？——那是为了使莫斯科成为一座空城，拉斯托普钦伯爵这样解释说。只要假定公共治安遭到威胁，任何行动都可以认为是对的。

恐怖政策的一切恐惧，都是以关注公共的治安为理由。

拉斯托普钦伯爵担心一八一二年的莫斯科的公共治安有什么根据呢？认为市内会发生骚动的理由是什么呢？居民在疏散，撤退中的军队挤满了莫斯科。在这种情形下，怎么会发生老百姓暴乱的事呢？

不仅在莫斯科，而且全国在敌人入侵期间也没有发生类似骚动的事件。九月一日和二日，有上万人留在莫斯科，除了应总司令之召聚在他院子里的那群人以外，什么事也没有发生。很显然，如果在波罗金诺战役以后放弃莫斯科势在必行，或者说至少可能会放弃，如果拉斯托普钦不是发放武器和传单以扰乱民心，而是设法运走所有圣物、火药、子弹和钱财，并且开诚布公向老百姓宣布城市将要放弃，那就更不必担心老百姓会骚乱了。

拉斯托普钦是一个火爆性子，一向在高级官府任职，虽说他也有爱国心，但是他全然不了解他自以为在他治下的人民。早在敌人入侵斯摩棱斯克时，拉斯托普钦就自以为他扮演着左右民情——"俄罗斯之心"的角色。他觉得（每个行政官员都这样觉得），他不仅支配莫斯科居民的外在行动，而且他觉得，他用那措辞格调低下的布告和传单支配着他们的内心情绪（老百姓看不起他用的那种言词，而且也听不懂官方的意图）。对扮演左右民情的漂亮角色，拉斯托普钦十分得意，并习以为常，而现在出他意外地必须退出这个角色，没有任何英雄行为的效果就必须放弃莫斯科，于是他忽然觉得他脚下的那块土地消失了，茫然不知所措了。虽然他事先也知道，但是直到最后一分钟他仍然完全不相信莫斯科会放弃，因而没有丝毫的准备。居民违反他的意愿离开了。至于政府机关迁走，那只是伯爵勉强同意官吏们的要求罢了。他一味地扮演他为自己准备的那个角色。正如一般富于热情的想象力的人们那样，他虽然早就知道莫斯科要放弃，但那只是靠理智知道的，而他整个灵魂不相信这一点，不把他的想象力去适应新的情况。

他的全部活动，全力以赴、精力充沛的活动（这种活动对人民究竟有多少好处，有多大影响，那是另一个问题了），就是要在居民中唤起他本人所感受的那种感情——由于爱国而对法国人仇恨和对自己怀有信心。

但是，在事件达到真正的历史规模时，在对法国人的仇恨只用言语表达已经不够时，甚至决一死战也不足以解恨时，在对莫斯科这个问题的自信心已经无用时，在全体居民犹如一个人，抛弃自己的财产，潮水似的涌出莫斯科时（用这种消极的行动来表示最强烈的民族感情）——在这样的时候，拉斯托普钦所选择的角色就忽然变得毫无意义了。他忽然觉得自己孤独，软弱和可笑，失去立脚点了。

被叫醒的拉斯托普钦接到库图佐夫那封冷淡的、命令式的便函以后，越发觉得可恼，越发觉得自己不对了。所有托付他的东西，所有他应当运走的公共财物，仍然留在莫斯科。全部运走已经不可能了。

“这是谁的过错，是谁弄成这个样子的？”他想，“自然不是我。我把一切都准备好了，瞧我把莫斯科掌管得多么好！可是他们竟然把莫斯科弄成这个样子！坏蛋，叛徒！”他想，究竟谁是坏蛋、谁是叛徒，他并不十分清楚，但是他觉得有恨某些叛徒的必要，由于他们的过错，他才落到这步荒唐可笑的田地。

拉斯托普钦伯爵整夜都在发指示，人们从莫斯科四面八方来他这里听候指示。他左右的人从来没见过伯爵这么不高兴，这么容易发脾气。

"大人，世袭领地管理局局长派人来请示……宗教法庭、枢密院、大学、孤儿院、副主教派人来请示……您对消防队有什么指示？典狱长派人来……精神病院派人来……"整夜不停地向伯爵报告。

伯爵对所有这些问题都给予简短而愤怒的回答，以表示现在已经无须他来指示了，他费尽心机准备好的一切都给某人破坏了，这个某人对现在发生的事要负全部责任。

"你告诉那个蠢货，"他对世袭领地管理局的询问回答说，"他应当留下来保管文件。你干吗问消防队这样无聊的问题？他们有马，叫他们到弗拉基米尔去。不要留给法国人。"

"大人，疯人院的监督来了，您有什么指示？"

"我有什么指示？放他们出去就是了……让那些疯子都到城里去。现在是疯子指挥军队的时候，这是上帝的安排。"

对于监狱里的囚犯问题，伯爵向典狱长怒斥道：

"怎么，你要两营人护送吗？没有！放掉他们不就完了！"

"大人，还有政治犯梅什科夫，韦列夏金。"

"韦列夏金！他还没被绞死吗？"拉斯托普钦喊道，"把他带到我这儿来。"

二十五

早晨九点，当军队已经通过莫斯科时，再没有人来向伯爵请示了。能走的人都自动地走了;留下的人自己看着办吧。

伯爵吩咐备马,打算到索科尔尼茨去,他紧锁眉头,面色姜黄,抱着胳膊,一声不响地坐在办公室里。

每个行政官,在太平无事的年月,都觉得只是由于他的努力,在他治下的百姓才动起来,每个行政官都是以非我莫属的感觉作为自己辛劳和努力的报酬。作为统治者的行政官,乘坐破旧的小船,用篙杆钩着人民的大船自动地行驶着,自然觉得被他钩着的那艘大船是靠他的努力才前进的,这样的理解,只是在历史的海洋风平浪静的时候。可是一旦海上起了大风暴,波涛汹涌,大船自动行驶起来,那时就不会发生这种错觉了。大船以空前的、不依赖任何外力的速度行驶着,篙杆已经够不到行进着的大船,于是统治者忽然从主宰者、力量的源泉的地位变为一个微不足道、软弱无力、无用的人。

拉斯托普钦感到这一点,而这正是使他觉得可恼的。

那个曾被群众拦阻过的警察局长,和一个已经把马套好的副官,一同来见伯爵。他们两人都面色苍白,警察局长报告他已经完成交给他的任务,然后又说,有一大群老百姓聚在伯爵的院子里,希望见他。

拉斯托普钦一言不发,站起身来,快步向他那豪华、敞亮的客厅走去,走到阳台门口,抓住门柄,又放开了,向窗口走过去,从那里可以更清楚地看见整个人群。那个高个儿小伙子在前排站着,面色严峻,挥动着一只胳膊,在说什么。那个满脸是血的铁匠带着阴沉沉的神态站在他旁边。透过关闭的窗户,可以听见嗡嗡的人声。

"马车准备好了吗?"拉斯托普钦离开窗口,说。

"准备好了,大人。"副官说。

拉斯托普钦又走到阳台门前。

"他们要怎么样？"他问警察局长。

"他们说，大人，他们遵照您的命令准备去打法国人，喊叫着要叛乱。一群暴徒，大人。我好容易逃脱了。大人，我斗胆向您建议……"

"走你的吧，没有你，我也知道应该怎么办。"拉斯托普钦怒喝道。他站在阳台门口，望着人群。"就是他们把俄国弄糟了！就是他们把我弄成这个样子！"拉斯托普钦想，对那个他认为招致一切灾祸的人，他觉得一股抑制不住的怒火涌上心头。正像一般火气大的人常有的情形，怒气已经支配了他，但他还在寻找更激发怒气的对象。"这就是平民百姓，人类的败类，"他望着人群想道，"由于他们的愚蠢，把这帮败类、贱民鼓动起来了。他们需要一个牺牲。"他望见那个挥舞着胳膊的高个儿小伙子忽然起了这个念头。他所以有这个念头，因为他需要一个牺牲，一个发泄怒气的对象。

"马车准备好了吗？"他又问。

"准备好了，大人。对于韦列夏金，您有什么吩咐？他在门廊下等着呢。"副官回答说。

"啊！"拉斯托普钦叫了一声，仿佛被一个意外的记忆吓了一跳。

他迅速打开门，迈着坚决的步子走上阳台。人声突然停止了，各式各样的帽子一齐摘了下来，所有的眼睛都抬起来望着走出来的伯爵。

"你们好，小伙子们！"他说得又快声音又高，"谢谢你们到这儿来。我这就要到你们那儿去，但我们得先处理一个坏蛋。我们要惩办一个毁掉莫斯科的坏蛋。等着我！"于是伯爵用力把门带紧，同样迅速地走回房间。

人群里响起一片赞许和满意的低语声。"就要收拾所有的坏蛋了！你说收拾一个法国人……他会让你明白是怎么回事的！"人们说，仿佛互相责备缺乏信心似的。

几分钟后，从正门匆匆走出一个军官，他发出一句什么命令，于是龙骑兵排成长队。人群争先恐后从阳台前面向门廊拥去。拉斯托普钦迈着愤怒、急速的步子走到门廊上，匆匆地环顾四周，仿佛在找什么人。

"他在哪儿？"伯爵说，正当他说这话时，他看见两个龙骑兵押着一个年轻人拐过屋角走出来，那个年轻人脖子细长，剃光的半边头皮上又长出短发。他上身穿一件曾经是讲究的蓝呢面的破旧狐皮袄，下身穿一条肮脏的犯人穿的麻布裤子，裤脚塞进一双瘦小的、脏污的靴筒里。那个年轻人两条无力的细腿，拖着沉重的脚镣，艰难地迈着迟疑的步子。

"啊！"拉斯托普钦说，即刻把目光从那个穿狐皮袄的年轻人身上移开，指了指门廊的底层台阶，"把他带到这儿来！"年轻人拖着哗啦作响的脚镣，艰难地迈上指定的台阶，用一个手指撑着发紧的皮袄衣领，转动了两下细长的脖子，叹了口气，把那双不干活的瘦手顺从地交叠在肚子上。

在那个年轻人在台阶上站定的几秒钟，全场鸦雀无声。只有后排，人们都往一处挤的地方，发出哼哼声、呻吟声、推碰声和脚步移动声。

拉斯托普钦在等待犯人站到指定地点的时候，皱着眉，用手搓了搓脸。

"小伙子们！"拉斯托普钦声如洪钟似的说，"这个人，韦列夏金——就是毁掉莫斯科的坏蛋。"

穿狐皮袄的年轻人，顺从地站在那里，两只手交叠在肚子上，微屈着身子。他那憔悴的、带着绝望神情的、由于剃了半边头显得丑陋的年轻的脸向下低着。听了伯爵头几句话，他慢慢抬起头来，向上看了看伯爵，好像想对他说什么，或者至少碰到他的目光。但是拉斯托普钦没有看他。年轻人的细长脖子上，在耳后胀起一根像绳子似的青筋，他的脸突然涨红了。

所有的眼睛都向他注视。他看了看人群，仿佛从人们脸上的表情看到了希望，他悲哀地、胆怯地笑了笑，然后又低下头，在台阶上倒换了一下两只脚。

"他背叛了沙皇和祖国，他效忠波拿巴，俄国人当中只有他一个人玷污了俄国人的名字，莫斯科是从他的手中毁掉的。"拉斯托普钦用平稳的、尖厉的声调说；他突然向那个仍然老老实实站在下面的韦列夏金看了一眼。仿佛这一瞥使他冒火了，他举起一只手，对人群几乎是狂喊道："你们自己来处置他吧！把他交给你们！"

人群默不作声，只是挤得更紧了。彼此偎靠着，在被感染了的窒息空气中呼吸，没有力气移动，他们在等待一种不知道也不明白的可怕事情，使气氛变得难以忍受。站在前排的人，看见而且听见他面前所发生的一切，都吓得目瞪口呆，使尽全身的力气顶住背后拥上来的人。

"打他！……把叛徒打死，不让他玷污俄国人的名字！"拉斯托普钦喊道，"砍他！我命令！"人群听见的不是拉斯托普钦说的话，而是他的愤怒的声音，人群骚动起来，拥上去，但是又停住了。

"伯爵！……"在又开始的片刻沉寂中，韦列夏金用怯懦的、不自然的声调说，"伯爵，我们上头有上帝……"韦列夏金抬起头来说，细长脖子上的粗筋又充血了，脸上顿时泛起红晕，随即就消失了。他没说完他要说的话。

"砍他！我命令！"拉斯托普钦突然脸变得像韦列夏金一样煞白，喊道。

"刀出鞘！"龙骑兵军官一面喊，一面拔出自己的马刀。

又一个最强的浪头冲击着人群，这个浪头冲到前几排，把前排的人群推动了，人们摇摇晃晃地被推到门廊的台阶跟前。那个高个儿小伙子脸上的表情犹如化石，一动不动地举着一只胳膊，站在韦列夏金身旁。

"砍！"军官几乎低声对龙骑兵说，一个士兵突然气歪了脸，用一把很钝的大马刀朝韦列夏金的头上砍去。

"啊！"韦列夏金急促地惊呼了一声，惊慌地环顾周围，仿佛不明白为什么这样对待他。人群发出同样恐惧的惊叹。

"噢，主啊！"不知是谁哀叹了一声。

但是，在韦列夏金忽然发出那声惊呼之后，接着发出一声痛楚的哀号，这声哀号可就毁了他了。那道紧张到极点，一直控制住人群的人类感情的闸门，霎时间崩溃了。罪行已经开始了，就必须进行到底。责难的哀吟淹没在人群可怕的怒吼之中。正像击碎船只的七级浪，这不可遏止的最后一个浪头从后排腾空而起，一直涌到前排，把人们冲倒，吞没了一切。那个龙骑兵准备再砍一刀。韦列夏金吓得狂叫，抱头向人群中跑去。他撞到高个儿小伙子身上，小伙子趁势掐住韦列夏金细长的脖子，狂叫着和他一起倒在拥挤着猛冲过来的人们脚下。

一些人扭打韦列夏金，另一些扭打高个儿小伙子。被压在下面的人的喊叫和极力搭救高个儿小伙子的人们的喊叫，只能更激发人群的狂怒。龙骑兵好久才把那个被打得半死的、血淋淋的工人救出来。又过了好久，虽然人群狂热地、急切地努力完成已经开始的事情，那些对韦列夏金又是打，又是拧，又是撕的人们，却未能把他整治死；但是人群，从四面八方挤他们，把他们裹在中间，形成一个巨大的物体，来回动荡着，使他们既不能把他打死，也无法把他放走。

"用斧头砍，怎么样？……掐死……叛徒，出卖基督的叛徒！……还活着……真能活……狗强盗活该受罪。拿门闩来！……还活着吗？"

直到那个牺牲者不再挣扎，他那凄厉的号叫变为均匀的、拉长的、嘶哑的喘息时，人群才赶快从这具躺在地上的血淋淋的尸体旁走开。每个走到跟前的人，看看做出的事情，都带着恐怖、责备和惊讶的神情转身挤回去。

"噉，主啊，人跟野兽一样，还能活得了！"人群中传出这样的声音，"小伙子挺年轻……大概是买卖人的孩子，这帮人真行！……据说，他不是正身……怎么会不是正身……主啊！……另一个人也挨打了，听说，只剩一口气……咳，这些人啊……真不怕罪过……"现在说这些话的人，瞅着那具面色发青，满脸血污、细长脖子被砍伤的尸体，都露出痛苦的怜悯的表情。

一个勤勉的警官，觉得大人院子里放着一具死尸不成体统，吩咐龙骑兵把尸体拖走。两个龙骑兵抓起被打残的腿，把尸体拖走了。那个长在细长脖子上的血淋淋、沾满泥污、剃了半边的脑袋，拖得在地上来回地扭动。人群拥挤着离开了尸体。

就在韦列夏金倒下去，人群狂吼着围住他拥来拥去时，拉斯托普钦突然面色煞白，他没有去马车等候着他的后门，却沿着通到房间的楼下走廊走去，他低着头，迈着快步，他自己也不知道去什么地方，为什么这么走。伯爵脸色苍白，下巴像发疟子似的止不住地打哆嗦。

"大人，向这边走，您上哪儿去？……请走这边。"一个颤抖的、惊慌的声音在他背后说。拉斯托普钦伯爵无力回答，顺从地转身向指给他的方向走去。在房后门廊前停着一辆马车。远处人群的吼声在这里也听得见。拉斯托普钦伯爵急忙上了马车，吩咐车夫赶到索科尔尼茨他的郊外住宅。来到肉商街，已经听不到人群的喊声，伯爵开始后悔了。他不满地想起自己在下属面前露出激动和恐惧。"群众是可怕的，他们令人厌恶，"他用法语想道，"他们像狼一样，除了肉以外，什么也不能满足他们。""伯爵！我们头上有上帝！"他忽然想起韦列夏金对他说的话，一阵不愉快的寒战掠过拉斯托普钦伯爵的脊背。但是这种感觉转瞬即逝，拉斯托普钦伯爵轻蔑地对自己一笑。"我另有责任，"他想道，"应当满足民众的要求。别的许多牺牲，为了公共福利，有的已经死去，有的行将死去。"于是他开始想他对他的家庭、对委托给他的首都，以及对他自己所负的责任——他想他自己，并不是想费多尔·瓦西里耶维奇·拉斯托普钦（他认为费多尔·瓦西里耶维奇·拉斯托普钦正在为公共福利牺牲自己）而是想那个作为总督、作为政权代表和沙皇的全权代表的他，"假如我是费多尔·瓦西里耶维奇，我的做法就完全不同了，但是我应当保护我这个总督的生命和尊严。"

拉斯托普钦坐在马车柔软的弹簧座上微微地摇晃着，不再听到人群的可怕声音，他肉体上平静了，正像常有的情形，随着肉体的平静，头脑就会为他寻找精神平静的理由。使拉斯托普钦心安理得的思想并不新鲜。自从开天辟地，人类互相残杀以来，凡是犯过这类罪恶的人，没有一个不是用这种思想安慰自己的。这种思想就是为了公共福利，为了他人的利益。

对于一个不受私欲控制的人来说，这种福利永远是不可知的；然而一个犯罪的人，却永远确切地知道这种福利是什么。拉斯托普钦现在就知道这一点。

照他的理解，他对自己的所作所为不但不自责，而且还找到自鸣得意的理由：他非常成功地利用了这个便利的机会——既惩办了罪犯，又安抚了群众。

"韦列夏金受了审判，判处了死刑，"拉斯托普钦想（虽然枢密院只判韦列夏金苦役），"他是卖国贼，叛徒；我不能饶恕他；而且是一石两鸟；我给老百姓一个牺牲以示安抚，同时惩罚了一个坏人。"

伯爵来到郊外的宅邸,料理一下家务,心情完全平静了。

半小时后,伯爵乘飞快的马车驰过索科尔尼茨田野,这时他已经不想过去的事,只思索和考虑将要发生的事。他现在是去雅乌兹桥,他听说库图佐夫在那里。拉斯托普钦伯爵准备对库图佐夫发出愤怒的、尖刻的责备,因为库图佐夫欺骗了他。他要让这个宫廷的老狐狸知道,放弃首都和毁灭俄国(拉斯托普钦这样认为)所带来的一切不幸后果,完全要由他这个老糊涂负责。拉斯托普钦预先想好对库图佐夫要说的话,他一面想,一面气势汹汹地在马车里来回转身,怒目向四外张望。

索科尔尼茨田野空空荡荡。只是在它的尽头,在养老院和疯人院旁边,有一群穿白衣服的人,还有几个相似的人在田野里走动,他们喊叫着,挥舞着臂膀。

其中一人跑过来截拉斯托普钦伯爵的马车。拉斯托普钦伯爵本人,连同他的车夫和龙骑兵,望着这些放出来的疯子,特别是望着那个向他们跑过来的人,都有一种模糊的恐怖和好奇的感觉。

那个疯子拐着两条细长的瘦腿,飘动着长衫,飞快地跑,眼睛盯着拉斯托普钦,声音嘶哑地向他喊叫着,打着手势让他停下来。那个长着几撮乱糟糟的胡子、模样阴森、严峻的疯子,脸又瘦又黄。他那黑玛瑙似的瞳仁在红里透黄的眼白里低垂地、惊慌地转动着。

"站住!停住!听见没有!"他尖叫着,然后又用威严的声调和姿势、喘息着吆喝什么。

他赶上了马车,跟马车并排奔跑。

"我被杀了三次,三次都从死里复活。他们用石头砸我,把我钉到十字架上……我要复活……要复活……要复活。他们把我撕个粉碎。天国塌陷了……塌陷了三次重建三次。"他喊道,声音越来越高。拉斯托普钦伯爵突然面色苍白了,就像群众扑向韦列夏金时那样苍白。他转过身去。

"快,快点儿走!"他声音颤抖地对车夫喊道。

几匹马四蹄翻飞地拉着马车奔驰起来;但是拉斯托普钦伯爵好久还听见后面越来越远的疯狂的、绝望的喊声,他眼前老浮现出那个穿皮袄的叛徒血淋淋的、吓得面无人色的脸。

虽然这个记忆还很新,但是拉斯托普钦现在总觉得,这个记忆已经深深地铭刻在心里,成为他血肉的一部分。他现在清楚地感觉到,这个血淋淋的记忆不但永远忘不了,而且相反,时间越久,这个可怕的记忆就越厉害地、痛苦地在他心中活跃着。他现在仿佛听见自己的说话声:"砍他,你们要用脑袋向我负责!"——"我为什么要说这些话! 好像是无意中说的……我本来可以不说这些话(他想):那就什么也不会发生了。"他看见那个吃惊的、然后突然变得残酷的砍人的龙骑兵的脸,看见那个穿皮袄的青年向他投过来胆怯的、默默的、责备目光……"但是我不是为自己做这件事。我不得不这么办。平民百姓,叛徒……公共福利。"他想。

雅乌兹桥头仍然挤满了军队。天气炎热。库图佐夫紧蹙眉头,神情颓丧,坐在桥旁一条长凳上,当一辆马车咕隆隆向他驶来时,他正拿着一根鞭子在玩弄沙土。一个身穿将军服,头戴羽饰帽的人走到库图佐夫面前对他用法语说了几句话,他不知是在发怒还是受到惊吓,眼睛滴溜溜乱转。此人就是拉斯托普钦伯爵。他对库图佐夫说,他到这里来,因为首都莫斯科没有了,只剩下军队了。

"假如阁下没对我说,你不会不再打一仗就放弃莫斯科,那情形就会两样了!"他说。

库图佐夫望着拉斯托普钦,仿佛不明白他的意思,极力想看出对方脸上这时流露的某种特别的东西。拉斯托普钦有点难为情,不吭声了。库图佐夫微微摇摇头,没有从拉斯托普钦脸上移开他

那探究的目光,轻轻地说:

"是的,不打一仗,我是不会放弃莫斯科的。"

库图佐夫说这话时,是不是心里完全想着另外的事,还是明知这话没有意义,故意这样说,不管怎样,拉斯托普钦伯爵没有再回答什么,就急忙离开了库图佐夫。真是怪事!莫斯科的总督,骄傲的拉斯托普钦伯爵,拿起一根短皮鞭,走到桥头,大喊大叫赶走那些挤在一起的大车。

二十六

下午三点多钟,缪拉的部队进入莫斯科。走在前头的是一队符腾堡骠骑兵,后面是带着一大批侍从、骑着马的那不勒斯王本人。

在阿尔巴特街中间,尼古拉圣像礼拜堂附近,缪拉停下来,等候先头部队报告"克里姆林①"城堡的情况。

缪拉周围聚集着一小群留在莫斯科的居民。他们都带着胆怯的迷惘神情观看那个样子古怪、头插羽毛、身佩金饰、留着长发的长官。

"那就是他们的沙皇吧?还不错嘛!"人们小声说。

翻译官骑马来到那群人跟前。

"脱帽……把帽子脱下来。"人群彼此告诫着。那个翻译官向一个年老的看门人打听克里姆林宫还有多远。看门人莫名其妙地听着陌生的波兰口音,认为翻译官说的不是俄语,不懂对他说的什么,于是躲到别人背后去了。

---

① 原文为法语,实际上,一八一二年的克里姆林宫只不过是围着一道城墙的皇宫,已经不能称为堡垒,作者在这里讽刺法国人对俄国事物的无知。

缪拉走近翻译，叫他问一问俄国军队在什么地方。其中有一个俄国人弄懂了他问什么，几个声音忽然齐声向翻译官回答。先头部队的一个军官来到缪拉跟前，报告说城堡的大门堵上了，大概那里有埋伏。

"好的。"缪拉说，随即对一个侍从命令调四尊轻炮，轰击那座大门。

炮兵从缪拉后面的纵队中快步走出来，顺着阿尔巴特街前进。走到弗兹德维仁卡街尽头时，炮兵停住了，在广场上排好队，几名法国军官指挥布置炮位，然后用望远镜瞭望克里姆林宫。

克里姆林宫晚祷的钟声响了，这声音使法国人惊慌起来。他们以为那是准备战斗的信号。几个步兵向库塔菲耶夫门跑去。这座门已经堆上圆木，挡上板墙。一个军官带着一小队人刚开始往那儿跑，从门里就射出两枪。站在大炮旁边的将军向那个军官喊了一声口令，军官和士兵就跑回来了。

门里又打了三枪。

一发子弹打中一个法国兵的脚，木墙后面同时传出几个声音的怪叫。法国将军、军官和士兵，他们脸上原先那种快活、平静的表情，好像听到口令似的，顿时都变成顽强、专注、准备战斗和受难的表情。他们所有的人，从元帅到小兵，都觉得，这个地方不是弗兹德维仁卡街、莫霍夫街、库塔菲耶夫街或者特罗伊茨门，而是一个新地方，大概是一个流血的新战场。于是大家都为这场战斗作准备。门里的喊叫声停了。大炮推了出来。炮兵们吹掉火绳上的灰。一个军官发出口令："放"——于是两颗炮弹一个接着一个呼啸着飞出去。霰弹打在大门的石墙上、圆木上和挡板上，发出噼噼啪啪的爆炸声；两朵烟云在广场上空飘荡。

隆隆的炮声在克里姆林宫的石墙上刚刚平息，不大一会儿，在法国人头上响起一阵奇怪的声音。一大群乌鸦飞到城墙上空，叫着,拍打着成千只翅膀,在空中盘旋。在这种声音中间,从那座门里传出一个人的喊叫声,接着从烟尘里出来一个没戴帽子、身穿长衣的人影。这个人握着枪向法国人瞄准。"放!"那个炮兵军官又发出口令,接着,响了一下枪声和两下炮声。硝烟又遮蔽了那个门。

挡板后面再没有动静了,法国步兵和军官们向城门走去。城门里躺着三名伤员和四名打死的人。有两个穿长衣的人从下面顺着墙根向兹纳缅卡逃跑。

"把这些搬开。"一个军官指着圆木和尸体说;几个法国人把伤员打死,把尸体扔到围墙外的沟里。他们是谁,没有人知道。"把这些搬开。"——这是提到他们的仅有的一句话,人们把他们扔掉,后来怕他们发臭,又把他们清理掉。只有梯也尔说了几句冠冕堂皇的话纪念他们:"这些不幸的人挤满了神圣的堡垒,他们掠取军火库的武器,向法国人射击。他们有些被砍死,从克里姆林宫被清除出去。"

缪拉得到报告说,道路已经扫清。法国人进了城门,在枢密院广场安营扎寨。士兵们从枢密院的窗户把椅子扔到广场上,在那里生起火来。

别的一些部队通过克里姆林宫,在马罗谢卡街、卢比扬卡街、波克罗夫卡街扎营。又有一些在弗兹德维仁卡街、兹纳缅卡街、尼科利斯卡亚街、特维尔街驻防。到处找不到户主,法国人好像不是住在城里的民宅,倒像是住在城里的兵营里。

虽然衣衫褴褛、饥饿疲劳,人数减到原有的三分之一,但是法国士兵仍然队形齐整地进入莫斯科。这是一支疲劳不堪、体力衰竭、但仍然有战斗力的、可畏的军队。但这只是这支军队在士兵没有分散在各民宅以前的情形。各个团队一旦住进一无所有或富有的民宅里,军队就永远毁灭了,就变得既不是老百姓也不是士兵,而是一种非驴非马的东西，也就是所谓的匪兵。五个星期以后，依旧是这帮人，但当他们离开莫斯科时，已经不成其为军队了。这是一帮匪兵，他们每人都运走或带走一些他们觉得贵重和有用的东西。离开莫斯科时，他们每人的目的不再像过去那样是要征服，而是要保住已经得到的东西。正像一只猴子，把手伸进小口罐子里，抓住一把硬果不肯松手，因为怕失掉已经抓到的东西，而这就毁了它自己，法国人离开莫斯科时，显然必遭灭亡，因为他们带着抢到的东西，又不肯放弃，就像猴子不肯松开抓住硬果的手一样。法军每个团队不管进入哪条莫斯科街道，只要过十分钟，就再没有一个像士兵和军官的人了。从每家窗户里可以看见穿军大衣和半高腰皮靴的人们嬉笑着在各个房间窜来窜去；在地窖里和地下室里，这些人在弄吃的；在院子里，这些人打开或撬开棚屋和马厩的门；在厨房里生起火，卷起袖子，烘烤食品，和面，做饭，恐吓、调笑和抚爱妇女和儿童。这种人到处都有，店铺里、住宅里都有很多；但是军队已经没有了。

就在进城的那天，法国司令官们发出一道又一道命令，禁止军队在城里乱跑，严禁对居民施以暴力和抢劫，宣布当天晚上要总点名；尽管采取了许多措施，曾经作为军队成员的人们，仍然不断散入那座富足的、拥有各种设备和大量物资的空城。正如一群饥饿的牲口，在不毛之地行走时，总是挤成一堆，但是，一到水草茂盛的牧场，就立刻无法遏止地分散开来，那支军队正是这样，一到富饶的城市，就不可控制地四散了。

莫斯科没有居民，士兵宛如渗入沙土的水，从他们首先进入的克里姆林宫，就不可控制地向四面八方一星一点地渗透。骑兵们进入一所弃下一切财产的商人住宅，发现那儿的马厩足以容下他们的马而有余，但是他们还是占了旁边的一所，他们觉得那儿更好些。很多人占了好几处房子，用粉笔号上自己的名字，他们跟别的队争吵,甚至打架。士兵们还没有安顿好,就跑到街上去观光城市,一听说到处都有被抛弃的东西,就忙不迭地向可以白拿贵重东西的地方跑去。军官去阻止士兵,但他们自己不知不觉地也干起同样的勾当。在马车市场里留下一些拥有车辆的店铺,一些将军们挤在那儿挑选四轮马车和轿式马车。留下来的居民邀请军官到自己家里,希望这样就可以不致遭劫。财富多极了,多得不可胜数;在法军占领的地区,到处还有未被发现、未被占据的地方,法国人觉得那儿还有更多的财富。于是莫斯科使他们越陷越深,正像浇到干地上的水,结果水和干地都消失了;正是由于这样的原因,一支饥饿的军队进入一座拥有大量财宝的城市也同归于尽;都化为泥污,化为火灾和掠夺。

法国人把莫斯科的大火归咎于拉斯托普钦野蛮的爱国主义,俄国人归咎于法国人的暴行。实际上,让某个人或某一些人负起莫斯科大火的责任,由此得出大火的原因是没有的,也不可能有。莫斯科之所以被烧毁,是由于具备了烧毁的条件,那就是木建筑结构的城市必然被烧毁,这与城市有没有一百三十架陈旧的救火机全然无关。由于居民逃走,莫斯科必然烧掉,正像一堆刨花,一连几天老往上面落火星,必然烧着一样。一座木建筑结构的城市,即便房屋主人和警察都在的情况下,夏天几乎每天都有火灾,而城市没有居民,只有驻军,军队吸烟,在枢密院广场用枢密院的椅子生起篝火,一天煮两顿饭,在这种情况下,不可能不失火。在太平年月,只要军队在某一地区乡下驻防,这一地区的火灾数量就立刻增多起来。在一座木结构的空城里驻着外国军队,火灾的可能性该增大多少倍呢?拉斯托普钦野蛮的爱国主义,法国人的暴行,在这个问题上都没有丝毫的罪过。莫斯科的着火是由于烟斗、厨房、篝火、敌军士兵(不是房屋的主人)的粗心大意。就算有人纵火(这是大有争议的,因为没有人也没有任何理由纵火,再说,纵火是一件麻烦和危险的事),那也不能把纵火当做原因,因为即使没人纵火,也会发生同样的事。

不管法国人怎么愿意归罪于拉斯托普钦的野蛮,俄国人归罪于波拿巴的暴行,或者,后来把英雄的火把硬塞到自己人民手里,可是不能不看到,那场大火不可能有这种直接的原因,莫斯科必然被烧毁,正如每个村庄,每座工厂,每所住宅必然被烧毁,因为那里的主人出走,而在那里当家做主、在那里煮饭的是一群陌生人。莫斯科是被居民烧掉的,这倒是真的;但不是留在莫斯科的居民,而是离开莫斯科的居民干的。敌人占领下的莫斯科,没有像柏林、维也纳以及其他城市那样完整地保存下来,这不过是由于莫斯科的居民没有捧着面包和盐以及钥匙向法国人献礼,而是弃城逃走了。

二十七

法国人在莫斯科像星光似的向四外扩散,直到九月二日晚上,才扩散到皮埃尔目前居住的那个区。

皮埃尔过了两天孤独和不寻常的生活后,现在处于接近疯狂的状态。一种无法排遣的思绪占有他整个的身心。他不知道这思绪是怎样和何时才有的,但是现在他是处在这样的状况,他既不记得过去的事,也不明白眼前的事;他所见所闻,有如梦境。

皮埃尔从家里出走,只是为了逃避满脑子乱麻似的人生要求,按他当前的精神状态,解开这团乱麻是无能为力的。他借口整理死者的书籍和文件,到约瑟夫·阿列克谢耶维奇的寓所去,只是为了从人生的困扰中寻求慰藉——每想起约瑟夫·阿列克谢耶维奇,他内心就有一种永恒、宁静、庄严、完全与他感到自己被陷入的那种令人忧心忡忡的混乱状态相反的精神境界。他寻找平静的避风港,果然在约瑟夫·阿列克谢耶维奇的书房中找到了。当他在死一般寂静的书房里把臂肘支在落满尘土的死者的书桌上的时候,最近几天的回忆,特别是对波罗金诺战役的回忆,一件接着一件、平静而意味深长地在内心显现,他还模糊地感觉,与那些使他铭记在心的、称之为他们的那类人所具有的真实、质朴和有力比起来,就显出他自己的渺小和虚伪。当格拉西姆把他从沉思中唤醒时,皮埃尔想起自己要参加原来预定的人民保卫莫斯科的战斗(他知道这件事)。于是,为了这个目的,他立即叫格拉西姆给他弄一件农民的外衣和一支手枪,并且告诉他,他打算隐姓埋名留在约瑟夫·阿列克谢耶维奇家中。然后,在孤独而悠闲地度过的第一天中间(皮埃尔好几次想集中注意力看共济会的手抄本,但是都没办到),关于他的名字和波拿巴的名字相关联这种神秘的意义,先前这种想法现在又不止一次模糊地在他心中浮现;但是,他又记起他这个俄国人别祖霍夫注定要结束这头野兽的权力的想法,但这在他头脑里只不过是无缘无故、不留痕迹的诸多幻想中的一件罢了。

皮埃尔买了农民的外衣后(买农民外衣的目的完全是为了参加人民保卫莫斯科的战斗),遇见了罗斯托夫家里的人,娜塔莎对他说:"您留下来吗?啊,这太好了!"——当时在他头脑里闪过一个念头:甚至莫斯科陷落,他也留下来完成注定该由他来完成的事,那的确是太好了。

第二天,他跟着人群到三山门去,心里只怀着一个念头,那就是不惜牺牲自己,无论如何不落在他们后边。但是在他从三山门回到家里后,他完全明白,莫斯科不会再保卫了,他忽然觉得,他原先认为可能的事,现在成为必然的和不可避免的了,他应当隐姓埋名,留在莫斯科,去找拿破仑,把他杀掉,下定决心,要么自己灭亡,要么结束全欧洲的灾难,皮埃尔认为欧洲的灾难完全是拿破仑一人造成的。

皮埃尔知道一八〇九年一名德国大学生在维也纳谋杀波拿巴的详细经过,也知道那个学生被枪毙了。他在实现自己的意图所冒的生命危险,使他情绪更加激昂。

有两种同样强烈的感情不可抗拒地促使皮埃尔去实现他的意图。第一种感情是意识到在普遍不幸的时候,自己也有牺牲和受苦的必要,就是由于这种感情,二十五日他去莫扎伊斯克,来到战斗最激烈的地方,而现在他离开家,屏弃奢侈舒适的生活,和衣睡在硬沙发上,和格拉西姆吃同样的东西;另一种是那种模糊的、只有俄国人才有的感情:蔑视一切虚伪的、不自然的、人为的东西,蔑视一切大多数人认为世界上最好的东西。皮埃尔在斯洛博达宫第一次体验到那种奇异的、醉人的感情,当时他忽然觉得,财富、权力和生命,凡是人们努力争取和维护的一切,如果说这一切还有丝毫价值的话,那不过是因为可以享受一下把它抛弃的快活罢了。

一个志愿兵喝光他最后一文钱,一个醉汉明知他是干着倾家荡产的事,却无缘无故地打碎镜子和玻璃,就是出于这种感情;一个人做出疯狂的事(在坏的意义上),仿佛要试一试他个人的权力和力量,声称有一种最高的超人的人生观,也是出于这种感情。

自从皮埃尔在斯洛博达宫第一次体验到这种感情那一天起,他就不断受它的影响,但只有现在他才真正感到心满意足。此外,皮埃尔在这方面已经做过的事,使他非达到目的不可的意愿更加强了,而且使他割舍不下。他从家中出走,弄到农民外衣和手枪,以及对罗斯托夫家的人们宣称他要留在莫斯科——在做了这一切之后,如果他像别人一样离开莫斯科,那么,他所做的这一切不但没有意义,而且成为可鄙、可笑的了(皮埃尔对这特别敏感)。

正如常有的情形,皮埃尔的身体状况与精神状况是一致的。那种吃不惯的粗糙食物,他这几天喝的伏特加酒,没有葡萄酒和雪茄,没有换洗过的脏内衣,在没有被褥的短沙发上度过的两个几乎是不眠之夜——这一切都使皮埃尔处于近乎疯狂的激动状态。

下午一点多钟,法国人已经进入莫斯科。皮埃尔知道这一点,但是他没有行动,只是想他的计划,把未来最细微的情节都考虑到了。皮埃尔在他的幻想中没有生动地想象行刺的过程,也没想象拿破仑的死,而是极其鲜明地、怀着感伤的享乐心情想象他的牺牲和英勇气概。

"是的,一人为大家,我一定要成功或者牺牲!"他想,"是的,我一定去……然后,出其不意……用手枪,还是用匕首呢?"皮埃尔想,"其实,全都一样。处死你的不是我,而是上帝的手,我说(皮埃尔在想他杀死拿破仑时他所说的话)。好吧,逮捕我,处死我吧。"皮埃尔自言自语地说下去,他低着头,神色忧郁,但很坚决。

正当皮埃尔站在房中间暗自思索的时候,房门开了,门槛上出现了马卡尔·阿列克谢耶维奇,他那一向胆怯的样子完全变了。他敞着长衫。脸通红,样子很难看。他显然喝醉了。他看见皮埃尔,起先有点窘,但他一见皮埃尔脸上也有窘态,立刻来了勇气,迈着两条细腿,摇摇晃晃地走到屋子中间。

"他们害怕了,"他声音沙哑,带着信任对方的神情说,"我说:我不投降,我说……是不是这样,先生?"他沉思起来,但一见桌上有一支手枪,就意外神速地抓起那支手枪,跑进了走廊。

跟在马卡尔·阿列克谢伊奇后面的格拉西姆和看门人在过道里拦住他,夺他的手枪。皮埃尔来到走廊,他带着怜悯和厌恶的心情看着这个半疯的老人。马卡尔·阿列克谢伊奇皱着眉头,用力攥着手枪,声音嘶哑地喊着,看来,他是在幻想一件庄严的事情。

"拿起武器!冲啊!你胡说,你夺不走!"他喊道。

"行了,老爷子,行了。行行好,请您放下吧。好啦,我的老爷子……"格拉西姆说,小心翼翼地抓住马卡尔·阿列克谢伊奇的臂肘,用力向门口推他。

"你是什么人？是波拿巴！……"马卡尔·阿列克谢伊奇喊道。

"这不好,老爷子。请您到屋里去吧,您休息一下。请把手枪给我。"

"滚,下贱奴才！不要碰我！看见这个吗?"马卡尔·阿列克谢伊奇晃着手枪喊道,"冲啊！"

"捉住他。"格拉西姆低声对看门人说。

他们抓住马卡尔·阿列克谢伊奇的胳膊,把他拖到门口。

过厅里一片乱糟糟的喧哗声和醉汉嘶哑的喘息声。

忽然从门廊里传来另外一种声音——女人的尖叫声,接着,一个厨娘跑进过厅。

"他们来了！我的老天啊！……真的,他们来了。四个人骑着马！……"她喊道。

格拉西姆和看门人松开马卡尔·阿列克谢伊奇的胳膊,在寂静的走廊里清楚地听见几只手敲门的声音。

二十八

皮埃尔决定在实现他的志愿之前,既不公开他的身份,也不让人知道他会法语,他站在半开半闭的走廊门里,打算法国人一进来,就躲起来。但是法国人进来了,皮埃尔仍然没从门口走开:一种无法克服的好奇心使他站住不动。

来了两个人。一个是军官,高个儿,英武俊秀,另一个显然是士兵或者勤务兵,又矮又瘦,两眼下陷,晒得黝黑,神情呆滞。那个军官拄着棍子，微跛着向前走来。他走了几步，仿佛已经认定这所住宅不错，就停住，向站在门口的士兵们转过身去，用长官的口吻，大声招唤他们把马牵进来。那个军官吩咐过后，姿势优美地高高抬起臂肘，捋了捋小胡子，用手碰了碰帽檐行礼。

"诸位好！"他微笑着向周围环顾，快活地说。

没有一个人答话。

"您是这里的主人吗？"那个军官对格拉西姆说。

格拉西姆惊疑不定地望着那个军官。

"住处，住处，住处。"那个军官说，他露出傲慢、和蔼的微笑，上下打量那个小老头。"法国人是好人，活见鬼！咱们会处得很好的，老头儿。"他拍着惊慌失措、默不作声的格拉西姆肩膀，又说。

"怎么，难道这里没有会说法语的人吗？"他又说，同时向四周看看，遇见皮埃尔的目光。皮埃尔正要从门旁躲开。

那个军官又转向格拉西姆。他要格拉西姆带他去看看房间。

"主人不在——你的……我的不懂……"格拉西姆变个法儿说，极力把话说得明白点。

法国军官微笑着，在格拉西姆鼻子面前摊开两臂，表示他也不明白他的话，他瘸着腿向皮埃尔站在那儿的门口走去。皮埃尔正要躲开他，但是这时他看见马卡尔·阿列克谢伊奇拿着手枪，从开着的厨房门里探出头来。马卡尔·阿列克谢伊奇露出疯人的狡猾神情窥视法国人，正举起手枪瞄准。

"冲啊！！！"那个醉汉一面喊，一面扳枪机。法国军官向喊声转过身来，就在这一瞬间，皮埃尔向醉汉扑过去。就在皮埃尔抓住手枪向上举时，马卡尔·阿列克谢伊奇的手指终于勾住了扳机，发出一声震耳的枪声，硝烟弥漫，遮住了所有的人。那个法国人面色煞白，转身向门口跑去。

皮埃尔忘记自己不暴露他会法语的打算,他夺过手枪,把它扔掉,跑到那个军官面前,用法语同他说起来。

"您受伤了吗?"他说。

"好像没有,"那个军官摸了摸自己,回答说,"不过这次差一点送命。"他指着打掉的墙上的灰土,又说。"他是什么人?"那个军官严厉地看了皮埃尔一眼,说。

"咳,刚才发生的事,实在叫人不愉快,"皮埃尔连忙说,完全忘记他所扮演的角色,"他是一个不幸的疯子,不知道他在做什么。"

那个军官走到马卡尔·阿列克谢伊奇面前,抓住他的脖领。

马卡尔·阿列克谢伊奇张着嘴,好像要睡着了,摇摇晃晃地靠到墙上。

"土匪,你要为这受到惩罚。"法国人松开手,说。

"强盗,我要跟你算账。我们的人胜利后是仁慈的,但是我们不饶恕叛徒。"他说,脸上带着阴沉庄严的神情,姿势优美而且有力。

皮埃尔继续用法语劝那个军官不要追究喝醉酒的疯子。那个法国人仍然带着阴沉的神情,默默地听着,可是他突然面带微笑转向皮埃尔。他默默地看了他几秒钟。他那俊秀的脸上摆出一副悲剧式的温柔表情,他伸出手来。

"您救了我的命!您是法国人。"他说。在一个法国人看来,这个结论是毫无疑问的。只有法国人才能完成伟大的事业,而救他的命,救第十三轻骑兵团上尉朗巴的命,无疑是一件最伟大的事业。

但是,尽管这个结论和那个军官根据这个结论建立的信念都毫无疑义,皮埃尔仍然认为有使他失望的必要。

"我是俄国人。"皮埃尔连忙说。

"得——得——得,这话您对别人说去,"那个法国人在自己的鼻子前摇着一个指头,微笑着说,"等一会儿,您就会什么都对我说了,遇见了同胞,真令人愉快。好,咱们怎样处置这个人?"他又问,他对皮埃尔就像对亲弟兄一样说话。法国军官脸上的表情和声调表明,即使皮埃尔不是法国人,既然已经得到这个世界上最崇高的称号,他也不会拒绝的。皮埃尔对最后一个问题再一次作了解释,他说明马卡尔·阿列克谢伊奇是怎样一个人,又说,他们刚进来时,看见这个喝醉酒的疯子抄走一支实弹手枪,没来得及从他手里夺下来,他请求不要计较他的行为,饶恕他。

那个法国人挺起胸膛,打了一个庄严的手势。

"您救了我的命,您是法国人。您要我原谅他吗?好,我原谅他。把这个人带走。"法国军官迅速而且有力地说,于是挽起由于救了他的命而被他提升为法国人的皮埃尔的胳膊,和他一同走进屋里。

站在门口的士兵们听见枪声,走进过厅,询问出了什么事,表示要惩罚那个罪犯;但是军官严厉地制止了他们。

"用得着你们的时候,会叫你们的。"他说。士兵们出去了。在这工夫到厨房去了一趟的勤务兵来到军官面前。

"上尉,他们厨房里有菜汤和烤羊肉,"他说,"给您拿来吗?"

"好的,葡萄酒也拿来。"上尉说。

二十九

法国军官和皮埃尔一同进屋,皮埃尔认为他必须再让上尉相信他不是法国人,并且想离开,但是法国军官连听都不愿听。他是那么谦恭、亲热、和蔼,真心诚意地感激皮埃尔救了他,弄得皮埃尔不好拒绝,就同他一起在大厅里(就是他们一起走进的那间屋)坐下。上尉对于皮埃尔坚持说他是俄国人,显然不理解为什么一个人会拒绝这么光荣的称号,他耸了耸肩说,如果他一定认为自己是俄国人,那也只好这样,但他仍然永远不忘他的救命恩情。

如果这个人哪怕有丝毫了解别人感情的能力,就会看出皮埃尔的情绪,而皮埃尔也就会离开他了;但这个人对他身外的一切是那么天真,迟钝,使皮埃尔解除了戒心。

"不管您是法国人还是化名的俄国公爵,"那个法国人看着皮埃尔那件虽然很脏、但质地精良的衬衫和手上的戒指,说,"承您救了我的命,我就应当把友谊献给您。法国人永远不会忘记侮辱,也不会忘记恩情。我把我的友谊献给您。别的话我就不多说了。"

这个军官说话的声音、表情、姿态是那么善良,那么高尚(就法语的意义来说),使得皮埃尔对这个法国人的微笑情不自禁地报以微笑,握了握他伸过来的手。

"第十三轻骑兵团朗巴上尉因九月七日战役被授予荣誉团骑士头衔,"他自我介绍说,抑制不住的得意微笑使他口髭下面的嘴唇撮了起来,"现在您能告诉我,我没有带着那个疯子的枪弹进救护站,而荣幸地和谁如此愉快地交谈。"

皮埃尔回答说,他不能说出自己的姓名,于是他红着脸想胡诌一个姓名,说明他隐瞒姓名的原因,但是那个法国人连忙拦住他。

"好了,就随您的便吧,"他说,"我了解您,您是军官……也许是一个高参。您是和我们作战的。这与我不相干。我承受您救命的恩情。对我来说,这就够了,我完全听您的。您是贵族吧?"他探问似的又说。皮埃尔点了点头。"请问,可以请教您的教名吗?您说您是皮埃尔先生?好极了。我要知道的就是这些。"

端来羊肉、煎蛋、茶炊、伏特加酒,以及从俄国人地窖里抢来随身带着的葡萄酒,朗巴请皮埃尔一同进餐,然后他就像一个年富力强的饥饿的人那样,运用他那有力的牙齿,狼吞虎咽地大嚼起来,一面不停地吧嗒嘴,一面说:"妙极了,美极了!"他的脸通红,满头大汗。皮埃尔也饿了,愉快地一同吃起来。勤务兵莫雷尔端来一锅热水,把一瓶红葡萄酒放在锅里温着。另外,他从厨房里还拿来一瓶克瓦斯给他们品尝品尝。法国人已经知道这种饮料,并且给它起了个名称。他们管克瓦斯叫猪的柠檬水,莫雷尔赞赏他在厨房里找到的这个猪的柠檬水。但是,因为上尉在莫斯科已经弄到葡萄酒,他就把克瓦斯让给莫雷尔,只喝那瓶波尔多红葡萄酒。他用餐巾裹着瓶颈,给他自己和皮埃尔斟酒。上尉饱餐一顿,又过了酒瘾,更加兴奋了,整顿饭不停地絮叨。

"是啊,我亲爱的皮埃尔先生,为了报答您从疯子手里救了我,我应当经常点一支蜡烛为您祝福。您瞧,我身上的枪弹已经够多的了。这是在瓦格拉木打伤的(他指了指肋骨),这是在斯摩棱斯克留下的疤,"(他指了指腮帮)"您瞧,这条腿不听使唤。这是九月七日在伟大的莫斯科战役留下的。嘻,那场面可真壮观,值得一看,那是一片火海。你们给了我们一桩吃力的活儿,你们可以自豪。说实话,别看这个王牌(他指了指十字勋章),我倒希望从头再来一次。我真惋惜那些没见到这个场面的人。"

"我当时在那里。"皮埃尔说。

"啊,真的吗? 那太好了,"那个法国人继续说,"应当承认,你们是勇敢的敌人。那个大多面堡守得多好,真有两下子。你们叫我们付出了很大的代价。我到过那里三次,我不是吹牛。我们三次到了大炮那里,三次都被打回来,像纸人似的被打翻了。你们的掷弹兵是好样的,真的。我看见他们六次密集队伍,像阅兵一样出发了。优秀的人们! 我们的那不勒斯王是行伍老手,他喊道:'好极了!'哈哈,您原来也是同行!"他停了一下,微笑说,"那更好了,那更好了,皮埃尔先生。战斗中毫不留情……"他微笑着挤挤眼,

"对女人却殷勤备至,我们法国人就是这样,皮埃尔先生,您说对不对?"

上尉是那么天真,由衷地快活,自鸣得意,弄得皮埃尔几乎也跟着他挤眼,快活地瞧着他。大概是"殷勤"这个字眼使上尉想到莫斯科的现状。

"顺便请问您一句,听说太太小姐们都离开莫斯科了,是真的吗?奇怪的想法,她们怕什么?"

"如果俄国军队进入巴黎,法国妇女不离开巴黎?"皮埃尔说。

"哈,哈,哈!……"那个法国人拍着皮埃尔的肩膀,发出一阵快活的、活泼的大笑。"这是说笑话,"他说,"巴黎?……不过巴黎……巴黎……"

"巴黎是世界的首都……"皮埃尔接过去把他的话说完。

上尉看了看皮埃尔。他有一个习惯,在谈话中间,停顿一下,用含着笑意和亲热的目光凝视对方。

"要不是您对我说您是俄国人,我敢打赌说您是巴黎人。您身上有某种,某种……"他说完这句恭维话后,又默默地看了看他。

"我去过巴黎,我在那里待了好几年。"皮埃尔说。

"噢,这就是了。巴黎!……不知道巴黎的人,就是野蛮人。一个巴黎人,你在两里外就认出他是巴黎人。巴黎嘛,这就是塔尔马、迪歇努瓦、波蒂埃、索尔本、林荫路。"他发现他这个结论比上边的话更没有说服力,就赶快又说,"全世界就一个巴黎。您到过巴黎,仍然愿意当俄国人。这也没什么,我并不会因此降低对您的尊敬。"

皮埃尔喝了几杯葡萄酒,又郁闷地过了几天孤独的生活,因此情不自禁地乐于同这个快活而和蔼的人聊一聊。

"咱们还是谈谈你们的太太小姐吧:听说她们非常漂亮。法国军队在莫斯科,她们偏逃到草原上藏起来,真是糊涂!她们错过了一个极好的机会。你们的农民,我是了解的,不过你们是文明人,应当比农民更了解我们。我们占领了维也纳、柏林、马德里、那不勒斯、罗马、华沙,世界上所有的首都。人们怕我们,但也爱我们。不妨和我们交交朋友。而且皇帝……"他刚要说下去,皮埃尔打断了他的话。

"皇帝,"皮埃尔重复说,脸上突然露出愁闷和不好意思的表情,"什么皇帝?……"

"皇帝?他是宽大、仁慈、正义、秩序、天才的化身,这就是我们的皇帝!这是我朗巴现在对您这样说。别看我现在这样,可是八年前我曾经是他的敌人。我父亲是个伯爵,流亡国外。但是这个人征服了我。我完全被他折服了。看到他给法国带来强大和光荣,我就不能坚持了。当我明白了他要干什么,当我看到他为我们准备了光荣的前程,我对自己说:'这才是一个君主。'于是我就献身于他了。您瞧!啊,亲爱的,这是一个空前绝后的、最伟大的人物!"

"他在莫斯科吗?"皮埃尔带着负疚的神情,结结巴巴地说。

那个法国人看了看皮埃尔脸上负疚的表情,笑了笑。

"不在,他准备明天进城。"他说,又继续谈下去。

他们的谈话被大门口几个吵吵嚷嚷的声音和勤务兵莫雷尔的闯入打断了,莫雷尔进来向上尉报告说,有几个符腾堡的骠骑兵要把他们的马安置在上尉放马的院子里。主要麻烦的是,那些骠骑兵不懂话。

上尉把那个骠骑兵上士叫来,厉声问他是哪个团的,他们的长官是谁,凭什么竟敢占已经有人住的地方。那个不大懂法语的德意志人对头两个问题报了他们团的番号和长官姓名;但他听不懂最后一个问题,他用掺杂着德语的法语回答说,他是团队的军需,长官命令他把这一带的房子统统占下。皮埃尔懂德语，就给上尉翻译，再把上尉的回答用德语转达给符腾堡的骠骑兵。那个德意志人弄懂了对他说的话，就屈服了，把他的人带走了。上尉走到门廊上，大声发了一通命令。

当他回到屋里时，皮埃尔仍然坐在原来的地方，双手托腮。他脸上露出痛苦的表情。他这时的确很痛苦。当上尉出去，只剩他一个人时，他突然醒悟过来，意识到自己的处境。并不是莫斯科的陷落，也不是这些幸运的胜利者在这里为所欲为并且庇护他——尽管这一切也使皮埃尔不好受，但目前使他痛苦的却不是这些。使他痛苦的是他意识到自己的软弱。几杯酒下肚，和这个脾气随和的人的谈话，完全破坏了皮埃尔这几天满怀郁闷的心情，而这种郁闷心情在执行他的计划时是必要的。手枪和匕首，以及农民的服装都准备好了，拿破仑明天就要进城了。皮埃尔依然认为杀死那个恶棍是有益的，值得的；但是他觉得他现在办不到了。为什么？——他不知道，但是预感到他不会去执行他的计划了。他跟自己软弱的意识做斗争，但模糊地觉得他不能克服它，先前那种复仇、杀人、自我牺牲的郁闷情绪，一接触第一个法国人，就烟消云散了。

那个上尉微跛着，吹着口哨走进屋来。

先前使皮埃尔感到有趣的法国人的絮叨，现在使他厌烦了。他吹的曲子、他的步伐、他的手势、他捻胡子的样子——这一切似乎都是对皮埃尔的侮辱。

"我这就走，我再不和他谈一句话。"皮埃尔想。他一面想，一面坐在那里不动。一种奇怪的软弱感觉把他钉在那里，他想站起来走开，但是做不到。

相反，上尉却很快活。他在屋里来回走了两趟。他的眼睛闪着亮光，胡子微微扭动着，他好像对一个有趣的想法觉得好笑似的。

"好极了，"他突然说，"这些符腾堡的团长！他是德意志人；然而他是一个好人。但他是一个德意志人。"

他在皮埃尔对面坐下来。

"这么说，您懂德语？"

皮埃尔看了看他，没有吭声。

"避难所，德语怎么说？"

"避难所？"皮埃尔重复说，"避难所德语是 Unterkunft。"

"您怎么说？"上尉不相信地连忙问。

"Unterkunft."皮埃尔重复说。

"Onterkoff，"上尉说，含着笑意的目光在皮埃尔身上停了几秒钟，"这些德国人都是大傻瓜。皮埃尔先生，您说对不对？"他下了结论。

"好，再来一瓶莫斯科的波尔多酒吧，您说对吧？莫雷尔再给我们热一瓶。莫雷尔！"上尉快活地喊了一声。

莫雷尔拿来蜡烛和一瓶葡萄酒，上尉借着烛光看了看皮埃尔，皮埃尔灰心丧气的面色显然使他吃了一惊。朗巴脸上带着真诚的苦恼和同情走到皮埃尔跟前，向他弯下身来。

"怎么了，怎么犯愁了？"他一面说，一面摸了摸皮埃尔的手，"是不是我使您感到厌烦了？不，说实话，您是不是对我有什么意见，"他一再地问，"也许与时局有关吧？"

皮埃尔什么也没有回答，只是温情地看了看那个法国人的眼睛。那个法国人的同情使他很愉快。

"老实说，先不说您对我的恩情了，我觉得您这个人可交。我可以为您效一点劳吗？吩咐我吧。咱们是生死之交。我从心眼儿里对您说这话。"他把手放在胸口上说。

"谢谢。"皮埃尔说。上尉朝皮埃尔的脸凝视了一下，就像当他得知德语怎样说避难所这个词儿时那样看皮埃尔，他的脸突然容光焕发。

"啊，这么说来，为我们的友谊，干一杯！"他快活地喊道，斟满两杯酒。皮埃尔端起斟满的杯子一饮而尽。朗巴也干了自己的一杯，又一次握皮埃尔的手，然后，怀着沉思而忧郁的神情把臂肘支在桌上，开口说：

"是的，亲爱的朋友，这都是命运的安排。谁能料到我会在波拿巴（我们都这样称呼他）部下当一名士兵和一名骑兵上尉。然而我和他现在都在莫斯科，"他用准备讲一个长故事的忧郁而徐缓的腔调继续说，"我告诉您，亲爱的，我们的姓氏是法国最古老的一个姓氏。"

于是，上尉以他那法国人轻率而天真的坦率态度对皮埃尔讲他祖先的历史，讲他的童年、少年时代和青年时代，讲他的亲戚、财产和家庭的一切事情。"我可怜的母亲"，当然，在他讲述的故事中扮演一个主要角色。

"但这一切只是人生的序幕，人生实质的东西是爱情。爱情！皮埃尔先生，您说对不对？"他兴致勃勃地说，"再来一杯。"

皮埃尔又干了一杯，给自己斟上第三杯。

"噢！女人，女人！"上尉用泛起油光的眼睛望着皮埃尔，开始讲爱情，讲他的恋爱故事。他的恋爱故事很多很多，只要看看这个军官得意、漂亮的面孔，看看他讲到女人时那份兴高采烈的劲儿，你就很容易相信他的话。虽然朗巴的恋爱故事都带有淫秽的性质，而在法国人看来，只有那种爱情才具有魅力和诗意，但是上尉在讲故事时是那么由衷地确信，只有他尝到并且懂得爱情的魅力，而且在描绘女人时是那么撩人，皮埃尔不由得好奇地听下去。

显然，那个法国人所向往的爱情，既不是那种低级、一般的爱情，这种爱情，皮埃尔在他的妻子身上曾尝到过，也不是被皮埃尔夸大了的罗曼蒂克的爱情，就像皮埃尔对娜塔莎的那种爱情，（这两种爱情，朗巴都瞧不起：头一种是马车夫的爱情，另一种是傻瓜的爱情；）这个法国人所崇拜的爱情，主要是和女人发生一些不正常的关系，以及给感官以最大享受的各种畸形结合的杂烩。

譬如，上尉讲了一桩他的动人的爱情故事，他爱上一个迷人的三十五岁的侯爵夫人，同时又爱上迷人的侯爵夫人的女儿，一个非常可爱、天真、十七岁的小姑娘。母女之间互相谦让的结果，母亲作了自我牺牲，把女儿让给自己的情人做妻子，虽然这是一段久已过去的往事，但至今回忆起来仍使他激动。然后他又讲了一段故事——丈夫当了情夫的角色，而他（情夫）当了丈夫的角色，又讲了几段德国趣闻，那地方管避难所叫 Unterkunft，那地方做丈夫的都吃白菜汤，少女们头发都太黄。

最后，他讲了一段记忆犹新的最近在波兰的奇遇，他眉飞色舞、满脸通红说，他救了一个波兰人（在上尉的故事中老有救命的事），那个波兰人把他那迷人的妻子（在气质上是巴黎女人）托付他照管，而他本人到法国军队服务去了。上尉是幸福的，那个迷人的波兰女人要跟他逃跑；但是，上尉宽大为怀，把妻子还给了丈夫，并且对他说："我救了您的性命，也救了您的名誉！"上尉重复了这句话后，擦了擦眼睛，抖了一下，仿佛要抖掉回忆这段动人的故事时满怀的温情。

皮埃尔听上尉讲故事，就像在深夜喝了几杯酒之后常有的情形，他注意上尉所讲的一切，了解一切，同时也注意自己心中不知为什么突然出现的一连串回忆。当他听这些爱情故事时，出乎意料地突然回忆起他自己对娜塔莎的爱情，一一回想这桩爱情的每幅画面，在心里和朗巴的故事作比较。皮埃尔一面倾听爱情和义务的矛盾，一面历历在目地想起上次在苏哈列夫塔楼旁和他的恋爱对象相遇的最细微的情节。那次见面当时对他并没发生什么影响;他甚至连一次也没回想它。但是现在他觉得,那次见面有一种非常重要的、诗意的东西。

"彼得·基里雷奇,到这儿来,我已经认出您了。"他现在仿佛听到她说的话,看见她的眼睛、微笑、旅行帽和帽子下露出的一绺头发……他觉得这一切含有一种动人的、令人怜爱的东西。

上尉讲完迷人的波兰女人的故事,问皮埃尔有没有那种为爱情而牺牲自己和嫉妒合法丈夫的感情。

经他这一问,皮埃尔抬起头来,觉得有必要倾诉一下自己满怀的思绪。他开始诉说,他对女人的爱情跟他略有不同。他说他一生过去和现在只爱一个女人,而这个女人永远不会属于他。

"你这人真是!"上尉说。

然后,皮埃尔说,他很年轻的时候就爱这个女人;但是不敢想望她,因为她太年轻,而他是一个没有名望的私生子。后来,当他有了名望和财产的时候,他不敢想望她,因为他太爱她了,把她看得太高了,高出世上的一切,不用说,更高出他本人。皮埃尔讲到这里,问上尉懂不懂他所说的。

上尉打了一个手势,表示即使他不懂,他仍然请他继续说下去。

"柏拉图式的爱情,虚无缥缈……"他喃喃地说。不知是喝了几杯酒,还是有坦白的欲望,还是认为这个人不知道而且也不会打听到他故事里的任何一个角色,还是由于这一切的总和,总之,皮埃尔的话头多起来了。他两眼泛起一层油光,凝视着远方,唔唔哝哝地讲了他的全部故事:他的婚姻、娜塔莎和他的最好的朋友的爱情、她的背信弃义,以及他自己对她的简单关系。在朗巴的追问下,他连原先隐瞒的事——他的社会地位,也讲了出来,甚至向他说出了自己的真名实姓。

在皮埃尔的故事里,最使上尉吃惊的是,原来皮埃尔是个大富翁,在莫斯科有两处府邸,他竟抛弃一切,不离开莫斯科,隐名埋姓留在城里。

他们一同来到街上时,已经是深夜了。夜是温暖的,明亮的。宅子的左边彼得罗夫克大街,火光烛天,那是莫斯科第一批大火。在右边,高高地悬着一钩新月,新月对面悬着一颗在皮埃尔心目中把它和他的爱情连系在一起的明亮的彗星。格拉西姆、厨娘和两个法国人站在大门口。可以听见他们的笑声和彼此言语不通的谈话。他们都在观望照亮全城的火光。

在这座大城里,远处有一点火灾是没有什么可怕的。

皮埃尔瞭望着高高的星空、月亮、彗星和火光,感到赏心悦目的欢愉。“瞧,多好啊,还需要什么呢?”他想。可是突然间,他想起自己的计划,于是头晕了,意识迷糊了,他倚着栏杆以防跌倒。

皮埃尔没有跟他的新朋友告别,就步履蹒跚地离开大门,回自己房里,躺在沙发上,立刻睡着了。

三十

步行逃走和坐车逃走的居民,以及撤退的军队,从各条道路怀着各种不同的心情,都在回头观望那九月二日第一次燃起的大火的火光。

罗斯托夫家的车辆这一夜停在离莫斯科二十俄里的梅季希村。九月一日他们出发很晚,道路挤满了车辆和军队,又有那么多东西忘记带,不得不派人回去取,以至那天夜里就在离莫斯科五俄里的地方投宿。第二天早晨醒得很晚,路上又老停留,所以只走到大梅季希村。当晚十点,罗斯托夫一家以及和他同行的伤员,都安置在这座大村子的各家宅院里和农舍里。罗斯托夫家的奴仆和车夫,伤员的勤务兵,服侍过主人以后,吃过晚饭,喂过马,就都到门外去了。

隔壁农舍里躺着一个受伤的副官，名叫拉耶夫斯基，他的手关节被打碎，痛得他不断发出可怜的呻吟，在这黑暗的秋夜，听来特别瘆人。这个副官和罗斯托夫家第一夜都在一个院子住宿。伯爵夫人说，呻吟声使她整夜不能合眼，为了离这个伤员远些，就搬到梅季希村较差的农舍里。

一个仆人从停在门前的高高的马车顶上望去，看见另一处不大的火光。早先看见的一处火光，大家都知道那是小梅季希村在着火，是马蒙诺夫的哥萨克放的火。

"弟兄们，这是另外一个地方在着火。"勤务兵说。

大家都注意那片火光。

"据说马蒙诺夫的哥萨克放火烧了小梅季希村。"

"他们胡说！不，这不是梅季希村，这是更远的地方。"

"瞧，准是在莫斯科。"

有两个仆人从门廊台阶下来，绕到马车另一边，在车梯上坐下。

"这地方偏左！梅季希村在那边，而这完全在另一边。"

有几个仆人凑到这两个仆人跟前。

"好大的火势，"一个人说，"老兄，这是莫斯科在着火：不是苏谢夫街就是罗戈日街。"

对这个说法没人搭腔。这些仆人对远方刚起的火默默地看了很久。

老头子丹尼洛·捷连季奇（大家都管他叫伯爵的侍仆），向人群走来，对米什卡大喝一声。

"你看什么，浑小子……伯爵叫人，一个都不在；去把衣服收好。"

"我刚出来打水的。"米什卡说。

"您看怎么样,丹尼洛·捷连季奇,这好像是莫斯科的火光吧?"一个仆人说。

丹尼洛·捷连季奇没吭声,大家又沉默了很久。火光蔓延开来,悠悠荡荡向更远的地方伸展。

"上帝保佑!……有风,天又旱……"又有一个声音说。

"瞧,多猛的火势。主啊!连飞着的乌鸦都看得见。主啊,怜悯我们有罪的人吧!"

"想必正在救火。"

"谁去救火?"一直沉默不语的丹尼洛·捷连季奇说话了。他的声音平静而缓慢。"那就是莫斯科,弟兄们,"他说,"莫斯科,圣洁的母亲……"他说不下去了,他突然像老年人那样抽抽搭搭地哭了。仿佛大家正是期待着这个,这样,他们望见的那火光所具有的意义就清楚了。于是响起一片叹息声、祈祷声和伯爵的老侍仆抽抽搭搭的哭泣声。

三十一

侍仆回去向伯爵报告说,莫斯科着火了。伯爵穿上长衫,到外面去观看。和他一起出去的还有尚未脱衣就寝的索尼娅和肖斯太太。只有娜塔莎和伯爵夫人留在屋里。(彼佳没有和家人在一起,他随团队开往特罗伊茨去了。)

伯爵夫人一听说莫斯科起火,就哭了。娜塔莎面色苍白,目光呆滞,坐在圣像下的长凳上(她一来就坐在那里),丝毫不注意父亲说的话。她在倾听隔着三所房子传来的那个副官不停的呻吟声。

"哎呀,多么可怕!"索尼娅打着冷战,惊慌地从院子里回来说,"我看整个莫斯科都烧起来了,多么可怕的火光!娜塔莎,现在你从窗口就可以看见。"她对表妹说这话,显然想分散她的注意力。但是娜塔莎望着她,仿佛不明白对她说的话,眼睛又盯着炉子的一角。从当天早晨开始,也就是从索尼娅不知为什么竟然把安德烈公爵受伤,现在同他们一起在车队里的事告诉娜塔莎之后(伯爵夫人为此又惊又恼),娜塔莎就陷入呆滞的状态。伯爵夫人从来没有这样向索尼娅发过脾气。索尼娅哭了,请求原谅,她现在好像极力赎罪似的,一个劲儿地抚慰表妹。

"你瞧,娜塔莎,多么可怕的大火。"索尼娅说。

"什么大火?"娜塔莎问,"噢,对,是莫斯科。"

好像不愿违拗索尼娅和为了摆脱她,她把头移近窗口,向外望了望,显然什么也没有看见,又照原来的姿势坐下。

"你没看见吗?"

"不,我真的看见了。"她用祈求安静的声调说。

伯爵夫人和索尼娅都明白,莫斯科、莫斯科的大火,或任何别的什么,当然都不可能引起娜塔莎的注意。

伯爵又回到套间躺下。伯爵夫人走到娜塔莎跟前,就像女儿生病时那样,用手背贴了贴她的头,然后又用嘴唇贴了一下她的前额,看看是不是发烧,然后吻了吻她。

"你发冷了?你浑身发抖?你最好躺下。"她说。

"躺下?好的,我躺下。我这就躺下。"娜塔莎说。

自从当天早晨娜塔莎听说安德烈公爵伤势很重,现在和他们同行,只是在最初的时候,她问长问短:他去哪儿?伤势怎么样?有没有危险?能不能看看他?但人们告诉她,她不能看他,他的伤很重,但他的生命没有危险,她显然不相信人家对她说的话,而且确信,尽管她磨破嘴皮,人家对她还是说那同样的话,自这以后,她就不再问,也不吭声了。娜塔莎一路上眼睛睁得大大的(伯爵夫人十分了解而且害怕这样的眼神)坐在马车角落里一动不动,现在她就是这样坐在条凳上。她在想一件事,在决定一件事,也许现在在心中已经决定了——伯爵夫人是知道的,但究竟是想什么事,她不知道,正是这个使她担惊受怕,折磨着她。

"娜塔莎,把衣服脱了,亲爱的,睡到我床上来吧。"(只给伯爵夫人铺了一张床,肖斯太太和两位小姐都睡在地板上的干草上。)

"不,妈妈,我就在这里睡,在地板上睡。"娜塔莎生气地说,她走到窗前把窗户打开。打开窗户后,那个副官的呻吟听得更清楚了。她把头探到夜间潮湿的空气里,伯爵夫人看见,她那细长的脖颈由于怵哭颤抖着,碰击着窗框。娜塔莎知道这不是安德烈公爵在呻吟。她知道,安德烈公爵就在他们住的这一排房子过厅对面一间小屋里躺着;但是这可怕的不停的呻吟声使她怵哭。伯爵夫人和索尼娅互相看了一眼。

"睡吧,亲爱的,睡吧,我的好孩子,"伯爵夫人说,用手轻轻碰了碰娜塔莎的肩头,"我说,躺下吧。"

"知道了……我马上,马上就睡。"娜塔莎说,她匆匆地脱衣服,解裙带。她脱掉衣服换上短睡衣后,就屈起腿坐在地铺上,把她那不太长的细辫子甩到胸前,重新编起来。纤细灵巧的长手指快速、利落地解开辫子,编上,扎好。娜塔莎的头习惯地时而向左,时而向右转动着,像发热病似的睁着的眼睛,凝然不动地向前望着。换好衣服后,娜塔莎悄悄躺到铺在门口的干草地铺上。

"娜塔莎,你睡在中间。"索尼娅说。

"我就睡在这儿。"娜塔莎说。"您也躺下吧。"她不高兴地又说。然后她把脸埋到枕头里。

伯爵夫人、肖斯太太和索尼娅急忙脱了衣服,也躺下了。屋里只有一盏圣像下的小灯。但是院子被两俄里外小梅季希村的火光照得通亮,斜对面街上一家曾被马蒙诺夫哥萨克砸过的小酒馆里,传来夜间的喧闹声,同时传来那个副官不停息的呻吟声。

娜塔莎倾听室内外的响声，一动不动地听了很久。起初她听见母亲的祈祷声和叹息声，她的床发出的轧轧声，耳熟的肖斯太太发出的呼呼的打呼声，索尼娅细微的呼吸声。然后，伯爵夫人呼唤娜塔莎。娜塔莎没有回答。

"好像睡着了，妈妈。"索尼娅小声答道。停了一会儿，伯爵夫人又叫了一声，但是已经没有人回答她了。

不大会儿，娜塔莎听见母亲均匀的呼吸声。娜塔莎一动不动，虽然她那只从被子里伸出来的小小的赤脚在光光的地板上已经冻得冰凉。

蟋蟀好像庆祝它战胜了一切，在墙缝里咄咄地歌唱。远处的雄鸡在啼叫，附近的在响应。酒馆的喊叫声停止了，只有副官的呻吟声还听得见。娜塔莎坐了起来。

"索尼娅，你睡着了吗？妈妈？"她小声说。没有人回答。娜塔莎慢慢地、小心翼翼地站起来，画了十字，在又脏又凉的地板上悄悄迈开她那瘦长的、富于弹性的光脚板。地板吱吱地响了一声。她快速地挪动脚步，像猫似的跑了几步就抓住了冰凉的门环。

她觉得，有一种沉重的东西有节奏地敲打着小屋的四壁：这是她那颗由于惊慌、恐惧和爱情而紧紧收缩着的、破碎的心在跳动。

她打开门，迈过门槛，在过厅又湿又冷的地上走过去。周围的冷空气使她感到神清气爽。她一只赤脚碰到一个睡觉的人，她跨过他，推开安德烈公爵躺在那儿的小屋。那间小屋漆黑。在后面角落里，在床旁（床上躺着一个人）条凳上点着一支结着一个大烛花的脂油蜡烛。

从早晨一听说安德烈公爵受伤并且他就在这里，娜塔莎就决定她应当看看他。她不知道为什么应当这样做，但是她知道这次会见一定很痛苦，而这更促使她决心非见他不可。

一整天她心中只有一个希望，那就是夜里去看他。但是，当这一刻现在已经到来的时候,她忽然又怕看见他,他伤成什么样子?他还剩下什么?他是不是也像那个不断呻吟的副官一样?是的,他完全是那个样子。在她的想象中,他就是那可怕呻吟的化身。她看见角落里有一件模糊的东西,她把他在被子里屈起的膝盖当做他的肩头,她好像看见一个可怕的身体,吓得她站住不动了。但是,一种不可抗拒的力量吸引她走向前去。她悄悄迈了一步,又迈一步,于是走到堆满东西的屋子中间。在这间小屋圣像下面的长凳上,躺着另外一个人(这是季莫欣),地上还躺着两个什么人(这是医生和侍仆)。

那个侍仆欠起身,咕哝了一句。季莫欣由于腿上受伤痛得不能入睡,他睁大眼睛望着这个穿白衬衫和短上衣、戴着睡帽的奇怪的女精灵。睡意蒙眬的侍仆吃惊地说了一声:"您有什么事? 来干什么?"这使娜塔莎更快地向那个躺在墙角的东西走去。不管那个身体多么不像人的样子,她还是应当看看他。她从侍仆身边走过去:烛花掉下来,她清楚地看见躺在那儿的安德烈公爵,两只胳膊放在被子外面,他仍然像她过去一向见到的那个样子。

他仍然像他一向的样子;但是他那发烧的面色,狂喜地注视着她的发光的眼睛,特别是那露在翻领衬衫外面的孩子般细嫩的脖颈,给他增添了一种独特的、天真的、孩子般的神情。她走到他面前,用迅速、柔韧的、年轻人的动作跪了下来。

他露出笑容,向她伸出手来。

三十二

安德烈公爵自从在波罗金诺战场救护站清醒过来以后,已经过了七天了。他在这期间经常昏迷不醒。发高烧和受伤的肠子发炎,据随行的医生说,这对他是致命的。但是在第七天,他蛮有兴致地吃了一片面包,喝了一点茶,医生发现他的烧退了一些。安德烈公爵在次日早晨恢复了知觉。离开莫斯科的第一夜相当暖和,安德烈公爵就留在马车里过夜;但是在梅季希村,伤者亲自要求把他抬出马车,并且要喝茶。移他到农舍时,他疼得大声呻吟,又失去了知觉。把他放在行军床上后,他长久地闭着眼睛,躺着一动不动。后来他睁开眼睛,低声说:"茶呢?"他对生活细节的记忆力使医生吃惊。医生摸了摸脉,使他惊奇而且不高兴的是,脉搏比较正常。医生之所以不高兴,因为凭他自己的经验,他不可能活下去的,即使现在不死,那也不过带着更大的痛苦过些时候就会死去。和安德烈公爵一同运送的还有同团的红鼻子少校季莫欣,他也是在波罗金诺战役受了腿伤后,在莫斯科和安德烈公爵会合的。跟随他们的有医生、公爵的侍仆、他的车夫和两名勤务兵。

给安德烈公爵端来了茶。他贪婪地喝着,一面用发烧的眼睛望着他面前的门,仿佛在努力了解和记起什么事情。

"行了,不想喝了。季莫欣在这儿吗?"他问。季莫欣沿着长凳爬到他跟前。

"我在这儿,大人。"

"伤势怎么样?"

"我的吗?没事儿。您怎么样?"安德烈公爵又沉思起来,仿佛记起一件事。

"能不能找到一本书?"他说。

"什么书?"

"《福音书》!我没有。"

医生答应给他找到,然后问公爵觉得怎么样。安德烈公爵虽然勉强、然而很有条理地回答了医生所有的问题,然后他说他要垫一个靠枕,不然觉得不舒服,很痛苦。医生和侍仆掀开盖着他的军大衣,闻到伤口腐肉的恶臭,皱起眉头,开始检查那个可怕的地方。

不知为什么医生很不高兴，他重新包扎了一下，给伤员翻了身，使得他又呻吟起来，由于翻身引起的疼痛，又使他失去了知觉，而且开始说胡话。他老说快点给他找到那本书，把书放到身子下面。

"这在你们算不了什么！"他说，"我没有这本书，请找来放在身下一会儿。"他可怜巴巴地说。

医生到过厅里去洗手。

"咳，你们这些人真没心肝，"医生对往他手上倒水的侍仆说，"只不过一分钟没照顾到。你们竟把他放得压住伤口。要知道这是非常疼的，我真奇怪他怎么受得了。"

"我们好像在他身下垫了东西了，主耶稣·基督在上。"侍仆说。

安德烈公爵第一次明白他在什么地方，他出了什么事，记起他受了伤，还记起马车到达梅季希村时，他要求搬进小屋里的情景。后来又疼得神志不清了，当他在小屋里喝茶的时候，第二次苏醒过来，于是又记起他所经历的一切，他非常清楚地想起在救护站的时刻，当他看见他所憎恶的人在受苦，他忽然产生他可能得到幸福的新念头。这些念头虽然模糊，不明确，此刻又占据了他的心灵。他想起他现在有了新的幸福，而这幸福与《福音书》有某种共同的地方。他要《福音书》正是为了这个缘故。他的伤口被放在不适当的位置，以及给他翻身，又干扰了他的思绪，他第三次恢复知觉已经是夜深人静的时候了。周围的人都睡了。一只蟋蟀在过厅对面唧唧地叫，街上有人在喊叫和唱歌，蟑螂在桌上、圣像上、墙壁上沙沙地爬，一只大苍蝇在他的床头结成大烛花的蜡烛周围飞撞。

他的精神状态是不正常的。一个健康的人通常同时思维、感受和回忆无数的事物，但是他有权利和力量选择一系列的思想或者现象，然后把他的全部注意力集中在这一系列现象上面。健康的人在深思熟虑的时刻，因同进来的人寒暄一两句而中断，然后又回到他的思维上面。安德烈公爵的精神状态在这方面是不正常的。他全部的精神活动能力比任何时候都活跃，而且清晰，然而却不受他的意志控制。各式各样的思想和意念纷至沓来。有时他的思想忽然活跃起来，而且那么有力、清楚和深刻，那是在健康状况下从来没有的；可是，这种思想的活动忽然中断，换了另外一个意想不到的意念，而那个原来的思想就一去不复返了。

"是的，在我面前展现一种新的幸福，一种与人不可分的幸福，"他心里想道，他躺在半明半暗的、寂静的小屋里，他那发烧的眼睛睁得大大的，凝然不动地望着前方，"一种超越物质的力量，不受外界物质影响的幸福，一种纯粹精神的幸福，爱的幸福！人人都可以懂得它，但是只有上帝才能认识它和制定它。但是上帝怎样制定这个法则呢？为什么圣子？……"思路突然中断了，安德烈公爵听见（不知是在梦幻中还是在现实中听见）一种轻轻的、有节奏的绵绵细语："噼哧——噼哧——噼哧"，然后，"哧——哧"，然后又"噼哧——噼哧——噼哧"，然后又"哧——哧"。同时，在这低吟的音乐声中，安德烈公爵觉得，在他的脸的上方，在正中间，矗立着一个用细针或者薄木片建造的奇特的空中楼阁。他觉得（虽然很困难），他必须保持平衡，为了使这座巍峨的楼阁不致坍塌下来；但它仍然坍塌了，然后又随着均匀的低吟的音乐声慢慢地竖立起来。"伸展！伸展！伸展开来，不断地伸展！"安德烈公爵自言自语。安德烈公爵谛听低语声和感觉那不断伸展、不断用细针建造着的楼阁，同时，间或看见烛光的红色晕圈儿，听见蟑螂的沙沙声，以及向枕头和他脸上乱飞的苍蝇的嗡嗡声。每当苍蝇碰着他的脸，就引起一阵灼热的感觉；同时使他觉得奇怪，苍蝇正好碰到在他脸上建起的楼阁，但并没有破坏它。此外，还有一件重要的东西。那就是门旁有一件白色的东西，那是使他感到压迫的斯芬克斯像。

"但是，那也许是我放在桌上的衬衫，"安德烈公爵想，"这是我的腿，这是门；但是为什么它总在伸长，在长高，而且噼哧——噼哧——噼哧，哧——哧，噼哧——噼哧——噼哧……""够了，请打住吧，别纠缠了。"安德烈公爵苦苦央求什么人。可是忽然间，思想和感情又异常清晰而有力地浮现出来。

"是的，爱（他又十分清楚地想），但是，不是对某种东西、为了某种目的或者由于什么原因的爱，而是初次——就是我要死的时候，看见我的敌人，我仍然爱他的那种，我所体会到的那种爱。我体会到那种作为灵魂本质的不需要对象的爱。我现在就体会到这种幸福。爱邻人，爱自己的敌人。爱一切——爱上帝所体现的一切。爱一个亲爱的人，用人类的爱来爱就行了；但是爱敌人，只有用上帝的爱才办得到。因此，当我觉得我爱那个人的时候，我体会到这种喜悦。他怎么样了？他还活着吗？……用人类的爱，这种爱可能转化为恨；但是上帝的爱，永无变化。没有任何东西，甚至死亡，都不能破坏这种爱。它是灵魂的本质。在我一生中我曾恨过那么多的人。而在这所有的人中间，像对她那样爱和恨的人，一个也没有。"于是他生动地想起娜塔莎，但不是像以前那样只想她使他喜悦的迷人魅力；而是第一次想到她的灵魂。于是他明白了她的感情、她的痛苦、耻辱和悔恨。他现在第一次懂得了他的拒绝是多么残忍，看出他和她决裂是多么无情。"我多么希望再见她一次。只要一次，看着那双眼睛，说……"

"噼哧——噼哧——噼哧，哧——哧，噼哧——噼哧——嘣"，苍蝇碰击一下……他的注意力突然转到另一个发生了特别事故的、既是现实又是梦幻的世界。在这个世界里，那座楼阁依旧岿然不动，有一种东西依旧不断地伸展，蜡烛依旧带着红晕燃烧着，那件衬衫——斯芬克斯依旧在门旁蹲着；但除此之外，有一种东西吱吱响了一声，吹来一阵清凉的微风，一个新的白色斯芬克斯，站立着,在门前出现了。这个斯芬克斯有一张苍白的脸和明亮的眼睛,那正是他现在想起的娜塔莎的脸和眼睛。

"哦,不停的梦幻多么恼人!"安德烈公爵想,极力驱走这张幻想中的面孔。但是这张脸极为真实地出现在他面前,而且渐渐走近了。安德烈公爵想回到纯思想的世界,但是办不到,梦幻把他吸引到它的境界。轻轻的低语继续发出有节奏的喃喃声,有一种东西在挤压,在伸长,那张奇怪的脸停在他面前。安德烈公爵使尽全身的力气来恢复知觉;他动了动,可是忽然间,他耳鸣眼花,像沉到水里的人,不省人事了。当他醒来时,娜塔莎,那个活生生的娜塔莎,在世界上所有的人中他最愿意用他刚得到启示的那种全新的、纯洁的上帝的爱来爱的娜塔莎,跪在他面前。他明白这是真的、活的娜塔莎,他并不惊讶,只是感到安详的欢愉。娜塔莎跪在那里,吓坏了(她不能动弹),忍着哭泣,望着他。她面色苍白,没有表情,只是脸的下部在颤抖。

安德烈公爵舒了一口气,微微一笑,把手伸给她。

"是您吗?"他说,"多么幸运!"

娜塔莎用迅速而小心的动作跪着向他移近,小心地握住他的手,低下头来吻它,用嘴唇轻轻碰了碰。

"原谅我吧!"她抬起头来看着他,低声说,"原谅我吧!"

"我爱您。"安德烈公爵说。

"原谅我……"

"原谅什么呀?"安德烈公爵问。

"原谅我做的……事。"娜塔莎用几乎听不见的、断断续续的低声说,开始更频繁地用嘴唇轻轻吻他的手。

"我比先前更爱你,更知道怎样爱你了。"安德烈公爵说,用手托起她的脸来看她的眼睛。

这双充满幸福泪水的眼睛,怯生生地、同情地、含着爱情的欢

乐望着他。娜塔莎那张瘦削而苍白的脸,浮肿的嘴唇,实在不好看,而且显得可怕。但是安德烈公爵没看见这张脸,他只看见那双光辉的眼睛,那双眼睛是绝美的。在那眼睛后面可以听见说话的声音。

侍仆彼得这时完全从睡梦中醒来,他叫醒了医生。季莫欣由于腿疼始终没有入睡,早已看见了一切情形,他极力用被单盖上他那赤裸的身子,在长凳上蜷缩着。

"这是怎么回事?"医生从铺上欠起身来,说,"请您走吧,小姐。"

这时一个女仆敲门,这是伯爵夫人发现女儿不在,派来的女仆。

娜塔莎好似从睡梦中惊醒的梦游患者,走出那间屋,回到自己的房间,倒在铺上放声大哭。

从那天起,在罗斯托夫一家后来的整个旅途中,不论是休息,还是过夜,娜塔莎都不离开负伤的博尔孔斯基,医生不得不承认,他没料到一个姑娘竟然这么坚强,竟然这么擅长看护伤员。

伯爵夫人一想到安德烈公爵可能(医生认为非常可能)在途中死在娜塔莎的怀抱中,就觉得可怕,可是她无法劝阻娜塔莎。受伤的安德烈公爵和娜塔莎现在建立了亲密的关系,自然会令人想到,万一他有一天康复,他们可能恢复先前的婚约,但却没有人提起这事,娜塔莎和安德烈公爵更不会提起:不仅博尔孔斯基的,而且整个俄国的存亡问题都悬而未决,其他一切考虑都被掩盖了。

三十三

九月三日皮埃尔醒得很晚。他头痛,和衣而卧使他觉得不舒服,他模糊地觉得昨天做了一件可耻的事;这件可耻的事就是昨天同朗巴上尉的谈话。

时针指到十一点,但是外面显得特别阴暗。皮埃尔站起来,揉了揉眼睛,看见那支格拉西姆又放到书桌上的雕花枪托的手枪,于是记起自己这时在什么地方,今天要做什么事。

"我是不是太晚了?"皮埃尔想,"不,他大概不会在十二点以前进莫斯科的。"皮埃尔不再思索他要做的事,应当赶快行动起来。

皮埃尔整了整衣服,拿起手枪,就要出去了。这时他第一次想到,不能手持武器上街,但是怎样带着它呢。甚至宽大的外衣也很难藏着这支手枪。不论别在腰里,或者夹在腋下,都无法不被人注意。此外,那支枪已经放过,皮埃尔还没来得及装子弹。"匕首也一样。"皮埃尔自言自语,虽然他在考虑实行他的计划时,不止一次认定,一八〇九年那个大学生的主要错误,就在于他想用匕首刺死拿破仑。但是,皮埃尔的主要目的好像不是要实行已经考虑好的事情,而是要向自己表明,他不放弃自己的计划,他做的一切不过是要实行它的准备,于是皮埃尔赶忙拿起在苏哈列夫塔跟手枪一起买来的那把不快的、缺口的、带绿鞘的匕首,把它藏在背心下面。

皮埃尔束上腰带,压低帽子,尽力不弄出声响,避免碰见上尉,顺着走廊走到街上。

昨晚他曾是那么漠然视之的那场火,一夜之间却大大地扩展开来。莫斯科城里各处都起了火。同时着火的地方有马车市场、莫斯科河外区、商场、波瓦尔大街、莫斯科河上的帆船和多罗戈米洛夫桥旁的木材场。

皮埃尔的路线是穿过几条小巷到波瓦尔大街,然后到阿尔巴特街的圣尼古拉教堂,那里是他早已决定举事的地点。大多数人家的门窗都上了锁。大街小巷空无一人。空气中散发着焦味和煳味。他有时遇见神色不安的俄国人和在街上行走的不带城市气派而带军人气派的法国人。俄国人和法国人都惊奇地看皮埃尔。皮埃尔之所以引起俄国人的注意，除了他那肥胖高大的体格，脸上带着奇特、阴沉、神情专注和痛苦的表情之外，还因为他们不明白这个人属于哪个阶层。法国人之所以惊奇地目送他，特别是因为皮埃尔不像一般俄国人那样怀着惊惧和好奇心看法国人，他对他们毫不注意。在一家大门前，有三个法国人对几个听不懂他们话的俄国人解释什么，那三个法国人拦住皮埃尔，问他懂不懂法语。

皮埃尔摇摇头，继续往前走。在另一条胡同里，一个站在绿色弹药箱旁边的哨兵对他吆喝一声，可是，直到那个哨兵又大声吆喝和弄响手中的枪时，皮埃尔才明白他应当从旁边一条街绕过去。他对周围的一切既听不见也看不见。他匆匆地、惶恐地怀着他的计划，像怀着一件可怕而生疏的东西似的，由于有了昨天的经验，生怕失去他的决心。但是，皮埃尔注定不能完全怀着这种心情到达目的地。此外，即使他在路上不耽搁，他的意图也不能实现，因为四小时以前，拿破仑就从多罗戈米洛夫郊区，经由阿尔巴特街来到克里姆林宫，这时他正坐在克里姆林宫沙皇的书房里，心情极端恶劣，在发布详细而且严格的命令：立即扑灭火灾，严禁抢劫，安抚居民。但皮埃尔不知道这个；他全副精神都贯注在当前要做的事上，他很苦恼，那是一种固执地要做一件不可能的事的人的苦恼——其所以不可能，并不是由于困难，而是由于他的天性不适宜做那件事，他感到苦恼是因为他害怕在关键时刻他变得软弱了，因而失去自豪感。

虽然他对周围的一切什么也看不见也听不见，但他凭本能摸索道路，在那些通往波瓦尔大街的小巷子里并没有走错路。

皮埃尔越走近波瓦尔大街，烟就越浓，大火甚至把空气变得暖和起来。从房顶时时冒出火舌。街上的人多起来,而且那些人更加惊慌了。皮埃尔虽然感觉到他周围发生了不寻常的事,但是他不明白他正走向火场。皮埃尔正沿着一条小路走过一边连接波瓦尔大街、另一边连接格鲁津斯基公爵府第的花园的一大片空地时,忽然听见身旁有个女人号啕大哭,他如梦初醒,停住脚步,抬起头来。

在小路旁干枯的、蒙上一层尘土的青草上,堆着一些家什:鸭绒被、茶炊、神像和箱子等。几只箱子旁边,一个瘦削的中年妇女坐在地上,她的上齿又长又暴,身上穿一件黑大衣,头上戴一顶小帽。这个妇女摇晃着身子,一面念叨,一面抽抽搭搭地大哭。一个十一二岁的小女孩,穿着肮脏的短外衣,戴着小帽,苍白、受惊的脸上带着疑惑的神情望着母亲。一个六七岁的小男孩穿一件厚呢外衣,戴一顶别人的大帽子,在老保姆怀里哭。一个浑身肮脏的、赤脚的女仆坐在箱子上,松开灰白色的发辫,一面揪掉烧焦的头发,一面闻它。那女人的丈夫是一个驼背的矮个子,穿一件文官制服,从他那戴得端端正正的制帽下露出圆形的颊发和梳得光滑的鬓角,他正在搬动摞起来的箱子,从箱子里拿出一些衣服。

那女人一见皮埃尔就向他扑过来,几乎扑倒在他的脚下。

“我的乡亲啊,正教徒,救救我们吧,帮帮我们吧,好人呀……有谁帮帮我们吧,”她哭诉着说,“小心肝!……小女儿!我那小女儿把我们撇下了!……烧死了!噢——噢——噢!我养你就落了这个下场……噢——噢——噢!”

“算了,玛丽亚·尼古拉耶夫娜,”丈夫对妻子轻声说,显然为了在生人面前替自己辩解,“一定是姐姐把她带到哪儿去了,不然她能到哪儿去呢!”他又说。

“你是木头人,坏蛋!”那女人突然止住哭,恶狠狠地说,“你没有心肝,不怜惜自己的孩子。要是别人,就会从火里把她救出来。

一块木头疙瘩，不是人，不配当父亲。您是高贵的人，"那女人抽泣着匆匆地对皮埃尔说，"隔壁着了火，向我们烧来。女仆喊叫：失火了！我们就抢着收拾东西。我们就这样逃了出来……这就是抢出来的东西……神像、陪嫁的床，别的东西全丢了。抢救孩子的时候，发现卡捷奇卡不见了。噢——噢——噢！主啊……"她又大哭起来，"我的宝贝孩子，烧死了！烧死了！"

"她到底、到底在哪儿啊？"皮埃尔说。那女人从他脸上兴奋的表情看出这个人可以帮助她。

"好先生！好老爷！"她抱住他的腿喊道，"恩人，我总算安心了……阿尼斯卡①，去，丑丫头，去给他领路。"她对女仆喝道，气愤地张开嘴，这样更露出她那长牙。

"领我去，领我去，我……我……我来办。"皮埃尔急喘着连忙说。

那个浑身肮脏的女仆从箱子后面走出来，理好发辫，叹一口气，迈开肥大的光脚板沿着小路向前走去。皮埃尔仿佛从深沉的昏厥中苏醒过来。他昂起头，眼睛放出生命的光辉，快步追随女仆，赶过她，来到波瓦尔大街。整条街弥漫着乌云般的黑烟。这儿那儿时时从黑烟里冒出火舌。一大群人聚在火场前面。一个法国将军站在街中心，正在对周围的人讲话。皮埃尔和女仆向那个将军站着的地方走去；但是法国士兵拦住他。

"不准通行。"一个声音喊道。

"走这边，叔叔！"女仆喊道，"我们穿小巷，从尼库林街过去。"

皮埃尔转身往回走，时不时地跳几步追上她。女仆跑过街，向左折入小巷，走过三家房子，进入右边的大门。

"这就到了。"女仆说，她跑进院子，打开木板围墙的小角门，

---

① 阿尼斯卡是阿尼西姆的昵称。

停下来,向皮埃尔指着那所正烧得又热又亮的木建小厢房。厢房的一边已经倒塌了,另一边正在燃烧,火舌明晃晃地从窗口和房顶冒出来。

皮埃尔走进小角门,立刻被热气包围起来,他不由得停住了。

"哪一间,哪一间是你们的房子?"他问。

"噢——噢——噢哟!"女仆指着厢房哭起来,"那就是的,那就是我们的住房。你给烧死了,我们的宝贝,卡捷奇卡,我可爱的小姑娘,噢——噢哟!"阿尼斯卡一见正在着火,觉得她也应当表示一下她的感情,就哭起来。

皮埃尔朝厢房去,但是热得那么厉害,他不由自主地围着厢房转了半圈,走到一所大房子跟前,这所房子的一边屋顶刚刚起火,附近聚着一群法国人。皮埃尔起初不明白法国人干什么在搬东西;但是当他看见一个法国人用不快的佩刀砍一个农民,从他手里夺一件狐皮大衣,皮埃尔模糊地觉得,他们是在抢东西,但是他没有工夫想这个。

墙壁和天花板倒塌的毕剥声和轰隆声,火焰的呼啸声和哔哔声,人们紧张的喊叫声,动荡不定的烟云——时而浓烟滚滚,时而发亮,夹着火星的闪光腾空升起,红色火焰有的地方密集成禾束状,有的地方好似金色鱼鳞在墙上爬行,以及对热和烟、对动作迅速的感觉,这一切在皮埃尔身上产生那种面对火场常有的兴奋作用。这种兴奋作用在皮埃尔身上特别强烈,因为皮埃尔一看见这场大火,就突然觉得自己从压抑的思绪中解脱出来。他觉得自己年轻、快活、灵巧和坚决。他从大房子旁绕着厢房跑,他已经准备跑进那还没倒塌的部分,这时听见他头上面有几个声音在喊叫,接着,听见哗啦啦的响声,在他身旁喀嚓一声落下一个沉重的东西。

皮埃尔抬头一看,看见大房子窗口里有几个法国人,正在把满盛金器的抽屉往下扔。另一些站在下面的士兵向扔下的抽屉走过来。

"喂,这家伙要干什么。"其中一个法国人向皮埃尔喝道。

"这所房子里有个小孩。你们看见一个孩子了吗?"皮埃尔说。

"这家伙啰嗦什么? 滚开!"几个声音同时说,有一个士兵气势汹汹地朝他走过来,看样子显然怕他拿走抽屉里的银器和青铜器。

"一个孩子?"一个法国人在楼上喊道,"我听见花园里有个小东西嘤嘤地哭。也许就是他的孩子。总要讲点人情嘛,我们都是人……"

"他在哪儿? 他在哪儿?"皮埃尔问。

"在这儿! 在这儿!"那个法国人指着屋后的花园,从窗口向他喊道,"您等一等,我就下来。"

一分钟后,那个黑眼睛、小个子、脸上有一颗黑痣只穿一件衬衫的法国人,果然从一层楼窗口跑出来,拍了拍皮埃尔的肩膀,和他一同向花园跑去。

"喂,你们快点儿,"他对同伴喊道,"眼看热得受不了啦。"

他们跑到屋后的沙子小路上,法国人拉了一下皮埃尔的手,向他指了指前面的圆场子。长凳下面躺着一个穿粉红衣服的三岁小女孩。

"那就是您的孩子,啊,是女孩,那更好了,"那个法国人说,"再见,胖子。总得讲点人情嘛。全都是人。"于是那个脸上有黑痣的法国人跑回他的同伴那儿去了。

皮埃尔高兴得喘不上气来,向女孩跑过去想抱她。可是那个生瘰病病、样子像母亲、长得不好看的女孩,一见生人,大叫一声拔腿就跑。皮埃尔总算抓住她,把她抱起来;她凶狠地拼命尖叫,用她的小手掰皮埃尔的手,用她那鼻涕邋遢的小嘴咬他的手。皮埃尔就像摸着一只小动物时所感觉的那样,生出一种惊惧和憎恶的感情。但是他尽力强迫自己不扔下孩子,抱着她跑回那所大房子。但是原路已经不通了;女仆阿尼斯卡也不见了,皮埃尔怀着怜悯和憎恶的心情,尽可能温柔地搂紧那个大哭的、湿漉漉的女孩,跑过花园,寻找另一条出路。

三十四

当皮埃尔抱着女孩穿过院子和小巷,跑回波瓦尔大街拐角格鲁津斯基花园时,他一下子认不出刚从那儿去找女孩的地方了:那里挤满了人和从屋里搬出来的家什。那里除了俄国人家庭和从火里抢救出来的财物外,还有几个穿着形形色色服装的士兵。皮埃尔不去注意他们。他急急忙忙寻找那个官吏家里的人,以便把女孩交给母亲,然后再去救别的人。皮埃尔觉得他得赶快去做很多的事。由于火烤和奔跑,皮埃尔觉得热起来,在他跑去救那个女孩时浑身充满着那股青春的活力和坚决劲儿,此刻更加强烈了。那个小女孩现在安静了,两只小手抓住皮埃尔的长衫,像一只小野兽似的在他怀抱里向四外张望。皮埃尔时不时地看看她,不由得露出一丝笑意。他觉得他在这张受惊和带有病容的小脸上看见了天真无邪的、动人的东西。

在原先的地方,那个官吏和他妻子都不见了。皮埃尔在人群中走来走去,碰见各种不同的面孔。他不由得注意到一个格鲁吉亚人或亚美尼亚人家庭,这家人里面有一个穿新皮袄和新靴子、具有漂亮的东方脸型的老人,还有一个同样脸型的老太太和一个年轻女人。在皮埃尔看来,那个十分年轻的女人是东方美的化身,她生有一对清秀的、弯弯的黑眉,她那毫无表情的美丽的、长长的脸,非常柔嫩和红润。在散乱的家什中间,在广场的人群中间,她身着富丽的缎子长衫,头扎鲜艳的紫色头巾,好似一棵娇嫩的温室植物被抛到雪地上。她坐在老太太身后的行李上,她那一对又黑又大、长睫毛的杏眼,一动不动地望着地面。显然,她知道自己很美,并为此担心。这张脸给皮埃尔很深的印象,他急急忙忙顺着栅栏走的时候,好几次回头看她。他走到栅栏门口,仍然找不到他要找的人,皮埃尔停下来四外张望。

皮埃尔抱着一个小女孩那副样子,现在比以前更惹人注意,几个俄国男人和女人向他围拢来。

"您是在找人吧,朋友? 您是贵族吧? 这是谁的孩子?"人们问他。

皮埃尔说孩子是一个穿黑长衫的妇女的,她本来带着几个孩子坐在这儿的,他问有谁认识她,她到哪儿去了。

"这一定是安菲罗夫家的,"一个年老的助祭对一个麻脸的女人说,"天主保佑,天主保佑。"他用习惯的低音又说。

"哪儿是安菲罗夫家的?"那个女人说,"安菲罗夫家一早就走了。这不是玛丽亚·尼古拉耶夫娜家的,就是伊万诺夫家的。"

"他说是个普通女人,可玛丽亚·尼古拉耶夫娜是位太太。"一个像家奴的人说。

"你们一定认识她,长得很瘦,牙很长。"皮埃尔说。

"那就是玛丽亚·尼古拉耶夫娜。那些豺狼跑过来的时候,他们到花园里去了。"那个女人指着法国兵说。

"哦,天主保佑。"助祭又说。

"您到那边去吧,他们在那儿。就是她,没错。她老在哭,哭得可伤心了,"那个女人又说,"就是她,就在那儿。"

但是皮埃尔没有听那个女人说话。他已经有好几秒钟目不转睛地看几步外发生的事。他在注意亚美尼亚人一家和两个跑到他们那儿去的法国兵。其中一个矮个的、轻佻的家伙,穿一件灰外套,用一根绳子束着腰。他头戴睡帽,打着赤脚。另一个特别引起皮埃尔注意,他个子细高,驼背,头发淡黄,精瘦,动作迟钝,一脸白痴相。那家伙穿一件厚呢女外衣,蓝裤子,一双又大又破的骑兵长靴。那个穿灰外套、没穿靴子的小个子法国兵走到亚美尼亚人跟前,说了句什么,一下子抓住老人的腿,那老人就连忙脱靴子。另一个穿女外衣的人站在亚美尼亚美人面前,两手插在衣袋里,一动不动,默默地瞅着她。

"你抱着孩子,你抱着,"皮埃尔一面把孩子递过去,一面用命令的口吻对那女人说,"你交给他们,交给他们!"他把哭叫着的女孩放在地上,几乎对那女人大声喊叫起来,然后又回头看那两个法国兵和亚美尼亚人一家。那个老人已经打着赤脚了,矮个法国兵从他脚上脱下另一只靴子,他拿着两只靴子正互相拍打。老人抽抽搭搭地说什么,皮埃尔对这只是看了一眼;他全部注意力都集中到那个穿厚呢女外衣的法国人身上,那家伙摇摇摆摆、慢腾腾地走到那个年轻女人跟前,两只手从袋里掏出来,抓住她的脖颈。

那个亚美尼亚美人依旧一动不动坐在那儿,垂下长长的睫毛,仿佛没看见也没感觉到那士兵对她的举动。

当皮埃尔从几步之外跑到两个法国兵跟前时,那个穿女外衣的高个子匪兵已经把亚美尼亚女人脖子上的项链扯了下来,那个年轻女人两手抱着脖子尖声大叫。

"放开这个女人!"皮埃尔用狂怒的、嘶哑的声音喊道,他抓住那个驼背高个士兵的肩膀,把他扔了出去。那个士兵摔倒了,爬起来跑开了。但是他的同伴扔掉靴子,拔出一柄短剑,气势汹汹地向他走过来。

"喂,喂! 别胡闹!"他喊了一声。

皮埃尔在盛怒之下,什么都不记得了,他的力气长了十倍。法国兵还没来得及拔出短剑,他已经向他扑过去,把他撂倒,用拳头捶他。周围的人发出一片喝彩声,正在这时,从街角出现一队骑马的枪骑兵巡逻队。枪骑兵快步驰到皮埃尔和法国兵跟前,把他们围了起来。皮埃尔一点也不记得以后的情形了。他只记得他在打一个人,人家也在打他,最后他觉得他的双手被绑起来,他周围站着一群法国兵,在搜他的身。

"中尉,他有一把匕首。"这是他听懂的第一句话。

"啊,武器!"军官说,然后向那个和皮埃尔一同被逮捕的光着脚的士兵转过身来。

"好的,好的,到军事法庭你再讲个明白。"军官说。接着又转向皮埃尔:"你懂法语吗?"

皮埃尔瞪着充血的眼睛环顾四周,没有回答。一定是他的面色很可怕,那个军官低声说了点什么,于是又有四个枪骑兵离开队伍,站在皮埃尔的两侧。

"您会说法语吗?"那个军官又问,他站得离他远一点,"把翻译叫来。"从队列里出来一个骑着马、穿俄国平民衣服的小个子。看他的衣着,听他的口音,皮埃尔立刻认出他是一家莫斯科商店的法国店员。

"他不像普通老百姓。"那个翻译打量了一下皮埃尔,说。

"噢,噢! 他很像放火的人。问他是干什么的?"军官说。

"你是干什么的?"翻译问。"你应当好好回答长官。"他说。

"我不告诉你们我是什么人。我是你们的俘虏。把我带走吧。"皮埃尔忽然用法语说。

"啊,啊!"军官皱着眉头说,"开步走!"

枪骑兵周围聚了很多人。那个抱着小女孩的麻脸女人站得离皮埃尔最近;巡逻队要走的时候,她向前挪动了几步。

"他们把你带到哪儿去,好心的人?"她说。"这个女孩,这个女孩,我往哪儿放啊,如果不是他们的孩子!"那个女人说。

"那个女人要干什么?"军官问。

皮埃尔像喝醉了似的。一看见他救的小女孩,他那高兴劲儿更大了。

"她要干什么?"他说,"她抱的是我的女儿,我刚从火里救出来的,再见!"连他自己也不知道为什么脱口就说出这句无目的的谎话,于是迈着坚定、昂扬的步子,在法国兵中间走了。

这支法国巡逻队是奉迪罗涅尔的命令到莫斯科各街道制止抢劫、特别是捉拿纵火犯的许多巡逻队之一,据法国高级军官提出的一致意见,认为有放火的人。这支巡逻队巡逻了几条街道,又抓了五名俄国嫌疑犯:一个小店主,两个中学生,一个农民和一个家奴,另外抓了几个抢劫犯。而在所有嫌疑犯中,皮埃尔最可疑。当他们都被带到祖波夫土围子(那儿设有拘留所)过夜时,皮埃尔在严格的看守下被单独监禁起来。

第 四 册

第四章

第 一 部

一

在彼得堡上层社会里,鲁缅采夫派、亲法派、玛丽亚·费奥多罗夫娜派、皇太子派,以及其他各派,正在进行空前激烈的复杂的斗争,宫廷吃闲饭的官僚们,照例是在一旁呐喊助威。但是平静的、奢侈的、只操心生活中的一些幻影的彼得堡生活,依然如故;透过这种生活,要费很大的气力才能意识到俄国人民处境的危险和艰难。皇帝早朝依然如故,跳舞晚会依然如故,法国剧院依然如故,对宫廷的兴趣依然如故,钻营差事和互相倾轧依然如故。只有最高当局才努力记起当前形势的困难。人们私下议论,时局如此困难,而两位皇后①却各行其是。玛丽亚·费奥多罗夫娜皇后只关心她所管辖的慈善机关和教育机关,她命令这些机关疏散到喀山,这些机构的东西都已包装停当。但是当人们向伊丽莎白·阿列克谢耶夫娜皇后请示命令的时候,她以她特有的俄罗斯爱国精

---

① 两位皇后,一位是保罗皇帝的遗孀玛丽亚·费奥多罗夫娜,另一位是亚历山大一世的妻子伊丽莎白·阿列克谢耶夫娜。

神回答说,她不能给国家机关下命令,因为这是皇帝的事;至于她个人所能做到的,那就是她将是最后一个离开彼得堡的人。

八月二十六日,正是波罗金诺战役那一天,安娜·帕夫洛夫娜家举行晚会,晚会最精彩的节目是朗读主教向皇帝献圣谢尔吉依像时所写的一封信。这封信公认是教会爱国的典范文稿。以朗诵闻名的瓦西里公爵将亲自读这封信(他经常给皇后朗读)。他的朗诵艺术就在于声音高亢,好听,绝望的哀号和温柔的低诉交替出现,可以完全不顾字句的意义,忽而在一个字句上发出哀号,忽而在另一个字句上发出低诉。这次朗诵,正如安娜·帕夫洛夫娜的所有晚会一样,具有政治的意义。那天晚会将有几个重要人物参加,她要使他们为了去法国剧院而害羞,并且鼓舞他们的爱国情绪。已经到了很多人了,但是安娜·帕夫洛夫娜在客厅里仍然不见所希望的人到来,因此还不忙朗读,暂且进行一般的谈话。

在彼得堡每日新闻中,当天的新闻是别祖霍娃伯爵夫人的病。伯爵夫人前几天突然病了,放过了几次有她出席就为之增光的集会,听说她不接待任何人,而且不请一向给她治病的几位彼得堡的名医,而信任一个用一种不寻常的新方法给她治病的意大利医生。

人人都清楚,可爱的伯爵夫人的病是由于不便同时嫁给两个丈夫,意大利人的治疗方法就在于设法消除这种不便;但是在安娜·帕夫洛夫娜跟前不但谁也不敢这么想,而且好像没有人知道这件事似的。

"听说可怜的伯爵夫人病得不轻。大夫说她得的是心绞痛。"

"心绞痛?噢,这是一种可怕的病!"

"听说,由于这心绞痛,两个情敌和解了……"

心绞痛这个词儿,被人们以极大的兴味说来说去。

"听说那个老伯爵很感伤。当大夫告诉他病情很危险的时候,他像孩子似的哭了。"

"噉,这将是一个莫大的损失。一个多么迷人的女人。"

"你们在谈可怜的伯爵夫人吗?"安娜·帕夫洛夫娜走过来说,"我曾派人去探问她的病情。说是已经好一点了。噉,毫无疑问,她是世界上最迷人的女人,"安娜·帕夫洛夫娜怀着嘲弄自己的兴奋心情的微笑说,"我们属于不同的阵营,但这并不妨碍我对她表示应有的敬爱。她是那么不幸。"安娜·帕夫洛夫娜又说。

一个不够谨慎的年轻人认为安娜·帕夫洛夫娜的话多少泄露了伯爵夫人病情的内幕,他对伯爵夫人不请名医而由一个可能使用危险的药物的江湖郎中治疗,竟敢表示惊讶。

"您的情报可能比我的更准确,"安娜·帕夫洛夫娜对这个未经世故的青年突然发起恶毒的攻击,"不过,我从可靠方面知道,这个大夫是一个学识渊博、医道高明的人。他是西班牙王后的御医呢。"就这样把这个年轻人击败后,安娜·帕夫洛夫娜向比利宾那边转过去,他正在另一堆人里谈论奥国人,他皱起脸上的皮肤,显然就要把它舒展开来,说出俏皮话了。

"我觉得那妙极了!"他在谈一个外交文件,这个外交文件连同维特根施泰因(彼得堡称他为彼得堡的英雄)所缴获的奥国旗帜一起送往维也纳。

"怎么说,文件怎么说的?"安娜·帕夫洛夫娜问他,场面立刻肃静起来,静听那个她已经知道的俏皮话。

于是比利宾又重说一遍由他起稿的文件的原文。

"皇帝谨将奥国的旗帜——友谊的、然而误入歧途的、不是从正道找到的旗帜奉还。"比利宾说完,脸上的皱纹舒展开了。

"妙极了,妙极了!"瓦西里公爵说。

"也许是在华沙的道路上吧。"伊波利特公爵突然大声说。大家都转过脸来看他,不明白他这话是什么意思。伊波利特公爵也露出快活的吃惊神气环顾四周。他和别人同样不了解他在说什么。在他的外交生涯中,他不止一次看出,就这样突如其来说出的话,显得很俏皮,所以他抓紧一切机会想到什么就说什么。"效果可能很好,"他想,"即使效果不好,他们也会处理好的。"果然,在一阵难堪的冷场的时候,那个不够爱国的、安娜·帕夫洛夫娜所期待的人,进来了,于是她面带微笑伸出指头威胁伊波利特一下,就请瓦西里公爵就座,给他拿来两支蜡烛和手稿,让他开始朗读。顿时鸦雀无声。

"最仁慈的皇帝陛下!"瓦西里公爵严肃地朗读道,然后扫视了一下听众,仿佛在问有没有人反对。没有人发言。"最早成为国都的莫斯科,新的耶路撒冷,接待自己的基督,"他忽然加重朗读"自己的"这个词儿,"像母亲拥抱辛勤忠诚的儿子一样,透过弥漫的暮霭,预见你的国家光辉灿烂的荣耀,欢喜地唱道:'和撒纳,将来的人幸福了!'"瓦西里公爵用哭声朗读最后这句话。

比利宾仔细察看自己的指甲,很多人都露出胆怯的样子,好像在问自己犯了什么罪过。安娜·帕夫洛夫娜像老太婆念祷词似的,预先低声说出下面的词句:"让他胆大妄为的歌利亚……"

瓦西里公爵继续朗读:

> "让那胆大妄为的歌利亚从法国边境向俄国的境内散播死亡的恐怖吧;温顺的信仰,俄国大卫的机弦①,就要打穿他那骄傲的嗜血的脑袋。谨将我们祖国利益的保卫者、圣谢尔吉依这尊神像献给皇帝陛下。遗憾的是,我体弱多病,不能享受面圣的幸福。我只有情深意切地祈祷上苍,愿全能的主降福正义的民族,仁慈地实现陛下的意愿。"

"多么有力! 多么美妙的措词!"响起一片对朗读人和撰写人

---

① 迦特人歌利亚是非利士人的勇士,他身材高大,头戴铜盔,身穿重甲,作战时所向无敌,后被大卫用机弦甩石打死。见《圣经·旧约·撒母耳记》第十七章。

的赞美声。听了这一席话为之振奋的安娜·帕夫洛夫娜的客人们,对于祖国的情势又谈论了很久,对于日内即将打响的战役的结果做出各种推测。

"你们会看到的,"安娜·帕夫洛夫娜说,"明天皇帝的生日,我们就会得到消息。我有吉祥的预感。"

二

安娜·帕夫洛夫娜的预感果然应验了。次日,在宫中为庆祝皇帝诞辰而做祈祷的时候,沃尔孔斯基公爵被叫出教堂,收到库图佐夫公爵的一封信。这是库图佐夫在战斗的当天从塔塔里诺沃送来的报告。库图佐夫写道,俄军不曾后退一步,法军的损失比我军大得多,这是他在战地仓促写成的,还没来得及收到最后的战报。由此可见,这是一次胜仗。于是,立刻在教堂中对造物主表示了感谢,感谢他的帮助和这次胜利。

安娜·帕夫洛夫娜的预感应验了,整个上午全城都充满了欢乐的节日气氛。人人都认为这是一次特大的胜利,甚至已经有人在谈论俘虏拿破仑本人,谈论废除他,另选法国新的元首。

远离战场,而且生活在宫廷的环境中,事情很难得到全面的、生动有力的反映。全部的事件不知不觉地只集中在某一个别的事情上。现在就是这样,朝臣们对我们胜利的喜悦,主要集中在这个胜利的消息与皇帝生日的巧合上。这是一件绝妙的意外喜事。在库图佐夫的消息中也说了俄军的损失,其中举出图奇科夫、巴格拉季翁、库泰索夫等人的名字。事件的这个悲惨的一面,在彼得堡这儿,也不知不觉地只剩下一件事情——库泰索夫的死。人人都认识他,皇帝喜爱他,他又年轻又有趣。这一天人们一碰见就说:

"真是太巧了。正碰着祈祷的时候。库泰索夫是多么大的损失啊！咳，多么可惜！"

"我不是对你们说过库图佐夫吗？"瓦西里公爵带着预言家的骄傲神情说，"我一向说，只有库图佐夫能战胜拿破仑。"

但是，第二天没有得到军队的消息，大家都慌了。皇帝因为得不到消息而烦恼，而朝臣们因为皇帝烦恼而烦恼。

"皇帝的处境该是怎么样啊！"朝臣们说，他们已经不像三天前那样颂扬库图佐夫了，现在却把库图佐夫当作皇帝不安的原因而加以指责。瓦西里公爵这一天已经不再夸奖他所赏识的库图佐夫，当人们提到那位总司令的时候，他一声不吭了。不仅如此，那天傍晚，仿佛有意要使彼得堡的居民惊慌不安似的，事情都凑到一起了：又加上一个可怕的消息。海伦·别祖霍娃伯爵夫人突然死于那种曾被人津津乐道的可怕的疾病。在人多的交际场所，大家都正式地说别祖霍娃伯爵夫人死于可怕的心绞痛发作，可是在亲密的小圈子里，人们就谈出详细的情形了，说是西班牙王后的御医给海伦开了可以产生某种效果的不大的药剂；但是，使海伦难过的是，那个老伯爵怀疑她，给丈夫写信，而那个不幸的浪子皮埃尔也不复信，她忽然服了一大剂给她开的那种药，没等到急救就痛苦地死了。据说老伯爵和瓦西里公爵本想揪住那个意大利人来的；可是那个意大利人拿出几封不幸的死者的信，他们就立刻饶了他了。

一般的谈话集中在三件令人悲伤的事情上：皇帝没有接到前线的消息，库泰索夫的阵亡和海伦的死。

接到库图佐夫报告的第三天，有一个地主从莫斯科来到彼得堡，于是法国人占领莫斯科的消息在全城流传开来。这太可怕了！皇帝的处境该是怎么样啊！库图佐夫是叛徒，瓦西里公爵的女儿死后，在人们前来吊唁的时候，他谈起先前他所赞扬的库图佐夫，他说，对一个腐化堕落的瞎眼老头子，还能指望他什么。

"我真奇怪，怎么能把俄国的命运交给这么一个人。"

这个消息暂且还不是正式的,对它还有怀疑的余地,可是第二天,拉斯托普钦伯爵派人送来如下的报告:

> 库图佐夫公爵的副官给我送来一封信,他要我派警官把军队领到梁赞大路。他说他对放弃莫斯科感到遗憾。陛下!库图佐夫的所作所为决定首都和您的帝国的命运。一旦得知全国伟大事物荟萃之地,您的祖先埋葬之地——那座城的失守,全国将为之震惊。我去追随军队。我已经把一切都运走了,我只有痛哭我祖国的命运。

接到这个报告之后,皇帝派沃尔孔斯基公爵带给库图佐夫如下的诏书:

> 米哈伊尔·伊拉里奥诺维奇公爵!自八月二十九日以来,我没有接到您的任何报告。九月一日我接到莫斯科总督由雅罗斯拉夫尔送来可悲的消息,说您决定带领军队放弃莫斯科。您自己可以想象这个消息对我的影响,而您的沉默更加深了我的惊异。我派侍从将军沃尔孔斯基公爵送去这份诏书,希望从您处听到军队的情况和使您采取如此可悲的决定的理由。

三

放弃莫斯科九天之后,库图佐夫派一名信使带着放弃莫斯科的正式消息来到彼得堡。这个信使是一个名叫米绍的法国人,他不懂俄语,但据他自己说,虽然他是外国人,但他灵魂深处却是俄国人。

皇帝立刻在石岛行宫的书房里接见这个信使。米绍在战前从来没到过莫斯科,也不懂俄语,当他带着莫斯科大火的消息那火光照亮了他的旅途,朝见我们最仁慈的君主(他写道)的时候,他仍然很感动。

虽然米绍先生的忧伤与俄国人的忧伤,本来不是由于同一的原因,但米绍被引进皇帝的书房的时候,他是那么愁容满面,皇帝立刻问他:

"您给我带来什么消息?是坏消息吗,上校?"

"消息很坏,陛下,"米绍叹了一口气,垂下眼睛回答道,"莫斯科放弃了。"

"难道不打一仗就放弃我的古都吗?"皇帝勃然大怒,很快地说。

米绍恭恭敬敬地转达了库图佐夫命令他转达的一切——就是说,在莫斯科城下打一仗是不可能的,因为只有一种选择——要么失掉军队和莫斯科,要么只失掉莫斯科,而元帅应当选择后者。

皇帝眼睛不看米绍,默默地听着。

"敌人进城了吗?"他问。

"是的,陛下,此刻莫斯科正在化为灰烬。我离开的时候,全城都在起火。"米绍果断地说;但是米绍看了皇帝一眼,对他所说的话害怕起来。皇帝深沉地不断地喘息,他的下唇颤抖着,秀美的蓝色眼睛顿时被泪水湿润了。

但这只持续了一分钟。皇帝忽然皱紧眉头,好像在责备自己的软弱。他抬起头来,用坚决的声音对米绍说:

"我从所发生的一切情况看出,上校,上帝要我们付出重大的牺牲。我准备服从他的旨意;但是告诉我,米绍,您离开时,不战而放弃我的古都的军队的情况怎么样?您看到他们士气低落吗?……"

米绍看到最仁慈的君主平静下来,他也平静了,但对皇帝提出的这个开门见山的重大问题,需要毫不含糊的回答,他还没来得及准备好怎样回答。

"陛下,您准许我像一个直率的军人那样坦白地说话吗?"为了赢得时间,他说。

"上校,我一向这样要求,"皇帝说,"什么都不要瞒我,我一定要知道全部的真相。"

"陛下!"米绍说,嘴角含着微妙的、几乎看不见的笑意,他已经准备好一个轻松而恭敬的巧妙的回答,"陛下,我离开军队的时候,从长官到士兵,毫无例外地都陷入极大的绝望的恐怖中……"

"怎么会这样?"皇帝皱起眉头,声色俱厉地打断了他的话。

"我们俄国人在失败面前难道会灰心吗?……永远不会!……"

这正是米绍所期待的,以便把他那巧妙的言词插进来。

"陛下,"这位俄国人民的全权代表带着恭敬而顽皮的表情说,"他们就怕陛下以仁慈为怀与敌人签订和约。他们急不可耐地要重新投入战斗,不惜自我牺牲以表示对陛下忠诚……"

"啊!"皇帝安心了,眼里露出和蔼的光辉,拍了拍米绍的肩膀,说,"您使我放心了,上校。"

皇帝低下头来,沉默了一会儿。

"好,您回部队去吧,"他挺起胸膛站起来,打着和蔼而庄严的手势对米绍说,"告诉我们的勇士,在您走到的所有地方,告诉我的臣民,当我打到不剩一兵一卒的时候,我就率领我可爱的贵族和善良的农民,使用我国最后的资源来打消耗战。我国的资源要比敌人想象的多得多。"皇帝越说越兴奋了,"倘若天意已经注定,"他说,抬起他那秀美的、温和的、闪耀着激情的光辉的眼睛望着天空,"我这朝代不能继续统治我的后代子孙,那么,我就用尽我手中的资源,然后我就留长胡子(皇帝用手在胸膛中间比了比),宁肯和我最穷的农民吃马铃薯,也不签订有辱我的祖国和我亲爱的人民的和约。我知道怎样珍惜人民的牺牲！……"皇帝说这些话时，声音激昂，他突然转过身去，好像不愿让米绍看见他的眼里涌出了泪水，向书房紧里面走过去。在那儿站了几秒钟以后，又大步回到米绍身边，用有力的动作抓住他肘下的胳膊。皇帝那张秀美、温和的脸涨红了，眼睛燃烧着坚决、愤怒的光芒。

"米绍上校，不要忘记我在这儿给您说的话；也许有一天我们会高兴地记起这些话，"皇帝用手按着胸口说，"我和拿破仑势不两立，我们俩再不能同时在台上。现在我算是认识他了，他再也骗不了我了……"皇帝皱着眉头不出声了。米绍听了这番话，见到皇帝这个身为外国人而灵魂深处是俄国人的人的眼神斩钉截铁的坚决的表情，觉得在这庄严的时刻，对他所听到的话极为钦佩（正如他后来所说的），于是用下面的话来表达他自己的感情，同时也是俄国人民（他认为他是俄国人民的全权代表）的感情。

"陛下！"他说，"您现在保证了本国人民的光荣和欧洲的得救！"

皇帝低了低头，让米绍走了。

四

当时，俄罗斯一半国土被占领，莫斯科居民逃到边远的省份，一批批的民兵起来捍卫祖国，没有在当时生活过的我们，自然会想象，举国上下，从大人到小孩，都一心想牺牲自己以拯救祖国，或者为祖国的毁灭而痛哭。所有有关那个时代的故事和记载，都毫无例外地只讲俄国人的自我牺牲精神，热爱祖国，失望，痛苦和英勇行为。实际上并非如此。我们之所以有这样的感觉，那是因为我们从过去里面只看见当时一般历史的兴趣，没有看见人们所具有的一切个人的兴趣。然而实际上那些个人的眼前兴趣远比一般的兴趣来得大,甚至从那些个人兴趣中丝毫感觉不到(甚至完全看不见)一般的兴趣。当时大多数人并不注意国家大事,而只顾个人的眼前兴趣。但是,正是这些个人是那个时代最有用的活动家。

那些企图了解国家大事、并且抱有牺牲精神和英勇气概去参与国家大事的人,是最无用的社会成员;他们把一切都看颠倒了,他们做的一切好事,如果都是瞎闹,就像皮埃尔的团队和马莫诺夫的团队①抢劫俄国的农村,太太小姐们撕开的棉线团永远到不了伤员那里,诸如此类的事情。甚至那些喜欢卖弄聪明、发泄感情的人们,一谈起当前俄国的局势,就不自觉地在言谈中带有装腔作势、扯谎的痕迹,或者对一些谁也负不了责的事徒劳无益地指责和痛恨某些人。禁吃智慧树的果子这个戒条②,在历史事件中表现得最为明显。只有不自觉的行动才能带来结果,而在历史事件中扮演角色的人,永远不懂得历史事件的意义。如果他企图去理解它,也是毫无结果。

当时在俄国发生的事件,越是密切地参与其中的人,就越是不了解它的意义。在彼得堡和远离莫斯科的省份,妇女们和穿着志愿军制服的男人们,都为俄国和首都而痛哭,发誓要自我牺牲,等等;但是退出莫斯科的军队,几乎不谈也不想莫斯科,眼望着莫斯科大火,没有人发誓向法国人报仇,他们所想的是下一旬的饷金,下一站的宿营地,随军女商贩玛特廖什卡,诸如此类的事情……

尼古拉·罗斯托夫并没有什么牺牲精神,而是碰巧在他服役期间遇上了战争,于是就密切地、长期地参加了保卫祖国的战争,因此他对俄国当时的情况并没有悲观失望的想法。如果有人问他,他对当前的俄国情势有什么看法,他会说,这个问题用不着他

---

① 指由此二人的捐献而成立的团队。
② 耶和华吩咐亚当不可吃那分别善恶树上的果子。见《圣经·旧约·创世记》第二章。

考虑，自有库图佐夫和其他的人考虑，不过他听说，团队要补充编制，这场仗大概要打很久，照这样下去，再有一两年他就可以当上团长了。

因为他有这种看法，所以当他听说为团队补充马匹派他到沃罗涅日的时候，他不但不为失掉参加最近一次战斗的机会而难过，而且毫不掩饰他满心的欢喜，他的同事们也非常了解他这种心情。

在波罗金诺战役的前几天，尼古拉拿到了出差费和文件，打发一个骠骑兵先行，然后他乘驿站的马向沃罗涅日出发了。

只有尝过一连几个月不停地过着军旅和战斗生活滋味的人，才能理解尼古拉离开到处是粮秣站、给养车和野战医院的地区的时候，所感到的快乐；他现在看到的不再是士兵、大车、肮脏的营盘，而是住着农夫和农妇的乡村、地主的住宅、放牧着牲畜的田野、驿站和在站里打盹的驿站长。他就像第一次看到这一切那么高兴。特别使他长久地惊奇和快活的，是那些年轻、健康的女人，她们之中没有一个不是被十来个军官包围追逐的，她们都以过路的军官能和她们调笑为荣，并且感到满足。

尼古拉怀着最快乐的心情夜间来到沃罗涅日一家旅馆，要来他在军队中长久吃不到的东西，第二天，把脸刮得干干净净的，穿上很久没穿的检阅服装，去见当地的长官。

民军司令是一个年老的文职将军，他显然以自己的军衔和级别而得意。他怒冲冲地（他认为这样才能显出军人的本色）接待了尼古拉，煞有介事地盘问他，就好像他有权力这样做，又好像他在审议整个局势，以表示赞成和不赞成。尼古拉太快活了，这在他只觉得好笑。

他从民军司令那儿坐车去见省长。省长个子矮小，性情活泼，待人非常和蔼和朴实。他告诉尼古拉几个可以买到马的养马场，又介绍他一个城里的马贩子和离城二十俄里的一家地主，他们都养有好马,并答应给他种种协助。

"您是伊利亚·安德烈耶维奇伯爵的儿子吗?我的太太和您的母亲很要好。我这儿每星期四有个聚会;今天就是星期四,请随便到我这儿来玩玩吧。"省长送走他时说。

尼古拉从省长那儿一出来,就搭上驿车,带着司务长,到二十俄里外地主家买马去了。初到沃罗涅日这段时间,尼古拉过得轻松愉快,正如一个人心情舒畅时常有的情形,事事都称心如意,一路顺风。

尼古拉去找的那个地主,是一个当过骑兵的老鳏夫,相马的老手,猎人,他拥有一间考究的休息室,以及百年的陈酿,陈年的匈牙利葡萄酒和上等的好马。

尼古拉三言两语就以六千卢布买下十七匹精选的种马(他是这样说)作为补充马匹的样板。吃过饭,又多喝了两杯匈牙利葡萄酒,和那个与之已经"你我"相称的地主吻别后,就驱车回去了,一路上怀着最愉快的心情,不断地催促车夫,赶紧去赴省长家的晚会。

尼古拉换了衣服,洒上香水,用冷水淋淋头,时间虽然晚了一点,但是可以应用一名成语:迟到总比不到好,来到了省长家。

不是举行舞会,也没说要跳舞,但大家都知道,卡捷琳娜·彼得罗夫娜要在古钢琴上弹圆舞曲和苏格兰舞曲,一定会跳起舞来,大家也盼着这个,所以都打扮得像赴舞会的样子。

一八一二年外省的生活,一如既往,其不同的地方,只是由于从莫斯科来了许多有钱的人家,城里显得格外热闹,此外,就像当时俄国在各方面所表现的那样,可以看出一种豪放不羁的作风——不知天高地厚,对一切满不在乎,再就是,人们见面时那套庸俗的应酬,先前不是谈谈天气,就是议论共同的熟人,而现在的话题则是莫斯科、军队和拿破仑。

到省长家聚会的，都是沃罗涅日的上流人士。

太太小姐很多，其中有几个是尼古拉的莫斯科的熟人；可是，可以与圣乔治勋章的佩戴者、采购马匹的骠骑军官、善良而且有教养的罗斯托夫伯爵相比配的男人，一个也没有。其中有一个俘虏，是在法军中当军官的意大利人，尼古拉觉得，有这个俘虏在场，更抬高了他这个俄国英雄的身价。这个意大利人就仿佛是一件战利品。尼古拉有这种感觉，并且觉得所有的人也是这样看待那个意大利人，于是尼古拉带着尊严和矜持的态度和蔼地对待那个军官。

尼古拉穿着骠骑兵制服，散发着香水和酒的气味，刚走进来，说了一句：迟到总比不到好，并且听见别人对他也把这句话重复几遍，就被包围了起来；所有的目光都转向他，他立刻感觉到，他得到了在一个外省应当得到的、惬意的、在过了长期的艰苦生活之后而现在却享受到欢乐得令人陶醉的、众人宠儿的地位。不仅在驿站、在旅馆、在地主的休息室，女仆们都以得到他的注意为荣；而且在这儿，在省长的晚会上，尼古拉觉得，无数的年轻太太和漂亮的姑娘也都急不可耐地等待尼古拉对她们的注意。太太小姐们和他调情，而老人们从第一天起就为这个浪荡公子——骠骑军官张罗婚事，希望他结了婚就会变得稳重起来。省长夫人本人就是后者之中的一个，她把罗斯托夫当作至亲，称呼他"尼古拉"和"你"。

卡捷琳娜·彼得罗夫娜果然弹起琴来，跳舞开始了，尼古拉潇洒的舞姿使这个省的上流人士更加倾倒了。他那独特的、毫无拘束的舞风，甚至使大家吃惊。尼古拉本人对他那天晚上的跳舞风度也有些惊奇。他在莫斯科从来没有这样跳过，他甚至认为这种过于随便的舞姿是失礼的，粗俗的；在这儿，他觉得必须弄点新鲜花样使大家吃惊，他们一定会认为那在京城不过是平常的东西，而外省还不知道罢了。

整个晚上，尼古拉特别注意一个蓝眼睛、体态丰满、样子可爱的金发女人——省里一位文官的太太。有些正在兴头上的年轻人，竟然天真地相信，别人的妻子都是为他们准备的，罗斯托夫就是抱着这个信念寸步不离那位太太，而且友好地、有点诡秘地同她的丈夫谈话，人们仿佛都不言而喻，这两个人——尼古拉和那位丈夫的妻子，交个朋友真是太妙了。然而丈夫似乎并不同意这种看法，他对罗斯托夫一味摆出一副阴森森的样子。但是尼古拉的善良和天真是无限的，有时那位丈夫也不自觉地受到尼古拉快乐心情的影响。可是，随着妻子的面孔更加红润，更加兴奋，丈夫的面孔就更加阴郁，更加死板了，就仿佛那一定数量的兴奋剂是夫妻二人所共有的，在妻子身上增加一点，在丈夫身上就减少一点。

五

尼古拉总是笑容满面，坐在圈椅里微微俯身，偎近那个金发女人，天花乱坠地奉承她。

尼古拉利落地变换着穿紧身马裤的两条腿的位置，散发着香水的气味，欣赏着他的女伴，欣赏着自己和他那穿着合脚的靴子的秀美的两只脚，他对那个金发女人说，他想在这儿，在沃罗涅日，拐走一个女人。

"拐走什么女人？"

"一个迷人的仙女。她的眼睛（尼古拉注视着对方的眼睛）蓝莹莹的，嘴，像红珊瑚，雪白雪白的……"他注视着她的肩膀，"腰肢，像狄安娜①的……"

那位丈夫向他们走来，阴沉地问妻子，她在说什么。

"啊！尼基塔·伊凡内奇。"尼古拉彬彬有礼地站起来说。好

---

① 狄安娜是罗马神话中月亮和狩猎女神，即希腊神话中的阿耳忒弥斯。

像他想请尼基塔·伊凡内奇也来加入这个玩笑似的,告诉他说,他要拐走一个金发女人。

丈夫苦涩地笑笑,妻子快活地笑笑。善良的省长夫人带着不以为然的神气向他们走来。

"安娜·伊格纳季耶夫娜要见你,尼古拉。"她说,她说安娜·伊格纳季耶夫娜这个名字的声调,使罗斯托夫一听就明白,安娜·伊格纳季耶夫娜是一个非常重要的人物。"咱们去吧,尼古拉。我可以这样叫你吗?"

"当然可以,伯母。谁要见我啊?"

"安娜·伊格纳季耶夫娜·马利温采娃。她从她外甥女那里听说过你,说你救过她……你想起来了吧?……"

"我救过的人多着呢!"尼古拉说。

"她的外甥女就是博尔孔斯卡娅公爵小姐。她在这儿,在沃罗涅日,和姨母住在一起。嗬,看你脸红的!怎么啦,是不是……?"

"得了吧,别瞎猜,伯母。"

"好啦,好啦。噢!你这个人哪!"

省长夫人把他领到一位戴着蓝色高筒帽、又高又胖的老太太那儿,她刚和城里最显赫人物打完牌。她是玛丽亚的姨母马利温采娃,是一个没有子女的有钱的寡妇,经常住在沃罗涅日。当罗斯托夫走到她跟前时,她站起来结了牌账。她严厉地、大模大样地眯起眼睛,看了他一眼,继续骂那个赢了她钱的将军。

"看见你很高兴,我的亲爱的,"她向他伸过手去说,"请来看我吧。"

这位了不起的老太太谈了谈玛丽亚公爵小姐和她的亡父(马利温采娃显然不喜欢他),又向尼古拉问了问安德烈公爵(显然,他也不得她的欢心)的消息,说了几遍请他到她那儿去,然后就让他走了。

当尼古拉向马利温采娃告退的时候,答应她前去拜访,又一次红了脸。一提起玛丽亚公爵小姐,就感到一种连他自己也莫名其妙的羞怯,甚至害怕。

罗斯托夫离开马利温采娃,本想再回去跳舞,但是娇小的省长夫人把她那一只胖胖的小手放在尼古拉的袖子上,说她要和他谈一谈,就把他领到客厅里,原先在那儿的人们立刻走了出去,为了不妨碍省长夫人。

"你可知道,我亲爱的,"省长夫人说,和善的小脸上带着认真的表情,"她配你真是天生的一对;你愿意我给你做媒吗?"

"谁啊,伯母?"尼古拉问。

"我要给你说合公爵小姐。卡捷琳娜·彼得罗夫娜说,莉莉合适,依我说莉莉不行——公爵小姐,愿意吗? 我相信你妈妈一定会感谢我的。说实话,多么好的一个姑娘,多么可爱! 她一点也不丑。"

"一点不丑,"尼古拉好像受了委屈似的说,"伯母,作为一个军人,我什么也不强求,什么也不拒绝。"罗斯托夫在没想好怎么说之前,说了这么一句。

"那么就记住吧:这可不是玩笑。"

"当然不是玩笑!"

"好,好,"省长夫人仿佛自言自语说,"还有,亲爱的,你对那个金发女人太殷勤了。弄得那位丈夫怪可怜的,真的……"

"咳,没事儿,我和他是朋友。"尼古拉心地单纯地说:他连想都没想,这样消磨时光对他是这么快活,而对另一个人会不快活。

"咳,我对省长夫人说的话多么荒唐!"吃晚饭的时候,他突然想,"她真的要做媒了。那索尼娅呢? ……"在向省长夫人告辞时,她笑着又对他说:"你可要记住啊。"他把她领到一边:

"伯母,我要对您说实话……"

"怎么啦,亲爱的;好,咱们坐下来谈谈。"

尼古拉突然觉得有必要和这个几乎是陌生的女人说说知心话(不会对母亲、妹妹、朋友说的话)。后来,每当尼古拉一想起这次无缘无故的、无法解释的、然而给他带来非常重大的后果的突然迸发的坦白热情,他就觉得(人们都常有这样的感觉),这不过是一时的心血来潮罢了;可是,这次迸发的坦白热情,连同其他的小事,却给他也给他的全家带来了重大的后果。

"是这样,伯母。妈妈早就盼着我娶一位有钱的小姐,但是我一想到为了金钱而结婚,心里就不是味儿。"

"不错,我了解。"省长夫人说。

"不过,博尔孔斯卡娅公爵小姐是另一回事了;第一,我给您说实话,我非常喜欢她,她称我的心,其次,在那么一个情况下遇见她,简直是奇遇,自那以后,我常常想:这是命运。您特别想一想看吧:妈妈早就惦记着这件事,可是以前总没有机会和她见面,总是这么巧:碰不到一起。在我的妹妹娜塔莎做她哥哥未婚妻的时候,当然谈不到和她结婚,偏偏在娜塔莎的婚姻破裂的时候遇见她,然后就一切……是的,就是这样。这话我对谁也没说过,以后也不会说。只对您说。"

省长夫人感激地握了握他的臂肘。

"您知道我的表妹索菲吗?我爱她,我答应娶她,我一定娶她……所以您知道,根本谈不上这个问题。"尼古拉颠三倒四地红着脸说。

"亲爱的,亲爱的,你是怎样想的?索菲一无所有,你自己也说,你爸爸的景况很不好。你妈妈会怎么样?那会要她的命的,这是一。再说,如果她是一个有心肝的女孩子,那日子她怎么过啊?母亲绝望,家道败落……不行,亲爱的,你和索菲应当懂得这个。"

尼古拉沉默不语。他听了这些话,心里觉得很舒服。

"伯母,还是不行,"他停了一会儿,叹着气说,"公爵小姐会嫁给我吗?再说,她现在正在居丧。哪里顾得上这个?"

"你以为我现在就叫你结婚吗?凡事都有一定之规嘛。"省长夫人说。

"您真是个好媒人,伯母……"尼古拉说,吻了吻她那胖乎乎的小手。

六

玛丽亚公爵小姐在遇见罗斯托夫后,来到了莫斯科,在这儿见到了侄儿和他的家庭教师,以及安德烈公爵的信,信里嘱咐他们到沃罗涅日去找马利温采娃姨母。操持搬迁、对哥哥的牵挂、在新的住处安排生活、认识新的人、教育侄儿——这一切把玛丽亚公爵小姐内心那种类似受诱惑的感情给压了下去,在父亲生病期间和死后,特别是在和罗斯托夫相遇之后,这种受诱惑的感情折磨着她。她很悲伤。现在,在一个安静的环境中度过了一月之后,丧父和俄国遭到毁灭的印象,在她内心越来越强烈了。她担心受怕:对正遭受着危险的哥哥(她只有这唯一的亲人了)的思念,使她经常感到不安。她关心侄儿的教育,她常常觉得她对这不能胜任;但在她内心深处还是平静的,因为她意识到,她已经把那由于罗斯托夫的出现而一度唤起的个人的幻想和希望抑制住了。

晚会的第二天,省长夫人去见马利温采娃,和这位姨母商谈了她的计划(提出一个附带意见:虽然目前的情况不可能正式订婚,但仍然可以给两个年轻人撮合一下,让他们互相有个了解),得到姨母的赞同后,省长夫人在公爵小姐面前谈起罗斯托夫,夸奖他,说当她提起公爵小姐时,他脸都红了——而玛丽亚公爵小姐所感受的不是欢乐,而是痛楚:内心的和谐不再存在了,又生出了欲望、怀疑、谴责和希望。

在得到罗斯托夫要来拜访的消息之后的两整天,玛丽亚公爵小姐不断地考虑她对罗斯托夫应采取的态度。她一会儿决定,他来见姨母时,她不到客厅里去,她身着重孝去会客不合适;一会儿又想,人家为我做过好事,我这样未免太无礼了;一会儿又觉得,姨母和省长夫人对她和罗斯托夫似乎有所企望(有时她们的眼神和言谈好像都证实这种揣测);一会儿她又自言自语,只有像她这样有罪的人,才会这样猜疑她们:她们不会不知道,在她还没有脱去孝服之前,订婚对她和对她的亡父都是一种侮辱。假定她见到他,玛丽亚公爵小姐想象他对她会说什么话,她对他会说什么话;她想象的那些话,有时觉得太冷淡,有时又觉得太意味深长了。她最怕和他见面时心慌意乱,她觉得,见了他,准会举止失措,那就露了相了。

但是,星期日做过弥撒以后,当仆人到客厅通报罗斯托夫伯爵来访时,公爵小姐并没有慌张;她脸上不过泛起一层红晕,眼睛闪耀着新的明亮的光辉。

"您见过他吗,姨妈?"玛丽亚公爵小姐声音平静地说,连她自己也不知道,她表面上怎么会这么平静,这么自然。

当罗斯托夫走进屋时,公爵小姐把头低了一下,好像先让客人和姨母问好,然后,正好在尼古拉向她转过身来时,她抬起头来,用她那光辉明亮的眼睛迎接他的视线。她态度尊严,动作优雅,带着喜悦的笑容欠起身来,向他伸出她那纤细的柔嫩的手,用那种初次发出的新的、女人特有的深沉的声音说起话来。当时也在客厅里的布里安小姐带着不理解的惊讶神情望着玛丽亚公爵小姐。就连她这个善于卖弄风情的女人,在碰到一个想要讨她欢喜的男人,也不会比这应付得更好。

"也许黑衣裳跟她更相称,也许她真的变得好看了,不过我没有留意罢了。特别是——举止适度,姿态优美!"布里安小姐想。

如果玛丽亚公爵小姐此刻能够思索一下的话,她对自己所发生的变化比布里安小姐更感到惊奇。自从她看见这张可亲可爱的面孔那一刻起,一种新的生命力就占有了她,使得她一言一行都不是通过自己的意志。罗斯托夫一进来,她的脸就突然变了样儿。就像一只精雕细绘的灯笼突然点亮了,灯笼四壁那些复杂的精致的艺术晶,原先看来似乎是粗糙、灰暗、毫无意义的,这时却显出意外的惊人的美:玛丽亚公爵小姐就是突然起了这样的变化。在这之前一直在她内心活动着的一切纯洁的精神生活,第一次在外表上显露出来了。她全部内心的自责、她的痛苦、对善的追求、温顺、慈爱和自我牺牲——所有这一切,这时在她那明亮的眼睛里、在含蓄的微笑中、在她那柔和的面庞的每个线条上,都闪着光辉。

罗斯托夫对这一切都清楚地看在眼里,好像他知道她全部的生活似的。他觉得,他面前这个人完全是另一种人,比他迄今遇见的所有的人都好,主要的,也比他本人好。

谈的话题是最一般的,最无关紧要的。他们谈战争,像所有的人一样,不自觉地夸大他们为战事担忧,谈上次的相遇,一谈到这件事,尼古拉就极力把话题岔开,谈慈善的省长夫人,谈尼古拉的亲属和玛丽亚公爵小姐的亲属。

玛丽亚公爵小姐不谈自己的哥哥,她的姨母一提到安德烈,她就把话扯到别的事情上。显然,谈俄国的不幸,她可以装得很关心,但是她的哥哥是她最贴心的人,她不愿也不能轻描淡写地提到他。尼古拉注意到这一点,以他从来没有的那种洞察力察觉玛丽亚公爵小姐每一种细微的性格,这更证实了他的看法:她是一个与众不同的非凡的人。尼古拉也和玛丽亚公爵小姐一样,别人一向他提起公爵小姐,甚至他一想到她,就脸红,就露出窘态,但是在她面前时,却觉得十分自如,说一些完全不是事先准备好的话,而是临时忽然想到的话。

在尼古拉短暂的来访中间,正如通常有孩子在跟前那样,遇到无话可说的时候,尼古拉就向安德烈公爵的小儿子求助,他抚爱他,问他可愿意当骠骑兵?他把孩子抱起来,快活地带他旋转,一面转脸看看玛丽亚公爵小姐,她用动了感情的、幸福的、怯生生的目光注视着她所爱的人怀中的她所爱的孩子。尼古拉觉察到这目光,好像明白了它的意义,高兴得涨红了脸,天真快活地吻孩子的脸。

玛丽亚公爵小姐在服丧期间不外出,而尼古拉认为常去她们那儿不合适;但是省长夫人仍在不断地从中撮合,把公爵小姐和尼古拉称赞对方的话传来传去,一个劲儿要罗斯托夫向玛丽亚公爵小姐表明态度。她为此安排两个年轻人在做弥撒前在主教那儿会面。

虽然罗斯托夫对省长夫人说,他没有什么要向玛丽亚公爵小姐表明的,但是他仍然答应前去。

正像在蒂尔西特,罗斯托夫不容许自己对那大家公认为好的事情怀疑它是否是好的,而现在正是这样,是按照自己的理智安排自己的生活呢,还是驯服地屈从环境的支配,在这两者之间作了短暂的、然而却是真诚的内心斗争之后,他选择了后者,任凭那种力量(他有这样的感觉)不可抗拒地把他带到不知什么地方去。他知道,已经答应了索尼娅,再向玛丽亚公爵小姐表示感情,那就是他所称之为卑劣的行为了。他也知道,卑劣的行为是他永远不会做的。但是他也知道(不是知道,而是内心深处感觉到),他现在受环境和指导他的人们的力量所支配,他不唯不做任何坏事,而且正在做一件非常、非常重要的事情,在他一生中还从来没做过的重要的事情。

在和玛丽亚公爵小姐会面以后，他的生活方式表面上虽然依然如故，但是先前那些玩乐在他已经失去兴味，他常常想玛丽亚公爵小姐；但他想她，从来不像他毫无例外地想那些他在上流社会所遇见的小姐们那样，也不像曾经长期地带着狂喜的心情想索尼娅那样。他在想所有的小姐时，正像几乎每个正直的年轻人那样，总是把她们想作未来的妻子，在他的想象中把夫妻生活的一切条件——雪白的长便衣、在茶炊旁的妻子、妻子的马车、小孩、妈妈和爸爸、她和公婆的关系，等等，等等，拿来和她们比比，看看是否合适；对未来的这些想象给他以愉悦；但是他想到人家给他说合的玛丽亚公爵小姐时，他完全想象不出未来的夫妻生活。如果他硬要想，那结果会是不和谐的，虚假的。他只觉得可怕。

七

关于波罗金诺战役、关于我军伤亡的可怕消息，以及关于莫斯科失守的更可怕的消息，九月中旬传到了沃罗涅日。玛丽亚公爵小姐只是从报上得知哥哥受伤，但是详情毫无所知，尼古拉听说（他本人没有见到她），她打算去寻找安德烈公爵。

罗斯托夫得到波罗金诺战役和放弃莫斯科的消息，他所感受的不是绝望、愤懑或者复仇之类的感情，而是忽然觉得在沃罗涅日令人烦闷，懊丧，老有一种羞愧和不安的感觉；在这儿所听到的一切谈话，在他看来都是装腔作势的；他不知道应当怎样看待这一切，他觉得，只有在团队里，一切都是清清楚楚的。他急忙结束买马的事务，时常毫无道理地对仆人和司务长发脾气。

在罗斯托夫动身的前几天，为了俄军的胜利，在大教堂举行了一次感恩祈祷，尼古拉也去参加了。他在省长稍后一点站着，他带着做祈祷的庄重神情，寻思着各式各样的问题，一直站到祈祷完毕。当感恩祈祷完了的时候，省长夫人把他叫到跟前。

"你看见公爵小姐吗？"她说，用头指了指站在唱诗班后面穿黑衣服的女人。

尼古拉立刻认出了玛丽亚公爵小姐，他认出她与其说是由于她那在帽子下面露出的侧影，不如说是由于顿时抓住他的那种谨慎、恐惧和怜悯的感情。玛丽亚公爵小姐显然正陷入沉思默想中，她在临出教堂前画最后一个十字。

尼古拉望着她的脸，感到惊奇。仍然是他先前所看见的那张脸，脸上仍然是那种细微的、内在的、精神活动的一般表情；但现在它却辉耀着不同的光彩。那脸上有一种忧伤、祈求和希望的动人的表情。就像一向有她在场时那样，尼古拉不等省长夫人示意，就向她走去，也不问问自己，这样好不好，合适不合适，或者在教堂这儿不要和她说话，就径直向她走过去说，他听说她的不幸了，请接受他衷心的慰问。她刚一听到他的声音，她的脸忽然燃起鲜明的亮光，同时照亮了她的忧伤和喜悦。

"我想告诉您一件事，公爵小姐，"罗斯托夫说，"就是说，如果安德烈·尼古拉耶维奇真的阵亡了，那么，作为一个团长，会立刻见报的。"

公爵小姐望着他，不明了他的话，但是他那种愁容满面的同情表情，使她感到欣慰。

"我知道很多例子，弹片（即报纸上说的榴弹）致伤，常常是要么立刻致命，要么相反，仅仅是轻微的伤，"尼古拉说，"应当往最好的情况想，我相信……"

玛丽亚公爵小姐没让他说完。

"噢，这是多么可怕……"她刚要说，但激动得说不下去了，她动作文雅地（在他面前她总是这么文雅）低下头，感激地看了他一眼，就跟着姨母走了。

这天晚上，尼古拉哪儿也没去，待在家里跟马贩子结算几笔账。办完了事，要想出门已经晚了，但就寝还太早，于是尼古拉在室内独自长久地来回踱步，思考自己的生活，这在他还是少有的事。

在斯摩棱斯克，玛丽亚公爵小姐给他留下了愉快的印象。遇见她的时候，情况是那么特殊，还有，有一阵子母亲对他说的有钱的相宜配偶，正是她，这两件事使得他对她特别注意。在沃罗涅日见到她的时候，这个印象不仅愉快，而且强烈。这一次尼古拉在她身上发现特殊的精神美，这使他大为惊奇。然而他还是要走，至于离开沃罗涅日就失掉看见公爵小姐的机会，他对这事连想都没想。但是，今天在教堂和公爵小姐的相遇，他觉得，深深印入他的心里，比他所预料的还要深，比他想得到心境安宁的愿望还要强烈。那苍白的、清秀的、忧伤的面庞，那光辉明亮的目光，那文静优雅的动作，主要的——她那满脸深深的、柔情的哀愁，打动了他，博得了他的同情。罗斯托夫最看不惯男人中间那种高级的精神生活（所以他不喜欢安德烈公爵），他鄙夷地称那为哲学，幻想；但是在玛丽亚公爵小姐身上，正是这种尼古拉感到陌生的精神世界所表露的极度深刻的哀伤，他觉得对他有着不可抗拒的吸引力。

“一定是一个极好的姑娘！真正的天使！”他自言自语，“我干吗要限制自己的自由呢？干吗那么匆忙就明确和索尼娅的关系？”于是不由得在心里把两者做一个比较：论精神的天赋，一个是贫乏的，另一个是丰富的，而这种精神天赋正是尼古拉所缺少，因而对它是非常重视的。他在心里设想一下，如果他是自由的，他会怎么样。那样他就会向她求婚，她就会成为他的妻子吧？不，这件事不可想象。他觉得可怕，他想象不出任何清晰的形象。他早就想好他和索尼娅的前景，一切都是简单明了的，正因为一切都是想好了的，所以他了解索尼娅的一切；但是想象不出他和玛丽亚公爵小姐未来的生活，因为他不了解她，只不过是爱她。

对于索尼娅的梦想，含有一种快活的、好玩的成分。但是想到玛丽亚公爵小姐时，总觉得想不清楚，而且有点可怕。

"她是怎样祈祷啊！"他在回忆，"看来，她整个灵魂都沉浸在祈祷里面。是的，这就是那种可以移山填海的祈祷，我相信，她的祈求会实现的。为什么我不祈求我所希望的？"他在回忆，"我希望什么呢？自由，解脱跟索尼娅的关系。她说得对，"他想起省长夫人的话，"我娶了索尼娅，除了落个不幸的结果外，什么也得不到。乱糟糟，妈妈的悲哀……家事……乱糟糟，一团乱麻！再说，我也不爱她。是的，那不是真爱。我的上帝啊！把我从这可怕的、走投无路的境况里解救出来吧！"他突然祷告起来，"是的，祈祷可以移山填海，但是要有信心，不要像我和娜塔莎小时候那样祷告，祈求雪变为白糖，并且跑到院子里瞧瞧雪是不是真的变成了白糖。不，我现在不祈求这些琐碎的事。"他说，把烟袋放在墙角，两手交叉在胸前，站在圣像前面。一想起玛丽亚公爵小姐，怜悯之情就油然而生，他开始祈祷，他长久没作过这样的祈祷了。泪水涌到眼睛和喉咙里，这时拉夫鲁什卡拿着信走进门来。

"傻瓜！没叫你就进来！"尼古拉说，迅速地变换了姿势。

"省长那儿，"拉夫鲁什卡用没睡醒觉的声音说，"来了一个信使，有信给您。"

"那好啦，谢谢，去吧！"

尼古拉收到两封信。一封是母亲的，另一封是索尼娅的。他从笔迹认出来了，他先拆开索尼娅的信。还没读几行，他的脸变得苍白，又惊又喜地睁大了眼睛。

"不，这不可能！"他大声说。他坐不住了，捧着信，一边读一边在室内走来走去。他先把信浏览一下，然后读了一遍，又读一遍，他耸起肩膀，摊开两臂，目瞪口呆地站在室中央。他刚才怀着上帝一定会应许他的信心所祷告的事,果然实现了;但是尼古拉感到惊讶,这事好像不寻常,是他从来没料到的,又好像这事来得太快,证明它的出现不是由于上帝应许了他的请求,而是由于平常的巧合。

那个看来无法解决的、束缚着罗斯托夫的自由的结子,却被这意外的(尼古拉这样觉得)、不招自来的索尼娅的信解开了。她写道,最近不幸的境遇——罗斯托夫家在莫斯科的财产几乎全部丧失,伯爵夫人不止一次地表示希望尼古拉娶玛丽亚公爵小姐,以及他近来的沉默和冷淡,所有这一切都促使她放弃他的许诺,给他充分的自由。

"我一想起由于我的原因可能引起施恩予我的家庭的苦恼和不和,我就非常难过,"她写道,"我的爱情只有一个目的,那就是使我所爱的人能够得到幸福,因此,尼古拉,我求您把自己看作自由的,而且要知道,不管怎样,没有人比您的索尼娅更爱您的了。"

两封信都是从特罗伊茨寄来的。另一封是伯爵夫人的信。信里叙述他们在莫斯科的最后几天,出走,大火和全部财产的毁灭。伯爵夫人在信里还提到安德烈公爵同其他伤员一起和他们同路。他的伤势很危险,但是现在医生说,还很有希望。索尼娅和娜塔莎像护士似的看护他。

尼古拉第二天带着这封信去见玛丽亚公爵小姐。不论是尼古拉还是玛丽亚公爵小姐都绝口不谈"娜塔莎看护他"这句话可能表示的意思,由于这封信,尼古拉和公爵小姐,突然亲如骨肉了。

第二天尼古拉送玛丽亚公爵小姐去雅罗斯拉夫尔,几天后他也回部队去了。

八

索尼娅给尼古拉的那封应验了他的祈祷的信,是从特罗伊茨写来的。老伯爵夫人越来越盼着尼古拉娶一个有钱的姑娘。她知道,在这件事上索尼娅是主要的障碍。近来,特别是在尼古拉来信说他在博古恰罗沃遇见玛丽亚公爵小姐以后,索尼娅在伯爵夫人家的日子越来越不好过了。伯爵夫人一有机会就侮辱她,毫不留情地暗示她。

从莫斯科出走的前几天,当时的情况使伯爵夫人十分感伤、焦虑,她把索尼娅叫到跟前,没有责备她或者强求她什么,而是含着眼泪央求她牺牲自己,和尼古拉断绝关系,以报答这个家庭为她所做的一切。

"你一天不给我这个许诺,我就一天不得安宁。"

索尼娅号啕大哭,她哭着说,她什么都愿意,什么都准备承受,但是她没有给予直接的许诺,答应对她所要求的,她下不了决心。为了养育她的家庭的幸福,她应当牺牲自己。为了别人的幸福牺牲自己已成为索尼娅的习惯。她在这家的地位就是这样:只有通过牺牲的途径才能显示自己的高尚品格,所以她已经习惯而且也喜欢自我牺牲。但是,在以前所做的一切牺牲行为中,她欣慰地意识到,她自我牺牲,以此在自己和在别人的心目中提高自己的身价,从而更配得上她平生最爱的尼古拉;而现在所要求她的牺牲,是要她放弃她过去所做出的一切牺牲的代价,放弃生活的全部意义。她生平第一次从那些为了更痛苦地折磨她而对她施予恩惠的人们身上尝到了苦味;她嫉妒娜塔莎,她从来没有经受过这样的事,从来不需要牺牲自己,而是迫使别人为自己牺牲,而仍然被大家所宠爱。索尼娅第一次觉得,她对尼古拉的平静而纯洁的爱情,突然开始变为高于一切礼法、道德、宗教的强大热情;在这种热情影响下,在寄人篱下生活中学会了隐瞒真情的习惯的索尼娅,不自觉地用几句含含糊糊的话回答伯爵夫人后,就回避她,不再和她谈话,决定等待着和尼古拉见面,那时不是许他自由,而是和他永不分离。

罗斯托夫家在莫斯科最后几天的忙乱和恐慌,把索尼娅心头沉重的忧郁情绪给压下去了。她很高兴在实际的活动中忘掉那些烦恼。但是,当她知道安德烈公爵在他们家里的时候,虽然她由衷地可怜他和娜塔莎,她却满心欢喜,怀着一个迷信的想法:上帝不愿她和尼古拉分离。她知道娜塔莎从来只爱安德烈公爵一个人,现在仍然爱他。她知道,他们现在在这可怕的情况下碰到一起,又互相热恋起来,由于他们俩一定会成亲,尼古拉就不可能娶玛丽亚公爵小姐了。尽管在莫斯科的最后几天和在旅程的最初几天发生了种种可怕的事情,但是,这种心情,这种认为上帝干预她个人私事的想法,使索尼娅满心欢喜。

在特罗伊茨修道院,罗斯托夫一家人在旅途中第一次休息了一整天。

特罗伊茨修道院的招待所拨给罗斯托夫家三间大房间,其中一间安德烈公爵占用。那天他的伤势大大好转。娜塔莎陪着他坐在那儿。在隔壁房间里,伯爵和伯爵夫人同前来看望老相识和施主的修道院长正在恭恭敬敬地谈话。索尼娅也坐在那儿,她很想知道安德烈公爵和娜塔莎在谈什么。她隔着门听他们说话的声音。安德烈公爵的房门开了。娜塔莎从门里走出来,神情很激动,她没看见欠身向她打招呼、拢着右手的宽袖筒的修道院长,径直向索尼娅走去,抓住她的手。

“娜塔莎,你怎么了? 到这儿来。”伯爵夫人说。

娜塔莎走过去接受修道院长的祝福,修道院长劝告她向上帝和他的圣徒祈求援助。

修道院长刚走,娜塔莎就抓住女友的手,拉着她走进一个空房间。

“索尼娅,你说他能活吗?”她说,“索尼娅,我多么幸福,又多么不幸！索尼娅，亲爱的——一切仍然和往常一样。只希望他能活下去。他不能……因为……因……为……"娜塔莎大哭起来。

"是啊！我知道！一切都会顺利的，"索尼娅说，"他会活下去的！"

索尼娅的激动不亚于她的女友——那一半由于女友的恐惧和痛苦，一半由于她个人的无人可诉的心事。她恸哭着吻娜塔莎，安慰她。"希望他千万活下去！"她想。两个女友哭了一阵子，谈了一会儿，擦干眼泪，就向安德烈公爵门口走去。娜塔莎小心地推开门，向屋里探望一眼。索尼娅在半开的门旁站在她身边。

安德烈公爵高高地躺在三个枕头上。他那苍白的脸望过去很安静，眼睛闭着，他的呼吸看来很平稳。

"唉哟，娜塔莎！"索尼娅突然几乎大叫一声，她抓住表妹的手，向门外退出去。

"怎么了？怎么了？"娜塔莎问。

"是那个，那个，瞧……"索尼娅说，她面色苍白，嘴唇颤抖。

娜塔莎轻轻地关上门，跟索尼娅走到窗前，还不明白她在说什么。

"你可记得，"索尼娅带着惊慌和严肃的神情说，"你可记得，有一次我为你占卦——照镜子……在奥特拉德诺耶，圣诞节的时候……你可记得我看见了什么吗？……"

"对，对！"娜塔莎眼睛睁得大大的，说，她模糊地记得索尼娅曾说过她在镜子里看见安德烈公爵躺在那儿。

"你记得吧？"索尼娅继续说，"我看见了，当时跟你们，跟你也跟杜尼亚莎都说过。我看见他在床上躺着，"她说，每说一个细节，就用举起的一个指头比划一下，"他闭着眼，盖的也是粉红色的被子，两手也是交叉着。"索尼娅说，随着她描述刚才看见的细节，她就愈加相信她当时看见过这些细节。其实当时她什么也没看见,她是在讲她以为看见的东西;但是,她觉得她当时心想的东西,就像别的一切回忆同样地真实。她不但记得她当时所说的:他瞧了瞧她,微微一笑,盖着一件红色的东西,而且她坚信,还在当时她就说过和看见过他盖的是粉红色的、正是粉红色的被子,并且他的眼睛是闭着的。

"对了,对了,正是粉红色的。"娜塔莎说,她现在似乎也记得是说过是粉红色的,由此可见那预兆是多么不寻常,多么神秘。

"可是,这究竟预兆着什么呢?"娜塔莎沉思地说。

"啊,我不知道,这件事多么不寻常啊!"索尼娅抓着头说。

几分钟后,安德烈公爵打铃叫人,娜塔莎进去了;索尼娅感到一种很少感受过的激动和感动,留在窗前,思索着那件多么不寻常的事。

那天有个机会可以向军队发信,于是伯爵夫人就给儿子写信。

"索尼娅,"索尼娅从伯爵夫人身旁走过时,伯爵夫人从信上抬起头来说,"索尼娅,你不给尼古连卡写信吗?"伯爵夫人说话的声音轻柔,颤抖,从她那疲倦的、隔着眼镜看人的眼睛里,索尼娅看出伯爵夫人这句话的全部含义。那眼神流露出恳求、怕被拒绝、为求人而感到羞愧,以及万一被拒绝就会结下深仇大恨。

索尼娅走到伯爵夫人面前,跪下来,吻她的手。

"我写,妈妈。"她说。

这一天所发生的事情,特别是她亲眼看见预兆神秘的应验,这一切都使索尼娅心软,激动,感动。她知道,由于娜塔莎和安德烈公爵恢复了关系,尼古拉不可能娶玛丽亚公爵小姐,她很高兴她又恢复了那种她所欢喜和习惯的自我牺牲的心情。她含着泪,怀着喜悦来完成那件慷慨的行为,由于泪水模糊了她那天鹅绒般的黑眼睛,中断了好几次才写完那封使尼古拉大为吃惊的令人感动的信。

九

皮埃尔被送进禁闭室,逮捕他的军官和士兵对他怀有敌意,同时也怀有敬意。此外,对他还有点疑心,不知道他是什么人(也许是一个很重要的人物吧),敌视是因为他们和他刚打过架。

但是,第二天早晨,看守换班以后,皮埃尔觉得,这些新的看守——军官和士兵,对他的看法和逮捕他的那些人的看法已经不同了。的确,第二天的看守已经不把这个穿着农民衣服的大胖子看作一个活生生的人,看作曾经和抢劫的士兵和押送他的人拼搏过、讲过关于拯救儿童的豪言壮语的人,而不过看作一个奉上级命令拘留起来的俄国犯人罢了。如果说皮埃尔还有什么特别的地方,那就是他那面无惧色和专注沉思的神情,以及使法国人惊奇的他那一口漂亮的法国话。虽然如此,那天皮埃尔和别的被捕的嫌疑犯关在一起,因为他原来住的那个单间被一个军官占用了。

所有和皮埃尔一起被拘留的俄国人,都是最下层的。他们都看出皮埃尔是贵族,都疏远他,特别因为他会说法国话,更嫌弃他。皮埃尔听见他们嘲笑他,心里很郁闷。

第二天晚上,皮埃尔听说所有被拘留的人(大约他也在内),都以放火罪论处。第三天,皮埃尔和别的犯人被带到一间屋子里,那儿坐着一位白胡子将军,两名上校和几个系肩带的法国人。他们用那在审问被告时通常使用的自以为超脱人类弱点的准确、断然的口气向皮埃尔和其他被告提出一些同样的问题:你是什么人?到过什么地方?抱着什么目的?等等。

这些问题,以及在法庭上提出的一切问题,都是撇开主要事情的实质,而且排除揭开这个实质的可能性,其目的只有一个,那就是要布置一条沟渠,审讯人员希望被告的回答顺着这条渠道流下去,把被告引到预期的道上,也就是引到可以判他罪的道上。只要他一说不合乎定罪目的话,他们就把沟渠移动一下,让水白流。此外,皮埃尔也和一切在法庭上的被告一样,感到莫名其妙:不知道为什么对他提出这些问题。他觉得只是由于宽大或是出于礼貌,才设下这个沟渠的圈套。他知道他是在这些人的权力中掌握着的,也只有这种权力把他带到这儿来,只有权力给他们要求他回答问题的权利,他们聚在一起唯一的目的就是判他的罪。因此,既然有权有势,又有判罪的意愿,那就用不着施展提问和审讯的诡计。显然,任何回答都可以作为罪状。问他被捕时在做什么,他带着几分悲惨的神情回答说,他把从火里救出的一个小女孩交给她的父母。问他为什么打那个抢劫的人,皮埃尔回答说,他是在保护一个女人,保护受辱的女人是每个人的责任……人们拦住他:这样的回答不合乎要求。问他为什么待在着火的院子里,有人看见他在那儿。他回答说,他出来看看莫斯科的情况。人们又拦住他:不是问他出来干什么,而是问他为什么待在火场旁边。又问他是什么人?人们又提出他头一次不肯回答的问题,这次他又说他不能回答这个问题。

“记下来,这个不好。很不好。”那个白胡子、红脸膛的将军严厉地说。

第四天,祖博夫斯基土城起火了。

皮埃尔和另外十三个人被解到克里米亚浅滩一家商人的车棚里。在街上走的时候,皮埃尔被烟呛得喘不过气来,似乎全城都弥漫着烟雾。四面八方都在着火。皮埃尔当时还不明白莫斯科被焚的意义,他恐惧地望着这烛天的大火。

皮埃尔在克里米亚浅滩旁那家车棚里又待了四天,在这期间,从法国士兵谈话中得知,在这儿拘留的人每天都在等候元帅的决定。是哪个元帅,皮埃尔从士兵口中打听不出来。在士兵心目中,元帅显然是代表一种最高的、有几分神秘的权力。

在九月八日之前,也就是被拘留的人第二次受审之前的那几天,皮埃尔觉得最难过。

十

九月八日,拘留人的棚屋里进来一个军官,从看守人对他那份恭敬劲儿看来,这是一个非常重要的军官,大概是一个参谋。他手里拿着一个名单,对所有俄国人逐个点了名,他管皮埃尔叫不愿说出姓名的人。他漠然地、懒洋洋地看了看所有被拘留的人,命令一个看守的军官,叫他在带他们去见元帅之前,给他们穿得像样些,收拾干净一点。一小时后,来了一连士兵,把皮埃尔和另外十三个人带往圣母广场。那天雨后天晴,阳光灿烂,空气异常新鲜。烟已经不像皮埃尔那天从祖博夫斯基土城被带出来时那样在地面上弥漫;在清洁的空气中烟像圆柱似的升起。火光已经哪儿也看不见了,四面八方都是腾空而起的烟柱,整个莫斯科,皮埃尔所能看见的地方,全是一片火灾后的瓦砾场。到处可以看见烧剩下来的炉子和烟囱,偶尔可以看见烧黑了的石墙。皮埃尔望了望这片废墟,已经认不出熟悉的街道了。偶尔可以看见保持完整的教堂。克里姆林宫未被烧毁,克里姆林宫的一些钟楼和伊凡大帝教堂钟楼在远处闪着白光。近处的新圣母修道院的圆顶欢快地闪光,那里的钟声也格外响亮。钟声使皮埃尔想起今天是礼拜,是圣母诞生节。但是好像没有人庆祝这个节日:到处是火灾后的残破景象,路上碰见的俄国人都是一些衣衫褴褛、神色惊慌、一看见法国人就躲起来的人们。

显然,俄国人的巢被捣毁、消灭了;但是,在俄国生活秩序被消灭后,皮埃尔下意识地感觉到,在这被捣毁的巢上,一个完全不同的、严峻的法国秩序建立起来了。从押解他和别的犯人的士兵神情上——那些士兵精神抖擞、快快活活、队伍排得整整齐齐,他感到这一点;从一位法国大官的神情上——这位大官坐在由士兵赶着的双驾马车上迎面而来,他感到这一点。从广场左边传来快乐的军乐声,他感到这一点,特别是从今天早晨来的那个法国军官在点被捕的人时念的那个名单上,他感到而且了解这一点。皮埃尔被一伙士兵捉住,被带到一个地方,然后和别的十多个人又被带到另一个地方;似乎他们可能把他忘记了,把他和其他的人混在一起了。但是不会的:他在受审时,又被人称呼为不愿说出姓名的人。皮埃尔带着这么一个他自己觉得可怕的称号,现在被押送到什么地方去,他们脸上带着毫无疑问的信心,认为连他在内的所有俘虏正是他们所需要的,并且把他们带到应该带到的地方。皮埃尔觉得自己是落进一架他不知道的、但运转正常的机器里的一小片木屑。

皮埃尔和别的犯人被带到圣母广场右边、离修道院不远的一所带大花园的大白房子里。这是谢尔巴托夫公爵的住宅,皮埃尔以前常来这儿做客,他从士兵谈话中知道,现在是元帅——艾克米尔公爵①住在这儿。

他们被带到门廊前面,一个个地被领进去。皮埃尔是第六个进去的。穿过皮埃尔所熟悉的玻璃走廊、穿堂、前厅,他被领到一间狭长的书房,门口站着一个副官。

达乌伏身坐在屋子尽头的一张桌旁,鼻梁上架着一副眼镜。皮埃尔走到他跟前。达乌没有抬眼,显然是在处理文件。他不抬眼,轻声问:

"你是什么人?"

---

① 艾克米尔公爵即达乌元帅。

皮埃尔不吭声,因为他说不出话来。对皮埃尔来说,达乌不仅是一个法国将军;而且是一个以残忍闻名的人。皮埃尔望着达乌那张冰冷的面孔,就像严厉的教师在耐心地等待学生回答问题时摆出的那样冰冷的面孔,他觉得,每秒钟的迟延都可能付出生命的代价;但是他不知道怎样说。说他第一次受审时所说的话,他不敢;说出他的姓名和地位,那是既危险又可耻的。皮埃尔默不作声。但是还没等皮埃尔拿定主张时,达乌抬起头来,把眼镜推到脑门上,眯着眼,仔细打量皮埃尔。

“我认识这个人。”他不慌不忙、冷冰冰地说,显然是想吓唬皮埃尔。一股顺着皮埃尔脊梁溜过的寒噤,像一把钳子似的夹住了他的头。

“您不可能认识我,将军,我从来没见过您……”

“这是一个俄国间谍。”达乌打断了皮埃尔的话,转脸对室内另一个皮埃尔没注意的将军说。达乌转过身去。皮埃尔突然用一种出乎意外的颤动的声音说:

“不是,大人,”他说,忽然想起达乌是一位公爵,“您不可能认识我。我是民兵军官,我没有从莫斯科撤退。”

“您叫什么名字?”达乌又问。

“别祖霍夫。”

“谁能向我证明您不是说谎?”

“大人!”皮埃尔大声喊道,那不是气愤,而是恳求的喊声。

达乌抬起眼来,仔细打量皮埃尔。他们面面相视了几秒钟,这相视的目光救了皮埃尔。在这相视的目光中,一切战争和法庭的条件都消失了,在这两人之间建立了人与人的关系。他们两人此刻都模糊地感到无数的事物,理解到他们俩都是人类的子孙,他们是兄弟。

达乌从那用号码标志着人事和人的生命的文件上刚抬起头

来,第一眼看见的皮埃尔不过是一个小道具之类的东西;他可以毫无内疚地把他枪毙;但是现在他已经看出他是一个人。他沉吟了一会儿。

"您怎样证明您说的是实话?"达乌冷淡地说。

皮埃尔想起朗巴莱,于是说出朗巴莱所属的团队、姓名和他住的街道。

"您并不是您所说的那个人。"达乌又说。

皮埃尔声音颤抖、断断续续地举出一些证据证明他的话是真的。

但是这时进来一个副官,向达乌报告了些什么。

达乌听了副官的报告,突然面有喜色,开始扣纽扣。他显然完全把皮埃尔忘记了。

当副官提醒他这里有个俘虏的时候,他皱起眉头,朝皮埃尔那边点了点头,说是把他带走。但是带到哪儿去,皮埃尔不知道:是回到那个棚子里去呢,还是带到刑场上去——就是在经过圣母广场时,他的同伴指给他看的那个刑场。

他回头瞧了瞧,看见副官在问什么。

"是的,那当然啦!"达乌说,"是的"是什么意思,皮埃尔不知道。

皮埃尔不记得是怎样走的,走了多久,走到哪儿去。他迷离恍惚,痴痴呆呆,对周围的一切都视而不见,只是随着别人迈着脚步,别人停下来,他也停下来。在这段时间,皮埃尔头脑里只有一个思想。这个思想就是:究竟是谁,最后是谁判决他的死刑?不是委员会里审问他的那帮人:他们之中没有一个人愿意,而且显然不可能这么办。也不是达乌,他是那么富有人情味地瞧着他。只要再等一分钟,达乌就会明白他们是在做蠢事,但是这一分钟被走进来的副官搅和了。这个副官看来也并不是想使坏,但是他本来可以不进来的。究竟是谁处决、杀死、夺走那满怀回忆、志愿、希望的他皮埃尔的生命呢？这是谁干的呢？皮埃尔觉得并没有人这样干。

这是制度，是各种情况的汇合。

是一种制度在杀害他皮埃尔，剥夺他的生命，剥夺一切，把他消灭掉。

<h1 style="text-align:center">十一</h1>

这群俘虏被押着离开谢尔巴托夫公爵的府第，经过圣母广场，一直往下走到圣母修道院左边，然后被带到竖着一根柱子的菜园里。柱子后面挖了一个还带有新鲜泥土的大坑，在柱子和坑周围站着一大群人。这群人少数是俄国人，大多数是没有站在队伍里的拿破仑的士兵：穿着不同国籍的各种制服的德国兵、意大利兵和法国兵。柱子两旁站着几排穿着缀有红肩章的蓝制服和短靿靴子、戴着高筒帽的法国兵。

犯人按照名单次序排好（皮埃尔排在第六名），然后被带到柱子跟前。两旁突然敲响了几只大鼓，皮埃尔觉得他的魂儿仿佛随着鼓声飞走了大半。他失去了思考和理解的能力。他只能看和听。他只有一个愿望——希望那件必然要来的可怕的事快一点来。皮埃尔环顾他的同伴，仔细观察他们。

为首的两个是剃光了头的犯人，其中一个又高又瘦，另一个面黑，多毛，筋肉发达，鼻子扁平。第三个是一个家奴，四十五岁左右，头发灰白，身体肥胖，保养得很好。第四个是一个农民，长得很俊秀，蓄着一把浅褐色的大胡子，一对黑眼睛。第五个是一个工人，又瘦又黄，十八九岁，穿一身工作衫。

皮埃尔听见法国人在商量怎样枪毙——一次一个还是一次两个。"一次两个。"带队的军官冷酷、平静地说。士兵的行列调动了一下，显然他们都在忙活——但是并不像是忙一件大家都理解的事，而是忙着完成一件必要的、然而却是不愉快的、不可理解的事。

一个佩肩带的法国军官走到犯人行列的右边，用俄语和法语宣读判决书。

然后，两名法国兵走到犯人跟前，按照军官的指示带出来两个站在排头的犯人。这两个犯人走到柱子跟前停下来，在法国人去取口袋的工夫，他们像被打伤了的野兽看走过来的猎人似的，默默地环顾四周。一个犯人不住地画十字，另一个在搔背脊，动了动嘴唇，好像在微笑似的。士兵手忙脚乱地蒙上他们的眼睛，用口袋套上他们的头，把他们捆在柱子上。

十二个持枪的步兵，迈着坚定的步子齐步走出队伍，离柱子八步远停了下来。皮埃尔转过脸去，不去看将要发生的事情。突然响起一阵噼噼啪啪和轰轰隆隆的声音，皮埃尔觉得比最可怕的雷还要响，皮埃尔环视了一下。眼前是一团烟，那几个法国兵脸色苍白，两手哆嗦着在坑旁边做什么。又有两个被带出去。这两个人用同样的眼神看大家，只用眼睛默默地、枉然地寻求保护，显然不了解也不相信将要发生的事。他们不能相信，因为只有他们自己知道生命对他们有什么意义，所以他们不了解也不相信生命可以被人夺去。

皮埃尔不愿去看，又转过身去；又响起一阵震耳欲聋的可怕的爆炸声，随着响声他看见了烟，血，法国兵苍白、惊慌的面孔，那些法国兵哆嗦着双手彼此碰撞着又在柱子旁做什么。皮埃尔沉重地喘息着，向周围看看，仿佛在问：这是怎么回事？和皮埃尔的眼神相遇的眼神都同样地这样问。

在所有俄国人的脸上，在法国士兵和军官脸上，没有一个例外，他都看到和他内心所感受的同样的惊悸、恐怖和斗争。"这事究竟是谁干的呢？他们和我一样感到痛苦。究竟是谁？究竟是谁？"这个问题在皮埃尔心中闪了一下。

"步兵十八团，开步走！"有人喊了一声。在皮埃尔身旁的第五个人被带出去——只带他一个。皮埃尔还不知道他已经得救了，他和其余的人不过是被带来陪绑的。他越来越害怕，看着眼前发生的事，既不感到欢喜，也不感到宽慰。第五个是一个穿工作衫的工人。刚一碰着他，他就吓得向旁边一跳，抓住了皮埃尔（皮埃尔打了个寒噤，把他挣脱掉）。那个工人走不动了，被架着膀子拖着走，他喊叫着。一到柱子跟前，他突然不叫了。他好像忽然有所领悟似的。不知道他已经明白喊也无益呢，还是认为不会打死他，但是他在柱子旁站住了，等待着和别人一样蒙上眼睛，他也像一头被打伤的野兽，用发光的眼睛环顾四周。

皮埃尔再也不能使自己转过脸去闭眼不看了。这第五次的屠杀，使得他和整个那群人的好奇心和激动的心情达到极点。也和别人一样，这第五个似乎很平静：他掩上衣襟，用一只光脚搔搔另一只光脚。

给他蒙上眼睛，他整了整脑后勒得太紧的结子；然后，让他靠到血渍斑斑的柱子上，他往后倒了一下，他觉得站的姿势不舒服，调整一下，摆齐两脚，靠稳了。皮埃尔目不转睛，不放过任何一个微小的动作。

应该发出口令了，随着口令应该响起八支枪的射击声了。但是，皮埃尔后来怎么回忆也回忆不起哪怕极微弱的枪声。他只看见，不知为什么那个工人突然在绑他的绳子上坠了下来，身上有两处露出血来，绳子被身子坠得松散了，那个工人不自然地垂着头，屈着一条腿蹲坐着。皮埃尔跑到柱子跟前。没有人拦阻他。几张惊慌、苍白的脸在那个工人周围干着什么。一个留大胡子的法国老兵，在解开绳子的时候下巴颏直打哆嗦。尸体放倒了。士兵们笨手笨脚地慌忙把尸首拖到柱子后面,推到坑里。

显然,大家都确切地知道,那些人是罪犯,他们是在掩盖罪犯的痕迹。

皮埃尔往坑里瞧了一眼,他看见那个工人两膝贴近头朝上蜷着躺在那儿,一个肩膀比另一个高些,那个高一点的肩膀一上一下地抽搐着。但一锹一锹的土已经撒满了整个尸体。其中一个士兵愤怒地、凶狠地朝皮埃尔狂叫了一声,赶他回去。但是皮埃尔不明白他的意思,站在柱子旁不动,也再没有人撵他。

坑被填平后,发出了口令。皮埃尔被带回他原先的地方,站在柱子两旁的两排法国兵,作了一个半转弯,就迈着整齐的步子从柱子旁走过去。站在圈子中间的二十四个手持空枪的步兵,当连队从他们身边经过时,都跑回他们原来的位置。

皮埃尔这时茫然地望着那一对对跑出圈子的步兵。除了一个,全都归队了。留下来的那个年轻士兵,脸色死样的苍白,高筒帽子歪到脑后,枪拄在地上,还在他从那儿射击的坑对面站着。他像喝醉了似的,踉踉跄跄地朝前走几步,后退几步,以保持不致跌倒。一个年老的军士从队伍里跑出来,抓住那个年轻士兵的肩膀,把他拖到连队里。那群俄国人和法国人散开了。他们都低着头,沉默不语地走着。

"这就是他们放火得到的教训。"一个法国人说。皮埃尔回头看了看说话的人,那是一个士兵,他想从刚才那件事情上找点可以自慰的东西,可是找不到。他没有把话说完,就挥挥手,走开了。

十二

行刑以后,皮埃尔被隔离开来,单独关在一座破烂、肮脏的小教堂里。

傍晚，看守的军士带着两名士兵走进教堂，向皮埃尔宣布，他被赦免了，现在就去战俘营。皮埃尔不明白对他说的什么，就站起来跟着士兵走了。广场的坡上有一些用烧焦的木板、圆木和薄板搭起来的棚子，皮埃尔被领进其中的一间。在黑暗中，有二十个各式各样的人把皮埃尔围了起来。皮埃尔看着他们，不明白他们都是些什么人，他们来干什么，想要他干什么。他听见他们对他说话，但得不出任何结论和判断：不明白他们说的是什么意思。他在回答问题的时候，也不看是谁问他，人们是否了解他的回答。他看别人的面孔和身子，全都同样的没有意义。

　　皮埃尔自从看见由一些不愿做那种事的人们进行的那场屠杀以后，他心中那副赖以支持一切，而且一切靠它才有生气的弹簧，突然被扭断了，于是一切都变成毫无意义的废物。在他心目中，虽然他还不十分清楚，但那种对美好的世界、对人类的和自己的灵魂，以及对上帝的信仰，全都破灭了。这种心境先前皮埃尔也体验过，但从来没有像现在这样强烈。这类怀疑先前皮埃尔也有过，但那类怀疑是来自他本人的罪过。皮埃尔当时在内心深处觉得，摆脱那种失望和怀疑的办法，要求诸自我。但是现在他觉得，他眼看着整个世界都垮了，只剩下一堆毫无意义的废墟。他觉得，再恢复对人生的信仰，他已经无能为力了。

　　在黑暗中有些人站在他周围：他身上一定有什么使他们觉得有趣的东西。人们对他讲了些什么，问了些什么，然后带他到什么地方去，最后来到一间棚子的角落，他身旁的人们有说有笑。

　　"我说，伙计们……就是那个亲王（特别加重'那个'字眼）……"对面角落里有一个声音说。

　　皮埃尔一动不动地靠墙坐在一堆干草上，默不作声，眼睛一会儿睁开，一会儿闭上。他一闭上眼，他面前就出现那个工人可怕的脸（特别是脸上纯朴的神情），还有那些身不由己的刽子手由于内心的不安更显得可怕的脸。他于是又睁开眼,在黑暗中茫然地望着四周。

有一个小个子弓着身子坐在他旁边,皮埃尔开始觉出他在旁边,是由于他一动弹就有一股强烈的汗味。这个人在黑暗中摆弄他的脚,虽然皮埃尔看不见他的脸,他却感觉这个人不住地端详他。在黑暗中习惯了一会儿,皮埃尔才明白这个人是在脱靴子。他的动作、姿势引起皮埃尔的注意。

他解开一只脚上的绳子,细心地把绳子缠好,立刻又解另一只脚上的绳子,一面不住地端详皮埃尔。一只手把绳子挂上,另一只手已经在另一只脚上解绳子。他的动作不停地一个接着一个:他细心地脱掉靴子,把它挂在头上边的橛子上,掏出一把小刀,割掉一点什么,把小刀合起来,放到枕头下面,然后坐得舒服些,两手抱着膝盖,两眼紧盯着皮埃尔。从这些熟练的动作上,从他在这个角落放得井井有条的东西上,甚至从这个人身上发出的气味上,使皮埃尔有一种愉快的、令人安心和从容不迫的感觉,他目不转睛地看着皮埃尔。

"老爷子,您不少吃苦吧?是吗?"那个小个子忽然说。他那悦耳的声音是那么亲切和纯朴,皮埃尔想回答,但是他的下巴颏颤抖了,他觉得眼泪涌了出来。就在这一瞬间,那个小个子不让皮埃尔受窘,就用那同样愉快的声音说下去。

"唉,朋友,别难过,"他用俄国乡下老太婆的口吻,柔和、悦耳、亲切地说,"别难过,朋友:忍受一时,长命百岁!这是实话,亲爱的朋友。我们待在这儿,谢天谢地,没人欺负我们。人有好的,也有坏的。"他说,他一面说话,一面麻利地把身子弯到膝盖,站起来,咳嗽着到别处去了。

"嘿,好小子,你来啦!"皮埃尔听见棚子尽头响起那同样亲切的声音,"你这个小坏蛋来了,还记得我!好啦,好啦,行啦。"那个士兵推开向他扑来的小狗,回到自己位置上坐下。他手里拿着一个破布包,里面包着什么东西。

"喂,吃点吧,老爷子,"他说,又恢复到先前的恭敬的腔调,打开包,递给皮埃尔几个烧土豆,"晌午我们喝稀汤来着。烧土豆可真美!"

皮埃尔一天没有吃饭,他觉得土豆味儿非常好闻。他谢过那个士兵,就吃起来。

"怎么样,不错吧?"那个士兵笑着说,他拿起一块土豆,在手掌上切成两半,从破布里捏点盐撒上,递给皮埃尔。

"烧土豆可真美!"他重复说,"你尝尝这个。"

皮埃尔觉得,他从来没吃过这么好吃的东西。

"我嘛,怎么都无所谓,"皮埃尔说,"但是,他们凭什么杀那些可怜的人呢!……最后一个受刑的才二十来岁。"

"啧啧……嘘嘘……"那个小个子说。"罪过,罪过……"他连忙补上一句,好像他的话经常挂在嘴边,不自觉地脱口而出,他接着说:"怎么回事,老爷子,您怎么没有离开莫斯科?"

"我没料到他们来得这么快。我是无意之间留下来的。"皮埃尔说。

"他们是怎样抓住你的,亲爱的朋友,是在你家里抓住的吗?"

"不是,我去火场来着,他们在那儿抓住我,说我是纵火犯。"

"哪里有法庭,哪里就有伤天害理的事。"那个小个子插了一句。

"你在这儿很久了吧?"皮埃尔嚼着最后一口土豆,问道。

"我吗?我是上星期在莫斯科一家医院里给他们抓来的。"

"你是干什么的,是当兵的吗?"

"我是阿普舍龙团的兵。打摆子,病得要死。没有人告诉我们一点消息。我们有二十来个人躺在病院里。真是料不到想不到的。"

"怎么样,你在这儿闷得慌吗?"皮埃尔问。

"怎么不闷,亲爱的朋友。我叫普拉东;姓卡拉塔耶夫,"他又补充说,显然为了使皮埃尔容易称呼他,"在部队里人家都叫我'雏鹰'。怎么不闷,亲爱的朋友!莫斯科,莫斯科是众城之母。眼前的景况怎能不叫人烦恼。蛀虫钻进圆白菜,早晚得完蛋,老年人常常这样说。"他很快补充说。

"什么,你是怎么说?"皮埃尔问。

"我吗?"卡拉塔耶夫问,"我是说:我们的聪明枉然,上帝的审判当然。"他说,以为是重复刚听过的话。立刻又继续说:"您过得怎么样,老爷子,有领地吗?有房产吗?这么说来,十分富足!有主妇吗?老人都在吗?"他问,虽然皮埃尔在黑暗中看不见,但感觉到,那个士兵在问他时,一定撮起嘴唇忍住亲切的微笑。他显然为皮埃尔没有父母、特别是没有母亲而难过。

"老婆给你金玉良言,丈母娘把你当贵客,可都不如亲娘亲!"他说。"有孩子吗?"他接着问。皮埃尔的否定回答显然又使他难过,他连忙补充说:"没啥,你们还年轻,上帝会赐给的。紧要的是和衷共济……"

"不过现在都无所谓了。"皮埃尔情不自禁地说。

"我说,你这个好人呀,"普拉东表示不同意,"永远不要嫌弃讨饭袋,也不要嫌弃坐班房。"他坐得舒服些,清清嗓子,看样子要讲一个长长的故事。"听我说,亲爱的朋友,我还在家里的时候,"他开始讲,"我们那个田庄很富,田地很多,农民的日子过得不错,我们家也很好,谢天谢地。连老爹一家七口下地干活。好日子。都是正经的正教徒。可是,出了一件事……"于是普拉东·卡拉塔耶夫讲了一个长长的故事,他说,他到人家林子里去砍柴,被看林人捉住了,挨了一顿打,受到审判,被送去当兵。"没啥,亲爱的朋友，"他说，因为含着笑，声音都变了，"以为是灾，其实是福！我要是不犯罪，我弟弟就得去当兵。弟弟有五个孩子，可是我呢，你瞧，老婆独自一个，有个小丫头，上帝老早就把她要走了。我请假回去一趟，我告诉你吧。到家一看——日子比从前过得好。满院子牲口，娘儿们都在家，两个弟弟出外去挣钱。一个小弟弟米哈伊洛在家。老爹说，所有的孩子都一样：不管咬哪个指头，都照样地疼。要不是普拉东剃了头去当兵，米哈伊洛就得去。把我们都叫了去——你可相信——把圣像摆在前面。他说，米哈伊洛过来，向他鞠躬到地，还有你，米哈伊洛的媳妇，也来鞠躬，孙子孙女，也来鞠躬。你们懂吗？他说。就是这样，我的好朋友。劫数难逃。可是我们总爱逞能：说这也不好，那也不合适。朋友，幸福好比网里水：你拉拉网——鼓鼓囊囊的，可是拖上来一看，啥也没有。就是这么回事。"普拉东在干草上挪动了一下座位。

沉默了一会儿，普拉东站了起来。

"怎么样，我想你困了吧？"他说，很快地画着十字，念叨起来：

"主，耶稣·基督，圣徒尼古拉，弗洛拉和拉夫拉①，主耶稣·基督，圣徒尼古拉！弗洛拉和拉夫拉，主耶稣·基督，怜悯我们，保佑我们！"他结束道，深深一鞠躬，站起来，叹了口气，又在干草上坐下，"主啊，把我像石头一样放下，像面包一样举起。"他口中念念有词地躺下来，把外套拉到身上。

"你念的是什么祷词？"皮埃尔问。

"什么？"普拉东反问道（他已经睡着了），"念什么？祷告上帝。你不祷告吗？"

"不，我也祷告，"皮埃尔说，"不过，你念弗洛拉和拉夫拉，是

---

① 古罗马帝国戴克里先朝（284—305）的殉道者弗罗拉斯和劳拉斯被列入东正教的圣徒，俄国农民尊为马神，并把他们的名字读走了音。

怎么回事?"

"当然得念啦,"普拉东很快地回答,"他们是马神。对牲畜也要怜悯,"卡拉塔耶夫说,"瞧这个鬼东西,缩作一团。暖和起来了,狗崽子。"他抚摸着腿边的狗,说,又一翻身,立刻睡着了。

外面,远处传来哭声和喊声,从棚子的板缝里透露着火光;但是棚子里,一片寂静和黑暗。皮埃尔很久睡不着,睁着眼在黑暗中躺着,倾听他身旁普拉东均匀的鼾声,他觉得,原先那个被破坏了的世界,现在又以新的美,在新的不可动摇的基础上,在他的灵魂中活动起来。

十三

皮埃尔在那个棚子里蹲了四个星期。棚子里有二十三名被俘虏的士兵、三名军官和两名文官。

所有这些人,后来在皮埃尔的印象中都模糊了,但是普拉东·卡拉塔耶夫却作为最深刻、最宝贵的记忆和作为一切俄罗斯的、善良的、圆满的东西的化身,永远铭记在皮埃尔的心中。第二天天一亮,皮埃尔看见他的邻人,最初圆的印象完全得到证实:普拉东整个身形——穿的腰间束着绳子的法国军外套,戴的制帽和脚上的树皮鞋,全是圆的,脑袋滚圆滚圆的,背、胸、肩,甚至那两只经常要拥抱什么的手,都是圆圆的;愉快的笑脸和柔和的栗色的大眼睛也是圆的。

从普拉东·卡拉塔耶夫讲他以前当兵打过的仗看来,他总有五十开外了。他本人不知道而且怎么也说不准他的岁数;他一笑(他常笑),露出两排半圆形、完整无缺的雪白坚固的牙齿,他的胡子和头发连一根白的都没有,他整个身体看来富有弹性,显得特别结实和耐劳。

他虽然满脸细小的皱纹圈儿,但却有一派天真稚气的表情;他的声音甜美,悦耳。但是他说话主要的特点是直截了当,恰如其分。他显然从来不考虑他说过什么和要说什么;正因为这样,他那迅速而纯正的语调却有一种特别的不可抗拒的说服力。

在刚被监禁的时候,他的体力和干起活来那股子麻利劲儿,就好像根本不知道什么是疲倦和病痛。每天早晨和晚上,他总是躺在那儿说:"主啊,把我像石头一样放下,像面包一样举起。"每天一早起身的时候,他总是一面耸耸肩膀,一面说:"躺下——缩作一团,起来——抖擞一下。"确实,他只要一躺下,就立刻像石头似的睡着了,只要一抖擞,连一秒钟也不耽误,立刻干起活来,就像小孩子一起身就摆弄玩具似的。他什么事都会做,做得不好也不坏。他烤面包,做饭,缝衣服,刨木头,补靴子。他总是在忙,只有在夜间才谈话(他爱聊天)和唱歌。他不像歌手那样唱歌,歌手知道有人在听他们唱,但他像鸟儿那样唱歌,显然他觉得他必须发出这些声音,就像必须常常伸伸懒腰和散散步一样;他的歌声经常像女人唱歌的声音,尖细,柔和,凄凉,他唱歌时,脸上的表情很严肃。

他当了俘虏后,胡子长长了,他显然抛掉那些强加在他身上的异己的、士兵的东西,而不知不觉地恢复了先前的、农民的、老百姓的生活习惯。

"士兵休假在外——衬衫散在裤腰外。①"他时常说。他不爱谈他当兵的生活,虽然也不诉苦,他常说他在当兵期间没有挨过一次打。在他的言谈中,主要是回忆他过去的、显然为他所珍贵的农民生活(他总是把"农民"这个词说成"基督徒")②。他满口的俗语,并不是大兵常挂在嘴边的多半是猥亵的粗鲁的俗语,而是民间

---

① 农民习惯把衬衫下摆放在裤腰外边,士兵按规定塞在裤腰里边。

② 在俄语中,"农民"和"基督徒"这两个词的读音极相近。

的格言,单独看来,这些格言好像没有什么意义,可是一用到节骨眼上,就突然显出精湛的智慧了。

常常他此时说的话和先前说的话完全相反,但两种说法都有道理。他爱说,也会说,他用一些亲切的词句和谚语点缀他的话,皮埃尔觉得那些谚语都是他自己编的;但是他的话的主要魅力乃在于,一些最普通的事情,皮埃尔看见过但不注意的事情,经他一说,就具有堂堂正正的性质。他喜欢听一个兵每晚讲的童话(他老讲那几个童话),但是他最喜欢听的是关于现实生活的故事。他在听这类故事时,喜得眉开眼笑,有时插一两句话,提个问题,为了把他所听到的那个故事了解得十分完美。卡拉塔耶夫丝毫没有皮埃尔所理解的那种眷恋、友谊、爱情之类的情调;但是,对一切东西,特别是对人,不是对某一个特定的人,而是对他眼前所有的人,他都爱,都处得情投意合。他爱他的长毛小狗,爱同伴,爱法国人,爱他的邻人皮埃尔;但是,皮埃尔觉得,卡拉塔耶夫虽然对他亲热体贴(他这样无意之中给了皮埃尔的精神生活以应有的东西),但是绝不会因为和他分离而感到苦恼。皮埃尔对卡拉塔耶夫也开始有这同样的感情。

普拉东·卡拉塔耶夫在其他俘虏的眼中不过是一个最普通的兵;人们管他叫"雏鹰"或者普拉托沙[①],善意地逗他,差遣他。但是在皮埃尔看来,第一夜对他的印象——一个不可思议的、圆满的、永恒的朴素和真理的精神化身,永远也忘不了。

普拉东·卡拉塔耶夫除了把他的祷文背得烂熟外,别的什么都记不住。他在说话时,说了个头,似乎不知道尾。

有时皮埃尔对他的话所含的意义感到吃惊,请他再说一遍时,普拉东已经记不起他刚说过的话了,同样,他对皮埃尔怎么也背不

---

① 普拉托沙是普拉东的小名。

出他所喜爱的歌的歌词。譬如唱道："亲爱的家乡，小白桦树，我好难受啊。"但是这些词儿如果不是唱而是口述，就没有什么意义。他不理解，也不可能理解从一席话里单另抽出来的个别词句的意义。他的每句话、每个动作，都是他在生活中活动的一种表现。照他看来，他的生活作为个别现象，就没有意义。它只有作为他经常感觉到的那种整体的一部分，才有意义。他的语言和动作从他身上流出来，正像香味从花上分泌出来那样均匀、必然和直接。他不能理解个别的动作或者词句的价值和意义。

十四

　　玛丽亚公爵小姐接到尼古拉寄来的消息，知道她的哥哥和罗斯托夫家人一同住在雅罗斯拉夫尔，她不顾姨母的劝阻，打算立刻动身，不单她一个人走，而且还带着侄儿。困难也好，不困难也好，可能也好，不可能也好——她不打听，也不想知道：她的责任是不单她一个应当亲自守在她那个也许快要死去的哥哥身旁，还要尽可能把儿子给他带了去，于是她准备动身了。安德烈公爵没有亲自写信通知她，玛丽亚公爵小姐认为这要么是因为他身体虚弱得不能写信，要么是因为他觉得路途遥远，对于她和儿子太困难，太危险了。

　　玛丽亚公爵小姐用了几天工夫做好了上路的准备。她的车队是：一辆老公爵乘过的、也就是她到沃罗涅日坐的那辆大型轿式马车，一辆中型马车和几辆行李车。同行的有布里安小姐、尼古卢什卡和他的家庭教师、老保姆、三个使女、吉洪、一个年轻的仆人和姨母派来护送她的跟班。

　　走那条通往莫斯科的平时的大道，已经不可能了，因此，玛丽亚公爵小姐必须绕道经过以下各地：利佩茨克、梁赞、弗拉基米尔和舒亚,这条路很长,由于这条路到处找不到驿马,困难重重,而且在梁赞附近据说有法国人出现,甚至是危险的。

在这艰难的旅行中,布里安小姐、德萨尔和仆人们都为玛丽亚公爵小姐的坚强毅力和积极的行动而感到惊奇。她比大家都睡得晚,起得早,任何困难都难不了她。由于她的积极和充沛的精力鼓舞了她的旅伴,到第二个周末,他们已经到了雅罗斯拉夫尔。

玛丽亚公爵小姐在沃罗涅日的最后几天是她平生最幸福的日子。她对罗斯托夫的爱情已经不再使她痛苦和不安。这个爱情充满了她整个灵魂,成为她本人不可分的一部分,她不再抗拒它。在最后那几天,玛丽亚公爵小姐虽然从来没有明确地对自己说出来,但是她确信她是在恋爱。和尼古拉最后那次会面时,就是那次尼古拉来告诉她,她的哥哥和罗斯托夫家里的人住在一起的时候,她确信这一点。虽然尼古拉只字未提安德烈公爵和娜塔莎可能恢复原先的关系(如果安德烈公爵康复的话),但是玛丽亚公爵小姐从他脸上看出,他知道而且在考虑这一点。虽然如此,他对她的态度——谨慎、温存和抚爱——不仅没有变,而且玛丽亚公爵小姐有时觉得,他反而高兴他和玛丽亚公爵小姐现在有了这种亲戚关系,他就可以更自由地向她表达自己的友情和爱情。玛丽亚公爵小姐知道,这是她平生第一次也是最后一次爱上一个人,而且感觉到她是被人爱着的,因而她是幸福的,心情是平静的。

但是,这种精神方面的幸福,不但不妨碍她对哥哥感到强烈的悲伤,而且相反,精神方面的宁静,使她更能对哥哥倾注全副的感情。从沃罗涅日刚动身的时候,这种感情是这么强烈,给她送行的人看见她那痛苦绝望的脸,都认为她一定会病倒在路上;但是玛丽亚公爵小姐全力以赴地应付旅途中的那些困难和操心的事,倒使她暂时忘却了悲伤,并且给她以力量。

正像旅行时常有的情形,玛丽亚公爵小姐只关心旅途的事,而忘掉旅行的目的。但是在快到雅罗斯拉夫尔,已经不是几天之后,而是当天晚上就要面临的情景又在眼前展现了的时候,玛丽亚公爵小姐的激动达到极点。

那个预先被派去雅罗斯拉夫尔打听一下罗斯托夫家的住处以及安德烈公爵的情形的跟班,在城门口迎见正好进城的那辆大型轿式马车,看见公爵小姐从车窗向他探出的脸是那么惨白,他大吃一惊。

"都打听清楚了,公爵小姐:罗斯托夫一家住在广场附近商人布龙尼科夫家里。离这儿不远,就在伏尔加河岸上。"那个跟班说。

玛丽亚公爵小姐惊疑地望着他的脸,不明白他为什么没有回答主要的问题:哥哥怎么样了?布里安小姐代替公爵小姐提出这个问题。

"公爵怎么样?"她问。

"公爵阁下和他们都住在那所房子里。"

"这么说来,他还活着。"公爵小姐想,并且低声问:"他怎么样?"

"仆人们说:还是那样。"

"还是那样"是什么意思,公爵小姐没有问,只是悄悄地瞥了一眼坐在她面前正在欣赏城市的七岁的尼古卢什卡,她低下头来,直到那辆沉重的马车隆隆地响着,颠簸着,摇摆着,走了一段路后停下来,她才抬头。车梯哐当一声放了下来。

车门打开了。左边是水——一条大河,右边是门廊;门廊上站着几个男仆、一个女仆和一个面孔红润、梳着又粗又黑的辫子的姑娘(这是索尼娅),玛丽亚公爵小姐觉得她含着不愉快的勉强的微笑。公爵小姐跑上了台阶,那个假装笑脸的姑娘说:"这边走,这边走!"于是公爵小姐来到了前厅,看见一个东方脸型的老妇人,她带着感动的表情快步向她迎来。这是老伯爵夫人。她拥抱玛丽亚公爵小姐,吻她。

"我的孩子!"她说,"我爱您,我早就知道您了。"

玛丽亚公爵小姐虽然心里很激动,但是她明白,这是伯爵夫人,要对她说点什么。她就没头没脑地用法语说了几句客气话,而且腔调也跟人家对她说话的腔调一样,然后问:"他怎么样?"

"医生说没有什么危险。"伯爵夫人说,但是她说这话时,却抬着眼睛叹气,这个姿势却表达了和她的话相反的意思。

"他在哪儿?可以看看他吗?可以吗?"公爵小姐问。

"这就去,公爵小姐,这就去,我的朋友。这是他的儿子吗?"她转身对和德萨尔一同进来的尼古卢什卡说,"大家都住得下,房子很宽敞。唔,多么可爱的孩子!"

伯爵夫人把公爵小姐领到客厅里。索尼娅和布里安小姐在谈话。伯爵夫人在抚爱那个孩子。老伯爵走进来,向公爵小姐表示欢迎。老伯爵自从上次公爵小姐见他以来,样子大变了。那时他是一个活泼、快活、自信的小老头,现在他看上去像一个孤苦伶仃、十分可怜的人。他一面和公爵小姐谈话,一面东张西望,仿佛在问大家,他做的是不是得体。在莫斯科和他的财产被毁以后,他从习惯的轨道被抛出来以后,他显然已经失去了对自己活着的意义的感觉,他觉得在生活中不再有他的地位了。

虽然公爵小姐唯一的愿望是要快点见到她的哥哥,虽然在她一心只想看见他一个人的时候,却受人家的招待和听人家客套地夸奖她的侄子而感到心烦,但公爵小姐观察周围的一切,觉得必须服从当前新的规矩。她知道这一切都是必须的,虽然她对这觉得不好受,但是她不抱怨他们。

"这是我的外甥女,"伯爵介绍索尼娅说,"您不认识她吗,公爵小姐?"

公爵小姐向她转过身去,极力压下对这个姑娘的敌意,吻了吻她。渐渐使她感到难受的是,周围所有人的心情和她内心的情绪距离是那么远。

"他在哪儿?"她又一次问大家。

"他在楼下,娜塔莎和他在一起,"索尼娅红着脸回答,"已经打发人问去了。我想您累了吧,公爵小姐?"

公爵小姐眼睛里涌出懊恼的泪水。她转身又想问伯爵夫人怎样到他那儿去,这时门外传来轻快的、疾速的、好似快活的脚步声。公爵小姐回头一看,看见几乎是跑进来的娜塔莎,就是那个许久以前在莫斯科相会时为她所不喜欢的娜塔莎。

但是,还没等公爵小姐细看这个娜塔莎的脸,她已经明白,这是一个与她有共同忧伤的真挚的伙伴,因而是她的朋友。她紧走几步向她迎上去,拥抱她,俯在她肩上哭泣起来。

正坐在安德烈公爵床头的娜塔莎,一听说玛丽亚公爵小姐到来,就悄悄地走出他的房间,迈着迅速的、玛丽亚公爵小姐觉得仿佛快活的脚步向她跑去。

当她跑进客厅,在她那激动的脸上只有一种表情——爱的表情,无限地爱他,爱她,爱一切与她所爱的人相接近的东西;怜悯的表情;为帮助他人渴望献出自己的一切的表情。显然,此刻在娜塔莎心中完全没有想到自己,没有想到她和安德烈公爵的关系。

敏感的玛丽亚公爵小姐第一眼看见娜塔莎的脸,就一切都明白了,于是又悲又喜地俯在她的肩上哭起来。

"走,咱们到他那儿去,玛丽。"娜塔莎一边说,一边领她到另一个房间。

玛丽亚公爵小姐抬起脸来,擦干了眼泪,面对着娜塔莎。她觉得从她那儿她可以弄明白一切,可以探听出一切。

"怎么样……"她刚要问,忽然停住了。她觉得用语言来问或回答是不可能的。娜塔莎的脸和眼睛一定能把一切说得更明白、更深刻。

娜塔莎望着她，但是似乎在害怕，在疑虑——是说还是不说她所知道的一切；她仿佛觉得，在这双透视到她内心最深处的明亮的眼睛之前，不能不把一切她所见到的真相说出来。娜塔莎的嘴唇忽然颤抖了，她的嘴周围忽然现出难看的皱纹，她哭了，手捂住脸大哭起来。

玛丽亚公爵小姐明白了一切。

但是她仍然抱着希望，于是用那为她所不相信的语言问道：

"他的伤势怎么样？总的看来，他的情况怎么样？"

"您，您……就会看到的。"娜塔莎只能说这么一句。

她们在楼下他的房间附近坐了一会儿，停住哭泣，以便带着平静的面色去看他。

"病情的全部经过怎么样？已经恶化很久了吗？这是什么时候发生的？"玛丽亚公爵小姐问。

娜塔莎说，最初，高烧和疼痛引起的危险期，在特罗伊茨的时候，过去了，医生只怕一样——坏疽病。但是这种危险也过去了。来到雅罗斯拉夫尔的时候，伤口开始化脓（娜塔莎知道有关化脓等等一切情况），医生说，化脓可能是正常的现象。随后发冷发烧。医生说，这种发冷发烧并不严重。

"可是两天前，"娜塔莎说，"突然起了变化……"她忍住哭泣，"我不知道是什么缘故，您会看到他怎么样了。"

"他衰弱了？他瘦了？……"公爵小姐问。

"不，不是那个，更坏。您会看见的。唉，玛丽，他太好了，他不能，不能活，因为……"

十五

娜塔莎用习惯的动作推开他的门，让公爵小姐先进去，玛丽亚公爵小姐觉得恸哭已经哽住她的喉咙。不管她怎样事先做好准备，怎样极力镇静，但是她知道她见到他不能不流泪。

玛丽亚公爵小姐明白娜塔莎说的"两天之前他发生这种变化"是什么意思。她明白，这意思是说他突然变得温和了，而这种温和，容易感动，是临死的迹象。她在进屋时，就在想象中看见了她在童年时代就熟悉的安德留沙①那张温柔、和善、可爱的脸，他脸上这种表情不常有，因而每次都使她非常感动。她知道他将要和她说一些柔声细语、温存体贴的话，就像父亲临死时对她说的那些使她不禁放声大哭的话。但是这迟早总要发生的，于是她走进屋去。当她用她那近视眼辨认他的外形和寻找他的面容的时候，哽咽越来越升到她的喉头了，她终于看见他的脸，和他的目光相遇了。

他靠着一些枕头躺在沙发上，穿着一件松鼠皮的长袍。他消瘦，面色苍白。他的一只白蜡似的透明的手，握着手绢，另一只手徐缓地移动手指触摸着长长了的纤细的胡子。他的眼睛望着走进来的人。

玛丽亚公爵小姐一见他的脸，遇到他的目光，她突然放慢了脚步，觉得眼泪突然干了，哽咽停住了。她看出他脸上的表情和目光，突然胆怯了，觉得自己是有罪的。

"我有什么罪过呢？"她问自己。"你的罪过是你活着，而且想着活人的事，可是我呢！……"他那冷峻的目光回答。

---

① 安德留沙是安德烈的小名。

他慢悠悠地向妹妹和娜塔莎瞥了一眼,在他那不是往外看而是内视自己内心的深邃目光,几乎含有敌意。

他和妹妹按照他们的习惯互相吻了吻手。

"你好,玛丽,你怎么来了?"他说,他的声音和眼神同样的平静和生疏。如果他绝望地尖叫,倒比这种声音不那么令玛丽亚公爵小姐觉得可怕。

"把尼古卢什卡也带来了?"他仍然那么平静而缓慢地,而且显然在努力回忆似的说。

"现在你的健康情况怎么样?"玛丽亚公爵小姐说,连她自己也奇怪她说的话。

"这个,亲爱的,得问医生。"他说,显然他还在努力做出亲热的样子,他只是用嘴说话(看来完全没有用心想他说的话):

"谢谢你来看我,亲爱的朋友。"

玛丽亚公爵小姐握了握他的手。她的握手使他微微皱起眉头。他不作声了,她也不知道说什么好。她明白了前两天他发生的那种变化。在他的言语中、腔调中,特别是在他的目光中——在那冷漠的、几乎是敌意的目光中,有一种使活人感到可怕的、对人世间的一切疏远的神情。他对活人的一切不大理解;同时还令人感觉到,他不理解活人的事并不是因为他失去了理解的能力,而是因为他所理解的是活人所不理解、也不可能理解、然而却占据他整个身心的别样的东西。

"你看,命运多么奇怪地把我们又牵到一起!"他打破沉默,指着娜塔莎说,"她一直在看护我。"

玛丽亚公爵小姐听不明白他说的话。他这个敏感、温柔的安德烈公爵,怎么能当着他曾爱过、也爱他的人的面说这种话呢!如果他想活下去,他就不会用这么冷漠的、令人难堪的腔调说这种话。如果他不知道他将要死,那么他就会可怜她,他怎么可以当她的面说这种话呢！这只能有一种解释，那就是他已经无所谓了，而无所谓是由于有一种另外的、非常重要的东西给他以启示。

谈话是冷淡的、不连贯的，而且时时中断。

"玛丽从梁赞经过。"娜塔莎说。安德烈公爵没有注意娜塔莎管他的妹妹叫玛丽。而娜塔莎，当着他的面这样称呼她，也是第一次察觉到这一点。

"怎么样呢？"他说。

"她听说整个莫斯科都烧光了，一点不剩，好像说……"

娜塔莎停住了：说不下去了。他显然很费劲地在听，然而仍然听不下去。

"是的，听说烧光了，"他说，"太可惜了。"他心不在焉地用手指捋着胡子，眼睛望着前面。

"玛丽，你见到了尼古拉伯爵啦？"安德烈公爵突然说，显然是想说点使她们愉快的话，"他来信说他很喜欢你。"他随便、平静地说，他显然不能理解他的话对活人来说所具有的那全部的复杂意义，"如果你也爱他，那就很好……你们可以结婚。"他稍微加快地补充一句，好像他找了好久终于找到这么一句话而觉得高兴。玛丽亚公爵小姐听了他说的话，但那些话对她来说除了证明他现在离一切活人的事多么遥远以外，没有任何别的意义。

"干吗要谈我啊！"她平静地说，向娜塔莎看了一眼。娜塔莎感到向她投来的目光，没有去看她。大家又不作声了。

"安德烈，你是不是想……"玛丽亚公爵小姐突然用颤抖的声音说，"你是不是想见一见尼古卢什卡？他老念叨着你呢。"

安德烈公爵第一次露出几乎看不出的笑容，但是一向熟悉他的表情的玛丽亚公爵小姐，惶恐地看出，这不是欢喜的微笑，不是对儿子的温情，而是一种轻微的、温和的嘲笑，嘲笑玛丽亚公爵小姐为了激发他的感情使用了她自以为是的最后的手段。

"是的,我很喜欢尼古卢什卡。他好吗?"

尼古卢什卡被领到安德烈公爵跟前,他惊慌地望着父亲,但是没有哭,因为没有人在哭,安德烈公爵吻吻他,他显然不知道和他说什么。

当尼古卢什卡被领走后,玛丽亚公爵小姐又走到哥哥跟前,吻吻他,再也忍不住,哭起来。

他定睛注视着她。

"你是哭尼古卢什卡吗?"他问。

玛丽亚公爵小姐哭着点了点头,表示承认。

"玛丽,你可知道《福音》……"但是他突然不作声了。

"你说什么?"

"没什么。别在这儿哭。"他说,仍然用那冷漠的目光望着她。

在玛丽亚公爵小姐哭的时候,他明白她是哭尼古卢什卡将要失去父亲。他费了很大的劲儿强迫自己回到人间来,回到她们的观点上看问题。

"是的,她们一定觉得这是很可怜的!"他想,"然而这是很平常的!"

"天上的飞鸟,也不种,也不积蓄在仓里,你们的天父尚且养活他。①"他自言自语,同时也是说给公爵小姐听,"但是不行,她们有她们自己的理解,她们不会理解的! 她们不可能理解这一点,她们所珍贵的那些感情,我们觉得非常重要的那些思想,所有这些都是不必要的。我们不能互相了解!"他于是沉默了。

----

① 见《圣经·新约·马太福音》第六章第二十六节。

安德烈公爵的小儿子才七岁。他刚学会认字,什么都不懂。在这天之后,他有了很多感受,增长了知识、观察力、经验;但是,即使他当时掌握了后来所得到的那些能力,也不可能对他现在在他父亲、玛丽亚公爵小姐和娜塔莎之间见到的场面所含有的全部意义理解得更好,更深刻。他全都懂了,没有哭,走出了房间,默默地向随他走出来的娜塔莎走过去,用沉思的、美丽的眼睛羞怯地看看她;他那微翘的鲜红的上唇颤抖了一下,他把头偎依着她,哭起来。

从这一天起,他逃避德萨尔,逃避抚爱他的伯爵夫人,他不是独自一个人坐着,就是怯生生地走到玛丽亚公爵小姐和娜塔莎跟前(他喜欢娜塔莎似乎更甚于喜欢他的姑姑),他安静地、腼腆地和她们亲近。

玛丽亚公爵小姐从安德烈公爵身边走开后,完全明白了娜塔莎的脸上对她表示的一切。她不再和娜塔莎谈挽救他的生命的希望。她和娜塔莎轮流守在他的沙发旁边,不再哭了,只是用心灵不断地向永恒的、不可思议的上帝祈祷,上帝降临到这个即将死亡的人身上,现在已经非常明显了。

十六

安德烈公爵不仅知道他要死,而且感觉他正在死,已经死了一半了。他有一种超脱尘俗的感觉和一种喜悦、奇特、轻松的感觉。他不慌不忙地等待着即将来临的事。在他一生中时常感觉到的那种可怕的、永恒的、不可知的遥远的东西,现在对于他已经近在咫尺,而且——由于他有一种奇特的轻松感——几乎是可以理解的,可以看见的了。

以前他害怕生命的终结。他有两次体验到那种非常令人痛苦的死——生命的终结的恐怖，而现在已经不理解那种体验了。

第一次体验到这种感觉，是当榴弹在他面前像陀螺似的打转，他望着收割后的田地，望着灌木林和天空，知道他正面对着死亡的时候。当他在受伤后醒过来，在他心灵中，仿佛从生活的重压中解放出来一般，那朵永恒的、自由的、不受现实生活影响的爱之花，一瞬间怒放了的时候，他已经不怕死了，也不去想死了。

在他受伤以后过着孤独和半昏迷状态的生活的时刻，他越深入地思考那他得到启示的永恒的爱的新原则，他就越不自觉地屏弃那尘世的生活。爱一切东西，爱一切人，永远为了爱而牺牲自我，那就意味着谁也不爱，不过尘世的生活。他越深入这个爱的原则，就越与尘世生活诀别，由于没有爱而存在的那道生死之间可怕的鸿沟也就消失得越彻底。当初，在他想起他要死的时候，他对自己说：死就死吧，那更好。

但是在梅季希村那一夜之后，在半昏迷状态中在他面前出现了他想见的人，他把嘴唇贴到她手上的时候，他哭了，流出平静、欣喜的眼泪，对一个女人的爱情默默地潜入他的心里，又使他依恋人生了。他心里开始又欣喜又惊慌。他回忆在救护站看见库拉金那个时刻，他现在不会再有那种感情了；他现在渴望知道一个问题，他是不是还活着？但他不敢提出这个问题。

他的病按照生理的规律在进行，但是娜塔莎所说的"他发生了那种变化"，是玛丽亚公爵小姐动身前两天的事。这是生与死之间最后的精神的搏斗，而死占了上风。这是一次意外的意识活动：对娜塔莎的爱情唤起他对生命的珍惜，也是最后一次屈服于对未知世界的恐怖。

有一天晚上。他在饭后照常发着低烧，他的思路异常清晰。索尼娅坐在桌旁。他在打盹儿。突然，他周身有一种幸福的感觉。

"啊,是她来了!"他想。

的确,在索尼娅的座位上坐着刚刚蹑手蹑脚走进来的娜塔莎。

自从她开始看护他以来,他常常从生理上感到她的接近。她侧着身子坐在圈椅里,给他挡着烛光,在织袜子。(她学会织袜子是从安德烈公爵对她说,没有人比得上那些老保姆会服侍病人,她们织袜子,而在织袜子的动作中,有一种令人感到慰藉的东西。)她那纤细的手指迅速地移动着,织针有时互相碰击着,他清楚地看见她那低头沉思的侧影。她移动一下——线团从她膝头滚了下去。她颤抖一下,回头看了看他,用手挡住烛光,她小心翼翼地、麻利地、准确地弯下身,捡起线团,仍照原来的姿势坐下。

他一动不动地看她,他看出她在做了这个动作之后需要做一个深呼吸,但是她没有这样做,只是轻轻地喘气。

在特罗伊茨修道院,他们谈到过去,他对她说,如果他能活,将永远感谢上帝使他受了伤,正是由于这次受伤才能和她在一起;但是此后他们再也不谈将来的事。

"这事可能实现还是不可能实现?"他望着她,倾听着钢针轻轻的碰击声,心中想道。"难道命运这么奇特地使我和她相聚,就是为了让我死吗?……难道启示我以人生的真理只是为了让我在虚幻中生活吗?我爱她胜过世上的一切。我爱她,但是叫我怎么办呢?"他说,他不知不觉突然呻吟起来,这是他在痛苦中养成的习惯。

娜塔莎听见呻吟声,放下袜子,向他探过身去,突然看见他那发光的眼睛,她轻轻走到他面前,向他俯下身来。

"您没睡着?"

"没睡,我看您看了半天了;我感觉您进来了。除了您,还有谁给我这么轻柔的宁静……给我这样的光。我欢喜得简直想痛哭一场。"

娜塔莎向他移得更近些。由于狂喜,她的脸焕发着光彩。

"娜塔莎,我太爱您了。胜过世上的一切。"

"那么我呢?"她把脸转过去一下。"为什么说太爱了?"她说。

"为什么说太爱了?……您看怎么样,您打心眼里、整个心眼里觉得我能活吗? 您觉得怎么样?"

"我相信能活,我相信!"娜塔莎几乎大声喊起来,热情地握住他的两手。

他沉默了。

"那就太好了!"他拿起她的手吻了吻。

娜塔莎感到幸福,激动;但她立刻想起来,这样不行,他需要安静。

"可是您还没睡觉呢,"她抑制住欢喜的心情,说,"尽可能睡着……我请求您。"

他紧紧地握了一下她的手,松开了,她回到蜡烛前面,照原来的姿势坐下。她两次回头看看他,遇见他那发光的眼睛。她给自己一个课题——织袜子,她对自己说,不织完袜子,决不回头看他。

果然,在这之后他闭上眼睛,很快就睡着了。他睡了不久,忽然出一身冷汗,惊醒了。

他在入睡的时候,仍然在想近来常想的那个问题——生和死的问题。更多的是想死这个问题。他觉得他离死更近了。

"爱? 爱是什么?"他想,"爱干扰死。爱是生。只是因为我爱,我才明白一切,一切。只是由于我爱,才有一切,才存在一切。只有爱把一切结合在一起。爱是上帝,而死,意味着我这个爱的小小粒子回到万有的、永恒的本源。"这些思想使他感到安慰。但这只是一些思想。其中有什么不够的地方,好像是偏于个人的、理性的东西——不明确。仍然是不安和迷惘。他睡着了。

他做了一个梦,梦见他躺在现在躺着的屋子里,但是没有受伤,身体是健康的。许多各式各样的人——渺小的,漠不关心的,出现在安德烈公爵面前。他和他们谈话,争论一个不必要的问题。他们准备到什么地方去。安德烈公爵模糊地记起来,这一切都是扯淡,他有别的最重要的事情要做,但是还继续在谈论,说一些空洞的俏皮话使他们惊奇。渐渐地,不知不觉地,所有这些人都一个个地消失了,取代这一切的,是关上那道门的问题。他站起来向门走去,把它闩起来,而且锁上。能不能把门锁起来关系着一切。他急忙向前走去,但是他的两条腿动不得了,他知道来不及锁门了,但是他仍然疯狂地使尽全身的力气。一种不堪忍受的恐惧折磨着他。这种恐惧是死的恐惧:它站在门外。正当他无力地、笨拙地向门爬去的时候,那个令人毛骨悚然的东西在门外使劲地推,它要破门而入了。那个非人的东西——死——要破门而入了,得把门堵住。他抓住门,使出最后力气,虽然上锁已经来不及,总得堵住它;但是他气力小而且笨,那个令人毛骨悚然的东西把门推开了,但门又关上了。

它又从外面推。最后的、超自然的努力也无济于事,于是两扇门无声地打开了。它进来了,它就是死。于是安德烈公爵死了。

但是就在安德烈公爵死的那一瞬间,他记起他是在睡觉,也就在他死的那一瞬间,他一努力,于是醒了。

"是的,这是死。我死了,于是我醒了。是的,死就是醒。"他心里忽然亮了,那张至今遮着未知世界的帷幔在他的灵魂视线前面揭开了。他觉得,先前束缚他内心的力量仿佛解放了,那种奇异的轻松感从此不再离开他了。

当他出一身冷汗醒来时,在沙发上动弹起来,娜塔莎到他跟前,问他怎么回事,他没回答她,他不明白她说什么,目光奇异地望着她。

这是在玛丽亚公爵小姐到来前两天他发生的变化。自那天以后,据医生说,消耗体力的热度增高,病情愈加恶化了,但是娜塔莎关心的并不是医生说的话:她看出可怕的、使她更确信无疑的、精神上的特征。

自那天开始,安德烈公爵在睡醒的同时,也从人的一生中醒来。他觉得人生的觉醒对人的一生来说,并不比一觉醒来对睡梦来说,来得更漫长。

在这种相对缓慢的觉醒中,并没有什么可怕的、剧烈的东西。

他的最后的日子和时刻,平凡简单地过去了。玛丽亚公爵小姐和娜塔莎都感到这一点。她们没有哭,没有发抖,在最后的那几天,连她们自己也觉得,她们已经不是在看护他(他已经不存在,已经离开她们了),而是看护最亲切的回忆——看护他的躯体。她们俩的感情是那么强烈,死亡表面的、可怕的一面,对她们已经不发生作用,而且她们认为没有必要去触动哀痛。她们当着他的面没有哭,背着他的时候也没有哭,她们彼此之间从来不谈论他。她们觉得用语言不能表达她们所理解的东西。

她们俩都看到,他越来越深地、缓慢而平静地离开她们下沉到什么地方去,她们俩也知道这是必然的,这并没有什么不好。

给他做了忏悔和圣餐礼;大家都来和他告别。人们把儿子领来见他,他用嘴唇贴了贴他的脸,然后转过脸去,他把脸转过去不是因为他感到难过和心痛(玛丽亚公爵小姐和娜塔莎是明白这一点的),而不过是因为他认为对他的要求就是这些了;但是当人们叫他给儿子祝福的时候,他也照办了,然后环顾了一下,好像在问还有什么要做的。

当精神离开躯体,躯体发出最后一次颤抖的时候,玛丽亚公爵小姐和娜塔莎都在跟前。

"过去了吗?!"当他的躯体在她们面前一动不动地躺着,渐渐变凉的时候,玛丽亚公爵小姐说。娜塔莎走上前去,看了看死去的眼睛,赶快给他合上。她给他合上,没有吻他的眼睛,而是把身子贴在那个引起她最亲切的回忆的他的躯体上。

"他到哪儿去了? 他现在在哪儿? ……"

当洗过并穿上衣服的遗体躺在桌上的棺材里的时候,大家都过来向他告别,所有的人都哭了。

尼古卢什卡哭,是因为痛苦的困惑撕碎了他的心。伯爵夫人和索尼娅哭,是因为可怜娜塔莎,还因为他不在了。老伯爵哭,是因为他感到他自己也将要迈出这同样可怕的一步了。

娜塔莎和玛丽亚公爵小姐也在哭,但是她们哭不是因为个人的不幸;她们哭是因为她们面对那简单而庄严的死亡奥秘而内心充满了崇敬的感情。

第 二 部

一

　　各种现象的原因总和,不是人的智力所能理解的。但是人却一心要寻找这些原因。人的智力不深入了解为数众多和复杂的各种条件(其中每个条件单独地看来都好像是原因),只抓住一个首先碰到的容易理解的近似条件,于是说:这就是原因。在历史事件中(这里观察的对象是人的行动),最原始的近似条件是神的意志,然后是站在最显著的历史地位的人的意志,也就是历史中的英雄人物的意志。但是,只要一深入了解每个历史事件的实质,也就是深入了解全部参加事件的人群的活动,就会相信,历史人物的意志不仅不支配人群的行动,而且他们的意志经常处在被支配的地位。不管怎样理解历史事件的意义似乎都一样。但是,一种人说,西方人向东方进军,是因为拿破仑要这样做,另一种人说,这件事的发生是因为它必然要发生,这两种人说法的差别正如另外两种人说法的差别一样,一种人说,地球是不动的,行星都围绕着地球转,另一种人说,他们不知道是什么东西支持着地球,但是知道,地球和其它行星的运动是受一些法则的支配的。一个历史事件没有也不可能有各种原因,除了只有各种原因中的一种原因。但是存在着支配各种事件的各种法则,其中有些是不知的,有些是已经被我们摸索出来的。只有当我们完全屏弃在某个人的意志中寻找原因的时候,才可能发现这些法则,正如人们要屏弃那些有关地球的一切成见,才可能发现行星运动的法则一样。

史学家认为,在一八一二年战争中,除了波罗金诺战役、莫斯科被敌人占领及其被烧毁以外,最重要的插曲就是俄国军队从梁赞大路进入卡卢日斯卡雅大路,然后直趋塔鲁丁诺营地的运动,即所谓越过红帕赫拉的侧翼进军。史学家们把这一天才功勋的荣誉给予各种不同的人,并且争论,荣誉究竟属于谁。甚至外国史学家,甚至法国史学家,谈到这次侧翼进军的时候,也承认俄国统帅的天才。但是,为什么军事著作家们以及所有追随他们的人都认为这次拯救俄国和击败拿破仑的侧翼进军,是某个人深思熟虑的创举——这是难以令人理解的。首先,很难理解这次军事行动的深思熟虑和英明在什么地方;因为不用怎么动脑筋就可以看出,一支军队在不受攻击的时候,它的最佳位置应当是在粮草多的地方。任何人,甚至一个十三岁的笨孩子,一看便知,在退出莫斯科后,一八一二年军队最有利的位置是在卡卢日斯卡雅大路。因此,第一,不能理解的是,史学家们用什么推理的方法看出这次军队运动的奥妙。第二,尤其难以理解的是,史学家们究竟怎样看出这次军事运动使俄国得救而使法国失败;因为这次侧翼进军,如果在这之前、与此同时和在这之后发生另外的情况,就可能对俄国军队是毁灭性的,对法国军队反倒是幸运的。如果说,在这次军事运动之后俄国军队的态势改善了,那么,无论如何由此也得不出这次军事运动是那种情况的原因。

这次侧翼进军,如果没有其他一些条件的巧合,不仅不会给俄军带来什么好处,而且很可能把俄军毁掉。如果莫斯科没有被焚毁,那将会怎么样呢?如果缪拉没有迷失俄军的行踪,那将会怎么样呢?如果不是拿破仑按兵不动,那将会怎么样呢?如果按照贝尼格森和巴克莱的建议在红帕赫拉附近打一仗,那将会怎么样呢?如果法国人在俄军渡帕赫拉河的时候大举进攻,那将会怎么样呢?如果拿破仑在到达塔鲁丁诺的时候,立即用他进攻斯摩棱斯克的十分之一的兵力进攻俄国人,那将会怎么样呢?如果法国人进军彼得堡,那将会怎么样呢?……所有这些假设中任何一条成为现实的话,作为救星的侧翼进军就会变为灾星。

第三,令人最不可理解的是:研究历史的人们故意不愿看见,这次侧翼进军不能归功于某个人,根本没有一个人对它有所预见,从菲利的撤退也和它一样,根本没有什么人看清楚它的全貌,它是由无数各种条件一步一步地、一个事件接着一个事件、随着时间的推移逐渐显露出来的,只有当它完成和成为过去的时候,它的全貌才呈现出来。

菲利的军事会议上俄军将领大都认为理所当然地沿着下城大路径直往后退却。以下事实可以证明这个意见占了上风:与会的大多数都赞成这样退却,尤其是会后总司令和管理粮秣的兰斯科伊那场有名的谈话。兰斯科伊向总司令报告说,军队给养主要集中在奥卡河沿岸的图拉和卡卢加省,如果向下城撤退,给养存放地就要被宽阔的奥卡河隔断,而初冬季节河运是不通的。这是第一个迹象,表明必须撇开那个最自然的直趋下城的想法。军队沿梁赞大路向南行进,离给养更接近了。后来,甚至不知俄军去向的法国人按兵不动,并且要保护图拉的兵工厂,主要的,要接近给养的存放地,使得军队更向南移,进入图拉大路。神速地渡过帕赫拉河向图拉大路进发的时候,俄军的司令官们打算在波多尔斯克停下来,并没有考虑塔鲁丁诺阵地;但是,无数的情况——先前曾迷失俄军踪迹的法军的重新出现、作战计划、特别是卡卢加的粮秣充足,迫使我军更向南移,向给养所在地的交叉路口转移,从图拉大路转到卡卢日斯卡雅大路,然后直趋塔鲁丁诺。正如无法回答莫斯科是何时放弃的一样,同样也无法回答转移到塔鲁丁诺究竟是谁的主意。只有当军队由于无数千差万别的力量互相作用的结果到达塔鲁丁诺后,人们才自信地说,他们本来就是这样想的,早就预见到这一点了。

二

那次著名的侧翼进军不过是,俄国军队在敌人进攻下径直往后退,在法国人的进攻停止后,就离开当初采取的径直路线,见到后面没有追击,就自然地转向给养充足的地区罢了。

假定俄军没有英明的统帅领导,而只是一支没有将官的军队,那么,这支军队也不会有别的办法,也只有从粮草较多、物产较富的地区沿着一条弧线向莫斯科迂回。

从下城大路向梁赞、图拉和卡卢日斯卡雅大路转移,是那么自然而然的事,连俄国的逃兵都向那个方向跑,而且彼得堡也要求库图佐夫朝着那个方向转移。库图佐夫在塔鲁丁诺接到皇帝的近乎申斥的信,责备他走梁赞大路,指定他占领卡卢加对面的阵地,其实在接到皇帝的信的时候,他已经在那个阵地上了。

俄国军队这个球,由于各个战役和波罗金诺战役的推动,顺着推力的方向往前滚,在推力已经消失,而新的推力还没到来的时候,它就在那个理所当然该停的位置上停住了。

库图佐夫的功绩不在于所谓天才的战略转移,而在于只有他一个人懂得所发生的事件的意义,只有他一个人在当时就懂得法国军队无所事事的意义,只有他一个人始终认为波罗金诺战役是一次胜利；只有他一个人——以他处在总司令的地位，应当是倾向于进攻的——只有他一个人竭尽全力阻止俄国军队去作无益的战斗。

那头在波罗金诺受伤的野兽躺在逃走的猎人把它扔下的地方；但是它是不是还活着，是不是还有力量，或者它只是暂时隐藏起来，猎人都不知道。突然传来那只野兽的呻吟声。

法国军队这只受伤的野兽的呻吟，是洛里斯顿被派到库图佐夫的营地求和，这是它行将灭亡的一个暴露。

拿破仑自信地认为，无所谓好和坏，凡是他头脑想到的就是好的，他就是这样灵机一动用法语给库图佐夫写了几句毫无意义的话：

> 库图佐夫公爵，我派一名参谋将军同您谈判许多重要的问题。我请求阁下相信他对您说的话，特别是他向您表示我久已对您怀有的尊敬和景仰。并此祈祷上帝给您以神圣的庇护。
>
> 莫斯科 一八一二年十月三十日
>
> 拿破仑

"如果把我看作干任何和谈勾当的主谋，我就会受到咒骂：我国人民的意志就是这样。"库图佐夫回答说，但是他仍然不遗余力地制止他的军队进攻。

法国军队在莫斯科抢劫了一个月，俄国军队在塔鲁丁诺附近平静地驻扎一个月，双方军队的力量对比（士气和数量）发生了变化，优势已经转到俄国人方面了。虽然俄国人不清楚法国军队的情况和它的数量，对比一经发生变化，进攻的必然性立刻从无数的迹象中表现了出来。这些迹象是：洛里斯顿的派遣，塔鲁丁诺的粮草充裕，来自各方关于法国人的无所事事和混乱的消息，我军各团队新兵的补充,晴朗的天气,俄国士兵长期的休整以及休整后的士兵通常对那万事俱备的勤务油然而生的跃跃欲试的心情,对于久已消失踪影的法国军队的情况的好奇心,俄国哨兵现在竟敢在塔鲁丁诺法国驻军附近放哨的勇气,关于农民和游击队轻易战胜法国人的消息,由此而激起的羡慕心情,只要法国人还占领着莫斯科,人人都抱有复仇的决心,还有主要的,每个士兵虽然不十分清楚,但是都意识到力量的对比现在起了变化,优势在我们方面。实际的力量对比既然起了变化,进攻就势在必行了。正如分针转完一圈,塔钟就自动鸣响一样地准确,随着力量的重大变化,军队上层的活动加强了,有如塔钟咝咝作响和敲打起来。

三

库图佐夫及其参谋部,彼得堡的皇帝,都在指挥俄国军队。早在接到莫斯科失守的消息之前,彼得堡就拟定了一个详细的全面作战计划,送给库图佐夫作为作战方针。虽然这个计划是假设莫斯科还在我们手里时拟定的,但是它仍然得到参谋部的赞同,并准备执行。库图佐夫只是写道,远方的作战指令总是很难执行的。为了解决所遇到的困难,彼得堡又发出了新的指示,并派出监视和报告库图佐夫的行动的新的人员。

此外,俄军的参谋部全部改组了。补了阵亡的巴格拉季翁和拂袖而去的巴克莱的遗缺。正在十分慎重地考虑应当怎样安排才好:把甲放到乙的位置上,乙放到丙的位置上,或者相反,把丙放到甲的位置上,等等,等等,除了使甲和乙满意外,仿佛还有什么事与此有关。

在军队的参谋部里,由于库图佐夫和他的参谋长贝尼格森互相敌视,还由于皇帝的心腹在场和人员的调动,复杂的派系斗争比平时更加激烈了:甲暗算乙,乙暗算丙,诸如此类,在任何一项可能的调动和改组中都是如此。在所有这些互相暗算中,钩心斗角的目标主要是军事,所有这些人都想指导军事;但是军事却不以他们为转移,它是按照应当的那样进行着,就是说,它从来不符合他们的预想,而是顺应群众的实在态度自然演变着。所有这些错综复杂、其乱如麻的预谋诡计,只不过是在高级将领中必然会发生的事情的真实反映罢了。

"米哈伊尔·伊拉里奥诺维奇公爵!"在塔鲁丁诺战役之后接到的皇帝在十月二日的信中写道,"莫斯科是九月二日落入敌手的。您上次的报告是二十日发出的;在这期间,不但没有采取行动对抗敌人,从您最后那次的报告看来,您仍然继续后退。谢尔普霍夫已经被敌人一支部队占领,图拉及其著名的、为军队不可缺少的兵工厂也面临危机。从温岑格罗德将军的报告得知,敌人的一支万人兵团正向彼得堡移动。另外一支几千人的军队也逼近德米特罗夫。第三支法军沿着弗拉基米尔大路向前推进。第四支相当庞大的兵团据守在鲁查和莫扎伊斯克之间。拿破仑本人截至二十五日止仍在莫斯科。从这些情报看来,敌人把兵力分散为若干大的支队,拿破仑及其近卫军仍然驻在莫斯科,在这样的情况下,难道您面临的敌人的力量大得使您不能出击吗?正相反,可以断定,他很可能用比您所率领的军队软弱得多的分队或者至多用一个兵团追击您。看来,利用这些情况,您可以有成效地进攻比您软弱的敌人,消灭它,或者至少迫使它退却,收复现时被敌人占领的各省的主要部分,从而使图拉和其它内地城市脱离危险。如果敌人派出强大的兵团威胁这个剩下不多军队的首都彼得堡,那您要负责,因为您有托付给您的军队,只要采取坚决的行动,您有一切办法消除这个新的灾难。您要记住,为了莫斯科的失守,您要对我们受辱的祖国负责。我有嘉奖您的决心,关于这一点您是有经验的。我这种决心决不会动摇,不过我和俄国有权期待您全力以赴,坚定和成功,您的智力、军事才能和您所统率的军队的骁勇善战,都向我们预示您将不负我们的期望。"

但是,这封证明力量的实质对比在彼得堡已经得到反映的信还在路上的时候,库图佐夫已经不能制止他所指挥的军队发动进攻了,战斗已经开始了。

十月二日,哥萨克沙波瓦洛夫在侦察的路上,射死一只兔子,另外一只受了伤。他在追逐打伤的兔子时深入到树林里,碰到没有任何警戒措施的缪拉的左翼部队。后来这个哥萨克笑着向他的伙伴讲他几乎落在法国人手里。一个少尉听到这个故事,就报告了他的指挥官。

那个哥萨克被叫去询问;哥萨克的军官想利用这个机会夺回一些马,但是一个与高级将领认识的指挥官把这件事报告了参谋部的一位将军。近来参谋部的情况极端紧张。叶尔莫洛夫在几天前去见贝尼格森,求他利用他对总司令的影响,劝总司令发动进攻。

"如果我不认识您,我还以为您不愿意实现您所请求的事呢。不管我建议什么,他阁下一定做相反的事。"贝尼格森回答。

派出去的侦察兵证实了哥萨克的报告,这就表明事情彻底成熟了。绷紧的发条松开了,时钟在嗞嗞作响,开始鸣响了。库图佐夫虽然有他那徒有虚名的权力,有他的聪明才智、丰富的经验和对人的识别能力,但是他不得不注意到贝尼格森亲自呈递给皇帝的报告、全体将军们的一致愿望、他所意想到的皇帝的旨意,以及哥萨克们的报告,已经不能制止那不可避免的行动了,于是不得不下令干他认为有损无益的事了——他认可了既成的事实。

四

贝尼格森呈递的关于必须进攻的意见书,以及哥萨克的关于法军左翼不设防的情报,只不过是必须下达进攻令的最后迹象罢了,于是决定十月五日开始进攻。

十月四日晨,库图佐夫在作战命令上签了字。托尔对叶尔莫洛夫宣读了那个作战命令,请他作进一步的部署。

"好的,好的,我现在没有工夫。"叶尔莫洛夫说着就走出农舍小屋。作战命令是托尔拟的,写得很漂亮。和奥斯特利茨作战命令的写法一样,只不过是不用德语罢了。

"第一纵队①向某地进发,第二纵队②向某地进发。"等等。所有这些纵队在纸面上指定于某时某刻到达某处消灭敌人。正如所有的作战计划一样,一切都想得很美妙,也正如所有作战计划的执行情况一样,结果没有一个纵队按时到达某地的。

将作战计划准备好应有的份数以后,就派一个军官把文件送给叶尔莫洛夫,让他去执行。这个骑兵青年军官,库图佐夫的传令官,对交付他的这个重要任务很高兴,就驰往叶尔莫洛夫的寓所去了。

"出去了。"叶尔莫洛夫的勤务兵回答说。骑兵军官就到叶尔莫洛夫常去的一位将军那儿去。

"不在,将军也不在。"

骑兵军官骑上马,到另外一个人那儿去找。

"不在,出去了。"

"可别让我负迟延的责任! 真烦人!"那个军官想道。他骑着

---

①② 原文为德语。

马走遍了整个营地。有的说看见叶尔莫洛夫同几位将军走过去，有的说大约他又回家去了。那个军官一直找到下午六点钟，连饭都没吃。哪儿都没找到叶尔莫洛夫，谁也不知道他在哪儿。那个军官在同事那儿匆匆吃了点东西，然后又到前卫去找米洛拉多维奇。米洛拉多维奇也不在家，那里的人对他说，米洛拉多维奇去赴基金将军那儿的舞会，叶尔莫洛夫大概在那儿。

"舞会在哪儿？"

"在哪儿，在叶奇金。"一个哥萨克军官指着远处的一所地主的住宅，说。

"怎么在那儿，过了前哨线？"

"前哨线上派了两团人。那儿正在大宴宾客，寻欢作乐，可了不得！有两个乐队，三个合唱团。"

那个军官驰往前哨线以外去找叶奇金。他向那所住宅驰去时，老远就听见和谐而欢乐的士兵舞曲。

"在草地上……在草地上！……"呼哨声和托尔班琴①琴声伴着舞曲，时不时地被喊叫声淹没。那个军官听到这些声音，心中也欢畅起来，但同时也有点怕，这么久没有把交给他的重要的命令送到，会因此获罪的。已经八点多钟了。他下了马，走进这所地处俄国人和法国人之间而仍然保存完整的地主的大宅院的门廊。在餐室和前厅，仆人正忙着端酒送菜。歌手们在窗外站着。那个军官被让进去，他一下子看见了所有军队中重要的将军，其中就有叶尔莫洛夫庞大、令人注目的身形。将军们站成半圆形，都敞开常礼服，脸色通红，兴高采烈，高声大笑。在大厅中间，一个满脸通红、个子不高、容貌俊秀的将军热烈而灵活地跳特列帕克舞。

"哈，哈，哈！尼古拉·伊凡诺维奇，好哇！哈，哈，哈！……"

---

① 托尔班琴是旧时波兰和乌克兰等地的一种双颈拨弦乐器。

军官觉得，他带着这么重要的命令在这个时刻进去，岂不是罪上加罪，他想等一等再说；但是有一位将军看见了他，问清楚他有什么事，就告诉了叶尔莫洛夫。叶尔莫洛夫沉着脸子向那个军官走过来，听完军官的报告，从他手里接过文件，一句话也没对他说。

"你以为他是偶然走开的吗？"参谋部的一个同事那天晚上谈到叶尔莫洛夫时对那个骑兵军官说，"这是耍手腕，这全是故意的。跟科诺夫尼岑过不去。你瞧吧，明天有好看的！"

五

第二天一早，衰老的库图佐夫从床上起来，做了祈祷，穿上衣服，怀着他必须指挥一场他不赞成的战争的不愉快心情，坐上马车，从列塔舍夫卡（此地离塔鲁丁诺五俄里）出发到担任进攻的各纵队集合的地点。库图佐夫坐在马车里睡睡醒醒，醒醒睡睡，谛听右方有没有枪声，战斗有没有打响？但是还没有一点动静。潮湿而阴郁的秋天刚刚露出熹微的晨光。快到塔鲁丁诺的时候，库图佐夫看见他的马车走过的路上骑兵牵着马去饮水。库图佐夫仔细看了看他们，停住马车问他们是哪个团队的。那些骑兵所属的纵队本来应当早就到很远的前方去做埋伏。"也许是弄错了吧。"老总司令想道。但是，又走了一段路，库图佐夫看见步兵团队都架起枪，士兵们只穿着衬裤，有的在盛粥，有的在抱柴。叫来一个军官。那个军官报告说，并没有接到进攻的命令。

"怎么可能……"他刚要说，就立刻停住了，命令去叫一名高级军官来见他。他下了马车，低着头，喘着粗气，默默地走来走去，在等候着。总参谋部的军官艾兴被叫来了，库图佐夫气得脸发紫，并不是因为这个军官犯了什么错误，而是因为他是可以发泄怒气的对象。于是，老头子浑身发抖，喘息着，已经处在疯狂的状态，当他气得在地上打滚的时候,总是这种状态,他向艾兴进攻了,挥舞着双手威吓他,喊叫着,用最粗野的话骂人。一个偶然闯来的布罗津上尉,这个无辜的人也遭到同样的命运。

"你这个混蛋怎么这么坏?枪毙恶棍!"他挥舞着双手,身子摇摇晃晃,声音嘶哑地喊叫。他感到生理上的痛楚。他这个总司令阁下大人,人人都认为他拥有俄国从未有人拥有的权力,他竟落到这步田地——在全军面前闹了个大笑话。"我白白忙活为今天祷告上帝,白白通宵不眠,白白伤脑筋考虑各种事情!"他在想自己,"当我还是小小的军官的时候,谁也不敢这么耍笑我……可是现在!"他像受到体罚似的,感到生理的痛楚,不能不以愤怒和痛苦的喊叫表现出来;但是他很快就泄了劲,他向周围望了望,觉得刚才说了许多难听的话,于是上了马车,默默地回去了。

怒气发泄过后已经不再来了,库图佐夫无精打采地眨着眼听取那些辩解和袒护的话(叶尔莫洛夫本人第二天才来见他),以及贝尼格森、科诺夫尼岑和托尔关于这次不成功的行动延至次日的坚决要求。库图佐夫只得又同意了。

六

第二天晚上,军队在指定的地点集合,当天夜里出发。秋天的夜空布满深紫色的云,但是没有下雨。地是潮湿的,但是并不泥泞,军队静悄悄地行进着,只是偶尔微微地听到炮兵的铿锵声。禁止高声谈话、吸烟、打火;不让马嘶叫。行动的诡秘,增加了它的魅力。人们快活地行进着。有些纵队以为他们已经到达了目的地,停下来,架起枪,在冰冷的土地上躺下来;有些纵队(大多数)走了一整夜,显然走到不该到的地方去了。

奥尔洛夫-杰尼索夫伯爵带领一队哥萨克(一支最无足轻重

的分队）按时到达地点。这个分队停在一座森林的边缘——斯特罗米洛瓦村和德米特罗夫斯科耶村之间的一条小路上。

天刚蒙蒙亮,还在打瞌睡的奥尔洛夫伯爵被惊醒了。一个从法国阵营中逃过来的人被带进来。这人是波尼亚托夫斯基兵团的波兰籍中士。这个中士用波兰语解释说,他所以投奔过来,是因为在军队中受人欺负,他早应当升为军官了,他比谁都勇敢,因此他抛开他们,还要报复他们一下。他说,缪拉就在离他们一俄里的地方过夜,只要给他一百人的卫队,他就可以把他活捉过来。奥尔洛夫-杰尼索夫伯爵和同事们商量了一下。这个建议太诱人了,简直令人难以拒绝。人人都自告奋勇要去,人人都说可以试一试。经过一番争论和考虑,决定由格列科夫带两团哥萨克跟那个中士一同去执行任务。

"你可要记住,"奥尔洛夫-杰尼索夫伯爵送走那个中士时,对他说,"你要是撒谎,我就把你当一条狗吊死,要是真的,就赏你一百金币。"

中士带着坚决的神情对这些话不予回答,骑上马,跟着很快集合起来的格列科夫的人马一同出发了。他们隐没在森林里。奥尔洛夫伯爵送走了格列科夫,在黎明前的清凉空气中瑟缩着身子,由于这件事是他自作主张,心里很激动,他走出树林瞭望敌人的营地,这时在天际的鱼肚白和即将燃尽的篝火的微光中,敌人的营地影影绰绰可以望见。在奥尔洛夫-杰尼索夫伯爵右方,我们的纵队应该在那裸露的斜坡上出现了。奥尔洛夫伯爵向那边望去,虽然离得远,还是可以望见我们的纵队的,可是没有看见。奥尔洛夫-杰尼索夫伯爵觉得,特别是据一个眼尖的他的副官所说,法国营地动起来了。

"啊,晚了,的确晚了。"奥尔洛夫望了望敌营,说。他忽然觉得,正如当我们信任的人不在眼前时常有的情形,忽然觉得他完全明白，完全洞若观火，那个中士是个骗子，他撒了个大谎，不知他把两团人带到哪儿去了，由于这两团人不在，到底把我们的进攻给破坏了。怎么能在这么庞大的军队中活捉一个总司令？

"的确，他撒谎，这个坏蛋。"伯爵说。

"可以把他追回来。"其中一个侍从说，这个侍从和奥尔洛夫-杰尼索夫伯爵有同感，在观望敌营时觉得这次行动不可靠。

"嗯？是吗？……您看怎么样，就让他们去？还是不让他们去？"

"您的意思是不是追回来？"

"追回来，追回来！"奥尔洛夫伯爵看着表，突然坚决地说，"恐怕要晚了，天大亮了。"

于是副官驰进树林去找格列科夫。当格列科夫回来的时候，奥尔洛夫-杰尼索夫伯爵由于这次尝试的被取消，由于老等不到步兵纵队的出现，还由于敌人近在咫尺，心情很激动（他这一分队人人都很激动），决定发动进攻。

他小声发出口令："上马！"于是哥萨克各就各位，画了十字……

"上帝保佑！"

"乌拉——！"喊声响彻了整个森林，哥萨克士兵们端起镖枪，一连跟着一连，口袋倒豆子似的，飞快地越过小溪，快活地向敌营冲去。

第一个看见哥萨克的法国人发出一声绝望、惊恐的喊叫，全营的人没穿上衣服就睡眼蒙眬地扔下大炮、枪支和马匹，落荒而逃了。

如果哥萨克不顾他们身后和周围的一切，继续追击法国人，他们甚至可以捉住缪拉，把那儿所有的东西一齐缴获。指挥官们是要这样做的。但是哥萨克士兵得了战利品和俘虏，就动不了窝儿了。谁也不听命令。这里的俘获计有：一千五百名战俘，三十八尊大炮，许多旗帜，还有哥萨克最为重视的马匹、鞍辔、被服，以及其他各种东西。所有这一切都得处理，俘房、大炮得安置，战利品要分配，甚至要有一番你争我夺的斗殴：哥萨克都在忙活这些。

不再受追击的法国人清醒过来，整好队伍，开始射击起来。奥尔洛夫–杰尼索夫伯爵仍在等待所有纵队的到达，没有再继续进攻。

与此同时，按照布置："第一纵队向某地进发①"等等，贝尼格森指挥的和托尔统率的那些迟到的步兵纵队照着应有的样子出发了，像常有的情形那样，走到一个地方，不过那不是指定的地点。高高兴兴出发的人们停下来；只听见怨声四起，一团混乱，又返回什么地方。驰骋过来的副官和将军们喊叫着，怒气冲天，互相争吵，说是完全走错了道儿，要迟到了，责骂某某人，如此等等，最后，人们无可奈何地挥了挥手，又走了，只好走走再说。"不管怎么走，总能走到！"果然走到了，但不是应去的地方，有些纵队倒是到了应去的地方，但是太迟了，到了那儿毫无作用，只不过当人家的射击靶子罢了。托尔在这次战斗中充当维罗特尔在奥斯特利茨战役扮演的角色，他骑着马一个劲儿地奔忙，奔到一处又奔另一处，到处发现事与愿违。如此，天已大亮，他驰到停在树林里的巴戈乌特兵团那儿，而这个兵团早就应当和奥尔洛夫–杰尼索夫会合了。为了这个失误，托尔焦急，恼火，认为应当有人对此负责，他策马来到兵团司令跟前，严厉地申斥他，说为了这个应该枪毙他。巴戈乌特是一个沉着文静、久经沙场的老将军，由于一路停滞、混乱不堪、错误百出，弄得他筋疲力尽，令人惊讶的是，他一反平日温和的性格，也暴跳起来，对托尔说了一大堆难听的话。

---

① 原文为德语。

"谁的教训我都不要听,我和我的士兵去赴汤蹈火并不比别人差。"他说着,就带领一师人前进了。

心情激动的勇敢的巴戈乌特冒着法国人的炮火向田野走去,也不考虑这时就进入战斗是否有益,就带着一师人直冲上去,把军队带到炮火下面。危险、炮弹、枪弹,正是处在愤怒中的他所需要的。在敌人的头几排枪弹中,一颗子弹把他打死了,接着几排枪弹,打死了许多士兵。他的一师人冒着炮火毫无益处地坚持了一会儿。

七

与此同时,另外一个纵队应当从正面进攻法国人,但是这个纵队里有库图佐夫。他很清楚,这次违反他的意志打响的战斗,除了弄得混乱不堪之外,什么也得不到,因此,就他的权力所及,尽可能控制住军队。他按兵不动。

库图佐夫沉默不语地骑着一匹浅灰色的马,懒洋洋地回答对他提出的发动进攻的建议。

"您老是把进攻挂在嘴上,而没有看见我们不会打复杂的运动战。"他对请求进军的米洛拉多维奇说。

"今天早晨没能把缪拉捉住,没能按时到达阵地:现在毫无办法!"他对另一个人回答说。

人们向库图佐夫报告说,据哥萨克得到的情报,法军后方先前十分空虚,现在已经有两营波兰兵了,他向后转过脸去乜斜着眼看了看叶尔莫洛夫(他和他从昨天起就没说过一句话)。

"您瞧,他们还要请战呢,提出种种作战方案,可是刚要交手,就什么都没准备好,而警觉的敌人却采取了措施。"

叶尔莫洛夫听了这些话,眯起眼睛,露出一丝微笑。他明白,对他来说，暴风雨已经过去了，库图佐夫仅仅轻描淡写地点了一下。

"他这是拿我开心呢。"叶尔莫洛夫碰了碰站在他身旁的拉耶夫斯基的膝盖，悄悄地说。

过了不大一会儿，叶尔莫洛夫走向前去，向库图佐夫报告说：

"勋座，现在为时还未晚，敌人还没走。您是不是下令进攻？不然近卫军连硝烟都没瞧见。"

库图佐夫没有答话，但是当人们向他报告说缪拉的军队撤退的时候，他下了进攻令；但是每前进一百步就停三刻钟。

整个战役就只有奥尔洛夫－杰尼索夫的哥萨克做的那点事情；其余的军队只是白白损失了几百人。

由于这次战役，库图佐夫得到了一枚钻石勋章，贝尼格森也得到一些钻石勋章和十万卢布，其他人按照级别也得到许多令人愉快的好处，在这次战役之后，参谋部再度作了调整。

"我们总是搞成这个样子，颠三倒四的！"在塔鲁丁诺战役后，俄国军官们和将军们说——现在也有人这么说，让人觉得，好像有一个蠢人把事情搞得颠三倒四的，要是我们，就不会这样。但是说这话的人要么不了解他们所说的那件事情，要么是自欺欺人。所有的战役——塔鲁丁诺、波罗金诺、奥斯特利茨等战役，都不是照战役的制定者所预期的那样进行的。这是最本质的情况。

无数自由的力量（因为再没有比在战斗的时候，在殊死搏斗的地方，人更自由的了），影响着战斗的趋势，而这个趋势永远是不可知的，永远不会与某一个力量的趋势相符合的。

如果同时有许多各种不同的力量对某个物体发生作用，这个物体运动的方向不可能与任何一个力量运动的方向相符合；而总是采取平均最短的方向，那方向就是力学所说的平行四边形的对角线。

如果我们在史学家的著述中,特别是在法国史学家的著述中,发现他们所说的战争和战斗都是按照事先制定的计划进行的,那么,我们从其中只能得出一个结论,那就是说,这些论述是不真实的。

塔鲁丁诺战役显然没有达到托尔所预期的目的:军队没有按照部署依次投入战斗;也没有达到奥尔洛夫伯爵可能有的目的:俘房缪拉,或者,也没有达到贝尼格森和别的人可能有的一举歼灭整个师团的目的,军官也没有达到参加战斗并且荣立战功的目的,或者,哥萨克也没有达到比他们已经得到的更多的战利品的目的,诸如此类。但是,如果那次战役的目的是实际上完成的那些事,是当时俄国人共同愿望的事(把法国人从俄国赶出去,消灭他们的军队),那么,问题就十分清楚,塔鲁丁诺战役正是由于它的矛盾百出,恰好是那个时期所需要的战役。比这次战役的结果更合乎时宜的另外什么结果,很难而且不可能想得出了。费力最小、混乱最大、损失微不足道的整个战役所得到的最大结果,就是使退却转为进攻,暴露出法国人的弱点,对拿破仑军队的即将逃跑予以推动。

八

拿破仑在莫斯科河获得辉煌的胜利之后,进入了莫斯科;胜利是无可怀疑的,因为战场是属于法国人的。俄国人退却了,放弃了首都。仓廪充实、弹药满库、财富不计其数的莫斯科,落在拿破仑手中了。只有法国军队一半的俄国军队,整整一个月连进攻的尝试也没有进行。拿破仑的境况是最辉煌的。如果要以双倍的兵力猛扑俄国残余的部队并且消灭它,如果要提出有利的媾和条件,万一讲和被拒绝,就进军威胁彼得堡,甚至战事万一失利,就回到斯摩棱斯克或者维尔纳,或者留在莫斯科,总之,如果要保持法国军队当时所处的那种辉煌的境况,似乎并不需要特殊的天才就可以办到。为了办到这一点,只要做一件极普通、极容易的事情,那就是禁止军队抢劫,准备冬季服装(在莫斯科能得到够全军用的冬装),用正当的方法征集粮食,据法国史学家说,莫斯科有足够全军食用半年多的粮食。可是拿破仑,这个史学家誉为天才中最伟大的天才,掌握军政大权的人,竟然在这些方面什么也没做。

他不仅什么也没做,而且相反,他把他的权力却用在从提供给他的所有道路中选择了一条最愚蠢、最有害的道路。可供拿破仑选择的道路有:在莫斯科过冬,向彼得堡进军,向下诺夫哥罗德进军,向北或者向南(也就是库图佐夫后来所走的那条路)撤退,可是,再也想不出比拿破仑做的更愚蠢、更有害的事了,那就是,在莫斯科停留到十月底,纵容军队抢劫这个城市,后来,拿不定主意是否留下城防部队,就退出了莫斯科,接近了库图佐夫,却没有展开战斗,向右方转移,走到小雅罗斯拉维茨,又失去试行突破的机会,不走库图佐夫走的那条路,而沿着被破坏了的斯摩棱斯克大路向莫扎伊斯克退却,结果表明,再也想不出比这更愚蠢、对军队更有害的事了。就让最有经验的战略家姑且假定拿破仑的目的是要毁灭他的军队,也想不出另外一系列行动像拿破仑所做的那样确切无疑地、与俄国军队采取任何措施都无关地使法国军队覆灭得那么彻底。

天才的拿破仑却做到了这一点。但是,说拿破仑毁灭他的军队是因为他愿意那样,或者说因为他太愚蠢,犹如说拿破仑把军队带到莫斯科是因为他愿意那样,或者说因为他非常聪明和有天才,都同样地不公平。

在这种或那种情况下,他个人的行动并不比任何一个士兵的行动更有力,只不过他个人的行动符合现象在完成过程中的规律罢了。

史学家十分荒谬地告诉我们说,拿破仑的天才在莫斯科衰退了(仅仅因为结果未能证实拿破仑的行动是对的)。其实他跟先前、跟后来、跟一八一三年完全一样,用尽他的才智和力量为他自己、为他的军队谋求最大的利益。拿破仑在这一时期的行动令人叹为观止,比他在埃及、意大利、奥地利和普鲁士等地,并不见得逊色。我们不能确切知道拿破仑在埃及(那里四千年的历史在注视着他的功绩)究竟怎么英明,因为所有那些丰功伟绩的描述都出自法国人之手。我们也不能确切无误地判断他在奥地利和在普鲁士的天才,因为他在那儿活动的报导得从法国和德国的文献里去找;兵团没有经过战斗就莫名其妙地一个个投降,要塞没有被包围就莫名其妙地一个个陷落,这一切使得德国人不能不承认他的天才作为那场在德国进行的战争的唯一解释。但是我们,谢天谢地,没有必要承认他的天才来遮羞了。我们为了直截了当看问题的权利,已经付出了代价,我们决不放弃这种权利。

他在莫斯科的行动,也如同在所有的地方,同样令人叹为观止,天才辉煌。自他进入莫斯科到他退出莫斯科之间,他接二连三地发出各种指示,制定各种计划。莫斯科的居民走光了,没有代表团前来见他,甚至莫斯科大火,都没有使他惊慌。他没有忽视俄国人民的利益,没有忽视处理巴黎方面的政务,没有忽视关于即将缔结和约的外交方面的考虑。

九

在军事方面,刚进莫斯科,拿破仑就严令塞巴斯蒂安尼将军注意俄国军队的行动,向各条道路派出兵团,命令缪拉寻找库图佐夫。然后大力加强克里姆林的防务;然后在全俄版图上制定今后战役的天才计划。在外交方面,拿破仑把那个遭到抢劫、服装破烂、不知怎样才能逃出莫斯科的雅科夫列夫①叫来,向他详细说明他的全部政策和宽大为怀,并且写了一封给亚历山大皇帝的信,他在信中说他有责任告诉他的朋友和兄弟,拉斯托普钦在莫斯科工作做得很糟,然后就打发雅科夫列夫去彼得堡。他又向图托尔明详细讲了他的想法和宽大政策,他又把这个老头子派往彼得堡去进行谈判。

在司法方面,在火灾后,立即下令捉拿纵火犯,并处以极刑。对于坏蛋拉斯托普钦,下令烧掉他的住宅以示惩罚。

在行政方面,他赐给莫斯科一部宪法,成立市政府,颁布了如下的告示:

莫斯科的居民们!

"你们的灾难是深重的,但是皇帝陛下和国王将要消除这些灾难。可怕的例子已经给你们以教训:他是怎样惩办那些抗命和违法行为的。采取严厉的措施是为了制止骚乱和恢复公共治安。由你们亲自选出的管理行政的父老们,将组成市政府,或者叫市政管理局。它将关心你们,关心你们的需要,关心你们的利益。这些行政人员以肩挎红带为标记,市长则外加一条白腰带。在公余时间,他们左臂只佩一条红带子。

"市警察局已经按原有的规章制度建立起来,由于他们的活动,秩序已经好转。政府已经任命两名总监或警察局长,市内各区任命二十名区监或警察所长。你们看见左臂缠着白带子的就是他们。几个不同教派的教堂已经开放,可以自由地做礼拜。你们的同胞每天都有回来的,已经发出命令:这些不幸的人们回到家里可以得到帮助和保护。这些就是政府为了恢复秩序和改善你们的状况采取的措施;但是,为了做到这

_____

① 近卫军上尉雅科夫列夫是俄国著名作家亚历山大·赫尔岑的父亲。

些,你们必须和他们联合起来共同努力,如果可能的话,忘掉你们遭到的不幸,寄希望于较好的命运,相信不可避免的可耻的死刑正在等待着那些胆敢侵犯你们的人身和你们的剩余财产的人,最后,你们不用怀疑,你们的生命财产一定会得到保障,因为这是最伟大最公正的君主的旨意。不论属于哪个民族的士兵们和居民们! 作为国家的幸福根源的公众的信任要恢复,要亲如手足,互相帮助和保护,联合起来挫败坏人的企图,服从军政当局,你们不久就不再流泪了。

在军队方面,拿破仑告示全体官兵,为了保证军队未来的给养,命令他们轮番洗劫莫斯科。

在宗教方面,拿破仑命令召回神父,教堂恢复做礼拜。

关于商业和军队的食粮供应,各处张贴了如下的布告。

布　　告

安分守己的莫斯科居民们,工匠们和工人们——因受灾离开城市的人们,还有你们,由于无缘无故的恐惧至今仍在田野流离失所的农民们,听着! 首都又平静了,秩序也恢复了。你们的同胞见到他们受到尊敬,都从隐蔽的地方勇敢地走出来了。对他们的人身和财产的任何暴行,都将立即受到惩罚。皇帝陛下和国王保护他们,认为你们中间除了那些违抗他的命令的人,没有一个是他的敌人。他要结束你们的不幸,使你们返回家园与亲人团聚。遵从他的仁慈的旨意,安然回到我们这儿来吧。居民们! 满怀信任地回到你们的住处吧:你们的需要不久就会得到满足! 工匠们和勤劳的工人们,返回你们工作的地点吧:房屋、店铺、保卫的措施,都在等待着你们,你们的工作将得到应得的报酬! 还有你们,农民们,从你们躲藏的森林里出来吧,毫无畏惧地回到你们的农舍吧,完全可以相信,你们会得到保护。城里已经设了许多粮店,农民可以把多余的粮食和土产运到那里。政府已经订出以下的措施以保证农民可以自由买卖:(一)自即日起,农民、庄户人以及莫斯科近郊的老百姓,可以将各种产品毫无危险地运至城内指定的两个粮店,其中一个在莫霍夫街,另一个在奥霍特内伊市场。(二)产品按买卖双方议价交易;卖方如认为价格不合意,可将产品运回村,任何人不得用任何借口加以留难。(三)每星期日和星期三定为逢大集,因此,每逢星期二和星期六将派足够数量的军队在城外各条大路保护货车。(四)将采取同样的措施,使农民在归途中通行无阻。(五)立即采取措施恢复正常的贸易。城市和乡村的居民,以及你们,不论属于哪个民族的职工们!呼吁你们实现皇帝陛下和国王的仁慈意愿,协助陛下谋求公共的福利。匍匐在他的脚下表示敬意和信任,赶快跟我们联合起来!

在鼓舞士气和民气方面,不断地举行检阅和发奖。皇帝骑着马巡街,安抚居民;他虽然为国务操劳,仍然亲临他下令建立的剧院看戏。

在慈善事业方面(慈善事业是帝王最高的德政),拿破仑也做了他能做的一切。他吩咐在慈善院的建筑物上书写"吾母之家"的字样,这样就把做儿子的孝敬之情和浩荡的皇恩结合起来。他参观孤儿院,让他所拯救的孤儿吻他那双白净的手,慈祥地和图托尔明谈话。然后,据梯也尔能言善辩的叙述,他命令把他伪造的俄国钞票发给他的部队作为薪饷。以无愧于他和法国军队的行动进一步扩大这些措施,他命令给烧得一无所有的人家以补助。但是,因为食物太珍贵,不便发给这些大都怀有敌意的异国人,拿破仑认为最好给他们钱,让他们到别处去弄食物;因此他吩咐发给他们纸卢布。

在军纪方面，连续发出严惩玩忽职守和禁止抢劫的命令。

十

但奇怪的是，所有这些指示、关注和计划，比在类似情况下发出的另外那些指示、关注和计划并不差，然而没有触及事情的本质，就像脱离了机械的表盘上的指针，没有咬住齿轮，任意地、盲目地转动着。

在军事方面，梯也尔在谈到战役的天才计划时说：他的天才从来没有发挥得如此深刻，如此巧妙，如此令人叹服，梯也尔在和凡先生论战时，在这个问题上证明这个天才计划的制定是针对十月五日的，并不是针对十月四日的，这个计划从来没有也不可能执行，因为它离实际太远。为了克里姆林宫设防而夷平清真寺（拿破仑这样称圣瓦西里大教堂），结果表明，这一举动完全无用。在克里姆林布雷，不过是为了实现皇帝离开克里姆林宫以后炸掉它的愿望，正如小孩跌疼了后，要打那块跌痛他的地板一样。追击俄军是拿破仑最关心的事情，结果成为闻所未闻的怪事。法国指挥官失掉了六万俄军的踪迹，据梯也尔说，只有缪拉用兵如神，也就是他的天才，才像找到一根针似的找到了六万俄国军队。

在外交方面，拿破仑向图托尔明和向那个主要想弄到一件军大衣和一辆大车的雅科夫列夫所提出的关于他的宽大和公正的论据，毫无用处，因为亚历山大不接见这两位使者，对他们的使命也没有做出反应。

在司法方面，处决了一些所谓的纵火犯后，莫斯科另一半也烧光了。

在行政方面，市政局的成立未能阻止抢劫，得到好处的只有那些在市政局供职的人，他们借口维持秩序，不是抢劫莫斯科，就是保护自己不受抢劫。

在宗教方面，拿破仑在埃及造访一次清真寺，事情就轻易地弄妥了，而在这儿，什么结果都没得到。在莫斯科找到两三个神父，让他们执行拿破仑的旨意，但是其中一个在做礼拜时被一个法国兵打了嘴巴，关于另一个，法国军官是这样报告的："我找到一个神甫，请他来做弥撒，他把教堂打扫干净后，锁了起来。当天夜里又来把门和锁都砸坏了，把书也撕了，还干了其他一些坏事。"

在商业方面，对勤劳的工匠和农民的告示没得到任何反响。城里已经没有勤劳的工匠了，农民把带着告示出城走得太远的人员捉住，并且杀掉了。

在建立剧院以娱乐民众和军队方面，也同样地失败了，在克里姆林宫和波兹尼亚科夫家设立的剧院，随即就关闭了，因为男女演员都遭到了抢劫。

连慈善事业也没有收到预期的效果。真的和假的钞票充斥莫斯科，钞票已经不值钱了。对于掠夺财物的法国人，只有黄金才是最需要的。不仅拿破仑赐给灾民的假钞票不值钱，连白银的价值较黄金也跌价了。

当时最高指示的失效最令人吃惊的是拿破仑制止抢劫和恢复纪律的努力。

军队的长官们是这样报告的。

"城内抢劫现象仍在继续，虽然有禁止抢劫的命令。秩序仍未恢复，没有一个商人是以合法的方式进行交易的。只有随军小贩敢做生意，不过他们卖的都是抢来的东西。"

"我那一区继续遭到第三兵团士兵的抢劫，他们夺走藏在地下室的不幸的居民仅有的一点东西仍不满足，还用佩刀残酷地砍伤他们，这都是我亲眼看见的。"

"除士兵明抢暗偷之外，别无可报道的。——十月九日。"

"盗窃和抢劫在继续。我区有一伙盗贼,对他们应采取严厉的措施。——十月十一日。"

"皇帝极端不满,虽然三令五申严禁抢劫,但只见成群结队的近卫军在抢劫以后走回克里姆林宫。在老近卫军中间,昨天、昨晚和今天,又出现了比过去更加穷凶极恶的抢劫和骚扰。皇帝痛心地看到,这些精选的护驾的士兵,本当做出服从的榜样,然而却如此不听命令,竟然哄抢贮藏军用品的地下室和仓库。还有一些士兵竟如此有失体统,不听哨兵和守卫的军官的劝阻,还辱骂和殴打他们。"

"宫廷司礼长强烈抱怨说,"总督写道,"尽管一再发出禁令,士兵仍然在院子里,甚至在皇帝的窗下大小便。"

这支军队就像无人放牧的牲口,践踏脚下可以使他们免于饿死的饲料,待在莫斯科无所事事,一天天垮掉,灭亡。

但是,这支军队待着不动。

这支军队只是在辎重队在斯摩棱斯克大路上被劫持,塔鲁丁诺发生战斗突然惊慌失措时才逃走的。拿破仑在阅兵时意外地获悉塔鲁丁诺战役的消息,据梯也尔说,正是这个消息引起他要惩罚俄国人的念头,于是他发出了全军都在请战的进军命令。

在逃出莫斯科时,这支军队人人都携带着抢来的东西。拿破仑也带走他个人的财宝。拿破仑发现行李车拖累军队,大吃一惊(据梯也尔说)。但是根据他的战斗经验,他没有像快攻到莫斯科时处理元帅们的车辆那样,下令烧毁多余的车辆;他望了望那些士兵驾驶的各种车辆说,这很好,这些车辆可以运粮草,运病号和伤员。

整个军队的景况,犹如一头受伤的野兽的景况,感到自己行将灭亡,但不知怎么办。研究拿破仑和他的军队自从进入莫斯科直到这支军队毁灭这一期间的巧妙策略和目的,其实就是研究一头受了致命伤的野兽在临死前的蹦跳和抽搐的意义。一头受伤的野兽常常一听见一点沙沙声,就向猎人射击的方向扑过去,东冲西撞一阵子,加速了自己末日的到来。拿破仑在全军的压力下,正是这样做的。塔鲁丁诺一阵沙沙声,惊动了这头野兽,它向射击的方向扑过去,追上了猎人,又回头向后跑,最后,正如任何一头野兽一样,沿着最不利、最危险、然而却又熟悉的旧脚印的道路往回逃跑了。

在我们心目中,拿破仑是这次全部军事活动中的领导者(正像野蛮人认为雕在船头的神像是驾驶船只的力量一样),而拿破仑在他活动的全部时期就像一个孩子,他抓住拴在车内的带子,还以为他是在赶车呢。

十一

十月六日一大早,皮埃尔从棚子出来走回去,他在门口停下,逗弄一只老在他身边转悠的小狗,这只毛色雪青、身长、腿又短又弯的小狗和他们一块儿住在棚子里,同卡拉塔耶夫睡在一起,它有时到城里去,然后又回来。它大概从来不属于任何人,它现在也没有一定的主人,也没有一定的名字。法国人叫它阿佐尔,那个爱讲故事的士兵叫它费姆加尔卡,卡拉塔耶夫和其他的人叫它小灰子,有时叫它薇薇。它没有主儿,没有名字,甚至种属也不明,毛色也不清,但是,它并不因此而为难。它那蓬松的尾巴像头盔羽饰似的硬邦邦、圆滚滚地直竖着,罗圈腿是那么听使唤,它好像不屑于用四条腿,时常优美地抬起一条后腿,麻利地、飞快地用三条腿跑开了。什么都使它高兴。它时而仰卧着快乐地尖叫,时而带着若有所思的神情晒太阳,时而活蹦乱跳地玩弄一个木片或者一根干草。

皮埃尔的衣服现在只有一件又脏又破的衬衫(他原有的衣服

剩下的唯一的一件）、一件士兵的裤子（依照卡拉塔耶夫的主意，用绳子扎上裤脚以保暖）。皮埃尔这阵子身体变化很大。虽然看来依然具有他们家族遗传的魁梧而且有力的体魄，但是已经不那么胖了。脸的下部长满了胡子；生满虱子的又长又乱的头发，像一顶帽子似的盘曲在头上。目光显得坚定、平静、生气勃勃、充满活力，皮埃尔以前从来没有这样的表情。从前他那种松懈、散漫的眼神，现在却换上精力饱满、随时准备行动和反抗的奋发精神。他光着脚板。

皮埃尔一会儿望望田野——那天早晨田野里行驶着大批的车辆和骑马的人，一会儿望望河对岸的远方，一会儿望望那只装着认真要咬他的小狗，一会儿望望他的光脚板，他满有兴味地把一双光脚摆出各种姿势，动着粗大肮脏的脚趾头。他每次注视他的光脚的时候，脸上就露出兴奋和得意的微笑。他一看见这双光脚板，就想起这阵子他所感受的和理解的一切，这段回忆使他感到愉快。

一连几天风和日丽，早晨有薄霜，正是所谓秋高气爽季节。

在露天太阳地里暖洋洋的，这种温暖加上早晨的凉意，特别使人愉快。

在一切东西上，不论近的还是远的东西，都蒙上一层只有这个时期的秋天才有的奇异明净的光辉。远远地可以看见麻雀山以及山上的村落、教堂和高大的白房子。光秃秃的树、沙地、石头、房顶、教堂绿色的塔顶、远处白房子的墙角——所有这一切在透明的空气中都以最精致的线条异常清晰地勾画出来。近处是随处可见的被法军占领的贵族宅第烧得残破的废墟，垣墙周围还有墨绿色的丁香树丛。甚至这座在阴暗的天气丑得可憎的污秽的废墟，这时在明朗的静静的光辉中也显出一种令人欣慰的美。

一个法军班长随便地敞着怀，戴着睡帽，叼着烟斗，从棚子角落里走出来，走到皮埃尔跟前，友好地向他挤挤眼。

"多么好的太阳,嗯,基里尔先生(法国人都这样叫他),简直是春天。"于是那个班长倚着门,让皮埃尔也抽一袋烟,虽然每次让烟都被皮埃尔拒绝了。

"如果在这样的天气行军嘛……"他刚要说下去。

皮埃尔问他可听到出发的消息,班长说所有的部队都出发了,今天就该有处理俘虏的命令。皮埃尔住的那个棚子里有一个叫索科洛夫的士兵,病势垂危,皮埃尔告诉班长应当照管一下那个士兵。班长让皮埃尔尽管放心,他说有流动医院和常设医院,都会照管病人的,总之,凡是可能发生的事,长官全想到了。

"还有,基里尔先生,您只要对上尉说一声就行了,您知道……他这个人……什么都放在心上。他再来巡视时,您对上尉说吧;他什么都会为您办的……"

班长所说的那个上尉,时常和皮埃尔长谈,给他各种照顾。

"您知道,托马斯前些时候对我说:基里尔是个有教养的人,他会说法语;他是落魄的俄国贵族,但他是个人物。他这人通情达理……他需要什么,都满足他。向人讨讨教,那你就会爱知识,爱有教养的人。我这是说您呢,基里尔先生。前几天,如果不是您的话,事情可就糟了。"

那个班长又聊了一会儿就走开了。(刚才班长所说的前几天发生的事,是俘虏和法国人打架的事,皮埃尔使自己的同伴平息下来。)几个俘虏在听皮埃尔和班长谈话,立刻打听班长说了什么。皮埃尔告诉同伴说,班长说法军已经出发了,这时,一个面黄肌瘦、衣衫破烂的法国士兵来到棚子门前。他迅速而胆怯地把手指举到额角表示敬礼,他问皮埃尔,给他缝衬衫的士兵普拉托什可在这个棚子里。

一个星期前,法国人得到一批皮料和麻布,发给俘虏缝制靴子和衬衫。

"做好了，做好了，小伙子！"卡拉塔耶夫拿着叠得整整齐齐的衬衫走出来，说。

由于天气暖和，也为了便于干活，卡拉塔耶夫只穿一条裤子和一件黑得如土的破衬衫。他像工匠那样，用菩提树皮把头发箍起来，他的脸显得更圆更喜人了。

"诺言是事业的亲兄弟。说星期五做好，就星期五做好。"普拉东说，他微笑着打开缝好的衬衫。

那个法国人不安地东张西望，仿佛在竭力消除疑虑似的，迅速脱掉制服，穿上衬衫。在那个法国人制服下面没穿衬衫，他那赤裸、黄瘦的上身只穿一件老长的、油渍斑斑的、带花点的绸背心。显然，那个法国人怕俘虏看见会笑话他，所以赶快把头套进衬衫里。俘虏没有人说话。

"瞧，正合适。"普拉东一面给他抻抻衬衫，一面说。那个法国人把头和胳膊都伸进去，眼皮也不抬，端详身上的衬衫，仔细地看线缝。

"说实话，小伙子，这不是裁缝铺，没有正经的工具；常言说：没有家伙连虱子也捉不住。"普拉东说，他一笑脸更圆了，显然对自己的手艺很欣赏。

"好，好，谢谢，剩下的布头呢？"法国人说。

"你贴身穿就更合适了，"卡拉塔耶夫说，他还一个劲儿欣赏自己的手工，"那才美气，才舒服呢……"

"谢谢，谢谢，朋友，剩下的布头呢？把布头给我吧……"法国人微笑着又说，掏出钞票给卡拉塔耶夫。

皮埃尔看见普拉东不想弄懂那个法国人说的话，所以他望着他们不去干预。卡拉塔耶夫谢了谢给他的钱，仍在欣赏他的手工。法国人一定要剩下的布头，央求皮埃尔翻译他的话。

"他要布头干吗用？"卡拉塔耶夫说，"我们可以做一副很好的包脚布。好,主保佑他。"卡拉塔耶夫忽然脸色变得阴沉了,从怀里掏出一卷碎布,不看那个法国人,递给了他。"哎呀!"卡拉塔耶夫说着就往回走。法国人看了看碎布头,沉吟起来,疑问地瞧了瞧皮埃尔,皮埃尔的目光好像在告诉他什么。

"普拉东,我说,普拉东,"法国人忽然脸红了,尖声喊道,"你拿去吧。"他说着把碎布头递过去,转身就走了。

"你瞧多怪,"卡拉塔耶夫摇着头说,"虽说不是基督徒,也有心肝,老年人常说:两袖清风,慷慨大方;腰缠万贯,吝啬小鬼。自己光着身子,却把东西给人家,"卡拉塔耶夫沉思地看着碎布头微笑,停了一会儿,"可以做一副蛮像样的包脚布。"他说,然后走进棚子里。

十二

皮埃尔被俘已经四个星期了。虽然法国人提出要把他从士兵棚子转到军官棚子里,但是他仍然留在他第一天进的那个棚子。

在遭到破坏和烧毁的莫斯科,皮埃尔感受到一个人所能遭受到的极端困苦;但是,由于他那一直不自觉的强壮健康的体魄,特别由于这种艰苦生活来得不知不觉,说不清它是何时开始的,所以他不仅轻松地度过,而且对自己的处境很高兴。正是在这一阵子,他得到了过去曾经追求而追求不到的宁静和满足。他长期以来在自己的生活中从各方面寻求这种宁静、内心的和谐,寻求那些参加波罗金诺战役的士兵身上所具有的那种令他惊叹的东西,他还在慈善事业、在共济会、在上流社会的悠闲生活、在酒、在自我牺牲的英雄业绩、在对娜塔莎的浪漫爱情中寻求;他还通过思索去寻求,但这一切寻求和尝试都失败了。可是,连他自己也没想到,只有通过死的恐怖、通过艰难困苦和通过他在卡拉塔耶夫身上所懂得的东西才得到这种宁静和内心的和谐。在行刑时他所感受的可怕的时刻,那些往日他觉得重要的思想,永远从他的想象和回忆中消失了。在他的思想中再也没有俄国,没有战争,没有政治,没有拿破仑。他清清楚楚地觉得,所有这一切都与他无关,他没有那份才能,因而不能判断这一切。"俄国、夏天——扯不到一起。"他重复着卡拉塔耶夫的话,这句话使他得到极大的慰藉。现在他觉得,他企图谋杀拿破仑,他推算那神秘的数字和《启示录》上的那头兽,都是莫名其妙的,甚至是可笑的。对妻子的怨恨和害怕辱没自己的姓氏的担心,他现在觉得不但无足挂齿,而且觉得滑稽。这个女人爱在哪儿过就在哪儿过好啦,干他什么事?他们知道或者不知道他们的俘虏的名字是别祖霍夫伯爵,对一个人,特别是对他,又有什么关系呢?

他现在常常想起和安德烈公爵的谈话,他完全同意他的意见,不过他对安德烈的思想略有不同的理解。安德烈公爵这样想也这样说:幸福总是其自身的否定,但是他这句话是含有苦涩和讥讽的意味的。他言外之意仿佛是说,我们一心追求肯定的幸福,而我们得不到它,只不过折磨自己罢了。但是皮埃尔毫无保留地承认他说得对。没有痛苦、需要得到满足,以及由此而来的选择事业的自由——也就是选择生活方式的自由,所有这一切,现在皮埃尔觉得是一个人毫无异议的至高无上的幸福。只有在这儿,只有这时,只有当他饥饿的时候,皮埃尔才第一次完全体会到吃东西的快乐,只有当他干渴的时候,才体会到喝水的快乐,只有当他感到寒冷的时候,才体会到温暖的快乐,只有当他渴望和人谈话和渴望听听人的声音的时候,才体会到和人谈话的快乐。美味佳肴、清洁的环境、自由,这些需要满足的东西,现在,当他失掉这一切的时候,他才觉得,这些需要的满足是无上的幸福,至于选择职业,也就是选择生活方式,现在,当这种选择完全受到限制的时候,他才觉得这是极其容易的事情,他甚至忘记,生活条件过分优越,需要得到满足的幸福也就消失了,选择职业最大限度的自由,也就是教育、财产和社会地位给予他的那种自由,正是这种自由才使选择职业成为无法解决的难题,甚至连需要本身和从业的可能性也不存在了。

现在皮埃尔的一切幻想完全集中在他获得自由的一天。在那以后的日子里,皮埃尔一生一世都将带着狂喜的心情回味和谈论这一月当俘虏的生活,以及那些一去不复返的、强烈的、喜悦的感触,主要的,回味和谈论只有在这个时期才感受到的内心极端的宁静,内心完全的自由。

开头的一天,他一早起来,迎着朝霞走出棚子,头一眼就看见新圣母修道院的圆屋顶和十字架,看见落满尘土的草上的寒露,看见麻雀山的丘陵,看见河上蜿蜒着隐没在淡紫色的远方的长满树林的河岸,他觉得新鲜空气沁人肺腑,听见从莫斯科飞越田野的寒鸦啼叫,一会儿,东方突然喷洒出金光,太阳的边缘庄严地从云层里露了出来,于是,圆屋顶、十字架、露水、远方、河流———一切都在欢乐的阳光中嬉戏,当时,皮埃尔感到一种从未体验过的新的生活的喜悦和浓厚的兴味。

这种感情在整个被俘期间不仅没离开他,相反,随着他的处境困难的增多,更加强烈了。

他进棚子不久就在同伴中间享有的极大声誉,更使他乐于助人和精神奋发。皮埃尔由于他通晓语言,由于法国人对他的尊敬,由于他有求必应的纯朴性格(他每星期得到三卢布的军官津贴),由于他的气力(他让士兵们看他表演把钉子捅进棚子的墙上),由于他待同伴的和蔼可亲,由于他那为别人所不理解的沉思默想静坐的本领———由于这些缘故,他在士兵心目中是一个颇为神秘的超级人物。他这些特性———力大无比、蔑视舒适的生活、漫不经心、天真纯朴,在他过去所处的上流社会中即使对他无害,也令他感到拘束,可是在这儿,在这些人中间,却赢得了近乎英雄的地位。因此皮埃尔觉得,人家这种看法,使得他承担了义务。

十三

十月六日夜间法国人开始行动了:拆毁厨房和棚屋,装好车子,部队和辎重出发了。

七日晨七时,在棚屋前面站着一队行军装束、头戴高筒军帽、荷枪、身负背包和大口袋的押送队,于是,整个队伍人声鼎沸起来,其中夹着法国式的咒骂。

棚子里的人都准备好了,穿上衣服,扎上腰带,穿上靴子,只等出发的命令了。那个生病的士兵索科洛夫,面色苍白、瘦削、眼圈乌青,只有他没有穿衣服和靴子,在原来的地方坐着,两只瘦得鼓出的眼睛疑问地望着不注意他的同伴们,他发出均匀的低声呻吟。显然,使他呻吟的与其说是痛苦(他患赤痢),不如说是惧怕和发愁把他一个人留下来。

皮埃尔用绳子束着腰,穿着一双卡拉塔耶夫用茶叶箱上撕下来的皮子做的鞋(这块皮子是一个法国兵拿来给自己补靴底的),走到病人跟前蹲下来。

"听我说,索科洛夫,他们并不全都走! 他们这儿有医院。也许,你比我们任何人都幸运呢。"皮埃尔说。

"主啊! 我要死了! 主啊!"那个士兵的呻吟声更高了。

"我马上再去央求他们。"皮埃尔说,他站起来朝棚子门口走去。正当皮埃尔朝门口走去时,昨天那个让皮埃尔抽烟的班长带着两个士兵从外面走来。班长和士兵都是行军装束,背着背包,戴高筒帽,帽带的金饰光闪闪的,改变了他们平时的面貌。

班长是奉长官命令前来关门的。在放出俘虏之前要清点人数。

"班长,病人怎么办?……"皮埃尔开始说;但是他刚开口,就犹豫了,这个人是不是他认识的那个班长,或者是另外一个不相识的人吧:因为此刻那个班长不像他原来的样子了。此外,正在这一刻,两旁忽然响起咚咚的鼓声。班长听了皮埃尔的话,皱起眉头,骂了一句,就砰的一声把门关上了。棚子里变得昏暗;两边鼓声震耳,吞没了病人的呻吟声。

"来了,来了!……那个又来了!"皮埃尔自言自语,背脊不由得冒出一股凉气。从班长变了表情的脸,从他的声音,从那越来越紧张的震耳欲聋的鼓声,皮埃尔领会到那种迫使人们违反自己的意志去屠杀自己的同类、在行刑时他见识过的无情的神秘力量又在发生作用了。害怕、极力躲避这种力量,向那些作为这种力量的工具的人们哀求或者规劝,都是无用的。皮埃尔现在知道这一点。只得等待和忍耐。皮埃尔不再到病人那儿去,也不看他。他默默地皱着眉头站在棚子门口。

棚子的门打开了,俘虏像一群羊似的争先恐后向门口挤去,皮埃尔挤到他们前面,走到上尉跟前(就是班长相信什么都愿为皮埃尔做的那个上尉)。上尉也是行军装束,他那冰冷的脸上也露出了皮埃尔从班长的话中和鼓声中领会出的"那个"。

"快走,快走。"上尉严厉地皱着眉头,望着从他面前挤作一团走过去的俘虏,说。皮埃尔得知他的尝试一定不会成功,但是仍然走到他面前。

"嗯,还有什么事?"上尉说,他冷冷地回头看了看,仿佛不认识似的。皮埃尔提起那个病人。

"他也得走,妈的!"上尉说。"快走,快走。"他不停地说,眼睛不看皮埃尔。

"可是不行啊,他快死啦……"皮埃尔刚要说。

"去去去?!……"上尉皱着眉头怒冲冲地大喝一声。

咚咚咚,咚、咚、咚,军鼓擂得震天响。皮埃尔明白,神秘的力量已经完全控制着这些人了,现在说什么都白搭。

把军官俘虏从士兵里分了出来,叫他们在前面走。军官有三十来人(皮埃尔也在其中),士兵有三百人左右。

从别的棚子里放出来的被俘的军官都是一些生人,穿的比皮埃尔好多了,他们带着怀疑和疏远的神情瞅了瞅皮埃尔,瞅了瞅他的鞋。离皮埃尔不远有一个肥胖的少校,身穿喀山长袍,腰系一条毛巾,焦黄、浮肿的脸上带有怒气,此人显然受被俘的同伴们的普遍尊敬。他一只胳膊夹着烟口袋,另一只手拄着长烟袋管。少校气喘吁吁,呼呼地出气,叨唠着,对谁都发脾气,他好像觉得人人都在挤他,都在急急忙忙,本来用不着这么急的,都在大惊小怪,本来并没有什么可大惊小怪的。另外一个又小又瘦的军官,老找人说话,做出种种推测:现在把他们带到哪儿去,今天能走多少路。一个穿毡靴和后勤制服的军官,跑来跑去观看大火后的莫斯科,大声讲述他的观察到的情况:什么给烧毁了,什么地方看出是莫斯科某某地区。又有一个军官,听口音是波兰人,跟那个后勤军官斗嘴,证明他认错了莫斯科的街道。

"你们吵什么?"少校怒冲冲地说,"尼古拉也好,弗拉斯也好,反正都一样;瞧,全烧光了,就算完啦……你挤什么,道路窄还是怎么的。"他愤愤地对他后面的人说,其实那个人并没有挤他。

"哎呀,哎呀,哎呀,弄成这个样子!"俘虏们望着火场不断发出这样的声音,"还有莫斯科河南区,还有祖博沃区,还有克里姆林那儿……瞧,剩不到一半了。我不是给你们说了,莫斯科河南区全完啦,就是这样。"

"你既然知道全烧掉了,还谈它干吗!"少校说。

在经过哈莫夫尼克区(莫斯科少数未烧毁的区之一)一所教

堂时,这群俘虏忽然全都闪到一旁,发出惊恐和憎恶的喊声。

"唉哟,这些坏蛋!真是些没良心的!那是个死人,是个死人……脸上还涂着什么。"

皮埃尔听到惊叫声,也向教堂走过去,模模糊糊地看见有个东西倚在教堂的垣墙上。从看得真切的同伴口中知道,那是一具死尸,直立着靠在垣墙上,脸上还涂着煤烟。

"走!走……你们这些魔鬼……"响起押送兵的咒骂声,法国士兵又蛮横起来,拔出短剑赶走看死尸的俘虏。

十四

在通过哈莫夫尼克区的一些胡同时,只有俘虏和押送队以及跟在后面的属于押送队的各种车辆同行;但是一走到粮店那儿,他们就卷入其中有私人车辆的庞大而拥挤的炮兵队中间了。

所有的人都在桥头停下来,等候前面的人走过去。俘虏们站在桥头上前瞻后望,那些移动着的车队行列望不见尽头。右边,卡卢日斯卡雅大路经过涅斯库奇内转弯的地方,无穷无尽的部队和车队一直伸展到远方。这是先头部队博加尔涅兵团;后面在河岸上通过卡缅内桥的是内伊的部队和车队。

俘虏所在的达乌部队从克里米亚浅滩过河,一部分已经进入卡卢日斯卡雅大街。但是车队拉得那么长,内伊的先头部队已经走出了奥尔登卡大路的时候,而博加尔涅的车队还没有走出莫斯科进入卡卢日斯卡雅大路。

过了克里米亚浅滩,俘虏每走几步就得停下来,然后再走,四面八方的车辆和人们越来越拥挤。俘虏在桥和卡卢日斯卡雅大路之间走了一个多钟头,才走了几百步,来到莫斯科河南大街和卡卢日斯卡雅大路交叉的广场上,他们挤作一堆,在交叉路口待了好几个小时。四面八方轰轰隆隆的车轮声有如海涛响个不停,其中夹杂着脚步声和不停的呵斥声和咒骂声。皮埃尔靠在烧毁的房屋的墙上,听着这些与他想象中的鼓声混合在一起的喧嚣声。

有几个军官俘虏想看得更清楚些,爬到皮埃尔旁边一堵被烧毁房屋的墙上。

"好多的人!嗬,人山人海!……连大炮上都堆满了东西!瞧:那些皮衣裳……"他们说,"瞧这些狗东西,抢了多少东西……瞧那辆车后面的东西……那是从圣像上弄下来的,真的!……那一定是德国人。还有一个咱们的庄稼汉,真的!……哎呀,这些坏蛋!……瞧那家伙背了多少东西,几乎走不动了!瞧,真没想到,连轻便马车都抢走了!……瞧那家伙坐在一堆箱子上。我的天哪!……他们打起来了……"

"好,朝他狗脸上打,打他的狗脸!照这样,天黑也走不了。瞧,你们瞧……那一定是拿破仑。那些马多好看!还有带花体字的皇冠呢。像一所活动的房子。那个人丢掉了口袋也不知道。又打起来了……一个抱小孩的女人,长得不错。可不是嘛,像这样的人家就准通行嘛……瞧,没完没了。俄国姑娘,真的是俄国姑娘!坐在马车里怪舒服的!"

就像在哈莫夫尼克的教堂附近那样,又有一股一致好奇的浪潮把所有的俘虏涌向大路,皮埃尔凭着他的个高,越过别人的头看见了是什么东西吸引着俘虏的好奇心。在许多弹药车之间,夹着三辆马车,车里紧挨着坐着一排服装鲜艳、涂脂抹粉、吱吱喳喳喊叫的妇女。

皮埃尔自从意识到那种神秘的力量出现以后,似乎任何东西:不论是为了好玩把脸涂黑了的尸体,不论是不知往何处奔忙的妇女,也不论是莫斯科的火场,都不能使他感到惊奇和可怕。皮埃尔现在见到的一切,没有留下丝毫的印象——好像他的灵魂正准备为一件艰巨的事情而奋斗，所以拒绝接受一切可能削弱它的印象。

载着妇女的车过去了。接着过来的又是大车，士兵；运货车，士兵；马车，士兵；弹药车，士兵，偶尔还有妇女。

皮埃尔看见的不是个别的人，而是人流和车流。

所有这些人和马，仿佛被一种无形的力量驱赶着。在皮埃尔连续观察的一小时，所有的人都怀着快些通过的愿望从各个街道拥出来；他们无一例外地全都互相冲撞，大发雷霆，打架斗殴；他们龇着白牙，皱着眉头，彼此骂着同样的话，在所有人的脸上都露出同样的勇往直前和冷酷无情的表情，也就是那天早晨在鼓声中班长脸上所露出的使皮埃尔吃惊的那种表情。

已经到傍晚时分了，押送队的官长把队伍集合起来，吵吵嚷嚷地挤进弹药车队里，俘虏们在四面包围中走上卡卢日斯卡雅大路。

不停歇地急速行进，日落时才停下来。辎重车停在另外的地方，人们开始准备过夜。人人都在气头上，人人都满肚子牢骚。好长一阵子都听得见四面八方的咒骂声、凶恶的喊叫声、斗殴打架声。押送队后面有一辆轿式马车撞到押送队的大车上，把大车撞了个洞。几个士兵从四面跑到大车前；一些人把套在轿式马车上的马牵到一旁，朝着马头上打，另一些人互相打起来，皮埃尔看见一个德国人头上受了很重的刀伤。

在这寒冷的秋天傍晚，在田野中间停下来的时候，所有这些似乎现在才从出发时那种匆促和不知往何处奔忙的气氛中醒悟过来的人，都同样有一种不愉快的感觉。停下来后，大家仿佛都明白，现在还不知往何处去，一路上不知要遇到多少困苦。

在这次休息时，押送队对待俘虏比出发时更坏了。在这次打尖时，第一次发给俘虏的肉食品是马肉。

很明显，从军官到士兵每个人对待每个俘虏好像都抱有私人的仇恨，出人意外地改变了先前友善的态度。

在俘虏点名时发现，从莫斯科出发时，一个俄国士兵假装肚子痛，在忙乱中逃跑了，于是那股子仇恨劲儿更火上加油。皮埃尔看见，一个法国人毒打一个俄国兵，因为那个俄国兵离开道路远了一点儿，又听见上尉——他的朋友，为了俄国兵的逃跑申斥那个下级军官，并且吓唬他，说要把他交付军事法庭。那个下级军官借口说那个士兵因病走不动，军官说，上边有命令，掉队的就得枪毙。皮埃尔觉得，行刑时曾经使他惊慌失措的、在俘虏期间不再觉察到的命运的力量，现在又掌握住他的生存了。他不寒而栗；但是他觉得，随着命运力量对他压力的增大，那不受命运约束的他灵魂中的生命力就越发增长和巩固。

皮埃尔就着马肉喝黑麦面汤，吃了一顿晚餐，和同伴们聊聊天。

不论是皮埃尔还是他的同伴，谁也不谈他们在莫斯科所见到的一切，也不谈法国人态度粗暴，也不谈向他们宣布枪毙他们的命令：大家好像有意抵制目前的厄运似的，都特别地兴奋和快活。他们回忆各自的经历，回忆行军途中可笑的场面，但是一谈到目前的处境，就把话题岔开了。

太阳早已落了。天空中有几处明亮的星星开始闪烁；刚升起的满月在天际倾注一片绯红的火光，一个巨大的红球在灰蒙蒙的暮霭中令人惊奇地荡悠着。天色发亮。暮色浓了，但是夜还未降临。皮埃尔站起来，离开新的同伴，穿过一堆堆篝火向路的另一边走去，他听说那儿有被俘虏的士兵。他想和他们谈谈。路上一个法国哨兵拦住他，命令他转回去。

皮埃尔回去了，但没有回到同伴们在那儿的篝火旁边，而是朝一辆卸了套的马车走去，那儿一个人也没有。他盘腿坐在车轮旁冰冷的土地上，垂着头，一动不动地长久地沉思着。一个多小时过去了。没有人来打扰他。突然，他哈哈大笑起来，浑厚而和善的笑声是那么响亮,引得周围的人都惊讶地转脸看这古怪的、显然是独自一个人的笑声。

"哈,哈,哈!"皮埃尔在笑。他出声地自言自语:"那个士兵不让我过去。抓住我,把我关起来。把我当作俘虏。他们俘虏了谁,我吗?俘虏我,就是俘虏我不朽的灵魂!哈,哈,哈!⋯⋯哈,哈,哈!⋯⋯"他大笑,眼眶里涌出泪水。

有一个人站起来,走近去看看这个古怪的大个子独自笑什么。皮埃尔止住了笑,躲开那个好奇的人,走远一些,他向周围望了望。

这片大得无边、篝火哗哗剥剥作响、人声嘈杂的宿营地,现在静了下来。火红的篝火渐渐熄灭了,颜色变得苍白。一轮满月高悬在明朗的天空。营地以外的森林和田野原先看不见,这时在远方展现了。越过森林和田野,可以看见明朗的、飘忽不定、正在呼唤的无限的远方。皮埃尔仰望天空,凝视那深远的天际逐渐远去的闪烁的繁星。"这一切都是我的,这一切都在我心里,这一切就是我!"皮埃尔想,"可是,他们抓住这一切,关进板棚里!"他笑了笑,就走到同伴那儿躺下睡了。

十五

十月初,又有一个军使带着拿破仑建议和谈的信来见库图佐夫,诡称信是从莫斯科发出的,而当时拿破仑已经到了离库图佐夫前面不远的旧卡卢日斯卡雅大路。库图佐夫对这封信的答复和对洛里斯顿带来的第一封信的答复一样:他说,和谈根本谈不上。

在这之后不久,在塔鲁丁诺左边一带行动的多洛霍夫的游击队送来一份报告,说在福明斯克出现布鲁西埃师的部队,这个师和其他部队失掉联系,很容易予以歼灭。士兵和军官又要求行动了。参谋部的将军们一想起在塔鲁丁诺轻易地就打了一个胜仗,就很兴奋,都在库图佐夫面前坚决主张执行多洛霍夫的建议。库图佐夫认为发动任何进攻都没有必要。结果采取折中办法:应付一下应该做的事情;派了一支不大的部队到福明斯克去袭击布鲁西埃。

由于奇怪的偶然机会,这个任务(后来表明这是一件最困难最重要的任务)落到多赫图罗夫头上;就是那个谦虚、矮小的多赫图罗夫,谁也没有向我们描述他制定作战计划、在团队前面跑来跑去、给炮兵连发十字勋章、诸如此类的事情,他被公认是一个优柔寡断、没有洞察力的人,但是,也就是这个多赫图罗夫,在所有俄法战争中——从奥斯特利茨到一八一三年历次战役中,只要哪里吃紧,哪里就有他在指挥。在奥斯特利茨战役中,全体官兵死的死,逃的逃,后卫连一个将军也没有了,他把军队集结起来,拯救那可以拯救的,在奥格斯特大坝坚守到最后。他患着寒热病,率两万人奔赴斯摩棱斯克,抗击拿破仑全部军队来保卫那个城市。在斯摩棱斯克,在莫洛霍夫斯基城门,他在寒热病发作时刚刚昏睡过去,攻城的炮声把他惊醒了,斯摩棱斯克坚守了整整一天。在波罗金诺战役,巴格拉季翁阵亡了,我们左翼的军队伤亡了十分之九,法国炮兵全力向那儿进攻,派到那儿去的不是别人,正是这个优柔寡断、没有洞察力的多赫图罗夫,库图佐夫本来派别人到那儿去的,后来赶快纠正了自己的错误。于是这个矮小、文静的多赫图罗夫到那儿去了,波罗金诺成为俄国军队的最大光荣。在诗歌和散文中描写了许多英雄,但只字不提多赫图罗夫。

又是多赫图罗夫被派到福明斯克,从那里又到小雅罗斯拉维茨,在那里同法国人打了最后一仗,显然,法国人的灭亡也就是从那里开始的,在这次战役中,又有许多天才和英雄被颂扬,但是对多赫图罗夫却只字不提,再不然就是一笔带过,或者含糊其词。关于多赫图罗夫这样避而不谈,反倒是他的优点的最好的证明。

自然，一个不懂机器的人，在机器转动的时候，觉得那片偶然掉进去的刨花（它妨碍机器运转，老在里面打颤）是那架机器最主要的部分。不懂机器构造的人不会理解，机器最主要部件之一不是那片把事情弄糟的刨花，而是那个无声旋转的小小的传动齿轮。

　　十月十日，多赫图罗夫在去福明斯克的途中，在阿里斯托沃村停下来，准备正确地执行所接受的命令，就在这同一天，全部法国军队，好像得了癫痫抽风似的，来到缪拉的阵地，似乎准备打一仗，可是忽然无缘无故地向左转到新卡卢日斯卡雅大路，进入原先只有布鲁西埃驻扎的福明斯克。当时多赫图罗夫所指挥的除了多洛霍夫游击队，只有菲格纳和谢斯拉温两支不大的游击队。

　　十月十一日晚，谢斯拉温带一名法国近卫军俘虏到阿里斯托沃村来见司令官。俘虏说，那天进入福明斯克的军队，是整个大军的前卫，拿破仑就在里面，全部军队离开莫斯科已经第五天了。当天晚上，从博罗夫斯克来了一个家奴，他说他看见大批军队进城。多洛霍夫游击队的哥萨克报告说，他们看见沿途的法国近卫军向博罗夫斯克进发。这些情报显然表明，原先认为那儿只有一个师，现在发现全部法军都在那里，他们从莫斯科出来后，走一条意想不到的路线——走旧卡卢日斯卡雅大路。多赫图罗夫没有采取什么行动，因为他现在还不清楚他的任务是什么。他奉命袭击福明斯克。但是原先福明斯克只有布鲁西埃一个师，现在却是全部法军。叶尔莫洛夫想便宜行事，但是多赫图罗夫坚持他必须等勋座的命令。于是决定给总部送一份报告。

　　为此选派一名精干的军官博尔霍维季诺夫，他除了把书面报告递上去，还要口头把全部情况说清楚。夜里十一点多钟，博尔霍维季诺夫接受了书面报告和口头指示，就带一名哥萨克和几匹替换的马，向总部驰去了。

十六

这是一个黑暗的、温暖的秋夜。已经下了四天多的小雨。博尔霍维季诺夫换了两次马,在胶粘的泥路上一个半小时跑了三十俄里,凌晨一点多钟来到列塔舍夫卡。他在篱笆上挂着"总司令部"牌子的农舍前下了马,把马丢下就走进昏暗的农舍的过厅。

"快让我去见值勤的将军!有重要的事!"他在黑暗中对一个正在起身的哧哼着鼻子的人说。

"大人昨晚就很不舒服,三天都没睡好觉了,"勤务兵低声求情说,"您还是先叫醒上尉吧。"

"公事非常重要,是多赫图罗夫送来的。"博尔霍维季诺夫一面说,一面摸索着打开的门,走进去。勤务兵走到他前面去叫醒一个什么人:

"大人,大人,来了一个信使。"

"什么?什么?谁派来的?"一个人睡意蒙眬地说。

"是从多赫图罗夫,从阿列克谢·彼得罗维奇那里来的。拿破仑在福明斯克。"博尔霍维季诺夫说,在黑暗中看不清谁在问他,但是听声音好像不是科诺夫尼岑。

被叫醒的人打着哈欠,伸了伸懒腰。

"我不想去叫醒他,"他说,一边摸什么东西,"他病啦!你们听到的也许是谣言吧。"

"这就是书面报告,"博尔霍维季诺夫说,"交代我立刻交给值勤将军。"

"等一等,我点上灯。该死的,你老是把它塞到什么地方去了?"打哈欠的人对勤务兵说。这个人是科诺夫尼岑的副官谢尔比宁。"找到了,找到了。"他又说。

勤务兵打着了火①，谢尔比宁在摸烛台。

"咳，肮脏的东西。"他厌恶地说。

借助星星的火光，博尔霍维季夫看见拿着蜡烛的谢尔比宁年轻的面孔，在前面角落里还睡着一个人。那人就是科诺夫尼岑。

被火绒点着的硫磺木片冒出蓝色的、然后变成红色的火焰，谢尔比宁点着蜡烛（烛台上啃蜡烛的蟑螂纷纷逃跑），他打量了一下信使。博尔霍维季诺夫浑身都是泥，他用袖筒擦脸，抹了一脸的泥。

"是什么人报告的?"谢尔比宁接过文件，说。

"消息是可靠的，"博尔霍维季诺夫说，"俘虏，哥萨克、侦察兵，异口同声都这么说。"

"没法子，只好叫醒了。"谢尔比宁站起来说，他走到那个头戴睡帽、盖着军大衣的人跟前。"彼得·彼得罗维奇!"他说。科诺夫尼岑不动弹。"到总司令部去!"他微笑着，知道这句话大概可以叫醒他。果然，戴睡帽的头立刻抬了起来。在科诺夫尼岑那张俊秀而坚定的脸上（腮帮烧得通红），在一瞬间还残留着远离现实梦幻的表情，可是随即突然抖擞了一下；他的脸上露出平素那种镇静而坚定的表情。

"什么事? 谁派来的?"他不慌不忙地、但是即刻就问，亮光照得他直眨眼。科诺夫尼岑听着军官的报告，拆开公文，读了一遍。他刚读完，就把穿毛袜的两只脚伸到地上，开始穿靴子。然后脱掉睡帽，拢了拢鬓角，戴上军帽。

"你赶路了吧? 咱们去见勋座。"

科诺夫尼岑即刻明白，送来的消息非常重要，不能迟延。这消息是好是坏，他不去想，也不问自己。他对这不关心。他看待一切

---

① 用火石和火镰打火。

战事不是用智力,也不是用推论,而是用别的什么。在他内心深处藏着一个信念:一切都会好的;但是不去相信这个,尤其不去谈论这个,只去做本职的工作。他就是全力以赴做本职工作的。

彼得·彼得罗维奇·科诺夫尼岑也和多赫图罗夫一样,只是出于礼貌,才把他载入巴克莱、拉耶夫斯基、叶尔莫洛夫、普拉托夫、米洛拉多维奇之流的一八一二年英雄名册,他也和多赫图罗夫一样,是一个出了名的知识浅薄、能力有限的人,而且也和多赫图罗夫一样,从来没制定过作战计划,但是他总是在最困难的地方;自从被任命为值勤将军,他总是敞着门睡觉,吩咐每一个来人都可以叫醒他,在战斗的时候,他总是冒着炮火,库图佐夫为此责备他,不敢派遣他,他也像多赫图罗夫一样,是一个不声不响、不为人注意的齿轮,但这个齿轮却是机器最主要的部件。

出了农舍,走进潮湿的黑夜,科诺夫尼岑皱起眉头,这一半由于头痛更厉害了,一半由于头脑里浮现出一个不愉快的想法:那帮参谋部的当权者,特别是在塔鲁丁诺战役之后和库图佐夫针锋相对的贝尼格森,听了这个消息马上就要乱作一窝蜂;于是提出建议,争吵,下命令,取消命令。这个预感使他不愉快,虽然他知道这是不可避免的事。

果然,当他顺路到托尔那儿,把新消息通知他的时候,托尔立刻向和他住在一起的一位将军讲述自己的意见,科诺夫尼岑默默地、懒洋洋地听着,他提醒他,该去见勋座了。

十七

库图佐夫跟一切老年人一样,夜里睡眠很少。白天他常常突然打起盹来;但是一到夜里,他和衣躺在床上,大部分时间睡不着,总在思索。

现在他就是这样躺在床上,用一只胖乎乎的手托着沉重的、硕大的、因受伤变得难看的脑袋,睁着一只眼睛向黑暗凝视着,他在思索。

贝尼格森自从和皇帝通过信,成为总部最有势力的人物以后,他总是躲着库图佐夫,库图佐夫却因此感到清静多了,因为他们不再逼他和他的军队发动无益的进攻。使库图佐夫感到痛苦的、记忆犹新的塔鲁丁诺战役和战役前夕的教训,一定也起着作用,他在想。

"他们应当明白,发动进攻,我们只有失败。忍耐和时间,是我的无敌勇士!"库图佐夫想。他知道,苹果还青的时候,不要去摘它。熟了的时候,它自然会掉下来,而摘下青的,既毁了苹果又毁了树,而且还酸掉你的牙。他是一个有经验的猎人,知道野兽已经受了伤,只有全俄的力量才能使它受了那样的伤,但是,伤势是否是致命的,还是一个没有弄清楚的问题。现在,根据洛里斯顿和别尔捷列米送来的情报,同时根据游击队的报告,库图佐夫差不多可以断定它是受了致命的伤。但是还需要证据,还要等一等。

"他们急着跑过去瞧瞧他们是怎样把野兽杀死的。还要等一等,会看到的。总是运动战,总是进攻!"他想,"都是为了什么?就是想露一手。就好像打起仗来多么好玩似的。他们简直是一些不懂事的孩子,老想证明他们善于打仗。现在问题不在这儿。

"倒向我提出了多少巧妙的运动战术啊!他们想对了两三件偶然的事件(他想起来自彼得堡的总体计划),他们就觉得他们什么都想到了。而实际偶然事件多得不可胜计!"

在波罗金诺战役那次受的伤,是致命的还是不致命的,这个没有解决的问题悬在库图佐夫心里已经整整一个月了。一方面,法国人占领了莫斯科,另一方面,库图佐夫整个身心都毋庸置疑地感觉到,他和全体俄国人民共同努力做出的可怕的一击,应该是致命的。但是无论如何需要一些证据,他已经等了一个月了,时间过得越久,他就越是不耐烦。他夜不成寐,躺在床上做年轻将军们所做的事,做他为此曾经责备他们的事。他想到各种可能发生的事,其中也想到拿破仑确实已经死亡。他像年轻人一样,想出了各种可能发生的事,不过不同的是,他不把这些设想作为根据,他所见到的不是两三件,而是上千件。他越想就越把偶然事件想得多。他想象拿破仑军队(他的全部军队或者部分军队)各种可能的动向——进军彼得堡、向他进攻、包抄他,他想象可能发生他最害怕的事,那就是拿破仑以其人之道还治其人之身:他留在莫斯科等待他。库图佐夫甚至想到拿破仑的军队可能退回梅德内和尤赫诺夫;但是他未能预见那件已经成为事实的事,那就是拿破仑在离开莫斯科的头十一天疯狂地、抽风似地、不停歇地逃窜,库图佐夫当时还不敢想象拿破仑会逃窜,而逃窜之所以成为可能,因为法国人已经被击溃了。多洛霍夫关于布鲁西埃师的报告,游击队关于拿破仑军队遭到苦难的消息,来自各方面关于准备退出莫斯科的传闻——这一切都证实一个推测:法国军队已经溃败,而且准备逃跑;但这仅仅是推测,看重它的是一些年轻人,而不是库图佐夫。他积六十年的经验知道,这些传闻有多大的分量,知道那些抱有某种愿望的人们总有办法收集一些似乎可以证实他们愿望的消息,在这种情况下,他们总是忽略一些相反的消息。库图佐夫越是希望那样,他就越不允许自己相信那是真的。这个问题占了他全副的心力。而其它一切,只不过是日常例行事务。他和参谋人员谈话,他从塔鲁丁诺给斯塔埃尔夫人写信,读小说,颁发奖章,与彼得堡通信,等等,都是属于日常例行事务。但是,法国人的毁灭,只有他一个人预见到,这才是他心中唯一的愿望。

十一月十一日夜,他用手支着头躺着,就是在想这件事。

隔壁房间里有动静,传来托尔、科诺夫尼岑和博尔霍维季诺夫的脚步声。

"喂,谁在那儿? 进来,进来! 有什么消息吗?"大元帅对他们喊道。

听差在点蜡烛的时候,托尔讲了讲消息的内容。

"谁带来的消息?"库图佐夫问,点燃蜡烛后,他那冷峻的神情使托尔吃了一惊。

"这是无可怀疑的,阁下大人。"

"把他叫来,叫来!"

库图佐夫搭拉着一条腿坐在床上,他那肥大的肚子歪在另一条蜷起来的腿上。他眯起那只好眼睛,把那个信使看得更清楚些,好像他想在他的脸上看出他所关心的事情。

"说吧,说吧,亲爱的,"他拢上敞着胸口的衬衫,用低沉的老年人的声音对博尔霍维季诺夫说,"过来,走近一些。你带给我什么消息? 啊? 拿破仑从莫斯科逃跑了? 是真的吗? 啊?"

博尔霍维季诺夫把他带来的指示详细地从头报告一遍。

"说吧,快说吧,别叫人着急。"库图佐夫打断他的话。

博尔霍维季诺夫讲完了,默不作声等待着指示。托尔刚要说点什么,库图佐夫打断了他。他想说话,但是他突然眯起眼睛,脸皮皱了起来;他向托尔挥了挥手,转过脸去,朝着被神像遮暗了的门对面的角落。

"主啊,我的造物主啊! 你实现了我们所祈祷的……"他合起掌,声音颤抖地说,"俄国得救了。主啊,谢谢你!"他哭了。

十八

自从得知法国人撤出莫斯科的消息直到战役结束这一期间,库图佐夫的全部活动仅限于使用权力、诡计、劝告来阻止自己的军队去打无益的进攻、打运动战、与行将灭亡的敌人发生冲突。多赫图罗夫到小雅罗斯拉维茨去,但库图佐夫和他的全部军队却按兵不动,并且下令撤离卡卢加,他觉得退出卡卢加是可行的。

库图佐夫到处都在退却,但是敌人不等他退却,就向相反的方向逃跑了。

拿破仑的史学家向我们描述他向塔鲁丁诺和小雅罗斯拉维茨巧妙的运动,并且做出论断说,如果拿破仑深入富庶的南方各省,就会怎么样。

但是,且不论并没有什么东西妨碍拿破仑到那些富庶的省份(因为俄国军队处处给他让路),史学家忘记了什么也救不了拿破仑的军队,因为它本身当时已经具备了不可避免的灭亡条件。这支军队既然在莫斯科得到充足的给养而不能保住它,把它踩在脚下,这支军队既然在斯摩棱斯克不是征集而是抢劫给养,那么,这支军队在卡卢加省——这儿住着和莫斯科同样的俄国人,这儿同样有可以放火的东西,为什么就能恢复元气呢?

这支军队在任何地方都不能恢复元气。它打从波罗金诺战役和洗劫莫斯科以后,它自身已经含有腐败的化学因素了。

这些曾经作为军人的人们,跟着他们的头头们逃跑,连他们自己也不知逃往何处,一心只想一件事(拿破仑和每个士兵都是这样):尽快逃脱这个虽然不明确、但是谁都意识到的绝境。

正因为这样,在小雅罗斯拉维茨会议上,那些将军们装模作样地讨论,发表了各种意见,老实憨直的军人穆顿说出了大家心里的话——只有尽快逃跑,他这个最后的意见一下子堵住了大家的嘴,没有一个人,甚至拿破仑,都说不出什么来反对这个大家都意识到的真理。

虽然大家都知道必须逃走,但是还羞于承认必须逃跑。还需要有一个克服这种羞辱感的外在的动力。这个动力适时地出现了。那就是法国人所谓的皇帝,乌拉!

会议后的第二天,拿破仑装作要去视察军队与过去的以及未来的战场,一大早带着一群元帅和卫队,骑着马从军队中间走过去。到处寻找战利品的哥萨克碰见了这位皇帝,差点把他活捉了。如果说,哥萨克这次没有抓住拿破仑,那么,救了他同时也毁了法国人的东西是战利品,在塔鲁丁诺和在这儿,哥萨克不去抓人,都向战利品扑了去。他们没有注意拿破仑,都扑向战利品,拿破仑就逃脱了。

顿河的儿子们①在拿破仑军队中间差一点把皇帝本人抓住,事情很明显,除了沿着最近的熟悉的道路逃走之外,再没有别的办法。拿破仑这个四十岁的人,已经没有昔日的灵活和勇敢了,他是懂得这个苗头的。在他受了哥萨克的惊吓之后,立刻同意了穆顿的意见,如史学家所说,发出了向斯摩棱斯克大路撤退的命令。

拿破仑同意穆顿和撤退军队,并不证明他曾下令要这样做,而是证明对全军起作用的那种力量,就是说,促使全军取道莫扎伊斯克大路那种力量,同时也在拿破仑身上起了作用。

十九

一个人在行动的时候,他总怀有这样行动的目的。一个人要走一千里,他一定想到千里之外有好的东西。为了汲取行动的力量,心中必须想着前面有天国乐土在等着他。

法国人在进攻的时候,天国乐土是莫斯科,在退却的时候,天国乐土是祖国。但是祖国太远了,一个千里之行的人就得忘掉最终的目的,他一定对自己说:我今天走四十俄里,到达休息和过夜

---

① 指哥萨克。

的地方,于是第一个行程中的休息地点,把最终的目的遮掩住了,并且把一切愿望和希望集中起来。表现在个别人身上的意愿,往往在群众中间扩散开来。

对于沿着斯摩棱斯克旧道撤退的法国人,作为最终目标的祖国,是太遥远了,最近的目标就是斯摩棱斯克,去斯摩棱斯克的心愿和希望,在群众中间大大地加强了。并不是因为他们知道在斯摩棱斯克有很多的粮草和生力军,也不是因为对他们说过这话(相反,军队的高级长官和拿破仑本人知道,那儿粮草并不多),而是因为唯有这样才能够给他们的行为以力量,才能忍受目前的困苦。他们,不管是知道的还是不知道的,都同样地欺骗自己,把斯摩棱斯克当作天国乐土,向那儿疾奔。

法国人上了大路,以惊人的毅力和空前的速度,向他们假想的目标逃跑。除了共同的意愿这个原因把法国人结成一个整体和给他们以力量之外,还有另外一种把他们结合起来的原因。这个原因就在于他们的数量。就像物理学的引力定律一样,他们那巨大的体积本身就吸引着一个个原子似的人。他们以千百万个集体有如一个整体的国家向前移动着。

他们每个人只希望一件事——当俘虏,摆脱一切恐怖和不幸。但是,一方面,奔赴目的地斯摩棱斯克这个共同意愿的力量把每个人吸引到同一的方向;另一方面,总不能一个兵团向一个连投降,虽然法国人利用一切可能的机会脱离队伍,借一点最微不足道的似乎适当的口实就投降,但是这种口实并不常有。他们的人数和密集的迅速的运动使他们失去这种可能性,同时使俄国人不但困难,而且不可能阻止这个大量的法国人全力以赴的运动。物体的机械断裂不可能超过一定的限度而加速完成腐朽的过程。

一团雪不可能一下子融化。存在着一定的时间限度,早于这个限度任何温暖的力量都不能把它融化。相反,气温越高,残雪就越坚固。

在俄国军事将领之间，除了库图佐夫，没有一个人懂得这个道理。在已经判明法军是沿着斯摩棱斯克大路这个方向逃跑，那么，科诺夫尼岑在十月十一日预见的事情就开始实现了。所有高级军官都想立功，都想切断、截击、俘虏、歼灭法国人，都要求进攻。

只有库图佐夫一个人全力（凡是总司令的力量都不大）反对进攻。

他不能对他们说我们现在说的话；何必去厮杀，何必封锁大路，使自己的人受损失，残酷地斩尽杀绝不幸的人？既然从莫斯科到维亚济马不战而失掉了三分之一的军队，又何必多此一举呢？他对他们说了一些从他老年人的智慧中引出的他们能够懂得的话，他跟他们讲"网开三面"①，可是他们讥笑他，中伤他，他们暴跳如雷，火冒三丈，在被打死的野兽面前逞威风。

在维亚济马附近，叶尔莫洛夫、米洛拉多维奇、普拉托夫及其他人等，离法国人很近，按捺不住要切断和歼灭两个法国兵团。他们送给库图佐夫一封信，说明他们的意图，但信封里装的不是报告，而是一张白纸。

库图佐夫不管怎样约束军队，但是我们的军队仍然尽力堵截敌军，发动进攻。据说，一些步兵团队，冲锋时奏着乐，敲着鼓，杀死了几千人，自己也损失了几千人。

但是，切断——并没有切断和歼灭任何人。法国军队在危险面前抱得更紧了，继续走那条通往斯摩棱斯克的毁灭的道路，沿途不断地在减员。

---

① 原文直译为"金桥"，意为"给败军留一条逃跑的路"。

第 三 部

一

波罗金诺战役,接着莫斯科失陷和法军逃跑,以后再没有打仗——这是一连串的最富有教训意义的历史现象。

所有史学家都认为,国家和民族在对外活动时,彼此之间发生冲突的表现形式为战争;战争胜利的大小,直接影响国家和民族的政治力量的消长。

史书的记载令人不胜惊奇:某某国王或者皇帝和另一个国王或者皇帝发生了争执,于是集结军队同敌军厮杀,战胜了,杀死了三千、五千,以至数万人,于是征服了人口以数百万计的国家和整个民族;令人难以理解的是,为什么相当一个民族力量的百分之一的军队战败,就使得整个民族屈服——所有的历史事实(就我们所知道的)都证实这个道理:一个民族的军队在同另一个民族的军队作战时所取得的战果大小,是这个和那个民族实力消长的原因,或者至少是最重要的标志。军队打了胜仗,战胜的民族的权利由于损害战败者立即增长了。军队打了败仗,那个民族立刻按照失败的程度被剥夺权利,它的军队彻底失败,它就彻底被征服。

从远古直至现代,都是如此(从历史上看)。拿破仑的历次战争都是这个规律的证明。按照奥军失败的程度,奥地利丧失了自己的权利,而法国的权利和力量增长了。法国人在耶拿和奥尔施泰特的胜利,取消了普鲁士的独立。

出人意料,一八一二年法国人在莫斯科附近打了胜仗,占领了莫斯科,在这以后再没有打仗,但是毁灭的不是俄国,而是拿破仑的六十万军队,然后是拿破仑的法国。编造事实以符合历史规律——硬说波罗金诺战场是在俄国人手中,莫斯科被占领后又有几次歼灭拿破仑军队的战役,那是不可能的。

在波罗金诺法国人战胜以后,不仅没有打一次大仗,甚至连一次像样的战役也没发生,而法国军队就不复存在了。这是什么意思呢?如果这是中国历史上的例子,那么我们可以说这个现象不是史实(当问题不合史学家的尺度时,他们总是这样摆脱困境);如果问题是小部队短暂的冲突,我们可以把这种现象看作例外;但是这个事件是在我们父辈亲眼目睹下发生的,是祖国生死存亡的大事,这次战争在所有已知的战争中是最大的一次……

一八一二年从波罗金诺战役到赶走法国人整个战争期间,证明了打胜仗不仅不是征服的原因,而且甚至不一定是征服的标志;证明了决定民族命运的力量不在于征服者,甚至不在于军队和战斗,而在于别的什么东西。

法国的史学家在描述法军退出莫斯科之前的情形时说,大军一切都很好,只有骑兵、炮兵和辎重兵除外,因为没有草料喂牲口。对付这种灾难毫无办法,因为郊区的农民把干草烧掉了,不留给法国人。

打了胜仗并未带来通常的结果,因为农民卡尔普和弗拉斯在法军撤退之后赶着大车进莫斯科进行全城大抢劫,并未显露个人的英雄气概,像这样的农民多得不可胜计,他们不为能卖好价钱把干草运到莫斯科,而是把它烧掉。

　　我们可以想象,两个佩剑的人按照剑术的全部规则进行决斗:击剑持续了相当长的时间;忽然交手的一方感觉他受了伤——他知道这非同小可,是性命交关的事,于是扔掉剑,顺手抄起棍子挥舞起来。但是可以想象,这个为了达到目的明智地使用最好、最简单的工具,同时为骑士精神所鼓舞的人,想要隐瞒事情的真相,硬说他是按照剑术的全部规则打赢的。可以想象,如果这样描述决斗的经过,会引起多么大的混乱和含糊不清。

　　要求按照击剑规则决斗的剑术家是法国人;他的对手,扔掉剑拿起棍子的人,是俄国人;极力按照击剑规则说明一切的是论述这场战争的史学家。

　　从斯摩棱斯克大火起,就开始了一场不符合任何先前战争传统的战争。烧毁城市和村庄,且战且退,在波罗金诺打了一仗又撤退,莫斯科大火,搜捕法国抢掠兵,拦截运输队,游击战——所有这一切都是违反战争常规的。

　　拿破仑感到这一点,自从他在莫斯科摆出正确的击剑姿势,看见对手举在他头上的不是剑而是棍子的时候起,就不断地抱怨库图佐夫和亚历山大皇帝,说这场战争违反了一切规则(就好像杀人也有什么规则似的)。尽管法国人埋怨不遵守规则,尽管俄国上层人士不知为什么觉得用棍子战斗是可耻的,希望按照规则站好第四或者第三姿势,摆出第一姿势来一个巧妙的冲刺等等,但是人民战争的棍子仍然以其可怕而威严的力量举了起来,不管合不合某人的口味和规则,以近乎愚鲁的纯朴,然而却以明确的目标,不问三七二十一地举起和落下人民战争的棍子,直把法国人的侵略打退为止。

　　这个民族多么好啊,他不像一八一三年的法国人,按照击剑的规则行礼,调转剑柄,优雅地、彬彬有礼地把剑交给宽宏大量的胜利者;这个民族多么好啊,他在经受考验的时刻,不管别人在这种情形下按规则是怎样行事的,却憨厚纯朴地、轻巧便利地举起随手抄起的棍子抢了过去,直打到把胸中屈辱和复仇的感情出净,换成蔑视和怜悯的感情为止。

二

有一种背离所谓战争的规律最明显也最有利,那就是分散的人群攻击缩作一团的人群的行动。这类行动常常具有人民战争的性质。这种行动乃在于不是一群人打一群人,而是一群人分散开来,单独地进行袭击,遇到大部队攻击时,立刻就跑,一有机会,又袭击。西班牙的义勇军是这样做的;高加索的山民是这样做的;一八一二年俄国人也是这样做的。

这类战争叫作游击战,这个名称的本身就说明了它的意义。这类战争不但不符合任何法则,而且与已知的和公认绝对正确的战术法则相违背。法则规定,攻击的一方要集中兵力,以便在战斗时比敌人更强大。

游击战争(历史证明游击战争常常是胜利的)完全违背这个法则。

这种相悖是由于军事科学认为军队的力量和它的数量是一致的。军事科学说,兵越多,力量就越大。权利永远是在人数多的军队一边。

军事科学这种说法,正如力学在研究运动的物体时,仅仅以物体的质量为依据一样,说两种运动的物体力量是否相等,要看彼此的质量是否相等。

力量(运动量)是质量乘速度的乘积。

在军事上,军队的力量也是质量乘某种东西——乘未知数 X 的积数。

军事科学在历史中发现无数军队的质量与力量不相符——小部队打败大部队的例子,于是不得不含糊地承认有一种未知的因子存在,并且极力在几何阵形、在装备、最普通的——在统帅的天才中寻找这种因子。但是,把这些数值来代因子,并不能得到与历史事实相符合的结果。

其实,只要屏弃那为了讨好英雄对最高当局在战时所发布的命令所持的不正确看法,我们就可以找到这个未知的 X 了。

这个 X 就是军队的士气,也就是组成军队的人们所具有的或多或少的斗志和甘冒危险的决心,这种斗志和决心不依赖人们在战斗时是受天才还是不受天才指挥,是排成三路还是排成两路,是用棍子还是用一分钟射三十发的枪炮。具有最大的斗志和决心进行战斗的人们,总是具有最有利的战斗条件。

军队的士气这个因子乘数量,就得出力量的积数。确定和阐明这个未知因子——士气的价值,是科学的任务。

这个任务若要得到解决,只有当我们不再用那些显示力量的条件,如统帅的命令、军事的装备等,当作因子的价值,任意地用它来代替未知的 X 的价值,而是毫无保留地承认这个未知数不是别的,而是为战斗和赴汤蹈火所表现的或多或少的决心。只有用方程式来表明已知的历史事实,比较这个未知数的相对价值,才有可能确定这个未知数的本身。

十个人,十个营或者师,同十五个人,十五个营或者师战斗,战胜了十五个,也就是把对方全部打死和俘虏,而自己损失了四个;由此可见,一方损失四个,另一方损失十五个。于是,四个等于十五个,于是,4x = 15y。于是 x∶y = 15∶4。这个方程式并未表明未知数的价值,但是它却表明了两个未知数的比例。可以援引各种不同的历史单位（战斗、战役、战争的各个阶段）列成这样的方程式，从其中得出许多系列的数据，在这些数据中一定存在而且可以发现一些规律。

进攻时要群体行动，退却时要分散行动，这个战术法则无形中肯定了一个真理，那就是军队的力量在于它的士气。带领军队冒着枪林弹雨行进，比打退进攻需要更严的纪律，而这样的纪律只有在群体行动中才能实现。然而忽视士气的战术法则，不断地被证明是不正确的，特别是在全民战争中军队士气高涨或者低落时，那种法则与事实相矛盾的现象，就显得特别突出。

一八一二年法国人退却时，按照战术，本应分散进行防御，但是却缩成一团，因为军队的士气已经低落到只有抱在一起才能把军队维系着。俄国人则相反，按战术本应当集结军队大举进攻，而实际上却分成小股，因为士气已经高涨到个别的人不待命令就去打法国人，不需要强迫就不辞劳苦和甘冒危险。

三

这种称之为游击的战争，从敌人进入斯摩棱斯克的时候起就开始了。

早在游击战还没有被我们政府正式认可之前，已经有数千敌军——掉队的抢劫兵和马秣采购员——被哥萨克和农民杀害，他们打死这些人是不自觉的，就像狗不自觉地咬死乱窜的疯狗一样。杰尼斯·达维多夫，以其俄国人的敏感嗅觉，第一个懂得了这个可怕武器的意义，它不顾战争艺术的规则，消灭着法国人，初步使这种战争方式合法化的荣誉应归于他。

八月二十四日达维多夫的第一支游击队组成了，接着别的游击队也组成了。战事越向前推进，游击队的数目就越扩大起来。

游击队分片地消灭那支大军。他们专找那些从枯树上自动掉下的落叶——法国军队，他们有时摇晃这棵树。十月间，就是法国人往斯摩棱斯克逃跑的期间，这些人数不等和性质各异的游击队有几百个。有些游击队完全仿效军队，有步兵、骑兵、参谋部，带着生活用品；有些只有哥萨克骑兵；有些是小股的，徒步的和骑马的混合在一起，有的是一些谁也不知道的农民和地主。有一支游击队的头头是教堂的诵经员，他在一个月内抓了几百名俘虏。有一个村长的老婆瓦西里萨，打死几百名法国人。

　　十月底，是游击战争达到高潮的时期。游击战争的第一阶段已经过去了，在那个阶段，连游击队自己都为他们的大胆而吃惊，他们时时刻刻担心被法国人捉住和包围，因此，总是马不卸鞍，几乎是人不下马，躲在树林里，时时提防着有人追击。现在这种战争已经明朗了，人人都懂得对法国人可以采取什么行动和不可以采取什么行动。现在只有那些具有参谋部的游击队队长们才远远地离开法国人，还认为有很多的事是不可能的。那些早就开始行动、并且在近处仔细观察过法国人的小股游击队，认为那些大的游击队队长们连想都不敢想的事情也是可以办到的。哥萨克和农民们潜入法国人中间，认为现在一切都是可能的。

　　十月二十二日，游击队员杰尼索夫和他的伙伴们打游击的劲头正是火热的时候。一清早他和他那队人就开始行动。他整天在靠近大路的树林里监视大队人马护送的骑兵运输队和俄国俘虏，这队人远离其他队伍，但加强了掩护，据侦察员和俘虏说，是开往斯摩棱斯克的。知道这支运输队的不仅有杰尼索夫和在杰尼索夫附近活动的多洛霍夫（他也带领一支不大的游击队），而且还有几个设有参谋部的大支队：大家都知道这个运输队，正如杰尼索夫所说的，都对它摩拳擦掌。其中有两个大支队的头头——一个是波兰人，另一个是德国人——几乎同时给杰尼索夫发来信，分别邀请他和他们的支队联合起来袭击运输队。

"不行，老兄，我又不是三岁的孩子。"杰尼索夫读完信说，他写信答复德国人说，虽然他衷心地愿意在英勇善战、大名鼎鼎的将军麾下服务，但是他不得不放弃这个幸福，因为他已经在波兰将军指挥下了。他写了一封同样的信给波兰将军，通知他说，他已经归德国人指挥了。

杰尼索夫作了这样的安排，打算不向上级报告，同多洛霍夫一起用自己不大的兵力袭击并且俘获这个运输队。运输队十月二十二日从米库林纳村到沙姆舍沃村。从米库林纳到沙姆舍沃沿途左边一带是大森林，有的地方树林挨近大路，有的地方离大路一俄里或者更远一些。杰尼索夫骑着马和伙伴们整天在树林里转悠，有时深入到树林中间，有时走到林边，视线始终不放过移动着的法国人。一早，离米库林纳村不远、树林挨近大路的地方，有两辆陷进泥里、载着骑兵马鞍的大车被杰尼索夫的游击队员们截获，然后带到树林里。从这时直到晚上，游击队没有发动攻击，只是监视着法国人的行动。先不惊动他们，让他们安安静静地走到沙姆舍沃村，那时，和多洛霍夫联合起来，多洛霍夫在傍晚要到离沙姆舍沃村一俄里的看林小屋里来商谈，在黎明时分，像雪崩似的打他个劈头盖脸，一下子把他们全部缴获过来。

在后面，在离米库林纳村两俄里，树林靠近大路的地方，安置了六名哥萨克，只要有新的法国纵队出现，他们就立刻报告。

同样在沙姆舍沃村的前面，多洛霍夫也在监视着大路，要弄清楚在多么远的地方还有别的法国军队。运输队大约有一千五百人。杰尼索夫有二百人，多洛霍夫也不过有这么多人。敌方人数占优势并不能使杰尼索夫停止行动。他需要知道的只有一件事，那就是这支部队究竟是什么兵种；为了这个目的，杰尼索夫需要捉一个"舌头"（就是俘虏一个敌人）。早晨袭击那两辆大车，干得太急了,把跟车的法国人全给打死了,只活捉了一个小鼓手,这个孩子是掉队的,一点也说不清那个纵队是什么兵种。

进行第二次袭击,杰尼索夫认为是危险的,为了不惊动整个纵队,他派一名农民游击队员吉洪·谢尔巴特到前面沙姆舍沃村——如果可能的话,哪怕活捉一个在那里打前站的设营员也好。

四

这是一个温暖多雨的秋日。天空和地平线都是一色的混浊水气。一会儿好像是下雾,一会儿忽然落下斜挂着的大雨点。

杰尼索夫骑着一匹精瘦、两肋下陷的良种马,雨水从他身上的毡斗篷和头上的皮帽子流下来。他和他的马一样,歪着头,抿着耳朵,被斜挂着的雨点打得皱着眉头,焦虑地向前面注视着。他那瘦削的、长满又短又黑的浓须的面孔怒气冲冲。

杰尼索夫身旁是哥萨克大尉——杰尼索夫的助手,他骑着一匹肥大的顿河马,也披着毡斗篷,戴着高筒皮帽。

第三个是洛瓦伊斯基哥萨克大尉,也穿着毡斗篷,戴着高筒皮帽,这个人个子颀长,身子像一块板似的平平整整,面色白皙,头发淡黄,眼睛细而亮,脸上的表情和骑马的姿势是安详的,怡然自得的。虽然说不出马和骑者有什么特点,但是只要一看哥萨克上尉和杰尼索夫,就可以看出,杰尼索夫浑身湿淋淋,样子怪别扭的——杰尼索夫不过是一个骑在马背上的人;再瞧瞧那个哥萨克大尉,就可以看出,他像平时那样感到舒适、镇静,而且他不是骑在马背上的人,而是人和马合成一个整体,是一种力量倍增的生物。

在他们前面不远的地方,走着一个身穿灰色长衫、头戴白色小帽的浑身湿透的农民向导。

在他们身后不远的地方,一个身穿藏青色法国军大衣的军官

骑着一匹瘦小的、尾巴和鬃毛都很大、嘴唇磨得出血的吉尔吉斯马。

和他们并排走着的是一个骠骑兵,在他背后马屁股上带一个穿破烂的法国军服、戴蓝色小帽的孩子。这个孩子用冻得通红的双手抓住骠骑兵,不住地摆动着一双光脚板以取暖,他抬起眼眉,惊讶地四外张望着。这是早晨俘虏的法国小鼓手。

在后面,沿着狭窄的、泡着水的、被踩烂了的林间小道三五成群的行走着骠骑兵,然后是哥萨克,有的披着毡斗篷,有的穿着法国军大衣,有的头上顶着马被。那些马,不论是火红色的还是枣红色的,因为淋了雨,一律变得乌黑。鬃毛淋湿了,马脖颈变得出奇地细。马身上蒸发着热气。衣服、马鞍、缰绳——全都打湿了,滑溜溜的,浸透了水,土地和路上落叶也是如此。人们缩颈耸肩骑在马上,尽可能一动不动,以便焐暖流到身上的水,同时不让新的水从座位下面、从两膝、从脖子后面流进去。在拉得很长的哥萨克队伍中间,有两辆套着法国马和带鞍子的哥萨克马的大车在树桩和枯枝上颠簸着,在积满了水的辙沟里发出扑哧扑哧的声音。

杰尼索夫的马为了要绕过路上的水洼,向旁边一拐,把他的膝盖碰了一下。

"咳,该死的!"杰尼索夫恶狠狠地骂了一声,他龇着牙把马鞭抽了三四下,溅了自己和同伴一身泥。杰尼索夫心情不好:由于雨也由于饿(从早晨起谁也没吃东西),主要的,由于到现在没有多洛霍夫的消息,派去捉"舌头"的人也没有回来。

"像这次袭击运输队的机会,恐怕不会有第二次了。单独地干太危险了,但是延迟到第二天——那就会让某一支大游击队从我们鼻子尖下把战利品截了去。"杰尼索夫想,他不断地往前望去,希望看见多洛霍夫派来的人。

杰尼索夫驰到向右边可以远眺的林间小路上,停了下来。

"有个骑马的人。"他说。

哥萨克上尉朝杰尼索夫指的方向望去。

"两个骑马的人——一个军官，一个哥萨克。但是不敢肯定是少校本人。"哥萨克上尉说，他爱用哥萨克们不懂的词儿。

两个骑马的人下了山坡，看不见了，几分钟后又出现了。前面那个军官衣着破烂，浑身湿透，裤脚卷到膝盖以上，他挥着鞭子，赶着那匹迈着疲倦的步子的马。他后面一个哥萨克站在马镫上奔驰着。这个军官是一个年轻的孩子，他有一张宽阔、红润的脸，一对愉快、灵活的眼睛，他驰到杰尼索夫跟前，递给他一个湿透了的信封。

"将军送来的，"那个军官说，"请原谅，不很干……"

杰尼索夫紧皱眉头，接过信，开始拆开。

"人们老说危险，危险，"杰尼索夫读信的时候，那个军官对哥萨克上尉说，"其实，我和科马罗夫，"他指了指那个哥萨克，"都有准备。我们每人都有两支手枪……这是什么人？"他看见法国小鼓手，问道，"是俘虏？你们已经打了一仗了？可以和他谈话吗？"

"罗斯托夫！彼佳！"杰尼索夫匆匆看过信，喊道，"你怎么不说你是谁？"杰尼索夫微笑着转身向那个军官伸过手去。

这个军官是彼佳·罗斯托夫。

彼佳一路上都在琢磨，他应当怎样才像一个大人和军官的样子，应当用什么态度见杰尼索夫，同时不露出过去曾经相识。但是杰尼索夫对他一露出微笑，彼佳立刻容光焕发，高兴得脸通红，忘了已经准备好的军官架子，开始讲他怎样从法国人旁边走过，交给他这样的任务他怎样高兴，讲他参加了那次维亚济马战斗，一个骠骑兵在那儿立了功。

"我很高兴看见你。"杰尼索夫打断他的话，脸上又露出焦虑的表情。

"米哈伊尔·费奥克利特奇，"他对哥萨克上尉说，"原来这又是那个德国人送来的。他是他部下的。"杰尼索夫向哥萨克上尉讲了讲信的内容：那个德国将军再一次提出联合袭击运输队的要求。"如果我们明天不把它拿下来，他就会在我们鼻尖下把它夺了去。"他下结论说。

在杰尼索夫和哥萨克上尉说话的工夫，彼佳由于杰尼索夫口气冷淡而感到难堪，以为冷淡的原因可能是因为他的裤子不像样，他不让人看见，在军大衣底下整了整卷上去的裤脚，尽可能摆出英武的样子。

"大人有什么指示吗？"他对杰尼索夫说，把手举到帽檐上行礼，又玩起他准备好的副官和将军的游戏了，"我是不是应当留在大人部下？"

"指示？……"杰尼索夫若有所思地说，"你能留到明天吗？"

"当然可以……我可以留在您的部下吗？"彼佳大声喊道。

"可是将军究竟怎样吩咐你的——立即返回吧？"杰尼索夫问。彼佳脸红了。

"他什么也没吩咐。我想，是可以的吧？"他带着询问的口气说。

"那么，好吧。"杰尼索夫说。他对部下作了部署，派一队人到林中小屋休息地点，派那个骑吉尔吉斯马的军官（他执行副官的职务）去找多洛霍夫，弄清楚他在哪儿，晚上来不来。杰尼索夫本人带着哥萨克上尉和彼佳准备到那接近沙姆舍沃的树林边缘，以便侦察明天将要发动袭击的那里的法军驻地。

"喂，大胡子，"他对那个农民向导说，"带我们到沙姆舍沃去。"

杰尼索夫、彼佳和哥萨克上尉，几个跟随着的哥萨克和一个带着俘虏的骠骑兵，向左过了一道山沟，朝树林边缘去了。

五

雨停了，不过下雾了，树枝上滴着水珠。杰尼索夫、哥萨克上尉和彼佳默默地跟着那个戴尖顶帽的农民，他迈着穿树皮鞋的八字脚，领着他们朝林边走去。

那个农民走上一道长坡，停了一会儿，四外张望一下，然后向树木稀少的地方走去。在一棵尚未落叶的大橡树下站住了，神秘地招招手。

杰尼索夫和彼佳向他走去。从农民站着的地方可以看见法国人。一出树林，半坡上有一片春播作物的田地。右边，陡峭的山谷对面，可以看见一个小村子，那儿有一所屋顶坍塌的地主住宅。在这个村子和地主的住宅里，在整个丘陵上，在花园里，在水井和池塘旁边，在从桥头到村子二百米长的上坡的大路上，在飘摇的烟雾中，可以看见成群结队的人。可以清清楚楚地听见用非俄罗斯语吆喝用力拉车上坡的马，听见他们此呼彼应的声音。

"把俘虏带来。"杰尼索夫低声说，眼睛仍然盯着那些法国人。

那个哥萨克下了马，把那孩子抱下来，带他到杰尼索夫跟前。杰尼索夫指着那些法国人，问他那都是一些什么部队。那个孩子把一双冻僵的手插进衣袋，抬起眼眉惊愕地望着杰尼索夫，他显然愿意把他知道的都说出来，但是他回答得稀里糊涂，不管杰尼索夫问什么，他总是点头称是，杰尼索夫皱起眉头，转过身去，向哥萨克上尉说他的想法。

彼佳迅速地转动着头，一会儿看看小鼓手，一会儿看看杰尼索夫，一会儿看看哥萨克上尉，一会儿看看村里和大路上的法国人，生怕放过什么重要的东西。

"不管多洛霍夫来不来，都要拿下来！……啊？"杰尼索夫快活地闪了闪目光,说。

"这是一个适当的地点。"哥萨克上尉说。

"我们派步兵从沼泽地过去,"杰尼索夫接着说,"他们向花园那儿爬;您带着哥萨克骑兵从那儿出击,"杰尼索夫指着树林后的村庄,"我带着骠骑兵从这儿走。枪一响就行动……"

"那个洼地不行,那儿有泥潭,"哥萨克上尉说,"马会陷下去的,得从左边绕……"

正当他们低声说话的时候,在下边,在池塘那边的洼地上,响起一声枪声,又响了一声,冒起一团白烟,山坡上几百名法国人好像很快活地齐声呐喊。枪声初起时,杰尼索夫和哥萨克上尉往后退了一下。他们离得这么近,他们以为枪声和喊声是他们引起的。但是枪声和喊声不是冲着他来的。下面沼泽地里有一个穿红衣服的人跑过。显然法国人是向他射击,向他呐喊。

"这不是我们的吉洪吗?"哥萨克上尉说。

"是他! 就是他!"

"这个坏小子。"杰尼索夫说。

"跑掉了!"哥萨克上尉眯缝着眼说。

他们称他为吉洪的那个人,跑到小河边,扑通一声跳进河里,在水下停了一会儿,手脚并用地爬了出来,浑身湿得发黑,又往前跑了。追他的法国人停住了。

"真麻利。"哥萨克上尉说。

"这个老油条!"杰尼索夫仍然带着气愤的神情说,"直到现在他都在干什么?"

"这是什么人?"彼佳问。

"这是我们的侦察员。我派他去捉'舌头'。"

"噢,原来这样。"彼佳刚听了头一句就点着头说,好像他全懂了,其实他一点也不懂。

吉洪·谢尔巴特是全队最有用的一个人。他本是格扎特附近波克罗夫斯科耶村的农民。杰尼索夫在开始活动时来到波克罗夫斯科耶村,照例把村长找来,问他们可知道法国人的情况,这个村长也像所有的村长一样,好像为保护自己似的回答说,他毫无所知,毫无所闻。杰尼索夫向他们说明他的目的就是要打死法国人,问他们有没有法国人流窜到他们这儿,村长说,洋人的确来过,不过我们村里只有季什卡①·谢尔巴特一个人对付他们。杰尼索夫吩咐把吉洪叫来,对他干的事夸奖了几句,又当着村长的面讲了讲祖国的儿子们应当效忠沙皇和祖国,仇恨法国人。

　　"我们对法国人没有做坏事,"吉洪说,他听了杰尼索夫那番话,看样子有点胆怯,"我们不过同那些小伙子逗着玩罢了。不错,打死了二十来个洋人,但是我们没做坏事……"第二天,杰尼索夫完全忘了这个农民,当他已经离开那个村子的时候,人们向杰尼索夫报告说,吉洪跟着队伍不肯离开,要求收留他。杰尼索夫吩咐把他留下来。

　　吉洪起初只做些粗活,生篝火、挑水、剥马皮,诸如此类的事情,很快他对游击战就表现出极大的爱好和才能。他常在夜间去找战利品,每次都带回法国人的衣服和武器,命令他去捉俘虏,他就把俘虏带回来。杰尼索夫免去了他的杂务,出去侦察时把他带在身边,并把他编入哥萨克队伍。

　　吉洪不爱骑马,经常步行,从来不落在骑兵后面。他的武器是火枪、长矛和斧子;他带着长枪主要是为了好玩,他使唤斧子就像狼使唤牙一样,狼用牙齿很容易从皮毛里找到虱子,并且可以咀嚼大块的骨头。吉洪抡起斧子劈木头,握着斧背削小橛子和雕小勺子,都同样地得心应手。吉洪在杰尼索夫队伍里占有一个特殊的、

———————

　　①　季什卡是吉洪的小名。

独一无二的地位。每当要做某种困难的和讨厌的活儿的时候,如用肩膀把大车从泥里拖出来,拽着马尾把马从泥潭里拉出来,偷偷摸进法国人中间,一天要走五十俄里等活儿,人们总是笑哈哈地指着吉洪。

"这家伙,拿他真没办法,身子骨像一头牛似的。"人们这样谈论他。

有一次,吉洪捉拿一个法国人,那人打了吉洪一手枪,打中他背后多肉的地方。吉洪只用伏特加内服外擦,就把伤治好了,这件事成为全队取笑打趣的对象,而吉洪也乐意让人开玩笑。

"怎么样,老兄,不干了?给人家打趴下了?"哥萨克们对他说,吉洪故意伛偻着腰,做个鬼脸,假装生气的样子,用最可笑的骂人话骂法国人。这件事对吉洪唯一的影响是,他在受伤后很少去捉俘虏了。

吉洪是队里最有用、最勇敢的人。谁也没有他找到的袭击机会那么多,谁也没有他捉到的和打死的法国人那么多;正是由于这个缘故,他成为全体哥萨克和骠骑兵寻开心的人物,他也情愿当这个角色。这次是杰尼索夫在头天夜里就派吉洪到沙姆舍沃村去捉"舌头"的。但是,不知他不满足只捉一个俘虏呢,还是因为在夜里睡过了头,他在白天钻进灌木林里,落在法国人中间,于是,正像杰尼索夫从山上看见的那样,被人家发现了。

六

杰尼索夫又和哥萨克上尉谈了一会儿明天的袭击,他望着近在咫尺的法国人,似乎最后下了决心,于是拨转马头,往回走了。

"喂,小兄弟,现在咱们去烘干衣裳。"他对彼佳说。

在回守林小屋的途中,杰尼索夫停下来,向林子里张望。在树林中间,有一个人身穿短上衣,脚穿树皮鞋,头戴喀山帽子,挎着枪,腰间别一把斧子,迈着两条长腿,甩开两只长胳膊,步伐轻快地走来。这个人看见杰尼索夫,慌忙把一件东西扔进灌木丛里,他脱下搭拉着帽檐的湿透的帽子,走到长官跟前。这个人是吉洪。他那布满麻坑和皱纹的脸和又细又小的眼睛,焕发着得意、快乐的光彩。他高昂着头,仿佛忍住笑似的,注视着杰尼索夫。

"我问你,你到哪儿去了?"杰尼索夫说。

"到哪儿去了?抓法国佬去了。"吉洪大胆、急速地回答,声音沙哑,然而却是悦耳的低音。

"你为什么大白天往那儿钻?蠢猪!怎么样,没抓到?……"

"抓倒是抓到了。"吉洪说。

"他在哪儿?"

"天刚亮我就抓到一个,"吉洪接着说,他宽宽地叉开那双穿着树皮鞋、迈八字步的平脚,"我就把他带到树林里。我一看,不行。我想,我再去弄一个像样的来。"

"你瞧,这个坏家伙,就知道会这样,"杰尼索夫对哥萨克上尉说,"你为什么不把这个带来?"

"把他带来干吗?"吉洪气呼呼地急忙插嘴说,"那是一个不中用的家伙。难道我不知道您要什么样的?"

"这个滑头鬼!……后来呢?……"

"我再去抓一个,"吉洪接着说,"我就这个样子往林子里钻,然后卧倒。"吉洪突然麻利地卧倒,学他是怎样做的,"来了一个,"他继续说,"我就这样猛不丁地搂住了他。"吉洪轻松快捷地跳起来,"跟我去见团长去吧,我说。那小子唧哇乱叫起来。他们一下来了四个。手持军刀向我扑来。我就这样拿着斧头向他们迎了上去:你们要干什么,见你们的上帝去吧。"吉洪大喝一声,他挺着胸,舞动双手,威严地皱着眼眉。

"可不是嘛,我们从山上看见你越过水洼逃跑的。"哥萨克上尉眯缝着闪亮的眼睛,说。

彼佳非常想笑,但是他看见大家都忍住笑。他迅速地把眼睛从吉洪脸上移到杰尼索夫和哥萨克上尉脸上,不明白这都是什么意思。

"你别装糊涂,"杰尼索夫生气地咳嗽着,"为什么不把第一个带来?"

吉洪一只手搔着背,另一只手搔着头,忽然,他那麻脸拉长了,堆起一副傻笑,露出一只有豁口的牙(因此人们管谢尔巴特叫"豁子")。杰尼索夫微笑了,于是彼佳响亮地、快乐地大笑起来,吉洪本人也跟着笑了。

"咳,是个十足的废料,"吉洪说,"穿得破破烂烂的,怎么好把他带来。而且是个野杂种,大人。'不行,'他说,'我是将军的儿子,我不去。'他说。"

"蠢猪!"杰尼索夫说,"应当让我来盘问……"

"我问他了,"吉洪说,"他说:他不大清楚。他说,他们的人很多,但都是些孬种;他说,只是挂个名儿罢了。他说,你只要大喝一声,全都束手就擒。"吉洪结束说,快活地、坚决地注视着杰尼索夫的眼睛。

"我狠狠揍你一百鞭子,看你还装不装糊涂。"杰尼索夫严厉地说。

"干吗生这么大的气啊,"吉洪说,"您要的法国人,我没见过还是怎么的?等到天黑,你要什么样的,我给你捉三个来。"

"好啦,咱们走吧。"杰尼索夫说。直走到看林小屋,他都是气愤愤地皱紧眉头,一言不发。

吉洪在后面走着,彼佳听见哥萨克们和他一同在笑,还嘲笑他把一双什么靴子扔到灌木林里。

彼佳听了吉洪的话,看到他的笑脸,不禁大笑,笑过以后,忽然明白了,原来吉洪杀了一个人,他心里很不是滋味。他看了看那个被俘的小鼓手,仿佛有什么东西刺痛他的心。但是这种不舒服的感觉只持续了一瞬间。他觉得必须把头抬高一些,振作精神,带着煞有介事的神情问问哥萨克上尉明天的计划,不要让人家觉得他配不上他所在的那个集体。

派去的那个军官在路上碰见杰尼索夫,带来消息说,多洛霍夫本人马上就到,他那方面一切都顺利。

杰尼索夫忽然高兴起来,把彼佳叫到跟前。

"好,给我讲讲你的情况吧。"他说。

七

彼佳在全家要离开莫斯科的时候,就和他们分手回到自己的团队,在这里不久,他就到一个指挥一支大游击队的将军那里做传令兵。自从他升为军官,特别是他到作战部队,参加过维亚济马战役后,彼佳为他已经是成年人而高兴,经常处在幸福、激越的状态中,并且经常兴高采烈地忙碌着,不放过任何一个从事真正的英雄事业的机会。他非常喜欢他在军队中看见的和经历过的事情,但是同时总觉得,他没去过的那个地方正在进行着真正的英雄事业。因此他总急着要到他没去过的地方。

十月二十一日,他的将军要派一个人到杰尼索夫的游击队去,彼佳要求派他去,他是那么苦苦哀求,使得将军无法拒绝。但是,那个将军在派他的时候,想起了彼佳在维亚济马战役中的疯狂行动,那次他不走派他去的那条路,而是冒着法国人的炮火驰到散兵线上,在那儿放了两次手枪,所以这次将军特别交代彼佳,禁止他参加杰尼索夫的任何战斗。正是由于这个缘故,在杰尼索夫问他能不能留下来的时候,彼佳脸红了,心慌了。在到达树林边缘之前,彼佳原打算一定严格执行任务,然后立刻回去。但是,他看见了法国人,看见了吉洪,听说当夜一定要搞袭击,他以年轻人改变观点的迅速,心里想,他一直非常尊敬的那个将军,不过是一个无能的德国人,而杰尼索夫是英雄,哥萨克上尉是英雄,吉洪是英雄,在这困难的关头离开他们是可耻的。

杰尼索夫带领彼佳和哥萨克上尉来到看林小屋的时候,已经是黄昏了。在暮色中可以看见备好的马,哥萨克和骠骑兵在林间空地上搭窝棚,在树林的山沟里(为的不叫法国人看见冒烟)生起通红的火。在小屋的门厅里一个哥萨克卷着袖子正在切羊肉。屋里有三名杰尼索夫队里的军官正把一扇门板搭成桌子。彼佳脱掉湿衣服,交给人烘干,然后立刻帮助军官摆饭桌。

十分钟后,一张铺着桌布的饭桌准备好了。桌上摆着伏特加,军用水壶盛着甜酒,有白面包、烤羊肉,还有盐。

彼佳和军官们一起坐在桌旁用手撕着吃那喷香的肥羊肉,满手都流着油,他怀着孩子般兴高采烈的心情,温情地爱一切人,因而相信别人也同样地爱他。

"您以为怎么样,瓦西里·费奥多罗维奇,"他对杰尼索夫说,"我在您这儿住一天,没事吧?"不等回答,他自己给自己回答了:"我是奉命来探听情况的,我这不是正在打听……不过,只求您让我参加最……参加最主要的……我不需要奖赏……我只希望……"彼佳咬咬牙,环视了一下,头抬得高高的,挥了挥胳膊。

"参加最主要的……"杰尼索夫微笑着重复说。

"只求您给我一个小队,完全由我来指挥,"彼佳继续说,"这在您算不了什么吧?噢,您要小刀?"他对一个想切羊肉的军官说。他递给他一把折刀。

那个军官夸奖他的刀子。

"那就请留下自己用吧。我有很多这样的刀子……"彼佳红着脸,说。"哎哟,我的老天!我完全忘了,"他忽然喊了一声,"我有非常好的葡萄干,您知道吗,是那种无核的。我们那儿新近来了一个随军小贩,他的东西可好啦。我买了十斤。我习惯吃点甜的。你们要吃吗?……"彼佳跑到门厅里去找他的哥萨克,拿来几个口袋,里面装有五斤左右的葡萄干,"尝尝吧,诸位,尝尝吧。"

"您要不要咖啡壶?"他对哥萨克上尉说,"我在我们那个小贩那儿买了一把,顶好的!他有非常好的东西。他人也很老实。这是主要的。我一定给您送来。还有,也许你们的火石用完了,磨损了——这是常有的事。我带来了,就在这儿……"他指了指那些口袋,"一百块火石。我买的很便宜。要多少,就请拿多少吧,全拿去也可以……"彼佳突然停住了,脸红了,惊慌地想,他是不是扯得太离谱了。

他开始想他今天有没有做什么蠢事。他一一回忆今天的事,他的回忆停留在那个法国小鼓手身上。"我们倒挺自在的,不知他怎么样了?把他放在哪儿了?给他吃的没有?有没有欺负他?"他在想。他觉得他胡扯了一些打火石的事,他现在有点怕了。

"问一问倒是可以的,"他想,"不过他们会说:'小孩怜惜小孩。'我明天让他们知道我是一个怎样的孩子!我要是问他,是不是怪害羞的?"彼佳想,"嗨,管他的!"他一下红了脸,惊慌地望着那些军官,看他们脸上有没有嘲笑的表情,说:

"可不可以把那个抓来的俘虏——那个小孩叫来?给他点什么吃的……也许……"

"是啊,可怜的小家伙,"杰尼索夫说,他显然不认为这个提醒有什么可害羞的,"把他叫来。他叫樊尚·博斯。叫他来吧。"

"我去叫。"彼佳说。

"去叫,去叫。可怜的小家伙。"杰尼索夫重复说。

杰尼索夫说这话的时候,彼佳站在门旁。彼佳从军官们中间挤过去,走到杰尼索夫身边。

"让我吻吻您,亲爱的,"他说,"嘿,真好! 太好了!"他吻了吻杰尼索夫后,就跑到外面去了。

"博斯! 樊尚!"彼佳在门口喊道。

"您找谁,小爷子?"黑暗中一个声音说。彼佳回答说,找那个今天被俘的法国孩子。

"噢! 韦辛尼,是吗?"哥萨克说。

他名字樊尚已经叫得走了音:哥萨克叫他韦辛尼,农民和士兵叫他韦辛纳。这两种叫法都是"春天"的意思,正好和那个毛娃子相配。

"他正在篝火那儿烤火呢。喂,韦辛纳! 韦辛纳! 韦辛尼!"黑暗中传出接连的呼唤声和笑声。

"那孩子伶俐着呢,"站在彼佳身旁的骠骑兵说,"我们刚才给他东西吃了。可把他饿坏了!"

在黑暗中听见脚步声,光脚板踏着泥水的声音,小鼓手来到门前。

"啊,是您!"彼佳说,"要吃东西吗? 不要怕,不会把您怎么样的。"他又说,怯怯地、亲热地摸着他的手,"进来吧,进来吧。"

"谢谢,先生。"小鼓手用颤抖的、几乎是孩子的声音回答,他在门口把泥脚擦干净。彼佳有很多话要对小鼓手说,但是他不敢。他在门厅里站在他身边,不知怎样才好。然后,在黑暗中抓住他的手,握了握。

"进来吧,进来吧。"他只是柔声细语地又说。

"咳,我应当为他做点什么!"彼佳自言自语,他打开门,让那个孩子先进去。

小鼓手进到屋里,彼佳离他远一点坐下来,他觉得对他太注意是有失身份的。他只是手插进衣袋里摸着钱,犹豫不决地想,给小鼓手钱是不是怪害臊的事。

八

杰尼索夫吩咐给小鼓手伏特加酒和羊肉,杰尼索夫叫他穿上俄国式的长衣,打算不和俘虏一起送走,把他留在队里。这时,多洛霍夫的到来,把彼佳的注意力从小鼓手身上引开了。彼佳在部队里听到很多关于多洛霍夫异常的勇敢和对法国人残暴的故事,所以,多洛霍夫一进到屋里,彼佳就目不转睛地望着他,越发振作起精神,高昂着头,表示甚至像多洛霍夫这样的伙伴,他也配得上。

多洛霍夫外表的朴素,使彼佳非常惊奇。

杰尼索夫穿一身高加索式的上衣,留着胡子,胸前挂着显圣的尼古拉像,他的谈吐和举止都显示出他的特殊地位。多洛霍夫从前在莫斯科的时候,穿一身波斯服装,而现在的装束却有一副最标准的近卫军军官的派头。他的脸刮得干干净净的,穿着近卫军棉大衣,纽襻上挂一枚圣乔治勋章,头上端正地戴一顶普通的军帽。他在墙角脱下毡斗篷,不和任何人打招呼,走到杰尼索夫跟前,立刻谈起正事来。杰尼索夫对他讲了讲两支大游击队对袭击那个运输队的计划、彼佳送来的信件,以及他是怎样回答那两个将军的。然后,杰尼索夫把他所知道的法国部队的情况讲了一遍。

"事情就这样,但是必须知道是什么部队,有多少人,"多洛霍夫说,"得去一趟。不确切地知道他们有多少人,不能贸然从事。我做事喜欢认真。我说,诸位有谁愿意跟我一起到他们营盘去一趟,我把法国军服也带来了。"

"我,我……我跟您去!"彼佳喊道。

"完全用不着你去，"杰尼索夫对多洛霍夫说，"他呀，我无论如何也不让他去。"

"我去太好啦！"彼佳喊道，"为什么不让我去？……"

"因为没有必要。"

"请您原谅，因为……因为……我一定去，就是这样。您带我去吗？"他问多洛霍夫。

"有什么不可以……"多洛霍夫漫不经心地回答，他审视着那个小鼓手的脸。

"这个小东西早就在您这儿了？"他问杰尼索夫。

"今天才捉到的，可是他什么都不知道。我把他留下来了。"

"啊，您把其余的都弄哪儿去了？"多洛霍夫说。

"什么弄哪儿去了？我送走的都有收条！"杰尼索夫忽然红了脸，喊道，"我敢说，凭我的良心，我没害过一条人命。难道把三十个或者三百个俘虏押送到城里，恕我直说，比玷污军人的名誉还难吗？"

"这番好心的话只适合这位十六岁的伯爵小少爷来说，"多洛霍夫冷笑着说，"你已经不是说这种话的时候了。"

"我说什么来着，我什么也没说，我只说，一定要带我去。"彼佳胆怯地说。

"咱们是扔掉这种多情的时候了，"多洛霍夫继续说，仿佛他对这个刺激杰尼索夫的话题特别感到兴味，"你留着这孩子干什么用？"他摇着头说，"是因为你可怜他吗？你的那些收条，我们太知道了。你送走一百个，结果收到三十个。都饿死了或者给打死了。反正是送不到，你说是不是？"

哥萨克上尉眯缝着明亮的眼睛，赞许地点点头。

"反正送不送都一个样，这没有什么可说的。我不愿意折磨自己的良心。你说——他们都会死掉的。就算那样吧。只要不是死在我手里就行。"

多洛霍夫大笑起来。

"可是有谁劝阻他们不要二十次下令捉我啊？要是给他们捉到的话——你我连同你那骑士风度，全都吊到白杨树上。"他停了一下，"我们还是干正事吧。叫我的哥萨克把驮囊拿来！我有两套军服。怎么样，跟我去吗？"他问彼佳。

"我？对，对，一定去。"彼佳注视着杰尼索夫喊道，他脸红得几乎流出泪来。

在多洛霍夫和杰尼索夫争论应当怎样对待俘虏的时候，彼佳又感到困窘和慌乱；但是他还是没有弄明白他们在说什么。"既然岁数大的、有名的人都是那么想的，那自然是对的，自然是好的，"他想，"主要的，不能让杰尼索夫以为我是听他的，他可以指挥我。我一定跟多洛霍夫到法国营盘去。他办得到，我也办得到！"

不管杰尼索夫怎样劝阻，彼佳总是回答说，他也有做事精细的习惯，而不是毛手毛脚地碰运气，而且他从来不考虑个人的危险。

"因为——您也会同意这一点——如果不确切知道他们有多少人，就可能关系到几百人的性命，而我们不过两个人。再说，我非常想去，我非去、非去不可，您别拦阻我，"他说，"那样只有更糟……"

九

彼佳和多洛霍夫穿上法国军大衣和高筒军帽，就朝杰尼索夫从那儿观察敌人营盘的林间小道驰去，在一片漆黑中走出树林，来到洼地。到了下面，多洛霍夫吩咐跟随他的哥萨克在那儿等候着，然后就沿着大路向桥头驰去。彼佳和他并马前进，激动得喘不过气来。

"如果咱们落入敌人手里,我决不让他抓住活的,我有手枪。"彼佳低声说。

"不要说俄语。"多洛霍夫急速地悄悄说,就在这时,在黑暗中传来呼问声:"什么人?"并发出扳枪机的声音。

血立时涌到彼佳脸上,他抓住了手枪。

"第六团枪骑兵。"多洛霍夫说,既不放慢也不加快马的步子。桥上站着哨兵的黑影。

"口令?"多洛霍夫勒住马,缓步行进。

"喂,热拉尔团长在这儿吗?"他说。

"口令!"哨兵不回答,拦住他说。

"官长在巡察,哨兵不问他口令……"多洛霍夫突然发起火来,策马向哨兵走去,"我问你团长在不在这儿?"

不等那个让开路的哨兵回答,多洛霍夫缓步驰上山坡。

看见一个横过道路的黑影,多洛霍夫拦住那个人,问司令官和军官都在哪儿。那个背着口袋的士兵停下来,走到多洛霍夫的马跟前,用手摸着马,憨厚地、友善地说,司令官和军官都在右边山坡农场上(他称地主的庄园为农场)。

多洛霍夫沿着大路往前走,从路两旁篝火那儿传来法国人的谈话声,走了一段路,他转入地主住宅的院子里。进了大门,他下了马,走到一堆烧得正旺的篝火跟前,围着篝火坐着几个人正在大声谈话。火上煮着满满一锅东西,一个头戴尖顶帽、身穿青灰色大衣、被火照得亮堂堂的士兵跪在那儿,用通条搅和着锅里的东西。

"你拿那小子没办法。"坐在篝火对面暗影里的一个军官说。

"他把他们吓了一大跳……"另一个军官大笑说。听见多洛霍夫和彼佳牵着马向篝火走来的脚步声,两个军官停下谈话,向黑暗中张望。

"你们好,诸位!"多洛霍夫大声、清楚地说。

军官们在篝火的阴影里动了动,一个高个的、长脖子军官绕过火堆,走到多洛霍夫面前。

"是您啊,克莱芒?"他说,"从哪儿来,鬼东西……"他发现认错了人,就没把话说完,他微微皱了皱眉,就像对一个生人似的,与多洛霍夫寒暄了一下,问有什么可以为他效劳的。多洛霍夫说,他和同伴追赶自己的团队,他问在场的军官们,知道不知道第六团的消息。他们都不知道;彼佳觉得那些军官怀着敌意和疑心审视着他和多洛霍夫。大家有几秒钟不说话。

"如果你们是来吃晚饭的,那你们可就来晚了。"篝火后面发出忍着笑的声音。

多洛霍夫说他们不饿,他们当夜还要赶路。

他把马交给那个搅和锅的士兵,然后在篝火旁挨着那个长脖子军官蹲下来。那个军官目不转睛地瞅着他,又问他一遍:他是哪个团的。多洛霍夫没有回答,仿佛没有听见他的问话,他从衣袋里掏出法国烟斗,抽起烟来,问那些军官前面的路上会不会有受哥萨克袭击的危险。

"那些强盗遍地都是。"一个军官从篝火那边回答。

多洛霍夫说,只有对他和他的同伴这样掉队的人,哥萨克才是可怕的,但是对大部队,哥萨克大约是不敢袭击的,他用探问的口气又说。没有人回答。

"他就要走了。"彼佳站在篝火前,听他们谈话,时时这么想。

但是多洛霍夫又重新开始那个中断了的谈话,直率地问他们有几个营,每营有多少人,有多少俘虏。在问到他们部队中的俄国俘虏时,多洛霍夫说:

"拖带着这些死尸怪腻味的,不如把这帮匪徒全枪毙了。"接着,他怪声大笑起来,彼佳觉得,法国人马上就要识破骗局,他不由得从篝火边向后退了一步。没有人回答多洛霍夫的话和笑，一个不见露面的法国军官（他裹着大衣躺在那儿），欠起身来和同伴嘀咕什么。多洛霍夫站起来，叫那个牵马的士兵。

"他们会把马牵来吗?"彼佳想，不由得靠近多洛霍夫。

马牵来了。

"再见，诸位。"多洛霍夫说。

彼佳想说晚安，但是说不出口。军官们交头接耳地在低语什么。多洛霍夫半天才骑上那匹不肯站稳的马；然后缓步走出了大门。彼佳骑着马和他并排走，他很想回头看看军官有没有追赶他们，但是他不敢。

来到大路上，多洛霍夫不从田野回去，却穿过村庄。走到一个地方，他停下侧耳细听。

"你听见了吗?"他说。

彼佳听出俄国人说话的声音，看见篝火旁俄国俘虏的黑影。彼佳和多洛霍夫下了山坡向桥上走去，从那个哨兵身边走过时，那个哨兵一句话没说，愁眉苦脸地走来走去；他们朝着哥萨克在那儿等待着的洼地驰去。

"好啦，再见吧。告诉杰尼索夫，天亮的时候响第一枪。"多洛霍夫说完正要走，彼佳抓住了他的胳膊。

"嘿!"他喊道，"您真是了不起的英雄。啊，真好! 真棒! 我真爱您。"

"好啦，好啦。"多洛霍夫说，但是彼佳不放开他，多洛霍夫在黑暗中看出彼佳向他弯过身来。他想亲吻。多洛霍夫吻吻他，笑起来，拨转马，就在黑暗中消失了。

十

彼佳回到看林小屋,在过厅里碰见杰尼索夫。杰尼索夫心中正懊恼自己不该让彼佳去,激动不安地等候着他。

"谢天谢地!"他喊道。"噢,感谢上帝!"他听着彼佳欣喜若狂的讲述,反复地说,"你这个鬼东西,为了你,我觉都没睡!"杰尼索夫说,"好啦,谢天谢地,现在可以睡了。天亮之前还可以打个盹儿。"

"好……不,"彼佳说,"我还不想睡呢。我知道我的毛病,一睡就醒不了。而且在战斗前,我有不睡觉的习惯。"

彼佳在屋里坐了一会儿,快活地回忆这次出行一桩桩细节,生动地想象明天的情景。随后,他看见杰尼索夫睡着了,就站起来,走到外面。

外面仍然一片漆黑。雨已经停了,但从树上还滴答着雨点。在看林小屋近旁,隐约可见哥萨克的窝棚和拴在一起的马的黑影。屋后黑糊的是两辆大车和几匹站着的马,山沟里亮着即将燃尽的红色火光。哥萨克和骠骑兵没有全睡:伴随着滴答的落水声和近处马的咀嚼声,有些地方传来悄悄的低语声。

彼佳走出过厅,在黑暗中举目四望,然后向大车走去。车底下有人打鼾,几辆大车周围站着备鞍的马正在嚼燕麦。黑暗中彼佳认出他的马,虽然它是乌克兰种,但是他却叫它卡拉巴赫①马,于是他向那匹马走去。

"喂,卡拉巴赫,明天咱们就要上阵了。"他说,闻闻它的鼻孔,吻吻它。

---

① 卡拉巴赫是阿塞拜疆的一个地区,以产名马著称。

"怎么啦,大人,没有睡啊?"坐在大车下的哥萨克说。

"没有;啊……你好像叫利哈乔夫吧? 我刚刚回来。我们到法国人那儿去了。"于是彼佳不仅详细讲了他这次出行,而且讲了他为什么出行,为什么他认为宁愿冒生命危险,也比不管三七二十一瞎蒙好。

"您睡一会儿去吧。"那个哥萨克说。

"不,我已经习惯了,"彼佳回答,"你手枪里的火石都用完了吧? 我带来一些。你要吗? 你拿去用吧。"

那个哥萨克从大车底下探出身子,离近细看看彼佳。

"因为我做事喜欢丝毫不差,"彼佳说,"有些人马马虎虎,不作准备,过后又懊悔。我不喜欢那样。"

"这话不错。"那个哥萨克说。

"对了,我要求你一件事,朋友,你替我磨磨佩刀吧;佩刀钝了……(但是彼佳是怕说谎的)它还没有开口呢。可以办到吗?"

"有什么办不到的,当然可以。"

利哈乔夫站起来,在驮囊里摸索了一阵,不大工夫,彼佳就听见钢在磨刀石上发出霍霍的声音。他爬到车上,坐在车沿上。哥萨克在大车底下磨刀。

"怎么样,弟兄们都睡了吗?"彼佳说。

"有的睡了,有的就像咱们这样。"

"那个孩子怎么样?"

"韦辛尼吗? 他在过厅里躺着呢。受惊以后困乏了。他现在可高兴呢。"

在这之后彼佳沉默了很久,倾听着声音。在黑暗中传来脚步声,出现一个黑影。

"磨什么?"那个人走到大车跟前,问道。

"给这位小爷子磨佩刀呢。"

"好事，"那人说，彼佳觉得那人是骠骑兵，"我的茶杯是不是忘在你这儿了？"

"就在车轱辘旁边。"

骠骑兵拿起杯子。

"天快亮了吧。"他打着哈欠说了一句，就到别处去了。

彼佳本来知道他是在树林里，在杰尼索夫的游击队里，离大路有一俄里，他现在坐在从法国人手里夺来的大车上，大车旁边拴着马，大车下面坐着哥萨克利哈乔夫，正给他磨佩刀，右边一大片黑乎乎的东西是看林小屋，左手下边一小片通红的亮光，是即将燃尽的篝火，来拿茶杯的那个人是骠骑兵，他想喝水；但是，他什么也不知道，也不愿知道这些。他是置身在与现实全然不相像的仙境之中。那片黑乎乎的东西，也许确实是看林小屋，但也许是一个通到地心深处的洞穴。那片红光也许是火，但也许是一个庞然怪物的眼睛。也许他现在的确坐在大车上，但更可能他不是坐在大车上，而是坐在其高无比的塔顶上，从那上面掉下来，飞到地上需要整整一天，整整一月——没完没了地飞，永远飞不到地上。也许，在大车下面坐着的只不过是哥萨克利哈乔夫，然而更可能，他是世上最善良、最勇敢、最奇特、最美好、还不为人认识的人。也许真的来过一个找水喝的骠骑兵，然后向洼地走去了，然而也许他刚才消失了，而且永远消失了，根本不存在他这个人了。

彼佳现在不管看到什么，没有任何东西是使他惊奇的。他是在神仙的世界里，那里一切都是可能的。

他仰望天空。天也和地一样地神奇。天渐渐晴朗了，云在树梢上空飞奔，好像是在露出星星，有时，似乎天清气朗，露出洁净的黑暗天空。有时，那些一片片黑色的东西仿佛是乌云。有时，天空在头顶上高高地、高高地升起；有时，天空降落下来，降得那么低，简直用手就可以摸着它。

彼佳开始闭起眼睛，身子摇晃起来。

水滴滴答答，低声絮语在耳边萦绕。马在嘶鸣和互相打架。有人在打鼾。

"霍哧，霍，霍哧，霍……"被磨的佩刀在呼啸。突然，彼佳听见一个很和谐的乐队在演奏一种不知名的、既庄严又悦耳的赞美歌。彼佳和娜塔莎都一样，比起尼古拉都更有音乐的天赋，但他从未学过音乐，从未想过音乐，正因为这样，这些意外闯进他头脑的旋律，他觉得格外新鲜，格外动人。音乐的声音越来越清楚。曲调渐渐扩展开来，从一种乐器变换到另一种乐器。演奏的是赋格曲，虽然彼佳一点也不懂得什么叫赋格曲。每种乐器，有时像提琴，有时像小号——但是比提琴和小号更好听，更纯净——每种乐器都是各奏各的，在还没有奏完一个旋律的时候，就和同时演奏的另一种乐器，然后同第三、第四种乐器汇合起来，所有的乐器都合成一个，然后又分开，又合起来，时而响起庄严的教堂音乐，时而奏出辉煌的凯歌。

"啊，我这是在做梦，"彼佳向前晃了一下，自言自语说，"这是我耳朵里的声音。也许，这就是我的音乐。好，再来一次。奏吧，我的音乐！奏啊！……"

他闭上眼睛。从四面八方，仿佛从远处发出颤音，渐渐变成和声，分开，汇合，然后又合成那个悦耳的、庄严的赞美歌。"啊，这太好了！要多好就有多好。"彼佳自言自语。他试试指挥这个庞大的乐队。

"好，轻一点，轻一点，现在可以停下来。"那些声音听他的话。"好，现在可以饱满一点，快活一点。更欢快、更欢快一点。"于是，从无名的深处响起逐渐加强的庄严的声音。"喂，声乐跟上来！"彼佳发出了命令。于是，起初传来男人的声音，然后是女人的声音。声音在加强，不疾不徐、庄严稳重地在加强。彼佳听着那非常

美妙的声音,心中又怕又喜。

庄严的凯旋进行曲伴着一支歌,水珠滴滴答答,霍哧,霍哧……佩刀在呼啸,马又在打架,嘶鸣,但不妨碍乐队,而是溶进了乐队。

彼佳不知道这个继续了多久:他欣赏着,不断地为这种享受感到惊奇,而且因为没有可共同享受的人而感到遗憾。利哈乔夫亲切的声音唤醒了他。

"大人,磨好了,您可以把法国人劈成两半了。"

彼佳醒了。

"已经天亮了,真的天亮了!"他喊道。

先前看不见的马,这时连尾巴也看得见了,从光秃的树枝中间透露着水光。彼佳抖擞了一下,跳起身来,从衣袋里掏出一个卢布交给利哈乔夫,挥了一下那口军刀,试了试,就插进了刀鞘。哥萨克们解开马,紧了紧肚带。

"司令来了。"利哈乔夫说。

杰尼索夫从看林小屋里走出来,把彼佳叫过去,就下命令集合。

十一

在昏暗中各人很快找到自己的马,把马肚带勒紧,排成几个小队。杰尼索夫站在看林小屋旁边,发出最后的命令。游击队的步兵几百只脚踏着泥地,沿着大路前进,很快就消失在晨雾笼罩的树林中间。哥萨克上尉对哥萨克们也发出了命令。彼佳牵着马缰绳,焦急地等待着上马的命令。他那用凉水洗过的脸,特别是他那一双眼睛,像火烧似的发热,一阵寒颤掠过背脊,全身迅速而有节奏地颤抖着。

"你们都准备好了吗？"杰尼索夫说，"带马来。"

马牵过来了。杰尼索夫为了马肚带没有勒紧非常恼火，把那个哥萨克大骂一顿，然后骑上马。彼佳蹬上马镫。那匹马习惯地想咬他的脚，但是彼佳好像觉不出自己的重量似的，迅速跳到马鞍上，回头望了望身后在昏暗中出发的骠骑兵，就向杰尼索夫驰去。

"瓦西里·费奥多罗维奇，您交给我一个什么任务吧？求求您……看在上帝面上……"他说。杰尼索夫似乎把彼佳这个人的存在全给忘了。他转脸看了他一眼。

"我只要求你一件事，"他严厉地说，"听我的话，不要乱窜。"

杰尼索夫一路上再没有和彼佳说一句话，默默地走着。来到树林边缘的时候，田野上已经大亮了。杰尼索夫向哥萨克上尉低语了一会儿，哥萨克骑兵从彼佳和杰尼索夫身旁走过。在他们都走过去的时候，杰尼索夫策马向山坡下驰去。马蹲着后腿，出溜着，驮着骑者下到洼地。彼佳和杰尼索夫并骑行进。他全身战栗得越来越厉害。天渐渐亮了，只有雾还遮蔽着远方的物体。杰尼索夫下来后，往后面看了看，向站在他身旁的哥萨克点了点头。

"打信号！"他说。

那个哥萨克举起手来放了一枪。就在这一刹那，只听见四面响起奔腾的马蹄声、呐喊声和射击声。

就在刚一响起马蹄声和呐喊声的一瞬间彼佳扬鞭抽了一下他的马，放松缰绳，不听杰尼索夫对他的呵斥，直向前奔去。彼佳觉得，枪声一响，天色突然像正午一样明亮起来。他向桥跑去。哥萨克们沿着大路在前面跑着。在桥上他碰见一个落到后面的哥萨克，然后再向前跑去。前面有一些什么人，那一定是法国人，他们从大路右边向左边跑。有一个人跌倒在彼佳的马蹄下面的泥里。

在一所农舍旁聚着一群哥萨克正在做什么。从人群的中间响着可怕的喊叫声。彼佳向那群人跑去，他第一眼看见的是一张苍白的、下巴颏打哆嗦的法国人的脸,那个法国人手中握住一杆对着他的长矛。

"乌拉! ……弟兄们……我们的人……"彼佳喊道,松开那匹激昂起来的马的缰绳,顺着村子街道跑去。

前面听见枪声。从路两旁跑出来的哥萨克、骠骑兵和衣衫褴褛的俄国俘虏,都高声地乱喊乱叫。一个样子剽悍、没有戴帽子、皱着通红的脸、穿着青灰色大衣的法国人用刺刀抵抗骠骑兵。当彼佳驰到跟前的时候,那个法国人已经倒下了。又没赶上,彼佳头脑里闪了一下,于是他向那些枪声响得最密的地方驰去。他听见在他和多洛霍夫昨天夜里去过的地主家院子里响起枪声。法国人躲在灌木茂密的花园里,在篱笆后面向拥在大门口的哥萨克射击。彼佳向大门跑去的时候,在硝烟弥漫中看见多洛霍夫,他面色苍白、铁青,正对人们吆喝。"迂回过去! 等一等步兵!"他喊道,这时彼佳走到他跟前。

"等一等? ……乌拉! ……"彼佳喊道,他一刻不停地向那枪声和硝烟最密的地方驰去。发出一阵密集的射击,一些空放的子弹呼啸而过,扑哧一声打到什么上面。哥萨克和多洛霍夫随着彼佳跑进宅院的大门。在动荡的浓烟中,法国人有的扔掉武器,从灌木丛里迎着哥萨克跑出来,另一些往山下池塘跑去。彼佳骑着马穿过地主家的院子,但是他不握住缰绳,却奇怪地、迅速地挥动着两只胳膊,身子越来越向鞍子的一边倾倒。马跑到在晨光中行将燃尽的篝火前,停住了,彼佳沉重地倒在潮湿的土地上。哥萨克们看见他的胳膊和腿迅速地抖动着,而他的头却一动不动。子弹射穿了他的头。

一个法国高级军官从宅子里走出来,用刺刀挑着一块白手帕,宣布投降,多洛霍夫和他谈判了一会儿,然后下了马,走到一动不动、两臂伸开的彼佳跟前。

"完结了。"他皱着眉头说，然后朝着大门走去，迎着向他驰来的杰尼索夫。

"打死了吗?!"杰尼索夫喊道，他老远就看见彼佳的身子摆着他所熟悉的那种确切无疑已经失去生命的姿势躺在那儿。

"完结了。"多洛霍夫又说，好像说出这话使他感到什么乐趣似的，他快步向那被急忙赶来的哥萨克包围起来的俘虏走去。"不收容他们!"他向杰尼索夫喝了一声。

杰尼索夫没有答话；他来到彼佳身旁，下了马，用颤抖的双手托起被血和泥染污了的、已经发白的彼佳的脸。

"我爱吃甜东西。上好的葡萄干，全拿去吧。"他想起彼佳的话。哥萨克们都惊愕地回头看：杰尼索夫像犬吠似的号哭，他转身走到篱笆跟前，紧紧抓住篱笆。

杰尼索夫和多洛霍夫救出的俄国俘虏中间，有皮埃尔·别祖霍夫。

十二

皮埃尔所在的那个俘虏队，自离开莫斯科上路以来，没有接到法国长官任何新的命令。十月二十二日和这个俘虏队走在一起的已经不是从莫斯科出发时的那些军队和车队了。走在他们后面载着面包干的车队，在最初的几天有一半被哥萨克掳走了，另一半向前走远了；原先走在前面的没有骑马的骑兵，已经一个不剩了；他们全失踪了。头几天还看见前面是炮队，现在却是由威斯特法利亚人护送的朱诺元帅的庞大车队。走在俘虏后面的是骑兵的车队。

原先法国军队分成三个纵队，从维亚济马出发后，现在乱成一团了。在刚出莫斯科第一次休息时皮埃尔所见到的那些混乱迹象,现在达到了顶点。

他们经过的那条路两旁,到处是死马;从各种部队掉队的穿着破烂衣服的人,时而加入行进中的纵队,时而又落在后面,不断地变换着。

在行军期间,闹了几次虚惊,那些护送兵举枪射击,拼命乱跑,互相冲撞,然后又集合起来,为了无缘无故的受惊互相咒骂。

这三股走在一块的人——骑兵车队、俘虏押送队和朱诺的车队——总还算是一个单独的完整的单位,虽然这群人很快地减少着。

原有一百二十辆大车的骑兵车队,现在剩下的已经不到六十辆了;其余的不是被掳走就是被抛弃。朱诺的车队也有的被丢掉或者被掳走。有三辆大车曾遭到达乌兵团的散兵游勇的抢劫。皮埃尔从德国籍士兵的谈话中得知,押送这个车队的人比押送俘虏的人多,他们的一个同伴,一个德国兵,被元帅亲自下令枪毙了,因为在这个士兵身上发现一个属于将军的银匙。

在这三股人中间,减员最多的要算俘虏押送队了。出莫斯科时三百三十人,现在只剩下不足一百人了。押送的士兵觉得,俘虏比骑兵车队的马鞍子和朱诺的行李车队更是一个负担。他们知道,马鞍子和朱诺的匙子还有点用,但是看守这些又冷又饿的俄国人(他们一路上死亡和掉队,掉队的就被枪毙),对于同样又冷又饿的士兵来说有什么用——这不仅不可理解,而且令人厌恶。那些处境可怜的押送士兵,好像害怕克制不住对俘虏的同情,那样会使自己的处境更坏,所以对待俘虏格外阴沉和严厉。

在多罗戈希日,押送的士兵把俘虏锁在马棚里,出去抢他们自己的仓库,有几个俘虏挖通墙脚逃走,但是被法国人捉住枪毙了。

在莫斯科出发时俘虏的军官和士兵是分开的,而这个规定早就不存在了;凡是还能走动的,都混在一起了,从第三天起,皮埃尔跟卡拉塔耶夫和那条认卡拉塔耶夫为自己主人的雪青色的短腿狗又会合了。

离开莫斯科的第三天,卡拉塔耶夫在莫斯科医院患的热病又发作了,卡拉塔耶夫身体逐渐衰弱,皮埃尔也逐渐地离开他了。皮埃尔不知为什么,但是,自从卡拉塔耶夫病得体弱以后,皮埃尔总要强迫自己才走到他身边。皮埃尔每次走近他和听见他低声呻吟(一到休息站,卡拉塔耶夫就躺下呻吟),就闻见从他身上发出越来越强烈的气味,皮埃尔就远远地离开他,也不去想他了。

皮埃尔被关在棚子里当俘虏的时候,懂得了一个道理,不是从理智上,而是用他整个身心,全副生命懂得了人被创造出来是为了幸福,幸福就在他本身,就在满足人的自然需要,而一切不幸福并不在于缺少什么,而在于过剩;但是现在,在最近三个星期的行军中,他又懂得了一个新的、令人欣慰的真理——他认识到,世上并没有什么可怕的东西,他认识到,世上没有哪个环境是人在其中过得幸福和完全自由的,也没有哪个环境人在其中过得不幸福和不自由的。他认识到,痛苦有一个界限,自由也有一个界限,而且这个界限非常接近;一个人为他的锦绣被褥折了一个角而感到苦恼,也正如他现在睡在光秃秃的湿地上,一边身子冷一边身子热而感到苦恼一样;从前他曾为穿紧脚的舞鞋而感到痛苦,而现在他完全光着脚(他的鞋早已破烂了),用两只布满伤口的脚走路,也感到同样的痛苦。他认识到,当时他自以为出于自愿和妻子结婚,并不比现在夜里把他关在马棚里更自由。在所有他后来称作痛苦的事情中(不过他当时几乎没有感觉痛苦),最要命的是那双赤裸的、磨破的、伤痕累累的脚。(马肉味道不错,而且富有营养,代替盐的火药硝烟味甚至令人愉快,天气不冷,白天行路常常很热,夜间有篝火;虱子咬得他暖洋洋的。)起初唯一令他难受的是那双脚。

上路的第二天,皮埃尔在篝火旁端详他光脚上的伤痕,心想,没法走路了;但是当大家都动身的时候,他也一拐一拐地走起来,走得身上发暖,也就不觉得疼了,虽然晚上那双脚看起来更令人觉得可怕。但是他不瞧它,想点别的。

皮埃尔现在才懂得一个人所具有的全部生命力以及人身上潜在的那种转移注意力的自救力量,它就像锅炉上的安全阀门,只要蒸气的密度超过一定的限度,它就把多余的蒸气放出去。

他没有见到和听到枪毙那些掉队的俘虏,虽然已经有一百多人就是这样被消灭的。他不去想日渐衰弱的卡拉塔耶夫,显然不久他也要遭到那同样的命运。皮埃尔更少想他自己。他的境况越艰苦,前途越可怕,就越与他的处境无关地在他心中出现那些令人欢快欣慰的思想、回忆和想象。

十三

二十二日正午,皮埃尔沿着泥泞打滑的道路爬坡,他望望自己的脚和崎岖不平的路。他有时瞧瞧周围熟悉的人群,然后又去瞧他那双脚。周围的人群和他那双脚都是他熟悉的。那条雪青色的罗圈腿的小灰子快活地在路旁奔跑,有时,为了证明它的敏捷和满意,提起一只后腿,用三条腿跳跃前进,然后又撒开四条腿狂吠着向落在死尸上的乌鸦奔去。周围横陈着各种动物的肉——从人的到马的,不同程度腐烂的肉;狼不敢走近有行人的地方,所以小灰子可以随意地大嚼大吃。

一早就下雨,眼看就要雨过天晴,但是停了一阵子,下得更大了。道路湿透了,水已经渗不进去,顺着车辙流成小水沟。

皮埃尔一边走一边向两旁张望,一边每数三步就弯起一个指头。他内心对雨念叨着:"下吧,再下吧,再加一把劲。"

他觉得他什么也不想;但是在那遥远、深邃的某个地方,他的灵魂却在想一件重要的和令人欣慰的东西。这是他从昨天跟卡拉塔耶夫的谈话中得出来的最奥秘的精神收获。

昨天在宿营的地方，皮埃尔在已经熄灭的篝火旁觉得很冷，他站起来，挪到附近着得较旺的火堆旁。在他走过去的篝火旁，普拉东坐在那儿，他用军大衣连头一块裹起来，像裹一件法衣似的，他正用他那流畅的、愉快的、然而却是微弱的、病人的声音向士兵讲皮埃尔所熟知的故事。已经过了午夜了。这通常是卡拉塔耶夫发过一阵疟疾后特别活跃的时候。皮埃尔走到篝火前面，听见普拉东微弱、病态的声音，看见他那被火光照亮的可怜的脸，他心中感到一阵刺痛。他为自己对这个人的怜悯而吃惊，想走开，但是没有另外的篝火可去，于是皮埃尔极力不看普拉东，在篝火旁坐下。

"你身子怎么样？"他问道。

"身子怎么样？如果我们抱怨病，上帝就不赐我们死了。"卡拉塔耶夫说，立刻又回到讲开了头的故事。

"……我说，老弟，"普拉东继续说，他那瘦削、苍白的脸带着笑容，眼睛闪着奇异的喜悦的光，"我说，我的老弟……"

皮埃尔早就知道这个故事了，卡拉塔耶夫单独对他一个人讲过五六次，而每次讲这故事时总是怀着那种奇特的、喜悦的感情。但是，不论皮埃尔对这个故事多么熟悉，他现在听它，仍然觉得新鲜，卡拉塔耶夫讲故事时显然感到的那种恬静的欢喜，也感染着皮埃尔。这个故事是讲一个老商人，他和一家人过着规规矩矩的、敬畏上帝的生活，有一次他和一个富商结伴儿到马卡里去。

两个商人在一家客店里住下，躺下睡了，第二天发现商人的同伴被人杀死而且遭到抢劫。在那个老商人的枕头下面找到那把染血的刀子。这个商人受到审判，挨了鞭打，撕破鼻孔——按照规矩都做到了，卡拉塔耶夫说——然后被流放去做苦役。

"就是这样，我的老弟（卡拉塔耶夫正讲到这儿，皮埃尔就来了），这件事过去了十来年，也许十多年。那个老头子过着服苦役的生活。他服服帖帖，不做一点非分的事。他只求上帝赐他死。——好的。一天夜里，苦役犯人聚在一起，就像咱们现在这样，那个老头也在里面。闲谈中，谈起他们谁为啥受这份罪，怎样冒犯了上帝。于是大家说起来，一个说，他害死一条人命，一个说他害死两条，一个说他放过火，一个说他是逃亡农奴，什么罪也没有。人们都问那个老头：'爷爷，你犯了什么罪？''我嘛，我的小兄弟们，我是为我自己的也为别人的罪过在吃苦呢。我没害过一条命，没拿过别人的东西，不光这样，我还常常帮衬贫寒的人。亲爱的小兄弟们，我是一个商人；有很多的财产。'如此这般，他从头到尾，详细地把事情向他们讲了一遍。'我不为自己难过。这是上帝惩罚我呢。不过只有一样，'他说，'我可怜我的老伴和孩子。'说到这儿，老头子哭起来。在他们一伙里有一个人，正好就是杀死那个商人的人。'老爹，'那个人说，'那件事在何地、何年、何月发生的？'一切都问到了。他的心感到刺痛了。他就像这个样子走到老头跟前——扑通一声俯到他的脚下。'老爹，'他说，'你是为我遭的罪。弟兄们，他说的千真万确；这个人没有罪，无缘无故地受折磨。那件事是我干的，刀子是我趁你睡着时塞到你的头下面的。原谅我，老爹，'他说，'看在上帝的分上原谅我吧。'"

卡拉塔耶夫停住了，他望着火光，露出欣喜的笑容，拨了拨劈柴。

"那个老头说：'上帝会饶恕你的，而我们所有的人对上帝都有罪，我是为我的罪过而受苦。'他哭了，热泪潸潸地流。你想不到，亲爱的，"卡拉塔耶夫说，他那喜悦的笑容越来越焕发着光彩，仿佛在他刚才所讲的里面，包含着一种最有魅力、最有意义的东西，"你想不到，亲爱的，这个凶手向官府自首了。他说：'我害过六条人命，我是一个大坏蛋，但是我最可怜那个老头子。再不要让那个老头子抱怨我了。'他自首了:人家记录下他的供词,发了公文,按照规矩都办到了。那地方很远,要审了又审,要写一道道公文,要经一层层官府。这件案子终于到了沙皇那儿。沙皇的命令终于来了:释放那个商人,发还原判没收的财产。公文批来了,到处找那个老头。那个无辜受罪的老头在哪儿?沙皇的批示下来了。开始找来找去。"卡拉塔耶夫的下巴颏在打颤,"上帝已经饶恕了他——他死了。你看就是这样,亲爱的。"卡拉塔耶夫结束说,他望着前方默默地微笑着,待了很久。

这时模模糊糊地、欢快地充满着皮埃尔灵魂的,不是这个故事本身,而是这个故事的神秘意义,是卡拉塔耶夫讲这个故事时在他脸上焕发出的那种极大的欢喜和这种极大的欢喜的神秘意义。

十四

"各就各位!"突然发出一个声音。

在俘虏和押送队中间发生了一阵喜洋洋的混乱和对什么幸福而庄严的事情的期待。从四面响起了口令声,从左边绕过俘虏出现一队服装华美、坐骑优良的骑兵。所有人的表情都很紧张,那是每当最高当局来临时人们常有的表情。俘虏被推到路边,挤作一堆。

"皇帝!皇帝!元帅!公爵!"身肥体壮的护送骑兵刚刚过去,接着驶过一辆几匹灰马纵列驾着的马车。皮埃尔瞥见一个神态安详、仪表秀美、白胖,头戴三角帽的人脸。这是一位元帅。元帅的目光向皮埃尔那令人注目的庞大体躯投来。从元帅皱紧眉头和转过脸去的表情,皮埃尔似乎感到一种同情和有意把这种同情掩饰起来。

那个管理车队的将军,满脸通红,神色惊慌,赶着他那匹瘦马,在马车后面奔跑。有几个军官聚在一起，士兵们围着他们。所有人的表情都是既兴奋又紧张。

"他说什么？他说什么？……"皮埃尔听见人们问。

在元帅走过的时候，俘虏们挤作一堆，皮埃尔看见了他那天早晨还没见到的卡拉塔耶夫。卡拉塔耶夫穿着他那件瘦小的军大衣，靠着一棵白桦树坐在那儿。他的脸上除了昨天讲那个无辜受罪的商人的故事时所表现的那种欢喜和感动的表情外，还露出恬静、庄严的神情。

卡拉塔耶夫睁着他那和善的、这时蒙着一层泪水的圆圆的眼睛望着皮埃尔，显然是在呼唤他，他有话要对他说。皮埃尔怕自己会感受过于可怕的情景。他装作没有看见他的目光，赶快走开了。

当俘虏们又启程的时候，皮埃尔回头望了望。卡拉塔耶夫坐在路边的桦树旁；两个法国人站在他身旁在说什么。皮埃尔没有再回头看。他一拐一拐地向山岗爬去。

从后面卡拉塔耶夫坐着的地方响起了枪声。皮埃尔清晰地听见了枪声，但是就在听见枪声的一刹那，皮埃尔记起，他还没有算出到斯摩棱斯克还有多少站，那是在那位元帅走过来之前就已经开始计算的。于是他开始计算。那两个法国兵从皮埃尔面前跑过去，其中一个提着一支冒烟的枪。他们俩都脸色苍白，其中一个胆怯地看了皮埃尔一眼，他们脸上的表情有点像他曾见过的那个行刑的年轻士兵的表情。皮埃尔看了看那个士兵，想起三天前那个士兵在篝火堆上烘衬衫，把衬衫烧掉了，大家都嘲笑他。

那条狗在后面——在卡拉塔耶夫坐过的那个地方哀嗥。"大傻瓜，它吠什么？"皮埃尔想。

和皮埃尔并排走的同伴们，也像皮埃尔一样，不回头看那发出枪声和后来狗叫的地方，但人人脸上的表情都是严峻的。

十五

军需车队、俘虏和元帅的大车队都停在沙姆舍沃村。大家都聚在篝火旁。皮埃尔走到篝火旁,吃了烤马肉,背朝着火躺下来,立刻睡着了。他又像在波罗金诺战役后在莫扎伊斯克那样睡着了。

现实的事件又和梦境合在一起了,又有人,是他自己或者是别人,对他谈思想,甚至就是在莫扎伊斯克对他所谈的那些思想。

"生命是一切。生命是上帝。一切都在变迁和运动,这个运动就是上帝。只要有生命,就有自我意识神灵的快乐。爱生命,爱上帝。最困难同时也是最幸福的是在苦难中、在无辜受苦时爱这个生命。"

"卡拉塔耶夫!"皮埃尔想起了他。

皮埃尔突然栩栩如生地想起他久已遗忘的、在瑞士教过他地理的、仁慈的老教师。"等一下。"那个老头说。他给皮埃尔看一个地球仪。这是一个活动的、摇晃的、没有一定比例的圆球。球的表面是密密麻麻、彼此紧挨着的点子组成的。这些点子总在动,在变换位置,时而几个合成一个,时而一个分成若干个。每个点子都在极力扩张,占据最大的空间,但别的也极力扩张,排挤它,有时消灭它,有时和它合在一起。

"这就是生命。"老教师说。

"这是多么简单明了,"皮埃尔想,"我先前怎么就不知道这个呢。"

"上帝在那中间,每个点子都在扩大,以便最大限度地反映上帝。它生长,汇合,紧缩,从表面上消失,向深处沉下去,然后又浮上来。这就是他,就是卡拉塔耶夫,你看他扩散开来,又消失了。——你懂得了，我的孩子。"教师说。

"你明白了，该死的。"一个声音喊道，于是皮埃尔醒了。

他欠身坐起来。篝火旁蹲着一个法国人，他刚把一个俄国兵推开，正在烤穿在通条上的肉。他卷着袖子，两只青筋突出、长满茸毛、皮肤发红、手指短粗的手，灵活地转动着通条。在炭火的光亮中，清楚地看见他那紧皱眉头、阴沉沉的褐色面孔。

"他反正一样……是个土匪，没错！"他迅速地转过身来对站在他身后的士兵说。

那个士兵转动着通条，阴沉沉地向皮埃尔瞅了一眼。皮埃尔转过脸去，望着黑暗的地方。有一个俄国俘虏，就是那个被法国人推开的人，用手拍打着什么。皮埃尔凑近一看，认出那只雪青色的小狗，它摇着尾巴坐在那个士兵身旁。

"啊，你来啦？"皮埃尔说，"啊，普拉东……"他刚开个头，没有把话说完。突然，在他的想象中交替着出现一连串的回忆：他想起坐在树下的普拉东望着他的目光，想起从那个地方传来的枪声，想起狗的叫声，想起从他身旁跑过去的两个法国人的脸带着犯罪的样子，想起那支冒烟的枪，想起在这个休息站已经没有卡拉塔耶夫了，他正要弄明白卡拉塔耶夫已经被打死，但是就在这一刹那，不知为什么，他忽然想起他和一个波兰美女在基辅他的住宅阳台上度过的那个夏夜。皮埃尔仍然没有把这一天的回忆联系起来，以便从其中做出结论，他就闭起眼睛，于是夏天的自然风景和对洗澡以及对流动的液体球的回忆混在一起了，于是他向水里沉下去，水淹没了他的头顶。

在日出之前，他被巨大而稠密的枪声和呐喊声惊醒了。法国人从他身旁跑过去。

"哥萨克！"其中一个法国人喊道，一分钟后，一群俄国人的脸围着皮埃尔。

皮埃尔半天没有弄明白是怎么回事。他听见周围都是同伴们欢喜的哭泣声。

"弟兄们！我的亲人，亲爱的！"那些老年士兵抱着哥萨克和骠骑兵，一面哭，一面喊。骠骑兵和哥萨克围着俘虏们，慌忙地给他们东西，有人给衣服，有人给靴子，有人给面包。皮埃尔坐在他们中间，失声痛哭，一句话也说不出；他抱着第一个走到他跟前的士兵，一面哭，一面吻他。

多洛霍夫站在一座倒塌的房子大门旁边，从他面前走过缴了械的法国人。刚发生的事情使这些法国人很激动，他们之间高声地谈论着；但是当他们从多洛霍夫面前走过时，看见他用马鞭轻轻地抽着他的靴子，用他那冷冰冰的、玻璃似的、丝毫慈善的意思也没有的目光望着他们，他们就不作声了。另一边站着多洛霍夫的一个哥萨克在数俘虏，数到一百就在门上画一个记号。

"多少了？"多洛霍夫问那个数俘虏的哥萨克。

"二百了。"那个哥萨克回答。

"快走，快走。"多洛霍夫不住地说，这是他从法国人那里学来这样说的，他的目光一碰到俘虏的目光时，眼睛就突然爆发出残酷的光芒。

杰尼索夫跟在几个抬着彼佳·罗斯托夫的尸体往花园里挖好的墓穴走去的哥萨克后面，脸色阴沉地走着。

十六

自十月二十八日开始上冻以后，法军的溃逃更加悲惨了：人们冻死和在篝火旁烤死，皇帝、国王和公爵身穿轻裘、驾着马车、携带抢来的财物，继续赶路；但是，法国军队从退出莫斯科就开始的溃逃和土崩瓦解的过程，实质上没有发生丝毫的变化。

从莫斯科到维亚济马，法军原有七十三万人（不算近卫军，他们在整个战争中，除了抢劫，什么事也不干），而这七十三万人只剩下三万六千人了（在战斗中阵亡的不到五千人）。这是数列的第一项，以后各项就不难确切地推算出来了。

从莫斯科到维亚济马，从维亚济马到斯摩棱斯克，从斯摩棱斯克到别列济纳，从别列济纳到维尔纳，法军就是按照这个比例削减着和毁灭着，他们的削减和毁灭与天气很冷或者不太冷、追击、道路的阻碍以及一切其它个别的条件都无关。到达维亚济马以后，原先分成三路的法军，已经混作一堆，一直走到最后都是这样。贝蒂埃向他的皇帝递了一个报告（众所周知，那些官员描述军队的态势，距离真相有多么远）。他用法语写道：

> 我应当向陛下报告最近三日我在各兵团行军中所见到的情况。这些兵团几乎完全溃散了。跟着军旗行进的士兵只有四分之一，其余的恣意四处窜逃，寻求食物和逃避军务。大家一心只想赶到斯摩棱斯克稍事喘息。近日许多士兵抛弃枪械弹药。不论陛下今后如何打算，但当务之急必须在斯摩棱斯克集结军队，剔除其中徒步的骑兵、徒手的士兵、多余的辎重和一部分炮兵，因为它与目前的兵力已经不相称了。需要给养和若干时日的休息；士兵由于饥饿和劳累疲惫不堪；近日许多人死于途中和宿营地。此种情况仍在不断恶化，使人不得不担忧，倘若不早日采取措施以防患未然，一旦有事，吾人手中将无可用之兵。十一月九日，离斯摩棱斯克三十俄里。

法国人拥入他们看作天堂的斯摩棱斯克后，为了争夺食物互相残杀，抢劫自己的仓库，一切东西被抢光了以后，继续往前逃跑。

这些人一个劲儿往前走，谁也不知道到哪儿去，也不知道为什么走。天才拿破仑比别人知道得更少，因为没有人给他下命令。但是，他和他周围的人仍然保持着一向的习惯：拟命令，发公函，写报告，做每日报表；彼此称呼"陛下、贤弟、埃克木尔王、那不勒斯王"等等。但是这些命令和报告不过是纸上谈兵，并没有照办，因为不可能办到，他们虽然以陛下、殿下和贤弟相称，但是他们已经感觉到，他们不过是由于作恶多端现在正得到报应的丑恶的可怜虫。别看他们假装对军队好像很关心，其实他们每个人心里只有自己，只想快一点逃命。

十七

在从莫斯科退回涅曼的战役中，俄法两军的行动就像捉迷藏，两个做游戏的人蒙住眼睛，其中一个不时地摇摇铃，告诉捉他的人。起先那个被捉的人不怕对手，敢摇铃，但是当他处境不妙的时候，极力悄悄地行动，躲着对手，可是常常以为躲开了，却一直撞入对方的怀里。

起先，拿破仑军队还让人知道他在哪儿——这是初期沿卡卢日斯卡雅大路行动时的情况，可是后来走上斯摩棱斯克大路的时候，他们就按住铃舌逃跑了，常常他们以为逃开了，却迎头碰上了俄国人。

法国人和在后面跟踪的俄国人的奔跑是如此神速，而那些作为大体确定敌人位置的主要手段的马匹因而是如此筋疲力竭，以至骑兵侦察已经不存在了。此外，由于双方军队位置的变动是如此频繁和迅速，即使得到了情报也不能及时送达。如果二号有消息说敌人一号在某处，那么三号要采取什么措施时，那支军队已经又走了两站地，完全换了另一个位置了。

一个军队在跑，另一个在追。从斯摩棱斯克出发，法国人面临许多不同的道路;表面看来,法国人停留了四天,本来可以弄清楚敌人在什么地方,想出什么有利的办法,采取什么新招儿的。可是停了四天之后,这群乌合之众既不向左也不向右,毫无机动和主见,又沿着最坏的老路——沿着那条熟道,向克拉斯诺耶和奥尔沙逃跑了。

法国人以为敌人在后面,而不是在前面,他们在逃跑中拉长了距离,彼此相距二十四小时的路程。跑在最前面的是皇帝,然后是国王,再后面是公爵。估计拿破仑一定会向右渡过德聂伯河,这是唯一合理的道路,所以俄军也向右转,沿着通往克拉斯诺耶的大道前进。就像捉迷藏游戏一样,法国人在这儿碰见了我们的前卫。法国人出乎意外地看见了敌人,慌乱了,由于出乎意外而吓得愣了片刻,然后扔下在后面追随着的同伴,又继续逃跑。在这儿,法军各个部队,先是总督的,然后达乌的、然后是内伊的,一个跟着一个,好像从俄军的队列中通过,一连走了三天。他们各不相顾,抛掉一切沉重的东西,抛掉大炮和一半的人,他们只在夜间逃跑,向右绕着半圆形以躲开俄国人。

内伊走在最后,他走在最后是因为他要炸毁对任何人都没有妨碍的斯摩棱斯克城墙(虽然他们的处境很不幸,或者正因为处境不幸,他们才捶打那块跌伤他们的地板),内伊带领的那个兵团本来有一万人,跑到奥尔沙拿破仑那儿,只剩下一千人了,他抛弃所有的人和所有的大炮,夜间穿过树林偷偷渡过德聂伯河。

从奥尔沙沿着通往维尔纳的大路继续逃跑,还是那样,和追击的军队又玩起捉迷藏游戏来了。但是在别列济纳河又乱作一团,许多人淹死了,许多人投降了,那些渡过河的人继续往前逃。他们那位主将,身穿皮衣,乘坐雪橇,撇下他的同伴,只身往前狂奔。能逃的就逃,不能逃的就投降或者死掉。

十八

　　法国人在全部逃跑期间，做尽了一切可能做到的毁灭自己的事情，从转向卡卢日斯卡雅大路到统帅抛军逃走，这群乌合之众的任何一个行动，总可以说一丝一毫的意义也没有了吧；在这一阶段的战役中，那些把群众的行动归因于个人意志的史学家们，总不能按照他们的意思描述这次撤退了吧。其实不然。史学家对这一战役写的书堆积如山，连篇累牍地描述拿破仑的决策，他那深思远虑的计划——用兵的机动，以及他的元帅们天才的部署。

　　从小雅罗斯拉维茨退却的时候，他面前摆着一条通往富饶地区的道路，供他选择的还有一条平行的道路，后来库图佐夫就是走这条路追击他的，而他却毫无必要地走那条被破坏了的道路，而史学家却认为这是具有种种深谋远虑的行动。他从斯摩棱斯克往奥尔沙撤退也同样被说成是深谋远虑之举。再者，还描述了他在克拉斯诺耶的英雄行为，说他在那儿好像准备打一仗，并且亲自指挥，他提着一根桦木棍，说：

　　"我当皇帝已经当够了，现在该当一当将军了。"虽是这么说了，但说了后就立刻逃走，撇下后面溃不成军的队伍任凭命运摆布。

　　其次，史学家正向我们描述元帅们灵魂的伟大，特别是内伊，他的灵魂伟大乃在于，他在夜间绕道穿过森林偷渡德聂伯河，抛下军旗和十分之九的军队向奥尔沙逃去。

　　最后，史学家对我们说，那个伟大的皇帝最后离开英雄的军队也是伟大的天才的行动。这种在人的语言中被称为卑鄙透顶、连小孩子都以为耻的最后逃走，而这种行为在史学家的语言中竟然得到辩护。

每当历史论评这条富有弹性的线伸得不能再伸的时候,每当那种行动明显地违反人类称作善、甚至称作正义的时候,史学家就乞灵于"伟大"这个概念。好像"伟大"可以排除善和恶的标准似的。"伟人"无恶行。"伟人"无受责之虑。

"这是伟大的!"史学家说,不再有所谓善,也不再有所谓恶,只有"伟大"和"不伟大"。"伟大"就是好,"不伟大"就是坏。在史学家看来,"伟大"是他们称作英雄的某种特殊人物的特性。拿破仑穿着暖和的皮衣逃了回去,不仅抛下那些等待灭亡的伙伴,而且抛下那些(他认为是)他带到那儿的人们,他觉得他很伟大,因而他心安理得。

"从崇高(他从他自己身上看到崇高的东西)到可笑只有一步之遥,"于是全世界五十年来不断地说,"崇高! 伟大! 伟大的拿破仑! 从崇高到可笑只有一步之遥。"

可是谁也没有想一想,承认没有善恶标准的伟大,不过是承认其微不足道和无限的渺小罢了。

在已经有了基督所赋予的善恶标准的我们看来,不可衡量的东西是没有的。哪儿没有纯朴、善良和真实,那儿就没有伟大。

十九

俄国人每当读到关于一八一二年战争最后阶段的记述的时候,有谁不体验到懊恼、愤懑和迷惑的感觉呢? 有谁不提出问题:既然三路大军以优势的兵力包围了法军,既然溃退的法国人又饥又冻,成群地投降,既然(历史这样告诉我们)俄国人的目的就是要阻止、切断和俘虏全体法国人,那么,怎么没有俘虏和消灭全体法国人呢?

数量少于法国人的俄国军队,怎么就可以打一场波罗金诺战役,而这支军队已经三面包围了法国人,目的是要俘虏他们,怎么就没有达到他这个目的呢?难道法国人比我们就那么强大,我们以优势的兵力包围了他们,也不能把他们打垮?怎么会有这种事呢?

历史(所谓的历史)回答这些问题说,所以会有这种事,是因为库图佐夫、托尔马索夫、奇恰戈夫,以及某某,某某,没有执行某种、某种策略。

但是他们为什么不执行这些策略呢?如果他们没有达到预定的目的而有罪,那么,为什么不审判他们,不处决他们呢?就假定俄国人的失误是库图佐夫和奇恰戈夫等人的罪过,然而仍然不可理解,俄国军队在克拉斯诺耶和在别列济纳所拥有的那些优越条件(俄军在这两地兵力都占优势),为什么法国军队及其元帅们、国王们和皇帝没有被俘虏,既然俄国人的目的就在于此?

以库图佐夫阻碍进攻的说法来解释这个怪现象(俄国军史专家就是这样说的),是没有根据的,因为我们知道,在维亚济马和在塔鲁丁诺,库图佐夫的意志已经不能阻止军队的进攻了。

为什么俄军以极弱的兵力在波罗金诺战胜拥有全部兵力的敌人,而在克拉斯诺耶和在别列济纳以优势的兵力却败给法国的乌合之众呢?

如果俄国人的目的是要切断和俘虏拿破仑和元帅们,而这个目的不仅没有达到,而且为达到这个目的的所有企图,每次都遭到最可耻的破坏,那么,法国人认为战争的最后阶段是他们一连串的胜利的说法,就完全对了,俄国史学家认为是我们的胜利就完全错了。

俄国军史家,只要他们遵守逻辑的法则,自然就得出这个结论,虽然满怀激情地歌颂英勇和忠诚,也不得不承认,法国人从莫斯科退却是拿破仑的一连串胜利,是库图佐夫的一连串失败。

但是，完全把民族自尊心撇到一边，你会感觉到，这个结论自相矛盾，因为法国人一连串的胜利却导致他们彻底的灭亡，俄国人一连串的失败却导致他们完全消灭敌人和解放祖国。

这个矛盾的根源就在于，史学家根据两国的皇帝和将军们的通信、根据战报、报告诸如此类的文件研究当时的事件，从而做出这样的假设：仿佛一八一二年战争最后阶段的目的，是要切断和活捉拿破仑及其元帅们和军队，而这个目的是虚构的，根本不存在的。

从来没有这样的目的，而且也不可能有，因为这样的目的是没有意义的，达到它也是完全不可能的。

这个目的之所以没有意义，第一，因为拿破仑的溃败的军队用尽一切可能的速度逃出俄国，就是说，它是在做每个俄国人所能希望的事情。对于那些跑得尽可能快的法国人，为什么要跟他们大动干戈呢？

第二，堵住那些用尽全力逃跑的人的道路，是没有意义的。

第三，法国军队即使没有外在的原因也在逐步自行消灭，用不着堵截，他们也不可能在十二月间有更多的人，即百分之一的军队，逃越国境，为了消灭这样的军队而使自己受损失是没有意义的。

第四，要想俘虏皇帝、国王和公爵们是没有意义的，当时最老练的外交家（如梅斯特等人）已经认识到，这帮人当了俘虏会给俄国人的行动带来极大的困难。俘虏整个兵团的法国兵更无意义，因为俄国自己的军队到克拉斯诺耶就减少了一半，而押送这些俘虏的兵团需要整师的人，而且自己的士兵已经不能经常领到足够的口粮，已有的俘虏也正在饿死。

关于切断和俘虏拿破仑及其军队这一老谋深算的计划，犹如一个菜园主所制定的计划，他在驱赶践踏菜畦的牲口的时候，跑到菜园门口,迎头痛击那头牲口。唯一可以为那个菜园主辩护的理由,那就是他气得太厉害了。但是,对于那些制定那个计划的人来说,连这个理由也不适用,因为受践踏菜畦之害的并不是他们。

但是,除了切断拿破仑的军队没有意义之外,而且这件事也是不可能的。

这件事之所以不可能,第一,因为经验证明,在作战中,各纵队拉长五俄里的距离行动,永远不会与计划相符合,要奇恰戈夫、库图佐夫和维特根施泰因及时在指定的地点会师,其可能性小得几乎等于零,库图佐夫正是这样想的,他在接到这个计划时就说过,远距离的牵制作战是不会带来所希望的结果的。

第二,其所以不可能还因为,要瘫痪拿破仑的军队在撤退时所具有的那股惯性力量,必须要有比现有的俄军大得无比的军队。

第三,其所以不可能还因为,"切断"这个军事名词是毫无意义的。面包可以切断,而军队是切不断的。切断军队——堵截它的去路——无论如何是办不到的,因为周围可以迂回的地方总是很多的,而且有黑得什么都看不见的夜,军事家即使从克拉斯诺耶和别列济纳的例子也可以证明这一点。只要被俘的人不愿就范,就无法俘虏,就像捉不住一只燕子一样,虽然它落在你的手上,似乎能捉到它似的。只能俘虏那些按照战略和战术投降的人,就像俘虏德国人那样。但是法国人理所当然地认为这对他们不合适,因为不论是逃跑还是被俘都同样不是饿死就是冻死。

第四,也是主要的一点,其所以不可能,因为自开天辟地以来,从来没有像一八一二的战争所处的条件那么可怕,俄国军队竭尽全力追击法国人,再做更多的一点事情,就会自取灭亡。

俄国军队在从塔鲁丁诺至克拉斯诺耶行军途中,由于生病和掉队,减少了五万人,这等于一个大省城人口的数目。没有战斗就减员一半。

在这一阶段的战役,军队没有靴子和皮衣,没有伏特加,给养短缺,一连几个月在零下十五度露宿在雪地里;那时,白天只有七八小时,其余的时间都是无法维持纪律的黑夜;那时,不像在战斗的时候,人们进入不讲纪律的死亡区只有几个小时,而当时人们一连几个月每分钟都和饥饿和寒冷作斗争;那时,一个月就有一半的军队死亡——史学家在讲到这一阶段的战役时对我们说,米洛拉多维奇应当向侧翼某地进军,托尔马索夫应当向某地进军,奇恰戈夫应该向某处转移(在没膝的雪地中转移),某某应当击溃和切断敌军,等等,等等。

俄军已经有一半的人死掉了,但是他们为达到那个无愧于人民的目的,做了能够做的和应当做的一切,至于别的俄国人,坐在暖室里提出一些不可能办到的事,那不是他们的过错。

事实和历史的记载之所以发生这一切奇怪的和现在令人不可理解的矛盾,是由于写这个事件的史学家所写的不是历史的事件,而是各个将军们的高尚情操和美妙的言辞。

他们津津乐道的是米洛拉多维奇的言辞,是这个或那个将军所受的奖赏以及他们所作的推断;但是关于留在医院和坟墓里的五万人的问题,甚至引不起他们的兴趣,因为那不属于他们研究的范围。

其实,只要不去研究那些报告和将军们的计划,而是深入到直接参加当时事件的千百万人的行动中间去,那些原先看来无法解决的问题,就忽然轻易而简单地得到确切无疑的答案。

切断拿破仑军队这个目的,除了在十来个将军的想象中存在过,实际上从来是没有的。这个目的不可能有,因为它是没有意义的,达到它也是不可能的。

人民的目的只有一个:把侵略者从自己的国土上清除出去。这个目的达到了,第一,它是自然而然达到的,因为法国人在逃跑,只要不阻挡这个运动就行了。第二,这个目的的达到,是靠消灭敌人的人民战争。第三,一支庞大的俄国军队在后面追赶法国人,只要法国人一停止运动,就使用这支力量。

俄国军队的作用,应该像赶跑着的牲口的鞭子。有经验的赶牲口的人知道,最好是扬起鞭子吓唬奔跑的牲口,而不是迎头抽打它。

第 四 部

一

　　人看见一只行将死去的动物,他会感到恐怖:一个本质与他相同的东西,眼看着在消灭——再也不存在了。但是正在死亡的是人,而且是亲爱的人,那么,在生命的灭亡面前除了有恐怖感之外,还会感到五脏六腑的撕裂和精神的创伤,这种精神的创伤犹如身体的创伤,有时致命,有时痊愈,但是永远疼痛,害怕外界刺激性的触摸。

　　安德烈公爵死后,娜塔莎和玛丽亚公爵小姐都有这种感觉。她们精神消沉,对悬在她们头上的可怕的死亡乌云闭起眼睛,不敢正视人生。她们小心地保护尚未愈合的伤口,以免受到带侮辱性的、引起疼痛的接触。所有这一切:街上疾驰而过的马车,该去用餐的提醒,使女请示准备什么衣服;还有更坏的——听到不诚恳的、轻描淡写的同情话,所有这一切,都刺痛着伤口,都好似一种侮辱,破坏了她们俩极力倾听那在她们想象中仍未停息的可怕而严肃的合唱所必需的宁静,妨碍她们谛视那在她们面前昙花一现的神秘的、无限的远方。

只有她俩在一起时，才没有侮辱和痛苦的感觉。她们彼此很少谈话。即使谈话，也只谈一些最无关紧要的琐事。两人都避免提到有关未来的事情。

承认有一个未来，她们觉得是对他的纪念的侮辱。一切与死者可能有关的事，她们在谈话中都更加小心地回避。她们觉得，她们所经历和体验的事，是不可能用语言来表达的。她们觉得，任何用语言提及他的生活细节，都是破坏那在她们眼前完成的奥秘的伟大和神圣。

不断地缄默不语，经常地努力回避可能引起谈他的话头：这样从各方面设下的禁忌，使她们所感到的一切，在她们的想象中更加纯净和鲜明了。

不过，纯净而完全的悲哀正如纯净而完全的欢乐一样，都是不可能的。玛丽亚公爵小姐，以她所处的地位——作为能掌握自己命运的独立的主人，同时又是小侄子的监护人的教师，首先被现实生活从她头两个星期沉浸其中的悲伤世界呼唤出来。她接到一些家信；需要写回信；尼古卢什卡住的屋子太潮湿，害得他咳嗽了。阿尔帕特奇来雅罗斯拉夫尔报告家务，并且带来迁回莫斯科弗兹德维仁卡的住宅的建议和劝告，那所住宅还保持完整，只要稍稍修理一下就行了。生活没有停息，需要活下去。对于玛丽亚公爵小姐来说，离开那隐居冥想的世界，不论是多么令人难过，撇下孤单单的娜塔莎，不论是多么令人怜惜、甚至有点内疚，但是，生活上的事务要求她去操持，她也只好服从这种要求。她和阿尔帕特奇检查了账目，和德萨尔商量了小侄儿的事情，对迁往莫斯科的事情作了指示和准备。

娜塔莎剩下一个人了，自从玛丽亚公爵小姐忙着准备启程以后，娜塔莎总是躲着她。

玛丽亚公爵小姐向伯爵夫人提出,让娜塔莎和她一起到莫斯科去,娜塔莎的双亲欣然同意,他们看见女儿的身体一天不如一天,以为换个环境,莫斯科的医生给她看看病,对她是有益的。

　　"我哪儿也不去,"向娜塔莎提出这个建议时,她回答说,"只求你们不要管我,好不好。"她说完就跑出屋去,极力忍住眼泪——与其说是悲哀、不如说是气恼和愤恨的眼泪。

　　娜塔莎自从觉得她被玛丽亚公爵小姐抛弃,让她单独忍受悲哀以后,大部分时间一个人躲在屋里,把腿蜷起来坐在沙发角落里,用她那细长的紧张的手指撕碎或者揉碎一件什么东西,眼睛碰到什么东西,就用执著的、一动不动的目光盯住它。这种孤独的生活耗损她的体力,折磨她的精神;但是这对她是必要的。只要一有人进来,她就赶快站起来,改变了姿势和眼神的表情,拿起书来读或者做针线活儿,显然,她是在急不可耐地等待那个打扰她的人走开。

　　她老感觉,眼看她就可以弄明白、洞察出她内心的目光带着可怕的、无力解答的疑问所注视着的那件东西。

　　十二月底,娜塔莎穿一件毛料的衣裳,辫发随便绾一个结,她瘦削、苍白,蜷着腿坐在沙发的角落里,紧张地把衣带的末端揉成一团,然后又放开它,眼睛望着门的角落。

　　她向着他消逝的彼岸——人生的彼岸望去,她先前从未想过、并且先前觉得那么遥远和不相信它存在的那个人生彼岸,现在她觉得它比其中的一切不是空虚就是破灭、再不然就是痛苦和屈辱的人生的此岸更近更亲,更可理解。

　　她向他到过的地方望去;但是她只能看见他到过那些地方的时候的样子,想象不出他别的样子。她又看见他在梅季希、在特罗伊茨、在雅罗斯拉夫尔时候的样子。

　　她看见他的脸,听见他的声音,她重述他的话和对他说过的

话,有时她为自己、为他想象当时可能说出的另外的话。

就像在眼前,他穿着丝绒的皮衣躺在安乐椅里,头支在瘦削苍白的手上。他的胸脯深深地陷下去,肩膀耸起。嘴唇紧闭,眼睛发出亮光,额头上的皱纹不断地打褶又展平。一条腿隐约可见地在迅速地微微颤抖。娜塔莎知道,他是和折磨人的疼痛作斗争呢。"这是一种什么痛苦呢?为什么有这种痛苦?他有什么感觉呢?他一定觉得很疼!"娜塔莎想。他感到她在注视他,于是抬起眼睛,不露笑容,说起话来。

"有一件事最可怕,"他说,"这就是把我和一个受苦受难的人永远连在一起。这是永久的痛苦。"娜塔莎像一向那样,不等想好说什么,就答话了。她说:"不会老这样下去的,一定不会的,您会康复,完全康复。"

她现在又看见他,她现在正体验着她当时所感受的一切。她回忆起他听到这番话时他那久久凝视着的目光是那么忧郁和严厉,她明白,那长久的注视,含有责备和绝望的意味。

"我承认,"娜塔莎现在自言自语,"如果他成为永远受苦的人,那是可怕的。当时我那样说,只是因为那对于他是可怕的,可是他理解错了。他以为那对于我是可怕的。他当时还想活——害怕死。而我对他说了粗暴、愚蠢的话。我不是那样想的。我的想法完全不同。如果我把我所想的说出来,那我就会说:就让他慢慢地死去,就让我永远眼看着他慢慢死去,也比我现在幸福。现在……什么都没有了,什么人也没有了。他知道这个吗?不。他不知道,而且永远不会知道了。而现在,已经永远、永远无法补救这一点了。"他又对她说那同样的话,但是现在娜塔莎在想象中给他的回答却不一样了。她拦阻他说:"这在您觉得可怕,在我并不可怕。您要知道,我少了您在生活中就什么也没有了,和您一同受苦,对于我是最大的幸福。"于是他拿起她的一只手,紧紧地握着,就像他临死前四天那个可怕的晚上握它一样。于是,在她的想象中,对他说出当时她本来就可能说的温存、爱抚的话。"我爱你……爱你……爱你……"她痉挛地握紧双手,拼命地咬紧牙关,说。

一种甜蜜的悲伤充满她的全身,泪水涌出眼眶,但是她突然问自己:我这是对谁说话? 他在哪儿? 他现在是一个什么样的人? 然而一切又被冷酷无情的困惑不解遮掩住了,她又紧蹙眉头,向他所在的方向注视。她似乎觉得,眼看她就要识破那个奥秘……但是,就在她觉得她已经解开那个不可理解的事物的时刻,门环给敲得山响,女仆杜尼亚莎带着惊慌、不注意女主人的神情,快步闯进门来。

"请您快到爸爸那儿去吧,"杜尼亚莎带着特别的、紧张的表情说,"彼得·伊利伊奇不幸的消息……有信来。"她抽泣了一下,说。

二

娜塔莎除了对所有的人都有疏远感觉之外,这时她对家里人另有一种特别的疏远感觉。所有的亲人:父亲、母亲、索尼娅,在她是如此亲近,如此习以为常,如此平凡,以致他们的言谈、感情,她都觉得对她近来所处的那个世界是一种侮辱,她对他们不仅淡漠,而且敌视。她听了杜尼亚莎传来的关于彼得·伊利伊奇不幸的消息,但是不明白她说的是什么意思。

"他们会有什么不幸,他们怎么可能有不幸,他们一切都是老样子,因循守旧,平平静静。"娜塔莎心里说。

她走进大厅的时候,父亲匆匆地从伯爵夫人房里走出来。他满脸皱纹,沾湿了泪水。他从那屋里出来显然为了让压抑住的恸哭发泄出来。他看见娜塔莎,绝望地两手一挥,突然痛苦地发出痉挛的哽咽声,扭歪了他那柔和的圆脸。

"彼……佳……你去吧,去吧,她……她在叫你……"他像孩子似的大哭着,迅速挪动软弱无力的碎步向椅子走去,他双手捂住脸,几乎是向椅子倒了下去。

仿佛一股电流突然流过娜塔莎的全身。有一种东西朝着她的心口猛然痛击一下。她感到剧烈的疼痛;她好像觉得从她身上撕掉一块东西,她在死去。但是,一阵疼痛过后,她顿时觉得她从内心的禁锢生活中解放了出来。她一见到父亲又听见门里母亲发出可怕的、粗野的喊叫声,就立即忘掉自己和自己的不幸。她向父亲跑过去,但是他无力地摆着手,指着母亲的门。玛丽亚公爵小姐从门里走出来,她面色苍白,下颌颤抖,握起娜塔莎的手,对她说了点什么。娜塔莎对她视而不见,也没有听见她说的什么。她快步走进门里,停了一下,好像在跟自己作斗争,然后向母亲跑过去。

伯爵大人躺在安乐椅里,别别扭扭地伸着身子,向墙上碰头。索尼娅和女仆们按住她的臂膀。

"娜塔莎,娜塔莎! ……"伯爵夫人喊道,"不是真的,不是真的……他说谎……娜塔莎!"她一面喊,一面推开周围的人,"都给我走开,不是真的! 打死了! …… 哈——哈——哈! …… 不是真的!"

娜塔莎屈起一只膝跪在安乐椅上,俯下身来搂着她,以出乎意外的力量抱起她,把她的脸转过来对着自己,紧紧偎依着她。

"妈妈! ……亲爱的! ……我在这儿,亲爱的。妈妈。"她一刻不停地向她低语着。

她不放开母亲,温柔地和她挣扎着,要来枕头和水,解开和撕开母亲的衣裳。

"我的好妈妈,亲爱的……妈妈……我的好妈妈。"她不停地低声呼唤着,吻她的头、手、脸,止不住涌出泉水似的眼泪,使她的鼻子和两腮发痒。

伯爵夫人紧握女儿的手,闭上眼睛,安静了一会儿。她忽然以从未有过的快速动作站起来,茫然四顾,她看见娜塔莎,用尽全力搂着她的头。然后把她那疼得皱起眉头的脸转向自己,久久地望着她。

"娜塔莎,你是爱我的,"她用信任的口气低声说,"娜塔莎,你不会骗我吧?你会把全部的真相告诉我吧?"

娜塔莎满含泪水望着她,她的脸和眼睛,充满祈求宽恕和怜爱的表情。

"我的好妈妈,妈妈。"她反复地说,她使出全部爱的力量来分担压在她身上过多的悲哀。

母亲在同现实作软弱无力的斗争中,不愿相信爱子在大好年华丧生后,她还能活下去,她又从现实中逃往精神错乱的世界。

娜塔莎不记得那一天是怎样过的,也不记得那天夜里、第二天和第二天夜里是怎样过的。她没有睡觉,也没有离开母亲。娜塔莎的爱,顽强的、无限耐心的爱——它不是劝解,也不是安慰,而是对生的召唤,娜塔莎这种爱无往不在的时时刻刻包围着伯爵夫人。第三天夜里,伯爵夫人安静了几分钟,娜塔莎在安乐椅上手支着头闭一会儿眼睛。床响了一下。娜塔莎睁开眼睛,伯爵夫人坐在床上,静静地说:

"你回来了,我真高兴。你累了,要喝点茶吗?"娜塔莎走到她跟前,"你长得好看了,像个大男人了。"伯爵夫人握住娜塔莎的手,继续说。

"妈妈,您说什么啊!……"

"娜塔莎,他死了,再也看不见了!"伯爵夫人抱着女儿,第一次哭了。

三

　　玛丽亚公爵小姐推迟了她的行期。索尼娅、伯爵都很想把娜塔莎替换下来，但是不可能。他们看出，只有她才能制止母亲不致陷入疯狂的绝望。一连三个星期娜塔莎寸步不离母亲身边，在她屋里沙发上睡觉，给她喂水，喂饭。不停地和她说话——她说话，因为只有她那温柔亲切的声音才能使伯爵夫人得到安慰。

　　母亲的精神创伤不可能痊愈。彼佳的死夺去她一半的生命。她本来是一个精力充沛、生气勃勃的五十岁的女人，自彼佳的死讯传来一个月后，她走出自己的卧室时，已经是一个半死不活、对生活冷漠的老太太了。而这个夺去伯爵夫人一半生命的新的创伤，却使娜塔莎复苏过来。

　　由于精神的崩溃而造成的内心创伤，不管看来多么奇怪，完全像肉体的创伤一样，在逐渐地愈合。很深的伤口长好了，合口了，但是治好精神创伤和肉体创伤都要依靠发自内在的生命力。

　　娜塔莎的创伤就是这样好起来的。她以为她的生命完结了。但是，对母亲的爱忽然向她证明，生命的本质——爱——依然活在她的心中。爱复苏了，生命也复苏了。

　　安德烈公爵临终的那些日子，把娜塔莎和玛丽亚公爵小姐结合起来了。新的不幸促使她们更加接近了。玛丽亚公爵小姐推迟了启程日期，最近三个星期以来，她照看娜塔莎，就像照看有病的孩子似的。娜塔莎在母亲房里过的这几个星期，耗损了她的体力。

　　一天中午，玛丽亚公爵小姐看见娜塔莎在打寒噤，就把她领到自己房里，让她躺在床上。娜塔莎躺下来，但是当玛丽亚公爵小姐放下窗帘要走的时候，娜塔莎把她叫到跟前。

　　"我不想睡觉。玛丽，陪我坐一会儿。"

“你累了，要强迫自己睡一下。”

“不，不。你为什么把我领到这儿来？妈妈会问起我的。”

“她好多了。她今天说话很正常。”玛丽亚公爵小姐说。

娜塔莎躺在床上，在半明半暗的房间里仔细端详玛丽亚公爵小姐的脸。

“她像他吗？”娜塔莎想，“是的，又像又不像。但是她是一个特别的、生疏的、全然新颖的、令人费解的人。她爱我。她的心怎么样？全是美好的东西。但是怎么好法呢？她心里怎么想的？她对我有什么看法？是的，她太好了。”

“玛莎，”她怯生生地拉过她的手，说，“玛莎，你别以为我傻里傻气的。你不这么想吧？玛莎，亲爱的。我是多么爱你啊。咱们做真正、真正的好朋友吧。”

娜塔莎拥抱玛丽亚公爵小姐，亲吻她的手和脸。玛丽亚公爵小姐对娜塔莎的这种感情流露又羞又喜。

自这天起，玛丽亚公爵小姐和娜塔莎之间建立了那种只有女人之间才有的热情而温柔的友谊。她们不停地亲吻，彼此谈些温存的话，大部分时间都是一起度过的。如果一个出去了，另一个心里就不安，就赶快去找她。她们俩在一起比分开独自一人感到和谐。她们之间建立的感情比友谊更强烈：这是一种只有在一起才能活下去的独特感情。

有时她们一连几个小时默不作声；有时已经躺在床上了，又开始谈话，一直谈到早晨。她们多半谈久已过去的事。玛丽亚公爵小姐讲她的童年，讲她的母亲，讲她的父亲，讲她的梦想；娜塔莎过去由于不怎么懂，不理会那种虔诚、顺从的生活，不理会基督教自我牺牲的诗意，现在她觉得她和玛丽亚公爵小姐被爱结合在一起，因此也爱玛丽亚公爵小姐的过去，懂得了她过去不懂得的另一面的生活。她不想把这种顺从和自我牺牲精神使用在自己身上，因为她习惯寻求另一种欢乐,但是她懂得了而且爱上了对方身上那种她过去所不理解的德行。至于玛丽亚公爵小姐,她听了娜塔莎讲她的童年和少年的故事,也发现了她先前不了解的另一面的生活——相信生活,相信生活的乐趣。

她们照常仍然不提他,她们认为那些话会破坏她们心中崇高的感情,而缄口不谈他,令人难以相信,她们竟然渐渐把他淡忘了。

娜塔莎瘦了,面色苍白,身子是那么弱,使得大家经常谈论她的健康,而她对这反倒觉得愉快。但是有时她忽然不仅害怕死,而且害怕生病,害怕衰弱,害怕失去美貌,她有时注意地细看自己裸露的手臂,瘦得使她感到惊奇,或者每天早晨对着镜子瞧看她那瘦长的、她觉得可怜巴巴的脸。她觉得,就应当这个样子,而同时又觉得可怕和悲哀。

有一次,她快步上楼,累得大口喘气。她立刻给自己想出下楼的理由,但是为了试试体力,看看自己怎么样,又往上爬。

又有一次,她呼唤杜尼亚莎,她的嗓子发出颤音。虽然她听见了杜尼亚莎的脚步声,但是又叫了她一声,用她那唱歌的胸音叫一声,同时细听自己的声音。

她不知道,也不相信,但是在她心中那层看来难以渗透的泥土中,已经钻出又细又嫩的幼芽,它一定会生根,用它那生气勃勃的嫩叶把她的悲哀遮盖起来,不久就看不见它,也觉不出它了。创伤从内部平复了。

一月底,玛丽亚公爵小姐动身去莫斯科,伯爵坚持要娜塔莎和她同行,以便在莫斯科看病。

四

当时库图佐夫已经控制不住自己的军队要打垮、切断……敌人的愿望,在维亚济马打了一场遭遇战之后,逃跑的法国人和在其后追赶的俄国人继续向前移动,在走到克拉斯诺耶之前,再也没有打仗。法国人逃得那么快,俄国军队怎么也追不上,骑兵和炮兵的马都累得停下来,关于法军行动的消息总也弄不确实。

俄国军队一昼夜不停地走四十俄里,人人都累得筋疲力尽,想再快一点也不可能了。

只要弄清楚以下事实的意义,就可以了解俄军消耗的程度:在塔鲁丁诺作战的全部时间,俄军的伤亡不超过五千名,被俘的不到一百名,但是十万人从塔鲁丁诺出发,到达克拉斯诺耶只剩下五万人了。

俄国人追击法国人的急行军,如同法国人的仓皇窜逃,都给自己带来破坏性的作用,其所不同的仅仅在于,俄军有选择行动的自由,没有那悬在法军头上的死亡威胁,其次还在于法军掉队的病号落在敌人手里,而掉队的俄国兵却留在本乡本土。拿破仑军队的减员,其主要原因是行动过于迅速,俄军也相应地减员也是这个原因的毋容置疑的证明。

库图佐夫在塔鲁丁诺以及在维亚济马的全部活动都放在(尽他的权力所及)不去阻止那种自找灭亡的法国人的行动(彼得堡方面和俄国军队的将军们却想阻止它),而且促进这种行动,同时减慢自己军队的行动。

但是,除了由于行动过速而招致军队明显的疲劳和大量减员外,库图佐夫还理会到放慢军队的行动以等待时机的另外理由。俄国军队的目的是追踪法国人。法国人逃跑的路线无法捉摸,因此,我们的军队越是步步紧跟着法国人,跑的路就越多。只有在跟踪时保持一定的距离,才能以最短的行程切断法国人所走的那种曲折的路线。我们的将军们提出的一切巧妙战术,不过是频繁的调动军队,增加军队的行程,而唯一合理的目标却是减少军队的行程。在从莫斯科到维尔纳整个战役中，库图佐夫的活动就是朝着这个目标努力的——不是偶然地也不是一时地，而是始终一贯、一次也没有改变过这个目标。

库图佐夫不是靠智力或者科学，而是靠他作为一个俄罗斯人的全部存在，知道和感觉到每个俄国士兵所感觉到的东西，那就是：法国人战败了，敌人正在逃走，要把他们赶出去；但是，他也和士兵们一样，感到以那样空前的速度和在那样的时节行军的全部艰难。

但是将军们，特别是那些俄军中的外籍将军们，一心想要出风头，要使人大吃一惊，要为某种目的去俘虏某个公爵或者国王，而目前任何战斗已经成为令人厌恶和毫无意义的时候，这些将军们竟然认为正是现在是打几个战役、战胜某某人的时候。当库图佐夫接二连三接到那些作战计划时，他仅仅耸耸肩：要执行这些计划，就要使用那些穿着破鞋、没有皮衣、饿得半死、不经战斗就减少一半的士兵，而且，即使在最好的条件下继续奔跑，要赶到边境，也要走比已经走过的路程更远的路程。

特别是我们的军队和法国军队遭遇的时候，就更表现出这种出风头、打运动战、摧垮、切断的愿望。

在克拉斯诺耶就发生这样的情况，他们在这个地方想找到法国人的三个纵队中的一个纵队，碰上了带领一万六千人的拿破仑本人，虽然库图佐夫千方百计避免那次毁灭性的遭遇战以保存自己军队的实力，然而疲惫不堪的俄国军队在克拉斯诺耶仍然一连三天屠杀筋疲力尽、溃不成军的法国人。

托尔拟了一项部署：第一纵队向某地前进，①等等。照例，结果都不是按照部署做的。符腾堡的叶夫根尼亲王从山上射击山下

---

① 原文为德语。

成群跑过去的法国人，他要求增援，但是援军没有来。法国人一到夜里就避开俄国人绕道儿分散逃遁，躲进树林里，能逃的就继续往前逃。

米洛拉多维奇，这个说他完全不想知道部队的给养情况、有事找他也找不到、自称是一个"无畏和无可指摘的骑士"、热衷于和法国人谈判的人，派军使去要求法军投降，白浪费了时间，做了不是命令要他做的事。

"我把那个纵队交给你们了，弟兄们。"他骑马来到队伍跟前，指着法国人对骑兵说。于是骑兵们骑上几乎走不动的马，用马刺和佩刀赶着马奔跑，追上那支送给他们的纵队，也就是追上一群冻僵、饿瘪的法国人；于是那支送给他们的纵队放下武器投降了，他们早就希望这样做了。

在克拉斯诺耶捉到两万六千名俘虏，并得到几百门大炮和一根据称是"元帅杖"的棍子，于是人们在争论都是哪些人立了功，大家对这一仗都很满意，但是非常遗憾的是没有捉到拿破仑，哪怕一个什么英雄或者元帅也没有捉到，他们为此互相责备，特别是责备库图佐夫。

这些狂热的人们，不过是最可悲的必然规律的盲目执行者；但是他们认为自己是英雄，想象他们所作所为是最可敬、最高尚的事业。他们指责库图佐夫，说他从战争一开始就妨碍他们战胜拿破仑，说他只知道满足自己的私欲，不愿从亚麻布厂①迈出一步，因为他在那儿觉得闲适恬静；说他在克拉斯诺耶停下来按兵不动，因为他得知拿破仑在那儿，就完全惊慌失措了；说是很可能他和拿破仑有什么阴谋，被他收买了，诸如此类的议论……

---

① "亚麻布厂"，村镇名，地处卡卢加至维亚济马一线上，十八世纪初，因在该地曾开设一家当时俄国最大的亚麻布工厂而得名。此处指库图佐夫留在卡卢加至维亚济马一带地方，不去追击逃跑的法国人。

不仅当时那些狂热的人们那么说,而且后代和历史都承认拿破仑伟大,至于库图佐夫,外国人说他狡猾、好色,是个软弱无能的宫廷老官僚;俄国人说他是一个难以捉摸的家伙,是一个傀儡,有点用处也不过凭他有个俄国人的姓名而已……①

五

一八一二年和一八一三年,人们毫不隐讳地指责库图佐夫,说他犯了错误。皇帝对他不满意。不久前奉上谕撰写的历史,说库图佐夫是一个老奸巨猾的宫廷骗子,他怕拿破仑皇帝,由于他在克拉斯诺耶和别列济纳的错误,以致使俄国军队失掉完全战胜法国人的光荣。②

这样的命运,不是那种不为俄国知识界承认的伟大人物的命运,而是那些领悟了上帝的旨意,使个人的意志服从上帝的意志的人们的命运,这种人不常见,而且总是孤独的。群众用憎恨和蔑视惩罚这种人,因为他们对最高法则大彻大悟。

拿破仑,这个微不足道的历史傀儡,在任何时候、任何地方、甚至在放逐期间也没表现出人类尊严的人,可是在俄国史学家看来(说来令人奇怪而且可怕),却是一个值得赞赏和令人欢喜的人物;他伟大。而库图佐夫,在一八一二年战争期间,从他开始活动到最后,从波罗金诺到维尔纳,他一言一行从未违反初衷,始终是一个有史以来最不平凡的自我牺牲、对历史事件在今天和明天的意义有所认识的典范——就是这么一个库图佐夫,在有的人心目

---

① 见威尔逊日记。——托尔斯泰注。(罗勃特·托马斯·威尔逊[1774—1849],曾于一八一二至一八一四年在俄军司令部任英国军事委员。他的日记于一八六一年出版。)

② 见波格丹诺维奇所著一八一二年历史:《论库图佐夫及令人不满的克拉斯诺耶战役》。——作者注

中,却是一个难以捉摸的可怜虫,一提起库图佐夫和一八一二年,他们就觉得害羞似的。

然而,很难想象有这样的历史人物,他的活动目标始终如一。很难想象有比这更可贵、更符合全体人民意愿的目标。像库图佐夫这样的历史人物,一八一二年为达到既定的目标全力以赴,而终于完全达到那个目标,在历史上找出另外的例子,那就更难了。

库图佐夫从来不说他"站在金字塔上瞻望四十世纪①",不说他为祖国献出的牺牲,不说他要做什么或者已经做了什么:他根本不谈自己的事情,不装腔作势,永远是一个最普通、最平凡的人,说最普通、最平凡的话。他给他的女儿们和斯塔埃尔夫人写信,读小说,爱和漂亮的女人交际,和将军们、军官们、士兵们开玩笑,从来不给那些要向他证明某件事情的人钉子碰。拉斯托普钦伯爵骑马跑到雅乌兹桥头见到库图佐夫,追究莫斯科毁灭的责任,说:"您不是答应不经战斗决不放弃莫斯科吗?"库图佐夫回答说:"不经战斗,我是不会放弃莫斯科的。"虽然那时莫斯科已经放弃了。阿拉克契耶夫从皇帝那儿来,对他说,应当任命叶尔莫洛夫为炮兵司令,库图佐夫回答说:"是的,我刚才也这么说来的。"虽然他在一分钟之前说过完全相反的话。在周围一群糊涂虫中间,只有他一个人理解当时事件的全部巨大意义,拉斯托普钦伯爵把首都的灾难归咎于自己或者归咎于他,对他有什么关系呢?至于任命谁来当炮兵司令,对他更无所谓了。

不仅在这些场合这个老人这么说,而且,生活经验使他坚信,思想和表达思想的语言并不是人的动力,他总是想到什么就脱口说出一些完全没有意义的话。

但是,就是这个说话随便的人,在他全部活动中,没说过一句

---

① 此处指拿破仑临战时在埃及金字塔上对他的军队说过的话。

与他在整个战争期间所要达到的那个唯一目的不相符的话。显然，他怀着不为人谅解的沉重心情，不自觉地在极其不同的情况下不止一次地表明了他的思想。自波罗金诺战役开始，他就和周围的人意见不合，他说，波罗金诺战役是胜利，直到老死，他在口头上，在报告和呈文中都是这么说。只有他一个人说，失掉莫斯科不等于失掉俄国。他在回答洛里斯顿提出讲和时说，不能讲和，因为这是人民的意志；在法国人退却时，只有他一个人说，我军一切机动都不必要，一切听其自然，比我们希望要完成的还要好，对敌人要网开三面，塔鲁丁诺、维亚济马、克拉斯诺耶等战役，都不必要，到达边境时应当保存一点实力，他说，用十个法国人换一个俄国人，他都不干。

只有他一个人，这个被人描写为讨好皇帝而向阿拉克契耶夫撒谎的宫廷宠臣——只有他这么一个宫廷宠臣在维尔纳曾说过，打出国门以外有害无益，因此惹得皇帝不悦。

仅仅语言还证明不了他当时对事件意义的理解。他的行动始终不变地朝着一个目标，从来不曾有丝毫的偏离，这目标包括三个方面：一、竭尽全力打法国人，二、打败他们，三、把他们赶出俄国，尽可能减轻人民和军队的痛苦。

他，这个把"忍耐和时间"作为座右铭的慢性子人，这个专门反对打硬仗的人，以无与伦比的严肃态度做好了准备，然后发动了波罗金诺战役。他，就是那个在奥斯特利茨战役未打响之前就说那次战役一定要失败的库图佐夫，而在波罗金诺，虽然将军们都认为那次战役打输了，虽然史无前例：打赢了军队还要后撤，只有他一个人力排众议，直到老死都在断言波罗金诺战役是胜利。只有他一个人，在整个退却期间坚决主张不进行当时已经成为无益的战斗，不再挑起新的战争，而且不打出俄国的边境。

只要不把十来个人头脑中的目的硬说成是群众活动的目的，

现在来理解事件的意义已经很容易了，因为全部事件及其结果都摆在我们面前了。

但是，这个老人——只有他独自一人与众不同，怎么在当时就那么准确地看出人民对事件的看法的重要意义，在他全部活动过程中一次也没有改变这种看法呢？

对当时发生的现象的意义之所以如此洞若观火，其源泉乃在于他拥有十分纯洁和强烈的人民感情。

正是由于人民承认他有这种感情，人民才通过一些奇特的方式，违背沙皇的意愿，选择了这个不得宠的老头子作为人民战争的代表。正是这种感情把他抬到人间最高的地位，他这个身居高位的总司令，把他的全副精力都用在不去屠杀和迫害人们，而用在拯救和怜悯他们。

这个朴实、谦虚，因而才是真正伟大的形象，不能归入历史虚构的所谓统治人民的欧洲英雄那种伪造的模式。

在奴仆心目中不可能有那种伟大的人物，因为奴仆有奴仆对伟大这个概念的理解。

六

十一月五日是所谓克拉斯诺耶战役的第一天。傍晚时分，在那些给部队带错了路的将军们互相争吵和闹了一些错误之后，在派出一批带着一些互相矛盾的命令的副官之后——当时已经弄清楚，敌人四散逃跑，不可能有也不会有什么战斗，于是库图佐夫离开克拉斯诺耶到总司令部那天已经迁到那儿的多布罗耶去了。

天气晴朗，寒冷。库图佐夫骑着一匹膘肥体壮的小白马去多布罗耶，身后跟着一大群心怀不满、一路上窃窃私语的将军们。沿途都是当天俘虏的法国人（那天俘虏七千人），他们一堆堆地聚在篝火旁取暖。离多布罗耶不远的地方，一大群衣衫褴褛、用各种随手弄到的东西把身子包裹起来的俘虏站在路上一长列卸下来的大炮旁边，发出聒噪的谈话声。当总司令走过来的时候，谈话停止了，所有的眼睛都盯着库图佐夫，库图佐夫头戴一顶红箍白帽子，身穿隆起驼背的棉大衣，骑着马缓缓地走来。一个将军向他报告那些大炮和俘虏是在什么地方俘获的。

库图佐夫似乎在想心事，没有听见那个将军的话。他神色不悦地眯起眼睛，专注地盯视着那些样子显得特别可怜的俘虏身影。大多数法国士兵都冻坏了鼻子和腮帮，脸变了形，几乎所有人的眼睛都红肿、糜烂。

靠路边有一堆法国人，其中两个士兵（一个满脸长疮）正在用手撕一块生肉。在他们向过路的人一瞥的目光中有一种可怕的兽性的东西，那个满脸生疮的士兵也是样子凶恶地向库图佐夫看了一眼，立刻转过身去继续干他的事。

库图佐夫向这两个士兵看了很久；他更皱紧了眉头，眯起眼睛，若有所思地摇摇头。在另外一个地方他看见一个俄国士兵笑着拍一个法国人的肩膀，很和气地和他说话。库图佐夫又带着同样的神情摇摇头。

"你说什么？"他问那个将军，将军一面继续报告，并让他注意在普列奥布拉任斯基团队列前面缴获的军旗。

"啊，军旗！"库图佐夫说，他显然很费劲才打断自己的思绪。他茫然地环顾周围。几千只眼睛从四面八方望着他，期待他讲话。

他在普列奥布拉任斯基团前面停下来，深深舒口气，闭上了眼睛。他的一个侍从向拿着法国军旗的士兵们招招手，叫他们走过来把军旗摆在总司令周围。库图佐夫沉默了几分钟，看来，他虽然不乐意，但是不得不服从他的地位要求他必须做的事情，于是抬起头来，开始讲话了。一大群军官围着他。他目光专注地扫了一下周围的军官，认出其中几个人。

"感谢大家！"他朝士兵们、转脸又朝军官们，说。在周围一片寂静中，可以清晰地听见他那慢慢说出的话，"为了艰苦、忠诚的服务，感谢你们大家。我们完全胜利了，俄国不会忘记你们，光荣永远属于你们！"他向周围看了看，停顿了片刻。

"把旗杆头放低，放低，"他对那个无意之中把手里的法国鹰旗在普列奥布拉任斯基军旗前放低的士兵说，"再低些，再低些，对了，就这样。乌拉！小伙子们。"他的下颌迅速地向士兵们一摆，说。

"乌拉——拉——拉！"响起了几千个声音。

在士兵们高声欢呼的时候，库图佐夫在马鞍上俯下身，低下头来，眼睛闪出和蔼的、仿佛嘲讽的亮光。

"是这样的，弟兄们。"当喊声停了的时候，他说……

他的声音和脸上的表情突然变了：已经不再是一个总司令、而是一个普通的老年人在说话，显然他现在想对伙伴们说几句最需要说的话。

在军官中间，在士兵行列中开始蠕动起来，想更清楚地听听他现在要说的话。

"是这样的，弟兄们。我知道你们够辛苦的，但是有什么办法呢！忍耐一下吧；不会太久了，等我们送走了客人，就可以休息了。沙皇不会忘记你们的功劳的。你们虽说辛苦，毕竟是在自己的国家里；可是他们，你们瞧瞧他们落到何等地步，"他指着那些俘虏说，"比最糟的叫花子还不如。当他们还是强大的时候，我们不可怜他们，现在可以可怜可怜他们了。他们也是人嘛。对不对，小伙子们？"

他向周围望去，在向他投来的那些执著的、恭敬而惊疑的、专注的目光中，他看出对他的话的同情：他的嘴角和眼角皱起来，露出老年人温和的微笑,他的神采越来越光辉了。他停顿了片刻,仿佛迟疑不决似的低下头来。

"话说回来,是谁叫他们来我们这儿的?这些猪狗们,活该……"他抬起头来,突然说。他把鞭子一挥,在整个战争期间第一次策马疾驰,离开那些乱了队列、高兴得哈哈大笑、吼叫"乌拉"的士兵们。

士兵们未必懂得库图佐夫说的话。谁也复述不出元帅那番开头庄严、结尾朴实、出自老年人口中的话;但是,那番推心置腹的话不仅已经被理解,而且,正是在老年人宽容大度的咒骂中所表现的那种对敌人的怜悯和对我们事业正义性的认识的伟大庄严的感情深藏在每个士兵心里,并且用兴高采烈的、经久不息的欢呼声表达出来。在这之后,一个将军问总司令是否要车,库图佐夫在回答时,出人意外地抽泣起来,显然他内心极度地激动。

七

十一月八日,克拉斯诺耶战役的最后一天,部队来到宿营地时,已经天黑了。整天无风,寒冷,飘着零星的雪花;傍晚天晴了。透过飘落的雪花,露出淡紫色灰暗的星空,寒气更逼人了。

穆什卡捷尔斯基团离开塔鲁丁诺时三千人,现在只剩下九百人,这个团首先到达指定的宿营地——大路旁一个村子里。迎接这个团的打前站的人员说,所有房子都住满了不是病的就是死的法国骑兵和参谋人员。只有一所房子可以让团长住。

团长到他的住处去了。团队经过村子到村边路上把枪架起来。

那个团队像一头庞大的多足兽,开始营造洞穴和准备食物了。一部分士兵三三两两踏着没膝的雪地走进村右边的桦树林里,立

刻听见刀斧的砍斫声、树枝的折断声和快乐的谈笑声;另外一部分士兵在团队的大车和马匹集中的地方忙活,取出大锅和面包干,喂马;第三部分士兵到村子里为参谋人员准备住处,把停放在各家的法国人的尸体清除出去,拖来一些木板、干柴和屋顶上的禾草以备生篝火和做挡风的篱笆。

有十五六个士兵在村头的房屋后面,快活地喊叫着摇晃一间棚屋的高大篱笆墙,棚屋的顶盖已经掀掉了。

"一、二、三,推呀!"发出喊叫的声音,在黑夜中,那堵附着雪的大墙带着冰凌的响声晃来晃去。下面的桩子越来越喀喀哧哧地响,那堵墙终于连同推它的士兵们一齐倒了下去。于是发出一阵粗野、欢乐的大喊大笑。

"两个人两个人地拽! 拿撬棍来! 就是这样。你往哪儿出溜?"

"来,一、二、三……停一停,伙计们! ……咱们唱着歌儿吧!"

大家都不响了,于是,一个人低声唱了起来,声音像天鹅绒一般悦耳。在唱到第三节结尾时,紧接着尾音,二十个声音一齐喊起来:"喔——喔——喔! 来呀! 一齐干呀! 加油,伙计们!"但是,不管怎样一齐用力,那堵篱笆墙仍然不动,在大家停住换气的时候,可以听见沉重的喘息声。

"喂,你们六连的! 鬼东西! 来帮一帮啊……也有用着我们的时候。"

正进村子的第六连二十来个人,都来帮助拖了;于是,那堵五俄丈长、两俄丈宽的篱笆墙弯成弓形,像刀割似的压在喘息着的士兵们的肩上,沿着村里的街道往前移动了。

"走啊,怎么啦……倒了,咳……干吗停住了? 嗯……"

不停地说一些快活的、骂人的脏话。

"你们干什么?"突然听到一个向搬墙的人们跑来的人用命令

的口吻说。

"长官大人都在这儿;将军就在这屋里,你们这帮魔鬼,狗养的。我揍死你们!"司务长喊道,挥起拳头就给首先碰到的士兵背上一下,"你们不能小点声吗?"

士兵们不吭声了。那个挨了司务长打的士兵,撞到篱笆墙上,蹭破了脸,他哼哼哧哧地擦脸上的血。

"瞧,鬼东西,打得多狠!满脸是血。"司务长走后,他胆怯地小声说。

"怎么,你不乐意吧?"一个笑着的声音说;于是,士兵们压低嗓门,继续往前走。走到村外,他们照旧大声说话,照旧说些无聊的骂人话。

在士兵们经过的那间农舍里,聚着一些高级官长,他们一面喝茶,一面热烈地谈论当天的事和明天运动战的设想。打算向左翼行动,切断代理总督①,活捉他。

士兵们把篱笆墙拖到地方的时候,周围各处做饭的篝火已经燃起来。木柴噼啪作响,雪在融化,在那片扎营的被践踏了的雪地上,到处游荡着士兵们的黑影。

四面响起斧头和砍刀的声音。不待命令一切都做了。拖来了过夜的木柴,给军官们搭上帐篷,大锅在做饭,放好步枪和装备。

八连拖来的篱笆墙在北面竖成半圆形,用枪架支住,墙前面生起篝火。响起点名的鼓声,吃晚饭,在篝火旁安顿下来过夜——有人在补鞋,有人在吸烟,有人脱光了在火上烘虱子。

---

① 即缪拉。

八

俄国士兵当时所处的生活条件之艰难，几乎不可想象——没有保暖的靴子，没有皮袄，没有遮身的地方，在零下十八度的雪地里，甚至没有充分的口粮（给养的供应常常跟不上部队）——这样看来，士兵们本应当呈现一派极为悲惨和沮丧的景象。

恰恰相反，即使在最好的物质条件下，军队也从未表现过这么快乐、这么活跃的景象。这是由于每天都从军队里淘汰一些意志消沉和体力不支的人。所有身体和精神软弱的人，早就落在后面了：剩下的全是军队的菁华——不论在身体和精神方面都是强者。

聚在挡风篱笆的八连那儿的人最多。两个司务长就坐在他们那儿，他们的篝火也烧得最旺。他们要求，带来木柴的人才有挨近篱笆坐的权利。

"喂，马克耶夫，你怎么啦……你死到哪儿去了？狼把你给吃啦？拿柴火去。"一个红头发、红脸膛的士兵喊道，他被烟熏得直眨巴眯细的眼睛，但是他还是凑近火。"你也去找点柴火来，乌鸦。"这个士兵对另一个人说。这个红脸膛的既不是军士也不是上等兵，但是他是一个壮汉子，所以能命令那些比他弱的人。那个瘦小、尖鼻子、外号叫"乌鸦"的士兵，顺从地站起来，正要执行命令的时候，在篝火的光亮中出现一个身材颀长、年轻漂亮的士兵的身影，他抱来一大捆木柴。

"拿到这儿来。嗬，好大一抱！"

木柴劈开后放在火里，人们用嘴吹，用大衣的下摆扇，于是火苗发出咝咝声和爆炸声。士兵们坐近一些，抽起烟来。那个抱来柴火的年轻漂亮的士兵，双手叉腰，在原地快速而敏捷地跺着冻僵的脚。

"啊,我的亲娘,露珠儿冰冷,多么好哇,我当上了火枪兵……"他边唱边跳,好像每个音节都打个嗝儿。

"喂,鞋底给跳飞了!"那个红脸膛的喊道,他看见跳舞的人的靴掌搭拉着,"嗬,好一个舞蹈家!"

跳舞的人停住了,把脱落的皮子撕掉,扔到火里。

"可不是嘛,老弟。"他说;他坐下来,从背包里掏出一块蓝灰色的法国呢绒来把他那只脚包上。"脚都给水气冻木了。"他把脚向火伸过去,又说。

"快发新的了。听说,打完了仗,每人发双份的服装。"

"你瞧,狗崽子彼得罗夫,到底还是掉了队。"司务长说。

"我早就看出来了。"另一个说。

"没说的,是个孱头兵……"

"听说,三连昨儿一天就少了九个人。"

"那有什么办法,脚冻坏了,你叫他怎么走路?"

"咳,废话!"司务长说。

"是不是你也想那样?"一个老兵带着责备的口吻对那个说脚冻坏的人说。

"你以为怎么着?"那个外号叫"乌鸦"的尖鼻子士兵忽然从篝火旁欠起身来,用尖细而颤抖的声音说,"胖的给拖瘦了,瘦的给拖死了。就说我吧,就是这样。一点力气都没了,"他忽然坚决地对司务长说,"您叫人把我送到医院去吧,浑身骨头架子酸痛;不然早晚我也要掉队……"

"得了,得了。"司务长平静地说。

那个小个儿的士兵不吭声了,谈话在继续。

"今天捉到的法国人可不少;可是,那些人穿的靴子,可以说,连一双像样的也没有,不过应个名儿罢了。"一个士兵开始了另一个话题。

"哥萨克把靴子全给脱走了。他们给团长腾房子,把死人拖走。真叫人不忍看,伙计们,"那个跳舞的人说,"翻动他们的时候:有一个还活着,你信不信,嘴里还嘟囔着法国话呢。"

　　"他们人都白白净净的,"第一个说话的人说,"雪白的皮肤,就像桦树皮一样白,有的长相威武着呢,可能是贵族。"

　　"你当怎么着? 他们什么人都得当兵。"

　　"他们不懂咱们的话,"那个跳舞的人带着困惑不解的神气微笑说,"我问他:'你那军服上的符号——王冕是谁戴的?'他嘟囔着他们国的话。不可思议的民族!"

　　"也真怪,弟兄们,"那个对他们的肤色那么白感到惊奇的人接着说,"农民说,'在莫扎伊斯克,那儿打过仗,埋死人的时候,'他说,'法国人的那些尸首已经躺了个把月了。'他说,'他们躺在那儿,像纸一样白,干干净净,一点气味都没有。'"

　　"怎么,可能是冻的吧?"一个人问。

　　"你真聪明! 冻的! 当时天还热着呢。要是天凉,咱们的人也不会发臭。农民说,'到咱们的人跟前一看,全烂了,都生蛆了。'他说,'我们得用手巾包起脸来,把脸扭过去拖着走;简直受不了。'他说,'可是他们的人呢,像纸一样白;一点儿气味也没有。'"

　　大家都沉默了。

　　"那一定是吃得好,"司务长说,"吃上等伙食。"

　　没有人不同意他的话。

　　"听那个农民说,在莫扎伊斯克附近,就是在那儿打过仗的地方,召来十来个村子的人,运了二十天,还没把死尸运完。喂饱了那些狼,他说……"

　　"那是一场真正的恶战,"那个老兵说,"只有这一仗令人难忘;可是以后那些……只不过是折磨人罢了。"

"可不是，大叔。昨天我们追他们，咳，不等你追上，他们就赶快扔下枪，跪下，'饶命！'他们说。这仅仅是一个例子。听说，普拉托夫两次捉住拿破仑本人。他不懂法国话。捉是捉住了两次：咳，你猜怎么，他在他手里变成一只鸟；飞了，飞了。也没法儿杀死他。"

"我看，你是一个牛皮大王，基谢廖夫。"

"什么吹牛哇，千真万确。"

"要是落在我的手里，我把他埋在土里。再钉上一根杨木橛子。这个害人精。"

"反正快要收场了，他横行不了啦。"那个老兵打着哈欠说。

谈话停止了，士兵们开始躺下睡了。

"瞧天上的星星，多亮！你看，老娘们展她织的布了。"一个士兵欣赏银河说。

"弟兄们，这是丰年的兆头。"

"还得添点柴火。"

"背烤暖了，肚子又凉了，你说多怪。"

"主啊！"

"你挤什么，火是你自个的，还是怎么的？瞧……瞧他把手脚伸的。"

在谈话停顿时，可以听见几个入睡的人的鼾声；其余的人辗转翻着身子烤火，时而交谈几句。从百来步远的另一堆篝火旁传来一阵快活的齐声大笑。

"你听五连好热闹，"一个士兵说，"他们的人可真多！"

一个士兵站起来，到五连那儿去了。

"笑得真开心，"他回来时说，"来了两个法国人。一个冻得抖成一团，另一个可闹腾得欢，还唱歌呢。"

"是吗？去看看……"有几个士兵到五连去了。

九

五连的宿营地紧挨着树林的边缘。大堆的篝火在雪地里烧得正旺,照亮了冰霜压弯的树枝。

半夜的时候,五连的士兵们听见树林里有踏雪的脚步声和树枝的脆裂声。

"伙计们,是狗熊的声音。"一个士兵说。大家都抬起头来细听,在篝火的亮光中,从森林里走出两个互相搀扶着、衣衫奇特的人影。

这是两个藏在树林里的法国人。他们走到篝火跟前,声音嘶哑地说着士兵们不懂的话。一个身材高些,戴着军官帽,看样子完全筋疲力尽了。走近篝火,他想坐下,但是倒在地上了。另一个兵矮小敦实,用手巾包着腮帮,身子比较强壮。他扶起同伴,指着自己的嘴,说着什么。士兵们围着两个法国人,给病人铺上军大衣,给他们拿来粥和伏特加。

那个病弱的军官名叫朗巴莱;那个用手巾包着头的是他的勤务兵莫雷尔。

莫雷尔喝了伏特加,吃了一碗粥,忽然反常地快活起来,不停地说着士兵们听不懂的话。朗巴莱不吃不喝,默默地枕着臂肘躺在篝火旁边,用痴呆的、通红的眼睛望着俄国士兵。他时不时地发出长声呻吟,然后又不出声了。莫雷尔指着他的肩,向士兵们示意,这是一个军官,应当让他暖和一下。一个走过来烤火的俄国军官派人去问团长,可不可以让一个法国军官到他那儿去取暖。回来的人说,团长吩咐把军官带过去,于是告诉了朗巴莱。他站起想走,但是他一晃悠,要不是站在他近旁的士兵扶着,就摔倒了。

"怎么样? 你再不敢来了吧?"一个士兵向朗巴莱嘲笑地挤挤眼,说。

“咳,你这个傻瓜！干吗说些难听的话！乡巴佬,真是乡巴佬。”响起一片责备那个开玩笑的士兵的声音。人们围着朗巴莱,把他架起来放到两个士兵交叉的手臂上,抬到屋里。朗巴莱搂着一个士兵的脖子,在人们抬着他的时候,他悲戚地说:

“噢,好人哪！噢,善心的、善心的朋友们哪！这才是真正的人！噢,我的好心的朋友们！”他像个小孩似的,把头偎依在一个士兵的肩头上。

这时,莫雷尔坐在火旁最好的位置,士兵们围着他。

莫雷尔是一个矮矮墩墩的法国人,他两眼红肿,流着泪水,像女人似的在军帽上扎一条手巾,穿着女人的皮袄。他显然喝醉了,一只手搂着坐在他身旁的士兵,声音嘶哑地、断断续续地唱着法国歌。士兵们望着他,笑得前仰后合。

“喂,喂,你教我们,怎么唱？我很快就能学会。怎么唱？……”莫雷尔搂着的那个滑稽鬼——歌唱家说。

> 亨利四世万岁,
> 万岁,勇敢的国王！

莫雷尔唱道,他不住地挤挤眼。

> 亨利四世那个魔鬼……

那个士兵呜呜哇哇跟着唱,挥了挥手,果然合上了调子。

“好家伙！哈——哈——哈！”响起一片粗野、快活的大笑声。莫雷尔皱着眉头也笑起来。

“喂,再来,再来！”

> 他有三套本领
> 喝酒,打仗,
> 还有当情夫……

"调子也满和谐的。扎列塔耶夫！唱呀，唱呀！……"

"克哟……"扎列塔耶夫用劲发音，"克——哟——哟……"他极力撮着嘴唇，拉长声音唱，"勒特里普达啦，得——布，得——巴，伊得特拉瓦嘎啦！①"他唱道。

"好哇！跟法国人唱的一样！噢哟……哈——哈——哈！怎么样，你还要吃点吗？"

"再给他点粥；挨饿的肚子一下子填不饱。"

人们又给他粥；于是莫雷尔笑着吃了第三碗粥。所有的年轻士兵都带着快乐的笑脸看莫雷尔。年老的士兵们认为干这种无聊的事是不体面的，他们躺在篝火的另一边，但是时不时地支着臂肘欠起身来微笑着看看莫雷尔。

"他们也是人，"一个士兵用军大衣把身子裹紧，说，"苦艾也是在根上生长的。"

"噢哟！主啊，主啊！满天的星，密密麻麻！严寒就要来了……"周围寂静了。

星星仿佛知道这时没有人在看它们，在黑暗的天空中玩得更欢了。它们忽明忽灭，忽而颤动，它们互相之间正忙于说些又快乐又神秘的悄悄话呢。

十

法国军队按照准确的数学级数等速地消融着。曾被大书特书的强渡别列济纳一战，不过是法国军队溃灭的过渡阶段，绝不是整个战争的决定性插曲。别列济纳河战役之所以被人写得那么多，而且将来还要写，在法国人方面，那不过是因为先前以平均速度遭

---

① 模仿法语的发音。

受的灾难,而在别列济纳河的破桥上,却集中地发生在顷刻之间,成为留在每个人记忆里的悲惨景象。在俄国人方面,关于别列济纳河之所以被人们谈论和撰写得那么多,那不过因为在远离战场的彼得堡制定一项在别列济纳河设下战略陷阱捉拿拿破仑的计划(又是普弗尔制定的)。人人都相信,一切都会按照计划实现,因而坚持说,正是强渡别列济纳河把法国人毁掉了。而统计数字表明,强渡别列济纳河的实际结果却是,法国人由于武器和兵员的损失所受到的伤害,比起克拉斯诺耶战役受到的伤害,要轻得多。

强渡别列济纳河战役唯一的意义乃在于,这次渡河明显而毫无异议地证明所有切断敌军的计划都是错误的,而库图佐夫所主张的唯一可行的军事行动——只在敌人后面尾随着,是正确的。那群乌合之众的法国人不断增加速度、为到达目的地拼命逃跑。他们像一群受伤的野兽在狂奔,挡住他们的去路是不可能的。证明这一点的,与其说是渡河的安排,不如说是桥上发生的情况。当桥倒塌了的时候,徒手的士兵们、从莫斯科逃出的人们、随从法国运输队带孩子的妇女们,都受惯力的影响而不投降,都向桥上拥去,向结冰的水中拥去。

这种拼命前冲的愿望是合乎情理的。逃跑的人和追赶的人的景况都同样的坏。落难的人留在自己的人中间,可以指望伙伴们的帮助,在自己的人中间可以占有一定的地位。如果投降俄国人,他虽然仍然处在同样遭难的境况,但是在分配生活必需品时,他就得向后站。法国人无须得到确切的情报,就知道俄国人对那半数的俘虏不知怎么办,即使俄国人很想拯救他们免于冻饿而死;他们从感觉上知道事情只可能是这个样子。最富有同情心的司令官们和对法国人有好感的人,甚至在俄国军队中服务的法国人,对俘虏也爱莫能助。那个毁灭了法国人的灾难,也是俄国军队经受的灾难。不能从饥饿的、急需的士兵手里把面包和衣服夺去给那些虽然无害也不可恨也没有罪,然而却是无用的法国人。也有的俄国人这样做了;但是这只是例外。

后面是必然的灭亡;前面却有希望。已经是破釜沉舟,除了集体逃走,别无出路,于是法国人就全力集体逃跑了。

法国人越是往前跑,他们的残余部队越是悲惨,特别是在根据彼得堡的计划寄予特别希望的别列济纳战役以后,那些互相怪罪、特别是怪罪库图佐夫的俄国司令官们的情绪,也就越激昂了。他们认为,彼得堡的别列济纳计划如果失败,一定是库图佐夫的失误,因此,对他的不满、蔑视和讥笑越来越强烈了。蔑视和讥笑自然是以恭敬的形式表现出来,使库图佐夫无法质问他们责怪他什么,为什么责怪他。他们跟他说话并不认真;在向他报告和请他批准什么事的时候,他们做出执行一件可悲的仪式的样子,而背后却向他挤挤眼,尽可能处处都欺骗他。

正因为这些人不能了解他,所以都以为跟老头子没有什么可谈的;他永远不会理解他们计划的深刻用意;他要对他那些关于"网开三面"、不能带领一群乌合之众打出国门以外诸如此类的空话(他们觉得这不过是一些空话)负责。这一切他们已经从他那儿听过的。他所说的一切:例如,需要等待给养,士兵们没有靴子,都是那么简单,而他们所建议的却是非常复杂而且聪明,在他们看来那是明摆着的:他既老且蠢,而他们却是不当权的天才统帅。

特别是在和显赫的海军上将和彼得堡的英雄维特根施泰因的军队会师以后,这种情绪和参谋部的流言蜚语达到了极点。库图佐夫看出了这一点,但是他只是叹着气耸耸肩罢了。只有一次,在别列济纳战役以后,他发了脾气,给单独向皇帝打报告的贝尼格森写了如下一封信:

"由于贵恙复发,见信后请即去卡卢加,听候皇上的旨意和任命。"

把贝尼格森打发走之后，接着康士坦丁·帕夫洛维奇大公来到了军队，他在战争初期参过战，后来被库图佐夫调离了军队。现在大公来到军队，通知库图佐夫说，皇上不满意我军战绩不佳、行动缓慢，皇上打算日内到军队中来。

就是这个库图佐夫，在朝政和军事都富有经验的老人，在本年八月违反皇上的意愿被选为总司令，也就是他把皇储和大公调离了军队，也就是他，凭借自己的权力、违反皇上的旨意，决定放弃了莫斯科，现在这个库图佐夫立刻了解到，他的时代已经完结了，他扮演的角色结束了，他那虚假的权力也已经不再存在了。他了解这一点，不仅由于朝廷的态度。一方面，他看出，他在其中担任角色的军事活动已经结束了，因而他感到他的使命已经完成了。另一方面，正在这时他感到他那衰老的身体疲惫不堪，需要休息。

十一月二十九日，库图佐夫进驻维尔纳——他所说的"亲爱的维尔纳"。库图佐夫曾两次做过维尔纳总督。在富饶的、保持完整的维尔纳城，库图佐夫除了享受到他久已失去的那些舒适的生活条件外，还找到一些老朋友和可供回忆的事物。于是，他忽然撇开一切军务和政务的操劳，尽可能沉浸在平稳的、早先习惯的、他周围沸腾着的热情生活所能给予他的安静生活，仿佛历史进程中正在发生的以及可能发生的一切都与他毫无关系。

奇恰戈夫，这是最热衷于切断和击溃战术的人中的一个，奇恰戈夫，这是一个起先要到希腊、然后要到华沙进行佯攻、而决不愿到那派他去的地方去的人，奇恰戈夫，这是一个以敢于向皇上进言而闻名的人，奇恰戈夫，这个认为库图佐夫承过他的情的人——这是因为一八一一年他奉派去与土耳其媾和，他不经库图佐夫的同意，认为和约已经缔结，于是向皇帝承认，缔结和约的功劳属于库图佐夫；就是这个奇恰戈夫，第一个在库图佐夫进驻的城堡门前迎接他。奇恰戈夫穿一身海军文职制服，佩一把短剑，腋下夹着帽子,递给库图佐夫一份战列报告和城门的钥匙。这个知道库图佐夫已经受到谴责的奇恰戈夫,在一切言谈举止上充分表现了一个年轻人对昏聩的老头子那种在恭敬中透露着轻蔑的态度。

在跟奇恰戈夫谈话中,库图佐夫顺便告诉他,他在博里索夫的几车器皿已经夺了回来,就要还给他。

"您的意思是说,我没有吃饭的家伙。相反,就是您要举行宴会,我也能供应全部的餐具。"奇恰戈夫面红耳赤地说,他想证明他说的字字句句都是正确的,因而认为库图佐夫对他的话也很关注。库图佐夫露出了笑容,含蓄而洞察一切的笑容,他耸耸肩回答说:"我只是要说我刚才说过的话。"

在维尔纳,库图佐夫违反皇帝的意愿,阻留着大部分军队。库图佐夫,据他周围的人说,在维尔纳逗留期间精神异常委顿,体力衰弱。他不大过问军队的事,什么事都交给他的将军们去办,整天过着闲散的生活,等待着皇帝到来。

皇帝率领着侍从——托尔斯泰伯爵、沃尔孔斯基公爵、阿拉克契耶夫等等,十二月七日离开彼得堡,十二月十一日来到维尔纳,坐着旅行雪橇直接驰往城堡。虽然天气严寒,百十个穿着检阅服装的将军和参谋人员,以及谢苗诺夫团仪仗队守候在城堡门前。

一个急行信使,赶着三套浑身汗湿的马拉着的雪橇,在皇帝前面来到城堡,喊道:"驾到!"于是科诺夫尼岑跑进门厅,向在门房小屋里等候的库图佐夫通报。

一分钟后,老头子肥胖,庞大的身影蹒跚地走出门廊,他身穿大礼服,胸前挂满勋章,腰间缠一条肚带。库图佐夫戴着遮檐朝两侧的帽子①,手里拿着手套,侧着身子吃力地走下台阶,下来后,他

---

① 这种帽子原名"三角帽",亚历山大时代改为两个遮檐。戴时两个遮檐有时朝前后,有时朝两侧。

把准备呈给皇帝的报告拿在手里。

奔忙,低语,一辆飞奔而来的三马雪橇,于是,所有的眼睛都注视那辆渐渐驶近的雪橇,已经可以看见雪橇上皇帝和沃尔孔斯基的身影了。

由于五十年的习惯,所有这一切在这个老将军身上起了一种警觉的作用;他小心地、匆忙地摸摸身子,整整帽子,就在皇帝下了雪橇,抬起眼睛看他的一瞬间,他抖起精神,挺直身子,把报告递上去,开始用他那缓慢的、均匀的、讨人欢喜的声音说起话来。

皇帝目光疾速地把库图佐夫从头到脚打量了一下,皱了皱眉头,但是立刻克制住自己,向前走了两步,伸开两臂,抱住老将军。仍然由于长期习惯了的印象,由于他内心思想的关系,这拥抱照例对库图佐夫又起了作用:他抽泣起来。

皇帝向军官们和谢苗诺夫团仪仗队问好,然后又握住老头子的手,和他一同走进城堡。

同元帅单独在一起的时候,皇帝对追击的迟缓,对在克拉斯诺耶和别列济纳所犯的错误表示不满。库图佐夫不作辩解,也不发表意见。他现在脸上的表情,也就是七年前在奥斯特利茨战场上聆听皇帝的命令时的那种顺从的、毫无意义的表情。

当库图佐夫离开书房,垂着头,迈着沉重的、蹒跚的步子走过大厅的时候,有一个声音叫住了他。

“阁下。”那个人说。

库图佐夫抬起头来,对着托尔斯泰伯爵的眼睛看了半晌,后者托着一个银盘子站在他面前。库图佐夫好像不明白要他做什么。

他突然好像省悟过来,在他胖脸上闪过一丝几乎看不出的笑容,他恭敬地、低低地俯下身来拿起那件东西。那是一级圣乔治勋章。

十一

第二天，元帅举行宴会和舞会，皇帝亲自光临。库图佐夫荣获一级圣乔治十字勋章；皇帝给予他最高的荣誉；但是皇帝对这位元帅的不满是人人都知道的。礼节是要遵守的，皇帝做出了第一个榜样；但是人人都知道，老头子犯有过错，不中用了。皇帝走进舞厅的时候，库图佐夫遵照叶卡捷琳娜时代的老习惯，吩咐把缴获的军旗投掷在皇帝的脚下，皇帝不愉快地皱了皱眉头，嘴里咕噜着，有人听到他说"老滑稽演员"。

在维尔纳期间，皇帝对库图佐夫的不满更强烈了，这特别是因为库图佐夫显然不愿或者不能理解当前战役的意义。

第二天早晨，皇帝对召集到他跟前的军官们说："你们不仅拯救了俄国；你们拯救了欧洲。"大家当时已经懂得，战争还没有结束。

只有库图佐夫一个人不愿理解这一点，他公开说出自己的意见，他说，新的战争不仅不能改善俄国的处境和增加俄国的荣誉，而且会使俄国的处境恶化，降低他认为俄国现在所取得的最高的荣誉。他极力向皇帝证明征募新兵是不可能的；他谈到人民的困苦，谈到我们有失败的可能，等等。

怀有这种心情的元帅，自然成为当前战争的一个绊脚石了。

为了避免和老头子发生冲突，自然而然地找到了办法：像在奥斯特利茨对付他，在这场战争开始时对付巴克莱那样，不惊动他，也不向他宣布要把他的军权移交给皇帝本人。

为了这个目的，逐渐改组了司令部，库图佐夫的司令部的全部实权都被剥夺，移交给皇帝。托尔、科诺夫尼岑、叶尔莫洛夫等人另有任用。人们都大谈元帅身体严重地衰弱，由于健康不佳而心灰意冷。

为了他的地位要交给接替他的人，他就得健康欠佳。而且他的健康也确实欠佳。

库图佐夫从土耳其到彼得堡财政厅招募民兵，然后到军队里去，正因为这在当时是必要的，所以他这样做是自然的、简单的、逐步的，现在库图佐夫演完了自己的角色，有新的必要的人来取代他的地位，同样也是自然的、逐步的、简单的。

一八一二年战争，除了俄国人所珍重的民族的意义，还具有另外的意义，那就是对欧洲的意义。

既然有由西而东的民族迁徙，就会有由东而西的民族迁徙，而这场新的战争，需要一个新的领导人，他要具有与库图佐夫不同的品质、观点，为不同的动机所驱使。

亚历山大一世为了由东而西的民族迁徙和为了恢复各国的国界，是那么必需，正如库图佐夫为了拯救俄国和俄国的光荣而必需一样。

库图佐夫不理解欧洲、均势，以及拿破仑的意义。他不能理解这个。在敌人已经消灭，俄国已经解放，并且达到光荣的顶峰，一个俄国人民的代表，一个地地道道的俄罗斯人，就再也没有什么可做的了。留给人民战争代表的只有一死。于是他死了。

十二

正如多半的情形那样，只有在皮埃尔作俘虏时身体上所受的困苦和紧张过去以后，他才觉出那种困苦和紧张的极其沉重。从俘房中被释放以后，他来到奥廖尔，到后第三天，他打算去基辅，但是他病了，在奥廖尔躺了三个月；据医生说，他的病是胆热引起的。虽然医生给他治疗、放血、吃药，他仍然康复了。

自得救到得病这段时间皮埃尔所经历的一切,在他心中几乎没有留下任何印象。他只记得灰蒙蒙的、阴沉沉的、时而落雨、时而下雪的天气,内心的忧郁,腿和腰部的疼痛;对于人们的不幸和痛苦有一个大概的印象;记得军官和将军们审问他时的好奇心使得他惶恐不安,他在找车和马时的东跑西颠,主要的,记得他当时失去了思索和感觉的能力。得救那天,他看见了彼佳·罗斯托夫的尸体。也就是那天,他得知安德烈公爵在波罗金诺战役后活了一个多月,不久前在雅罗斯拉夫尔才死去。也就在那天,告诉他这个消息的杰尼索夫在谈话中提到海伦的死,他以为皮埃尔早就知道了。对这一切,当时皮埃尔只觉得奇怪。他觉得,他不能理解这些消息的意义。当时他一心急于离开这些人们互相残杀的地方,到一个安静的避难所,在那儿可以让心情平静下来,休息休息,思索一下在这期间所见到的一切新奇的事情。但是他一到奥廖尔就病了。皮埃尔从病中清醒过来后,看见他跟前有两个从莫斯科来的仆人——捷连季和瓦西卡,还有大公爵小姐,她一向在叶利茨皮埃尔的庄园里居住,听说皮埃尔得救和患病,是来侍候他的。

　　在恢复健康期间,皮埃尔才渐渐摆脱掉他过去几个月习惯了的印象,重新又习惯了:明天再没有人赶他到什么地方去,不会有人夺去他那温暖的床铺,一定可以得到午餐、茶和晚餐。但是有很长时间,他还梦见他过俘虏的生活。皮埃尔也逐渐明白他从俘虏中获释后所听到的那些消息:安德烈公爵的死、妻子的死,以及法国人的溃败。

　　自由的喜悦感觉——完全的、不可分离的、为人所固有的那种自由感觉,他在离开莫斯科后头一个休息站初次尝到的那种自由感觉,在皮埃尔康复期间充满了他的灵魂。使他惊奇的是,这种不受外界环境影响的内心自由,现在仿佛外界的自由也过多地、慷慨地出现在他周围。他独自一人住在陌生的城市里,没有熟人。没有人向他要求什么;也没有人打发他到什么地方去。他所要的一切都有了;从前对于妻子的思虑永远折磨着他,现在没有了,因为她已经不在人世了。

"啊,多么好啊! 多么美妙啊!"当人们把一张摆着香味四溢的肉汤的桌子放在他面前的时候,或者夜间他躺在柔软、清洁的床上的时候,或者当他记起妻子和法国人都没有了的时候,他自言自语说:"啊,多么好啊,多么美妙啊!"于是,他按照老习惯向自己提出一个问题:那么以后又怎么样呢? 我怎么办? 他立刻回答自己说:"没关系,我要活下去。啊,多么美妙啊!"

先前使他苦恼的、他经常寻找的那件事情——人生的目的,现在对于他不存在了。这个未知的人生目的,在他并不是现在偶然不存在了,也不是此时此刻才不存在,但是他觉得,它是没有的,也不可能有。正是这目的的不存在,给了他完全的、可喜的自由的感觉,他的幸福此时就在于这个自由的感觉。

他不能有目的,因为他现在有了信仰——不是信仰某种规章制度,或者某种言论,或者某种思想,而是信仰活生生的、经常可以感觉到的上帝。以前他是抱着他给自己提出的一些目的去寻求它。这种有目的的寻求不过是寻求上帝罢了;可是,他在被俘期间突然认识到,不是靠语言、推理,而是靠直感认识到保姆早就给他说的那个道理:上帝就在眼前,就在这儿,它无所不在。他在被俘期间认识到,卡拉塔耶夫心目中的上帝比共济会员们所承认的造物主更伟大,更无限,更高深。一个人极目远望,结果却在自己的脚下找到所要寻求的东西,他觉得他就是这样的人。他一生都在迈过周围人们的头顶望过去,其实用不着睁大眼睛往远处看,只看自己跟前就行了。

他过去完全看不见那个伟大的、不可思议的、无限的东西。他只觉得,它一定在某个地方,于是寻找它。在近处一切可以理解的东西上面,他只看见有限的、渺小的、世俗的、没有意义的东西。他曾经装备一副想象的望远镜,向远方瞭望,他觉得隐藏在远方云雾中的渺小而世俗的东西之所以显得伟大和无限,只不过是看不清楚罢了。他心目中的欧洲生活、政治、共济会、哲学、慈善事业,就是这样的。但是,就是在他认为自己软弱的那一阵子,他的神智也曾深入那个远方,他在那儿看见的仍然是渺小、世俗、没有意义的东西。而现在他已经学会在一切东西中看见伟大、永恒和无限了,因此,为了看见它,为了享受对它的观察,他自然就抛弃那副他一直用来从人们头顶上看东西的望远镜,而欢欢喜喜地观察他周围那永远变化着的、永远伟大的、不可思议的、无限的人生。他越是近看,就越觉得心平气和,觉得幸福。先前曾毁掉他的全部精神支柱的那个可怕的问题:“为什么?”现在对于他已经不存在了。现在对“为什么?”这个问题,他心中经常准备一个简单的答案:“为什么?”“若是你们的父不许,一个也不能掉在地上,就是你们的头发,也都被数过了。①”

十三

皮埃尔的外表几乎没有什么改变。他仍然像先前那个样子。他像先前一样心不在焉,好像他所关心的不是眼前的事情,而是他自己的、某种特别的事情。他现在和过去的状态所不同的是:他先前忘掉了眼前的事、忘掉对他说过的话的时候,他总是皱紧眉头,好像想看清楚而又不能看清楚那离他很远的东西。现在他也是忘掉对他说过的话,忘掉他眼前的事情;但是现在他带着几乎看不出的好像嘲讽的微笑审视他面前的东西,倾听对他说的话,虽然他看

---

① 见《圣经·新约·马太福音》第十章第三十节。

见的和听见的显然完全是另外的事情。他过去虽然是一个善良的人，但却是一个不幸的人；因而人们都远离着他。现在他嘴角经常挂着人生欢乐的微笑，眼睛闪着对人同情的亮光——好像在问：他是不是跟我一样感到满足？有他在场人们都感到愉快。

先前他说起话来滔滔不绝，激昂慷慨，不听对方说话；现在他对谈话不大热衷，善于听人家说话，因而人家乐意把最秘密的心事告诉他。

这位公爵小姐从来不喜欢皮埃尔，自从老伯爵去世后，她觉得她受了皮埃尔的恩惠，因此对他特别地怀有敌意，可是，令她着恼和惊奇的是，在奥廖尔待了不久之后——她来这儿是想表明，虽然他忘恩负义，她仍然认为照管他是她的义务，公爵小姐很快就感觉到，她喜欢皮埃尔。皮埃尔并没有去讨公爵小姐的欢心。他只是带着好奇心去观察她。先前公爵小姐总觉得，他对她总是投以淡漠和嘲笑的目光，因此，她在他面前也像在别人面前一样，觉得拘束，只摆出她天性中好斗的一面；而现在却相反，她觉得他仿佛在探索她灵魂深处最隐秘的方面；她起先对他不信任，后来却怀着感激的心情对他表露出藏在她性格中善良的方面。

就是最狡猾的人也不能那么巧妙地博取公爵小姐的信任，唤起她对美好青春的回忆和对豆蔻年华的眷恋。而皮埃尔的所谓狡猾只不过是在这位恶毒的、无情的、有其特有的傲气的公爵小姐身上唤醒人类的感情，以此来取乐罢了。

"是的，他是一个非常、非常好的人，只要不在坏人而是在像我这样的人影响之下。"公爵小姐心里这样想。

皮埃尔的变化也被他的仆人——捷连季和瓦西卡从他们自己的角度发觉了。他们发现他随和多了。捷连季常常帮他脱了衣服，道过晚安，拿着靴子和衣服，迟迟不离去，看看老爷是不是有话要说。皮埃尔看出他想聊一聊，多半就把他留住。

"给我讲讲……你们怎么弄到吃的?"他问。于是捷连季就讲起莫斯科的破坏,讲起已故的老伯爵,拿着衣服站在那儿谈了很久,有时也听皮埃尔的故事,然后,他怀着主人对他的亲近和他对主人的友好感觉回到前厅。

给皮埃尔治病的医生每天都来看他,虽然这位医生按照一般医生的习惯,认为应当装出他的每分钟对于受磨难的人类都是宝贵的样子,然而他却常在皮埃尔处一连坐上几个小时,谈他喜爱的故事和他对一般病人、特别是对女人脾气的观察。

"是的,跟这个人谈谈是愉快的,他跟我们外省人不一样。"他说。

奥廖尔有几个被俘的法国军官,这个医生带来了其中一个意大利青年军官。

这个军官常去皮埃尔那里,公爵小姐时常取笑这个意大利人对皮埃尔表示的温情。

看来,这个意大利人只有当他到皮埃尔那里谈谈,才感到幸福,他向皮埃尔讲他的过去,讲他的家庭生活,讲他的爱情,向他发泄他对法国人、特别是对拿破仑的愤懑。

"假如所有的俄国人多少有点像您这样,"他对皮埃尔说,"同您这样的人民打仗,简直是罪过。法国人使您受了那么多罪,您甚至不怀恨他们。"

皮埃尔现在赢得这个意大利人满腔的热情,只不过由于他在他身上唤醒了他灵魂中优秀的品质,并且欣赏这种品质。

皮埃尔在奥廖尔停留的最后一些日子,有一个他的老会友维拉尔斯基伯爵——就是一八〇七年介绍他加入共济会支部的那个人,前来看他。维拉尔斯基伯爵娶了一个在奥廖尔省拥有几座大庄园的富有的俄罗斯女人,他在本城军用粮站谋得一个临时的职务。

维拉尔斯基听说别祖霍夫在奥廖尔，虽然一向和他不大交往，但是见了他却流露出只有在沙漠中人们相遇时表现的那种友好和亲切。维拉尔斯基在奥廖尔很寂寞，能遇到和自己同一个圈子、他认为在兴趣上相同的人，感到非常高兴。

但是，使维拉尔斯基吃惊的是，他很快就看出皮埃尔大大落后于现实生活，以他私下对皮埃尔的判断，皮埃尔陷入淡漠和自私中了。

"您太消沉了，我的朋友。"他对他说。尽管如此，维拉尔斯基现在和皮埃尔在一起比过去更觉得愉快，他每天都到皮埃尔的住处，而皮埃尔现在看维拉尔斯基和听他说话，他觉得奇怪和难以置信地想道，他自己不久前也是这个样子。

维拉尔斯基是一个有家室的人，他为妻子的田产、公务、家务而奔忙。他认为这一切都是人生的障碍，都是可鄙的，因为这一切都是为了他个人和家庭的幸福。军事、行政、政治、共济会等等问题，经常吸引他的注意。而皮埃尔并不去努力改变他的观点，也不去指责它，而是带着他现在常有的那种平静、喜悦的讥笑欣赏这种奇怪的、他所十分熟悉的现象。

皮埃尔在对维拉尔斯基、对公爵小姐、对医生、对他所遇到的一切人的关系上，有一种新的特点博得人们对他的好感：这就是承认每个人都能以各自的观点思想、感觉和观察事物；承认不能用语言改变一个人的想法。每个人这种合乎情理的特点以前使皮埃尔激动和恼怒，而现在却成为他在待人接物时激发兴趣和同情心的基础。人们的观点和生活之间的不同，以及人们彼此之间的不同，有时完全相反，使皮埃尔高兴，引起他温和的讥笑。

在一些实际问题上，皮埃尔现在意外地感觉到他有了以前所没有的主心骨儿。先前，每一桩金钱问题，特别是他这个富人常常遇到的向他乞讨金钱的问题，总使他感到毫无办法和惶惑不安。

"给还是不给?"他问自己,"我有钱,他需要钱。但是别人更需要钱。谁最需要呢?也许他们俩都是骗子吧?"从前他对这些疑问找不到解决的办法,只要他有钱,谁要就给谁。过去,每遇到有关财产问题时,有人说应当这么办,又有人说应当那么办,他也同样不知所措。

现在,令他惊奇的是,在所有这些问题上他不再有什么犹疑和惶惑。现在他心中有个审判官了,根据他所不知的某些法则决定要做什么和不要做什么。

他仍然跟过去一样对待金钱漫不经心,不过现在他确实知道什么是应当做的和什么是不应当做的。这个审判官第一次为他服务的事例是应付一个被俘的法国上校的要求:这个上校在皮埃尔那里讲了许多他的功绩,末了,他几乎是正式提出要求,向皮埃尔要四千法郎寄给他的老婆孩子。皮埃尔毫不费力、也不紧张地就回绝了他,过后他感到惊奇,这件过去好像无法解决的难题,原来是这么简而易行。在拒绝那个上校的同时,他心里决定,在离开奥廖尔时,必须想个办法让那个意大利军官接受他一些钱,看来,显然他是需要钱的。皮埃尔在处理他妻子的债务和修复莫斯科住宅和别墅的问题上,又一次证明他对实际问题确实有了主见。

他的总管到奥廖尔来,他同皮埃尔大体合计一下已经起了变化的收入。据总管估计,莫斯科大火使皮埃尔损失了大约二百万卢布。

总管为了安慰皮埃尔,向皮埃尔算了一笔账,他说,只要皮埃尔拒绝偿还妻子的债务——他本来没有偿还的义务,只要他不修复莫斯科的住宅和近郊的别墅——这些建筑物除了每年要耗费八万卢布,什么利益也没有,他的收入不但不减少,反而会增加。

"对,对,这是真的,"皮埃尔快活地微笑说,"对,对,那都是我用不着的。由于破产我更富有了。"

但是,正月萨韦利伊奇从莫斯科来,他讲了讲莫斯科的情况,讲了讲建筑师为修建莫斯科的住宅和近郊别墅所做的预算,他讲这件事好像是在讲已经决定了的事似的。在这期间,皮埃尔接到瓦西里公爵和其他一些熟人从彼得堡的来信。这些信都提到他妻子的债务。于是皮埃尔决定了:令他非常欢喜的总管的计划,是不正确的,他得去彼得堡了结妻子的债务,到莫斯科修建房屋。为什么要这样做,他不知道;但他确切知道,应该这样做。由于这个决定他的收入减少四分之三。但是应该这样做;他有这样的感觉。

维拉尔斯基要到莫斯科去,于是他们约定一道走。

皮埃尔在奥廖尔康复期间,感受到自由和生活的喜悦;但当他在旅途上置身于自由的天地中间,看见成百的生人的面孔时,这种感觉更加强烈了。在整个旅行期间,他感觉到小学生度假的喜悦。所有的人:驿站车夫、驿站长、路上和村中的农民——所有这些人在他看来都具有一种新的意义。维拉尔斯基一路上不断抱怨俄国的贫穷、愚昧、比欧洲落后,维拉尔斯基这些评论只能更提高皮埃尔的兴致。维拉尔斯基看见死气沉沉的地方,皮埃尔却在雪中,在这辽阔的大地上看到非常强大的生命力,这种力量支持着这个完整的、独特的、统一的民族的生命。他不反驳维拉尔斯基,好像同意他的话(这种假装的同意是避免无益的争论最简便的办法),他含着快乐的微笑听他说话。

十四

很难解释蚂蚁为什么在被捣毁的洞穴出出进进那么忙碌,有些蚂蚁拖着小粒食物、蚁卵和死尸走出洞穴,有些返回洞穴,为什么它们互相冲撞、追逐、争斗,同样,很难解释是什么原因使得俄国人在法国人撤退后又在以前叫作莫斯科的地方聚集起来。但是当我们观看在被捣毁的洞穴周围爬满了蚂蚁的时候,洞穴虽然彻底破坏了,但是从挖洞的昆虫那股子坚韧不拔的劲头和数量的众多可以看出,除了被毁掉的一切,那构成蚁穴力量的坚不可摧的、非物质的东西依然存在——莫斯科也是这样,十月间,虽然没有官府,没有教堂,没有神圣的东西,没有财富,没有房屋,但是依然是八月间的那个莫斯科。一切都毁掉了,但那非物质的、然而却是强有力的、坚不可摧的东西依然存在。

莫斯科肃清了敌人以后,人们怀着各种不同的个人动机——起初多半是怀着野蛮的、兽性的动机,从四面八方拥进莫斯科。只有一种动机是人所共有的,那就是赶快到那从前叫作莫斯科的地方,在那儿开展他们的活动。

一个星期过去了,莫斯科已经有一万五千居民,过了两个星期,就有两万五千了。这样不断地增加,到一八一三年秋天,就超过一八一二年人口数字了。

第一批进入莫斯科的俄国人是温岑格罗德部队的哥萨克、附近村庄的农民和从莫斯科逃出后隐藏在近郊的居民。进入被破坏了的莫斯科的俄国人,发现莫斯科遭到抢劫,也开始抢劫起来。他们继续干法国人干过的事。农民赶着大车来到莫斯科,把丢在破屋里和街道上的一切运到村子里。哥萨克把能搬走的东西都运回他们的营地;房主抢走他们在别人屋里发现的一切东西,借口说是他们自己的财物。

但是,接着第一批抢劫者之后,又来了第二批、第三批,随着抢劫者的增加,抢劫一天天地越加困难了,并且形成一些更加确定的方式。

法国人到了莫斯科虽然发现是一座空城,但却具有一个有机地、正常地生活过的城市的一切组织形式,它有各种商业和手工业,有奢侈品,有政府机关和宗教团体。这些机构都瘫痪了,然而它们仍然存在着。这儿有商场、小铺、商店、粮店、集市——大多数都有货物;这儿有工厂、作坊;这儿有充满奢侈品的宫室和窗户;这儿有医院、监狱、政府机关、礼拜堂、大教堂。法国人待得越久,这些城市的生活组织形式就消灭得越多,最后,变成一片一塌糊涂、死气沉沉的劫后废墟了。

法国人的抢劫继续得越久,莫斯科的财富遭到的破坏就越厉害,抢劫者的力量也就消耗得越多。而俄国人占领首都初期开始的俄国人的抢劫,越是继续下去,参加抢劫的人越多,莫斯科的财富和城市的正常生活恢复得就越快。

除了抢劫者,还引来了各色人等,有的为了满足好奇心,有的为了公务,有的为了个人的打算,房产主、僧侣、大小官吏、商人、手工业者、农民,像血液流入心脏似的从四面八方流入莫斯科。

一个星期以后,那些赶着空车想来运走一些东西的农民,被政府扣留下来,强迫他们把死尸运出城外。别的农民听说伙伴们不得手,就把粮食、燕麦、干草运到城里,互相把价格削得比过去还低。木匠们希望挣点大钱,每天都来莫斯科,到处都在盖木头房子,修理烧焦的房子。商人搭起棚子开始营业。饭馆和客栈在被火烧过的房子里开起张来。神父们在许多未遭火灾的教堂里恢复了礼拜。施主们捐助教堂被窃的东西。官吏们在小屋里安放铺着粗呢的桌子和文件柜。高级官吏和警察负责分配被法国人抢剩的财物。那些从别人家搬来很多财物的房主,抱怨把东西都搬运到多棱宫是不公平的;另有一些人坚持说,法国人把东西集中到一个地方存放着,因此,把这些东西都分给在他家存放东西的房主是不公平的;人们咒骂警察;贿赂警察;对烧掉的东西作了十倍的损失估价;要求补助,拉斯托普钦伯爵在写他的告示。

十五

一月底,皮埃尔到了莫斯科,在一处没有被烧掉的厢房住下来。他造访了拉斯托普钦伯爵,造访了回到莫斯科的几个熟人,打算第三天去彼得堡。人人都在庆祝胜利;在这劫后复苏的首都,到处都是生机勃勃。大家都欢迎皮埃尔,都想见见他,都想听听他的见闻。皮埃尔觉得他对所有遇见的人都怀有特别的好感;但是他现在不由得对所有的人都存有戒心,怕受到牵连。人家问他任何问题——不论是重要的还是无关重要的,例如:他准备住在哪儿?他要盖房子吗?他什么时候去彼得堡,可不可以捎带一个箱子?——他总是回答:"是的,也许,我想。"等等。

他听说罗斯托夫全家在科斯特罗马,他很少想到娜塔莎。即使想到,也不过是想到一件久已过去的愉快的回忆罢了。他觉得自己不仅摆脱了日常俗务,而且摆脱了那种他似乎觉得是自作多情的情调。

到莫斯科的第三天,他在德鲁别茨科伊家听说玛丽亚公爵小姐在莫斯科。安德烈公爵的死、他的痛苦和临终的那些日子,时常占有皮埃尔的心,现在又生动地在他脑海里浮现了。午饭时他听说玛丽亚公爵小姐在莫斯科住在弗兹德维仁卡街她的一所未被烧掉的住宅里,他当天就去拜访她。

在去拜访玛丽亚公爵小姐的路上,皮埃尔不断地思念安德烈公爵,怀念他们的友谊以及他们每次的会见,特别是最后那次在波罗金诺的会见。

"难道他真的当时在那种恶劣的情绪中死去的吗?难道他在临终前真的没有揭开人生的真谛吗?"皮埃尔想。他想起了卡拉塔耶夫,想起了他的死,不由得把两个十分不同,而又十分相似的

1444

人作了比较,他们相似是因为他对两个人都怀有爱慕的心情,还因为两个人都曾在世上生活过,两个人都死了。

皮埃尔怀着极严肃的心情驶往老公爵的住宅。这所住宅还完整,但依然有被破坏的痕迹,而住宅的整个面貌依然如故。一个年老的侍者神色严厉地出来迎着皮埃尔,好像给客人一个感觉:老公爵不在,家规仍然照旧,他说公爵小姐已经回到自己的房间,每逢星期日才接见客人。

"你去通报一下吧,也许会接见的。"皮埃尔说。

"是,您老,"侍者回答说,"请到肖像室①稍候。"

几分钟后,那个侍者和德萨尔走出来,德萨尔向皮埃尔传达公爵小姐的话说,她很高兴见他,如果皮埃尔原谅她的失礼,请他到楼上她的房间里去。

在一间点着一支蜡烛的矮小屋子里,坐着玛丽亚公爵小姐,和她在一起的还有一个黑衣女人。皮埃尔记起玛丽亚公爵小姐身边经常有女伴,但是女伴都是些什么人,皮埃尔不知道,也记不起了。"这是她的一个女伴。"他向那个黑衣女人瞥了一眼,心中想道。

公爵小姐连忙站起身来,向前迎着他,伸出了手。

"是啊,"在他吻过她的手,她端详着皮埃尔那张改变了的面孔,说,"咱们又见面了。他临终时常常提到您。"她一面说,一面带着使皮埃尔吃了一惊的羞怯神情把目光从皮埃尔移到女伴身上。

"听到您平安无事,我非常高兴,这是很久以来接到的唯一好的消息了。"玛丽亚公爵小姐又不安地向女伴看了一眼,刚想说点什么,但是皮埃尔打断了她的话。

"您会想到的,我一点不知道他的情况,"他说,"我以为他阵

---

① 肖像室是贵族人家悬挂祖先肖像的房间。

亡了。我所知道的,都是从别人、从第三者口中听说的。我知道他遇见了罗斯托夫一家人……多么巧的命运啊!"

皮埃尔说得又快又兴奋。他向那个女伴的脸望了一下,瞥见向他投来的专注、亲切、不寻常的目光,就像在谈话时常有的情形,不知怎地他觉得这个黑衣女伴是一个可爱的、善良的、极好的人,她不会妨碍他和公爵小姐畅快地谈心。

但是,当他在最后一句话提到罗斯托夫一家的时候,玛丽亚公爵小姐脸上的窘态更加厉害了。她又把视线从皮埃尔移到那个黑衣女伴身上,她说:

"您真的没有认出来吗?"

皮埃尔又看了看那个女伴那张苍白的、瘦削的、有一对黑眼睛和奇异的嘴唇的面庞。在那双专注地望着他的眼睛里含有一种亲切的、他久已遗忘的、非常可爱的神态。

"不对,这不可能,"他想,"这张严肃、瘦削而且苍白、显得老了一些的脸?这不可能是她。不过跟她相似罢了。"但是,这时玛丽亚公爵小姐说:"娜塔莎。"于是,那张眼神专注的面庞,困难地、吃力地,好像一扇生锈的门打开了似的,露出了笑容,突然从这扇敞开的门里散出一阵芳香,使皮埃尔感觉到那久已忘却的、特别是这时意想不到的幸福。芬芳四溢,香气袭人,把他整个人吞没了。当她莞尔一笑时,已经不再有什么怀疑了:这就是娜塔莎,他爱她。

在开头的刹那,皮埃尔不自觉地对她、对玛丽亚公爵小姐,主要的对他自己,泄露了连他本人也不清楚的那个秘密。他快活地而又痛楚地涨红了脸。他想掩饰自己的激动。但是他越是想掩饰,就越是明显地——比最明显无误的语言更为明显地对他自己、对她、对玛丽亚公爵小姐泄露了他爱她。

"是啊,太出乎意外了。"皮埃尔想。但是他刚想跟玛丽亚公爵小姐继续谈刚才谈开的话,又向娜塔莎瞟了一眼,他脸上的一抹红云更加浓了,那充满他内心的快乐和恐惧使他激动得更加厉害了。他语无伦次,话说了半截就停住了。

皮埃尔起先没有注意到娜塔莎,那是因为他无论如何也没料到他会在这儿见到她,但是他后来没有认出她,那是因为自上次见到她以来,她的变化太大了。她瘦削而且苍白。但是这还不足以使他认不出:他刚进来时认不出她,是因为先前在那双眼睛里总是隐隐闪耀着对人生乐观的微笑,而现在,在他刚进来瞥了她一眼的时候,她脸上连一丝笑意也没有;只有一双专注的、善良的、悲哀和有所问讯的眼睛。

皮埃尔的窘态并没有使娜塔莎也窘迫不安,她脸上只露出一丝不易为人察觉的愉快神情。

十六

“她是来我这儿做客的,”玛丽亚公爵小姐说,“伯爵和伯爵夫人一两天就到。伯爵夫人的健康状况很不好。但是娜塔莎自己也必须看医生。他们强迫她随同我来了。”

“是啊,没有遭到不幸的家庭恐怕没有吧?”皮埃尔对娜塔莎说,“您知道,就是在我得救的那天发生的事。我看到他了。一个多么可爱的孩子!”

娜塔莎望着他,只是眼睛睁得更大更亮来回答他的话。

“能说出什么可安慰的话呢? 能想出什么值得安慰的事呢?”皮埃尔说,“什么也没有。一个多么可爱、生命力多么旺盛的孩子,为什么非让他死呢?”

“是的,在我们这个时代,没有信仰很难活下去……”玛丽亚公爵小姐说。

“对,对。这是千真万确的真理。”皮埃尔赶忙接过去说。

"为什么?"娜塔莎凝神盯视着皮埃尔问道。

"怎么说为什么?"玛丽亚公爵小姐说,"只要一想那等着我们的……"

娜塔莎不等听完玛丽亚公爵小姐的话,又用讯问的目光望着皮埃尔。

"那是因为,"皮埃尔接过去说,"只有相信有一个主宰我们的上帝,才能忍受像她的……您的这样的损失。"皮埃尔说。

娜塔莎张了张嘴想说话,但是忽然停住了。皮埃尔连忙背过脸去,又向玛丽亚公爵小姐问起他的朋友临终的情形。皮埃尔的窘迫不安现在几乎消失了;但是同时他觉得,他先前的自由感也消失了。他觉得,现在有一个法官监视着他的一举一动,这个法官的裁判比世上任何人的裁判对他都可贵。他现在一说话,就考虑到他的话对她会产生什么印象。他并不说一些可能使她欢喜的话;但是,他不管说什么,都从她的观点来评判自己。

像常有的情形那样,玛丽亚公爵小姐不大乐意讲她见到安德烈公爵时的情形。但是皮埃尔提的一些问题,他那异常不安的眼神,他那激动得发抖的面颊,渐渐迫使她把她害怕回忆的那些情况越说越详细。

"是啊,是啊,对,对……"皮埃尔说,向玛丽亚公爵小姐俯过身去,贪婪地听她讲述,"是啊,是啊;那么,他平静了,变得柔顺了?他就是这样用全副心力经常寻找一件东西:做一个尽美尽善的人,一个不怕死的人。他的缺点,如果说他有缺点的话,都不是由于他本人的缘故。那么说他变得柔顺了?"皮埃尔说,"他能见到您是多么幸福啊!"他突然转身对娜塔莎说,含着眼泪望着她。

娜塔莎的脸颤动了一下。她皱起眉头,垂下眼睑。一时拿不定主意:是说话还是不说话。

"是的,这是幸福。"她用低沉的胸音说,"这在我大概是幸福。"她停了一下，"他……他说，在我刚进去见到他的时候，他说，他正盼着这个呢……"娜塔莎的声音突然中断了。她涨红了脸，紧握住两手按在膝盖上，突然，她显然在努力控制自己，抬起头来，急忙说：

"我们从莫斯科出来，什么也不知道。我不敢问他的情况。忽然索尼娅对我说，他和我们同行。我什么也没想，我想象不出他的情况怎么样；我只是要看见他，和他在一起。"她颤抖着，喘息着说。她不让人打断她的话，讲她从来还不曾对任何人讲过的事：讲她们在旅途中和在雅罗斯拉夫尔三个星期她所经历的一切。

皮埃尔张着嘴听她讲，他那双满含泪水的眼睛注视着她。在他听她讲的时候，他既没想到安德烈公爵，也没想到死，也没想她所讲的事情。在听她讲的时候，他只怜惜她现在讲述时所感受的痛苦。

公爵小姐由于忍住眼泪拧紧了眉头，她坐在娜塔莎身旁，第一次听到她哥哥临终前和娜塔莎的爱情故事。

这个既苦又甜的故事，显然是娜塔莎非常需要的。

她的讲述交织着最细的情节和内心最深处的秘密，好像可以永远讲不完。好几次她把已经讲过的又重复一遍。

门外传来德萨尔的声音，他问尼古卢什卡可不可以进来道晚安。

"就是这些，全说完了……"娜塔莎说。在尼古卢什卡进来的时候，她连忙站起来，几乎朝门跑过去，头碰到挂着帘子的门上，不知由于疼痛还是由于悲哀，她呻吟着跑出了房间。

皮埃尔望着她跑出去的那扇门，他不明白为什么忽然觉得在这个世界上只剩下他一个人了。

玛丽亚公爵小姐把他从木然的状态唤醒，让他看看进来的小侄子。

尼古卢什卡那张跟父亲非常相像的脸，使这时心肠变软的皮埃尔深受感动，他吻了吻尼古卢什卡，就连忙站起来，掏出手绢，向窗口走去。他想向玛丽亚公爵小姐告辞，但是她留住了他。

"别走，我和娜塔莎有时晚上两点多还不睡呢；请坐一会儿。我去吩咐准备晚饭。下楼吧；我们就来。"

在皮埃尔走出房间之前，公爵小姐对他说：

"这是她第一次这样讲起他。"

十七

皮埃尔被请到一间烛火通明的饭厅里；几分钟后，传来脚步声，公爵小姐和娜塔莎进来了。娜塔莎心情是平静的，虽然她脸上没有笑容，现在又露出严峻的表情。玛丽亚公爵小姐、娜塔莎和皮埃尔都同样感到在一场严肃的谈心后常有的那种局促气氛。继续刚才的谈话已经不可能；谈些琐事——不情愿，而沉默是不愉快的，大家都很想说点什么，而一言不发好像太虚假了。他们默默地走到饭桌前面。侍者拉开和移近椅子。皮埃尔打开冰凉的餐巾，决心打破沉默，向娜塔莎和玛丽亚公爵小姐看了一眼。她们俩显然同样决定了：她俩的眼睛闪着对生活满足的光芒，认为除了忧患，还有欢乐。

"您喝伏特加吗，伯爵？"玛丽亚小姐说，这句话突然驱散了过去的阴影。

"讲一讲您的事吧，"玛丽亚公爵小姐说，"人家都在谈您令人难以置信的奇迹呢。"

"是的，"皮埃尔现在惯于带着温和的讥讽微笑回答道，"人家甚至向我讲我本人连做梦也没梦见的奇迹。玛丽亚·阿布拉莫夫娜请我到她家里，向我讲我遇到的事，或者我应该遇到的事。斯捷潘·斯捷潘内奇也交待我应当怎样讲。总之,我看出,做一个有趣的人怪舒适的(我现在是一个有趣的人);人家都请我,对我讲我的故事。"

娜塔莎微笑了,想说话。

"我们听说,"玛丽亚公爵小姐拦过去说,"您在莫斯科损失了两百万。是真的吗?"

"可是我的财产却增加了三倍。"皮埃尔说。由于妻子的债务和必须重建房屋,皮埃尔的家业改观了,但是他还是说他反而富了三倍。

"我确实得到的,"他说,"那就是自由……"他开始认真地说;但是他觉得这个话题太自私了,就打住了。

"您要盖房子吗?"

"是的,萨韦利伊奇要这么办。"

"我问您,您在莫斯科还不知道伯爵夫人去世吧?"玛丽亚公爵小姐说完,立刻脸红了,她察觉在他说了他是自由的之后,她就给他的话添上也许本来没有的意义。

"不知道,"皮埃尔回答说,他显然不认为玛丽亚公爵小姐对他提到的自由的理解使他难为情,"我是在奥廖尔听说的,您想不到,这个消息使我多么震惊。我们不是模范夫妻,"他说得很快,向娜塔莎瞟了一眼,看出她对他给予妻子的评语很好奇,"但是这个噩耗使我非常震惊。两个人吵嘴,往往双方都有错。而我的过错,在一个去世的人面前忽然变得很严重。而且死得那么……没有朋友,没有安慰。我非常、非常惋惜她。"他说完,看出娜塔莎脸上赞赏的表情,他感到快慰。

"是啊,您又是单身汉了,可以结婚了。"玛丽亚公爵小姐说。

皮埃尔忽然脸涨得紫红紫红的,半天不敢看娜塔莎。当他鼓起勇气向她瞥了一眼的时候,他觉得她的脸色冷淡、严峻,甚至是轻蔑的。

"是不是像大家所讲的,您真的见过拿破仑,并且和他谈过话?"玛丽亚公爵小姐说。

皮埃尔笑了。

"没有的事。人们总觉得,当俘虏就是拿破仑的座上客。我不但没见过他,甚至没听过人家讲他。我是和一群境遇不佳的伙伴在一起的。"

晚饭后,皮埃尔起先不愿讲他当俘虏的经历,可是,慢慢地就讲开了。

"您留在那儿是打算行刺拿破仑,是真的吗?"娜塔莎露出一丝笑容,问他,"我们在苏哈列夫塔碰见的时候,我就猜到了;您记得吗?"

皮埃尔承认那是真的,于是从这个问题开始,在玛丽亚公爵小姐、特别是在娜塔莎提问的引导下,他逐渐地详细讲起他的冒险故事。

他开始讲的时候,带着他现在对人、特别是对自己都具有的那种温和的讥讽的眼神;但是后来,当他讲到他所看见的恐怖和痛苦的情景时,他抑制着人们在回忆那些感受强烈印象时常有的激动心情,不知不觉地讲得入了神。

玛丽亚公爵小姐带着温和的微笑时而瞧瞧皮埃尔,时而瞧瞧娜塔莎。在整个讲述中,她只看见皮埃尔和他的好心肠。娜塔莎用手支着头,脸上的表情随着故事的讲述不断地变化,她一刻不停地凝视着皮埃尔,显然,她同他一起感受着他所讲的一切。不仅是她的眼神,而她的叹息和简短的提问,都向皮埃尔表示,她从他的讲述中所体会的正是他所要表达的。看来,她不仅体会了他所讲述的,而且体会到他想表达而不能用言语来表达的东西。在讲到他为保护妇女和孩子而被捕的那个插曲时,他是这样说的:

"那是可怕的景象，孩子们被抛弃，有的在火里……我亲眼看见一个孩子从火里被拖出来……女人们，她们的东西被抢走，耳环被扯掉……"

皮埃尔脸红了，犹豫了一下。

"这时来了巡逻队，他们把所有不曾抢劫的人，所有的农民都抓走了。我也给抓了。"

"您一定没有全讲出来；您准做了什么……"娜塔莎停了一下，说，"做了好事。"

皮埃尔继续讲下去。当他讲到行刑的时候，他想回避可怕的细节；但是娜塔莎要求他一点也别遗漏。

皮埃尔开始讲卡拉塔耶夫的事（他已经从饭桌前站起来，在室内踱来踱去，娜塔莎用目光追随着他），他站住了。

"不，你们不能理解我从这个没受过教育的、憨厚的粗人那里学到多少东西。"

"能理解，您说吧，"娜塔莎说，"他在哪儿？"

"他差不多在我面前被打死了。"于是皮埃尔开始讲他们撤退的最后一些日子，讲卡拉塔耶夫的病和他的死（他的声音不停地颤抖）。

皮埃尔讲那些历险故事，好像他从来没有回顾过似的。他现在觉得他的经历仿佛有了新的意义。现在他对娜塔莎讲这一切的时候，他尝到女人在听男人说话时给人以少有的快乐——愚笨的女人在听人家说话时，极力把人家的话记住以充实自己的头脑，一有机会就学舌一番，或者把听来的东西配合自己的想法，然后把那些在她们有限的头脑里想出的聪明的言词赶快告诉别人；而现在所享受的快乐，却是真正的女人所给予的，这种女人善于采撷和吸收那只有男人才有的一切美好的东西。娜塔莎自己全然不觉得，她是那样全神贯注：她不漏过皮埃尔的每个字，他的声音每一颤动,目光每一瞬,脸上肌肉每一颤动,以及他的每个姿势。她在揣度皮埃尔内心活动的秘密意义时,还顺手捕捉到对方没有说出的话,即刻收进她那开阔的胸怀。

玛丽亚公爵小姐领会他的故事,同情他,但是她现在看到那占有她全部注意力的另外的东西;她看到娜塔莎和皮埃尔之间有爱情和幸福的可能。这个第一次闯进她头脑的想法,使她满心欢喜。

已经是早晨三点钟了。侍者们带着忧郁、严峻的脸色进来换蜡烛,但是谁也没有注意他们。

皮埃尔讲完了他的故事,娜塔莎睁着亮晶晶的、兴奋的眼睛,仍在凝神地盯着皮埃尔,好像想了解他也许还没有说出的话。皮埃尔露出了窘态和羞怯,然而他感到幸福,时不时地瞧她一眼,想说点什么转个话题。玛丽亚公爵小姐默不作声。谁也没想到已经是三点钟,该是睡觉的时候了。

"人们都在说:不幸,苦难,"皮埃尔说,"假如这时,就在此刻有人问我:您愿意还像被俘之前那样呢,还是愿意把那一切再经历一番?我的上帝,千万别让我再当俘虏和吃马肉了。我们总以为,我们一旦被抛出我们走熟了的道儿,就一切都完了;其实,美好的、新的东西才刚在开始。只要有生活,就有幸福。前面还有很多、很多东西等着我们呢。我这是对您说的。"他转身对娜塔莎说。

"是的,是的,"她回答了一句完全不同的话,她说,"我什么都不希望,就希望重新把那一切再经历一次。"

皮埃尔定神望着她。

"是的,我再不希望别的。"娜塔莎肯定地说。

"不对,不对,"皮埃尔喊道,"我活下来,而且还要活下去,这不是罪过;您也是一样。"

娜塔莎忽然低下头,两手捂着脸哭起来。

"你怎么啦,娜塔莎?"玛丽亚公爵小姐说。

"没什么,没什么。"她含着泪水对皮埃尔露出笑容,"再见吧,该睡了。"

皮埃尔起身告辞。

玛丽亚公爵小姐和娜塔莎像平时一样,一同走进卧室。她们谈了一会儿皮埃尔讲的事情。玛丽亚公爵小姐没有谈她对皮埃尔的看法。娜塔莎也没谈他。

"好了,再见,玛丽,"娜塔莎说,"你可知道,我们不谈他(安德烈公爵),好像一谈他就伤害了我们的感情,我时常害怕,我们这样就淡忘了。"

玛丽亚公爵小姐深深叹了口气,这声叹息表示娜塔莎的话是对的;但是她在口头上却不同意她的意见。

"怎么能忘呢?"她说。

"我今天把一切都说出来,觉得很痛快;心里沉重、痛楚,但是痛快。非常痛快,"娜塔莎说,"我相信安德烈公爵的确爱他。所以我才讲给他听……我向他讲了,不要紧吧?"她突然红了脸,问道。

"对皮埃尔讲吗? 当然不要紧! 他这人太好了。"玛丽亚公爵小姐说。

"我说,玛丽,"娜塔莎说,突然从她脸上露出玛丽亚公爵小姐好久没看见的顽皮的笑容,"他变得是那么干净,光彩,新鲜,就好像刚从浴室出来似的,你明白我的意思吗?"

"对,"玛丽亚公爵小姐说,"他变得好多了。"

"那短短的常礼服,那剪短了的头发,真像刚从浴室出来……爸爸常常……"

"我明白他(安德烈公爵)为什么最喜欢他了。"玛丽亚公爵小姐说。

"是的，他和他有不同的特点。据说，各有特点的两个男人容易交朋友。这话大概有道理。真的，他们俩一点也不相像？"

"是的，他人好极了。"

"好啦，再见吧。"娜塔莎说。那顽皮的微笑，仿佛被遗忘了似的，长久地停留在她的脸上。

十八

皮埃尔这一天久久不能入睡；他在屋里走来走去，时而紧皱眉头，时而想起什么为难的事，突然耸耸肩，浑身打战，时而露出幸福的微笑。

他想安德烈公爵，想娜塔莎，想他们的爱情，他时而嫉妒他们的过去，时而为此责备自己，时而原谅自己。已经是早晨六点了，他还是在室内来回踱步。

"应该怎么办；如果非这样不行的话？怎么办才好呢?！就是说，要这么办。"他自言自语，匆匆脱了衣服，上床睡了，他感到幸福和激动，但是没有疑虑和犹豫。

"不管这件事多么奇怪，也不管这幸福多么不可能——为了和她结为夫妻，我要做到一切。"他自言自语。

皮埃尔早在几天之前就决定星期五去彼得堡。星期四他醒来时，萨韦利伊奇进来向他请示关于整装上路的事情。

"什么彼得堡？彼得堡怎么啦？谁在彼得堡？"他不自觉地问，虽然是问自己。"对了，仿佛好久以前，还在这件事没发生的时候，我不知为什么要去彼得堡，"他在回忆，"为什么要去，也许我必须去。他多么和善，多么细心，什么事都放在心上！"他望着萨韦利伊奇那张衰老的脸，想道，"他的微笑多么愉快！"他想。

"萨韦利伊奇，你怎么还不要求自由？"皮埃尔问。

"大人，我为什么要自由？老伯爵在世的时候——愿他升入天堂，现在侍候您，从来没受过气。"

"可是你的孩子们呢？"

"孩子们也过得去，大人：跟着这样的主人是可以活下去的。"

"可是，我的继承人会怎么样呢？"皮埃尔说，"我突然结婚了……要知道这是完全可能的。"他不由得微笑着又说。

"我斗胆启禀大人：这是好事，大人。"

"他把这事想得多么简单，"皮埃尔想，"他不知道这事多么可怕，多么危险。太早或者太晚……可怕！"

"您有什么吩咐？明天动身吗？"萨韦利伊奇问。

"不走了，我要推迟几天。到时候我告诉你。原谅我给你添麻烦了。"皮埃尔说，他望着萨韦利伊奇的笑脸，想道："可是多么奇怪，他不知道现在谈不上什么彼得堡，首先要决定那件事。也许，他大概是知道的，只不过装作不知道罢了。跟他谈谈吗？看看他是怎样想的？"皮埃尔想，"不，以后再谈吧。"

吃早饭的时候，皮埃尔对公爵小姐说，他昨天在玛丽亚公爵小姐那儿，"你猜我遇见了谁？遇见了娜塔莎·罗斯托娃。"

公爵小姐那神气仿佛说，她看不出这个消息比皮埃尔见到安娜·谢苗诺夫娜有什么特别的地方。

"您认识她吗？"皮埃尔问。

"我见到公爵小姐了，"她回答，"我听说，人家给她和小罗斯托夫保媒呢。这对罗斯托夫家是一桩大好事；据说他们完全破产了。"

"不是，我是问您认识罗斯托娃吗？"

"我只是当时听说她出了那件事儿，很可惜。"

"不，她不明白，或者是装糊涂，"皮埃尔想，"最好也不要对她谈。"

公爵小姐也给皮埃尔准备了旅行的食物。

"他们全都那么好,"皮埃尔想,"他们现在做这些事,大概不会有多大的兴趣。大家都是为了我;真叫人吃惊。"

这一天,警察局长来见皮埃尔,请他派人去多棱宫领回今天就要发还原主的东西。

"这个人也是这样,"皮埃尔望着警察局长的脸想道,"多么可爱、多么漂亮的军官,多么和善! 现在还管这些小事。人家还说他不老实,贪财。一派胡言! 再说,他干吗不贪呢? 他就是那样教养出来的嘛。而且人人都是那样干的。然而他那张脸多么令人愉快,多么善良,老望着我笑。"

皮埃尔去玛丽亚公爵小姐家吃饭。

他从两旁都是被烧毁的房屋的街道中间驰过,他对这些废墟的美叹赏不已。那些使人生动地想起莱茵河和罗马大剧场的遗迹的烟囱、颓垣断壁,在遭过大火的市区内伸展着,互相遮掩着。他所遇见的车夫们、乘客们、做木构架的木匠们、女商贩和店主们,都焕发着快活的容光瞧着皮埃尔,他们仿佛在说:"瞧,他来了! 让咱们瞧瞧会有什么结果吧。"

在走进玛丽亚公爵小姐家的时候,皮埃尔忽然怀疑自己昨天是否真的到过这儿,是否真的见到过娜塔莎,和她谈过话。"也许是我的幻觉吧。也许进去一看,什么人也没有。"但是刚要走进那个房间,他立刻失掉了自由,他整个身心都感觉她在那儿。她还是穿着那件软褶黑衣服,还是那样的发型,但是她完全换了一个人。要是他昨天进来时她就是现在这样,他哪怕一秒钟认不出她来也是不可能的。

她还是她在孩提时、后来做安德烈公爵未婚妻时他所知道的那个样子。她眼睛里闪着快乐的、讯问的光辉;脸上露着温柔的、一种奇特的顽皮的神情。

皮埃尔吃过饭,本来要坐一个晚上的;但是玛丽亚公爵小姐要去做晚祷,皮埃尔跟她们一起去了。

第二天皮埃尔到得很早,吃过饭,消磨了整个晚上。虽然玛丽亚公爵小姐和娜塔莎对客人显然是欢迎的;虽然皮埃尔的生活兴趣全部集中在这个家里,但是刚到晚上,他们把一切都谈完了,谈话不断从一件琐事跳到另一件琐事,而且常常中断。这天晚上皮埃尔坐了很久,玛丽亚公爵小姐和娜塔莎互相看看,等待他是不是快要走了。皮埃尔看出了这个,但是不能走。他心头沉重、窘迫,他仍然坐着,因为他不能站起来,不能离开。

玛丽亚公爵小姐看不出何时结束,她第一个站起来,说是头痛,开始告辞了。

"那么,您明天要去彼得堡?"她说。

"不,我不去,"皮埃尔带着惊奇的神情,仿佛惹急了似的,连忙说,"不去,去彼得堡? 明天;我还不准备辞行。我还要来看看有没有事要托我办的。"他站在玛丽亚公爵小姐面前说,脸涨得通红,不准备离开。

娜塔莎把手伸给他,然后走了出去。玛丽亚公爵小姐却相反,不但不走,反而坐到圈椅里,她那光闪闪的、深沉的目光严肃地、凝神地望着皮埃尔。显然,刚才露出的倦意,这时完全没有了。她深深地长叹一声,好像要作一次长谈。

娜塔莎一离开,皮埃尔的窘迫和尴尬顿时全都消失了,换上急切的兴奋心情。他连忙把椅子移近玛丽亚公爵小姐。

"是的,我告诉您,"他好像在回答她的话,回答她的眼神,说,"公爵小姐,帮助我吧。我应当怎么办? 我能有希望吗? 公爵小姐,我的朋友,您听我说。我全明白。我知道我配不上她;我知道目前还不能谈这个问题。但是我要做她的兄长。不,不是那个……我不要,不可能……"

他停住了,用手搓搓脸和眼睛。

"我说,是这样,"他继续说,看样子,他在努力把话说得连贯,"我不知道我是什么时候爱上她的。但是,我只爱她,我一生只爱她一个人,没有她,我就想象不出我怎样活下去。我现在不打算向她求婚;但是,一想到她也许会成为我的妻子,我失掉这个机会……机会……多么可怕。您说,我能有希望吗?您说,我应当怎么办?亲爱的公爵小姐。"他说,沉默片刻,他碰碰她的手,因为她不回答。

"我在寻思您对我说的话呢,"玛丽亚公爵小姐回答说,"我告诉您,是这样,您现在向她表示爱情,您做得对……"公爵小姐停住了。她想说:现在向她表示爱情是不可能的;但是,她住了嘴,因为最近三天来她看出娜塔莎突然变了,假如皮埃尔向她表示爱情,娜塔莎不仅不会感到屈辱,而且她正希望这个呢。

"现在向她表示……不行。"玛丽亚公爵小姐终于说。

"那么我该怎么办呢?"

"这件事交给我吧,"玛丽亚公爵小姐说,"我知道……"

皮埃尔望着玛丽亚公爵小姐的眼睛。

"您说……您说……"他说。

"我知道她爱……她会爱您的。"玛丽亚公爵小姐纠正了自己的话。

不等她说完这句话,皮埃尔就一跃而起,带着惊恐的神情抓住玛丽亚公爵小姐的手。

"您为什么这样想?您认为我有希望吗?您认为?!……"

"是的,我认为,"玛丽亚公爵小姐说,"您给她父母写封信。您托付我吧。到适当的时候我跟她说。我愿意成全这件事。我心里有一个感觉:这件事会成功。"

"不,这事不可能!我多幸福!但是,这不可能……我多幸福！不,不可能!"皮埃尔吻着玛丽亚公爵小姐的手,说。

"您到彼得堡去吧;这样好些。我给您写信。"她说。

"到彼得堡？走吗？是的,好,走。但是明天我可以再来吗？"

第二天皮埃尔来辞行。娜塔莎不像前几天那么活泼;但是这一天皮埃尔有时看看她的眼睛,感觉他自己在消融,不管是他,还是她,都不存在了,只有一个幸福的感觉。"是真的吗？不,不可能。"他自言自语,她那每一顾盼,每个姿势,每句话,都使他的心灵充满喜悦的激情。

当他握住她那瘦削、纤细的手向她告别的时候,不由得久久地把她的手握在自己手里。

"这手、这脸、这眼睛,所有这一切不属我所有的女性美的瑰宝,难道这一切真的永远属于我,就像我属于我自己一样习以为常？不,这不可能! ……"

"再见,伯爵。"她大声对他说。"我一定等着您。"她低声又说。

这句普通的话,以及说这句话时的眼神和脸上的表情,成为皮埃尔以后两个月无尽的回忆、释念和神往幸福的材料。"我一定等着您……是的,是的,她怎么说来着？是的,我一定等着您。啊,我多幸福! 这是怎么的,我多幸福!"皮埃尔自言自语。

十九

皮埃尔现在的心境,跟他在类似的情况下和海伦订婚时的心境,完全没有共同的地方。

他从来不愿重复他当时带着极端羞愧的心情对海伦说出的那些话,也不会对自己说:"嗨,我为什么不这样说,为什么,为什么我当时说'我爱您'？"相反,现在他在心中详细地回忆她的表情和微笑,丝毫不增不减地重复着她和他说过的每句话:他老想不停地重复。他现在对所做的事是好还是坏,连一丝怀疑的影子也没有了。不过,只有一团可怕的疑云不时地在他的头脑里浮现。这一切是不是在做梦?玛丽亚公爵小姐没有弄错吧?我是不是太自负和自信?我有信心;可是突然间说不定会发生这样的事:玛丽亚公爵小姐告诉了她,她微微一笑,回答说:"真是怪事!他准是误会了。难道他不知道他是什么人,一个普普通通的人,可是我呢?……我完全不同,我是另一种人,高尚的人。"

只是这团疑云不时地掠过皮埃尔的心头。他现在也没有作任何计划。他觉得眼前这场幸福有点渺茫,然而只要它一旦实现,那以后就不会有什么事了。一切都了结了。

一种喜悦的、意外的疯狂——皮埃尔以前认为他不会有的,支配着他。生活的全部意义,不仅对他个人,而且对整个世界,他觉得就在于他的爱情,就在于她能不能爱他。有时他觉得所有的人只忙一件事——就是为他未来的幸福而忙。有时他觉得,人人都跟他一样高兴,不过他们极力隐藏这种心情,假装忙别的事情罢了。人们的一言一行,他都看作是对他的幸福的暗示。他常常使遇见他的人对他那意味深长的表情——就好像他们之间心照不宣似的,以及对他那幸福的目光和微笑感到惊讶。但是当他明白人家可能不知道他的幸福的时候,他就满心可怜他们,而且想对他们说,他们所忙活的事完全是扯淡,是不值一提的小事。

当人们建议他出来供职,或者人们讨论某些公共的、国家的事务和战争,认为某个事件的结局决定着大家的幸福的时候,他总是带着温和的、同情的微笑听着,并且发表怪论使同他说话的人吃惊。皮埃尔觉得,那些懂得生活真谛的人,也就是懂得他的感情的人,以及那些显然不懂得这个的人——这一时期所有的人,他觉得都被他的光辉感情照得透亮,不管遇见什么人,他立刻毫不费力地从他们身上看出优秀的、值得喜爱的东西。

他在处理亡妻的事务和文件的时候,对她毫无怀念之情,只是惋惜她不知道他现在所体验的那种幸福。瓦西里公爵现在由于谋得一个新差事和得到几枚勋章,特别得意,而在皮埃尔心目中,他不过是一个令人感动的、和善的、可怜的老头子。

皮埃尔后来常常回忆这个时期幸福的疯狂。他在这个时期形成的对人和环境的见解,他认为永远是正确的。他后来不仅不屏弃这些对人对事的看法,而且相反,每当内心发生怀疑和矛盾的时候,他总是求助于在疯狂时期所形成的看法,而且总是证明这个看法的正确。

"也许,"他想,"当时我的确有点古怪和可笑;但是当时我并不像表面看来那么疯狂。相反,我当时比任何时候都聪明,更能洞察一切,只要生活中值得了解的一切,全都了解了,因为……当时我是幸福的。"

皮埃尔的疯狂就在于,他不像先前那样,必须在人们身上发现他称之为人的优秀品质的时候,才爱他们,而现在他的内心充满了爱,他在无缘无故地爱人们的时候,总能找到值得爱他们的无可争辩的理由。

二十

皮埃尔走后的第一天晚上,娜塔莎带着快乐的、讥讽的微笑对玛丽亚公爵小姐说,他就像从浴室走出来似的,穿着常礼服,头发剪得短短的,从此以后,在娜塔莎心中有一种隐蔽的、连她自己也不清楚的、难以克制的东西苏醒了。

一切:面孔、脚步、目光、声音——她的一切,突然都变了。连她自己也感到意外的那种生命力和对幸福的希望,冒到表面上来了,而且要求予以满足。从那天晚上起,娜塔莎好像忘了她所遭遇的一切。她从此不再抱怨她的处境,只字不提过去,已经不怕订未来的美好计划了。她很少谈皮埃尔,每当玛丽亚公爵小姐提起他时,她眼睛里久已熄灭的火光又燃了起来,她的嘴唇绽开独特的微笑。

在娜塔莎身上发生的变化起先使玛丽亚公爵小姐吃惊;当她明白这种变化的意义时,她心里很不痛快。"难道她对哥哥的爱情就这么浅薄,就忘得这么快。"玛丽亚公爵小姐独自思忖那种变化时,心里这样想。但是她和娜塔莎在一起时,她不生她的气,也不责备她。在娜塔莎身上洋溢着复苏的生命力,显然是那么不可遏止,那么出她的意料,以致使玛丽亚公爵小姐在娜塔莎面前觉得她没有理由哪怕是暗暗地责备她。

娜塔莎以整个身心和全部的真诚浸沉在这个新的感情之中,她无意掩饰它,她现在没有感伤,只有欢喜和快活。

那天夜里,玛丽亚公爵小姐和皮埃尔谈过话后回自己的房间时,娜塔莎在门口迎着她。

"他说了? 是吗? 他说了?"她反复地问。娜塔莎脸上露出欢喜的、同时又怪可怜的、为这种欢喜请求原谅的表情。

"我本想在门口听;但是我知道你会告诉我的。"

对娜塔莎看她的那副眼神,尽管玛丽亚公爵小姐非常理解,非常感动;尽管她那激动的样子叫人同情;然而在最初的瞬间,仍然使玛丽亚公爵小姐感到屈辱。她想起了哥哥,想起了他的爱情。

"可是有什么办法呢! 她不能不这样。"玛丽亚公爵小姐想;于是她带着忧郁的、有几分严厉的表情,把皮埃尔对她说的话全都告诉了娜塔莎。听说皮埃尔要去彼得堡,娜塔莎非常惊讶。

"去彼得堡!"她仿佛没有听懂,重复说。但是她一看玛丽亚公爵小姐脸上忧郁的神情,就猜到她难过的原因,她突然哭起来。

"玛丽,"她说,"告诉我,我应当怎么办:我怕我做出傻事。你告诉我怎么办我就怎么办;告诉我吧……"

"你爱他吗?"

"爱。"娜塔莎低声说。

"那你哭什么?我为你高兴。"玛丽亚公爵小姐说,由于她流了泪,她已经完全原谅娜塔莎的快乐了。

"这不会很快,但总有一天。你想想看,我做了他的妻子,你嫁给尼古拉,那是多么幸福。"

"娜塔莎,我不是求过你别谈这个吗?咱们只谈你的事。"

她们沉默了一会儿。

"不过他为什么要去彼得堡!"娜塔莎说,她连忙回答自己:"不,不,应该去……玛丽,你说是吗?应该去……"

尾　声

第 一 部

一

一八一二年过后，又过了七年。奔腾澎湃的欧洲历史的海洋，在它的海岸内平静下来。它似乎息止了；但那些推动人类的神秘力量（其所以神秘，因为那些力量运动的法则，我们还不清楚），却继续起着作用。

虽然历史海洋表面似乎不在动，但人类却像时间的运行一样不断地活动。人们结成的各种集团成立了，解散了；国家形成和瓦解以及民族迁徙的各种原因都在酝酿着。

历史的海洋，已不像先前那样从此岸向彼岸凶猛地冲击；但它却在深处翻滚沸腾。历史人物也不像先前那样被波涛从此岸向彼岸卷来卷去；现在，他们仿佛在一个漩涡打转。这些早先是带着军队，用命令、战争、出征、战斗来回击民众运动，而现在，却从政治和外交方面想方设法和以法律、条约……来反击激昂澎湃的群众运动。

历史人物的这种活动，史学家称之为反动。

史学家在描述这些过去的历史人物的活动时，往往严厉地谴责他们,因为史学家认为那些历史人物就是他们所说的反动的根源。所有当时有名的人物,从亚历山大和拿破仑到斯塔埃尔夫人、福蒂①、谢林②、费希特③、谢多勃良④和其余的一些人都受到史学家们严正的裁判,依照他们对进步和反动所起的作用而宣告无罪或谴责。

在俄国,照史学家的论述,这一时期也发生过反动,这次反动的罪魁祸首就是亚历山大一世,正是这个亚历山大一世,仍然照史学家的论述,在其统治初期曾是倡导自由主义和拯救俄国的首要创业人。

在现在的俄国文献中,从中学生到博学的历史学家没有一个人不是因为亚历山大在其当政时期那些失误而不向他投掷石子的。

“他本应这样做和那样做。他在某件事上做得好,在另一件事上做得糟。他在即位之初和一八一二年做得很漂亮;但是,给予波兰宪法、成立神圣同盟、把大权授予阿拉克契耶夫、鼓励戈利岑和神秘主义,后来又鼓励希什科夫和福蒂,这些事就办得不好了。过问前线的军队,他做得不妥;解散谢苗诺夫团队,他处理得不当,等等,等等。”

史学家们根据他们所具有的关于人类福利的知识,对亚历山大一世所作的一切责备,如果要列举的话,就得用十多页纸才能写完。

这些责备是什么意思呢?

---

① 福蒂(1792—1838),诺夫戈罗德修道院院长,于一八二〇年发动对不同教派的迫害。
② 谢林(1775—1854),德国古典唯心主义哲学家,著有《先验唯心主义系统》等书。
③ 费希特(1762—1814),德国古典哲学家,著有《知识学基础》等书。
④ 谢多勃良(1768—1848),法国作家,反动的浪漫派首领,著有《基督教真谛》等书。

史学家所称赞的亚历山大一世的那些行动——如，即位初期的一些自由主义的创举、对拿破仑的斗争、一八一二年所表现的强硬态度、一八一三年的出征，所有这些同史学家所责备的那些行为——如，神圣同盟、波兰的重建、二十年代的反动等等，不都是从形成亚历山大一世的个性的血统、教育、生活等条件中的同一源泉里产生出来的吗？

这些责备的实质何在呢？

它在于：像亚历山大一世这样的一位历史人物，他处在人类权力可能达到的最高一级的阶梯之上，就像是处在当时所有耀眼夺目的历史光芒在他身上聚成的焦点之中；像他这样的人物，理应受到那些伴随着权力而来的阴谋、诡诈、阿谀、自欺的世上最强有力的影响；像他这样的人物，在他一生的每分钟都感到自己应对欧洲所发生的一切负责；这个人物不是虚构的，而是活生生的，像每个人一样，有他自己的习惯，情欲，对真、善、美的渴求——这个人物在五十年前并非缺乏美德（史学家对这一点并不责难他），但是他却没有当代教授对人的幸福所具有的那种看法，这些教授从青年时代起就钻研学问，他们读书，领会讲义，把心得记在小本子里。

就假定五十年前亚历山大一世对人的幸福的看法是错误，那么，当然也应假定那个指责亚历山大的史学家在若干年后对人的幸福的看法同样是不正确的。这个假定之所以十分自然而且必要，那是因为我们只要注意一下历史的发展，就会看见，随着时代的不同，随着著作家的不同，对于什么是人的幸福的看法不断地改变着；因此，本来是福，十年后却认为是祸；反之亦然。不仅如此，即使在同一时间，我们在历史上见到对祸与福的见解完全相矛盾的观点：一些人认为给波兰以宪法和神圣同盟是亚历山大的功劳，但另一些人却因此而谴责亚历山大。

对亚历山大和拿破仑的活动不能说是有益还是有害，因为我们说不出它为什么有益和为什么有害。假若这种活动不为某些人所欢喜,其所以不欢喜,那也不过是因为这种活动不符合他本人对好事的有限理解罢了。不论是一八一二年我父亲在莫斯科住房的保存,或是俄国军队的光荣,或是彼得堡大学或其他大学的兴旺发达,或是波兰的解放,或是俄国的强大,或是欧洲的均势,或是各种著名的欧洲的文明进步,对所有这些,不管我是否认为是福,我都要承认,任何历史人物的活动,除了这些目的之外,还有其他一些更加普遍的、我所不了解的目的。

可是,我们假定所谓科学有调和一切矛盾的可能性,它也有衡量历史人物和历史事件好坏永不改变的尺度。

我们假定,亚历山大能把一切做得完全另一个样子。假定他能按照那些指责他的、自命深知人类活动最终目的的一些人的指示办事,并依照那些现在责备他的人所给予他的民族性、自由、平等和进步(更新的东西看样子没有了)的纲领治理国家。我们假定,可能有这么一个纲领,而且已经拟好了,亚历山大也照办了。那么,那些反对当时政府方针政策的人们的一切活动——史学家认为那些活动是有益的,好的,会成为什么样呢?这种活动是不会有的;实际的生活也不会有;一切都不会有的。

如果设想人类的生活是受理性支配的,那么,现实生活存在的可能性也就被取消了。

二

如果像史学家所设想的那样,伟大的人物领导人类去达到某些目的的话——这些目的或是俄国或是法国的强大,或是欧洲的均势,或是革命思想的传播,或是普遍的文明进步,或是什么其他方面,那么,不理解偶然和天才这两个概念,就不能阐明历史现象。

假如本世纪初叶历次欧洲战争的目的,是为了俄国的强大,那么,即使没有这些战争,也不用侵略,这个目的也能达到。如果为了法国的强大,那么,不用革命,也不用建立帝国,照样也能达到这个目的。假如目的是传播思想,那么,出版书籍来完成这项工作要比军队好得多。如果目的是为了文明进步,那么,不用说,除了使用毁灭人的生命及其财富的手段外,还有其他更适于传播文明的途径。

但是,为什么事情是这样发生了,而不是另样发生呢?

历史告诉我们:事情之所以这样发生是因为"偶然造时势,天才利用了它"。

但是,什么是偶然?什么是天才呢?

偶然和天才这两个词并不表示任何实际存在的东西,所以是不能下定义的。这两个词仅只表示对现象的某种程度的理解。我不知道为什么发生了某种现象;我想,我是不能知道的;我也不想知道;所以我说:这是偶然使然。我看到一股力量,这股力量产生了与人类固有本性不相称的行为;我不明白为什么发生这样的事,所以我只好说:这是天才使然。

羊群中有一只公羊,它每天晚上被牧羊人赶进特殊的单羊圈去喂养,于是它长得比别的羊肥一倍,对这群羊来说,这只羊似乎是一个天才。因此,正是这只公羊每天晚上不是进普通的羊圈,而是进特殊的单羊圈去吃燕麦,也正是这只养肥了的公羊作为肉羊而被屠宰,这个情况应当说是天才与一系列不寻常的偶然惊人的结合。

但是,那些绵羊只要不再认为它们所遇到的一切都是为了达到它们这群羊的目的;只要认为它们周围所发生的事件可能有它们所不了解的种种目的,那么,它们便会立刻看出,那只育肥的公羊所遇到的事情的连贯性和统一性。即使它们不知道那只公羊长肥的目的何在,但它们起码知道,在那只公羊身上发生的一切绝非偶然,所以,不论是偶然还是天才这些概念,它们已经无须去了解了。

只要不去探求眼前的、容易理解的目的,并且承认最终目的是我们不能知道的,我们便可看出那些历史人物生活的一贯性和合理性;我们才能发现他们那些不合人类本性的行为的原因,因而我们也就不需要偶然和天才这些名词了。

只有承认我们不清楚欧洲各国人民激荡骚动的目的是什么,我们只知道这些事实:起初在法国,后来在意大利,在非洲,在普鲁士,在奥地利,在西班牙,在俄国——在这些地方发生的屠杀,还有,自西而东和自东而西的军事行动,所有这些事件构成了一个共同的本质和目的,这样我们不仅不必在拿破仑和亚历山大二人的性格中去找他们独有的特点和天才,而且对这些人也不可另眼相看,认为跟其他人有什么不同;再者,不仅不须要用偶然性去解释造就这些人物的那些小事,而且将会明显地看出,这一切小事也是必然的。

放弃对最终目的的探求,我们便会清楚地看到,正如我们想不出另有一种植物可能生长出比某一植物本身生出的花朵和种籽对它更加合适的花朵和种籽一样,也不可能想出另外两个各有其经历的人来,比拿破仑和亚历山大更合适来完成这两个人所完成的使命,而且完成得那么细致和彻底。

三

本世纪初叶,许多欧洲事件中有一个重大事实,那就是欧洲各国的民众自西而东后来又自东而西的黩武活动。这种活动的祸首,便是自西而东的行动。西方各国为了能够完成直捣莫斯科的好战行动,必须做到:一、组成一支足以抗击东方军队的庞大兵团;二、抛弃一切旧有的习惯和传统;三、在完成其黩武活动时,必须有一个首领,他既能为他们,也能为他自己在活动时发生的欺诈、抢劫和屠杀等行为进行辩护。

从法国革命开始,那个不够强大的旧集团崩溃了;旧习惯和旧传统毁灭了;新规模的集团、新习惯和新传统正在逐步形成,同时,一个站在未来运动的前头,并对行将发生的一切承担全部责任的人物,也应运而生。

一个没有信仰、没有习惯、没有传统、没有名望、甚至不是法国后裔的人,好像由于奇特的偶然性,在激荡着法国的各党派之间,不依附其中任何党派,竟然出人头地,爬上了显赫的地位。

同事们的无知、反对者的懦弱和渺小,以及这个人的撒谎本领和他那华而不实、自以为是的低能智力,把他擢升为军队的首脑。意大利军队的士兵们的优秀素质、敌人的缺乏斗志、孩子般的鲁莽和刚愎自用,使他获得了军事声望。无数的所谓偶然处处伴随着他。他在法国执政者面前失宠反而对他有利。他企图改变自己的命运,都未成功:没有录用他去俄国服役,请求派他到土耳其去也没成功。在意大利战争期间,他好几次濒于毁灭的边缘,但每次都出乎意外地得救了。俄国军队,就是那个能毁掉他声誉的俄国军队,由于外交方面的种种考虑,直到他离开欧洲时才进击欧洲①。

他从意大利回来时,发现巴黎政府分崩离析,凡是与这个政府有关的人无不遭到清洗和毁灭。于是,对他就自然而然地出现了从这个危险境地脱身的出路,那就是毫无道理和无缘无故派他去远征非洲。又是这个偶然性伴随着他。无法攻破的马耳他岛竟然一枪未放便投降了;最轻率的指令却获得了圆满的胜利。事后连

①　此处指一七九九年俄将苏沃洛夫率领俄军远征意大利,而当时拿破仑在埃及。

一条船也不准通过的敌方海军,当时却让拿破仑全军通过。在非洲,对手无寸铁的人民,几乎全是居民,干下了一系列暴行。这些干了暴行的人,尤其是他们的领导者,都尽力使自己相信,这么干好得很,这才是光荣,这才像古罗马的皇帝凯撒和马其顿君王亚历山大。

那个光荣与伟大的理想是:不但完全不认为自己的行为恶劣,而且还为自己犯下的罪行自豪,并赋它以莫名其妙的超自然的意义——这种必然指导这个人及其随行的人们的理想,在非洲得到充分的发挥。他不论做什么都成功。瘟疫不传染他。屠杀俘虏的残暴行为也没有归咎于他。他像孩子似的漫不经心、无缘无故、不光彩地撇下患难的伙伴从非洲溜走了,连这也算是他的功绩,并且,敌方的海军又两次放他通行。在他已经完全沉醉在他侥幸犯下的罪行并对他所要扮演的角色做好准备的时候,他毫无目的地来到巴黎,这时候,那个一年前可以毁灭他的共和国政府的分崩离析已达到顶点,他这个与各党派无关的新人的到来,这时只能抬高他的身价。

他没有任何计划;他什么都怕;但是,各党派都拉拢他,要求他参加。

只有他这个人——因为他有在意大利和非洲养成的对光荣和伟大的理想,有疯狂的自我崇拜,有犯罪的胆量以及撒谎的本领,只有他这个人才能为正在发生的事辩护。

那个等待他的地位需要他,因此,几乎不是出于他的志愿,虽然他犹豫不决,虽然缺乏计划,虽然他犯了许多错误,但是他还是被拉去参与以攫取权力为目的的阴谋活动,并且这个阴谋获得了成功。

他被拉去出席政府的会议。他惊慌失措,想要逃走,认为自己的末日到了;他假装晕倒,说了些本应送掉他的性命的没有意义的话。但是,从前精明而骄傲的法国统治者们,这时觉得他们所扮演的角色已经演完,比他更狼狈,这些人现在说了一些不是他们为了保持权力和消灭他应该说的话。

偶然,成千上万的偶然,给他以权力;所有的人,像是商量好了似的,都来协助确立这个权力。偶然使当时的法国统治者情愿服从他;偶然使保罗一世情愿承认他的权力;偶然使反对他的计谋对他不仅没有损害,反而加强了他的权力。偶然使昂季安公爵落入他的手中,并意外地迫使他杀掉了公爵,这比采用别的任何方法都更有力地使一般人信服他有势就有权。偶然使他把集中全力去远征英国的意图(远征英国显然会毁掉他,而且这个意图永远实现不了),突然转为进攻马克和不战而降的奥地利人。偶然和天才给了他在奥斯特利茨的胜利,并且,偶然所有的人,不仅是法国人,而且整个欧洲,除未参与当时发生的事件的英国外,所有的人,尽管对他的罪行还怀有早先的恐惧和厌恶,但这时也承认了他的权力,承认了他给自己加封的称号,承认了他对于光荣与伟大的理想,大家都觉得这个理想是一种美好、合理的东西。

好像是估量一下实力,对行将到来的运动做好准备似的,西方势力在一八○五、一八○六、一八○七、一八○九几年中好几次向东挺进,不断地加强着,壮大着。一八一一年在法国组成的一伙人与中欧各国的人们汇成一个庞大的集团。随着人群的壮大,替领导运动的人进行辩护的力量也进一步增强起来。在即将发生的大规模运动来临之前进行准备的十年过程中,这个人纠结了欧洲所有头戴王冠的人。原形毕露的世界统治者们都没有力量对抗那毫无意义、毫无理性的拿破仑式的光荣与伟大的理想。他们一个接着一个在他面前卑躬屈膝。普鲁士国王派他的妻子向这个伟人奉承邀宠;奥地利皇帝认为,此人要是把帝王的女儿请进他的床帏,那则是莫大的恩遇;教皇,各国人民圣物的保护者,也利用宗教为抬高这个伟人的身价而服务。与其说拿破仑本人给自己准备扮演角色,不如说他周围的人准备让他去对正在发生的和将要发生的事承担全部责任。他所干的每件事、每桩罪行,或者一件小小的诈骗,在他周围的人口中无不立刻说成是伟大的楷模。日耳曼人为他想出了最好的庆典——这就是耶拿和奥尔施泰特的庆祝活动。不仅他伟大,而且他的祖先、他的兄弟、他的义子和他的妹夫们,全都伟大。一切事情的发生都是为了使他丧失最后一点理智,都是准备让他去扮演一个可怕的角色。当他准备好了的时候,兵力也就准备好了。

侵略的矛头指向东方,到达了最后的目的地——莫斯科。京城被占领了;俄国军队受到的损失比敌军先前从奥斯特利茨到瓦格拉木历次战争所受的损失还惨重。但是,突然代替那些一贯使他获得不断胜利而达到既定目的的偶然和天才的,却是无数相反的偶然——从他在波罗金诺着凉伤风到天气严寒和焚烧莫斯科的火星;而天才也被史无前例的愚蠢和卑鄙代替了。

侵略军逃跑了,向后跑了,一逃再逃,一切偶然,这时已经经常不帮助他,而是反对他了。

与前次自西而东的运动十分相像的自东而西的一次相反的运动发动了。在这次大运动发生之前的一八〇五至一八〇七至一八〇九各年中,也有自东而西运动的同样尝试;也同样有结成庞大的集团;也同样有中欧各国加入运动;也同样有中途动摇,同样越接近目的地速度越快。

巴黎——最后的目的地达到了。拿破仑的政府和军队垮台了。拿破仑本人也就没有什么意义了;他所有的行为显然都是可怜的、龌龊的;但是,一个莫名其妙的偶然又出现了:同盟国仇恨拿破仑,认为他是他们遭受灾难的原因;对这个被剥夺了权势并暴露出罪恶和奸诈的拿破仑,人们本应当像十年前和一年后那样,把他看做一个无法无天的强盗。然而,由于某种离奇的偶然机会,谁也没有看出这一点。他扮演的角色还没有终结。这个十年前和一年后被看做无法无天的强盗的人,带着拨给他的卫队,被送到离法国两天航程、划归他管辖的一个小岛上去了,不知为什么还付给他数百万金钱。

四

各国人民的运动在各自的岸边停息下来。大规模运动的浪头向后猛退了,平静的海面上,形成一个个漩涡,外交家们跟着漩涡打转儿,他们以为,正是他们才使运动得以平息的。

但是,平静的大海突然又动荡起来。外交家们认为,这次风浪骤起的原因,是由于他们的意见不合;他们预料在他们的元首之间要发生战争;这种局势在他们看来是无法解决的。但是,他们觉得,这次波浪的兴起并不是来自他们预料的方向。这个波浪依然是从运动的出发点——巴黎发生的。从西方而起的运动出现了最后的回流:这是一股必须解决那些似乎难以解决的外交难题并结束这个时代的军事活动的回流。

这个使法国遭到毁灭的人,没有施展阴谋手段,没有带士兵,只身回到巴黎来了。每个卫兵都可以把他抓起来;但是由于奇特的偶然机遇,不仅没有抓他,而且大家还热烈地欢迎这个一天前他们还在咒骂、一月后他们还要咒骂的人。

这个人还可以用来为最后一次集体行动而辩护。

这出戏收场了。最后一个角色演完了。演员奉命卸装,洗去粉墨胭脂,再也用不着他了。

几年过去了,在这期间,这个孤独的在小岛上的人表演一出自演自赏的可怜的滑稽戏,在已经不需要为自己的行为辩护的时候,他还在耍诡计、说谎话为自己辩护,并向全世界表明,人们当作权势的东西不是别的,而是一只引导着他的无形的手。

闭幕了,演员卸装了,舞台监督把演员指给我们看。

"请看,你们相信的是什么吧!这就是他!过去调动你们的感情的不是他,而是我,现在你们明白了吧?"

但是,被运动的力量弄得头晕目眩的人们,很久不了解这一点。

亚历山大一世,这个领导自东而西向相反方向运动的人物,他的生活更显示出很大的连贯性和必然性。

这位挡住别人,站在这场自东而西运动前头的人,需要什么呢?

需要正义感和对欧洲事务的关怀,而且是长远的、不为小利所蒙蔽的关怀;需要在道义上优越于那些在一起共事的当时各国的君主;需要温和的、具有魅力的个性;需要有反对拿破仑的个人怨恨。所有这些,在亚历山大一世身上都有;这一切,都由他过去整个生活中的无数所谓偶然机会:教育、自由主义的创举、周围的顾问,以及奥斯特利茨战役、蒂尔西特会谈和埃尔富特会议等,做好了准备。

在全民战争期间,这个人无所作为,因为不需要他。但是,全面欧战的必然性一旦出现,这个人就在此时此刻在他应有的地位上出头露面了,他把欧洲各国联合起来,领导它们奔向目的地。

目的达到了。一八一五年最后的一场战争之后,亚历山大便处在一个人可能达到的权力顶峰。他怎样运用这个权力呢?

亚历山大一世这个平定欧洲的人,从青年时代起就一心为自己的民族谋福利,并在自己的祖国首先倡导自由主义改革,现在,当他似乎拥有最大权力,因而能为他的民族谋幸福的时候,当拿破仑在流放中做出儿戏的虚假计划,扬言假使他有权,他就为人类造福的时候,亚历山大一世在完成他的使命后,感觉上帝的手在支配他,他突然认为这种虚幻的权力是渺小的、微不足道的,于是厌弃它,把它交给他所藐视的一些小人手中,他只是说:

"'不属于我们,不属于我们,而属于你的圣名!'①我也是一个人,和你们一样的人;让我像一个普通人那样生活,那样思想自己的灵魂和上帝吧。"

正像太阳和太空的每个原子都是自身完备的球形体,那个大得为人类所无法了解的整体也全是由原子组成的——同样,人人都有各自的目的,而且这些目的又是为那些为人类所无法了解的总目的服务的。

一只落在花上的蜜蜂,螫了一个小孩,于是,小孩怕蜜蜂,他就说,蜜蜂的目的是蜇人。诗人欣赏钻入花蕊的蜜蜂,于是,他就说,蜜蜂的目的是吸取花香。养蜂人看到蜜蜂采集花粉和糖汁带回蜂房,于是就说,蜜蜂的目的是为了采集蜜糖。另一个养蜂人较仔细地研究了蜂群的生活,于是就说,蜜蜂采集花粉和糖汁是为了养育幼蜂和供奉蜂王,其目的是传宗接代,延续种族。植物学家看到,蜜蜂飞来飞去把异株的花粉带到雌蕊上,给雌蕊授粉,于是便认为这就是蜜蜂的目的。另一个考察植物迁移的人,看见蜜蜂有助于这种迁移,于是,这位新的考察者就可能说,这才是蜜蜂的目的。但是,蜜蜂的最终目的,并不限于这个、那个、第三个等等这些人类的智慧所能揭示的目的。人类在揭示这些目的的智慧发展得越高,最终目的的不可理解也就越加明显。

人类所能了解的,只是观察到蜜蜂的生活和别的生活现象相对应的关系而已。对历史人物的各族人民的目的,也应当这样看。

---

① 亚历山大下令制造一种勋章,以纪念一八一二年打败法国人,上面刻着这样的话。

<h1 style="text-align: center">五</h1>

一八一三年娜塔莎和别祖霍夫结婚,是老罗斯托夫家最后一件喜事。就在这一年,伊利亚·罗斯托夫伯爵死了,正如常有的情形,他一死,那个旧家庭也就解体了。

过去一年发生的事:莫斯科大火和从莫斯科逃难出来,安德烈公爵的死,娜塔莎的悲观失望,彼佳的死,以及老伯爵夫人的悲伤——所有这一切,接二连三打在老伯爵头上。他似乎不了解也不能了解这些事件的意义,他在精神上低下了他那老年人的头,好像俯首期待和请求新的打击以结束自己的生命。他有时丧魂失魄、张皇失措,有时反常地活跃,对事业很热心。

他为娜塔莎的婚事表面上忙了一阵子。他定午餐和晚餐的酒席,显然想露出快乐的样子;但是他的快乐已经不像先前那样富于感染力了,反而使认识他和知道他的人觉得他可怜。

皮埃尔带着妻子走后,他开始沉默寡言,感到烦闷。几天以后,他病倒在床上了。他从生病的头几天,虽然医生宽慰他,他知道他再也起不来了。伯爵夫人和衣坐在圈椅里,在他的床头守了两个星期。她每次递给他药,他都抽泣着,默默地吻她的手。在最后一天,他痛哭失声,请求妻子和不在跟前的儿子宽恕他荡尽家产——他觉得那是他主要的罪过。领过圣餐,行过涂敷礼后,他安静地死去了,第二天,在罗斯托夫家租来的住宅里,挤满了前来向死者最后致意的熟人们。所有这些常在他家吃饭、跳舞,并且时常嘲笑他的人们,现在都怀着内疚和感动的心情,好像向谁当面自我辩解似地说:"不管怎么说,他是一个极好的人。如今再难见到这样的人了……谁能没有一点缺点呢?……"

正当伯爵的经济状况弄得一塌糊涂,如果再过一年的话那结局简直不堪设想的时候,他突然死了。

尼古拉在接到父亲去世的消息时,正随着俄国军队驻在巴黎。他立即辞掉职务,不等批准,就请假回莫斯科。伯爵死后一个月,经济情况已经弄清楚了,过去虽然知道有一些零星债务,但是其数额之大却使大家吃惊。负债的总数比家产大一倍。

亲友们劝尼古拉不要接受遗产。但是尼古拉认为拒绝接受遗产是对亡父的神圣纪念的亵渎,因此他没有听从劝告,接受了遗产,负起还债的义务。

伯爵在世的时候,由于他这个滥好人,对那些债主们有一种无以名状的、然而却是强大的影响力,债主们长期没有开口,现在突然一齐来讨债了。正如常有的情形,都争着首先得到偿还,像米坚卡还有别的持有作为礼品接受的期票的人,现在成为讨债最火急的债主了。那些好像曾经可怜使他们受损失(就算受过损失)的老伯爵的人们,现在却不肯宽尼古拉的期限,不给他喘息的机会,无情地向那个显然不欠他们钱、却自愿承担还账的年轻继承人逼上来了。

尼古拉所设想的周转办法,没有一件是成功的;产业以半价拍卖出去,仍有一半债务未能偿还。尼古拉接受了他妹夫别祖霍夫借给他的三万卢布,以偿还他认为借的是现款的真正的债务。他为了不致为其余的债务而坐牢(债主们曾以此相恫吓),重新去谋差事。

虽然他回军队可以首先补上团长的空缺,但他不能回去,因为母亲现在把儿子当作生活中唯一的慰藉,抓住他不放;因此,虽然他不愿留在莫斯科回到先前的熟人中间,虽然他讨厌文职,他仍然在莫斯科找到一个文官的职务,于是他脱掉他心爱的军服,同母亲和索尼娅搬到西夫采夫·弗拉若克区一所小住宅里。

娜塔莎和皮埃尔这时住在彼得堡,不大清楚尼古拉的境况。

尼古拉向妹夫借钱,极力瞒着他的窘迫境况。尼古拉的处境特别为难,因为他要用一千二百卢布养活自己、索尼娅和母亲,而且还不能让母亲知道他们家已经穷了。伯爵夫人简直不能想象如果缺少她自幼就习惯了的那些奢侈的东西怎样生活下去,她不知道儿子是多么困难,不断地提出要求——时而要马车(他们家已经没有马车了)去接朋友,时而为自己要佳肴美食或者为儿子要美酒,时而要钱为娜塔莎,为索尼娅,或者为尼古拉本人买一件惊人的礼物。

索尼娅料理家务,侍奉姑母,念书给她听,忍受她的任性和藏在内心对她的嫌恶,帮助尼古拉向老公爵夫人隐瞒他们的窘迫。尼古拉觉得,他对索尼娅为他母亲所做的一切的感激之情,是报答不尽的。他赞赏她的耐性和忠诚,但极力躲避着她。

他心里好像为了她太完美,为了她无可指责而责怪她。她有一切为人们所珍贵的品质;可是就缺少使他爱她的东西。他甚至觉得,他对她的评价越高,对她的爱就越少。他在她的信中得到她给他自由的诺言,现在他对她的态度,就像他们过去的一切老早老早以前就给忘记了,在任何情形下也不会再恢复了。

尼古拉的景况越来越糟了。从薪金里攒点钱的想法,证明是幻想。他不但攒不了钱,而且为了满足母亲的要求,还借了几笔小债。他想不出一点摆脱困境的办法。亲戚们劝他娶一个有钱的姑娘,这个想法使他反感。摆脱困境的另一条出路——母亲的死,在他头脑里从未出现过这个念头。他没有什么企望,也不指望什么;他身处逆境毫无怨言,内心深处却享受着一种忧郁而庄严的快乐。他尽可能避开旧日的熟人,避开他们的同情和令人屈辱的援助表示,避开一切消遣和娱乐,甚至在家里也不做什么,只和母亲玩玩牌,在室内默默地踱步,一袋接着一袋地吸烟。他似乎努力在内心保持忧郁的心情,只有靠这种心情才能忍受他的处境。

六

初冬,玛丽亚公爵小姐来到莫斯科。她从城里的传闻得知罗斯托夫家的情况,还听说:"当儿子的为母亲自我牺牲。"——城里人们都这么说。

"我就知道他是这样的人。"玛丽亚公爵小姐对自己说,她为确认自己是爱他的而感到愉悦。她回顾她家和罗斯托夫全家的友情,几乎像一家人似的亲密,她认为她应当去看望他们。但是一想起在沃罗涅日她和尼古拉的关系,她又害怕了。但是,在到莫斯科几个星期以后,她还是鼓起极大的勇气去拜访罗斯托夫家去了。

迎着她的第一个人就是尼古拉,因为去伯爵夫人那儿必须经过他的房间。尼古拉看她头一眼脸上的表情,不是玛丽亚公爵小姐所期待的那种欢喜的表情,而是公爵小姐先前未曾见到的冷淡、高傲的表情。尼古拉向她问候后,就把她送到母亲那儿,他坐了五六分钟,就出来了。

公爵小姐从伯爵夫人那儿出来,尼古拉又迎着她,他分外郑重而冷淡地把她送到前厅。她提起伯爵夫人的健康时,他一句也没回答。"关您什么事?别给我找麻烦。"他的眼神这么说。

"她溜达个什么劲儿?她想干什么?我简直受不了这些小姐和那些客套!"公爵小姐的马车驶走后,他显然抑制不住自己的恼怒,当着索尼娅的面大声说。

"哎呀,怎么可以这样说,尼古拉!"索尼娅几乎掩饰不住自己的快乐,说,"她多么善良,妈妈非常喜欢她。"

尼古拉没有回答,他根本不愿再谈她。但是自从公爵小姐来访后,伯爵夫人每天都要提她好几次。

伯爵夫人夸奖她,要儿子到她那儿去一趟,她希望常常看见她，但同时一提起她，她心里总是不大好过。

当母亲提起公爵小姐时，尼古拉一个劲儿不作声，他的沉默惹急了母亲。

"她是一个可敬、可爱的好姑娘，"她说，"你应当去看看她。你总得去见见人啊；不然，你老和我们在一起，你一定闷得慌，我想。"

"我一点不想去见人，妈妈。"

"你原说要去见人来着，现在又不愿意了。亲爱的，我真不了解你。你一会儿闷得慌，忽然，一会儿不愿见任何人。"

"我并没有说我闷得慌。"

"怎么，你不是说过，你连见她也不愿见。她是一个很可敬的姑娘，你一向是喜欢她的；可是现在，不知忽然生出了什么缘由。你什么都瞒着我。"

"一点也没有，妈妈。"

"我要是求你做什么不愉快的事，倒也罢了，可是，我不过求你回访一次。这是应尽的礼数……我已经求过你了，你既然有秘密瞒着我，我就不再过问你的事了。"

"您一定要我去的话，我去就是了。"

"我无所谓；我是为你着想。"

尼古拉叹了口气，咬住髭须，发起牌来，极力引开母亲的注意力。

第二天、第三天、第四天，一连几天总是谈那同样的话。

在访过罗斯托夫家和受到尼古拉意外的冷遇以后，玛丽亚公爵小姐暗自承认，她不愿首先去罗斯托夫家，看来她是对的。

"我就知道事情会是这样的，"她求助于她的傲气，自言自语说，"我和他有什么关系，我不过是想看看老太太，她一向待我好，我欠了她不少的情。"

但是这些想法并不能使她得到慰藉：当她回忆那次造访时，一种类似悔恨的感觉折磨着她。虽然她下定决心不再去罗斯托夫家，忘掉那一切，但她时时刻刻都觉得自己没着没落似的。当她自问是什么东西使她烦恼时，她不得不承认，那是她和尼古拉的关系。他那冷淡的、彬彬有礼的态度，不是出自他对她的感情（这一点她是知道的），他这种态度掩盖着某种东西。这就是她要弄明白的；直到现在使她感到心情不能平静的正是这一点。

　　仲冬的一天，她正在教室里照看侄儿做功课，仆人来禀报罗斯托夫来访。她决心不泄露自己的秘密和保持镇静，她请布里安小姐和她一同到客厅里去。

　　她第一眼就在尼古拉脸上看出，他不过是来回拜的，于是她拿定主意也保持他对她的那种态度。

　　他们谈谈伯爵夫人的健康，谈谈共同的熟人，谈谈最近的战争消息，当履行礼节所需要的十分钟过去，客人可以起身的时候，尼古拉站起来告辞了。

　　在布里安小姐的协助下，公爵小姐总算顺利地进行了这场谈话；但是就在最后一分钟，就在他站起来的工夫，她由于谈一些与她无关的事而感到如此疲倦，同时她在想，为什么生活只对她一个人给予的欢乐这么少——这个思绪如此萦绕着她的心，以致她的精神突然迷离恍惚起来，她那一对明亮的眼睛向前凝视着，没有注意他已经起身，仍然坐在那儿不动。

　　尼古拉看了看她，他想装作没有注意她的走神，就跟布里安小姐谈了几句话，又向公爵小姐看了一眼。她仍然坐着不动，在她那温柔的脸上露出痛苦的表情。他忽然对她可怜起来，他模糊地觉得，他可能就是她脸上所表现的哀怨的原因。他想帮助她，对她说些使她愉快的话；但他想不出对她说什么。

　　"再见，公爵小姐。"他说。她醒悟过来，涨红了脸，深深地叹息了一声。

"啊,对不起,"她如梦初醒似地说,"您要走了,伯爵;噢,再见！送给伯爵夫人的枕头呢?"

"等一等,我这就去取。"布里安小姐说,走出了房间。

两个人都沉默了,时而彼此看看。

"是啊,公爵小姐,"尼古拉露出忧郁的微笑,终于说话了,"自从咱们第一次在博古恰罗沃见面以来,好像过了不久,可是发生了多大的变化啊。咱们都很不幸——我愿意付出任何代价来挽回那个时光……但是挽回不来了。"

他说这话时,公爵小姐用她那明亮的目光凝神地望着他的眼睛。她好像极力在他的话里了解他向她表白感情的潜在的意思。

"是的,是的,"她说,"对于过去,您没有什么可惋惜的,伯爵。就我所了解的您现在的生活来说,您永远会带着快乐的心情来回忆它的,因为您现在是过着自我牺牲的生活……"

"我不能接受您的称赞,"他连忙打断她的话,"相反,我无时无刻不在责备自己;不过,说这些话毫无意味,令人不愉快。"

于是他的目光又露出先前冷淡的表情。但是公爵小姐在他身上已经又看出她所熟悉、所爱的人,她现在就是同这个人谈话。

"我还以为您会让我对您说这些话的,"她说,"我和您……和您全家都是这么亲近,所以我以为您不会认为我的同情用得不是地方;但是我想错了。"她说。她的声音突然颤抖了。"我不知道为什么,"她镇定一下,继续说,"您从前不是这样的……"

"为什么——有上千种原因(他特别加重说'为什么'这个词)。谢谢您,公爵小姐,"他低声说,"有时好难过啊。"

"原本就是为了这个！就是为了这个！"公爵小姐内心的声音说,"不,我爱他,不光爱他那快活的、善良的和坦然的眼神,不光爱他漂亮的外表;我看出他那一颗高尚的、坚强的、自我牺牲的心，"她在心里自言自语，"是的，他现在穷了，我富……是的，就是为了这个……是的，如果没有这样的事情……"于是她回忆起他先前的柔情，现在望着他那善良的、忧郁的脸，她忽然明白了他为什么冷淡的原因。

"为什么，伯爵，究竟为什么？"她向前凑近他，不由得突然大声说，"告诉我，为什么？您得告诉我。"他不吭声。"伯爵，我知道您为什么，"她继续说，"可是，我心里难过，我……我向您承认这一点。不知您为什么要舍弃我们过去的友谊。这使我痛心。"在她的眼睛里和声音里都含有眼泪，"我的生活很少有幸福，任何损失都使我难过……原谅我，再见。"她突然哭起来，走出屋去。

"公爵小姐！看在上帝的分上，等一等！"他喊道，极力拦阻她，"公爵小姐！"

她回头看了看。他们无言地相视了几秒钟，于是，那遥远的、不可能的东西，突然成为眼前的、可能的和不可避免的东西了……

七

一八一四年秋，尼古拉和玛丽亚公爵小姐结了婚，尼古拉带着妻子、母亲和索尼娅迁到童山居住。

在三年内，他没有变卖妻子的田产就还清了其余的债务，在一个表姐逝世后，他继承了一笔不大的遗产，连皮埃尔的债务也偿还了。

又过了三年，到一八二〇年，尼古拉已经把他的财务整顿好了，他在童山附近买了一处不大的庄园，并且正谈判买回父亲的奥特拉德诺耶的住宅——这是他朝思暮想的事情。

当初由于需要而把庄园管理起来，不久，他对于经营庄园就入了迷，几乎成为他独一无二的爱好了。尼古拉是一个普通的地主，他不喜欢新的经营方法，特别不喜欢当时流行的英国那套办法，他嘲笑有关农业理论的文章，他不喜欢工厂，不喜欢贵重的产品，不喜欢种植昂贵的作物，他根本不单独经营农业的某一部门。他的目光总是盯着整个庄园，而不是庄园的某一部门。在管理庄园中主要的事物不是土壤和空气中的氮气和氧气，不是特别的犁和粪肥，而是使氮气、氧气、粪肥、犁起作用的那个主要的工具——也就是农业劳动者。当尼古拉着手管理庄园，深入了解它的各种部门的时候，最能引起他的注意的是农民；在他看来，农民不仅仅是工具，而且是目的和裁判者。他开始观察农民，极力了解他们需要什么，他们认为什么是好的，什么是坏的，他只是假装着发命令，给指示，而实际上是向农民学习他们的工作方法、语言，以及对好坏是非的判断。只有当他了解了农民的兴趣和愿望，学会用他们的语言说话，了解他们话里潜在的含意，感到自己和他们已经亲密无间，只有当这时候，他才开始大胆地管理他们，也就是对农民尽他应尽的责任。于是尼古拉的农业经营也就取得最辉煌的成就。

尼古拉着手管理庄园的时候，凭着他那天赋的洞察力，立刻正确无误地派定了村长和工长（如果农民有权选举的话，也会选上这两个人的），而且他永远不调换他选定的头头。他首先要做的不是研究粪肥的化学成分，不是整天在借方和贷方中间打转（他说话爱嘲讽），而是先弄清楚农民牲畜的头数，并且千方百计增加这些头数。他赞助农民的家庭保持最大的规模，不赞成分家。他对懒汉、浪子和无用的人，决不宽贷，尽可能把他们从集体中驱逐出去。

在播种和收割干草和作物的时候，他对自己的田地和对农民的田地都一视同仁。很少有地主像尼古拉那样播种和收割得又早又好，而且收益又那么多。

他不爱管家奴的事，他说他们是寄生虫，大家都说他纵容他们，把他们惯坏了；当必须对某个家奴做出决定的时候，特别是必须予以惩罚的时候，他总是犹疑不决，同家里所有的人商量；只要可以用家奴代替农民去当兵，他就毫不犹豫地让家奴去当兵。在处理有关农民的问题上，他从来没有感到丝毫疑虑。他知道，他的每项决定都得到全体农民的拥护，反对的不过一两个人。

他既不会只凭一时心血来潮找什么人的麻烦或者惩罚什么人，也不会凭个人的好恶宽恕和奖赏什么人。他说不出什么是应做的和什么是不应做的标准；但是这个标准在他心中是坚定的、不可动摇的。

他对那些不顺手或者乱七八糟的事，常常愤慨地说："咱们俄国农民真没办法。"他好像觉得他对农民简直难以容忍似的。

然而他却是用整个心灵爱"咱们俄国农民"，爱他们的风俗习惯，正因为这样，他才能了解和吸取唯一富有成效的经营方法和方式。

玛丽亚伯爵夫人嫉妒她丈夫对事业的热衷，并且惋惜她不能分享这种感情；但是，她不能了解他在那个对她说来是如此隔膜和生疏的世界得到的乐趣和苦恼。她不能了解，他天一亮就起身，在田地里或者在打谷场上消磨整个早晨，在播种、割草或者收庄稼回来同她喝茶的时候，他为什么总是那么特别地兴奋和快活。当他兴高采烈地谈起富裕农户马特维·叶尔米什和他家里的人整夜运庄稼，别人还没有收割，他已经把禾捆垛起来了的时候，她不了解他为什么对这种事这么津津乐道。当他看见温暖的密雨洒在干旱的燕麦幼苗上的时候，他从窗口走到阳台上，眨着眼，咧开留着髭须的嘴唇，为什么笑得那么快活，或者，在割草或者收庄稼的时候，满天乌云被风吹散，他那晒得又黑又红的脸流着汗，身上带着苦艾和矢车菊的气味，从打谷场回来，为什么高兴地搓着手说："再有一天，我们的和农民的粮食都要入仓了。"

使她更不了解的是,这个心地善良、事事迎合她的人,为什么听到她代农妇或者农夫请求免除一些劳役的时候,就露出几乎是绝望的神情,为什么好心肠的尼古拉坚决回绝她,气愤地请她不要管与她无关的事。她觉得他有一个特殊的世界,他热烈地爱着那个世界,其中有一些法规是她所不理解的。

她有时想尽力了解他,对他谈起他的劳绩就在于他给农奴做了好事,他一听就恼了,他回答说:"完全不是:我从来没有想这个;我所做的不是为他们谋福利。所有为他人谋幸福,全是胡诌的诗和老娘儿们的瞎扯。我是为了我们的子孙不致去讨饭;我活着一天,就要把我们的家业安排好;如此而已。为了做到这一点,必须立个规矩,办事必须严格……就是这么回事!"他紧握着激动的拳头,说。"当然也要公平合理,"他又说,"因为如果农民缺吃少穿,只有一匹瘦马,不论是为他自己和为我,都做不成事了。"

也许,正因为尼古拉不让自己有这样的想法——为了别人,为了行善等等,他所做的一切才富有成效;他的财产很快增加起来;邻庄的农奴都来请求把他们买过去,他死后,农奴们长久地真诚地怀念着他的治理才能。"是个好东家……农民的事摆到前头,自己的事放到后头。可是他对人并不姑息。没说的——一个好东家!"

八

在管理家务时,尼古拉有时感到苦恼,他性子急,而且总按照骠骑兵的老习惯,动不动就挥拳头。起初,他并不觉得这有什么不好,但是婚后的第二年,他对这种惩罚方式突然改变了看法。

夏天,有一次他派人把顶替博古恰罗沃已故村长德龙的新村长叫来,因为有人控告他营私舞弊、玩忽职守。尼古拉到门口去见他,村长刚回答了两句,过道里就听见他大喊大叫,拳打脚踢。回家吃早饭时,他走到正在低头绣花的妻子跟前,照例给她讲讲早晨做过的事,顺便也提到博古恰罗沃村的村长。玛丽亚伯爵夫人脸上红一阵,白一阵,抿着嘴唇,始终低头坐着,对丈夫的话,没有搭腔。

"胆大妄为的恶棍,"他一想起来就生气,说,"他哪怕对我说一声他喝醉了,没见过……你怎么了,玛丽亚?"他突然问。

玛丽亚伯爵夫人抬起头来想说话,可连忙又低下头,抿紧嘴唇。

"你怎么了? 你怎么了,亲爱的? ……"

玛丽亚伯爵夫人并不漂亮,可每次一哭就变得好看了。她从来没有因为痛苦和烦恼哭过,却总因为忧伤和怜悯落泪。她一哭,那对明亮的眼睛就有一种迷人的魅力。

尼古拉刚握起她的手,她就忍不住哭起来。

"尼古拉,我知道……是他不对,可你,你为什么要那样! 尼古拉! ……"她说着,用双手捂着脸。

尼古拉一声不响,脸色变得通红,他从她身旁走开,默默地在房里踱来踱去。他明白她为什么哭;可要他把他从小就习以为常的事认为不好,他一时还转不过弯来。

"是她热心快肠、婆婆妈妈,还是她是对的呢?"他反问自己。在回答这个问题之前,他又朝她那充满爱和痛苦的脸瞟了一眼,他突然明白她是对的,而他老早就做错了。

"玛丽,"他朝她走过去,低声说,"再也不会发生这种事了,我保证。绝对不会了。"他像一个请求宽恕的孩子,用颤抖的声音重复说。

伯爵夫人的眼泪淌得更多了。她拿起丈夫的手吻了吻。

"尼古拉,你什么时候把头像打碎了?"为了换一个话题,她望着他戴着拉奥孔①头像戒指的手说。

"今天,就是那件事。唉,玛丽,别提那件事了。"他脸又红了,"我对你发誓,绝对不会发生那样的事了。让它永远提醒我吧。"他指着打碎的戒指说。

从那以后,每逢尼古拉同村长和管家们发生争执,血往他脸上涌,拳头也开始紧攥起来,他就转动套在手指上的那枚打碎的戒指,在惹他生气的人面前,垂下眼皮。但他一年总有一两次忘记自己的诺言,这时他就到妻子面前认错,并保证绝不再犯了。

"玛丽,你一定瞧不起我吧?"他对她说,"那是我活该。"

"要是你觉得控制不住自己,你就赶快走开,赶快。"玛丽亚伯爵夫人忧郁地说,竭力安慰丈夫。

在本省的贵族圈子里,尼古拉受到尊敬,却不讨人喜欢。他对贵族的利益不感兴趣。因此,有些人认为他高傲,有些人认为他愚蠢。整个夏季,从春播到秋收,他都忙于农事。到秋天,他用从事农务那样认真的精神,带着猎人和猎犬外出打猎,一去就是一两个月。冬天他到其他庄子去转转,或是读书。他主要读历史书,每年在这上边花不少钱。正如他所说,他收藏了不少书,而且凡是他所购买的书,他都照例要读完。他一本正经地坐在书房里读书,起初他把这当作一种任务,后来成为一种习惯,读书变成他的一种特殊的乐趣,他觉得自己是在做一件正经的工作。冬天除外出办事以外,他大部分时间都待在家里,享受天伦之乐,参与母亲和孩子们的一些琐事。他同妻子的关系越来越亲密,每天都从她身上发现新的精神宝藏。

尼古拉完婚以后,索尼娅就住在他家里。婚前,尼古拉就把他

---

① 拉奥孔是希腊神话中普里阿摩斯和赫卡柏的儿子,阿波罗在特洛伊城的祭司。他警告特洛伊人提防木马计,因此触怒雅典娜,在一次祭祀中两条巨蛇把他和他的两个儿子缠死。

和索尼娅的关系全都告诉了自己的未婚妻,他一面责怪自己,一面称赞索尼娅。他请求玛丽亚公爵小姐好好看待他的表妹。玛丽亚伯爵夫人深知自己的丈夫对不起索尼娅,同时也感到自己对索尼娅有愧;她认为是她自己的家产影响了尼古拉的选择,她丝毫也不能责怪索尼娅,而是应当喜欢她,而实际上,她不但不喜欢她,有时心里还产生一种无法克制的恶感。

有一次,她和她的朋友娜塔莎说起索尼娅,说起自己对她不公平。

"听我说,"娜塔莎说,"《福音书》你很熟;里边有一节正好讲到索尼娅。"

"哪一节?"玛丽亚伯爵夫人惊讶地问。

"'凡有的,还要加给他,没有的,连他所有的,也要夺过来。'①你记得吗? 她是那个没有的;为什么? 我不知道;也许因为她没有私心,所以她所有的,全被夺走了。我有时候非常可怜她;早先我很希望尼古拉跟她结婚。可我总有一种预感,认为不可能实现。她就像草莓上开的一朵谎花,不结果子,你知道吗? 我有时候可怜她,可有时候又觉得她不会像我们一样感觉到。"

尽管玛丽亚伯爵夫人对娜塔莎说,《福音书》里的那段话不该那么去理解,但她一见索尼娅,就又同意娜塔莎的解释。索尼娅似乎确实并不为自己的处境感到苦恼,对自己注定是一朵谎花的命运安之若素。看来,与其说她爱家中某些人,不如说她爱整个这个家。她像一只猫,恋的不是家里的主人,而是恋这个家。她照料老伯爵夫人,爱抚、娇惯孩子们,她总希望为别人做些力所能及的小事,别人竟也不知不觉地接受着她的关照,可并不怎么感激她……

童山庄园又翻修过了,只是规模与已故老公爵在世时不能

---

① 见《圣经·新约·路加福音》第十九章第二十六节。

比了。

在拮据的情况下动工，工程必然是很简陋的。在原有的石基上建起一所木结构的大房子，内部抹了灰泥。房子很宽敞，地板没有油漆，家具很简单，硬沙发、扶手椅和桌椅，都是家里的木匠用自己的桦木做的。房子很宽敞，有下房，也有客房。罗斯托夫家和博尔孔斯基家的亲戚，有时候带着十六匹马和几十个仆人，全家来到童山，一住就是几个月。此外，一年有四次，逢到主人的命名日和生日，就有成百的客人到童山来聚上一两天。一年中的其他时间，生活则一成不变，有日常的工作，有茶，有用庄园里自产的粮食做的早餐、午餐和晚餐。

九

一八二〇年十二月五日，冬季圣尼古拉节前夕。这一年初秋，娜塔莎就和丈夫、孩子住在她哥哥家。皮埃尔去彼得堡办私事去了，他说要去三个星期，可是现在他已经在那里待了七个星期了。他随时都可能回来。

十二月五日，在罗斯托夫家作客的除了别祖霍夫一家外，还有尼古拉的老朋友，退役将军瓦西里·费奥多罗维奇·杰尼索夫。

六日是尼古拉的命名日，要来许多客人，他知道自己得脱下短棉袄，换上常礼服，穿上尖头窄皮靴，坐车到他新建成的教堂去，然后接待贺客，请他们用点心，谈论贵族选举①和年景；但他认为他有权利像平时一样度过节日的前夕。午饭前，他检查了内侄名下的梁赞庄园管家的账目，写了两封事务性的信，巡视了谷仓、牛栏和马厩。对明天过节可能普遍喝醉酒采取了预防措施，随后就去

---

① 当时每省贵族都形成一个团体，定期选举、集会，参与地方行政。

吃午饭。他没来得及跟妻子私下谈几句就入席了，长餐桌上摆着二十副餐具，家里人都已围坐在桌旁。这里有他母亲、陪伴母亲的别洛娃老太太、他的妻子和他们的三个孩子、孩子们的男女家庭教师、内侄和家庭教师、索尼娅、杰尼索夫、娜塔莎和三个孩子，以及孩子们的家庭教师，还有在童山养老的已故老公爵的建筑师米哈伊尔·伊凡内奇老人。

玛丽亚伯爵夫人坐在餐桌的另一端。她丈夫刚刚就座，就拿起餐巾，把面前的玻璃杯和酒杯推开，单凭这一举动，玛丽亚伯爵夫人就猜出她丈夫心绪不佳，他有时候就是这样，尤其是当他直接从农场回来吃饭，在没有喝汤之前。玛丽亚伯爵夫人深知他的脾气，她自己心情好的话，她就耐心等着，等他喝过汤，她再跟他说话，让他自己承认，他没有理由不高兴；可今天她完全忘记察言观色，她觉得他无缘无故对她发火，心里很难过，感到自己很不幸。她问他到哪里去了。他答了话。她又问家务情况是否都好。他听出她的声调不自然，不高兴地皱了皱眉头，漫不经心地答了一句。

"既然不是我的错，"玛丽亚伯爵夫人心里想，"他为什么要对我发脾气呢?"从他答话的腔调，玛丽亚伯爵夫人听出他对她不满，不愿意跟她说话。她也觉出自己说话不自然，可还是忍不住要提几个问题。

餐桌上多亏杰尼索夫，大家很快就热烈地交谈起来，玛丽亚伯爵夫人就没再跟丈夫说话了。当他们离开餐桌，去向老伯爵夫人道谢时，玛丽亚伯爵夫人伸出手来，一面吻了吻丈夫，一面问他为什么对她发脾气。

"你总是胡思乱想;我想也没想过要发脾气。"他说。

不过玛丽亚伯爵夫人觉得，这个"总"字就说:不错，我是在生气，只是不想说罢了。

尼古拉夫妇和睦相处，甚至连索尼娅和老伯爵夫人出于嫉妒，也希望他们之间出现不和睦，但又无懈可击。不过他们的关系也有不融洽的时候。有时，正当他们感到非常愉快，会突然觉得疏远、反感；这种感觉常常发生在玛丽亚伯爵夫人怀孕的时候。现在她正在孕期。

"好了，先生们和女士们，"尼古拉大声说，看起来很愉快（玛丽亚伯爵夫人觉得他这是要故意气她），"我从六点钟就没闲着。明天还得受罪，我现在要去歇一会儿了。"他对玛丽亚伯爵夫人再没说什么，就到小起居室去，躺到沙发上。

"他总是这样，"玛丽亚伯爵夫人想道，"他跟谁都说话，就是不跟我说话。我看得出，看得出他厌烦我。特别在我怀孕的时候。"她朝自己挺得高高的肚子瞟了一眼，对着镜子照了一下她那张蜡黄的、苍白瘦削的脸，她的眼睛显得比平时更大了。

杰尼索夫的喊声和笑声、娜塔莎的说话声，特别是索尼娅投向她的匆匆的一瞥，这一切她都感到厌烦。

玛丽亚伯爵夫人一生气，总是首先找索尼娅的碴儿。

她陪客人坐了一会儿，客人谈什么，她一点也听不进去，后来就悄悄到育儿室去了。

孩子们又把椅子摆成火车，玩到莫斯科去的游戏，也请她一道玩。她坐下陪孩子们玩了一阵，可心里一直想着丈夫和他的无名火，她感到很苦恼。她站起来，艰难地踮起脚尖，到小起居室去了。

"也许，他没睡着，我要对他解释一下。"她自言自语说。她的大孩子安德留沙学她的样，踮着脚尖跟着她。玛丽亚伯爵夫人没有发现。

"玛丽，亲爱的，他好像睡着了。他累了，"索尼娅在大起居室里说（玛丽亚伯爵夫人觉得无论到什么地方都会碰上她），"安德留沙别把他吵醒了。"

玛丽亚伯爵夫人回头看见安德留沙尾随着，就觉得索尼娅的话说得对,因此,她满脸通红,显然,她强忍着没有说出难听的话。她一句话也没说,但为了不听索尼娅的话,她打了个手势,要安德留沙别出声,让他跟着她朝门口走去。索尼娅从另一道门出去了。尼古拉睡觉的房间里传来均匀的呼吸声,这声音是他妻子非常熟悉的。她倾听着他的呼吸,端详着他那光滑漂亮的前额、胡须和整个面庞,每当夜阑人静,他睡觉时,她往往长久地注视着这张脸。尼古拉突然动了一下,咳了一声,就在这时,安德留沙在门口喊道:

"爸爸,妈妈在这儿站着呢。"

玛丽亚伯爵夫人脸都吓白了,忙向儿子打手势。他不说话了。接着是一阵沉默,玛丽亚感到可怕。她知道,尼古拉最不高兴被人吵醒。房里又突然传来咳嗽声和动静。尼古拉很不高兴地说:

"一分钟也不让我安静。玛丽,是你吗?你把他带到这里来干什么?"

"我只是来看看,可没注意……很对不起……"

尼古拉咳嗽了几声,不响了。玛丽亚伯爵夫人离开门口,把儿子送回育儿室。过了五分钟,爸爸的宝贝女儿,三岁的黑眼睛的小娜塔莎听哥哥说爸爸在小起居室里睡觉,就趁母亲不备,跑到爸爸这里来了。黑眼睛的小姑娘大胆地吱吜打开房门,用结实的小腿有力地迈着小碎步,走到沙发旁,见爸爸背对她躺着,就踮起脚尖吻了吻他枕在头下的手。尼古拉露出温和的微笑,转过脸来。

"娜塔莎,娜塔莎!"玛丽亚伯爵夫人在门外惊慌地喊道,"爸爸要睡觉。"

"不,妈妈,他不想睡了,"小娜塔莎深信不疑地回答说,"他在笑呢。"

尼古拉从床上垂下腿,站起来,抱起女儿。

"进来吧,玛莎。"他对妻子说。玛丽亚伯爵夫人进来,在丈夫身旁坐下。

"我没看见他在我背后跟着，"她胆怯地说，"我只是……"

尼古拉用一只手臂抱着女儿，他看了妻子一眼，见她脸上带着歉意，就用另一只手臂把她搂过来，吻了吻她的头发。

"我能亲亲妈妈吗？"他问娜塔莎。

娜塔莎羞怯地笑了。

"再吻一下。"她打了个手势，指着尼古拉吻过的地方命令说。

"我不明白，你为什么觉得我心情不好。"尼古拉知道他妻子心里有这么个问题，于是说。

"每当你这样，你想象不出我心里多难过，多么孤单。我总觉得……"

"玛丽，算啦，你真糊涂。你也不害臊。"他快活地说。

"我总觉得，你不可能爱我，因为我太难看了……从来就……而现在……又是这么个样……"

"哎呀，你真可笑！一个人不是因为漂亮才可爱，而是因为可爱才显得漂亮。只有像马尔维纳斯之流的女人才因为姿色而被别人所爱；我爱我的妻子吗？不爱，我也不知道该怎么对你说。没有你，或是我们之间有什么不愉快的事，我就六神无主，什么事也做不下去。你说，我爱自己的手指吗？不爱，可你把手指割掉试试……"

"不，我可不那么做，不过我明白。这么说，你没生我的气了？"

"生气极了。"他含笑说，站起来掠了掠头发，在屋里踱步。

"你知道，玛丽，我在想什么？"他们和解了，他又在妻子面前讲自己的打算。他也不问她爱不爱听，听不听他都无所谓。他有一个想法，也是她的想法。他说，他想劝皮埃尔在他们家待到开春再走。

玛丽亚伯爵夫人听丈夫说完之后，表示了自己的意见，然后就说起自己的打算来。她考虑的是孩子们的事。

"她现在已经像大人了,"她指着娜塔莎,用法语说,"你们总责怪我们女人逻辑性差。这可是我们的逻辑学家在这儿呢。我说:爸爸要睡觉,可她说:不,他在笑。还是她说对了。"玛丽亚伯爵夫人快活地笑着说。

"是呀,是呀!"尼古拉用强壮的手臂抱起女儿,高高举起来,放到肩上,抓住她的两只小腿,扛着她在屋里踱步。父女俩脸上都露出无限幸福的神情。

"你知道,也许你不公道,你太宠爱她了。"玛丽亚伯爵夫人用法语低声说。

"是啊,可有什么办法?……我竭力不表露出来……"

就在这时,门廊和前厅传来滑轮声和脚步声,像是有人来了。

"是有人来了。"

"我看准是皮埃尔,我去看看。"玛丽亚伯爵夫人说着走出房去。

尼古拉趁她出去,就扛起女儿在房间里飞快地兜圈子。他气喘吁吁,连忙把乐不可支的小女孩放下来,紧紧搂到怀里。他蹦蹦跳跳,使他想起跳舞来,他凝望着女儿圆圆的、幸福的小脸,心里想,等他自己变成老头,带她去参加舞会,跳玛祖尔卡舞,就像他已故的父亲当初带女儿跳丹尼拉·库波尔舞那样,到那时,她会长成什么样子呢。

"是他,是他,尼古拉,"几分钟后,玛丽亚伯爵夫人回来说,"这一下咱们的娜塔莎可高兴了。你该看看她多开心,看看皮埃尔因为姗姗来迟,挨了多少埋怨。好了,快点去吧,快点!你们也该分手了。"她含笑望着小女儿紧偎着爸爸。尼古拉牵着女儿的手走出屋去。

玛丽亚伯爵夫人待在起居室里。

"我总也不相信，"她自言自语悄声说，"会这么幸福。"她脸上露出笑容，但随即叹了一口气，深邃的目光里露出淡淡的哀愁。似乎除了她此刻体验到的幸福之外，她又不禁想到另一种她今生今世所不能得到的幸福。

十

娜塔莎是一八一三年初春结婚的，到一八二〇年她已生了三位千金，还有一个她长期盼望，现在由她亲自喂奶的儿子。她发胖了，身体变宽了，从现在这个健壮的母亲身上，已经很难找到当初那个苗条活泼的娜塔莎来了。她的面部轮廓分明了，露出一种宁静、温柔、开朗的表情。她脸上再也没有先前那种赋予她魅力的熊熊燃烧的青春活力了。现在只能看到她的躯体，再也看不到她的灵魂了。看到的是一个健壮、美丽、多产的女人。昔日的热情现在也很少燃烧了。只有像现在她丈夫回来了，或者儿子的病见好，或是她跟玛丽亚伯爵夫人一道回忆安德烈公爵（她在丈夫面前从来不提安德烈公爵，她觉得她怀念安德烈公爵会引起丈夫的嫉妒），或者非常偶然，她不知为什么突然唱起歌来的时候（她结婚以后就把唱歌完全放弃了），只有这些时候，她昔日的热情才会复燃。当昔日的热情在她那丰满、美丽的身体里重新燃烧起来的时候，她就变得比以前更加迷人了。

娜塔莎婚后，他们夫妇在莫斯科、彼得堡，在莫斯科郊外的村庄、在她自己的娘家，也就是尼古拉家，都住过。年轻的别祖霍夫伯爵夫人很少在交际场中露面，那些在交际场中见过她的人，也都对她没有好感。她既不可亲、也不可爱。娜塔莎也许不喜欢孤独（她自己也不知道是否喜欢；她觉得不喜欢），但她接二连三地怀孕，生孩子，喂奶，时时刻刻参与丈夫的生活，她只好谢绝社交活动,才能完成这些事。所有娜塔莎婚前就认识的人,看到她这种变化,无不像看到一件新奇事那样感到吃惊。只有老伯爵夫人凭着母性的本能看出娜塔莎的全部热情都起源于她对家庭和丈夫的需要。她在奥特拉德诺耶曾经认真地、并非玩笑地说过这样的话。母亲见别人对娜塔莎不理解,大惊小怪,也觉得吃惊。她反复地说,她始终认为娜塔莎会做一个贤妻良母。

"她把全部的爱都用到丈夫和孩子们身上,"伯爵夫人说,"甚至到了愚蠢的程度。"

娜塔莎并不遵循聪明人,特别是法国人所宣讲的金科玉律,他们认为姑娘家不应当一旦出嫁就自暴自弃,埋没自己的才华,而是应当比婚前更加注意自己的仪表,使丈夫像婚前那样对自己倾心。娜塔莎却恰恰相反,她一出嫁就抛开了自己所有的迷人之处,尤其是她最迷人的歌唱。正因为那是她最富于魅力的地方,所以她将它抛开了。她变得满不在乎,她既不注意自己的言谈举止和在丈夫面前摆出最美的姿态,也不讲究梳妆打扮或少向丈夫提出苛求。她的所作所为打破了常规。她认为过去自己出于本能施展魅力,现在在丈夫眼里只会显得可笑,她一开始就将自己整个身心毫无保留地奉献给他。她认为维系他们夫妻关系的不是靠以往那种诗意的感情,而是靠某种另外的、不可捉摸的、然而却像她自己的混为一体的灵与肉那样牢固的东西。

她认为,梳上蓬松的卷发,身穿长裙,唱着抒情的歌曲,以此来取悦于丈夫,就像为取悦于自己而梳妆打扮一样可笑。为取悦于他人而梳妆打扮,这也许会给她带来乐趣,但她确实没有时间。她不讲究唱歌,不注意梳妆打扮,不斟酌词句,主要是因为她根本没有时间去那么做。

当然,人能专心致志于一件事,不管那件事多么微不足道。而且,即使微不足道的事,只要对它专心致志,自然也会无限地扩大起来。

娜塔莎所专心致志的，就是她的家庭，也就是她的丈夫，她必须使他完全属于她，属于这个家，还有孩子们，她要养育他们。

她不仅从思想上，而且全身心投入到她所关心的这件事上，她陷得越深，这件事就不断扩大，使她越发显得势单力薄，难于胜任，似乎她投入全副精力，还是做不完她该做的事。

有关妇女权利、夫妻关系、夫妻间的自由以及权利的种种议论，在当时虽然还不像现在这样被视为问题，但在当时和现在完全一样；娜塔莎对这些问题不仅不感兴趣，而且也不理解。

这些问题在当时也和现在一样，只存在于那些把婚姻关系视为夫妻双方获得满足的人，他们只看到婚姻的开始，而没有看到家庭的全部含义。

当初的种种议论和现在的一些问题，就像如何从饮食中获得最大满足的问题一样，对于那些把营养视为吃饭的目的，把组织家庭视为婚姻的目的的人们，当初和现在一样，是不存在那些问题的。

如果吃饭的目的在于营养身体，那么把两顿饭都吃完的人，也许获得了最大的满足，但并没有达到吃饭的目的，因为两顿饭的饭量他的胃是承受不了的。

如果婚姻的目的在于组织家庭，那么主张多夫多妻制的人，也许能得到许多乐趣，但绝不可能组织家庭。

如果吃饭的目的在于营养，婚姻的目的在于组织家庭，那么解决问题的唯一办法是进食量不要超过胃的负荷，一个家庭的夫妻也不能超过需要，也就是一夫一妻。娜塔莎需要一个丈夫。她有了一个丈夫。丈夫给予她一个家庭。另外再找一个更好的丈夫，她不仅认为没有必要，而且由于她专心致志为丈夫和家庭服务，根本不可能想象自己的丈夫会是另外一个人，而且也毫无兴趣去这样设想。

一般说来,娜塔莎并不喜欢交际,但她很重视亲属的来往,很重视与玛丽亚伯爵夫人,与她哥哥,与母亲和索妮亚的交往。她会披头散发,穿着睡袍,大步从育儿室跑出来,把不再沾着绿色屎斑,而是沾着黄色屎斑的尿布给他们看,听他们安慰她说孩子已经好多了。

娜塔莎不修边幅,于是她的衣着、发型,随随便便的谈吐和她的嫉妒心(她嫉妒索尼娅,嫉妒家庭女教师,嫉妒每一个女人,不论她美或丑),都成了她周围的人经常取笑的话题。大家都认为皮埃尔怕老婆,事情也确实如此。娜塔莎一过门就提出了自己的要求。皮埃尔听了妻子的话,不免大吃一惊,他的生活中的每一刻都要属于她,属于这个家庭,这个要求实在太新奇了;皮埃尔对妻子的这一要求感到吃惊,但也颇为得意,于是就接受了。

皮埃尔言听计从,他不但不敢向别的女人献殷勤,即使说话也不敢露出一丝笑容,他不敢去俱乐部用餐,借以消磨时间,不敢随便花钱,除非办正经事,他不敢长时间外出,妻子把他做学问也算做正经事,她对科学一窍不通,但却很重视。作为交换条件,皮埃尔在家里有权按照自己的意思处理自己的事,也可以按照自己的意思处理家务。娜塔莎在家里甘当丈夫的奴仆;只要皮埃尔在工作,也就是在他书房里读书或写字,全家人都踮着脚尖走路。只要皮埃尔表示喜欢什么,大家就即刻满足他的要求。他一有所表示,娜塔莎就即刻跑去完成。

全家都按照实际上并不存在的皮埃尔的吩咐,也就是按照娜塔莎极力揣摩的他的意图行事。他们的生活方式、居住地点、社交,娜塔莎的工作、孩子们的教养,都不仅遵照皮埃尔的示意办理,而且遵照娜塔莎从皮埃尔言谈中揣摩出来的意图办。她能准确地揣摩皮埃尔的意图,一旦猜透,她就坚决照办。要是皮埃尔想改变主意,她就以其人之道还治其人之身。

有一个时期很困难,皮埃尔永远也不会忘记,娜塔莎生下头一个孩子,十分瘦弱,他们被迫换了三个乳母,娜塔莎都急病了,一次,皮埃尔把他信奉的卢梭思想讲给她听,说乳母哺乳不仅是反常的事,而且有害。于是在生第二个孩子的时候,娜塔莎不顾母亲、医生和丈夫极力反对她自己哺乳,因为这在当时不仅闻所未闻,而且他们认为这样有害,可是娜塔莎从那时起就坚持自己哺乳所有的孩子。

有时在气头上,两口子争吵起来,这是常有的事,但在争吵过后很久,皮埃尔忽然发现妻子不仅在言谈中,而且在行动中会表现出她原本反对的那个想法,这使皮埃尔感到高兴而且吃惊。他不仅发现他原来的想法,而且那些在争吵中间他说过的偏激、过头的话,她却都不再提了。

结婚七年之后,皮埃尔坚信自己不是坏人,这使他很高兴,他这样认为,那是因为他从妻子身上看到了自己。他感到自己内心深处善恶同体并且互相掩映。但在他妻子身上却只反映出他那真正好的一面,而那些不好的东西都扬弃了。这不是通过逻辑思维,而是悄悄地直接反映出来的。

十一

两个月前,皮埃尔已经在罗斯托夫家住下,他收到费奥多尔公爵的信,要他去彼得堡商议当地一个协会的成员们正在研讨的重要问题,皮埃尔是这个协会的主要创办人之一。

娜塔莎看丈夫所有的信件,当她看完公爵的来信,就主动建议丈夫去彼得堡,尽管丈夫不在家会给她带来负担。尽管她对丈夫抽象的脑力劳动一窍不通,但她非常重视,生怕在这方面耽误了丈夫的工作。皮埃尔读完信，胆怯地用探询的目光看了看娜塔莎，娜塔莎要他去，但是要定下回来的日子。皮埃尔获准四周的假期。

两星期前，皮埃尔的假期就满了，在这两周里，娜塔莎经常处于恐惧、忧郁和不安的状态。

不满现状的退役军官杰尼索夫正好在这两星期中来了，他一见娜塔莎就像看到一幅完全不像他过去爱过的人的画像一样，心里又吃惊，又难过。她先前是那么可爱，可现在她的眼神是那么忧郁、空虚，答非所问。

这段时间娜塔莎一直心情郁闷，烦躁不安，特别是母亲、哥哥或玛丽亚伯爵夫人宽慰她，为皮埃尔的迟迟不归找借口，尽力替他辩解时，她心情更坏。

"都是废话，胡说八道，"娜塔莎说，"他那些想法根本不会有任何结果，那些团体也都愚蠢。"娜塔莎对自己原来认为很重要的事下这样的断语说。随后她就到育儿室去喂她的独子佩佳去了。

她把出生刚满三个月的小东西抱在怀里，感到他的小嘴在翕动，小鼻子在呼哧，谁也不会像他此刻这样，使她感到莫大的安慰了。这个小东西似乎在说："你生气了，嫉妒了，你想报复，你害怕了。可我就是他。我就是他……"她没有话回答他，因为他说的是真话。

在烦躁不安的两星期里，娜塔莎经常跑到儿子那里寻求安慰，摆弄孩子，结果奶喂多了，把孩子也弄病了。孩子病了，她很惊慌，但同时她也希望孩子生病。因为照顾孩子，她对丈夫的牵挂就比较容易忍受了。

当大门口传来皮埃尔的雪橇声时，娜塔莎正在给孩子喂奶，善于讨好女主人的保姆，面带喜色，悄悄快步走进屋来。

"是他回来了吗？"娜塔莎连忙低声问，她不敢动弹，怕吵醒熟睡的孩子。

"回来了,太太。"保姆低声说。

血涌上娜塔莎的脸,她的脚也不由自主地动起来,但是她不能跳起来跑出屋去。孩子又睁眼看了一下。"你在这儿。"他似乎说,随后又懒洋洋地咂起嘴来。

娜塔莎轻轻地抽出奶头,摇了摇孩子,把他递给保姆,快步朝门口走去。但她在门口又停下来,似乎因为心里高兴而急忙放下孩子,这使她良心受到责备,于是她又回头看了一眼。保姆正抬起臂肘,把孩子往床栏杆里抱。

"去吧,去吧,太太,您放心去吧。"保姆和女主人亲密无间,含笑说。

娜塔莎轻快地跑进前厅。

杰尼索夫拿着烟斗从书房来到大厅,这时,他才第一次认出娜塔莎来。她使人的眼睛为之一亮。容光焕发,光彩照人,喜上眉梢。

"他回来了!"她一边跑,一边说。杰尼索夫并不怎么喜欢皮埃尔,但他感到这时却因为皮埃尔回来而高兴。娜塔莎一跑进前厅就看见一个穿皮大衣的身材魁伟的人,正在解围巾。

"是他!是他!真的!他回来了!"她一边自言自语,一边朝他跑过去,拥抱他,把他的头贴在胸前,然后又推开他,瞟了一眼他那结着霜花的、通红、愉快的脸。"是啊,是他,多么愉快,满足……"

这时娜塔莎突然想到自己受了两个星期等待的折磨,于是喜色顿消。她眉头一皱,就朝皮埃尔发起火来。

"是啊,你倒很自在!很快活,很开心……可是我呢?你至少也该关心关心孩子。我喂孩子,可是我的奶坏了。佩佳差点没死掉。你倒开心。是啊,你很开心。"

皮埃尔知道自己没有错,因为他不可能提前回来,他知道她这样发脾气不妥当,也知道过两分钟她就会消气;而主要的是他知道自己很快活,很满意。他本来想笑,可又不敢笑。于是他露出一副惊慌的可怜相,拱下身来。

"我没办法回来呀,真的! 佩佳怎么样?"

"现在好了,走吧。你真不害臊! 你真该看看,你不在家我成什么样子了,我难过极了……"

"你身体好吗?"

"走吧,走吧。"她说着,没有松开他的手,和他一起到卧室去了。

尼古拉夫妇来访皮埃尔时,他正在育儿室里,用他那宽大的右手抱着刚睡醒的儿子,抚摩着。孩子咧着大嘴,还没有长牙,宽宽的脸上绽出愉快的笑容。一阵急风骤雨已经过去,娜塔莎脸上闪耀着明朗、欢快的阳光,亲切地望着丈夫和孩子。

"你跟费奥多尔公爵谈妥了吗?"娜塔莎问。

"是的,谈得好极了。"

"你看,抬起来了(娜塔莎指孩子的头)。他可把我吓坏了!"

"你看见公爵夫人了吗? 她真会爱上他了……"

"是啊,你可以想象到……"

这时,尼古拉和玛丽亚伯爵夫人进屋来。皮埃尔没有放下孩子,俯身吻了吻他们,回答了他们的问话。但是,显然,尽管有许多可谈的趣事,皮埃尔却完全被戴着小帽、晃着脑袋的儿子吸引住了。

"多么可爱啊!"玛丽亚伯爵夫人望着孩子,逗着他说。"我真不明白,尼古拉,"她对丈夫说,"你怎么就看不出这些小家伙有多迷人呢。"

"我也不明白,我就是看不出,"尼古拉冷冷地看着孩子说,"一块肉罢了。走吧,皮埃尔。"

"不过，要紧的是，他这个做父亲的还是很温存的，"玛丽亚伯爵夫人替丈夫辩白说，"不过要等孩子满了周岁就是了……"

"皮埃尔可是很会带孩子的，"娜塔莎说，"他说，他的胳膊天生就是给孩子坐的。你看。"

"可偏偏不是给他坐的。"皮埃尔突然笑着把孩子抱起来，交给保姆。

十二

像每一个真正的家庭一样，童山的庄园里也同时存在着几个不同的圈子。它们具有各自的特点，但由于互让互谅，因而组成一个和谐的整体。家里无论发生喜事或是不幸，对几个圈子都同样重要，不过他们对某件事表示忧伤或喜悦都有各自不同的理由。

比如皮埃尔的归来是一件重要的事，大家都感到欣慰。

仆人对主人的判断总是最准确，因为他们不是凭谈话的口气或察言观色，而是凭主人的行动和生活方式做出判断，他们对皮埃尔的归来感到高兴，他们知道，只要皮埃尔在家，伯爵就不会每天去察看田庄的事务，而且伯爵的心绪和脾气都会好些，此外，大家都能得到很多节日的礼物。

别祖霍夫回来，孩子们和女教师也很高兴，因为谁也不会像皮埃尔那样，带他们参加社交活动。只有他才会在小钢琴上弹那支苏格兰舞曲（他只会弹这一支曲子），他说在这支舞曲伴奏下能跳各种舞，而且，他一定会给大家都带来礼物。

尼古连卡今年十五岁，他生着一头淡褐色的鬈发和一双美丽的眼睛，他是个孱弱、聪慧的少年，皮埃尔回来，他也很高兴，因为他很爱皮埃尔叔叔（他这么称呼他），总说他好。其实，谁也没要他去特别喜欢皮埃尔，而且他见到皮埃尔的机会也不多。抚养他的玛丽亚伯爵夫人则竭力要尼古连卡像她那样爱她的丈夫,尼古连卡也的确爱姑父,不过他爱姑父,多少带着些轻蔑的意味。尼古连卡不想当尼古拉姑父那样的骠骑兵,也不想得圣乔治十字勋章,他想跟皮埃尔那样有学问、聪明、善良。在皮埃尔面前尼古连卡总是喜气洋洋,皮埃尔一跟他说话,他就满脸绯红,喘不上气来。他不放过皮埃尔说过的每一句话,过后就跟德萨尔或独自一人仔细玩味皮埃尔每句话的意思。皮埃尔过去的生活,他在一八一二年以前的不幸遭遇(尼古连卡根据自己所听到的,暗自勾勒出一幅模糊的、富于诗意的图画),皮埃尔在莫斯科的历险,他的被俘生活,尼古连卡听皮埃尔说起的普拉东·卡拉塔耶夫,他对娜塔莎的爱情(尼古连卡也很喜欢娜塔莎),特别是皮埃尔与尼古连卡已经记不起来的父亲的友谊,这一切都使皮埃尔在孩子的心目中成了英雄和圣人。

从尼古连卡听到皮埃尔谈起他父亲以及娜塔莎的零星谈话,从皮埃尔一提起尼古连卡亡父时的激动心情,从娜塔莎提到他时审慎而又虔诚的态度,情窦初开的尼古连卡推测他父亲一定爱过娜塔莎,临终时又把她托付给他的朋友。尼古连卡虽然不记得父亲了,但他觉得不可思议,而且对他很崇拜,他一想到父亲,心里就发紧,悲喜交集,泪水夺眶而出。因此,皮埃尔的归来,使孩子们也很高兴。

客人也很欢迎皮埃尔,因为只要有他在场,大家在一起就显得热闹、和谐。

家里的成年人,他的妻子就更不用说了,也很喜欢他,因为有他在,生活就更轻松、平静。

老太太们也很欢喜他带给她们的礼物,而更主要的,是他使娜塔莎又活跃起来。

皮埃尔意识到不同的人对他持有不同的看法,就竭力想满足他们的愿望。

皮埃尔本来是漫不经心、没有记性的人，但这次他根据妻子开的单子，全都买齐了，没有忘记岳母和内兄的嘱托，没有忘记送给别洛娃做礼物的衣料，也没有忘记送给侄儿侄女们的玩具。他刚结婚时，妻子嘱咐他别忘了买该买的东西，他还觉得奇怪，可他第一次出门，就把什么都忘了。妻子为此大为不快，他感到很吃惊。后来他就习惯了。他知道娜塔莎什么也不要，只有他提出来，她才让他给别人买东西，现在他从给全家人买礼物中感到一种意外的、孩子似的乐趣，而且他再也不会忘记要买的东西了。如果娜塔莎责怪他，那只是因为他买的东西太多或太贵。娜塔莎除了不修边幅、漫不经心，这两个缺点（大多数人认为这是缺点，皮埃尔却认为这是优点），如今又增加了吝啬。

皮埃尔自从有了一大家子人口，开销很大，但皮埃尔自己也觉得奇怪，他发现开销的数目竟比原来减少了一半，由于前妻的债务而使他陷入混乱的家业，也开始好转了。

生活有了节制，钱用得也就少了，皮埃尔再也不愿像过去那样挥金如土，那样会使他随时有可能倾家荡产。他认为他的生活方式现在已经永远确定下来，至死也不会变更了，而且他也无权变更这种节约的生活方式。

皮埃尔露出愉快的笑容，整理他买回来的东西。

"多漂亮！"他像售货员一样抖开一块衣料，说。娜塔莎坐在对面，把大女儿抱在膝上，这时连忙把炯炯的目光从丈夫身上移到他买的那块衣料上。

"是给别洛娃的吗？太好了。"她摸了摸衣料的质地。

"这一尺得一个卢布吧？"

皮埃尔说了价格。

"太贵了，"娜塔莎说，"孩子们会特别高兴，妈妈也会开心的。

只是你不该给我买这个。"她又说,忍不住笑,欣赏当时刚流行的一把镶嵌着珍珠和金丝的梳子。

"是阿杰莉鼓动我买的,她一个劲儿地说,买吧,买吧。"皮埃尔说。

"我什么时候戴呢?"娜塔莎把梳子插到发辫上,"等玛申卡在舞会上抛头露面的时候吧,说不定到那时候又时兴这个了。好了,咱们走吧。"

他们把礼品收拾好,先去育儿室,然后去见老伯爵夫人。

皮埃尔和娜塔莎夹着一包包礼品来到客厅时,老伯爵夫人照例在跟别洛娃玩牌。

老伯爵夫人已六十开外,满头白发,戴着一顶压发帽,荷叶边围住了整个脸。脸上满是皱纹,上嘴唇瘪着,双目无神。

她的儿子和丈夫接连去世,她感到自己是偶然被遗忘在这个世界上似的,没有存在的价值和意义。她吃饭,喝水,有时睡觉,有时不睡觉,她没有活着。生活没有给她留下丝毫印象。她只图清静,别无所求,而只有死亡才能给她带来宁静。但在死神降临之前,她还得活下去,也就是还得消耗她的时间和生命。她身上明显地具有婴儿和老人身上才具有的东西。她的生活没有任何客观的要求,只有运用各种机能的主观需要。她需要吃饭,睡觉,思考,说话,哭泣,做事,发脾气等等,只是因为她有胃肠,有头脑,有筋肉,有神经,还有肝脏。她不是因为外界的推动而做这一切,她不像精力旺盛的人在努力达到一个目的时,就不去注意另一个需要达到的目的。她说话,这纯粹是因为她生理上需要运动她的肺部和舌头。她像婴儿一样哭,因为她需要擤鼻涕,诸如此类。那些被精力旺盛的人视为目的的,在她显然只是一种借口。

因此,清晨,尤其当她头一天吃过油腻的东西,她就想发脾气,于是别洛娃的耳背就成了她最好的借口。

她在房间的另一头小声对别洛娃说了句什么。

"今天好像暖和些,我亲爱的。"她低声说。别洛娃回答说:"他们已经来了。"她就生气了,抱怨说:"天哪,她聋得够呛,真蠢!"

另一个借口就是她的鼻烟,不是嫌太干,就是嫌太湿,要不就嫌研得不够细。发过脾气,她的脸就蜡黄。因此使女们一看她的脸色就知道准是别洛娃耳朵又背了,或是鼻烟又太湿了,因为老伯爵夫人的脸色又蜡黄了。正如她需要发泄肝火一样,她有时也需要动一动她变得迟钝的脑筋,这时她的借口就是玩牌。如果她需要哭,那么去世的伯爵就成了她的借口。她需要大惊小怪,尼古拉和他的健康状况就成了借口。她需要说刻毒话,她就找玛丽亚伯爵夫人的事。她需要运动发声器官(大多在晚饭后六七点钟,在幽暗的房间里休息时),她就对早就听过多少遍的人反复讲同一个故事。

老太太的情况全家人都知道,尽管谁也不说,而且大家都竭力满足她的要求。只有尼古拉、皮埃尔、娜塔莎和玛丽亚之间偶尔交换一下眼色,或露出苦笑,彼此心照不宣。

不过这些眼色,还包含着另外一层意思,那就是说明她已尽了自己做人的义务,他们此刻所看到的已不是完整的她,我们有朝一日也都会变得像她现在这样,因此人人都乐于将就她,乐于为她这个曾经很可爱,曾经也像我们一样充满活力,而如今变得一副可怜相的人而克制自己。他们的眼色说明:"死亡的预兆。"①

全家只有那些冷酷的人、蠢人和孩子才不懂这一点,因而避开她。

①　原文为拉丁语。

十三

皮埃尔夫妇来到客厅,正好碰上老伯爵夫人像往常一样,因为想动动脑筋,正在玩牌。她虽然照常说了:"也该回来了,该回来了,我亲爱的;大家都等急了。这下好了,谢天谢地。"每次皮埃尔或她的儿子回来,她都这么说。把礼物递给她时,她也还是那几句老话:"可贵的不是礼物,亲爱的,谢谢你还惦记着我这么个老太婆……"可皮埃尔来得不是时候,她的牌正打到一半,分了她的心,使她老大的不高兴。她打完了牌才去看礼物。送给她的礼物有一只做工精巧的牌匣、一只淡蓝色的塞佛尔①盖杯,上边绘有几个牧羊女,还有一只绘有老伯爵肖像的鼻烟壶,肖像画是皮埃尔请彼得堡的一位微型画画家绘制的(伯爵夫人早就盼着有这么一只鼻烟壶了)。她此刻不想哭,于是冷冷地看了一眼那肖像,就专心摆弄起牌匣来了。

"谢谢你,亲爱的,你使我心里高兴,"她像往常一样,说,"不过你总算回来了,这太好了。闹得太不像话,你真该说说你媳妇。成什么体统? 你不在家,她简直像发了疯。什么都看不见,什么都忘了。"她又说她常说的话,"你看,安娜·季莫菲耶夫娜,"她又说,"女婿给咱的牌匣多精致。"

别洛娃把礼物夸赞了一番,她也很喜欢皮埃尔送给她的那块衣料。

皮埃尔、娜塔莎、尼古拉和玛丽亚伯爵夫人,还有杰尼索夫,他们有许多话要说,但是当着老伯爵夫人的面又不能说,他们倒并不是有什么事要瞒着她,而是因为老伯爵夫人已经大大地落伍了,如

---

① 塞佛尔是法国巴黎西南的一座小城,以产瓷器著名。

果当着她的面谈话，就得回答她提出的一些早已过时的问题，不断重复他们说过的话，告诉她某人去世了，某人结婚了，可她还是记不住；不过他们还是照例在客厅里围着茶炊喝茶，皮埃尔则回答伯爵夫人提出的诸如瓦西里公爵是否见老了，玛丽亚·阿列克谢耶夫娜是否来信问候，是否惦念他们之类的问题，这些问题她自己并不关心，别人也不感兴趣……

喝茶的时候，他们一直在谈这种谁也不感兴趣，可又无法避免的话题。家里的成年人都围坐在圆桌的茶炊旁，索尼娅也坐在这里。孩子们和男女家庭教师已经喝过茶了，隔壁起居室传来他们的谈笑声。喝茶时，大家都坐在自己的老地方；尼古拉坐在炉边的小桌旁，茶也给他端到桌上了。老米尔卡是原来的猎犬米尔卡的女儿，这时卧在他身旁的安乐椅里，满脸白毛，两只乌黑的大眼睛显得比平时更鼓了。杰尼索夫鬘发和胡须斑白，敞着将军服，坐在玛丽亚伯爵夫人身旁。皮埃尔坐在妻子和老伯爵夫人中间。他谈到许多他认为老太太会感兴趣，并且能听得懂的事。他谈到外界社会，谈到老伯爵夫人的同辈人，他们也确曾活跃过一阵子，而如今却天各一方，像她一样，一辈子快要完了，正在收藏他们早年种下的庄稼的最后的谷穗。老伯爵夫人认为她那一代才真正是正经八百的一代。娜塔莎看出皮埃尔兴致勃勃，知道他这次出门一定很有趣，会有许多话要说，但是当着老伯爵夫人的面不敢启齿。杰尼索夫不是这个家庭里的成员，他不明白皮埃尔为什么这样谨小慎微，同时，由于他对现状不满，因此很想知道彼得堡的情况，他不断地怂恿皮埃尔讲讲谢苗诺夫团刚刚发生的事，讲讲阿拉克切耶夫，讲讲圣经会①。皮埃尔有时忘了形，就讲起来，尼古拉和娜塔

---

① 圣经会于一八一二年由戈利津建立，具有政治势力，后因戈利津失势，于一八二六年被尼古拉一世封闭。

莎就把话题转到伊万公爵和玛丽亚·安东诺夫娜伯爵夫人的健康上来。

"嗨,戈斯涅尔,塔塔利诺娃,①那都是疯子干的事,怎么样,他们还继续干吗?"杰尼索夫问。

"继续干?"皮埃尔大喊大叫起来,"干得比任何时候都卖劲儿。圣经会如今成了政府了。"

"那是什么,我亲爱的朋友?"老伯爵夫人问,她已经喝完茶了,显然想在饭后找一个借口发脾气,"你说政府是什么意思,我不明白。"

"您知道,妈妈,"尼古拉插话说,他知道应该怎样翻译成母亲能听懂的话,"亚历山大·尼古拉耶维奇·戈利津公爵创办了一个团体,据说,他很得势。"

"阿拉克切耶夫和戈利津,"皮埃尔脱口而出,"现在当权了。可他们怎么样呢?认为到处是阴谋,草木皆兵。"

"咳,亚历山大·尼古拉耶维奇有什么错?他德高望重。我以前常在玛丽亚·安东诺夫娜家见到他。"伯爵夫人怒冲冲地说,大家默不作声,她更感到气恼,于是接着说:"现如今大家都说长道短。圣经会有什么不好?"她站起身来(大家也都跟着站起来),板着脸,朝起居室她的桌旁走去。

在一阵难堪的沉默中,邻室传来孩子们的欢声笑语。他们那里一定有什么值得高兴的事。

"完了,完了!"小娜塔莎愉快的喊声盖过了所有的人。皮埃尔和玛丽亚伯爵夫人,和尼古拉交换了眼色,会心地笑了(皮埃尔的目光始终盯着娜塔莎)。

---

① 戈斯涅尔和塔塔利诺娃都是神秘主义者,戈斯涅尔曾任圣经会会长,塔塔利诺娃为精神协会创始人,后二人均宣告失败。

"真是悦耳的音乐啊!"他说。

"准是安娜·玛卡罗夫娜的袜子织好了。"玛丽亚伯爵夫人说。

"走,咱们去看看。"皮埃尔一跃而起,说。"你知道,"他在门口收住脚步,"我为什么特别喜欢这种音乐吗? 因为我一听到这种音乐就知道孩子们都很好。我今天回家,一路上离家越近,就越担心。一来到前厅,听见安德留沙朗朗的笑声,我就知道,孩子们都好……"

"我懂,我懂这种感觉,"尼古拉同意说,"不过,我不去,她织的袜子太神奇了。"

皮埃尔到孩子们房里去了,喊声更高,笑得也更欢了。"安娜·玛卡罗夫娜,"皮埃尔说,"你到中间来,听口令:一,二,我说三,你就站到这里来。我来抱你。好,一,二……"皮埃尔说,接着一阵沉默。"三!"房间里传来孩子们兴高采烈的喊叫声。

"两只,两只!"孩子们喊道。

他们说的是两只袜子。安娜·玛卡罗夫娜有一个绝招,能用一副针一次织出一双袜子。每次织好以后,她总是得意洋洋地当着孩子们的面,从一只袜子里抽出另一只袜子来。

十四

过了不久,孩子们来道晚安。他们一一吻过在座的人,男女家庭教师行过礼,就告退了。只有德萨尔和他的学生没有走,老师小声让他的学生下楼去。

"不,德萨尔先生,我要求姑妈让我待在这儿。"尼古连卡·博尔孔斯基也同样小声回答说。

"姑妈,让我待在这儿吧。"尼古连卡走到姑母面前,说。他又兴奋了，又激动，露出央求的神色。玛丽亚伯爵夫人看了他一眼，对皮埃尔说：

"只要您在这儿，他就不乐意走了……"

"我这就把他送到您那儿去，德萨尔先生；晚安。"皮埃尔把手伸给那个瑞士人，说，接着含笑转向尼古连卡，"咱们还没见过面呢。玛丽亚，他长得真像。"他对玛丽亚伯爵夫人又说。

"是像爸爸吗？"孩子的脸红了，他用敬慕的、闪光的眼睛仰望着皮埃尔。皮埃尔点点头，又接着谈被孩子们打断的话题。玛丽亚伯爵夫人在十字布上绣花；娜塔莎目不转睛地凝望着丈夫。尼古拉和杰尼索夫站起来要烟斗抽烟，索尼娅无精打采，却一直守着茶炊，他们从索尼娅手里接过茶，又询问起皮埃尔来。一头鬈发的孱弱的孩子，眼睛闪闪放光，坐在没人注意的角落里，从衣领里伸出细脖子，把满头鬈发的头转向皮埃尔，偶尔哆嗦一下，显然体验到一种新的、强烈的感情。

话题转到当时对最高当局的一些流言，其中是大多数人通常最感兴趣的国内政治问题。杰尼索夫因为在军界失意而对政府不满，现在听说彼得堡出了丑闻，感到很高兴，对皮埃尔的话发表了一通强烈而尖刻的议论。

"过去不得不做德意志人，现在就得陪塔塔利诺娃和克律德涅夫人①跳舞，读艾加特豪森那帮家伙的著作。哎！要是再把咱那个宝贝波拿巴放出来就好了！一切的糊涂思想也就一扫光了。把谢苗诺夫团交给施瓦茨这样的大兵，成什么话？"他大喊大叫说。

尼古拉虽然不像杰尼索夫那样专门挑毛病，但他仍然认为议

---

① 　朱丽安·克律德涅夫人（1766—1824）出生在里加，醉心于神秘主义，亚历山大一世一度受过她的影响，后失宠。

论政府是件大事，他认为甲出任某部大臣，乙出任某地总督，皇帝说什么话，大臣说什么话，都很重要。他认为对这一切都应该关心，于是他也向皮埃尔探问。只是他们两人问到的不外乎一些有关政府高级部门的轶闻。

娜塔莎摸透了丈夫的脾气，她看出皮埃尔早就想换换话题了，看出他早就想倾吐自己心里的想法，他正因为这才到彼得堡去跟他的新交费奥多尔公爵磋商的；但是他现在没有办法，只好由贤内助来帮忙，问他跟费奥多尔公爵的事①怎么样了。

"什么事？"尼古拉问。

"还就是那些事，"皮埃尔环顾左右，说，"大家都看出，情况已经糟到不能再糟的地步了，力挽狂澜，匹夫有责。"

"那么正直的人能做什么呢？"尼古拉微微颦眉，说，"他们能做什么呢？"

"是这样……"

"咱们到书房里去吧。"尼古拉说。

娜塔莎早就知道该喂孩子了，听见保姆唤她，就到育儿室去了。玛丽亚伯爵夫人也跟着她去了。男人们走进书房去，尼古连卡·博尔孔斯基乘姑父不注意，也跟着进去，躲到窗口写字桌旁幽暗的角落里。

"你说怎么办？"杰尼索夫说。

"都是些空想。"尼古拉说。

"是这样，"皮埃尔没有就座，他在房间里踱来踱去，时而停下来，用手匆匆地打着手势，一边含混不清地说，"是这样。彼得堡的情况是这样，皇帝什么也不过问。他完全陷入神秘主义之中了（此刻皮埃尔对任何人陷入神秘主义都不能容忍）。他只图清静。

---

① 指十二月党人的革命活动。

而只有那些丧尽天良，寡廉鲜耻的人，不分青红皂白，乱砍乱杀，像马格尼茨基、阿拉克切耶夫之流①，才能使他清静……如果你不管家业，只图清静，那么你的管家越厉害，你的目的就越容易达到，你同意吗?"他对尼古拉说。

"你这话是什么意思?"尼古拉说。

"要全面崩溃了。法庭上都是盗窃案，军队里只有鞭笞、出操、屯垦，人民遭殃，教育遭到扼杀。凡新生的、正常的事物都遭到砍杀! 尽人皆知，不能再这样继续下去了。弦绷得太紧，肯定要绷断的，"皮埃尔说(自成立政府以来，人们在观察任何政府的措施时，都这么说)，"我在彼得堡，对他们只说了一件事。"

"对谁?"杰尼索夫问。

"这您知道，"皮埃尔颦眉，意味深长地望着他说，"对费奥多尔公爵和他们那一帮。奖励教育事业、慈善事业，这固然好。用心很好，如此而已;而目前的状况，需要另外的东西。"

尼古拉这时才发现他的小侄了在场，他沉下脸，朝他走过去。

"你在这儿干什么?"

"怎么? 让他待在这儿吧。"皮埃尔抓住尼古拉的手臂，又说，"那样是不够的，我对他们说:现在需要另外的东西。大家都等待着，那根弦绷得很紧，随时可能断，当大家都在等待着不可避免的变革，就应该有更多的人紧密地携起手来，同心协力来抵御那场灾难。年富力强的都已经被拉过去了，蜕变了。他们有的沉迷于女色，有的醉心于名誉地位、权势金钱，都投到那个阵营里去了。像你我这样独立的自由人根本没有了。我说，应该扩大我们的社会圈子;我们的口号不应该是道德，而应该是独立和行动。"

尼古拉从侄子身边走开，愤愤地挪过一把扶手椅坐下，听皮埃

---

① 原文为意大利语。

尔谈话,他不以为然地咳嗽着,频频地皱眉。

"那么,行动的目的何在呢?"他喊道,"您对政府采取什么立场呢?"

"采取这样的立场!协助的立场。如果政府允许,那么组织也无须保密。这个组织不仅不跟政府作对,而且是一个地地道道的保皇派。一个地地道道的士绅的组织。我们的目的是防止明天普加乔夫来杀害你我的子孙,防止我被送往屯垦区去。我们是为了公众的利益,为了大家的安全这一目的才携起手来的。"

"是的;不过是一个秘密组织自然也就是敌对的、有害的,只能产生恶果。"尼古拉说。

"为什么?难道拯救欧洲的道德联盟①(当时还不敢妄想俄国能拯救欧洲)有什么害处吗?道德联盟是一种美德的联盟,那就是爱,就是互助,就是基督在十字架上所宣扬的东西。"

谈话间,娜塔莎走进来,愉快地看着她丈夫。并不是丈夫的谈话使她高兴。她甚至对丈夫谈的事不感兴趣,他讲的这些,她早就知道了(她知道那都是皮埃尔心里的话)。但是她见他兴高采烈的样子,她很高兴。

那个被大家遗忘了的、从翻领里伸出细脖子的孩子,更是望着皮埃尔出神。皮埃尔的每一句话都深深地印在他的心上,他的手指在不停地动,他不知怎的竟从姑父桌上拿起火漆和鹅毛笔,而且把它们弄断了。

"完全不是你想象的那样,这就是德意志的道德联盟以及我的建议。"

"我说,老兄,道德联盟对于吃腊肠的人固然是好,可是我不

---

① 道德联盟是一八○八年在普鲁士成立的一个政治团体,由自由贵族阶级和资产阶级知识分子的代表组成。它的宗旨是反对拿破仑的法国。

了解它,甚至连这个字的音都读不出来,"杰尼索夫用响亮的声音断然说,"到处都很腐败,糟糕,这我承认,不过对道德联盟我不了解,不满意,暴动①就是了! 到时候我就是你的人了!"

皮埃尔笑了,娜塔莎也大笑起来,尼古拉却把眉头皱得更紧,他开始对皮埃尔说明不会发生任何变革,他所说的危险只存在于他的幻想之中。皮埃尔的想法却相反,因为他的想象力更强,思想更活跃,尼古拉深感自己一筹莫展。这使他更加气恼,因为他不是凭推理,而是凭一种比推理更强的东西断定他的看法完全正确。

"我要说的是,"他站起来说,手指神经质地抽搐着,把烟斗移到嘴角,最后干脆把烟斗扔掉,"我无法向你证明。你说我们的一切都腐败了,要进行一次变革;我看不出有必要;你说,宣誓是有条件的,关于这一点,我要说明:你我是至交,这你也知道,可是如果你们组织一个秘密团体反对政府,不管是什么样的政府吧,我的职责是拥护政府。如果阿拉克切耶夫现在下命令,要我率一个骑兵连讨伐你们,我将毫不犹豫,立即出发。至于你爱怎么说,就怎么说吧。"

他说完话,随后是一阵难堪的沉默。娜塔莎终于先开口替丈夫辩护,攻击她哥哥。她的辩解笨拙无力,但她却达到了目的。交谈又开始了,不过已经没有尼古拉刚才说完话时那种敌对的气氛了。

当大家都站起来准备去吃晚饭时,尼古连卡·博尔孔斯基脸色苍白,忽闪着明亮的眼睛,朝皮埃尔走过来。

"皮埃尔叔叔……您……不……要是爸爸活着……他会赞成您说的话吗?"他问。

皮埃尔突然意识到他在谈话时,这孩子头脑里一定展开过一

---

① 俄语 бунт(暴动)与德语 bund(联盟)音同。

场特殊的、独立的、复杂而强烈的感情波澜和思想活动。他想起自己说过的话,悔不该让孩子听见。但他还得回答他。

"我想会的。"他勉强答了一句,就走出书房去了。

孩子低下头,这时他似乎才看到自己在桌上闯下祸了。他涨红了脸,朝尼古拉走去。

"姑父,原谅我,我不是故意的。"他指着折断的火漆和鹅毛笔说。

尼古拉气得发抖。

"算了,算了。"他把折断的火漆和鹅毛笔扔到桌子底下,说。他显然强压着怒火,扭过脸去。

"你根本就不该进来。"他说。

十五

吃晚饭时,他们不再谈论政治和社团,相反,倒是回忆起一八一二年来了,这是尼古拉最喜欢的话题。杰尼索夫开的头,皮埃尔也特别起劲,特别感兴趣。随后这几个亲戚在友好的气氛中散去了。

吃过晚饭,尼古拉在书房里宽衣,对久已等候的管家吩咐了几句,就换上睡衣,走进卧室,他发现妻子还在桌前写字。

"你在写什么,玛丽?"尼古拉问。玛丽亚伯爵夫人脸红了。她担心丈夫不会理解,也不赞成她写的东西。

她本来不想让他看她写的日记,现在既然被他发现,能告诉他,她也觉得高兴。

"这是日记,尼古拉。"她把一本写满了坚定有力的大字的蓝笔记本递给他。

"日记?……"尼古拉含着嘲讽的意味说,接过笔记本。笔记本里用法语写道：

> 十二月四日。今天大儿子安德留沙睡醒觉不肯穿衣服，路易小姐让人来找我。孩子既任性，又固执。我想吓唬吓唬他，可他的火气更大了。我只好对付他，把他撇在一边，让保姆帮别的孩子穿衣服，我对他说，我不喜欢他。他似乎大吃一惊，一直默不作声；接着，他只穿一件内衣跑到我跟前，哇的一声大哭起来，我哄了他好半天也没哄好。看来，他因为伤了我的心而感到十分难过；后来，晚上我给他分数单的时候，他吻着我，又伤心地哭了。只要对他温存体贴，他就能听话。

"分数单是什么？"尼古拉问。

"我每天晚上根据他们的表现，给大的孩子们打分数。"

尼古拉看了一眼盯着他的那双闪光的眼睛，又接着看看日记。日记记下了母亲认为孩子们生活中值得注意的情况，反映出孩子们的性格，并提出教育方法的一般意见。尽管记的大部分都是鸡毛蒜皮的琐事，母亲却不这样认为，连第一次读关于孩子们情况的日记的父亲，也不这样认为。

十二月五日写道：

> 米佳吃饭时淘气。爸爸说不给他馅饼吃，就没有给他吃，别人吃馅饼，他眼巴巴地看着，口水都要流出来了！我想，罚孩子们，不让他们吃甜馅饼，只能增强他们的贪欲。应当告诉尼古拉。"

尼古拉放下日记，看了妻子一眼。她那双闪光的眼睛询问地望着丈夫（他是否赞成她写的日记呢）。毫无疑问，尼古拉不但赞成妻子写日记，而且很称赞她。

"也许用不着这样过分认真；也许根本不用这样做。"尼古拉想；但为培养孩子们的道德品质所作的孜孜不倦的努力和精神，使他钦佩。如果尼古拉对自己的感情能够理解的话,那么,他会吃惊地发现,他爱妻子爱得如此忠贞、温存、自豪,主要是因为她那真诚、她那永远存在内心的、为尼古拉所难以达到的崇高精神境界,使他惊叹不已。

他深爱妻子的聪明才智,而自己的精神世界与妻子相比,又是何等逊色,她不仅身心属于他,而且成为他的一部分,这使他越发感到欣慰。

"我太赞成,太赞成了,我的亲爱的。"他意味深长地说,沉吟了片刻,又说:"我今天表现可不好了。当时你不在书房里。我跟皮埃尔争执起来,我发脾气了。没法不发脾气,他太幼稚了。要不是娜塔莎管着他,我真不知道他会变成什么样子。你知道他去彼得堡干什么⋯⋯他们在那里组织了⋯⋯"

"这我知道,"玛丽亚伯爵夫人说,"娜塔莎告诉我了。"

"那么,你知道,"尼古拉想起他们的争论很激动,他接着说,"他想说服我相信,反政府是每个正直人的职责,因此宣誓效忠⋯⋯可惜你当时不在场。他们都一致围攻我,包括杰尼索夫和娜塔莎⋯⋯娜塔莎太可笑了,管他管得那么严,可一争论,她就没话说了,只会重复他的话。"尼古拉又说,控制不住要议论自己的亲属。他没想到他说娜塔莎的这番话可以原封不动地用到他们自己的夫妻关系上。

"是的,我也注意到了。"玛丽亚伯爵夫人说。

"我对他说宣誓效忠和忠于职守高于一切时,他想说服我,说那都是扯淡。可惜你不在场,否则你会怎么说呢?"

"依我看,你是对的。我对娜塔莎也是这么说的。皮埃尔说人人都在受苦受难、蜕化堕落,我们有责任帮助亲人。当然,他的话不错,"玛丽亚伯爵夫人说,"但是他忘记了,我们还有更迫切的责任,那是上帝的旨意,我们自己可以去冒险,但决不能让孩子们也去冒险。"

"是啊,是啊,我对他就是这么说的,"尼古拉同意说,他真认为自己这么说过,"可他还是说要爱他人和基督教,而且都是当着尼古连卡的面说的,这孩子悄悄溜进书房,把东西都弄坏了。"

"唉,你知道,尼古拉,这孩子常叫我担心,"玛丽亚伯爵夫人说,"他不是一个普通的孩子。我怕因为自己的孩子而冷落了他。我们都有孩子,有亲人;可他什么亲人也没有,总一个人待着想心事。"

"我看你完全用不着为他而自责。一个最慈爱的母亲为自己的儿子能做的一切,你都为他做到了,而且还在做。这当然使我感到高兴。他是个非常非常好的孩子。今天他听皮埃尔讲话都听出了神。你想想看,我们去吃晚饭的时候,我一看,他把我桌上的东西都弄坏了,而且马上向我承认错误。我从来没见他说过一句谎话。真是个好孩子!"尼古拉又说,他从来不喜欢尼古连卡,但承认他是个好孩子。

"我毕竟跟他的生母不一样,"玛丽亚伯爵夫人说,"我感觉到这中间的差别,我很难过。一个非常好的孩子,可我真替他担心。他要是有个伴就好了。"

"没关系,时间不长了;明年夏天我带他到彼得堡去。"尼古拉说,"是啊,皮埃尔一向都是梦想家,而且永远是个梦想家。"他接着说,又回到书房里的话题上,这显然使他很激动,"阿拉克切耶夫好与不好,以及其他种种,与我有什么相干?我结婚时,负债累累,随时都有坐牢的危险,母亲看不到,也不了解,这跟我又有什么相干。后来有了你,有了孩子和家业。我从早到晚在事务所里,忙于工作,难道是为了满足我个人的兴趣吗?不是的,我明白自己应当工作,以便奉养老母,报答你,不让孩子们像我过去那样受穷。"

玛丽亚伯爵夫人想对他说,人活着不是单靠面包,他太看重家业了;但她知道没有必要说,说也无用。她只拿起他的手吻了一下。他把妻子这一举动当作是赞同他的想法的表示,他沉吟了片刻,继续大声自言自语。

"你知道,玛丽亚,"他说,"今天伊利亚·米特罗凡内奇(他的管家)从坦波夫乡下回来说,已经有人出八万卢布要买那片林子了。"尼古拉还兴冲冲地说不久就可能买下奥特拉德诺耶,"再过十来年,我就能给孩子们留下上万卢布,景况会很优裕的。"

玛丽亚伯爵夫人一听就明白丈夫所说的一切。她知道,每当他自言自语,他有时会问她,他说了些什么,如果发现她在想别的事,他会生气的。她总努力听,因为她对他说的毫无兴趣。她望着他,不是在想,而是感觉到别的东西。她对这个永远不会理解她所想的一切的人百依百顺,怀着无限柔情,而且她的爱与日俱增。她完全沉溺在这种感情之中,使她不能深入细致地考察丈夫的想法,与此同时,她头脑里还闪过一些与丈夫的想法毫无共同之处的念头。她想起她的侄儿(她丈夫说他在皮埃尔说话时很激动,这使她很吃惊),她想到他温文尔雅、过于敏感的个性;她想到侄儿,也想到她自己的孩子们。她并没有拿侄儿和她的孩子们来作比较,但她比较了自己对他们的感情,发现对尼古连卡的感情中缺少了点什么,这使她感到心情沉重。

有时她觉得,这种区别是年龄的差异造成的;但她感到自己对不起他,暗暗保证一定改正,做她做不到的事,也就是今生今世一定要爱丈夫,爱孩子,也爱尼古连卡,爱一切人,像基督爱人类那样。玛丽亚伯爵夫人总在不断地追求永恒、永生和完美无缺,因此她的灵魂永远得不到安宁。因此她脸上常常露出一种受肉体之累的灵魂所感受的隐秘、崇高而且痛苦的严峻表情。尼古拉看了看她。

"我的上帝!每当她脸上露出这样的表情,我就觉得她会死,要是她死了，我会怎么样呢？"他想，然后来到圣像前作晚祷。

十六

娜塔莎和皮埃尔单独在一起时，谈话也像一般夫妻之间那样，也就是彼此直截了当交换思想，不遵循任何逻辑法则，不用判断、推理和结论的程序，而是用一种非常特别的方式交谈。娜塔莎习惯于用这种方式与丈夫交谈，因此，只要皮埃尔谈话时一运用逻辑推理，就准确无误地表明他们夫妻之间有些不和了。只要他一开始说明，开始心平气和地说理，而她也学他的样，她就知道，他们要吵架了。

他们单独在一起时，娜塔莎会立刻把幸福的眼睛睁得大大的，突然悄悄走到丈夫身边，把他的头紧搂在自己胸前，说："现在你可完全属于我了，完完全全属于我了！你跑不掉了！"接着他们就交谈起来，违背一切逻辑法则，两人同时谈完全不同的话题。他们同时讨论许多问题，不仅不妨碍彼此理解，反而确切地说明他们彼此完全理解。

做梦时，除了支配梦境的感情之外，其他一切都是虚幻的、毫无意义的、相互矛盾的，他们之间相处也正如违背一切常理的梦境，谈话前言不搭后语、含含糊糊，而支配他们的，只是一种感情而已。

娜塔莎对皮埃尔讲起她哥哥的生活，讲起皮埃尔不在家时她很痛苦，感到生活没有意思，讲她比过去更加喜欢玛丽，讲玛丽在各方面都比她强。娜塔莎在说这番话时，十分诚恳地承认她觉得玛丽比自己好，然而同时又要求皮埃尔更加喜欢她，而不是喜欢玛丽或别的女人，特别是当皮埃尔又在彼得堡见识过许多女人之后，她更要重新向他说明这一点。

皮埃尔在回答娜塔莎时对她说,在彼得堡的晚会和宴会上的太太小姐们,实在叫人受不了。

"我简直连怎么跟太太小姐们说话都忘记了,"他说,"没意思透了。何况我又很忙。"

娜塔莎定睛看了他一眼,又说:

"玛丽真是太好了!"她说,"她很理解孩子们。她好像把他们的心思都看透了。就拿昨天米佳淘气……"

"唉,他太像他父亲了。"皮埃尔插嘴说。

娜塔莎心里明白皮埃尔为什么说米坚卡像尼古拉,他一想到自己跟内兄之间的争论就不痛快,他想知道娜塔莎的意见。

"尼古拉就是有这么个弱点,凡大家没有认可的,他决不表示同意。不过,我知道,你很重视开拓新天地。"她重复皮埃尔以前说过的一句话。

"不,主要是,"皮埃尔说,"尼古拉认为思考和推理是一种消遣,甚至是消磨时间。比如,他收藏图书,而且立下一条规定,不把他所买的西斯蒙第①、卢梭、孟德斯鸠②的著作读完,决不再买新书,"皮埃尔含笑又说,"你知道,我……"他开始缓和自己的口气;娜塔莎打断他,让他感到自己没有必要那样做。

"你说,他认为思考是一种消遣……"

"是的,可我认为其他的一切才是消遣。我在彼得堡时,会见所有的人,都像在做梦一样。一旦堕入沉思,我就感到其余的一切不过是消遣罢了。"

"啊,你去看孩子们的时候,可惜我不在,"娜塔莎说,"你觉得谁最可爱?准是丽莎吧?"

---

① 西斯蒙第是十八世纪瑞士政治经济学家和历史学家。
② 卢梭和孟德斯鸠是十八世纪法国著名哲学家。

"是的。"皮埃尔说,还继续谈他心里想的事,"尼古拉说,我们不应该思考。可我办不到。在彼得堡就更不用说了,我觉得(我对你可以说),没有我,那就全完了,大家都坚持各人自己的一套。可我能把大家拢到一起,我的想法非常简单明了。要知道,我不说我们应当反对这,反对那,那样会出差错的。我说:好善者都携起手来,我们的旗帜是——积极行善。谢尔盖公爵是个好人,很聪明。"

娜塔莎毫不怀疑皮埃尔的思想是伟大的,不过有一点使她忐忑不安。那就是,他是她的丈夫。"这么一个重要的,对社会有用的人,难道也能同时做我的丈夫吗?这怎么可能呢?"她想把自己的顾虑告诉他。"谁能肯定他真比其他人都聪明呢?"她自问道,并且把皮埃尔最尊崇的人在脑子里一一过了一遍。根据他的话判断,他最尊崇的莫过于普拉东·卡拉塔耶夫了。

"你知道我在想什么吗?"她说,"我在想普拉东·卡拉塔耶夫。他怎么样?现在他会赞成你吗?"

皮埃尔对她提出的这个问题,并不觉得奇怪。他了解妻子的思路。

"普拉东·卡拉塔耶夫?"他说,沉吟了片刻,显然在认真考虑卡拉塔耶夫对这个问题的看法。"他会不理解,不过,我想,他会赞成的。"

"我太爱你了!"娜塔莎突然说,"非常,非常爱你!"

"不,他不会赞成的,"皮埃尔沉吟了一下说,"他会赞成咱们的家庭生活。他希望事事都井井有条、顺遂、宁静,我可以自豪地让他看看咱们。你说分开。你不会相信,咱们分开后,我对你怀着一种特殊的感情……"

"对,那是更加……"娜塔莎说。

"不,我不是说那个。我无时无刻不在爱着你,爱得不能再爱了;而这却是特别……是啊,当然……"他没有把话说完,他们相遇的目光说明了其余的一切。

"什么蜜月啦,什么开头最甜蜜啦,"娜塔莎突然说,"都是扯淡。恰恰相反,现在才是黄金时刻。只要你不出远门。你还记得咱们吵架吗? 总是我不对,总是我。可咱们为什么争吵,我已经不记得了。"

"总是为一件事,"皮埃尔微笑说,"嫉……"

"别说了,我不要听。"娜塔莎喊道,冷峻的目光含着愤怒。"你见到她了吗?"她沉吟了片刻,又说。

"没有,即使见到也不认识了。"

他们沉默了一会儿。

"啊,你知道吗? 你在书房里说话的时候,我一直看着你,"娜塔莎说,显然想尽快驱散向他们袭来的阴云,"你跟那孩子长得太像,简直一模一样(她指他们的小儿子)。啊,该到孩子那里去了……奶下来了……可我真不舍得走开。"

他们又沉默了一会儿,突然同时转过来面对面,一齐开口说话。皮埃尔感到满足,洋溢着热情;娜塔莎露出平静而幸福的微笑。他俩同时开口,又都同时停下来,让对方先说。

"不,你说什么? 说吧,说吧。"

"不,你说吧,我不过随便说说。"娜塔莎说。

于是皮埃尔说开了。他得意洋洋地继续讲他在彼得堡取得的成就。他觉得自己负有向全俄和全世界指明新方向的使命。

"我只是想说,凡具有伟大影响的思想总是很简单的。我认为如果坏人能集合在一起形成一种势力,那么好人也同样应该那样做。如此而已。"

"是啊。"

"你想说什么呢?"

"我只是随便说说。"

"没关系，说吧。"

"没什么，不值一提，"娜塔莎说，她的笑容显得更加欢快了，"我是想说佩佳，今天保姆要把他从我手里接过去的时候，他哈哈大笑，眯起眼睛，紧紧搂住我，他大概以为这样就把自己藏起来了呢。可爱极了。你听，他在哭呢。好了，再见吧！"她走出房去。

这时，尼古连卡·博尔孔斯基的卧室里，像往常一样点着一盏小灯（这孩子怎么也改不了怕黑的毛病）。德塞尔高高地枕着四个枕头睡着了，大鼻子发出均匀的鼾声。尼古连卡刚睡醒，出了一身冷汗，他睁大眼睛，坐在床上望着前方。他被噩梦惊醒了。他梦见自己跟皮埃尔头戴普鲁塔赫①著作中的那种头盔。他和皮埃尔叔叔率领一支大军。这支大军是由秋天飘荡的蛛网，即德塞尔称之为类似圣母线②的布满空中的白色斜线组成的。前面是光荣，与那些斜线相似，不过略粗些。他和皮埃尔轻松愉快地被牵引着向前走去，离目标越来越近了。突然，牵引他们的线松了，纠成一团，拉不动了。尼古拉·伊利伊奇姑父疾言厉色地站在他们面前。

"这是你们干的吧，"他指着碎火漆和折断的鹅毛笔说，"我爱过你们，可阿拉克切耶夫命令我，谁再朝前走，就干掉谁。"尼古连卡回头看皮埃尔，皮埃尔却已经不见了。皮埃尔变成他父亲安德烈公爵，父亲虽然无影无形，却明明站在那里，尼古连卡一看就知道他特别爱他，他感觉到他没有力气，没有骨骼，没有形体。父亲怜爱他。可尼古拉·伊利伊奇姑父离他们越来越近了。尼古连卡一害怕，就惊醒了。

---

① 普鲁塔赫是古希腊历史学家，著有《希腊罗马伟人传》。
② 即飘浮在空中的游丝。

"我父亲，"他想，"我父亲（虽然家里有两张画得很像的画像，可尼古连卡从来没有把安德烈当作一个常人来看待），他来过了，还爱抚过我。他赞成我，也赞成皮埃尔叔叔。无论他说什么，我都照办。穆齐·塞服拉烧掉了自己的手，①可我生活中为什么就遇不到这种事呢？我知道，他们要我学习。我是要学习。可总有一天，我的学习会结束，到那时我将有所作为。我只求上帝让我遇到像普鲁塔赫的英雄们所遇到的事，我也一定照他们的样子去做。我会做得更好。人人都会知道我，爱我，称赞我。"

　　尼古连卡突然感到胸口发紧，想哭，于是大哭起来。

　　"您不舒服吗？"他听见德塞尔的声音问。

　　"没有。"尼古连卡回答说，又躺到枕头上。"他又和气又好，我喜欢他。"他这么想德塞尔，"还有皮埃尔叔叔！他是个多么好的人啊！还有父亲呢？父亲啊！父亲啊！是的，我一定要做一件连他也感到满意的事……"

---

　　① 　穆齐·塞服拉是古罗马传说中的英雄，相传他为拯救罗马，烧掉右手，以表决心。

第 二 部

一

历史的主题是各民族和人类的生活。直接地探索和用语言文字说明——不仅论述全人类的生活，就是论述一个民族的生活，也是不可能的。

以前的史学家常常运用一个简单的方法来论述和探索那似乎探索不到的一个民族的生活。他们论述统治该民族的个别人的活动；在他们看来，这个活动代表了全民族的活动。

少数个别人是怎样使一个民族依照他们的意志活动的呢？这些人的意志又受什么支配的呢？对于这些问题，史学家是这样回答的：对第一个问题——承认神的意志使各民族服从一个特选的人的意志；对第二个问题——还是承认那个神，是他指引特选的人的意志去达到既定的目标的。

这么一来，这些问题就用相信神直接干预人类的事予以解决了。

新的历史科学在理论上否定了这两种原则。

现代史既然否定了关于人类服从神和各民族都奔向一个既定

目标这种信仰,那么,它所研究的就不应当是政权的表面现象,而应当是形成政权的原因了。但是,它没有这样做。它在理论上否定了以前史学家的观点,而在实践中却跟着他们走。

现代史提出了领导群众的天赋非凡、才能超人的英雄,再不然就是从帝王到新闻记者形形色色领导群众的人物,以代替前人提出的赋有神权和直接由神的意志指引的人们。代替从前符合神意的犹太、希腊、罗马等民族的目的(古代史学家认为这就是人类活动的目的),现代史提出了自己的目的,那就是法国人、德国人、英国人的福利,并且用极端抽象的说法:全人类文明的福利,所谓全人类,一般是指占大陆西北角一小块地方的各民族。

现代史否定了古人的信仰,却没有用新的观点代替它,情势的逻辑迫使那些在想象中否定了帝王的神权和古人的命运说的史学家由一条道路走到同一结论:那就是承认:一、由单独个别人领导各民族;二、各民族和全人类都朝着一个既定目标行动。

从基邦①到保克尔②的现代史学家,虽然他们好像有所分歧,他们的观点貌似新颖,但是这两个古老的、无法避免的原则仍然是他们的全部著作的基础。

第一,史学家记述他认为领导人类的个别人物的活动(有人认为帝王将相就是这样的人物;另有人认为除了帝王将相,还有演说家、学者、改良家、哲学家和诗人)。第二,史学家认为人类所要达到的目的(有人认为这目的就是罗马、西班牙、法国的国威振兴;另有人则认为这目的是那个名叫欧洲的世界上一个小小角落的自由平等和某种文明)。

一七八九年,巴黎掀起一场骚动;它不断地扩大、蔓延,它表现

---

① 基邦(1737—1794),英国史学家,著有《罗马帝国衰亡史》等书。

② 保克尔(1821—1862),英国史学家,著有《英国文明史》等书。

为自西而东的民族运动。这个运动向东进行了好几次,它与自东而西的相反运动发生了冲突;一八一二年它达到了顶点——莫斯科,然后,以一种绝妙的对称,出现一个自东而西相反的运动,也跟第一个运动一样,它纠集了中欧各民族。这次相反的运动到达它的西方终点——巴黎,然后平息下来。

在这二十年中间,田园荒芜了;庐舍烧毁了;商业改变了方针;千百万人穷了,富了,迁移了,千百万宣讲爱他人的法则的基督教徒在互相残杀。

这一切是什么意思呢?为什么会发生这种事呢?是什么迫使这些人烧毁房屋和杀害自己的同类呢?这些事件的原因是什么呢?是什么力量使得人们这样做呢?当人们接触到那个时期的运动的遗迹和传统的时候,不禁要提出这些天真的、然而却是理所当然的问题。

为了解决这些问题,我们向历史科学求教,因为历史科学是各民族和全人类自我认识的科学。

如果史学仍然持有陈旧的观点,它就会说:是神在奖赏或者惩罚他的人民,才赐给拿破仑以权力,并指导他的意志以达到他那神的目的。这个回答可以说是圆满的、明确的。可以相信也可以不相信拿破仑赋有神的意志;但是在相信的人看来,那个时期的全部历史全是可以理解的,其中不可能有任何的矛盾。

但是新的历史科学不能这样回答问题。科学不承认古代人认为神直接参与人事的观点,所以它得另作答案。

新的历史科学在回答这些问题时说:你们想知道这个运动的意义吗?它为什么发生吗?是什么力量造成这些事件呢?那么,请听吧:

"路易十四是一个非常骄傲自大的人;他有哪些哪些情人,有哪些哪些大臣,他没有把法国治理好。路易的继承人也是一些不中用的人,也不会治理法国。他们有哪些哪些宠臣,有哪些哪些情妇。同时,有些人这时写了一些书。十八世纪末,巴黎出现二三十个人,他们在谈论所有的人都平等和自由。从此,法国全国互相残杀起来。这些人杀了国王和另外许多人。这时在法国出现一个天才人物——拿破仑。他所到之处战无不胜,也就是说,他杀了很多的人,因为他十分英明。后来他借口去杀非洲人,把他们痛痛快快杀了一场,他是那么狡猾和聪明,他回到法国,命令大家都服从他。于是大家都服从了他。他做了皇帝,又到意大利、奥地利、普鲁士去杀人。在那儿又杀死很多人。俄国有一个亚历山大皇帝,他决定恢复欧洲的秩序,因此跟拿破仑打起来。但是,一八○七年,他忽然跟拿破仑交上了朋友,一八一一年两人又翻了脸,又杀了很多人。后来拿破仑带领六十万人进入俄国,占领了莫斯科;可是后来他忽然从莫斯科逃跑了,当时亚历山大皇帝在施泰因和别的人劝告下,把欧洲的武装力量联合起来反对那个破坏欧洲和平的人。所有拿破仑的盟国忽然都变为他的敌人;这支武装力量就去攻打拿破仑刚集合起来的军队。盟军战胜了拿破仑,进入巴黎,迫使拿破仑退位,把他流放到厄尔巴岛,并且不取消他的皇帝称号,对他表示各种敬意,虽然五年前和一年后大家都认为他是一个无法无天的强盗。嗣后路易十八即位,此人一直不过是法国人和盟国人取笑的对象。拿破仑挥泪向老近卫军告别,逊位以后就被流放了。然后,精明干练的国务活动家和外交家(特别是塔列兰,他抢在别人的前面坐上头等交椅,因而扩大了法国的疆土),在维也纳发表了谈话,这些谈话使得一些国家高兴,或者一些国家不高兴。突然,那些外交家和君主几乎争吵起来;他们已经准备命令军队互相残杀了;但是这时拿破仑带领一营人回到法国,仇恨他的法国人立刻向他屈服了。但是盟国的君主为此大为恼火,又跟法国打起来。他们把天才的拿破仑打败了,并且忽然认为他是一个强盗,把他送到圣赫勒拿岛。这个流放者离别了心爱的人们和他所爱的法国，在孤岛的岩石上慢慢地死去，把他伟大的业绩留给后世。而欧洲反动势力又抬头，君主们又欺压他们的人民了。"

不要认为这是讽刺，是描述历史的漫画。相反，这是对所有史学家，从回忆录、各国专史到那个时代的新文化通史的编著者，所作的矛盾百出、答非所问的论述给以最温和的概述。

这些答案之所以怪诞可笑，是因为现代史像聋子似的回答那并没有人问他的问题。

如果说，史学的目的是论述人类和各民族的运动，那么，第一个问题（不回答这个问题，其它一切就无法理解）就是：是什么力量推动各民族的运动的？对于这个问题，现代史处心积虑地不是说拿破仑是一个了不起的天才，就是说路易十四非常骄傲，或者说，哪些哪些作者写了哪些哪些书。

这一切都可能是有的，人们也情愿同意这种说法；不过，答非所问。这一切都可能是有趣的，如果我们承认神权，这个神权依靠本身，一贯通过拿破仑之流、路易之流和著作家们来管理各民族的话；但是我们不承认这种神权，因此，在谈论拿破仑之流、路易之流和著作家们之前，应当阐明这些人物和各民族的运动之间有什么关系。

如果不是神权而是另有一种力量，那就要说明那种新的力量是什么，因为正是这种力量才是全部历史的旨趣所在。

史学家似乎有一个假想，认为这种力量是不问自明的，是人人皆知的。尽管满心想承认这种力量是已知的，但是，任何一个饱读史籍的人都不禁要提出疑问：连史学家对这个新的力量都众说纷纭，怎么能说人人皆知呢？

二

推动各民族的力量是什么呢？

有些传记史学家和个别民族史学家认为这种力量是英雄和统治者天赋的权力。他们说，事件的发生完全是由拿破仑之流、亚历山大之流的意志所决定的，或者如专题史学家所描述的那样，是由某些人物的意志所决定的。这类史学家对于推动历史事件的力量这个问题的回答，只有当只存在一个史学家针对一个历史事件作出回答的时候，才是差强人意的。但是，一旦不同国家的而且观点各异的史学家论述同一事件的时候，他们所作的答案便失去了任何意义，因为他们对这种力量的理解不仅各不相同，而且常常是完全相反的。一个史学家说，某一事件是由拿破仑的权力造成的；而另一个史学家说，是由亚历山大的权力造成的，而第三个却说是由某某第三个人的权力造成的。此外，这类史学家甚至在解释某人的权力所依据的力量的时候，也是互相矛盾的。波拿巴派的梯也尔说，拿破仑的权力是建立在他的德行和天才上的，共和派朗弗里①则说，他的权力是建立在他的诡诈和欺骗人民上的。这类史学家互相攻讦，对最重要的历史问题提不出任何肯定的答案，从而使人无法理解造成事件的力量究竟何在。

研究各国历史的通史家，似乎看出专题史学家对于造成事件的力量的观点不正确。他们不认为英雄和统治者天赋的权力是这种力量，而认为权力是许许多多不同的力量所形成的结果。在描述一场战争和征服一个民族的时候，世界通史家不是从某个人的权力上寻求原因，而是从与事件有关的许多人相互作用中寻求

---

① 朗弗里(1828—1877)，法国史学家，著有《拿破仑一世史》。

原因。

根据这种观点,历史人物的权力既然是由许多力量产生的,似乎就不再可能把它当作造成事件的力量了。但是,世界通史家大多数仍然把权力作为一种力量,认为事件是由它造成的,它是发生事件的原因。他们说,历史人物是他那个时代的产物,他的权力只是不同力量的结果;有时又说,历史人物的权力是一种造成事件的力量。例如,革飞努斯①、斯罗萨②以及其他人,时而证明拿破仑是革命的产物,是一七八九年思想的产物,等等,时而又干脆地说,一八一二年的远征以及别的不为他们所喜欢的事件不过是拿破仑的错误意志的产物,由于拿破仑的独断专行,一七八九年的思想意识的发展受到阻碍。革命思想、普遍的情绪产生了拿破仑的权力。而拿破仑的权力又压制了革命思想和普遍的情绪。

这种奇怪的矛盾并非偶然。这种情况不仅处处可见,而且世界通史家的一切论述从头到尾都是由这一系列矛盾组成的。这种矛盾之所以发生,是因为通史家刚迈上分析的道路,就半途而废了。

要想把分力合成一定的集合力量或合力,分力的总和必须与合力相等。世界通史家从来不遵守这个条件,因此,为要说明合力,在找不到足够的分力的情形下,只得假设还有一种影响合力的不可解释的力量。

专题史学家在论述一八一三年的远征,或者波旁王朝的复辟时,直截了当地说,这些事件是由亚历山大的意志造成的。但是世界通史家革飞努斯否定专题史学家这种观点,极力证明,一八一三年的远征和波旁王朝的复辟,除了由于亚历山大的意志,还由于施

---

① 革飞努斯(1805—1871),十九世纪德国史学家、文学史家。
② 斯罗萨(1776—1861),十九世纪德国史学家。

泰因、梅特涅、斯塔埃尔夫人、塔列兰、费希特、谢多勃良以及其他诸人的行动造成的。这位史学家显然把亚历山大的权力化为以下各分力部分：塔列兰、谢多勃良等等；这些分力的总和，也就是谢多勃良、塔列兰、斯塔埃尔夫人以及其他诸人的作用，显然不等于整个合力，也就是说，并不等于千百万法国人服从波旁王朝的现象。因此，要说明这些分力为什么是千百万人屈服的原因，也就是说，等于一个 A 的那些分力是怎样得出等于一千个 A 的合力的，这位史学家又不得不回到他否定的那个力量——权力，承认权力是那些力量的合力，也就是说，他不得不承认一种无法解释的影响合力的力量。

乡下人不明白下雨的原因，他们是说"风驱散了乌云"，还是说"风吹来了乌云"，这要看他们需要雨还是需要晴天而定。世界通史家也是这样：当他们高兴这样说的时候，当这样说符合他们的理论的时候，他们就说，权力是事件的产物；而当他们需要证明别的什么的时候，他们就说，权力造成事件。

第三类史学家——所谓文化史学家，遵循那些有时承认著作家和女人是造成事件的力量的世界通史家所开辟的途径，对于这种力量作了完全不同的理解。他们认为所谓文化、精神活动，就是这种力量。

文化史学家完全追随他们的前辈世界通史家，因为，如果说，历史事件可以用某些人的相互关系来说明，那么，历史事件为什么不可以用某些人写了某些书来说明呢？这些史学家从伴随每一重要现象的大量特征中，选出智力活动这个特征，于是说，这个特征就是现象的原因。但是，尽管他们努力证明事件的原因在于智力活动，而我们只有做出极大的让步，才能承认智力活动与民族运动之间有什么共同的东西，但是，无论如何我们不能承认指导人民行动的是智力活动，因为人类平等的学说所引起的法国革命的残酷屠杀,博爱的教义所引起的战争和死刑等现象,都与这种假定相矛盾。

不过,即使承认那些在史学中充斥着的巧妙编写的论断都是正确的,承认各民族是受一种所谓观念的不明确的力量所支配的,而历史的主要问题仍然没有得到解答,再不然就是,除了先前说的帝王的权力,除了世界通史家所提出的顾问和别的一些人的影响,还加上另一种新的力量——观点,而观念和群众的关系是需要说明的。拿破仑有权力,所以事件就发生了,这样说还可以理解;退一步说,拿破仑与别的势力合起来,成为一种事件的原因,这也可以理解;但是一本《民约论》如何能使法国人互相残杀,如果不说明这种力量和那个事件的因果关系,就无法理解了。

毫无疑问,所有生活在同一时代的人之间,都存在着联系,因此,从人们的智力活动和他们的历史运动中间也可以找到某种联系,正如在人类运动和商业、手工业、园艺或者任何哪一行业之间,可以找到这种联系一样。但是,文化史家为什么认为人们的智力活动是全部历史活动的原因或表现,这就令人难以理解了。史学家的这种结论,只好用以下几点来说明:一、历史是由有学问的人写的,因此,他们自然乐于认为他们那个阶层的活动是全人类活动的基础,正如商人、农民和军人也乐于这样想(这所以没有形诸文字,只不过因为商人和军人不写历史罢了);二、精神活动、教育、文明、文化、思想——这是一些模糊的、不明确的概念,在这些概念的名义下,最能得心应手地使用那些意义更加含混、因而可以随意编出任何理论的字句。

但是,我们且不说这类历史的内在价值(这类历史对某个人或某件事也许有用),值得注意的是,文化史越来越接近通史,它对各种宗教、哲学和政治的学说作为事件的原因加以仔细认真的分析的时候,每当它需要叙述一个实际历史事件(例如一八一二年的远征），它就不自觉地把那事件当作权力的产物，直截了当地说，那次远征是拿破仑意志的产物。文化史家这样说，就不自觉地自相矛盾了，表明他们臆造出来的新力量并不能说明各种历史事件，而且表明他们似乎不承认的那种权力才是理解历史的唯一方法。

三

一辆机车在行进。如果要问：它为什么会移动？一个农民说：是鬼在推它。另一个说：机车移动是因为它的轮子在转。第三个说，机车移动的原因是因为风把烟都吹到后面去了。

农民是驳不倒的。他已经想出一个圆满的解释。要想驳倒他，就得向他证明没有鬼，或者另一个农民向他解释，不是鬼，而是一个德国人在开动机车。直到发现矛盾百出，他们才知道他们两个都错了。但是，那个把轮子转动作为原因的人，可以把自己驳倒，因为只要他加以分析，就会想得更深、更深：他必须解释轮子转动的原因。在他没有找到锅炉里的蒸气压力是机车移动的最终原因的时候，他就没有停止探索原因的权利。那个用吹到后面的烟来解释机车移动的人，显然是这样的：他看出车轮转动不能作为原因，于是就把他看到的第一个迹象当作原因了。

唯一能够解释机车运动的概念，是与所见到的运动相等力量的概念。

唯一能够解释各民族运动的概念，是一种与各民族全部运动相等力量的概念。

不过，对于这一种概念，不同的史学家各有不同的理解，他们所理解的力量完全与所见到的运动力量不相等。有些人把它看作英雄们天赋的力量，犹如那个农民认为机车里有鬼；另一些人把它看作由几种别的力量产生的力量,犹如另一个农民认为车轮的运转产生了力量;又有一些人把它看作智力的影响,犹如第三个农民认为被风吹走的烟产生了力量。

只要历史所写的是个别的人物,不管这些个别的人是凯撒,是亚历山大,是路德,还是伏尔泰,而不是参加事件的所有的人——毫无例外的所有的人的历史,就不能不把迫使别人向着一定目标活动的力量归于个别的人。史学家所知道的这种唯一的概念,就是权力。

这个概念是掌握现在所记述的历史材料的唯一的把柄,谁要是折断这个把柄,像保克尔那样,而又不懂得研究历史材料的另外方法,谁就只能使自己失去研究历史材料的唯一方法。用权力概念解释历史现象的必然性,由世界通史家和文化史家本身表示的最为明显,因为他们虽然表面放弃权力这个概念,而每迈一步都得求助于它。

历史科学在对待人类的问题方面,至今仍然类似流通的货币——纸币和硬币。传记和各民族史专著好似发行的钞票。这种钞票在行使职能时,可以供使用,可以供流通,对任何人都无害,而且还有益,只要不发生它是靠什么作保证的问题。只要把英雄们的意志是怎样产生事件的这个问题丢在脑后,梯也尔之流的历史就会是有趣的、富有教益的,也许还有点诗意。但是,正如由于钞票造得太容易,发行得过多,或者因为大家都要兑换黄金,于是钞票的真实价值就发生了问题一样,由于这类历史写得太多,或者由于有人天真地提出问题:"拿破仑是靠什么力量做了这个的?"也就是想把通行的纸币换成实际理解的纯金的时候,这类历史的真正价值也就会发生疑问了。

世界通史家和文化史家正像那种人——他认识到纸币的缺点,决定用比黄金轻的金属铸成硬币以代替纸币。那种硬币的确叮当作响,但也只是叮当作响而已。纸币还可以欺骗无知的人们;但是,那种只能叮当作响而没有价值的硬币是欺骗不了任何人的。黄金之为黄金,是因为它不仅可以供交换,而且可以供使用,世界通史家也是如此,他们如能回答"权力是什么?"这个历史的主要问题,才算是真金。世界通史家对这个问题的回答矛盾百出,而文化史家则回避这个问题,说了一些文不对题的话。正如貌似黄金的筹码,只能在一些同意它代替黄金的人们中间使用,或者在不知道黄金的性质的人们中间使用,不回答人类主要问题的世界通史家和文化史家们就是这样,他们不过是为了某种目的供给大学和那些爱读正经书本的读者中间流通的硬币。

四

如果否定旧的观点,即否定一个民族的意志服从一个由神选出来的人,而那个人的意志又是服从神的,那么,历史就得从下列两件事中选择一件:或者恢复神直接干预人类事务的旧信仰,或者明确地解释产生历史事件的、所谓"权力"的力量的意义,否则每一步都要发生矛盾。

回到第一种说法是不可能的,因为旧信仰已经被破除了;所以必须解释权力的意义。

拿破仑下令召集军队去打仗。我们对这种想法是这么习惯,对这种看法是这么习以为常,以至于为什么拿破仑一发出命令六十万人就去打仗,这样的问题就毫无意义了。他有权力,所以就照他的命令办。

假如我们相信权力是上帝给他的,这个答案就十分圆满了。但是我们要是不承认这一点,那就得论断一个人统治别的人们的这种权力是什么。

这种权力不可能是一个强者对一个弱者在体力上占优势的那种直接的权力——运用体力或以体力相威胁的那种优势,例如赫拉克勒斯[①]的权力;它也不可能建立在精神上的优势,就像一些历史家的天真想法,他们说,历史上的大人物都是英雄,即赋有特殊的精神和智慧,以及赋有所谓天才的人们。这种权力不可能建立在精神的优越上,因为,暂且不谈拿破仑之流的英雄人物,关于这类人物的道德品质的评价众说纷纭,历史向我们表明,统治千百万人的路易十一和梅特涅在精神上都没有任何特殊的优越性,相反,他们多半在精神方面比他们所统治的千百万人中的任何一个都差得多。

假如权力的源泉既不在于拥有权力的人的身体力量,也不在于他的精神力量,那么显然,这种权力的源泉一定在人的身外,在掌握权力的人同群众的关系中。

法学对权力就是这样理解的,法学这个历史的兑换银行,允诺对权力的历史理解兑换成纯金。

权力是群众意志的总和,群众或以明显的表达或以默然的许诺把权力交给他们所选出的统治者。

在法学领域中,在论述国家和权力应该怎样安排(假如可以安排的话)时,这一切都是十分明白的;不过,在应用到历史上的时候,这个权力的定义就需要加以解释了。

法学对待国家和权力,好像古代人对待火一样——看作一种绝对存在的东西。但是,就历史来看,国家和权力只是一种现象,正如就现代物理学来看,火不是一种元素,而是一种现象。

由于历史与法学在观点上有这样根本的差别,法学虽然可以按照自己的意见详细地说明,权力应当怎样构成,以及不以时间为

---

① 赫拉克勒斯是希腊神话中的大力士。

转移的权力是什么,但是对于历史所提出的随着时间的推移而变化着的权力的意义的问题,它完全不能解答。

假如权力是移交给统治者的群众意志的总和,那么,布加乔夫是不是群众意志的代表?假如不是,那么为什么拿破仑一世是代表呢?为什么拿破仑三世在布伦被俘的时候是一个罪犯,后来被他捕起来的那些人又成了罪犯呢?①

有时只有两三个人参加的宫廷政变也是把群众意志移交给一个新的统治者吗?在国际关系中,也是把一个民族的群众意志移交给征服者吗?莱茵联邦的意志在一八〇八年移交给拿破仑了吗?一八〇九年,当我们的军队联合法国人去打奥国人的时候,俄国人民的意志移交给拿破仑了吗?

对这些问题可能有三种答案:

一、或者认为,群众的意志总是无条件地移交给他们选定的统治者或统治者们,因此,任何新权力的出现,任何反对既经移交的权力的斗争,都应看作对真正权力的破坏行为。

二、或者认为,群众的意志是在明确的人所共知的条件下移交给统治者们的,并且指出,对权力的一切限制、冲撞,以至摧毁,都是由统治者们不遵守移交权力的条件造成的。

三、或者认为,群众的意志是有条件地移交给统治者的,不过那些条件是不为群众所知、不明确的;许多权力的出现,它们的斗争和灭亡,完全是由统治者们或多或少地履行这些不为群众所知的条件(群众的意志根据这些条件由某一些人移交给另一些人)造成的。

这就是史学家解释群众与统治者的关系的三种类型。

一些史学家,就是上面提到的那些传记家和专题史学家,不了

---

① 拿破仑三世曾三次夺取帝位,前两次都失败了,第三次成功。

解权力的意义这个问题,他们天真地认为,似乎群众意志的总和是无条件地移交给历史人物的,因此,在记述某一种权力的时候,这些史学家就把这种权力看作唯一的、绝对的、真正的权力,任何反对这种权力的力量都不是权力,而是对权力的一种侵犯、一种暴力。

他们的理论只适用于原始的、和平的历史时期,而当各民族处在复杂、动乱的时期,各种权力同时并起,互相斗争,他们的理论就不适用了,因为保皇派的史学家将会证明,国民议会、执政府和波拿巴都不过是真正权力的侵犯者,而共和派将会证明,国民议会是真正的权力,波拿巴派将会证明帝国是真正的权力,其他一切都是权力的侵犯者。显然,这些史学家所提供的各执一词的解释,只能讲给小孩子听听罢了。

另一派史学家认识到这种历史观的错误,他们说,权力的基础是有条件地移交给统治者的群众意志的总和,历史人物只有在执行人民意志向他们默许的政纲的条件下才有权力。但是这些条件是什么呢? 那些史学家没有告诉我们,即或告诉了,他们说的话也总是互相矛盾的。

每一个史学家,根据他对民族运动目的的看法,认为法国或别国的公民的伟大、财富、自由或教育就是这些条件。但是,且不说史学家对这些条件的看法互相矛盾,就算有这么一个包含这些条件的共同纲领,历史事实也几乎总与那种理论相矛盾。假如移交权力的条件在于人民的财富、自由和教育,为什么路易十四和伊凡四世都得到了善终,而路易十六和查理一世却被人民送上断头台? 史学家回答这个问题说,路易十四违反政纲的行动在路易十六身上得到了报应。但是为什么不报应在路易十四或路易十五身上呢? 为什么刚好报应在路易十六身上呢? 这种报应的期限有多长呢? 这些问题得不到答案,也不能得到答案。持有这种见解的人不能解释,为什么那意志的总和一连几个世纪掌握在某一些统治者及其继承人的手里,然后突然在五十年间就移交给国民议会,移交给执政府,移交给拿破仑,移交给亚历山大,移交给路易十八,再度移交给拿破仑,移交给查理十世,移交给路易·菲力普,移交给共和政府,移交给拿破仑三世。在解释人民的意志这样迅速地由一个人转移给另一个人,特别是涉及国际关系、征服和联盟的时候,这些史学家不得不承认,这些转移中,有一部分不是人民意志的正常的转移,而是与狡诈、错误、阴谋,或者与外交家、帝王、政党领袖的软弱分不开的偶然事件。因此,在这些史学家看来,大部分历史现象——内战、革命、征服——不是自由意志转移的结果,而是一个或几个人的错误意志的转移结果,也就是说,这又是权力的侵犯。因此,在一些史学家看来,这类历史事件是与理论相背离的。

这些史学家就像那样的植物学家,他看见一些植物都是从双子叶的种子里生长出来的,就坚持说,一切植物都要长成两片叶子;而那些已经长大了的棕榈、蘑菇、甚至橡树并没有长出两片叶子,他就认为这些植物背离了理论。

第三类史学家说,群众的意志有条件地移交给历史人物,但是那些条件是我们不知道的。他们说,历史人物所以有权力,只不过是因为他们执行了移交给他们的群众意志。

但是,那么说来,假如推动各民族的力量不在历史领袖手中,而在各民族自己手中,那些历史人物还有什么意义呢?

这些史学家说,历史人物表达了群众的意志;历史人物的活动代表群众的活动。

但是,那么说来,就产生一个问题:历史人物的全部活动都是群众意志的表现呢,还是只有一部分是呢? 假如像某些史学家所想的那样,历史人物的全部活动都是群众意志的表现,那么,拿破仑们、叶卡捷琳娜们的传记中所有宫廷丑闻，都成了民族生活的表现——这么说显然是荒唐的；但是，假如像另外一些所谓哲学史学家所想的那样，只有历史人物的行动的某一方面是人民生活的表现，那么，为了断定历史人物的行动的哪一方面表现了人民的生活，我们首先必须知道民族生活的内容是什么。

遇到这些困难的时候，这类史学家便想提出一些可以适用于绝大多数事件的最模糊、最难捉摸、最笼统的抽象观念，然后说，这一抽象观念是人类活动的目的。几乎为所有史学家所采用的最普通的抽象概念是：自由、平等、教育、进步、文明、文化。史学家一面把某种抽象概念当作人类运动的目的，一面研究那些留下为数最多纪念品的人们——国王、大臣、将军、著作家、改革家、教皇、新闻记者的事迹，依照他们的意见，就是研究这些人物在多大程度上促进或阻碍某一抽象观念。但是，因为无法证明人类的目的是自由、平等、教育或文明，因为群众与统治者和人类启蒙者的关系完全建立在这任意的假定上：群众意志的总和经常移交给我们认为出类拔萃的人物，所以在关于十来个人不烧房子、不务农业、不杀害同类的人们的活动的记述中，永远见不到千百万人迁徙、烧房子、抛弃农业、互相残杀的活动。

历史一再证明这一点。十八世纪末西方各民族的骚动和他们的东进，能用路易十四、十五和十六、他们的情妇们和大臣们的活动来说明吗？能用拿破仑、卢梭、狄德罗①、博马舍②和别的人们的生活来说明吗？

俄国人民东进到喀山和西伯利亚，能用伊凡四世病态的性格

① 狄德罗(1713—1784)，法国启蒙思想家、唯心主义哲学家、文学家、《大百科全书》主编。
② 博马舍(1732—1799)，法国喜剧作家。

和他同库尔布斯基①的通信来说明吗？

十字军时代各民族的移动,能用对哥弗雷②们、路易们和他们的情妇们的生活的研究来说明吗？在我们看来,那场没有任何目的、没有领袖、只是一群游民和一个隐士彼得③的自西而东的民族运动依旧不可理解。在历史人物们已经明确地给十字军定下一个合理的、神圣的目标——解救耶路撒冷的时候,而那运动的中止尤其不可解。教皇们、国王们和武士们煽动人们去解放圣地;但是人们不去,因为先前推动他们前去的那个不知道的原因已经不再存在了。哥弗雷和抒情歌手们④的历史显然不能包容各民族的生活。哥弗雷和抒情歌手们的历史依旧是哥弗雷和抒情歌手们的历史,而各民族的生活和他们的动机的历史依旧不可知。

著作家和改革家的历史更少对我们说明各民族的生活。

文化史对我们说明一个著作家或一个改革家的冲动以及生活和思想的条件。我们知道,路德脾气暴躁,说过这样那样的话;我们知道,卢梭多疑,写过这样那样的书;但是我们不知道,宗教改革以后,各民族为什么互相屠杀,也不知道,法国革命期间,人们为什么互相送上断头台。

假如我们把这两种历史结合起来,就像最新的史学家们所做的那样,那么,我们所得到的将是帝王们和著作家们的历史,而不是各民族生活的历史。

---

① 安德烈·库尔布斯基公爵是伊凡四世手下的主要贵族之一。他逃亡立陶宛,从那里写信给伊凡,责备他的残酷、虚伪和专断。伊凡回信,"根据上帝的法则"为他自己辩护。
② 哥弗雷是十七世纪末第一次十字军领袖。
③ 彼得是一名法国修道士,禁欲主义者,据传说,第一次十字军是由他鼓动起来的。
④ 抒情歌手出现于十二三世纪的德国,他们到处唱情歌,也唱十字军歌。

五

各民族的生活并不包括在少数几个人的生活里,因为还没有发现那几个人和各民族中间的关系。有一种理论说,这种关系的基础是把群众意志的总和移交给历史人物,但是,这种理论只是未经历史经验证实的假设。

群众意志的总和移交给一些历史人物的理论,在法学领域内或许可以说明很多东西,对于法学的目的也许是必要的;但是,一应用到历史上,一旦出现革命、征服,或内战,也就是说,一旦历史开始,这种理论就什么也不能说明了。

那种理论好像是驳不倒的,因为人民意志的移交是无法检验的。

不管发生什么事件,不管事件由什么人领头,那个理论总可以说,某某人所以成为事件的领导,是因为意志的总和移交给他了。

一个人看见一群牛移动,而不注意不同地区的不同性质的牧场,也不注意牧人的驱策,就断定那群牛之所以走这一或那一方向,是由于走在前头的那头牛引导的,这个人的答案就跟那种理论对历史问题的答案一样。

"牛群所以朝那个方向走,是因为走在前头的牛引导着它,所有别的牛的意志总和都交给了那个牛群的领袖。"这就是第一类史学家——那些认为无条件移交权力的人——的回答。

"假如带领牛群的牛更换了,那是因为那头牛带领的方向不是牛群所选择的方向,全体牛的意志的总和就由一个领袖移交给另一个领袖。"这就是那些认为群众意志的总和在他们认为已知的条件下移交给统治者的史学家的答案。(使用这种观察方法就常常发生下列的情形:那个观察者根据他所选定的方向,把那些由于群众改变方向、不再走在前头、而走在一边、甚至有时把落在后面的人当作带头的人。)

"假如前头的牛不断地更换,整个牛群的方向不断地变换,那是因为,为要达到既定的方向,牛群把它们的意志移交给我们注目的那些牛,因此,为要研究牛群的运动,我们应当观察在牛群周围走动的所有令人注目的牛。"认为所有历史人物——从帝王到新闻记者——是他们时代的表现的第三类史学家就是这样说的。

群众意志移交给历史人物的理论,不过是一种代用语——不过是对那个问题换一个说法而已。

历史事件的原因是什么呢?——是权力。权力是什么呢?——权力是移交给一个人的意志的总和。群众意志在什么条件下移交给一个人呢?——在那个人表现全体人民的意志的条件下。这就是说,权力是权力,也就是说,权力是一个其意义是我们所不了解的词语。

假如人类知识的领域只限于抽象的思维,那么,把科学对权力所作的解释加以批判以后,人类就可以得出这样的结论:权力不过是一个词语,实际是不存在的。但是,为了认识现象,人类除了抽象的思维,还有一个用来检验思维结果的武器——经验,而经验告诉我们,权力不仅是一个词语,而且是一个实际存在的现象。

不待说,没有权力的观念,就无法叙述人们的集体活动,而且,权力的存在已经由历史和对当代事件的观察纪实了的。

一个事件发生了,总有一个人或几个人出现,那个事件好像是由于他或他们的意志发生的。拿破仑三世发布一道命令,于是法国人到墨西哥去了①。普鲁士国王和俾斯麦发布了命令,于是一

---

① 一八六四年,在法军支持下,马克西米连取得了墨西哥王位。

支军队进入了波希米亚①。拿破仑一世发出一道命令，于是一支军队进入了俄国。亚历山大一世发出一道命令，于是法国人服从了波旁王朝。经验告诉我们，不论发生什么事件，那个事件总与发命令的一个人或几个人的意志相联系。

史学家们依照旧习惯——承认神干预人类事物，想从赋有权力的个人的意志表现上找事件的原因；但是，这种结论既不能用推理证实，也不能用经验证实。

一方面，推理表明，一个人的意志的表现——他的话——只是表现在一个事件（例如在一场战争中或一次革命中的全部活动的一部分）；所以，不假设一种不可解的超自然的力量——奇迹，就不能承认几句话会是千百万人的运动的直接原因；另一方面，即使我们承认几句话可以是事件的原因，但是历史又表明，历史人物的意志的表现在许多情形下不产生任何效果，就是说，他们的命令不但时常不被执行，有时竟出现与他们的命令完全相反的情况。

不假设神干预人类事务，我们就不能认为权力是事件的原因。

从经验的观点来看，权力不过是个人意志的表现和另一些人对执行这个意志之间的关系。

为了说清楚这种关系的条件，我们首先应当确定意志表现的概念，承认它是属于人的，而不是属于神的。

假如神发出一道命令，表现自己的意志，就像古代历史告诉我们那样，那么，这种意志的表现与时间无关，也不由任何东西引起，因为神与事件并无牵连。但是，如果谈到命令——它是在一定的时间行动的、彼此相关的人们的意志的表现，为了说明命令和事件的关系，就应当确定：一、发生一切的条件：事件和发命令的人在一定时间内行动的连续性，二、发命令的人和那些执行命令的人之间

---

① 指一八六六年奥、普战争。

必然的关系的条件。

六

只有不以时间为转移的神的意志的表现，才可以和若干年或若干世纪的一整串事件有关，只有不受任何东西影响的神，才可以由他独自的意志来决定人类运动的方向；但是人是按一定时间行动，而且亲自参与事件的。

确立第一个被忽视的条件——时间的条件，我们就可以看出，没有使最后一个命令可以执行的前一个命令，则任何命令都是不可能执行的。

从来没有一道命令是自发地出现的，也没有一道命令是适用于一系列的事件的；而每道命令都是来自另一道命令，从来不是针对一系列的事件，只是针对事件的某一时刻。

例如，当我们说拿破仑命令军队去打仗的时候，我们是把一系列连续的、互相关联的命令结合在一个同时表现的命令中的。拿破仑不能下命令出征俄国，也从来不曾下过那样的命令。他今天命令向维也纳、柏林、彼得堡发出这样那样的公文；明天又向陆军、舰队、兵站部发出这样那样的指示和命令，等等，等等——成百万的命令，这许多命令形成一系列与法国军队进入俄国一连串事件相应的命令。

拿破仑在位期间，曾发出远征英国的命令，并且为此用了比用在任何别的计划上更多的力量和时间，可是在他在位的全部时间内，从来不曾有一次企图执行这个计划，却侵入了他屡次认为宜于结成同盟的俄国，其所以会发生这样的情形，是因为前面那些命令对一系列的事件不合适，而后面一些命令却是合适的。

若要命令确实能够执行，就必须发出能够执行的命令。但是，要知道什么能执行、什么不能执行,是不可能的,不但在有成百万人参加的拿破仑进攻俄国的情形下不可能,即使在最简单的事件中也不可能,因为在这两种情形下都会遇到成百万的阻碍。每种被执行了的命令,同时总有大量未执行的命令。一切不能执行的命令,都与事件不相联系,所以没被执行。那些能执行的命令,只有与一贯的命令相关联,与一系列事件相符合,才得以执行。

我们以为一个事件的发生是由于它的前一道命令引起的,这个错误的观念之所以发生,是由于:我们只看见事件发生了,在成千上万的命令中,只有几道与事件有联系的命令得到了执行,却忘记了由于不能执行而未被执行的那一些。此外,我们在这方面的错误的主要原因是:在历史记载中,一系列无数不同的、细小的事件,例如引导法国军队到俄国去的那些事件,按照这一系列事件所产生的结果被归纳成一个事件,与这一归纳相应,又把那一系列命令归纳成一个单独的意志表现。

我们说,拿破仑要进攻俄国,就进攻了。事实上,我们从拿破仑的一切行动中从未发现任何类似这种意志的表现,只发现许许多多最繁杂、最不明确的命令,或者说他的意志表现。在拿破仑无数未被执行的命令中,关于一八一二年战役的那些命令被执行了,这并非因为那些命令与别的未被执行的命令有什么不同,只因为那一系列命令与导致法国军队进入俄国一系列事件相符合;正如用镂花模板绘制这样或那样的图形,并非在哪一边或照什么样涂上颜色,而是在模板上雕刻的图形的各个面都涂上了颜色。

因此,考查命令与事件在时间上的关系,我们就发现,命令绝对不能是事件的原因,而两者之间不过存在着一定的关系罢了。

要了解这种关系是什么,就需要把一切不来自神而来自人的命令所具备的、被忽视的条件恢复过来,那个条件就是,发命令的人亲自参加了事件。

发命令者和受命令者的关系，就是叫作权力的东西。这种关系包括以下各点：

人们为了共同的行动总要结成一定的团体，在这些团体中，尽管为共同行动所确立的目的不同，但参加行动的人们中间的关系总是相同的。

人们结合成这些团体，彼此之间总有这样的关系：在他们结合起来采取集体行动时，大多数人直接参加的多，少数人直接参加的少。

在人们为了集体行动而结成的团结中，军队是最明确、最清楚的例子之一。

每支军队都包括低级军事人员——列兵，他们总占最大多数；比较高的军事人员——班长和军士，他们的数目比列兵少；更高级的军官的数目更少，以此类推，直到权力集于一人之身的最高军事当局。

军事组织酷似圆锥体，直径最大的底部是由列兵组成的；比底部较高的截面，是由较高级军事人员组成的；以此类推，直到圆锥体的顶端就是总司令了。

人数最多的士兵组成圆锥体的底部和它的基础。士兵直接去刺、杀、烧、抢，也总从高级人员接受从事这些行动的命令；他们自己从来不发一道命令。那些军士们（数目比较少）行动比士兵们少；但是他们已经发命令了。军官直接行动更少，但是命令发得更多了。将军只是指挥部队，指示目标，几乎从来不拿起武器。总司令已经从来不直接参加战斗，只发布与全军的行动有关的总的命令。在人们从事共同行动的所有团体中——在农业、商业和一切行政机关中，人与人的关系都是这样。

因此，不用特意分解连成一体的圆锥体各个部分——一支军队的所有官职，或任何行政机关或公共事业中由最低级到最高级的职称和地位,我们就可以看出一种法则,根据这种法则,采取联合行动的人们结成下面的关系:直接参加行动越多的人,他们的指挥权就越少,他们的数目也就越大;直接参加行动越少的人,他们的指挥权就越大,他们的数目也就越少;照这样从底层上升到最后那个人,那个人直接参加行动最少,而发号施令最多。

指挥者和被指挥者的这种关系,就是所谓权力这个概念的实质。

恢复了时间条件(一切事件都是在时间条件下发生的),我们发现,命令只有在它与一系列相应的事件相关联的时候才得到执行。恢复了发命令者和执行命令者之间的关系的必要条件,我们发现,由于这种条件的性质,命令者参加事件本身最少,他们的活动全部是发号施令。

七

一个事件发生时,人们对那事件表示自己的意见和愿望,因为事件是由许多人的集体行动产生的,这些表示出来的意见或愿望中必然有一个实现了,或者差不多实现了。当其中一个意见得到实现的时候,在我们脑子里,这个意见作为事先发出的命令与事件联系起来。

许多人拖一根木头。每人都发表意见:怎样拖和往哪儿拖。他们把木头拖走了,事后表明,这件事是照他们中一个人的话做的。他发的命令。这就是命令和权力的原始形态。

那个多用手干活的人,就不能多想他所做的事,也不能考虑共同行动所能产生的事,不能发号施令。那个多从事指挥的人,由于他是动嘴,显然动手就少了。当一个比较大的群体共赴一个目标的时候,那些越少直接参加共同活动、越多从事发号施令的人的等级就更分明了。

一个人单独工作的时候,他总有他认为指导他的过去行动、为他现在的行动辩护、指导他计划将来行动的一些想法。

一个群体也是这样,让那些不直接参加行动的人为他们的集体行动进行考虑、辩护和策划。

由于我们知道的或不知道的理由,法国人开始互相淹死,互相杀死。于是与那个事件相应,用人们的意志为那个事件辩解说:其所以必要是为了法国的利益,为了自由,为了平等。人们停止互相残杀,于是对这个事件辩解说:为了权力统一,抵抗欧洲,等等,这是必要的。人们自西而东残杀他们的同类,伴随这个事件而来的是法国的光荣、英国的卑劣等等说法。历史告诉我们,为这些事件所作的辩解没有任何共同的思想,都是互相矛盾的,例如说杀人是由于承认他的权力,在俄国杀掉成百万人是为了使英国丢脸。但是,这些辩解在当时却具有必要的意义。

这些辩解是为了消除那些制造事件的人们的道德责任。这些临时的目的犹如清扫前面轨道的刷子,也是为人们的道德责任清道的。没有这些辩解,就无法回答在考察每一历史事件时所遇到的最简单的问题:怎么会成百万人集体犯罪、打仗、杀人等等?

现时在欧洲政治生活和社会生活的复杂形式下,任何不由那些君主、大臣、国会,或报纸发出指示和命令的事件是可以想象的吗?有什么集体行动不能从国家统一、爱国主义、欧洲均势,或文明上找到辩解的呢?因此,每次发生的事件必然与某种愿望吻合,而且得到辩解,表现为一个人或几个人的意志的产物。

一只船不论朝哪个方向移动,在它面前总可以看出被它所划开的波浪。船上的人觉得,这些波浪的流动是唯一看得见的运动。

只有时时刻刻仔细观察那波浪的运动,并且把波浪的运动跟船的运动作比较,我们才明白,波浪每时每刻的运动都是由于船的运动引起的,由于我们不觉得自己在运动,所以被引入了迷途。

假如我们时时刻刻注视历史人物的运动(就是恢复所发生的一切的必要条件——运动在时间上的连续性),不忽略历史人物和群众的必要联系,我们就会看到同样的情形。

船朝一个方向开动的时候,它前面有同样的波浪,它改变方向的时候,它前面的波浪也跟着频繁地改变。但是,不管它怎样转,它的运动总伴随着波浪。

不管发生什么事件,人们总觉得那就是他们所预料的、合乎规定的事件。不管船驶向什么地方,那波浪总在它前面汩汩地翻滚,然而它既不指导也不加强它的运动,从远处看,我们觉得那波浪的水花不仅自己移动,而且也指导着船的运动。

史学家们只考察历史人物的意志表现——它以命令的方式与事件相关联,于是便认为事件是以命令为转移的。但是,一考察事件本身和包括历史人物在内的群众之间的关系,我们就发现历史人物以及他们的命令是以事件为转移的。这个结论的不可争辩的证据是,不论发出多少命令,如果没有别的原因,事件是不会发生的;但是,一旦事件发生了——不管它是什么事件,总可以从不同的人们所不断表现出的各种意志中,找出一些在意义和时间上是以命令的方式与事件相关联的意志表现。

得出这个结论,我们就可以直接而肯定地回答两个重要的历史问题了:

一、权力是什么?

二、是什么力量造成民族的运动?

一、权力是某一个人与别的人们的关系,在这种关系中,这个人对正在进行的集体行动越多发表意见、预言和辩解,他就越少参加行动。

二、各民族的运动不是由权力引起的,不是由智力活动引起的,甚至也不是如史学家们所想的那样,由两者的结合引起的,而是由所有参加事件的人的活动引起的,那些人总是这样结合起来的:直接参加事件最多的人,所负的责任最少;直接参加事件最少的人,所负的责任最多。

从精神方面看,权力是事件的原因;从物质方面看,服从权力的那些人是事件的原因。但是,因为没有物质的活动,精神的活动就不可思议,所以,事件的原因既不在前者,也不在后者,而是在两者的结合上。

或者,换句话说,原因的概念不能用在我们所考察的现象上。

分析到最后,我们就可以达到无限的循环,达到人类智慧在一切思维领域所达到的极限,假如它不玩弄它所研究的对象的话。电生热,热生电。原子相吸,原子相拒。

谈到热、电或原子的最简单的作用,我们不能说为什么会发生这些作用,我们说,这些现象的性质就是这样,这是它们的法则。历史事件也是一样。战争或革命为什么会发生?我们不知道;我们只知道,为了进行某种行动,人们结成一定的集体,他们都参加了那个集体;我们说,人的天性就是这样,这是一种法则。

八

假如历史是研究外部现象的,那么提出这样一个简单明了的法则就够了,我们也就可以结束我们的讨论了。但是,历史法则与人有关。一粒物质不能对我们说,它完全觉不出相吸或相拒的法则,因而那种法则是错误的;但是人,历史研究的对象,直截了当地说:我是自由的,因此不属于什么法则。

历史每走一步,都令人觉得有不言而喻的人类意识自由问题的存在。

所有认真思考的史学家们都不知不觉遇到这个问题。历史所有的矛盾和含糊，这种科学所遵循的错误道路，完全是由于这个问题没有得到解决。

假如每个人的意志都是自由的，就是说，假如每个人都可以随意行动，全部历史就要成为一系列互不连贯的偶然事件了。

假如，在一千年间，一百万人中有一个人有自由行动的可能，就是说，可以随意行动，那么很显然，那个人只消有一个违反法则的自由行动，就会破坏适用于全人类的任何法则存在的可能。

假如只要有一个支配人类行动的法则，自由意志就不能存在，因为人类的意志必须服从那个法则。

关于意志自由的问题存在着这样的矛盾，这个问题自古以来就占据了最卓越的人类头脑，自古以来就有人把它的全部重大意义提出来了。

问题就在于，如果把人当作观察的对象来看待，不论从什么观点——神学的、历史的、道德的、哲学的——我们都发现人正如一切存在的东西一样，必须服从普遍的必然法则。但是，如果把他当作我们意识到的东西从我们内心来看他，我们觉得我们自己是自由的。

这种意识是完全独立的，不依赖理性的自我认识的来源。人通过理性来观察自己；但是只有通过意识他才认识自己。

如果没有自我意识，任何观察和理性的运用都是不可思议的。

要想理解、观察和推理，人首先必须意识到自己是活着的。一个人有了意愿，也就是意识到他的意志，他才知道自己是活着的。但是，当人意识到构成他生命实质的意志时，他只能意识到它是自由的。

假如，人在观察自己的时候，他看出他的意志总是按照同一的法则活动（不论他所观察的是取食物，用脑筋的必然性，还是观察任何别的），他不能不把他的意志总是按照同样的方向活动看作意志的限制。没有自由，也就无所谓限制。一个人觉得他的意志受限制，正因为他意识到他的意识是自由的。

你说：我是不自由的。但是我举起我的手，又把它放下。人人都懂得，这一不合逻辑的答案是一种无法反驳的自由的证明。

这个答案是不属于理性的意识的表现。

假如自由的意识不是一个独立的不依赖理性的自我认识的源泉，那么，它就是可以论证和实验的。但实际并不存在这种情况，而且是不可思议的。

一系列的实验和论证对每个人表明，他，作为观察的对象，服从某一些法则；人一旦认识了万有引力或不渗透性的法则，他就服从这些法则，并且永远不会抗拒这些法则。但是，同样一系列的实验和论证对他表明，他内心感觉的那种完全的自由是不可能的，他的每一动作都取决于他的肌体，他的性格，以及影响他的动机；但是人类从来不服从这些实验和论证的结论。

一个人根据实验和论证知道一堆石头向下落，他毫不怀疑地相信这一点，在任何情况下他都期望他所知道的那个法则得到实现。

但是，当他同样毫不怀疑地知道他的意志服从一些法则的时候，他不相信这一点，而且也不可能相信。

虽然实验和论证一再向人表明，在同样情况下，具有同样的性格，他就会跟先前一样做出同样的事情，可是，当他在同样情况下，具有同样性格、第一千次做那总得到同样结果的事情的时候，他仍然像实验以前一样确定无疑地相信他是可以为所欲为的。每个人，不论是野蛮人还是思想家，虽然论证和实验无可争辩地对他证明，在相同的条件下，有两种不同的行动是不可想象的，但是他仍然觉得，没有这种不合理性的观念（这种观念是自由的实质），他就无法想象生活。他觉得就是这样的,尽管这是不可能的,因为没有自由这个概念,他不仅不了解生活,而且连一刻也活不下去。

他之所以活不下去,是因为人类的一切努力,一切生存的动机,都不过是增加自由的努力。富裕和贫穷、荣誉和默默无闻、权力和屈服、力量和软弱、健康和疾病、教养和无知、工作和闲暇、饱食和饥饿、道德和罪恶,都不过是较大或较小程度的自由罢了。

一个没有自由的人,就只能看作是被夺去生活的人。

假如理性认为自由的概念是一种没有意义的矛盾,好像在同一条件下进行两种不同动作的可能性一样,或者好像一种没有原因的行动的可能性一样,那只能证明意识不属于理性。

这种不可动摇、不可否认、不受实验或论证所支配的自由的意识,为所有思想家所承认,毫无例外为每个人所感到,没有它就不能有任何关于人的观念的自由的意识,这是问题的另一面。

人是全能、全善、全知的上帝的创造物。罪恶(罪恶的概念是由人类的自由的意识中产生的)是什么呢?这是神学的问题。

人的行动属于用统计学表示的普遍的不变法则。人类对社会的责任(这一概念也是从自由的意识中产生的)是什么呢?这是法学的问题。

人的行动是从他的先天性格和影响他的动机中产生的。良心是什么,从自由的意识中产生出来的行为的善恶认识是什么?这是伦理学的问题。

联系人类的全部生活来看,人是服从决定这种生活的法则的。但是,孤立地来看那同一个人他似乎是自由的。应当怎样看待各民族和人类的过去生活呢——作为人们自由行动的产物呢,还是作为人们不自由行动的产物呢?这是历史的问题。

只有在我们知识普及、具有自信的时代,多亏最有力的愚昧工具——印刷品的传播,才把意志自由的问题提到这个问题本身不能存在的地位。在我们这个时代，大多数所谓先进人物，也就是一群不学无术的人，从事博物学家的工作，研究问题的一个方面，以求得全部问题的解答。

灵魂和自由不存在，因为人的生活是筋肉运动的表现，而筋肉运动取决于神经的活动；灵魂和自由意志并不存在，因为在远古时代我们是由猴子变来的——他们就是这样说、写、印成书刊，一点也不怀疑，他们现在那么奋力用生理学和比较动物学来证明的那个必然性的法则，早在几千年前，不仅被所有宗教和所有思想家所承认，而且从未否认过。他们不知道，在这个问题上，自然科学只能阐明问题的一个方面。因为，从观察的观点来看，理性和意志不过是脑筋的分泌物（sécrétion），遵循一般的法则，人可能是在那无人知道的时代从低级动物发展起来的，这事实不过从一个新的方面阐明几千年前所有宗教和哲学理论都承认了的真理，从理性的观点来看，人从属于必然性的法则，但是它一点也没有促进这个问题的解决，这个问题具有建立在自由意识上的相反的另一方面。

假如人是在无人知道的时代从猴子变来的，这与说他是在某个时期用一把土做成的，是同样可以理解的（前者的 X 是时间，后者的 X 是起源），而人的自由意识怎样与他所从属的必然性法则相结合的问题，是不能用比较生理学和动物学来解决的，因为从青蛙、兔子和猴子身上，我们只能观察到筋肉和神经活动，但是从人身上，我们既能观察到筋肉活动和神经活动，也能观察到意识。

自以为能解决这个问题的博物学家和他们的信徒，正如这样一些灰泥匠：本来指定他们粉刷教堂的一面墙壁，可是他们趁着总监工不在，在一阵热情发作下，粉刷了窗子、神像、脚手架，以及还未加扶壁的墙壁，他们很高兴，从他们作灰泥匠的观点来看，一切都弄得又光又滑。

九

在解决自由意志和必然性的问题上，历史比其他知识部门有一个优点：对于历史，这个问题不涉及人类自由意志的实质，只涉及这种意志在过去和一定条件下的表现。

在解决这个问题上，历史与其他科学的关系，就像实验科学与抽象科学的关系一样。

历史研究的对象不是人的意志本身，而是我们关于它的观念。

因此，历史不像神学、伦理学和哲学，它不存在自由意志和必然性相结合的无法解决的奥秘。历史考察人对生活的观念，这两种矛盾的结合已经在人对生活的观念中实现了。

在实际生活中，每一历史事件，每一人类行动，都被了解得非常清楚、非常明确，没有丝毫矛盾的感觉，虽然每一事件都表现为一部分是自由的，一部分是必然的。

为了解决自由和必然性怎样结合和这两个概念的实质是什么的问题，历史哲学也可以而且应当走一条与别的科学相反的道路。历史不应当先给自由意志和必然性这两个概念本身下定义，然后把生活现象列入那两个定义，历史应当从大量历史现象中引出自由和必然性这两个概念的定义，而那些现象总是与自由和必然相关联的。

我们不论怎样考察关于许多人或一个人的活动的观念，我们总是把这种活动理解为部分人的自由意志和部分必然性法则的产物。

不论我们所谈的是民族的迁徙和野蛮人的入侵，还是拿破仑三世的命令，还是某一个人一小时前从几个方向中选出一个散步的方向的行动，我们都看不出丝毫的矛盾。在我们看来，指导这些人的行动的自由和必然性的限度是很明确的。

关于自由多少的观念时常因我们观察现象的观点不同而不同；但是永远有共同的一面，人的每一行动，在我们看来，都是自由和必然性的一定的结合。在我们所考察的每一行动中，我们都看出一定成分的自由和一定成分的必然性。而且永远如此：在任何行动中自由越多，必然性就越少；必然性越多，自由就越少。

自由比必然性是多还是少，这要看在考察行动时所用的观点而定；但是两者的关系总是反比例的关系。

一个落水的人，抓住另一个人，那人也要淹死了；或者，一个因为哺乳婴儿而疲惫不堪的、饥饿的母亲，偷了一些食物；或者，一个养成守纪律习惯的人，在服役的时候，遵照长官命令，杀掉一个不能自卫的人——在知道那些人所处的条件的人看来，似乎罪过比较小，也就是自由比较少，属于必然性的法则比较多；而在不知道那个人自己就要淹死、那个母亲在挨饿、那个士兵在服役等等的人看来，自由就比较多。同样，一个人二十年前杀过人，从那以后就和平无害地生活在社会中，他的罪过似乎比较小；在二十年后来考察他的行为的人看来，他的行为似乎更属于必然性的法则，而在他犯罪第二天来考察他的行动的人看来，他的行为比较自由。同样一个疯狂的、醉酒的，或高度紧张的人的每一行动，在知道有那种行动的人的精神状况的人看来，似乎自由比较少，必然性比较多；而在不知道的人看来，就似乎自由比较多，必然性比较少。在所有这些情形中，自由的概念随着考察行动时所持的观点而增减，必然的概念也相应地或增或减。所以，必然性的观念越大，自由的观念就越小。反之亦然。

宗教、人类常识、法学和历史本身，都同样了解必然性和自由之间的这种关系。

我们关于自由和必然性观念的增减，一无例外地取决以下三类根据：

一、完成行为的人与外部世界的关系，

二、他与时间的关系，

三、他与引起行动的原因的关系。

一、第一类根据是，我们或多或少认识了人类与外部世界的关系，或多或少明确了每个人在与他同时并存的一切事物的关系中所占的一定的地位。由这类根据可以看出，一个将要淹死的人比一个站在干地上的人更不自由，更多属于必然性；还可以看出，一个在人烟稠密的地域与别人有密切关系的人的行动，一个受家庭、职务、企业束缚的人的行动，比一个离群索居的人的行动，无疑更不自由，更多属于必然性。

假如我们只观察一个人，不管他与周围一切的关系，我们就觉得他的每一行动都是自由的。但是，假如我们只要看到他与他周围一切的关系，假如我们看到他与不论何种事物的联系——与他说话的人、与他所读的书、与他所从事的工作，以致与他周围的空气，与照在他周围东西上的光线的联系，我们就看出，每样东西对他都有影响，至少支配他的行动的某一方面。于是，我们越多看到这些影响，关于他的自由的观念就越减少，关于他服从必然性的观念就越增加。

二、第二类根据是：人们或多或少看出人与世界在时间上的关系，或多或少明确了那个人的行动在时间上所占的地位。由这类根据可以看出，使人类产生的那第一个人的堕落，显然比现代人的结婚更不自由。由此还可以看出，在几世纪前、在时间上与我有关联的人们的生活和活动，我觉得不像一个现代人的生活（我还不知道他的生活的后果）那么自由。

在这方面，关于自由和必然性的逐渐认识，决定于完成那件行动和我们判断它之间所经历的时间的长短。

假如我考察我在一分钟以前与我现在所处的环境几乎相同的环境下所完成的一个行动,我觉得我那个行动无疑是自由的。但是,假如我考察我在一个月前完成的一个行动,那么,因为是在不同的环境下完成的,我不得不承认,假如没有那次的行动,从现在这个行动所产生的许多良好的、满意的、甚至重要的结果也就不会有了。假如我回忆更远的十年或更多的时间以前的一次行动,那么,我就觉得我现在这次行动的后果更为明显;我也觉得难以想象,假如没有那次行动,会是怎么样的。我回忆得越远,或我对同一件事思考得越深,我就对我的行动的自由越加怀疑。

在历史上,关于自由意志在人类公共事业中的作用,我们发现同样的信念的级数。我们觉得,现代的任何事件无疑都是一定的全体人们的行动;但是对于一个比较遥远的事件,我们已经看到它必然的后果,除此之外,我们想象不出任何别的后果。我们考察的事件越远,我们就越觉得那些事件不是任意做出的。

我们觉得,奥普战争①无疑是俾斯麦的诡诈以及其他诸如此类的事产生的后果。

我们虽然已经觉得可疑,而仍然认为拿破仑那些战争是英雄们的意志所产生的后果;但是,我们已经把十字军看作占有确定位置的事件,没有这个事件,欧洲的近代史就不可想象,虽然在十字军的编年史家看来,这个事件不过是某些人的意志的产物。至于各民族的迁徙,今天已经没有人会认为欧洲的复兴决定于阿提拉②的任意作为。我们所观察的历史对象越远,造成事件的那些人的自由意志就越可疑,必然性的法则也就越明显。

三、第三类根据是,我们对理性所必然要求的无穷无尽的因果

---

① 一八六六年的奥普战争,发生在托尔斯泰正在写这部小说的时候。
② 阿提拉(406—453)是匈奴族首领,在他的时代,匈奴部族联盟极为强盛。

关系的了解,而且为我们所理解的每一现象(因而是人的每一个行动),作为以往现象的结果和以后现象的原因,应当有它确定的地位。

依照这类根据,我们对那些由观察得来的属于人类的生理的、心理的、历史的法则认识得越清楚,我们对行动的生理的、心理的、历史的原因了解得越正确——这是一方面;另一方面,我们所观察的行动越简单,我们所研究的人物的性格和头脑以及他的行动越不复杂,于是我们觉得,我们的行动和别人的行动就越自由,就越不属于必然性。

当我们完全不了解一种行为的原因时——不论这是罪行还是善行,或者甚至是一种无所谓善恶的行为,我们就认为这种行为的自由成分最大。假如是罪过,我们就急切地要求惩罚它;假如是善行,我们就给予很高的评价。假如是无所谓善恶的行为,我们就承认它是最富于个性,独创性和自由的行为。不过,我们只要知道无数原因中的 一个,我们就会看出一定成分的必然性,也就不那么坚持惩罚罪过,认为善行并不是了不起的功绩,对貌似独创行动也认为并非那么自由了。一个犯人是在坏人中长大的,这就使得他的罪过不那么严重了。父母为子女的自我牺牲,可能得到奖赏的自我牺牲,比无缘无故的自我牺牲更可理解,因而似乎不那么值得同情,自由的程度比较小。教派或政党的创立者或发明家,一旦我们知道他的行动是怎样准备起来的,用什么准备起来的,就不那么使我们惊异了。假如我们有大量的经验,假如我们的观察不断地在人们的行动中寻求因果关系,那么,我们越是更准确地把因果联系起来,我们就越觉得他们的行动是必然的,是不自由的。假如我们考察简单的行动,并且有大量那一类的行动供观察,我们对那些行动的必然性观念一定更强了。一个不诚实的父亲的儿子的不诚实行为,一个落到坏人中间的女人的不正当行为,一个酒鬼的醉酒等等,我们越了解这些行为的原因,就越觉得这些行动是不自由的。假如我们考察智能低下的人的行为,例如,考察一个小孩、一个疯子、一个傻子的行为,那么,因为我们知道他们的行为的原因和性格与智力的简单,我们就会看出必然性成分很大,自由意志成分很小,甚至我们一旦知道造成那行为的原因,我们就可以预言它的结果。

一切法典所承认的无责任能力和减罪的情形,就完全建立在这三点根据上面。责任的大小,要看我们对受审查的那个人所处的环境认识的多少,要看完成那行为和进行审查相距多少时间,还要看我们对行为的原因了解的程度。

十

因此,我们对自由意志和必然性的观念,依据人与外部世界的联系大小,依据时间距离的远近,依据对原因的依赖大小(我们是从这些原因中来考察一个人的生活现象的),而逐渐减少或增加。

因此,假如我们考察一个人的这样一种情况:他同外部世界的联系是最为人所知的,他完成的行为离判断这个行为的时间是极长的,行为的原因是最容易理解的,那么,我们就得到最大的必然性和最小的自由意志的观念。假如我们考察一个与外部条件的关系最少的人,他完成行为的时间离现在非常近,他的行为的原因是我们难以理解的,那么,我们就得到最小的必然性和最大的自由意志的观念。

但是,不论在前一种情形或者在后一种情形,不论我们怎样改变我们的观点,不论我们怎样弄清楚人与外部世界之间的关系,或者不论我们怎样觉得那关系无法了解,不论把时期怎样延长或缩短,不论我们觉得原因是可知或不可知,我们都不能想象出完全的自由或完全的必然性。

一、不论我们怎样想象一个人如何不受外部世界的影响，我们永远得不到在空间上自由的概念。人的任何一个行动都不可避免地受他自己的身体和他周围的事物的制约。我举起胳膊，然后放下来。我觉得我的行动是自由的；但是，问问自己：我能不能朝所有的方向举起胳膊呢？于是就看出，我是朝着行动最不受周围的事物和我自己的身体构造的妨碍的方向举胳膊的。我从所有可能的方向中选出一个，因为在这个方向上障碍最少。如若要我的行动自由，必须使我的行动不致碰上任何障碍。如若想象一个人自由，我们必须想象他超出空间以外，那显然是不可能的。

二、不论我们使判断的时间怎样接近行动的时间，我们仍然得不到时间上的自由概念。因为，假如我考察一秒钟以前完成的一种行为，我仍然认为那行为是不自由的，因为它是与完成它的那时刻分不开的。我能举起胳膊吗？我举起它来；但是问问自己：我能在已经过去的那时刻不举胳膊吗？要使我自己相信这一点，我在下一个时刻不举起胳膊。但是，我并非在向我自己提出关于自由的问题的那第一个时刻不举起它的。时间已经过去了，留住它不是我能办到的，我那时举起的胳膊已经不是我这时不举的胳膊了，我举胳膊时的空气也已经不是现在围绕着我的空气了。完成第一个活动的那个时刻是一去不复返的，在那个时刻我也只能完成一种活动，不论我完成什么活动，那种活动只能是唯一的一个。在那时刻之后我不举胳膊，并不证明我能不举它。因为在那一个时刻我只能做一个动作，它不可能又是别的任何动作。要把它想象作自由的，就必须想象现在的它，又是过去和将来之间的它，就是说，超出时间以外的它，这是不可能的。

三、不论对原因的了解有多么大的困难，我们永远得不出一种完全自由（就是说，完全没有原因）的观念。不论我们对我们自己的或别人的任何行动中的意志表现的原因是多么难以了解,智能的第一个要求就是假设和探求一个原因,因为没有原因的任何现象都是不可想象的。我举起胳膊进行活动,与任何原因无关,但是我要做一个没有原因的动作,这就是我的行动的原因。

但是,即使设想一个完全不受一切影响的人,只考察他现在这一瞬间的行动,假定他这行动不是由任何原因引起的,认为必然性的残余小得等于零,我们也得不出人有完全自由的概念,因为不受外部世界的影响、超出时间以外,与原因毫无关系的生物,已经不能算是人了。

同样,我们也绝不能想象一个人的行动完全没有自由,完全服从必然性的法则。

一、不论我们怎样增加我们对于人所处的空间的条件的知识,这种知识永远是无穷尽的,因为这些条件的数目是无限的,正如空间是无限的一样。因此,既然不能确定所有的条件,不能确定人所受到的一切影响,那就不会有完全的必然性,也就是存在着一定成分的自由。

二、不论我们怎样延长我们考察的现象和判断那现象之间的期限,而这期限是有限的,时间是无限的,因此,在这方面也绝不会有完全的必然性。

三、不论行动的原因这条锁链怎样容易了解,我们也永远不会了解全部的锁链,因为它是无穷无尽的,因此我们还是永远得不出完全的必然性。

但是,除此以外,即使认为残余的意志自由小得等于零,我们认为,在某种情形下,例如在一个将死的人、一个未生的胎儿,或者一个白痴的情形下,完全没有意志自由,这样我们就连我们考察的那个人的概念也毁掉了;因为一旦没有了意志自由,也就没有人了。因此,一个人的行动完全服从必然性的法则,没有丝毫的意志自由,这种观念正如一个人完全自由行动的观念一样,是不可能的。

因此,要想象一个人的行动完全服从必然性的法则,没有任何意志自由,我们就得假定有无限数量的空间条件、无限长的时限和无限多的原因,都了如指掌。

要想象一个人完全自由,不服从必然性的法则,我们就得想象他是一个超空间,超时间,与任何原因无关的人。

在第一种情形下,假如没有自由的必然性是可能的,我们就由那个必然性自身得出必然性法则的定义,也就是得出一种没有内容的单纯的形式。

在第二种情形下,假如没有必然性的自由是可能的,我们就达到一种超空间、超时间和无原因的无条件的自由,这种自由本身既然是无条件的、无限制的,那就是什么也没有,或是没有形式的单纯的内容。

概括地说,我们达到形成人类全部宇宙观的两项原则——不可知的人生实质和究明这种实质的法则。

理性说:一、空间及赋予它本身可见性的各种形式——物质,是无限的,否则是不可想象的。二、时间是没有刹那间休息的无限的运动,否则是不可想象的。三、原因和结果的联系没有起始也不可能有终结。

意识说:一、只有我一个,一切存在都不过是我;因此,我包括空间。二、我用现在静止的一刹那来测量流动的时间,只有现在这一刹那我意识到我活着;因此,我是超出时间的。三、我是站在原因之外的,因为我觉得我生活中的每一现象的原因就是我自己。

理性表达出必然性的法则,意识表达出意志自由的实质。

不受任何限制的自由是人类意识中的生活实质。没有内容的必然性是三种形式的人类理性。

自由是受考察的对象。必然是考察的对象。自由是内容。必然是形式。

只有把两种认识的源泉分开——这两种认识的关系是形式和内容的关系,就得出单独的、互相排斥的和无法理解的自由和必然性的概念。

只有把它们结合起来,就得出关于人类生活的明确观念。

离开这互相规定为形式和内容的结合的两个概念,任何生活都是不可想象的。

我们对人类生活所知道的一切,不过是自由和必然的一定关系,也就是意识和理性法则的关系。

我们对外部自然界所知道的一切,不过是自然力和必然性的一定关系,或生活的实质和理性法则的一定关系。

自然的生命力在我们外界存在,不为我们所知,我们把这些力叫作引力、惰力、电力、畜力,等等;但是人的生命力是为我们所知的,我们把它叫作自由。

但是,正如人人都感觉到、而其自身却无法理解的万有引力一样,我们对它所服从的必然性法则知道多少(从一切物体都有重量这个起码的知识,到牛顿的定律),我们就对它了解多少;同样,人人意识到,而其自身却无法理解的自由意志力,我们对它所服从的必然性的法则了解多少(从人人死亡这个事实,到最复杂的经济法则或者历史法则的知识),我们就对它了解多少。

一切知识不过是把生活的实质总结为理性的法则罢了。

人的自由意志与其他任何力量不同,人是认识到自由意志的力量的;但是在理性看来,它与别的任何力量并无不同。万有引力、电力或化学亲和力,彼此之间的区别,只在于理性对它们做了不同的界说。同样,在理性看来,人的自由意志力与别种自然力的区别,也只是在于理性所给它的界说。自由离开必然性,就是说,离开规定它的理性法则，就与万有引力，或热力，或植物生长力并无任何不同，在理性看来，自由不过是刹那间的、无法确定的生命的感觉。

正如无法确定的推动天体的力的实质，无法确定的热力、电力，或化学亲和力，或生命力的实质，形成了天文学、物理学、化学、植物学、动物学，等等的内容一样，自由意志力的实质形成了历史的内容。但是，正如每种科学研究的对象是未知的生活实质的表现，而这实质的本身只能是形而上学的研究对象一样，人的自由意志在空间、时间和因果关系中的表现，形成历史的研究对象；而自由意志本身是形而上学研究的对象。

在实验科学中，我们把已知的东西叫作必然性的法则；把未知的东西叫作生命力。生命力不过是对我们所知道的生活实质以外的未知的剩余部分的一种说法。

在历史中也是一样：我们把已知的东西叫作必然性的法则；把未知的东西叫作自由意志。就历史来说，自由意志不过是对我们已知的人类生活法则中未知的剩余部分的一种说法。

十一

历史从时间和因果关系来考察人的自由意志与外部世界相联系的表现。也就是用理性的法则来解释这种自由，因此，历史只有用这些法则解释自由意志时才是一种科学。

在历史方面，承认人的自由意志是一种能影响历史事件的力量，也就是一种不服从法则的东西，正如在天文学方面，承认天体运行是一种自由的力量一样。

承认这一点，就取消了法则存在的可能性，也就是取消了任何知识存在的可能性。假如有一个天体自由运行，那么凯普勒和牛顿的定律就不再存在了，任何天体运行的观念也不再存在了。假如有一种人的自由行动，那么，任何历史法则，任何历史事件的观念，都不存在了。

对历史来说，人类意志有若干运动路线，其一端隐在未知世界中，但是，在其另一端，一种现时的人的自由意志在空间中、时间中和因果关系中活动着。

这个活动范围在我们眼前展开得越广，这个活动的法则就越明显。发现和说明那些法则是历史的任务。

历史科学用它现在对待它研究的对象的观点，并依照它现在所遵循的途径在人的自由意志中寻求现象的原因，历史科学法则的阐明是不可能的，因为，我们对人类的自由意志不管怎样缩小它的作用，只要把它看作不服从法则的一种力量，法则就不可能存在了。

只有把这种自由意志无限地缩小，就是说，把它看作无限小的数量，我们才确信原因是完全不可理解的，于是历史不再去寻求原因，而是把寻求法则当作它的任务。

这些法则的寻求早已开始，历史应当汲取的新的思想方法，与那不断把现象的原因剖析了又剖析的旧历史方法自行毁灭同时作出来。

所有人类科学都走这条路子。数学这门最精密的科学达到无限小的时候，便放弃了解析的过程，开始了总和未知的无限小数的新过程。数学放弃原因的概念而寻求法则，也就是寻求一切未知的无限小的元素的共同性质。

别的科学也沿着同样的思路进行，虽然其形式不同。当牛顿宣布万有引力法则的时候，他并未说，太阳或地球有一种吸引的性质；他说，从最大到最小的所有物体都具有互相吸引的性质，就是说，他抛开物体运动原因的问题，来说明从无限大到无限小的所有物体共同的性质。各种自然科学也是这样做的：它们抛开原因问题来寻求法则。历史也是站在这条路上的。假如历史的研究对象是各民族和全人类的运动，而不是叙述个人生活中的插曲，那么，它也应抛开原因的概念来寻求那些为一切相等的、不断互相联系的、无穷小的自由意志的因素所共同具有的法则。

十二

自从哥白尼体系被发现和被证实以后，仅仅承认运转的不是太阳而是地球这一事实，就足以破除古人的全部宇宙观了。推翻那个体系，就可以保持天体运行的旧观念，但是不推翻它，似乎不可能继续研究托勒美①的天动说。但是，就在哥白尼体系被发现以后，托勒美的天动说还被研究了很长时间。

自从有人说出和证明，出生率或犯罪率服从数学法则，一定的地理的和政治经济的条件决定这种或那种管理形式，人口和土地的一定关系造成民族的迁徙——从此，历史所依据的基础就从根本上被摧毁了。

推翻这些新法则，就可以保持历史的旧见解；但是，不推翻它们，把历史事件当作人类自由意志的产物来研究，就似乎不可能了。因为，假如建立某种管理形式，或某一民族迁徙，是由于某些地理的、人种的或经济的条件，那么，我们认为建立管理形式或发动民族迁徙的那些人的自由意志就不能被看作原因了。

然而旧的历史与完全违反它的原理的统计学、地理学、政治经济学、比较语言学和地质学的法则仍然被人研究着。

新旧观点在形而上学中进行了长期的、顽强的斗争。神学维

----

① 托勒美是古希腊学者、天文学家和地理学家，创立天动说。

护旧观点,指责新观点破坏了神的启示。但是当真理得到胜利的时候,神学同样牢固地建立在新的基础上。

在现代,新旧历史观点同样进行了长久的、顽强的斗争,神学同样维护旧观点,指责新观点破坏了神的启示。

在上述两种情形下,斗争从两方面激起感情,抹煞真理。一方面,为若干世纪建起的整个大厦而恐惧和惋惜;另一方面,是要求破坏的热情。

在反对新兴的形而上学的真理的人们看来,假如他们承认那种真理,就要破坏他们对上帝,对创造宇宙万物,对嫩的儿子约书亚的神通①所怀抱的信仰。在捍卫哥白尼和牛顿的法则的人们看来,例如在伏尔泰②看来,似乎天文学的法则摧毁了宗教,于是他利用万有引力的法则作为反对宗教的武器。

正如现在的情形一样,只要一承认必然性法则,似乎就破坏了灵魂的概念、善恶的概念,以及建立在这些概念之上的所有国家和教会的机构。

正如当年的伏尔泰一样,现在必然性法则的自告奋勇的维护者用必然性法则作为反对宗教的武器;但是,正如哥白尼在天文学方面的法则一样,历史的必然性法则不但没有摧毁政府和教会机构所依据的基础,甚至加强了那个基础。

现在的历史问题正如当年的天文学问题一样,全部的意见分歧就在于承认不承认一种绝对的单位作为看得见的现象的尺度。在天文学上是地球的不动性;在历史上是人格的独立性——自由意志。

---

① 见《圣经·旧约·约书亚记》。
② 伏尔泰(1694—1778),法国唯物主义哲学家。

正如在天文学上，承认地球运行的困难在于否定地球不动而行星运动的直接感觉，在历史上，承认个人服从空间、时间和因果关系的法则的困难，在于否定我们个人的独立性的直接感觉。但是，天文学的新观点说："诚然，我们觉不出地球运行，但是，承认它不动，我们就陷入荒谬的境地；承认我们感觉不出的运动，我们就有了法则。"历史的新观点也这样说："诚然，我们觉不出我们的依赖性，但是，承认我们有自由意志，我们就陷入荒谬的境地，承认我们对外部世界、时间、原因的依赖性，我们就有了法则。"

在第一种情形下，要否定空间静止的意识，并且承认我们感觉不出的运动；在现在的情形下，同样要否定被意识到的自由，并且承认我们感觉不出的依赖性。

知 识 链 接

【文学常识】

一、作家介绍

列夫·尼古拉耶维奇·托尔斯泰(1828—1910),十九世纪俄国伟大的批判现实主义作家、思想家、哲学家,也是世界文学史上最杰出的作家之一。他的三部巨著《战争与和平》、《安娜·卡列尼娜》和《复活》是世界文学中的不朽名著,影响深远。托尔斯泰在描写一八六一至一九〇五年俄国资产阶级民主革命时提出了很多重大问题,取得了巨大的艺术成就,因此被列宁称为"俄国革命的镜子"。

二、作家评价

托尔斯泰对于未来的小说家是最好的导师……自然、质朴到了极点,……只要学生有一点儿天赋的观察能力,托尔斯泰就能教给他如何看得深。

——马丁·杜·加尔(1973 年诺贝尔文学奖获得者):《名
人传》,北京燕山出版社 2002 年版

在我看来屠格涅夫迷人得很,不过比托尔斯泰淡得多了! 我认为托尔斯泰永远也不会陈旧。语言会陈旧,可是他会永远年青。

——契诃夫:《契诃夫论文学》,汝龙译,人民文学出版社 1958 年版

如今人们把巴尔扎克抬到托尔斯泰之上,这是荒谬的。巴尔扎克的作品令人不愉快,装模作样,充满可笑之处,……而托尔斯泰的作品却是受到一个安详的神道的裁判。巴尔扎克给人伟大的印象;托尔斯泰身上一切自然而然地更加伟大,就像大象的排泄物比山羊的多得多一样。

——普鲁斯特语,陈燊编选:《欧美作家论列夫·托尔斯泰》,中国社会科学出版社 1983 年版

三、作品评价

列夫·托尔斯泰是最有声望的当代俄国作家,而《战争与和平》,也满可以说是当代最出色的作品,这部内容广泛的作品洋溢着史诗精神。

——屠格涅夫语,倪蕊琴编选:《俄国作家批评家论列夫·托尔斯泰》,中国社会科学出版社 1982 年版

这真是一部第一流的作品,他的确是一位擅长描绘的作家,同时也是一位出色的心理学家啊! ……他有时似乎有些莎士比亚的东西。我在阅读这部作品(《战争与和平》)的过程中,不时拍案称奇,赞不绝口……我总是贪婪地久读不休,爱不释手! ……他很有头脑,很有才华! 是的,他见识过人,才华出众。

——福楼拜语,陈燊编选:《欧美作家论列夫·托尔斯泰》,中国社会科学出版社 1983 年版

它的体裁样式在俄国文学中是一种创新,也突破了欧洲长篇小说的传统规范。……在创作方法上它综合了现实主义、浪漫主义,甚至古典主义诸传统的优点。

——李明滨语,托尔斯泰:《战争与和平》前言,人民文学出版社 2017 年版

四、关于长篇小说

小说是一种侧重刻画人物形象、叙述故事情节的文学样式,根据篇幅可分为长篇、中篇和短篇。小说主要通过人物刻画、情节叙述和环境描写来反映社会生活。人物刻画是小说的显著特征,情节与人物密切相关,是人物性格发展的历史。环境描写则是刻画人物性格、展示故事情节的重要手段,故事的发生都离不开一定的时代、社会和自然环境。长篇小说一般篇幅长、容量大、情节复杂、人物众多,有十几万字,甚至几百万字,根据故事情节的发展可以分为许多章节,篇幅特别长的,还可以分为若干卷或部、集等。

长篇小说适于表现广阔的社会生活和人物的成长历程。优秀的长篇小说被视为历史的巨幅画卷,成为衡量一个国家和民族文学成就的主要标志。《战争与和平》是一部伟大的史诗小说作品,其史诗性的构思和严整的布局反映了一个时代的历史风貌。托尔斯泰以各种历史事件作为基础进行艺术虚构,使战争与和平时期的社会都得到充分反映,从而集中、典型、全面地概括了当时的社会生活。同时,作家笔下的人物形象都十分丰满、栩栩如生。《战争与和平》借鉴和超越了欧洲长篇小说的传统规范,把史诗、历史小说和编年史等多种艺术格式的特点熔铸于一炉,将史诗的哲理思索、历史小说的还原叙事、编年史的严谨客观都体现于长篇小说的艺术形式上,融合无痕。屠格涅夫在当时就指出了《战争与和

平》这一新颖特点，赞扬它集叙事诗、历史小说和风俗志大成，是一部独树一帜的、多方面的作品。

【要点提示】

一、关于一八一二年卫国战争

一八一二年五月，拿破仑率领五十七万大军远征俄国。他意图逼使当时的统治者亚历山大一世继续留在大陆封锁体系之中，并去除俄军随时入侵波兰的威胁。俄军在巴尔克莱指挥下执行后退决战方针，但引起国内民众强烈不满，八月二十日换上库图佐夫出任俄军总司令，不到一星期就在博罗季诺和法军血战，双方伤亡惨重。之后俄军主动撤离莫斯科，拿破仑本以为亚历山大一世会妥协，未料到迎接他的却是莫斯科全城的大火。马上要来临的寒冬季节，以及俄罗斯人民坚决不投降，和此时在国内的马莱尔将军策划的一场失败的政变，令拿破仑不得不撤出俄国。俄国借此机会转入反攻，追歼大量法军，最后只剩下三万人退出国境。

《战争与和平》这部巨著正是以一八一二年俄国卫国战争为中心，反映从一八〇五到一八二〇年的重大历史事件，描写了俄国人民的英勇斗争、拿破仑的失败以及在战役之间、战后和平时期俄国人民的生活。全书的重点是歌颂一八一二年俄国人民反对拿破仑侵略的卫国战争，赞扬俄国人民在战争中表现出的爱国热情和英雄主义。但作品的基调是宗教仁爱思想和人道主义，作家反对战争，对战争各方的受难者都表示了深切的同情。罗曼·罗兰说，《战争与和平》使"整个历史时代、人民运动和民族斗争复现——它真正的主人公是人民"。托尔斯泰将"战争"与"和平"的两种生活、两条线索交叉描写，构成一部百科全书式的壮阔史诗。

二、下列有关文学常识的表述,正确的一项是(   )

（1996 年全国语文高考试题）

A. 我国著名文学家茅盾的代表作有长篇小说《子夜》,短篇小说《林家铺子》、《李有才板话》、《农村三部曲》等。

B.《左传》是我国第一部叙事详备的编年体史书,保存了春秋战国时的大量史料,记载了许多历史故事,文字优美,文学性强。

C. 我国古代的诗歌有古体诗和近体诗的分别。近体诗有绝句和律诗两种,绝句分五言绝句和七言绝句,律诗有五言律诗和七言律诗。

D. 世界名著《人间喜剧》、《死魂灵》、《战争与和平》、《悲惨世界》的作者依次是巴尔扎克、果戈理、托尔斯泰、莫泊桑。

答案:C

【学习思考】

一、托尔斯泰在《战争与和平》中揭示了怎样的主题思想?

二、为什么说《战争与和平》是一部史诗性的小说?

三、在《战争与和平》中是如何描绘俄国一八一二年卫国战争的?